Gudrun Ensslin eine Indianersquaw aus braunem Plastik und Andreas Baader ein Ritter in schwarzglänzender Rüstung? Die Welt des kindlichen Erzählers dieses mitreißenden Romans, der den Kosmos der alten BRD wiederauferstehen lässt, ist nicht minder real als die politischen Ereignisse, die jene Jahre in Atem halten und auf die sich der 13-Jährige seinen ganz eigenen Reim macht. Frank Witzel ist es in dieser groß angelegten fantastischen literarischen Rekonstruktion des westlichen Teils Deutschlands gelungen, ein Spiegelkabinett der Geschichte im Kopf eines Heranwachsenden zu errichten. Erinnerungen an das Nachkriegsdeutschland, Ahnungen vom Deutschen Herbst und Betrachtungen der aktuellen Gegenwart entrücken ihn dabei immer weiter seiner Umwelt. Das dichte Erzählgewebe ist eine explosive Mischung aus Geschichten und Geschichte, Welterklärung, Reflexion und Fantasie: ein detailbesessenes Kaleidoskop aus Stimmungen einer Welt, die ebenso wie die DDR 1989 Geschichte wurde.

FRANK WITZEL wurde 1955 in Wiesbaden geboren und lebt in Offenbach. Er ist Schriftsteller, Zeichner und Musiker. Zuletzt veröffentlichte er die Romane »Bluemoon Baby« (2001), »Revolution und Heimarbeit« (2003), »Vondenloh« (2008). Für seinen Roman »Die Erfindung der Roten Armee Fraktion durch einen manisch-depressiven Teenager im Sommer 1969« erhielt er den Deutschen Buchpreis 2015.

Frank Witzel

Die Erfindung der Roten Armee Fraktion durch einen manisch-depressiven Teenager im Sommer 1969

Roman

btb

Wie bereits aus dem Titel ersichtlich, sind sämtliche in diesem Roman auftauchenden Figuren vom Erzähler frei erfunden. Namensähnlichkeiten wären reiner Zufall.

Der Verlag weist ausdrücklich darauf hin, dass im Text enthaltene externe Links vom Verlag nur bis zum Zeitpunkt der Buchveröffentlichung eingesehen werden konnten. Auf spätere Veränderungen hat der Verlag keinerlei Einfluss. Eine Haftung des Verlags ist daher ausgeschlossen.

Verlagsgruppe Random House FSC® N001967

1. Auflage
Genehmigte Taschenbuchausgabe Oktober 2016,
btb Verlag in der Verlagsgruppe Random House GmbH,
Neumarkter Str. 28, 81673 München
Copyright © 2015 by MSB Matthes & Seitz Berlin Verlagsgesellschaft mbH
Alle Rechte vorbehalten
www.matthes-seitz-berlin.de
Umschlaggestaltung: semper smile, München
nach einem Umschlagentwurf von Dirk Lebahn, Berlin
Umschlagmotiv: Dirk Lebahn, Berlin
Druck und Einband: CPI books GmbH, Leck
MK · Herstellung: sc
Printed in Germany
ISBN 978-3-442-71423-0

www.btb-verlag.de
www.facebook.com/btbverlag
Besuchen Sie auch unseren LiteraturBlog www.transatlantik.de

Für Achim, Alex, Bernd, Claudia und Rainer

Ob ein Mensch Erfahrungen machen kann oder nicht, ist in letzter Instanz davon abhängig, wie er vergisst.

Theodor W. Adorno

Quand nous serons tous coupables, ce sera la démocratie.

Albert Camus

Existence with all its horrors is endurable only as an aesthetic fact.

Richard Rorty

L'indignation rétrospective est aussi une facon de justifier le présent.

Pierre Bourdieu

Der Staub des Alten legt sich anders nicht. Er wird immer wieder aufgeblasen, wo das Neue nicht den ganzen Menschen hat. Es geht darum nicht an, mit oft recht billigem Verstand dort nur ironisch zu sprechen, wo sich der teuerste immerhin zu wundern hätte. Es geht nicht an, dicke Bücher über den Nationalsozialismus zu schreiben, und nach der Lektüre ist die Frage, was das sei, das so auf viele Millionen Menschen wirke, noch dunkler als zuvor.

Ernst Bloch

Dies geheime Deutschland ist ein riesiger, ein kochender Behälter von Vergangenheit; er ergießt sich vom Land gegen die Stadt, gegen Proletariat und Bankkapital »zugleich«, er ist tauglich zu jedem Terror, den das Bankkapital braucht. Mythisch gewordene Bodenständigkeit erzeugt so nicht nur falsches Bewusstsein, sondern stärkt es durch Unterbewusstsein, durch den wirklich dunklen Strom.

Ernst Bloch

Der Beweger des Menschengeschicks ist unbekannt, sogar noch der Beweger des Hungers und der Ökonomie, wie sehr erst das Subjekt der »Kultur«, all der Täuschungen, auch Glanzbilder eines wechselnd adäquaten Bewusstseins, in dem das Echte verborgen ist. Im Kleinen, Winzigen geht oft noch am genauesten das Herz des Existierens auf; das hat schon an der Art, wie diese Pfeife da liegen mag, die Instanz seines Schlags: doch nur erst ein großes Staunen, wenn auch das letzte und höchste, fasst sich daran. Völlig im Nebel, noch ohne Lampe des Begriffs, ist das Subjekt des Existierens überhaupt.

Ernst Bloch

Die Menschen machen ihre eigene Geschichte, aber sie machen sie nicht aus freien Stücken, nicht unter selbstgewählten, sondern unter unmittelbar vorgefundenen, gegebenen und überlieferten Umständen. Die Tradition aller toten Geschlechter lastet wie ein Alp auf dem Gehirne der Lebenden. Und wenn sie eben damit beschäftigt scheinen, sich und die Dinge umzuwälzen, noch nicht Dagewesenes zu schaffen, gerade in solchen Epochen revolutionärer Krise beschwören sie ängstlich die Geister der Vergangenheit zu ihrem Dienste herauf, entlehnen ihnen Namen, Schlachtparole, Kostüm, um in dieser altehrwürdigen Verkleidung und mit dieser erborgten Sprache die neuen Weltgeschichtsszene aufzuführen.

Karl Marx

Each of us literally chooses, by his way of attending to things, what sort of universe he shall appear to himself to inhabit.

William James

Child of Eva, your Christianity.
I had a dream: It was the end of the Seventies.

Luke Haines

I

Es ist ein verschneiter Tag im Januar. Ich stehe auf einem schmalen und verschneiten Hügel, schaue in ein verschlafenes und ebenfalls verschneites Dorf, das unterhalb des Hügels liegt, und versuche mich zu erinnern, wie es war, dort unten in einer kaum möblierten und ungeheizten Wohnung zweieinhalb Monate zuzubringen, in einem Haus, das eher einem Schuppen ähnelte, dicht neben einem Bach, der halb zufror in diesem Winter vor so vielen Jahren. Ich stehe auf dem Hügel und schaue meinem gefrorenen Atem hinterher und dem Eichelhäher, der kurz auf einem der verschneiten Äste aufsetzt und dann in den grauen Himmel fliegt und hinter der nächsten Kuppe verschwindet.

Die Landstraße schlängelt sich wie auf einer Kinderzeichnung vom grauweißen Horizont zu dem Feld vor meinen Füßen. Und da kommt auch schon ein Auto angefahren. Es ist kein Ferrari 250 GT, 12 Zylinder 4-Takt, Hubraum 2953 cm³ mit 240 PS und 230 Stundenkilometern, noch nicht mal ein Porsche 901, 6 Zylinder 4-Takt, Hubraum 1995 cm³ mit 120 PS und 200 Kilometern, sondern nur ein NSU Prinz, 2 Zylinder 4-Takt, 578 cm³ mit 30 PS, der gerade mal 120 macht, mit Rückenwind, und hier geht es bergauf, raus aus dem verschneiten Dorf, und ich habe noch nicht mal den Mopedführerschein, und Claudia brüllt und Bernd schreit, ich soll mich weiter rechts halten, damit uns die Bullen in den Kurven aus den Augen verlieren, aber das ist gar nicht so leicht, denn unser NSU Prinz hat hinten fast platte Reifen, weshalb ich kaum die Balance halten kann. Trotzdem liegen wir ein ganzes Stück vorn. Hinter uns die Bullen mit ihrem vollbesetzten Mannschaftswagen VW T2 fangen an zu ballern. Die Kugeln schlagen in die Schneewehen und springen vom Straßenasphalt gegen den zitronengelben Lack der Kotflügel. Claudia kramt im Handschuhfach nach einer Waffe. Die ist nicht geladen, sage ich. Wie, nicht geladen? Kein Wasser drin. Wasser? Das ist meine Wasserpistole. Sag mal, spinnst du?, schreit Bernd. Wo ist denn die Erbsenpistole? Vergessen, aber die Wasserpistole ist echt gut, die hat vorne 'nen Ring, da kannst du um die Ecke schießen. Ihr seid Spinner, totale Spinner, ich denk, ihr habt euch das Luftgewehr von Achim geliehen.

Der war nicht da, nur seine Oma, und die wollte es nicht rausrücken. Pass auf! Ich schlingere nach links, und fast wären wir umgekippt, aber Claudia und Bernd werfen sich geistesgegenwärtig auf die andere Seite, und ich komme nur für einen Moment von der Fahrbahn ab. Der Schnee spritzt an den Scheiben hoch. Die Scheibenwischer arbeiten wie wild. Vielleicht sollten wir einfach drehen, ruft Claudia, damit rechnen die nie im Leben. Ja, schreit Bernd, dann rasen wir an denen vorbei, und bevor sie was merken, sind wir weg. Nein, Unsinn, das ist Quatsch, wir müssen bis zum nächsten Ort, das ist nicht mehr weit, außerdem geht's da vorn schon bergab. Ja, stimmt, ich seh schon die ersten Häuser. Wir müssen sie abhängen. Ich rase ohne zu bremsen in den Ort, die Bleichwiesenstraße runter, dann rechts in die Weihergasse, am Bäcker Fuhr vorbei, wo es die Bananenschnitten mit Schokoguss gibt, vorbei an der Drogerie Spalding, am Lebensmittel Breidenbach, Zeitschriften und Tabakwaren Maurer, Lebensmittel Lehr, Sängerheim, kurz vorm Bäcker Daum halte ich an. Schnell, schreie ich, die Bullen sind noch nicht da. Wir steigen aus und rennen gegenüber in den Hofeingang und durch nach hinten. Wir müssen über die Mauer, da ist der Schulhof, von dort können wir weiter zur Kerbewiese. Wir springen auf die Mülltonnen. Was macht ihr da?, ruft eine Stimme aus einem Fenster im Hinterhaus. Bleibt sofort stehen! Ich kenn euch! Sofort stehen bleiben! Sonst gehe ich zu euren Eltern! Ich drehe mich kurz um. Eine Frau in Kittelschürze lehnt aus dem Flurfenster im zweiten Stock und droht mit einem Staubwedel. Gerade rasen die Bullen an der offenen Hoftür vorbei. Die haben uns nicht gesehen, sage ich, die fahren bestimmt hoch zum Gräselberg. Dann hauen wir aber besser in die andere Richtung ab, sagt Bernd. Stimmt. Los. Wir springen wieder von den Mülltonnen und rennen durch den Hauseingang. Stehen bleiben!, brüllt die Frau wieder. Vorsichtig spähen wir auf die Straße. Die Bullen sind nirgendwo zu sehen. Los, schnell! Wir laufen die Weihergasse nach links runter und biegen rechts in die Feldstraße ein, dann zum Bahndamm und wieder rechts, Richtung Schrott Wiedemann. Wir müssen uns trennen, sagt Claudia. Ja, sage ich, wenn ich um sieben nicht daheim bin, krieg ich sowieso Ärger. Ich muss erst um acht da sein, sagt Bernd. Am besten, wir sehen uns ein paar Tage nicht. Wir nicken. Und wenn die Bullen bei einem vorbeikommen, dann sofort die anderen anrufen. Aber was sollen wir sagen? Einfach sagen, es geht um die Mathe-Hausaufgabe vom Montag. Mathe-Hausaufgabe Montag, okay. Dann weiß jeder Bescheid. Ansonsten Samstag um vier an der

Lohmühle. Ich muss Samstag zur Beichte, kommt nicht außerdem Beat-Club? Dann um halb sechs, okay?

Am Abend um zwanzig nach acht im Schlafanzug in der Tür zum Fernsehzimmer beim Gute-Nacht-Sagen versuche ich, einen kurzen Blick auf den Fernseher zu erwischen, sehe verwackelte Aufnahmen von rennenden Männern auf nassen Straßen und bekomme wieder Angst. Nein, das waren nicht wir. Aber sie scheinen die Suche noch nicht aufgegeben zu haben. Ein Phantombild wird gezeigt, mit Bleistift gezeichnet, aber zum Glück sind die Haare bei dem viel länger, weil ich erst letzte Woche wieder zum Frisör musste und sie mir zur Zeit nicht mal mehr über die Ohren gehen. Aber der vorgeschobene Unterkiefer, das könnte schon ich sein. Und dann das nächste Bild. Eine Frau diesmal. Nein, auch nicht Claudia. Claudia sieht ganz anders aus, da stimmt aber auch gar nichts, sie hat ganz andere Augen, und die Lippen sind auch nicht so schmal.

Dann wird etwas von einem Bekennerbrief erzählt, aber wir haben uns zu nichts bekannt. Noch nie, also, auch vorher nicht. Einmal haben wir was zusammen geschrieben, aber nicht abgeschickt und außerdem gleich verbrannt, also, ich hab's mitgenommen und auf dem Heimweg durch den Henkellpark, als gerade niemand kam, angezündet und auf den Kiesweg geworfen und dann noch, als es ganz verbrannt war, die Aschereste auseinandergetreten. Aber was komisch ist, dass die unseren Namen sagen, also den Namen für unsere Gruppe, Rote Armee Fraktion, obwohl der noch gar nicht richtig feststeht, weil wir eigentlich noch mal abstimmen wollen, weil Claudia den nicht so gut findet, ihr allerdings auch nichts anderes eingefallen ist, weshalb sie gesagt hat, dass wir vielleicht gar keinen Namen bräuchten, weil wir schließlich keine Kinder sind, die einen Club gründen, was auch stimmt, obwohl es schon besser ist, einen Namen zu haben, besonders wenn noch andere dazukommen. Trotzdem frage ich mich, woher die das in den Nachrichten wissen, weil wir niemandem was gesagt haben, also, ich auch nicht, nicht mal Achim.

Und Claudia würde garantiert nichts sagen, weil sie auch in der Basisgruppe ist, und da dürfen sie wirklich nie verraten, was sie da besprechen, und bei Bernd ist es ohnehin klar, weil der manchmal schon nervt mit seiner Geheimniskrämerei. Aber der Michael Reese, der hält sich immer verdächtig nah bei uns auf, weil er aufschnappen will, über was wir reden und was wir gut finden, damit er das nachmachen kann. Aber gerade weil wir das wissen, weil das außerdem nervt, diese Nachmacherei, passen wir bei ihm besonders auf, und in der Schule reden wir über so Sachen sowieso nicht, das haben wir vorher ausgemacht, auch nicht in der Pause. Wenn was ist, dann sagen wir einfach, heute Mittag an der Lohmühle oder irgendwo anders, oder wenn's ganz dringend ist, dann auf dem Nachhauseweg am Sportplatz, aber auch da passen wir immer höllisch auf, weil da manchmal auch Lehrer sind. Aber beim Reese weiß man nie, und Bernd meint auch, dass der uns vielleicht richtig hinterherspioniert und in der kleinen Pause, wenn wir im Fahrradkeller kurz eine rauchen, zurück in den Klassenraum geht und unsere Ranzen durchwühlt, weshalb wir nie was Verdächtiges in der Klasse lassen, sondern alles immer im Parka haben. Reese liest auch Landserheftchen und hat als Einziger eine Frisur, wo die Haare mit Pomade nach hinten gekämmt werden. Damit sieht er richtig spießig aus, aber beim Sport, wenn er durchgeschwitzt ist und die Haare nach vorn fallen, gehen sie über sein ganzes Gesicht, so lang sind die. Und dann in der einen großen Pause, als wir Boxschläge immer nur markiert und knapp vorm Gesicht abgebremst haben, hat er Bernd direkt auf die Nase gedroschen und behauptet, er hätte sich verschätzt, aber vielleicht war das damals schon Absicht, vielleicht ist er wirklich hinter uns her und will sich rächen, weil wir uns immer über ihn lustig machen, denn er wird immer so schnell rot und lässt dann jedes Mal einen Stift auf den Boden fallen und bückt sich und hebt ihn auf, damit es so aussieht, als wäre ihm bloß vom Bücken das Blut in den Kopf gestiegen. Und natürlich ist das fies, weshalb mir der Reese auch manchmal leidtut und ich mich sogar mal mittags mit ihm verabredet habe, obwohl Bernd meint, dass einem der Reese nicht leidtun muss, weshalb ich Bernd auch nichts von meiner Verabredung mit dem Reese erzählt habe, auch danach nicht, weil das irgendwie peinlich war und ich extra mit der 6 rausfahren musste nach Kastel, weil ich nicht wollte, dass er zu mir kommt, und dann saß ich beim Reese im Zimmer, aber der hatte gar keine Singles, noch nicht mal ein Radio, sondern nur die Landserheftchen und Bleisoldaten, mit denen er Schlachten nachspielt auf so einem Brett, das er selbst gebastelt hat, mit Bergen und einem Fluss und so Streugras von Faller, das wir auch für die Eisenbahn haben. Und die Soldaten, die waren richtig schwer und so groß wie eine Streichholzschachtel ungefähr, aber die anderen Leute, die der Reese Zivilisten nannte und die immer alle sterben mussten oder auf der Flucht im Fluss ertranken, die waren viel kleiner, weil er die auch von Faller hatte und weil das eigentlich Leute waren, die zu einem Bahnhof gehören, weshalb die meisten auch Koffer und Taschen trugen und manche sogar mit einem Taschentuch winkten, was ich doof fand, weil es gar nicht passte. Aber der Reese meinte, die mit den Koffern, die wären auf der Flucht, und die mit den Taschentüchern, die wollten sich ergeben, weil man mit einem weißen Taschentuch winkt, wenn man sich ergibt. Und ich musste dann immer die Fallermännchen spielen und mit Koffern versuchen, über den Fluss und auf den Hügel zu kommen, aber da standen schon die Soldaten vom Reese, weshalb ich die mit dem Taschentuch vorgeschickt habe, aber die hat der Reese auch einfach abgeknallt, und da hatte ich dann auch kein richtiges Mitleid mehr mit ihm, besonders weil er auch immer seine Zunge so komisch nach außen stülpt, wenn er sich konzentriert, aber auch wenn er wütend ist, und er wurde dann auch wütend, als ich mit einem Fallermännchen einfach durch die Beine von dem einen Soldaten gelaufen bin, und hat gesagt: Das ist unfair und geht nicht, aber ich hatte einfach keine Lust mehr auf das doofe Spiel und wollte am liebsten gehen, aber dann hat der Reese eingelenkt und mir eine silberne Kugel gezeigt, ungefähr so groß wie ein Flummi, und hat mich gefragt, ob ich weiß, was das ist, und als ich nein gesagt habe, da hat er gesagt: Das ist eine Kugel aus einem Kugellager von einer echten Lokomotive, und ich hab gesagt: Irre, weil ich mir versucht habe vorzustellen, wie groß das Kugellager von einer Lokomotive sein muss, weil ich nur die dünnen Ketten mit den kleinen Perlen kenne, und dann haben wir noch ein bisschen rumgesessen, und der Reese hat gefragt, wie ich die Anita finde, und ich hab gesagt: Okay, aber dann habe ich gesagt, dass ich jetzt gehen muss, was auch so halb stimmte, und da hat der Reese gesagt: Okay, Bruder, was ich komisch fand, weil das niemand in unserer Klasse sagt und ich überlegt habe, wer das sagt, Bruder, weil ich das schon mal gehört habe, aber es ist mir einfach nicht eingefallen.

Jetzt zeigen sie den gelben NSU Prinz und das Kennzeichen, das wir auf Pappe gemalt haben. Ich fand NSU gut, weil das ein Stück von Cream ist. Driving in my car, smoking my cigar, the only time I'm happy is when I play my guitar, Ahahahahah ahah. Außerdem stand dieser NSU da und war nicht abgeschlossen, und der Schlüssel steckte. Und jetzt zeigen sie meine Wasserpistole, die wir im Handschuhfach vergessen haben, und ich denke: Was ein Mist, weil die ganz selten war und weil es die bestimmt nicht mehr gibt. Und meine Mutter fragt: Sag mal, hast du nicht auch so eine? Und ich sage: Nein, meine ist doch ganz anders. Kann die nicht auch um die Ecke schießen? Doch, aber die sieht anders aus. Wo ist die denn? Die hab ich dem Achim geliehen.

Und ich denke: Was ist, wenn die an der Wasserpistole Fingerabdrücke finden und dann in die Schule kommen, um von uns allen die Fingerabdrücke zu nehmen? Ich hab mal gelesen, dass sich einer deshalb extra die Fingerkuppen abgeschmirgelt hat, aber das hilft nichts, weil die Fingerkuppen immer gleich nachwachsen, mit denselben Linien. Aber auch wenn meine Fingerabdrücke an der Wasserpistole sind, heißt das noch lange nicht, dass ich auch den NSU geklaut habe. Schließlich kann ich die Pistole wirklich verliehen haben. Ich habe sie ja auch schon mal verliehen, obwohl nicht die, weil das eben meine wertvollste ist, aber die andere, die hellgrüne aus durchsichtigem Plastik, bei der man immer sehen kann, wie viel Wasser noch im Griff ist. Ich könnte sagen, dass ich die dem Reese geliehen habe, dann würden sie zum Reese nach Hause fahren und in seinem Zimmer nachschauen und dort dann die ganzen Landserheftchen und Bleisoldaten finden und die Eisenkugel, die sie vielleicht für eine Kugel halten, mit der man eine Waffe lädt, und da könnte der Reese noch so sehr sagen, dass die aus dem Kugellager von einer Lokomotive stammt, das würden sie ihm nicht abkaufen. Wie soll der denn an das Kugellager einer Lokomotive kommen?

Ich möchte noch so gern wissen, was die angestellt haben, die sie da mit Phantombildern suchen, aber meine Mutter schickt mich runter in mein Zimmer. Da steht immer noch meine Ritterburg, obwohl ich schon längst zu alt dafür bin. Ich habe sie letztes Jahr mit Holzresten und Abfällen von meinen Revell-Modellen umgebaut, aber man sieht immer noch, dass es mal eine Ritterburg war. Andreas Baader, mein wertvollster Ritter, weil er eine schwarzglänzende Rüstung hat, ist gerade dabei, die Zugbrücke anzusägen, und Gudrun Ensslin stößt einen von den weißen Rittern in den Burggraben. Gudrun Ensslin ist eine Indianersquaw aus braunem Plastik, die ich eigentlich nicht besonders mag, weil sie gar keine Details hat, aber es ist die einzige Frau bei den Figuren. Ich habe sie mal in einer Wundertüte gewonnen, wo sie zwischen Puffreis lag.

Ich weiß nicht warum, aber ich muss auf einmal an den Seifenhasen denken, den ich letztes Jahr zu Ostern bekommen habe. Den musste man aus der Verpackung nehmen und auf den Waschbeckenrand stellen. Am nächsten Tag war ihm dann ein richtig flauschiges Fell gewachsen. Natürlich durfte man sich nicht mit ihm waschen, dann war das Fell weg und wuchs auch nicht wieder. Ich habe mich auch nie mit ihm gewaschen, aber mein kleiner Bruder muss ihn wohl mal mit seinen nassen Fingern angegrapscht haben, denn eines Morgens war er ganz nackt. Ich habe dann noch ein paar Tage gewartet, ob das Fell wiederkommt, aber als es nicht wiederkam, habe ich mich auch mit ihm gewaschen. Ich habe mir dieses Jahr wieder so einen Hasen gewünscht, aber keinen bekommen. Wahrscheinlich, weil ich schon zu groß für so was bin, und mein Bruder noch zu klein. Vielleicht ist mir der Hase eingefallen, weil ich überlege, wie wir uns verkleiden können und wo man vielleicht eine Perücke herkriegt. Ich habe zwar eine Beatles-Perücke, von der Kerb, aber das ist einfach nur so eine Art Plastikhelm, der mir auch noch zu groß ist. Das fällt gleich auf, und außerdem mag ich die Frisur von damals gar nicht so, die Pilzköpfe, wie die Lehrer sagen, sondern so wie sie die Haare ab der Help haben. Und dann fällt man mit langen Haaren ohnehin noch mehr auf. Der Geyer wird immer angepöbelt und gefragt, ob er ein Junge ist oder ein Mädchen.

Ich ziehe das DIN-A4-Heft raus, das ich hinter dem Schrank versteckt habe und in das ich alles schreibe, was mit der Roten Armee Fraktion zu tun hat. Da steht zum Beispiel drin, wer alles bei uns Mitglied ist und wann wir uns treffen und wer welche Singles mitgebracht hat und auch unser Wahrzeichen, obwohl das noch nicht ganz fertig ist. Erst habe ich versucht, es so ähnlich zu machen wie das Zeichen vom Turnverein. Der Turnverein Biebrich kürzt sich TVB ab, das sind auch drei Buchstaben. In einem rotem Ritterschild mit sieben Ecken steht dann von oben nach unten erst ein langes T und auf dem Längsstrich vom T ein kleines V und dann unten ein B. Und dann steht da noch die Jahreszahl der Gründung: 1846. Links vom Längsstrich eine 18 und rechts die 46. Ich hab dann das Wappen durchgepaust und von oben nach unten das T in ein R, das V in ein A und das B in ein F umgezeichnet, das A etwas kleiner so wie das V und dann links eine 19 und rechts 69. Ich fand, dass es ganz gut aussah, aber Claudia hat es nicht gefallen. Sie fand es zu spießig, schließlich seien wir kein Turnverein. Das stimmt. Ich gehe auch schon lang nicht mehr hin. Ich fand vor allem blöd, immer die schwarzen Turnhosen und die komischen Unterhemden anziehen zu müssen. Und Frotteesocken durften wir auch keine tragen.

Ich fand aber die Zahl irgendwie gut, und ich hab auch vorgeschlagen, dass wir nicht die wirkliche Jahreszahl unserer Club-Gründung hinschreiben, sondern einfach eine ältere Zahl, so wie ich auch Mitglieder bei uns aufgelistet habe, die gar nicht wirklich zu uns gehören, denn es gibt in jedem Verein Ehrenmitglieder, die nicht wirklich mitturnen oder in der Turnhalle auftauchen, aber trotzdem zum Verein gehören. Bei uns war John Lennon Ehrenmitglied und Steve Marriott und Ginger Baker und noch einige andere. Also brauchten wir auch noch ein anderes Gründungsdatum. Es musste ja nicht 1846 sein, aber schon was Älteres. Deshalb habe ich alle möglichen Geschichten aus der Rasselbande und der Neuen Stafette gesammelt, und auch aus dem Sternsinger. Und da bin ich auf Max Reger jr. gestoßen. Der wurde am 19. März 1913 in Wiesbaden geboren. 1913 fand ich ein gutes Datum, weil ich dreizehn bin, also dreizehneinhalb, und dann, weil für viele die 13 eine Unglückszahl ist. Dieser Max Reger jr. hat zwar nicht direkt eine Gruppe oder Bande oder einen Club gegründet, aber wir sind auch kein richtiger Club, sondern eher Einzelkämpfer. So wie die Tupamaros, sagt Claudia. Die Tupamaros haben als Wahrzeichen einen Stern und darin wie der Turnverein Biebrich auch drei Buchstaben von oben nach unten: M, L und N, was ich nicht verstehe, weil gar kein T drin vorkommt, eher könnte TVB auch Tupamaros von Biebrich heißen, und vielleicht sollten wir uns einfach so nennen. Bernd wäre vielleicht dafür, aber Claudia nicht, weil sie Biebrich spießig findet, und da hat sie ja auch recht. Ich finde Rote Armee Fraktion auch besser.

Max Reger jr. war eher Krimineller, so wie Jürgen Bartsch oder der Entführer von Timo Rinnelt, und er hat auch Jungs gequält, weshalb ich seine Geschichte nicht aus dem Sternsinger haben kann, weil da immer nur von Jungs erzählt wird, die etwas Gutes tun, zum Beispiel eine Hostie zu einer sterbenden Frau bringen, wie dieser eine Junge damals bei den Römern, als die Christen noch verfolgt wurden. Der hat die Hostie von einem Priester in irgendeiner Katakombe bekommen und musste sie ganz vorsichtig zu der Frau tragen, weil es ja der Leib des Herrn war. Und das hat der Junge auch gemacht, obwohl nicht gesagt wird, ob die Hostie in einer Monstranz war oder einem Kelch oder sonst in einem Gefäß, aber wahrscheinlich eher nicht, weil das ja noch mehr aufgefallen wäre, aber so in der Hand kann er sie auch nicht getragen haben, weshalb ich glaube, dass er sie in einer Schachtel hatte oder vielleicht auch in ein Tuch gewickelt, falls es damals noch keine Schachteln gab. Es ist schon Abend, und eigentlich muss der Junge längst zu Hause sein, und die Straßen damals, die hatten keine Laternen, das war eher so düster wie im Adolfsgässchen hinterm Adler, aber eben überall, in der ganzen Stadt, und als der Junge mit der Hostie in eine Straße einbiegt, da sieht er schon von Weitem so römisch-heidnische Jugendliche dort rumlungern, so wie die Vorderberger, weshalb er auch gleich weiß, dass das Ärger gibt, egal, was er sagt. Aber einfach umkehren kann er auch nicht, weil die ihn schon gesehen haben und dann sofort hinter ihm her wären. Deshalb versteckt er die Hostie unter seiner Toga, was mich an eine andere Geschichte erinnert, die wir in Latein gelesen haben, das war allerdings ein Spartaner, der hat bei einem reichen Patrizier einen lebenden Fuchs geklaut, den sich der irgendwie als Haustier hielt, und den auch unter seiner Toga versteckt, als er von einem Wächter kontrolliert wurde. Und da hat er die ganze Zeit so tun müssen, als ob nichts wäre, obwohl ihm der Fuchs die ganze Brust zerkratzt hat mit seinen Krallen. Denn die Spartaner sind unheimlich hart und zäh, während die Römer eher verweichlicht sind, weshalb ich einerseits schon eher Spartaner bei uns aufnehmen würde, andererseits sagt der Dr. Jung immer, dass wir verweichlicht sind mit unseren langen Haaren, dabei gehen mir die Haare noch nicht mal richtig über die Ohren, weil ich gar keine langen Haare haben darf, und wenn die Beatles wegen ihrer langen Haare auch verweichlicht sind oder sogar die Stones oder die Who, die ja eher wie Spartaner sind, dann bin ich auch lieber verweichlicht. Auf alle Fälle wollen diese römisch-heidnischen Jugendlichen unbedingt sehen, was der christliche Junge da unter seinem Hemd trägt. Er will es natürlich nicht herzeigen, weil es ja der Leib des Herrn ist und weil er genau weiß, dass die nur die Hostie schänden wollen und überhaupt das ganze Christentum verhöhnen und in den Dreck ziehen. Also stoßen sie ihn rum und fangen an, mit Steinen nach ihm zu werfen und hören einfach nicht auf, bis er schließlich so schlimm am Kopf getroffen wird, dass er umfällt und stirbt. Aber bevor er stirbt, spendet er sich noch selbst die Heilige Kommunion. Obwohl er noch keine zehn ist, also noch gar nicht zur ersten Heiligen Kommunion gegangen ist. Trotzdem ist das keine Sünde in diesem Fall, weil er damit den Leib des Herrn vor

Verunglimpfung bewahrt, weshalb er sogar heiliggesprochen wird, denn er hat sein Leben wie ein Märtyrer geopfert. Und so ähnlich ist das auch mit dem kleinen Jungen, der von Kamerad Müller dazu gebracht wird, sich zu opfern, denn der Junge ist 1937 geboren und soll schon 1943, obwohl er noch keine sechs ist und noch nicht mal schreiben kann, ein Attentat begehen. Und man weiß nicht genau, was aus ihm geworden ist, ob er noch lebt oder ob er dabei ums Leben kam, dann wäre er noch vor Max Reger jr. gestorben, den sie erst 1957 erschossen haben, als wir alle gerade erst ein paar Jahre auf der Welt waren, ich und Claudia und Bernd.

Wir würden uns natürlich nie im Leben schnappen lassen. Oder in die Ostzone gehen, wenn man uns auf den Fersen ist, so wie Max Reger jr. Zumindest ich nicht. Claudia sagt, dass man da drüben leichter an Waffen kommt, weil man schon mit vierzehn jeden Mittag nach der Schule zur Armee muss. Da darf man dann mit alten russischen Maschinengewehren rumballern. Außerdem sind die Kinder in der Ostzone ganz anders angesehen. Sie dürfen Messer tragen und Schleudern und Luftgewehre und ihre eigenen Eltern anzeigen oder bespitzeln. Oder auch die Lehrer. Wenn da zum Beispiel so ein alter Nazi ist wie der Dr. Jung, der nur von Stalingrad erzählt, dann können die den melden und dürfen ihn selbst im Heizungskeller verhören und ohrfeigen. Und wenn er danach überhaupt noch weiter im Schuldienst bleiben darf, dann können die Schüler selbst ihre Hausaufgaben bestimmen. Aber man darf in der Ostzone keine langen Haare haben und auch keine Musik hören. Nur die Internationale und Marschmusik. Und dann ist das Essen auch schlecht, schlechter als bei uns im Krieg. Und sie haben keine Eisenbahnen und Straßenbahnen, weil sie alles rausreißen und nach Russland schicken mussten. Jede verrostete Schraube mussten die nach Russland schicken. Dafür haben sie aber Maschinengewehre bekommen. Sie kennen auch keine Kaugummis oder überhaupt Süßigkeiten. Schokolade, das ist in der Ostzone altes Brot, auf das sie Kakao gestreut haben. Kakao haben sie ganz viel, weil sie den aus Kuba bekommen, aber trotzdem können sie keine Schokolade machen, weil ihnen die Maschinen dazu fehlen. Wenn eine Maschine kaputtgeht, dann gibt es keine Ersatzteile, und sie müssen das alles selbst machen, so wie der Mann vom ADAC den kaputten Keilriemen mit der Strumpfhose von der Frau von der Caritas ersetzt hat, als wir den Ausflug nach Rothenburg gemacht haben, und ich immer nur denken musste, dass die Frau von der Caritas jetzt gar nichts mehr unter ihrem Rock anhat, was ich eklig fand, weshalb ich auch lieber ein Eis auf die Hand haben wollte, obwohl das viel weniger war als die Portion am Tisch, aber ich wollte mich einfach nicht zu denen setzen, sondern bin nach vorn auf die Terrasse und hab so getan, als wollte ich mir noch mal die Burg genauer anschauen, dabei hat mich die Burg kein bisschen interessiert. Meinem Vater hat das nichts ausgemacht, dass die Frau von der Caritas jetzt nichts mehr unter ihrem Rock anhatte. Er konnte neben ihr sitzen und seine Torte essen. Und mein Bruder ist sowieso noch zu klein. Die Frau von der Caritas könnte man auch anzeigen in der Ostzone, weil sie keine Strumpfhose trägt. Und wenn sie sagen würde, das sei ein Notfall gewesen und sie hätte auch nicht freiwillig ihre Strumpfhose hinter einem Busch ausgezogen und dem Mann vom ADAC gegeben, dann könnte man sagen, dass sie lügt. Also nicht in dem Fall, aber sonst, denn sonst lügt sie ständig. Und da könnte man das endlich mal gegen sie verwenden, weil es in der Ostzone verboten ist, ohne Strumpfhose herumzulaufen. Überhaupt ist es verboten, ohne Uniform herumzulaufen. Und dann hätte ich nicht nur so ein Plastikstilett und so einen Gummidolch, sondern ein richtiges Fahrtenmesser mit Horngriff und Blutrinne, und damit würde ich dann vor ihrem Gesicht rumfuchteln. Aber wenn wir in die Ostzone gehen, dann nützt mir das mit der Frau von der Caritas gar nichts, weil die ja immer noch hier ist. Und wenn ich sagen würde, dass sie ohne Strumpfhose rumläuft, dann würden die nur mit den Achseln zucken, weil die bestimmt denken, dass hier ohnehin alle halbnackt rumlaufen, nur weil wir keine Uniformen tragen und nach der Schule nicht zur Armee müssen. Aber ich könnte sagen, dass sie eine Fluchthelferin ist und dass sie mit ihrem Opel Kapitän junge Mädchen aus der DDR entführt hat, die dann anschließend hier im Westen ohne Strumpfhose herumlaufen mussten. Und dann würden die richtig wütend, und ich bekäme vielleicht den Auftrag, die Frau von der Caritas zu entführen und in die DDR zu bringen. Dazu würde man mir nicht nur ein Fahrtenmesser geben, sondern auch noch andere Waffen und eine Minox, mit der ich dann heimlich Aufnahmen machen könnte von irgendwelchen Gebäuden oder Leuten, die für die DDR interessant wären. Eine Minox ist tausendmal besser als meine Kodak Instamatic, die immer nur quadratische Bilder macht, weshalb man sie schräg halten muss, um was Hohes aufzunehmen, weil man mehr draufkriegt, wenn das Bild wie eine Raute ist, obwohl das dann im Album blöd aussieht und außerdem ziemlich viel Platz wegnimmt. Eine Minox ist außerdem noch viel kleiner, nicht viel größer als eine Schachtel Welthölzer, nur eben länglich und silbern. Achim wünscht sich eine von seiner Oma zum Geburtstag, die kann ich dann vielleicht mal leihen, dann müssen wir nicht in die Ostzone, weil die außer Waffen gar nichts haben, noch nicht mal Spielsachen, auch wenn ich mich eigentlich nicht mehr für Spielsachen interessiere. Aber auch keine Platten und auch kein Radio, also schon Radio, aber da laufen nur Durchsagen und die Nationalhymne, die außerdem noch von einem Hans-Albers-Schlager abgeschrieben wurde, wie unser Musiklehrer Bernhard sagt. Und Fernsehen haben sie auch keins, weil die Leute nicht wissen sollen, dass es woanders ganz viele Süßigkeiten gibt, dass man sogar beim Hausmeister Schwenk Schokoprinz und Weberkuchen kaufen kann und Bluna und dass Schokolade in Wirklichkeit was ganz anderes ist als altes Brot mit Kakao bestreut.

Es klopft. Ich schiebe das DIN-A4-Heft schnell unter das Kopfkissen. Es ist die Frau von der Caritas. Schläfst du noch nicht?, fragt sie und stellt sich in die Tür. Doch, sage ich. Sie trägt einen geblümten Bademantel. Das heißt, sie übernachtet wieder hier. Deine Mutter ist auch schon im Bett. Ich nicke und ziehe die Füße aus den Pantoffeln. Sag mal, sagt die Frau von der Caritas, ich habe da vorhin im Fernsehen gesehen, da suchen sie solche Gammler oder Anarchisten, die wollten hier unten in Biebrich die Kaufhalle in die Luft sprengen. Und da haben sie das Fluchtauto gezeigt und die Waffen, die sie im Handschuhfach gefunden haben, und dann war da noch so ein Sprengstoff, der war gar nicht groß, sondern in einem gelben Ei, und ich meine, dass ich so was auch schon mal bei dir gesehen habe. Silly Putty, sage ich. Ja, das kann sein. Was ist das denn? Das ist Knete. Und was ist da so Besonderes dran? Die hüpft wie ein Flummi, und dann kann man sie ganz lang dehnen und doch abreißen, und man kann aus der Zeitung Bilder abziehen. Wie – abziehen? Wenn man Silly Putty auf ein Zeitungsfoto legt und festdrückt, dann ist das Foto auf der Knete. Dann haben die das vielleicht benutzt, um Flugblätter zu machen? Nein, das geht nicht, da bräuchte man ja hundert davon, und Silly Putty ist teuer, das kostet fast 5 Mark. Zeigst du mir mal deins? Das hab ich Achim geliehen. Ach ja? Ja. Na gut, ist ja auch nicht so wichtig. Wenn er es dir wieder zurückgibt, kannst du es mir ja mal zeigen. Ja. Dann gute Nacht. Gute Nacht.

Irgendwas ahnt die Frau von der Caritas, aber ich weiß nicht was. Natürlich war es auch blöd, das Silly Putty mitzunehmen und im Handschuhfach liegen zu lassen. Ich weiß auch nicht, warum ich das gemacht habe. Alle meine wertvollen Sachen sind jetzt weg. Aber Beweise sind das trotzdem nicht, weil es mindestens zehn von den Wasserpistolen in der Kaufhalle gab, und Silly Putty verkaufen sie ja auch bei Hertie. Es klopft schon wieder. Ich lege mich schnell ins Bett und decke mich zu. Ich bin's noch mal, sagt die Frau von der Caritas und steckt ihren Kopf zur Tür rein. Jetzt ist auf einmal der Bademantel oben auf, und ich kann ihren Büstenhalter sehen. Ich hab noch was vergessen. Die haben im Fernsehen auch was von einem Buzzer gesagt, den sie in dem Auto gefunden haben. Ist das nicht diese kleine Apparatur, die du mir mal gezeigt hast, die man aufzieht und in der Hand versteckt, und als du mir die Hand gegeben hast, da hat sich das gedreht, und ich bin richtig erschrocken, weil ich dachte, ich bekomme einen Schlag. Ja, das ist das. Kannst du mir den mal zeigen? Der scheint ja richtig gefährlich zu sein. Sie kommt einen Schritt weiter ins Zimmer und beugt sich noch ein Stück nach vorn, sodass ich den Büstenhalter ganz sehe und darunter ein Stück Bauch. Den hab ich auch dem Achim geliehen. Wie? Den auch? Ja, ich hab ihm meine ganze Schatztruhe geliehen. Aber deine Schatztruhe steht doch da drüben auf dem Regal. Ich meine ja auch nicht die Schatztruhe, sondern alles, was drin ist. Das Silly Putty und den Buzzer und das Cognacglas, aus dem man nicht trinken kann, und die Zauberseife und das Eiswasser und die Wasserpistole, mit der man um die Ecke schießen kann. Ach, die auch? Ja, die auch. Wann hast du denn Achim das letzte Mal gesehen? Gestern in der Schule. Und nicht heute Mittag? Nein, heute Mittag nicht. Der Achim hat doch lange Haare, oder? Na ja, so halblang, über die Ohren. Und hat der auch eine Freundin? Nein, glaube nicht. Na ja, wenn er dir die Sachen wiedergibt, zeigst du sie mir mal.

Es wäre natürlich blöd, wenn die Frau von der Caritas jetzt Achim verdächtigt und vielleicht noch bei seiner Mutter anruft. Das müssen wir irgendwie verhindern. Sie stellt immer so blöde Fragen. Auch damals, als wir versucht haben, mit einem Feuerzeug ein Loch in den Kaugummi-Automaten oben in der Bleichwiesenstraße zu brennen, oder als der Pez-Automat kaputtging, weil wir alle vier Knöpfe gleichzeitig gedrückt haben. Das hatte uns der Scharper erzählt, dass dann ganz viel rauskommt. Aber es kam noch nicht mal das eine Pez raus, für das wir Geld reingeworfen hatten. Oder als wir die Fenster in dem leerstehenden Haus eingeschmissen hatten, da hat die Frau von der Caritas auch wieder so komisch gefragt, ob ich da schon mal gewesen bin und so. Ich muss das mit Claudia und Bernd besprechen. Eigentlich finde ich die Frau von der Caritas eklig. Wenn wir sie entführen und in einem Keller gefangen halten, dann würde ich sie zwingen, ihre Bluse auszuziehen und den Büstenhalter auch. Natürlich wenn die anderen nicht da sind. Wir hätten ja auch Masken auf, und sie wüsste nicht, dass ich es bin, weil ich mit einer ganz hohen Stimme sprechen würde und so als wäre ich ein Amerikaner, und dann könnte ich sehen, ob ich das wirklich eklig finde oder nicht, weil Büstenhalter schon eklig sind, aber vielleicht der Busen nicht.

Ich stehe auf und stecke das DIN-A4-Heft wieder hinter den Schrank. Ich schreibe morgen an der Geschichte der Roten Armee Fraktion weiter. Nach Max Reger jr. und Kamerad Müller kommt Ethan Rundtkorn. Der ist genau in dem Jahr geboren, in dem der Junge, den Kamerad Müller angesprochen hat, das Attentat beging und vielleicht auch starb. Er ist Amerikaner und noch ziemlich jung, so zwölf oder dreizehn. Und dann aus Südamerika Miguel García Valdéz, der aber Felipe genannt wird. Er ist älter, denn er studiert schon. Mehr brauchen wir auch nicht, weil das für eine Vereinsgeschichte reicht, so wie in der wirklichen Geschichte ja auch: Ägypter, Griechen, Römer und dann wir. Zumindest so ähnlich, weil eigentlich geht es ja um uns, um die Rote Armee Fraktion. Ich setze mich zurück aufs Bett und nehme, wie jeden Abend vor dem Schlafengehen, das Foto von John und Yoko aus meiner Brieftasche. Das Foto, das ich aus der Underground ausgeschnitten habe.

Den Halsreif mit dem Fuchsgesicht um den Hals von John Lennon auf dem Foto neben Yoko Ono. Alex sagt, Yoko und John sind nur nackt, damit alle auf Yokos Busen schauen und nicht den Halsreif bemerken mit dem Fuchsgesicht und den beiden magischen Augen. Aber ich habe es bemerkt, und deshalb bin ich auch krank geworden, glaube ich. Guido sagt, im Kampf, im unerbittlichen Kampf gegen die herrschende Macht müssen wir auch das opfern, was direkt neben uns steht, nämlich das Mädchen, in das wir verknallt sind. Wir dürfen niemals die Gruppe verraten, und John hat die Gruppe auch nicht verraten, wie man an dem Fuchsreif um seinen Hals sehen kann. Denn wenn man genau hinschaut, sieht man die beiden weißen Augen lebendig werden. Was sie sagen, kann ich noch nicht hören. In welche Richtung sie mir den Weg weisen, kann ich noch nicht sehen.

Pfarrer Fleischmann sagt, ich solle das Flugzeug besteigen und so viele abschießen wie möglich. Ich solle mich unter einen aufgehängten Eimer Wasser mit Löchern im Boden stellen und duschen. Ich solle den Tod meiner Kameraden gedanklich vorweg- und hinnehmen, weil alle Propheten und Heiligen und Märtyrer und Apostel letztlich gestorben seien und selbst der Auferstandene, obwohl auferstanden, zwar unter uns gewandelt, aber nicht auf der Erde geblieben sei, was einem Tod, auch wenn das blasphemisch klinge, gleichkomme, denn der Tod am Kreuz sei der wahre Tod, der Tod im Bett oder im Sanatorium oder im Konvikt, wenn man sich etwas um den Hals lege und zuziehe, sei kein wahrer Tod, denn erstens könne man sich nicht selbst ersticken, weil der Herr es so eingebaut habe in den Körper, dass man vorher ohnmächtig wird und die Kontrolle über seine Hände verliert und loslassen muss, weshalb es sinnlos sei, überhaupt zu versuchen, auf diese Art dem Herrn nachzufolgen, sondern man müsse sich etwas anderes ausdenken und auch den Fuchsreif um den Hals von John anders interpretieren und auslegen, und zweitens sei es eine Sünde, den Leib des Herrn, genauer den Leib, den der Herr einem gegeben habe, nackt zu zeigen und eben nicht in Kleidern zu verhüllen, damit nur der Herr wisse, wie man nackt aussehe und wirklich und wahrhaftig, jedoch niemand anderer sonst, da alle anderen die Kleider für das nehmen, was man sei, also die Shakehosen und Frotteesocken und Nickipullover und Twinsets und Elastikgürtel, weshalb man darauf achten müsse, eben das alles nicht zu tragen, weil es ablenke vom wahren Geiste, den man der Welt zwar als unnackt, aber eben deshalb nicht beliebig verkleidet zu präsentieren habe, weshalb er, Pfarrer Fleischmann, ein Gewand trage, das nicht ablenke, wie ein jeder, der sich Gott versprochen habe, nur in einem schlichten Gewand auf Erden wandele, einem Gewand, das in seinem Verhüllen auf die reine Nacktheit, die nuditas virtualis, verweise, während Shakehosen und Frotteesocken und Nickipullover und Twinsets und Elastikgürtel auf die nuditas criminalis verwiesen, weil man sich herausstaffiere und individualisiere, wie nur der individualisierte Körper erotisierend wirke, nicht aber die nach immer gleichen und vom Vatikan festgelegten Regeln gemalte Brust der Heiligen Jungfrau, weshalb der Ungläubige das Heilige in seiner Immer-Gleichheit oft als langweilig empfinde, das Böse hingegen in seiner her-

23

ausstaffierten Individualität, in seinen immer anders dargestellten Dämonen und Teufeln als anregend und interessant, und es sei eine Hilfe bei der Erforschung des Gewissens, ob einen das Heilige langweile und das Böse affiziere. Und nur so könne man auch die Uniformen verstehen. Oder die Sträflingskleidung, die gestreifte, weil die Natur keine Streifen kenne, gestreift, weil man damit auf die Zweigeteiltheit des Sträflings hinweise, der seine Ganzheit verspielt habe und nicht länger nur sich allein gehöre.

Dr. Märklin erklärt mir den Fuchsreif folgendermaßen: Er sagt, obwohl ich noch ein Kind sei, müsse ich mich an meine Kindheit erinnern. Ich müsse mich an den Moment, in dem ich mich jetzt befinde, als etwas Vergangenes erinnern und so tun, als sähe ich aus der Zukunft auf mich zurück, denn nur dadurch könne ich erkennen, was mir die Kehle zuschnüre und weshalb ich immer von der Frau von der Caritas sprechen will, ohne dabei ihren Namen zu nennen, und nicht über meine Mutter. Warum und weshalb? Kann ich den Unterschied zwischen beiden Fragepronomina erkennen? Kann ich erkennen, dass das Warum nicht nach dem Weshalb fragt und umgekehrt? Und so sei es auch mit dem Fuchsreif um den Hals mit den beiden weißen Augen. Das eine Auge fragt warum. Das andere fragt weshalb. Kann ich den Unterschied erkennen?

Guten Tag, Dr. Märklin, sage ich mit möglichst tonloser Stimme, wenn ich das Zimmer betrete. Es klingt wie ein normales Guten Tag, meint aber Gelobt sei Jesus Christus, das ich beim Betreten des Beichtstuhls sage und wenn ich in Pfarrer Fleischmanns Zimmer komme. Pfarrer Fleischmann sagt dann: Das ist hier nicht nötig, auch wenn es mir gefällt, dass du das sagst, weil es mir zeigt, dass du ein rechter Kerl bist, weil ich weiß, dass aus dir noch etwas wird, dass du all den Unsinn nur gemacht hast, weil man dich dazu angestiftet hat. Aber jetzt setz dich hierher und erzähl einfach, was dir einfällt. Einfach was mir einfällt soll ich auch bei Dr. Märklin erzählen, aber dort fällt mir immer etwas anderes ein, weil er etwas anderes zu mir sagt als Pfarrer Fleischmann. Jetzt denke ich zum Beispiel, was Pfarrer Fleischmann wohl damit meint, mit dem ganzen Unsinn, und was er damit meint, dass man mich nur angestiftet hat. Von wem hat er das erfahren? Wer hat mit ihm darüber gesprochen? Und was meint er mit frei erzählen? Soll ich ihm sagen, wer mich angestiftet hat? Meint er die Dickwurz? Meint er Frau Berlinger?

Meint er den Buzzer und die Wasserpistole? Silly Putty? Meint er das Päckchen Reval?

Ich greife der Einfachheit halber die Sätze von Pfarrer Fleischmann auf und sage, ja, man hat mich angestiftet. Ja, ich war zu schwach. Ja, ich habe nachgegeben. Sie haben mir gesagt, sie seien Märtyrer und Heilige, sie haben mir ihre Wunden gezeigt und die Striemen, und einer hatte sogar ein Auge kaputt und einer nur drei Finger, und ich wusste nicht, dass das vom Contergan kam, weshalb ich ihnen geglaubt habe, als sie mich im Fahrradkeller gefragt haben, ob ich nicht etwas für sie tun kann, ob ich nicht mitkommen kann, nachts, mich von zu Hause wegschleichen, an der Frau von der Caritas vorbei, am Zimmer meiner Mutter vorbei, am Arbeitszimmer meines Vaters vorbei, durch den Hof, wenn der Mond sich genau über dem Fabrikschornstein befindet, so wie ich schon zweimal nachts von zu Hause weg bin, um mit Achim und Alex um das Haus von Berlingers zu streichen und dort in der Wiese zu liegen, wo ich mich auch verletzt habe.

Pfarrer Fleischmann nickt langsam. Es ist wie in der Beichte, nur dass ich ihn sehe, nur dass ich nicht die zehn Gebote einzeln durchgehe und erstens, zweitens, drittens sage und mir Sünden ausdenke und das Ausgedachte in kurzen Sätzen zusammenfasse, um die wirklichen Sünden nicht beichten zu müssen, sondern stattdessen eine zusammenhängende Geschichte konstruiere, die erklärt, warum ich zwar hier bin, aber dennoch nicht gänzlich verdorben, wie der Scharper, der verloren ist, der schlecht ist und klaut und mit dem Moped herumfährt, die Schule schwänzt und nicht mehr in die Kirche kommt. Pfarrer Fleischmann weiß, wie schwer es ist, nicht verführt zu werden, weil man oft nicht unterscheiden kann, wer der Gute ist und wer nicht, und es selbst ein Zeichen der Wiederkunft Jesu ist, dass kurz zuvor Propheten auftauchen, die sagen, sie seien er, es aber nicht sind. Und wie soll man das unterscheiden, wenn er es dann plötzlich selbst ist, wo kurz zuvor andere dasselbe behauptet haben?

2

August
Dauerregen. Junge im Trainingsanzug sonntagmittags auf rotem Sand-
platz. Schimmel in Seitenansicht vor Gehöft. Neben dem ausgehobenen
Graben Rohre. Fichtenwäldchen eingefasst.

Das Wort Abstellen
Keiner kommt vorbei. Am Ende des Flurs die Dusche angelassen. Mit
der Schutzweste läuft er durch die Siedlung. Vorbei an der Bushaltestelle. Warum ist er nicht in der Schule um diese Zeit?

Linie
Auf dem grünen Lederpolster ganz hinten. Die Fahrkarte in der Hand
zusammengerollt. Zwischen den Füßen Rucksack mit Thermosflasche
und Essgeschirr.

Ein Wunder
Die Sandstein-Engel, die mir erscheinen, stehen bei der leeren Wiege
und weisen mit frühgotischer Handhaltung auf das Blau des Vorhangs.
Ein Rinnsal zwischen den Füßen, ein Stück Brot in der Linken, einen
Holzkeil in der Rechten. Man muss auch verlieren können. Dann Düs-
terkeit um das verlassene Gartenmöbelarrangement zwischen Eiche und
Ahorn.

Vorabend
Einkaufsnetz mit drei Bierflaschen. Auf einem Holzbrettchen ein Wurst-
brot. Mit dem Fuß schiebt er den Pullover mit den Blutflecken unter
die Kommode. Verbrennt einen Zeitungsausschnitt in der Badewanne.
Dreht das Radio lauter, bevor er sie schlägt. Liegt rauchend auf dem
Sofa. Sortiert Kleingeld in kleinen Stapeln. Raucht nicht die Kastrier-
ten, die sie ihm anschleppt. (Gehört.)

Zangen
Er schaut nach oben an die Decke der Bürstenkammer. Die Werkzeuge,

die sein Vater dort an Haken aufbewahrt, schimmern im wackelnden Schein der Taschenlampe. Er darf nicht in der Kammer spielen, weil die Ahlen, Schraubendreher, Gewindebohrer, Zangen, Hämmer und Sägen mit den Spitzen nach unten aufgehängt sind und sich durch eine unvorsichtige Bewegung, ein unachtsames Stoßen gegen die Wandregale, aus ihren Halterungen lösen könnten. (Erzählt bekommen.)

Heiligenbildchen 1
Die Heiligen mit den eigenen Innereien auf den ausgestreckten Händen, den tief klaffenden rotumrandeten Wunden im weißlackierten Holz. Sehet die Echse Homo. Das Wort von Jesus dem Schmerzensmann verband sich an einem Nachmittag mit dem Bild des Wundenmannes, das er im ärztlichen Nachschlagebuch seiner Mutter gesehen hatte, als er dort nach Bildern von nackten Frauen suchte, durchaus darauf gefasst, eine Brust nur im Zustand der Mastitis oder der syphilitischen Veränderung vorzufinden, die er sich dann durch unscharfes Hinsehen wieder weggedacht hätte. Der Wundenmann war mit den Messern, Säbeln, Keulen, Hellebarden, Speeren, die ihm eine Unzahl von Verletzungen beibrachten, das Inbild des Märtyrers, der zu seinen Qualen ein unbeteiligtes Gesicht zeigt und seine Wunden zur Schau stellt, damit sie anderen zur Ansicht und damit zur Heilung dienen. Der Wundenmann war damit noch Nick, Falk, Tibor oder Sigurd überlegen, die es allein verstanden, durch geschickte Kampfmanöver Verletzungen auszuweichen, während der Wundenmann in der Verletzung selbst unverletzbar blieb. (Abgeschrieben.)

Farbenlehre 1
Oliv: Taschenlampe vom Ami mit einklappbarem Karabinerhaken und Farbscheiben zur Signalgebung unter dem Batteriefach. Violett: Heute bei der Morgenandacht, dann morgen in der Osternacht bis zum Gloria, danach weiß.

Besuch
Hans-Jürgen: Direkt hinter der Wohnungstür, noch bevor man in den langen Flur mit der immer wieder dunkelbraun überlackierten Holztäfelung eintrat, ein Weihwasserbecken. Die Türen zu den Zimmern geschlossen. (Selbst gesehen.) Der verzierte und mit Quasten und Troddeln behängte Stoffbaldachin im Elternschlafzimmer als Symbol für das

himmlische Reich. Im Kinderzimmer die Worte Cave! Deus Videt an der Decke. Darunter ein Auge in einem Dreieck, aus dem Strahlen in alle Richtungen ausgehen. (Erzählt bekommen.)

Ein Hund stirbt

Anfang März schneit es noch einmal. Der Schnee fällt durch das schmale Klappfenster im Flur und hinterlässt einen feingesiebten Streifen den Gang entlang von der Küche bis zur Kammer mit der Wanne. Dort liegt er noch am Morgen im Licht der Deckenlampen. Die mit Regen und Schnee gefüllten Wolken, die beständig über das Haus und den Garten ziehen, geben dem Himmel eine Wölbung, die er im Sommer wieder verliert. Die wenigen Vögel gleiten unter der Kuppel wie in einer Voliere dahin und wagen nicht, ihre Flügel ganz auszubreiten. Bevor ich einschlafe, greift eine Hand nach mir. Sie streicht mir eine Wade entlang, gleitet über meinen Nacken und gibt mir einem leichten Schlag auf den Kopf: Das Signal zu einem Traum. Die alte Frau im schwarzen Mantel schließt das Hoftor von außen und steht eine Weile unbeweglich in der kleinen Gasse. Die Angst vor dem Weg bei der Brücke, weil die drei Männer mich nicht sahen und ihre Gesichter nicht verstellten, als sie an mir vorbeigingen, wie man es gewöhnlich Fremden gegenüber tut. Die Städte verändern sich, als arbeite etwas in ihnen daran, ihren Grundriss freizulegen. Manche Geschäfte stehen mit ihren leeren Schaufenstern nur noch zur Tarnung da. Man braucht keinen besonderen Ausblick, muss nur wahllos zusehen, wie die Schritte langsam Spiralen ziehen. Alles geordnet in Käfige. Mein Bruder in einem, meine Mutter in einem anderen. Vater verstaut in einer Holzkiste. Immer wieder warte ich fast unwillkürlich darauf, dass sich das Licht noch einmal grün über dem kleinen Hügel bricht, wie an dem Tag, an dem Vater den erschossenen Stromer aus dem Wald zurückbrachte. Eine Pfote hing aus dem Leinensack, den er neben die Holzstufen warf. Mein Bruder klammerte sich an den Arm meines Vaters und trat gegen sein Schienbein, während ich mich nur wegdrehte. In der Nacht lag unser Haus noch einsamer in dem schmalen Tal. Ich zog den Bezug von meinem Deckbett und kroch mit dem Kopf zuerst hinein. Der Wind strich über Stromers Pfote. Der Mond drückte ein verwischtes Abziehbild auf das tote Horn seiner Krallen. Die beiden Platanen neben dem Gartentor traten vor dem flackernden Öllicht der Veranda einen winzigen Schritt zurück in die Nacht, und die Rispen und Zweige der Büsche senkten sich im letzten warmen Hauch, den Stromers Fell ausstieß, während es in sich zusammenfiel. Wenigstens wenn sie tot sind, sollten Tiere sprechen können, als Ausgleich für ihr langes Schweigen. (Abgeschrieben.)

3

Gegenüber vom Schalter sind die Schließfächer für die Sachen. Ich habe
drei Pfirsiche dabei, die ich besser vorher noch aufesse. Wie wenn man
nicht Schreibmaschine schreiben kann, es aber versucht, es im selben
Tempo versucht wie jemand, der Schreibmaschine schreiben kann, geraten die Buchstaben in den Wörtern durcheinander, wenn ich spreche,
werden die Wörter selbst unerkenntlich, vermischen sich die Sätze, verschieben sich die Zeilen, bis ich im Gesagten selbst nicht mehr erkenne,
was ich eigentlich sagen wollte.

Ich beiße einmal in jeden Pfirsich und lege ihn anschließend auf die Ablage neben meinem Schließfach. Es ist noch so viel Trara vor der Aufnahme, sage ich, um mein Zögern zu rechtfertigen. Obwohl Donnerstag
ist, stehen viele Menschen an den Schaltern an. Das Aufnahmepersonal
hat alle Hände voll zu tun. Sie nehmen die Mäntel an und hängen sie an
eine Garderobe. Sie händigen Garderobenmärkchen zusammen mit den
Aufnahmebögen aus. Sie antworten auf Fragen, wie man die Aufnahmebögen ausfüllen soll. Sie geben Kugelschreiber aus, blaue Kugelschreiber mit dem Aufdruck einer Krankenkasse, die es inzwischen nicht mehr
gibt. Es war vielleicht keine gute Idee, ausgerechnet an einem Donnerstag kurz vor Feierabend hierher zu kommen. Vielleicht hätten wir wann
anders kommen sollen, sage ich in der Hoffnung, dass wir einfach wieder gehen.

Ob es eine Theorie gibt, an welcher Stelle genau sich die Buchstaben,
eher die Silben, dann die Wörter vertauschen, ob das mit der Zunge, dem
Rachenraum, der Kehle zusammenhängt oder schon früher beginnt, bei
der Übertragung vom Gedachten zum Gesprochenen? Ich muss lachen,
weil eine Frau in einem rosa Bademantel mit zerzaustem Haar rückwärts an mir vorbeiläuft. Genauso stellt man sich die Verrückten vor,
sage ich. Aber dann fällt mir ein, dass ich keinen Bademantel anhabe,
nicht mal einen dabeihabe, weil ich auch keinen Schlafanzug dabeihabe,
weil ich noch nicht einmal einen Schlafanzug besitze. Dabei sollte man
einen Schlafanzug besitzen, wenn man einmal ins Krankenhaus muss

oder in eine Notaufnahme, am besten man hat, wie eine Hochschwangere, immer schon eine Tasche mit dem Nötigsten gepackt, die neben der Badezimmertür bereitsteht. Man ist, denke ich, zu lange unbeteiligt. Man sitzt vor dem Fernseher und hört immer wieder, dass Frauen eine Tasche mit dem Nötigsten gepackt haben, weil sie schwanger sind, oder dass sie ihrem Mann eine Tasche mit dem Nötigsten in die Untersuchungshaft bringen, aber man fühlt sich einfach nicht angesprochen. Von viel zu wenig fühlt man sich angesprochen. Dabei kennt man weder Tag noch Stunde.

Drei Pfirsiche gehören nicht zum Nötigsten, das kann selbst ich erkennen. Sie verkleben zuerst die Hände und dann die Ablage neben meinem Schließfach. Papiertaschentücher gehören zum Nötigsten. Ich überlege, was ich sage, wenn ich gefragt werde, ob ich eine Tasche mit dem Nötigsten dabei habe. Ich möchte nichts falsch machen. Gernika streicht mir über den Kopf: Kann ich dich wirklich allein lassen?, fragt sie. Ich nicke, weil ich nichts Falsches sagen will. Gernika richtet sich auf und schaut mich an.
Ist es wirklich okay?
Ich nicke ein zweites Mal.
Aber es ist doch was?
Ich zögere.
Sag schon, was ist.
Morgen ist Freitag.
Und?
Mein Mund ist ganz trocken. Ich schaue zu den angebissenen Pfirsichen. Die wären jetzt genau das Richtige. Aber ich traue mich nicht, die zwei Schritte zu machen.
Sag doch.
Ich hab es dir nie gesagt, aber ich habe Freitag in der Frühmesse um sieben immer noch Messdienst.
Wie?
Ich bin immer noch Messdiener.
Jeden Freitag?
Ja. Jeden Freitag.
Aber, die ganze Zeit?
Seit 54 Jahren.
Dann bist du der dienstälteste Messdiener, den es gibt.

Ich nicke.

Das muss auch mal ohne dich gehen.

Ja, eine der Schwestern wird dem Pfarrer mit Wasser und Wein helfen und auf das Suscipiat antworten.

Es war in Momenten, in denen das Gefühl überhandnahm und alles noch ungeordnet war, man keine Spritzen hatte oder Tabletten oder entsprechende Einrichtungen, sondern alles wüst und leer war, auch die Individualliebe erst noch im Entstehen, auch der Glaube an Gott noch relativ neu und noch nicht richtig zu Ende gedacht und bis in alle Feinheiten ausgelegt, sondern unbestimmt und von Fehlmeinungen bedroht, man sich deshalb an das Nächstliegende klammerte und auf dieses Nächstliegende die ganze verbleibende Hoffnung legte, was im Zweifelsfall auch drei angebissene Pfirsiche auf der Ablage neben einem Schließfach sein konnten, denen dann der Transfer gelang, hin zum Symbolischen. Denn kaum ist man etwas ruhiger geworden, denkt man, was es wohl mit der Zahl Drei auf sich hat und mit dem Angebissensein der Pfirsiche und mit dem Pfirsichsein der Pfirsiche, das in diesem Moment über sich selbst hinauszuweisen scheint, da man in diesem Moment ruhiger und fast friedlich wurde, als man gehetzt und in letzter Not hinübersah und die drei angebissenen Pfirsiche dort auf der Ablage neben den Schließfächern entdeckte.

Und ich begriff, dass in einem solchen Moment die Dreieinigkeit entstanden sein muss und das Gefühl, dass drei achtlos angebissene und weggelegte Pfirsiche aus sich selbst heraus eine Bedeutung entwickeln können, die selbst denjenigen, der sie angebissen und weggelegt hat, überrascht, mehr noch, die selbst demjenigen, der sie achtlos und sogar unnötigerweise in die Notaufnahme mitgenommen, dort angebissen und weggelegt hat, Trost spendet und etwas vermittelt, von dem er selbst wenige Sekunden zuvor noch nichts ahnte. Und genau darin besteht das Wunder, dass etwas auf einmal vollkommen anders ist. Denn von nun an würde ich nie mehr einen angebissenen Pfirsich sehen können, ohne an diesen Moment zu denken. Und damit war der Pfirsich zum Symbol geworden und Attribut meiner Person. Wie andere das Schwert in der Hand halten, mit dem man sie enthauptet hat, oder die Kirche, deren Stifter sie waren, oder die Bank, die sie überfallen, oder das Fensterkreuz, an dem sie sich erhängt haben, so würde ich drei angebissene Pfirsiche in der Hand halten, ähnlich wie Don Bosco, der Gaukler Gottes, der auf dem Titelbild des Buches Menschen, die Gott gefallen, vier Bälle zwischen den Fingern seiner linken Hand balanciert.

Das Symbolische entwickelt sich von selbst und führt zum Tod. Nicht am Leben, sondern am Symbolischen sterben wir. Wer das Symbolische nicht kennt, ist unsterblich. Die Lebensdauer berechnet sich nach dem Anteil des Symbolischen. Da Maschinen zum Beispiel von ihrem Symbolwert nichts wissen, überleben sie den Menschen. Das, was vom Menschen in den Bereich des Symbolischen versetzt wird, wird vom Menschen auch entsprechend getötet (Pflanzen, Tiere, andere Menschen).

4

1957

Mein Vater beschließt, den linken Flügel der Fabrik zu erneuern. Beim Abriss eines Hochofens kommt ein Arbeiter ums Leben. Meine Mutter hat in der Nacht zuvor einen Traum, der das Unglück voraussieht. Im Schlosspark stürzt im Februar eine Eiche auf den zugefrorenen Weiher und verletzt ein Geschwisterpaar, das dort gerade Schlittschuh fährt. Beim Brand im Dachgeschoss eines der Häuser in der Gasse, die zum Altpapierhandel Knettenbrech führt, kommt ein schlafender Familienvater ums Leben. Das Hochwasser bleibt dieses Jahr aus.

1958

Ein Psychologe behandelt in den Sommermonaten vor dem Kaufhaus Brenninkmejer umsonst die ein- und ausgehenden Kunden, indem er sie ein Kindheitserlebnis erzählen und Klecksbilder deuten lässt. Der Pfarrer der Herz-Jesu-Kirche fürchtet um das Seelenheil seiner Gemeinde, äußert sich aber nicht öffentlich oder auf der Kanzel zum Thema, weil es heißt, der Psychologe käme aus Amerika oder sei zumindest von den Amis bezahlt. Andere halten ihn für einen Kaufhausangestellten und das Ganze für eine Werbeidee. Im August kommt es trotz der Ferienzeit zu einem Auflauf, der von der herbeigerufenen Polizei aufgelöst wird. Man einigt sich mit der Kaufhausleitung darauf, den Psychologen nur noch an zwei Nachmittagen in der Woche behandeln zu lassen. In den folgenden Wochen verlieren die Kaufhausbesucher ohnehin das Interesse an dieser neuen Attraktion, weshalb man den Vertrag des Psychologen auslaufen lässt. Stattdessen wird vor dem Kaufhaus ein Glaskasten mit einem Orchester aus Spielzeugaffen aufgestellt, die sich zu einer Musik bewegen, wenn man 10 Pfennig einwirft.

1959

Mein Vater möchte zur Einweihung des neuerrichteten Flügels der Fabrik der nahegelegenen Herz-Jesu-Pfarrei, zu der auch unsere Familie gehört, ein Kunstwerk religiösen Inhalts stiften, das im Sakralraum aufgestellt werden soll. Der Künstler kann ohne Vorgaben arbeiten, muss jedoch das Thema des Spiegels, und wenn möglich einen Spiegel selbst, in seine Arbeit einbeziehen, um damit auf eines der wesentlichen Produkte aus der Fabrik meines Vaters zu verweisen. Da der Spiegel als Vanitassymbol einen schlechten Leumund in der Kirche hat, bringt mein Vater einen Theologiestudenten in der »Hüttchen« genannten Kammer neben dem Speicheraufgang unter. Gegen freie Kost und Logis muss der Seminarist innerhalb von zwei Wochen Stellen aus der Heiligen Schrift heraussuchen, die den Spiegel positiver und vor allem eindeutiger deuten als die einzige bekannte Stelle aus dem ersten Korintherbrief, wo es heißt: Wir sehen jetzt durch einen Spiegel in einem dunklen Wort; dann aber von Angesicht zu Angesicht. Der Theologiestudent verdient sich die von meinem Vater für einen Erfolg ausgelobten 500 Mark, indem er herausfindet, dass die Klugheit (sapientia) als Frau dargestellt werden kann, die in der linken Hand einen Spiegel (speculum sapientiae), in der rechten eine Schlange hält. Die Schlange bezieht sich auf die Stelle im Matthäus-Evangelium, wo es heißt: Seid klug wie die Schlangen, während der Spiegel, so die Interpretation des Studenten, an die Stelle im zweiten Korintherbrief erinnert: Nun aber spiegelt sich in uns allen des Herren Klarheit. Ein Künstler aus Mainz schnitzt die Sapientia lebensgroß aus dem Holz der vor zwei Jahren umgestürzten Eiche. Der Spiegel, den die Sapientia in der linken Hand hält, wird von Fachkräften aus dem Betrieb meines Vaters hergestellt. Die Schlange in der Rechten wird jedoch durch einen Zirkel, Symbol der vorausschauenden Planung, ersetzt, die Schlange hingegen, wie bei Darstellungen Marias unbefleckter Empfängnis üblich, unter dem rechten Fuß der Sapientia platziert. Hiermit trägt man einer seit Urzeiten bestehenden Rivalität gegenüber dem 30 Kilometer entfernten Schlangenbad Rechnung, die eine Aufwertung der Schlange für viele Gemeindemitglieder befremdlich hätte erscheinen lassen. Zum zehnjährigen Jubiläum haben wir später im Kunstunterricht die Sapientia mit Wärmeeisen aus Styropor nachgebildet.

1960
Meine Mutter bringt ein kleines Brüderchen oder Schwesterchen zur Welt, das aber schon kurz nach der Geburt im Krankenhaus stirbt. Sie wird anschließend sechs Wochen zur Kur an die Ostsee verschickt. Eine junge Angestellte aus der Fabrik, von meinem Vater »Das Mädchen« genannt, zieht in das Hüttchen, führt den Haushalt und passt auf mich auf.

Sie bleibt auch noch bei uns wohnen, als meine Mutter aus der Kur zurückkehrt, um ihr zur Hand zu gehen.

1961

Wieder soll ein Junge in Schlangenbad durch einen Schlangenbiss ums Leben gekommen sein. Da immer nur Kinder aus anderen Gemeinden von Schlangen gebissen werden, hält sich das Gerücht, es handele sich um dressierte Tiere, die Besucher fernhalten sollen. In Schlangenbad selbst wehrt man solche Anschuldigungen mit der Begründung ab, dass man als Kurbad keinerlei Interesse daran habe, Besucher abzuschrecken. Die letzte freilebende Schlange sei Anfang der fünfziger Jahre vor dem Kurhaus gesichtet worden, zudem beziehe sich der Name Schlangenbad nicht auf etwaige dort lebende Schlangen, sondern stamme von der Bezeichnung Schlingenbad, die auf die nach Schlangenbad führenden kurvigen Serpentinen verweise, die bedauerlicherweise 1941 vom Reichsverkehrsministerium begradigt und durch die allgemein als Aalrampe bekannte Zufahrtsstraße ersetzt worden seien.

1962

Mein Bruder kommt zur Welt. Als meine Eltern einen Nachmittag nicht da sind und auch das Mädchen zum Einkaufen unterwegs ist, sperre ich ihn in die Durchreiche und verbrenne seine Windeln im Ofen. Er stößt die Tür zur Küche auf und fällt dort auf den Boden, wo er ganz blass liegen bleibt. Ich gebe ihm einen kleinen Schluck Cognac aus der Glaskaraffe, die in der Bar neben der Durchreiche steht. Er schläft ein. Wir sammeln Kleider für Bethel. Vor den Sommerferien kommt ein Missionar. Im Kirchenschiff wird ein großes Holzkreuz ausgelegt, auf dem Schokoladentafeln liegen. Wer eine Woche lang jeden Morgen den Frühgottesdienst besucht, darf sich am Ende der letzten Messe eine halbe Tafel nehmen.

1963

Nichts.

1964

Ich entdecke zwei Besonderheiten an meinem Geschlecht. Einmal einen kleinen marienkäfergroßen schwarzen Aufsatz auf meinem Hodensack, der sich nicht entfernen lässt. Es ist so, als hätte sich ein Käfer wie eine Zecke dort festgebissen. Immer wieder versuche ich, das Ding mit meinem Fingernagel abzuzwicken, doch es gelingt mir nicht. Das Zweite, was mir auffällt, ist eine lange Narbe an der Unterseite meines Glieds. Sie ist rot und sieht ähnlich aus wie die Narbe an meinem Knie. Während ich mich jedoch daran erinnere, wie ich die Narbe am Knie bekommen habe (ich war gestolpert und in das hervorstehende Stück Eisen eines Abtrittrosts gefallen), muss ich mich an meinem Glied verletzt haben, als ich noch viel kleiner war. Vielleicht habe ich diese Narbe sogar schon seit meiner Geburt.

1965

Der Käfer ist weg. Ich hatte ihn schon einige Wochen vergessen, als mir auffiel, dass er nicht mehr da ist. Mein Hamster ist gestorben, was ich auch erst am nächsten Tag bemerkt habe. Dann war der Unfall, und seitdem kann meine Mutter nicht mehr sprechen. Eine Frau von der Caritas kommt regelmäßig vorbei. Sie wohnt aber nicht im Hüttchen, sondern fährt abends immer wieder nach Hause.

1966

Mein Vater stiftet dem Wunderpark eine Brücke. Es ist eine Hängebrücke, die über eine tiefe Schlucht führt und genau der Hängebrücke nachgebaut wurde, die bei der Aufführung von In den Schluchten des Balkan während der Karl-May-Festspiele in Bad Segeberg verwandt wurde. Zur Einweihung soll ich in meinem Indianerkostüm über die Brücke gehen und Ribanna singen. Obwohl wir es zweimal am Vorabend geübt haben und ich ohne mich festzuhalten über die wacklige Brücke gehen kann, hat eine Kommission meinen Auftritt kurz vorher abgeblasen. Mein Vater war unheimlich wütend, ich aber war nicht nur enttäuscht, sondern auch erleichtert, weil ich immer Schwierigkeiten mit dem Text habe und nie genau weiß, was auf »Ich sah das Leid in deinem Blick« folgt. Stattdessen kommt mir immer die Zeile »Ein Sternlein führt sie zum Jordanstrand« in den Sinn, die aus dem Lied von Peter Cornelius stammt, das ich am Dreikönigstag in der Kirche gesungen habe.

1967

Ich habe meinen ersten Toten gesehen. Außerdem bin ich zweimal nachts von zu Hause abgehauen und habe mich herumgetrieben. Ich habe mir unschamhafte Gedanken gemacht. Allein und mit anderen. Ich habe mich hinter dem Gartenzaun versteckt und versucht, Frau Berlinger im Badeanzug zu sehen, aber sie ist nicht rausgekommen an diesem Mittag. Und auch nicht an den anderen drei Mittagen. Ich habe einen Text abgeschrieben, den mir der Cousin vom Rainer zu lesen gegeben hat und in dem eine Frau erzählt, wie sie ihren Mann erwartet und nichts unter dem Kleid anhat und wie er dann Sekt aus ihrem Bauchnabel trinkt. Wir haben Blutsbrüderschaft gemacht, indem wir uns mit einer Nadel in die Finger gestochen, dann das Blut in ein Glas Wasser haben tropfen lassen, um anschließend davon zu trinken.

1968

Ich versuche, mit der ausgestreckten Hand die Dickwurz im Bach zu bewegen, um zu sehen, ob sie irgendwo festhängt und ob es nicht vielleicht doch ein Schädel ist. Zwei Männer erscheinen auf der Brücke und schauen mir zu. Sie lehnen sich über die Brüstung, aber sagen kein Wort. Hinter ihnen tauchen die dunklen Abendwolken über den Häusern und zwischen den gestutzten Ästen der Platanen auf. Zwei Tage später bekomme ich gegen Abend Fieber. Obwohl mir heiß ist, habe ich immer noch das Gefühl, meine Hände treiben in kaltem Wasser. Ein nacktes Knie. Ein Kohlkopf. Mein Bruder zeigt mir im halbdunklen Zimmer ein kleines rotes Plastikpferd, auf dem ich in einen unendlich tiefen Schlaf reite.

1969

Ich komme vor den Sommerferien in ein Sanatorium. Ich bleibe sitzen und besuche bis zum Herbst das Konvikt.

1970

Ich stehe vor einer relativ geraden Landschaft mit Rhabarberflecken im Hintergrund und einem staubigen Feldweg links oben. Ein Pferd zerrt an seinem Geschirr. Ein Vogel fliegt auf und wirft seinen Schatten auf die Schulmappe zwischen meinen Beinen. Hinter der Mauer mit den zwei Linden tauchen kleine Punkte auf. Es sind Kindergartenkinder mit bunten Wimpeln in den Händen.

5

Stimmt es, dass Sie Messdiener an der Herz-Jesu-Kirche in Biebrich waren, und zwar, um es genau zu sagen, an jener Herz-Jesu-Kirche, an der in den Jahren 1969 bis 1973 die Terroristin Birgit Hogefeld Orgelunterricht erhielt?
Ich weiß nicht ...
Antworten Sie bitte mit Ja oder Nein.
Ja, wahrscheinlich.
Stimmt es, dass Frau Hogefeld, im Juli 1956 geboren, beinahe ein Jahr jünger als Sie war und ist?
Wenn sie tatsächlich im Juli 1956 geboren ist, dann ist das richtig.
Und obwohl Birgit Hogefeld beinahe ein Jahr jünger als Sie war und ist, war sie Mitglied der Roten Armee Fraktion, Sie hingegen angeblich nicht. Haben Sie dafür irgendeine Erklärung?
Eine Erklärung? Ich war ...
Zu feige, wollen Sie sagen?
Feige? Ja, bestimmt auch. Aber damals, als die RAF ...
Sie sprechen von der ersten Generation der RAF?
Ja. Ja, ich spreche immer nur von der ersten Generation. Also, als die damals anfingen, mehr noch später, als sie in Stammheim saßen, ich weiß nicht, wie ich es sagen soll ...
Sagen Sie es doch einfach frei heraus, da wurden Sie von einer ihrer üblichen pubertären Regungen überkommen, diesen Sentimentalitäten, mit denen Sie bis heute ihr gesamtes Leben verkomplizieren. Sie haben sich ein Plakat zum Tod von Holger Meins ins Zimmer gehängt, darauf stand »Ein Genosse ist tot«, und das hing neben einem Poster von den Who, die damals ja ihren Zenit schon weit überschritten hatten, aber immerhin auch einmal vorgehabt hatten, jung zu sterben. Geschafft hat das ja nur einer von denen, aber mit dieser Londoner Vorstadtfresse konnten Sie sich natürlich nicht richtig identifizieren, während Holger Meins, wie er damals lediglich mit einer schwarzen Unterhose bekleidet verhaftet wurde, das hat Sie sofort an die Festnahme im Garten Gethsemane erinnert ...
Da war Jesus vollkommen bekleidet, meines Wissens.
Sie wissen schon, was ich meine, und später dann natürlich, nach dem

Hungerstreik, da kam dann die ganze Ikonografie der Grablegung zum Tragen.

Die Bilder, die es damals von Holger Meins gab, haben mich an zwei Gemälde erinnert, einmal an den toten Christus im Grabe von Holbein, was ja irgendwie auch ein blasphemisches Bild ist, wenn man es genau nimmt, dieser verzweifelte und verschreckte Körper, eingekerkert in einem engen Kasten, aus dem es kein Entkommen gibt, lebendig begraben, als wollte Holbein die Auferstehung leugnen. Und dann natürlich Mantegnas Christo in Scurto, das war, als das Bild von der Obduktion veröffentlicht wurde, genauso perspektivisch zu kurz geraten und verzerrt.

Sie wissen, dass allen Terroristen das Gehirn herausgenommen wurde, dass alle Terroristen ohne Gehirn begraben wurden?

Was wollen Sie damit sagen?

Nichts weiter, einfach eine Frage.

Der übliche Nazikram eben: Gehirne vermessen, um daran unwertes Leben zu diagnostizieren.

Es ging um Neuroplastizität.

Damals?

Damals noch nicht. Deshalb wurden die Gehirne ja auch alle so lange aufbewahrt.

Weil man etwas beweisen wollte, was man damals noch nicht beweisen konnte?

Kommen wir lieber noch mal auf dieses Symbol des Ecce Homo zurück, das Sie so stark am Terrorismus beeindruckt hat, weil Sie da praktisch und quasi übergangslos die Bildsprache Ihrer christlichen Erziehung wiedergefunden haben, gegen die Sie sich damals, vergeblich natürlich, zu wenden versuchten.

Das sind doch auch eindrucksvolle Bilder, und das war eben die Ebene, auf der ich ansprechbar war, die ästhetische eben.

Ästhetisch?

Ja.

Ein seltsamer Begriff in Bezug auf Terrorismus, finden Sie nicht?

Finden Sie?

Aber zurück zu Birgit Hogefeld. Sie können mir doch nicht erzählen, dass Sie, der Sie sich oft genug im Umfeld der Kirche herumgetrieben haben, niemals mit Birgit Hogefeld zusammengetroffen sind. Zum Beispiel, als sie auf dem Weg zur Orgelstunde war oder von der Orgelstunde kam.

Ich kann mich nicht erinnern.

Wäre es nicht denkbar, dass Sie als der Ältere Birgit Hogefeld ein Zettelchen zusteckten, ich will gar nicht von Kassiber sprechen, oder meinetwegen auch persönlich ansprachen, um mit ihr vor der Pieta zu stehen, die sich neben dem Seiteneingang befindet, wenn man von der Orgel kommt und nach rechts um die Kirche geht, um sie vielleicht dort zu küssen und ihr so die mittlerweile in Ihrem Kopf herangewachsenen halbgaren Ideen einzuflößen. Denn von selbst wäre das Mädchen nie auf so was gekommen, das wollte lieber seine Bach-Fugen spielen. Selbst später in der Zelle, als man ihr statt der Orgel eine Blockflöte gab, sprach sie davon, in den Bach-Fugen ihre Trauer …

Das Orgelspiel ist etwas Außergewöhnliches, das stimmt.

Die Königin der Instrumente …

Das meine ich nicht. Aber mit sich selbst mehrstimmig zu spielen, mit den Füßen und den Händen, mit zwei Manualen, das hat etwas Eigenartiges, es hat immer meinen Kopf beruhigt, weil ich da eines der wenigen Male völlig absorbiert war in meinem Leben.

Sie haben auch Orgel gespielt?

Erst viel später. Ich konnte den Klang viele Jahre nicht ertragen.

Weil er Sie an Birgit Hogefeld erinnert hat?

Nein, weil ich an die vielen Sonntage denken musste, was heißt denken, weil ich dieses Sonntaggefühl schon beim ersten Orgelton wieder präsent hatte, den Geruch von Weihrauch und Nudelsuppe.

Und Birgit Hogefeld ist also diese Claudia?

Nein, nein, überhaupt nicht. Wie kommen Sie darauf? Außerdem war Claudia ja älter.

Älter, jünger, das kann man ja alles entsprechend fiktionalisieren.

Nein, da sind Sie völlig auf dem Holzweg.

Und diese Geschichte da, mit der Hofeinfahrt in der Weihergasse, schräg gegenüber von der Bäckerei Daum?

Was ist damit?

Sie wissen, dass in der Hofeinfahrt, genauer gesagt in dem Haus, dass da eine Frau umgebracht wurde?

Ich glaube, dass Sie da etwas verwechseln. Da wohnte die Mutter dieser Frau, die umgebracht wurde. Die Frau selbst hatte geheiratet und war mit ihrem Mann auf den Gräselberg gezogen, und dieser Mann hat sie dann eines Tages umgebracht. Und später hat die Mutter der Ermordeten, die in dem Haus wohnte, das Sie meinen, die hat dann zu meiner Mutter gesagt, dass sie auch die Eltern des Mannes nicht mehr sehen wolle, obwohl die sich vorher gut verstanden hatten und es ja auch Enkelkinder gab. Aber sie wolle, wie sie sagte, mit Mörderleut nichts zu tun haben.

Sie hingegen haben durchaus gern mit »Mörderleut« zu tun, muss ich feststellen, wenn nicht sogar mit einem oder sogar mehreren Mordvorkommnissen selbst. Weshalb sollten Sie sonst dieses Haus erwähnen?

Nein, das ist doch völliger Unsinn.

Warum erwähnen Sie dieses Haus dann?

Einfach so, ohne Grund.

Nichts geschieht bei Ihnen ohne Grund.

Meinen Sie?

Meine ich, also los, raus mit der Sprache.

Wir haben da mal Kracher in die Hofeinfahrt geworfen.

Damals, '69?

Ja, und da kam eine Frau raus und hat angefangen rumzuschimpfen, und wir sind weggelaufen, aber später haben uns Männer abgepasst und gesagt, wir sollen uns entschuldigen, und als wir dann in den Hausflur mitgegangen sind, da haben sie uns da festgehalten und die Polizei geholt und behauptet, wir hätten die Frau mit einem Messer bedroht.

Und, haben Sie?

Natürlich nicht.

Wie kam die Frau dann darauf?

Keine Ahnung. Wir hatten ein Messer dabei, ein Taschenmesser, weil man die kleinen Kracher von einer Zündschnur abschneiden musste, aber wir haben sie nicht bedroht.

Und dann?

Dann kam die Polizei, und wir wurden jeder heimgefahren.

Und das war's dann?

Nein, dann mussten wir auf die Wache am anderen Tag, und da wurde ein Protokoll aufgenommen, und man hat uns natürlich nicht geglaubt.

Weshalb nicht?

Glauben Sie mir denn?

Das kommt drauf an.

Eben. Und damals hat man uns auch nicht geglaubt, weil Jungs natürlich generell lügen und Frauen in Kittelschürzen generell die Wahrheit sagen. Aber man wollte uns entgegenkommen, und da hat der Beamte gesagt, wir schreiben einfach ins Protokoll: Ich habe im Affekt gehandelt.

Das ist interessant. Und, hatten Sie?

Was?

Im Affekt gehandelt?

Ich wusste gar nicht, was das bedeuten soll. Aber der Beamte meinte eben, das wirke sich strafmildernd aus.

Ja, das sollten Sie sich immer vergegenwärtigen, es gibt Dinge, die wirken sich strafmildernd aus.

Aber wir hatten doch nichts gemacht. Wir waren unschuldig.

Auch wenn man unschuldig ist, kann man etwas Strafmilderndes immer gebrauchen.

Wenn Sie meinen.

Und damit war die Sache beendet?

Nein, wir kamen vor Gericht. Da war am Vormittag eine Verhandlung, da mussten wir in der Schule sagen: Wir müssen zum Gericht. Und das ist eigentlich komisch, fällt mir gerade auf, dass Gerichtsverhandlungen und Arzttermine und solche Sachen …

Verhöre, meinen Sie?

Ja, so was auch, also dass die immer am Vormittag sind, so als sollte man gleichzeitig öffentlich bloßgestellt werden, weil man sich immer extra frei nehmen muss von der Arbeit und der Schule.

Da Sie keiner geregelten Arbeit nachgehen, betrifft Sie das ja nicht weiter.

Ja, nur damals eben, aber egal. Auf alle Fälle wurden wir zu fünf Mark Strafe verurteilt, die wir ans Rote Kreuz zahlen mussten.

Und Sie waren da allein?

Achim und ich, weil wir als Einzige schon vierzehn waren.

Ich meine, Ihre Eltern?

Nein, die waren nicht dabei.

Und das war dann quasi die Geburtsstunde der Roten Armee Fraktion?

6

Man müsste etwas über die Fleckentferner der Nachkriegszeit schreiben. K2R, der Name stammt noch ganz aus der Diktion der Nazis, nicht nur weil auch das Ka-Zett mitklingt. Es hat außerdem etwas von einer Bombe, wie die Geheimwaffe der Nazis, die V2-Rakete, auch wenn die Tube selbst harmlos scheint, und auch wenn man angeblich an den Kappa Due gedacht haben soll bei der Namensgebung. Doch auch das ist eine eigenartige Vorstellung, den Fleck bezwingen zu müssen wie einen Berg. Flecken und deren Entfernung hatten im Nachkriegsdeutschland eine besondere Bedeutung. Es gab alle möglichen Anweisungen, wie man Tinte, Ruß, Rotwein usw. entfernen konnte. Der Fleck war die letzte Verbindung vom unkontrollierten Arbeitsprozess zur sich entwickelnden Bürokratisierung. Zudem erinnerte er an die Vergangenheit, als man ganzen Teilen der Bevölkerung Flecken auf die Kleider machte, um sie auszusondern. Und da man das nicht mehr rückgängig machen konnte, versuchte man, wenigstens selbst möglichst unbefleckt zu sein. Die ganze neue Bundesrepublik durch eine immaculata conceptio empfangen, ohne Historie und ohne Erbsünde. Man stellte sich gegenseitig Persilscheine aus und perfektionierte die chemische Reinigung, in die man alles brachte, was einen an die verleugnete Schuld erinnerte; ohne zu merken, dass man auch die systematische Ausrottung der Juden als chemische Reinigung hätte bezeichnen können und wahrscheinlich sogar hat. So entstanden überall in den Städten chemische Reinigungen als unbewusste Erinnerungsstätten, und man pilgerte wöchentlich zu ihnen, um Buße zu tun. Das ist meine Theorie. Einerseits.

Andererseits lautet meine Theorie, wenn ich es nicht gesellschaftlich, sondern von religiöser Seite her betrachte, dass die Fleckenmittel gegen die oft grausame Vorsehung helfen sollen, die den Menschen knechtet und der er selbst mit größter Anstrengung nicht entkommen kann. Der freie Wille scheint ein Truggespenst zu sein, denn selbst wenn ich mich mit einer Serviette und besonderer Vorsicht versuche, gegen die Vorsehung zu schützen, so will es mir einfach nicht gelingen. Im Gegenteil: Immer und immer wieder bekleckere und besudele ich mich. Schaut man sich die Biografien einzelner Menschen an, so scheinen sie nach einem inneren Muster abzulaufen, von dem die Betroffenen selbst nichts ahnen, einem Muster, dem sie blindlings folgen, ohne an ihm etwas verändern zu können. Das Fleckenmittel, wie so viele Mittel und technische Apparaturen, die der Mensch ersonnen hat, soll uns von dieser Vorherbestimmung reinwaschen, weshalb es immer weiter perfektioniert wird und die Reinigung schließlich selbst, also die Applikation des Mittels, die Funktion eines Rituals erhält. Das Bekleckern aber ist Symbol der notwendigen, weil vorherbestimmten Besudelung durch die Sünde, die zwar Sünde und Schuld für den Einzelnen zu sein scheint, aber dennoch notwendig ist für den Verlauf der Geschichte, weshalb der Sünder in völlig sinnloser Anstrengung versucht, nicht zu sündigen. Er hofft, durch diese Anstrengung der ihm bevorstehenden Strafe entkommen zu können, doch das ist schlichtweg unmöglich. Erst am Ende seines Lebens erkennt er, dass die von ihm begangenen Sünden unverzichtbarer Teil seiner Existenz und der Existenz der anderen waren. Er erkennt zudem, dass er sich umsonst angestrengt und gegrämt hat, denn da seine Sünden notwendiger Bestandteil des Weltengangs sind, kann von einer Schuld im üblichen Sinne nicht gesprochen werden.

Denn es geht uns nicht anders auf unserem Lebensweg als dem Judas, dem Sohn des Simon aus Jerusalem, dessen Namen er jedoch nicht führte. Stattdessen wurde er nach dem Ort Ischariot benannt, dem Ort, an dem er in seinem Binsenkörbchen angetrieben wurde, denn seine Eltern hatten den Judas kurz nach seiner Geburt im Schilf des Mittelmeers ausgesetzt, weil die Mutter noch während ihrer Schwangerschaft träumte, dass dieses Kind großes Unglück über die Familie bringen würde. Scheinbar nur wurde das Unglück gebannt, doch die Königin der Insel Ischariot, die am Meeresufer spazieren ging und sich selbst seit Langem ein eigenes Kind wünschte, fand den kleinen Judas und nahm ihn heimlich mit und ließ ihn im Geheimen aufziehen, während sie selbst so tat, als sei sie schwanger, um ihn hernach als ihr eigenes Kind auszugeben. So intensiv, auch um den Betrug zu verbergen, spielte die Königin ihre Schwangerschaft, dass sie schon bald darauf tatsächlich einen eigenen Sohn gebar, den sie zusammen mit Judas aufzog. Der Judas aber war bereits damals ein bösartiges Kind und ärgerte den leiblichen Sohn der Königin, auch weil er merkte, dass der Jüngere ihm vorgezogen wurde. Die Königin ahndete seine Vergehen unbarmherzig, denn eigentlich war Judas jetzt überflüssig geworden und erinnerte sie tagein, tagaus an die Lüge nicht nur gegenüber ihrem Mann, sondern gegenüber dem ganzen Volk. Schließlich sagte sie dem Judas einmal in Wut, dass er nur ein angeschwemmtes Findelkind sei, worauf er in seiner Verzweiflung den kleineren Bruder erdrosselte und nach Jerusalem floh, wo er zu Pontius Pilatus kam, der gerade einen aufgeweckten jungen Mann als Gehilfen suchte.

Judas und Pontius Pilatus verstanden sich deshalb so gut, weil auch Pilatus seinen Halbbruder getötet hatte. Der Vater des Pilatus war der König Tyrus, der ein Verhältnis mit der Tochter eines einfachen Müllers hatte. Der Müller hieß Atus und seine Tochter Pila, weshalb der König den unehelichen Sohn der Einfachheit halber Pilatus nannte. Pilatus wuchs zuerst bei seiner Mutter auf. Als er drei war, kam er an den Hof des Königs, wo er zusammen mit dessen Sohn erzogen wurde. Weil ihm sein Halbbruder in allem überlegen war, brachte der von Neid und Missgunst erfüllte Pilatus ihn schließlich um. Er floh aber nicht wie Judas, sondern wurde von seinem Vater an Zinses statt als Geisel nach Rom geschickt, wo er mit einer anderen Geisel, einem jungen Mann aus Frankreich, zusammentraf. Die beiden freundeten sich an, doch auch hier wurde Pilatus wieder neidisch auf die Eigenschaften seines Gesellen und tötete auch ihn. Daraufhin schickte man ihn auf die Insel Pontus, weil dort ein wildes Volk herrschte, das die römischen Statthalter regelmäßig erschlug und keine Herrschaft über sich duldete. Pilatus aber war so geschickt und eben noch böser und wilder als diese Bösen und Wilden, dass er sie unter seine Knute zwang, weshalb man ihn von da an Pontius Pilatus nannte. Sein Ruhm war so groß, dass Herodes ihn zu sich nach Jerusalem holte und ihm den Posten des Statthalters übertrug. Und es war dort, wo sich die beiden Brudermörder Judas Ischariot und Pontius Pilatus trafen.

Judas aber wusste nicht, dass er auf Umwegen und durch seine böse Tat nur sein Schicksal erfüllt hatte und wieder zu seinem Geburtsort zurückgekehrt war. Eines Tages nun schaute Pontius Pilatus aus seinem Palast und sah in einem Garten wunderbare Äpfel an einem Baum. Schon immer von Neid, Missgunst und Habgier geplagt, war er der Meinung, er könne ohne diese Äpfel nicht leben, und schickte den Judas, sie ihm zu holen. Judas tat wie ihm geheißen. Kaum hatte er jedoch die ersten Äpfel gepflückt, da kam der Hausherr, der kein anderer war als sein leiblicher

Vater, Simon. Um die Äpfel dem Pilatus bringen zu können, erschlug Judas seinen Vater und bekam zum Dank von Pilatus dessen Anwesen vermacht und die Witwe des Simon, die ja seine eigene Mutter war, zur Frau. Als diese ihm eines Tages ihr Leid klagte und erzählte, dass sie ihr Kind ausgesetzt hatte und ihren Mann verloren, da erkannte Judas, was er getan hatte, und lief zu Jesus, um ein neues Leben zu beginnen. Jesus nahm ihn auf, und Judas wurde schon bald zu seinem Lieblingsjünger, dem er so vertraute, dass er ihm alle Geldangelegenheiten überließ. Allerdings betrog Judas seinen Herrn immer wieder und nahm sich Geld aus der Kasse, die er verwaltete. Am Ende fehlten ihm 30 Silberlinge, für die er Jesus verriet, um den Fehlbestand wieder auszugleichen. Als er die Unsinnigkeit und die Grausamkeit seiner Tat einsah, ging er auf einen Acker und erhängte sich an einem Baum. Aber selbst diese Todesart war ihm vorherbestimmt, weil er damit zeigte, dass er weder zu den Engeln im Himmel noch zu den Menschen auf der Erde gehörte, sondern zwischen beiden als Opfer des Satans hing. Der Satan aber war endgültig in ihn gefahren, wie es bei Johannes heißt, als Jesus beim letzten Abendmahl einen Bissen Brot in den Wein tauchte und ihm reichte, da die Heilige Kommunion nicht nur von Sünden befreien, sondern, wenn es die Vorhersehung will, auch das Böse hervorrufen kann, je nachdem, was in einem angelegt ist, denn keine Handlung ist als Handlung eindeutig, sondern erfüllt sich nur in ihrem jeweiligen Zusammenhang. So wie Moses auf gleiche Weise wie Judas in einem Binsenkörbchen im Schilf des Nils ausgesetzt wurde, so wie jener im Schilf des Mittelmeers, und doch mit einem ähnlichen Schicksal zu einem gänzlich anderen Menschen heranwuchs. Als Judas sich erhängte und starb, da konnte seine Seele, die ja von Gott gegeben ist, nicht durch die Kehle ausfahren, mit der er gesündigt hatte, weil er durch sein Wort Gott verraten hatte, weshalb es Judas mitten entzweiriss und statt seiner Seele seine Gedärme nach außen fielen, denn aus diesen war der Gedanke zum Verrat in ihm emporgestiegen.

Zur Zeit aber, als Judas Ischariot Jesus verriet und Pontius Pilatus ihn zum Tode verurteilte, war der Kaiser Tiberius schwer erkrankt. Kein Arzt konnte ihm helfen, doch er hatte gehört, dass es in Jerusalem einen Arzt gäbe, der Krankheiten allein durch das Wort heilen könne. Also schickte er seinen Diener aus, um nach diesem Arzt zu suchen. Als der Diener erfuhr, dass es sich bei diesem Arzt um Jesus handelte und dass Jesus von Pontius Pilatus verurteilt und hingerichtet worden war, erschrak er sehr und wusste sich nicht zu helfen. Glücklicherweise begegnete er der Heiligen Veronika, die das Abbild Jesu auf dem Schweißtuch besaß. Der Diener bat Veronika, ihn zum Kaiser Tiberius zu begleiten, und tatsächlich: Sobald dieser das Bild von Jesus sah, wurde er wieder gesund. Als der Kaiser nun aber erfuhr, dass Pontius Pilatus Jesus zum Tode verurteilt hatte, da wurde er zornig und ließ den Statthalter vorführen, um diese frevelhafte Tat an ihm zu rächen. Pontius Pilatus hatte jedoch den ungenähten Rock Jesu angezogen, und als er so vor Tiberius erschien, konnte dieser nicht mehr zornig sein, sondern wurde ganz mild und ließ den Pontius Pilatus wieder gehen. Kaum war er fort, da wurde der Kaiser wieder zornig und schickte erneut nach ihm, um ihn jetzt wirklich zu bestrafen. Doch wieder erschien Pilatus im Rock des Herrn, und wieder konnte Tiberius ihm nichts tun. So ging es dreimal, bis der Kaiser durch eine Eingebung den Pilatus hieß, seinen Rock auszuziehen. Jetzt endlich konnte Tiberius seine Wut gegen Pilatus auch in dessen Gegenwart spüren. Er ließ ihn in den Kerker werfen, um sich mit seinen Richtern zu beraten, was die schändlichste Strafe für ihn sei. Doch Pontius Pilatus entzog sich dem Urteil, indem er sich erstach. Nun nahm man den Leichnam, band einen Mühlstein daran und versenkte ihn im Tiber. Doch da Pilatus ganz dem Satan gehörte, spielte dieser mit dem Toten, ließ ihn zusammen mit dem Mühlstein aus dem Fluss in die Luft fliegen und veranstaltete ein Riesenspektakel, bis man den toten Körper wieder herauszog und vor die Tore Roms brachte. Aber auch dort war es nicht anders. Drei verschiedene Orte suchte man auf, bis man den Pontius Pilatus schließlich in einen abgelegenen Talkessel warf, wo er heute noch zusammen mit seinem Mühlstein vom Teufel durch die Luft gewirbelt wird.

Der Judas ist aber nicht nur wegen seines Verrats interessant und außergewöhnlich und weil sich in ihm noch einmal das gesamte Böse vom Sündenfall durch Essen des verbotenen Apfels über den Brudermord des Kains bis zum Inzest findet, sondern weil er im biblischen Umfeld den einzigen Vatermord begeht. Die Bibel kennt den Patrizid nicht, da in der Heiligen Schrift die Väter die Söhne umbringen oder sich gegenseitig erschlagen. Die Fleckenmittel und chemischen Reinigungen aber gehören zur Generation der Väter, die mit ihnen versuchen, den sichtbaren Makel ihrer Taten zu verbergen, während sich die Söhne erst aufeinanderhetzen lassen und am Ende selbst richten.

7

Ich habe den Namen des Herrn in ein kleines Papphaus gezwängt und Tür und Fenster darauf gemalt mit Filzstift, so als könnte er jederzeit hinaus und hinein und die Welt behüten, während er in Wirklichkeit in tiefster Dunkelheit gefangen war. Und außerdem war die Pappe feucht und roch eigenartig.

Ich habe die Heilige Dreifaltigkeit mit Bierdeckeln nachgelegt und die Kulistriche für Biere und die Kulikringel für Kurze entsprechend gedeutet oder von anderen aus der Oberstufe entsprechend deuten lassen.

Ich habe kleinen Plastikdingen Namen von Heiligen und Märtyrern gegeben und diese Dinge dann im Zorn missbraucht.

Ich habe mit einer blauen Plastikschaufel die Schöpfung des Herrn in Form einer Sandburg verhöhnt, weil ich mir vorgestellt habe, in diesem Machwerk zu wohnen und zu regieren und alle mir unliebsamen Menschen durch die engen und eigentlich für Klicker gedachten Tunnel und Rinnen zu hetzen, bis ihnen der Atem ausgeht – und zwar für immer.

Ich habe meine Unterhose verkehrt herum angezogen, was ein Versehen war, aber, als ich es bemerkte, dieses Versehen nicht korrigiert, sondern aus diesem Versehen unschamhafte Gedanken entwickelt und so getan, als sei ich ein Mädchen, weil Mädchen an der Unterhose keinen Eingriff haben, und könnte mich nun selbst begehren und mich als Vorlage für schmutzige Fantasien benutzen.

Ich habe Äste von Bäumen gerissen und mit diesen Ästen andere Bäume so lange drangsaliert, bis Harz aus der Rinde kam, und selbst dann hatte ich noch immer kein Einsehen.

Ich habe den nackten Mädchen auf der Neuen Revue, der Praline und dem Wochenend widerstanden, mir aber unschamhafte Gedanken über Achims Mutter und Frau Berlinger gemacht, während ich in Wirklichkeit nur ein einziges Mal im Schwimmbad, aber da wurde ich von älteren Jungs angestiftet, mit anderen zusammen im Nichtschwimmerbecken Mädchen angesprungen und versucht habe, nach ihrem Busen zu grapschen.

Ich habe Dinge in den Mund genommen, die man nicht in den Mund nimmt, wie Klicker und die Plastiktiere aus meinem Zoo, und auch Dinge wie Erbsen und Muggelsteine in andere Körperöffnungen gesteckt, also Ohren und Nase, nicht da unten, und habe anschließend eine Versehrgarnitur aus grauer Knete geformt, mit einem Kreuz und einem Tablett mit drei Schalen, und habe Salz und Wasser und Livio-Öl in die Schalen getan und an mir selbst die Krankensalbung vorgenommen.

Ich habe anderen Dinge ins Ohr geflüstert, die ich selbst nicht richtig verstand, von einem Bauern, der ein lebendiges Schwein in einem Sack zum Markt bringen will und dem der Sack reißt, und von einem Arzneimittel, von dem die Frau einen steifen Hals bekommt, weil es eigentlich für den Mann bestimmt war.

Ich habe in einer unendlichen Anzahl von Lügen die Schöpfung des Herrn verraten und in den Schmutz gezogen, da ich mit meinen Lügen so tat, als wäre ich selbst dem Schöpfergott ähnlich und könnte den Willen Gottes und den tiefen Ratschluss des Herrn für meine niederen Zwecke außer Kraft setzen und mich gleichzeitig wie sein Ebenbild aufführen, indem ich ganz wie er eine Welt neben der seinen schuf, in der Hausaufgaben gemacht, 20 Pfennig verloren und nicht in Wirklichkeit für Schokoprinz ausgegeben werden, Gebete weder unterlassen noch geplappert, Streite geschlichtet anstatt angefangen, Turnbeutel, anstatt selbst am Morgen auf dem Schulweg hinter die Hecke geschmissen, gestohlen wurden und noch vieles mehr.

Ich habe Götzen angebetet und zu ihrer Musik getanzt (Klammerblues).

Ich habe während der Messe Gruselbildchen getauscht und heimlich Wackelbilder angesehen und während der Zeit nach der Wandlung immer wieder die Hitparade aufgesagt im Kopf und beim Dank sei Gott gedacht: Dank sei Gott, die Kirch ist aus, und die Nummer 517 im Gesangbuch aufgeschlagen und meinem Banknachbarn gezeigt, weil der Verfasser Laurentius von Schnüffis heißt, und darüber gelacht.

Ich habe die Heiligen Insignien verhöhnt, indem ich meinem Hamster eine Mitra aus Papier aufgesetzt habe, mit der er eine knappe halbe Minute durch den Käfig irrte, bevor er sie abschütteln konnte, um sie in der Nacht zu zernagen, weshalb er wenig später starb und ich sein unschuldiges Leben auf dem Gewissen habe.

Ich habe als Ministrant während der Fahrt im Taxi zu einer Beerdigung Weihrauch aus dem Schiffchen genommen, in den Mund gesteckt und runtergeschluckt.

Ich habe kurz vor der Messe noch heimlich Schokolade gegessen, weshalb mein Mund und mein Körper unrein waren, und dennoch bin ich zur Heiligen Kommunion gegangen und habe den Leib des Herrn empfangen und dadurch entehrt.

Ich habe selbst in der Beichte gelogen, weshalb jede Beichte ungültig war und jede Absolution ungültig und jedes Vergeben ohne Wert, was allein ich selbst verschuldet habe, da ich die unendliche Güte Gottes missbraucht und ihren Wert nicht erkannt und mich dennoch samstags am Spätnachmittag für einen Moment befreit und gereinigt gefühlt habe, was genauso eine Lüge war wie alles andere auch.

8

Kamerad Müller setzt sich neben mich, rollt den Plan aus und zieht mich, obwohl gerade erst Knirps, ins Vertrauen.

»Das wundert Sie?«, fragt er. Er ist der Einzige, der mich, ein Kind, siezt, und das ohne jede Ironie. Er schiebt meine Limonade mit einem Lächeln zur Seite, stellt sie auf die rechte Kante des Plans, damit der Bogen sich nicht mehr zusammenrollen kann, während er auf der anderen Seite einen Aschenbecher platziert.

»Schauen Sie her!«, sagt er. Ich hocke mich mit den Knien auf die Bank, stütze die Ellbogen auf und sehe zum ersten Mal das Labyrinth.

»Ein Irrgarten«, sage ich. Kamerad Müller lacht anerkennend und öffnet die Sicherungsschnalle um seinen Fahrtenmessergriff. Ich fahre mit dem ausgestreckten Zeigefinger die Wege ab, komme aber zu keinem Anfang oder Ende. Kamerad Müller bläst das Papier vom grauen Strohhalm, den die Wirtin neben seine Brause gelegt hat. Eine kleine Wolke jagt die Straße entlang, spiegelt sich im schwarzen Auto, dann im regennassen Kopfsteinpflaster.

»Oberste Geheimhaltungsstufe«, flüstert mir Kamerad Müller ins linke Ohr.

»Oberste Geheimhaltungsstufe«, wiederhole ich. Kamerad Müller zieht den Dolch heraus und schneidet erst sich, dann mir ein kleines Kreuz in den Zeigefinger. Ein Tropfen Blut tritt nach oben und bleibt auf der Kuppe stehen. Wir tauchen unsere Finger nacheinander in den Brauserest und nehmen jeder einen Schluck von dem Gemisch. Die Eltern sitzen zu Hause vor den Radiogeräten, soweit man noch Eltern hat, und hören Sendungen mit beschwingter Musik, die aus einer Hotelbar übertragen wird. Der Krieg tobt vor der Stadt und auf der anderen Seite des Flusses. Ein Dampfer fährt vorbei, darauf tanzen Menschen. Der Bombenfall ist ein Feuerwerk für sie.

»Was ist denn die Welt der Erwachsenen schon?«, fragt Kamerad Müller an mir vorbei in die überfüllte Gaststube. Ich versuche ihn daran zu erinnern, dass ich noch nicht richtig schreiben kann, noch nicht einmal meinen Namen, falls es zu einer Unterzeichnung kommen sollte. Ich habe mir den Ranzen unter die angewinkelten Beine geschoben, damit ich überhaupt mit den Armen bis zum Tisch reiche. Eigentlich warte ich nur auf meine Schwester. Die Tür des Hinterzimmers wird aufgestoßen, und jemand stürzt in einer Wolke Zigarrenqualm heraus und fällt auf den Boden des Schankraums. Weil er mit beiden Händen seinen offenen Hosenbund zusammenhält, kann er sich nicht abstützen und schlägt mit dem Kinn zuerst auf die Dielen. Ein paar schnelle Läufe über die schrägen Akkorde eines Akkordeons schneiden sich durch das Gelächter. Die Tür schaukelt nach und stößt dem Liegenden noch einmal in die Seite, bevor sie zufällt.

»Die Menschen wollen lachen und vergnügt sein. Sie wollen keinen Krieg. Sie brauchen Anweisungen und Vorschriften, sonst wird alles für sie zu einem einzigen Irrgarten. Sie wollen Dampferfahrten und Tanzvergnügen, und alle, alle wollen sie nicht sterben, weshalb sie sich immer schneller drehen und immer lauter schreien und sich auf Kisten stellen und noch beim Herunterspringen versuchen, den Kopf ihres Nächsten mit den Füßen zu treffen. Lieber ins Gefängnis, lieber an die Front als nach Hause, das ist der einzige Grund, verstehen Sie?« Ich schüttle den Kopf. Er lacht und fährt mir mit der Hand durch das Haar. »Sie sind mir schon einer. Nein, im Ernst«, er beugt sich zu mir, dass ich seinen Brauseatem riechen kann. »Sie sind schon in Ordnung. Solche Männer wie Sie brauchen wir. Das Labyrinth ist nur eine Metapher. Zumindest auf einer bestimmten Ebene. Auf einer anderen ist es jedoch mehr als real. Aber das geht in die wenigsten Köpfe hinein. Es hat etwas Transzendentales, fast wie der Tod. Wenn man schon von Enteignung spricht, so muss man an erster Stelle feststellen, dass man uns des Todes enteignet hat. Viel zu lange war unser Tod immer nur der Tod des anderen, was uns auch noch als philosophische Erkenntnis angepriesen wurde. Er gehörte nicht dem Sterbenden selbst, der angeblich gar nichts mit ihm anfangen konnte. Der Sterbende starb einfach, er bäumte sich noch einmal auf oder dämmerte dahin, stammelte und schrie, doch was er auch sagte, von seinem Tod wusste er nichts. Nicht das Geringste. Und weil der Sterbende nichts von seinem Tod wusste, man stelle sich das einmal vor, wurde der Tod zu einer Herausforderung der Philosophie. Ihn bis auf seinen Grund gedanklich zu durchdringen, sein Geheimnis zu entschleiern, das wurde Aufgabe einer Wissenschaft, die sich bislang nur darum gekümmert hatte, ob das Urelement nun aus Wasser oder Feuer besteht.

Und trotz all ihrer Bemühungen kamen diese stirnzerfurchten Denker letztendlich allein auf die großartige Idee eines Tauschgeschäftes. Anstatt uns den Tod zurückzugeben, hieß es nun, wir würden für unseren Tod als Gegenleistung viele andere Tode erhalten. Eine Art Rabattmarkensystem. Grund: Nur im anderen Tod seien wir in der Lage, den Tod überhaupt zu begreifen und so weiter. Währenddessen wurde immer weiter gestorben und Leben in einem Zustand der Todesenteignung weggeworfen, im Tod auf dem Feld, dem Fallen für das Vaterland, das wir natürlich niemals Fallen nennen, wie sollten wir auch, sondern Verrecken, denn wir verrecken, wenn wir dort draußen vor den Städten, den Dörfern, den Flüssen, den Tanzvergnügungen und Dampferfahrten unseren letzten Atemzug tun. Wir sind diejenigen, die diese Dampferfahrten und Tanzvergnügungen überhaupt erst ermöglichen und bewahren, ein recht zweifelhaftes Kulturgut, um ehrlich zu sein. Aber egal.« Ähnlich wie er zuvor mich am Hinterkopf gepackt hat, nimmt er nun seinen eigenen Kopf und drückt ihn mit geschlossenen Augen nach vorn, als wolle er sich an etwas erinnern.

»So ist das mit dem Labyrinth. Wenn Sie erst einmal, so wie ich oder meine Kameraden, nächtelang umhergeirrt sind, durch Wälder so dicht, dass es niemals Tag wird in ihnen, wenn Sie die blutigen Hände, die verschrammten Gesichter, die aufgeplatzten Uniformen um sich herum gesehen haben, dann, und nur dann, verstehen Sie urplötzlich und mit einem Mal, was es mit dieser anderen Wirklichkeit, der Wirklichkeit des Todes, auf sich hat. Sie verstehen, ohne überhaupt einen Gedanken daran verschwendet zu haben, das Prinzip des Labyrinths. Sie zweifeln nicht mehr an dem Bastard aus Mensch und Stier, im Gegenteil, ganz im Gegenteil. Sie wissen, und dies ist alles andere als beruhigend, Sie wissen, dass alles von Menschen Gedachte einen Widerklang in der Realität besitzt und dass dieser Widerklang überhaupt erst durch Gedanken erzeugt wird. Die Äste heulen wie verletzte Tiere, wenn sie durchtrennt werden, die Zweige bäumen sich auf in Gegenwehr, werfen sich ihnen gegen Brust und Bauch. Nein, dort draußen weiß man nicht mehr, wo vorn und wo hinten ist, man weiß nicht mehr, wohin man sich bewegt, wen man sucht, wen man beschützt, und schon gar nicht, wen man bekämpft. Ich kämpfe dort draußen gegen mich und sonst gegen niemanden. Es sind aber die Kinder, die auf unseren Gräbern tanzen werden.« Er fängt an zu lachen und bewegt Zeige- und Mittelfinger der rechten

Hand wie die Beine eines kleinen Püppchens über die Karte mit dem Labyrinth.

»Und ihr sollt ja auch tanzen, wozu sind Gräber denn sonst da? Lassen Sie sich da bitte nicht irremachen, egal was man Ihnen berichtet. Alles ist nur Ablenkung, das ganze Brimborium um den Tod, die Orden, die Feiern, das alles soll dem Tod die Verbindung nehmen zum Leben, seine Transzendenz, wenn Sie verstehen. Dort ist der Tote, dort sind die Lebenden, dazwischen liegt das Grab, ein Graben ist das Grab, da darf es keine Verbindung geben, da wird Weihwasser gesprengt noch und noch und Reden gehalten, alles gegen die Transzendenz.«

Wieder öffnet sich die Tür zum Hinterzimmer für einen Moment. Zwischen den Rauchschwaden sehe ich eine halbnackte Frau auf einem der Tische liegen. Kamerad Müller wischt die winzige Blutspur von seinem Messer und steckt es in den ledernen Halter an seinem Gürtel. »Das Labyrinth, teurer Freund, ist jedoch noch viel mehr als eine bloße Metapher, es ist eine innere Wirklichkeit. Und diese Wirklichkeit müssen wir in uns tragen. Da ist der Bastard Stiermensch, von dem wir nichts wissen, eine Truggestalt wie aus einem Märchen. Aber warum entstehen denn solche Truggestalten? Sie sind uns diktiert durch eine andere große Truggestalt, nämlich Gott. Wenn es einen Gott gibt, dann gibt es auch eine Mischung aus Stier und Mensch, die Opfer fordert. Aber Gott gibt es nur, weil wir, Sie und ich und alle anderen mit uns, in kleinen Zimmern aufwachsen müssen, mit Menschen, die uns herumscheuchen. Aber ich schweife ab.« Kamerad Müller hält für einen Moment inne, nimmt ein weißes Taschentuch aus seiner linken Hosentasche und tupft damit seine Lippen ab. Ich bin müde geworden. Der Abend spielt mit sich selbst auf der grauen Einbahnstraße Verstecken.

»Das Labyrinth oder der Irrgarten, wie Sie so richtig zu sagen pflegen«, setzt Kamerad Müller erneut an, »wächst mit uns. Es ist eine Lüge, wenn man glaubt, dieses Labyrinth einmal verlassen zu können. Ich nenne das die Lüge der Väter. Sie geben uns unbrauchbares Werkzeug an die Hand und gaukeln uns damit die Möglichkeit vor, aus dem Labyrinth entkommen zu können. Doch welche Möglichkeit sollte das sein? Nein, es hat nichts damit zu tun, dass wir zu viel wollen, dass wir zu hoch fliegen, das sind die Lügen einer väterlichen Wissenschaft, die verbreitet werden, um sich selbst ins Recht zu setzen. Unser Tod ist vorherbestimmt von dem Moment an, da wir uns die Flügel umschnallen lassen. Wer hat das Labyrinth denn entworfen, bauen lassen, sich selbst darin eingeschlossen? Es handelt sich um Gesellschaftstheorie, aber wie alle Theorien ist auch diese ein höchst unzureichendes Werkzeug.« Er packt mich unvermittelt am Handgelenk, zieht mich durch die Wirtsstube nach draußen, wo gerade ein leichter Windhauch vom Kanal her die Straße hinauftreibt. Für einen Moment lässt er den Kopf hängen, dann fasst er sich wieder und sagt: »Die Welt soll von uns ferngehalten werden. Das ist die Ideologie der Väter, besser noch des Vaters, da er, der große Vater, damit anfing, die Welt vor uns zu verbergen, sie in Worte zu hüllen, in Erklärungen, Erläuterungen, in Theorien und Thesen, in denen wir aufwachsen, ohne es zu merken. Uns aber, in unserer unstillbaren Todessehnsucht, fällt nichts anderes ein, als neue Theorien zu entwerfen. Hier!« Er bückt sich und kratzt mit dem Zeigefinger der rechten Hand etwas Lehm zwischen den angerissenen Pflastersteinen heraus. »Erde. Und dort.« Er tritt einen Schritt nach vorn, bückt sich erneut und schlägt mit der flachen Hand in eine Pfütze. »Wasser. Und Luft.« Er atmet tief ein. Dann winkt er mit der linken Hand. Ein dunkler Wagen fährt ohne Beleuchtung aus einer Nische zwischen zwei Ulmen hervor und rollt bis zu uns. Die Hintertür geht auf, und Kamerad Müller zieht mich mit sich in den Innenraum.

»Meine Schwester …«, sage ich.

»Ist ein Flittchen«, sagt Müller. Die Reifen reiben leise auf dem Steinpflaster, während wir am Kanal entlangfahren. Ich bekomme Hunger. Wir fahren Richtung Marktplatz. Ich überlege, ob dort heute eine der Versammlungen ist, bei denen sie die Sterne mit Raketen vom Himmel schießen und unsere Eltern in Ohs und Ahs ausbrechen und für einen kurzen Augenblick das Gefühl des Verliebtseins in sich zurückkehren spüren und die Ahnung einer Begierde, die sich gegen gestapelte Bierkisten und pfeifende Mikrofone und gegen die labyrinthische Lehre des Vaters auflehnt, um sie im nächsten Moment durch ein immer wieder herausgebrülltes »Wir folgen! Wir folgen!« zu bejahen.

»Die Bombe ist in einem Rhönrad deponiert«, erklärt mir Kamerad Müller. »Wir haben allerdings Probleme mit der Zündung. Dazu brauchen wir Sie. Sie müssen sich in der Nähe der Bühne aufhalten. Wenn er die in den Kreis eingespannten Körper bewundert und sich, wie er es bislang jeden Abend, 230-mal allein in diesem Jahr, getan hat, zu einem jovialen Gruß nach vorn beugt, werden Sie die Zündung betätigen, und zusammen mit dem entmenschlicht eingeschlossenen Leib seines Sohnes wird er, der Führer, der Vater der Theorie, zerrissen werden.« Er drückt mir eine kleine quadratische Schachtel in die Hand, auf der ein rotes Lämpchen in unregelmäßigen Abständen aufblinkt. Ein Kippschalter ist darunter angebracht. »Sie müssen den Schalter nur nach oben legen, das ist alles.«

»Werde ich sterben?«, frage ich.

»Vielleicht.« Kamerad Müller nimmt meine Hand und drückt sie ernst. »Wir werden das Modellboot, an dem wir in unserer Gruppenstunde basteln, nach Ihnen benennen«, sagt er.

Wenn er bloß blind wäre, wie in den Märchen, und immer nur tasten könnte nach dir, dann würde ich einfach dein Nachthemd anziehen und du meins. Sie lacht und stellt sich neben mich. Ich bin fast so groß wie du. Ich nicke. Als wären wir Zwillinge. Und dann? Ich würde ihn beißen. Du würdest ihn beißen, und ich säße im Turm, und wenn ich nach Hause käme, wärst du tot, und das Blut liefe dir aus dem Mund, und dann würde er mich schlagen, obwohl ich gar nichts gemacht hätte. Wir können es probieren. Die Bäume werfen wacklige Schatten durch das Küchenfenster auf die Kacheln. Ich ziehe mein Hemd aus. Du siehst nackter aus als ich. Komm! Ich mag nicht. Nur die Bluse. Ich mag nicht. Ich kenn doch deine Flecken. Trotzdem. Zwei, drei Knöpfe, wie als wir über die Wiese rannten mit dem Bluttuch, noch ganz frisch, in der Hand. Meine Schlafanzughose hast du getragen, aufgeschnitten, unter dem Schuppendach. Der Regen läuft von der Dachrinne über deine Stirn in deinen Kragen. Einmal, sie beugt sich, um den Kopf zu verbergen, habe ich alles zugenäht. Auch eine Idee. Er hat gerissen daran, und ein Fingernagel ist ihm dabei abgebrochen. Das Nähkästchen der Mutter, sie hat es vergessen, immer kniet sie vor ihm, wenn sie einen Knopf annäht, mit der kleinen Schere in der Hand und dem Garn. 18 Kratzer hatte ich nachher auf dem Bauch und an den Beinen. Die Schere war zerbrochen. Ich habe dafür kein Abendbrot bekommen. Zeig die Kratzer. Sind schon weg. Dein Haar ist kurz wie meins, er würde nichts merken. Eierstichsuppe rinnt ihm aus dem Mund. Ich hole den Hammer aus dem Schuppen. Der ist doch bloß aus Holz. Egal. Wir schleifen ihn bis zum See. Nicht zum See. In den Keller dann. Egal. Wir lassen ihn liegen. Warum weinst du? Du bist so dumm. Er merkt es doch. Er merkt alles. Ich bin nicht dumm. So schnell ich kann, laufe ich vom Turm heim. Ich renne, was das Zeug hält. Nichts hält, nichts. Sie reißt die Bluse auf, ein Unterhemd wie meins, nur ausgebeult. Das meine ich, das, das merkt er, das merkt er gleich, bevor du treten kannst, bevor du überhaupt denken kannst, lange noch davor.

9

FRAGEBOGEN (BINARY CHOICE)

1. Manchmal sind die Regenfälle so stark, dass es sich empfiehlt, ein Attentat zu verschieben.
richtig ☐   falsch ☐

2. Das Kopfsteinpflaster kann im Lampenlicht der umliegenden Gaststätten illusionäre Wahnzustände hervorrufen, die zu einer fragwürdig irrationalen Einstellung der Welt gegenüber führen.
richtig ☐   falsch ☐

3. Ein vergessener Schulranzen ist in einem Indizienprozess als Beweismittel zulässig und führt im Allgemeinen zur Verurteilung.
richtig ☐   falsch ☐

4. Fußnoten der Geschichte rechtfertigen nicht ungenügende Kopfnoten der Gegenwart.
richtig ☐   falsch ☐

5. Die Beschädigung eines gemeinschaftlichen Rhönrades führt zu einem irreparablen volkswirtschaftlichen Schaden.
richtig ☐   falsch ☐

6. Bei Kindern unter zehn Jahren ist die Fähigkeit der Urteilsbildung so unzureichend, dass sie es unter keinen Umständen wagen sollten, in das politische Geschehen einzugreifen.
richtig ☐   falsch ☐

7. Wer keinen Dreisatz kann, sollte sich vor Sprengsätzen hüten.
richtig ☐   falsch ☐

8. Die Ringparabel beschreibt die Welt als einen Kreislauf des Unumkehrbaren, dem man sich am besten anschließt.
richtig ☐   falsch ☐

9. Der Dreispitz betont die spitze Kopfform des Herrschenden.
   richtig ☐   falsch ☐

10. Das Kind sei den Eltern untertan und treibe sich nicht nachts
    auf Versammlungsplätzen herum.
    richtig ☐   falsch ☐

10

Noch bevor die Schule geschlossen und wir in die eigenartig leeren Tage entlassen wurden, die weder begrenzt wie Ferien oder Feiertage waren noch unbegrenzt wie während einer Krankheit, bei der man das Gefühl der Normalität, außerhalb derer man sich befindet, nicht verliert, hielt sich das hartnäckige Gerücht, von dem ich nicht weiß, wer es mir zuerst erzählte, mich noch nicht einmal erinnern kann, ob es mir überhaupt jemand erzählte, dass unser Mobiliar, die Stühle und Pulte, aber auch die von der Schule zur Verfügung gestellten Arbeitsmaterialien, wie etwa Lineale, Bleistifte und Rechenschieber, aus Sargholz hergestellt seien. Sargholz war ein eigenartiger Begriff. Zwar stellte sich bei mir unmittelbar das Bild von aufgeschichtetem Holz, aus dem man Särge fertigt, ein, doch hätte ich bei genauerem Nachdenken nicht sagen können, wodurch sich das Sargholz von gewöhnlichem Holz unterscheidet. War es Holz, das zur Herstellung von Särgen vorgesehen war, dann aber, vielleicht weil nicht genug Menschen gestorben waren oder weil die Menschen, die gestorben waren, sich keine Särge hatten leisten können, zur Herstellung anderer Gerätschaften Verwendung fand? Dann wäre der Name Sargholz ein rein intentioneller gewesen und hätte das sich bei uns fast reflexhaft einstellende Gefühl des Ekels kaum gerechtfertigt. War es dann vielleicht Holz, aus dem man Särge gezimmert hatte, die nun, weil der Platz auf den Friedhöfen eng geworden war, die Leichen ohnehin verwest und zerfallen, ausgegraben und einer neuen Verwertung zugeführt wurden? Es gab angeblich Hinweise und geeignete Prüfungsverfahren, um festzustellen, ob es sich um Sargholz handelte oder nicht. Wenn man die Finger feucht machte und mit ihnen auf der Tischplatte oder an der Stuhllehne entlangrieb, lösten sich beim Sargholz kleine Partikel. Das war der Totenstaub, der sich in das Holz eingefressen hatte. Wenn man auf einem Stuhl aus Sargholz saß, war einem immer kalt, egal was man anzog und welche Temperatur draußen gerade herrschte, außerdem schlief einem der Hintern ein. Mit den Linealen aus Sargholz konnte man keine Winkel konstruieren, außerdem durfte man sie sich nicht beim Herumspielen in den Ärmel schieben, weil sonst der Arm erlahmte und abstarb. Sah man genauer hin, fanden sich kleine Lücken und Löcher im Holz. Die sogenannten Totenaugen, da die Augen der Toten als Erstes verwesten und in ihrem Zerfall Spuren im Holz hinterließen. Je jünger ein Toter war, desto tiefer waren die Augen, durch die man angeblich nachts alles sehen konnte.

Waren die Gerüchte um das Sargholz schon seit Langem bekannt, so häuften sich kurz vor Schließung der Schule andere Spekulationen. Das Papier der Schulhefte sei aus Mädchenflachs. Auch hier war ich mir nicht sicher, ob es sich um Mädchenhaar handelte oder vielleicht doch um ein Material, das nur so hieß. Die Fäden aber, mit denen die Hefte gebunden seien, bestünden aus Mäuseschwänzen. Die Kreide werde aus Zahnknochen hergestellt, die Tafeln seien nicht aus Schiefer, sondern aus Schädelplatten. Das Bohnerwachs, nach dem die langen Flure rochen, sei parfümiertes Schweineblut und unsere Ranzen aufgepumpte Hundemägen. Füller waren Hohlknochen und die Tinte, mit denen wir sie füllten, etwas so Ekelerregendes, dass niemand zu sagen wagte, worum es sich dabei handelte. Meine Vermutungen und Spekulationen waren dementsprechend diffus und gelangten nie zu einem nennbaren Ergebnis, da mir nichts einfallen würde, was grässlich genug war, dieses Gefühl zu rechtfertigen, das nur Ahnung war. Auch werde unser Schulgebäude nachts für geheime Sitzungen und Treffen benutzt. Kurzum, wir fühlten uns, bevor wir tatsächlich entlassen wurden, nur noch wie Gäste in einer von Todessymbolen bestimmten und vom Tod gezeichneten Umgebung.

Die Philosophie des Unterhemds ist die einzige Philosophie, die bleiben wird. Sie ist am eigenen Fleisch empfunden. Sie ist erschwitzt. Aus den Rippen herausgeschwitzt. Sie ist nicht die Lehre der Turnschuhe, nicht die der Gummimatten und selbst nicht die des Rhönrads, das sich für den Führer ewig dreht als Symbol seiner Vollkommenheit. Alles läuft in ihm zusammen. Das Unterhemd ist reines System. Es ist mehr als Transsubstantiation. Viel mehr. Allein seine Form, der Schnitt, das reduzierte Ärmellose, das uns fragen lässt: Worin besteht sein eigentlicher Sinn? Was hält es? Was verbirgt es? Was vermag es? Das Paradoxon des Männerunterhemds, in dem alle Formen weiblicher zu werden scheinen.

Um es gleich vorwegzunehmen: Das Unterhemd ist das Unbewusste. Es ist das Zweigeschlechtliche und das Verdrängte. Der Körper drückt sich in ihm aus. Er drückt sich in es ein. Es darf nicht gesehen werden, und doch sehen wir es. Es ordnet sich von selbst unter. Es nimmt den Namen eines anderen an. Den Namen des Ortes, an dem es sich befindet. Es ist unter dem Hemd. Deshalb sein Name. Es versucht, den Konflikt zwischen dem Subjekt und dem Ort, an dem sich dieses Subjekt befindet, aufzulösen, indem sich das Subjekt dem Ort unterordnet. Das Chamäleon macht dasselbe. Jeder Nationalist macht dasselbe. Das ist das Unterhemd. Um dies zu beweisen, ließen sich unsere Turnergruppen im Unterhemd abbilden. Das Unterhemd kennt keine Trennung der Geschlechter. Es ist nicht die Härte des Kruppstahls, sondern die Falte des Doppelripp, die sich in ungeahnter Stabilität entwirft. Das Unterhemd weht der Philosophie als Wimpel voraus und verweist auf den Wissensfortschritt, wenn wir dereinst den uns fesselnden Begriff der Seele ablegen und das Nichtfassbare in uns umtaufen in Unterkörper.

II

Patient sagt: Sie denken, man kann nicht einfach beschließen, verrückt zu werden. Aber ich musste es beschließen, es blieb mir nichts anderes übrig, einfach, weil ich sonst verrückt geworden wäre.

Patient sagt: Ich habe versucht, über Kierkegaard, also über die Lektüre von Kierkegaard zum Begriff der Angst bei mir selbst, also zu einer wirklichen Lösung des Gefühls der Angst zu kommen, jedoch ohne Erfolg, ohne den geringsten Erfolg. Ich war tief enttäuscht. Ich habe sogar geweint, weil ich die Angst nicht spüren konnte in dem, was er beschrieb.

Patient sagt: Ich weiß, Sie halten mich für jemanden, der seinen Wahnsinn nur spielt. Der alles nur markiert. Aber ich bitte Sie, ich kann es immer nur wiederholen, es mag ja stimmen, was Sie sagen, ich möchte Ihnen gar nicht widersprechen, aber nehmen Sie diese Diagnose bitte nicht als Grund, mich von der Behandlung auszuschließen, bitte sagen Sie mir nicht noch ein weiteres Mal, dass ich anderen Menschen, die es viel nötiger haben, den Therapieplatz wegnehme. Darum bitte ich Sie. Wer braucht Therapie denn nötiger als jemand, der seinen Wahnsinn nur spielt? Oder wollen Sie sagen, dass das normal ist?

Patient sagt: Ich weiß, ich bringe Sie in eine Zwangslage. Es ist eine Zwickmühle. Was können Sie schon groß machen? Sie müssen etwas diagnostizieren an mir, und wenn Sie mich als Simulanten diagnostizieren, dann heißt das automatisch, dass ich hier fehl am Platz bin. Aber ist es wirklich so einfach? Gibt es nur diese Alternativen, erkrankt sein oder zu simulieren? Nein, es ist kein Krankheitssymptom, etwas zu simulieren, es ist die Krankheit.

Patient sagt: Doch nur deshalb, weil ich Ihnen nicht vertrauen kann, weil ich weiß, was Sie sagen werden, wie Sie reagieren werden, nur deshalb muss ich mich selbst zum Therapeuten machen und so tun, als würde ich mich selbst behandeln. Allein aus diesem Grund. Wie mein Simulieren keine Täuschung ist, so ist mein Therapieren keine Anmaßung, es sind beides Teile ein und derselben Krankheit, die von Ihnen nicht erkannt und damit nicht anerkannt wird.

Patient sagt: Erfindung, dieser Begriff hat für Sie etwas Leichtes, dabei gibt es keinen schmerzlicheren Vorgang als sich seine Krankheit, seine Therapie, sein Leben, eben alles erfinden zu müssen. Sie können sich diese Anstrengung nicht vorstellen. Ich würde auch lieber ein nicht erfundenes Leben führen, würde lieber wie Sie die alltäglichen Verrichtungen erledigen, ohne darüber nachzudenken, was sie bedeuten und wie man überhaupt herausgefunden hat, was sie bedeuten, und weshalb es mir einfach nicht gelingen will, ebenfalls herauszufinden, was sie bedeuten.

Patient sagt: Deshalb interessieren mich die früheren Beziehungen meiner Partner mehr als meine eigene Beziehung zu diesen Partnern, die im Grunde nicht vorhanden ist und in diesem Nicht-vorhanden-Sein eine zusätzliche Demütigung hervorruft, auch wenn ich mir diese Demütigung ganz allein zuzuschreiben habe. Ich will über diejenigen Bescheid wissen, mit denen meine Partner verkehrt haben, um endlich zu verstehen, wie man das lebt, was ich nicht leben kann. Aber es gibt dabei so viele Missverständnisse, weil sie ja nicht verstehen, nicht verstehen können.

Patient sagt: Ich weiß, ich bin auch schon darauf gekommen, dass meine Störung darin bestehen könnte, zu meinen, nie in meiner Störung ernst genommen und beachtet zu werden. Es ist mir auch egal, das heißt, es ist mir nicht egal, ich meine nur, ich beharre auf nichts, ich gebe Ihnen in allem recht, auch darin, meinetwegen.

Patient sagt: Es war wie an der Tafel und vor dem ausgelegten Brot des Herrn, von dem ich nicht wusste, wie ich es anschneiden sollte. Und um das mit der Tafel endlich abzuhandeln, Sie müssen sich das so vorstellen, ich wusste nicht, wie man die Kreide anfasst, als ich da vorn stand. Das ist doch ein Beispiel, das man verstehen kann, ich wusste nicht, wie man die Kreide anfasst, weshalb die Frage der abgefragten Formel sich mir gar nicht erst stellte. Und immer noch habe ich mit all diesen anderen Fragen zu tun, die für all die anderen selbstverständlich und längst beantwortet sind. Verstehen Sie?

Patient sagt: Das Schlimme, da haben Sie völlig recht, ist nicht die Tatsache, dass Sie oder andere, egal ob Mitpatienten, Ärzte, Angehörige oder Freunde, denken, dass ich simuliere, sondern dass ich selbst es denke.

Patient sagt: Vielleicht haben Sie recht, also, Sie haben es nicht gesagt, nicht wörtlich, aber ich denke, dass Sie es denken, also, vielleicht liegt mein Problem einfach darin, dass ich die einfachen Fragen … aber das geht natürlich nicht, das ist unmöglich, wo sollte ich da anfangen, da haben Sie recht, es ist unmöglich, ein schöner Gedanke, mehr aber auch nicht.

Patient sagt: Man könnte meinen, dass, wenn ich mich durch solche Aussagen dem Thema, meinem Thema annähere, es doch zu einer Lösung kommen müsste, auf die eine oder andere Art. Man könnte das meinen. Aber mir geht es immer so, dass mir jegliches Gefühl abhandenkommt, wenn ich mich etwas länger, so wie jetzt, mit diesem Thema beschäftige. Ich empfinde nichts mehr. Ich selbst werde mir gleichgültig und uninteressant, und dann, zugegebenermaßen, lässt auch der Schmerz nach, also das, was mein Leben sonst unmöglich macht oder zumindest einschränkt, und mir ist alles nur noch peinlich.

Patient sagt: Das ist öde, das alles. Streichen Sie das, bitte.

Patient sagt: Mir geht es auch wirklich viel besser. Sie können mich jetzt auch ruhig wegschicken, also, entlassen, wirklich. Alles in Ordnung.

Patient sagt: Ich möchte mich bei Ihnen entschuldigen. Sie hatten natürlich recht. Ich weiß auch nicht, was in mich gefahren ist. Bitte verzeihen Sie mir. Es ist mir peinlich und unangenehm. Ich könnte vor Scham im Boden versinken.

Patient sagt: Ich weiß, dass ist auch nur eine meiner üblichen Reaktionen, die zum üblichen Erscheinungsbild gehört, weshalb sich auch nichts ändert, sondern alles immer so weitergeht. Es ist mir furchtbar peinlich. Aber ich kann eben nicht anders. Es geht nicht anders. Es tut mir leid.

Patient sagt: Ich glaube, dass viel mehr Menschen ganz bewusst verrückt werden, als man annimmt. Es trifft auf gewisse Arten des Wahnsinns bestimmt nicht zu, aber es gibt Formen mit einem schleichenden Übergang, wo es zu einer solchen Entscheidung kommen kann.

Patient sagt: Sie können sich nicht vorstellen, dass sich jemand, der tatsächlich wahnsinnig ist, dennoch an anderen Wahnsinnigen orientieren könnte, um so seinen Wahnsinn glaubhaft zu machen. Für Sie ist das ein Simulant und Scharlatan, aber meinen Sie, dass das so stimmen muss? Stellen Sie sich jemanden vor, der vor einem Abgrund steht und der nur zwei Möglichkeiten hat, entweder er lässt sich unkontrolliert fallen, oder er springt gezielt. Er steht am Abgrund, das ist die Voraussetzung. Es gibt Menschen, die nicht merken, dass dort ein Abgrund ist, und einfach hineinstürzen, es gibt Menschen, die nicht wissen, was ein Abgrund ist, und einfach hineinspringen, es gibt Menschen, die den Abgrund für keinen Abgrund halten, und so weiter. Aber er steht da, und er sieht die einen fallen, die anderen springen. Weil er dasteht, meint er am Anfang, er könnte sich auch gegen den Sturz oder den Sprung entscheiden, aber das ist ein Irrtum, das ist ein großer Irrtum. Er tröstet sich eine Weile damit, dass er nicht zu den Fallenden gehört, und tut so, als hätte er die Möglichkeit umzukehren, dem Abgrund den Rücken zu kehren. So geht das eine Weile hin und her, bis er einsieht, dass er die Möglichkeit zur Umkehr nicht hat. Kann man es ihm verdenken, noch eine letzte Wahlfreiheit erhaschen zu wollen? Aber auch diese Wahlfreiheit ist keine, denn es bleibt ihm nur der Sprung, die Gnade des Sturzes ist ihm längst verwehrt, durch sein Innehalten, durch seine bewusste Kontemplation des Abgrunds. Und da bemerkt er, dass er diese Kontemplation nur begonnen hat, weil ihm die Fähigkeit zum Sprung fehlt.

Patient sagt: Er bemerkt, dass es sich gar nicht um eine bewusste Entscheidung gehandelt hat, sein Stehenbleiben, sein Innehalten, sein Betrachten und Reflektieren. Das alles war nur ein Hinauszögern, weil ihm die Fähigkeit zum Sprung fehlt und die Gnade des Sturzes verwehrt ist. Und daraus entsteht sein Symptom, das gleichzeitig schon immer in ihm war, sich jedoch im Erkennen erst sichtbar herausbildet. Und deshalb, verstehen Sie, müssen alle Therapien zwangsläufig fehlschlagen, weil alle Therapien nur darauf drängen, etwas bewusst zu machen, seine Krankheit aber gerade in diesem Bewusstmachen selbst entsteht. Das Bewusstmachen ist aber nicht umkehrbar. Man kann etwas nicht bewusst unbewusst machen. Und diesen Zustand der Erkenntnis absoluter Wahllosigkeit, genau diesen Zustand nennt die Medizin Simulation.

Gernika?

Ja?

Du bist nicht wirklich da, oder?

Nein, nicht wirklich. Warum?

Nichts. Einfach nur so. Ich musste gerade daran denken, wie wir einmal zusammen …

Das war nicht ich.

Doch. Natürlich. Du weißt doch außerdem noch gar nicht, was ich …

Das interessiert mich auch nicht.

Aber, ich wollte doch nur …

Behalt es einfach für dich. Mir kannst du mit dem ganzen Kram nicht mehr kommen, darauf bin ich oft genug reingefallen.

Reingefallen, wie das klingt.

Ja? Wie klingt das denn?

Ich wollte doch eigentlich nur …

Mir wieder mal eine Kostprobe dieser Fantasien vorführen, die du auf meinen Namen getauft hast.

Ich weiß nicht, warum du …

Ja, das glaube ich dir, du weißt nie, was eigentlich los ist, weißt nie, was um dich herum geschieht und warum man dich dann plötzlich verhaftet, dir die Hausschlüssel abnimmt, dich in Anstalten verfrachtet, bestenfalls nichts mehr mit dir zu tun haben will.

In Anstalten verfrachtet, wie das klingt. Du selbst hast mich doch hingebracht das letzte Mal.

Was blieb mir denn anderes übrig, wenn du mich mitten in der Nacht rausklingelst mit einem deiner üblichen Zusammenbrüche?

Tut mir leid.

Das nützt mir auch nichts. Vielleicht suchst du dir einfach mal jemand anderen oder kümmerst dich zur Abwechslung mal selbst um dich. Aber dann kann man ja nicht so einfach den anderen die Schuld zuschieben, wenn irgendwas schiefläuft.

Ich weiß gar nicht, was du auf einmal hast.

Auf einmal? Was war denn auf dem Rasendreieck zwischen Alsterterrasse und Mittelweg und Neuer Rabenstraße?

Das tut mir ja auch wahnsinnig leid.

Darum geht es nicht.

Ich war einfach, ich weiß nicht, verzweifelt.

Das bist du ja generell.

Nicht generell. Das ist doch nicht wahr.

Sagen wir mal: die meiste Zeit.

Das war diese blöde Tagung. Diese missglückte Podiumsdiskussion, wo sie mich ausgebuht haben. Dieser ganze Mist.

Wieso fährst du denn auch da hin?

Man hatte mich eingeladen.

Das reicht?

Ich dachte, es könnte vielleicht interessant werden.

Dachtest du? Über die RAF reden zum hunderttausendsten Mal.

Sie haben mir das Hotel bezahlt und die Zugfahrt.

Kein Honorar?

Nein, die haben doch kein Geld. Außerdem dachte ich, wir könnten uns sehen.

Wir haben uns ja auch gesehen.

Ja, ich weiß. Es tut mir auch leid.

Ich bin extra aus London gekommen.

Ich weiß. Es tut mir wirklich leid.

Um dann mit blauen Flecken an den Oberarmen …

Es tut mir leid. Ich wollte dich nicht so fest packen.

Das ist nicht das Schlimmste, das habe ich dir schon tausendmal gesagt.

Schlimm genug.

Werd nicht selbstmitleidig.

Ich bin nicht selbstmitleidig.

Du bist immer selbstmitleidig.

Merkst du aber, wie du dich anhörst, jetzt?

Ich bin nicht wirklich da. Du spielst dir das alles nur in deiner Fantasie vor.

Das kann ich aber irgendwie nicht ganz glauben.

Und genau das ist das Problem.

Warum sollte ich denn etwas fantasieren, was mich selbst fertigmacht?

Ja, das würde ich mich an deiner Stelle auch mal fragen. Vielleicht liegt darin überhaupt die Lösung für deine ganzen Probleme.

Machst du es dir da nicht ein bisschen einfach, dich so aus allem rauszuziehen?

Ich hab viel zu lang damit gewartet.

Womit?

Mit dem Rausziehen. Wenn ich an diese ganze vergeudete Zeit denke …

Aber, es war doch auch, ich meine, damals, was ich dir gerade erzählen wollte, was mir gerade einfiel, als wir …

Wie gesagt: Bitte behalt es einfach für dich.

Nur ganz kurz: Das war an einem Abend im Herbst, ich glaube ein Sonntag, da war es ganz ungewöhnlich warm, richtig sommerlich, und wir sind durch Schrebergärten, aus denen die Hitze noch mal aufstieg am Abend, und dann kamen wir an eine Wiese, da war es schon feucht und kühl, da spielten Jungs Fußball, obwohl das Gras viel zu hoch war, und dann kamen wir in diese Siedlung, die genauso war mit den Garagen und den Fassaden wie vor 50 Jahren, und es roch nach Feuer, also nicht nach Grill, sondern richtig nach Kartoffelfeuer, und niemand war auf dieser engen Straße, nur du …

Das war ich nicht.

Doch, da bin ich mir ganz sicher.

Das ist es ja.

Was?

Du bist dir immer sicher. In Wirklichkeit kapierst du rein gar nichts.

Ja, schon gut. Tut mir leid.

Sag nicht immer, es tut dir leid.

Aber es tut mir leid.

Das kann ich dir nicht mehr glauben.

Tut mir leid.

13

Am Fastnachtssamstag, wenn es nach Zündplättchen riecht, gehe ich hinter der Hochhaussiedlung vorbei. Da drehen sich zwischen zwei Autowracks ein Mädchen mit einem Prinzessinnenkleid unter dem gefütterten Anorak und ein Junge mit aufgemaltem Schnurrbart und einem Revolver in der erhobenen Hand um sich selbst. Es ist noch etwas Eis auf den Pfützen und in den Ackerfurchen. Der Himmel ist unschlüssig aufgerissen. Stoffwechselkrankheit ist ein Euphemismus für die Geisteskrankheiten, die manchmal überraschend vor der Pensionierung den einen oder anderen in seinem bürgerlichen Familienkontext heimsuchen. Wie allein die Kinder sind, die dort jetzt stehen in der Samstagnachmittagsluft. Oder bin nur ich es, der allein den Weg entlanggeht in Richtung Waldstück, wo ich einmal mit Gernika ging an einem Sonntag um Ostern rum? Damals kamen wir aus der anderen Richtung, und es war wärmer. Jetzt fahren die Älteren mit dem Moped oder auch schon mit einem Auto an und brausen über den Platz, dass es staubt. Und auch sie sind allein, wenn sie die Scheibe herunterkurbeln, damit alle die Bässe wummern hören. Und die einsamen Kinder bewundern die einsamen Jugendlichen, und die hassen die einsamen Eltern und sehen mich nicht auf der anderen Seite des Bachs hinter den nackten Ulmen. Der Geruch von Zündplättchen und der Geschmack von Kreppelteig und Himbeermarmelade. Die Samstagnachmittage, die so lang schienen, und dann so kurz, wenn es Fastnacht war. Apfelsaft und Salzstengel und Build Me Up Buttercup und noch mal um fünf, als es gerade noch nicht dunkel ist, zum Gemeindehaus. Die Angst, etwas zu verpassen. Die älteren Jungs sind im Proberaum und spielen so, wie es aus dem Radio klingt. Vielleicht wie die Lords. Sie rauchen, und ich darf die Gitarre anfassen und den Verstärker. Und später werde ich auch Gitarre spielen und hier im Gemeindehaus mit anderen proben und mich nicht mehr verkleiden. Warum eigentlich nicht mehr verkleiden? Warum nicht mehr Zündplättchen mit dem Finger anreiben? Weil Platzpatronen besser sind? Ich würde den beiden Kindern, dem Mädchen mit dem Prinzessinnenkleid unter dem gefütterten Anorak und dem Jungen mit dem aufgemalten Schnurrbart und den aufgemalten Koteletten, so gern irgendwas geben oder wenigstens irgendwas sagen. Dass man keine Angst haben muss, etwas zu verpassen, weil man ohnehin alles immer wieder und mit Sicherheit verpasst. Und dass sie sich hier drehen sollen, so lange es geht, sonst nichts. Nichts denken. Nicht zuhören, was die Eltern sagen, die Fernseher sagen, die Jugendlichen sagen, die alle keine Ahnung haben. Aber das sind keine Zündplättchen in der Pistole von dem Jungen, weil das eine Laserpistole ist, die ganz tolle Geräusche macht, und das ist auch kein Prinzessinnenkleid, sondern ein Outfit von Germany's Next Top Model. Aber das ist auch egal. Denn der Weg, das ist auch gar nicht der Weg, den ich, wenn auch von der anderen Seite, mit Gernika gegangen bin an einem Sonntag um Ostern, als wir danach durch die Straßen des kleinen Ortes gingen und den Schaukasten sahen, mit dem alten Messdienerplan. Am Sonntag: Alex und ich Altardienst. Am Aschermittwoch: Lasse ich das Aschekreuz auf der Stirn, bis es von selbst weggeht, oder wische ich es noch vor der Schule ab? Asche zu Asche, Erde zu Erde, Zündplättchen zu Zündplättchen, Prinzessinnenkleid zu Prinzessinnenkleid. Diese Hochhaussiedlung, dieser Himmel, diese kahlen Ulmen, dieser Weg in das Waldstück. Was könnte ich den Kindern wirklich sagen? Vielleicht, dass man den Dingen besser keinen Namen gibt, dass man die Krankheit nicht Krebs nennt und das Gehen nicht Spaziergang und das Drehen zwischen den beiden Autowracks nicht Spielen und Gernika nicht Gernika und Liebe nicht Liebe und Zukunft nicht Plan und Vergangenheit nicht Erinnerung und Verstecken nicht Verstecken und Nachlauf nicht Nachlauf und Sinn nicht Form und Form nicht Sinn und Sinn auch nicht Sinn und Form auch nicht Form. Nur der Geruch von Zündplättchen. Nur der Samstagnachmittag mit seiner eigenartigen Stimmung, die vom unschlüssig aufgerissenen Himmel kommt und von den verwaschenen Hochhäusern und eben davon, dass es Samstag ist, dieser unschlüssigste aller Tage in dieser unschlüssigsten aller Welten.

14

Sie waren also Teilnehmer der Hamburger RAF-Tage, abgekürzt Ha-RaTa?

Ja.

In welcher Funktion waren Sie dort anwesend?

Ich war zu einer Podiumsdiskussion eingeladen.

In welcher Funktion?

Was meinen Sie?

In welcher Funktion? Sie müssen doch in irgendeiner Funktion dort eingeladen gewesen sein?

Als Teilnehmer einfach.

Nicht als Experte?

Als Experte? Ich weiß nicht. Ich bin kein Experte. Außerdem hat man mich ausgebuht, das weist ja schon darauf hin, dass ich kein Experte bin.

Auch Experten können ausgebuht werden.

Schon, aber normalerweise herrscht bei solchen Diskussionen ja Konsens.

Aha, interessant.

Was meinen Sie?

Nichts weiter. Sie waren dort also als Experte?

Nein, wie schon gesagt, einfach so, man hatte mich eingeladen. Ehrlich gesagt weiß ich auch nicht genau weshalb.

Sie waren aber dort nur als Gast, nicht zum Beispiel als Mitveranstalter?

Wie kommen Sie denn darauf? Wer hat Ihnen das denn erzählt? Nein, um Gottes willen. Ich gehe normalerweise nie zu so etwas.

Aber dort waren Sie?

Ja, dort war ich. Und ich bereue es, das können Sie mir glauben. Diese Veranstaltung, diese ganze Tagung ...

Was war damit?

Das war so hirnverbrannt.

Hirnverbrannt?

Ja, hirnverbrannt.

Sie waren dort nicht etwa eingeladen, weil sie Gründungsmitglied der Roten Armee Fraktion sind?

Gründungsmitglied? Was soll das denn?

Sie haben die Rote Armee Fraktion nicht erfunden?

Erfunden? Nein, natürlich nicht.

Haben Sie etwas dagegen, wenn wir Sie an einen Lügendetektor anschließen?

Natürlich. Außerdem ist das gar nicht zulässig in Deutschland. Nicht gerichtsverwertbar, das wissen Sie selbst.

Aber es könnte Sie entlasten.

Das bezweifle ich.

Warum? Haben Sie etwas zu verbergen?

Das meine ich nicht.

Und die blauen Flecke an den Oberarmen?

Ich weiß nicht, was Sie meinen.

Sie verstehen mich recht gut.

Nein, bedaure.

Die blauen Flecke an den Oberarmen Ihrer Partnerin.

Partnerin, wie das klingt, wenn Sie das sagen, wie Partner in Crime.

Und? Ist das so verkehrt?

Lassen Sie Gernika aus dem Spiel. Die hat damit nun wirklich nichts zu tun.

Aber sie war auch vor Ort.

Weil wir uns sehen wollten.

Das heißt, Sie haben die Gewaltfrage immer noch nicht für sich geklärt, sondern lediglich entpolitisiert und privatisiert sozusagen. Entspricht ja ganz dem Trend unserer Tage.

Was möchten Sie denn hören?

Ich weiß nicht.

Ja, eben. Ich auch nicht.

Erkennen Sie jemanden auf diesen Fotos?

Was soll das denn?

Beantworten Sie einfach meine Frage: Erkennen Sie jemanden auf diesen Fotos?

Kann sein.

Geht es etwas genauer?

Warum wollen Sie das wissen?

Bitte.

Das da links ist kein Foto, sondern eine Rötelzeichnung, und das soll wohl Max Reger jr. sein.

Sie identifizieren also auf diesem von Ihnen Rötelzeichnung genannten Bild einen gewissen Max Reger jr.?

Ja, das könnte er sein. Ich habe das Bild, meine ich, damals in der Rasselbande gesehen.

Die Rasselbande, das ist eine andere terroristische Vereinigung?

Das ist eine Jugendzeitschrift der Fünfziger und Sechziger.

Mit der junge Menschen indoktriniert werden sollten?

Das weiß ich nicht. Kann sein. Im Zweifelsfall haben die Amis damals alles bezahlt.

Und dieser Max Reger jr. ist also einer der Gründungsväter der Roten Armee Fraktion.

Nein, das ist doch Unsinn.

Unsinn?

Das ist ein getriebener Mensch gewesen. Eine unglückliche Seele.

Den Sie nichtsdestotrotz bewundern?

Bewundern, wie das klingt. Meinetwegen, aber nicht so, wie Sie meinen.

Wie meine ich es denn?

Im Grunde bewundere ich jeden, der zu seinen Perversionen steht.

Perversionen?

Nennen Sie es, wie Sie wollen.

Und weil Sie ihn so bewunderten, haben Sie ihn sich als Vorbild genommen und nach seinem Vorbild die Rote Armee Fraktion ausgerichtet?

Das ist doch völliger Unsinn. Er war nie ein Vorbild für mich.

Sie haben ihn bewundert, sagten Sie gerade.

Bewundert, wie man das so sagt. Wenn man selbst ein Defizit hat irgendwo, dann bewundert man den, von dem man meint, dass der dieses Defizit nicht hat.

Hat das was mit der Anti-Psychiatrie-Bewegung zu tun, der Sie sich ja auch verpflichtet gefühlt haben?

Der Anti-Psychiatrie? Wo kommt das denn her?

Der schöne Verrückte, Sie erinnern sich?

Ich erinnere mich, aber worauf wollen Sie hinaus? Dass das alles nur Verrückte waren? Für mich mag das ja gelten …

Sie möchten auf Unzurechnungsfähigkeit plädieren?

Unzurechnungsfähigkeit? Plädieren?

Und die anderen?

Was?

Die anderen Fotos.

Das auf dem zweiten Foto, das ist Christoph Gansthaler.

Genannt Chris?

Genannt Chris.

Auch eines Ihrer Mitglieder?

Unsinn, der hatte nie etwas mit uns zu tun.

Und weiter?

Ethan Rundtkorn.

US-Amerikaner?

Ja, US-Amerikaner.

Und daneben?

Miguel García Valdéz.

Genannt Felipe.

Genannt Felipe.

Argentinier?

Das weiß ich nicht. Er stammte aus Südamerika.

Weiter, Foto Nummer 5?

Frank Witzel.

Deutscher?

Ja.

Sie wissen, dass er tot ist?

Ja.

Sie wissen, dass wir seine Leiche in einer Wohnung gefunden haben, die von einem türkischen Staatsbürger angemietet wurde, der im Verdacht steht, mit islamistischen Kreisen zu tun zu haben?

Das wusste ich nicht.

Verwundert Sie das?

Ehrlich gesagt ja.

Und nun zum letzten Foto. Hier, bitte.

Das ist Claudia.

Und wie weiter?

Weiß ich nicht.

Claudia also.

Ja, Sie wissen das doch ohnehin alles.

Wer ist Kamerad Müller?

Kamerad Müller? Keine Ahnung.

Sie haben den Namen noch nie gehört?

Ich kann mich nicht entsinnen.

Denken Sie noch einmal genau nach.

Nein, wer soll das sein? Klingt nach einem Nazi.

Sie haben Verbindung zu nationalsozialistischen Kreisen?

Sie müssen sich schon entscheiden: Habe ich jetzt die Rote Armee Fraktion gegründet oder bin ich ein Nazi?

Für uns besteht da kein wesentlicher Unterschied.

15

Die Schule wie ein schwarzer Turm zwischen zwei mächtigen Eichen. Der Hof ein glattgeregneter Spiegel. Heute kommt ihr Gips ab. Die Sonne muss kommen. Ich muss vor dem Alten daheim sein. Es ist viel zu weit bis zum See. Du setzt dich hinten auf den Gepäckträger. Komm. Du darfst auch meine Schlafanzughose anbehalten. Ein noch bleicheres und dünneres Bein streckt sie ins Wasser, zwei Fische schwimmen heran, und die Sonne fällt in buntgestanzten Konfetti durch den dünnen Regen. Zieh dich doch aus. Nein, nur das Bein. Ich weiß, dass ihr Rücken blau ist, blau die Arme, mit etwas Grün. Eine Farbe nach der anderen verschwindet aus meinem Malkasten, bis nur noch Weiß übrig ist, das Weiß ihrer Haut. Ich will nicht mehr zusehen, wenn sie sich morgens an der Spüle wäscht, während die Mutter ihm den Kaffee auf den Bauch stellt und das Hörnchen dazu und die Wurst. Ich lasse mich vom Reck fallen, breche mir aber nichts. Sein Dienstwagen steht dampfend und keuchend vor dem Haus. Ich stoße mit meinem Messer in den rechten Vorderreifen, aber die Klinge tut dem Vollgummi nichts. Er kommt dazu, lässt mich ans Steuer. Ich stelle mich dumm, will gegen den Baum. Er klebt mir eine, haut seinen Stiefel auf die Bremse, mein Fuß dazwischen. Wirft mich mit meinem Ranzen auf die Straße, irgendwo in der Stadt. Ihr Bein bleibt dünn und bleich. Zu wenig Licht. Sie wird zum Marktplatz gefahren im Beiwagen vom Hausmeistersohn. Einmal sehe ich sie mitschreien mit all den anderen, dann will sie abends nicht mehr aus dem Haus.

Die Dämmerung kriecht aus dem gähnenden Waldloch und springt über den orangenen Brauseweiher in die Kopfsteinpflastergassen. Das brüchige Leder des Ranzens. An den Haaren, am Ohr, selbst am Unterkiefer werden wir gezogen. Kaum in der Schule, begreifen wir unsere Körperteile als das, an dem man zerrt. Die Hefte in farbige Plastikumschläge eingebunden. Gelb für Religion. Die Bücher in blau-transparenter Folie. Die eingerissenen Seiten der Lesebücher mit Tesa geflickt. Die vom Radieren verknitterten Blätter des Zeichenhefts. Im grünen Mäppchen mit dem goldenen Reißverschluss die leeren elastischen Stifthalter, daneben der Füller und ein abgebrochener Bleistift. Der betäubende Geruch von Apfel, Leder und Butterbrotpapier, wenn der Ranzen immer wieder nach dem zu Hause vergessenen Arbeitsheft durchgesehen wird. Verbesserung, Päckchen, Textaufgabe, Diktat. Der Kiefer eines kleinen erschlagenen Tiers wird durch die Reihen gereicht. Im abgetretenen Linoleum spiegelt sich Deckenlicht. Limonade in einer weißen Flasche mit einem blauen Becher als Verschluss. Im faserigen Bauch des schwarzen Stoffhundes werden die Sammelbildchen versteckt. Seine Räder sind aus rotlackiertem Holz. Er quiekt nicht mehr, wenn man ihn an der Seite drückt. Unter dem Fingernagel von der Kakaotüte abgekratztes Parafin. Die Landkarte schaukelt leicht im Gegenzug am Kartenständer. Die Schiffe fahren an den Kontinenten vorbei. Auf jedem Kontinent stehen drei Menschen: ein Mann, eine Frau und ein Kind. Sie winken, als sollten die Schiffe sie mitnehmen und nicht nur das Gold, die Südfrüchte und den Kaffee. Eine Seifenkiste dreht ihre Runden um die alte Eiche. In der Luft schwebt ein Schuhkarton mit an den Seiten durchgebohrten Löchern. Eine Schnur mit Wimpeln zieht er hinter sich her.

Es gab die Zeit des Umbruchs. Die Straßen schienen alle aufgerissen, die Häuser unbewohnt, die Fassaden löchrig, die Dächer eingedrückt. Möbel standen in den Hinterhöfen. Aus den offenen Kellern drang Kohlenstaub. Die Klopfstangen blieben unbenutzt, die Schuppen leer. Brauchte ich ein frisches Hemd, musste ich schon früh hinunter und die verspiegelte Schranktür einen Spalt zwischen den ineinandergestapelten Stühlen und der Couch aufdrücken, um eines der papierumwickelten und mit blauem Kopierstift beschrifteten Pakete herauszuziehen. Dann aber, vielleicht weil der Winter kam, das Geld ausging oder die Menschen sich lieber allabendlich auf dem Marktplatz versammelten, um mit glühenden Gesichtern zuzusehen, wie die Redner auf wackligen Podesten in schrill pfeifende Mikrofone schrien, stagnierte die Arbeit, wurden die Fenster notdürftig mit Brettern vernagelt, die Latten von den Leitern genommen, die Möbel wieder zwischen die Planen und Eimer in die Zimmer geräumt und die Löcher in den Straßen mit Planken zugelegt. Abends gingen die Erwachsenen nach Geschlechtern getrennt zu Sitzungen, und die Zimmer gehörten für zwei Stunden uns.

Während der langen einsamen Nächte, in denen sich in Hinterzimmern, Sälen, Zelten und Kellern die Besprechungen hinzogen, wurden wir von einer Freiheit erfasst, die nur durch eine Katastrophe noch steigerbar schien. Wären unsere Mütter erst einmal damit beschäftigt, Uniformen und Fahnen zu nähen, unsere Väter im Begriff, in Panzern und Jeeps über Felder zu rollen, wäre das Leben ein einziges Spiel, ein Dahinschweben in den leeren Straßen und Zimmern, mit aufgerissenen Einmachgläsern und doppelt mit Marmelade bestrichenen Broten. So sehnten wir die Abende herbei, wenn die Häuser, Gassen und Höfe uns gehören würden. Wir trafen uns bei den Ställen, rauchten, machten Feuer und fielen schreiend in die Siedlungen ein, wo wir so lange die Müllkübel umhertraten und an den Klopfstangen hingen, bis wir vor Müdigkeit zwischen dem Gerümpel der Flure einnickten.

Ich fahre mit Kamerad Müller in dessen schwarzlackiertem Dienstwagen durch die Nacht. Von fern sehen wir die Lichterketten, die man um den Markplatz gehängt hat. Die Straßen werden belebter. Ehepaare gehen eingehakt wie zu einem Volksfest, dazwischen Gruppen junger Männer und Reihen von Mädchen. Meine Hand auf dem Zünder wird schwitzig. Kann man es Kamerad Müller verdenken, die Welt auf das Prinzip ja nein, an aus reduzieren zu wollen? Einmal im Leben einen Schalter umlegen, der etwas bedeutet. Kamerad Müller lächelt mich an. »Gleich sind wir da«, sagt er. Die Straßen sind jetzt hell erleuchtet. Der Wagen biegt in eine schmale Gasse und fährt dort auf einen Hof zwischen rostige Container. Kamerad Müller holt einen Flachmann aus der Innentasche seiner Uniformjacke, schraubt ihn auf, nimmt einen Schluck und hält ihn mir hin. Ich wage nicht, mit der Hand über die Halsöffnung zu wischen, sondern setze die Flasche gleich an den Mund. Der Schnaps brennt mir im Hals und treibt mir Tränen in die Augen.
»Uhrenvergleich«, sagt Kamerad Müller.
»Ich habe keine Uhr, weil ich noch nicht zur Kommunion gegangen bin«, sage ich.
»Auch gut«, nickt er, »Sie sehen es ja selbst. Unser Mann trägt einen schwarzen Streifen auf der rechten Seite seines Turnerhemdes. Wenn er mit seinem Rhönrad am Führer vorbeirollt, legen Sie den Schalter um. Verstanden?« Ich nicke. »Viel Glück.« Er greift an mir vorbei, öffnet die Wagentür und schiebt mich sanft nach draußen. Es riecht nach gebrannten Mandeln. Die Luft ist erstaunlich warm. Ich stehe einen Moment mit meinem kleinen Kästchen in der Hand unter dem tiefen Himmel und sehe, wie der Wagen von Kamerad Müller verschwindet. Er fährt den engen Weg mit dem Kopfsteinpflaster entlang und biegt dann nach links

ein, als wolle er zurück zur Kneipe. Vielleicht hat er dort etwas vergessen. Es ist ruhig, und ich befürchte schon, sie haben mich am falschen Ort abgesetzt, viel zu weit vom Platz entfernt, aber kaum dass ich durch eine Gasse gegangen bin, höre ich schon das beständige Rauschen der Stimmen, bis ich schließlich zwei Querstraßen weiter in den Sog der anmarschierenden Menschen gezogen werde.

Das Nichts begegnete mir zum ersten Mal bewusst in der Beichte. Wenn ich dort am Samstagnachmittag die einzelnen Gebote daraufhin durchging, ob ich die Woche über gegen eines von ihnen verstoßen hatte, so sagte ich die Nummern von eins bis zehn, danach die jeweilige Sünde oder eben nichts, wenn ich der Meinung war, nicht dagegen verstoßen zu haben. Dieses Nichts war schon im Anfang zweierlei, zum einen Lüge, zum anderen Wahrheit. Dieses Nichts war erstrebenswert, denn hinter jeder Zahl nichts zu sagen hieß frei von Sünde sein. Gleichzeitig schien es unglaubwürdig, denn wer war schon frei von Sünde? Wer konnte folglich das Nichts für sich beanspruchen, wenn nicht Gott? Dieses Nichts war eingebettet in den Dekalog und wurde durch ihn erst geschaffen. Die Gebote gingen dem Nichts voraus, und das Nichts konnte sich erst in ihnen entwickeln. Die Gebote überstiegen das Nichts also. Ich hörte das leichte Zischen am Ende, wenn ich das Wort aussprach, fühlte gleichzeitig die Angst - gleichgültig, ob ich nun log oder meinte, die Wahrheit zu sagen -, der Priester wisse es besser und könnte dieses Nichts jederzeit mit einem schrecklichen Inhalt füllen. Das Nichts war Auferstehung und Leben, es war jenseits aller Konflikte und unfassbar. Und so wurde nichts in vielen Bereichen meine Antwort auf die Frage, was ich dachte, fühlte oder tat. Die Angst vor der Sünde war der Gegenpol dieses Nichts. Jegliches Sein ist Sünde. Die Gebote aber sind der numerische Zyklus, der unabhängig von meiner eigenen Zeit immer wiederkehrend mein Leben durchkreist. Wie dem entkommen? Es war keine Idee, sondern eine Gewissheit, die sich immer weiter in mir festigte: Es konnte nur durch eine Tat geschehen. Es musste eine Tat sein, eine einzige Tat, die diesen Kreislauf durchbrach. Eine Tat, die unverzeihlich bliebe, unvergesslich, nicht zu beichten, nicht zu sühnen, nicht zu vergeben. Erst wenn die Vergebung aufhört, kann die Sünde aufhören. Und die Vergebung hört erst auf, wenn ich die verfluchte Güte Gottes, diese ewige und unermessliche Güte, diesen allmächtigen Würgegriff des Herrn, bewusst zurückweise.

Mein Gesicht glühte, wenn wir uns nachts trafen und durch den Henkellpark schlichen, um uns in die Hecken zu werfen und Gesichter und Arme zerkratzen zu lassen. Dann rannten wir den dicht mit Büschen bewachsenen Hügel hinauf und ließen die Äste gegen unsere Gesichter schnellen. Wir rissen uns an den Haaren und krampften unsere Arme so fest umeinander, dass wir nicht mehr wussten, wem welche Hand gehörte. In dieser Spannung entstand für wenige Sekunden die Freiheit aus dem Kreislauf der Gebote, und das Nichts strömte wahrhaft in mich ein, anders, ganz anders als im Beichtstuhl. Hunger wurde geweckt nach einer Tat, die mich hinwegheben würde aus den grau abgezirkelten Straßen und Wegen, die ich jeden Tag entlangzulaufen hatte, den Begegnungen, die doch nichts anderes waren als Herausforderungen, zu sündigen, das heilige Nichts zu opfern, aufzugeben, um zu sein, einmal zu sein, nur zu sein. Und ich schrie manchmal durch die Nacht, dass die anderen zusammenzuckten und mir in treuer Angst folgten und sich nicht zu rühren wagten. Und wir packten einen von uns und stellten ihn hin und schlugen ihn und sperrten ihn in eine Kiste mit einer Katze zusammen, bis beide beinahe erstickt und tot waren. Immer länger mussten die Qualen dauern, und immer schrecklicher fiel ich wieder in den Kreislauf der Gebote zurück. Schließlich besorgten wir uns Messer und schnitten in die Bäume hinein und dann in unsere Haut und schmierten uns das Blut gegenseitig über das Gesicht und liefen mit nacktem Oberkörper und brennenden Schnitten an den Armen durch die kalte Nachtluft, bis wir uns atemlos übergeben mussten. Die Rückkehr wurde schwerer. Das Nichts samstags im Beichtstuhl nur noch Lüge. Und blieb doch Nichts, auch wenn die Gebote über die Woche angefüllt waren mit Sein, das nichts ausließ, kein Vergehen, keine Sünde. Und ich saß nach der Beichte in der Bank im Dunkel der Kirche und konnte kein Gegrüßetseistdumaria beten und kein Ichglaubeandieeineheiligekatholischekirche, sondern musste nur nach den Glasfenstern schauen, hinter denen stumpf der Abend hing. Davor der Leib Christi. Der Leib. Die Sache umdrehen und am Kreuz sterben, das klappt nur ein einziges Mal. Die ganzen Märtyrer hatten sich geschnitten, sie konnten durch ihren Tod dem Kreislauf nicht entkommen, das konnte nur Er. Ich ging am Samstagnachmittag nicht mehr nach Hause. Ich lief am Hoftor vorbei. Ich lief die Straße hinaus aus dem Ort. Ich lief auf das Feld und wollte sterben.

Die Häuser sind nicht verschlossen, selbst die Hotels offen, die Empfangshallen leer. Leer die Bahnhöfe und Restaurants. Kinder finden Sterne, ausgestreut vom Wachpersonal und Frauen in blauen Blusen und zurückgebundenem Haar. Der Mann will zum Hafen, doch der Hafen ist gesperrt. Die Schiffe ankern beladen weit draußen in der Bucht. Girlanden und Spruchbänder überall. Es ist der Tag des Sieges. In der Ferne werfen Matrosen Kisten über Bord. Sie sind hungrig und können nicht an Land. Einen, den man vorausschickte, hat man verhaftet. Die Kisten brechen auf, Holzwolle und Eisennägel werden an den Strand gespült. Auf dem Platz summt die Menge. Jemand redet über Mikrofon. Die Sterne sind zu groß für unsere Hände. Mein Vater war erst Pilot und dann tot. Der Urwald wächst um seine Leiche. Meine Mutter hat nur noch ihre Küche und dort den Herd und die Kacheln, auf denen ich mit Kreide Kreise ziehe. Sonntags schneidet sie ein Huhn in die Suppe. Feierlich ziehen vor unserem Haus Männer in Anzügen vorbei. Einer von ihnen wohnt in unserem Wohnzimmer. Er raucht Zigarren und verhört im Amt Matrosen. Mutter bringt ihm Eierstichsuppe in einer Tasse, die er auf seinen Bauch stellt, ohne sich im Sessel aufzurichten. Die Zeitung ist ihm aus der Hand gerutscht. Die Bilder meines Vaters liegen, aus den Rahmen genommen, zwischen Bettfedern und Matratzen. Nachts quietscht es von dort, und Mutter legt sich später erst auf die andere Seite der Ofenbank. Auf dem Platz fassen sich alle bei den Händen, heben die gefassten Hände hoch in die Luft, durch die ein Flugzeug fliegt. Das Flugzeug fliegt, um Bomben auf das Schiff zu werfen, den Dampfer zu beschießen und den Zug, der sich viel zu langsam den Berg hinaufschleppt. Ich rieche nur den Ranzen noch und das Butterbrot und den Apfel, der sich an dem Leder rieb, und deine Hand an meiner Backe.

Die braungebeizten Herbstblätter wehen als Wirbelkranz um die Stadt. Sie fallen in die schmalen Pfützen, trudeln ein paar Meter in Richtung Hafen und werden von den Autoreifen gegen die Bordsteine gerieben. Kamerad Müller raucht im Fond des schwarzen Wagens, der sich durch die schmale Gasse etwa 50 Meter vom Versammlungsplatz entfernt in nördliche Richtung schiebt. Er schließt die Augen und spürt nur noch ein seitliches Schaukeln und das harte Aufschlagen der Stoßdämpfer, wenn die Reifen aus den Löchern des Pflasters springen. Die wenigen Lichter der zwei, drei kleinen Kneipen, die noch geöffnet haben, fallen durch die getönten Scheiben in unförmigen Placken auf sein Gesicht und den weiß herunterbaumelnden Arm des Mädchens neben ihm, das zu schlafen scheint. Als wolle er sie nicht wecken, sucht er, die dem Mädchen zugewandte linke Seite unbewegt, mit der rechten in seinen Uniformtaschen nach einem Pulver. Immer noch ist der Stadtring nicht erreicht. Die Gasse macht vor einer unverputzten Mauer eine Biegung nach links, weshalb Kamerad Müller fast fürchtet, der Fahrer würde sich auf den Platz zubewegen, als dieser ihn, einer Steigung folgend, nach Osten hin umfährt, um dann die ursprüngliche Richtung wieder einzuschlagen. Mittelhohe Kastanien stehen jetzt zwischen der Straße und den verschiedenfarbig lackierten Zäunen der Grundstücke. Obgleich die Fenster fest verschlossen sind und Kamerad Müller schon die dritte Zigarette zwischen seinen Fingern verglimmen lässt, meint er deutlich zu spüren, wie sich die Luft verbessert. Die Straßenbeleuchtung wird spärlich und hört schließlich ganz auf. Die gepflasterte Straße wird zum glatten Asphalt eines Waldwegs. Kamerad Müller zählt langsam bis 50, bevor er die Augen öffnet. Dann schiebt er den Arm des Mädchens von sich und dreht sich um. Die zwei Türme der Schule sind als taube Schwurfinger schwarz gegen den Nachthimmel zu sehen. Schließlich hört auch der Wald auf. »Anhalten!«, kommandiert er. Der Fahrer reißt das Steuer während des Bremsens unwillkürlich nach rechts, sodass der Wagen die kleine Seitenböschung überrollt und quer zu den vom Regen der letzten Tage ausgewaschenen Furchen des abgeernteten Zuckerrübenfeldes stehenbleibt. Der Motor vibriert nach. Müller greift über das Mädchen hinweg und öffnet die Seitentür. Dann steigt er ins Freie, geht um den Wagen herum und zieht den leblosen Körper an den Schultern nach draußen auf den nassen Boden. Am Himmel taucht ein weißes Wolkenoval auf. Das Mädchen trägt eine weiße Bluse und eine Herren-Schlafanzughose, die man an der Hüfte dilettantisch ein Stück ausgelassen hat. Die Hosenbeine stecken in schweren schwarzen Stiefeln. Kamerad Müller geht neben ihr in die Hocke. Vom abkühlenden Motor sind kurze, metallische Schläge zu hören. Der Fahrer sitzt, einer früheren Weisung folgend, mit den Händen im Schoß hinter dem Lenkrad. Es ist vollkommen still.

Einen Lodenmantel, sagte ich, einen Mantel, der dich unsichtbar macht. Sonst kneif einfach die Augen zu. Draußen vor der Tür der Realexpressionismus, blau verzerrte Mäuler, rotunterlaufene Augen, junge Schweine, die man auf die Bühne zerrt und absticht für das Volk. Filme laufen Tag und Nacht, damit ich weiß, wer Freund ist und wer Ratte.

Die Hunde standen erschöpft auf dem Platz und hechelten. Jeder von ihnen verhielt sich trotz der Schmerzen und der zitternden Muskeln so ruhig wie möglich, da die kleinste Bewegung den anderen dazu bringen konnte, den Kampf erneut zu beginnen.

Der Druck der Detonation presste mich gegen die Innenwände der Pappschachtel, die sich um mich herum zusammenzufalten schien. Mein Kopf flog nach hinten. Der Aufschrei der Menge auf dem Platz klang wie das Gurgeln aus dem Abflussrohr in der Küche. Der Karton flog in die Luft und riss an der Längsseite auf. Ich sah unten auf der Bühne ein Loch in den Bohlen, über dem das zusammengestürzte Zeltdach hin und her wehte. Leere Rhönräder drehten davor aus. Die Masse schien mit eingezogenem Kopf auf der Stelle zu knien. Die Druckwelle drang mir in den Mund und in die Lunge. Zwei Kinder an einer Litfaßsäule zeigten nach oben, weil sie meinten, endlich das silberne Flugzeug des verschollenen Vaters wiederzusehen. Sie winkten mit dem Bluttuch, und ich warf als Erkennungszeichen den schmalen Metallkasten mit der Zündung hinunter. Eine Windböe erfasste den Karton und trieb mich einige Male um die Dächer der benachbarten Häuser, dann in eine kleine Gasse hinein, um eine Ecke, wo ich in einem Bach landete. Wegen des Regens der letzten Tage zog mich die braune Flut sofort in Richtung Meer. Das Meer.

16

Samstagnachmittag, Sommer an überlaufenem See, zwischen den vielen Menschen, als würde ich schon die Krankheit spüren, seltsam abgegrenzt wie unberührbar, Sommerfieber, versank ich später in der ausgeräumten Wohnung, wo das Bett noch stand, allein, in die schlaflose Nacht, in der immer wieder schlaflos der See erschien, schlaflos die Wellen, das Wasser über mir zusammenschlug, Körper auf Reifen neben mir trieben, ein Ball durch den Himmel fiel, Schultern herabhängende Äste streiften, der bemooste Steg schwankte, der Himmel mit Weiß durchsetzt unter mir, ausgestreckt über mir Algen, zwischen der Sonne ein Windhauch Herbst, eingeknickter Plastikschwan in Schwarz, Duschen im alten, zu alten Klinkerbau, ein kindlich alter Klinkerbau, eingelassen Schließfächer postfachgroß, darüber gegossenes Signet, schwarzer Reiher über zwei Buchstaben, Initialen, ohne Bedeutung für mich, musste ich doch an dich denken, an deinen schwarzen Badeanzug, der auf einer Schaukel zum Trocknen lag, während ich eigenartig unberührbar stand zwischen nackten Kindern und Eltern mit Bechereis, stand und an den Garten dachte und das Gartentor, achtlos nach der Schule aufgestoßen, Baum und Weg, als wäre es deine Kindheit, als gingst du in Strickweste am Mirabellenbaum vorbei, nicht ich mit dem braunen Brustbeutel um den Hals, zogst du dich aus vor den zugezogenen Vorhängen, hinter denen der erste Schnee auf den Dächern lag, die ersten Reifenspuren auf der Straße, du mit dem Rücken zu mir, die heißen Stellen der Fußbodenheizung, das Licht aus dem Bad, das schwankende Bett, die geschlossenen Augen, auch später sah ich immer wieder, wenn ich mit dir schlief, den Schnee hinter den Vorhängen auf die Dächer fallen, vorsichtige Flocken, der Hauseingang, die Fremdheit der Tage davor in den Hinterhöfen und Aufgängen und Straßen und Straßenbahnen und Cafés, dann, als du vor mir standst, mit dem nackten Rücken zu mir in dem engen Zimmer mit den Schokoladenengeln auf dem runden Tisch, und deine Pulswärmer grau, dein Haarband rot, der Schnee, der Vorhang, das Zimmer, dein Atem, dein Atem, der immer leere Gang zum Aufzug, rings um mich die Flocken, selbst im Sommer vor dem Klinkerbau mit nackten Kindern und Mädchen in Gruppen und Jungs, die Bälle warfen, und ich dazwi-

schen unberührbar, wie in der schlaflosen Nacht in der ausgeräumten
Wohnung auf dem unbezogenen Bett, die Hitze kühlte außen langsam ab,
innen der Schwindel drehte weiter, ab drei Uhr früh der Wind in Stößen
durch das offene Fenster, Buchseiten blättern unschlüssig hin und her,
die Böe geht die ausgeräumte Wohnung einmal ab und verschwindet,
etwas Regen, bevor es wieder ein heißer Sommersonntag wird, und die
Luft als leichter Zug wie dein Atem, und mein Fieberwälzen, als wärst du
auf mir erst, dann an mir eingeschlafen mit der Hand auf meiner Hüfte,
wie auf der schmalen Holzbrücke, als wir dem Hund zusahen, der unten
zwischen den Steinen am Bach entlanglief, als wir an der Friedhofsmauer entlanggingen zwischen den tiefhängenden Ästen der Bäume, vor den
zwei Häusern, hinter denen der Hügel lag und kein Zugang mehr war,
uns ein Junge entgegenkam, in der hocherhobenen Rechten, damit es
nicht auf dem Boden schleift, etwas langes Schwarzes, das wir erst beim
Näherkommen als Aal erkannten, der noch lebte und sich immer noch,
wenn auch kaum merklich, bewegte, die Tiere, der Hund, der Aal, dann
auf der Terrasse des Hotelcafés, als eine Kohlmeise unvermutet in der
untergehenden Sonne gegen eins der Fenster anflog und auf einem der
unlackierten Tische liegen blieb, ich das hechelnde Körperchen mit dem
sperrenden Schnabel auf die rote Serviette im Brotkorb legte, ihm tröpf-
chenweise mit dem Finger von deinem Wasser gab, ihn auf dem Weg zur
Bahn hielt, bis er vor Reihenhäusern der Sechziger, mit dichter Tanne
hinter halboffenem Gatter, aus meiner Hand nach oben auf einen Ast
flog, wo er halb verdeckt sitzen blieb, während es Abend wurde, Abend
wurde und Morgen und wieder Abend. Wind, Schnee, Aal, Hund, Mei-
se, das Weiß, das entsteht, wenn Erinnerung reißt, wenn ich ohne Fieber
aufwache, erschöpft und leer, anrempelbar am See, nicht länger alterslos
und so als könnte ich alterslos dir gegenüberstehen, nächstes Jahr vielleicht, nächstes Jahr, wie ich mir vornahm, keinen Sommertag mehr ohne
dich, doch stand ich dieses Jahr am See dann wieder ohne dich, war es,
obwohl heiß, doch grau, stand ein Mann und spritzte mit dem Schlauch
vor dem alten Klinkerbau den Weg, sah ich für den Herbst schon das Ge-
rüst, um den alten Klinkerbau, den du jetzt doch nicht mehr siehst wahrscheinlich, einzureißen oder schlimmer noch zu renovieren, zu sanieren,
dieses Neue, das mir so verdächtig ist, die Veränderung, die mir so verdächtig ist, ich lieber mit Sommerfieber schlaflos eine Nacht liege, dann
zwei Tage schwach, nichts Besonderes, ein Anfall, um sich auszuruhen,
um noch einmal Bild für Bild, Stein für Stein den Klinkerbau in mir nach-

zubauen, museal, und meinen Gang hinein, barfuß, vor 40, nein, bald 50 Jahren, barfuß allein in die Dunkelheit, über die Fliesen, mit nackten Beinen, nackter Brust, ohne von dir zu wissen, so wie jetzt.

17

Weil ich mir im Nachhinein leidtue, ich mir, wie Gernika richtig sagt, nicht es mir, oder sie mir, sondern immer nur ich mir, reise ich nicht ebenfalls ab, sondern harre nach Gernikas Abfahrt noch den zweiten angehängten Tag aus, wie geplant, auch wenn ich das Zimmer wechseln muss und nicht das Kissen und die Decke anschauen kann, wo sie für eine Nacht neben mir lag, nicht den Stuhl, auf den sie ihre Kleider gelegt, nicht den leeren Bügel, den sie aus dem Schrank nach draußen gehängt, den Vorhang, den sie zugezogen hatte und so weiter. Stattdessen sitze und liege ich in einer besser zu meiner Stimmung passenden Kammer unterm Dach, nur unwesentlich billiger, dafür mit eigenem Treppenaufgang (kein Aufzug) und Bad mit kaputtem Spiegel, Nasszelle eher, über dem Gang.

Der eigene Treppenaufgang, von dem ich zuvor, wie wohl alle Hotelgäste immer noch, nichts wusste, erinnert mich an die vielen Träume, in denen ich in mein Elternhaus, die Villa neben der Fabrik, zurückkomme, nur um dort überraschend und ganz ähnlich wie hier einen zweiten Aufgang zu entdecken. Manchmal führt dieser Flur in den Keller und weiter in unterirdische Gänge, meistens allerdings steige ich die Treppen hoch, immer auf der Suche nach einem Durchgang zum richtigen Treppenhaus und damit der Wohnung meiner Eltern. Dieses zweite Treppenhaus ist vollgestellt mit Möbeln und Gerümpel, an denen vorbei sich ein unaufhörlicher Menschenstrom von oben nach unten und von unten nach oben schiebt. Diese Menschen sind arm, besser, sie sind wie aus Filmen, in denen Arme dargestellt werden, Arme der zwanziger oder dreißiger Jahre, wohlgenährt einerseits, jedoch schwitzend, als wäre es heiß, wobei es gar nicht heiß ist. Die Männer in Unterhemden, die Frauen in verblichenen Morgenmänteln, die Kinder quengelnd mit verschmierten Mündern. Unentwegt steigen sie auf und ab, ohne je in einer der Wohnungstüren zu verschwinden, Wohnungstüren, die vielleicht nur Attrappen sind, weshalb ich auch keinen Durchgang zum richtigen Treppenhaus finden kann. Das Auf- und Absteigen scheint ihre eigentliche Beschäftigung und gleichzeitig Zeichen ihrer Verlorenheit und Verzweiflung zu sein, denn während ich zwischen ihnen nach einem Ausgang suche, haben sie diese Suche längst aufgegeben.

Im zweiten Treppenhaus hier im Hotel begegnet mir allerdings nie jemand, obwohl es auf jedem Stockwerk Türen und Durchgänge gibt. Die mit dunkelbraunen Rauten gemusterte Tapete ist gut erhalten, die parallel zur Treppe aufsteigend gehängten Bilder sind verblasst. Dennoch wirken die aquarellierten Zeichnungen von Masken eindringlich, muss ich bei den leeren Augenhöhlen wieder an das Nichts denken, von dem Gernika mir gegenüber behauptete, dass es zwischen uns existiere, dieses Nichts, das allein ich verursacht hatte und mit dem ich nun ringen muss. Um dieses Ringen in eine Form zu bringen, wahrscheinlich jedoch lediglich aus dem üblichen maßlosen Selbstmitleid heraus nehme ich mir für diesen zweiten Tag, den wir zusammen verbringen wollten, einen Spaziergang vor, auf dem ich noch einmal die Orte abgehen will, die wir am Abend nach der Podiumsdiskussion und gestern in den wenigen Stunden, bevor sie abgereist ist, zusammen gegangen sind, um mich vielleicht an das zu erinnern, an das ich mich nicht mehr erinnern kann, und um vielleicht das zu erleben, was ich nicht erlebt habe, weil ich zu aufgewühlt und außer mir gewesen war und nur auf Straßenkappen und Schachtdeckel geachtet habe und nicht auf Gernika, wo es doch auch hätte schön sein können, weil sie extra aus London gekommen war und bestimmt nicht ohne Grund gekommen war, garantiert nicht um gepackt zu werden, vielleicht doch um gepackt zu werden, aber auf alle Fälle nicht so und nicht auf dem spitzwinkligen Rasendreieck zwischen Alsterterrasse und Mittelweg und Neuer Rabenstraße, weshalb ich genau an dieser Stelle noch einmal anfangen muss, am besten mit allem noch einmal anfangen muss, um es gründlich zu hinterfragen, um alle Komponenten miteinzubeziehen, mich also auch zu fragen, zum Beispiel, wer hinter dem Namensgeber des mickrigen Parkplatzes steckt, und warum sich dieser Wedells, nach dem dieser mickrige Parkplatz benannt ist, erst taufen ließ als Jude und dann noch umbenennen in Wedells, das sich viel schlechter spricht als Wedeles, nur damit seine Christenbrüder später einen mickrigen Parkplatz nach ihm benennen konnten, weshalb ich, nicht nur allein deshalb, aber auch deshalb, zum Ohlsdorfer Friedhof fahre, wo ich bereits früher einmal mit Gernika war, als sie noch Génica hieß, Ornica oder Arnika, ich müsste nachschauen, vielleicht habe ich es in meinem Tagebuch notiert, obwohl ich kein Tagebuch führe, nicht im engeren Sinne, aber manchmal notiere ich etwas in einem Kalender, und manchmal schreibe ich etwas auf ein Blatt, und manchmal fällt mir etwas zu einem Foto ein, denn ich hatte versucht, Gernika so neben der Aufschrift Abschiedshalle aufzunehmen, dass nur noch Abschied zu lesen und sie davor mit gesenktem Kopf und den Haaren in der Stirn zu sehen war, mit dem neuen Schnitt, den sie sich bei einem Friseur in London hatte machen lassen, oder war sie damals noch gar nicht in London, und es war dieser Stuttgarter Friseur, der ihr immer zu viel abschnitt meines Erachtens, obwohl dieses Zuviel dann wieder genau richtig schien, wenn ich sie von der Seite und aus einem ganz bestimmten Winkel betrachtete, aber dann glaubte sie es mir nicht mehr, hatte sie sich schon damit abgefunden, dass man es mir nie recht machen konnte, obwohl sie nicht wegen mir zum Friseur ging, aber eben auch wegen mir, so wie ich eben auch ihretwegen auf den Ohlsdorfer Friedhof fuhr und mich zu erinnern versuchte, ob sie jedes Mal extra aus London angereist war, wenn ich nach Hamburg kam, nur weil es so nah erscheint, was natürlich Unsinn ist, man es aber dennoch als Anlass nimmt, um sich an einem neutralen oder zumindest anfänglich recht neutralen Ort zu treffen.

Nein, jedes Mal war sie nicht extra aus London gekommen, aber dreimal in den anderthalb Jahren, was auch eine Menge ist. Auf dem Ohlsdorfer Friedhof hatten wir uns damals nicht gestritten, zumindest habe ich keine Erinnerung an einen Streit, aber irgendwas war auch damals, sonst hätte ich kaum versucht, sie neben dem Wort Abschied zu fotografieren, also kann ich davon ausgehen, dass sogar ziemlich sicher wieder irgendwas gewesen war. Einer dieser vielen kleinen Anlässe, an die ich mich immer nur schwer erinnern kann, obwohl ich sie massenweise mit mir herumzuschleppen scheine und man nur irgendwas antippen muss, irgendein Thema anschneiden, damit wieder irgendwas mit mir ist. Ich kann mich, was dieses Thema angeht, auch nicht auf eine Art psychische Störung zurückziehen, obwohl ich das manchmal gern möchte, aber richtig gestörte Menschen, denen geht es anders, richtig gestörte Menschen reden auch ganz anders und benehmen sich vor allem ganz anders. Natürlich sind richtig gestörte Menschen auch aggressiv und leicht reizbar und werfen dann mit gerade gekauften Wasserflaschen um sich oder treten Türen ein oder zerreißen Blusen oder schmeißen Fernseher um, aber eben anders, nicht so halbherzig, denke ich mir zumindest, und andererseits nicht so plötzlich, weil sie eben auch schon davor, auch wenn sie noch nichts werfen oder eintreten oder umschmeißen, irgendwie gestört sind, was nicht heißt, dass ich vorher nicht gestört bin, aber den richtig Gestörten, so denke ich mir zumindest, merkt man es vielleicht eher an, weshalb man sich entsprechend darauf einrichten kann, zum Beispiel gewisse Themen nicht ansprechen oder nach der Medikamentierung fragen oder überhaupt unauffällig das Heft in der Hand behalten und die richtig Gestörten unauffällig dirigieren, damit die richtig Gestörten erst gar keinen Grund haben, etwas zu werfen, einzutreten oder umzuschmeißen, obwohl man natürlich auch grundlos etwas werfen, eintreten oder umschmeißen kann, weshalb es wahrscheinlich ein Fehlschluss und eben Teil meiner Störung ist, zu denken, es wäre eine Lösung für mich, richtig gestört zu sein, weil es dann wenigstens eine Linie in meinem Leben gäbe, nämlich die der Störung.

Unterschwellig, manchmal auch direkt, appelliere ich von Zeit zu Zeit an Gernika, mich doch unauffällig zu dirigieren, was natürlich Unsinn ist und natürlich genau deshalb nicht geht, weil ich es möchte, weil es eher Kennzeichen meines Nicht-richtig-Gestörtseins ist, obwohl ich natürlich dennoch richtig gestört sein kann und mein Gestörtsein eben genau darin besteht, mich nicht richtig gestört zu fühlen. Auch von dieser Problematik würden mich eine richtige Störung und ein unauffälliges, meinetwegen auch ein ganz direktes und auffälliges Dirigieren befreien, bilde ich mir ein.

Damals auf dem Ohlsdorfer Friedhof mit Gernika war das Wetter angenehm sommerlich und wesentlich wärmer als bei ihrer Abreise aus London, weshalb sie Stiefel trug, während ich, obwohl es gegen zwei sogar recht heiß wurde, keine Wasserflasche dabeihatte, doch hätte ich auch damals nie, schon gar nicht auf dem Friedhof, mit einer Wasserflasche nach ihr geworfen, obwohl sich das so leicht sagt, weil ich natürlich auch immer behaupten würde, normalerweise niemals auf einem Rasendreieck zwischen Alsterterrasse, Mittelweg und Neuer Rabenstraße mit einer Wasserflasche nach ihr oder jemand anderem zu werfen, und es dann doch getan habe. Damals gingen wir etwas ziellos zwischen den Gräbern und unter den hohen Bäumen einher, und es war kein Wunder, dass uns, oder besser mir, das Grabmal von Siegfried Wedells nicht weiter auffiel, obwohl es sich in unmittelbarer Nähe des Wasserturms befindet, der nicht zu übersehen ist, direkt an der Straße, die hier Cordesallee heißt, benannt nach dem Landschaftsarchitekten Cordes, der erst den Friedhof entworfen hatte und ihn dann als Friedhofsdirektor leitete, um anschließend auf dem Friedhof, den er entworfen und geleitet hatte, begraben zu werden. Und so wie in der Innenstadt alles nach Alster heißt, heißt hier auf dem Friedhof alles nach Cordes: Cordeshalle, Cordesbrunnen, Cordesallee, Cordesteil, Cordesdenkmal, was einerseits nett ist, andererseits allerdings auch etwas einfallslos oder zumindest zu hochgespielt und inszeniert, ohne dabei zu beachten, dass die Fallhöhe zu einem mickrigen Siegfried-Wedells-Parkplatz dadurch noch höher wird, das Verschweigen von Wedells noch eklatanter, von den tausend anderen Verschwiegenen ganz zu schweigen.

Das Grabmal von Wedells hat man erst vor ein paar Jahren wieder restauriert, nachdem es viele Jahrzehnte zugewachsen und eingefallen war. Die Grabwand ist nicht gerade klein, das heißt, wir hätten sie gut sehen können, auch zufällig entdecken, noch dazu, weil die aufgestützt liegende Frau, die vor dieser Grabwand auf einer Art Sarkophag oder Kenotaph ruht, etwas von Gernika hat, vor allem die Kinn- und Mundpartie, aber auch die Figur, die Hände, die Finger vor allem: Feingliedrig und lang halten sie zwei Gefäße, eins zwischen den Knien, halb balanciert, das andere schon umgekippt hinter dem Rücken, sodass Wasser herausfließt und die rechte Hand umspült, weil alles aus ihr fließt, alles zu ihr zurückfließt, so wie Tod und Leben, Menschenleid und Glück, wie darunter eingemeißelt ist. Und ich dachte, dass wahrscheinlich genauso auch die vergessenen Namen, und wenn es 100 Jahre dauert, wieder zurückfließen und genannt werden wollen, wobei man sie dann, wenn schon, auch richtig nennen sollte, und nicht einen mickrigen Parkplatz hastig umbenennen, denn diese Umbenennung war keine 10 Jahre her und nicht, wie ich naiverweise dachte, in einer anderen Zeit geschehen, aus der sich Orte dann herausentwickeln, vielmehr hatte man ganz bewusst diesen mickrigen Parkplatz ausgesucht und Siegfried-Wedells-Platz getauft, so wie sich Wedells selbst mit 23 hatte taufen lassen, in der Sankt-Petri-Hauptkirche, der die Scientologen mittlerweile schräg gegenüber in einer spießigen Fünfziger-Jahre-Büroarchitektur, inklusive Normaluhr über dem Fantasykreuz, eine Ideale Org gegenübergestellt haben und in der am 27. August 1977, eine Woche vor der Schleyer-Entführung, der Hamburger Hans-Joachim Bohlmann die Heilige Familie des Hamburger Malers Gottfried Libalt mit Schwefelsäure verätzte, so wie er drei Tage zuvor das Porträt des Erzherzogs Albrecht von Rubens im Düsseldorfer Kunstmuseum mit Schwefelsäure verätzte und wiederum eine Woche davor am 16. August 1977 im Landesmuseum Hannover die Porträts von Martin Luther und dessen Frau Katharina von Bora von Lucas Cranach und das Bildnis eines 39-jährigen Mannes von Bartholomäus Bruyn – Bohlmann ist zu diesem Zeitpunkt noch 39 und wird erst einen Monat später 40 – mit Schwefelsäure verätzte, wobei er zuvor noch zwei Pferde, Stute und Fohlen, mit Schwefelsäure verätzte und davor in der Sankt-Peter-und-Paul-Kirche in Bochum die Maria mit dem Rosenkranz von Franz Ittenbach mit Schwefelsäure verätzte und in der Sankt Ägidienkirche in Lübeck die Heimkehr des verlorenen Sohnes mit Schwefelsäure verätzte und in mehreren Kirchen Brände legte und Hunderte jüdischer Grabsteine mit Hakenkreuzen beschmierte und Hunderte Schaufensterscheiben mit Hakenkreuzen zerkratzte, bis er am 7. Oktober 1977 im Schloss Wilhelmshöhe in Kassel, nachdem er in einer Kasseler Kirche eine Marienstatue angezündet hatte, den Segen Jakobs von Rembrandt verätzte und ein Selbstporträt Rembrandts verätzte und das Noli Me Tangere des Rembrandt-Schülers Willem Drost und den Apostel Thomas des Rembrandt-Schülers Nicolaus Maes verätzte und nach Hamburg zurückfuhr und dort um halb acht ankam und eine Tüte Pflaumen kaufte und sich in die Sankt-Petri-Kirche setzte, in der er vor sechs Wochen die Heilige Familie verätzt hatte, und dort in der Sankt-Petri-Kirche die Pflaumen aß und erst dann nach Hause ging und Aktenzeichen XY ungelöst schaute und wartete, dass es um halb elf klopfte und er verhaftet wurde, weil er sich im Hotel in Kassel mit seinem wirklichen Namen eingetragen hatte, weshalb er nach 17 Anschlägen auch wirklich verhaftet und zu fünf Jahren verurteilt wurde, für diese Serie von 17 Anschlägen, die am 27. März 1977 in der Hamburger Kunsthalle mit der Zerstörung des Bildes Lilienstein an der Elbe von Franz Radziwill und des Goldenen Fischs von Paul Klee angefangen hatte, dieser Hamburger Kunsthalle, in die die Kunstsammlung von Siegfried Wedells »integriert« wurde, so wie die von Martin Haller gebaute Villa Wedells von der Hansemerkurversicherungsgruppe »integriert« wurde, indem die Hansemerkurversicherungsgruppe die Villa mit ihren Büroräumen umzingelte, um die derart umzingelte Villa anschließend für Events zu vermieten, obwohl Siegfried Wedells als einzigen Wunsch in seinem Testament vermerkt hatte, dass seine Kunstsammlung zusammenbleiben und in seiner Villa der Öffentlichkeit zugänglich gemacht werden solle, was den Hamburger Senat nicht interessierte, der das Erbe der Nazis fortsetzte und den Wunsch des Stifters missachtete und die Villa Wedells von der Hansemerkurversicherungsgruppe »integrieren« ließ, die Villa, die der Öffentlichkeit zugänglich gemacht werden sollte, der Öffentlichkeit, die jetzt vor der integrierten Villa über einen mickrigen Parkplatz mit dem Namen Wedells' gehen kann und dafür in der Hamburger Kunsthalle die Teile der Kunstsammlung Wedells' sehen kann, die nicht vom Senat verkauft wurden, so wie man wieder den von Säure zerstörten Goldenen Fisch von Klee restauriert sehen kann, wie alles wieder seine Ordnung hat, der Terror der RAF, der Terror des Hans-Joachim Bohlmann, der Terror der Nazis, des Hamburger Senats, mein Miniaturterror, alles vorbei, arisiert, institutionalisiert, vereinnahmt, reguliert, vorbei, nur noch Erinnerungen und Geister, die manchmal rufen: »Ich bin nicht tot.« Die rufen: »Ich bin nicht tot, ich tausche nur die Räume.« Die rufen: »Ich bin nicht tot, ich tausche nur die Räume. Ich leb' in euch und geh' durch eure Träume«, wie es auf einem Grabstein weiter hinten heißt. Wedells, der durch die Alpträume der Bezirksamtsleiter und Versicherungsangestellten geistert, seinen Taufschein vor sich hertragend, der durch die Hamburger Kunsthalle geistert, sein Testament vor sich hertragend, zusammen mit Hans-Joachim Bohlmann, der nach seiner Verhaftung und seiner Haft immer wieder und bis kurz vor seinem Tod Gemälde mit Säure zerstörte, sich aus der Psychiatrie beurlauben ließ, um wieder Gemälde zu zerstören, aus der Psychiatrie ausbrach, um Gemälde zu zerstören, zwischen seinen Haftstrafen Gemälde zerstörte, 51 Gemälde zerstörte, weil er gegen das Symbolische wütete und verrückt war, und verrückt war, weil er gegen das Symbolische wütete, weil jedes Wüten verrückt ist, besonders aber das Wüten gegen das Symbolische, weil das, was nicht verrückt ist, nicht wütet, sondern planmäßig vernichtet, sich in Geschichte einbettet, nicht einmal die Räume tauscht, nicht einmal die Namen tauscht, manchmal einen mickrigen Parkplatz umbenennt, ansonsten gleich bleibt, gleich.

Gleich und doch anders gehe ich mit Absicht andere Wege auf dem Ohlsdorfer Friedhof, auf dem Hans-Joachim Bohlmann als erste Aktion nach Ausbruch seiner Krankheit Wasserhähne abgeschraubt hat, um eine Überschwemmung zu verursachen, vorbei an wieder intakten Wasserhähnen, um doch immer wieder auf Orte zu stoßen, an denen ich schon mit Gernika war, weil leben wahrscheinlich heißt, in denselben Räumen auf immer dasselbe zu stoßen, weil leben heißt, dass andere durch meine Träume gehen, andere durch meine Gedanken gehen, mir nur der Raum gehört, sonst nichts, nur der Raum, den ich nicht wechseln kann und der mir, weil ich ihn nicht wechseln kann, zur Zelle wird, die eigene Existenz in diesem nicht zu wechselnden Raum zur Zelle, ich wenigstens, wenn ich diese Zelle schon nicht verlassen kann, einmal, wenigstens einmal durch Träume und Gedanken anderer gehen will, einmal über Raum und Zeit verfügen, nicht länger in meiner Zelle gefangen sein, nicht regredieren, wo ich Intimität verspüre, nicht wüten, nicht sinnlos gegen die Zelle wüten, sondern einmal von oben, und wenn nur vom Schnürboden aus, auf die anderen Mitgefangenen hinunterschauen, die Mitgefangenen, die wie ich gerade noch immer weiter hin- und herlaufen und hin- und herdenken und nicht zur Ruhe kommen und nicht daran denken wollen, woran sie denken müssen, hin und her, her und hin, um Glück für Dich zu werben, nur an das Eine dacht ich nicht, dass Du mir könntest sterben.

Ja, es stimmt, Gernika hat recht, bei aller Sentimentalität vergesse ich immer wieder die Zeitlichkeit, die Endlichkeit, obwohl gerade sie mich doch immer wieder in eine Melancholie wirft, obwohl gerade ich immer so tue, als sei gerade ich derjenige, der als Einziger die Seinsvergessenheit überwunden hat und sich jederzeit des Umfangenseins mitten im Leben bewusst ist und nicht wie all die anderen dahinstapft und dahinlebt, wie ich mir zugutehalte, wo ich in Wirklichkeit immer wieder alles vergesse, Gernika, mich, nur weil ich irgendeinen Satz, irgendeine Bemerkung, irgendeinen mickrigen Parkplatz nicht vergessen kann, andererseits dann wieder wie gelähmt bin, so wie jetzt vor dem Grabstein mit der kniend zusammengekauerten Frau, die milde lächelnd die Rose in ihrer Hand betrachtet, unter der der Satz von der Gedankenlosigkeit eingemeißelt zu finden ist.

Es ist das Grabmal der Familie Tchilinghiryan, das Grabmal von Carl Tchilinghiryan und seinen Eltern. Carl Tchilinghiryan, der 1949 zusammen mit Max Herz die Frischröstkaffeefirma Tchibo gerüdet hat, Tchibo, das sich aus der ersten Silbe des Namens Tchilinghiryan und der ersten Silbe des Wortes Bohne herleitet, obwohl Tchilinghiryan schon bald aus der Erfolgsgeschichte von Tchibo verschwand, weil er »nicht wirtschaften« konnte und ihm Max Herz seine Anteile »abkaufte«, um ihm so unter die Arme zu greifen, was aber doch nichts nützte und ihn, den Armenier, nicht vor der Pleite bewahrte, als er auf seinem »Studenten-futter sitzen blieb«, ganz anders als Herz, der schon vor dem Dritten Reich mit Kaffee gehandelt hatte und sich während des Dritten Reichs, weil die Nationalsozialisten den Kaffeeimport »eingeschränkt« hatten, auf das »Glücksspiel« verlegen musste, um zu »überleben«, weshalb er während des Dritten Reichs für 50 000 Mark eine Filiale der Ham-burger Klassenlotterie kaufte, die genügend Gewinn abwarf, um gleich nach dem Krieg zusammen mit Carl Tchilinghiryan Tchibo zu gründen, obwohl er Tchilinghiryan »nicht wirklich brauchte«, nur einen »Stroh-mann« brauchte, nur jemanden brauchte, in dessen Lagerräumen er sei-ne Röstmaschinen aufstellen konnte, nur jemanden brauchte, um mehr von den eingeschränkten und zugeteilten Importen ergattern zu kön-nen, denn, wie der Spiegel am 17.10.1962 weiter schreibt, sei Herz »ge-schickt«, »rigoros«, »bleibe in Führung«, »setze sich hinweg«, während Tchilinghiryan in diesem Spiegel-Artikel nur der »Armenier« heißt, der Armenier, der zu wenig vom »Händlerblut seiner Vorfahren« besitzt, der ein »lästiger Strohmann« ist, nachdem er ein nützlicher Strohmann war, und der als »lästiger Strohmann« »über Bord geworfen wird«, während Herz keine einzige Mark aus seinem Unternehmen herauszieht, nur von seinem seit dem Dritten Reich weiterlaufenden »Glücksspiel« lebt, und erst nachdem der lästige Armenier »über Bord geworfen« wurde ein Gut in Oberbayern kauft mit 500 Morgen Land und 60 Kühen, weil er »nie-mals wieder Hunger leiden« will, wie alle Deutschen niemals mehr Hun-ger leiden wollen, weshalb man »in Führung« bleiben muss, »geschickt« sein muss, »rigoros« sein muss, den »lästigen Strohmann« »über Bord werfen« muss, den »Armenier«, der im Namen weiterlebt, den Herz bei-behält und den sogar seine Frau Ingeburg trägt, die er Tchibolina nennt, weil das Nennen des Namens nicht Erinnerung ist, sondern im Gegenteil Vergessen, so wie Wedells im Benanntwerden endgültig vergessen wer-den soll, sein letzter Wunsch, sein einziger Wunsch im Testament un-erfüllt vergessen werden soll, da der »Junggeselle« Wedells keine Nach-kommen hatte, keine Söhne, die er nach dem Leitspruch »Gelobt sei, was hart macht« erziehen hätte können, so wie Herz seine Söhne nach diesem Leitspruch erzieht, während er ein »Trabergestüt« erwirbt, sich ein »Strandreduit« an der Ostsee bauen lässt, das ihm hernach »zu sehr Reichskanzlei« ist, der eine Kaffeeplantage in der »ehemaligen Kolonie Deutsch-Ostafrika« besitzt, aber natürlich trotzdem »ein Herz für die afrikanischen Entwicklungsländer hat« und für Mittelamerika, weshalb er Konsul des »Liliputstaates El Salvador« wird, damit das Tchibo-Motto umgesetzt wird, das Tchibo-Motto, das lautet »In jedem Ort, wo Menschen leben, muss es die Tchibo-Läden geben«, das Tchibo-Motto, von dem der Namensgeber Tchilinghiryan nichts mehr ahnt, nichts mehr hat, von dem auch Herz bald nichts mehr haben wird, denn er lebt nach der Spiegelreportage nur noch drei Jahre, um mit 60 zu sterben, um seiner Frau ein Vermögen zu hinterlassen, das sie für die nächsten 40 Jahre zu einer der reichsten Frauen Deutschlands macht und die streng erzogenen Söhne zu den reichsten Söhnen Deutschlands, die immer mehr Firmen dazukaufen und wieder verkaufen, wovon der Vater nichts mehr weiß und der Spiegel noch nichts weiß, der Spiegel, der mich durch diesen ungeschminkt kolonialistisch-rassistischen Artikel vom 17.10.1962, mit diesem vergangenheitsvergessenen patriarchalen Artikel, dieser absoluten Verleugnung von Vergangenheit, von Nazizeit, Kolonialherrschaft und Völkermord verstehen lässt, mit einem Mal wieder verstehen lässt, warum jemand Säure auf Gemälde spritzt oder auf die Idee kommt, ein Kaufhaus anzuzünden.

Als ich am Abend ins Hotel komme, liegt für mich ein großer Briefumschlag ohne Absender an der Rezeption. Ich reiße ihn auf, hoffe, dass er, aber wie sollte er?, von Gernika ist, entdecke aber nur einen Brief und meine Unterlagen, die ich vor zwei Monaten an die Veranstalter der Podiumsdiskussion der Hamburger RAF-Tage (HaRaTa) geschickt habe und die sie mir nun, wahrscheinlich um demonstrativ jegliche Verbindung zu mir zu kappen, unnötigerweise wieder zugestellt haben. Während ich in Richtung Frühstücksraum gehe, dann rechts Richtung Küche abbiege, um kurz vorher links die Treppe zu meinem Zimmer zu nehmen, frage ich mich, woher die Veranstalter wussten, dass ich immer noch in Hamburg bin, und ob man etwa beim Hotel angerufen und sich erkundigt hat, denn anders wäre kaum zu erklären, warum sie meine Unterlagen unnötigerweise hierher geschickt – ich schaue auf den Umschlag und sehe, dass eine Briefmarke fehlt –, also hierher gebracht haben, was aber wiederum heißt, dass man sich immer noch mit mir beschäftigt, was mir ungewöhnlich erscheint, befremdlich, eigenartig, so als wolle man die Geschichte nicht ruhen lassen und tue nur so, als wolle man sie ruhen lassen, indem man mir meine Papiere zurückschickt, um die Geschichte im Gegenteil immer weiter am Köcheln zu halten, was mir natürlich gleich symptomatisch erscheint für die ganze entleerte Szene, die sich immer weiter um sich selbst dreht und jeden ausbuht und rauswirft, na ja, nicht richtig rauswirft, aber entsprechend behandelt, wenn er ihr nicht genehm ist.

Diese Unterlagen, obwohl ich sie vor zwei Monaten selbst ausgedruckt und abgeschickt habe, fühlen sich plötzlich anders an, als wären sie inzwischen mit einer zusätzlichen Bedeutung aufgeladen worden. Besonders mein Lebenslauf, der von mir selbst auch als Lebenslauf überschrieben wurde, erweckt in mir den Eindruck, dass andere ihn mir vorhalten und vorwurfsvoll zurückschicken, um mir mit meinen eigenen Worten zu beweisen, wie lächerlich diese Daten sind, die mein Leben flankieren. Lächerliche Daten eines lächerlichen Lebens, das aus ihrer Sicht ein für alle Mal zum Erliegen gekommen ist, gleichgültig ob ich nun tatsächlich, organlos, betäubt, wütend auf mich, gegen andere wütend, weiterlebe und als flüssige Hülle noch dies und das auf einem vermeintlichen Zeitstrahl markiere. Belanglos. Gleichgültig.

Meine während der Podiumsdiskussion der HaRaTa vorgebrachte Kritik, es handele sich bei der sogenannten Stadtrundfahrt zu »gewissen historischen Schauplätzen« um Revolutionstourismus, wird in dem Brief ebenfalls aufgegriffen und durch die Behauptung entkräftet, es sei vielmehr um eine Untersuchung »urbaner Fragen« mit daraus sich ergebender »Offenlegung geopolitischer Machtstrukturen« gegangen, wozu wahrscheinlich auch gehört, dass man Briefe immer noch auf der Maschine tippt, was mich wiederum rührt, weshalb ich einen kurzen Moment lang, zwei, drei Stufen lang, für ihn oder sie, wer immer er oder sie auch sein möge, Mitleid empfinde, weil ich mir sie oder ihn, vorzugsweise ihn, in einem mit Rothändle-Rauch geschwängerten, mit Broschüren, Flugblättern und Handzetteln vollgestopften Büro vorstelle, was wahrscheinlich nicht stimmt, obwohl der Gegenentwurf mit einem cleanen Loft auch nicht stimmen kann, weil sonst die Schreibmaschine nicht mehr passen würde, diese verschmutzten Typen, die ungleichmäßig auf den Zeilen herumspringen, diese Ästhetik, die man heute normalerweise mühsam mit entsprechenden Programmen am Rechner nachbauen muss, um sie noch einmal zu spüren, diese Ästhetik, die ich frei Haus geliefert bekomme, zusammen mit einigen kleinen handschriftlichen Verbesserungen, weil es Tipp-Ex wahrscheinlich gar nicht mehr gibt, weshalb er oder sie das Vertippte durchstreichen und mit Kuli überschreiben musste.

Es ist eine einzige Tragik, denke ich, alles eine einzige Tragik, besonders dass ich mir mein Leben von denen sozusagen zurückgeben lasse, bewertet sozusagen, entwertet, abgewertet. Ich schaue auf die unleserliche Unterschrift und auf das eingekringelte A darunter und denke, ob das zusammengeht, das eingekringelte A, der Klammeraffe avant la lettre und die RAF, immerhin Fraktion, immerhin Armee, immerhin rot und nicht schwarz. Meine Kritik, aus der ich mich, obwohl ich Teilnehmer gewesen sei, ausgenommen habe, »um einen Antagonismus zu konstruieren, der allein dem Klassenfeind in die Hände …«, hier schlägt meine Rührung über das Altmodische, Weltferne, den verträumten Dünkel wieder um in Wut, und fast hätte ich mich hingesetzt, um das seinerzeit unüberlegt und unbeherrscht, deshalb ungenau Herausgestoßene noch einmal in klare Worte zu fassen, am besten mit Füller, um ihre Ästhetik zu unterlaufen, am besten mit Füller auf dem Briefpapier des Bellevue, aber stattdessen, vielleicht auch, um mir die Unsinnigkeit des Ganzen noch einmal bewusst zu machen, nehme ich mir die Beschreibung dieses »geopolitischen Offenlegens«, vulgo dieser Stadtrundfahrt, noch einmal vor, zumindest die untere Hälfte des Faltblatts, da ich die obere Hälfte während der Podiumsdiskussion nervös hin- und hergefaltet und schließlich abgetrennt und irgendwo verloren habe.

»… machen wir Halt im Café Funk-Eck in der Rothenbaumchaussee«, lese ich, »dort,« lese ich, »wo Ulrike Meinhof«, lese ich, »1958 Marcel Reich-Ranicki traf und über das Warschauer Ghetto befragte. Zu empfehlen ist der warme Butterkuchen, den wir leider zu dieser Jahreszeit nicht mehr auf der großzügigen Terrasse genießen können. Nachdem wir uns ausgiebig gestärkt haben, geht unser Ausflug weiter in Richtung Bahrenfeld, wo wir das Haus in der Friedenstraße 39 besuchen, aus dem sich Stefan Aust im September 1970 feigerweise über den Hinterhof verdrückte, als Andreas und Horst bei ihm schellten. Von dort geht es in die nur einige Häuserblöcke entfernte Stresemannstraße, wo am 15. Juli 1971 die Genossen Hoppe und Schelm eine Straßensperre durchbrachen, und weiter zum nahgelegenen Bahrenfelder Kirchenweg, wo die Genossin Schelm hingerichtet wurde. Wir fahren am Altonaer Volkspark vorbei zum Friedhof Stellingen, wo Holger begraben liegt. Dort gibt es die

Möglichkeit, das berühmte Der-Kampf-geht-weiter-Foto von Rudi mit erhobener Faust nachzustellen. Anschließend bewegen wir uns in süd-östliche Richtung nach Eimsbüttel, um das Geburtshaus von Holger auf-zusuchen. Von dort halten wir uns nördlich und verlassen nach kurzer Fahrt den Bus in Harvestehude. Hier besteht Zeit genug, das Viertel zu Fuß zu erkunden und die 22 Orte zu besichtigen, an denen von 1999 bis 2003 die AZUM (Autonome Zelle in Gedenken an Ulrike Meinhof) ihre Anschläge verübte. Nach circa einer halben Stunde Weiterfahrt zum Winterhuder Markt, wo die Genossin Kuby am 21. Januar 1978 um vier-tel nach elf in der Glocken-Apotheke in ein Feuergefecht mit zwei Po-lizisten geriet und niedergeschossen wurde, als sie ein gefälschtes Re-zept einlösen wollte. Bedauerlicherweise hat sich die noch existierende Apotheke in Marktplatz-Apotheke Winterhude umbenannt. Wir haben einen Aufenthalt eingeplant, um über den Markt zu schlendern und die Produkte der einheimischen Anbieter zu genießen. Dann geht es am Uni-versitätsgelände vorbei, wo Grashof und Grundmann in der Heimhuder Straße 82 bis zum März 1972 ihre konspirative Wohnung unterhielten, zurück in die Innenstadt. Am Jungfernstieg können wir das Gebäude se-hen, in dem sich noch bis zum Jahr 2004 die Boutique Linette befand, in die sich am 7. Juni 1972 Gudrun flüchtete, weil sie meinte, von einem Ta-xifahrer erkannt worden zu sein. Während sie nach neuen Kleidern such-te, entdeckte eine Verkäuferin in der von ihr abgelegten Lederjacke eine Pistole und verständigte die Polizei, weshalb eine knappe Woche nach der Verhaftung von Andreas, Holger und Jan-Carl auch Gudrun ins Netz der Bullen ging. Unsere Rundfahrt endet in der Kaiser-Wilhelm-Stra-ße 20 vor dem Springer-Hochhaus, in dem am 19. Mai 1972 drei Bomben hochgingen. (Ein Besuch des Verlagsgebäudes ist nicht eingeplant.)«

Ich liege mittlerweile auf dem Hotelbett und denke: Grashof und Grund-mann, das klingt nach einer Talkshow im NDR, so als würde mir diese einfältige Ironie irgendwie weiterhelfen. Natürlich habe ich mir auch das mit dem Butterkuchen und der Stärkung und dem Bummel über den Winterhuder Markt, selbst das Nachstellen des Dutschke-Fotos auf dem Stellinger Friedhof dazugedacht, und wahrscheinlich ist das auch genau der Grund, warum man mich ausgebuht hat vorgestern, weil ich nicht sachlich bleiben kann und mir immer was dazudenken muss, immer von etwas anderem reden muss, immer Dinge in Verbindung bringen muss, die andere getrennt halten, immer ironisieren muss, dabei gäbe es auch

ohne meine flachen ironischen Einfälle genug zu bemängeln, die Wort-
wahl natürlich, das Verschweigen der erschossenen Beamten, und warum wird bei der Rundfahrt ausgerechnet der Heegbarg 13 in Poppen-
büttel ausgenommen, die Wohnung von Hannes Wader, in der die RAF
ohne sein Wissen ein Waffenlager unterhielt, der Heegbarg, von wo es
nur ein paar Schritte zum Alstertal Einkaufszentrum sind, vor dem Norbert Schmid erschossen wurde, Norbert Schmid, das erste Todesopfer
der RAF, nach dem die Stadt Hamburg einen Platz benannt hat, der zwar
nicht direkt der Platz ist, an dem er erschossen wurde, weil dieser Platz
vor dem Alstertal Einkaufszentrum liegt und man mit der Umbenennung
vor dem Alstertal Einkaufszentrum tatsächlich eine Verbindung zwischen Tat und Namen, tatsächlich eine Verbindung zwischen Ort und
Namen hergestellt hätte, man aber immerhin im gleichen Viertel, nicht
direkt im gleichen Viertel, aber im angrenzenden Viertel, nur einige Straßen weiter, einen Platz nach Norbert Schmid benannt hat, einen Platz,
auf dem eine symbolisch stilisierte Eisenfigur mit Rostpatina steht, ein
stilisierter Mensch von der Seite gesehen, den einen Arm nach vorn gestreckt, den anderen hoch erhoben, vielleicht, dass er gerade stürzt, gerade fällt, gerade stirbt. Hinter ihm noch einmal als Silhouette derselbe
Mensch, stilisiert aus einer rostigen Eisenwand ausgefräst, einer rostigen Eisenwand, die vielleicht für sein Leben stehen soll, aus dem er nun
ausgeschnitten fehlt, nur als Leerform noch existiert, als Lücke in der
Bewegung mit dem einen nach vorn gestreckten, dem anderen erhobenen Arm, im Moment des Stürzens eingefangen, für immer ausgespart
aus dem Ganzen durch den einen Moment, diesen sinnlosen Moment,
der so sinnreich eingefangen ist durch die stilisierte Figur und die Leerform in der Wand, wäre es nicht das Symbol für Boule, die Einladung
zum Boule-Spiel auf dem Norbert-Schmid-Platz, wie es auch ausgefräst
in der Wand mit der Leerform steht, Boule, nicht Norbert Schmid, der
ein paar Straßen weiter erschossen wurde, in Anwesenheit von Margrit Schiller erschossen wurde, die 20 Jahre später in Kuba Zwillinge zur
Welt bringt und das Mädchen Ulrike und den Jungen Holger nennt, eigentlich den Jungen Andreas nennen will, aber weil »das dort ein Mäd-
chenname ist«, auf Holger ausweicht, weil sie es gut findet, ihren Kindern »ein Stück ihrer Geschichte« mitzugeben, weil sie ihren Kindern
besonders die Erinnerung an die mitgeben wollte, »die in diesem Kampf
getötet wurden«, weil das »eine alte Tradition in der ganzen Welt ist«,
die sie »gut findet«, ihren Sohn aber nicht Norbert nennt und die Toch-

ter Ulrike, weil das nicht drin ist, in dieser alten Tradition, dieser Erinnerung von Namen, die nach Belieben genannt und nach Belieben vergessen werden, weil Geschichte sich durch gleichzeitiges Nennen und Verschweigen verkörpert und Benennen oft Verschweigen heißt, weil jeder genannte Name einen nicht genannten Namen verschweigt und mit dem Nennen und Verschweigen beide Male das Erbe weitergereicht wird, Kinder die Namen gefallener Soldaten tragen müssen, Kinder die Namen ihrer Mütter tragen müssen, ihre Mütter tragen, ihre Mütter ertragen müssen, und das ist auch eine der Angewohnheiten, die Gernika bei mir so auf die Nerven gehen, dass ich keine Gelegenheit auslassen kann, über Mütter herzuziehen, und natürlich kann ich mir so was nur schwer entgehen lassen, aber, frage ich mich, warum sind es immer oder meistens gerade die unbedeutenden Kleinigkeiten, die mich so aufbringen? Warum regt es mich auf, dass Margrit Schiller Unsinn über Kuba und den Namen Andreas erzählt? Warum beschäftigt mich dieser Unsinn? Warum liege ich hier im Hotelzimmer unterm Dach und denke über vermeintliche Beweggründe einer mir völlig unbekannten Frau nach? Warum versuche ich mir vorzustellen, weshalb sie solchen Unsinn erzählt, wo ich doch nur wieder sauer werde, so sauer, dass ich, nein, nicht gegen Gernika, keine Wasserflasche, kein Griff, kein Schlag, keine Bluse, kein Türrahmen, versprochen, aber diese Wut, die immer dann nicht da ist, wenn sie vonnöten wäre, und immer dann da ist, wenn sie unnötig ist, so wie jetzt, und müsste ich nicht selbst am allerbesten verstehen, verstehen können, dass man diese Wut, diese ohnmächtige Wut, aus welcher Kleinigkeit und Banalität sie auch entstehen mag, dass man diese Wut, um sie zu beenden, um sie nicht mehr zu spüren, diese Wut, die aus der Ohnmacht kommt, vor einer Übermacht, dass man diese Wut dann, weil man ihrer anders nicht Herr wird, weiterzüchtet, aufputscht, um sich endlich mit einer blinden Tat, endlich aus der Regression hinauszuschleudern, hinauszukatapultieren, um endlich, endlich, um einmal wenigstens, um, um dann, um endlich ... Aus. Genug. Aus. In Tüte atmen. Aus. Atmen. Ein. Atmen. Ein. Aus. Fernseher. An. Aus. Atmen. Ein. Aus. Fernseher. Tüte. Aus. Ein. Fernseher. An. Aus. Ein. Aus. An. Aus. Programmwechsel. Auf was Unverfängliches. Kinderstunde. Regression. Die Sendung mit dem Wurm.

Wurm ist die Geschichte von Wurm. Wurm lebt in Hamburg und ist Terrorist. Auch heute noch, viele Jahre nach Auflösung der RAF. Wurm heißt Wurm, weil ihn so viel wurmt. Wurm heißt aber auch Wurm, weil er sich in die Eingeweide seiner Feinde einschleicht und sie von dort aus zerstört. Wurm ist eine Knet-Stoptrick-Animation. Geeignet für alle Altersgruppen. Wir erleben Wurm bei seinen Abenteuern in den Därmen von Ministern und Präsidenten. Heute hat Wurm jedoch ein besonderes Abenteuer zu bestehen: Er kriecht nämlich bis nach London zu seiner Freundin Würm (Würm ist nicht nach einem bayrischen Fluss oder der entsprechenden Kaltzeit benannt, sondern nach einem Yes-Song, genauer gesagt dem dritten Instrumentalteil von Starship Trooper, nach Life Seeker und Disillusion, ein Stück, das Wurm nie richtig gefallen hat in seiner etwas kruden Mischung, die auf der Yessongs eher noch verschlimmert wird mit dem Wakeman-Gedudel am Ende, aber das braucht Würm, die Yes ohnehin nicht kennt, ja nicht zu wissen). Wurm möchte Würm um Verzeihung bitten. Deshalb hat er ein Geschenk dabei: Es ist ein dunkelblauer Lidschatten, passend zu den dunkelblauen Flecken auf Würms Oberarmen. Würm freut sich einerseits über das Geschenk von Wurm, noch mehr, dass Wurm auf dem Bauch – wie auch anders? – bis nach London gekrochen und selbst auf der Fähre immer weitergekrochen ist, doch kann sie sich nicht mehr dazu bringen, Wurm zu verzeihen. Zu oft hat Wurm Würm schon Besserung gelobt, um dann doch wieder unbeherrscht zu werden und alles kaputtzumachen. Wird es Wurm gelingen, Würm noch einmal umzustimmen? Ist es überhaupt wünschenswert, dass Würm sich umstimmen lässt? Sollte Wurm nicht lernen, mit seinen Aggressionen besser umzugehen, anstatt sie einerseits zu verleugnen und zu verdammen, um sie dann andererseits unbeherrscht auszuleben? Sollte er nicht ein Antiaggressionstraining besuchen, wie Naomi Campbell? Und sollte er nicht erst an einer neuen Podiumsdiskussion teilnehmen, bevor er sich wieder Würm nähert und um Verzeihung bittet? Irgendein neuer Jahrestag kommt bestimmt. Wir drücken Wurm die Daumen. Und wir sagen ja zu Würms Standhaftigkeit. Würm drückt Wurm den dunkelblauen Lidschatten wieder in die Hand und schiebt Wurm langsam aus ihrer Wohnung. Armer Wurm. Aber vielleicht weckt ihn das auf. Vielleicht hört Wurm jetzt mal mit den falschen Entschuldigungen auf und reißt sich zusammen. Übrigens Wurm, was du gern vergisst, du hast auch den Fernseher von Würm einmal in Wut umgestoßen und einen Riss auf dem Bildschirm hinterlassen. Erinnerst du dich daran? Wurm nickt. Er ist auf dem Weg zur Fähre. Also erst zur Bahn und dann zur Fähre, und dann besucht er eine Therapeutin in der Rothen-

baumchaussee, ganz in der Nähe des Rasendreiecks zwischen Alsterterrasse, Mittelweg und Neuer Rabenstraße. Braver Wurm. Aber nicht
gleich übermütig werden. Das ist erst ein Anfang. Und Würm darfst du
nicht eher besuchen, bis du eine Podiumsdiskussion zum Thema RAF
durchgehalten hast, ohne ausgebuht zu werden und ohne vorzeitig die
Bühne zu verlassen und ohne ständig rumzumeckern, selbst wenn Margrit Schiller anwesend ist. Ja, tut mir leid, Wurm, selbst dann. Du hättest es dir vorher überlegen sollen. Übrigens zahlt die Krankenkasse in
deinem Fall die Therapie nicht, Wurm. Du kannst dir aber was dazuver-
dienen, wenn du dich an die Angelhaken der unentwegten Angler an der
Alster hängst, die, wenn es regnet, auch gern unter der Stadthausbrü-
cke stehen und im Bleichenfleet angeln, nur so als Tipp. Du schaffst das
schon. Und wenn nicht mit Würm, dann kommst du auch allein zurecht.
Als Wurm kannst du dich zur Not teilen. Du musst nicht Stimmen hören
wie größere Lebewesen, zum Beispiel Menschen, um nicht mehr allein
zu sein. Du kannst einfach über eine Rasierklinge kriechen, und schon
bist du zu zweit. Nur so eine Idee. Weil Würm ohnehin schon einen anderen hat. Der hat übrigens einen gut bezahlten Job und sieht entsprechend gut aus, hat nichts von einem Wurm, und Umgangsformen statt
Angstzustände, die sich mit Wutausbrüchen abwechseln, also schon von
daher wäre die Rasierklinge zu empfehlen.

Ich lag immer noch auf dem Bett, als mir im Halbdunkel direkt neben
dem Kleiderschrank eine Tür auffiel, die ich noch nicht gesehen hatte. Gab es vielleicht direkt durch mein Zimmer eine Verbindung zum
Hauptteil des Hotels? Ich stand auf. Obwohl die Fenster geschlossen
waren, kam von irgendwoher ein Luftzug. Außerdem roch es seltsam.
Undefinierbar. Nicht unangenehm. Nach Küchendunst, aber auch nach
Weihrauch. Ich rechnete damit, dass die Tür abgeschlossen war, doch
sie ließ sich ganz leicht öffnen. Sie führte, was mich beruhigte, nicht direkt in ein anderes Zimmer, sondern in einen engen, fensterlosen Gang,
in dem hier und da einzelne Lichter einer Notbeleuchtung flackerten.
Der Boden des Gangs war aus Stein, die Mauern unverputzt, weshalb
mir etwas klamm wurde, als ich mich hindurchtastete. Die Tür am Ende
des Gangs schien mir wesentlich größer als die zu meinem Zimmer, fast
ein Tor, mit einem gefalteten Eichenblatt aus Eisen als Griff, mit dem
ich den rechten Flügel zu mir aufzog. Hatte ich einen weiteren Flur oder
einen Raum des Hotels erwartet, so befand ich mich stattdessen in ei-

ner nicht einmal kleinen Kapelle mit einem Dutzend Bänken und einem schlichten Altar. Durch die Bleiglasfenster fiel ein seltsam diffuses Licht. Das Licht färbte sich nicht bunt, sondern blieb grau und warf einen Schatten auf den Altar, an dessen rechter Seite ich in einer Art Erker eine Marienstatue erkannte. Ich ging zwischen den Bänken im Mittelgang nach vorn, machte eine flüchtige Kniebeuge und kniete mich direkt vor die Statue. Ich hatte schon viele Marienbildnisse gesehen, aber keines wie dieses. Der Kopf war nicht fest und Teil der Skulptur, sondern lose eingesetzt wie bei den Negerkindersammelbüchsen aus Schwarzmetall oder Plastik, die am Ausgang von Kirchen standen und nickten, wenn man einen Groschen einwarf. Und so nickte auch diese Marienstatue. »Heilige Maria«, sagte ich unwillkürlich, »Heilige Maria, Mutter Gottes.« Der Kopf der Maria nickte heftiger, ihr Lächeln wurde noch sanfter. »Heilige Maria, Mutter Gottes«, wiederholte ich etwas stupide, weil mir einfach nichts anderes einfallen wollte, weil ich erschöpft war von den letzten Tagen und diese Erschöpfung, als ich dort kniete, zum ersten Mal richtig spürte. Erinnerungen stiegen in mir auf aus meiner Zeit als Messdiener, und dann wieder dachte ich an Gernika und wie alles gewesen war. Zum dritten Mal, unwillkürlich, rief ich die Mutter Gottes an, und während ich den Kopf senkte, hörte ich ihre Stimme, die zu mir sprach und sagte: »Ich heiße Margrit Maria Magdalena, genannt Mamama. Ich habe den Heiland und Erlöser geboren und wollte ihm etwas von meiner Geschichte mitgeben und ihn Jesus nennen. Aber Jesus ist in Kuba ein Frauenname, weshalb ich ihn nicht Jesus nennen konnte, weshalb das Ganze mit dem Kreuzestod und natürlich auch mit der Erlösung leider ausfällt, weil mein Sohn jetzt Tchibo heißt, ein Name, der sich aus der ersten Silbe des Namens Tchilinghiryan und der ersten Silbe des Wortes Bohne zusammensetzt, weil uns das Schicksal des armenischen Volkes und der Genozid an den Armeniern nicht die Bohne interessiert.« »Aber, wenn es keine Endlösung gibt«, sage ich leise, »was soll dann aus mir werden?« Ich blickte erwartungsvoll nach oben, doch der Kopf der Marienstatue wackelte nur stumm, sagte aber nichts mehr. Es stimmte, ich dachte viel zu selten an die Armenier, war überhaupt zu sehr mit meinen eigenen Verstrickungen beschäftigt, um mich um das Schicksal anderer Menschen zu kümmern. Ich küsste den Saum der Marienstatue und bekreuzigte mich. Kein Jesus, keine Erlösung. Hatte ich »Erlösung« oder »Endlösung« gesagt, gerade eben? Ich schaute noch einmal zur nickenden Maria, als wollte ich aus ihrem Gesicht eine Antwort ablesen. »Ich habe natürlich Erlösung gemeint«, sagte ich leise, »wenn es keine Erlösung gibt, das meinte ich, nicht Endlösung, obwohl ich zu dem stehe, was ich einmal gesagt habe, es gibt keine Versprecher, die einfach so passieren, schon gar nicht in diesem Zusammenhang, es ist doch kein Wunder, so wie Wunder und Wunde verwandt sind, dass Erlösung und Endlösung, das haben sich die Nazis schon mit Absicht so ausgedacht, so ähnlich klingen und auch etwas Ähnliches bedeuten.«

Ich stand auf und ging langsam auf den Ausgang der Kapelle zu. Kein Jesus. Erstaunlich, dass mich das überhaupt traf. Wahrscheinlich war es schon ein Unterschied, nicht mehr an einen Erlöser und Heiland zu glauben, an den man geglaubt hatte, als ausgerechnet von der Mutter des Erlösers und Heilands gesagt zu bekommen, dass es ihn nicht gibt und noch nicht einmal gab, es also etwas nicht mehr gibt, an das man nicht geglaubt hatte, weil in dem Moment klar wird, dass auch der Unglaube ein Glaube ist, nicht nur weil das Unbewusste keine Verneinung kennt, sondern weil sich der Unglaube auf das beziehen muss, was er nicht glaubt, und dadurch oft noch viel enger mit dem Objekt seines Unglaubens verbunden ist als der Gläubige, der sich nicht so viele Gedanken um das Wie und Warum machen muss, weil er das mit seiner Gläubigkeit erledigt und abgehakt hat. Mir wurde furchtbar schlecht. Dann wurde mir auch noch schwindlig. Ich hatte mittlerweile den Ausgang der Kapelle erreicht und überlegte einen Moment, ob ich nicht besser zurückgehen und mich einfach in eine Bank setzen sollte, aber vielleicht kam ich dann nicht mehr hoch, würde dort kollabieren von den Anstrengungen der letzten Tage und dann dort liegen, in dieser Kapelle liegen, in die niemand kommt, in der mich niemand findet, und schon bei diesem Gedanken fing alles an, sich noch stärker um mich herum zu drehen. Ich musste einfach noch die paar Schritte zum Flur schaffen und dann runter zur Hotelrezeption und denen sagen, dass ich in die Spezialambulanz für Persönlichkeitsstörungen des Universitätsklinikums Eppendorf möchte, eine renommierte Einrichtung, vertrauenerweckend, wo man schon mit ganz anderen Kalibern fertig geworden ist. Die Ärzte dort würden über mich nur lachen, natürlich nicht offen und auch nicht heimlich, aber sie würden denken, alles halb so wild, da haben wir schon größere Zwerge gesehen, ja, so was in der Art würden sie denken und mir zwei Alprazolam geben und mich wieder heimschicken oder vielleicht noch eine Nacht dabehalten, wenn ich ihnen sage, dass ich im Hotel wohne und niemanden habe, wie das klingt: Ich habe niemanden, aber ich würde das ja auch nur sagen, wenn man mich fragt, ob ich jemanden habe, weil, normalerweise wird man ja gefragt, ob man jemanden hat, der sich um einen kümmert, und in solchen Fällen sage ich immer ja, weil es mir peinlich ist, nein zu sagen, wobei ich es einfach komisch finde zu sagen, dass man jemanden hat, weil ich mir einfach nicht vorstellen kann, das so zu sagen, das so zu empfinden, wobei ich es wahrscheinlich gern einfach so sagen oder empfinden würde, aber das ist ja auch egal, zumindest jetzt egal, Hauptsache, dass ich da hinkomme nach Eppendorf, wo sie ja auch Bohlmann behandelt haben, 1974, zwei Tage vor Weihnachten, wo sie Bohlmann zu einer stereotaktischen Leukotomie geraten haben, und vielleicht raten sie mir ja auch zu etwas, also nicht zu einer stereotaktischen Leukotomie, das ist nicht mehr ganz auf der Höhe der Zeit und bei Fällen wie mir völlig überzogen, überproportioniert sozusagen, das wäre quasi, als wollte man mit Kanonen auf Spatzen, so ungefähr, aber bei Bohlmann, da war das was anderes, dessen Leidensdruck war ja ein ganz anderer, da war es angezeigt, ihm zwei Löcher in den Schädel zu bohren und Sonden einzuführen, um die vorher genau berechneten und für seine Störungen zuständigen Teile des Gehirns zu veröden, denn er sollte schließlich auch ein normales Leben führen, nicht mehr leiden, seine Ängste und Zwangsstörungen verlieren, diese Ängste, die ihn seit der Kindheit plagten, die sollte er nicht mehr haben, und dann würde er auch seine Zwangshandlungen nicht mehr ausführen müssen, um diese Ängste in Schach zu halten, Wasserhähne zum Beispiel, die konnte er gar nicht sehen, deshalb bat er die Redakteurin auch, damals 1974, zwei Tage vor Weihnachten, sich vor den Wasserhahn zu setzen, als sie mit ihm auf die Operation wartete, und die Redakteurin erfüllte seinen Wunsch und setzte sich vor den Wasserhahn, weil Bohlmann auch sonst einen sehr ruhigen und gefassten Eindruck auf sie machte, obwohl dieser Eingriff nicht ohne war, und darum ging es auch in ihrem Bericht für das Gesundheitsmagazin Praxis im ZDF, denn es ging nicht um Bohlmann, den 1974 noch niemand kannte, es ging noch nicht einmal um die stereotaktische Leukotomie, sondern es ging allein um das Thema Patientenaufklärung, weil man damals anfing, die Patienten vor der Operation über die möglichen Gefahren eines solchen Eingriffs aufzuklären, und das filmte die Redakteurin für das Gesundheitsmagazin Praxis, sie filmte, wie der Arzt Bohlmann die möglichen Komplikationen aufzählt, erzählt, dass es zu Blutungen, zu

Gedächtnisverlust, zu Störungen der Motorik oder zu Kreislaufproblemen kommen kann, ihm das alles detailliert erklärt, ohne zu ahnen, dass Bohlmann alles recht ist, dass es ihm auch recht wäre draufzugehen, dass er deshalb so gelassen wirkt, weil er zu allem bereit ist, weil sein Leidensdruck so hoch ist, die Ängste so übermächtig sind, selbst durch Zwangshandlungen nicht mehr einzudämmen, die selbst übermächtig sind mittlerweile, weshalb sich Bohlmann gelassen in den OP begibt, weil er endlich das loswerden will, was ihn schon seit seiner Kindheit verfolgt, eigentlich schon immer verfolgt, eigentlich verfolgt, seit er mit zwei in eine Jauchegrube fiel und seine Mutter nichts merkte und er fast ertrunken wäre, hätte ihn nicht eine Nachbarin herausgezogen. Das alles würde ich an der Hotelrezeption natürlich nicht sagen, ich würde gar nichts weiter sagen an der Rezeption, vielleicht nur, dass mir nicht gut ist und ich in die Spezialambulanz für Persönlichkeitsstörungen des Universitätsklinikums Eppendorf möchte, nicht wegen einer stereotaktischen Leukotomie, sondern nur um mit jemandem zu sprechen, der mich beruhigen kann, weil ich ihn nicht kenne, der mir zwei Alprazolam gibt und ein Mittel verschreibt, der mir gar nicht erklären muss, warum ich mich immer so aufrege über Kleinigkeiten, über dahingesagte Worte, die keiner so meint, keiner ernst nimmt außer mir, weil mir diese Worte immer weiter im Kopf herumgeistern, und nur deshalb möchte ich gern, so würde ich es auch unten an der Hotelrezeption sagen, in die Spezialambulanz für Persönlichkeitsstörungen des Universitätsklinikums Eppendorf, und ob man mir, nein, keinen Notarztwagen, sondern einfach nur ein Taxi, was am Ende schneller geht, weil ein Notarztwagen mich nur noch mehr aufregt, weil ich dann selbst denke, dass irgendwas mit mir nicht stimmt, obwohl man mir dort einerseits schon auf dem Weg etwas geben könnte, mich beruhigen könnte, obwohl man wiederum andererseits nie weiß, an wen man gerät, nie weiß, wer einen abholt und zu welchen Fehldiagnosen die fähig sind, nicht weil sie unfähig sind, sondern weil sie schnell eine Diagnose stellen müssen, weil es bei ihnen oft um Sekunden geht und sie ja nicht ahnen können, dass es bei mir nicht um Sekunden geht, außerdem würde es mir schwerfallen, jetzt gerade in meinem Zustand, mit dieser ruppigen Art umzugehen, die diese Notarztwagenfahrer notwendigerweise so an sich haben, diese ruppige Art, dieses Wir vor allem, was haben wir denn?, wo fehlt's uns denn?, das wäre jetzt nicht ganz das Richtige für mich, wobei man natürlich auch an Taxifahrer geraten kann, die aufdringlich sind, die das

Radio laut anhaben und nicht leiser drehen, die mit einem reden, sich nicht auskennen, ständig nach dem Weg fragen und wissen wollen, ob die Spezialambulanz für Persönlichkeitsstörungen wirklich in Eppendorf ist, als ob ich das wüsste, als ob ich das wissen müsste, nur weil ich da hin will, und die mich dann irgendwo anders hinbringen, weil sie denken, dass das besser ist oder näher, weil sie denken, es ist besser, mich vielleicht gleich irgendwo in der Nähe abzuliefern, und vielleicht haben sie ja auch recht damit, denn die Asklepios Klinik Sankt Georg, die ist nur ein paar Straßen weiter, und die verstehen bestimmt auch ihr Handwerk, sind allerdings privatisiert, wie der Name schon sagt, kommen aus Amerika, wie der Name schon sagt, denn hier hießen sie ja sonst einfach Äskulap Kliniken, obwohl das vielleicht komisch klingt, obwohl Asklepios auch nicht besonders klingt, es klingt nach einem alten Klepper, den man zum Abdecker führt, wobei Abdecker ein komischer Name ist, weil man ein Pferd ja auch decken lässt und der Unterschied zwischen decken und abdecken gar nicht so groß sein dürfte, wie er ist, abdecken aber als Euphemismus nicht schlecht ist, besser als Schinder oder Kaltschlächter oder Luderführer, noch besser allerdings Rasenmeister, weil er eben die Tiere unter den Rasen bringt, wobei Asklepios auch nicht wirklich besser ist, weil sein Name, der Name Asklepios, auf die Geburt des Asklepios hinweist, weil Asklepios aus seiner Mutter herausgeschnitten wurde, man also davon ausgehen kann, dass die in der Asklepios Klinik mir eher etwas herausschneiden oder vielleicht auch veröden wollen, auf alle Fälle schneller ans Schneiden denken als in der Spezialambulanz für Persönlichkeitsstörungen des Universitätsklinikums Eppendorf, obwohl sie dort den Eingriff an Bohlmann ausgeführt haben, anschließend aber feststellen mussten, dass dadurch alles nur noch schlimmer geworden war, zumindest für Bohlmanns Umwelt, weil, vor dem Eingriff war es nur schlimm für Bohlmann selbst, aber nach dem Eingriff wurde es auch für seine Umwelt schlimm, vielleicht nicht so schlimm wie für ihn vor seinem Eingriff, aber doch schlimm genug, und vielleicht muss man das abwägen, dass es eben nur schlimm für den Einzelnen ist, aber dafür bleiben die Kunstwerke intakt, als wenn es dem Einzelnen besser geht und er enthemmt durch die Lande zieht, marodierend durch die Lande zieht, was man aber vorher wahrscheinlich nicht abwägen kann, weil man es sonst abwägen würde, weshalb es wahrscheinlich egal ist, wo genau ich hinkomme, wenn ich nur erst einmal überhaupt runter zur Hotelrezeption komme, damit die jemanden anrufen können, ein Taxi am besten, immerhin habe ich es schon bis zum Treppenhaus geschafft, meinem eigenen Treppenhaus, das mir mittlerweile schon vertraut ist, obwohl es seltsam ist, weil ich doch aus meinem Zimmer durch einen Gang in die Kapelle gekommen war und jetzt auf einmal aus der Kapelle hinaus nicht mehr durch den Gang musste, zumindest nicht mehr durch diesen engen Gang mit den flackernden Notlichtern, sondern nur durch ein kleines Vestibül, wenn man es so nennen kann, weil es klein und dunkel ist, nicht so ein Vestibül, wie es sich Wedells in seiner Villa hat einrichten lassen, sondern eher ein düsterer Durchgang bevor man zur Treppe gelangt, die ich jetzt einfach langsam Schritt für Schritt, Treppe für Treppe hinuntergehe, mich an den Zeichnungen orientiere, die sie ordentlich aufgehängt haben und die auch immer noch ordentlich dort hängen, auch wenn sie anders aussehen irgendwie, aber das kommt nur, weil mir nicht gut ist, weil ich außerdem aus der dunklen Kapelle komme und weil ich nichts gegessen habe seit zwei Tagen, oder fast nichts, weil ich auch keinen Hunger hatte, nichts runterbekommen hätte, was auch gar nicht weiter ungewöhnlich ist bei mir, was öfter vorkommt bei mir, aber schon dazu führen kann, dass alles flirrig um mich herum wird, auch diese Bilder, die gar keine Masken mehr darstellen, sondern eher Gesichter, die mich ziemlich starr anblicken, und jetzt sehe ich plötzlich, oder vielleicht war mir das vorher nur nie aufgefallen, ein Schild oben am Treppenabsatz an der Wand und versuche dieses Schild zu entziffern, weil ich mich ohnehin gefragt hatte, was das für Bilder sind, weshalb ich für einen Moment die Hand vom Geländer löse und einen Schritt zur Wand mache, um zu lesen, was auf dem Schild steht, damit ich endlich weiß, was diese Gesichter zu bedeuten haben und wer diese Gesichter verbrochen hat, wie man so sagt, weshalb ich mich also etwas vom Geländer abstoße, aber nur so weit, dass ich immer wieder das Geländer rückwärts erreichen kann, mich nach vorn abstoße und auf dem Schild lese: 17 Porträts leukotomierter Anankasten, das lese und mich wieder rückwärts auf das Geländer stütze und denke: Auch ein wunderbares Wort, das leider ganz aus der Mode gekommen ist, dabei so schön bescheuert klingt, wie von einem gesagt, der nicht reden kann, der das Maul nicht aufkriegt, der redet, als hätte er eine Kartoffel verschluckt, der sinnlos Silben wiederholt, infantil Silben wiederholt, zwanghaft Silben wiederholt, der auf etwas deutet und scheinbar irgendwelche Silben hervorstammelt, die keiner versteht, die kein Pfleger versteht, kein Arzt versteht: Ja, was meinst du denn?

Ach, dort den Kasten? Ja, willst du den Kasten? Was willst du denn mit dem Kasten? Während er immer weiter stammelt, weil man oft stammelt, wenn einem zu viel durch den Kopf geht, man sich über Kleinigkeiten aufregt, wo man sich eher beruhigen sollte, weil man am Ende gar nicht ernst genommen wird, weil alle denken, solange der sich noch Gedanken über die Kliniken machen kann, solange der noch zwischen der Spezialambulanz für Persönlichkeitsstörungen des Universitätsklinikums Eppendorf und der Asklepios Klinik Sankt Georg unterscheiden kann, wird es ja wohl nicht so schlimm um ihn stehen, solange er noch über Asklepios nachdenkt und darüber, dass Asklepios von Hermes aus dem Leib seiner Mutter geschnitten wurde, als diese schon auf dem Scheiterhaufen lag und verbrannt werden sollte, weil sie von einem ganzen Köcher Pfeile der Artemis, ähnlich wie der Heilige Sebastian, zu Tode gebracht worden war, denn Apollo hatte sich über die Mutter des Asklepios bei Artemis beschwert, eifersüchtig wie er war, dass sich die Mutter des Asklepios mit einem anderen Mann eingelassen hatte, obwohl sie von ihm, Apollo, schwanger war, wie ihm die Krähe zugetragen hatte, die von ihm, Apollo, auf die Mutter des Asklepios angesetzt worden war, mit dem Befehl angesetzt worden war, dieser Mutter bei einer etwaigen Verfehlung ohne zu zögern die Augen auszuhacken, was diese Krähe mit ihrem strahlend weißen Gefieder jedoch verweigert hatte, weshalb sie von Apollo verflucht und dazu verurteilt wurde, fortan mit schwarzem Gefieder herumzufliegen als Zeichen ihrer moralischen Integrität, ihres eigenen Willens, als Zeichen ihrer Intelligenz, weshalb sie auch immer etwas einsam scheint, finde ich, merkwürdig einsam, finde ich, selbst in Scharen immer irgendwie vereinzelt und unglücklich, so als dächten Krähen zu viel, als könnten sie deshalb nicht wie andere Tiere einfach dahinleben, einfach rumhüpfen und rumfliegen, wie es andere Vögel doch auch tun, sondern müssten immer nachdenklich und traurig herumstaksen auf der Hundewiese vor der Asklepios Klinik Sankt Georg, in die man mich meinetwegen auch bringen kann, denn es ist mir mittlerweile egal, mir ist nämlich wirklich elend, nicht nur schwindlig, auch dieses Herzrasen, und Luft bekomme ich nur schlecht, und dann diese Gesichter dieser leukotomierten Anankasten, die mich so durchdringend ansehen und dabei noch nicht einmal besonders gut gemalt sind, also ohne solche Tricks zum Beispiel, dass einen die Augen überallhin verfolgen oder dass man plötzlich eine alte Frau sieht und dann wieder eine junge oder dass zwei Gesichter eine Vase ergeben oder eine

Gruppe von Menschen einen Schädel, unendliche Möglichkeiten gibt es
da ja, wenn man sein Handwerk versteht, aber diese Porträts dieser leukotomierten Anankasten waren ganz farblos, eintönig, immer ähnlich,
aber nicht gut ähnlich, nicht so ähnlich wie die Porträts von Jawlensky,
die Meditationen von Jawlensky, die auch immer ähnlich sind, aber gerade dadurch immer intensiver werden, durch die kleinen unscheinbaren Variationen, diese Porträts, die ich mir fast einmal die Woche angesehen hatte, früher, im Landesmuseum Wiesbaden, als der Eintritt noch
frei war, als es noch nicht umgebaut war, noch gar nicht umgebaut war,
noch nicht ein einziges Mal umgebaut war, sondern alles noch düster
und dunkel und mit Holz verkleidet war, so wie hier der Flur auch mit
Holz verkleidet ist, fällt mir gerade auf, eigentlich ein ganz schöner Flur,
ein anheimelnder Flur, trotz dieser Porträts, weil, so denke ich gerade,
oder sagte ich die ganze Zeit dachte, dann hätte ich mich nämlich, während ich es erlebe, quasi schon in die Vergangenheit versetzt, was ich oft
mache, dass ich etwas in mir so erzähle, obwohl ich es gerade erst erlebe,
so tue, als hätte ich es schon erlebt, weil es dadurch nicht mehr so gefährlich ist, weil es damit nicht mehr so bedrohlich ist, weil ich das, was
ich gerade erlebe, nicht reflektieren kann, nicht nachdenken kann über
diese Porträts leukotomierter Anankasten, die hier in diesem anhei-
melnden Flur, mir wird gerade so schlecht, ohne Witz jetzt, dieser Druck
im Kopf, und ich weiß auch nicht, warum ich nicht schon längst unten
an der Rezeption bin, denn so viele Stockwerke hat das Hotel doch gar
nicht, so viele Stufen muss ich doch normalerweise gar nicht nach unten
laufen, auch wenn sie keinen Aufzug haben, noch nicht mal ein Pater
Noster, noch nicht mal ein Stabat Mater, ja, jetzt ein Stabat Mater, Vi-
valdis Stabat Mater, aber nicht von einer Mamama gesungen, nicht von
einer Margrit Maria Magdalena, sondern von einem Mann, jetzt Vival-
dis Stabat Mater von Andreas Scholl, Jesus died for nobody's sins but
mine, leukotomiert am Kreuz, und obwohl ich es selbst bin, kann ich nur,
das ist doch seltsam, über den anderen Schmerz, den Schmerz Mariae
den eigenen Schmerz, über die andere Begierde, also das, was Gernika
begehrt und was nicht ich bin, die eigene Begierde empfinden, das denke ich gerade und stelle mir vor, sie zu sehen, sie stehen zu sehen, stabat,
zu sehen, da stand sie, und oh, she looks so good, oh, she looks so fine,
and her name is, and her name is, and her name is S - T - A - B - A - T,
stahabat, S - T - A - B - A - T, stahabat, stahahahahabat, stabat stabat
stabat stabat mater stabat mater stabat mater stab her stab her stab her

113

mater stab ye stab ye mater and I got this crazy feeling that I neckermann neckermann neckermann neckermann neckermann neckermann
neckermann.

18

Die Spur führt in die Bachgasse:
Ein Schneider Jugendbuch in 18 Kapiteln

1. Kapitel: Achims Mutter nackt

Achims Mutter nackt. Nicht schwarz-weiß wie die Frauen in der Neuen
Revue oder dem Wochenend. Auch nicht vor blauem Hintergrund wie
auf dem Titelbild der Er, die Achim manchmal am Hauptbahnhof kauft
und dann hinter den Micky Maus und Fix und Foxi in seinem Schreibtisch im linken Fach versteckt. Achims Mutter nackt. Kein Wunsch, kein
Gedanke, nichts, was mir einfällt, wenn ich den Beichtspiegel durchgehe. Weil, beichten müsste ich es natürlich schon. Achims Mutter nackt.
So was kann man nicht sagen. Schon gar nicht ins Tagebuch schreiben.
Höchstens schreiben und wieder rausreißen. Zusammen mit der Seite
dahinter, weil sich der Kuli durchdrückt. Und dann das Papier zerreißen und anschließend verbrennen und die Asche das Klo runterspülen.
Schon der Satz ist mir peinlich. Nicht nur peinlich, er stimmt einfach
nicht. Es stimmt einfach nicht, wenn ich sage: Ich will Achims Mutter
nackt sehen. Aber anders sagen kann ich es nicht. Es gibt Dinge, die stimmen nicht, wenn man sie sagt. Weil sie nicht entweder-oder sind. Das
ist wie mit der Dreifaltigkeit. Die stimmt auch nicht, wenn man sie sagt.
Weil man immer nur eins sagen kann und nie alle drei. Man kann immer
nur Geist sagen oder Vater oder Sohn. Man kann auch immer nur Geist
denken oder Vater oder Sohn. Aber man kann versuchen, ohne Worte zu denken. Wenn man die Augen zukneift und ohne Worte ganz hinten denkt. Dann gibt es ein komisches Gefühl vorn zwischen den Augen. Das ist der Glaube. Das ist das Geheimnis des Glaubens. Aber das
mit Achims Mutter hat natürlich nichts mit Glauben zu tun. Es gibt einfach Gedanken, die sind ganz vorn hinter der Stirn. Da muss man keinen
Augenblick überlegen. John, Paul, George und Ringo. Wenn da einer bei
der Aufzählung mit Paul oder George anfängt, weiß man schon: Der hat
keine Ahnung. Selbst wenn er alle vier zusammenkriegt. Mädchen nennen immer den zuerst, für den sie schwärmen. An erster Stelle Paul, dann

George und Ringo. John mögen sie nicht. Mädchen mögen entweder die Hübschen oder die, mit denen sie Mitleid haben. Bei den Rolling Stones schwärmen die Mädchen für Brian Jones. Das ist einfach, weil er als Einziger süß aussieht. Die Reihenfolge bei den Rolling Stones wüsste ich nicht. Erst Mick Jagger und Keith Richards, aber dann? Vielleicht Brian Jones, Bill Wyman, Charlie Watts. Aber das ist mir auch egal. Trotzdem sind die Rolling Stones noch ganz vorn in meinem Kopf. Etwas weiter in der Mitte vom Kopf kommen dann Sachen, die man auch noch gut weiß, aber wieder vergessen kann. Die Hauptstadt von Marokko ist Rabat. Das weiß ich, weil ich die stumme Karte von Nordafrika als Strafarbeit machen musste. Fero tuli latum. Das kann ich mir merken, weil es gut klingt. Aber nach den Sommerferien habe ich das schon wieder vergessen. Die Gedanken ganz hinten, die weiß man selbst nicht genau. Das Suscipiat zum Beispiel. Das kann ich einfach nicht behalten. Ich sage immer laut Suscipiat dominus, murmel dann irgendwas und höre wieder laut mit suae sanctae auf. Das Suscipiat kann niemand so richtig. Alex hat es mal gelernt, aber auch schon wieder vergessen. Der Gedanke, Achims Mutter nackt zu sehen, ist noch nicht einmal da hinten. Ich habe ihn in Wirklichkeit noch nie richtig gedacht. Noch nicht einmal mit zusammengekniffenen Augen. Trotzdem ist er irgendwo da.

2. Kapitel: Achim bekommt eine schlimme Tropenkrankheit

Vielleicht war es auch nur ein Witz. Aber Achim hat irgendwann gesagt, dass er seine Mutter oft nackt sieht. Er hat sogar gesagt: zu oft, und dass er das eklig findet. Ich dachte, wenn ich Achim wäre, dann fände ich das toll und gar nicht eklig. Ich könnte direkt vor mir eine nackte Frau sehen. Natürlich weiß ich nicht, ob das nicht vielleicht doch eklig ist, weil ich ja noch nie wirklich eine nackte Frau gesehen habe. Es kann schon sein, dass das eklig ist. Besonders für Achim, weil es ja seine Mutter ist. Und wenn ich Achim wäre, wäre Achims Mutter meine Mutter. Dann wäre es auch für mich eklig. Vielleicht habe ich den Gedanken deshalb noch nicht einmal ganz hinten gedacht. Sonst hätte ich mir auch irgendwas ausmalen können. Achim könnte zum Beispiel ganz schwer krank werden. Oder entführt wie Timo Rinnelt. Aber der war tot, als man ihn fand. Außerdem käme die Polizei zu Achims Mutter. Und Achims Oma und andere Leute wären da, um Achims Mutter zu trösten. Und dann würde Achims Mutter wohl kaum nackt herumlaufen. Aber Achim könnte zum Beispiel eine schlimme Tropenkrankheit bekommen. Bei so einer Krankheit muss man in Quarantäne. Niemand darf zu einem, weil sich sonst alle anstecken und die Krankheit sich immer weiter ausbreitet. Achim wäre im Krankenhaus und seine Mutter allein zu Hause. Achims Mutter wäre traurig. Sie würde nicht mehr zur Arbeit gehen und immer nur zu Hause in ihrer Kittelschürze herumlaufen. Ich würde dann bei ihr klingeln und sagen, dass ich die Schulbücher von Achim abholen soll. Alle Schulbücher müssen am Ende des Schuljahrs abgegeben werden. Nur der Diercke Weltatlas nicht. Den dürfte Achims Mutter behalten. Den dürfen sogar Schüler behalten, die zweimal hintereinander sitzen bleiben und von der Schule müssen. Achims Mutter und ich würden in Achims Zimmer gehen und Achims Schulbücher zusammensuchen. Achims Mutter würde immer trauriger. Ich bin nicht blond wie Achim und auch nicht so groß. Ich bekomme noch nicht einmal die Haare so weit über die Ohren wie er, weil ich immer vorher zum Frisör muss. Trotzdem würde ich Achims Mutter an Achim erinnern. Für Erwachsene sehen alle Kinder ähnlich aus. Und wenn sie selbst mal ein Kind hatten, das gestorben ist, so wie Frau Maurer vom Zeitungsladen, oder wenn sie keine Kinder bekommen können, so wie Frau Berlinger, dann sehen Kinder noch gleicher aus, weil sie sich immer ihr eigenes Kind vorstellen, wenn sie einen sehen. Genauso würde mich Achims Mutter ansehen. Sie würde seufzen und mich um etwas bitten. »Tust du mir einen Gefallen?«, würde sie fragen und mich mit ins Schlafzimmer nehmen. Dort würde sie sagen: »Zieh deine Schuhe aus und leg dich aufs Bett.« Wenn Achim krank ist, darf er nämlich in ihrem Bett liegen. Das Schlafzimmer ist gleich hinter der Küche. Achims Mutter ist dann in der Nähe, wenn er etwas braucht. Achims Mutter würde so tun, als wäre ich Achim und als hätte Achim keine schwere Tropenkrankheit, wegen der er über ein Jahr in Quarantäne bleiben muss, sondern einfach nur Bauchweh. Sie würde sich ausziehen, um sich in der Küche an der Spüle zu waschen. Ich könnte sie vom Bett aus nackt in der Küche sehen. Anschließend würde sie Essen kochen. Auch nackt oder in dem Baby Doll, den mir Achim mal gezeigt hat. Der Baby Doll hing über dem Küchenstuhl. Achim hat ihn hochgehoben und gesagt: »Das trägt meine Mutter. Eklig.« Und ich habe gefragt, wann sie das trägt und ob das eine Bluse ist. »Nein, nachts«, hat Achim gesagt und sich den Baby Doll vor die Brust gehalten. »Und unten?«, habe ich ge-

fragt, weil ihm der Baby Doll nur bis zur Hüfte ging. »Das ist alles«, hat
Achim geantwortet. »Eklig.« Und ich wusste nicht, warum man nur so
einen Baby Doll anzieht, weil ich eher unten etwas anziehen würde und
oben nichts. Weil ich eher unten friere und nicht oben. Aber vielleicht ist
das bei Frauen anders. Obwohl ich lieber den Busen von Achims Mutter
sehen würde als ihren Hintern. Doch, den Hintern auch. Und vorn. Und
dann würde sich Achims Mutter besser fühlen und sagen: »Komm doch
wieder mal vorbei.« Dann könnte ich immer vorbeigehen nach der Schule. Und irgendwann wäre ich ihr so vertraut wie Achim. Und es wäre
ganz normal, dass sie nackt vor mir rumläuft.

3. Kapitel: Was ich über die Tropen und Tropenkrankheiten weiß

Die Tropen gibt es in Afrika, in Südamerika und in Asien. Menschen, die
in den Tropen leben, haben mit der hohen Luftfeuchtigkeit zu kämpfen.
Selbst wenn es nicht regnet, ist die Luftfeuchtigkeit so hoch, dass Autos und Küchengeräte rosten und schon nach zwei Wochen kaputt sind.
Weil Lebensmittel verschimmeln, essen die Menschen in den Tropen
immer alles sofort auf. Vor allem essen sie Südfrüchte. Die Menschen
in den Tropen sitzen nicht auf Stühlen, sondern hocken auf dem Boden.
Sie haben keine Betten, sondern Hängematten. Weil das Klima so einseitig ist, betet man in den Tropen vor allem zu Wettergöttern, deren Ab-
bilder man aus Tropenholz schnitzt. Es gibt für jedes Klima einen Gott,
aber der oberste Gott ist der Regengott, der das Land überschwemmen
oder ausdörren kann, je nachdem, ob er es regnen lässt oder nicht. Der
Sohn des Regengottes ist der Rostgott. Er wird angebetet, um wenigstens die Macheten, die man in den Tropen braucht, um sich im Dschungel einen Weg zu bahnen, unversehrt zu lassen. Dort, wo christliche
Missionare in die Tropen kamen, wurden der Regengott durch Christus und der Rostgott durch Maria in ihrer Form als Stabat Mater Do-
lorosa ersetzt, weil die Eingeborenen und Insulaner, die sieben blank
funkelnden Schwerter, die auf den Heiligenbildern die sieben Schmerzen Mariae symbolisieren, als Beweis für die Herrschaft der Gottesmutter über den Rost nahmen. Damit konnten die Missionare den Eingeborenen auch das Geheimnis um Marias Reinheit erklären, da man in den
Tropen glaubt, eine Frau, die ihre Regel hat, bringe Metall zum Rosten,
wenn sie es berührt, weshalb die Frauen während ihrer Menstruation

nur Holzwerkzeuge benutzen dürfen. Sie müssen die Süßkartoffeln mit stumpfen Holzmessern schälen und sich die Haare mit einer Holzschere schneiden, was oft sehr schmerzhaft ist. Der Glaube stammt aus der Ähnlichkeit von Rost mit getrocknetem Blut. Die Eingeborenen kennen für Rost und Blut nur ein Wort. Sie sagen also: jemand rostet, wenn er blutet oder umgekehrt: Das Metall blutet. Wenn die Frauen während ihrer Menstruation das Fleisch mit ihren Holzmessern schneiden, bleiben die vielen Saug- und Spulwürmer, die es in den Tropen sehr zahlreich und überall gibt, unversehrt und können sich beim Verzehr durch die Magenwände bohren und sich in den lebenswichtigen Organen wie Leber, Nieren oder Milz festsetzen, um dort immer größer zu werden und so den Körper zu zerstören. Manche Würmer wandern auch in Richtung Herz, das sie regelrecht umspinnen und schließlich ersticken. Der deutsche Arzt Theodor Bilharz entdeckte, dass man diese im Menschen wuchernden Würmer mit den Bartfäden eines Zitterwelses unschädlich machen kann. Der Zitterwels sendet durch die Bartfäden Stromstöße von 350 Volt aus, und selbst wenn die Bartfäden vom Körper abgetrennt sind, behalten sie noch bis zu einer Woche ihre elektrische Wirkung. Innerhalb dieser Woche müssen die Bartfäden in der von den Würmern betroffenen Körperregion durch die Haut eingeführt werden. Der Bartfaden des Zitterwelses verbindet sich umgehend mit dem schädlichen Wurm und vernichtet diesen in einem Vorgang, den Bilharz als Verlöten bezeichnete, das heißt, der Wurm wird durch die elektrische Spannung in den Bartfaden eingeschmolzen und zusammen mit diesem nach einigen Tagen aus dem Körper ausgeschieden. Der Maler Gauguin, der in den Tropen lebte, hinterließ mehrere Porträts von Eingeborenen, die unter dem Befall von Nilwürmern litten. Man erkennt Befallene vor allem an der gelblich phosphorisierenden Hautfarbe und den stark hervortretenden Augen. Gauguin selbst war von der Syphilis befallen, weil er mit verschiedenen Eingeborenenmädchen, die nie älter als dreizehneinhalb waren, zusammenlebte. Er brachte sich mit Arsen um und bat die Eingeborenen, seinen toten Körper an ein Kreuz zu nageln und als Zeichen gegen die zunehmende Europäisierung auf den Pazifik hinaustreiben zu lassen. Außerdem sollten sie seine Hütte, die einen unanständigen Namen hatte, niederbrennen und an ihrer Stelle eine Kapelle errichten. Beide Wünsche wurden nicht erfüllt.

4. Kapitel: Aber natürlich will ich nicht, dass Achim eine schlimme Tropenkrankheit bekommt

Aber natürlich will ich nicht, dass Achim eine schlimme Tropenkrankheit bekommt oder entführt wird. Achim ist sowieso ganz selten krank. Er hat noch nicht einmal jeden Winter Angina wie ich. Dafür darf er manchmal auch so zu Hause bleiben. Wenn er sagt, dass ihm nicht gut ist. Mittags darf er trotzdem raus. Und er kriegt Heftchen von seiner Oma. Achims Oma passt auf ihn auf, wenn Achims Mutter arbeiten ist. Achims Oma gibt Achim zwei Mark. Wir gehen runter in den Schreibwarenladen von Frau Schreber. Weil er Micky Maus und Fix und Foxi schon hat, kauft Achim Bessy. Ich finde Bessy langweilig. »Warum kaufst du nicht die Bravo?« Achim hat keine Lust. Er findet Bessy gut. Bessy ist ein Collie wie Lassie, der irgendwas erlebt, was mich nicht interessiert. Ich finde auch Lassie langweilig. Ich sehe lieber Fury. Aber Achim mag auch Michel Vaillant, der in Mickyvision kommt. Michel Vaillant ist ein Rennfahrer. Ich kann die einzelnen Figuren nicht unterscheiden, weil sie alle gleich aussehen. »Michel Vaillant kann man an einer kleinen Locke auf der Stirn erkennen«, sagt Achim. Wir gehen wieder hoch. Achim schaut das Bessy Heft durch und ich das Felix Ostersonderheft. Wir trinken Cola. Bei uns zu Hause gibt es nur gelbe Limonade. Einmal in der Woche wird ein Kasten gebracht. Alle zwei Wochen ein Kasten Malzbier. Achims Oma sitzt in der Küche. Wir gehen runter in den Hof. Die Hoftür ist heute nicht abgeschlossen. Wir können nach hinten raus zur Bachgasse. Wir stehen am Geländer und sehen, wie der Bach im Tunnel verschwindet. Achim sagt, dass man neben dem Bach, unter der Bahnhofstraße und den Gleisen und der Äppelallee durchgehen kann bis zum Schlosspark. Man muss sich natürlich bücken. Aber wenn man am anderen Ende ist, kommt man nicht raus. Da ist ein rostiges Gitter. Und in dem rostigen Gitter hängen Stofffetzen, alte Zeitungen und die Binden, die Frauen nachts in den Bach werfen. Frauen werfen die Binden in den Bach, wenn sie kein Auto haben oder jemanden, der sie im Auto mitnimmt, damit sie die Binden aus dem offenen Fenster auf die Straße werfen können. Frauen tragen Binden, weil bei ihnen Blut kommt. Bei Männern kommt Wasser. Deshalb wohnen an dem Gitter auch die Ratten. Die Ratten bauen aus dem Abfall am Gitter ihr Nest. Dann hängen sie sich mit ihren Schwänzen in das Gitter und schnappen nach allem, was auf dem Bach angeschwommen kommt. Manchmal verknoten sich ihre Schwänze im Gitter, und sie kommen nicht mehr los. Dann fiept es durch den Tunnel, weil sie Angst voreinander haben. Achim und ich kriechen nur ein paar Meter weit in die Unterführung rein. Bis dahin, wo es dunkel wird. Achim reißt die Papiertüte mit den Kaugummis in der Mitte auf. Ich kann sehen, was er alles beim Bäcker Daum gekauft hat heute Morgen, als er nicht in die Schule musste. Ich nehme als Erstes zwei flache OK-Streifen, mache sie auf, schiebe sie ganz in den Mund und knicke sie mit der Zunge um. Dann kaue ich, bis sie fast keinen Geschmack mehr haben. Als Nächstes kommen ein Bazooka Joe und dann zwei Dubble Bubble. Die breche ich an der Mittellinie auseinander und rolle sie etwas auf meinem Oberschenkel. Sie sehen aus wie halbe Kaugummi-Zigaretten. Dann die runden Bunten, die es auch im Automaten gibt. Ich schiebe die Zunge mit dem vorgekauten Teig aus dem Mund und lege eine Kugel drauf. Im Mund umwickel ich die Kugel ganz und zerbeiße sie. Wir sitzen eine Weile und kauen. Achim schaut sich die Comics aus dem Dubble Bubble an. Ich lecke meinen linken Unterarm mit der Zuckerspucke ab und drücke ein Tattoo aus den OK-Kaugummis darauf. Es ist eine Schlange mit Beatlesfrisur, die sich um einen Gitarrenhals schlängelt. Achim stößt mich an und zeigt auf etwas, das weiter hinten im Tunnel auf der anderen Seite vom Bach liegt. Es sieht aus wie ein Schädel. Aber es könnte auch eine Dickwurz sein. Mit einem großen Loch, da, wo die Nase war und die Augenhöhlen und der Mund. Das wird nämlich zuerst weggefressen. Achim holt die Einszwanzig aus der Tasche, die er noch hat. »Kriegst du, wenn du den Schädel holst«, sagt er.

5. Kapitel: Mörder und verschwundene Kinder

Manchmal kommen Kinder abends vom Spielen nicht heim und bleiben für immer verschwunden. Nicht immer werden sie entführt oder ermordet. Wenn man hier unten hinfällt und sich das Bein bricht und nicht mehr laufen kann, hört einen draußen keiner. Die Leute, die vorbeigehen, denken, es sind die Ratten, die wieder fiepen. Der Tunnel ist auch ein gutes Versteck für einen Mörder, der Kindern auflauern will. Er kann allerdings kein Licht mit Streichhölzern machen, um sich nicht zu verraten. Deshalb stolpert er über eine der losen Steinplatten und fällt hin. Sein Bein ist gebrochen. Keine Gründholzfraktur wie bei meinem Arm, sondern richtig gebrochen. Er kann sich nicht rühren. Nicht einmal die paar Meter zum Ausgang kriechen. Jetzt bekommt er Angst. Er hört Schritte draußen, traut sich aber nicht, um Hilfe zu rufen, weil es vielleicht der Feldschütz ist, der gerade seine Runde macht. Der Feldschütz würde ihn sofort verhaften und mitnehmen. Er würde keine Gnade walten lassen, weil er sich mit Mördern genau auskennt. Der Bruder vom Feldschütz war nämlich selbst ein Mörder. Er war der letzte Mörder, den sie noch hingerichtet haben nach dem Krieg. Der Bruder vom Feldschütz hatte im Schlosspark eine Frau mit der Axt erschlagen. Er hatte der Frau hinter einem Gebüsch im Nachtigallenweg, wo es keine Laternen gibt, aufgelauert, und obwohl es regnete und die Frau einen Schirm trug, hatte er sich nicht abbringen lassen, sondern ihr mit der Axt durch den Schirm hindurch den Kopf gespalten. Vielleicht kannte der Mörder mit dem gebrochenen Bein sogar den anderen Mörder, den Bruder vom Feldschütz. Vielleicht hatte der ihm gesagt, dass man hier um den Schlosspark herum leicht ein Opfer findet. Aber jetzt lag der andere Mörder selbst da und hörte die mit ihren Schwänzen ineinander verzwirbelten Ratten vom Rostgitter her fiepen und spürte Getier über den herausstehenden Knochensplitter nach oben in Richtung von seinem Mund kriechen. Die Arme des Mörders waren eingeschlafen vom Abstützen. Er schüttelte den Kopf hin und her, um das Getier loszuwerden. Aber irgendwann konnte er nicht mehr. Sein Kopf fiel auf die losen Steine. Der eine Arm rutschte in den Bach. Jetzt blieben an seinem Arm Zeitungen, Binden und Stofffetzen hängen. Der Mörder starb und verweste. Wenn sich Fleisch von seinem Skelett löste, fiel es in den Bach und schwamm zu den Ratten am Gitter, die sich natürlich freuten. Am Schluss blieb nur noch der Schädel übrig. Der Schädel, der aussieht wie eine Dickwurz.

6. Kapitel: Die Dickwurz

Ich packe die Dickwurz mit abgespreizten Fingern. Trotzdem fühlt es sich eklig weich an. Weich wie ein Babykopf. Wie der Kopf von meinem Bruder in der Wiege. Sein Kopf ist noch so weich, dass sich die Gummigiraffe tief in die Seite über dem Ohr eindrückt, wenn er auf ihr einschläft. Die Dickwurz riecht auch fast so wie der Kopf von meinem Bruder, milchig und feucht. Und genau wie sein Kopf ist auch die Dickwurz oben verschorft. Wenn ich seinen Kopf halte, habe ich immer Angst mit meinen Fingern hineinzudrücken in das Innere. Ich habe Angst, dass meine Finger in seinem weichen Kopf versinken und sich irgendwo in seinem Schädel verhaken und ich meine Finger nicht mehr rausziehen kann, so wie wenn ich manchmal einen Finger in einen Flaschenhals stecke aus Spaß und ihn nicht mehr rausbekomme und die Frau von der Caritas es mit Seifenlauge versucht, was bis jetzt auch immer geklappt hat. Zur Not hätte man auch die Flasche zerschlagen können. Aber bei meinen Fingerkuppen im Schädel meines Bruders wäre das anders, da könnte man keine Seifenlauge nehmen, weshalb ich mit Gewalt ziehen und am Ende meine Fingerkuppen opfern müsste. Es wäre wie bei dem Taucher, der mit seinem Arm in einem Korallenriff hängenblieb und langsam keinen Sauerstoff mehr hatte. Der musste sich auch entscheiden und den Arm mit einem Messer abtrennen, um rechtzeitig wieder auftauchen zu können. Oder wie der Arzt, der im Busch eine Blinddarmentzündung bekommt und sich selbst operieren muss. Genauso wäre das auch bei mir, und dann müsste ich meine Fingerkuppen eben opfern. Notgedrungen. Anschließend kann ich die Löcher der Blockflöte nicht mehr richtig bedecken und muss auch nicht mehr zum Cellounterricht. Ich muss gar nichts mehr. Ich brauche nur die Hände heben und die fehlenden Kuppen zeigen, und sofort verstehen alle, warum ich die Hausaufgaben nicht gemacht habe. Sie verstehen, warum ich zu spät komme. Warum ich während des Gottesdienstes schwätze. Warum ich unschamhaft bin, allein oder mit anderen, oder ungehorsam gegen meine Eltern. Warum ich Gebete unterlasse oder nur plappere. Warum ich nasche, zanke, schimpfe, schlage und warum ich zornig bin, neidisch, gehässig, eitel, stolz und faul. Das alles würde man verstehen und mir nachsehen wie dem Jungen mit der Drüsenkrankheit aus der 7a oder dem Kleinwüchsigen mit dem Wasserkopf aus der 9a. Und es wäre mir egal, dass mich die anderen hänseln würden. Sie würden sich die Fingerkuppen mit dem Karminrot aus dem Pelikanmalkasten anmalen, um mich nachzuäffen. Aber das wäre mir egal. Und es wäre mir auch egal, dass ich in den Pausen mit dem Drüsenjungen und dem Wasserkopf auf dem kleinen Schulhof in der Ecke vor dem Lehrerzimmereingang stehen und mitansehen müsste, was ihre Mütter ihnen auf die Brote geschmiert hätten: Mettwurst oder Leberwurst mit Butter drunter, Blutwurst und diese Wurst, deren Namen ich nicht kenne, mit knorpligen Stücken drin. Dabei wäre ich ansonsten ganz normal. Außer den Fingerkuppen eben, die nichts anfassen könnten. Weshalb ich so geschickt werden würde wie der mit dem Conterganarm, von dem ich nicht weiß, in welcher Klasse er ist, schon älter, vielleicht auch in der 9. Genauso wie er würde ich mein Pausenbrot mit den Ellbogen aus dem Papier holen und mit den Ellbogen halten und abbeißen. Ohne zu wissen, was drauf ist. Weil ich es nicht auseinanderklappen könnte mit den Ellbogen. Und niemand würde mehr mit mir spielen, weil es eklig aussieht, das rohe Fleisch an meinen Fingerkuppen. Aber ich müsste auch nicht mitschreiben in der Stunde. Ich würde nur dasitzen und aus dem Fenster schauen. Die Arme hätte ich verschränkt, damit niemand das rohe Fleisch sehen muss. Und nur wenn wir Vertretung hätten von einem Referendar, der mich nicht kennt, würde ich kurz meine Finger zeigen. Dann würde er mich nicht mehr drannehmen die ganze Stunde. Und ich würde nach draußen schauen zu den Pappeln. Während die anderen die Mathearbeit schreiben. Und wenn der Lehrer durch die Reihen geht, um zu schauen, dass niemand abschreibt oder einen Spickzettel benutzt, würde er mir nur über den Kopf streichen. Und die Mädchen würden für mich schwärmen, weil ich ihnen leidtue. Sie würden mir Zettel schreiben, auf denen steht: Ich finde dich süß. Und sie würden mir einen Weberkuchen auf den Platz legen. Schon ausgepackt, damit ich ihn mit den Ellbogen nehmen und essen kann. Und sie würden mir Lady Madonna zum Aufnehmen leihen und From The Underworld.

7. Kapitel: Die Angst des Kleingläubigen

Ich stolpere nach vorn. Im Fallen presse ich die Dickwurz an mich. Ich habe Geschi nicht gemacht. Ich weiß noch nicht mal mehr, wo wir gerade sind in Geschi. Haben wir morgen überhaupt Geschi? Was für ein Tag ist heute? Dienstag? Kommt da nicht Sprung aus den Wolken? Meine Finger sinken durch den Schorf der Dickwurz. Das Wasser ist jetzt schwarz. Darauf kleine Lichtkreise. Ich bleibe mit meiner Windjacke an einem Mauervorsprung hängen. Die Würmer im Dickwurzhirn kriechen um meine Fingerkuppen. Da liegt die Papiertüte mit den Kaugummipapieren. Achim ist weg. Er ist bestimmt schon heim. Vielleicht hat seine Mutter gerufen, und ich habe es bloß nicht gehört. Ich springe auf die andere Seite vom Bach. Dann weiter die Böschung rechts am Geländer hoch. Rutschig. Die Straßenlampe über dem Tunnel ist nicht angegangen. Von der Bahnhofstraße fällt Licht in die Bachgasse. Aber ich will nicht vorn rum. Ich will nicht noch mal bei Frau Schreber vorbei und an der BP-Tankstelle. Ich rüttle von außen am Hoftor, aber es ist schon zu. Um sieben wird auch hinten die Tür abgeschlossen. Achim sitzt bestimmt schon beim Abendbrot. Manchmal darf er ein halbes Glas Bier trinken. Kein Malzbier, sondern richtiges. Wenn es Sprung aus den Wolken gibt, darf er das sehen. Was ist mit den Einszwanzig? Die kriege ich bestimmt morgen. Oder will er, dass ich die Dickwurz mit in die Schule bringe? Als Beweis? Ich renne die Bachgasse runter, biege nach links in die Weihergasse ein. Laufe an der Bleichwiesenstraße, an der Gaugasse und der Feldstraße vorbei. Dann über den Kirchhof. Wenn der Glockenturm offen ist, könnte ich hier die Dickwurz lassen. Die Tür geht auf. Vielleicht ist der Küster gerade oben und zieht die Uhr auf. Oder er war noch nicht da. Man hört ihn, wenn er kommt, weil er immer vor sich hinpfeift. Ich krieche unter die schwarze Eisentreppe und presse die Dickwurz in die Ecke unter der ersten Stufe. Dann gehe ich schnell nach draußen. Der Himmel ist jetzt dunkel, und das Licht im Schaukasten brennt. Ich könnte nachschauen, ob ich am Sonntag dienen muss. Aber ich will lieber schnell heim. Ich habe das Haus des Herrn mit unreinem Gewand, mit unreinen Gedanken und mit einer Dickwurz im Arm betreten. Weil ich nur an mich dachte und an meine Angst. Die Angst des Kleingläubigen. Doch siehe, der Herr verwandelte die Dickwurz in den Kopf eines Mörders, der mich anstarrt und den Blick nicht mehr von mir wendet, obwohl er gar keine Augen mehr hat. Weshalb ich das Licht anlasse beim Einschlafen. Aber auch wegen dem Entführer. Dem Entführer von Timo Rinnelt, der auch kommt, wenn ich das Licht ausschalte. Und erst erschlägt er meine Eltern, dann meinen Bruder, und dann nimmt er mich mit. Er schleppt mich in eine Höhle, und dort zieht er mich aus und ritzt mir etwas in den Rücken. Er ritzt Rache Bartsch in meinen Rücken, so wie ich es auf dem Foto unten im Rathaus gesehen habe.

8. Kapitel: Fluchtpläne

Eigentlich ist es ganz gut, dass ich ein Durchgangszimmer habe, weil der Entführer dann erst weitergeht, um zu schauen, wer noch in dem Zimmer dahinter schläft. Mein Bruder ist noch zu klein, um entführt zu werden, weshalb der Entführer ihn umbringt. Vielleicht erwürgt er ihn, oder vielleicht stirbt mein Bruder auch vor Schreck, wenn er plötzlich das Gesicht von dem Entführer über seinem Bettchen sieht. Wenn ich etwas auf der Treppe oder im Flur höre, halte ich den Atem an. Ich stelle mich ganz ruhig. Obwohl man auch im Schlaf atmet. Aber ich will nicht auffallen. Der Entführer soll ruhig erst durch mein Zimmer gehen, und während er sich dann über das Bettchen von meinem Bruder beugt, laufe ich aus dem Zimmer und nach unten. Erst habe ich überlegt, ob ich nach oben laufen soll, um mich auf dem Speicher zu verstecken, oder ich könnte auch in das Schlafzimmer meiner Eltern, die der Entführer schon erstochen hat, und mich dort unter das Bett legen, aber vielleicht kommt der Entführer noch einmal zurück, weil er irgendwas mitnehmen will. Die hölzerne Spieluhr von meiner Mutter oder ihren Rollstuhl. So einen Rollstuhl kann ein Entführer gut gebrauchen. Wenn er jemanden entführt, braucht er ihn nicht zu tragen, sondern kann ihn in den Rollstuhl setzen und schieben. Und wenn Leute kommen, denken sie, dass der Junge im Rollstuhl schon schläft, weil es ja Nacht ist, und nicht, dass er ihn betäubt hat. Also laufe ich die Treppen runter und aus dem Haus. Am liebsten würde ich links Richtung Werkshalle laufen, weil da Licht ist, aber es ist besser hinten raus in Richtung Feld zu laufen, weil es da dunkel ist. Ich könnte mich beim Schreiner im Schuppen verstecken oder in der Autobahnunterführung oder besser noch weiter auf die Kerbewiese am Bach entlang bis ganz nach hinten, wo man nicht mehr weiterkommt und die Rhabarberfelder anfangen. Dort, wo die Pärchen sind. Aber da muss ich aufpassen, dass mich keiner sieht, weil die sonst denken, dass ich ihnen zusehen will, und dann kommt der Mann und haut mir in die Eier. Und davon wird man ohnmächtig. Und dann findet mich der Entführer doch noch. Dann wache ich aus der Ohnmacht auf und liege in seiner Höhle. Wie nach der Mandeloperation, als ich dachte, dass alles schon vorbei ist und ich schon wieder im Bett liege, aber stattdessen saß ich noch im Operationsstuhl, und auf dem kleinen Tisch vor mir lagen die Skalpelle und die beiden blutigen Mandeln.

9. Kapitel: Über verschiedene Formen der Kindesentführung

Weil es verschiedene Formen der Kindesentführung gibt, bin ich mir, was meine Fluchtpläne angeht, recht unsicher. Bestimmt lässt nicht jeder Entführer mit sich reden. Und wenn er mit sich reden lässt, also einer derjenigen Entführer ist, die mit sich reden lassen, wie soll ich entscheiden, was ich am besten sage, ob ich flehe, bettle, sachlich bleibe, ablenke oder gar andeutungsweise drohe? Und selbst wenn ich mich auf jeden möglichen Charakter des Entführers vorbereite, bleibt fraglich, ob ich den Charakter des Entführers, der in unser Haus eindringt, erkennen kann. Und ob es mir überhaupt etwas nützt, den Charakter des Entführers zu erkennen, weil ich am meisten Angst vor dem Schock habe, der darin besteht, dass er meine Eltern umbringt und ich sie zuerst noch in ihrem Blut erahne, dann aber wirklich darin liegen sehe, während er mich in meinem Schlafanzug an der halboffenen Schlafzimmertür vorbeischleppt. Ich rechne mir nur eine Chance aus, wenn er durch mein Zimmer hindurch in das Zimmer meines kleinen Bruders geht, um auch ihn noch zu töten. Das heißt, ich darf meinen kleinen Bruder nicht warnen, ich muss ihn opfern, denn während er ihn tötet, könnte ich aufspringen und aus meinem Zimmer und mit zugekniffenen Augen am halboffenen Schlafzimmer meiner Eltern vorbei nach draußen rennen und dort laut schreien, ganz laut schreien, so laut schreien, dass es der Hausmeister vorn in seinem Häuschen hört und die Polizei holt und selbst angerannt kommt mit seiner Stablampe. Und die beiden Hilfsarbeiter, die hinten im Lager schlafen, die kämen auch, weil sie sich etwas davon versprechen, den Sohn des Chefs zu retten, weil sie noch nicht wüssten, dass ihr Chef mit durchgeschnittener Kehle oben neben seiner Frau liegt. Sie hätten auch keine Angst vor dem Entführer, der ja nur stark ist, wenn er Schlafende ersticht oder Kinder entführt. Sie würden nach oben rennen und den Entführer stellen, und ich würde sie belohnen, denn ich wäre nun ihr Chef, zumindest auf dem Papier. Natürlich hätte ich ansonsten einen Vormund und würde erst Jahre später herausbekommen, dass es der Vormund war, der den Entführer bestellt hatte. Aber

10. Kapitel: Steckbrief von Mördern und Entführern

Mörder halten sich an unsicheren Orten auf. Zum Beispiel im Schlosspark hinter Büschen am Nachtigallenweg oder in Hauseingängen im Adolfsgässchen oder neben dem Hinterausgang vom Adler-Kino. Oder unten am Rheinufer an der Kasse vom Köln-Düsseldorfer, abends nach acht, wenn die Kasse geschlossen ist. Oder weiter oben beim Schloss in der Elisabethenstraße auf dem Grundstück hinter dem Nachbarschaftsheim, wo die Frau von der Caritas immer parkt, wenn sie mich vom Musizierkreis abholt, weil es dort keine Beleuchtung gibt oder nur das Licht, das aus den Fenstern vom Nachbarschaftsheim nach draußen fällt. Aber wenn alle Kurse schon vorbei sind, außer dem Kochkurs, der im Keller stattfindet, dann ist es stockdunkel, und man kann nicht erkennen, ob da hinten jemand an der alten Mauer steht oder in der Nische beim Holztor gegenüber. Und Fußgänger oder Autos kommen hier auch ganz selten entlang, weil die Schlaglöcher so tief sind, dass sich sogar das Wasser in ihnen sammelt.

Mörder morden meist mit einem Messer. Sie könnten auch einen Revolver benutzen, aber das Messer ist erstens leiser und zweitens direkter. Der Mörder will spüren, wie es ist, jemanden zu ermorden. Er will spüren, wie sein Messer in die Brust seines Opfers dringt oder in den Hals und wie der Körper direkt vor ihm in sich zusammenfällt und stirbt. Manchmal erwürgen einen Mörder auch oder sie erdrosseln einen mit einem Strick oder einem Halstuch. Entführer ermorden einen auch am Schluss, aber erst entführen sie einen und schleppen einen in eine Höhle, wo man angekettet auf einem Feldbett liegen muss. Was die Entführer genau wollen, weiß man nicht. Es sind Wahnsinnige, die aus dem Eichberg ausgebrochen sind und oft selbst nicht wissen, was sie wollen. Sie schicken Briefe, in denen sie Geld fordern. Sie haben die Buchstaben für die Briefe aus einer Zeitung ausgeschnitten und auf ein Blatt Papier geklebt. Damit kann man sie auch später überführen, weil man im Papierkorb die Zeitung mit den fehlenden Buchstaben findet. Aber da ist es schon längst zu spät. Das entführte Kind ist tot. Die Entführer denken: Ich nehme das Kind erst mal mit in meine Höhle, und dann sehen wir weiter. Wenn das Kind schreit, dann werden sie wütend und bringen es um. Schreit das Kind nicht, werden sie wütend, weil sie sich etwas Unterhaltung wünschen, und bringen es auch um. Dann wollen sie Geld, dann wieder nicht. Es sind eben Verrückte. Wie man's auch macht, man macht es falsch. Alles fordert den verrückten Entführer heraus. Man kann sich bei dem Entführer nicht lieb Kind machen. Sobald er einen in seiner Höhle hat, ist es zwecklos. Man muss vorher achtgeben. Wenn er einen anspricht und einem Nimm2 anbietet zum Beispiel. Zum Glück mag ich Nimm2 nicht. Nimm2 schmeckt nach Sanostol, und das mag ich auch nicht. Aber vielleicht würde er mir ja Gummiteufel anbieten. Er würde mir eine Tüte mit nur roten Gummiteufeln hinhalten. Rot mit schwarzem Kopf. Zwei grüne wären auch dabei. Dann würde ich zugreifen und nicht darauf achten, dass er mich mit der Tüte ganz unauffällig in einen Hof lockt und dort betäubt. Mädchen würde der Entführer Marienkäfer aus Schokolade anbieten. Er würde ihnen erzählen, er ist ein Zauberer und dass sie zu ihm in den Wald kommen sollen. Und die Mädchen wären natürlich so dämlich und würden hingehen. Diese Marienkäfer aus Schokolade schmecken nach nichts. Besonders im Sommer, wenn sie schon graue Flecken haben. Und ein Zauberer, das ist was für Kinder. Aber beim Geburtstag meiner Mutter, als alle unten im Wohnzimmer waren und noch Kaffee getrunken haben, habe ich das oben im Fernsehen gesehen. Und das war aufregend, und ich konnte schlecht schlafen die ganze Woche, weil ich immer diesen großen, dicken Entführer vor mir gesehen habe. Weil es auch egal ist, ob du die Marienkäfer nimmst oder nicht, entführen wird er dich ohnehin.

Entführer beobachten ihre Opfer vorher. Kaum sind sie aus dem Eichberg ausgebrochen, suchen sie sich irgendein Opfer aus. Sie sehen zufällig, wie ein Kind von der Schule heimgeht, und gehen dem Kind hinterher. Dann sehen sie, wo das Kind wohnt, und verstecken sich gegenüber in einem Schuppen. Sie warten, bis es dunkel ist. Wenn die Eltern zum Beispiel abends weggehen, zu einem Elternabend oder ins Konzert, dann kommen sie aus ihrem Versteck und entführen das Kind. Wenn die Eltern nicht abends weggehen, warten die Entführer, bis alle im Bett sind. Dann werden zuerst die Eltern und Geschwister ermordet, und dann wird das Kind entführt.

11. Kapitel: Brandrodung

Ich drehe den Schlauch ab und wasche mir am Wasserhahn neben der Garage die Hände. Meine Haare kleben an der Stirn. Der Mond fällt in die Tanne. Der Tannenschatten fällt auf das räudige Stück Rasen vor dem Haus und brennt ein schwarzes Loch in die Erde, so wie das auf dem Acker hinter der Lohmühle, als Achim mit dem Feuerzeug rumspielte, während wir da saßen und Ernte 23 rauchten. Ich hatte Angst, dass der Rehbein aus der Gärtnerei kommt oder die Polizei ruft, aber ich konnte nichts sagen, weil die anderen schon Zweige sammelten und Blätter, um das Feuer noch größer zu machen. Schließlich fingen sie an, den Rhabarber auszureißen, der mit Sicherheit schon zur Gärtnerei gehörte, und dabei schrien sie laut und hielten sich die Blätter vor den Unterleib. Alex rief »Brandrodung«, weil er das gerade durchgenommen hatte in Erdkunde. Und ich musste daran denken, wie wir die Scheiben in dem alten Haus oben an der Bahnhofstraße eingeschmissen hatten, weil das doch abgerissen werden sollte, und dann stand in der Zeitung »Rowdies demolieren Wohnhaus«. Und hier das, das gehörte garantiert jemandem.

12. Kapitel: Tannenschatten und Augenhöhlen

Unter dem Feuer sah ich den schwarzen Boden wie ein Loch, so wie den Tannenschatten im Gartenstück hinter Berlingers Haus, wie die leeren Augenhöhlen der Mörder-Dickwurz, die mir nachgekrochen kommt aus dem Glockenturm und nicht von mir ablassen will. So ähnlich wie der Schäferhund, der Achim und mir in Schlangenbad nachgelaufen war. Wir hatten Mitleid, gingen in die Metzgerei gegenüber von der Bushaltestelle und kauften ein Stück Fleischwurst für ihn. Nachdem wir ihn gefüttert hatten, gingen wir ein Stück die Straße hinauf, um ihn abzuhängen. Aber der Schäferhund ging nicht weg, sondern kam immer weiter hinter uns her. Also gingen wir zurück und kauften noch ein Stück Fleischwurst. Jetzt schon mehr aus Angst, weil wir befürchteten, dass er uns sonst in eine Gasse treibt, um uns dort zu beißen. Der Metzger hatte uns wohl draußen mit dem Hund gesehen und sagte: »Der frisst immer weiter. Ein Hund hört nie auf zu fressen, solange man ihm was gibt.« Jetzt hatten wir Angst und Mitleid gleichzeitig. Angst und Mitleid gleichzeitig ist das Fieseste, weil man nichts machen kann. Man kann sich einfach nicht wehren. Es ist wie bei meiner Mutter oder beim Buse, den wir in Deutsch haben. Die anderen kann man einteilen: Reichenauer, Lattewitz, Purper, Kraushaar: Angst. Bernhard, Schmery, Haus, Schöwe: Mitleid. Aber Buse, das ist Angst und Mitleid, so wie Gott Angst und Mitleid ist, Gott Vater: Angst, Gott Sohn: Mitleid, Heiliger Geist: Irgendwas, mit dem ich nichts anfangen kann, weil ich nicht weiß, was Geist ist, und mir so etwas wie die Abkürzungen auf dem Periodensystem vorstelle, die ich auch nicht behalten kann, außer dass rechts die Reihe mit den Edelgasen untereinander kommt. Heiliger Geist und Edelgase, aber das hat nichts mit Angst und Mitleid zu tun. Angst bei den Hauptfächern, Mitleid bei den Nebenfächern, Angst, weil Gott alles sieht, Mitleid, weil er am Kreuz sterben musste und die Jünger einschlafen und ihn allein lassen und selbst der Vater ihn allein lässt am Kreuz, obwohl doch Allein-gelassen-Werden toll ist, weil man dann endlich machen kann, was man will, nur das einem dann der leidtut, der einen allein lässt, wes-

halb wir schließlich in einen Laden sind, um uns da rumzudrücken, bis
der Schäferhund endlich wegging oder jemand anderem hinterherlief.
Und weil wir da rumstanden, dachten die, wir wollten was klauen. Als
wir raus sind, war der Schäferhund wirklich weg, und wir sind über die
Straße zum Bus, und ich habe zu Achim gesagt: Die dachten bestimmt,
wir wollten was klauen, und Achim lachte und holte eine Flasche Ei-
erlikör aus seiner Jacke: Ei, ei, ei, Verpoorten, Verpoorten aller Orten,
sagte er. Das trinkt meine Oma, sagte ich, weil ich nicht zugeben wollte, dass ich jetzt Angst hatte, die Frau aus dem Laden würde uns hinter-
herkommen, weil sie doch noch was gemerkt hat oder die Polizei rufen,
und Achim ging hinter der Bushaltestelle in das Waldstück und schmiss
die Flasche gegen einen Baum. Hab ich mir besser vorgestellt, sagte er,
als kaum was rauslief beim Zerplatzen, und auf einmal habe ich wieder
den Geschmack von Fleischwurst im Mund und den Geruch von Ei-
erlikör und von Milchschorf auf der Dickwurz, weshalb ich mich ungeschickt drehe, ausrutsche auf dem nassen Boden unter dem Wasserhahn, wo der abgeschraubte Schlauch ausgelaufen war, und nach vorne
falle auf den rechten Arm, der wie ein Ästchen im Unterholz knackt, wie
die Zweige, auf die wir traten, als wir uns von hinten anschlichen an die
Villa des alten Berlinger, weil dort, wenn der Mond scheint, seine Frau
nackt im Liegestuhl liegt. Aber der Liegestuhl war leer. Und wir warteten. Achim, Gottfried, Gerald und ich. Rauchten Reval aus einer Eine-
markspackung und warteten. Gottfried entdeckte einen Bademantel neben der Wäschespinne. Gerald sah das Licht im Schlafzimmer. Wir sind
zu spät, jetzt treiben sie's schon. Achim nickte. Und der Mond fiel in
die Eiche, die der Vater des alten Berlinger noch selbst gepflanzt hatte, und der Eichenschatten versenkte den leeren Liegestuhl säuberlich
abgezirkelt im Rasen, und Eicheln fielen auf das Vordach der Veranda.
Was Tod ist, wusste ich: Das Laufrad hört in der Nacht zu quietschen
auf, und am Morgen liegt der Hamster mit abgespreizten rosa Pfötchen
im Streu. Was eine Schwiegermutter ist, wusste ich: eine Zigarette, die
schlecht gestopft ist und vorn nur zur Hälfte abbrennt. Aber ich wusste nicht, was Gerald meinte, weil er nicht sagte, was sie trieben, der alte
Berlinger und seine junge Frau, weshalb ich noch einmal allein hinging,
als der Mond gerade abnahm und die Brombeersträucher weißlich blüh-
ten. Der Liegestuhl stand zusammengeklappt neben der Schuppentür.
Eine Regenwolke hing an der Wolkensichel, und aus dem Zimmer hinter der Veranda fiel ein Lichtkeil quer über die Fliesen. Der Maschen-

drahtzaun ließ sich an der Stelle zwischen den Sträuchern leicht runterdrücken, weil hier weniger Pfosten standen. Trotzdem blieb ich hängen mit der Hose, konnte mich, wie die Ratten vor dem Rost am Bach, nicht rühren für einen Augenblick, zerrte, bekam das Hosenbein frei, nur dass mir jetzt der Draht in die Wade bohrte und nicht locker ließ, egal in welche Richtung ich mein Bein auch drehte. Schließlich sackte ich zur Seite, zog das Bein an, wischte das Blut mit der Handkante ab, zog die Socke hoch über den Schnitt, damit die Hose keine Flecken bekam, drehte mich um und sah in diesem Moment die junge Frau Berlinger, sah ein Stück Hüfte und etwas Bauch, bevor sie sich umdrehte und von der Veranda zurückging ins Haus.

13. Kapitel: Achim lässt sich nichts mehr sagen

Achims Vater ist die meiste Zeit auf Montage. Manchmal ist er am Wochenende da, dann sitzt er im Unterhemd im Wohnzimmer, hört eine Platte mit Shanties und raucht Lord Extra. Achim sagt, die sind ihm zu schwach: Da kannst du dich auch gleich übern Ofen hängen. Rainers Vater raucht Reval. Rainers Mutter arbeitet in einer Metzgerei. Sein älterer Bruder lernt bei Opel. Der raucht auch Reval. Gottfrieds Vater hat einen Handkarren, mit dem er Zeitungen und Holz sammelt. Gottfrieds Mutter ist schon tot. Gottfried wohnt mit seinem Vater und seinen Geschwistern in einer engen Dachkammer neben dem Altpapierhandel Eichenauer. Mein Vater ist Fabrikdirektor. Zwar hat er drüben ein eigenes Büro, aber oft sitzt er auch hier zu Hause an seinem Schreibtisch. Manchmal fährt er ein, zwei Tage weg, um Lieferanten oder Kunden zu besuchen. Sonst ist er immer da. Achims Mutter ist Zahnarzthelferin. Das Klo ist auf dem Gang. Das Elternschlafzimmer liegt hinter der Küche. Auf dem Küchenschrank liegt das Wochenend. Im Wohnzimmer neben dem Phonoschrank die Platten mit den Shanties. Down by the sea where the watermelons grow. Im linken Fach von Achims Schreibtisch die Hefte, die er sich vom Geld seiner Großmutter gekauft hat: Felix, Bessy, Mickyvision, Lupo Modern, das Fix-und-Foxi-Osterheft, manchmal Er und Lui vom Hauptbahnhof. Einmal liest Achim mir die Briefe vor, die seine Mutter in den Sachen seines Vaters gefunden hat. Briefe von Frauen, die der Vater auf Montage kennengelernt hat. Eine schreibt, dass sie ihn so vermisst und deshalb dieses Jahr sogar nicht zum Karneval gegangen ist. Weiter unten schreibt sie dann, dass sie an Karneval krank war und Fieber hatte. Wir lachen und stellen uns die Frau und die anderen Frauen vor. Dann ist Achims Vater verschwunden. Der hat sich mit seinem Flittchen in die Zone abgesetzt, sagt die Oma. Wir sitzen auf dem Klettergerüst gegenüber von der Pestalozzischule und rauchen. Nach einigen Wochen ist Achims Vater wieder da. Er sitzt im Unterhemd auf dem Sofa im Wohnzimmer und hört Shanties. Von dem lass ich mir nichts mehr sagen, sagt Achim.

14. Kapitel: Ein Partie Minigolf

Nach dem Minigolf sitzen wir an einem runden Tisch vor dem Kiosk, essen Salzstengel und trinken Apfelsaft. Die Sonne scheint durch die Eichenäste. Ein weißer Opel fährt hinter dem Jägerzaun den Schotterweg entlang und parkt neben dem Fahrradständer. Ein Kofferradio wird angestellt. Das Ende von Last Night in Soho, dann Nachrichten. Der alte Berlinger und seine Frau steigen aus. Der alte Berlinger ist gar nicht so alt. Aber es stimmt, dass seine Frau jung ist. Sie könnte Referendarin sein bei uns. Nicht wie Frau Haus, die auch noch jung ist, aber ein breites Gesicht hat und einen großen Busen und eigentlich älter wirkt, nur dass manchmal ein Knopf auf ist an ihrer Bluse oder der Rock verschoben, sondern eher wie die schmale Frau Hermes, die nur einmal während Erdkunde bei uns hinten saß und mitschrieb. Aber Frau Hermes hatte braunes Haar, das in langen Strähnen über ihre Schultern fiel. Frau Berlinger hat blondes Haar und eine Frisur wie Achims Mutter, mit einer Tolle auf der Stirn. An ihrem freien Tag sitzt Achims Mutter manchmal im Morgenmantel in der Küche am Tisch und hat das Wochenend vor sich auf dem Wachstuch liegen. Frau Berlinger trägt ein hellblaues Frotteekleid, das gerade ihre Hüften bedeckt. Als sie vorbeigeht, stößt meine Mutter meinen Vater an. Mein Vater weiß nicht, was meine Mutter meint. Meine Mutter bewegt den Kopf leicht in Richtung der Berlingers. Mein Vater zuckt mit den Achseln. Dieses Hängerchen, sagt meine Mutter, unglaublich. Ja? sagt mein Vater. Frau Berlinger hat schlanke Beine, Achims Mutter dagegen breite, aber ich kann nicht sagen, welche ich schöner finde. Achims Mutter muss viel stehen, weil sie Praxishelferin bei einem Zahnarzt ist. Der Zahnarzt ist alt und bohrt manchmal einem Patienten durch die Backe. Dann muss Achims Mutter das

Blut aufwischen und dem Patienten Wattebäusche in den Mund schieben, bis es aufhört zu bluten. Bis die Wunde steht, sagt Achim. Der alte Berlinger legt ein Fünfmarkstück auf den Zahlteller mit dem HB-Männchen, das gerade an einer Zigarette zieht, und bekommt zwei Minigolfschläger, zwei Bälle, zwei Karten und einen Bleistiftstummel herausgereicht. Frau Berlinger lacht und tut so, als wollte sie auf ihrem Schläger reiten wie eine Hexe auf einem Besen. Meine Mutter schüttelt den Kopf. Schau dir das doch jetzt mal an, sagt sie. Aber mein Vater zuckt nur noch einmal mit den Achseln. Wollen wir?, fragt er. Ich bin noch nicht fertig, sage ich und deute auf den Rest Apfelsaft in meinem Glas. Gleich, sagt meine Mutter. Auch sie will noch Frau Berlinger zuschauen, die jetzt versucht, den ersten Ball auf der geraden Strecke in das Loch zu schlagen. Der alte Berlinger tritt hinter sie und führt ihre Hand. Dabei hält er die Karten zwischen den Zähnen. Frau Berlinger lacht auf. Der Mann macht sich doch zum Affen, sagt meine Mutter. Was arbeitet der eigentlich?, fragt mein Vater. Hat ein Fuhrunternehmen. Rainers Vater arbeitet doch für den, oder? Ich nicke: Der ist Fernfahrer. Den Looping schafft Frau Berlinger nie im Leben. Beim Looping darf man den Ball nicht schieben, sondern muss ihn richtig schlagen. Aber es ist ohnehin egal. Sie darf so oft probieren, wie sie will, und dann schreibt Herr Berlinger doch nur 5 Punkte auf.

15. Kapitel: Kümmelschuster und Mars

In den Sommerferien ist Achim bei seiner Oma in der Fritz-Kalle-Straße. Der Regen fällt auf das gelbe Wellblechdach über den Mülltonnen neben dem Kellereingang. Wir stehen in der Hofeinfahrt und teilen uns eine Reval. Die Lastwagen holpern über das Kopfsteinpflaster. Wir laufen zur Bäckerei gegenüber der Sankt Marienkirche. Ich kaufe mir eine Mohnstange und ein Mars, und Achim kauft sich einen Kümmelschuster und ein Mars. Wir setzen uns auf die Bank unter die Eiche vor der Kirche. Wer hier Pfarrer ist, weiß ich gar nicht. Ich kannte nur den Kaplan Bausch. Kaplan Bausch war ein Spätberufener, der einen ganz normalen Beruf hatte und erst noch Latein lernen musste, um Pfarrer zu werden. Achim ist evangelisch. Zur Konfirmation geht er nur wegen der Uhr, obwohl er jetzt schon eine wasserdichte mit Ringen außen hat, an denen man die Tiefe einstellen kann. Meine Junghans hat noch nicht mal

Datumsanzeige, aber sie ist auch schon über drei Jahre alt. Letzten Monat habe ich mir das breite Wildlederarmband gekauft. An Achims Uhr ist ein Metallarmband mit einem Schnappverschluss, in dem ich mir immer die Haut einklemme, wenn ich sie mal tragen darf. Im Hallenbad zum Beispiel, wo Achim zwei Mädchen anspricht, die nachher dann auf uns warten, draußen bei den Haartrocknern. Achim gibt ihnen ein Mister Tom aus, das wir immer nur nach dem Hallenbad essen, zusammen mit fünf Gummiteufeln. Wir steigen in die 8 und stellen uns in die Mitte auf die Plattform, die sich in den Kurven dreht, sodass die Mädchen gegen uns gedrückt werden, weil sie in der einen Hand ihr Schwimmzeug haben und in der anderen den Mister Tom. Beide wohnen am Gräselberg. Und?, fragt Achim, nachdem die Mädchen ausgestiegen sind, habt ihr euch verabredet? Ich schüttle den Kopf. Ihr? Klar, gleich morgen. Ich kann ja fragen, wie deine heißt und wo sie wohnt.

16. Kapitel: Ein erstes Treffen

Es ist Samstag kurz nach drei. Ich sitze auf dem kleinen Spielplatz an der Ernst-Reuter-Straße. Ein Sandkasten, eine Rutschbahn, zwei Schaukeln, eine Wippe. Ringsherum hohe Ligusterhecken. Ich warte auf das Mädchen, das Karin heißt. Karin ist die Freundin von Anita, die mit Achim gleich am Donnerstag geknutscht hat. Die Eltern von Karin sind unheimlich streng, hat Anita gesagt. Deshalb darf sie gar nichts. Achim hat gesagt, ich soll einfach hingehen und schellen und fertig. Karin wohnt um die Ecke vom Spielplatz. Ihr Vater hat aufgemacht und sie gerufen, und Karin hat gesagt, ich soll auf dem Spielplatz auf sie warten. Nach einer halben Stunde kommt sie. Sie sagt, sie hat keine Zeit. Dann geht sie wieder. Ich bleibe sitzen. Der Himmel ist wie ein graues Bügelbrett. Ich habe keine Zigaretten und auch keine Mark für den Automaten. Morgen muss ich zur Lateinnachhilfe. Direkt nach der Kirche, weil wir am Montag die letzte Arbeit schreiben. Erich ist in der Oberstufe. Er kriegt fünf Mark. Ich habe meinen Eltern sechs Mark gesagt. Für die eine Mark ziehe ich mir auf dem Hinweg ein Päckchen Reval. Ich gehe durch die Schrebergärten und an den Rhabarberfeldern vorbei, wo ich ungestört im Gehen rauchen kann. Bei Erich kann ich auch rauchen. Manchmal hören wir auch Pink Floyd. Aber morgen müssen wir was machen. Achim und Anita kommen. Achim hat den Arm um Anitas Schulter gelegt. Sie hat keine Zeit, sage ich. Mach dir nichts draus, sagt Anita, die darf eh nichts und muss immer um acht zu Hause sein. Achim lacht. Anita versteht nicht warum. Aber ich weiß, warum er lacht, weil ich auch um acht zu Hause sein muss, manchmal sogar um sieben. Das wäre doch nett gewesen, sagt Achim, zwei Pärchen. Ich geh heim, sage ich. Quatsch, wir fahren in die Stadt. Ich hab kein Geld, sage ich. Ist doch egal, sagt Achim und holt ein Päckchen Marlboro raus. Anita raucht auch. Achim zieht an der Zigarette, küsst Anita und bläst dann den Rauch aus. Anita kaut Kaugummi dabei. Kaugummi und Zigarette, das ist nichts, sagt Achim, da kann ich mir auch gleich Mentholzigaretten kaufen. Die bringen's doch, sagt Anita. Abartig, sagt Achim. Sie lachen und küssen sich. Meine Tante raucht Mentholzigaretten. Oder Kim. Sie ist von ihrem ersten Mann geschieden und hat jetzt einen Zeitungsvertreter als Bekannten. Seit sie geschieden ist, besucht sie meine Mutter nicht mehr so oft. Man kann sich nicht scheiden lassen und weiter in die Kirche laufen, sagt meine Mutter. Einmal bringt der Zeitungsvertreter eine Zielscheibe mit Magnetpfeilen mit. Auf der Zielscheibe sind alle Zeitungen aufgedruckt, die er vertritt. Die Magnete haften gut, aber die Scheibe, die auf drei Holzbeinen steht, kippt immer um.

17. Kapitel: Keine Pommes mit Gulaschsauce

Weil der Hertie schon zu hat, wo wir immer Pommes mit Gulaschsauce essen, gehen Achim, Anita und ich in eine Kneipe um die Ecke. Achim bestellt zwei Bier. Ich will eine Cola. Anita hat einen kurzen Faltenrock an. Ihre Lippen und Augenlider sind geschminkt, ihre Pickel hat sie mit Clearasil abgedeckt. Achim und Anita spielen am Flipper neben der Garderobe Alaska, sie rechts, er links. Anita kann nicht flippern, aber das ist Achim egal, so wie es dem alten Berlinger egal ist, dass die junge Frau Berlinger kein Minigolf kann. Achim zieht an seiner Marlboro, trinkt einen Schluck Bier, küsst Anita und bläst dann erst den Rauch aus. Um sechs wollen sie in Luftschlacht um England. Der hat Überlänge, sagt Achim, während Anita auf dem Klo ist, da können wir ungestört knutschen. Ich gehe noch mit bis zum Kino, biege dann nach links ab in Richtung Bushaltestelle.

18. Kapitel: Rückkehr zu Achims Mutter

Der Zahnarzt von Achims Mutter ist in Urlaub, deshalb können wir am Samstag mit in den Garten, da gibt es ein Schwimmbecken. Anita kommt auch, sagt Achim. Darfst du das? Klar, meine Mutter hat da nichts dagegen. Anita trägt einen beigen Bikini und spritzt Achim nass. Achims Mutter gießt die Blumen. Sie trägt einen Badeanzug, der tief ausgeschnitten ist. Sie breitet eine Decke aus und stellt eine Schüssel Kartoffelsalat mit Würstchen in die Mitte. Obwohl Achim raucht, trau ich mich nicht, weil ich Angst habe, dass Achims Mutter es meinen Eltern bei einem Elternabend erzählt. Sie beugt sich nach vorn und gießt mir Orangensaft in einen Pappbecher. Achim und Anita sind im Schwimmbecken und knutschen. Ich muss aufs Klo und gehe barfuß über die Kacheln in der Villa mit den heruntergelassenen Läden und den herausgedrehten Sicherungen, weshalb man kein Licht machen kann und nur das Licht von der Tür zum Garten hat. Ich schaue auf dem Boden nach Blutflecken, aber die sind längst weggewischt. Achim überlässt mir das Wackelbild aus dem Deckel der Colaflasche. Vielleicht weil er jeden Tag Cola trinken kann, vielleicht, weil ihm Wackelbilder jetzt zu kindisch sind. Während Achim Kartoffelsalat isst, setzt sich Anita gegenüber vor mir auf die Wiese und schaut mich an. Wahrscheinlich tue ich ihr leid, weil ich keine Freundin habe und immer früh nach Hause muss. Christiane und Marion fanden mich auf der Klassenfahrt süß, vielleicht, weil ich Christiane den Koffer getragen habe oder weil ich sie so anschaue, wie sie die Oberstufler anschaut, und weil ich manchmal vor dem Abendbrot mit dem Rad in die Diltheystraße fahre und hoffe, dass sie vielleicht noch was einkaufen muss. Aber ich habe nur einmal Gabi dort getroffen, die gerade von Christiane kam und auf dem Heimweg war. Gabi hat irgendwas mit zwei Fingern an der linken Hand. Es fällt aber eigentlich nicht weiter auf. Eigentlich fällt es nur durch ihren Blick auf. Oder wie sie neben Christiane und Marion steht. Als sie mich da sah, wusste sie genau, dass ich nicht bloß zufällig da war. Das war mir peinlich. Und, hast du schon Bio gemacht?, habe ich gesagt, weil mir nichts anderes einfiel. Ja, gerade mit Christiane. Dann bin ich zurück an der Hauptkirche vorbei und über den Bahnübergang und habe mir vorgestellt, wie Christianes Zimmer aussieht. Aber ich konnte es mir nicht richtig vorstellen. Ein Poster von Brian Jones über dem Bett. Vielleicht das Bett auch zum Rausziehen wie meins. Ein Plattenspieler. Aber mehr wollte mir einfach nicht einfallen.

19

Für einen Moment bedeckt sich der Sommerhimmel, und es ist still. Eine Stimmung wie eine Erinnerung aus einer fernen, fernen Zeit. Gab es damals den Tod noch nicht, nur Sommerferien? Nein, noch früher. Die Häuser und Straßen sind unveränderlich. Alles bleibt unbegangen immer so bestehen. Es ist mein Entenhausen, mit einem Onkel im immer gleichen Sessel und einem Zimmer im ersten Stock, in das ich zurückkehre nach den Abenteuern auf abwechselnd zwei Bunt- und zwei Schwarz-Weiß-Seiten.

Die Stühle an den Tisch rücken. Die Laken falten. Die Kissen ausschütteln. Die letzte Butter mit dem Messer aus dem Pergament kratzen. Die Küchentür schwingt lautlos in den Angeln. Der gepflasterte Hof mit den festgefrorenen Lehmspuren der Lieferwagen, eine Häufung von Linien und Balken, im Hintergrund der Zaun, dahinter der Kirchturm, die Bäume und die Schreinerei.

Ich gehe die geflaggte Birkenallee entlang, die am Fabrikgelände vorbei aus der Stadt führt. Aus den ausgestanzten Fensterlöchern winken rotbemützte Kasperlefiguren. Eine Seifenkiste dreht ihre Runden um die alte Eiche. In der Luft schwebt ein Schuhkarton mit durchbohrten Löchern an den Seiten, aus denen sich mir lustige Gesichter entgegenstrecken.

Anfang Mai liegt ein Mann vor unserer Tür. Er ist nicht betrunken, sondern zuckerkrank. Die Frau von der Caritas geht zum Telefon und ruft einen Krankenwagen. Der Mann sagt: Es geht schon. Er steht auf. Er schwankt. Er geht durch das Gartentor den dunklen Weg hinunter. Ich denke: Er kommt nicht wieder. Nie wieder.

Alles unerwartet Auftauchende scheint eine Veränderung anzukündigen, die nie wirklich eintritt. Verweisen die zwei Schwarz-Weiß-Seiten der Micky Maus in die Vergangenheit, die beiden farbigen hingegen in die Welt der Fantasie? Bleibt es egal, in was ich mich hineinträume, weil die Realität weder farblos noch koloriert ist? Das Beharrungsvermögen überwiegt in den kleinen Häusern und den engen Straßen, befahren von signalroten Zweipersonenwagen mit ausklappbarem Notsitz. Qualma Vista, der letzte Stützpunkt der Zivilisation, existiert wie Hondurica nur auf einer Karte in Onkel Dagoberts begehbarem Tresor. Allein er hat einen Zugang zur Welt, in der seine Postflugzeuge abstürzen, seine Fabriken und Eisenbahnaktien bedroht sind, der Kampf zwischen Brisanzbremse und Gurkenwurm tobt. Deshalb hat auch er nur eine Vergangenheit: als Schotte in der alten Welt, als Gräber nach erdnussförmigen Goldnuggets in der neuen oder als Schiffsjunge auf einem der letzten Klipper, die Tee von China nach England brachten. Diese Vergangenheit, an die er durch Zufälligkeiten erinnert wird oder in die er sich wahlweise mit Hilfe von Hypnotiseuren versetzen lässt, holt jedoch in der Regel nicht ihn, sondern seine Neffen und Neffesneffen ein. Sie müssen hinaus in die Welt, die er ihnen schuf und weiterhin schafft, wenn er für eine Billion eine Kugel Bombastium ersteigert, ohne zu wissen, was eigentlich damit anzufangen ist. Es muss kühl gelagert werden, und die Russen wollen es, mehr Informationen gibt es nicht zu dieser orangenen Kugel. Durch Zufall stoßen die Neffen darauf, dass man daran lecken kann, um scheinbar endlos immer neue Geschmacksrichtungen von Speiseeis zu erschmecken. Damit haben sie die Welt des Onkels als Potemkinsches Dorf entlarvt, das er auf der kindlichen Sehnsucht errichtet hat, die uns immer weiter hoffen lässt, trotz unserer allmächtigen und uns oft selbst übersteigenden Fantasie, doch niemals die engen Wohnstuben der elterlichen Welt verlassen zu müssen, so als könnten wir nachmittags um halb vier vor dem Spielplatz stehen und die Eistüte in unserer Hand nur immer weiterdrehen, um alle Geschmäcker der Erde zu erfahren.

Es ist wie bei Professor Heinz Haber, der die unermessliche Weite des Weltalls anhand kleiner Modelle in einem engen Studio, grau eingetönt, demonstriert und mit einem quietschenden Filzstift komplizierte Berechnungen auf ein Blatt malt, oder bei Dr. Grzimek, der Tiere aus fernen Kontinenten auf Schulter und Schreibtisch sitzen hat, wenn er von Afrika erzählt. Nicht lange vor meiner Geburt brachte er das erste Okapi nach Deutschland, einen Bullen namens Epulu. Vier Jahre später das Okapiweibchen Safari. Im Jahr, in dem mein Bruder geboren wurde, kam das erste Okapi auf deutschem Boden zur Welt, Kivu, benannt nach einer Region im gerade unabhängig gewordenen Kongo. Das aus

dem Kongo entführte Tier trug den Namen des kolonialistischen Beute-
zugs, das in Deutschland geborene den Namen der Heimat seiner Eltern,
die es selbst nicht kannte und nie kennenlernen würde. Ein kleiner Eis-
bär mit Handschuhen und Stiefeln hält mir lachend ein geriffeltes gelbes Aluminiumschälchen hin. Darin ist Eiskonfekt. Eiskonfekt besteht
aus Kokosfett und Kakao. Das Kältegefühl entsteht durch einen Wär-
meverlust im Mundraum, da Energie benötigt wird, um das Eiskonfekt
zum Schmelzen zu bringen. So würde Professor Heinz Haber es formulieren und wir es ihm glauben.

In dieser von Hans Jürgen Press gezeichneten Welt konnte man ein Ei
zum Schweben und Metall zum Schwimmen bringen, man konnte einen Streichholzlift und eine Druckluftrakete bauen, aus Kartoffeln und
gestapelten Münzen Strom erzeugen, durch eine Postkarte steigen und
eine Zigarette verknoten. Man musste nur das Zahlengewirr auf der Il-
lustriertenseite mit dem Bleistift verbinden, und schon entstanden ein
Pferd und zwei Männer, die ein Klavier über die Straße trugen. Und
noch beeindruckender als der Wunderblock vergangener Zeiten waren die Hefte, deren leere Seiten mit einem Bleistift schraffiert werden
mussten, um ein Bild entstehen zu lassen, von dem man nie ganz sicher
war, ob es sich nicht doch dem eigenen Können verdankte. Die Gauner
und Halunken versteckten ihre Beute in Zimmern, Dachkammern und
Schuppen, während Kinder, nur mit einer Taschenlampe ausgerüstet, einer 4,5-Volt-Batterie und einem Fahrraddynamo, Betrügereien aufdeck-
ten, die sich um einen vertauschten Koffer, gefälschte Briefmarken oder
einen gestohlenen Geigenkasten drehten und anhand einer abgerissenen Kinokarte für den Filmpalast oder der unachtsam weggeworfenen
Verpackung eines Zuckerwürfels zu entschlüsseln waren. Die erst nach
Auflösung des Falls herbeigerufenen Schutzmänner erschienen als Stellvertreter einer äußerlichen Ordnung, die mit eingeschliffenen Formali-
en und bürokratischen Regularien das Chaos vor den Augen der Kinder
zu verbergen suchte, jedoch nicht wirklich etwas bewirkte, da die Schur-
ken bereits in der nächsten Geschichte erneut ihr Unwesen trieben und
damit Spürsinn und Wissensdurst der Kinder so lange herausforder-
ten, bis diese aufgebraucht und sie erwachsen und Teil der Gesellschaft
des Verbergens geworden waren. Diese langsam vergehende Welt zeigte sich nur ausschnittsweise durch Schlüssellöcher, Zaunspalten, Mauerritzen und vorsichtig angehobene Luken oder Kofferraumdeckel, und

selbst dieser Ausschnitt war wiederum in ein Dunkel getaucht, das nur von einem schmalen Lichtkeil durchschnitten wurde, der über den Hof und durch einen Riss in der Fensterscheibe genau neben das Gesuchte fiel. Die Materialität schien immer wieder perforiert, und diese Erfahrung übertrug sich als Angst auf den eigenen Körper, der von etwas bedroht war, das Loch im Kopf genannt wurde und unvorstellbar schien, bis man es selbst einmal nach einem Sturz gehabt hatte. Das Wunderbare aber, so wie es sich in den Wundertüten vergegenständlichte, die auf Jahrmärkten und in Bäckereien angeboten wurden, erfüllte sich nicht in den kleinen Spielsachen und dem Puffreis, sondern in den unendlichen Verheißungen des Glaubens an eine wirkliche Verzauberung, die in dem Augenblick, wenn die noch verschlossene Tüte über die Theke gereicht wurde, ihren Höhepunkt erlangte und sich selbst durch das Öffnen nicht entzaubern ließ. Vielmehr verlagerte sich das Wunderbare vom Inhalt auf die Tüte selbst und von dieser nach einiger Zeit weiter zur Handlung des Überreichens, bis nach vielen Jahren der Reifung schließlich nur noch ein Wunsch blieb, der sich auf nichts mehr zu richten schien, es sei denn auf das diffuse Licht am früh eingedunkelten Abend im Bäckerladen mit der bereits ausgeräumten Brottheke und der offenen Tür dahinter, die den Blick in eine düstere Diele freigab, an deren Ende man den Lichtkegel erahnte, der aus der Backstube fiel.

20

Mitten aus Physik werden wir vom Konrektor aus der Klasse geholt und in den Kartenraum gebracht. Claudia ist auch schon da und sitzt auf einem Stuhl an der Heizung. Zwei Männer in langen grauen Mänteln stehen hinter dem Atlantentisch. Auf dem Tisch steht ein Grundig TK 23, schon auf Aufnahme und Pause gestellt, was ich daran sehe, dass das magische Auge ausschlägt. Daneben ein Mikrofon. Das sind zwei Herren von der Kriminalpolizei, die ein paar Fragen an euch haben, sagt der Konrektor und stellt sich neben den Schrank mit den Präparaten. Ja, sagt der längere der beiden Männer und schaltet das Tonband an, nur ein paar Fragen. Dann deutet er auf einen kleinen Beistelltisch, auf dem meine Wasserpistole, das gelbe Plastikei mit Silly Putty und der Buzzer liegen. Kommen euch die Sachen bekannt vor? Claudia steht auf und kommt mit uns nach vorn. Nein, sagt sie gleich. Nein, sagt auch Bernd. Ja, sage ich. Claudia und Bernd schauen mich an. Ich muss an die Geschichte von dem Pfarrer denken, der nach der Wandlung den Kelch hebt, um aus ihm zu trinken, und sieht, dass gerade eine Giftspinne hineingekrochen ist. Aber weil es jetzt nicht Wein ist, sondern das Blut des Herrn, setzt er ohne langes Überlegen den Kelch an und trinkt ihn mit der Spinne aus. Er ist bereit zu sterben, aber das Blut des Herrn macht das Gift der Spinne unschädlich und verwandelt die Spinne im Bauch des Priesters in einen wunderschönen Schmetterling, der dem Priester beim Schlusssegen aus dem Mund und nach oben zum Kruzifix flattert, wo er sich auf die Dornenkrone des Gekreuzigten setzt und von da an jeden Sonntag dort erscheint und der Messe beiwohnt.

Ja?, sagt der breitere der beiden Männer. Das ist ja interessant. Du kennst diese Sachen also. Ja, wiederhole ich. Ich hatte auch mal so eine Wasserpistole, und das daneben ist Silly Putty, aber das andere kenne ich nicht. Der Reihe nach, sagt der Breitere, du hattest also auch mal so eine Wasserpistole? Dann schau sie dir doch mal genau an, vielleicht ist das ja deine. Nein, sage ich, ich meine, ich habe auch so eine, nur habe ich sie gerade nicht, weil ich sie an Roland Gertler verliehen habe. Ich sage Roland Gertler, weil der schon seit über einer Woche krank ist

und weil er so alte Eltern hat, dass man den sowieso nicht verdächtigen
wird. Ah ja, der Roland Gertler, der ist auch in der Klasse? Der Konrektor nickt. Und das Silly Putty? Ja, das kenne ich eben, das habe ich mal
gesehen. Ich habe mir das auch zu Ostern gewünscht, aber nicht bekommen. Ich habe nur so ein nachgemachtes Silly Putty bekommen, das ist
aber nicht in einem Ei, sondern in einem Plastikstiefel, und das ist blöd,
weil es sich da immer verklemmt, außerdem ist es nicht so gut wie das
richtige Silly Putty. Woher weißt du das denn? Das hat mal jemand gesagt. Aha, und das dritte Ding da? Das weiß ich nicht, was das ist. Der
Breitere geht zum Tisch und nimmt den Buzzer, dann dreht er sich mit
dem Rücken zu uns, aber ich höre, wie er den Buzzer aufzieht. Als er sich
umdreht, hält er die rechte Hand verkrampft zu mir hingestreckt. Na,
gib mir doch mal die Hand, sagt er, wir haben uns noch gar nicht richtig begrüßt. Ich tue so, als wüsste ich nicht, worum es geht, gehe einen
Schritt nach vorn, mache einen Diener und gebe ihm die Hand. Weil er
den Buzzer nicht richtig aufgezogen hat, vibriert der nur ein bisschen.
Dennoch tue ich ganz erschrocken und sage: Au! Dann reibe ich mir die
rechte Hand. Ist das Strom?, frage ich. Nein, keine Angst, das ist nur ein
ganz einfacher Mechanismus, wie bei einem Spielzeugauto zum Aufziehen. Aber erschrocken bist du trotzdem, oder? Und wie!

Der Breitere mustert Bernd, Claudia und mich. Claudia hat bestimmt
nichts gesagt. Und ich habe das mit der Wasserpistole auch nur gesagt,
weil ich nicht weiß, ob die Frau von der Caritas dahintersteckt. Man hat
euch gesehen, sagt der Breitere. Wir schauen uns gegenseitig an. Hier
vorn spielt die Musik, sagt der Längere. Ja, man hat euch gesehen, wie ihr
versucht habt, in einem Hinterhof über eine Mauer zu klettern. Wir sagen alle drei nichts. Und? Habt ihr dazu nichts zu sagen? Ist das verboten?, fragt Claudia. Wie man's nimmt. Ihr befandet euch auf einem fremden Grundstück, das kann als Hausfriedensbruch gewertet werden. Aber
wir haben doch nur gespielt, sagt Bernd. Ja, sage ich, wir mussten abhau-
en, weil wir verfolgt wurden. Interessant, sagt der Breitere, verfolgt?
Von wem denn? Von den Vorderbergern. Ja, ja, sagt Bernd, von den Vorderbergern. Ich merke, dass er die Idee gut findet, und auch Claudia sagt:
Ja, die Vorderberger. Das mit den Vorderbergern klingt glaubwürdig,
weil einen die Vorderberger ja wirklich verfolgen. Wenn man irgendwo sitzt oder spielt oder zum Beispiel Schlitten fährt im Henkellpark,
da kommt auf einmal ein kleiner Junge, der ist noch nicht mal sieben.

Der kommt und sucht Streit und beschimpft einen oder tritt gegen den Schlitten oder wirft mit Schnee. Normalerweise würde man den einfach packen und einseifen, aber das ist der Trick von den Vorderbergern, weil sie immer einen Kleinen schicken, und wenn man dann was macht, dann kommt die ganze Bande und verprügelt einen. Also darf man nichts gegen den Kleinen machen. Aber auch dann kommen die Vorderberger natürlich und verprügeln einen. Deshalb muss man gleich abhauen, wenn der Kleine kommt und darf nicht zu stolz sein, weil die Vorderberger richtig brutal sind und gleich ins Gesicht hauen.

Der Längere dreht sich zum Konrektor. Die Vorderberger, wer ist das? Das sind Kinder und Jugendliche aus der Obdachlosensiedlung bei der Bahntrasse am Klärwerk, wo im Krieg die Ostarbeiter untergebracht waren. Ah ja, und vor diesen Vorderbergern seid ihr also geflohen? Ja, sagen wir alle drei. Aber ihr seid ja gar nicht richtig geflohen, sondern dann wieder umgekehrt. Warum denn, wenn ich fragen darf? Weil ..., sagt Bernd, weil wir gemerkt haben, dass die gar nicht mehr hinter uns her sind, also, weil wir die Feldstraße runter sind, da waren sie noch hinter uns, und dann nicht mehr, und da sind die bestimmt oben rum, und da wären wir ihnen direkt in die Arme gelaufen, deshalb sind wir wieder zurück. Interessant, und euch ist nichts aufgefallen? Wie: aufgefallen? Dass da ein gelber NSU Prinz stand. Aber da stehen doch immer Autos. Wo stand der denn? Direkt gegenüber von dem Hof, in den ihr seid. Nein, den haben wir nicht gesehen. Wir haben ja immer nur nach den Vorderbergern geschaut, ob die irgendwo kommen. Und diese Vorderberger, waren die schon älter? Ja, die waren schon älter, obwohl die immer einen Kleinen dabei haben, der den Streit anfängt. Und war da auch ein Mädchen dabei? Wir überlegen alle drei. Normalerweise sind bei den Vorderbergern nie Mädchen dabei, aber weil sie ja auch ein Mädchen suchen, ist es bestimmt besser, ja zu sagen. Ja, sagen wir, da war auch ein Mädchen dabei. Dann kommt mal her, sagt der Breitere, und schaut euch das mal an. Er holt aus einer braunen Ledertasche einen Ordner und schlägt ihn auf. In Zellophanhüllen stecken die Bleistiftzeichnungen, die ich auch schon im Fernsehen gesehen habe. Schaut euch mal diese Bilder an und sagt mir, ob euch da jemand bekannt vorkommt. Am besten wäre es, jetzt einfach zu sagen, ja, die kennen wir, das sind die Vorderberger, und das Mädchen gehört auch dazu. Aber das geht nicht, denn wenn die Vorderberger das rauskriegen, dann machen die uns fertig. Also sagen wir alle:

Nein, die kennen wir nicht. Und als der Breitere sagt: Schaut doch noch mal genau hin. Wirklich nicht? Da sage ich: Der eine sieht so bisschen aus wie einer vom Humboldt. Weil ich sie damit auf eine falsche Fährte bringen will.

Aufs Humboldt gehen nur die, die auf einem normalen Gymnasium nicht mitkommen und die reiche Eltern haben. Wenn ich noch mal sitzen bleibe, komme ich aber nicht aufs Dummboldt, sondern ins Internat. Die Idee hatte die Frau von der Caritas, und dann hat sie meine Eltern aufgehetzt. Zu mir sagt sie zwar immer, dass ein Internat gar nicht so schlimm sei, aber wenn sie wütend ist, nennt sie es auch Erziehungsheim und sagt, dass ich da hingehöre. Und dann fährt sie sonntags, wenn mein Vater Zeit hat, mit ihm in den Odenwald, um Internate für mich anzuschauen, und bestimmt sucht sie nur welche aus, die hohe Mauern haben und einen Karzer. Und dann nehmen sie Prospekte mit und gehen noch ein Eis essen, und die Prospekte liegen dann bei uns im Wohnzimmer, damit ich Angst bekomme, weil ich nicht ins Internat will, weil ich da niemanden kenne und immer nur in der Schule sitzen muss und mittags nicht mehr rauskann. Und Musik darf man auch keine hören, und man bekommt die Haare kahl geschoren und muss Uniform tragen, da würde ich lieber in die Ostzone gehen, weil ich da wenigstens ein Fahrtenmesser bekomme und eine Minox und die Lehrer und Eltern und die Frau von der Caritas anzeigen kann oder in die Ostzone locken, um sie dann dort im Heizungskeller zu verhören. Ich würde sagen, ich hätte einen Kirschkern verschluckt und jetzt unheimliche Schmerzen am Blinddarm und Angst, dass der Blinddarm durchbricht, denn wenn der Blinddarm durchbricht, dann ist man sofort tot, deshalb darf man mit Schmerzen am Blinddarm nicht warten. Und wenn die Frau von der Caritas fragen würde, wo es mir denn wehtut, würde ich sagen: Überall da unten, weil manchmal die Schmerzen bei einem Blinddarm auch wandern können, und gerade wenn er kurz vor einem Durchbruch ist, dann tut er manchmal ganz woanders weh, also schon da unten, aber eben nicht nur an der Seite, sondern auch am Bauch. Das weiß ich vom Rainer, weil sein Cousin fast gestorben wäre, weil er dreimal in einem Monat aus Versehen einen Kaugummi runtergeschluckt hat, und dann hat sich sein Blinddarm entzündet und ist auch durchgebrochen, noch bevor er im Krankenhaus war. Aber der Cousin vom Rainer hatte Glück und ist nicht gestorben, weil das Dubble Bubble waren, die er runtergeschluckt hatte, und die haben sich aufgeblasen und den Eiter aufgefangen, weil sonst der Eiter ins Blut kommt und das Blut vergiftet, und dann kommt das Blut aus den Poren, weshalb man sagt, dass jemand Blut schwitzt, wo er in Wirklichkeit an einem Blinddarmdurchbruch stirbt. Und dann würde mich die Frau von der Caritas stützen und zu ihrem Opel Kapitän bringen, weil ich natürlich einen Moment abwarten würde, wenn mein Vater nicht da ist und auch die Krankenstation in der Fabrik schon Feierabend hat. Und hinten auf dem Rücksitz hätten sich schon Bernd und Claudia versteckt, und dann würden wir die Allee hochfahren, und da, wo parallel die eine Straße an den Villen vorbeigeht, da würde ich kurz vorher sagen, mir ist so schlecht, ich muss mich übergeben, und ob sie nicht in die kleine Straße da fahren kann, und wenn sie anhält, dann würden wir sie packen und fesseln und knebeln und in den Kofferraum stecken, weil es schon dunkel wäre mittlerweile, und dann würden wir mit dem Auto am Bahnhof vorbei hoch zur alten Brauerei fahren.

Dann probieren wir mal was anderes, sagt der Breitere, greift noch mal in seine Aktenmappe und holt wieder einen Ordner heraus. Der Ordner hat aber nicht nur zwei Ringe in der Mitte wie ein normaler Leitz, sondern mindestens zehn Ringe. Immer an zwei Ringen ist ein Stück Pappe festgemacht, das man umschlagen kann, um so verschiedene Gesichter zusammenzustellen. Oben sind die Haare, dann kommen die Augen, die Nase, der Mund, das Kinn, fünf Teile, die man einzeln verändern kann. Und jetzt sollen wir sagen, wie die Haare waren und der Mund von den Vorderbergern und so weiter, und wir machen es immer so, dass einer von uns was sagt und die anderen beiden dann ja sagen oder auch ja, aber ein bisschen schmäler, und so machen wir ein paar Minuten rum, bis wir sagen, so sah der ungefähr aus und so der andere und so das Mädchen. Es ist so ähnlich wie bei der Schokolade, die in so einem Gitter steckt und wo außen Figuren aufgemalt sind, und man kann die Beine der Figuren verschieben und die Oberkörper, und so kann man die Figuren verändern, also dass eine Frau einen Frack trägt und dazu Entenbeine hat, aber eigentlich bin ich dafür schon zu alt, das ist eigentlich nur was für meinen Bruder, obwohl die Schokolade ganz gut schmeckt.

Und dann käme ein Hubschrauber, der würde aussehen wie ein ganz normaler Hubschrauber, mit dem man Rundflüge machen kann, um den Rheingau von oben zu sehen, aber das wäre nur Tarnung, weil der in

Wirklichkeit von der Nationalen Volksarmee wäre, und die würden uns dann mit Suchscheinwerfern neben der alten Brauerei aufspüren und ganz dicht neben uns landen, und Soldaten würden rausspringen und die Frau von der Caritas packen, weil sie ja denken, dass sie eine Fluchthelferin ist, und ich würde zu ihr sagen: Jetzt kommst *du* ins Internat, und Bernd und Claudia würden lachen, denn jetzt könnte man ihr alles sagen, weil sie aus der DDR niemals wieder rauskommt, und dann würde ich ihr noch sagen, dass ich sie eklig finde in ihrem Bademantel und ohne Strumpfhosen, die sie bestimmt abgeben muss, wenn sie dort ins Gefängnis kommt, weil die in der Ostzone solche Nylteststrumpfhosen gar nicht kennen und nur so dicke Strumpfhosen tragen, und da würden sich natürlich alle Gefängniswärterinnen um diese Strumpfhose reißen, und dann könnten die noch weniger verstehen, warum die Frau von der Caritas keine Strumpfhose trägt, wenn es noch nicht mal so eine dicke Strickstrumpfhose ist, sondern eine Nylteststrumpfhose, und dann würden sie die Frau von der Caritas schlagen und vielleicht sogar erschießen. Das mit dem Erschießen würden sie aber ganz geschickt machen und ihr einfach sagen: In Ordnung, Sie dürfen wieder in den Westen. Und dann fahren sie die Frau von der Caritas bis kurz vor die Mauer und sagen noch: Los, laufen Sie schon, ehe wir es uns anders überlegen. Und wenn sie dann losläuft, wird sie einfach von hinten erschossen, weil man sagen kann, dass sie flüchten wollte. Und wir würden von einem Mann in Zivil, der auch mit dem Hubschrauber gekommen ist, eine Auszeichnung bekommen und eine Flasche Wodka, und dann würden wir den Opel Kapitän einfach da stehen lassen, aber vorher nachschauen, damit wir diesmal auch wirklich nichts vergessen im Handschuhfach oder auf der Rückbank, und dann zu Fuß heimgehen und am Bahnhof in der Unterführung die Flasche Wodka einem Penner verkaufen, für das, was er sich zusammengebettelt hat an dem Tag, was bestimmt nicht viel ist, aber ausreicht, um ein Päckchen Reval zu kaufen und Pommes, und dann würden wir noch bisschen in den Reisinger Anlangen rumhängen, denn jetzt, wo die Frau von der Caritas nicht mehr da ist, muss ich auch nicht pünktlich zu Hause sein. Aber gerade an dem Abend würde ich trotzdem pünktlich sein, weil es sonst auffällt, weil man sonst denkt, dass ich was weiß, weshalb wir uns dann doch schon bald aufmachen. Und wenn meine Mutter fragt, ob ich weiß, wo die Frau von der Caritas ist, dann sage ich: Keine Ahnung. Wieso? Weil die am frühen Abend weggefahren ist und immer noch nicht zurück ist. Die kommt schon noch.

21

Am 18. Juni stehe ich morgens um halb sieben auf. Ich streue Trockenshampoo aus einer hellblauen trapezförmigen Dose auf mein fettiges Haar und lasse es einen Moment einwirken. Dann bürste ich das Pulver aus. Ich gehe zum Altersheim. An der Pforte vorbei. Es riecht nach Kaffee und ungelüfteten Gängen. In der Sakristei der Kapelle ziehe ich den roten Talar an. Darüber den frisch gestärkten weißen Chorrock. Dann den Kragen. Introibo ad altare Dei. Ad Deum qui laetificat iuventutem meam. Das Staffelgebet. Beim Confiteor rieseln weiße Trockenshampooreste aus meinem Haar auf das Gesangbuch. Der säuerliche Geruch von Wein am Morgen. Der Klang des Harmoniums. Wir sind nur Gast auf Erden.

Es gibt eine Lücke zwischen Spüle und Kühlschrank. Der neue Herd kommt am Freitag. Mein Vater hat zufällig eine alte Glühbirne in der Hand, die er gerade ausgewechselt hat. Er wirft sie mit voller Kraft in die Lücke zwischen Spüle und Kühlschrank auf den Boden. Die Frau von der Caritas holt Handfeger und Schaufel unter der Spüle hervor und kehrt die Splitter zusammen. Ich stehe am Fenster. Wieder Regen. Wieder Vormittag. Das Radio ist abgeschaltet. Es ist kein Krankenwagen, sondern ein braunes Taxi, das mich ins Sanatorium fährt. Die Armlehne, die die Rückbank teilt, ist nicht einzuklappen. Ich liege zusammengekrümmt in der rechten Hälfte unter einer Wolldecke mit gelben Karos. Es riecht nach Leder und Zigarettenrauch. Das Taxameter tickt. Schräg über meinem Kopf ziehen Häuser vorbei. Bäume. Dazwischen ein Stück Himmel. Mein Vater und die Frau von der Caritas müssen vor der Tür des Behandlungszimmers warten. Die Oberfläche der Untersuchungsliege, auf die ich mich setze, hat Noppen. Wie die blauen Matten in der Turnhalle. Dort liege ich nach dem Rundlauf, während die anderen das Pferd und den Kasten aufbauen. Hoch oben unter der Decke schweben die Ringe. An der Seitenwand das Klettergerüst. Die Stangen. Durch die Oberlichter aus geriffeltem Sicherheitsglas fällt etwas orangenes Sonnenlicht.

Ich bleibe zur Beobachtung da. Zum ersten Mal in meinem Leben habe ich ein Nachthemd an. Ich gehe barfuß über den Steinboden zur Toilette. Es gibt keinen Spiegel über dem Waschbecken. Ich fühle mit der Hand, ob mein Haar fettig ist. Ich taste mein Gesicht nach Pickeln ab. Ich spüre die Zugluft an der Innenseite meiner Schenkel. Ich fasse beim Pinkeln mein Glied nicht an, sondern presse die Hüfte nach vorn in Richtung Urinoir. Schon beim Zurückziehen der Vorhaut tut meine Eichel weh. Ein dumpfer, unbestimmbarer Schmerz. Jedes Mal. Wieder zurück ins Krankenzimmer. Die anderen schlafen. Sie tragen Verbände um Kopf und Arme. Auf dem Nachttisch eine Schüssel, in die sie manchmal etwas Blut spucken. Jemand hat die Wolldecke mit den gelben Karos auf mein Bett gelegt. Keine Gitter vor den Fenstern. Fenstergriffe abmontiert. Ich fahre mit dem Zeigefinger über die rauen Stellen, an denen der weiße Lack des Bettgestells abgesplittert ist. Ein Junge wimmert im Schlaf. Auf dem Gang geht jemand vorbei. Um einschlafen zu können, denke ich an die Bücher in meinem Regal zu Hause: Kai schießt keine Elefanten, Das Geheimnis der unheimlichen Kiste. Blaue Einbände mit weißen Leinenrücken. Eine Zeichnung auf dem Umschlag. Zwischen den Büchern ein kleines Heft mit Zauberkunststücken. Das Werkbuch für Jungen. Aus dem Bücherregal meiner Eltern Gedichte und Balladen von Schiller und Schuld und Sühne von Dostojewski. Das Buch mit dem schwarzen Einband muss nachts aus meinem Zimmer vor die Tür auf die Bügelmaschine. Es riecht eigenartig. Ich kann nicht einschlafen. Sehe die Kammer der Pfandleiherin. Wieder gibt sie Raskolnikoff zu wenig. Ich verstehe nur die Hälfte. Kann die vielen Namen nicht behalten. Nachts sieht die Kammer aus wie unser Fernsehzimmer. Links der Sessel meiner Mutter, rechts der meines Vaters. Dazwischen der niedrige Glastisch. Dahinter die Tapete mit den perspektivisch nach innen gekippten Rauten. Von oben drei Lampen wie umgekehrte Cocktailgläser. Vor den Sesseln Hocker für die Beine. Auf den Hockern jeweils eine Decke. Die Decke mit den gelben Karos stammt vom Hocker meines Vaters. Er sagt nicht Decke, sondern Kolter. Kolter klingt nach Raskolnikoff. Dinge haben oft zwei Namen. Menschen auch. Raskolnikoff trifft ein Mädchen. Am Fluss. Ich fahre mit meinen Eltern im Schnee nach Eppstein. Wir überqueren einen Bach. Es geht den Berg hinauf. Ich habe etwas Fieber. Zwei Tage vorher schon, nach dem Besuch bei meinen Großeltern, bin ich krank. Wie immer sitze ich auf dem Lederbezug vor dem Einbauschrank und blätterte die TV Hören und Sehen durch. Bei uns zu Hause gibt es nur den Gong. Mit Altersangaben unter jeder Sendung. Ich trinke weiße Zitronenlimonade. Bei uns zu Hause gibt es nur gelbe. Dazu esse ich Puffreis. Vom Zeichner der Witzseite, Sepp Arnemann, gibt es ein Buch, das man bestellen kann. Es kostet 19 Mark 80. Ich blättere nach vorn. Ein Foto von zwei Kindern. Ein Foto von einem Mann. Ein Foto von einer Bahnstrecke. Der Vater hat die spielenden Kinder nicht mehr retten können. Wir spielen auch an den Gleisen. Gegenüber von Achims Wohnung. Einmal hat Achim gesehen, wie ein Hund vom Zug überfahren wurde. Kurz davor hatte er noch gegen die Litfaßsäule gepinkelt. Wir legen Zwei-Pfennig-Stücke auf die Schienen. Plattgewalzt kann man immer noch die Zahl erkennen. Die Münzen sind oval. Wie das Medaillon mit der Mutter Gottes. In Maria Laach steht eine Prägemaschine. Für 20 Pfennig wird die Mutter Gottes in ein Stück Blech eingeprägt. Ich sehe die beiden Kinder. Ich sehe den Zug. Dann wird mir schwindlig. Ich wache auf und schlafe wieder ein. Ich schwitze. Der Zug. Die Kinder. Endlich ist es Morgen. Ich will aufstehen. Unbedingt. Nicht wieder die Augen schließen. Nicht wieder einschlafen. Fieber messen. Unter der Achsel. Wadenwickel. Zwei Pullover übereinander. Hinten im Auto. Richtung Eppstein. Am Bach ein schmales Haus. Vielleicht eine Mühle. Auch Raskolnikoff bekommt Fieber nach seiner Tat. Er kann nicht aus dem Zimmer gehen. Er halluziniert. Ich halluziniere nur den Geruch des Bucheinbands von Schuld und Sühne und den Geruch des Gesangbuchs: nach Weihrauch. Die beiden Kinder. Die zerquetschten Glieder. Steil geht es aufwärts nach Eppstein. Ich schließe die Augen. Mir wird schwindlig. Unser Auto kippt nach hinten.

Der Tod. Die Kinder, die auf den Gleisen sterben. Der betrunkene Vater von Ralf, der ihn nachts mit einem Messer durch die Gibb verfolgt. Er flieht in den Unterschlupf neben der Sakristei. Der Junge aus der Turnerzeitung. Er geht aufs Klo und fällt um. Immer wieder geht jemand aufs Klo und fällt tot um. Das schmale Klo neben dem Durchgang zu den Geschäftsräumen, das ich danach nicht mehr benutze, weil ich nicht von den Sekretärinnen oder Arbeitern gefunden werden will. Ein Junge aus der Klasse von Alex: Bei der Klassenfahrt hat er schon ein Mädchen geküsst. Vielleicht war auch mehr. Plötzlich kommt aus allen Poren Blut. Er ist nicht mehr zu retten. Wir spielen auf dem Hof der Schreinerei. Gerald nimmt einen langen Balken und schwingt ihn um sich. Wir laufen im Kreis, versuchen dem Balken zu entkommen. Ich stolpere. Gerald kann nicht bremsen. Der Balken trifft mich am Kopf. Der Himmel. Hinter dem Eisenzaun die Kirchturmspitze. Das Dach vom Altersheim. Das Surren der Autobahn. Ein Tunnel. Schwarz. Scheinwerfer. Wieder wach. Die Wunde blutet nicht. Mir ist schwindlig. Die anderen stehen um mich herum. Rühren sich nicht. Sagen nichts. Erich-Ollenhauer-Straße. In den Neubauten wohnt Horst Leich. Seine Eltern sind alt. Von seinem Schulbrot sind die Krusten abgeschnitten. Kreitzstraße, gegenüber vom Pfarrhaus. Wolfgang mit den Sommersprossen. Mich hat er noch nie verprügelt. Der Eisenzaun. Die hohe Kiefer. Klopfstange. Zu Hause auf der Bank. Immer noch schwindlig. Sage nichts. Gehe auf mein Zimmer. Der Junge aus der Turnerzeitung. Das schwarz umrandete Foto. Der Flur zur Turnhalle. Links zum Lokal. Rechts die Toiletten. Mit der 4 nach Hause. Gegenüber in der Seitenstraße das Schreibwarengeschäft. Hat das ganze Jahr über Kracher. Generell Angst, aufs Klo zu gehen. Schließe nicht mehr ab. Vielleicht stirbt man nur, wenn man abschließt. Weil sie einen nicht finden. Nicht rein können. Das Pfingstlager verregnet. Alle Sachen nass. Immer nur im Zelt. Selbst kochen in der Jurte. Montagabend zurück. Mein Vater beachtet mich nicht. Läuft durch die Wohnung. Telefoniert. Wartet auf Rückruf. Meine Mutter liegt im Bett. Die Frau von der Caritas gibt mir das große Badetuch. Stellt den Boiler auf zwei. Schmiert mir ein Brot. Ich sitze im Flur. Am nächsten Morgen steht mein Vater auf dem Treppenabsatz. Er steckt sich ein frisches Taschentuch in die Hosentasche. Er hält mich an. Sei heute etwas leiser, der Opa ist gestorben.

Neben dem Hundezwinger im Hof des Altenheims das schmale Häuschen. Dort werden die Toten aufgebahrt. In den Sommerferien, früh, steht die Tür einmal offen. Wir in der Einfahrt gegenüber. Eine Nonne mit dem Rücken zu uns. Eine Schüssel und ein Schwamm. Die nackten Beine des Toten vor ihr. Ich bin sieben, vielleicht acht. Zwei Jahre davor, ich bin noch nicht in der Schule, sitze ich in unserem Garten. Ein Mann schaut über die Mauer. Der Himmel zieht sich zu. Eine dunkle Wolke wirft ihren Schatten auf den Reneklodenbaum. Ich erschrecke. Der Mann geht weiter. Etwas später laufen viele Menschen den Weg in Richtung Kerbewiese. Ein Junge ist ertrunken. Dabei ist der Bach niedrig. Man kann drin stehen. Am Staudamm vielleicht. Staudamm heißt das Gitter, bevor der Bach unter der Erde verschwindet. Dahinter ist es etwas tiefer. Dunkel. Ich kenne den Namen des Jungen nicht. Habe nur einmal mit ihm gespielt. Einen Vormittag. Im Kindergarten. Dann kam er nicht mehr. War nur zu Besuch. Seine Mutter war krank. Wusste nicht, wohin mit ihm. Er war evangelisch. Betete nicht mit uns. Spielte weiter. Wusste nicht, was Beten ist. Der Mann. Der Mann, der über den Zaun zu mir in den Garten sah, hat ihn ermordet. Er hat ihn von der Brücke in den Bach geworfen. Dort, wo sich das Wasser vor dem Gitter staut. Zusammen mit Ästen und Müll. Auf diesem Gitter lag der Junge. Das Gitter hat ihn aufgespießt. Der Mann suchte einen Jungen. Irgendeinen. Mich hat er nicht genommen. Stattdessen ihn. Vielleicht weil er evangelisch war.

Der Blick über den aufgerissenen Kirchhof mit den Sandhügeln und aufgeschichteten neuen Bodenplatten. Der schwarze Gartenschlauch des Küsters, mit dem er die Hortensien gießt. Die Pieta, deren Gottessohn an der leicht gekrümmten rechten Hand die beiden Finger fehlen. Diese Hand, die gerade im Begriff ist, sich zu entspannen, den Schmerz abzulegen und zu sterben. Es ist vollbracht. Davor zwei ewige Lichter in rotem Plastik. Die steilen Treppen im Glockenturm. Das Licht fällt zwischen den Robinienzweigen hindurch auf die Wohnzimmergardine. Im Hof wäscht ein Arbeiter den dunkelbraunen Opel mit Seifenlauge.

Abends um sieben. Abendbrot. Kakao. Butterbrot. Eszet-Schnitten. Glocken läuten. Der Küster geht die Uhr aufziehen. Er kommt aus der Siedlung und geht pfeifend an unserem Haus vorbei. Unser Haus hat keinen Blitzableiter. Die Schornsteine der Fabrik sind hoch genug. Bei Gewitter auf dem Speicher. Neben der gelben Kommode die Dixan-Trommeln mit Postkarten und Legosteinen. Die Leiter. Der alte Linoleumbelag aus dem Wohnzimmer. Schwarz mit gelben Quadraten und roten Kreisen. Eingerissen. Das Licht fällt zwischen den Robinienzweigen hindurch auf die durchgetretenen Bohlen. Im Hof wäscht ein Arbeiter den schwarzen Mercedes mit Seifenlauge.

Zwei Längsstraßen, die parallel zur Eisenbahnlinie verlaufen: Bahnhofstraße und Weihergasse. Fünf Querstraßen: Brunnengasse, Bachgasse, Gaugasse, Feldstraße und Hubertusstraße. Eine Volksschule, benannt nach dem Schweizer Pädagogen Pestalozzi, eine Kirche, benannt nach dem Herzen Jesu, ein dazugehöriger Kindergarten und ein Altenheim. Daneben vier Lebensmittelläden, drei Bäcker, ebenso viele Metzger,

Frisöre und Schreibwarenhandlungen, ein halbes Dutzend Gaststätten und eine Drogerie. Und unsere Fabrik. Die Fabrik meines Vaters. Hinter dem Bahndamm.

Armin Dahl steht auf dem Dach der neueröffneten Kaufhalle. Man hat ein Drahtseil über die Allee gespannt. Vom Café van Riggelen bis zur Kaufhalle. Und Armin Dahl ist hinüberbalanciert. Jetzt steht er lachend in schwindelerregender Höhe und winkt nach unten. Er kann das Haus meiner Kinderärztin von dort oben sehen. Und die Praxis meines Zahnarztes. Luftballons steigen in den Himmel. Zwei Jungen stehlen eine Dickwurz von einem Karren und laufen Richtung Riehl-Schule. Unter einer Brücke kokeln sie mit einem Feuerzeug an der Rübe herum. Sie schnitzen mit einem Taschenmesser Augen hinein und einen Mund. Dann verkleben sie die Augen mit geschmacklos gekauten Kaugummis. Sie werfen den Kopf in den Bach. Armin Dahl kommt jetzt an einem Seil aus der Luft nach unten zwischen die Menschen geschwebt. Er trägt einen großen Eimer mit Losen im Arm. Klein zusammengefaltete blassviolette Papierchen, auf denen die Namen europäischer Hauptstädte stehen. Wenn es keine Nieten sind. Rom ist ein Schraubenzieher. London eine Trillerpfeife. Paris ein Schlüsselanhänger. Der Schlüsselanhänger ist aus durchsichtigem Plastik, oval, mit dem Foto einer jungen Frau in der Mitte. Mit der Spitze des Taschenmessers versuche ich, die Rückseite des Schlüsselanhängers zu öffnen. Das vorgestanzte Oval bekommt einen Sprung. Vielleicht soll gar kein anderes Foto in den Anhänger. Vielleicht ist die junge Frau eine Schlagersängerin oder Schauspielerin, die ich nur nicht kenne. Ein Fesselballon steigt hinter dem Haus meiner Kinderärztin auf und taumelt nach oben. Armin Dahl greift nach der heruntergelassenen Strickleiter und schwingt sich in die Lüfte. Er segelt weit davon über den Hügel bis zum Versicherungshochhaus in der Innenstadt, in dem meine Mutter bis zu ihrer Hochzeit gearbeitet hat.

Luis Trenker steht in einer Bauernstube. Er trägt einen Janker. Er ist alt und spricht Bayrisch. Er will auf den Gipfel. Ein Unwetter droht. Er isst zur Stärkung Apfelkerne. Armin Dahl springt durch die Glastür eines modern eingerichteten Wohnzimmers. Er steht an einer Hausbar. Er ist jung und spricht Hamburgisch. Man weiß nie, was er als Nächstes macht. Er klettert Hausfassaden hoch und hängt an den Kufen eines Hubschraubers. Alles um ihn herum ist hell wie der Sonntagnachmittag.

Nicht dunkel wie der Freitagabend mit Sport-Spiel-Spannung auf der Bühne eines düsteren Theaters.

Ich sitze vor der Haustür. Links der Werkshof. Rechts der Reneklodenbaum, in den der Blitz einschlug. Der Mirabellenbaum. Die beiden Zwetschgenbäume. Eine Katze kommt über die Mauer. Zwei Nonnen fahren Cornelia in einem Kinderwagen am Hoftor vorbei zur Kirche. Sie haben Cornelia in einem Kinderheim im Westerwald entdeckt. Sie spielte dort mit den Kleinsten. Obwohl sie schon 30 Jahre alt war. Sie ist kleiner als ich. Redet mit einer hohen und einer tiefen Stimme. Sagt nicht Ich, sondern immer nur Cornelia. Es gibt den Friedel und den Mann mit dem Leiterwagen. Der Friedel steht in der Toreinfahrt neben dem Schreibwarengeschäft Maurer. Er hat den ganzen Hof geerbt, auf dem er Knecht war. Wenn wir auf der anderen Straßenseite vorbeigehen, ruft er uns etwas nach. Der Mann mit dem Leiterwagen war einmal Professor. Im Krieg ist ihm eine Granate ganz dicht am Kopf vorbei. Da ist er verrückt geworden. Der Feldschütz aus dem Schlosspark hat nur einen Arm. Sein Bruder ist der Letzte, der nach dem Krieg noch hingerichtet wurde. Er hat im Schlosspark eine Frau mit der Axt erschlagen. Auf dem Nachtigallenweg. Der Nachtigallenweg führt an der rechten Mauer entlang zum Rhein. Er ist düster und zugewachsen. Dort treffen sich die Liebespaare.

Meine Mutter muss ins Krankenhaus. Zwei Tage. Dann holen wir sie mit dem Auto ab. Ich warte auf dem Rücksitz. Meine Mutter kommt mit einem Baby im Arm. Sie setzt sich nicht nach vorn, sondern nach hinten zu mir. Es ist mein Bruder. Aber jetzt kann die Katze nicht mehr zu uns in den Garten kommen. Katzen bringen kleine Kinder um. Sie legen sich auf ihre Gesichter und ersticken sie. Wenn sie kommt, müssen wir sie wegjagen. Aber sie kommt nicht mehr. Ich gehe über die Autobahnbrücke. Unten liegt eine überfahrene Katze. Ich kann nicht erkennen, ob es unsere ist. Die Wohnung wird umgebaut. Wir bekommen eine Ölheizung.

Ich stehe vor der kleinen Wiege. Meine Mutter schreit. Die Arbeiter, die gerade die Rohre der neuen Heizung verlegen, laufen in die Küche. Ich hinterher. Meine Mutter steht vor dem Küchentisch und starrt auf ihre rechte Hand. Etwas Gelbes läuft ihr über den Kopf und das Gesicht hinunter. Es ist eine zähe Flüssigkeit, die von der Decke tropft. Der Lehrling wird nach oben geschickt, um nachzusehen. Auf dem Tisch der neue Mixer. Offen. Reste von Pfannkuchenteig. Der Teig ist nach oben an die Decke gespritzt. Meine Mutter konnte den Deckel nicht festhalten. Sie hatte plötzlich keine Kraft mehr in der rechten Hand. Die Hand ist zur Seite gesunken. Die Hand baumelt hin und her. Die Arbeiter lachen. Der Lehrling wischt den Dreck weg. Die Decke muss noch mal verputzt werden. Am nächsten Tag kann meine Mutter auch das rechte Bein nicht mehr bewegen. Sie liegt im Wohnzimmer. Die Arbeiter laufen um sie herum. Sie reibt sich mit der linken Hand das Bein mit Peinkiller ein. Wir bekommen neue Türen. Eine Durchreiche zwischen Küche und Wohnzimmer. Am Abend sagt meine Mutter zu meinem Vater, dass sie die Durchreiche nicht mehr will. Aber es ist zu spät. Das Loch ist schon in die Wand gebrochen. Am nächsten Tag kommt die Frau von der Caritas. Sie trägt eine große Tasche, die sie in der Küche abstellt. Meine Mutter liegt wieder auf dem Sofa. Die Arbeiter bringen den Schrank für die Durchreiche. Die Frau von der Caritas legt eine Decke über die Beine meiner Mutter. Sie schmiert mir ein Brot. Sie kocht Erbsensuppe. Die Erbsensuppe schmeckt mir nicht. Die Erbsen sind noch hart. Der Arzt kommt. Die Arbeiter müssen aus dem Zimmer. Ich auch. Die Frau von der Caritas nicht. Die Arbeiter montieren in der Küche die Tür für die Durchreiche. Der Arzt steht mit der Frau von der Caritas im Flur und redet. Die Arbeiter dürfen wieder ins Wohnzimmer. Sie schieben die Durchreiche in das Loch in der Wand. Im Wohnzimmer sieht die Durchreiche aus wie ein Schrank. In der Küche wie eine Durchreiche. Die Frau von der Caritas legt meiner Mutter das Baby in den linken Arm. Sie prüft die Milchflasche an der Backe. Sie gibt die Flasche meiner Mutter in die linke Hand. Meine Mutter versucht, dem Baby die Flasche mit der linken Hand zu geben. Sie biegt die Hand. Aber es reicht nicht. Das Baby schreit. Die Frau von der Caritas nimmt das Baby. Sie setzt sich neben meine Mutter auf die Couch und gibt dem Baby die Flasche.

Die Frau von der Caritas kocht zum Abendbrot Kakao. Sie nimmt nicht Nesquick, sondern richtigen Kakao. Der richtige Kakao zieht eine Haut. Die Frau von der Caritas nimmt die Haut nicht mit einem Löffel von meiner Tasse, sondern sagt: Die Haut schmeckt gut. Die Haut ist das Beste. Ich ekele mich vor der Haut. Obwohl mein Vater keinen Kakao trinkt, sondern Bier, ekelt er sich auch vor der Haut. Er muss würgen und geht ins Bad. Die Frau von der Caritas schüttelt den Kopf. Ich drücke die Haut mit dem Löffel gegen die Innenseite der Tasse. Die Frau von der Caritas stellt mir ein geschmiertes Brot hin. Leberwurst. Darunter Butter. Auch das ekelt mich. Ich nehme den Teller und stehe auf. Ich sage, ich will bei meiner Mutter essen. Ich gehe ins Wohnzimmer. Meine Mutter ist eingeschlafen. Der rechte Arm hängt leblos herunter.

Die Arbeiter verlegen die Rohre im ersten Stock. Es ist das Zimmer für mich und meinen Bruder. Ich gehe die staubigen Treppen hoch. Die Frau von der Caritas steht mit dem Rücken zu mir im Flur vor dem Zimmer. Vor ihr steht ein Arbeiter. Der Arbeiter hält in der rechten Hand eine Zigarette. Mit der linken Hand hat er den Faltenrock der Frau von der Caritas ein Stück hochgezogen. Er greift gerade nach ihrem Hintern. Die Frau von der Caritas trägt keine Strumpfhose. Ich gehe schnell einen Schritt zurück die Treppe hinunter, damit sie mich nicht sehen.

Am Sonntag ist die Frau von der Caritas bei uns in der Kirche. Sie sitzt rechts, direkt hinter den Nonnen. Sie steht beim Schlusssegen nicht auf, sondern bleibt knien. Das Gesicht in die aufgestüzten Hände gelegt. Manche Erwachsene machen das. Sie kommen von der Kommunion zurück und bleiben lange knien. Sie haben einen besonderen Schicksalsschlag erlitten. Gott hat sie geprüft, aber jetzt hilft er ihnen. Sie beten ganz intensiv, während ich nie genau weiß, was ich in der Zeit nach der Kommunion machen soll und wie lange man als Kind, das noch keinen Schicksalsschlag erlitten hat, die Hände vor das Gesicht hält. Noch schlimmer ist es nach der Wandlung, wenn gar nichts passiert. Jetzt gehen wenigstens Leute zur Kommunionbank und kommen zurück. Man kann sehen, wie alle versuchen, möglichst viel Spucke im Mund zu sammeln, damit die Hostie nicht am Gaumen kleben bleibt.

Am Muttertag spielen wir mit der Frau von der Caritas Autoquartett und Elfer Raus, bis mein Vater kommt. Er hat Flieder geschnitten. Karten sind das Gebetbuch des Teufels, sagt meine Mutter von der Couch aus. Wir gehen ins Sängerheim essen. Die Bedienung vergisst das Schnitzel für meine Mutter. Meine Mutter muss warten, und das, obwohl Muttertag ist. An den anderen Tischen sitzen auch Mütter. Sie haben Blumen vor sich stehen. Wir anderen haben schon fertig gegessen, als endlich das Schnitzel für meine Mutter kommt. Mein Vater schneidet meiner Mutter das Schnitzel klein, so wie sie mir noch vor Kurzem das harte Endstück vom Brot kleingeschnitten hat. Sie hält die Gabel in der linken Hand. Die rechte Hand liegt auf ihrem Schoß. Mein Vater wirft einen Groschen in den Spielautomaten. Groschengrab, sagt meine Mutter. Der Automat blinkt. Zahlen laufen durch. Ich darf drücken. Wir fahren nach Schierstein Schwäne füttern. Meine Mutter sitzt auf einer Bank. Mein Vater gibt mir den Beutel mit dem trockenen Brot. Sonst hat meine Mutter Semmelbrösel daraus gemacht, um die Schnitzel zu panieren. Zu Hause Fernsehen. Till, der Junge von nebenan. Sein Vater ist Schriftsteller. Abends klopft Till fünfmal an die Tür seines Vaters. Einmal lang, zweimal kurz, zweimal lang. Sein Vater schlägt mit seinem Füller zweimal auf die Schreibtischlampe. Das ist die Antwort. Till macht die Tür auf. Ist es gestattet, Euer Gnaden?, fragt er. Es ist, es ist, antwortet der Vater. Die Höhlenkinder sind mir unheimlich. Sie leben allein in einer Höhle, ohne Eltern. Telemekel und Teleminchen zu kindisch. Bei Stoffel und Wolfgang gefällt mir das Wohnzimmer. In der Woche: Die Fernfahrer. Abenteuer unter Wasser. Shannon klärt auf. Hafenpolizei. Isar 12. Im Zweiten: Wagen 54 bitte melden. Kein Fall für FBI. Tammy, das Mädchen vom Hausboot. Hörst du den Südwind, er flüstert dir zu. Wenn einer etwas falsch macht, sagen wir nicht mehr Depp, sondern Debbie Watson zu ihm. Die Leute von der Shiloh Ranch. Am Fuß der blauen Berge. Ich mag besonders die Stimme des einen Cowboys. Des Chefs. Es ist dieselbe Stimme wie die des Vaters bei Fury. Bonanza kann ich nur sehen, wenn keine Andacht ist. Ich mag Adam am liebsten. Adam spielt bald nicht mehr mit. Er hat sich mit seiner Familie verstritten und lebt jetzt irgendwo allein. Die anderen drei tun mir mehr leid als er.

Gegen halb fünf versuche ich, die Geräusche im Hof das erste Mal genauer auszumachen. Die Klänge aus der Küche haben einen eigenen Rhythmus und Klang, den ich schon aus Jugendherbergen, Pensionen und dem Hotel kenne, in dem wir letzten Sommer eine halbe Woche waren. Eine Mischung aus Teller- und Geschirrgeklapper, gemischt mit Gläserklirren, das beständig auf- und abwogt und doch gleich bleibt, wie ein Orchester beim Einstimmen. Das Licht wird schwächer, und aus dem Innenhof steigt langsam eine graue Dunkelheit, die aussieht wie das, was ich seit einigen Minuten stärker rieche, Bratensauce und Kamillentee, bevor gegen Abend der Geruch von Salbe und Desinfektionsmitteln durch die dunklen Flure zieht.

Es muss Donnerstag sein, wenn ich nicht noch einen Tag mehr verschlafen habe. Das Gute ist, ich muss nicht zum Musizierkreis, das Schlechte, ich verpasse die Schlagerbörse.

Manchmal höre ich aus der Krankenhausküche ein Radio. Es hallt im Hof wider. Leise. Es könnte Crimson and Clover sein. Ich verpasse heute sogar die Neuvorstellungen in der Schlagerbörse. Ich verpasse alles.

Es gibt einen Anstaltsgeistlichen und einen Psychologen. Der Anstaltsgeistliche heißt Pfarrer Fleischmann. Der Psychologe heißt Dr. Märklin. Zu Pfarrer Fleischmann muss ich am Dienstag, zu Dr. Märklin am Donnerstag. Immer morgens um halb zehn. Beide erzählen mir dasselbe. Sie sprechen von einer Scheibe. Zumindest stelle ich es mir so vor. Ein Blatt, eine Platte, ein Brett, etwas Glattes, Geschliffenes. Am besten die Holzplatte, die an Weihnachten vom Speicher geholt wird, um die Eisenbahn aufzubauen. Darauf soll ich mein Leben auslegen. Bald vierzehn Jahre. 14 Stationen. Ich muss an das weiße Vinyl der Bluespower denken. Sofort schäme ich mich für diesen Einfall. Ich bin in einem Sanatorium und nicht auf einer Feier bei Berthold oder Zimmermann. Während die anderen in der Klasse sitzen, hocke ich den ganzen Vormittag auf einem Bett und versuche, mir etwas anderes als das weiße Vinyl der Bluespower als Grundlage für mein Leben vorzustellen. Ich habe Angst, und ich habe recht mit meiner Angst, denn ich spüre, dass es bei dieser Platte, dieser Scheibe, diesem glatten Brett nicht bleiben wird. Sobald es mir etwas besser geht, kommen die Zusätze und Einschränkungen. Und Pfarrer Fleischmann entscheidet schon am zweiten Tag, dass es mir besser geht. Er spricht von der Erbsünde. Er sagt, dass jeder von der Erbsünde befallen ist. Auch er, Pfarrer Fleischmann. Gleichzeitig sind wir von der Erbsünde erlöst. Weil der Herr für uns gestorben ist. Wir sind aber nur erlöst, wenn wir sein Angebot annehmen. Es kommt mir so vor, als hätte ich das Wort Angebot noch nie gehört. Vielleicht habe ich es auch noch nie gehört. Nicht wirklich. Nicht von einem Menschen, der mir gegenübersitzt. Das Wort Erlösung habe ich schon oft gehört.

Ich sitze vor Pfarrer Fleischmann auf einem Hocker. Der Hocker hat eine runde, aber keine glatte Sitzfläche. Der Lack ist abgesplittert. Der Hocker steht oft allein im Zimmer von Pfarrer Fleischmann. Er wird selten benutzt. Die anderen Kinder sind alle wirklich krank, tragen Verbän-

de und können oft gar nicht aus dem Bett aufstehen. Ich habe auch oft
Angina. Aber deshalb bin ich nicht hier. Wie die Bänke in der Sakristei,
steht der Hocker hier. Niemand rückt ihn aus der Sonne. Weil nur selten
jemand das Zimmer betritt. Der Küster geht an Wochentagen nur kurz
in die Sakristei. Er schaut nach dem Rechten. Er kontrolliert den Gong
auf dem Schrank neben dem Ausgang zum Altarraum. Er kontrolliert
den Filz am Klöppel, damit es nicht zu laut klingt, wenn er auf den Gong
schlägt, bevor wir nach draußen gehen. Die Orgel fängt an. Die Gemeinde steht auf. Wir müssen den Talar raffen, um nicht gleich bei den Stufen
zu stolpern. Er kontrolliert den Schrank neben der Tür. Es ist ein schmaler Schrank, in dem nur Knöpfe sind und Sicherungen. Für die Turmuhr.
Zum Aufziehen muss man auf den Turm. Man muss die Leitern hochsteigen. Bis zu den Glocken. Dann muss man die Zahnräder aufziehen. Das
große, das mittlere und das kleine. Der Küster muss aufpassen, dass er
nicht gerade oben ist, wenn die Glocken anfangen zu läuten. Er schaut
aus dem unverglasten Fenster nach unten in den Kirchhof. Der Schaukasten mit dem Messdienerplan. Die Schwestern beschneiden die niedrigen Apfelbäume. Robinienzweige im Licht der untergehenden Sonne.
Rollsplitt in der offenen Wunde unterhalb des linken Auges.

Ich drehe die beiden Schlüssel, den zu meinem Tagebuch und den zu
meiner Schatzkiste, immer wieder aus dem doppelten Ring des Schlüsselanhängers. Ich schaue mir das Foto der Frau an, die ich nicht kenne.
Der Krampf, der Schmerz, die beiden fehlenden Finger, das alles lässt
vielleicht erst ganz am Ende nach. Es läuft nicht im Kreis wie die Märk-
linbahn, sondern auf ein Ende zu. Ob mit oder ohne Erbsünde. Die Erbsünde ist wie ein Kratzer auf einer Platte. Man holt die verkratzte Platte nicht mehr gern raus. Weil man schon weiß, dass sie gleich wieder
springt. Oder hängenbleibt. Man muss alles wiederholen. Das ist die
Erbsünde. Die Nadel kommt nicht raus aus der einen Rille. An einem
Freitag, als Achim bei seiner Oma ist, fahre ich mit dem Rad runter zu
ihm. Wir gehen um 5 ins Adler. Es gibt einen Schwarz-Weiß-Film. Einen Krimi. Ab 16. Aber im Adler wird man nicht nach dem Alter gefragt. Es gibt keine Wochenschau davor. Auch keinen Trickfilm. Auch
keinen Kulturfilm. Nur eine Geschichte, von einem Mann, der immer
durch Schlüssellöcher schaut. Man sieht immer nur, was er sieht. Unscharf oft. Halb verdeckt. Ein nacktes Bein. Einen Arm. Nichts Besonderes. Nicht mal so viel wie Rainer und ich von Frau Berlinger gesehen

haben. Aber das Gefühl war ähnlich wie damals, als Rainers Cousin da war und wir den Text von dem Zettel abgeschrieben haben. Dann kommt der Krimi. In einem Hotelzimmer liegt ein Toter neben einem Bett. Auf der Kommode ein Plattenspieler. Die Nadel ist in einer Rille hängengeblieben. Deshalb klopfen draußen die anderen Gäste gegen die Tür. Eigentlich sieht man von dem Toten nur die Füße. Trotzdem weiß ich, dass er tot ist. Er könnte auch schlafen. Aber wer neben dem Bett liegt, der schläft nicht. Der ist tot. Die Platte ist zerkratzt. Und er ist tot. Es stört ihn nicht mehr. Wenn ich tot bin, findet die Frau von der Caritas das versteckte DIN-A4-Heft. Vielleicht fragt Rainer, ob er meine Singles haben kann. Den Schrank mit dem ausziehbaren Bett und den Schreibtisch mit dem Beatles-Puzzle unter der Glasplatte heben sie auf für später, wenn mein Bruder größer ist. Die Bluespower mit dem weißen Vinyl. Verkratzt. Mit Kerzenwachs auf dem Cover. Mit meinem Namen. Schnell draufgeschrieben vor der Party, damit man sie nicht verwechselt, wenn noch jemand dieselbe Platte mitbringt.

Unwillkürlich erscheint es mir leicht, erstrebenswert leicht, für jemand anderen zu sterben. Es ist immer sinnvoll, sein Leben für jemand anderen hinzugeben. Gleichzeitig befreit es einen von dem unerhörten Zwang, Dinge zu sehen und keine Fragen dazu stellen zu können. Blut auf dem Küchenboden. Robinienzweige im Licht der untergehenden Sonne. Rollsplitt, der unter der Haut der verheilten Wunde eingeschlossen bleibt.

Immer wieder betrachte ich das Bild der unbekannten Frau an meinem Schlüsselanhänger. Wahrscheinlich ist die Frau nur fünf, sechs Jahre älter als ich. Dennoch kommt sie mir entrückt und fremd vor. Aus einer anderen Welt. Doch selbst Christiane und Marion kommen mir entrückt und fremd vor. Ist die Erbsünde wirklich wie ein Kratzer auf einer Platte? Und wiederholt sich deshalb alles immer wieder? Selbst hier im Sanatorium? Das Leben beginnt als weißes Vinyl mit einem Kratzer. Der Herr ist gestorben, um mich von dem Kratzer zu erlösen. Ich selbst kann nicht sterben. Nicht für andere, nicht für mich. Ich lebe so lange, bis die ganze Platte zerkratzt ist, bis das weiße Vinyl schwarz ist, bis ich neben dem Bett liege und nicht mehr auf dem Bett.

Ist Armin Dahl Jesus oder der Antichrist? Ist es eine Sünde, dass ich ihn bewundere? Mich zu ihm hingezogen fühle? Wohin kann er mich führen? Werde ich durch Scheiben springen und von Brücken auf fahrende Züge? Werde ich der Schwerkraft entfliehen und den Einträgen ins Klassenbuch? Armin Dahl hält mir den Lostopf mit den zusammengefalteten blassvioletten Papierchen hin, und ich lange hinein, ziehe ein Los und gewinne den Schlüsselanhänger mit der Frau ohne Namen. Ein Schlüsselanhänger ist eine seltsame Sache. Mein Schlüsselanhänger hat einen Riss auf der Rückseite. Die Erbsünde ist auch ein Riss.

Dr. Märklin sagt, er kann mich als Psychiater nicht direkt von meiner Schuld, schon gar nicht von der Erbsünde freisprechen. Dr. Märklin ist nett, versteht sich aber nicht auf Kinder. Er redet in einer Sprache, die ich nicht begreife. Ich habe so eine Sprache seit dem Kindergarten nicht mehr gehört. Er redet zu mir, als würde ich noch in die Volksschule gehen. Dazwischen, wie um sich selbst Luft zu verschaffen, fügt er in einer anderen Stimmlage kurze Sätze ein, die ich ebenso wenig verstehe. Das Wort Zwang bleibt mir in Erinnerung. Das Wort Wiederholung. Bei dem Wort Neurose meine ich, mich verhört zu haben. Das, was meine Fantasie bewegt, erscheint mir suspekt. Weißes Vinyl, rote Rosen. Tote neben dem Bett. Blut auf dem Küchenboden. Nach unserer Stunde diktiert Dr. Märklin seiner Sekretärin einen Bericht. Pfarrer Fleischmann hingegen ist nur Gott verpflichtet. Ihm hält dieselbe Schreibkraft nur den Stundenzettel hin, den er widerwillig abzeichnet. Sein Lohn kommt ohnehin nicht von dieser Welt und schon gar nicht aus diesem Spital. Die Sekretärin heißt Faller.

Dr. Märklin möchte wissen, wie ich mir die Zeit vorstelle, etwa wenn ich an nächste Woche denke, ob ich dann diese Woche als Päckchen vor mir sehe oder eher als eine Linie, unterteilt in sieben Abschnitte, und wenn ich mir solche Bilder vorstelle, ob es mir mit den Monaten und Jahren ähnlich geht und welchen Platz Vergangenheit und Zukunft in meiner Vorstellung einnehmen. Ich habe über all diese Fragen nie zuvor nachgedacht, trotzdem kann ich Dr. Märklin ohne Zögern antworten, dass die Wochen Kreise sind, eher leichte Ovale, mit dem Sonntag auf der rechten Seite, dem dann die Wochentage folgen, gegen den Uhrzeigersinn. Vergangenheit und Zukunft hingegen liegen auf einer geraden Strecke. Die Vergangenheit hinter mir, die Zukunft vor mir. Die gesamte Strecke beläuft sich auf etwa hundert Jahre. Dreizehneinhalb Jahre zurückgelegt, hinter mir, der Rest vor mir, obwohl ich höchstens fünf, sechs Jahre deutlich erkennen kann. Langgestreckte leere Felder wie beim Hüpf-spiel. Danach wird es unscharf. Die Vergangenheit vor meiner Geburt, also die Geschichte, ist wegen ihres großen Umfangs von vielen tausend Jahren in kleinerem Maßstab dargestellt. Bei genauerem Hinsehen ist der Abschnitt für die Jahre bis ungefähr 3000 vor Christus nicht viel größer als der Abschnitt für meine schon gelebten dreizehneinhalb Jahre. Unser Jahrhundert ist dabei etwas schärfer. Und auch die Zeit um Christi Geburt tritt deutlich hervor, während es dazwischen viele Unschärfen und Lücken gibt.

Mir fällt auf, dass ich Zukunft und Vergangenheit gar nicht vor und hinter mir sehe, sondern mich selbst von oben in der Mitte wie eine Mensch-ärgere-dich-nicht-Figur auf einem Spielbrett. Aber wenn ich selbst es bin, der da unten steht, wer sieht dann auf mich herab? Und wenn ich es bin, der herabsieht, wer steht dann dort unten? Ich frage Dr. Märklin, wie sich denn andere, gesunde Menschen die Zeit vorstellten und welche Vorstellung von Zeit generell die beste sei, aber er sagt nur, unsere erste Stunde sei nun vorbei, und wir hätten uns doch für den Anfang schon ganz gut kennengelernt.

6 Uhr 32: Ich habe geträumt, dass ich mit meinem alten Rad in einen See gefahren bin, mich aber mit eigener Kraft aus dem Wasser auf einen Ponton hieven konnte. Als ich das später einem Mann erzählen will, der mit seinem Freund an diesem See wohnt, kann ich den Ponton nicht mehr finden, weshalb er mir nicht glaubt.

6 Uhr 37: Jemand schreit auf dem Gang, er habe einen Bilch gesehen. Ich weiß nicht, was ein Bilch ist, und weiß nicht, ob der, der schreit, ein Patient oder ein Angestellter ist.

6 Uhr 41: Geschirrgeklapper im Hinterhof. Fenster werden aufgemacht und wieder geschlossen.

6 Uhr 53: Ich bin für einen Moment wieder eingeschlafen und habe das Gefühl, mit meinen Eltern in der Pension in der Eifel zu sein, wie letztes Jahr, als der Sommer verregnet war und ich in dem Zimmer mit der Schräge auf dem Bett saß und versuchte, auf dem Kofferradio Radio Luxemburg zu empfangen.

6 Uhr 57: Geruch von Malzkaffee und Tee.

7 Uhr 02: Jetzt würde ich auch zu Hause aufstehen, und weil niemand dort ist, der jetzt aufsteht, tun mir alle leid. Mein leeres Zimmer tut mir

leid und die Aussicht aus meinem Zimmer und die Küche und die Aussicht aus der Küche auf die zwei Robinien auf dem breiten Hof vor den Lagerhallen und dem Himmel darüber und natürlich auch meine Eltern und selbst die Frau von der Caritas. Sie tun mir so entsetzlich leid, dass ich bald wieder gesund werden will. Ich will alles machen, was man sagt. Ich will alles machen. Auch Achim tut mir leid, der allein den Schulweg gehen muss, der Schulweg, mein Rad, der Pausenhof, die Klassenzimmer, mein Platz, die Tafel, der Ausblick von meinem Platz, obwohl ich nichts weiter sehen kann, weil wir immer noch im linken Pavillon untergebracht sind, der hinter dem Lehrerparkplatz steht.

7 Uhr 06: Christiane Wiegand.

7 Uhr 09: Ich muss eine Karte an Christiane schreiben. Ich werde nicht sagen, wo ich bin, sondern so tun, als wäre ich irgendwo allein im Urlaub. Vielleicht gibt es hier Karten, die etwas anderes vorn drauf haben als das Sanatorium oder innen den Speisesaal oder die Behandlungsräume oder die langen Gänge. Vielleicht sieht man den Garten. Aber dann steht hintendrauf der Name vom Sanatorium, und das wäre peinlich. Wenn mich die Frau von der Caritas besucht, kann ich sie bitten, mir eine von meinen Beatles-Postkarten mitzubringen. Oder vielleicht doch nicht Beatles, weil sie ja die Stones mag.

7 Uhr 15: Waschen.

7 Uhr 28: Anziehen. Ich ziehe dasselbe an wie gestern. Ich stehe beim Anziehen nicht, wie gestern Abend beim Ausziehen, sondern sitze auf der Bettkante, was etwas anstrengend ist. Wenn ich auf der linken Bettkante sitze, habe ich kein Gegenüber. Ich schaue dann auf die Wand mit den abgeschlossenen Schränken. Vielleicht können wir später einmal unsere Sachen dort hineinlegen. Jetzt hat jeder seinen Koffer noch unter dem Bett. Ich denke, dass die anderen hinter mir in dieselbe Richtung schauen, weil sie dann nur meinen Rücken sehen und nichts weiter. Alle sehen immer nur einen Rücken, wenn sie nach vorn schauen, außer mir und dem Jungen, der links von mir auf seiner Bettkante sitzt. Er ist vielleicht gerade mal zwölf und tut mir leid, weil er so unbeholfen in seinem Koffer herumkramt und sich in seinem Unterhemd verhakt, als wäre es zu klein oder hätte zu viele Öffnungen. Wahrscheinlich hat ihm noch seine Mama beim Anziehen geholfen. Und beim Ausziehen. Manchmal abends habe ich beim Ausziehen gewartet, ob ich nicht draußen auf dem Flur die Frau von der Caritas höre, die noch manchmal nach mir schaut. Es war ein aufregendes Gefühl, nackt und nur von der Schreibtischlam-

pe beleuchtet im Raum zu stehen und zu warten, dass die Frau von der Caritas noch einmal die Tür aufmacht, um zu mir hineinzusehen. Aber immer wenn ich so dastand, kam sie nicht. Erst wenn ich meinen Schlafanzug anhatte oder sogar schon am Einschlafen war.

7 Uhr 32: Mit einem Mal ist es ganz ruhig im Zimmer. Nur das Rascheln von Kleidung ist zu hören. Manchmal klappt ein Koffer auf und wieder zu. Es ist nicht so wie in der Umkleidekabine beim Schwimmen oder Turnen. Viele sind blass und können gar nicht sprechen. Sie können nicht einmal stöhnen, wenn ihnen etwas wehtut. Ihre Augen sind so, als würden sie nach innen und nicht nach außen sehen. Während ich die Socken anziehe, versuche ich, nach innen zu sehen. Es geht. Es ist wie das Gefühl, etwas anzusaugen. Dann sehe ich mein Fahrrad, wie es auf dem See schwimmt. Und ich sehe mich am Ufer stehen, in kurzen Hosen. Ich bin völlig durchnässt und weine. Der Himmel wird dunkel.

7 Uhr 40: Frühstück. Ein Marmeladenbrot (Erdbeer), eine Tasse Malzkaffee.

Ich muss Tabletten nehmen. Die Tabletten dürfen nicht zerkaut werden, sondern müssen im Ganzen hinuntergeschluckt werden. Sie schmerzen im Hals. Der Druck vom Wasser, das ich nachschütte, ist zu schwach. Der Leib des Herrn darf ebenfalls nicht zerkaut werden. Sobald die Hostie auf der Zunge ist, muss man sie einmal um sich selbst drehen und anfeuchten, damit sie nicht nach oben wandert und am Gaumen kleben bleibt. Wenn die Hostie am Gaumen klebt, ist sie nur noch mühsam mit der Zunge abzulösen. Die Hostie am Gaumen ist wie der Stachel im Fleisch. Man kommt nicht zur Ruhe. Anstatt zu beten, versucht man hinter den vors Gesicht gehaltenen Händen die Hostie mit der Zunge vom Gaumen zu lösen. Im Urlaub in der Eifel gab es dicke Hostien. Sie waren nicht weiß, sondern hatten die Farbe der Oblaten aus dem Café van Riggelen, aber ohne Schoko-Nuss-Füllung. Die Menschen in der Eifel kauen die Oblate. Sie kauen den Leib des Herrn. Hinter meinen vor das Gesicht gehaltenen Händen warte ich darauf, dass die dicke Hostie in meinem Mund langsam zerfällt, um sie herunterschlucken zu können. Sie klebt nicht am Gaumen, sondern bleibt hart auf der Zunge liegen.

Schließe ich die Augen, vermischt sich der norddeutsche Tonfall von Armin Dahl mit der belegten Stimme des Judas Ischariot, den Herr Schulz aus dem Pfarrgemeinderat am Karfreitag um drei Uhr in der Kirche spricht. Pfarrer und Messdiener kommen barfuß aus der Sakristei und werfen sich bäuchlings auf den kalten Marmorboden vor dem Altar. Die Schellen sind durch Holzklappern ersetzt. Die Orgel schweigt. Die Glocken sind nach Rom geflogen. Ein Lichtstrahl dringt durch das Fenster mit dem Pelikan, der mit dem Schnabel die eigene Brust aufschlitzt, um seinen Jungen zu trinken zu geben. Dunkle Regenwolken treiben in Richtung Bahngleise. Die Menschen flüchten in die Unterführung. Im Café Hemdhoch auf der anderen Seite zerreißt der Perlenvorhang vor der Tür zum Hinterzimmer. Stumm die Auslagen in den Vitrinen vom Kaufhaus Brenninkmejer. Die in Klarsichtfolien gesteckten Singlehüllen neben der Tür von Radio Enesser bewegen sich im Luftzug eines gekippten Fensters. Gegenüber Bäckerei Weiß, weiter unten Fahrrad Kuhn, Lebensmittel Seilberger.

Armin Dahl steht auf den Häuserdächern und lässt mich in die Tiefe blicken. Beweise deine Göttlichkeit und spring. Wie kommt er auf solche Gedanken? Niemals habe ich von Göttlichkeit gesprochen. Ich habe gesündigt. Mein letzte Beichte war vor vier Wochen. Ich ging nur deshalb eine Woche lang jeden Morgen vor der Schule in die Messe des Missionspfarrers, weil ich auch etwas von den Tafeln Schokolade auf dem großen liegenden Holzkreuz im Mittelschiff haben wollte. Dabei verstand ich nicht, warum er uns missionieren wollte, uns, die wir doch schon glaubten, die wir nicht in der Diaspora lebten, die doch in Norddeutschland war, wo es nur Sümpfe gibt und keine Industrie und keine Kaufhäuser. Die Heimat von Armin Dahl. Armin Dahl überwindet die Zentrifugalkraft. Er überwindet den Schmerz. Er springt durch Glastüren. Durch Fenster. Auf Züge. Er ist in ständiger Bewegung. Das Leben ist ein Glücksspiel. Er ist in allen Hauptstädten Europas zu Hause. Auf mir hingegen lasten die Blicke. Es lasten nicht nur die Blicke von Pfarrer Fleischmann und Dr. Märklin auf mir, sondern auch die Blicke meiner Eltern, meiner Lehrer, meiner Klassenkameraden, selbst der Blick der unbekannten Schlagersängerin in meinem Schlüsselanhänger, der Blick der Krankenschwester, der anderen Patienten, die alle noch Kinder sind, ängstliche Kinder in Schlafanzügen und Frottee-Bademänteln.

Mit einigen anderen drücke ich mich sonntags während der Besuchszeit zwischen drei und vier auf dem Flur herum, weil es uns peinlich ist, Besuch zu bekommen. Weil wir eigentlich keinen Besuch bekommen wollen. Wir tun so, als würden wir nicht zu den anderen Kindern gehören, mit ihren gebrochenen Armen, ihren Mandel- und Blinddarmentzündungen. Wir stehen im Flur und hoffen, dass niemand kommt. Und hoffen gleichzeitig, dass doch jemand kommt. Wenn jemand kommt, dann hoffen wir, dass er uns nicht über den Kopf streicht, uns nicht durch die Haare wuschelt, uns nicht irgendwas Peinliches mitbringt, irgendein Jugendbuch oder eine Indianerfigur. Obwohl ich manchmal meine Schatztruhe gern hier hätte oder meinen kleinen Zoo aus braunen Plastiktieren. Ich würde gar nicht damit spielen, nur manchmal die Tiere anschauen oder den Laufgang für die Raubtiere aufbauen und mir vorstellen, wie es ist, wenn die Tiger und Löwen dort hindurchlaufen und man ganz nah daneben steht, weil ich die Plastiktiere ohnehin nie richtig durch den engen Gittergang bekomme. Wir spielen Autoquartett auf dem Flur, während fremde Eltern und Großeltern und Geschwister vorbeigehen und nach dem richtigen Zimmer suchen.

Ich denke an die Spiele nach der Abendandacht am Sonntag. Manchmal sitzt meine Mutter in der Nähe, und mein Vater muss für sie würfeln, so wie die Frau von der Caritas für meinen kleinen Bruder würfelt, der noch nicht einmal die Figuren weiterschieben kann. Auf dem Plattenspieler eine Platte von Willy Schneider, manchmal Perry Como, den meine Mutter mag. Die Männlein wandern über eine Deutschlandkarte. Wenn die anderen würfeln, schaue ich mir das Bild auf dem Karton an, ein See, Schilf im Vordergrund, am anderen Ufer eine Stadt, die ich nicht kenne. Mein Vater trinkt ein Glas Wein und prostet erst der Frau von der Caritas zu und dann meiner Mutter, die eine Tasse Kamillentee neben sich stehen hat, die sie aber mit ihrem kaputten Arm nicht selbst zum Mund führen kann. Eigentlich bin ich für das Spiel schon zu alt. Mein Bruder noch zu klein. Aber der Frau von der Caritas scheint es Spaß zu machen. Sie kennt alle Städte und erzählt von den ansprechenden Geschäften und den Sehenswürdigkeiten und den Spezialitäten, die man probiert haben muss. Sie sagt, dass es auch ein Spiel gibt, in dem man durch ganz Europa reist und dass ich mir dieses Spiel ja zu Weihnachten wünschen kann oder zu meinem Geburtstag. Und ich kann nicht nein sagen und sage deshalb gar nichts und würfle und bekomme keine 6, sondern nur wieder eine 2. Und mein Vater fragt, was es mit dem Europaspiel auf sich hat, dabei weiß ich, dass ihn das nicht interessiert, dass er auch nicht unsere Geschenke kauft, sondern die Frau von der Caritas, so wie früher meine Mutter, und dass ich also das Europaspiel zu Weihnachten oder zum Geburtstag bekommen werde, obwohl ich schon viel zu alt dafür bin, und dann dieses Europaspiel nach der Abendandacht sonntags mit der Frau von der Caritas und meinem Vater spielen muss und meinem kleinen Bruder, der zu quengeln anfängt und zu meiner Mutter will, aber von der Frau von der Caritas zurückgehalten wird, damit er nicht zu stürmisch zu ihr rennt und versucht, auf ihr krankes Bein zu klettern. Und Willy Schneider singt Du bist so abgespannt, fehlt dir nicht allerhand und Schütt' die Sorgen in ein Gläschen Wein, deinen Kummer tu auch mit hinein, und mit Köpfchen hoch und Mut genug leer das volle Glas in einem Zug, das ist klug. Ich stelle mir ein Glas mit Wein vor, in das man seine Sorgen schüttet wie Magnesiumpulver. Man trinkt den Wein nicht wirklich. Es ist wie ein Zaubertrick. Es ist wie ein Experiment im Chemieunterricht. Es ist wie die heilige Wandlung. Wasser zu Wein. Sorgen in Wein. Kummer auch mit hinein. Und dann kommt Alle Tage ist kein Sonntag, was ja passt, weil heute Sonntag ist und morgen erst wieder Schule. Alle Tage gibt's keinen Wein. Aber am schlimmsten ist es, wenn er singt: Und wenn ich einst tot bin, sollst du denken an mich, auch am Abend, eh du einschläfst, aber weinen darfst du nicht. Willy Schneider sieht auf der Platte aus wie unser Mathelehrer Dr. Jung, der vom Russlandfeldzug erzählt. Warum darf ich nicht weinen, wenn jemand tot ist? Ich will nicht, dass meine Eltern sterben, egal wie blöd ich sie finde. Die Frau von der Caritas kann meinetwegen sterben. Nicht, dass ich es will, aber das wäre nicht so schlimm. Aber nicht meine Mutter. Selbst nicht mein Vater. Ich wüsste nicht, was ich machen soll in dem großen Wohnzimmer. Und dann kämen die Sekretärinnen und die Arbeiter und die Herren aus dem Büro und der Pfarrer, und ich wüsste nicht, was man ihnen anbietet oder ob man überhaupt etwas anbietet, wenn gerade jemand gestorben ist. Und sie würden bis spät bleiben, und dann müsste ich auf alle Fälle irgendwas machen lassen, Brote mit Gurken und Käse, und draußen wäre es so unheimlich dunkel, und ich müsste die Nacht allein sein mit meinem Bruder, und die Zweige würden so seltsam an das Fenster schlagen, und ich wäre furchtbar traurig, weil ich Angst hätte, weil ich nicht weiß, wie ich allein leben soll, weil ich lieber vor meinen Eltern sterben will, dann müsste ich das alles nicht erleben, dann könnte ich alles so in Erinnerung behalten, wie es jetzt ist, auch wenn die Deutschlandreise viel zu kindisch für mich ist und ich die Europareise eigentlich nicht zu Weihnachten oder zu meinem Geburtstag bekommen will, aber wenn alle am Leben bleiben, dann will ich auch die Europareise gern zu Weihnachten oder zu meinem Geburtstag bekommen und auch gern sonntags nach der Andacht Europareise spielen und Willy Schneider oder vielleicht lieber Perry Como hören, weil er jünger ist und so aussieht wie der Referendar Buse, den wir in Deutsch haben, weil die Musik auch nicht so traurig ist und ich nicht ans Sterben denken muss und den Tod und das Weinen, aber mein Vater mag Perry Como nicht, weshalb wir auch nur eine Single von Perry Como haben, die in dem Album bei meinen Kinderplatten steckt, aber eine LP von Willy Schneider. Willy Schneider ist auch keine hochwertige Musik, sagt mein Vater, aber genau das Richtige zur Unterhaltung. Es ist mir egal, Hauptsache, ich muss meine Eltern nicht sehen, wenn sie tot sind, Hauptsache ich sterbe vorher, weil ich Angst habe, sie tot daliegen zu sehen. Weil ich nicht weiß, was man dann macht, ob man hingeht oder besser nicht hingeht, ob man sich bekreuzigt oder noch nicht bekreuzigt, ob man weint oder nicht weint, oder was man überhaupt macht.

Ich weiß nicht, ob Pfarrer Fleischmann weiß, dass ich Messdiener bin. Er fragt mich nicht danach, fragt nicht, ob ich in die Kirche gehe, überhaupt, ob ich katholisch bin, doch vielleicht weiß er das alles. Er erzählt mir von Märchen und den Zahlen im Märchen und dass die besonderen Zahlen im Märchen auch besondere Zahlen im Glauben an Jesus Christus sind und die einfachen Menschen, die nicht lesen und schreiben konnten, sich die besonderen Zahlen aus der Heiligen Schrift auf diese einfache Art merkten. Die verirrten und einfachen Geister wussten nicht, was die sieben Wundmale oder die sieben Geister Gottes aus der Offenbarung bedeuteten, weshalb sie die Geschichte von den sieben Geißlein oder den sieben Zwergen erfanden, um sich so daran zu erinnern und sich die Bedeutung zu merken. Weshalb ich mich nicht schämen müsse, wenn ich in dem Märchenbuch aus der Sanatoriumsbibliothek lesen wolle, weil ich dort auch immer etwas von unserem Glauben wiederfände. Dabei schaut er mich an, und ich weiß nicht, ob ich mir das Märchenbuch ausleihen soll, weil ich es selbst nur kindisch und blöd finde, so wie das Deutschlandspiel am Sonntagabend.

Die Hauptkirche besitzt keine Pieta. Sie hat noch nicht einmal ein Kreuz auf dem Turm. Sie heißt Hauptkirche, weil sie die älteste Kirche im Ort ist. So alt, dass sie früher einmal katholisch war. Davor stehen Mädchen

in Miniröcken, die rufen, ich solle ihnen einen ausgeben. Ich radle nach
Hause, sitze in meinem Zimmer, sehe durch die Robinienzweige auf die
rötlich blassen Backsteine und den schwarzen Schiefer des Anbaus. Wer
evangelisch ist, muss nicht zur Beichte. Er muss auch nicht sonntags in
die Kirche. Er kann nicht Messdiener sein, weil es keine Messdiener gibt.
Die meisten sind nur bis zur Konfirmation evangelisch. Danach melden
sie sich vom Religionsunterricht ab. Achim bekommt eine wasserdichte
Uhr mit verstellbaren Ringen um das Gehäuse. Wir wissen beide nicht,
wofür diese Ringe da sind. Angeblich kann man dort die Tiefe einstellen,
wenn man taucht. Ich werde gleichzeitig gefirmt. Ich habe mir Georg als
Taufnamen gewählt. Johannes der Täufer, Paulus der Apostel, Georg der
Drachentöter und Ringo Starr. Die Beatles sind katholisch, außer Ringo.
Die Rolling Stones evangelisch. Procol Harum: katholisch. Kinks: ka-
tholisch. Small Faces: evangelisch. Leider. Die Who: auch evangelisch.
Leider. Hollies: katholisch. Monkees: amerikanisch.

Warum fuhren meine Eltern alle sechs Wochen in eine andere Gemeinde, um dort zu beichten? Was waren die Sünden meiner Eltern? Dass sie
Jasmin lasen, für das Leben zu zweit, und das Lexikon der Erotik, dessen
Seiten nicht aufgeschnitten waren, aufschnitten? Ich las Underground
und versteckte die Hefte vor meinen Eltern hinter dem Kleiderschrank.
Meine Eltern versteckten ihre Hefte vor mir im Kleiderschrank unter
der Bettwäsche. Wie kam ich überhaupt auf die Idee, dort zu suchen?
Wonach suchte ich? Nach den Sünden meiner Eltern? In dem unendlich
zähen Abschnitt während und nach der Wandlung blättere ich im Gesangbuch nach vorn zum Beichtspiegel des erwachsenen Christen. Diese Welt war mir unbekannt. Sie war mir fremd. Sie war nicht die Welt,
in die man als Kind einmal hineinwachsen würde, sondern eine gänzlich
andere, entfernte und unerreichbare Welt. Diese Welt war so fremd wie
die Welt meines ersten Lesebuchs. Dieses Lesebuch hieß Meine Welt.
Aber es war auch nicht meine Welt. Ich wusste nicht, was für eine Welt
es war, aber meine Welt war es nicht. Es war eine Welt voll mit Bau-
ernbuben und Bauernmädchen mit zu großen Köpfen und Händen und
blond gescheiteltem Haar. Sie liefen in Jankerl und Dirndl durch die Illustrationen, sahen dem Bauern beim Säen zu und dem Schmied beim
Beschlagen der Pferde. Die Mütter trugen Röcke bis zu den Knöcheln.
Darüber eine Schürze.

Irgendein Nazi hatte diese Bilder gemalt, und der Education and Religious Affairs Branch des Office of Military Government der USA hatte diese Bilder am 1. Februar 1949 freigegeben. Wahrscheinlich hatte man geglaubt, den deutschen Kindern erst mal keine andere Ästhetik zumuten zu können als die der Nazis. Genau wie diese großköpfigen und grobhändigen Kinder mit erhobenen Armen um den Sandkasten herumsprangen und LEISE SUSI LEISE riefen, musste sich der Erwachsene anhand seines Beichtspiegels fragen: Habe ich leichtfertig (oder in böser Absicht) andere geküsst? – betastet? – mich betasten oder küssen lassen? – Habe ich die Ehe missbraucht? – Habe ich durch unschamhafte Blicke gesündigt? Wie sah es aus, wenn man jemanden leichtfertig oder in böser Absicht küsst? Das Leichtfertige waren vielleicht die Küsse beim Flaschendrehen im Partykeller von Volkmar Zimmermanns Eltern. Vielleicht war es das einzige Mal im Leben, dass man sich küsste, ohne etwas dabei zu empfinden. Weder Lust noch Ekel. Weder Zuneigung noch Abneigung. Da man sich lange küssen musste, um die anderen zu beeindrucken, war es auch keine flüchtige Empfindung. Ich spürte die Zunge des Mädchens. Seine Lippen. Seine Nase. Zunge gegen Zunge. Lippen gegen Lippen. Alles musste so sein. EMIL MIA LEO LILO ALLE MAL SO MAL SO. Faschistische Kleinkinder. Erwachsene, die sich ihren unreinen Vorstellungen und Begierden überlassen. Wir dazwischen in den Partykellern. Girlanden unter der Decke. Jemand hatte Scherzpralinen mit Senffüllung unter die Süßigkeiten geschmuggelt.

Wir Messdiener standen an der rechten Seite des Altarraums, neben der Tür zur Sakristei und hatten den Blick auf die Frauenseite der Bänke, die ebenfalls rechts waren. Erst kamen die zwei Reihen mit den Nonnen. Dann die Kinder, ab Reihe sechs die jungen Mädchen, dahinter die alleinstehenden Frauen. Gegen Ende der Messe bildete sich ein langer Zug zur Kommunionbank. Knieten die Frauen einmal dort, waren sie nur noch durch ein paar Stufen von uns getrennt. Wir mussten aus den Augenwinkeln schauen, was anstrengte. Und ich verstand nicht, nicht im Sommer 1969, aber auch später nicht, dass Frauen dieses langsame Schreiten zur Kommunionbank, dieses Knien an der Kommunionbank, das Warten mit gefalteten Händen, schließlich die Bewegung, mit der sie den Kopf in den Nacken fallen ließen, die Augen schlossen, die Zunge hervorschoben, um den Leib des Herrn zu empfangen, dass Mädchen oder Frauen dies alles benutzen konnten, um sich darzustellen. Dass die

Nonnen die heilige Kommunion anders empfingen, führte ich auf eine größere Praxis zurück, da sie täglich zur Kommunion gingen und ihr Leben ganz dem Herrn geweiht hatten. Nie dachte ich darüber nach, dass auch sie Eltern hatten, Freunde, und noch nicht einmal die Frage beschäftigte mich, ob sie ihr Haar nur unter der Haube verbargen oder ob man es ihnen abgeschnitten hatte. Mich zog der leidende Ausdruck in den Gesichtern von jungen Frauen an, das vorsichtige, zaghafte Öffnen des Mundes, nachdem der Blick sich gesenkt hatte, die Bewegung des Kopfes wie vor dem Scharfrichter, nur in die andere Richtung, der Blick, der sich in der Apsis verliert.

Ich liege auf dem Krankenhausbett und schreibe eine Postkarte an Christiane Wiegand. Einen endlos verregneten Sommer lang bin ich um ihr Haus geschlichen und habe mich auf dem quadratisch eingepferchten Stück Spielplatz zwischen den Hochhäusern herumgedrückt. Ich hatte den rechten Arm in Gips. Es juckte. Der Verband roch dumpf, aber nicht unangenehm. Marion hatte mit einem lila Filzstift ein Herz auf den Verband gemalt und darunter geschrieben: Keep smiling. Thomas hatte einen Kilroy gemalt, Gabi Mick Jagger geschrieben. Der Name Mick Jagger stand zwar nur auf der Seite, weshalb ich ihn nicht sah, sobald ich den Arm leicht nach innen drehte, dennoch brachte mich dieser Name in einen Konflikt. Ich konnte jetzt nicht mehr Beatles hinschreiben oder John Lennon. Das hätte die Welt verkehrt. Die Beatles waren die Ersten gewesen. Dann kamen alle anderen Gruppen. Nachgeordnet. Es war wie die Ordnung der Engel. Alle Gruppen wussten, wo sie hingehörten, rückten einmal höher, sanken einmal niedriger in der Rangordnung, aber blieben immer in ihrer fest gefassten Welt. Mick Jagger wollte mehr. Mick Jagger war der Luzifer. Mick Jagger wollte so groß sein wie Gott. Vielleicht sogar größer. Deshalb war Brian Jones vor vier Tagen ertrunken. Was wohl Christiane dazu gesagt hatte oder Marion? Und vielleicht bekamen es jetzt die anderen von den Rolling Stones mit der Angst. Vielleicht verstanden sie jetzt, worauf sie zusteuerten. Mick Jagger war wie Martin Luther. Er spaltete die Einheit und Ordnung. Und Gabi hatte diesen Namen auf meinen Gips geschrieben. Ich lief mit diesem Namen durch den verregneten Sommer, während die Beatles ihre letzten Stücke aufnahmen. Warum hatte ich mich nicht dagegen gewehrt? Warum war ich so schwach gewesen? Ich hatte alles verraten, was mir heilig war. Für ein Mädchen, in das ich noch nicht einmal verliebt war. Ich war in Christiane Wiegand verliebt. Und Gabi war bloß Christianes Freundin.

Hans-Jürgen kommt mich eine halbe Stunde im Krankenhaus besuchen. Er hat mir ein Buch mitgebracht. Es ist Ernesto Che Guevaras Bolivianisches Tagebuch. Er hat jetzt ein Mofa. Allerdings keine Kreidler. Achim hat eine Kreidler. In der Betriebsanleitung steht: Begegnen sich zwei Kreidlerfahrer auf der Straße, begrüßen sie sich mit einem kurzen Lichtsignal. Als Pfarrer Fleischmann sieht, dass ich lese, bringt auch er mir ein Buch. Es heißt Menschen, die Gott gefallen. Er selbst liest das Brevier und in der Legenda Aurea. Dr. Märklin führt mich nach unserm mittäglichen Gespräch in einen düsteren Korridor, der von seinem Behandlungsraum abgeht. Dort stehen zwei schmale Regale mit Büchern. Er macht die Deckenlampe an und sagt, ich könne mir hier ein Buch aussuchen. In der Stadtbücherei hatte man mir den Zutritt zum Erwachsenenteil verwehrt, obwohl ich alle Jugendbücher durchhatte. Bei der Landesbibliothek wollte man mir noch nicht einmal einen Ausweis ausstellen. In der Pfarrbücherei gab es Bücher von Edzard Schaper, Pearl S. Buck, Gertrud von Le Fort, Evelyn Waugh, Sigrid Undset, Chesterton und Graham Greene. Pearl S. Buck war die Tochter eines Missionars. Die anderen seien alles Konvertiten, sagte meine Mutter, denen könne man nicht trauen, denn sie versuchten päpstlicher zu sein als der Papst. Vom Saulus zum Paulus. Dass man doch noch zum katholischen Glauben finden konnte, auch im Alter, schien mir einerseits natürlich, andererseits komisch, denn wie hatten die Menschen bis dahin gelebt? Als Sünder? Der Pfarrer von Sankt Marien war ein Spätberufener. Spätberufene brauchten kein Graecum, da es sonst noch länger dauern würde, bis sie mit dem Studium fertig sind. Wenn im Sommer unser Pfarrer für zwei Wochen in seine Heimat in den Westerwald fuhr, kam als Vertreter der Oberpfarrer. Der Oberpfarrer war ein kleines Männlein, das Geistlicher bei der Marine gewesen war. An einem Sonntagnachmittag besuchte er meine Eltern. Meine Mutter hatte Erdbeertorte gebacken. Wir saßen im Garten. Mein Bruder und ich spielten mit einem neuen aufblasbaren Ball mit bunten Streifen. Dem Oberpfarrer gefiel dieser Ball so gut, dass ihn mein Vater uns wegnahm und ihm schenkte. Wir sollten am Montag einen neuen bekommen. Doch dann gab es diese Bälle nicht mehr, und wir bekamen etwas anderes. Wenn mein Opa beim Jägerspiel zu verlieren drohte, warf er das Brett um. Meine Eltern sagten: Alte Leute sind manchmal wie kleine Kinder. Beim Jägerspiel musste man die Tiere mit dem Würfeln einer Sechs erlegen.

Im Vorwort zu Che Guevaras Tagebuch schreibt Fidel Castro: Che betrachtete seinen Tod als etwas Natürliches und im Verlauf des Guerillakampfes als Wahrscheinliches. Er sah sich als Soldat der Revolution, ohne sich um sein Leben zu sorgen. Sorgte ich mich um mein Leben? Ich dachte nicht an mein Leben. Die Vergangenheit war nicht wichtig. Von der Zukunft zählte nur das Unmittelbare. Wann würde ich wieder entlassen werden? Wann das erste Mädchen küssen? Wen? Christiane Wiegand? Tatsächlich wurde ich wenig später von ihr geküsst. Wir standen Ecke Gabelsborner/Volkerstraße nach einer Feier. Es war gerade zehn Uhr. Sie wurde von einem Bekannten abgeholt. Einem Jungen aus der Oberstufe. Mit Auto. Es war kalt. Wir hatten während des Fests nicht miteinander getanzt. Beim Flaschendrehen hatte sie auch nicht mitgemacht. Sie fragte irgendwas wegen Englisch oder Mathe. Dann kam das Auto, das sie abholen sollte. Ich sagte Tschüss und wollte gerade gehen, da küsste sie mich. Mit geschlossenen Lippen. Kurz. Dann noch einmal. Das Auto hielt. Christiane stieg ein. Um solche Situationen zu verstehen, fragt man sich, was einem das eigene Leben wert ist und ob man besser den Staub verachtet, aus dem man ist, und sich der Revolution widmet oder dem Glauben. Etwas erlösen. Am besten die gesamte Welt. Durch Menschwerdung. Mensch war ich nun einmal. Der Anfang war gemacht. Ich spürte Christiane Wiegands Lippen auf meinen Lippen, während ich durch die kalte Nacht die Gabelsborner hinunterging, und wusste gleichzeitig, dass etwas nicht stimmte. Ich konnte diese Küsse nicht einfach genießen, nicht für mich verbuchen. Und doch wusste ich nicht warum. Christiane war nicht älter als ich. Warum wusste sie dennoch besser in der Welt Bescheid? Ich kannte doch den Judaskuss. Ich wusste doch, dass man mit einem Kuss auch jemanden verraten kann. Aber das mit diesen beiden Küssen war komplizierter. Diese Küsse drückten nicht einfach das Gegenteil dessen aus, was sie eigentlich symbolisieren sollten, Verrat statt Liebe, sondern sie verwiesen in eine andere Richtung. In zwei andere Richtungen. Christiane zeigte ihrem Fahrer aus der Oberstufe, dass es Situationen gab, in denen sie die Erfahrene war. Und mir zeigte sie, dass sie mich küssen konnte und im selben Moment verlassen. Für einen anderen. Sie küsste mich so, wie Gabi Mick Jagger auf meinen Gipsarm schrieb.

Fix und Foxi machen Werbung für Jopa-Eis und benutzen in ihren Geschichten das Wort jopafidabel, wenn ihnen etwas sehr gut gefällt. Jopa ist fast so gut wie Langnese. Bäcker Daum hat Jopa, Bäcker Fuhr, zwei Ecken weiter, Langnese. In den Sommerferien brachte meine Mutter manchmal vom Einkaufen eine Familienpackung Fürst Pückler zum Nachtisch mit. Die Packung war in Zeitungspapier eingeschlagen und wurde in den Kühlschrank gelegt. Ich achtete immer darauf, Erdbeer, Vanille und Schokolade zusammen auf den Löffel zu bekommen. Meine Mutter holte Teelöffel heraus, die vorne flach waren, so wie in der Eisdiele. Manchmal gab es Waffeln dazu. Dem Bäcker Daum lief irgendwann die Frau weg. Dann stand sie eines Tages wieder hinter der Theke und verkaufte uns Zigarettenattrappen, an denen man nicht ziehen durfte, sondern in die man hineinblasen musste, damit vorn eine Dampfwolke herauskam, die wie richtiger Rauch aussah. Dann konnte meine Mutter nicht mehr selbst einkaufen. Die Frau von der Caritas bringt nie eine Familienpackung Fürst Pückler mit. Manchmal kriegen wir Geld, um uns selbst ein Wassereis zu holen.

In dem Buch Menschen, die Gott gefallen, das Pfarrer Fleischmann mir gegeben hat, lese ich vom Heiligen Werner, der als Knecht auf einem Bauernhof arbeitet und als Einziger Christ ist. Als er an Ostern in die Kirche und zur Kommunion gehen will, sagen die anderen Knechte, er soll die Hostie nicht runterschlucken, sondern heimlich in ein Taschentuch spucken und ihnen mitbringen. Der Heilige Werner macht das natürlich nicht, weshalb ihn die anderen Knechte mit dem Kopf nach unten an einen Pfahl fesseln und dort drei Tage hängen lassen, weil sie hoffen, dass er so die Hostie ausspuckt. Als das aber nicht geschieht, schneiden sie dem Heiligen Werner die Adern auf und lassen ihn verbluten. Aber auch als der Heilige Werner schon längst tot ist, läuft noch immer Blut aus seinen Adern. Die Knechte versuchen jetzt, die Adern zu verstopfen, aber das gelingt ihnen nicht. Sie stehen schon bis zu den Knöcheln im Blut, und das Blut fließt immer noch weiter, und schließlich ertrinken alle in dem Blut, und der Bauernhof versinkt darin, und man sieht gar nicht mehr, dass da einmal Menschen gelebt haben, weil es jetzt aussieht wie ein See, denn das Blut wird blau wie klares Wasser. Nur am Festtag des Heiligen Werner färbt sich das Wasser jedes Jahr wieder rot.

Der Heilige Hermann Joseph war ein ganz armer Junge, der immer hungrig in die Schule gehen musste. Einmal bekam er einen schönen Apfel geschenkt, aber statt ihn zu essen, brachte er den Apfel in die Kirche zur Marienstatue und hielt ihn dem Jesuskind hin, das seine Hand danach ausstreckte und den Apfel nahm. Ein anderes Mal, im Winter, ging der Heilige Hermann Joseph noch vor der Schule in die Kirche und zur Marienstatue. Da sah die Mutter Gottes, dass er keine Schuhe anhatte. Sie fragte ihn, warum er bei der Kälte barfuß laufe, und als der Heilige Hermann Joseph sagte, dass seine Eltern kein Geld für Schuhe hätten, da zeigte ihm die Gottesmutter eine Stelle in der Kirche, wo ein Stein lose war. Darunter fand der Heilige Hermann Joseph so viel Geld, dass er sich Schuhe kaufen konnte. Ich hätte das Geld an seiner Stelle aber nicht genommen, denn wenn man mit Geld aus der Kirche kommt, dann heißt es, man hat den Opferstock aufgebrochen oder was aus einem Portemonnaie genommen, das jemand dort liegen gelassen hat. Und die Eltern fragen auch, wo man das Geld herhat, und sagen, dass sie natürlich keine Schuhe dafür kaufen, sondern dass man das Geld schleunigst zurückbringen soll, so wie damals nach Achims Geburtstag, als er mir seine alte Uhr geschenkt hatte, die ich am selben Abend noch zurückgeben musste. Aber wahrscheinlich erkennt man daran, ob jemand heilig ist oder nicht, ob er das Geld einfach nimmt oder lieber liegen lässt.

Als mir Dr. Märklin die Klecksbilder vorlegt, verstehe ich zuerst nicht, was ich darin sehen soll. Ich ahne aber, dass ich mich nicht einfach weigern kann und sagen, dass ich einfach nichts erkenne. Genauso falsch ist es bestimmt, sich einfach irgendwas auszudenken, nur um Ruhe zu haben. Das würde Dr. Märklin sofort durchschauen, und dann wird er sauer und ich muss noch länger hier im Sanatorium bleiben. Also überlege ich, was ich am besten mache. Da fallen mir die Baumeister-Karten ein. Eigentlich suche ich bei Kunst Schäfer immer nur nach Surrealisten für meine Kunstpostkartensammlung. Nur haben die von denen so wenig. 4 Dalis, 2 Max Ernst, 2 de Chirico und einen einzigen Tanguy habe ich da bis jetzt nur gefunden. Am meisten gibt es Willi Baumeister, weshalb ich auch immer mal eine Karte von ihm mitnehme, wenn es sonst nichts gibt, obwohl mir seine Bilder nicht richtig gefallen. Aber jetzt verstehe ich zum ersten Mal, was es mit abstrakter Malerei auf sich hat. Ich begreife, dass Baumeister eben nichts darstellen will und dass die Titel einfach Titel sind und die Bilder einfach Bilder, und zum ersten Mal habe ich Heimweh nach meinem Zimmer und den beiden Alben mit Postkarten. Es gibt ein Bild, das heißt Springer und sieht so ähnlich aus wie die erste Karte, die mir Dr. Märklin hinhält. Oft weiß ich nicht wie rum ein Baumeister eigentlich gehört, und einen Arp habe ich für viele Monate verkehrt herum in mein Album eingeklebt. Dr. Märklin scheint das egal zu sein, denn er sagt, ich kann die Karte ruhig drehen, aber das mache ich nicht, denn auch das könnte nur ein Test sein. Gleichzeitig kann ich nicht einfach nichts sagen. Also deute ich auf die erste Karte und sage: Springer. Springer?, fragt Dr. Märklin zurück. Springer, wiederhole ich. Dr. Märklin nimmt die nächste Karte und legt sie vor mich auf den Tisch. Belebte Halde fällt mir ein, ein anderer Titel von Baumeister. Aber das kann ich so nicht sagen, weil es komisch klingt. Also sage ich: Eine Halde mit Menschen. Eine Halde?, fragt Dr. Märklin. Ja, eine Halde, das ist … Ich weiß, was eine Halde ist, unterbricht mich Dr. Märklin und legt mir die nächste Karte vor. Unruhe, sage ich. Das ist zwar der Titel von einem Kandinsky, aber wahrscheinlich geht es Dr. Märklin ohnehin mehr um Gefühle. Es ist schade, dass er nur zehn Karten insgesamt hat, denn ich muss in Gedanken nur meine beiden Alben durchgehen und könnte ihm gut zwei Dutzend Titel nennen. Kommender Traum, das ist wieder Baumeister. Ich sage stattdessen: Der nächste Traum. Dann Trennung – Kindheit, was ich in Trennung der Kinder umformuliere, auch wieder Kandinsky. Viel zu spät fällt mir Klee ein: Aufstand der Viadukte, die Zwitschermaschine, aber vielleicht ist das auch gut so, die Klee-Titel sind zu auffällig, die kennt Dr. Märklin bestimmt. Also denke ich mir als Letztes selbst wieder etwas aus. Auf dem Bild, das so farbig ist wie keins zuvor, wimmelt es von kleinen Tieren und Ungeheuern. Aber es sind nicht solche Ungeheuer wie auf den Gruselbildern, sondern sie sehen anders aus, mit dicken Leibern und vielen Beinen, fast noch bedrohlicher, obwohl sie sich schnell wieder in den Klecks zurückverwandeln, aus dem sie gekommen sind. Oben erkenne ich jetzt zwei blaue Krebse mit je einer großen grünen Schere, mit der sie nach zwei schwarzen Geistern schnappen, die eine Kerze oder eine Rakete oder eine Säule halten, während unten zwei Männlein links und rechts gegen eine komische rote Form drücken, die in der Mitte von etwas zusammengehalten wird, das wie ein Beckenknochen aussieht. Wenn man aber die roten Formen nicht als Beine nimmt, sondern als Hintergrund und das Weiße dazwischen als Form, dann entsteht ein Körper, der einen blauen Gürtel trägt und einen Penis hat, nein, eher einen Eierstock, weil zwei Kanäle nach innen führen und außerdem ein Halbkreis die Scheidenöffnung andeutet. Die Figur hat die Beine gespreizt, und jetzt erkenne ich auch das Dreieck als das Dekolleté, das, was man in der Mitte zwischen den Brüsten sieht, und die beiden schwarzen Geister umrahmen den Kopf der Frau und stechen ihr von oben mit einer Spritze in den Schädel, und die beiden Krebse schnappen nicht nach ihnen, sondern freuen sich und klatschen mit ihren vielen Beinen Beifall. Die Frau tut mir leid, sie liegt mit gespreizten Beinen dort und bringt ein Kind zur Welt, und etwas Grünes strömt aus ihrer Scheide die Schenkel entlang und wird zu zwei Pfauen, die über eine Wiese rennen. Ich kann mich von dem Bild gar nicht mehr losreißen und möchte es immer weiter anschauen. Es ist besser als ein Baumeister oder Klee, vielleicht nicht besser, aber anders. Frau im Kindbett, sage ich schließlich, obwohl ich gar nicht genau weiß, was das heißt: im Kindbett, und ob man im Kindbett ein Kind erst bekommt oder schon bekommen hat, weil man ja eigentlich das Kind im Krankenhaus bekommt auf der Station, und vielleicht geht es ja auch um eine Fehlgeburt, wie mein Brüderchen oder Schwesterchen, das zwei Jahre vor meinem kleinen Bruder auf die Welt kam und im Krankenhaus gestorben ist.

Alle 14 Tage, meist an einem Dienstag, fahre ich mit der 4 in die Bahnhofstraße zum Zauberkönig und betrachte im Schaufenster die neuen Scherzartikel.

Hofbarth ist ein Jahr jünger als ich. Sein Vater ist zu uns in die Stadt versetzt worden. Hofbarths wohnen in einem großen Haus in der Volkerstraße. Es ist nicht größer als unser Haus, aber irgendwie vornehmer. Eine Villa. Bei Hofbarths gibt es Joghurt. Hofbarth hat zwei Schwestern, die schon studieren. Vorher war Hofbarth auf dem Internat. Er darf die Haare so lang tragen wie er will. Sein Vater ist fast so alt wie mein Opa. Er ist selten da, weil er eine Fabrik leitet. Mein Vater leitet auch eine Fabrik, aber die ist viel kleiner. Deshalb ist er auch fast immer da und isst jeden Mittag mit uns. Dafür gehört meinem Vater die Fabrik, während Hofbarths Vater die Fabrik nur leitet und immer versetzt werden kann. Einmal, Samstagfrüh nach der Schule, als ich nicht sofort nach Hause musste, ging ich mit zu Hofbarth, da saß ein Mann im Wohnzimmer vor der großen Glasfront zur Veranda. Hofbarth ging die Treppen hoch auf sein Zimmer, um den Ball zu holen. Der Mann winkte mich zu sich. Er trank Cognac. Auf dem Couchtisch lag ein Buch. Es hieß *Zeug-*

nis ablegen. Darüber stand der Name Hofbarth. Liest du?, fragte mich der Mann. Ich nickte. Willst du eins? Ich wusste nicht genau, aber wollte nicht unhöflich sein und nickte wieder. Er nahm das Exemplar vom Tisch, ging zu seinem Sekretär, schraubte im Stehen seinen Füller auf und schrieb seinen Namen auf das Vorsatzblatt. Es stimmt nicht, was sie euch in der Schule beibringen, sagte er, als er mir das Buch gab. Hofbarth kam mit dem Ball. Ich steckte das Buch in meine Tasche. Zu Hause gab ich es meinen Eltern. Sie stellten es ins Bücherregal. Am Freitag wollte ich Hofbarth abholen, aber sein Nachhilfelehrer war noch da. Die Mutter wollte mich in die Küche mitnehmen, aber wieder war der Vater im Wohnzimmer und winkte mich zu sich. Hast du schon in dem Buch gelesen? Ich nickte. Es stimmte sogar. Ich hatte das Buch aufgeschlagen, aber nicht verstanden, um was es ging. Ich hatte das Inhaltsverzeichnis gelesen, aber auch das nicht verstanden. Und?, fragte er. Ich glaube, es ist noch etwas zu schwierig für mich. Hofbarth nickte. Natürlich, sagte er. Aber ich will dir was erzählen. Komm her. Ich ging zu der Couchgarnitur und setzte mich auf den Rand des Sessels, auf den er deutete. Man macht viel am Adolf fest, sagte Hofbarth. Aber das stimmt nur zum Teil. Auch dass uns die Amerikaner befreit haben. Und dann erzählte mir Hofbarths Vater Sachen aus dem Krieg, die ich nur zur Hälfte verstand. Die Amerikaner seien nämlich mit den Panzern die Hauptstraße in Gladbach heruntergekommen. Die Jeeps in weitem Abstand dahinter. Ängstlich seien sie gewesen und hätten auf jedes Geräusch geachtet. Vorneweg immer die Neger. In einem Stall habe sich eine Kuh gegen das Tor geworfen, da seien sie in den Graben gesprungen und in Deckung gegangen. Und als aus dem alten Bahnwärterhäuschen ein Geräusch gekommen sei, hätten sie so lange mit ihren MGs draufgehalten, bis das völlig durchlöchert gewesen sei. Dabei sei es nur eine Katze gewesen. Und die habe noch gelebt. Hätte nichts abbekommen. Sei fröhlich in Richtung Bahndamm gelaufen, wo der Waggon mit der Schuhlieferung immer noch stand. Dann hätten die Amis Kaugummi und Schokolade an die Kinder und Kaffee an die Frauen verteilt.

Als ich auf der Mauer neben der Kirche sitze und Kaugummi kaue, fragt mich eine Frau, ob ich ein Ami bin. Mike kommt zu uns in die zweite Klasse. Er ist der Sohn eines GI. Seine Mutter ist Deutsche. Sie ist bei einem Autounfall ums Leben gekommen. Deshalb wohnt er bei den Eltern seiner Mutter. Er ist mindestens zwei Jahre älter, aber weil er nicht gut Deutsch spricht, haben sie ihn in unsere Klasse getan. Er hat Comics, die ich nicht kenne, und bringt zu meinem Geburtstag Schokolade und Eis aus dem PX mit.

Lieber Che Guevara,
entschuldige bitte die schlechte Schrift, aber ich schreibe das hier auf einem herausgerissenen Blatt aus meinem Rechenheft und unter der Decke, weil ich eigentlich schon schlafen müsste. Die anderen schlafen schon, aber ich bin noch wach. Ich möchte nicht mehr hier bleiben. Ich möchte aber auch nicht heim, weil ich dann wieder in die Schule muss, und ich will nicht mehr in die Schule. Ich würde schon gern die anderen sehen, aber wenn ich an Chemie beim Knirsch denke oder Bio beim Schöwe, dann wird mir richtig schlecht. Ich weiß aber nicht, was ich machen soll. Ich bleibe eh sitzen, das ist klar. Da kann man nichts mehr machen. Du auch nicht. Und dann komme ich in eine andere Klasse zu lauter solchen Kindern. Meinen Vater haben sie noch eingezogen, da war er nicht älter als ich jetzt. Ich verstehe natürlich nichts von Waffen und habe noch nicht einmal ein Luftgewehr wie Achim, aber ich denke, das kann man alles lernen. Ich kann aber nicht auf Menschen schießen. Oder Tiere. Ich wollte immer selbst ein Tier haben. Ich hatte mal einen Hamster, aber das ist kein richtiges Tier. Und dann eine Katze, die uns zugelaufen war. Aber die musste weg, als mein Bruder auf die Welt kam, weil Katzen sich kleinen Kindern aufs Gesicht setzen und sie dann ersticken. Ich weiß nicht, warum sie nicht mehr zu uns in den Garten kam, obwohl ich ihr immer weiter Milch hingestellt habe. Dann bin ich einmal über die Autobahnbrücke Richtung Gräselberg, und da lag da unten eine überfahrene Katze. Ich glaube, das war die Katze, die immer zu uns kam. Ich glaube nicht, dass meine Eltern sie extra da runtergeworfen haben. Sie wollte vielleicht einfach nur über die Straße. Ich habe gelesen, dass ihr auch Weihnachten gefeiert habt. Ich weiß gar nicht, wie man Weihnachten ohne Eltern feiert. Nach der Bescherung kommt der Pfarrer und sitzt bei uns, während wir mit den Geschenken spielen. Dann gehen meine Eltern zur Christmette. Das Wohnzimmer ist noch unaufgeräumt, und ich träume von den neuen Spielsachen. Und am nächsten Morgen nach der Kirche kann ich gleich wieder damit spielen. Am liebsten mag ich die Ritterrüstung und das Schwert. Das Schwert habe ich auch eingepackt, als ich nachts mit Rainer wegwollte. Es war komisch, so allein auf der leeren Tannhäuserstraße. Es war unheimlich, so wie

bei den Nachtwachen im Zeltlager. Das wollte ich noch sagen: Ich bin bei den Pfadfindern. Aber wir lernen nicht richtig, wie man Feuer macht, also mit Steinen und so was. Aber ich weiß, was eine Jurte ist, und kann mich am Bach waschen.

Dr. Märklin interessiert sich für meine Geburt. Als ich ihm erzähle, dass ich gut drei Wochen zu spät auf die Welt gekommen bin, mit ganz schwarz verkohlter Haut, erzählt er mir die Legende eines südamerikanischen Indianerjungen. Aus Angst, dass die Mutter ihn abtreiben könnte, habe dieser als Fötus, kaum dass sich erste Ansätze von Extremitäten an seinem Körper herausbildeten, die ihn umgebene Gebärmutterhaut angekratzt und das Blut in seiner kleinen Mundöffnung gesammelt, um es einmal im Monat an mehreren Tagen von sich zu geben und seiner Mutter auf diese Art den monatlichen Regelfluss vorzutäuschen. Dr. Märklin erzählt die Geschichte mit einem gewissen Genuss, so wie Pfarrer Fleischmann vom Opfertod der Märtyrer berichtet, nur dass Pfarrer Fleischmann anschließend nach meiner Bereitschaft zu sterben fragt, während Dr. Märklin etwas über meine Weigerung, geboren zu werden, wissen will. Ich verstehe seine Frage nicht. Hätte ich mich denn weigern können?, denke ich. Hätte ich? Pfarrer Fleischmanns Gedanken sind mir näher. Da man sich dem Tod nicht verweigern kann, könnte man den Tod auch bewusst für eine Sache einsetzen. So wie Che Guevara es zum Beispiel getan hat. Doch scheint die Sache nicht so einfach. Pfarrer Fleischmann hat meinen Brief an Che Guevara abgefangen. Das sei Blasphemie, sagt er, denn man schreibe nur an einen einzigen Toten, und der sei auferstanden im Herrn. Trotzdem erkenne er meinen gut gemeinten Ansatz. Ich sei ein Idealist. Und das sei generell nichts Schlechtes. Es komme einfach darauf an, was man daraus mache. Dann erzählt Pfarrer Fleischmann vom Heiligen Makarius, der sich als Einsiedler in die Wüste zurückzog. Eines Tages überkommt ihn der Wunsch, nach Rom zu gehen, um dort die Siechen in den Spitälern zu pflegen. Pfarrer Fleischmann macht eine Pause. Ich schaue ihn an. Und, was hältst du von dieser Idee? Ich habe ein schlechtes Gewissen, da mir nie ähnliche Ideen kommen. Ich denke nur an mich. Ich möchte raus aus dem Sanatorium und nicht mehr in die Schule und auch nicht mehr nach Hause. Ich denke für einen Moment, dass ich vielleicht auch in eine andere Stadt gehen könnte, um dort die Siechen zu pflegen, aber dafür bin ich zu jung und unerfahren. Außerdem besteht Schulpflicht. Diese Idee war ein Zeichen seiner Heiligkeit, sage ich. Pfarrer Fleischmann schüttelt den Kopf. Nein, ganz im Gegenteil, das war eine Schlinge der Eigenliebe und des Hochmuts, eine Idee, die ihm der Satan eingegeben hatte. Zeichen seiner Heiligkeit war es, dass er diese List durchschaute. Er fesselte sich selbst an den Türbalken und beschwerte sich obendrein mit zwei Säcken voller Steine. Hol mich doch, wenn du kannst!, schrie er dem Satan entgegen. Und in dieser Haltung blieb er drei Nächte und drei Tage. Die ägyptischen Fliegen, die so groß sind wie unsere Bienen, plagten ihn mit ihren Stichen, die gefährlicher sind als die unserer Bienen. Übersät war er schließlich von Blut und Beulen. Und als ein anderer Eremit ihn fragte, warum er sich so peinige, da antwortete er: Ich quäle den, der mich quält. Ich war erschrocken, dass ich mich so hatte irren können. Ohne zu zögern hätte ich die Eingebungen des Satans für einen Akt der Heiligkeit gehalten. Wenn es aber nicht unbedingt gut war, andere Menschen zu pflegen, war es dann vielleicht umgekehrt auch nicht unbedingt schlecht, andere Menschen zu töten?

Dr. Märklin möchte wissen, woran ich mich als Allererstes in meinem Leben erinnere. Ich denke zuerst, dass er wieder auf die Geschichte des Indianerjungen hinauswill und meine Erinnerung womöglich bis in den Mutterleib zurückreichen soll, doch dann fügt er erklärend hinzu, dass man sich an die ersten Lebensjahre überhaupt nicht erinnern kann, und wenn man sich dennoch erinnert, dann handelt es sich dabei um sogenannte Deckerinnerungen. Dieses Wort gefällt mir. Es erinnert mich an Verstecken spielen. Die Deckerinnerung ist der Ort, für den es nur Wörter gibt, von denen ich nicht wüsste, wie man sie schreibt. Wupp oder Hola. Der Ort, an dem man nicht abgeschlagen werden kann. Ich denke nach. Mir fällt die Geschichte mit dem ertrunkenen evangelischen Jungen ein und dem Mann, der davor zu mir über die Gartenmauer schaute. Aber es gab noch etwas davor. Mein Rad. Ich sehe mein kleines blaues Rad mit den Stützrädern vor mir. Es steht gegen die zugemauerte Tür der ehemaligen Waschküche gelehnt. Es ist um Ostern. Die Osterglocken sind schon aufgegangen. Ich stehe mit drei Postkarten in der Hand neben dem Reneklodenbaum in unserem Garten. Diese Postkarten sind sehr wertvoll für mich. Micky Maus und Donald Duck sind auf ihnen abgebildet, in kräftigen Farben und mit Tiefenwirkung. Plötzlich muss ich mich übergeben. Ich weiß selbst nicht, wie mir geschieht, und übergebe mich über die Karten in meiner Hand. Meine Mutter kommt aus dem

Haus gelaufen und hat eine fast handtellergroße hellgrüne Tablette dabei, die sie aus der Folie drückt und mir in den Mund steckt. Die Tablette sieht aus wie eine der Brausetabletten, mit der mein Vater sich manchmal ein Fußbad macht. Genau, sagt Dr. Märklin, das ist eine typische Deckerinnerung. Was heißt das?, frage ich. Das heißt, diese Geschichte, so wie du sie mir erzählt hast, hat so nie stattgefunden. Es scheint so zu sein, dass Erwachsene einen etwas fragen, nur um anschließend zu sagen, dass es nicht stimmt, was man gesagt hat. Man soll beichten und alle Sünden bekennen, und doch bohrt der Pfarrer noch weiter nach, ob es nicht noch mehr Sünden gibt, die man nur ausgelassen hat. Wenn man in diesem Moment nachgibt, selbst wenn einem eine noch so fürchterliche Sünde einfällt, darf man sich auf keinen Fall verraten, denn sonst bohrt er das nächste Mal noch stärker nach, und am Ende gesteht man Dinge, die man niemals gemacht und an die man noch nicht einmal gedacht hat. Man muss standhaft bleiben und leugnen. Mit Priestern habe ich Erfahrung, nicht aber mit dem, was Dr. Märklin von mir will. Wie meinen Sie das?, frage ich erneut. Es sind andere Dinge vorgefallen, an die du dich nicht erinnern kannst oder willst. Diese anderen Dinge sind dir vielleicht unangenehm. Also erinnerst du dich an eine Situation, die dir angenehmer erscheint. Aber es war nicht angenehm, sich zu übergeben. Ja, bestimmt. Aber vielleicht war das andere noch unangenehmer. Vielleicht ist es ja eine Erinnerung aus einer Zeit, als du noch nicht sprechen konntest, vielleicht aus der Zeit, als du abgestillt wurdest. Abgestillt? Als deine Mutter dir nicht mehr die Brust gab. Ich weiß nicht, ob ich überhaupt die Brust bekommen habe. Siehst du, das meine ich. Das weißt du nicht. Und das ist ganz normal. Aber etwas in dir weiß alles ganz genau. Selbst die Dinge, die ganz weit zurückliegen.

Im Prinzip sind sich Dr. Märklin und Pfarrer Fleischmann recht ähnlich. Bei Pfarrer Fleischmann gibt es das Buch, in dem alles steht, was ich gemacht habe. Und bei Dr. Märklin gibt es auch so etwas, nur ist das in mir. Der Vater vom Rainer muss ein Fahrtenbuch führen für seinen LKW. Da muss alles peinlich genau stimmen. So etwas Ähnliches meint Dr. Märklin. Diese Tablette, sagt Dr. Märklin, diese Tablette war rund, so rund wie ein Fünfmarkstück etwa, oder? Ja, vielleicht noch etwas größer. Genau. Was ist denn noch so groß und rund? Mir fällt nichts ein. Noch so groß und rund? Ich verstehe die Frage nicht. Das ist wie bei den Textaufgaben, die ich auch nie richtig kapiere. Warum fragt er nicht direkt,

was er wissen will? Ich zucke mit den Achseln. Die Brustwarzen einer
Stillenden zum Beispiel. Ich werde rot. Ich denke an die Brustwarzen
von Yoko Ono auf dem zusammengefalteten Zeitungsausschnitt. Sie
sind so groß, das stimmt. Aber stillt sie denn? Hat sie denn ein Kind?
Wahrscheinlich sind die Brustwarzen bei Frauen immer so groß. Die
Brustwarzen von John Lennon sind klein wie meine. Aber Brustwarzen
von Frauen kenne ich nicht. Aber die Tablette war grün, sage ich. Meine
Stimme klingt irgendwie trotzig, obwohl ich mich gerade unwohl fühle.
Das stimmt: grün. Deshalb sagen wir auch Deckerinnerung. Die Tablette muss eine ganz andere Farbe haben, damit man nicht an eine Brustwarze erinnert wird. Aber wenn es doch eine Tablette in einer ganz anderen Farbe ist, wie kommt Dr. Märklin dennoch auf eine Brustwarze?
Genauso wie der Heilige Makarius merkt, dass es eine Idee des Satans
ist, nach Rom zu gehen und dort die Siechen zu pflegen. Aber wie soll
ich je wissen, was richtig ist und was falsch? Was eine wirkliche Erinnerung ist und was eine Deckerinnerung? Wer ein Heiliger ist und wer
nicht? Und was eine heilige Handlung ist und was nicht? Mir fällt die
Trauerweide am Bach ein, auf der ich immer die Heftchen lese, die ich
heimlich bei dem gelähmten Schreibwarenhändler gegenüber von Frau
Maurer kaufe und unter dem Hemd nach hinten auf das Feld schmug-
gele. Ich weiß nicht, warum ich gerade daran denken muss. Falk, Sigurd,
Tibor, Akim.

Bei unserem nächsten Gespräch fragt mich Dr. Märklin, warum ich so
unsicher bin und ob es dafür einen Grund gibt. Ich weiß nicht genau,
was er meint, aber ich sage, dass mich in den letzten Tagen immer die
Frage beschäftigt, wie man dahinterkommt, wie etwas gemeint ist, und
ob es der Teufel oder Gott ist, der etwas von einem will. Dr. Märklin
schaut mich mit zusammengekniffenen Augen an. So kann man doch
nicht leben, sagt er. Solche Fragen muss man den Philosophen überlassen, denn man selbst wird dadurch nur krank, und irgendwann fühlt man
sich verfolgt und wittert hinter allem eine Falle, und diese Krankheit
nennt man Paranoia und die ist nicht zu unterschätzen, denn viele Menschen, die von ihr befallen sind, werden am Ende gewalttätig. Aus Verzweiflung zwar, aber dennoch gewalttätig, weshalb Mordfälle keine Ausnahme sind. Außerdem geschieht etwas Merkwürdiges, denn nun wird
der Kranke tatsächlich verfolgt, und das bestätigt dann genau seine Meinung von der Welt. Eine Heilung ist dann nahezu unmöglich, weshalb

es ganz wichtig ist, dass ich nicht weiter über solche Fragen nachdenke. Als ich sage, dass Pfarrer Fleischmann mich aber immer fragt, ob diese oder jene Tat eines Heiligen gottgewollt oder vom Satan hervorgerufen ist, schüttelt Dr. Märklin den Kopf und sagt, er wird den Pfarrer zu einem gemeinsamen Gespräch bitten.

Das Gespräch mit Pfarrer Fleischmann findet schon am nächsten Nachmittag statt. Frau Faller ist auch anwesend. Vielleicht soll sie als Zeugin auftreten oder am Ende entscheiden, wer von den beiden gewonnen hat. Pfarrer Fleischmann geht gleich auf mich zu und streicht mir über den Kopf, was er noch nie zuvor gemacht hat. Was höre ich da?, sagt er mit einer gütigen Stimme, die dennoch bedrohlich klingt. Du zerbrichst dir den Kopf darüber, was richtig und was falsch ist, was von Gott kommt und was vom Satan? Das ist sehr löblich. Aber …, versucht Dr. Märklin einzuwenden, doch Pfarrer Fleischmann bringt ihn mit einer Handbewegung zum Schweigen. Ich weiß, ich weiß, sagt er ungeduldig, es ist löblich, sich über solche Fragen Gedanken zu machen, gerade in deinem Alter, wo du am Scheideweg stehst. Bist du schon gefirmt? Ich nicke. Welchen Firmnamen hast du dir gewählt? Georg. Georg? Der Drachentöter. Das ist sehr schön. Sehr schön. Er wird dir beistehen, auch diesen Drachen des Zweifels und der Unwissenheit zu besiegen. Aber …, versucht es Dr. Märklin erneut, doch wieder winkt Pfarrer Fleischmann ab. Du musst wissen, mein Sohn, dass unser Glaube von der Vernunft geprägt ist. Der Mensch, und damit auch du, ist kein Zufallsprodukt der Natur. Er wurde von Gott geschaffen, und Gott gab ihm die Vernunft, Gut von Böse zu unterscheiden. Die Vernunft ist nicht, wie viele meinen, etwas, das nichts mit unserer Religion zu tun hat oder gar konträr zu unserem Glauben steht. Ganz im Gegenteil, allein bei uns ist die Vernunft heimisch, denn wir wissen, dass sie uns gegeben ist, und können deshalb völlig auf sie vertrauen, während gerade jene, welche die Vernunft angeblich auf ihre Banner geschrieben haben, sie doch immer wieder anzweifeln und in völliger Unsicherheit und Unkenntnis versinken. Jetzt erlauben Sie aber mal, Pfarrer Fleischmann, ergreift Dr. Märklin das Wort, wenn ihre Bemerkung in Richtung Psychologie zielen sollte, dann möchte ich dies auf das Schärfste zurückzuweisen. Ich mag nicht viel von Ihrem Glauben verstehen, aber ich befürchte, dass es Ihnen mit meiner Wissenschaft nicht sehr viel anders ergehen dürfte. Pfarrer Fleischmann lächelt darauf nur und sagt: Eine Wissenschaft, die beinahe noch mehr Glaubensgrundsätze besitzt als wir: Unbewusstes, Ödipuskomplex, Neurosen, Psychosen, da halte ich mich lieber an meinen Schöpfer und dessen Verkörperung im Logos. Aber halt, verehrter Dr. Märklin, wir wollen nicht vergessen, weshalb wir uns zusammengefunden haben, und auch unseren kleinen Patienten nicht überfordern. Ich fühle mich nicht überfordert. Im Gegenteil, ich fühle mich zum ersten Mal leicht und frei, wie immer, wenn Erwachsene miteinander streiten. Das gibt mir ein Gefühl der Ruhe und Sicherheit. Sie sind es doch, sagt Dr. Märklin, der unseren kleinen Patienten überfordert, der ihn in Gewissenskonflikte und Unsicherheiten stößt. Pfarrer Fleischmann wendet sich mir zu: Stimmt das denn, mein Sohn? Ich zögere einen Moment. Ich weiß einfach oft nicht, woran ich bin. Ich meine, was gut ist und was schlecht, oder ob das, was ich glaube, tun zu wollen, vom Satan kommt oder von Gott. Satan, sagt Dr. Märklin, wenn ich das schon höre. Wollen Sie etwa das Böse in der Welt leugnen?, fragt Pfarrer Fleischmann. Aber doch nicht in einer Person zusammengefasst, die einen bedroht und verführt. Sondern? Sondern, sondern … Das ist eine Frage der Interpretation. Man kann so etwas doch nicht personalisieren. Wir sind doch nicht im Mittelalter. Aber, sagt Pfarrer Fleischmann mit einem plötzlich ganz süßen Ton, um einem jungen Menschen, einem jungen kranken Menschen, zu verdeutlichen, welche Gefahren in der Welt auf ihn lauern … Eine dieser Gefahren sind Sie!, schreit Dr. Märklin. Sie sind dem Satan näher, als sie glauben. Das … so etwas … das muss ich mir nicht gefallen lassen, sagte Pfarrer Fleischmann, lässt seine Hand sinken, die er bislang wie schützend über meinen Kopf ausgestreckt hat, und stürmt aus dem Zimmer. Dr. Märklin zuckt mit den Schultern. Tut mir leid. Ich hätte wissen müssen, dass das zu nichts führt.

Zum ersten Mal hat mich jemand als krank bezeichnet. Daraufhin überlege ich, was mir fehlen könnte. Mir wird oft schwindlig, wenn ich aufstehe. Morgens kann ich nichts essen. Überhaupt habe ich wenig Hunger. Oft verspüre ich ein merkwürdiges Zucken, bevor ich einschlafe. Wie ein elektrischer Schlag geht es durch meinen Körper. Dann liege ich wach in meinem Bett und weiß nicht, ob ich schon geschlafen und diesen Schlag nur geträumt oder ihn tatsächlich am eigenen Leib verspürt habe. Außerdem habe ich Alpträume. Immer wieder träume ich, dass ich auf einem hohen Gebirgspass vor einem langen Tunnel mitten auf der Straße knie und mit einem kleinen Matchboxauto spiele. Allem Anschein nach habe ich keine Angst, dass plötzlich ein Auto aus dem Tunnel herausgefahren kommen könnte. Die Sonne scheint heiß auf den Asphalt. Plötzlich rollt das Spielzeugauto zur Seite und auf den Abhang zu. Ich krabble hinterher. Das Auto wird schneller und stürzt den Abhang hinab. Ich wage nicht, in die Tiefe zu schauen, strecke nur die Hand aus. Doch irgendwas zieht mich nach unten. Es ist wie ein Sog. Ich wache auf. Diesen Traum hatte ich schon oft. Mindestens zehnmal. Außerdem habe ich mindestens zweimal im Jahr Angina. Eigentlich müssen die Mandeln raus. Ich habe Nasenbluten und einen Schorf am Hinterkopf, der nicht weggeht, den man aber nicht sieht. Am ehesten denke ich, dass man mir die Mandeln rausnehmen müsste. Und vielleicht wartet man auch nur ab, weil man nicht operieren kann, wenn sie entzündet sind. Zurzeit habe ich jedoch keine Beschwerden beim Schlucken.

Wie kommst du drauf, dass wir dir hier die Mandeln herausnehmen wollen?, fragt mich Dr. Märklin, als ich ihm in der nächsten Stunde von meiner Vermutung erzähle. Ich habe überlegt, was es sein könnte, also, weshalb ich hier bin. Und weil ich oft Angina habe … Weißt du, wie so eine Operation vor sich geht? Mit Vollnarkose, hat meine Kinderärztin, Frau Doktor Korell, gesagt. Nein, das macht man in deinem Alter nicht so gern. Du bist jetzt vierzehn? Ich werde vierzehn. Hast du schon mal einen Samenerguss gehabt? Immer spricht Dr. Märklin von Sachen, über die man normalerweise nicht spricht. Das ist mir peinlich. Aber anders peinlich, als wenn Pfarrer Fleischmann nach dem sechsten Gebot fragt. Wir haben es in Bio kurz gehabt, mit dem Samenerguss, und ich weiß auch so, dass es das gibt. Bei den Messdienern hat mir einer mal gesagt, dass bei den Mädchen Blut kommt in einem bestimmten Alter und bei den Jungen Wasser. Damals war ich höchstens Zeroferar, vielleicht sogar nur Zierbock. Ich war schon ab sechs Messdiener, und einmal, als der Bischof zu Besuch war und die Messe hielt, da kam er mit der Heiligen Kommunion zu den Ministranten und hielt auch mir eine Hostie hin. Aber ich wollte mich nicht versündigen, weil ich noch nicht zur Kommunion gegangen war, und schüttelte einfach den Kopf, hatte aber dann Angst, dass der Bischof denken könnte, ich hätte gesündigt und würde sündig am Altar knien. Ich hatte Angst, dass er mir die Hostie hinhielt, um herauszufinden, ob ich ohne Sünde war. Und ich war mir nie ganz sicher, ohne Sünde zu sein. Clemens, der dem Küster hilft, hat einmal beim Umkleiden zwei Hostien herausgeholt und vor unseren Augen gegessen. Wir sind alle furchtbar erschrocken. Dann hat er gesagt, sie seien nicht konsekriert gewesen. Trotzdem saß mir der Schrecken den ganzen Vormittag in den Knochen. Im Kommunionunterricht erzählte der Pfarrer von Jungen, die nackt zusammen gebadet hätten, und fragte, so wie Pfarrer Fleischmann auch fragt, was daran nicht richtig ist. Niemand wusste eine Antwort darauf. Es war komisch, sich vorzustellen, dass Jungen nackt zusammen baden. Bei den Zeltlagern waren wir nie nackt. Wir hatten immer etwas an. Badehose. Unterhose. Die Jungen mussten evangelisch sein, dachte ich. Aber das beantwortete die Frage des Pfarrers nicht. Am Ende war es nichts weiter. Nur dass die Jungen nackt waren. Aber dass das nicht richtig war, schien uns zu selbstverständlich, um es überhaupt zu erwähnen. Dass es eine Sünde war, wussten wir allerdings nicht, aber wir hatten es vermutet. Mehr sagte der Pfarrer nicht zum sechsten Gebot. Den Rest lasen wir im Beichtspiegel. Ich wusste nicht genau, was der ältere Messdiener damit gemeint hatte, dass Wasser kommt. Das normale Pinkeln konnte er nicht meinen. Ich wartete und beobachtete mich. Dann sah ich mir auf dem Klo zum ersten Mal mein Glied genauer an. An der Unterseite verlief eine dünne rote Narbe. Sie ging von den Hoden bis ganz nach oben an die Spitze der Vorhaut, die ich nicht zurückzog, weil es sonst wehtat. Vielleicht war ich dort einmal operiert worden, als ich kleiner war, und hatte es nur vergessen. Ich konnte mich an so viel nicht mehr erinnern. Die Narbe machte mir Angst. Vielleicht kam deshalb bei mir kein Wasser. Ich berührte die Narbe vorsichtig. Sie tat nicht mehr weh, so wie meine Narbe am Knie. Vorn an der Spitze der Vorhaut fühlte es sich angenehm an. Ich nahm mein Glied und rieb die Spitze vorsichtig gegen den Ärmel eines Pullovers, der zum Trocknen über der Waschmaschine lag. Es war ein Gefühl wie Streicheln, nur noch stärker. Dann wurde mir ganz komisch. Schwindlig. Aber angenehm. Danach tat es etwas weh. Im Biologieunterricht hatten wir von einem Samenerguss erzählt bekommen, der nachts kommt. Man würde das an Flecken auf der Schlafanzughose sehen. Aber ich hatte keine Flecken. Dann, als ein Junge aus der Obertertia gestorben war, setzte sich unser Turnlehrer zu uns und erzählte uns etwas, das ich nicht richtig verstand. Ich wusste mittlerweile, was Onanie ist, nämlich die Vorhaut an einem Pullover reiben. Aber warum man dabei sterben konnte, begriff ich nicht. Der Junge war aber dabei gestorben, sagte Herr Hagenbäumer. Weil er eine Plastiktüte über den Kopf gezogen hatte. Aber warum hatte er eine Plastiktüte über den Kopf gezogen? Das war genauso komisch wie ohne Bade-

hose zu baden. Dr. Märklin wartet immer noch auf eine Antwort. Nein,
sage ich, ich habe noch keinen Samenerguss gehabt. Ich frage mich, warum er das überhaupt wissen will. Vielleicht ist es wieder ein Test. Aber
ich weiß, dass bei Mädchen Blut kommt und bei Jungen Wasser, fügte
ich deshalb noch hinzu. Was hast du gesagt?, fragte Dr. Märklin. Blut?
Wasser? Ist das wieder eine der Geschichten von Pfarrer Fleischmann?
Nein, das hat mir ein älterer Junge gesagt. Aha, und du hast verstanden,
was er damit meint? Nicht so ganz. Ja, ja, das ist auch nicht so wichtig.
Blut und Wasser. Die letzten Worte sagte er mehr zu sich. Aber er hatte recht. Es klang wie in einer Heiligengeschichte. Bei den Frauen des
Heiligen Blasius wird das Blut zu Milch, und Jesus verwandelt Wasser
in Wein, weshalb nicht auch Blut zu Wasser oder Wasser zu Blut? Als
der Legionär Longinus mit einer Lanze die Seite des am Kreuz verstorbenen Jesus öffnet, fließen Blut und Wasser heraus. Dabei handelte es
sich auch um eine Art Wunder, über das man Zeugnis ablegen soll. Aber
ich habe nie verstanden, worin dieses Wunder bestand. Vielleicht darin, dass bei Jesus beides kommt, Wasser und Blut, dass er beides verkörpert, Mann und Frau, dass er beides in einer Person ist, während bei
uns nur Wasser kommt und bei den Frauen nur Blut. Wenn ich wüsste,
dass Blut kommt, würde ich mein Glied nicht mehr an einem Pulloverärmel reiben. Und ich hätte noch mehr Angst davor, mein Glied anzufassen. Ich würde Dr. Märklin gern wegen der Narbe fragen, traue mich
aber nicht. Ich habe Angst, dass es vielleicht gar keine Narbe ist, sondern
eine Krankheit und ich dann operiert werden muss. Und das stelle ich
mir noch schlimmer vor als mit den Mandeln. Weißt du, wie die Mandeln aussehen?, fragt Dr. Märklin. Ich schüttele den Kopf. Wie gepellte Eier. Aber sie sind ja aus Fleisch und ganz blutig. Sie sehen aus wie
Hoden. Wir haben gelernt, dass es zwei Hoden gibt, aber da wollte ich
nicht hinfassen, es sah aber eher aus wie ein Hode, klein und rund, aber
vielleicht waren es innen zwei Hälften, wie bei einem Kern, und das waren dann die zwei Hoden. Es ist unverantwortlich, dass man Jungen in
der Pubertät die Mandeln herausschneidet. Das ist wie eine symbolische
Kastration. Einfach grausam. Ich verstehe nicht genau, was Dr. Märklin
meint. Haben Sie Ihre Mandeln noch?, frage ich. Ja, Gott sei Dank. Frau
Doktor Korell hatte immer gesagt, es sei gar nicht so schlimm, die Mandeln herauszunehmen. Aber sie ist auch eine Frau. Vielleicht ist es bei
Mädchen nicht so schlimm. Kastration war, wenn man das Glied abgeschnitten bekommt. Dann bekommt man eine hohe Stimme. Wir machen

das immer nach, wenn wir einen Ball in die Eier geschossen bekommen
oder wenn uns sonst jemand aus Versehen in die Eier tritt. Erst wird einem richtig schlecht. Das ist ein total ekliger Schmerz. Aber es tut gar
nicht in den Hoden weh, sondern eher im Kopf. Es wird einem schwindlig. Die Luft bleibt einem weg. Man braucht ein paar Minuten. Danach
macht man die hohe Stimme nach.

In der ersten Stunde nach dem gemeinsamen Gespräch kommt Pfarrer
Fleischmann ins Zimmer, als sei nichts gewesen. Ich hatte befürchtet, er
wäre sauer auf mich, aber er sagt nur: Dann wollen wir heute mal die Frage vertiefen, wie man herausfinden kann, ob es sich um Gottes Willen
handelt oder um eine Eingebung des Satans. Er gibt mir drei Blätter, die
er abgezogen hat. Es ist die Geschichte der Heiligen Johanna Rodriguez
aus Burgos. Das liest du jetzt für dich durch, und anschließend stelle
ich dir ein paar Fragen. Es sind drei dicht mit Schreibmaschine betippte
Blätter. Darf ich unterstreichen?, frage ich. Ja, natürlich, antwortet Pfarrer Fleischmann und gibt mir einen schwarzen Filzstift. Die Geschichte
ist langweilig. Ein sechsjähriges Mädchen schließt sich in einer Kapelle ein und spielt Nonne. Beim Spiel erscheinen ihr alle möglichen Heiligen. Dann noch die Heilige Jungfrau und schließlich Jesus selbst. Der
fragt sie: Hast du mich lieb? Hier streiche ich zum ersten Mal an. So eine
Frage kann eine Falle sein. Nie würde ich wagen, jemandem diese Frage
zu stellen. Schon gar nicht Christiane Wiegand. Aber Gott stellt so eine
Frage. Warum? Er ist doch allwissend. Also muss es eine Prüfung sein.
Die Heilige Johanna antwortet geschickt. Sie sagt: Ich weiß nicht, was
die Liebe oder was Lieben ist, sollte ich aber etwas lieb haben, so wäre es
Jesus Christus, das kleine Kindlein hier in der Kapelle. Auf so eine Antwort wäre ich niemals gekommen. Nicht jetzt und schon gar nicht mit
sechs. Mit sechs, da war ich noch nicht mal in der Schule, aber ich war
schon Messdiener. Dann kommt die Mutter Maria und fragt, ob sie nicht
Jesus heiraten möchte. Auch das könnte eine Falle des Satans sein. Kann
man Jesus heiraten? Die Nonnen sind alle Bräute Christi, aber sind sie
auch mit ihm verheiratet? Wieder ist Johanna geschickt: Ich habe nichts
und bin nichts wert, dieses schöne Kindlein will mich nicht lieben, sagt
sie. Ich glaube, der Trick ist, erst einmal nichts zu wollen, so wie man
betet: Herr, ich bin nicht würdig, dass du eingehst unter meinem Dach,
aber sprich nur ein Wort, so wird meine Seele gesund.

Dr. Märklin fragt mich, wovor ich mich ekele. Ich sage: Haut. Was für eine Haut, will er wissen. Die Haut auf dem Kakao. Er schaut mich an. Meinen Vater ekelt das auch, sage ich. Noch mehr sogar. Er muss dann immer würgen. Das ist interessant, sagt Dr. Märklin. Kennst du das Wort Vorhaut? Natürlich. Ekelt dich die Vorhaut auch? Warum? Das frage ich dich. Wenn ich die Vorhaut zurückziehe, tut es weh. Aber das sage ich nicht. Ich habe Angst, dass man dann auch die Narbe entdeckt und dass ich operiert werden muss. In Biologie sagt Herr Purper, dass wir die Vorhaut zurückziehen und uns da waschen sollen. Ich probiere es, aber es tut weh. Hofbarth musste ins Krankenhaus wegen Vorhautverengung. Danach war er beschnitten. Das sei ohnehin besser, sagt er. Hofbarth is 'ne arme Vorhaut, sagt Achim. Da spürst du doch nichts mehr. Er kauft am Bahnhofskiosk die Er. Frag doch mal Pfarrer Fleischmann nach dem sanctum praeputium, sagt Dr. Märklin. Ich versuche, die Worte zu behalten.

Dieser Scharlatan, sagt Pfarrer Fleischmann, als ich ihm die Worte von Dr. Märklin sage. Hetzt die Jugend auf. Er schaut mich prüfend an. Wir sprechen von der heiligen Tugend. Es ist der Vermählungsring des Herrn. Aber damit sollst du dein junges Hirn nicht martern. Das sind die Mysterien des Glaubens. Es gibt Wichtigeres für dich. Du musst den richtigen Pfad finden.

Dr. Märklin fragt mich, was ich mir unter Glück vorstelle. Ich weiß darauf keine Antwort. Ich soll einfach sagen, was mir in den Sinn kommt. Schlechtes Gewissen, sage ich, weil mir das als Erstes einfällt. Aber warum das denn? Ich weiß nicht, Glück, irgendwie heißt das, dass jemand nicht glücklich ist. Oder dass ich bald nicht mehr glücklich bin, dass mir irgendwas passiert. Und das macht mir Angst. Das heißt, du sehnst dich auch nicht nach etwas? Doch, schon, natürlich. Aber? Ich weiß nicht, Glück, das ist so ein doofes Wort. Ich weiß nicht genau, was das sein soll. Dann bist du lieber unglücklich? Weiß nicht, kann schon sein. Weil dir dann nichts passieren kann? Ich fühle mich wenigstens nicht so unsicher. Ja.

22

Ich habe den Eindruck, du bist lieber unglücklich.

Gernika?

Ja?

Du bist nicht wirklich da, oder?

Nein, nicht wirklich. Warum?

Nur so. Aber wie kommst du darauf?

Worauf?

Dass ich angeblich lieber unglücklich bin.

Wie ich darauf komme? Schau dich doch mal an.

Ich meine, was meinst du damit?

Deine Art. Alles ist immer gleich tragisch und furchtbar. Trotzdem scheinst du dich in dem ganzen Drama irgendwie wohlzufühlen. Und läuft mal irgendwas einigermaßen von selbst, dann kriegst du es gleich mit der Angst.

Meinst du? Ich weiß nicht.

Doch, doch.

Vielleicht, dass ich zu sentimental bin, immer dem nachhänge, was nicht mehr ist.

Oder schon im Vorhinein trauerst, dass es nicht mehr sein wird.

Kann sein.

Das ist so.

Aber das kommt nur daher, dass ich mir selbst nicht über den Weg traue. Ich bin einfach zu nachlässig. Was ich alles schon verloren habe aus Unachtsamkeit oder weggegeben … Diese blassgrüne Box mit dem kompletten Klavierwerk von Ravel zum Beispiel, eingespielt von Monique Haas. Das war so eine Leinenschachtel und vorn drauf eine eigens aufgeklebte Reproduktion von einem Rousseau-Gemälde, schräg abgeschnitten und mit blassen Farben, unscharf sogar, wenn ich mich recht erinnere, eine Flussansicht, und obwohl ich Rousseau damals nicht besonders mochte, hat sich für mich das Bild irgendwie mit der Musik verbunden, das Boot, die Bäume, die Wolken am Himmel, als wäre es dafür komponiert. Und wie Monique Haas den zweiten Satz des G-Dur-Klavierkonzerts spielt, die ersten 18 Takte mit ganz wenig Pedal und dann mit etwas mehr, obwohl ich auch manchmal denke, dass es nur die Aufnahme ist, dass am Anfang irgendetwas mit der Technik nicht stimmt und es deshalb so verhalten und blass klingt, so ausgeblichen wie diese Rousseau-Reproduktion, wie dieses blassgrüne Leinen der Schachtel, und auch, dass man bei den leisen Stellen hört, wie die Streicher ihre Bögen nehmen, das war eben alles eins, und das Zimmer unterm Dach, wo ich das das erste Mal gehört habe, überhaupt Ravel zum ersten Mal, und dann habe ich irgendwann diese Platte einfach weggegeben, irgendwo für ein paar Mark, wenn überhaupt, weil ich gerade mehr Coltrane gehört habe oder was weiß ich, und dass mir so was passieren kann, dass mir so was immer wieder passiert, und ich das selbst nicht merke, erst nachher merke, das macht mich einfach unsicher, überhaupt unsicher dem ganzen Leben gegenüber, so als würde ich im entscheidenden Augenblick immer gegen mich selbst handeln.

Na, übertreib mal nicht. Man kann ohnehin nicht alles aufbewahren.

Ja, nicht alles, aber so entscheidende Dinge. Warum die ohne Not weggeben?

Aber du hast doch bestimmt die Aufnahmen auf CD mittlerweile?

Ja, aber die Schachtel, die Platte, das Knacksen zusammen mit den Bogengeräuschen der Streicher, dem verblassten Rousseau-Druck, dem Winter damals ...

Geht es nicht eher darum?

Worum?

Um den Winter damals. Und weil du den nicht halten kannst, klammerst du dich an so eine dämliche Platte, die du ohnehin nicht dauernd angucken oder anhören würdest. Die ohnehin nur bei dir im Regal rumstehen würde.

Ja, vielleicht hast du recht. Aber an irgendwas muss man sich doch klammern.

Das geht jetzt wieder gegen mich.

Nein. Wirklich nicht. Nein. Oder vielleicht. Ich weiß nicht.

Natürlich.

Was soll ich sagen?

Nichts sollst du sagen. Aber dich vielleicht mal fragen, warum du einerseits so furchtbar sentimental bist, auf der anderen Seite ständig unzufrieden.

Ich bin gar nicht unzufrieden. Nicht ständig zumindest.

Mit mir schon.

Ich weiß nicht: unzufrieden?

Nenn es, wie du willst. Über so eine Platte kannst du Tränen vergießen ...

Meinst du, ich hab noch nie wegen dir ...

Doch, doch, um Gottes willen, natürlich, weil du ja so unter mir leidest.

Nein, das tue ich doch gar nicht.

Natürlich tust du das.

Nein, wirklich ...

Und diese Platte, diese blassgrüne Leinenschachtel mit dem verblassten Rousseau vorne drauf, mit den Ravel-Klavierwerken, das war gar nicht Monique Haas, sondern Vlado Perlemuter zusammen mit Horenstein. Auf der Platte von Monique Haas war vorne so ein kitschiges Bild von einem beleuchteten Brunnen im Gegenlicht, gelb überstrahlt, und dieser Brunnen hat dich damals an die Brunnen vor dem Kurhaus erinnert und an die üblichen Kitschpostkarten, weshalb du das Cover immer nur mit dem Rücken nach oben hast rumliegen lassen. Nichts von einer verblassten Flussansicht und Frankreich. Diese Box hast du nämlich erst viel später irgendwo gekauft. Jahre später. Und außerdem spielt Perlemuter den Anfang auch mit ganz wenig Pedal, sogar noch konsequenter als Monique Haas. Das war eben die französische Schule in den Fünfzigern. So hat man die Impressionisten damals gespielt.

Ja, du hast recht.

Womit?

Eigentlich kann man über alles froh sein, was man nicht mehr hat.

Auf einmal?

Ja, weil es sich viel besser zusammensetzt in der Erinnerung. Viel passender.

Vor allem kitschiger. Sentimentaler.

Ja, meinetwegen. Aber gut, dass du das gesagt hast.

Warum?

Weil ich jetzt weiß, dass ich mir auch da nicht über den Weg trauen kann.

Wo: da?

Beim Erinnern.

Und? Ist das so tragisch?

Nein, im Gegenteil, das erleichtert mich. Das erleichtert mich wirklich ungemein.

23

Kaum hatte sich Wedells taufen lassen, geriet er in die Zwickmühle des Konvertiten, der dem Irrtum aufgesessen ist, durch die Übernahme des anderen Glaubens etwas an seiner Lebenssituation verbessern zu können. Mag man auch den Andersgläubigen hassen, den Konvertiten verachtet man, denn er war bereit, sein Bekenntnis aufzugeben, und so steht er immer im Verdacht, auch seine neue Gemeinschaft jederzeit verraten zu können oder sich nur aus niederen Beweggründen in sie eingeschlichen zu haben. Doch Wedells interpretierte die Zeichen falsch, meinte, er habe noch nicht genug getan, sich noch nicht genug bekehrt, sein altes Leben noch nicht genug hinter sich gelassen, weshalb er mit 42 zusätzlich seinen Namen änderte. Er war der Meinung, mit diesem Schritt letzte Verweise zu tilgen, tatsächlich jedoch machte er sich nun erst recht verdächtig und wurde endgültig zum Objekt der Verachtung und des Hohns, denn war es nicht genau dieser Wankelmut, dieser Opportunismus, den man den Juden vorwarf? Sie zu bekehren, das war nur Vorwand, eine zum Schein ausgestreckte Hand, die allein dazu dient, die bestehende Ablehnung zu rechtfertigen, denn nicht umsonst heißt es, dass bei der Karfreitagsfürbitte pro perfidis Judaeis nicht niedergekniet werden soll, wie sonst bei Fürbitten üblich. Die Begründung aber lautet, dass die Juden vor Christus niedergekniet seien, jedoch lediglich um ihn zu verhöhnen. Warum das eine Begründung ist, selbst nicht niederzuknien, erscheint wenig schlüssig, sondern offenbart allein den wahren antisemitischen Hintergrund, nämlich die Gläubigkeit der Juden als Heuchelei und Verhöhnung, letztlich als Unglaube (Perfidia) zu kennzeichnen. In diese Falle war Wedells getappt, und aus ihr konnte er sich durch keine Stiftung, keine Überschreibung, kein Erbe, einfach nichts mehr befreien. Und so wurde zu Beginn des 21. Jahrhunderts dieser mickrige Parkplatz wie in eine Parodie auf Wedells Umbenennung und Taufe von seinen nominellen Christenbrüdern umgetauft, um ihm selbst nach 100 Jahren noch zu zeigen, wie mickrig es ist, wenn man etwas umtauft und umbenennt, und wie mickrig es dann eben aussieht. Denn was hatte dieser Wedells den Hamburgern sonst getan, außer, dass er ihnen sein Vermögen und seine Villa und seine Kunstsammlung und seine Stiftung vermacht hatte? Was hatte er den Hamburgern getan, außer dass er Jude war, ein assimilierter, getaufter, umbenannter Jude und zusätzlich Junggeselle, sein Leben lang Junggeselle mit einem feinen Gespür für Kunst, also schwul womöglich? Was verlangte er als einzige Gegenleistung vom Hamburger Senat? Dass die Sammlung zusammenbleibt und in seiner Villa der Öffentlichkeit zugänglich ist. Aber auch das wurde ihm verweigert. Teile der Sammlung wurden verkauft, die Villa zum Repräsentieren genutzt. Aber selbst 1936, als der Volksschullehrer und Hamburger Senator Carl Julius Witt, der in seinen ersten beiden Amtsjahren über 600 den Nazis nicht genehme Lehrer entlassen hatte, in der Villa Wedells seine »geselligen Kulturabende« feierte, hieß die Villa immer noch Villa Wedells. Erst der Hamburger Buchdrucker und Parteigenosse Franz Hilpert machte mit einer Eingabe an den Hamburger Senat darauf aufmerksam, »daß das sogenannte Wedelhaus seinen alten Namen nach einem Juden Wedel oder Wedeles erhalten haben soll und dieses Haus noch nicht umbenannt ist«. Da man ohnehin gerade die jüdischen Stiftungen auflöste, wurde die Villa »im Zuge der Maßnahmen zur Beseitigung jüdischer Straßennamen« in Haus Neue Rabenstraße 31 umbenannt und im selben Jahr ganz für die Öffentlichkeit geschlossen, damit Witt noch ungestörter seine »geselligen Kulturabende« dort feiern konnte, um sich von seiner Arbeit zu erholen, die außer dem Anordnen von Entlassungen darin bestand, die Hamburger Schulen allgemein auf nationalsozialistische und vor allem antisemitische Linie zu bringen, weshalb er ab 1949 das Ruhegehalt eines Gewerbeoberlehrers erhielt, sich aber zwei Jahre später in einem Prozess das Ruhegehalt eines Oberschulrats erklagte, das er bis zu seinem Tod 1969 erhielt, weil er, wie er in der Verhandlung beteuerte, »innerlich kein Nationalsozialist« gewesen war, sondern nur äußerlich, nur in Worten und Werken, nicht in Gedanken, und ein Ruhegehalt erhält man allein für die Gedanken, die frei sind, denn wenn man Menschen nach Worten und Werken und ihren »geselligen Kulturabenden« beurteilen sollte, dann sähe es düster aus, weshalb man Menschen lieber nach ihren Gedanken oder ihrem Gewissen beurteilt, obwohl sie dieses Gewissen nur wieder in Worten äußern können, die dann den anderen Worten widersprechen, was man aber nicht so genau nehmen darf, weil am Ende doch die Wahrheit siegt, denn Carl Julius Witt war bestimmt »innerlich kein Nationalsozialist«, da er schon 1922 Vorsitzender des völkisch-antisemitischen Lehrerbundes Baldur war und zwei Jahre später für die Deutschvölkische Freiheitspartei, die der »radikale Ableger« der Deutschnationalen Volkspartei war, in den Hamburger Senat gewählt wurde, wo er vor allem antisemitische Reden hielt und Teil der Kampffront Schwarz-Weiß-Rot und der Schwarzen Reichswehr war und lediglich am 1. Mai 1933 in die NSDAP eintrat, weil die NSDAP nun am Ruder war, weshalb er zu Recht bis zu seinem Tod am Sonntag den 19. Oktober 1969 das Ruhegehalt eines Oberschulrats erhielt, am Sonntag den 19. Oktober 1969, als der Nationalsozialist Kurt Georg Kiesinger seinen vorletzten Amtstag als Bundeskanzler antrat, als die Kaufhausbrandstifter Baader, Ensslin, Proll und Söhnlein auf die Revision ihres Urteils warteten, als die Sammlung Siegfried Wedells' längst aufgelöst war, weil bereits 1952 »Hauptwerke« der Sammlung Siegfried Wedells »aus konservatorischen Gründen« in die Hamburger Kunsthalle »überführt« wurden, aus »konservatorischen Gründen«, so wie man Juden ins KZ überführte, aus konservatorischen Gründen, wie man aus »deutschnationalen Gründen« Wedells' Villa umbenannt und seine Stiftung beendet hatte, wie man später aus »erinnerungskulturellen Gründen« einen mickrigen Parkplatz nach ihm umbenannt hatte, nachdem die Villa von der Hansemerkurversicherungsgruppe »integriert« worden war, die Stadt Hamburg, die das Andenken Wedells' erst vernichtet hatte, ihm als Letztes diesen mickrigen Parkplatz nachwarf, diesen mickrigen Parkplatz, der ohnehin schon da war und dessen Umbenennung nichts kostete, diese Umbenennung, die in ihrer ganzen zynischen Namensgebung die Vernichtung des Juden Wedells komplett machte nach 100 Jahren, 100 Jahre, die es gebraucht hatte, bis er arisiert und entschwult und nur noch ein Name war, dessen man nun getrost gedenken konnte, weil sich nichts mehr mit ihm verknüpfen ließ. Alle Phänomene aber sind ohne Selbst und leer, von Natur aus ungeschaffen, ohne Dauer, ohne Ende, ohne Kommen, ohne Gehen, sind unaussprechlich und bedeutungslos, wie Seifenschaum, wie Lichterspiel, wie Wasserdampf, Spiegelung, Reflex, ein Traum, nicht greifbare Emanation, der Mond im Kübel, der Kübel auf dem Hof, der Hof hinter dem Feld, das Feld briefmarkengroß auf einem Schachbrett, das Schachbrett auf einem herausziehbaren Bett in einem Jungenzimmer mit Postern von den Kinks und den Who an den Wänden, das Zimmer als Reflex in einem Tropfen, der aus einer Dose Cola fällt und alle Meere über die Ufer treten lässt.

24

Es riecht nach angebranntem Kakao über der Gaugasse. Das kommt von der Knochenmühle. Niemand ist jetzt auf der Straße. Das Hoftor bei Werbeck abgesperrt, die Rollläden bei Funk runtergelassen, die Post zu, bei Hoffmann nur die Schaumstoffköpfe mit Perücken vor der grauen Gardine, dahinter die drei leeren Frisierstühle, in der Ecke der Kinderstuhl aus Holz, auf den ich schon lange nicht mehr muss, obwohl die roten Lederstühle noch zu groß sind, er bei mir nicht extra Papier abreißt für die Nackenstütze. Einmal Fasson, sage ich weiterhin, weil ich es irgendwann so gelernt habe, und hoffe, dass er nicht zu viel abschneidet, nicht ausrasieren, trocken und nicht nass, aber manchmal fragt er noch nicht einmal das, dann renne ich heim und halte den Kopf unter den Wasserhahn, um den Gestank wieder loszuwerden, schau mich im Spiegel an und könnte heulen, obwohl es meinem Vater und der Frau von der Caritas immer noch viel zu lang ist, und wofür man das Geld eigentlich ausgibt, so als würde ich selbst jeden Monat darum bitten.

Die steilen Treppen bei Alex und Gottfried, die engen Flure, die kleinen Küchen, die dunkle Schlossparkmauer, der Bahndamm, der Platz mit der Litfaßsäule, die Unterführung, auf der anderen Seite das Café Hemdhoch, jetzt am Abend noch mit offener Tür, obwohl ich mich nicht traue reinzuschauen. Gegenüber Fahrrad Kuhn, mit den neuen Lenkergriffen im Schaufenster, weiß, mit langen, bunten Plastikbändern, nirgendwo eine Laufschelle zu sehen, obwohl er sie verkauft, weil die verboten sind. Achim hat eine, aber sie nervt, sagt er. Wir beide haben nach oben gedrehte Rennlenker. Wenn wir zur Schule fahren, erzählt mir Achim die Fernsehsendungen vom Vorabend, die ich nicht schauen darf. Wenn er keine Lust mehr hat, sagt er: Den Rest kannst du dir ja denken. Ich darf höchstens mal Was bin ich? nach acht schauen. Nie Tennisschläger und Kanonen oder Mit Schirm, Charme und Melone, obwohl das gar nicht spannend ist, sondern witzig, sagt Achim.

Volkswagen braun. Samstagnachmittag. Seifenschaum. Hortensien. Weiß. Violett. Hellblau. Die fehlenden Finger an der ausgestreckten

Hand des Herrn. Mittel und Ring. Wieder Geruch von der Knochenmühle. Über unsere Fabrik hinweg. Zug rattert am Schrottplatz vorbei.
Richtung Rheingau. Moosbach versickert unter Bahnhofstraße. Sonne
über Feldstraße. Gaugasse. Bachgasse. Weihergasse. Bleichwiesenstraße. Apsis im Dunklen. Rot verwackelter Schein vom Bleiglasfenster zwischen Kommunionbank und Heizungsgitter. Sieben Wundmale Christi
mit Zitronensaft auf angesengtem Stück Papier. Nur über geweihter
Kerzenflamme zu entziffern. Samstagnachmittag: Beat-Club. Samstagnachmittag: Beichte. Der poröse Tintenkillerstift. Spitze zerfressen vom
eigenen Gift. Wer an ihm leckt, muss sterben. Geschmack von Tod auf
der Zunge. Rheinhütte. Dyckerhoff. Kalle. Schulkakao. Ausgegeben um
neun. Steht bis zur großen Pause auf dem Pult. Daneben eingelassenes
Tintenfass. Vertrocknet. Patronen hinten aufgebissen. Blaue Lippen.
Perlen als Reliquien im Mäppchen. Füller mit Reservetank. Sichtfenster
für den Tintenstand. Pelikan: blau. Geha: grün. Pelikan: wertvoll. Geha:
billig. Mit Fingernagel Paraffin von Kakaotüte gekratzt. Strohhalm in
weißer Papierhülle. Albus. Die Albe. Vom Küster ausgelegt. Stola. Vor
dem Anlegen vom Pfarrer geküsst. Vor dem Ablegen wieder. Küchenschrank rosa und hellblau lackiert. Mit Schiebetüren. Vor dem Küchentisch zwei Stühle. Vater und Mutter. Sitzecke. Blaues Kunstleder. Sitze
der Bank hochzuklappen. Unter dem Sitz meines Bruders Spielsachen.
Unter meinem Sitz Schmutzwäsche. Dazwischen in der Ecke die Fernsehzeitung. Darüber mit Decefix bezogenes Regalbrett. Darauf Radio-
apparat. Schmales Modell ohne Langwelle. Ohne Stoffbespannung vor
den Lautsprechern. Mit Klaviertastatur. Das alte Radio kam zu mir.
Grundig Tonband auch. TK 25. Zweispur. Geschwindigkeiten 4.75 und
9.5. Einstellbar mit Kippschalter. Oben das magische Auge. Unten links
die Tricktaste. Zum Reindrücken. Die Tonbandspulen von BASF. Rote
Pappschachteln mit weißen Radiowellen.

Die Versetzung ist nicht mehr zu schaffen. Nach der Schule über die
Wiese hinter der Autobahn. Wohnwagen. Schausteller. Junger Mann
zum Mitreisen gesucht. Ausgelegte Schienen für die Geisterbahn. Bierflaschen. Kippen. Metallplatten für Autoscooter. Karussellsitze mit gepanzerten Rücken. Berg und Tal. Hully Gully. Später oben an der Raupe.
Pictures of Lily. Ich wünsch mir zum Geburtstag einen Beatle. Beatles-
perücke aus Plastik. Einsfünfundsiebzig. Reval in der hohlen Hand.
Kurz nach drei. Noch nichts los. Keine Hausaufgaben mehr. Ohnehin

alles egal. Kühle Autobahnunterführung. Kritzeleien an den Betonwänden. Geklaute Schulkreide. Berthold hat es geschafft. Stefan ohnehin. Christiane. Marion. Selbst Achim. Rainer fängt eine Lehre an. Wir sitzen auf der Bettkante unter der Dachschräge und betrachten die Rückseite der Beatles for Sale.

Die Türen der Schränke und Bettkästen in Jungenzimmern haben keine Schlösser. Magnete stattdessen. Betten mit flachen Schaumstoffauflagen. Abends rausziehen. Morgens reinschieben. Bettzeug in Bettkasten. Möbelpacker bringen die Möbel zerlegt. Innenseiten der Schranktüren nicht lackiert. Fahrer kann seine Tour nicht unterbrechen. Eltern holen mich und meinen Bruder von der Schule ab. Auf dem Heimweg von Fisch Frickel Kartoffelsalat und panierter Seelachs. Schrankteile stehen im Hof. Regen. Mann, der sie zusammenbauen soll, steht daneben und raucht. Später Vormittag. Eltern entschuldigen sich. Regenschlieren auf den Innenseiten der Fächer bleiben. Geruch von Firnis verfliegt. Magneten am Fach für das Bettzeug zu schwach. Wenn ich mich nachts auf der Matratze drehe, geht die Tür vom Bettkasten regelmäßig auf.

Meine Mutter wird immer noch nicht richtig gesund. Wenn ich von der Schule nach Hause komme, liegt sie manchmal im Bett. Manchmal ist sie gerade beim Arzt. Dann steht sie wieder in der Küche und schält Kartoffeln. Das neue schmale Radio auf dem Regal über der Sitzecke spielt das Wunschkonzert. Vor dem Küchenfenster schaukeln die Robinienzweige in der Sonne. Mein Goldhamster hat sich in seinem Käfig durch das Loch gezwängt, das mein Großvater in eine Zigarrenkiste gesägt hat, und sich innen zum Schlafen hingelegt. Es riecht nach frischem Streu. Das Rad quietscht erst in der Nacht wieder. Ohne Unterbrechung. Bis zum Morgengrauen. Noch zehn Minuten bis zum Mittagessen. Mein Vater sitzt am Sekretär und hat die grüne Geldkassette vor sich stehen. Er hat ein Rechtschreibheft mit einem schwarzen Umschlag gekauft. Er schlägt das Heft auf, nimmt das Lineal, legt es auf die Mitte der Seite, schraubt seinen Füller auf und zieht eine senkrechte Linie, die die Seite in zwei gleiche Abschnitte teilt. In die erste Zeile schreibt er das Datum des Tages. 19. Juni 1969. Zwei Tage vor Sommeranfang. In die linke Spalte werden die Zeiten eingetragen, die ich mit Celloüben verbringe. In die rechte Spalte kommen die Zeiten, die ich ferngesehen habe. Fury, Lassie, Till, der Junge von nebenan, Ivanhoe und Armin Dahl.

25

Obwohl die Frau von der Caritas mittlerweile in der DDR im Knast sitzt, hören die Schwierigkeiten nicht auf. Beim Gute-Nacht-Sagen am Abend sehe ich im Fernsehen, dass sie den Opel Kapitän an der alten Brauerei gefunden haben. Man weiß, dass er der Frau von der Caritas gehört, die aber spurlos verschwunden ist. Im Sand hat man Abdrücke von großen Kufen entdeckt, die man sich nicht erklären kann. Im Handschuhfach des Opel Kapitän lagen neben einer Karte, auf der verschiedene Orte im Odenwald angekreuzt waren, und einem angefangenen Päckchen Reyno Menthol noch ein Plastikstilett, zwei Ampullen Eiswasser und eine Packung Zauberseife. Ich zucke zusammen. Das kann doch gar nicht sein, wir haben das Handschuhfach extra noch mal untersucht. Aber die Zauberseife, die vermisse ich schon seit einer Woche. Wenn man sich mit Zauberseife die Hände wäscht, werden die nicht sauber, sondern ganz schwarz.

Ich laufe runter in die Küche, wo die zweite Sekretärin meines Vaters gerade das Geschirr vom Abendbrot wegräumt. Ich frage sie, ob jemand in meinem Zimmer war und an meiner Schatztruhe. Das kann ich nicht sagen, sagt sie, ich bin doch erst seit heute Abend da, und da ist niemand gekommen. Sie ist erst Anfang zwanzig und weiß nicht richtig, wie man einen Haushalt führt. Alles muss ihr meine Mutter sagen, die außerdem nicht will, dass so ein junges Ding bei uns herumläuft. Das ist doch nur vorübergehend, sagt mein Vater, bis die Frau von der Caritas wieder da ist. Wo kann die denn nur sein?, fragt meine Mutter. Was fragst du mich?, sagt mein Vater, bei mir hat sie sich nicht abgemeldet. Aber das ist doch komisch, da an der alten Brauerei. Vielleicht ist sie entführt worden, sage ich. Red doch nicht so einen Unsinn, sagt mein Vater. Doch, sagt meine Mutter, vielleicht hat er ja recht. Vielleicht wollen die Lösegeld von dir erpressen. Das wäre ja noch schöner. In dem Moment schellt das Telefon. Mein Vater geht in die Diele und nimmt ab. Ja, ja, höre ich ihn sagen, und dann: Einen Moment. Für dich, eine Claudia. Sag deinen Freunden bitte, dass sie hier nicht mehr so spät anrufen. Ja, sage ich. Claudia ist ziemlich aufgeregt. Hast du das schon gehört?, fragt sie. Ja, sage ich, die haben Zauberseife und zwei Ampullen Eiswasser und mein Plastikstilett im Handschuhfach gefunden. Das meine ich nicht. Was denn? Von dem Penner. Welchem Penner? Dem Penner, dem wir die Flasche Wodka verkauft haben. Was ist mit dem? Der ist tot. Vergiftet. Vergiftet? Ja, vergiftet. Aber das kann doch nicht sein, warum denn? Mensch, kapierst du nicht, die wollten uns vergiften. Wer? Na, wer schon? Die von der Volksarmee. Aber warum denn? Das weiß ich doch nicht, aber wenn wir den Wodka getrunken hätten, dann wären wir jetzt tot. Und die haben auch die Zauberseife und das Eiswasser und mein Plastikstilett ins Handschuhfach getan? Ja, klar, um den Verdacht auf uns zu lenken.

Im Fernsehen sagen sie gerade, dass alle angekreuzten Stellen auf der Landkarte aus dem Handschuhfach die Orte bezeichnen, in denen es ein Internat gibt. Was das jedoch genau zu bedeuten habe, kann man noch nicht sagen. Ich frage, ob ich Claudia schnell noch die Matheaufgaben für morgen bringen kann. Was? Jetzt? Es ist doch schon halb neun. Ausnahmsweise, ich bin auch gleich wieder da. Ich laufe in mein Zimmer und packe ein paar Sachen in den kleinen Rucksack. Dann nehme ich das rosa Plastiksparschwein, in dem das Geld ist, das ich für den Plattenspieler spare, drehe es auf den Kopf, drücke mit der Klinge von meinem Taschenmesser den Schlitz ein Stück nach innen und hole so, Münze für Münze, das ganze Gesparte raus. 17 Mark 65. Die stecke ich in meinen Brustbeutel.

Claudia und Bernd sitzen schon auf der Bank vor der Lohmühle. Die hat heute Ruhetag. Wir müssen abhauen, sagt Claudia. Aber wohin denn?, fragt Bernd. Garantiert nicht in die Ostzone, sage ich. Sehr witzig, sagt Claudia. Aber im Ernst, die hängen uns sonst noch den toten Penner an und sagen, wir hätten den vergiftet. Aber dann müssen wir einfach alles erzählen. Wir können doch sagen, dass wir einfach mit der Frau von der Caritas spazieren fahren waren, und da kam plötzlich ein Hubschrauber, und da stiegen Soldaten aus, und die haben sie entführt. Und der Penner? Die haben uns eben eine Flasche Wodka gegeben, und wir haben sie dem geschenkt. Aber das ist doch völliger Quatsch, außerdem glauben die uns das nie. Und wenn das allgemein bekannt wird, dann schicken die von drüben einen aus der Ostzone, der uns um die Ecke bringt. Dann schieben wir es wieder auf die Vorderberger und sagen, die waren's. Die

Vorderberger mit einem Hubschrauber? Quatsch, natürlich nicht mit einem Hubschrauber, einfach so, mit irgendeiner Rostlaube. Und die Kufenabdrücke? Die waren eben schon vorher da. Aber dann haben wir die Vorderberger gegen uns, das geht auch nicht. Dann sagen wir, es waren paar aus der Oberstufe, aus der Klasse vom Zoltan. Aber wie willst du das denn beweisen? Ich hab doch in unserem Rote-Armee-Fraktions-Heft was gesammelt über die. Aber das ist doch Quatsch. Ich hab eine Idee. Meine Mutter glaubt nämlich, dass sie die Frau von der Caritas entführt haben, um Geld von meinem Vater zu erpressen. Ja, und? Na, das können wir doch machen. Wir tun so, als hätten wir die Frau von der Caritas noch, und dann fordern wir Lösegeld. Das ist gut. Dann haben wir genug Geld, um abzuhauen. Aber wir müssen jetzt abhauen. Das geht nicht, wenn die Frau von der Caritas weg ist und wir auch, das fällt auf. Wir müssen ganz normal wieder heim, und morgen früh, wenn wir in der Schule sind, sagt Claudia, dass ihr schlecht ist, und dann geht sie zur Telefonzelle beim Konsum und ruft bei mir zu Hause an und verlangt 10 000 Mark Lösegeld. 10 000 Mark?

Als ich am nächsten Tag von der Schule nach Hause komme, herrscht ein völliges Chaos bei uns. Im Wohnzimmer sitzen Männer, die ich nicht kenne, im Flur steht der Chauffeur von meinem Vater und noch zwei andere Männer aus dem Betrieb. Ich gehe in die Küche. Hast du gehört?, fragt die junge Sekretärin, die immer noch da ist. Was? Die haben die Frau von der Caritas entführt und wollen jetzt 100 000 Mark Lösegeld. 100 000 Mark? Ja. Wahrscheinlich hat sie sich nur verhört. Und? Dein Vater will zahlen. Und wer sind die Männer im Wohnzimmer? Das ist Polizei. Hat mein Vater die Polizei gerufen? Die Entführer haben doch extra gesagt ... Ich meine, haben die Entführer denn nicht gesagt, dass er auf keinen Fall die Polizei anrufen soll? Das weiß ich nicht. Ich gehe zu meiner Mutter. Hast du schon gehört?, fragt sie. Ich nicke. 10 000 Mark, hat denn Vati so viel Geld? 10 000, du bist lustig, 100 000 wollen die. Wirklich? Ja, klar. Und? Dein Vater will zahlen. Ich will zum Telefon gehen und Claudia anrufen, aber einer der Männer kommt aus dem Wohnzimmer in die Diele und sagt: Du kannst jetzt nicht telefonieren. Also fahr ich mit dem Rad zum Schlosspark und gehe dort in die Telefonzelle neben dem Kiosk. Ich rufe Claudia an. Wir hatten doch 10 000 gesagt, sage ich. Ja, hab ich auch gesagt. Aber die sagen, dass 100 000 verlangt werden. Das ist Quatsch, ich hab 10 000 gesagt, in den Mülleimer hinter der Moosburg. Außerdem ist Polizei da, das schaffen wir nie. Polizei, ich hab doch ... Ja, aber mein Vater hat trotzdem die Polizei geholt.

Wir sitzen hinten in der Ecke vom Sängerheim, weil die als Einzige einen Fernseher haben, der am Abend läuft, allerdings ohne Ton. Wir haben einem Zehnjährigen zwei Mark gegeben, damit er in dem Mülleimer hinter der Moosburg nachsieht, ob da die 10 000 Mark sind. Also, erst haben wir einem kleinen Mädchen 50 Pfennig gegeben, damit sie zu dem Jungen auf dem Spielplatz geht und sagt, dass er mal zu dem Busch an der Schlossparkmauer kommen soll. Ich hatte mich in dem Busch versteckt, damit mich niemand sehen konnte, und als der Junge davorstand, habe ich mit ganz hoher Stimme und wie ein Amerikaner gesagt, dass er im Mülleimer hinter der Moosburg nachschauen soll, ob da ein Umschlag liegt, und wenn ja, dann soll er den Umschlag nehmen und hierher bringen und vor den Busch legen, da wo die eine Platte lose ist. Und dann habe ich gesagt: Siehst du die Platte, weil mich das an den Heiligen Hermann Joseph erinnert hat, und als er ja gesagt hat, habe ich gesagt, dann schau mal, was da liegt. Das ist für dich. Dann hat der Junge das Zweimarkstück genommen und ist in Richtung Moosburg gelaufen, und ich bin aus dem Busch raus und auf die andere Seite zu Claudia und Bernd, von wo aus man den Busch gut beobachten konnte, weil wir auf Nummer sicher gehen wollten, falls der Junge die Polizei holt.

Bis zur Moosburg sind es maximal fünf Minuten, selbst wenn man trödelt. Als der Junge nach einer halben Stunde noch nicht zurück war, wussten wir, dass er nicht mehr kommen würde. Wir wussten natürlich nicht genau weshalb, weil es mehrere Möglichkeiten gab: Er konnte mit den zwei Mark abgehauen sein oder mit dem Lösegeld, oder die Polizei hatte ihn abgefangen, als er den Umschlag aus dem Mülleimer nehmen wollte. Ich hatte dem Jungen gesagt, dass wir ihn beobachten und dass wir ihn grün und blau schlagen, wenn er mit dem Umschlag abhaut. Und er sollte auch zurückkommen, wenn da kein Umschlag wäre und als Zeichen die lose Platte wieder geraderücken. Wir haben sicherheitshalber noch eine halbe Stunde gewartet und sind dann erst mal runter nach Biebrich und haben beim Radio Enesser Singles angehört. Die haben noch eine alte EP von den Easybeats, die schon ganz abgestoßen ist, weil wir sie immer anhören, aber trotzdem haben sie die noch nicht runtergesetzt. Außerdem konnte ich jetzt kein Geld für Singles ausgeben, weil ich schon 2,50 für die Kinder ausgegeben hatte und nur noch 15 Mark hatte, nein, nur noch 13,50, weil wir auch noch Pommes essen waren.

Im Sängerheim sitzen wir jeder vor einer Bluna. In den Nachrichten zeigen sie wieder ähnliche Bilder wie gestern. Wieder der Opel Kapitän, wieder die Ampullen Eiswasser, die Zauberseife, aber dann kommt was Neues, nämlich die Frau von der Caritas. Und das ist kein Foto, sondern ein richtiger Film. Aber die Frau von der Caritas sieht ganz anders aus, weil sie die Haare nicht offen hat, sondern zu einem Dutt nach hinten gebunden, und außerdem trägt sie eine Uniform. Eine Uniform der Nationalen Volksarmee. Sie steht neben anderen Uniformierten und Männern in Anzügen und spricht in ein Mikrofon, und unten steht eingeblendet: Beitrag des Fernsehens der »DDR«. Es ist zu blöd, dass wir nicht hören können, was die Frau von der Caritas sagt, denn sie scheint wütend über irgendwas und redet mit weit aufgerissenem Mund und fuchtelt dabei mit den Armen. Dann ist der Film zu Ende, und es werden drei Fotos eingeblendet. Auf dem ersten sieht man Claudia, auf dem zweiten Bernd und auf dem dritten mich. Ausgerechnet das blöde Foto, wo ich den gelben Pulli, der immer so kratzt, und das weiße Hemd tragen musste, weil es Ostern war, und den Scheitel hatte mir die Frau von der Caritas auch mit einem nassen Kamm nachgezogen.

26

Das, was ich als meine psychische Störung, kürzer ausgedrückt: meinen Wahnsinn, netter ausgedrückt: mein Irresein bezeichne, besteht vor allem darin, wie ich bereits auf Befragen mündlich erklärt habe, dass ich mich normal verhalte und deshalb eine Diagnose meiner Störung von außen verhindere. Da diese Störung, wenn auch von außen nicht erkennbar, dennoch in mir existiert, war und bin ich gezwungen, mir selbst das nötige Wissen auf dem Gebiet der Psychologie, Psychiatrie, Psychoanalyse, Geschichte der Nervenkrankheiten und ihrer Behandlung, Geburt des Gefängnisses, Geburt der Wegschließapparate, Geburt der Roten Armee Fraktion, Geburt der Konzentrationslager, Geburt des Rohen und des Gekochten, Geburt von mir selbst, Beschreibung dieser Geburt, Beschreibung der Zangen, die bei dieser Geburt Einsatz fanden, Beschreibung der Saugglocken, die keinen Einsatz fanden, Historie der Werkzeuge generell, Historie des Zeigens der Werkzeuge als Androhung der Geburt und Historie der schließlich und endlichen Anwendung dieser Werkzeuge anzueignen. Auf diesem Wege nur kann es mir gelingen, meine eigene Nervenkrankheit zu diagnostizieren und entsprechend zu behandeln.

Meine Aufenthalte in Notaufnahmen, später ambulanten Stationen, mit den entsprechenden Therapievorschlägen, brachten mit keinerlei Nutzen, verstärkten im Gegenteil meine Störung, da ich einmal mehr erkennen musste, dass meine tatsächliche Störung von außen nicht zu erkennen ist. In dieser hilflosen Situation, allein auf mich gestellt, entschloss ich mich zu oben genannter Therapie, die nun die Schwierigkeit mit sich bringt, dass eine Störung von außen erkennbar scheint, nämlich die der Amtsanmaßung, der Erhebung, der Hybris, der Grandezza, eines scheinbaren Irreseins, das ich unter dem Begriff Grandeur Complexe Associé zusammenfassen möchte, also eines Assoziierten Größenwahnkomplexes. Um es noch einmal auf einen Punkt zu bringen: Meine tatsächliche Störung ist von außen durch Fremde nicht zu erkennen, während das Verhalten, dessen ich mich bediene, zwangsweise bediene zugegebenermaßen, um meine tatsächliche Störung zu heilen, von außen als Störung interpretiert wird.

Natürlich mag dieser Assoziierte Größenwahnkomplex auch tatsächliche Züge des Irrseins tragen, doch dient dieses Irrsein dem Zweck der Heilung, vergleichbar vielleicht mit schamanistischen Ritualen oder, um in der Sprache der Medizin zu bleiben, vergleichbar mit einem Medikament, das beträchtliche Nebenwirkungen aufweist, die man jedoch in Kauf nimmt, weil eine Heilung anders nicht möglich erscheint.

Sexualverhalten: Meine Sexualität findet ausschließlich in Gedanken und ausschließlich in der Vergangenheit statt. Die Sexualität der Roten Armee Fraktion war ebenso ins Dunkle getaucht und unerkannt wie die Sexualität der Nazis, weshalb die Rote Armee Fraktion an ihrer mangelnden Veränderung des Sexualverhaltens gescheitert ist, was sie sich auch sagen lassen muss. Die eigene Sexualität, gerade dann, wenn man meint, als revolutionäre Organisation die Welt verändern zu müssen, gleichermaßen zu verbergen und für alle Umstehenden zu mystifizieren, wie man es bereits in der bürgerlichen Welt tat, heißt, dieser bürgerlichen Welt weiterhin zu gehorchen. Die Sexualität umgekehrt darzustellen, was die Rote Armee Fraktion nie tat, sie jedoch bei dieser Darstellung der Intimität zu berauben, sie also quasi zu pornografisieren, führt auch nicht weiter, sondern arbeitet im Gegenteil den reaktionären Kräften zu. Es tut mir leid, dass ich, wenn es um Sexualität geht, nur in dieser fragwürdigen Sprache der revolutionären Verlautbarungen sprechen kann, aber meine eigene Sexualität ist zu stark von diesem revolutionären Versäumnis und dieser gesellschaftlichen Vereinbarung geprägt, als dass ich es anders ausdrücken könnte. Der Verlautbarungsduktus ist immer auch ein Duktus der Einsamkeit und Verlassenheit und des aus dieser Verlassenheit resultierenden Selbstzerstörungswunsches. Da meine Sexualität sich nicht aus diesen Polen des Verbergens und der Zurschaustellung bei gleichzeitigem Intimitätsverlust befreien konnte, lebe ich meine Sexualität zwangsweise in Verlassenheit und damit permanent vom Selbstzerstörungswunsch bedroht.

Fünf Maschinen und drei Getränkeverpackungen haben lange Zeit einen direkten Einfluss auf meine Gedanken ausgeübt.
Als Maschinen kann ich benennen:

1. Constructa Waschmaschine
2. Alpinette Höhensonne

3. Braun Rührgerät KM 31 mit Mixeraufsatz aus Glas
4. Grundig Tonbandgerät TK 25 mit Tricktaste und magischem Auge
5. Braun Plattenspieler SK 4

Als Getränkeverpackungen möchte ich angeben:

1. Maggiflasche
2. Sunkistpackung
3. Sanostolflasche

Erneute Anmerkung zur Sexualität: So könnte man zusammenfassend sagen, dass zwei Kräfte im Körper des Kranken wüten und über ihn bestimmen, nämlich einmal das Gefühl der Panik und Zersetzung und zum anderen das der Begierde und Sexualität, und dass die Begierde allein dazu dient, den Kranken nicht völlig der Niedergeschlagenheit auszuliefern, damit dieses Gefühl der Niedergeschlagenheit noch möglichst lange in ihm wirken kann, denn es könnte nicht mehr in ihm wirken, wenn der Kranke, völlig von ihm besessen, recht bald an ihm zugrunde ginge. So muss der Kranke feststellen, dass er ein einziges Mal in den letzten Jahren ein Gefühl der Ruhe, Gelassenheit, beinahe des Glücks im Sinne einer Zufriedenheit verspürte, als er in einem Traum mit seinen Eltern in ein abgelegenes Dorf fuhr, um seine Eltern dort in einer Art Hotel oder Krankenhaus zurückzulassen und mit Gernika in einem von ihr gesteuerten Wagen zu einem Schießplatz zu fahren. Seine Eltern waren versorgt, gingen in eine mit bunten Bleiglasfenstern ausgestattete Kapelle, während er auf dem Rücksitz im Auto seiner Freundin nach vielen Jahren zum ersten Mal vorsichtig das Thema Heirat ansprach, worauf sie nicht sofort abweisend reagierte, was für ihn ausreichte, sich von einem seltenen Glücksgefühl durchflutet nach vorn zu beugen und auch von einem Kind zu sprechen, was sie ebenfalls nicht ausschloss. Das Glücksgefühl aber bestand darin, sein Verhalten weder von Angst oder Niedergeschlagenheit noch von Unruhe und sexueller Begierde bestimmt zu wissen, sondern vielmehr in der Lage zu sein, die Umstände so zu akzeptieren, wie sie sich ihm boten, seine Eltern, gealtert, abgeben zu können und auf dem Rücksitz eines von Gernika gesteuerten Wagens in einer ihm völlig fremden Welt dahinzufahren, bis sie an dem Schießplatz anhielten, wo er in weiter Entfernung eine winzige Zielscheibe mit mehreren Schüssen durchlöcherte und sogar mehrfach ins Schwarze traf, ohne je zuvor in seinem Leben ein Gewehr in der Hand gehabt zu haben und ohne diese Scheibe genau ausmachen zu können. Das Glück aber, um es ein letztes Mal zu beschreiben, war die eigene Unbeteiligtheit an dem, was mit ihm und um ihn herum geschah. Es war das Einverständnis mit dem anderen. Die Akzeptanz und Annahme des Fremden, was immer es auch sei, und die gleichzeitige Bereitschaft, ohne Sehnsucht, Wehmut, Verzweiflung, Heimweh, Reue, Schuld, Panik, Zweifel oder eben sinnlose Begierde in diesem Fremden zu leben. Selbst die Erektion, mit der der Kranke aus diesem Traum erwachte, war angenehm und nicht schmerzhaft wie sonst oft, weshalb er sie vergehen lassen konnte, ohne sie in eine der üblichen Erregungen umzulenken.

27

Die Zunge befühlt den schmerzenden Zahn. Das Weltall befühlt die Erde. Der Wind greift einen jungen Apfel aus dem Baum, dreht ihn an seinem Stiel um sich selbst und schleudert ihn auf den Kiesweg. Wie lange der Regen schon anhält. Der Bus holpert über die Landstraße. Ich habe meine nackten Beine ausgestreckt, die nassen Sandalen abgenommen. Die Welt ist ein Mosaik aus Tabletten und Pillen und dem Lächeln einer klaffenden Wunde, die sie mit Klammern auseinanderhalten und unter das Mikroskop schieben. Jemand streichelt mein Haar. Ein anderer leert die vollgelaufenen Schalen aus. Die Gurken in den Einmachgläsern werden von einem grünen Schimmelflaum überzogen. Eine Kraterlandschaft für Maden. Der Busfahrer hat das Licht noch nicht angeschaltet. In einem Waldstück streifen wir fast ein parkendes Auto. Der Bus macht einen Schlenker und wirft mich quer über den Gang auf den gegenüberliegenden Sitz.

Mein Gesicht unter der Parkakapuze, zähle ich die Haken der Flure ab. Durch die breiten Rohre im Keller treibt der Geruch von aufgekochtem Gemüse und Kartoffeln. Der Vater kriecht mit einer Taschenlampe im Mund über das Rasenstück zum Fuchsbau. Ich werde vom Fenster zurückgezogen und mitten in den Raum gestellt. An der Tafel eine Formel. Im Hintergrund zwischen den Vorhängen die unbewegliche Stahlplatte der Nacht von Lichtreflexen abgesucht. Der große Bär schnappt nach dem kleinen. Ein Flugzeug fällt in einen goldenen Topf und wird zur Sonne aufgekocht. An den Wänden die gefallenen Helden in Jugendfotos mit schwarzem Band quer über der rechten unteren Ecke. Eine gelbe Sandwolke bläst über den Park hinweg. Sie treibt das Wasser in schlängelnden Streifen aus den Pfützen. Die Äste hämmern gegen den Geräteschuppen, und aus den langen Rohren, die den Tümpel mit dem Fluss verbinden, steigt ein Geruch von Teer und geschmolzenem Schnee.

Ich laufe die in die Stadt gemeißelte Hauptstraße entlang. Im Apothekenfenster blinkt ein dicker lächelnder Plastikmann und fährt sich mit der flachen rechten Hand über seinen gesunden Magen. In gelben und roten Lichtlein kann man seinen Darmtrakt verfolgen. Ich bleibe für einen Moment stehen. Der Verkaufsraum dahinter ist dunkel. Die Tür zum Nebenraum nur angelehnt. Die Apothekerin liegt auf einer mit grüner Gummiauflage bezogenen Behandlungsliege. Sie trägt einen weißen Kittel und hat ihre Schuhe an. Das Blinklicht spiegelt sich in den Vitrinengläsern. Eingefangene Schlangen. Würmer, die sich reflexhaft in die kranke Haut verbeißen und absterben. Ein Hundeunterkiefer als Spuckschale. Ein Katzenohr als Augenklappe. Ausgerissene Schwanenfedern als Verband. Ich spreize die Finger und mache einen Schneiderbock nach, der in Spiralen um das Heizungsrohr nach oben läuft.

Die Straßen um den Fluss sind abgesperrt. Lastwagen stehen zwischen provisorisch aufgebauten Zelten. Busse kommen an, und Menschen verlieren sich in den engen Gassen. Die Cafés haben für den besonderen Tag Torten und Konfekt in Form schmaler und mit Nougat gefüllter Röllchen hergestellt. Die Schokolade schmilzt, und die Füllung beginnt auszulaufen. Ein schlechtes Omen. Schon gegen Mittag werden die Preise herabgesetzt, später die Reste kurz im Gefrierfach angekühlt und den vorbeiziehenden Kindern, die heute schulfrei haben, mitgegeben. Der Kordon wird durchschnitten. Die angereisten Menschen betreten in einem andächtigen Zug nacheinander das riesige Rohr. Die Fahrbahn hat die Breite von zwei Panzern. Die Sonne schnellt als kleiner Magnetball über dem Wasser einem Signallicht hinterher. Auf dem Vergnügungsdampfer stehen die Ausflügler an der Reling und klatschen. Die Kinder werfen Spielkarten mit Flussverläufen um die Wette gegen eine Hauswand. Geht man vorsichtig auf den schaukelnden Anlegesteg und legt sein Ohr auf eine der Planken, kann man den Menschenzug unter dem Wasser als dumpfes Dröhnen hören. Die Frauen tragen lustige Hüte und die Männer bunte Schals mit dem Datum des Tages. Vom Gegendruck steigt das Wasser in den Siedlungen aus den Gullis. In den Kindergärten liegen unberührte Knetrollen in Blau und Rot auf den Tischen. Nach dem Mittagsschlaf setzen sich die Kinder davor und walzen sie mit ihren weich nach innen gebogenen Handflächen länger und länger. Sie müssen aufpassen, dass sie nicht zu dünn werden und reißen.

Um halb vier erscheint wieder der alte Mann neben dem Tor, gegen das die Kinder ihre Bälle werfen, und streckt ihnen Karamellbonbons durch das Gitter entgegen. Nach Arbeitsschluss machen die Kindergärtnerinnen Passfotos für ihre Verlobten. Sie zwängen sich nacheinander in den Automaten am Bahnhof. Am Ende ziehen sie Grimassen und heben ihre Blusen andeutungsweise ein Stück in die Höhe. Wenn alles mit rechten Dingen zugeht, müssten die Männer jetzt schon zu Hause sein und sich den Arbeitsdreck vom Rücken schrubben. Vom Geld der Überstunden der letzten Tage legen alle zusammen und kaufen eine Hollywoodschaukel für den gemeinsamen Garten. Manchmal sind sie in den letzten Nächten aufgewacht und meinten, noch immer im Rohr eingesperrt zu sein und den Fluss über sich zu spüren. Beim Hochsteigen der Treppen zum Ausgang heißt es bei jeder dritten Stufe einmal schlucken.

Die Honoratioren essen von den angereichten Tortenstücken und den leicht schwitzenden Pralinen, die auf kleinen Servierwagen neben der heute für Autos gesperrten Straße stehen. Die Schwestern im Kreißsaal halten die Neugeborenen an den Fersen in die Höhe, während sie durch die klare Luft in Richtung des Tunnels schauen, der hinter den farblosen Dachfirsten natürlich nicht zu erkennen ist. Der symbolische Akt des Durchquerens und Unterschreitens verleiht den Bewohnern der Stadt einen Nimbus des Wunderbaren. Die Lehrer stehen mit kreidebepuderten Händen vor der Tafel und gewinnen ihren Formeln eine in diesem Zusammenhang nie zuvor gekannte Schönheit ab. Stumm reicht man sich am Ende der Stunde die Hände und geht nach draußen. Die Äpfel werden geschält. Die Kerngehäuse durchstoßen. Die Kinder halten die ausgehöhlten Früchte wie Fernrohre vor ihre Augen.

In den Lagerhallen laufen die Telefone heiß. Es gibt Probleme mit der Belüftung. Den Häusern, deren Keller knöchelhoch voll Wasser stehen, wird nun auch noch das Gas aus den Rohren gesaugt. Die Kanarienvögel flattern in ihren an den Tunnelseiten aufgehängten Käfigen für einen Moment nach oben und sinken dann leblos zusammen. Zwei Ingenieure werden aus einer Nachmittagsvorstellung des Kinos geholt, die sie mit ihren Töchterchen besuchen. Man winkt sie durch einen Nebenausgang in eine Seitenstraße. Sie stehen neben den Schaukästen und empfangen Instruktionen. Vereinzelte Kinder kommen Fähnchen schwenkend vorbeigerannt. Aus dem blaugrauen Lichtschlitz zwischen dem Filzvorhang dringen die Stimmen der Schauspieler. Die Musik schwillt an und wieder ab. Es folgt die tönende Wochenschau.

Der Bus hält kurz an und fährt anschließend weiter, ohne die Türen geöffnet zu haben. An einer Baustelle gibt es einen Stau. Es stehen Wagen mit Blaulicht herum. Immer wieder werden einzelne Fahrer durchgewunken. Als wir an der Reihe sind, sehe ich, dass sie aus dem ausgehobenen Loch an einem Kran in Säcke eingewickelte Körper nach oben ziehen. Ich spüre meine Narbe am Bauch. Ich greife in die Tasche und hole das Feuerzeug heraus und schiebe es mir unter den Pullover, damit es die schmerzende Stelle etwas kühlt.

Taucher machen sich bereit. Sie stehen nackt auf dem zugigen Vergnügungsdampfer und ölen sich ein. Die Ausflugsgäste wurden mit Rettungsbooten an Land gebracht. Sie stehen dort und essen die letzten Salzstengel aus dem Schiffsrestaurant. Salzstengel und Apfelsaft: Den Kindern reicht es zur Verzauberung ihrer Welt. Während sie in Richtung Innenstadt gehen, legen sich die Ausflügler einzelne Formulierungen für die Erzählungen am Arbeitsplatz zurecht. »Da hab ich nicht schlecht gestaunt« ist zum Beispiel eine.

Die Fische werden kurz vor ihrem Tod von der Druckwelle, mit der das Bohrgerät nach unten fällt, an Land getrieben, wo sie meinen, es gelte eine neue Hürde der Evolution zu nehmen. Die Evolution jedoch stagniert. Die Bewegungsmöglichkeiten der Lebewesen sind natürlichen Beschränkungen unterworfen. Sie können die wenigen Formen nur untereinander austauschen und vervollkommnen. Danach tritt Langeweile ein. Man bekämpft sich gegenseitig ein bisschen lustlos und streitet sich über Nist-, Brut- und Weideplätze. Mehr hat das Leben kaum zu bieten. Dann erfindet sich, quasi als letzte schillernde Blüte, das Denken und mit ihm die großen Themen, die das Denken beschäftigen sollen. Am Abend läuft Derrick auf einem in die obere Zimmerecke des Schankraums gestellten Fernseher. Es geht nicht um Evolution im Leben, sondern allein um Vertrautheit. Bewegung ist nur sinnvoll als Bewegung hin zum Vertrauten. Alles andere ist Unsinn.

Die Menschen in der Röhre hören den verabredeten Signalton. Die eingeölten Taucher schwimmen neben den Luken auf der Stelle. Als der Bohrer angeworfen wird, gehen die Lichter in der Stadt aus. Das Krankenhaus schaltet auf Notstromaggregat. Wieder wird ein Kind geboren. Zum ersten Mal empfindet die Schwester den Vorgang als unbeschreiblich und sonderbar. Sie schiebt es auf das diffus flackernde Licht und die vorgerückte Stunde. Sie legt das Kind nicht wie gewohnt mit den Bauch auf den Tisch mit den Messinstrumenten, sondern hält es an das Fenster, um ihm die Stadt zu zeigen. Dann schließt sie die Jalousien. Das Wasser läuft wie geschmolzenes Nougat in den Tunnel.

Man darf das Blut aber nicht herunterschlucken, weil der Magen kein Blut verträgt, sondern muss es ausspucken, aber so, dass es die Lippen nicht berührt.

Auch sind die Schnecken, die auf dem Hügel in der Abenddämmerung über die ausgelegten Steine kriechen, nicht weiß, sondern grau. Die eine, die ich in das kleine Marmeladenglas gesteckt hatte, war am nächsten Morgen tot. Obwohl ich ihr einen Stein hineingelegt hatte. Aber eben keinen vom Hügel.

Ein Stück Buchenrinde, dünn mit Butter bestrichen, nicht Margarine, hält die Spinnen ab. Sie sind wie benommen und wollen sofort in die andere Richtung laufen. Selbst wenn das Stück Rinde in einem kleinen gehäkelten Beutel liegt, den sie in der Schürzentasche gar nicht sehen können.

Was nachts heult und stöhnt, ist nicht der Wind, sondern ein Junge, der zu schnell gewachsen ist und nicht mehr richtig in sein Bett passt.

Der Onkel hat wenig Zähne. Obwohl er jünger als Vater ist. Das Geld, das meine Mutter ihm aus dem langen roten, zwischen Kuchenform und Backpulvertütchen versteckten Lederportemonnaie gibt, ist für ein Gebiss.

Die Freundin des Onkels liegt vor der Kirche. Das schöne Rot vom Lippenstift, der aus ihrer Handtasche gerollt ist und mit abgerutschtem Deckel zwischen zwei von Ahornwurzeln ausgehobenen Steinplatten unter der Schautafel liegt, ist quer über ihre Backe verschmiert.

Wenn man einem toten Kaninchen einen Schnürsenkel in das eine Ohr steckt, kommt er aus dem anderen Ohr wieder heraus.

Die Lippen des Ertrunkenen sahen aus wie meine Zehen nach dem Baden. Er roch so wie die großen Kartons aus der falschen Lieferung, die die Transporteure vor der Rampe hatten stehen lassen.

Nur in den Adventswochen wird der kleine Bohrer mit dem schwarzen Griff aus der Lade geholt und mit ihm Löcher in Kastanien gebohrt für die Streichholzbeine der kleinen Tiere, die zwei Nächte allein am Tischrand stehen und über den Abgrund sinnieren. Dann werden sie ans Altenheim verschenkt.

Der Doktor findet nichts, weil der Ohrwurm den Spalt im Trommelfell von innen mit Spucke verklebt. Dann stecken sie dir eine Lampe ins Ohr. In die Nase auch. Du musst die Luft anhalten und die Lippen zusammenkneifen. Dann kommt ein Schlauch ins linke Nasenohr und einer ins rechte. Du musst ganz ruhig dasitzen. Manchmal eine Stunde, manchmal länger. Eine Maschine, ähnlich einem Ventilator, bläst Luft durch den Schlauch nach oben in den Kopf. Dann fängt der Ohrwurm an zu schweben. Er fliegt immer hin und her und schlägt von innen gegen deinen Kopf. Das tut höllisch weh. Aber wenn du Glück hast, zerplatzt er. Dann läuft dir eine Flüssigkeit aus der Nase. Die heißt Wurmsaft. Es ist aber kein schlimmer Tod für den Ohrwurm, weil er vorher verrückt wird. Weil ihn die Luft, die durch den Schlauch in deinen Kopf geblasen wird, schweben lässt, denkt er, er sei ein Vogel. Während er sich noch darüber freut, zerplatzt er oder bekommt einen Herzinfarkt.

Sie kriecht dir in die Hosenbeine oder Ärmel, wenn du auf einer Wiese liegst oder im Wald. Erst merkst du nichts. Aber wenn sie dann plötzlich auf deinem Bauch liegt, stirbst du vor Schreck. Du musst dich sofort nackt ausziehen. Dann fällt sie von dir runter. Aber du darfst die Kleider nicht wieder anziehen oder mitnehmen, weil sie dort auf dich lauert. Du musst nackt heimrennen, aber ganz schnell, sonst überholt sie dich. Dann erschrickst du so, dass du aus dem Wald auf die Straße läufst und überfahren wirst. Den einen Mann hat das Auto richtig auseinandergerissen. Da war der Kopf da und der Körper ganz woanders. Dann kam die Polizei. Aber der eine Polizist war der Sohn von dem zerrissenen Mann. Als der den Kopf gesehen hat, ist er auch gestorben. Vor Schreck. Einer aus der Parallelklasse hat es bis nach Hause geschafft. Ganz nackt. Aber der durfte danach nicht mehr in die Schule. Auch nicht mehr raus zum Spielen. Und Fernsehschauen durfte er auch nicht. Weil er zu nervös war. Den ganzen Sommer musste er nur im Bett liegen. Dann ist er gestorben. Sein Vater ist in den Wald gegangen, weil er die Hosen von ihm wiederholen wollte. Da hat er aus einem Loch bei einem Baum nur noch einen winzigen Zipfel von dem einen Hosenbein herausschauen sehen. Er hat wie wild daran gezogen, aber er konnte die Hose nicht mehr rauskriegen.

Sie hat sieben Stiche. Nach drei Stichen bist du aber schon tot. Ein älterer Junge hat mal gegen eine gekämpft. Und er hat alle sieben Stiche ausgehalten. Dann war sie tot. Aber er musste ins Krankenhaus, weil überall Blut aus seinem Körper kam. Und das Blut war ganz schwarz, weil die Stiche giftig sind und das Blut dann schimmelt. Sie setzt sich auf die Erdbeertorte und wartet, bis du abbeißt. Dann sticht sie dir in den Gaumen und in die Zunge. Die schwillt an und fällt nach hinten. Dann erstickst du. Der Doktor macht mit dem Messer ein Loch in den Hals. Dann fliegt sie wieder raus.

Ihr Biss ist giftig, weil sie im Abfluss lebt. Sie hat zwei große Vorderzähne, die immer wieder nachwachsen. Die Jungen wohnen im Fell der Mutter und fangen an, sie aufzufressen, wenn kein Kind kommt, in das sich die Mutter verbeißen kann. Sie nagt sich von hinten durch die Kleiderschränke und dann durch die Schuhkartons. Wenn man den Deckel aufmacht, springt sie dir mitten ins Gesicht und krallt sich fest. Sie kann sich aber auch ganz platt machen und vorn in die Spitze des linken Gummistiefels reindrücken. Sie stirbt nur, wenn sie überfahren wird. Dann quietscht sie, und man sieht, dass sie keine Knochen hat. Manchmal liegen mitten auf der Straße kleine schwarze Klicker. Das sind Rattenschnauzen, die nicht verwesen. Sie glänzen wunderschön in der Sonne. Aber man darf nicht hinlaufen und sie holen. Sonst wird man überfahren. Und das wollen sie nur.

Auf dem Fensterbrett in meinem Zimmer liegen noch immer die Fäden, die mir der Doktor aus dem Arm gezogen hat, und verschrumpeln langsam.

Der Onkel hat erzählt, dass seine Freundin sich nicht mehr rühren konnte nach dem Unfall. Sie lag im Krankenhaus und schaute an die Decke. Manchmal fiel eine Fliege tot herunter. Die hat er dann in die Porzellanschale getan, die auf dem Nachttisch stand und in die man eigentlich Blut spuckt.

29

Untersuchungen haben ergeben, dass insbesondere das Vokabular des Nationalsozialismus vom Nervenleidenden völlig anders verstanden und ausgelegt wird als allgemein gedacht. Der Nervenkranke setzt in seiner idiosynkratischen und geschichtsfremden Interpretation die in diesem Vokabular vorhandenen manipulativen Kräfte frei. Ein Beispiel unter vielen: das Wort Eintopf. Der Nervenkranke wird durch getrennt aufgetragene Gerichte verunsichert. Die Anforderung, Hauptgericht, Vorspeise und Nachtisch zu unterscheiden, lässt seine Aufmerksamkeit diffundieren und führt zu einer Beschäftigung mit den Begriffen selbst und deren Zuordnung, die dem Appetit nicht förderlich ist. Getrennt aufgetragenen Gerichten, die oft selbst noch einmal in Fleisch und Beilagen unterteilt sind, den Eintopf entgegenzusetzen, beruhigt den Nervenkranken. Dieses Gericht mit einem Wochentag zu koppeln und einen Eintopfsonntag einzurichten, wo sich gerade am Sonntag die Gerichte in mehrere Bestandteile aufzulösen drohen und in der Regel nach dem Gottesdienst eingenommen werden, der mit seinem Ritus der Kommunion selbst wieder auf die Komplexität und Symbolkraft der Nahrungsaufnahme verweist, vermittelt dem Nervenkranken zusätzlich ein Gefühl der Orientierung, das durch die Festlegung der Eintopfsonntage für die jeweils zweiten Sonntage der Monate Oktober bis März noch verstärkt wird. Dass man diese Orientierung durch die Zulassung von drei Eintopfgerichten (1. Löffelerbsen mit Einlage; 2. Nudelsuppe mit Rindfleisch; 3. Gemüsetopf mit Fleischeinlage) wieder zu verunklaren schien, wurde durch die genaue Festlegung der Eintopfgerichte (zu Löffelerbsen als Einlage entweder Wurst, Schweineohr oder Pökelfleisch etc.) wieder aufgehoben. Zweideutig und deshalb je nach Gemütslage bestärkend oder verwirrend für den Nervenkranken wirken hingegen Plakate mit der Aufschrift »80 Millionen eint das Eintopfessen«, da es einerseits durchaus beruhigend wirken kann, 80 Millionen auf einen Nenner zu bringen, andererseits jedoch genauso beunruhigend, wenn man diese Zahl zusammen mit den entsprechenden Tellern, den Tischen, auf denen diese Teller stehen, und so weiter visualisiert. Der Nervenkranke würde sich deshalb für das Plakat: »Am Sonntag mit dem Führer Eintopf« entscheiden, weil der Führer eine eindeutige Orientierung vermittelt, aber auch weil es ihn an den Schlager Am Sonntag will mein Süßer mit mir Segeln gehn erinnert.

Erna Horn: Kochbuchautorin, die von 1933 bis 1982 aktiv war und unter anderem das Standardwerk für den Eintopf vorgelegt hat (Der Eintopf – das deutsche Spargericht, 1933), mit dessen Hilfe das Winterhilfswerk den Eintopfsonntag einführte. Während der Eintopf und insbesondere die Idee des Eintopfs, wie bereits ausgeführt, beruhigend auf Nervenkranke wirken kann, führt eine Lektüre der Titel der von Erna Horn veröffentlichten Kochbücher in den meisten Fällen zu einer Verschlimmerung des Allgemeinzustands. Beispiele:

1. Der neuzeitliche Haushalt: ein wertvoller Führer durch die gesamte Küche und Hauswirtschaft aus der Versuchsküche Buchenau, München, 1941. Hier irritieren gleich mehrere Begriffe. Als Erstes: Neuzeitlich, im Weiteren: wertvoller Führer und insbesondere: Versuchsküche Buchenau, denn Buchenau erinnert zu sehr an Buchenwald und die Versuchsküche an die Versuche, die die Nazis unter anderem auch an Nervenkranken vornahmen.
2. So macht's Freude. Das neue MAGGI-Kochbuch. Frankfurt am Main, 1952. Der Nervenkranke kann dies fälschlicherweise für ein Zauberbuch halten, wie die Zauberbücher seiner Kindheit, dementsprechend regredieren und sich in Wahnfantasien hineinsteigern. Die auf der Mitte des Esstischs stehende Maggiflasche hingegen beruhigt durch ihre spezifische Form, den braunen Inhalt und das gelbe Etikett.
3. Der Arzt spricht und Mutter kocht: Ärztlich betreutes Reform- u. Diätkochbuch. Kempten, 1955. Katastrophaler Titel, da hier suggeriert wird, Arzt und Mutter steckten unter einer Decke und hätten sich gegen den Nervenkranken verbündet. Dabei vernachlässigt der Nervenkranke die Tatsache, dass es in seinem Fall natürlich genau umgekehrt ist, nämlich die Mutter spricht, und zwar angeblich für ihn, den Nervenkranken, in dessen Sinn sie seine Einweisung verfügt, während der Arzt in der Versuchsküche der Anstalt verschiedene Giftcocktails zusammenbraut.
4. Allfix-Kochbuch. Mit nahezu 400 Rezepten für die einfache und feine Küche unter Benutzung der Allfix-Küchenhilfe. Stuttgart, 1955. Kann Fantasien über Maschinen und die von Maschinen empfangenen Befehle auslösen.

5. Bauknecht-Kochbuch. Mit nahezu 400 Rezepten für die einfache und feine Küche unter Benutzung der Bauknecht-Küchenmaschine. Stuttgart, 1957: siehe oben.

6. Kalt, bunt und lecker. Ein zeitnahes Lehrwerk der modernen Küche. Kempten, 1966. Verkörpert die gesellschaftliche Umgebung des Nervenkranken, die er als abweisend und kalt, als laut, grellbunt und übersättigt empfindet, während er selbst unter Appetitlosigkeit leidet. Ebenso verhält es sich mit:

7. Kalte Platten für Familie, Feste und Feiern. Hamburg, 1963; Gütersloh, 1968. Hier wird der Nervenkranke die kalten Platten mit entsprechenden Einrichtungen der Anstalt in Verbindung bringen – etwa kalten Güssen, kalten Duschen, dem kalt Abgespritztwerden sowie den Eisenplatten der Gleichstrombehandlung und denen, die ihm nachts zur Fixierung auf den Leib geschnallt werden – und empfinden, dass sein Leid nicht nur unbeachtet bleibt, sondern darüber hinaus seine Familie dazu verleitet, in seiner Abwesenheit Feste zu feiern.

30

Es ist anzunehmen, dass es eine Art »Vision« war, die zum Sanatoriumsaufenthalt des Teenagers führte. Der Teenager war an einem Montagabend im Juni um 19 Uhr im Lokal Sängerheim aufgetaucht und dort eine Viertelstunde zwischen den Tischen und zwischen Toilette, Hinterzimmer und Schankraum orientierungslos herumgeirrt. Man dachte erst, er habe getrunken, und machte sich lustig über ihn. Als er jedoch zu zittern anfing, dann zu weinen, schließlich undeutliche Sätze hervorbrachte, um sich schließlich in einer Ecke der Gaststätte zusammenzukauern, wurde unter den Anwesenden gefragt, ob man den Jungen kenne, er sodann in eine Decke gehüllt und, weil er von einigen Anwesenden als Sohn des Fabrikanten identifiziert wurde, von einem Gehilfen des Wirts nach Hause gebracht. Zu Hause rief man umgehend die Kinderärztin Dr. Korell, die eine sofortige Einweisung verfügte. Während des Sanatoriumsaufenthalts kommt die im Sängerheim erlebte Vision seltsamerweise nie zur Sprache. Die erste Aufzeichnung erfolgt erst später, kurz vor der Einlieferung in das Konvikt, wo der Teenager noch weiter an einer detaillierten Analyse des Geschehens arbeitet und auch entsprechende, leider verschollene Zeichnungen zu diesem Geschehen anfertigt. Getrieben von der Hoffnung, in diesem einschneidenden Erlebnis, bei dem es sich um einen ersten psychotischen Schub gehandelt zu haben scheint, einen Ausweg aus seiner sonst eher verfahrenen Lage der Isolation in Schule, Gemeinde und Familie zu finden, begibt sich der Teenager mit großem Eifer in die Bildwelt, die ihm damals begegnete, um sie gemäß seiner Möglichkeiten darzustellen und zu analysieren. Obwohl ihn diese Begebenheit nachhaltig beschäftigt, taucht nirgendwo sonst eine Erwähnung dieses Ereignisses auf, weder in seinen Gesprächen mit Dr. Märklin oder Pfarrer Fleischmann noch in Aufzeichnungen oder Unterhaltungen im Konvikt. Erst sechs Jahre später und bereits an der Schwelle zum Erwachsensein notiert er noch einmal einige Sätze dazu. Bemerkenswert scheint, dass er in dieser Aufzeichnung versucht, das Ganze herunterzuspielen. Könnte es sein, dass er beschlossen hatte, dieses psychotische Erlebnis aus seinem Leben auszuklammern, weil seine Versuche, es zu integrieren, gescheitert waren?

Der Eintrag aus dem Jahr 1975: Übernächtigung, mit Opium versetzten Shit am Bahndamm geraucht, am Sonntag davor nicht zu Ewig Gebet gegangen: Es kann eine Menge Gründe geben, die am Ende zu dem Trugbild geführt haben, das sich im Sängerheim gegen 19 Uhr vor meinen Augen abspielte. Kurz davor hatte ich noch bei Achim vorbeigeschaut und in seinem Zimmer eine Folge Bugs Bunny mitgeguckt. Auch da war mir schon schlecht, aber ich wollte es nicht richtig wahrhaben und habe versucht, mich in eine Art gespielte Heiterkeit hineinzulachen, aber das Ganze ging nach hinten los. Da war einfach zu viel Opium drin. Auf dem Heimweg kam ich dann an dem Haus vorbei, wo ich damals mit sieben oder acht durch das Fenster den Mann im Unterhemd am Tisch vor dem Fernseher, in dem gerade Fiete Appelschnut lief, gesehen hatte, zumindest fiel mir das in dem Moment wieder ein, weil ich ja fast jeden Tag an dem Haus vorbeikam, und ich versuchte, wieder durch das Fenster zu sehen, aber diesmal war das Zimmer dunkel, und schon da hatte ich so einen kurzen Flash, weil ich dachte, dass in dem dunklen Zimmer ein hagerer Mann ganz ruhig in einer Ecke steht und dass der die Frau umgebracht hat, die damals dem Mann im Unterhemd das Abendbrot reinbrachte. Ich bekam richtig Panik und so eine Kifferparanoia, deshalb bin ich noch mal zurück und ins Sängerheim, um mich abzulenken, auch weil ich es einfach nicht ausgehalten hätte, die blöden Fragen zu Hause, das Geschwätz der Caritastante, fragen, wie es Mutter geht, obwohl es ihr doch immer gleich geht, dann Tasche packen, noch ein bisschen rumhängen, auf dem Bett sitzen, warten, bis mein Bruder schläft, dann selbst versuchen zu schlafen, obwohl ich garantiert noch nicht müde sein würde. Und deshalb bin ich noch mal ins Sängerheim, um zu sehen, ob vielleicht Gerald und Gottfried da sind, obwohl ich die eigentlich nicht so richtig mochte, weil sie älter waren und einen immer von oben herab und wie ein Kleinkind behandelten, aber zur Ablenkung wäre mir in dem Moment alles recht gewesen. Kaum aber war ich im Lokal, als mir auf einmal wahnsinnig schlecht wurde. Was dann genau passiert ist und wie lange ich dort war, weiß ich nicht mehr. Ich habe nur eine einzige Erinnerung, also nach diesem Bild mit dem Tod und der lila Stola, das als Erstes kam und weshalb ich auch überhaupt umgekippt bin, nämlich dass ich auf dem Boden liege, was ja auch stimmte, und mir ein Mann in einer Soldatenuniform ein Glas Limonade hinhält, während die Tür zum Hinterzimmer aufgeht und ein Besoffener rausstürzt und hinfällt, während ich durch die Rauchschwaden ein junges Mädchen, vielleicht Claudia, halbnackt auf dem Tisch zwischen den grölenden Männer liegen sehe. Davor eben das kurze Bild vom Tod, der, wie der Pfarrer in der Sakristei, gerade eine violette Stola anlegt, was ich zufällig sehe, aber nicht sehen darf, weil man den Tod nicht sehen darf, schon gar nicht, wenn er sich gerade darauf vorbereitet, jemanden zu holen, weshalb ich dachte, nun auch sterben zu müssen, und dachte, dass er das auch war in dem dunklen Zimmer, in die Ecke hinter der Tür gepresst, und einmal kann man den Tod vielleicht überraschen, aber garantiert nicht zweimal, weshalb ich in Panik die Treppen hinunter bin, um nach einem Ausgang zu suchen, am besten nach hinten raus in den Hof und von dort dann über den Bahndamm und durch die Bachgasse weiter die Bleichwiesenstraße hoch zur Autobahnunterführung und zur Kerbewiese und erst dort bei den Pappeln anhalten, aber es gab keine Türen, keine einzige Tür, nur einen engen Schlitz in der Mauer, durch den ich den Hof sehen konnte, aber der Schlitz war viel zu eng für mich, so eng, dass ich noch nicht mal meine Hand hindurchstecken konnte, was ich aber trotzdem versuchte, weil ich mir nicht anders zu helfen wusste, und sich mein Arm verklemmte, und ich wie ein Fisch am Haken zappelte und mich nicht traute, mich umzudrehen, weil ich Angst hatte, dass auf einmal diese lange dürre Gestalt hinter mir steht, mit oder ohne Stola. Wobei ich mir das mit den Treppen und dem Schlitz in der Mauer eher eingebildet habe, weil ich wahrscheinlich die ganze Zeit auf dem Boden in der Wirtsstube lag. Vielleicht kam diese lange, dürre Figur noch aus der Folge Bugs Bunny, die ich bei Achim mitangeguckt hatte. Auf alle Fälle war ich dann irgendwie bei uns auf dem Hof. Wie ich nach Hause gekommen bin, weiß ich nicht mehr genau. Ich glaube aber nicht, dass mich jemand gebracht hat. Ich habe mich dann an der Küche vorbei in mein Zimmer geschlichen, weil ich noch immer nicht richtig runter war, und mich in Klamotten aufs Bett gelegt, weil mir immer noch so schwindlig war. Und immer wenn ich auf das Poster von den Rolling Stones geschaut habe, das gegenüber von meinem Bett über dem Kleiderschrank hängt, bewegten die sich und machten Anstalten, auf den Schrank und zu mir runterzusteigen. Und ich bekam ein schlechtes Gewissen, weil ich das Poster nur aufgehängt hatte, falls Christiane mal zu mir kommt, wo ich eigentlich kein Stones-Poster aufhängen würde, weshalb es auch hinten über dem Kleiderschrank hängt, weil die Beatles und die Kinks und die Small Faces, die hängen vorn über meinem Schreibtisch. Es ist das Foto aus der Popfoto, das auch auf der Jumpin' Jack Flash vorn drauf ist, und das ist an

sich schon gruselig genug, auch ohne mit Opium versetzten Shit, weil
Mick Jagger einen Dolch im Mund hat und Brian Jones einen Dreizack
in der Hand, und Bill Wyman hält sich mit der linken Hand eine rosa
Maske mit Schnurrbart vors Gesicht, die einen Joint raucht, obwohl er
Rechtshänder ist, was vielleicht eine Anspielung auf Paul sein soll, weil
bei den Rolling Stones keiner Linkshänder ist und bei den Beatles gleich
zwei, denn Ringo ist auch Linkshänder, obwohl er auf einem Rechtshän-
der-Schlagzeug spielt, wahrscheinlich weil er das so lernen musste, so
wie ich in der Volksschule auch mit rechts schreiben musste, obwohl ich
lieber mit links schreiben wollte. Und Charlie Watts hat ein Halstuch
vor dem Gesicht und eine Glühbirne im Mund, und Keith Richards hat
Motorradklamotten an und einen rotlackierten Fingernagel und hält ein
Fernglas in der Hand und hat so eine Sonnenbrille auf, wie ich sie auch
gesucht, aber nicht gefunden habe, weil die ohnehin nichts Richtiges haben in der Kaufhalle oder beim Brenninkmejer, und in Wiesbaden ist immer alles gleich weg. Am nächsten Tag musste ich nicht in die Schule. Ich
hätte auch wirklich nicht in die Schule gekonnt, obwohl mir nicht richtig was fehlte. Ich meinte nur ständig, den Zug zu hören, den man eigentlich nur im Sängerheim hören kann, weil dahinter gleich der Bahndamm
kommt. Aber vielleicht waren das auch die Lastwagen auf dem Werkshof. Ich bekam Apfelscheiben und Zwieback, aber noch nicht mal das
konnte ich essen, so schlecht war mir.

31

Claudia steht nicht mehr auf der Brücke und lässt kleine selbstgeschneiderte Puppenkleider durch die graue Winterluft hinunter auf die Fahrbahn segeln. Sie hört nicht mehr den ganzen Tag Mozart und ordnet das Geschirr in der Küche: Teelöffel, Dessertlöffel, Esslöffel, Suppenlöffel, ein unbeweglich langsamer Zug vom Herd in Richtung Spüle, zuerst lang ausgestreckt, dann nebeneinander aufgereiht wie Bahren, aus denen das fahle Licht der Seelen entweicht wie abgekühlter Dampf. Sie redet nicht mehr mit den Hunden fremder Leute, fasst Hunde überhaupt nicht mehr an, umarmt sie nicht, reißt nicht mehr am Halsband von Hunden, schreit die Besitzer nicht mehr an, behauptet nicht mehr, die Tiere besser zu verstehen als ihre Halter, sagt kaum noch etwas, wenn sie mit Gabi, Marion und Christiane die alte Runde geht zur Brücke und dann weiter zum Wasserturm. Sie bleibt stehen, zählt die Güterwaggons und errät die Ladung (Kühe).

Sie sitzt nicht mehr bei uns im Chemieunterricht, weil sie eine Freistunde hat, und lächelt mir zu, weil sie weiß, dass ich in Christiane verliebt bin. Sie spricht mich nicht mehr an, während ich mein Rad aus dem Fahrradkeller schiebe und die Sonne über die Pavillons fällt. Sie sagt nicht mehr: Ich hab euch gesehen, nach der Feier bei Volkmar, oben an der Ecke Gabelsborner, wo Christiane auf ihren Freund gewartet hat und du neben ihr standst in der Kälte und ausgeharrt hast, obwohl es schon nach zehn war und du um zehn doch daheim sein musst, und du immer alles für bare Münze nimmst, was sie sagt, und nicht weißt, ob es wirklich ihr Freund ist, der sie gleich abholt, und ob es wirklich ein Oberstufler ist, weil bei uns in der Schule hast du ihn noch nie gesehen, aber dann ist er, denkst du, eben auf dem Gutenberg, hoffst aber, dass es vielleicht nur ein Cousin ist oder ein Bekannter ihrer Eltern, mit dem sie einfach nur angeben will, weil sie ja andererseits in Bio nicht wusste, dass die Hoden beim Mann außen sind, sondern gesagt hat: »innen«, als sie drankam, worüber alle gelacht haben, alle Jungs, weil sie sich endlich dafür rächen konnten, dass die Mädchen sie immer wie Kinder behandeln, nur du hast nicht gelacht und hast nur gesehen, wie peinlich es ihr war, und dass sie nachher mit Gabi und Marion draußen stand und ganz laut gesagt hat: »Ich muss mir das einfach noch mal genauer ansehen nächstes Mal«, als ihr vorbeigegangen seid, hat es auch nicht besser gemacht, sondern eher noch schlimmer, weil die anderen Jungs jetzt immer gesagt haben: »Dann muss ich mir das noch mal genauer ansehen«, nur du, du wusstest nicht genau, was du machen solltest, weil du ohnehin alles machen würdest, so wie da oben an der Ecke Gabelsborner, wo du am liebsten für immer stehen geblieben wärst mit ihr, während sie raucht und du nach unten schaust auf deine Jeans, an die dir die Frau von der Caritas deinen alten Gitarrengurt, den mit dem gelben Muster, als Borte angenäht hat, wo du doch eigentlich gar keine Jeans tragen darfst und es ohnehin eine Ausnahme war, vielleicht als Trost, weil deine Mutter wieder mal im Krankenhaus ist und die Frau von der Caritas das versteht, weil sie früher auch immer ihre Petticoats bei einer Freundin deponieren musste, und auch nur deshalb, weil deine Mutter wieder einmal im Krankenhaus ist, kannst du dort oben an der Ecke Gabelsborner überhaupt stehen, obwohl es schon nach zehn ist, und weil du so aufgeregt bist und weil du alles für bare Münze nimmst, was sie sagt, fällt dir nichts ein, worüber du mit ihr reden könntest, auf gar keinen Fall über die Schule, aber auch nicht über Musik, weil sie da unsicher ist und nur Marion alles nachmacht, und Marion würde viel besser zu dir passen, obwohl sie die Stones gut findet, weil sie sich auskennt und sogar Led Zeppelin kennt, aber du bist nicht in Marion verliebt, nicht in Gabi oder mich, sondern in Christiane, an die du beim Fest kein einziges Mal rankamst beim Flaschendrehen, weil sie auch nicht richtig mitgemacht hat, aber doch dabeisaß, was typisch für sie ist, ganz typisch, während ich nur hinten auf dem Sofa saß und gesehen habe, wie du mit Anita rausgingst und dann mit Margit, und Anita hat dich richtig geküsst, mit offenem Mund und Zunge, während Margit noch nicht einmal den Kaugummi rausgenommen hat, was dir aber recht war, weil dir ohnehin alles egal ist, wenn es nicht Christiane ist, obwohl es besser ist, als später dann wirklich dort zu stehen, weil es besser ist, sich etwas herbeizusehnen, weil man es sich dann ausmalen kann in der Fantasie, es aber in Wirklichkeit immer anders ist, dann, wenn du mit ihr an der Ecke Gabelsborner stehst und dir nur wünschst, dass es endlich vorbei ist, dass du wieder allein bist, dass du dir wieder wünschen kannst, noch einmal mit ihr allein zu sein, und es dir ausmalen und nicht wie jetzt hin- und herüberlegen musst und dich noch nicht einmal traust, auch eine Zigarette anzustecken, weil du für alles bereit sein willst und dort so lange ausharren musst, bis sie endlich abgeholt wird, und natürlich willst du nicht wirklich, dass es vorbei ist, aber wenn es vorbei ist, ist es eben vorbei, dann kannst du allein die Gabelsborner runtergehen und endlich all das fühlen, was du jetzt nicht fühlen kannst, dann kannst du auch eine rauchen und dich wieder nach ihr sehnen, und dann ist das ein Gefühl, wie wenn du in deinem Zimmer sitzt und die Kinks hörst, dieses Gefühl, was nur bei den Kinks kommt, besonders bei See My Friends und I'm Not Like Everybody Else, und je länger du dort stehst in der Kälte, desto sehnlicher wünschst du dich in dein Zimmer und vor dein Tonband, auch wenn du dort nicht rauchen kannst, und irgendwann sagt Christiane wirklich: Da kommt er ja, und deutet auf einen hellblauen VW Käfer, der aus der Waldstraße einbiegt und unter der Brücke durchfährt und auf euch zukommt, und jetzt steigert sich deine Aufregung zusammen mit der Erleichterung, und du siehst dich schon gleich die Gabelsborner runtergehen und dir eine Zigarette anstecken, aber dann dreht sich Christiane um, gerade als der hellblaue Käfer wendet, um auf eurer Seite zu halten, sie dreht sich um und küsst dich, sie küsst dich auf den Mund, und dann dreht sie sich zurück in Richtung Käfer, in dem das Licht angeht, weil der Fahrer die Beifahrertür zu eurer Seite aufmacht, aber anstatt einzusteigen dreht sie sich noch einmal zu dir um und küsst dich noch mal auf den Mund, und dann erst steigt sie ein, zieht die Tür zu, und der Käfer fährt in dieselbe Richtung, aus der er gekommen ist, während du, obwohl es unmöglich ist, dich versuchst zu erinnern, ob du das Gesicht des Fahrers gesehen hast, anstatt dich an die beiden Küsse zu erinnern, die du runterspielst, weil du sie nicht richtig begreifen kannst, und als würde das Gesicht des Fahrers überhaupt eine Rolle spielen, versuchst du es dir zu konstruieren, irgendjemand, eben nicht aus der Schule, nicht einer der Oberstufler, sondern vielleicht jemand vom Tennisplatz im Henkellpark, an dem du manchmal vorbeigehst, und dann merkst du, wie blöd die Gedanken sind, weil dir die beiden Küsse wieder einfallen, und dann überlegst du, warum Christiane dich geküsst hat, ausgerechnet als der Typ schon da war, und du überlegst, was das zu bedeuten hat und ob sie dir zeigen wollte, wie wenig du ihr bedeutest, weil du noch ein Kind bist, das man einfach küssen kann und auf das der Typ im hellblauen Käfer niemals eifersüchtig sein wird, und weil du wirklich noch ein Kind bist, denkst du immer so weiter, und dann mal in die andere Richtung, dass sie dem Typ im hellblauen Käfer was beweisen wollte, und kommst nicht drauf, worum es wirklich ging in dem Moment, dass sie dich nur in dem Moment küssen konnte, weil der Moment damit vorbei war, weil dem Moment nichts folgen konnte von dir, obwohl du natürlich nie etwas hättest folgen lassen, sondern nur dagestanden wärst, auch wenn sie dich fünf Minuten früher geküsst hätte, als der hellblaue Käfer noch nicht in Sicht war, aber darauf kommst du nicht, während du nicht die Gabelsborner runtergehst, sondern untenrum durch die Schrebergärten, und siehst, wie über der Wiese am Bach ein paar Nebelfetzen über den eingefallenen Rhabarberblättern hängen, und denkst, wie dramatisch immer alles bei den Mädchen ist, die zusammen aufs Klo gehen und denen oft schwindlig oder schlecht ist, was du alles nicht verstehst, während du jetzt deine letzte Reval anzündest und denkst, dass du einfach noch die Wochen bis zum Sommer überstehen musst, danach bist du ohnehin weg von alldem, dann bist du eine Klasse tiefer und die Mädchen dort die Kinder, und wenn du Christiane auf dem Schulhof siehst, dann schaust du einfach weg, obwohl, als es dann so weit ist und dir Schmidt-Ery auch noch eine 5 reinhaut, damit du auch nicht zur Nachprüfung zugelassen werden kannst, da ist es schon ein seltsames Gefühl, die letzten Tage mit den anderen in der Klasse zu sitzen, morgens reinzukommen und mittags rauszugehen, immer mit dem Gefühl, dass das bald ein für allemal vorbei ist. Und die Tage werden seltsam unwirklich in dem Vorsommerferienlicht, das durch die Scheiben fällt, und den Unterrichtsstunden, die nichts mehr bedeuten, und den Lehrern zwischen Pult und Tafel, die sich abwechseln und dort stehen und etwas sagen, das du nicht mehr hörst, weil du nur das Licht siehst und das Flimmern der Robinienzweige, wenn du am Nachmittag nach Hause kommst und allein in der Küche sitzt, weil deine Mutter wieder mal im Krankenhaus ist und dein Vater im Büro oder im Kontor und dein Bruder bei der Frau von der Caritas, die mit ihm auf einen Spielplatz gegangen ist, was dir nur recht ist, weil es ohnehin nur Streit gäbe über das Zeugnis und das Sitzenbleiben und das ewige Musikhören, und du in dem flimmernden Licht die beiden Zettel auffaltest, die am Morgen vor der ersten Stunde auf deinem Platz lagen, gefaltete Zettelchen, auf denen innen jeweils in einer anderen Schrift einmal stand Du bist süß und: Schade, dass du sitzen bleibst, ohne dass du weißt, von wem sie sind, nur dass keiner von Christiane ist, da bist du dir sicher, und auch nicht von mir, nicht nur, weil ich ja gar nicht in deiner Klasse bin, sondern weil ich gerade ganz andere Probleme habe, was du aber nicht weißt, weil du von mir nur weißt, dass ich in derselben Basisgruppe bin wie Guido und mit Christiane befreundet, aber nicht wie Guido etwas von Bleistiften erzähle und auch nichts von Christiane, wenn wir uns zufällig treffen auf dem Heimweg und über Cream reden oder den Schleimer Schöwe und du mir schon zweimal eine Mark geliehen hast für ein Päckchen Reval, auch deine Marke, ich weiß, und einmal, als du selbst keine Zigaretten mehr hattest und ich nur noch eine und du mich gefragt hast, ob ich dich mal ziehen lasse, da habe ich einfach, weil du gerade so neben mir saßt, meine Lippen auf deine gedrückt und dir den Rauch in den Mund geblasen, aber das war nicht, um dich anzumachen, sondern weil ich die ganzen Tage so nervös war, wegen der Maifestspiele, aber darüber konnte ich natürlich nicht mit dir reden, weil, wie soll ich gerade dir so was erzählen, weil sie wollten, dass ich mich ausziehe, das habe ich noch nicht einmal Gabi, Marion oder Christiane erzählt, weil der Regisseur einfach ein Arsch ist, ich das aber dennoch machen muss, weil ich sonst rausfliege, und ich weiß, dass ich dir trotzdem leidgetan habe, weil ich so traurig aussah, obwohl ich so blöd gegrinst habe ohne Unterbrechung, und immer nach oben in den Himmel geschaut, wenn ich den Rauch ausgeblasen habe, und du sogar für einen Moment überlegt hast, warum du dich eigentlich nicht in mich verliebst, weil dir das einfacher schien und logischer, weil du mich eben nicht kennst, aber zum Glück geht das ohnehin nicht so, dann wäre ja alles einfach, obwohl ich nicht weiß, wie das mit uns wäre, weil ich ganz andere Probleme habe, generell, nicht nur im Theater, nicht nur in der Basisgruppe, nicht nur zu Hause, weil ich nicht überall rausfliegen will, besonders nicht als läppischer Statist, wenn du da mal den Ruf weghast, dich anzustellen, dann kannst du das vergessen, und das denke ich, während ich neben dir sitze und rauche und weiß, dass du an Christiane denkst oder daran, dass du sitzen bleibst und wer dir die beiden Zettel geschrieben hat, und ich weiß, dass dir mein Busen nicht auffällt, weil du nicht auf so was achtest, weil es beim Verliebtsein um was anderes geht, aber dem Regisseur, dem Arsch, ist er natürlich aufgefallen, und jetzt will er ihn sehen und tut, als müsste das sein, dass mir der eine Schauspieler die Bluse runterreißt und ich dann so bis zum Szenenende rumlaufen muss, und ich konnte gerade noch verhindern, dass das bei den Proben auch gemacht wurde, also dass ich da nichts drunter hatte, aber bei der Vorpremiere, da musste ich dann wirklich nackt sein, und ausgerechnet die gehörte zu deinem Schülerabo, und obwohl du überhaupt keine Lust mehr hattest, bist du ausgerechnet in das Stück gegangen,

weil du Schwanensee schon hast sausen lassen und dein Vater sauer war
und gefragt hat, wozu er das Abo eigentlich zahlen würde, und deine
Mutter im Krankenhaus gesagt hat, wie gern sie wieder mal ins Theater
gehen würde, wenn es ihr nur besser ginge, also bist du reingegangen,
und ich hab dich sofort gesehen, auch noch erster Rang, zum Glück auf
der anderen Seite, und ich wusste nicht, ob es schlechter ist oder besser,
besser auf keinen Fall, aber ich dachte für einen Moment, dann kann ich
dir wenigstens meine Brüste zeigen, auch wenn du nicht auf sie achtest
sonst, aber das ist doch viel mehr als zwei Küsse von Christiane, obwohl
du davon natürlich nichts weißt, aber dann war ich noch unsicherer und
wäre fast abgehauen, kurz davor, dann hätte der Regisseur sehen können, was er macht, obwohl es so wichtig auch wieder nicht ist und die
anderen Frauen auch gesagt haben, dass sie sich vor mich stellen, und
die eine hat dann auch einfach die zerrissene Bluse, die so runterhing,
wieder etwas über meine Brüste gelegt, was ich mich selbst nicht getraut
hätte, und ich habe mich nur einmal ganz bewusst am Anfang, als ich
mich dafür entschieden habe, in deine Richtung gewandt, aber mir ist
dann richtig das Blut in den Kopf geschossen, weshalb ich fast umgekippt wäre, weil mir so schwindlig wurde vor Aufregung, diese Scheiß-
aufregung, und dieser Scheißregisseur, und danach wollte ich nur weg,
nur raus, hab mich nicht abgeschminkt und nichts, nur den Mantel drü-
bergezogen und bin raus in die Nacht, und da standst du, wahrscheinlich
nur aus Zufall, und wir sind rüber zu den Brunnenkolonnaden und haben uns da auf die Stufen gesetzt und eine geraucht, und ich hab dich gefragt, nach einer Weile, wie du's fandst, und du hast nur mit den Schultern gezuckt, weil du nicht wusstest, was du sagen solltest, weil du nicht
wusstest, was ich meinte, das Stück oder das mit meinem Busen, und
deshalb hab ich nur gesagt: Der Regisseur ist ein Arsch, und dann haben
wir zugesehen, wie drüben die Taxis ankamen und die Leute einstiegen
und wegfuhren, und dann sind wir nach einer Weile zur Bushaltestelle,
und mir ist wieder eingefallen, dass ich mich nicht abgeschminkt hatte,
und dann habe ich auf meine Augen gedeutet und eine Grimasse gemacht, und du hast gelächelt, und dann habe ich einfach gesagt: Jetzt
hast du meinen Busen gesehen, und du hast zu laut und zu schnell nein
gesagt und gesagt, dass du ganz hinten warst, obwohl du ganz vorn gesessen bist, und dass du mich leider überhaupt nicht gesehen hast, und
das fand ich süß, obwohl ich das Wort süß blöd finde und dir auch nie einen Zettel schreiben würde, wo draufsteht, dass ich dich süß finde, und

ich hab versucht, keine Grimasse zu ziehen, sondern dich einfach nur anzuschauen, während du in den Bus steigst und ich noch stehen bleibe und auf die 8 warte und du dich umdrehst und Bis Montag sagst und ich Bis Montag sage, obwohl ich weiß, dass ich am Montag nicht da sein werde und dass du mich suchen wirst in der Pause und nur sehen wirst, wie Gabi, Marion und Christiane zusammenstehen und aufgeregt reden und du dich aber nicht traust zu fragen, was ist, und stattdessen nach der Schule mit dem Rad runter zum Gutenberg fährst und auf Guido wartest und ihn fragst, ob er weiß, was mit mir ist, und nur erfährst, dass ich schon vor Wochen aus der Basisgruppe geflogen bin, wozu Guido Ausgeschlossen sagt, und als du ihn fragst weshalb, er nur sein blödes Keine klare Position zur Gewaltfrage abspult, als könntest du damit was anfangen, was Guido auch merkt, weshalb er noch nachschiebt: Sie hat nicht die Vorstellungen der Gruppe vertreten, und du zu ihm sagst: Mensch, Guido, ich weiß doch nicht, was ihr da genau macht, und Guido seine üblichen Sprüche loslässt und sagt: Wir verstehen den revolutionären Prozess als etwas Permanentes, da ist es nicht mit etwas Rumballern getan, das ist eine langfristige Angelegenheit, die sehr viel theoretische Durchdringung verlangt, weshalb wir uns auch regelmäßig treffen, selbst das kann er sich nicht verkneifen, und auch die übliche Aufforderung: Komm doch einfach mal, da werden sich viele Fragen klären für dich. Weil er nicht begreift, dass dich das gerade alles nicht interessiert, dass deine Fragen nicht da geklärt werden können, weil die dir nicht sagen können, was du machen sollst, wenn du sitzen bleibst oder wenn ein Scheißregisseur verlangt, dass du dich ausziehst, aber du lässt nicht locker und fragst Guido, ob er mich seitdem noch mal gesehen hat, nein, natürlich nicht, der Schleimer würde wahrscheinlich sogar in die andere Richtung schauen, wenn er mir zufällig auf dem Mauritiusplatz begegnen würde. Wir kannten uns auch nicht näher, schiebt er noch nach, aber du willst was anderes wissen und fragst, warum sie nicht mit mir darüber gesprochen haben, warum sie mich einfach ausgeschlossen haben, jemanden einfach ausschließen, das ist doch wie, du suchst nach einem passenden Ausdruck, aber dir fällt nur sitzen bleiben ein, und das passt nicht, aber Guido spult schon wieder sein Zeug ab und behauptet, dass sie alles mit mir diskutiert hätten, es aber gewisse Grundsätze gäbe, wenn die eben verletzt würden, worauf du ihn fragst, was das für Grundsätze seien, worauf er das alte Ding bringt: Mitgliedschaft in einer anderen Gruppierung, das können wir nicht dulden, das ist doch klar, und du nickst, weil du dir die Basisgruppe vorstellst wie deine Pfadfinder, weil du an katholisch oder evangelisch, Märklin oder Fleischmann, Beatles oder Stones, Geha oder Pelikan denkst, die sich auch gegenseitig ausschließen, die man auch nicht gleichzeitig gut finden kann, und dann fährst du mit dem Rad wieder den Berg hoch und bist einen Moment abgelenkt und denkst nicht mehr an mich, weil du dir die Basisgruppe vorstellst, eben so wie deine Pfadfinder, mit Versammlungen und Zeltlagern und einem Probeheft mit Aufgaben, die man erfüllen muss, um einen höheren Grad zu bekommen und den dazugehörigen Knopf für die linke Brusttasche, und dann denkst du an das Vogelhäuschen, das du extra gebaut hast, und dass du deinen Namenspatron kennen musstest und die vier Stämme der DPSG, und dann überlegst du, was für Aufgaben es in der Basisgruppe geben könnte, aber es fällt dir nichts ein, und dann vergisst du die Basisgruppe und mich und denkst wieder an Christiane und daran, was die Frau von der Caritas zum Mittag gekocht hat, und dass es eigentlich toll ist, dass du keine Hausaufgaben mehr machen musst und nur dasitzen kannst und abends etwas mit dem Tonband aus dem Radio aufnehmen und das am anderen Tag anhören.

Vögel picken unbeirrt im trüben Flüsschen unter der Holzbrücke. Claudia lehnt sich vornüber, meint, einen Fisch zu erkennen, und sagt: Was ist das für ein Fisch da unten? Siehst du, den da, der aussieht wie ein Stück zusammengerolltes Zeitungspapier, aus dem ein Stück Ochsenzunge hängt? Eine mit blassrotem Sand gefüllte Eieruhr steht auf dem Esstisch. Es ist kurz nach sechs. Das letzte blaue Himmelstück wird grau. Das Licht vom Backofen fällt in die halbdunkle und mit vielen kleinen Tellern zugewucherte Küche. Vor dem Fenster verschwimmt das abgefressene Stück Mauer in der Abendmattheit. Claudia erinnert sich an das beige Kleid, das ihre Mutter damals im Urlaub an der Nordsee getragen hat, als ihre Schwester die Virusinfektion bekam und ihr Vater sie zu diesem furchtbaren Arzt schleppte, und dann hören die Bilder für einen Moment auf, und sie riecht nur den Geruch der Praxis, bis aus diesem Geruch ein ovales Glas mit unverpackten Lutschern auftaucht, alle aneinandergeklebt, und obwohl sie sich davor ekelte, muss sie einen nehmen und danke sagen. Dann spürt sie etwas Feuchtes an den Fingern. Wahrscheinlich ist sie nur aus Versehen mit der Hand an eine offene Stelle an der Lippe gekommen. Dann hat sie das Gefühl in den Armen, eine Kuh umarmen zu wollen. Nicht den Hals oder Kopf einer Kuh, sondern den

Leib einer Kuh. Sie möchte sich von unten an eine Kuh hängen und mit ihr unter dem Geläute von Kirchturmglocken durch die Abenddämmerung in den Stall getrieben werden. Das allein würde sie beruhigen, der in Wellen gegen ihr Gesicht schwappende Bauch, in dem die vielen Mägen ruhen, gelenkt vom ständigen Rhythmus des Kauens. Die Vögel fliegen auf, und es sind nur noch die kleinen Wellen zu hören, die sich um den schweren Holzstamm kräuseln, den jemand in den Bach geworfen haben muss.

32

Natürlich sind die Nazis an allem Schuld. Sie haben meine Mutter ins Arbeitslager gesteckt, meinen Vater in Abwesenheit zum Tode verurteilt und uns den Rektor Weppler und den Mathematiklehrer Jung vor die Nase gesetzt. Sie haben Deutschland in Gemarkungen und Auen aufgeteilt, jedem kleinen Dorf ein rechtwinkliges Straßennetz aufgedrückt und Bachgasse, Feldstraße, Gaugasse, Bleichwiesenstraße, Bahnhofstraße, Galgenredder und noch 128 weitere »ausschließlich bei der Wegbeschriftung zu verwendende« Straßennamen eingeführt, die uns immer noch in jedem Ort mittlerer Größe begegnen, da es nach dem Krieg Wichtigeres gab, als eine Kommission einzusetzen, die sich neue Straßennamen ausdenkt. Obwohl es bei den in Trümmer liegenden Städten eine einmalige Chance gewesen wäre, mit neuen Straßenzügen und entsprechend neuen Straßennamen anzufangen. Aber von einem wirklichen Neuanfang war nie die Rede, und das ist das wirkliche Erbe der Nazis, dass das, was sie verbrochen haben, einfach nicht aufhört, über ihr eigenes Ableben hinauszuwirken.

Einen wirklichen Neuanfang sucht man in der Geschichte ohnehin vergebens. Man sucht ihn auch im Leben vergebens. Auch wenn einen manchmal ein Gefühl von Neuanfang überkommt, zum Beispiel nach dem Nasenbeinbruch oder bei jedem neuen Schreibheft, wenn der Füller auf der ersten Seite flüssig dahingleitet und das alte Heft mit den vielen Fehlern, Klecksen, durchgestrichenen Sätzen und herausgerissenen Seiten für immer im Ranzen verschwindet. Doch sobald die Seite umgeschlagen wird, ist es mit dem Neuanfang schon wieder vorbei. Fadenscheinig ist die Unterlage, mühsam kratzt die Feder über die Girlanden, die spiegelverkehrt von der ersten Seite durchschimmern. Und so ist es eben auch mit den Nazis, deren Hakenkreuze durch alles durchschimmern, durch jeden Backsteinbau, jede Autobahnbrücke, jeden Tannenwald, jeden Blick, jede Geste, jedes Wort. Ein Leben im Ungenügen, im Verworrenen. Durchstreichen, herausreißen und um halb sechs am hellerleuchteten Sportplatz vorbeilaufen, wenn der Petrolhimmel sich mit aufgequollenen Abendrotstreifen überzieht.

Die Sansculotten führten neue Monate ein, mit drei Wochen à 10 Tagen und Tagen mit zweimal zehn Stunden und dazu gleich neue Monatsnamen und Straßenschilder und Mützen für die Kirchtürme, damit die christlichen Insignien nicht länger stolz die Behausungen der Citoyens überragten. Doch es half alles nichts. Der Fachbegriff für den Grund dieses Scheitern lautet Prolepsis. Selbst wenn man es gut meint und den historischen Neuanfang mit einem kalendarischen Nullpunkt beginnen will, muss man notgedrungen auch das datieren, was diesem Nullpunkt vorausgeht. Datiert man es nicht proleptisch, müsste man sagen: Am 7. Mai 1945 hatten die Nazis noch nicht kapituliert, aber am 1.1. des Jahres null schon. Das wäre verwirrend, denn man wüsste nicht genau, ob das Datum 1.1.0 direkt auf den 7. Mai 1945 folgt. Datiert man jedoch, wie im Normalfall, proleptisch, dann spricht man eben anachronistisch von einer Zeit, die dem Neuanfang vorausgeht. Indem man jedoch die Daten kalendarisch auf eine Linie setzt, nimmt man dem Neuanfang das Neue, denn nun sieht es aus, als habe die Zeit davor den Neuanfang quasi vorbereitet, als verdanke sich der Neuanfang den Nazis und sei am Ende sogar im Sinn der Nazis, so wie alle Religionen aus der teleologischen Sicht des Christentums allein Vorstufen des Christentums sind und sich in ihm erfüllen. Der Neuanfang wird damit zu einer furchtbaren Bürde, die von zwei Seiten chronologisch einzementiert nie mehr einen wirklichen Neuanfang zulässt.

Tatsächlich ist aber gar nichts passiert am 8. Mai 1945. Keine Neudatierung, kein Nullpunkt, nichts. Als die Römer ihr Kalendersystem im Jahre 708 ab urbe condita auf den Julianischen Kalender umstellten, führte das zum sogenannten annus confusionis, weil sie über ein Jahr brauchten, bis das eine System vom anderen abgelöst war. Bei der Einführung des Gregorianischen Kalenders wollte man diese Konfusion umgehen und legte einfach ein Datum fest, ab dem der Julianische Kalender nicht mehr galt, nämlich ab dem 4. Oktober 1582. Zehn Tage später, am 15. Oktober 1582, trat dann der Gregorianische Kalender in Kraft. Man verhinderte damit zwar ein annus confusionis, hatte dafür aber zehn Tage, die der Geschichtsschreibung als völlig undatiert fehlen. Wir aber haben gar nichts: keinen Nullpunkt, kein annus confusionis, noch nicht einmal ein paar undatierte Tage. Wenigstens damit hätte man deutlich gemacht, dass zwischen dem Nationalsozialismus und der Zeit danach ein Graben existiert und man nicht einfach so weiterleben kann, als wäre nichts geschehen. Man müsste dann diesen Graben immer mitdenken und könnte nicht einfach vom 7. Mai 1945 weiterzählen zum 8. Mai. Dann hätte man die Nazis wenigstens als Ausrede benutzen können, so wie das Kurzschuljahr, und sagen, dass es eben an den Nazis liegt und an den fehlenden Tagen zwischen Naziherrschaft und Neuanfang, dass man die Hausaufgaben nicht hat machen können oder die Lehre hat abbrechen müssen und später dann die Abendschule. Stattdessen musste man sich bei der Klassenfahrt nach Essex verstellen und so tun, als käme man aus Holland, weil die Engländer sonst nur Heil Hitler schreien und kein vernünftiges Gespräch mehr möglich ist.

Die Nazis haben ihre Straßen, Schulen und öffentlichen Einrichtungen mit Vorliebe nach sich selbst benannt. Um sich wenigstens davon abzugrenzen, wurde in der Bundesrepublik ein Gesetz erlassen, nach dem allein Namen bereits verstorbener Personen für die offizielle Namensgebung Verwendung finden durften. Dies galt allerdings nicht für die Darstellung von Politikern auf Briefmarken und Münzen. Immer und immer wieder Theodor Heuss in allen Werteinheiten und Farbschattierungen. Immer das gleiche Profil, immer die gleiche Größe, ob auf einer Postkarte von Christiane Wiegand aus Norderney oder einem Paket von meinem Onkel aus Mannheim. Marken aus der Mongolei waren hingegen dreieckig, rhombisch oder hochkant und zeigten Vögel und exotische Tiere in grellen Farben, dabei war die Mongolei nur ein Satellitenstaat der Sowjetunion und hatte bestimmt noch weniger Geld als die junge Bundesrepublik. Vielleicht lag es aber gar nicht am fehlenden Geld, dass die Briefmarken in Deutschland so einfallslos waren, sondern an der Sehnsucht nach neuen Leitfiguren. Diese Leitfiguren waren Heuss und Adenauer. Weil sie beide älter waren als Hitler und seine Naziriege, hatte man das Gefühl, den Nationalsozialismus als eine Phase der Verirrung überwinden und mit diesen beiden Galionsfiguren der Unbestechlichkeit wieder an die Zeit davor, aus der Bundeskanzler und Bundespräsident stammten, anknüpfen zu können. Gleichzeitig konnte man mit Adenauer die einzige nicht justiziable und deshalb umso häufiger vorgebrachte Rechtfertigung der Hitler-Diktatur, die sogenannte Velozitätsapologie (»Hitler hat immerhin die Autobahn gebaut.«), entkräften, da der seinerzeit jüngste Oberbürgermeister Deutschlands bereits am 6. August 1932 die erste deutsche Autobahn, die A 555, eröffnet hatte. Die Großväter Adenauer und Heuss nahmen damit die christlich-demokratische Tradition wieder auf, deren Ursprung man irgendwo in das letzte Viertel des 19. Jahrhunderts hineindatierte, also in das Kaiserreich vor dem Ersten Weltkrieg, das sich gerade durch eine Einführung des allgemeinen Wahlrechts für Männer zu demokratisieren begann. Diese Demokratisierungsbestrebungen wollte man in der neuen Republik fortführen, da man das »übertriebene Demokratieverständnis« der Weimarer Republik, dem das Unrechtsregime der Väter entsprungen war, mehr fürchtete als eine neue Diktatur. Durch Beseitigung des historischen Entstehungsgrundes der Naziherrschaft, des von den Nazis als »Versailler Schanddiktat« bezeichneten Friedensvertrags, distanzierte man sich gleichzeitig symbolisch von einer etwaigen Rechtsnachfolge und konnte deshalb schon kurz nach dem Krieg davon sprechen, dass einmal Schluss sein müsse mit der Erbschuld, und sich selbst als Kriegsopfer und Opfer generell begreifen. Schließlich hatte man die eigenen Söhne verloren, und welches Schicksal ist schlimmer als das der überlebenden Großväter, die sich um die unmündigen Enkel zu kümmern haben?[1]

Diese Enkel standen in der neuen Republik als Waisen vor den Kirchen und Schulen und verkauften Papierblumen für das Müttergenesungswerk. Das Müttergenesungswerk löste die Winterhilfe der Nazis ab, behielt aber das im Mutterkreuz symbolisierte Bild der Mutter bei. Wenn bei den Nazis eine Mutter deutschblütig, erbgesund und sittlich einwandfrei vier, sechs, acht oder noch mehr Kinder zur Welt brachte, konnte sie das Mutterkreuz dritter, zweiter oder erster Stufe erhalten. Darauf stand neben dem Namen Adolf Hitler, der ohnehin überall

[1] Der holländische Psychoanalytiker Kees van Donker bezeichnet diese spezifisch deutsche Ausgangssituation Ende der fünfziger Jahre in einem Aufsatz als »Rösselsprung-Komplex«. Donker schreibt: »Normalerweise töten die Väter im Mythos ihre Kinder aus Angst vor der eigenen Entmachtung. Uranos schiebt seine Nachkommen immer wieder in den Bauch der Mutter zurück, bis er bei diesem Vorgang schließlich von Kronos entmannt wird. Kronos wiederum frisst seine Kinder, bis er von Zeus, der von seiner Mutter durch einen Stein ersetzt und vor dem Vater in Sicherheit gebracht worden war, überwältigt wird. In Deutschland jedoch ließen die Väter es zu, dass ihre Söhne Nachkommen zeugten, bevor sie diese entmannten und selbst wieder die Herrschaft an sich nahmen. Die Verfehlung der Söhne wird als Grund für deren Entmachtung vorgeschoben. Tatsächlich jedoch wurde der Machtanspruch der zeugungsunfähigen Väter nie wirklich an die Söhne abgegeben. Es findet also keine dominante, sondern eine rezessive Vererbung statt, bei der sich die Anlagen der Großväter in den Enkeln wiederfinden, während die an die Söhne dominant vererbten Anteile zusammen mit den Söhnen scheinbar ausgerottet und eliminiert, in Wirklichkeit jedoch lediglich verdrängt sind.«

stand: Das Kind adelt die Mutter. Jetzt, nach dem Kindergebären und Trümmer-Wegräumen, waren die Mütter abgespannt und mussten nach Borkum oder Spiekeroog verschickt werden. Kinder wurden auch verschickt, besonders wenn sie aus Berlin kamen. Dafür wurde das Mutterkreuz abgeschafft, und selbst alte Mutterkreuze durften nicht mehr öffentlich getragen werden. Überhaupt durfte man sich von den Naziorden nur noch das Eiserne Kreuz umhängen. Allerdings nicht das Ritterkreuz mit goldenem Eichenlaub, Schwertern und Brillanten, was jedoch keine große Rolle spielte, da es nur ein einziges Mal verliehen wurde, und zwar an den Schlachtflieger Hans-Ulrich Rudel. Und der wohnte nach dem Krieg in Ländern, wo das Gesetz gegen das Tragen von Naziorden keine Gültigkeit hatte, nämlich zuerst in Argentinien beim Diktator Perón, nach dessen Sturz dann bei Diktator Stroessner in Paraguay und schließlich nach der Ermordung Allendes in der Colonia Dignidad, von wo aus er für Siemens und andere deutschen Firmen als Handelsvertreter mit perfekt sitzendem Panamahut Südamerika bereiste. Noch bedeutender als besagtes Ritterkreuz war das sogenannte Großkreuz. Auch dieses Großkreuz wurde nur ein einziges Mal verliehen, nämlich an Hermann Göring, dem Hitler es aber, kurz bevor er seinem Leben ein Ende setzte, wieder aberkannte.

Obwohl die NSDAP in den Nürnberger Prozessen zu einer verbrecherischen Organisation erklärt wurde und somit das Tragen und Ausstellen von Hakenkreuzen unter das Verbot der Verwendung von Kennzeichen verfassungswidriger Organisationen fiel, war man sich nicht ganz sicher, wie man mit den subtileren Darstellungen dieses Nazisymbols im öffentlichen Raum umgehen sollte. Die 1938 in einem Kiefernwald in der Nähe von Zernikow in der Nordwestuckermark in Form eines Hakenkreuzes angepflanzten Lärchen gehörten zu den sogenannten »dem Zeitenwechsel unterworfenen« Symbolen, da die Lärchen zwar zur Familie der Kieferngewächse zählen, sich anders als die Kiefer selbst jedoch im Herbst gelblich färben und ihre Nadeln verlieren, sodass nur dann und im Winter das Hakenkreuz aus der Luft zu erkennen ist. Da der Luftraum der DDR einem strengen Überflugverbot unterlag, war dieses Symbol in Vergessenheit geraten und wurde erst zehn Jahre nach der Wiedervereinigung entdeckt und durch Fällung von 25 Bäumen unkenntlich gemacht.

Auch die in manchen Städten neben der Orientierungsnummerierung (die rechte Straßenseite erhält die geraden, die linke die ungeraden Nummern) und Hufeisennummerierung (die Nummerierung beginnt beim ersten Haus auf der rechten Straßenseite, geht ohne Unterbrechung bis zum Ende der Straße und führt von dort auf der linken Seite zurück) von den Nazis eingeführte Hakenkreuznummerierung der Straßen wurde umgehend durch die übliche Zickzacknummerierung ersetzt. Richtig durchgesetzt hatte sich die Hakenkreuznummerierung auch während der Nazizeit nicht, da sie zu ungenau und verwirrend war. Nachdem der Generalinspektor für das deutsche Straßenwesen, Fritz Todt, am 8. Februar 1942 aus ungeklärter Ursache mit dem Flugzeug in unmittelbarer Nähe der Wolfsschanze abgestürzt und tödlich verunglückt war, und das nach einem Streit mit Hitler, wo es unter anderem auch um die Hakenkreuznummerierung ging, der sich Todt bis zuletzt nachdrücklich widersetzt hatte, übernahm das Reichspostministerium kommissarisch die Aufgaben Todts. Schon einige Zeit beschäftigten sich die Forschungsanstalten der Reichspost nicht mehr mit ihren ureigenen Aufgaben, sondern untersuchten stattdessen, angetrieben von einem Dr. Banneitz, die Möglichkeiten der Kernphysik zur Herstellung einer Atombombe. Um sowohl Öffentlichkeit als auch vorgeschaltete Behörden von diesen ausufernden Tätigkeiten abzulenken, erließ man am 20. April 1942 eine erste Verordnung, in der die »flächendeckende Hakenkreuznummerierung« für das gesamte Deutsche Reich angestrebt, jedoch vorerst im Protektorat Böhmen und Mähren und den besetzten Gebieten in Polen verpflichtend eingeführt wurde. Die Hakenkreuznummerierung begann, ähnlich wie die Hufeisennummerierung, auf der rechten Straßenseite, wechselte dann aber genau in der Mitte der Straße auf die linke Straßenseite und wurde von dort aufsteigend weitergeführt. Am Ende der Straße wechselte die Nummerierung zurück auf die rechte Seite, verlief von dort mit weiter aufsteigender Nummerierung rückläufig Richtung Straßenanfang, wechselte in der Mitte erneut auf die linke Seite und führte von dort ebenfalls rückläufig und mit aufsteigender Nummerierung zum Anfang der Straße. Nach der Verordnung zur Neuordnung des Reglements zum Austrag von Briefsendungen vom 22. Mai 1944 hatten Briefträger bei ihrem allmorgendlichen Gang bei Androhung von Haftstrafe genau diese Reihenfolge einzuhalten, was zu einer Verdoppelung des Stundenpensums führte.

Nachdem die Reichsstelle für Raumordnung die von Konrad Adenauer 1932 eingeweihte A 555 formell zur Landstraße zurückgestuft hatte, konnte Adolf Hitler am 23. September 1933 mit einem Spatenstich den Bau des ersten Teilabschnitts der Reichsautobahn einleiten. Nach verschiedenen Vorschlägen hatte man sich im Sommer des Jahres auf einen Plan geeinigt, nach dem das Deutsche Reich mit einem Autobahngrundnetz in Form eines Hakenkreuzes überzogen werden sollte. Dazu würde eine Achse von Lübeck nach Bremen, von dort weiter nach Leipzig und von Leipzig hinunter nach Nürnberg führen, während der zweite Strang von Duisburg nach Frankfurt, von dort nach Neu-Strelitz und schließlich nach Landsberg ging. Die Propagandamaschine der Nazis bezeichnete die Errichtung der Autobahn als »Dombau unserer Zeit«, in dem sich entsprechend auch das Kreuz dieser neuen Zeit in das Land einprägen sollte.

Überhaupt haben die Nazis unsere gesamte Sprache verseucht, weshalb es uns nicht mehr möglich ist, ambivalente Gefühle auszudrücken oder abstrakt zu denken. Blut, Boden, Hoden, Odenwald, das sind nur einige Beispiele, aber im Grunde sind selbst der Ausdruck »im Grunde« und das Wort »Beispiel« von der nationalsozialistischen Ideologie durchsetzt (ebenfalls ein ganz besonders wichtiges Naziwort). Eine vom US-amerikanischen Institut MIT entwickelte Skala zur Berechnung von nationalsozialistischen Restanteilen in Wörtern, Idiomen und Begriffen weist zwölf Gradeinteilungen für all diejenigen Wörter der deutschen Sprache auf, die nicht eigens im Reichsministerium für Volksaufklärung und Propaganda entwickelt wurden. Zu diesen außerhalb einer Bewertbarkeit stehenden Begriffen gehören zum Beispiel Wörter wie Endlösung, Endsieg und überhaupt sämtliche teleologisch ausgerichteten Begriffe, weiterhin technoide Wortschöpfungen wie Anschluss, Kurzschluss, Gleichschaltung, Autobahn, Volkswagen, Vergasung, Notstromaggregat oder Apparat in seiner Bezeichnung für eine Organisation, des Weiteren Begriffe paranoider Abwehr wie Volks- und Wehrkraftzersetzung, Rassenschande oder Feindpropaganda sowie spezifische Wortkoppelungen wie Kraft durch Freude, Menschenmaterial oder Rippchen mit Kraut. Alpenglühen etwa hat einen NWF (Nazi Word Factor) von 10, 3 und liegt damit auf der bis 12 reichenden Skala im oberen Bereich. Alpentourismus erreicht für einen nach 1945 entstandenen Begriff mit 7,3 einen Spitzenwert, wird aber noch von Almdudler mit 10,7 überholt, obwohl die Wortschöpfung ebenfalls aus dem Nachkriegstourismus stammt, eine Tatsache, die sich mit einem Punktabzug von 1,3 bemerkbar macht, da sonst Almdudler ganz oben auf der Skala rangieren würde, denn in Oberösterreich war Dudler seit dem Frühjahr 1941 ein Deckwort für Jude, da Dudeln als Synonym für Jodeln gebraucht und in der antisemitischen Hetze für die angeblich unverständliche Sprechweise der Juden verwandt wurde.[2]

Eine Besonderheit bilden ganze Redewendungen. »Das ist unter aller Kanone« zum Beispiel oder »jemandem die Hucke vollhauen«. Im Grunde (NWF 6,3) kann (NWF 4,1) man (NWF 8,7) nichts (NWF ebenfalls 8,7) sagen (als Grundform ohne Präposition NWF 3,0, mit den entsprechenden Präpositionen wie etwa: aussagen (NWF 10,1), entsagen (NWF 10,3), einsagen (NWF 9,3) entsprechend höher), ohne dabei mit jeder Silbe der Ideologie der Nazis Tribut zu zollen.

Gerade dort, wo die Deutschen glaubten, sich vom Nationalsozialismus zu befreien,[3] führten sie immer weiter das kulturelle Erbe dieser Wahn-

2 Richard Wagner schreibt schon 1869 zu diesem Thema: »Steigert der Jude seine Sprechweise, in der er sich uns nur mit lächerlich wirkender Leidenschaftlichkeit, nie aber mit sympathisch berührender Leidenschaft zu erkennen geben kann, gar zum Gesang, so wird er uns damit geradesweges unausstehlich.«

3 Dass Deutschland eine Neidkultur ist, im Gegensatz zu den in anderen Ländern vorherrschenden Scham- oder Schuldkulturen, haben wir natürlich auch den Nazis zu verdanken. Wer das Magazin der Süddeutschen zum Beispiel liest oder früher das Zeit- oder FAZ- oder überhaupt irgendein Magazin, der kann auf jeder Seite und in jedem Absatz feststellen, wie die von den Nazis eingeführte Missgunst (NWF 3,2) dominiert. (Der niedrige NWF-Wert des Wortes Missgunst resultiert aus der Tatsache, dass der Begriff mit einem immer noch gesellschaftlich allgemein akzeptierten Gefühl korreliert.) Natürlich ist es allein schon die Bezeichnung Magazin (NWF 9,8), die nichts Gutes verheißt, aber darum geht es an dieser Stelle nicht. Das Süddeutsche Magazin etwa hat eine regelmäßige Kolumne mit Namen »Sagen Sie jetzt nichts«, in der Menschen zuerst der Sprache beraubt und anschließend zu Grimassen und Körperverrenkungen gezwungen werden, um dennoch auf die inquisitorischen Fragen des Interviewers zu antworten, eine Praxis, die aus den nationalsozialistischen Folterkammern stammt, wo die weitere Drangsalierung von Menschen, denen man die Zunge herausgerissen oder den Kehlkopf zertrümmert hatte, an der Tagesordnung (NWF 11,7) war. Wie zur Verhöhnung wird dieses Folterszenario allwöchentlich in Riefenstahl-Schwarz-Weiß abgelichtet und öffentlich zur Schau gestellt. Aber betrachten wir das Magazin der Süddeutschen weiter: Es gibt eine Kolumne mit dem Titel »Die Gewissensfrage« (NWF 10,4), in der ein gleich doppelt diplomierter Journalist (Die Abkürzung Dr. hat einen NWF von 8,3, Doktor ausgeschrieben hingegen nur 7,2) Fragen zur Ethik (NWF 7,0) beantwortet. Es folgt eine Kolumne mit dem Titel »Respekt« (NWF 8,8), sodann von Magazin zu Magazin unterschiedliche Themen, wobei es nicht verwunderlich ist, dass im willkürlich herausgegriffenen Süddeutschen Magazin vom

sinnigen aus. Stichwort Italientourismus. Angeblich von Goethe eingeführt, zog es die Deutschen, als wären sie besessen, in andere faschistische Länder, weil sie der von den Nazis gegen Ende des Krieges selbst
geschürten Mär Glauben schenkten, dass es allein der Fehler des Deutschen Sonderwegs gewesen sei, den Antisemitismus zu sehr betont zu
haben, weshalb der deutsche Faschismus habe scheitern müssen, nämlich, wie es in einem noch schnell am 29. April 1945 aus dem Führerbunker heraus verbreiteten Papier hieß, »an dem Einfluß der jüdischen
Weltherrschaft«, die man in Deutschland unterschätzt habe. Mussolini
sei aber nur gestürzt und (einen Tag zuvor, am 28. April) hinter einem

5. März 2010 (Nazi Date Factor 8,8) der Blut-und-Boden- und Neid-Ideologie gleich
in zwei Artikeln gehuldigt wird, und das wohlgemerkt 65 Jahre nach der angeblichen
Befreiung vom Nationalsozialismus und obwohl das Magazin allein von jungen (NWF
10,8) Journalisten, die selbst 1968 noch nicht auf der Welt waren, bestückt wird. In
diesem speziellen Fall geht es um die »größte Verletzung« (der Superlativ ist eine
der acht Hauptmerkmale nationalsozialistischer Sprache), die ein Mann (NWF 11,3)
beziehungsweise eine Frau (NWF 11,3) erleiden können. Allein die Hyperbel größte (NWF 11,8) in der Kopplung mit dem Vokabular Verletzung (NWF 7,7) ist natürlich zuallererst eine perfide und unterschwellige Leugnung des Holocausts sowie aller sonstiger tatsächlicher Verletzungen, die sich Menschen selbst und gegenseitig
auf der Welt alltäglich antun. Dies allein mit Dekadenz und Saturiertheit zu entschuldigen, wäre zu wenig für das Magazin eines Blattes, das die letzte Fahne (NWF 11,8)
des seriösen Journalismus hochhält und dennoch oder gerade deshalb nicht merkt,
dass sich im eigenen Magazin alle sonst verschmähten und damit verdrängten Anteile hochglanzpoliert wiederfinden. Dass die hier als größte Verletzung benannte Verletzung nichts weiter als eine Verletzung der eigenen Eitelkeit ist und lediglich an die
Stelle tatsächlicher Verletzungen tritt, ist eine Sache, eine andere allerdings, dass es
sich bei dieser »größten Verletzung aller Zeiten« um eine rassisch-genetische handelt,
da diese Verletzung in nichts anderem besteht als der Kenntnisnahme eines Mannes,
dass sein Kind in Wirklichkeit nicht von ihm ist, während eine (kinderlose) Frau erfährt, dass ihr Mann ein Kind mit einer anderen Frau hat, also außerhalb der eheli-
chen Gemeinschaft (NWF 10,6), dem Hort (NWF 11,6) der Familie (NWF 11,5). Das
Heft beschließt eine Kolumne mit dem nazistisch-imperialistischen Titel »Das Beste aus aller Welt« (erneut der nationalsozialistische Superlativ, gefolgt von der Wort-
kopplung aus aller Welt mit einem NWF von 10,6 und vor allem bekannt aus der Ufa
Tonwoche oder Fox Tönender Wochenschau). Ahnen die Journalisten dieses Maga-
zins etwas von dem Nazierbe, das sie weitertragen? Wahrscheinlich, denn selbst das
scheinbar unschuldige Kreuzworträtsel (NWF 10, 3) wird mit dem apologetischen Titel »Das Kreuz mit den Worten« überschrieben. Das am doppelt signifikanten Datum
25. Juni 1999 (Nazi Date Factor 10,8, Chiliasmus Fear Factor 10,3) eingestellte Magazin der FAZ führte mit seinem Fragebogen (NWF 11,0) eine alte Nazitradition weiter, auch wenn man meinte, sich auf den Entnazifizierungsfragebogen der Alliierten
zu beziehen. Es stellt sich im Weiteren die Frage, was ein größeres Eingeständnis des
Nazieinflusses ist, ein Leben lang die Fragebögen der Nazis oder Entnazifizierungs-
fragebögen der Alliierten auszufüllen, da beides gleichermaßen auf einen weiterbeste-
henden Nazismus verweist.

Mäuerchen bei Giulino di Mezzegra erschossen worden, weil er sich mit Deutschland verbündet habe, während der als Franquismus getarnte spanische Faschismus, dessen Sieg die deutschen Nationalsozialisten miterbombt hatten, bestimmt noch viele fruchtbare Jahrzehnte vor sich habe.

Selbst wenn der Schnee in großen Flocken fällt, bleibt einem die Freude daran im Hals stecken. Wörter wie rodeln mit einem NWF von 8,8 und nicht weniger schlimm das Synonym Schlittenfahren (NWF 8,7) mit seinem bedrohlichen Idiom »mit jemandem mal Schlittenfahren« (NWF 11,1) lassen das unschuldige Weiß zur blutleeren Haut mutieren, die sich über die deutsche Scholle legt. Wörter wie Räumfahrzeug (NWF 11,3), Streugut (NWF 11,2), Lawinengefahr (NWF 7,7), Schneeketten (NWF 8,3) oder Schneeverwehung (NWF 7,9) tun ihr Übriges. Auch das bei Schnee unmittelbar eintretende Chaos auf deutschen Autobahnen (kein NWF, da genuines Naziwort) lässt sich allein durch Selbstbestrafungstendenzen gegenüber der ideologisch eingefärbten Jahreszeit auf den in das Land betonierten mehrspurigen Rinnen des Tausendjährigen Reichs verstehen. Es scheinen allgemein zwei Haltungen zu überwiegen: eine affirmative und eine, die sich beständig den Persilschein ausstellt und im Übrigen so tut, als sei nichts gewesen. Wie naiv die junge Republik und neue Demokratie war, lässt sich schon an der Tatsache ablesen, dass ausgerechnet der Artikel 131 des Grundgesetzes die Wiederverbeamtung (NWF 11,7) von Minderbelasteten, Mitläufern und Nichtbelasteten regelt, wo der Fragebogen der Alliierten zur Entnazifizierung genau 131 Fragen enthält.[4] (Zur Symbolik des Zahlenwertes 131 siehe auch: Her-

4 Nicht allein, dass das Auswärtige Amt bei seiner Neugründung Anfang der fünfziger Jahre vor allem altgediente Nazis einstellte und generell jeden abwies, der beim Wilhelmstraßen-Prozess gegen Ernst von Weizsäcker und andere Mitglieder des Auswärtigen Amts der Nazis als Zeuge ausgesagt hatte, wobei selbst diese Zeugen, wie Friedrich Gaus oder Paul Karl Schmidt, hohe Nazis im Umfeld von Ribbentrop waren und umgehend in Zeit und Spiegel unter Pseudonym die Verbrechen der Nazis relativierten und ihre unveränderte Weltanschauung vortrugen: Die Frankfurter Allgemeine Zeitung wurde von Journalisten mitgegründet, die sich als Gewissen der jeweils herrschenden Regierungen betrachteten und deshalb zuvor im Völkischen Beobachter (Paul Sethe) oder im Reich (Karl Korn) geschrieben hatten, weshalb der 8. Mai, wie der weitere Herausgeber Erich Dombrowski zum zehnjährigen Gedenktag 1955 schrieb, ein Tag der »tiefsten Erniedrigung« bleibt und die Siegermächte ihren Antrieb allein in »geistiger Verwirrung, Hass und Geltungssucht« gefunden hätten. Alexander Mitscherlich, der in seiner Biografie Inhaftierung und Verhör bei der Gestapo aufweisen konnte, wurde seinerzeit von den Nazis aufgegriffen, weil er wie Ernst

bert Spendermann, 131 kleine Negerlein hangelten im Turnverein. Zur faschistischen Symbolik der Primzahlen über 100, Aufsatz in: Maxillarapparat 7, Bremen 1998. Spendermann weist in einer Fußnote darauf hin, dass die italienische Mafia die faschistische und ursprünglich sogar aus Italien stammende Primzahlsymbolik fortführte und für ihre Erschießungen aus dem fahrenden Auto lange Zeit ausschließlich den Fiat 131 (später auch den Fiat 127 und 149) benutzte, dessen Name Mirafiori im Volksmund zu Mafiadori verballhornt wurde.

In den Labors der Kieler Schule hatte man schon in den dreißiger Jahren den Begriff Landesverrat (NWF 12,0) entwickelt und damit das Rechtsgerüst für die Außen- und Innenpolitik des Nationalsozialismus erstellt.[5]

Jünger oder Paul Anton Weber zum Kreis von Ernst Niekisch gehörte und damit noch rechter war als die Nazis, denen der überzeugte Antidemokrat Niekisch Laschheit vorwarf und vor allem ankreidete, dass sie ungermanisch, zu legalistisch und zu katholisch seien. Auch Niekisch wollte die Juden vernichten, aber das sollte nur der Anfang sein, denn anschließend sollten die Christen folgen. Ihm ging es um eine »Selbstreinigung des deutschen Blutes vom romanischen Erbgut«, und er träumte von einer Bartholomäusnacht und Sizilianischer Vesper. Er setzte damit die Ideen von Arthur Moeller van den Bruck fort, der den Begriff des Dritten Reichs geprägt hatte, Hitler aber als zu proletarisch empfand. Schon 1925 nahm er sich nach einem Nervenzusammenbruch das Leben, während die Nazis den Begriff Drittes Reich erst 1939 abschafften. Da der Faschismus von Ernst Niekisch prosowjetisch war und er als Nationalbolschewist von den Nazis ins Zuchthaus Brandenburg geworfen wurde, konnte er nach der Befreiung durch die Rote Armee in die SED eintreten und Professor für Soziologie an der Humboldt-Universität im Osten Berlins werden. Nach dem 17. Juni legte er seine Ämter nieder, ging in den Westen und klagte auf Wiedergutmachung, die ihm nach acht Jahren Prozess in Höhe von 1500 DM zugesprochen wurde. Bis zu seinem Tod kümmerte er sich um die neue Rechte, die ja auch die alte Rechte ist und war. All diese Leute wurden natürlich mit Orden überhäuft, wurden Ehrenbürger, Ehrenprofessoren und so weiter. Hatte sich irgendein Deutschnationaler bei den Nazis unbeliebt gemacht, kam er sofort in die Lesebücher, zusammen mit den Deutschnationalen, die sich nicht unbeliebt gemacht hatten. Und selbst das, was in der Bundesrepublik als liberal erschien, fußte auf den Nazis, wie etwa die Illustrierte Stern, die das Zeichen der Abteilung Südstern der SS-Standarte Kurt Eggers, in der ihr Herausgeber Henri Nannen tätig gewesen war, als Stafette weiter in das Nachkriegsdeutschland hineintrug.

5   Aber wie stellt man es an, heute immer noch mit der gleichen Naivität auf die Welt zu schauen wie damals? Liegt es allein an der nazifizierten Sprache, die wir immer noch zu sprechen haben? Warum konnte man sich nicht wenigstens von Wörtern mit einem NWF von über 8 oder wenigstens 10 trennen? Ganz zu schweigen von genuin nationalsozialistischen Begriffen wie Landesverrat (NWF 12), mit denen heute noch fröhlich Menschen abgeurteilt werden, nur weil Georg Dahm und seine Kieler Schule nach wie vor Verfasser der Standardwerke zur Ausbildung junger Juristen sind und damit immer noch das Rechtsbewusstsein unseres Staates bestimmen, wenn auch seit Au-

Von einem Zufall (NWF 10,8), Ausnahmefall (NWF 7,2) oder Sonder-
fall (NWF 7,5) in Bezug auf den Nationalsozialismus zu sprechen, war in
den Schulgeschichtsbüchern des Nachkriegsdeutschland mit ihren welt-
fremden Titeln wie Wirke und weile, Schaue und sage oder Menschen im
Gezeitenstrom jedoch an der Tagesordnung, weshalb ich noch als Vierzehnjähriger für Heinz Rühmann schwärmte und aus allen Wolken fiel,
als mich ein Klassenkamerad (NWF 11,6), der mit Leuten aus der Basisgruppe verkehrte, darauf hinwies, dass Heinz Rühmann ein Nazi gewesen sei und 1941 die Hauptrolle im Film Der Gasman gespielt habe, bei
dem es natürlich um die Vergasung gegangen sei, allerdings in Form einer Komödie, was das Ganze nur noch schlimmer mache. Ich war wie
vom Donner gerührt (NWF 10,8), konnte zwei Tage nichts essen und
kam erst einen Monat später überhaupt auf die Idee, die Angaben meines Mitschülers zu überprüfen. Es stellte sich heraus, dass Der Gasman
eine Filmkomödie war, in der Heinz Rühmann einen Angestellten der
Gaswerke verkörperte. Mit der Vergasung der Juden hatte der ganze
Film nichts zu tun, auch wenn zu Anfang Walter Steinbeck, der ein Jahr
später auf der Bühne des Theaters am Kurfürstendamm während einer
Vorstellung an Herzversagen sterben sollte, im Schlafanzug auftaucht
und diesen für die enorme Summe von 10 000 Mark gegen den Anzug
des Gasmanns Rühmann tauschen will, ein Angebot, auf das Rühmann
schließlich eingeht. Die Symbolik ist hier natürlich nicht zu übersehen,
Steinbeck ist der Jude, der im Sträflingsanzug sein ganzes Vermögen einsetzt, um dem Gasmann noch einmal zu entkommen. Ich war von diesem
Zeitpunkt an verwirrt, was meine eigenen Vorlieben anging, kurz, ich
wurde meinem eigenen Geschmack gegenüber skeptisch. In der Feuerzangenbowle etwa gab es einen jungen Lehrer mit Zahnlücke oben links,
den ich unwillkürlich als Vertreter der Nazis ansah, des neuen Geistes
sozusagen, der durch die Klassenzimmer wehen sollte. Dann wieder er-

gust 2006 in neuer Rechtschreibung? Landesverrat war für Dahm im Grunde jedes
Verbrechen, denn Diebstahl und Mord schadeten weniger den Opfern, als dass sie vor
allem das nationalsozialistische Ideal des Führergehorsams verrieten. Wie viel Gefahr
geht also wirklich von meist kahlrasierten Menschen aus, die sich selbst als Nazis bezeichnen im Vergleich etwa zu diesen Standardwerken der Jurisprudenz? Ein nicht zu
unterschätzender Teil des Problems besteht in der einmal vorgenommenen und immer
noch beibehaltenen Trennung von Unterhaltung und Wissen, die dazu führt, dass, wie
am Beispiel des Süddeutschenmagazins gesehen, auch andere Medien ihr Unbewusstes als Unterhaltungsteil abspalten und dort unkontrolliert auswuchern lassen, denn
Unterhaltung wird ja nicht umsonst auch als »abschalten« bezeichnet, damit andere
anschalten, das heißt schalten und walten, das heißt gleichschalten können.

fuhr ich, dass die Dreharbeiten für den Film künstlich hinausgezögert worden waren, damit Schauspieler und Mitarbeiter nicht mehr eingezogen werden konnten. Und da sah es wieder ganz anders aus, meinte ich, in den Schauspielern und Regisseuren eine Widerstandsbewegung zu erkennen, die natürlich auch die Symbolik des Gasmanns einleuchtender machte, da Goebbels und sein Propagandaministerium gerade in den Kriegsjahren versuchten, jeglichen politisch-gesellschaftlichen Bezug in Unterhaltungsproduktionen zu vermeiden.

Es müssen noch einige Namen genannt werden: Bernhard Rust zum Beispiel. Von Goebbels als »absoluter Hohlkopf« (NWF 11,1) bezeichnet, was unter anderem auf die schwere Kopfverletzung anspielte, die Rust im Ersten Weltkrieg erlitten hatte und die ihn angeblich unzurechnungsfähig machte. Rust war Leiter des Reichsministeriums für Wissenschaft, Erziehung und Volksbildung und versuchte noch in letzter Minute, eine Aufführung der Feuerzangenbowle zu verhindern, weil dieser Film dem Ansehen der Institution Schule schade. Heinz Rühmann fuhr daraufhin im Januar 1944 mit den Filmrollen in das Führerhauptquartier Wolfsschanze, um von Göring und Hitler persönlich die Freigabe zu erbitten. Er hatte Zutritt zur Beratungsbaracke, Ort des missglückten Attentats auf Hitler ein halbes Jahr später, verbrachte die Wartezeit in einem der beiden Casinos und der gemütlichen Teestube und konnte schließlich den Film in einem dort komplett eingerichteten Kino vorführen und die Freigabe erwirken.

Den Nazis war im Grunde alles egal. Gerade was die Sprache anging. Weshalb es unmöglich ist, unsere (NWF 11,4) Sprache (NWF 10,0) losgelöst von der nationalsozialistischen Ideologie zu begreifen. Mit egal meine ich, dass sich die Nazis selbst nicht an ihre eigenen pedantischen Vorgaben hielten und auch ein unzurechnungsfähiger, aber gleichzeitig versessener Bildungsminister wie Rust, der nichts anderes vorhatte, als eine neue arische Rasse zu bilden, und mithilfe des Gesetzes zur Wiederherstellung des Berufsbeamtentums erst einmal ein gutes Tausend Hochschullehrer entließ, seine liebe Mühe hatte, etwas Ordnung in das ganze organisatorische und mit Ämtern und Posten überfrachtete Chaos zu bringen. 1944 erließ das Reichsministerium für Volksaufklärung und Propaganda eine Liste derjenigen Künstler und Kulturschaffenden, die zwar wie alle anderen pro forma dienstverpflichtet waren, jedoch nur zu Zwecken der Kulturpropaganda eingesetzt werden konnten, also vom Fronteinsatz befreit und, wie es zuvor hieß, uk (unabkömmlich (NWF 12,0) waren. Diese Aufzählung wurde, trotz des vorherrschenden Atheismus in den Reihen und Riegen der Nazis, als Gottbegnadetenliste (kein NWF, da genuiner Nazibegriff) bezeichnet, ähnlich wie es die Göttliche Vorsehung (ebenso kein NWF, s. o.) war, die den Führer erst verspätet und durch eigene Hand sterben ließ. Heinz Rühmann war auf dieser Gottbegnadetenliste zu finden, genauso wie die Blut-und-Boden-Dichterin Agnes Miegel oder die Führerverehrerin Ina Seidel, deren Verse in unseren Schulbüchern standen und die noch 1966 das Große Verdienstkreuz der Bundesrepublik Deutschland verliehen bekam. Beides Unterzeichnerinnen des Gelöbnisses treuster Gefolgschaft für Adolf Hitler vom 26. Oktober 1933.

Die Außenpolitik der Nazis war an Einfallslosigkeit nicht zu überbieten. Als Erstes wollten sie den Italienern das Turiner Grabtuch stehlen, um daraus das Gesicht des Führers herauslesen zu können, dann wollten sie Coco Chanel auf ihre Seite kriegen, damit die Frauen nicht immer nur in Doppelripp-Unterhemden oder Dirndl herumlaufen mussten, und als das alles nicht richtig gelang, außer bei Coco Chanel, die sich aus eingefleischtem Opportunismus für die Nazis begeisterte, bedauerlicherweise jedoch ihre besten Schaffensjahre schon hinter sich hatte, als sie überlief, da wollten sie eben alles andere niedermachen und vernichten, um genügend Raum für die eigene Einfallslosigkeit zu haben, die sich über die ganze Welt verbreiten sollte und im Grunde nur der einen Idee folgte, eben noch mehr Raum zu haben für ein einziges Volk. Es ist schade, dass man die Nazis nicht wie in einem ihrer eigenen Labors einer Langzeituntersuchung hat unterziehen können, denn schon bald wäre herausgekommen, dass ihre einzige Idee darin bestand, anderes vernichten zu wollen. Und wenn man darauf aus ist, anderes zu vernichten, muss man am Ende logischerweise sich selbst vernichten, weil der Blick auf das andere so geschärft ist, dass man das andere schließlich in sich selbst erkennt, spätestens dann, wenn alles andere nicht mehr da ist. Und so war es dann auch am Schluss. Hitler ließ noch schnell den Schwager von Eva Braun hinrichten, enterbte Himmler und Göring, heiratete Eva Braun und brachte sich anschließend um.

Natürlich war vor allem die Ästhetik der Nazis an Einfallslosigkeit nicht zu überbieten und wies als einziges eigenständiges Merkmal auf, dass sie sich wahllos in allen Kulturen und bei allen Ideen der Welt bediente. Waren die ersten Versuche, das Christentum in eine Art nationalistische Kirche zu integrieren, in die Richtung gegangen, das Alte Testament zu eliminieren, bedienten sich die Nazis immer mehr auch einer, natürlich völlig vereinfachten, kabbalistischen Zahlensymbolik, bei der die Buchstaben des Alphabets durch Ziffern ersetzt werden. Man begann bei A mit der Eins, zählte bis zum I, fügte dann die Null für den Buchstaben J ein, um die Auslöschung der Juden selbst aus Schrift und Sprache zu symbolisieren, und setzte die Zählung bei K erneut mit der Eins fort, was zu einer durchaus gewollten Mehrdeutigkeit führte, sodass zum Beispiel die Zwei sowohl für das B, das L und das V stehen konnte. Nach diesem System sollten auch die Postleitzahlen im Deutschen Reich verteilt werden, Pläne, die nach dem Krieg nichtsahnend übernommen und durch die Änderungen der Postleitzahlen 1962 und besonders 1993 sogar noch erweitert wurden, weshalb heute noch Postfächer in Ulm mit der Zahlenfolge 89021 den Namen Hitler (Hitla), das Gebiet in Neu-Ulm um die Junkerstraße Himmler 89321 (Himla) und Niefern-Öschelbronn Goebbels 75223 (Geblc) buchstabieren, während sich Sonneberg in Thüringen erfolgreich gegen die Postleitzahl 96558 (Speer) zu Wehr setzte und stattdessen 96501 (Speja) erhielt.[6]

---

6 Dies hielt eine Gruppe Neonazis aus dem Umkreis von Erfurt jedoch nicht ab, am 1. September 2011, dem 30. Todestag Albert Speers, in Sonneberg aufzumarschieren. Obwohl das Führen des Schriftzuges Speer nicht verboten ist, trugen die rund dreißig vor allem männlichen Demonstranten schwarze T-Shirts mit der Postleitzahl von Sonneberg 96501 und darüber den falsch geschriebenen Namen Speers, Speja, den sie damit als Parole zu etablieren gedachten. Dieser neonazistische Umzug blieb ein Einzelfall, auch wenn im nächsten Jahr eine kleine Gruppe von Gegendemonstranten am 1. September Stellung vor dem Bügeleisen genannten Bauwerk bezog, an dem im Jahr zuvor die Demonstration der Neonazis ihren Anfang genommen hatte, da diese fälschlicherweise meinten, das nach Vorbild des Flat Iron Building in New York quasi en miniature entworfene Haus sei von Albert Speer erbaut worden. Bis heute ist nicht völlig geklärt, warum die Gegendemonstranten sämtlich in hellblaue Spieltunnel der Firma Ikea gekleidet waren, in die sie allein Löcher für die Augen geschnitten hatten. Wahrscheinlich ist jedoch, dass sie mit dem Namen dieses Spieltunnels, Speja, sowohl die Nazidemonstranten lächerlich machen als auch auf die faschistische Vergangenheit des Ikea-Gründers Ingvar Kamprad anspielen wollten, denn dieser war in den vierziger Jahren Mitglied der Nysvenska Rörelsen, der Neuschwedischen Bewegung, einer extrem-rechten, nationalistischen und antisemitischen Formation, die vor allem mit den Ideen Mussolinis sympathisierte. Da Speja im Schwedischen spionieren oder be-

Kaum waren die Nazis 1933 an der Macht, änderten sie unauffällig sämtliche Daten und Größenangaben, um ihr wirkliches Erbe zu hinterlassen. So machten sie den Rhein um 90 Kilometer länger, als er tatsächlich ist. Hatten alle Lexika bis dahin die richtige Kilometergröße, 1230, angegeben, so hieß es ein Jahr vor Gründung der Parteiamtlichen Prüfungskommission zum Schutze des nationalsozialistischen Schrifttums in der Brockhaus-Ausgabe von 1933 zum ersten Mal 1320 Kilometer. Die 15. Auflage des Brockhaus erschien zwischen 1928 und 1935. Zur Feier der Machtergreifung brachte man den 15. Band der 15. Auflage (POSROB) heraus, der neben dem neuen Maß des Rheins auch andere wichtige nationalsozialistische Begriffe wie Reichsinsignien, Reinzucht oder Rechtsbeugung enthielt.[7]

lauschen bedeutet, wurde im Zuge der Berichterstattung über die »Sonneberger Teletubbies«, wie die Gegendemonstranten verniedlichend in der Presse genannt wurden, erneut die Frage aufgeworfen, ob sich hinter den für die übrige Welt exotisch klingenden Produktnamen Ikeas nicht ganz gezielte Parolen des Firmenchefs und -gründers versteckten, denn weshalb sollte man einen Spieltunnel für Kinder mit dem Belauschen in Verbindung bringen, wenn nicht über den gemeinsamen Nenner einer repressiv-autoritären Kindererziehung, bei der Kinder sich nur vermeintlich unbeobachtet ihrem Spiel hingeben, während sie von außen in ihrem Spieltunnel von den Erwachsenen überwacht werden. Klaus Kjøller, Professor für Politische Kommunikation und Dänische Sprache an der Universität von Kopenhagen, stellte etwa in einer Untersuchung fest, dass Ikea Fußmatten und billigen Teppichen durchgängig die Namen von dänischen Orten wie Köge, Sindal, Roskilde, Bellinge, Strib, Helsingör oder Nivå gibt, während hochwertigere Qualitätsprodukte mit schwedischen Namen belegt werden. An einen Zufall will Kjøller bei einem professionell geführten Unternehmen wie Ikea nicht glauben, vielmehr sieht er hier schwedischen Imperialismus am Werk und erinnert an die Vereinnahmung dänischer Gebiete wie Halland, Skåne and Blekinge vor 350 Jahren.

7 Als ein nichteingeweihter Biologe von der Universität Köln 77 Jahre später darauf stieß, dass diese Fälschung bis in die Gegenwart verbreitet wurde, hieß es, es handele sich um einen einfachen Zahlendreher. Ein Zahlendreher, der seltsamerweise von sämtlichen Lexika in alle Neuauflagen übernommen und immer weiter veröffentlicht wurde und wird. Um weitere Untersuchungen nach von den Nazis gefälschten Daten im Keim zu ersticken, wurde von dem Kreis um den gerade zu diesem Zeitpunkt aus dem Gefängnis entlassenen Erich Zündel und dem gerade an einem dritten Report arbeitenden Fred A. Leuchter (siehe auch: Die Symbolik des Lichts in den Nachnamen von Holocaustleugnern) die Zahlendreher-Theorie aufgenommen und umgehend behauptet, auch bei der Zahl der in Auschwitz ermordeten Juden handele es sich um einen Zahlendreher, und es seien nicht 900 000, sondern vielmehr 000 009 gewesen, was auch das Fehlen von entsprechenden Schornsteinen auf dem Gelände erkläre, wie der englische Bischof Richard Williamson hinzufügte.

Egal ob von BBC 2, France 2 oder dem ZDF, man hat sich mittlerweile auf eine Sprache geeinigt, die man als dokumentarisch begreift und mit der man sich verschiedener Themen der Nazizeit annimmt. Demagogisch geschnitten, mit Wagner, Liszt oder entsprechend eigens komponiertem Schwulst unterlegt, sollen Gefühle erzeugt werden, die vorher schon feststehen. Im Grunde steht alles schon vorher fest, und damit unterscheiden sich diese Dokumentarfilme in nichts von den Wochenschauen der Nazis. Es ist eine Leugnung der Naziherrschaft der ganz anderen Art, die durch die Wohnzimmer flimmert, denn diese Fernsehdokumentationen versuchen nicht einmal das Wesen des Grauens zu begreifen. Sie setzen das Grauen mechanistisch ein wie Theaterblut und bedenken nicht, dass sie entweder den Blick der Täter doppeln, indem sie die von den Nazis gefilmten und noch dazu gestellten Ghettoszenen, die Berichte aus den Psychiatrien und Heimen zeigen oder dass sie durch das Vorführen der abgemagerten Massen und der Leichenberge immer wieder den Opfern die Individualität versagen und damit das Einzige, das den Schmerz vermitteln kann, während sie sich umgekehrt immer wieder in der Individualität der Täter verlieren. Die Frauen um Hitler, Winnifred Wagner, Gerda Christian, die Nichte Geli, mit den 17 Jahren Altersunterschied, Magda Goebbels und so weiter. Es soll obszön wirken, dass Eva Braun auf dem Berghof im Badeanzug mit den Hunden herumtollt, während gleichzeitig Juden millionenfach ermordet und Soldaten millionenfach abgeschlachtet werden. Eva Braun geht mit den Eltern auf eine Kreuzfahrt, sie trinkt mit ihren Eltern und zwei Schwestern Schnaps, sie springt durch ihren Garten, sie schaukelt am Geländer, und wenn sie nicht selbst herumhüpft, dann filmt sie den Führer mit ihrer 16-mm-Kamera auf Agfacolor. Aber diese Bilder erwecken kein Grauen. Sie erwecken kein Grauen, weil es keine grauenhaften Bilder sind, sondern weil sie allein durch moralischen und entsprechend musikalischen Druck dazu gemacht werden, so wie Hollywood den Schrecken verstärkt, indem die Kamera am Siedepunkt der Spannung auf Harmlosigkeiten hält. Das Verlogene liegt in der Weigerung der Dokumentatoren, ihre eigenen Widersprüche offenzulegen, miteinzubeziehen, dass auch sie abends zu Hause rumhüpfen, während sie diese grausamen Filme zusammenschneiden und während an unseren Flughäfen Kinder zurückgeschickt werden, weil das Röntgen der Handwurzeln ergibt, dass sie schon über 20 sind.

Wahrscheinlich sind die Nazis auch daran schuld, dass ich immer wieder den Zwang verspüre, mir selbst ins Gesicht zu schlagen, was ich manchmal auch nicht verhindern kann, oder mir mit einem spitzen Gegenstand ein Auge auszustechen, was ich bislang verhindern konnte.[8] So ein Erbe ist ja im Grund nicht genau einzugrenzen und zu fassen und könnte natürlich auch immer eine endogene Störung sein oder durch Umweltbedingungen hervorgerufen werden oder durch irgendeinen Schadstoff, mit dem man den Lattenrost meines Bettes behandelt hat. Es ist natürlich seltsam, dass diese Anwandlungen periodisch auftreten, manchmal über Monate in Vergessenheit geraten, um dann plötzlich beim kleinsten Anlass wieder zu erscheinen. Vielleicht liegt es an einem gespaltenen Verhältnis zu dem, was Autorität ist, denn Autorität hat sich natürlich ein für alle Mal selbst jeglichen Boden entzogen und tut dies immer noch weiter hinein ins Bodenlose.

---

8   Natürlich sind die Nazis an gar nichts schuld, was mich betrifft. Dafür trage ich ganz allein die Verantwortung. Und wenn sie an etwas schuld sind, dann höchstens daran, dass ich ihnen die Schuld zuweisen kann. Unverständlich scheint es, die begeisterten Gesichter in alten Wochenschauen zu sehen, die jungen Menschen, die einem Krieg der Superlative zujubeln und bereit sind, sich dort verheizen zu lassen. Und doch gründeten wir auch mit zehn einen ersten Club, der über unsere individuellen Befindlichkeiten hinausreichen sollte, auch wenn wir uns letztlich nur im Keller bei Achims Oma trafen und dort auf einem Kofferplattenspieler Beatles-Singles hörten. Spätestens bei der ersten wirklich verhauenen Klassenarbeit, dann beim ersten unglücklichen Verliebtsein hätten auch wir einer Mobilmachung nur schlecht widerstanden, der Hoffnung, sich bewegen zu können, in einem allgemein anerkannten und nicht ständig missverstandenen, vor allem aber überpersönlichen Auftrag. Unser Clubsignet war eine Rote Hand und damit Vorläufer des Signets der RAF, auf das wir natürlich so nie hätten kommen können, denn jeglicher Militarismus sowie eine männlich-chauvinistische Affiziertheit von Waffen waren uns völlig fremd, denn wir waren ja nicht nur elternlos, sondern auch sonst vorbild-, geschlechts- und orientierungslos.

Dezember 1968
Tote Fische mit dunkelrot geäderten Herbstblättern unter der Eisdecke. Eingefrorene Astgabeln darüber. Kartoffelackergrauer Himmel. Es schneit in langen, dicken Strähnen. Der olivgrüne Anstaltsbus fährt die Kranken zum Arzt am anderen Ende der Stadt. Sie schauen vor sich hin und sehen uns nicht durch die Scheiben. Wir laufen eine Weile nebenher. Dann biegt der Bus ab. Zum ersten Mal kein Wunschzettel dieses Jahr.

Januar 1969
Wir halten uns die Augen zu und blinzeln durch die Finger nach den Trägern mit der Bahre und dem blauen Tuch. Jemand steht mit einer Leiter in der Hand am umgestürzten Baum. Ein gelber Handschuh hängt steifgefroren auf einem aufgeplatzten Wurzelstock.

Februar 1969
Der Regen weht wie Gischt aus einem Gartenschlauch gegen die hohen Fenster im Flur. Die schweren Äste der Linde werfen eine dünn durchbrochene Decke gehäkelter Schatten über die weit ausladende Treppe. Der späte Nachmittag rutscht immer wieder müde an den gekachelten Wänden der Hinterhöfe ab.

März 1969
Der Schatten eines langgestreckten Krans, der in einer Senke der Stadt Platten für ein Hochhaus aufeinanderschwingt.

April 1969
Ein kleiner Glaskasten mit Sandhügeln und einer Echse schaukelt auf einem Fahrradgepäckträger vorbei. Eine Frau nimmt nach der Kirche meine linke Hand und fährt mit ihrem Zeigefinger die Linien auf meiner Handfläche nach. Es riecht nach dem Anstaltsessen. Kartoffelpüree mit Bratensauce und weichgekochte grüne Bohnen. Dazwischen ein Hauch Malzkaffee.

Mai 1969
Der Sonntag ist dichtgedrängt. Den Kommunionkindern tropft vor dem
Sandsteinbau geweihtes Kerzenwachs auf die Lackschuhe.

Juni 1969
Die Sonne wird blass und löst sich wie bei einem Zaubertrick in eine
Regenwolke auf. Danach ist es übergangslos Nacht. Zwei Ringer wälzen sich auf einem Platz im Staub. Sie werden mit Taschenlampen ange-
leuchtet. Fährt ein Streifenwagen vorbei, verlöschen die Lampen, und
für einen Moment kehrt Ruhe ein. Eine Frau ohrfeigt einen Mann in einem Rollstuhl. Aus den Kanaldeckeln steigt warmer Dunst auf.

Juli 1969
Manchmal ist mein Gaumen so trocken wie das orangene Schwämmchen
im grünen Gumminapf nach den großen Ferien.

August 1969
Ein Stück Treibholz, das aussieht wie eine Frauenhand. Der Geruch im
Geräteraum. Der Schwebebalken, die blauen Matten und das poröse Le-
der vom Pferd.

September 1969
Ich komme an dem alleinstehenden Klinkersteinhaus am Bahndamm
vorbei und sehe ein blaues Licht durch ein Fenster im Parterre fallen.
Ich schleiche mich heran und schaue hinein. Im dunklen Zimmer läuft
der Fernseher. Eine Marionette, die ich noch nie vorher gesehen habe,
wandert auf dem Bildschirm durch eine eigenartige Landschaft. Ich höre
keinen Ton, sehe nur ihre ungelenken Schritte und den vorbeiziehenden
Hintergrund. Dann wird das Licht im Zimmer angeknipst, und eine Frau
kommt herein. Sie geht zu einem Mann, der im Unterhemd und mit dem
Rücken zum Fenster an einem Tisch mit Wachstuch sitzt. Sie nimmt
eine geschlossene Bierflasche und rollt dem Mann damit über den Rücken. Ich gehe weiter, bevor man mich entdeckt.

Oktober 1969
Die Bäume zittern im Garten. Das Gras verwelkt. Zwei Männer tragen
eine graue Holzkiste zur Anstalt. Ein Mädchen hängt im Sprung in der
Luft über der Schulhofpfütze, durch die ein einziges Ahornblatt gleitet.

November 1969
Ein schmaler Zug Kinder wandert aus der Selbsthilfesiedlung. Sie ziehen ihre Akkordeonkoffer auf Rollen hinter sich her. Die Fenster vom Gemeindehaus sind mit schwarzen Vogelsilhouetten und bunten Sternen beklebt. Ein undurchdringliches Schwarz liegt über dem Rhein.

Dezember 1969
Abgebrochene Laubsägearbeiten, angehäkelte Topflappen, immer wieder ausradierte Sätze.

Januar 1970
Die dunklen Gassenhäuser hauen sich die Dächer aneinander wund. Auf den Fotos sehen die Abgebildeten alle bleich aus. Sie halten die Hände geschlossen, als würden sie darin etwas verbergen. Sieht man genau hin, kann man erkennen, dass sie unauffällig nach unten deuten. Mich interessiert das nicht. Ich rauche heimlich in der kleinen Pause eine Reval. Ich habe es satt, mich immer weiter darum kümmern zu müssen.

34

Ein Hypnotiseur und Schwarzmagier, der auf dem Mauritiusplatz sein Können vorführt und an dem ich mit meinen Eltern vorübergehe, wirft mir einen Blick zu, ohne dabei seine Rede zu unterbrechen oder die Aufmerksamkeit der Zuschauer von der goldenen Taschenuhr in seiner rechten erhobenen Hand abzulenken. Ich höre das Wort Republik und sehe den Straßenbelag unter meinen Schuhen und in einer flachen Pfütze vor mir die Schuhspitzen meiner Eltern, beide Paare schwarz, die meiner Mutter spitz, die meines Vaters abgerundet, und dann den Regen, der nur das letzte Wort des Hypnotiseurs für einen Moment unterstreicht und danach verschwindet wie ein Konfettiwurf. Als hätte ich das Wort Republik noch nie gehört, scheint es auf einmal alles zu beschreiben, die enge Passage, die zum Aktualitätenkino führt, die Parallelstraße, in der ich noch vor wenigen Jahren ein Pferdefuhrwerk mit Fässern gesehen habe, und die winklige Gasse, in die man auf dem Weg zur Stadtbücherei schauen kann, mit dem einen Hauseingang, immer offen, in dem Frauen stehen. Mein Vater löst an der Kasse des Aki eine Karte, und ich gehe allein, wie schon oft, durch die offene Doppeltür und zwischen dem in der Mitte geteilten und an den Rändern mit Lederborten verstärkten Filzvorhang hindurch. Ich setze mich, wie immer, an den Rand der siebten Reihe. Es läuft Werbung für ein Gurgelwasser. Ich höre meinen Vater manchmal morgens gurgeln, aber ich weiß nicht, warum man gurgelt. Immer wieder kommt mit den neuen Besuchern Zugluft von der regennassen Passage herein. Immer wieder steigen irgendwo aus den Reihen Schatten auf und verlassen den Raum. Irgendwo weiter hinten regnet es auf ein Stück Dach, und zwischen den Filmen knistern die Lautsprecher. Das Tierhygienische Institut Landwasser ist zu sehen, dann die Straße nach Hugstetten, dann ein Kruzifix, das an das Eisenbahnunglück erinnert. Mit Kreide über eine Tür geschriebene Zahlen. Bretter, unordentlich aufeinander wie im Schuppen neben der Schreinerei. Das Bild bleibt stehen. Eine Jahreszahl. Eine Stimme. Die Unglücksstelle. Musik. Ich meine, weiter hinten einen leblosen Körper zu erkennen. Ein anderes Bild. Eine Lok, die auf der Seite liegt. Männer mit Schaufeln. Ein Baumwipfel. Eine Kirche. Wieder Regen. Immer noch Regen. Ich habe kurze

Hosen an. Die Männer mit den Schaufeln graben etwas ein. Es sind zerborstene Kisten. Asche. Staub. Zugluft. Ein Pilot mit einem Halstuch. Auf dem Acker haben sie aus Brettern notdürftig ein Gestell gebaut. Dahinter sitzt ohne Stola der Hypnotiseur und nimmt den Sterbenden, die vor ihn gelegt werden, die Beichte ab. Ich höre die einzelnen Sünden der Erwachsenen. Ich sehe Seifenblasen, die der Affe des Hypnotiseurs in die Luft bläst. Wie farblos sie werden, bevor sie zerplatzen. Um den Hals tragen die Männer ein Fläschchen mit Vademecum. Aus dem Dorf kommt eine Irre gerannt. Es stimmt, dass Wasser von den Felsen fließt. 17 Jahre fuhr mein Vater jeden Tag zweimal mit einem geliehenen Rad einen Feldweg entlang. Es gab noch Bombenflugzeuge, aber die Lokomotiven hatten schon keine Namen mehr. Die Namen waren nach dem Unglück durch Zahlen ersetzt worden, weil sich Lokführer weigerten, mit der Unglücksmaschine zu fahren. Zwei Frauen vom Roten Kreuz gehen durch die Unglücksstelle und verteilen schwarze Armbinden an die Angehörigen. Die Kinder müssen sich in Zweierreihen aufstellen. Man sagt ihnen, es gehe zum Wandertag, tatsächlich ist ein Kinderkreuzzug geplant, der sie besinnungslos in die Nacht und immer weiter durch die Wälder bis zur Schlucht führen soll, denn die Waisenhäuser sind längst überfüllt. Es ist ein fröhliches Lied, das sie singen. Die Kleinsten klatschen dabei in die Hände. Ein Gymnasiast mit kaputtem Brillenglas geht vorneweg. Von einem Flugzeug werden Care-Pakete abgeworfen, die jedoch fast alle in den noch brennenden Trümmern der Waggons landen. Eins jedoch liegt abseits im Gras. Niemand beachtet es. Nur ich sehe es rechts unten am Rand liegen. Beim Aufprall muss etwas in dem Paket kaputtgegangen sein, denn langsam verfärbt sich das braune Packpapier rötlich. Es war bestimmt nur ein Glas mit Kompott oder Marmelade. Es kann nicht sein, dass sie lebende Tiere in Care-Paketen nach unten werfen, um die Kinder zu beruhigen. Niemand käme auf die Idee. Kaum ist der Kinderkreuzzug außer Sichtweite, fangen die Frauen an zu schreien und zu klagen. Sie haben sich nur vor den Kindern zurückgehalten. Jetzt wird auch erst das ganze Ausmaß des Unglücks deutlich. Jetzt sieht man auch zum ersten Mal die aufgeplatzten Gesichter und verrenkten Arme. Jetzt schleppen sich viele Schwerverletzte mit letzter Kraft zu den ausgehobenen Gruben. Weil immer noch kein Priester da ist, springt erneut der Hypnotiseur ein und spricht den letzten Segen. Er geht mit seiner goldenen Taschenuhr von Grube zu Grube und lässt die darin Liegenden den Schmerz vergessen. Leben ist nun einmal Schmerz. Dennoch

kann man ihn vergessen. Man kann ihn überschreien. Oder mit Ideen bekämpfen. Das eine Care-Paket rechts unten ist mittlerweile völlig durch-
geweicht. Was immer auch darin war, man wird es nicht mehr erkennen
können. Daneben liegt ein verknicktes Schulheft. Eine Windböe schlägt
die Seiten auf und wieder zu. Ich kann eine Kinderzeichnung erkennen.
Ein Mann auf einem Baum. Er lächelt, wie alle Menschen auf Kinder-
zeichnungen immer lächeln. Dabei fehlt ihm ein Arm. Dabei droht er zu
fallen. Unten steht ein Panzer. Auf dem Panzer sitzt ein Mann in Uniform. Auch er lächelt. Dann wird es dunkel.

35

Der Teenager bekommt von einer Schwester eine kleine Schachtel, in der seine Wertsachen aufbewahrt wurden, auf den Nachttisch gestellt. Es sind nur noch ein paar letzte Untersuchungen zu machen, dann kann er abgeholt werden. Bei besagten Wertsachen handelt es sich um eine silberne Halskette mit einem Anhänger, auf dem ein Skorpion eingraviert ist, eine Junghans-Armbanduhr[1] mit ungewöhnlich breitem Wildlederarmband[2] sowie eine längliche Brieftasche aus rotem aufgerautem Leder mit eingeprägten indischen Ornamenten und an den Rändern weiß geflochtenen Bändern, innen mit Kugelschreiber die Inschriften Brian und Christiane.[3] Darin befinden sich neben 4 Mark 12 in Kleingeld folgende Dokumente: eine Leihkarte der Landesbibliothek, ein Leseausweis der Stadtbücherei, eine Mitgliedskarte vom Cayhaus in der Kleiststraße 13 (Verein zur Pflege der Teekultur)[4], der zum Aufenthalt im Clubraum in der Zeit von 11 bis 23 Uhr berechtigt, ein Studienausweis der FAS International[5], ein Fußgängerschein Klasse III und ein

1 Geschenk zur Kommunion.

2 Im Jahr zuvor bei Woolworth in London gekauft.

3 Beide Inschriften stammten von Christiane Wiegand. Dass sie Brian (Jones) in die Brieftasche des Teenagers geschrieben hatte, war als eine Art Provokation gemeint (wie die Inschrift Mick Jagger von Marion ein Jahr zuvor auf seinem Gipsarm), jedoch nur als leichte, fast freundschaftliche, da es sich um den untypischsten Rolling Stone handelte. Gleichzeitig hatte Christiane herausfinden wollen, wie hoch sie tatsächlich in der Gunst des Teenagers stand und ob er ihr als eine Art Liebesbeweis erlauben würde, seine Brieftasche derart zu verunstalten. Da er ihr das Portemonnaie nicht wegnahm und auch nichts sagte, schrieb sie anschließend neben Brian, quasi zur Belohnung, ihren eigenen Namen.

4 Obwohl das Teehaus aus der Geisbergstraße, neben der vornehmen Taunusstraße gelegen, in die unauffälligere Kleiststraße und dort in die Parterrewohnung eines Siedlungshauses umgezogen war, hörten die Razzien des RD (Rauschgiftdezernats) nicht auf. Deshalb beschloss man, einen Club zu gründen, was das unerwartete Auftauchen der Polizei erschweren sollte.

5 Die Famous Artist School war eine Fernschule nach amerikanischem Vorbild, die auf der letzten Seite von Fernsehzeitschriften inserierte. Da der Teenager gerne zeichnete, wollten seine Eltern sein Talent fördern und bestellten einen Vertreter, der ihm im elterlichen Wohnzimmer die nötigen Fähigkeiten zum Belegen eines Zeichenkurses bescheinigte. Zwei Wochen später kamen drei dicke Bände mit Unterrichtsmaterial auf Englisch und ein kleiner Band mit den übersetzten Texten der großen Bände mit der Post. Nach jeder Lektion musste der Teenager gestellte Aufgaben erfüllen,

Säuferpass[6], ein mehrfach gefalteter und an den Falzungen brüchiger Geldschein im Wert von 50 Reichsmark, ein ebenso gefaltetes und brüchiges Zeitungsfoto, das ein nacktes Paar stehend von vorn zeigt[7], mehrere Monster-Tattoos, ein Passfoto, auf dem ein etwa vierzehnjähriger Junge mit schulterlangem Haar[8] zu sehen ist, zwei gefaltete und brüchige Notizzettel mit folgendem Inhalt: Zettel 1 Vorderseite: Harry Crosby, Pierre Drieu la Rochelle, Jaques Rigaut[9], Satre Das Sein und das Nichts. Rückseite: unbeschrieben. Zettel 2 Vorderseite: M. Bernd Lückricht, Entraide Protestante, F-87 Toulon, 11 – 12 Place d'Armes, Rückseite: Swlabr, Fool on the Hill, Natalie, Et Maintenant, I am the Walrus, es folgen mehrere verderbte Zeilen, Hold Tight, See My Friends;[10] sowie mehrere Papierfetzen mit Korruptelen.

zum Beispiel ein Wasserglas zeichnen, und die Ergebnisse einschicken. Dann erhielt er nach einigen Tagen als Antwort Anregungen und Tipps zur Verbesserung seines Könnens. Nach der sechsten Lektion ging die Firma pleite. Die Eltern des Teenagers hatten das ganze Kursgeld schon bezahlt und bekamen nichts zurück.

6 Relikte, ähnlich wie die Tatoos, aus einer kindlicheren Zeit, in der sich der Teenager für Scherzartikel interessierte. Die Ausweise waren, wenn auch in kleinerem Format, den gängigen Ausweisen und Führerscheinen nachempfunden. Der Teenager hatte die Ausweise als Trostpreise auf der Kerb erhalten, aber seine Daten nicht eingetragen.

7 Es handelt sich um das verbotene und für den Handel überklebte Coverfoto der Two Virgins, auf dem John Lennon und Yoko Ono nackt zu sehen sind. Es wurde in einer Ausgabe der Zeitschrift Underground abgedruckt, die sich der Teenager so regelmäßig es ging kaufte, auch wenn er sie hinter dem Schrank verstecken musste wie noch wenige Jahre zuvor die Akim-, Tibor-, Falk- und Sigurd-Hefte. Während zumindest die Frau von der Caritas diese Comics mittlerweile kannte, wusste sie nichts von der Existenz der Zeitschrift Underground, die sich an der amerikanischen Hippie-Bewegung orientierte und deren Themen präsentierte.

8 Es handelt sich um Mike Abrahamson, einen fünfzehnjährigen Jungen, der mit seiner Mutter im Palast Hotel wohnte, dessen Zimmer in Wohnungen für Angehörige der Amerikanischen Armee umgewandelt worden waren. Er spielte zeitweise in den Bands Formic und Sanfte Erlösung des Teenagers.

9 Der Teenager hatte Latein und kein Französisch, deshalb ist Jacques falsch geschrieben. Allem Anschein nach fing er an, sich für Selbstmörder zu interessieren, denn Harry Crosby, Drieu la Rochelle und Jacques Rigaut nahmen sich alle drei das Leben. Das Sein und das Nichts sollte wohl die Theorie für den Selbstmord liefern. Da Sartre ebenfalls falsch geschrieben ist, scheint der Teenager diese Hinweise unter Umständen mündlich von Freunden erhalten zu haben.

10 Es handelt sich hier wohl um eine Playlist für eine Party. Zusammengestellt vom Teenager oder von Bernd, denn es handelte sich um die Playlist für seine Abschiedsparty, da Bernd für ein halbes Jahr nach Frankreich ging. Diese Party kann nichts mit der Tatsache zu tun haben, dass Bernd zwei Jahre später über Berlin nach Frankreich ging, denn damals hatten er und der Teenager schon nichts mehr miteinander zu tun.

36

Als Bernd, Claudia und ich aus dem Sängerheim kommen, steht an der
Ecke einer der Oberstufler unter einer Laterne. Wolle, sagt Claudia. Claudia, sagt Wolle, und: Na, habt ihr euch schon im Fernsehen bewundert? Ja,
Scheiße, sagt Bernd, aber da gab's keinen Ton. Ihr werdet gesucht, weil
ihr einen Penner in der Bahnhofsunterführung vergiftet habt. Aber das
ist doch Quatsch, sagen wir, wir sollten doch vergiftet werden. Das kann
ja sein, aber diese Ostspionin behauptet das Gegenteil. Wer? Habt ihr
die Tante nicht gesehen im Fernsehen? Die Frau von der Caritas? Keine
Ahnung, auf alle Fälle hat die bei euch gewohnt und versucht, die Fabrik
von deinem Vater auszuspionieren. Aber, sage ich, da gibt es doch nichts
auszuspionieren, wir stellen doch nur Spiegel her und Gläser und Kartoffelschüsseln. Das ist denen doch egal, die interessieren sich für alles, und
vielleicht war's ja auch wirklich zu wenig, was sie herausgefunden hat,
weshalb sie sich jetzt mit euch interessant macht und behauptet, sie hätte ein Verbrechen aufgedeckt. Aber das stimmt doch gar nicht, wir haben
sie doch … Nein, aber überleg doch mal, sagt Claudia, dann hat sie selbst
die Ampullen Eiswasser und die Zauberseife und das Plastikstilett in das
Handschuhfach geschmuggelt, sie konnte doch auch ganz einfach an deine Schatztruhe. Sag ich doch, sagt Wolle, und jetzt behauptet sie, dass ihr
eine Gruppe junger Anarchisten seid, die von alten Nazis aufgehetzt und
gesteuert wird, unschuldige Penner umzubringen. Was? Was denn für
Nazis? Der Rektor Weppler aus der Volksschule, euer Mathelehrer Jung,
dein Vater … Wie, mein Vater? Na ja, als Fabrikant. Aber der war doch
noch zu jung. Na, dann eben dein Großvater, der die Fabrik gegründet
hat, was weiß ich. Die versucht sich eben reinzuwaschen. Die behaupten
doch immer in der Ostzone, dass hier nur Nazis leben und dass deren Kinder eben auch wieder Nazis sind und nach der Schule gleich braune Uniformen anziehen und in Turnhallen an Wehrkraftsübungen teilnehmen
müssen und dass man ab vierzehn schon ein Standmesser mit Blutrinne
bekommt und ab achtzehn eine Walther P38 und dass man die Menschen-
experimente der Nazis in Heizungskellern weiter betreibt und die Schüler junge und progressive Lehrer in Unterdruckkammern sperren und
durch ein kleines Fenster zusehen können, wie denen dort der Schädel

detoniert. Damit begründen die doch ihren antifaschistischen Schutzwall. Aber wir haben doch mit der DDR zusammengearbeitet, wir haben doch die Frau von der Caritas denen ausgeliefert, weil sie hier ohne Strumpfhose rumläuft, und die haben uns dafür die Flasche Wodka gegeben, und die haben wir dem Penner geschenkt, weil wir so was nicht trinken. Na und jetzt behauptet diese Ostspionin eben, dass es genau umgekehrt ist, dass sie euch beobachtet hätte, wie ihr den Penner umgebracht habt, dass sie euch daraufhin zur Rede stellen wollte und dass ihr sie dann zur alten Brauerei gefahren habt, um sie dort ebenfalls zu erledigen. Die Nationale Volksarmee hat sie dann in letzter Minute gerettet.

Wir steigen in den Ford Taunus von Wolle, und er fährt uns in die Stadt und dort in das Palast Hotel gegenüber vom Schwarzen Bock, wo die Amis Wohnungen haben und wo seine Mutter putzt. Im obersten Stock steht ein Zimmer leer, wo wir bleiben können. Wir können allerdings nicht durch den Haupteingang und den Aufzug benutzen, sondern müssen durch eine schmale Seitentür, für die Wolle den Schlüssel hat, und dann die enge Lieferantentreppe hoch. Im Zimmer gibt es zwei Betten und ein Feldbett und draußen auf dem Gang Dusche und Klo. In der Ecke steht ein Fernseher, und Bernd schaltet ihn gleich an, um zu sehen, ob sie wieder was über uns bringen, aber auf dem Fernseher läuft nur AFN. Das bringt's doch, sagt Bernd, da können wir endlich alle Monkees-Folgen sehen. Aber mir ist überhaupt nicht nach Fernsehen, obwohl ich die Monkees auch gern sehen würde, weil ich die oft nicht sehen kann, weil sie samstags um zehn vor vier kommen und ich da oft zur Beichte muss, und selbst wenn ich schon um drei gehe, danach nicht gleich wieder fernsehen darf, und auch wenn ich nicht zur Beichte gehe, soll ich samstagmittags nicht immer vor dem Kasten rumhängen, außerdem habe ich nicht genug Cello geübt und müsste eigentlich noch einen ganzen Tag oder so üben, um all das nachzuholen, was ich schon an Fernsehen gesehen habe, weshalb die Frau von der Caritas immer sagt, also am Samstag nicht, wo es doch am Samstag das Beste gibt. Aber jetzt würden meine Eltern sehen, dass die Frau von der Caritas schon immer gemein war und sie nur aufhetzen wollte und dass sie in Wirklichkeit die Fabrik ausspioniert und extra die Strumpfhose ausgezogen hat, weil sie selbst den Keilriemen vorher angeschnitten hat, nur damit mein Vater nichts merkt und nur damit ich sie eklig finde und an die DDR ausliefern will, wo sie ohnehin nur wieder hinwollte.

Wolle holt uns Pommes und Sunkist von unten, und wir liegen auf den Betten und essen und schauen AFN, aber da läuft nur Baseball, was ich und Claudia langweilig finden, nur Bernd nicht. Wolle geht weg, will aber gleich mit ein paar anderen wiederkommen, um zu überlegen, was wir machen können. In die Ostzone können wir auf alle Fälle nicht, sagt Bernd. Sehr witzig, sagt Claudia. Und wenn wir uns einfach stellen? Schließlich hat *die* doch hier spioniert, sage ich. Und der Penner?, sagt Claudia. Und da hat sie natürlich recht, die Frau von der Caritas ist wirklich gemein, das so umzudrehen. Dann geht die Tür auf, und Wolle kommt mit drei anderen zurück, die noch älter sind, also mindestens Studenten oder noch älter, aber die haben alle drei lange Haare, allerdings glatt, nicht so lockig wie Wolle. Das sind Perlon, Dralon und Orlon, sagt Wolle. Ja, guckt nicht so, das sind natürlich Decknamen. Ihr müsst euch auch noch Decknamen ausdenken, das ist doch klar. Wir rücken zusammen, und die vier setzen sich auf die Betten und auf den Boden. Perlon hat Reval dabei und bietet uns eine an. Ich nehme eine, Claudia und Bernd nicht. Ihr sitzt ganz schön in der Scheiße, sagt er. Wir nicken. Die Revisionisten im Osten behaupten, ihr seid von Nazis gelenkte Anarchisten, die Penner und einfache Frauen umbringen … Wir haben keine Penner umgebracht und die Frau von der Caritas schon gar nicht, die lebt ja noch. Ja, das ist doch egal. Wir müssen denen auf alle Fälle erst mal beweisen, dass ihr nicht irgendwelche Büttel des Kapitals seid, denn das passt denen da drüben genau in den Kram und denen hier auch, die können dann sagen, dass alle Gammler in Wirklichkeit Nazis sind und sie die großen Demokraten. Ja, aber was sollen wir da machen? Na, wir brauchen ein paar Aktionen, die eindeutig machen, wo ihr steht, ist doch klar. Also gegen den Revisionismus drüben und gegen die alten Nazis und Bonzen hier. Die anderen nicken. Aber was für Aktionen denn? Politische Aktionen natürlich. Aber dafür braucht ihr als Erstes einen Namen. Habt ihr da was? Bernd und ich zucken mit den Schultern. Du hast doch da den Namen, sagt Claudia, Tupamaro Verein Biebrich oder so ähnlich. Die anderen lachen. Hast du denn nicht dein Heft dabei? Doch, sage ich, angle nach meinem Rucksack, ziehe das DIN-A4-Heft raus, schlage es auf und zeige das Signet von der Roten Armee Fraktion mit den Buchstaben RAF untereinander und der Jahreszahl 1913. Das ist aber noch nicht fertig, sage ich. Rote Armee Fraktion, das bringt's doch voll, sagt Wolle, und Perlon, Dralon und Orlon nicken und sagen auch, dass es das voll bringt und dass wir uns jetzt nur ein paar gute Aktionen überlegen müssen.

Nachdem Wolle, Perlon, Dralon und Orlon gegangen sind, liegen wir auf den Betten und überlegen uns auch Decknamen. Ich will nicht schon wieder Georg nehmen, weil das auch mein Firmname ist, also kein richtiger Deckname. Wie findet ihr Swlabr? Swlabr? fragt Bernd, was soll denn das sein? Die Rückseite von Sunshine of Your Love, sage ich. Egal, sagt Claudia, das kann man nicht richtig aussprechen. Hast du was Besseres?, frage ich. Ich dachte an Radio Luxemburg. Radio Luxemburg? Ja, wegen Rosa Luxemburg. Nein, das ist zu lang. Und wir müssen auch alle drei ähnliche Namen haben, so wie bei Wolle und Perlon und Dralon. Ja, genau so. Wir können uns doch Ata und Vim und so nennen. Ja, Ata, Vim und Imi. Oder Ata, Vim und Sil. Das klingt irgendwie kindisch. Ja, außerdem sind das Namen, die Großkonzerne in die Welt gesetzt haben, sagt Claudia. Ja, schon, sage ich, hast ja recht. Wir überlegen noch eine Weile, und ich muss an mein Zimmer denken und meine Singles und meine Schatztruhe, in der aber kaum noch was drin ist, und ich ärgere mich, dass ich mir von der Frau von der Caritas immer so viel hab gefallen lassen und dass ich mir nicht schon viel früher eine Aktion gegen sie ausgedacht habe. Warum nennen wir uns nicht einfach nach denen, die das Kaufhaus in Frankfurt angesteckt haben?, sagt Claudia. Baader, Ensslin, Proll. Oder Baader, Ensslin, Söhnlein. Ja, Söhnlein Sekt. Mensch, das ist es doch, wir nennen uns Söhnlein, Henkell und MM. Und MM soll dann wohl ich sein?, sagt Claudia, dann bist du aber das Fabrikanten-Söhnlein. Du bist echt fies, sage ich.

37

Ich stelle mich vor dem Regen an der Raupe unter. Glücklicherweise nicht mehr in kurzen Hosen wie nach dem Zeltlager letztes Jahr. Zigaretten aufgeweicht. Haar klebt auf der Stirn. Hinter dem Ansager die Singlehüllen mit Reißzwecken an der Wand. Pictures of Lily. Jetzt heimlaufen. In der Küche sitzen. Vorher die Zigaretten wegwerfen. Von der Caritasfrau den Kopf abgerubbelt bekommen. Neues Hemd rausgelegt. Oder gleich in den Schlafanzug. Lieber stehenbleiben. Auch wenn die Arme frieren. Weil der Wind sich hier hinten fängt.

Ein Lichtfleck fällt auf den noch immer unförmigen Hinterkopf meines Bruders. Für meine Ritter und Indianer ist er zu klein. Er wird meinen Platz einnehmen, zwangsweise, aber weiter mit seinen Puppen spielen. Wenn er schlau ist, bleibt er so. Wachsen heißt sterben. Und vor dem Sterben: Strafarbeiten und Nachsitzen.

Er dreht den Kopf und sieht zur Durchreiche. Zwei Wochen vor meiner Einweisung, meine Mutter ist einkaufen, mein Vater in der Fabrik, habe ich ihn dort zwischen die alten Fernsehzeitungen und ausgelesenen Für Sies meiner Mutter hineingehoben. Nur zum Spaß, sage ich, doch er lächelt nicht, obwohl er schon lächeln kann. Er reißt auch die Seiten der Hefte nicht kaputt, obwohl er sonst gern Dinge zerreißt. Er sitzt einfach nur da und schaut mich an. Ich will ihn nicht erschrecken, darf aber nichts sagen, weil es eine Probe ist, die er bestehen soll. Die Augen schließen, bis zehn zählen, außen herumlaufen, von der Küche über die Diele ins Wohnzimmer. Erst kurz vor der Durchreiche die Augen wieder auf. Das Tannenzapfenmännlein mit der roten Filzmütze hängt bewegungslos am schwarzen Türgriff. Mein Onkel hat es bei einem Besuch kurz nach der Geburt meines Bruders dorthin gehängt. Meine Mutter fand das Männlein grässlich. Meinem Vater war das Männlein egal. Ich träumte einmal, das Männlein hätte meinen Bruder entführt und in einer Hütte gefangen gehalten. Wenig später bewegten sich die Beine meiner Mutter nicht mehr. Als wäre der Globus an meinem Kommunionssonntag nicht vom Schrank gefallen, meine Mutter gesund, die

Frau von der Caritas nie hier gewesen, mein Vater wieder im Sessel mit der Zeitung und das von den Robinienzweigen gesiebte Sonnenlicht des Spätnachmittags nur da, um über Kaffee und Kuchen auf dem Küchentisch zu fallen, stehe ich für einen kurzen Moment allein im Wohnzimmer vor der geschlossenen Durchreiche. Herausgefallen war mein Bruder nicht. Erstickt stattdessen? Er konnte unmöglich so schnell erstickt sein. Die Türen der Durchreiche schließen garantiert nicht so dicht. Der Küchendunst dringt doch immer bis ins Wohnzimmer. Das Gerede aus dem Wohnzimmer kriecht umgekehrt dumpf in die Küche zurück, wenn ich dort am Sonntagabend vor meinem Brotteller und dem Glas Nesquick sitze und mein Vater Besuch von ein paar Herren hat. Viel Luft braucht ein knapp Zweijähriger nicht. Er fühlt sich wohl in schmalen Kisten, sucht beim Versteckspielen von selbst enge Orte auf. Und was weiß ich schon. Ich bin selbst noch ein Kind. In Bio haben wir das alles nicht gehabt, und mit Achims Stoppuhr, einer richtig großen und schweren Stoppuhr, nicht so einer kleinen mit einem Läufer in der Mitte, wie meine von der Kerb, haben wir 28 Sekunden gemessen. Und wenn wir fast eine halbe Minute die Luft anhalten können, dann wird mein Bruder doch leicht eine Viertelminute schaffen. Dennoch werden sie mich ins Erziehungsheim stecken. Jede Erklärung ist sinnlos. Der schmale, hellbraune Koffer, mit dem mein Großvater aus Oberschlesien geflohen ist, derselbe, den meine Eltern später mit bunten Plaketten beklebten, als sie mit der Vespa auf Verlobungsreise nach Venedig fuhren, wird vom Speicher geholt, um Unterwäsche, Hemden, Pullover und eine Hose hineinzuwerfen. Nicht die orangenen Frotteesocken, nicht die Shakehose mit den Schlitzen unten in den ausgestellten Beinen und dem gestreiften Elastikgürtel und auch nicht meine drei Rollkragenpullover, die ich abwechselnd unter dem karierten Hemd anziehe, dem Waldarbeiterhemd, wie die Frau von der Caritas sagt, das ich, wie sie sagt, noch bis zur Vergasung tragen werde. Stattdessen nur Sonntagssachen. Gelber Wollpullover mit V-Ausschnitt. Weiße Hemden mit grau verwaschenem Kragen. Braune Stoffhosen, nicht die, wie die Frau von der Caritas sagt, Manchesterhose. Mit dem Koffer in der Hand, nicht meinem Rucksack, stehe ich am Gartentor, die blaue Windjacke an, den Spencer, wie die Frau von der Caritas sagt. Ein Wagen vom Amt fährt vor. Es ist keine Grüne Minna, sondern ein brauner Opel Admiral, um weniger Aufsehen zu erregen vor den Angestellten und Arbeitern der Fabrik. Ich drehe mich noch einmal um. Mein Vater steht im Rahmen der Haustür. Die Frau von der Caritas mit meinem Bruder auf dem Arm neben ihm. Mein Bruder lächelt. Mein Vater rührt sich nicht. Er sieht ernst aus. Gibt es etwas Schlimmeres, als das eigene Kind weggeben zu müssen? Mit festem Griff nimmt mir der Mann vom Jugendamt den Koffer aus der Hand und legt ihn in den Kofferraum. Dann schiebt er mich vor sich auf die Rückbank des Wagens. Ich schaue durch die beschlagene Scheibe nach draußen auf den nebligen Sportplatz mit dem Schotter und der roten Aschenbahn. Ich wage nicht, etwas auf die beschlagene Scheibe zu malen. Das Herz Jesu. Ein Stück substanzloses Brot. Ich bekomme keine Handschellen angelegt. Ich bin noch nicht strafmündig. Noch nicht vierzehn. Aber bald. Der Richter kann davon ausgehen, dass ich alt genug bin, die Tragweite meines Handelns zu begreifen. Vorsichtig mache ich die beiden Flügeltüren der Durchreiche im Wohnzimmer auf. Wie immer rieche ich den Eckes Edelkirsch, der in der verspiegelten Hausbar neben der Durchreiche steht, und den Cognac, den die Frau von der Caritas aus der Flasche direkt in die eckige Karaffe mit geschliffenem Glaskorkenverschluss füllt. Daneben die Cognacschwenker. Mein Bruder sieht mich an. Stumm.

38

DIE GESCHI-ARBEIT DES TEENAGERS VOM 9. MAI 1969

(Entscheidend für die Zeugnisnote)

Themenkomplex Drittes Reich[1]

1. Woher hatte das Dritte Reich seinen Namen? Auf was bezieht sich dieser Name? Stelle einen Vergleich zum Begriff des »Tausendjährigen Reiches« an.[2]
2. Schildere einige Beispiele, wie sich die Bevölkerung gegen die Verführung durch Adolf Hitler zur Wehr setzte.[3]
3. Was war das »Unternehmen Barbarossa«?[4]

[1] Diese Geschichtsarbeit ist höchstwahrscheinlich erfunden, denn seit der einsetzenden Restauration der fünfziger Jahre wurde der Nationalsozialismus über die sechziger hinweg bis in die siebziger Jahre – nachdem er direkt nach dem Krieg unter dem Einfluss der Alliierten Teil des Lehrplans war – im Fach Geschichte nicht behandelt. Der Unterrichtsstoff endete mit dem Ersten Weltkrieg und der Weimarer Republik. Es mag allerdings einige Lehrer gegeben haben, die den Stoff dennoch durchnahmen, etwa um die Opferrolle der Deutschen zu betonen oder als ehemalige Angehörige der Reichswehr die Reinheit des Militärs und die Bevormundung durch die Alliierten hervorzuheben. Erst ab den achtziger Jahren gehörte der Nationalsozialismus wieder zum Curriculum bundesdeutscher Schulen.

[2] Schon hier bemerkte der Teenager einen inneren Widerstand gegen die Beantwortung der ihm vorgelegten Fragen, nicht etwa, weil er deren manipulativen Ton heraushörte, sondern einfach, weil ihm im Vorfeld seiner wirklichen Vision eine Art von Aura, die etwa auch Migränekranke kennen, umgab und verhinderte, dass er das, was ihm wichtig und wertvoll erschien, wie die Mystiker etwa, die hier genannt werden mussten, durch eine Klassenarbeit profanisierte und trivialisierte. Beide Begriffe, das Dritte Reich wie auch das Tausendjährige Reich, entstammen dem christlichen Vokabular und wurden besonders von Joachim von Fiore weiterentwickelt, der Chiliasmus und den Glauben an ein Drittes Reich, dem ein Erscheinen des Antichrist vorausgeht, zusammenbrachte. Später auch aufgenommen von Tommaso Campanella, der sich stark an kabbalistischen Schriften orientierte und deshalb als Häretiker verurteilt wurde.

[3] Gemeint war hier natürlich nicht eine Form von wirklichem Widerstand, sondern heldenhafte Taten der Bevölkerung wie etwa den Hitlergruß innerhalb der Familie zu verweigern, nicht in die Partei einzutreten oder als Frau einem SS-Offizier einen Korb zu geben. Widerstand, wie spät und unvollkommen auch immer, war allein für Militärs reserviert und erfüllte damit den Zweck, die Reichswehrmacht als von Hitler missbrauchte, aber in sich funktionierende und schuldlose Vereinigung zu etablieren.

[4] Der ehemalige Pressesprecher Joachim von Ribbentrops, Paul Karl Schmidt, änder-

4. Mit welchen Versprechungen und tatsächlich umgesetzten Maßnahmen hatte Adolf Hitler die Bevölkerung für sich gewinnen können?[5]
5. Nenne weitere gesellschaftliche Gründe, die den Nährboden für das Dritte Reich schufen.[6]

te nach dem Krieg lediglich seinen Nachnamen in Carell, nicht aber seine nationalsozialistische Gesinnung und wurde zu einem begehrten Mitarbeiter beim Spiegel, der Zeit und natürlich bei Springer-Organen wie Welt und Bild. Als Buchautor veröffentlichte er das Machwerk Unternehmen Barbarossa über den Russlandfeldzug Hitlers. Darin wurden die Verbrechen der deutschen Wehrmacht nicht beschönigt, sondern gar nicht erst erwähnt. Von der deutschen Presse wurden seine Publikationen allgemein euphorisch begrüßt, wahrscheinlich weil es ihm gelang, zwei Bände über den Russlandfeldzug zu verfassen, ohne, wie Jonathan Littell feststellte, ein einziges Mal das Wort Jude zu benutzen. Seine Bücher Unternehmen Barbarossa und Verbrannte Erde waren neben dem Untergang des Abendlandes und weiteren fünf, sechs Buchclubausgaben und Reader's-Digest-Auswahlbänden in vielen Wohnzimmern zu finden. Natürlich ungelesen, aber immerhin angeschafft. Nicht für Privatpersonen, aber für Konzerne, Unternehmen, Institutionen, Zeitungen, Radio oder Fernsehanstalten sollte die Beweislastumkehr gelten, denn man verplempert leicht wertvolle Jahre seines ohnehin knapp bemessenen Lebens damit, den Beweis anzutreten, dass ehemalige Mitarbeiter in leitenden Positionen oder Gründungsmitglieder ehemalige Nazis waren, die ihre nationalsozialistische Ideologie so weiter durchsetzen oder verbreiten konnten. Nicht überall ist nämlich der Beweis so leicht anzutreten wie beim Spiegel, der Zeit oder der Springer-Presse mit ihrer Riege Altnazis, die dort in den fünfziger und sechziger Jahren tätig waren und zum Beispiel, um nur Schmidt-Carell zu erwähnen, die Alleintäterthese des Marius van der Lubbe beim Reichstagsbrand verbreiteten und geschichtsfähig werden ließen. Ein weiterer leicht zu belegender Fall wäre etwa der Naumann-Kreis, zu dessen Umfeld Schmidt-Carell ebenfalls gehörte. Ein von 26 Nazi-Führungspersönlichkeiten gegründeter Verein, benannt nach dem letzten Staatssekretär von Goebbels, Mitglied des Freundeskreises Reichsführer SS und der SS-Leibstandarte Adolf Hitler, Werner Naumann. Dieser Verein verfolgte das Ziel, die nordrhein-westfälische FDP zu unterwandern und sie zu einer neuen Nationalsozialistischen Partei umzufunktionieren. »Ob man eine liberale Partei am Ende in eine NS-Kampfgruppe umwandeln [...] kann, möchte ich bezweifeln, wir müssen es aber auf einen Versuch ankommen lassen. [...] Gäbe es keine FDP, müßte sie noch heute gegründet werden.« So lautet nur eine der Äußerungen aus dem Abhörprotokoll des MI5. Da sich die deutschen Behörden taub stellten, mussten die Briten am 15.1.1953 selbst eingreifen und einige führende Mitglieder, wenn auch natürlich nur kurzzeitig, verhaften, da das Ferienstrafsenat des Bundesgerichtshofs wenige Monate später, in den Sommerferien nämlich, das Verfahren gegen die Beschuldigten einstellte.

5 Die Autobahn, wie Michael Reese, der als Einziger in unserer Klasse auch Landser-Heftchen las, schrieb, wurde als Antwort nicht anerkannt, da es kein Argument der Verführung für eine Bevölkerung darstellte, die so gut wie keine Privatwagen besaß. Richtige Antworten waren unter anderem: Arbeit für alle, Sicherheit auf den Straßen.

6 Schuld waren nach allgemeiner Auffassung die Unordnung der Weimarer Republik mit ihren Splitterparteien, die im Reichstag »Demokratie spielten«, ohne etwas davon zu verstehen. Dann natürlich die moralische Dekadenz, die Hand in Hand ging mit dem Abfall von Gott, und die kommunistische Bedrohung durch Aufstände oder sogar Revolution.

39

Der Schnitt verlief über den halben Arm. Ich saß auf der Treppe zur Pfarrbücherei. Es war ein Samstagnachmittag im Sommer. Nach der Beichte. Ich hielt den Arm seitlich abgestreckt, damit das Blut nicht auf meine Hose tropfte. Eine Schwester ging vorbei, bemerkte mich aber nicht.

Jeder Schluck Pfefferminztee schmerzt. Es ist anders als bei Angina.
Auch habe ich keinen Hunger. Obwohl Frau Doktor Korell schon seit
fünf Tagen nicht mehr da war, habe ich immer noch den Geschmack des
Holzspatels auf der Zunge. So wie ich von Zeit zu Zeit den Gips rieche,
in dem vor einem Jahr mein rechter Arm steckte. Außerdem habe ich eine
merkwürdige Ausbuchtung an meinem Hodensack. Dann diese vernarb-
te Naht an der Unterseite von meinem Glied.

Kriege finden an einer Front statt. Die Front ist eine Mauer, so wie die
Mauer im Hof bei Achim, wie die lange Mauer um das Fabrikgelände
und die noch höhere Mauer um den Schlosspark. Dahinter flaches Land
mit eigenartig wuchernden Pflanzen und Negern, die sich auf den Bäumen verstecken und herunterspringen, um den Soldaten, die morgens
um sechs, noch vor dem Frühstück, mit dem Gewehr im Anschlag, Rucksack auf dem Rücken und Gasmaske vor dem Gesicht, hinübergestiegen
sind, die Köpfe mit einer Machete abzuhauen. Die Köpfe kommen in einen Eisenkessel und werden zu einem magischen Trank ausgekocht. Ne-
geraufstand ist in Kuba, Schüsse gellen durch die Nacht, in den Straßen
von Havanna werden Weiße umgebracht. Auf dem Baum, da sitzt der
Häuptling, und er nagt an einem Säugling, von den abgenagten Knochen
lässt er sich 'ne Bouillon kochen. Auf den Straßen fließt der Eiter, der
Verkehr geht nicht mehr weiter, an den Ecken stehen Knaben, die sich
an dem Eiter laben. Im Keller auf den Kohlen sitzen Schwarze mit Pis-
tolen, und sie zielen auf die Weißen, die in alle Ecken … humba humba
hassa, humba humba hassa, humba heoheohe.

Nach dem ersten Frühstück gehen wir aus der Pension in die Stadt. Die
Stadt ist nicht besonders groß. Es gibt die Poststraße, die zum Kurpark

führt mit einer Arkade. Mein Vater schiebt den Rollstuhl meiner Mutter. Mein Bruder sitzt auf ihrem Schoß. Die Schaufenster der Geschäfte in der Arkade sind mit Souvenirs und Spielsachen angefüllt. Ich habe schon gestern das Fix-und-Foxi-Sommersonderheft bekommen. Vor einem Geschäft mit Perücken halten wir an. Der Eingang ist zu eng und die Stufen zu steil, deshalb kommt die Verkäuferin zu uns nach draußen. Sie beugt sich zu meiner Mutter, nickt, geht in den Laden und kommt nach einer Weile mit verschiedenen Haarteilen zurück, die sie meiner Mutter an den Hinterkopf hält. Meine Mutter betrachtet sich mit einem Handspiegel. Sie entscheidet sich schließlich für ein Haarteil, das 89 Mark kostet. Mein Vater geht mit der Verkäuferin ins Geschäft, um zu bezahlen. Beim Abendessen in der Pension trägt meine Mutter das Haarteil, das sie Atzel nennt. Es fällt überhaupt nicht auf, sagt mein Vater. Meine Mutter isst Diät. Mein Vater und ich bekommen einen Hawaiitoast. Das kann ich auch mal machen, wenn es euch so schmeckt, sagt meine Mutter. Mein Bruder isst Butterkekse.

Zu gern würde ich diese Geschichten jetzt noch einmal hören und noch mehr über das schwere Los der Mutter und die Abwesenheit des Vaters und die Bedeutung von Haarteilen erfahren. Alles würde ich gern noch einmal hören. Oder sehen. Selbst Bastelstunde mit Tante Erika. Oder Telemekel und Teleminchen. Auch wenn das für Babys ist. Egal. Nur noch etwas Zeit schinden. Und nicht schlucken müssen.

Es ist ein eigenartiges Gefühl, zu sterben, ohne zu wissen, was aus einem vielleicht noch geworden wäre. Natürlich stirbt jeder Mensch ohne dieses Wissen, weil er sich auch auf dem Sterbebett noch vorstellt, was morgen sein könnte oder übermorgen, und immer noch hofft er, dass sich etwas Grundlegendes ändert in seinem Leben. Aber es ist doch ein Unterschied, ob man mit sechzig oder siebzig oder eben mit noch nicht einmal vierzehn stirbt. Es gibt natürlich auch Vorteile beim Sterben. Man muss andere zum Beispiel nicht sterben sehen. Meine Eltern etwa oder meinen Bruder. Oder überhaupt Tiere, selbst Blumen oder Matchboxautos, die natürlich nicht sterben oder verwelken, aber doch kaputtgehen. Ein Tier verendet, eine Blume verwelkt, ein Mensch stirbt. Manchmal denke ich, dass diese Bezeichnungen nicht ausreichen. Jede Art, jedes Ding müsste einen eigenen Ausdruck haben, der sein Sterben bezeichnet. Aber das ist natürlich Unsinn. Das sind nur so Gedanken, die mir kommen, weil ich immer im Bett liegen muss. Tagsüber geht es seltsamerweise, nur am Abend fällt es mir besonders auf, wenn es dunkel wird und die anderen sich noch draußen auf dem Flur und in den Zimmern bewegen. Vielleicht weil sie von irgendwoher zurückkommen, während ich die ganze Zeit schon da bin. Deshalb lenke ich mich mit solchen Gedanken ab. Und ich tröste mich auch etwas damit, denn früher habe ich mir oft überlegt, wie ich mich verhalte, wenn meine Eltern sterben. Ich wollte mir etwas zurechtlegen für diesen Moment, eine bestimmte Art, mich zu benehmen, ein paar Sätze, die ich sagen könnte, mir selbst, vor allem aber auch anderen, doch wollte mir nichts Richtiges einfallen. Glücklicherweise bin ich von diesem Erlebnis und damit auch von den Gedanken daran befreit. Es ist ein hoher Preis, aber ich bin mir sicher, dass es angenehmer ist andere zu verlassen als selbst verlassen zu werden. Seltsam allerdings, dass ich dennoch nichts Besonderes denken kann, jetzt am Ende, so wie ich es mir immer vorgestellt habe. Im Gegenteil, es sind völlig unwichtige Dinge, die mir durch den Kopf gehen. Überhaupt nichts Bedeutendes. Lege ich die Zunge nach rechts oder links. Kann ich noch etwas warten bis zum nächsten Schlucken. Eigentlich schade, denn Zeit hätte ich jetzt zum Denken. Und auch die nötige Ruhe. Das schöne am Kranksein waren das Micky-Maus- oder Fix-und-Foxi-Heft, der geschälte und in Scheiben geschnittene oder, wenn ich etwas am Magen hatte, geriebene Apfel und das Radio am Bett. Aber ich kann verstehen, dass meine Eltern gerade darauf jetzt verzichten. Es erscheint ihnen wahrscheinlich dem Ernst der Lage nicht angemessen. Oder sie wollen mir keine Hoffnung machen.

Dann dachte ich unwillkürlich an die überfahrene Katze auf dem neuen Autobahnabschnitt, an den Toten im Schuppen neben dem Altenheim, der gerade von einer Schwester gewaschen wurde, als wir uns an einem Vormittag in den Sommerferien während eines Versteckspiels dort in der Nähe aufhielten, dann an den Eiter, der aus der Wunde an meinem Knie kam, und natürlich daran, aber davon hatte ich nur gehört, dass einer aus der Parallelklasse einem anderen mit einem Bleistift ins Auge gestochen hatte und das Auge aufgeplatzt und zusammen mit dem Kristallkörper und der darin befindlichen gallertartigen Flüssigkeit auf das Heft getropft war und auf die Bücher. Besonders schrecklich war das, weil man ein Auge nicht einfach verbinden und schon gar nicht ersetzen kann. Vergleichbar im Grunde nur mit dem Stich in die Zunge von Old

Shatterhand, als er wochenlang im Zelt lag und es nicht aufhören wollte zu bluten und er nicht wusste, ob er es überleben würde und wenn ja,
ob er je wieder würde sprechen können. Ich hingegen war nur gestolpert
und mit dem Knie in die herausgebogene Spitze des Abtretrosts vor der
Haustür meiner Großeltern gefallen. Ein anderer Junge, nicht viel älter
als ich, war aufs Klo gegangen und dort tot umgefallen. Ich las seine Todesanzeige in der Turnerzeitung. In der Todesanzeige stand nicht, wie
er genau gestorben war. Das erfuhr ich von anderen Jungs im Umkleideraum. Dabei ist das doch das einzig Interessante, wie jemand gestorben
ist. Das möchte man wissen, weil es einem vielleicht später von Nutzen
sein kann. Man kann sich dann sagen, jetzt wird es schwarz, aber danach
noch einmal hell, und erst dann stirbt man, so wie man auch weiß, dass
ein Ertrinkender dreimal untergeht und erst wenn er nach dem dritten
Mal an die Wasseroberfläche kommt, wirklich tot ist. Denn vielleicht erscheinen uns die Toten nur deshalb so unheimlich, weil wir nicht wissen, wie sie gestorben sind. Vielleicht würden uns die genaueren Kenntnisse über den Vorgang des Sterbens viel von der Angst nehmen, die wir
das gesamte Leben mit uns herumtragen, ohne uns je von ihr befreien
zu können. Und gerade wenn es dann so weit ist, wenn es einem so geht
wie mir im Moment, müsste man nicht immer jeden Schwindel beobachten und meinen, dass es jetzt schon zu Ende geht, sondern könnte sich
einfach an die vielen anderen Toten und ihre Erfahrungen erinnern und
sich zumindest ein bisschen darauf verlassen. Natürlich ist es dann doch
bei jedem anders, aber in meiner Todesanzeige könnte ruhig stehen, es
war gar nicht so schlimm, wie er es sich vorgestellt hatte, weil er schon
schwach war und oft die Träume nicht mehr von der Wirklichkeit unterscheiden konnte und seine Erinnerungen nicht von der Gegenwart. Unangenehm war eher das Warten auf den entscheidenden Moment, weil
man immer denkt, wie soll ich den denn schaffen, diesen einen Augenblick, diese Hundertstelsekunde, in der ich merke: Jetzt, jetzt, jetzt? Was
soll ich da denn noch schnell denken? Oder sagen? Oder fühlen? Deshalb ist die Formulierung: Er war auf der Stelle tot, die bei besonders
schrecklichen Unfällen benutzt wird, auch so wichtig, weil die Lebenden nicht glauben sollen, es gäbe ein schreckliches Ende, das sich dennoch ewig hinzieht. Dabei weiß es natürlich niemand genau. Nachdem
ich die Todesanzeige des Jungen aus dem Turnverein gelesen und erfahren hatte, wie er gestorben war, fürchtete ich mich einige Wochen lang,
aufs Klo zu gehen, und wenn ich ging, so traute ich mich nicht mehr ab-

zuschließen, sondern hielt die linke Hand gegen die Tür gepresst, damit niemand hereinkommen konnte. Vielleicht hätte mir in diesem Moment ein noch strukturierterer Tagesablauf geholfen, obwohl ich ja schon die Schule hatte und den Musizierkreis, die Messdiener- und die Gruppenstunde. Zwischendurch war ich aber eben immer noch für mich und nicht in einem Sanatorium. Als ich dann im Sommer schließlich ins Sanatorium kam, da konnte mir das auch nicht mehr helfen. Selbst die anschließenden Exerzitien konnten mir nicht mehr helfen, dabei schöpfte ich in dieser Zeit noch einmal Hoffnung auf ein neues Leben. Deshalb verstehe ich jetzt auch, dass mein Vater zu Recht der Meinung war, dass es irgendwann einfach zu spät ist mit dem Leben und man selbst nur noch wenig oder gar nichts mehr dazu tun kann. Man hat das Leben einfach noch abzuleben, wie eine Murmel ausrollt, wenn sie mit Schwung von einem Sandhügel kommt. Dabei hatte ich so viel Schreckliches gar nicht gesehen und von den meisten Dingen ohnehin nur gehört. Am Palmsonntag etwa, als der Scharper nicht mehr reden konnte, weil ihn sein Vater in der Nacht zuvor mit dem Messer durch die Straßen gejagt hatte, war ich nicht aufgestellt. Und auch dass der Klassenkamerad vom Alex gestorben war, weil mit einem Mal aus allen Poren Blut kam, erfuhr ich erst viel später.

Ich stehe auf dem Flur vor dem Speicher, oben, und die Frau von der Caritas kommt die schmale Treppe herunter. Sie hat nichts in der Hand. Ich weiß nicht, was sie auf dem Speicher gemacht hat. Vielleicht einfach nur alte Sachen von mir hochgebracht. Ihre Lippen sind geschminkt. Es ist Abend, und gleich bringe ich Claudia noch kurz die Matheaufgaben, und vielleicht werden wir uns gleich das erste Mal küssen, obwohl ich eigentlich nicht in Claudia verliebt bin, sondern in Christiane Wiegand. Die Frau von der Caritas lächelt mich an. Es ist ein seltsames Lächeln. Sie kommt auf mich zu und umarmt mich. Es ist mir peinlich. Außerdem mag ich die Frau von der Caritas nicht. Ich mag ihr komisches Kostüm nicht und ihre Frisur und ihre Handtasche mit dem Gesangbuch. Außerdem bin ich kein Kind mehr. Natürlich bist du kein Kind mehr, sagt die Frau von der Caritas und tätschelt mir die Backe. Und das fühlt sich eklig an. Sie ist nicht Achims Mutter oder Frau Berlinger, und auch bei denen würde sich das vielleicht eklig anfühlen. Achims Mutter oder Frau Berlinger wollte ich nur einmal nackt sehen, ich wollte, dass sie mich zu sich rufen, nackt, und ich sie von ganz nah nackt sehen kann, aber mehr auch nicht. Nicht mehr. Keine Berührung. Oder vielleicht ihre Brüste anfassen. Fass meine Brüste ruhig an, wenn das Achims Mutter gesagt hätte, dann hätte ich es natürlich gemacht, und vielleicht wäre mir sogar schwindlig dabei geworden. Aber mehr nicht. Auf alle Fälle keinen Kuss. Außerdem ist das alles ewig lang her.

Ich bin im Zimmer meines Bruders. Auf seinem Schreibtisch liegt ein Zeichenblock und aufgeschlagen eins seiner Kinderbilder mit lauter Kopffüßlern und blau gekritzeltem Himmel. Der eine Kopffüßler sieht ein bisschen aus wie Claudia und der daneben wie ich. Ein Luftzug kommt vom Fenster, das auf Kipp ist, ein Luftzug, der nach Herbst riecht. Ich habe den ganzen Sommer verpasst, und nicht nur den, alles, was noch kommt, kommt nicht mehr. Ich werde kein Oberstufler sein. Ich werde niemand sein. Ich werde kein Hutträger sein. Kein Aktentaschenträger. Nichts von alledem. Nie Bescheid wissen. Nie zu einem Amt gehen. Immer geht mein Vater zu einem Amt. Was ist ein Amt? Ein Amt. Ein Hochamt. Es muss etwas anderes sein. Unten sind Marmorsäulen in der Halle. Es gibt eine Decke, auf der kann man Menschen sehen, die vor einem König stehen und ihm eine Schriftrolle entgegenstrecken. So fing es einmal an mit der Demokratie. Ja, sagte der König und nahm die Schriftrolle und dankte ab. Er war ein guter König, weil er abdankte. Deshalb haben wir ihm viel zu verdanken. Wir haben ihm die Demokratie zu verdanken. Jetzt müssen wir uns ihrer würdig erweisen. Wir müssen sehen, dass wir etwas mit unserer Freiheit anfangen, so wie ich etwas mit meiner Freiheit anfangen muss, weil ich sonst das Taschengeld gestrichen bekomme und auf mein Zimmer muss und Tonbandverbot kriege und nicht raus darf. Und deshalb muss man auf ein Amt, damit man daran erinnert wird, an die Ursprünge, an das, was jetzt auch die Oberstufler eingeholt hat und uns alle einholt, weil wir sonst nur alles verpassen, den Sommer und alle übrigen Jahre. Alles verpassen wir, wenn wir nicht regelmäßig auf ein Amt gehen. Und einen guten Anzug anziehen. Wie wenn wir zum Arzt gehen, schon morgens den Boiler anmachen und uns in der Badewanne gründlich waschen. Und dann geht es die Treppe hoch, immer im Kreis, bis sich das Bild an der Decke vom König und dem Volk und der Schriftrolle vor den Augen dreht. Und oben dann durch die Glastür, wo man nicht genau weiß, welche Glastür, weil der Pförtner unten nur gesagt hat, oben dann links, das sehen Sie schon, aber wo genau links, weil es da mehrere Eingänge gibt und Nummern an den Türen, die alle gleich sind, immer gleich, keine Unterschiede, Namensschilder an den Türen, die alle gleich sind. Auf dem Amt kann man sich nur verlaufen, kann man nur alles falsch machen, kann man nur enttäuscht wiederkommen, weil man irgendein Dokument vergessen hat. Irgendein Dokument fehlt immer auf dem Amt, wo mein Vater hingeht mit Hut und Aktentasche, während wir zu Hause sitzen und warten. Meine Mutter einschläft im Rollstuhl. Mein Bruder einschläft zwischen seinen Spielsachen. Die Frau von der Caritas einschläft über dem Rechnungsbuch. Nur ich kann nicht schlafen. Ich sitze auf dem Hocker in der Küche und schaue in die Mittagssonne, die nur hier scheint, nicht vor dem Amt, wo es nur regnet. Beten könnte ich. Dass alles gut wird. Genau so. Dass alles gut wird. Das ist mein einziges Gebet. Weil ich selbst nicht weiß, was ich mir erhoffen darf und worum ich beten darf. Ich will nur, dass alles gut wird. Das ist alles. Nicht nur für mich. Weil mir das nichts nützt, denn wenn nur alles für mich gut wird und nicht auch für die anderen, dann ist ja nicht alles gut. Gar nichts ist dann gut. Aber dass alles gut werden soll für alle, das kann ich mir nicht vorstellen. Dazu reicht mein Glaube einfach nicht aus. Wenn ich mich also entscheiden muss, dann soll es eher für die anderen gut werden und nicht für mich, weil es dann ohnehin für mich auch gut ist. Weil ich mich nicht um sie kümmern muss, wenn alles gut ist für sie.

40

Was hat es mit den Rot-Kreuz-Briefen auf sich?

Ich weiß nicht, wovon Sie sprechen.

Sie wissen aber, was Rot-Kreuz-Briefe sind?

Briefe, die vom Roten Kreuz verschickt werden?

Emigranten, also vor allem jüdische Mitbürger, die gezwungen waren zu emigrieren, konnten ab 1936 mit Angehörigen in der Heimat Kontakt aufnehmen. Dazu gab es ein Formblatt, auf das man maximal 24 Wörter schreiben durfte, möglichst allgemein, weil alles durch die Zensur ging.

Interessant.

Durchaus. Die Briefe waren oft Monate unterwegs, kamen immer öfter an den Absender zurück, weil die Angehörigen inzwischen deportiert oder ermordet worden waren. Meine Frage zielt aber nicht auf die historischen Rot-Kreuz-Briefe, sondern auf diese 24-Wort-Kassiber, die von Ihnen verfasst wurden.

Können Sie mir die mal zeigen?

Sie wissen genau, dass sämtliche Rot-Kreuz-Briefe vernichtet wurden.

Von wem?

Wahrscheinlich von Ihnen selbst. Allerdings konnten unsere Labors hier und da Fragmente aufspüren und einzelne Wortgruppen rekonstruieren.

Ich kannte den Begriff noch nicht einmal. Sie wissen doch selbst, wie der Unterricht oder das Geschichtsbewusstsein der sechziger Jahre aussah, und so ein Spezialbegriff …

Wir sind sicher, dass diese Briefe existierten.

Was wollen Sie dann noch von mir wissen?

Uns interessiert, welche Absicht dahinterstand.

Es gab keine Briefe, also auch keine Absicht.

Wenn Sie meine persönliche Meinung hören wollen, ich finde diese Idee mit den Rot-Kreuz-Briefen symptomatisch für Ihr ganzes Verhalten. Auf der einen Seite gibt es die ästhetische Herausforderung, etwas in einer immer gleichen Anzahl von Wörtern ausdrücken zu müssen, so wie ein Dichter sich zum Beispiel einem Versmaß oder der Form eines Sonetts unterwirft. Aber gleichzeitig weist der Titel darauf hin, dass eigentlich Sie das Opfer sind, der Vertriebene, der Ausgestoßene. Ein Kassiber wäre da etwas ganz anderes. Ein Kassiber verfasst man aus konspirativen Gründen, man ist aktiv, aber diese aktive Rolle wollen Sie immer und immer wieder verschleiern, um sich selbst als Opfer der Umstände, der Zeit, der Geschichte, der Nazis, der Kirche, des Elternhauses und so weiter darzustellen. Nicht zu vergessen, dass sich in dem Namen auch der Gründungstag der Roten Armee Fraktion widerspiegelt, als sie zusammen mit Achim von einem bundesdeutschen Gericht rechtskräftig dazu verurteilt wurden, fünf Mark an das Rote Kreuz zu zahlen.

Eine schöne Theorie.

Die Ihnen nicht passt. Warum bekennen Sie sich nicht dazu, aktiv an terroristischen Aktivitäten partiziert zu haben?

Weil ich es nicht habe, ganz einfach.

In den Rot-Kreuz-Briefen oder meinetwegen in diesen Kassibern wird des Öfteren von einer Frau gesprochen, gegen die aller Wahrscheinlichkeit ein Attentat ausgeführt werden sollte. Um wen handelt es sich da?

Ich weiß nicht, wovon sie sprechen.

Handelt es sich um die Frau von der Caritas?

Warum hätte ich die Frau von der Caritas umbringen sollen?

Das frage ich Sie.

Ich hatte nichts gegen die Frau von der Caritas.

Da haben wir ganz andere Informationen. Und diese Schatztruhe oder Schatzkiste, die auch genannt wird, war das eine selbstgebastelte Bombe?

Nein, das war eine Schatztruhe mit doppeltem Boden, die mein Großvater selbst gebastelt und mir zu meinem zwölften Geburtstag geschenkt hat und in der ich meine Schätze aufbewahrt habe.

Was für Schätze?

Wackelbilder, Scherzartikel, Plastikfiguren, Bilder, so was.

Keine Bombe?

Keine Bombe.

Aber einen Buzzer, eine Wasserpistole und Silly Putty?

Ja, schon.

Und dieser Kamerad Müller, der übergibt doch auch eine ähnliche Kiste an einen noch nicht einmal schulpflichtigen Jungen?

Davon weiß ich nichts.

Auch hier geht es um ein Attentat.

Wie gesagt, davon weiß ich nichts.

41

Wenn ich schnell vom Bett aufstehe, pocht oben links ein Backenzahn. Die Flure sind angenehm kühl. Ich soll einen Aufsatz schreiben, um zu zeigen, dass ich reif bin, wieder entlassen zu werden. Pfarrer Fleischmann und Dr. Märklin befürworten das gleichermaßen. Ich muss nicht für jeden einzeln einen Aufsatz schreiben, sondern einen für beide zusammen, das reicht. Es ist wie mit den Beatles und den Stones: Alle versöhnen sich hinter meinem Rücken. Rainer Schmitt mit seinem alten Freund Klaus Werbeck, obwohl er ihn nie mehr anschauen wollte, als er mein Freund wurde, weshalb ich automatisch auch der Feind von Klaus wurde. Dabei wollte ich gar nicht sein Feind sein. Ich wollte auch mal in die Werkstatt von seinem Vater in der Gaugasse. Und jetzt muss ich sogar auf dem Weg zum Lebensmittelladen Leber oder zum Frisör Hoffmann, der mir immer den Nacken ausrasiert, auf die andere Straßenseite, wenn zufällig das Tor offensteht und drinnen die Funken sprühen vom Schweißen. Klaus Werbeck tat mir leid, weil er rote Haare hatte und manchmal stotterte. Schon deshalb hätte er meinetwegen lieber mit Rainer befreundet bleiben sollen. Aber dann hätte ich nie so früh die Beatles kennengelernt. Nicht mit acht. Nicht 1963. Weil die damals nur Rainers großer Bruder Lothar kannte.

Ich muss an die Witze denken, die unser Musiklehrer Bernhard erzählte. Ein schlaksiger alter Mann, der uns vormacht, wie man richtig Noten schreibt, nämlich als Nussschalen, wobei er das Sch ausspricht wie ein Schauspieler, den ich aus dem Radio[1] kenne. Weil wir nicht mitmachen wollen, liest er Zeitung und lässt Musik laufen. Aber manchmal erzählt er Irrenwitze. Ein Irrer hält sich für eine Maus. Er kommt in die Anstalt und wird behandelt. Schließlich wird er als geheilt entlassen. Er geht auf die Straße, da kommt ihm eine Katze entgegen. Sofort macht er auf dem Absatz kehrt und läuft in die Anstalt zurück. Aber, sagt sein Arzt, Sie wissen doch, dass Sie keine Maus sind. Schon, sagt der Mann,

---

1 Es handelt sich bei diesem Schauspieler um Carl-Heinz Schroth, der das Sch, das er auch in seinem Namen trägt, ungewöhnlich weit vorn sprach, weshalb er dem Teenager eindrücklich in Erinnerung blieb.

aber ob die Katze das weiß? Die anderen Witze sind ähnlich aufgebaut. Einmal ruft ein Mann, dessen Frau sich für eine Nachttischlampe hält, in einem Irrenhaus an. Als man ihm sagt, er soll seine Frau vorbeibringen, antwortet er: Ich bringe sie morgen früh, ich brauche sie jetzt noch, weil ich im Bett lesen will. Daran muss ich denken, als ich mit einem neuen DIN-A4-Heft in dem kleinen Raum im Sanatorium sitze. Dr. Märklin hat mir den Tipp gegeben, über mein Leben zu schreiben, mein Leben, wie es bislang verlaufen ist und wie ich es jetzt sehe, und besonders auch darüber, wie ich meine Zukunft sehe. Pfarrer Fleischmann sagt, dass mir der Glauben helfen wird. Nur der Glauben. Beide verlassen zusammen das Zimmer. Abschreiben kann ich ohnehin nirgendwo. Bestimmt würde es Dr. Märklin freuen, wenn ich mit meiner Geburt anfange oder besser noch davor. Wenn ich schreibe, dass ich eigentlich nicht auf die Welt habe kommen wollen. Das wäre noch nicht einmal gelogen. Aber ich habe meines Wissens nichts dazu getan, mein Geborenwerden zu verhindern. Ich habe nicht an den Gebärmutterwänden gekratzt und das Blut in meinem Mund gesammelt. Und dass ich übertragen war, lag das an mir? Anschließend kamen ja schon die ganzen Deckerinnerungen. Noch nicht einmal an meine Taufe kann ich mich erinnern. Die erste Beichte, die erste Heilige Kommunion, das liegt alles erst wenige Jahre zurück. Irgendwo dazwischen muss ich einen Anfang finden. Einschulung. Love me do wäre gelogen. Aber She Loves You vielleicht. 23. August 1963.

42

Vom hohen Steg in das abgegrenzte Beet gestürzt, quälen sich die Tiere trotz der Wucht des Aufschlags noch die halbe Nacht, bevor sie eins nach dem anderen verenden. Die Arbeiter des Fabrikanten schaufeln Löschkalk über die Kadaver und lassen sie liegen, bis die nächste Fuhre von Schlamm und Löss zur Stadt geht. Um sie selbst mit den teerverschmierten Arbeitshandschuhen nicht anpacken zu müssen, schiebt man Kantenhölzer unter die wie zur Panade vorbereiteten weiß gepuderten Leiber und hievt sie in den morastgefüllten Anhänger. Mit von erster Fäulnis aufgeblähten Bäuchen treiben sie den Rücken nach unten über den blasenwerfenden Tümpel, der sich in der Mitte des aufgeschichteten Schlicks gesammelt hat, und stoßen mit ihren ausgerenkten und gebrochenen Gliedern gegen die Seitenwände und die Fahrerkabine, wenn es um eine Kurve geht. Die Arbeiter bestätigen sich, dass es natürlich nicht ein Fehler in der Konstruktion der Brücke, die der Fabrikant genau und den entsprechenden Belastungen gemäß entworfen habe, sondern eine bewusste Entscheidung gewesen sei, um Aufwand und Kosten einzusparen, die nötig gewesen wären, die Tiere mit Kranen und Gerüsten wieder hinunter auf den Boden zu verfrachten, wo sie ihre letzten Jahre ohnehin nur hinter einem Zaun auf einer Weide abgestanden hätten.

Die Kommission steigt gut gelaunt den zwei Sekretärinnen hinterher die Treppen hinauf zur Besucherkantine. Der Fabrikant muss jeden Augenblick kommen, er hat noch auf einer Baustelle vor der Stadt zu tun. Ein Grundwasserproblem, bei dem jede Minute zählt. Da die Besucherkantine in einer Zeit eingerichtet wurde, als man regelmäßig die Handballmannschaften anderer Betriebe zu Besuch hatte, fasst der Saal fast 150 Personen. Die Lampen an den provisorisch eingezogenen Holzwänden verbreiten ein angenehmes Licht. Am Fenster ist ein Tisch gedeckt. Kaum sitzt die Kommission, wird der Wagen mit Vorspeisen herangefahren. Ein Kellner gießt Likörwein in die Gläser. Eine der Sekretärinnen räuspert sich und sagt, der Fabrikant lasse ausrichten, man solle nicht mit dem Essen auf ihn warten. Aus dem Fenster sieht man in das zwischen Fuhrpark und Privatgarage angelegte Gartenstück. Ein alter Marmorsockel steht auf einem mit Blumenrabatten bepflanzten Hügel.

Beim Zubettgehen fallen dem Kind die Motive der Postkarten ein, mit denen es am Nachmittag einen Turm gebaut hat. Fast scheint es, als bediene sich das Gehirn einer allein für das Kind entwickelten Symbolsprache, um ihm eigentlich noch nicht zugängliche Erfahrungen zu vermitteln. Dort, wo dem Erwachsenen vielleicht die Unterzeile Stadtansicht von Venedig in den Sinn kommt, zusammen mit der Erinnerung an einen historischen Stich, sieht das Kind stattdessen ein kleines zusammengerolltes Tier unter einem Baum oder es hört eine Melodie oder fühlt einen angenehmen Druck in der Brust, der es zum Lachen bringt. Und doch denkt das Kind an nichts anderes als der Erwachsene. Im Traum überlagern sich die beiden Sprechweisen der Dinge, die der Erfahrung und die des Verstandes. Und wir fragen uns beim Erwachen, warum uns eine Stadtansicht im Traum mit Wehmut erfüllt und an das Nackenhaar eines Tiers erinnert, und noch während wir uns erinnern, trennen sich die Bilder wieder, und die Assoziationen stoßen ins Leere. Später, im bläulichen Qualm der gespritzten Morphine, erkennt der Kranke die Bilder der Kindheit, die ihm das halbtaube Hirn als Streicheln von Fell und Riechen von Wachstuch erklärt. Dann trennen sich die Bilder in der Mitte auf, als hätten sie eine Naht wie Kleider.

Das Kind sieht die Wolken in der Zufahrtsstraße von Pfütze zu Pfütze springen. Sie fallen als Nähgarnknäule diagonal aus dem Himmel nach unten und stoßen sich mit Schwung aus dem Wasser der Schlaglöcher ab. Das Kind kreuzt sie mit seinem Roller und lässt sie unter seinen Pullover und durch seine Haare fahren. Die Essensgerüche dringen wie Duftmarken aus den Wohnungsfenstern. Am Horizont schreitet der Fabrikant als Silhouette die Fenster der Besucherkantine ab. Von hier sieht es aus wie ein Schattenspiel. Das Licht des Diaprojektors brennt auf den verschlungenen Fingern. Alle Spiele der Kindheit beginnen mit dem Satz »Dreh dich nicht um!« Der Fabrikant hat nur wenig Zeit bis zur Stadtratssitzung, möchte seine Gäste aber wenigstens willkommen heißen und ihnen den kleinen Pavillon zeigen, in dem sie sich von den Strapazen der Anreise erholen können.

Das Kind wartet auf neue Postkarten für seinen Turm. Die wenigen, die ankommen, lagern erst eine Weile hinter dem Glas der Anrichte. Unendlich scheint der Mittag, undenkbar ein Tag oder noch mehr. Die Sonne zerfällt über dem flachen Stadthimmel in winzigen Mikroben. Die öligen Schatten der Autos verschieben sich ruckend wie Bleigestrüpp zum Straßenende hin. Der klickende Sekundenzeiger einer Wanduhr ist von einem Kind erdacht, denn nicht anders vergeht ihm die Zeit. Da es die Uhr nicht lesen kann, hört es immer nur eins, zwei, eins, zwei, wie einen Marionettenschritt, der nicht von der Stelle kommt. Und demgemäß auch die Spiele: Ochs am Berge, eins, zwei, drei. Wenn das Kind sich umdreht, scheint sich nichts bewegt zu haben. Immer wieder schaut es aus dem Fenster zur Bushaltestelle, wo die Menschen unbeweglich dastehen. Und dann sind sie auf einmal weg.

Der Ochs am Berg ist das Symbol des Tiers im Menschen, des Tiers, das er später in Bronze gießen und aus Marmor hauen wird, um ihm die ausgetriebene Ruhe wieder zurückzugeben. Plötzlich einem Wesen gegenüberstehen, das man nicht kennt und das keinem anderen Wesen ähnelt, sodass man sich eines Namens bedienen könnte. In diesem Moment sieht der Mensch sich durch die Augen des Tiers und weiß, dass das Tier ihn nicht so sieht, ihn nicht nach Begriffen und Namen einteilt, sondern allein nach Größe, und ob es vor dieser Größe ausweichen oder sie überwinden soll.

In beständiger Flucht vermessen Tiere die Erde, zu Land, zu Wasser und in der Luft. Mit seinem Speer fest an den Grund gebunden, entstehen dem Menschen Götter, um bloßzulegen, was der gefrorene Boden birgt, das endlose Meer versteckt und der durchnebelte Himmel entführt. Einmal die Welt umrundet und überwunden, sollen die Götter sagen, was sich im eigenen Schädel findet und zwischen den Sehnen und in den Öffnungen des Gesichts. Warum glauben wir, Dinge hin und her zu schieben bestimme deren Sinn und unseren? Warum erscheint uns eine Kurve wie ein Befehl, ihr zu folgen, ein Berg wie die Aufforderung, ihn zu besteigen? Warum erscheinen Götter, um dann doch wieder zu verschwinden? Warum können sie uns verlassen und nicht wir sie? Warum schauen wir immer weiter nach oben, auch wenn wir glauben, dass sich die Gründe verändern, wir nur noch wissen wollen, ob es morgen regnet oder nicht? Wir können nicht einmal die Dinge verlassen. Vielleicht ist das das Göttliche an ihnen, das Menschliche an uns. Und die anderen dinglosen Wesen, die wir nicht umsonst für Götter halten, um sie wie alle Götter zuerst zu verehren und dann zu töten, warum brauchen sie, die Tiere, nichts und bezwingen die Welt und verweigern sich uns noch im Tod, weshalb wir sie in Wut zerschneiden und zerhauen und nicht ruhen, bis sie durch uns hindurchgegangen sind? Vielleicht ringen wir ihnen in der Qual einen Blick ab, der uns jedoch nur trifft, wenn er nicht an ein Tier, sondern an uns selbst erinnert. Wenn wir uns der Tat nicht mehr entsinnen, der Strafe dennoch nicht entrinnen können, sollte uns nicht wenigstens das Recht zustehen auf das Urteil, der Verkündigung des Urteils?

Sobald es zählen kann, zählt das Kind. Es zählt nicht etwas, sondern zählt, wie der Kranke, der im Schmerz einfach nur noch Zahlen aneinanderreiht. Das Kind versucht sich ein Ziel zu stecken, weiß aber selbst noch nicht, wie weit es zählen kann, weshalb es versucht, den Bereich der Zahlen bis zu einer Unterbrechung abzustecken. Die Unterbrechung gibt ihm das Ziel vor. Es hofft, das nächste Mal über diese Unterbrechung hinwegzugelangen, damit sich durch diese Leistung seine Wünsche erfüllen mögen. Die Enten aber zu zählen im Teich fiele ihm nicht ein. Sie sind ohnehin da und bedürfen der Zahlen nicht. Dass die Dinge der Zahlen bedürfen, ist eine der mühsamen Lektionen der Schuljahre und der ebenso aufwändig eingetrichterten Unterscheidung von Passiv und Aktiv vergleichbar.

43

Nachdem die Oberstufler 14 Tage gefehlt haben, stehen sie eines Morgens vor dem Aufenthaltsraum, als sei nichts gewesen. Von einem Schulwechsel wird geredet. Sie seien durch England getrampt, hätten sich unglücklich verliebt und seien tagelang durch die Wälder geirrt. Tatsächlich scheinen ihre Augen tiefer in den Höhlen zu liegen. Die Wangen sind eingefallen. In der großen Pause sieht man sie auf dem Flachdach der Aula stehen. Sie springen in den roten Sand vom Sportplatz und verstauchen sich einen Knöchel.

Die Oberstufler rauchen Zigarillos, anstatt Schulaufgaben zu machen. Sie treffen sich nach der letzten Stunde auf dem Lehrerparkplatz und treten zerbeulte Dosen umher. Eine der Dosen fliegt gegen den Opel des Konrektors und hinterlässt eine Delle auf dem rechten Kotflügel. Der Hausmeister erscheint im blauen Kittel, greift sich einen der Oberstufler heraus und zwirbelt ihm die Koteletten zusammen. Dann bekommt er Kopfnüsse und einen Cognac. Beim Cognac wird so lange die Nasenspitze eingedrückt, bis Tränen in die Augen steigen. Die anderen sehen tatenlos zu. Es ist die Geburtsstunde der Idee vom Martyrium.

Die Oberstufler stählen ihre Arme mit heißem Kerzenwachs. Sie steigen mit der neuen Nietenhose in eine Wanne mit kaltem Wasser, damit sie zur zweiten Haut wird. Schon seit sie zwölf sind lehnen sie bei Kopfschmerzen die ihnen von den Eltern angebotene Melabon ab, weil sie in Erfahrung bringen wollen, wie viel Schmerz sie aushalten können. Sie rauchen die gehobelte Schale DDT-gespritzter Bananen und legen sich statt Hostien Löschblattstückchen auf die Zungen. Sie schauen auf Trip in den Spiegel und sehen ihr Ende zwischen zwei Bahngleisen. Wenn in kaum beleuchteten Ecken während einer Feier die Beine anzuschwellen scheinen, nehmen sie sich gegenseitig die Messer weg. Dann wieder springen sie in den Weiher am Warmen Damm, weil sie glauben, ein Stück vorbeitreibendes Holz sei ihr Zeigefinger.

Die Oberstufler gehen zu Kapitalschulungen und Hegelseminaren. Sie boykottieren die Tanzschulen Bier und Weber, obwohl diese dem Zeitgeist folgen und auf die Bedürfnisse einer neuen Generation reagieren. Die Oberstufler stehen dienstags und freitags um halb neun unten vor dem Eingang neben den Mopeds der Rollkragenpullover- und Twinsetträger und rufen den Mädchen etwas zu. Die Mädchen werden rot, weil sie die Zurufe nicht richtig verstehen, bleiben stehen und tuscheln miteinander.

Die Oberstufler lassen das Klassenbuch verschwinden. Sie reiben die Tafel mit Seife ein und leeren eine Ampulle mit sogenanntem Eiswasser auf dem Lehrerstuhl aus. Als sie nach einem Monat beim Zauberkönig in der Bahnhofstraße Nachschub kaufen wollen, heißt es, Eiswasser sei vom Markt genommen und verboten. Deshalb halten sie die letzte Ampulle in Ehren und verwahren sie sorgsam. Als ihnen nach Monaten die Ampulle wieder einfällt und sie in der kleinen Kiste mit ihren Schätzen nachschauen, ist sie ausgetrocknet. Unter Umständen ist der Gang in die Illegalität nur durch Zufälle bestimmt.

Die Oberstufler hängen wie nasse Säcke am Reck. Statt Turnhosen tragen sie abgeschnittene Jeans. Sie stehen wie Fragezeichen in der Landschaft. Wenn sie im Religionsunterricht gähnen, sagt der Pfarrer: »Habakuk 1.13: Warum siehst du zu, wenn der Gottlose den verschlingt, der gerechter ist als er?« Obwohl weder Filzstifte noch Ringbücher erlaubt sind, benutzen die Oberstufler beides. Sie haben Faulenzermäppchen, und weil sie zwischen dem Farbenwechsel nicht erst den Pinsel im Wasser saubermachen, sieht ihr Pelikankasten entsprechend aus. Wie oft soll man es ihnen denn noch sagen? Zuerst malt man den Hintergrund, und erst wenn der ganz trocken ist, das, was vorne hinkommt. Sie nutzen den Gang zur Heizung, um ihre Malblöcke zum Trocknen darauf zu legen, zu einem kurzen Treffen. Hinterher ist dann allerdings das Papier gewellt.

Die Oberstufler streuen das Gerücht aus, sie hätten Tuberkulose, die sie TB abkürzen und manchmal mit dem Zusatz offene versehen. Sie tragen lange Schals und husten Draculablut vom Zauberkönig in Taschentücher, die ihnen einfallslose Tanten jede Weihnachten in Zwölfer-Sets schenken. Manchmal mit eingesticktem Monogramm.

Die Oberstufler gehen die Rheinstraße hinunter und biegen neben einem Geschäft für Sanitärwaren in einen Hinterhof ein. Im Keller des Hinterhauses probieren sie ein Paar schwarze Hosen an. Sie stehen vor einem Spiegel und überprüfen die Enge der Röhrenbeine. Aus einem Lautsprecher kommt Build Me Up Buttercup.

Im Eingang des Kaufhauses Brenninkmejer in der Rathausstraße sehen die Oberstufler in einem Glaskasten ein Orchester von Spielzeugaffen stehen, die gegen Einwurf von zehn Pfennig beginnen, die Becken zusammenzuschlagen, zu trommeln und auf Trompeten zu spielen. Zur Belustigung von Kindern gedacht, erkennen die Oberstufler darin ein Sinnbild des entfremdeten Menschen. Dennoch werfen sie Groschen ein, so wie sie mit Groschen versuchen, Wackelbildchen oder Miniatur-Taschenmesser aus den Kaugummiautomaten zu ziehen. Sie entwickeln dabei unterschiedliche Theorien betreffs der Drehbewegung und Fallgeschwindigkeit der Münze. Ebenfalls für zehn Pfennig kann man sich im Vorraum des Anglerheims 4711 gegen die Brust spritzen lassen. Auch wenn der Geruch die Oberstufler an ihre Großmütter erinnert, können sie dem Reiz des Automaten nicht widerstehen.

Die Oberstufler bekommen Mahnungen der Stadtbücherei. Sie fahren mit dem Bus nach Schierstein und mieten am Hafen für eine halbe Stunde ein Ruderboot. Die Eichenblätter fallen auf die Gummihauben über den Motorrädern. Eine Kugel Eis kostet 10 Pfennig. Ein Brausebonbon einen Pfennig. Ein Brausestäbchen zwei Pfennig. Ein Tütchen Frigeobrause fünf Pfennig. Ein Würfel Frigeobrause fünf Pfennig. Die Oberstufler mögen keinen Waldmeistergeschmack. Dienstag gibt es Nudeln mit Tomatensauce und einem hartgekochten Ei. Ob der Parka dieses Jahr noch einmal geht? Ob die weißen Ränder vom Schnee aus den Clarks rausgehen? Es ist dunkel im Zimmer, während draußen die ersten Flocken fallen. Das Beatlespuzzle schimmert unter der Glasplatte am Schreibtisch. Das rosa Plastikschwein mit den Markstücken für den Plattenspieler grinst stumpf.

Die Oberstufler lernen Genossen Guido kennen, der Mitglied in einer kommunistischen Jugendgruppe ist. Er zerbricht einen Bleistift in der Mitte, hält ihnen dann ein Bündel von zehn Buntstiften hin und sagt: »Jetzt versucht mal, die zu zerbrechen.« Sie gehen am Mittwoch mit zu einem Treffen. Die Oberstufler erfahren, dass man sich fälschlicherweise über die schwarzen Genossen in Zaire lustig gemacht hat, weil denen ein abstrakter Begriff wie Freiheit fehlt. »Als man ihnen einen Stein in die Hand drückte, wussten die sofort, worum es geht«, sagt der Referent. Eine Weile besuchen sie die Treffen, dann werden sie wegen Selbstüberschätzung und Realitätsflucht ausgeschlossen.

Was dachten die Oberstufler in diesem Sommer? Dass sie ihrem Schicksal entkommen? Dass der Kelch an ihnen vorübergeht? Dass ihnen das Leben wie ihren Altersgenossen Unbeschwertheit schenkt und später dann ein Ziel, für das es sich zu arbeiten lohnt? Sie fahren für zwei Tage nach Straßburg und essen einen Croque-Monsieur und Steak-frites. Die Sonne liegt wie ein grinsendes Spiegelei über dem kleinen Park, in dem sie Federball spielen. Für die Parolen an den Häuserwänden reichen ihre Sprachkenntnisse nicht aus. Der Regen, der an manchen Nachmittagen in die Ill tropft, macht sie nicht weiter traurig. Sie basteln Schiffchen aus den Faltplänen des Verkehrsbüros und werfen sie von den Brücken. Es ist neu, auch tagsüber Turnschuhe zu tragen, und verleiht ein leichtes und schwebendes Gefühl. Sie erinnern sich an Christiane Wiegand und schreiben ihr eine Karte, die ernsthafter ausfällt als beabsichtigt. Mit zwei Stangen Gauloises kommen sie heim. Ihre Mütter haben sie erst einen Tag später erwartet. Jetzt erfahren es die Oberstufler eben so. Eine Scheidung war schon lange im Gespräch. Der warme Sommerregen fällt auf das Indianerzelt, das aus irgendeinem Grund aus dem Keller nach draußen in den Garten geräumt wurde. Vielleicht, um es zu verschenken. Die Oberstufler sind zu alt für so etwas. Und was ist eigentlich mit der Staffelei? Das war doch auch wieder nur so eine Phase. Wissen die Oberstufler eigentlich noch, wie dringend es damals war? Und dann? Wie oft haben sie eigentlich daran gemalt? Aber waren denn die Oberstufler nicht schon immer vaterlos? Was macht es denn aus, dass er nun den beigen Koffer in den Kofferraum des hellblauen Ford Transit legt und wegfährt?

Die Oberstufler rauchen auf dem Schulweg und schreiben erste Gedichte in ein Schreibheft. Seltsam ist die Fastnachtszeit mit dem Geruch von Zündplättchen, die den Menschen in ihrer Umgebung eine merkwürdige Freiheit schenkt und auch für die Oberstufler selbst zu schnell vorbeigeht.

Nach den Sommerferien haben die Oberstufler begriffen, dass alles ein Riesenirrtum war und unmöglich so weitergehen kann. Wie machen das nur die anderen?, denken sie, fragen aber niemanden. Sie sind verschlossen und kriegen die Zähne nicht auseinander. Mittlerweile eilt ihnen ihr Ruf voraus. Wenn sie sich nur einmal kurz zu einer Gruppe dazustellen, löst diese sich auf, weil man fürchtet, in ein scharfes Kreuzverhör genommen zu werden. Auch mit den Mädchen ist es eine Zwickmühle: Diejenigen, die sich für die Oberstufler interessieren, suchen das Flair des Verbotenen und verstehen nicht, wenn die Oberstufler einen seltsam sentimentalen Ausdruck in den Augen haben. Das Licht der verspätet heimkehrenden Lastwagen irrt über den Horizont. Die alte Brauerei wird von den Scheinwerfern kurz erfasst. Zu Hause trinken die Oberstufler immer noch Kakao zum Abendbrot und schauen ungläubig auf das Familienfoto, das sie als Achtjährige mit einer Schleuder in der Hand zwischen den Eltern im Garten zeigt.

Der Herbst kommt überraschend. Die Oberstufler stehen frierend auf dem Sportplatz, während die anderen ihre Runden laufen. Noch einmal gibt es einen warmen Tag, der sich gegen Mittag eintrübt. Kurz bevor der Regen aus den grauen Wolken fällt, steht eine Mädchen neben der sich im Wind biegenden Eberesche. Ihre Strickjacke wird nur vom obersten Knopf zusammengehalten. Es ist Claudia.

Die Oberstufler nehmen an einem Preisausschreiben des Deutschen Zentralinstituts für soziale Fragen teil, das sich mit dem Thema randständiger Jugendlicher befasst. Ihre Einsendung kommt zuerst in die nähere Auswahl, wird dann aber von einer Gruppe reaktionärer Kräfte blockiert. Stattdessen gewinnt ein gleichgeschalteter Schlipsträger, der sich in einer Privatschule für das Geld seines Dentistenvaters durch die Oberstufe schleusen lässt. Der Vater hat es schwer genug gehabt ohne Doktortitel und richtiges Medizinstudium, das die Wirren der Nachkriegszeit verhindert haben, weshalb er jetzt zwar bohren und ziehen darf, aber keinen Zugang zu Betäubungsmitteln hat, was das Setzen von Spritzen unmöglich macht. Ein Umstand, der ihm 24 Jahre nach Kriegsende, als die Verweichlichung immer größere Bevölkerungsgruppen ergreift, Schwierigkeiten bereitet. Das Wartezimmer bleibt leer. Selbst die Mundpropaganda, er habe aus alten Kriegsbeständen der Alliierten Lachgas eingelagert, beschert ihm lediglich den Besuch einiger Beamter, die auf Knien durch den Behandlungsraum kriechen, um entsprechende Flaschen oder Behältnisse aufzuspüren. Die Kartuschen sind jedoch im Geräteschuppen untergebracht und mit Schaufeln und Campingkochern verstellt. In dieser Situation kommt der dem Sohn zugesprochene Preis des Deutschen Zentralinstituts für soziale Fragen gerade recht. Dass es in dem Aufsatz, der ohnehin von einem Mädchen aus der Parallelklasse gegen Bezahlung von 50 Mark verfasst wurde, nicht um randständige Jugendliche geht, der Begriff vielmehr auf sogenannte Mauerblümchen bei Tanzveranstaltungen angewandt wird, spielt dabei keine Rolle. Im Gegenteil wird in der Begründung des Gremiums gerade diese erfrischend unpolitische und einem Jugendlichen durchaus angemessene Haltung lobend hervorgehoben, während man umgekehrt den Beitrag der Oberstufler, der sich mit den zwingenden Gesetzen des kapitalistischen Arbeitsmarktes und den Reproduktionsweisen des Schweinestaates auseinandersetzt, als eine »an die niederen Instinkte appellierende Philippika« brandmarkt. Die Oberstufler schlagen dem Dentistensohn daraufhin im Bus die Brille von der Nase und werfen eine Brandbombe in den väterlichen Geräteschuppen, wo, was sie nicht wussten, die Lachgaskartuschen lagern, sodass das Hüttchen in einer unbeschreiblichen Detonation mehrere hundert Meter weit bis zum naheliegenden Rheinufer fliegt, wo herunterregnende Teile einige Sommerfrischler verletzen. An diesem Abend schreiben sie in ihr gemeinsames Tagebuch: Nun gibt es kein Zurück mehr.

Die Oberstufler melden sich kurz vor ihrem achtzehnten Geburtstag bei der Fahrschule Schrumpf in der Rheingaustraße an. Es ist ungewöhnlich, dass sie mehr am theoretischen Unterricht interessiert scheinen als an den Fahrstunden. Viele Jungs aus der dörflichen Umgebung, die schon seit Jahren Traktor und innerhalb des Ortes auch die Autos ihrer Väter fahren, haben gerade umgekehrt mit der Theorie Schwierigkeiten, fühlen sich dementsprechend minderwertig und lauern den angeberischen Oberstuflern nach der Stunde auf, wenn diese an der gegenüberliegenden Bushaltestelle auf die 4 warten, um bis zum Henkellpark zu fahren. Die von der Feldarbeit gekräftigten Burschen drängen die eher schwächlichen Oberstufler um den steinernen und längst geschlossenen Kiosk herum zur Anlegestelle des Köln-Düsseldorfers und drohen, sie ins kalte und ölverschmierte Wasser zu werfen. Was haben wir euch denn getan?, rufen die Oberstufler in aufgebrachtem Ton, durchaus den

Ernst ihrer Lage verkennend. Da den Burschen darauf keine Antwort einfällt, schlagen sie drauflos. Dann steigen sie in einen weißen Opel Rekord und fahren am Eiscafé vorbei nach Hause. Drei Wochen geht das so, dann kommt der weiße Rekord auf dem Weg zur Theoriestunde wegen eines Achsenbruchs vom Weg ab und rast in das Bürogebäude eines ehemaligen Reifenherstellers. Weil er mit sechs Personen übersetzt ist, verklemmen sich die Insassen und verbrennen sämtlich. Die Theoriestunden gehören jetzt ganz den Oberstuflern, die ihre wirklichen Interessen vertiefen und das unterschiedliche Fassungsvolumen von Kofferräumen genau analysieren können. Ansonsten interessiert sie nicht viel. Auf eine entsprechende Frage des Ausbilders entgegnen die Oberstufler, dass es manchmal sogar von Vorteil sei, die Verkehrsregeln nicht zu beherrschen, da man nicht von absichtlich verdrehten Wegzeichen und auf Dauerrot gestellten Ampeln irritiert werde.

Etwa zur selben Zeit werden die Oberstufler zur Musterung bestellt. Der Gang durch das Kreiswehrersatzamt kommt ihnen wie eine Generalprobe für ihre gesamte Zukunft vor. Zum ersten Mal sehen sie ihre Feinde leibhaftig hinter einem Tisch sitzen, über den die deutsche Nationalfahne gelegt ist. Die Oberstufler müssen nur mit Unterhosen bekleidet in kalten Fluren warten. Zum Gebirgsjäger wird ihnen die Fähigkeit abgesprochen, ansonsten sind sie völlig gesund. Erst spielen sie mit dem Gedanken, den Wehrdienst nicht zu verweigern. Wann käme man sonst noch einmal so leicht an Waffen? Aber dann ekeln sie sich vor den Etagenbetten und den Spinden mit den Landserheftchen und der Erbsensuppe, in der Impotenzmittel mitaufgekocht werden, und verlegen ihren ersten Wohnsitz nach Berlin.

Die Oberstufler bekommen heraus, dass man in einem Verein nicht ohne Weiteres Razzien durchführen kann, weshalb sie an ihrem Versammlungsort in der Kleiststraße ein entsprechendes Schild anbringen. Alle, die schon immer hierher gekommen sind, um etwas zu rauchen, Tee zu trinken, und wenn sie genug Geld haben, einen Obstteller zu bestellen, erhalten entsprechende Clubkarten. Bekommt man beim Durchziehen einen Hustenanfall, ist unter Umständen die Gefahr eines Blutsturzes gegeben.

Die Oberstufler tapezieren ihre Jugendzimmer mit Brauereiplakaten, die sie einem Plakatkleber für ein Päckchen HB abgeschwatzt haben. Mittags nach der Schule, wenn ihre Eltern noch arbeiten, machen sie sich eine Dose Heinz Baked Beans warm, über deren Inhalt sie beim Essen immer wieder Zucker schütten. Sie klopfen die Gauloises aus der Packung, fahren sie einmal mit der Zunge der Länge nach ab und zünden sie erst dann an.

Was sollen die Oberstufler denn noch mit den Eltern in Urlaub fahren, wo die ohnehin nur in einer kleinen Pension in einem Kurbad sitzen, in dem wirklich nichts los ist? Das erste Mal allein zu Hause, essen die Oberstufler jeden Tag Hawaiitoast. Sie gehen am Vormittag die Biebricher Allee herunter zum Radio Enesser und holen sich dort die neue Pink Floyd, die sie auf dem Plattenspieler im Wohnzimmer anhören. Das erste Stück auf der ersten Seite ist ganz gut, der Rest eher enttäuschend. Draußen glitzern die Robinienblätter in der Sonne. Gerade dass in diesen zehn Tagen nichts weiter passiert und sie auch an nichts Besonderes denken, wird im Nachhinein die Einmaligkeit dieser Zeit ausmachen. Schon im nächsten Sommer denken sie an ein Mädchen, das zu der Zeit mit ihrer Tante Urlaub in Reit im Winkel macht. Und danach ist ohnehin alles bestenfalls ein Ankämpfen gegen Strukturen und Konzepte.

Mit entsprechendem Sichtgerät sind die Oberstufler von einem Hubschrauber aus in einem Übungszeltlager im Odenwald zu erkennen. Sie lernen Feuer machen, Erbsensuppe kochen und Fährten lesen. Ein umgeknickter Ast kann einen ganzen Plan zum Einsturz bringen. Mit dem befeuchteten Zeigefinger prüft man die Windrichtung. Mit dem Ohr auf der Eisenbahnschiene hört man den herannahenden Zug und kann sich noch rechtzeitig in Sicherheit bringen. Hat man kein Wasser in der Wüste, schneidet man Kakteen mit der Machete auf, zur Not auch die Höcker des Kamels, obwohl die Flüssigkeit eingelagert ist und die Augen des Tieres unvergleichlich traurig aussehen, wenn es schräg auf dem Boden liegt und verendet. Kaum jemandem ist es gelungen, ein Kamel mit primitiven Werkzeugen auszuhöhlen und sich im Inneren zu verstecken, damit die Aufklärungsflugzeuge einfach darüber hinwegbrausen. Nach 14 Tagen kommen die Eltern der Oberstufler zu Besuch. Sie schauen in die Zelte, wo die Schlafsäcke ordentlich auf den Luftmatratzen liegen. Am Mittag werfen die Oberstufler mit ihren feststehenden Messern um die Wette. Wer ein Stilett hat, zeigt es nicht. Auch ein Stilettkamm kann schon erstaunliche Dienste leisten. Die Oberstufler bekommen einen Napfkuchen von der Mutter zugesteckt, den sie in ihrem Rucksack verstecken. Am Abend gibt es zu dick abgeschnittenes Brot, und unter der Leberwurst ist auch noch Butter. Die Sterne rasen über die unvergleichliche Landschaft. Der Sand knistert. Die Eltern winken ein letztes Mal vom Waldrand und steigen dann in ihre PKW. Die Oberstufler rauchen auf Lunge und erzählen anderen Jugendlichen von einem Typen aus ihrer Klasse, der Hoss genannt wird, nur damit die sich mal vorstellen können, was für ein breites Kreuz der hat.

Die Oberstufler können im Dunklen eine Maschinenpistole auseinandernehmen und wieder zusammenbauen. Aus einem Draht und zwei Kartoffeln basteln sie einen Sender. Sie erraten eine wahllos gezogene und ins Spiel zurückgesteckte Karte.

Den Oberstuflern ist das sentimentale Gefühl peinlich, das sie beim Anhören von I'm Not Like Everybody Else von den Kinks überkommt. Dennoch stehen sie am Fenster, wenn es zufällig im Radio kommt, und schauen nach unten auf die Straße, wo die Menschen an parkenden Autos und Schneehügeln vorbeilaufen und den Mantelkragen hochschlagen. Die Luft treibt grau aus den klaffenden Garagenausfahrten über die erfrorenen Vorgartenbeete. Ein Mädchen schiebt ihr Fahrrad in einen niedrigen Schuppen. Während sie das Schloss um das Hinterrad legt, fällt ihr glattes langes Haar nach vorn vor ihr Gesicht. Die Umhängetasche mit Fransen liegt auf ihrem Rücken. Ihr Mantel aus Ziegenfell ist abgerieben. Die Borten an ihren Jeans sind aus einem alten Gitarrengurt geschnitten, den ihr Vater an seiner Wandergitarre hatte. Jetzt steht das Instrument mit einem Riss in der Zarge auf dem Speicher. Das Haar des Mädchens riecht nach Patchouli und ihr Atem nach Kaugummi und Labello. Aber so nah kommen ihr die Oberstufler nicht. Sie gehen zu Frauen, die schon studieren. Dort sitzen sie auf Matratzen und nippen an einem Glas Rotwein. Die Studentinnen haben erstaunlich breite Zungen, mit denen sie in den Mündern der Oberstufler herumrühren. Manchmal kommt jemand aus der WG ohne anzuklopfen rein und nimmt ein paar hektografierte Blätter vom Schreibtisch. Die Oberstufler schließen die Augen und versuchen, den Körper der Studentinnen zu spüren. Aber es erscheint nur das Bild des Mädchens, das zu I'm Not Like Everybody

Else zwischen den Häusern verschwindet. Laternenlicht fällt auf grünlackierte Klopfstangen. Eine Straßenbahn fährt vorbei. Die Oberstufler zünden sich eine Gitanes an.

Den Oberstuflern ist das eigene Unglück ein gesellschaftlich vermitteltes. Sehnsucht bedeutet einen Mangel an theoretischer Durchdringung. Besonders an den Abenden sind sie immer öfter wechselnden Stimmungen unterworfen. Das Leben entfaltet sich dann mit einer gewissen Präzision und gaukelt fehlerhafte Entwicklungsmodelle vor. Die Welt bereisen. Einmal das Solo von Voodoo Chile spielen. Frieden schließen. Doch mit wem? Noch hat niemand ihnen den Krieg erklärt.

Niemals kommen die unbewegten Sommernachmittage wieder, an denen der Unterricht hinter heruntergelassenen Jalousien stattfand. Anschließend noch mit der Schultasche auf den Rummel und beim Autoscooter herumstehen. Hinter dem Riesenrad fängt der Abend an. Die Birkenblätter flimmern. Unter der Autobahnbrücke heim. Die Haustür steht offen. Im Flur ist es noch warm. Die Mutter schüttet zum Abendbrot einen gehäuften Löffel Nesquick in ein Glas Milch. Sie selbst isst nur ein Tomatenbrot.

Die Oberstufler fahren mit dem Nachtzug nach Mannheim. Sie stehen in einem Lokal neben dem Bahnhof an einem Flipper. Ob sie ein Junge seien oder ein Mädchen, will einer an der Theke wissen.

Die Oberstufler bekommen kurz nach ihrem vierzehnten Geburtstag die Mandeln ohne Vollnarkose herausgenommen. Sie sehen die beiden blutigen Klumpen neben sich in einer Schüssel liegen. Die großen Portionen Eis, die man ihnen versprochen hat, gibt es nur in amerikanischen Filmen. Ein Freund bringt ihnen Che Guevaras Tagebuch mit. Sie betrachten in einem Kunstband die stilisierten Gesichter Alexej Jawlenskys in Schwarz-Weiß-Reproduktionen. Wenn es regnet, gehen sie manchmal in die amerikanische Leihbücherei neben dem Museum. Sie stehen dann unschlüssig bei den Zeitschriften herum und hoffen, dass niemand sie anspricht. Das Schlimmste nach der Operation ist der Durst.

Immer wieder spielen die Oberstufler mit dem Gedanken, ihr Leben abzubrechen. Was immer das auch konkret heißen mag. Sie schreiben nur kurzzeitig Tagebuch, reißen schnell Seiten heraus, weil sie als unerträglich empfinden, was sie noch letzte Woche notiert haben. Sie können sich kaum vorstellen, das nächste Jahr zu überstehen. Dennoch ziehen die Sommer einer nach dem anderen ins Land. Schon bald müssen sie sich überlegen, was sie mit ihren Ferien anfangen wollen. Es gibt ein Jahr, in dem sich die Oberstufler tatsächlich etwas vormachen können. Mit anderen fahren sie erneut ins Elsass und fotografieren sich gegenseitig mit einer Kodak Instamatic. Vielleicht fahren wir nächstes Jahr sogar nach Rom und sitzen auf der Piazza Navona, denken sie auf dem Straßburger Münster. Sie kaufen den Afrikanern auf der Place Kleber einen Gürtel ab und trinken wie in der Pizzeria am Nollendorfplatz Bier mit Limonade, das hier nur anders heißt.

Die Oberstufler wohnen in einem Siedlungsblock der dreißiger Jahre in der Nähe der Waldstraße mit einer Bäckerei an der Ecke. Der Ostbahnhof ist zwei Straßen weiter, wird aber kaum noch angefahren. Im Hof stehen Wäschestangen zwischen den unbenutzten Sandkästen. Nach unten geht es zu den Feldern, nach oben zu den Amis, die an Weihnachten einen riesigen Weihnachtsmann auf dem Kasernendach montieren.

Die Oberstufler geben Schülern aus der Unterstufe Nachhilfe. Für die Unterstufler ist es toll, weil sie in den Zimmern der Oberstufler rauchen dürfen und die Atom Heart Mother zum Aufnehmen geliehen bekommen. Warum die Oberstufler in Latein gut sind, weiß niemand. Fünf Mark kostet eine Nachhilfestunde. Die Unterstufler sagen zu Hause sechs Mark und kaufen sich von der einen Mark auf dem Weg zur Nachhilfe ein Elfer-Päckchen Reval. Wenn die Oberstufler im Pausenhof zusammenstehen, gehen die Nachhilfeschüler ohne zu grüßen vorbei. Es ist besser so.

Schrill und abgehackt sind die Geräusche der Stadt, die den Oberstuflern, kaum der Schule entwachsen, in den Ohren klingen. Sind sie denn nicht auch schon früher diese Straßen entlanggegangen und die Abkürzung durch den Hof des Möbelgeschäftes an den Gabelstaplern vorbei zur Bushaltestelle? Aber damals waren die Gedanken noch woanders. Die Tasche unter den Arm geklemmt, stiegen sie hinten ein und stellten sich auf die leicht schaukelnde Plattform in der Wagenmitte. Allein sie und nicht die ganzen aus den Versicherungsgebäuden Ecke Bahnhofstraße drängenden Erwachsenen fuhren nach Hause, denn ein Zuhause muss von einem anderen gemacht werden, nicht von einem selbst. Glücklich diejenigen, die von ihrem Gehalt in eine Neubausiedlung am Stadtrand ziehen und dabei dasselbe Gefühl haben wie damals, als sie im Garten zelteten. Den Oberstuflern sind ähnliche Illusionen versagt. An freien Samstagnachmittagen gehen sie durch die leergekehrten Straßen und fühlen sich schon in einem Alter einsam, in dem andere noch mit störrischem Willen gegen die nicht funktionierende Fernsteuerung ihres Spielzeugautos schlagen. In diesem unabdingbaren Gefühl aber das Elternhaus verlassen? Dann kann man gleich der ganzen Stadt den Rücken kehren und dem verlogenen System obendrein. Klar entschieden ist das alles dennoch nicht. Es ist wie das Konzert mit Neuer Musik, für das einmal in der Schule Freikarten verteilt wurden und zu dem sie an einem Donnerstagabend gingen. Im Grunde war es interessant und ähnlich den Geräuschen der Stadt, das hohe und immer wieder unterbrochene Fiepen der Geigen, die Flöten, die zu keiner Melodie finden wollten, das plötzlich drauflosdreschende Schlagwerk und dann wieder diese unerwartete Stille, in der nur das Klacken der Flötenklappen und das Schnarren der angezupften und gleich wieder abgedämpften Cellosaiten zu hören waren. Als die Oberstufler aus dem Konzertsaal kamen, war es kalt und dunkel. Sie knoteten ihren langen Schal vor dem Hals zusammen und rauchten auf dem Weg zur Bushaltestelle eine Zigarette. Die bekannte Musik, die man gleich beim ersten Hören mitsingen konnte, war langweilig und monoton und konnte noch nicht einmal mehr irgendein Gefühl der Melancholie in ihnen hervorrufen. Das Neue und Ungewohnte aber erschien den Oberstuflern kalt und strukturlos. Selbst als sie sich in der Musikbücherei zwei Platten ausliehen, eine von Xenakis und eine immerhin nur von Alban Berg, und sich selbst die Aufgabe stellten, jede Seite fünf Mal hintereinander zu hören, wollte sich bei ihnen kein Gefühl des Wiedererkennens einstellen. Sie hörten jede Seite weitere fünfmal, aber es änderte sich nichts. Bestand darin das Neue, dass es immer ungewohnt und fremd blieb? War es der Musik gelungen, das Neue an sich zu schaffen? Und würde den Oberstuflern Ähnliches gelingen? Würde es ohne Struktur und Wiedererkennung gehen, stattdessen in ständiger Veränderung? Und war es zwangsläufig so, dass man dafür ein Gefühl der Fremdheit in Kauf nehmen musste?

Es ist ein Glück, dass man die Siedlungen, in denen die Oberstufler aufwachsen, nicht von oben und in ihrem ganzen Umfang sehen kann. So gelingt es ihnen, sich wenigstens ab und zu einzubilden, dass es hinter der nächsten Ecke geradeaus in ein Stück unberührte Landschaft geht und von dort immer weiter im Abendwind an verwitterten Zäunen und knöchernen Apfelbaumästen vorbei bis zum Kartoffelacker, der immer nach Nebel, Asche und abgestandenem Rauch riecht. Tatsächlich sieht man von einem Verkehrshubschrauber aus die aussichtslos ineinander verschachtelten Kästen, die links und rechts an Fabrikhallen und Lagerräume stoßen. Sieht man ganz genau hin, dann erkennt man noch ein paar abgelegte Matratzen neben dem ausgehöhlten Spielplatz.

Als die Oberstufler anfangen, sich mit dem Problem der Zeit auseinanderzusetzen, ist es im Grunde schon zu spät. Manchmal meinen sie, mit einer geeigneten Theorie an der Hand ließe sich das eine oder andere besser begreifen. Aber was gibt es an einem Flipper zu begreifen, der in einem Spielsalon am Nollendorfplatz steht und vor sich hin blinkt, während aus den beiden Lautsprechern hinter der Theke Stumblin' In von Suzi Quatro und Chris Norman im Duett gesungen wird? Man wirft eine Mark ein, bekommt fünf Kugeln und spielt. Das ist das Grundprinzip. Jeglicher Schnickschnack, den die Industrie sich dazu ausdenkt, mit zwei Spielebenen, einem zusätzlichen Paar Flipper oben, die man immer zu benutzen vergisst, Umstellung auf Digital, das sind nur zufällige Attribute, die den Spieler lediglich verwirren. Wollten die Oberstufler nur den Satz in sich verhindern, der heißt: Ich verstehe die Zeit nicht mehr? Als hätte man sie je verstanden, wäre in ihr gewesen, in ihr geschwommen, hätte sie eingeatmet wie die Luft der Hinterhöfe am ersten Frühjahrstag? Die grauen Wolken still zurückgenommen, die kahlen Äste zitternd und fast schüchtern.

Bei einem Handgemenge verrutscht die rote Frauenhaarperücke und lässt dünnes, mausgraues Haar erkennen. Einmal aus der Hand geschlagen, rutscht die Beretta mit Schalldämpfer quer über das Stragulaparkett und bleibt an der Lamperie liegen. Unter den Gummihandschuhen beginnen die Hände leicht zu schwitzen, außerdem hat man kein Gefühl für feinmotorische Tätigkeiten wie zum Beispiel das Feststellen eines kleinen Zahnrades oder das Verzwirbeln zweier verschiedenfarbiger Drähte.

Auch die entferntesten Bekannten der Oberstufler wurden schon einmal nachts herausgeschellt, um mit dem Satz: Wir brauchen deine Solidarität eine durchgeschwitzte, mitunter sogar verletzte Person in die Diele geschoben zu bekommen. Wer Glück hatte, fand am nächsten Morgen auf dem Küchentisch ein paar Scheine eingeklemmt unter dem Marmeladenglas. Oft aber fehlten Kleidungsstücke, und wenig später standen Beamte in den Zimmern und schossen aus Versehen den Putz von der Decke.

Den Oberstuflern wurde später vereinzelt vorgeworfen, dass sie in den zwei Jahren ihrer Tätigkeit, also von ihrer ersten Tat, der Sprengung des Geräteschuppens im Dentistengarten, bis zu ihrer Verhaftung an der alten Eisenbahnbrücke in Gustavsburg, unfreiwillige Marionetten der Geheimdienste gewesen seien. Wäre es sonst zu erklären, dass das gesamte Waffen- und Sprengstofflager in einer Scheune etwas außerhalb von Ginsheim durch völlig ungefährliche Materialien ausgetauscht worden war? Woher kamen außerdem die gestochen scharfen Fotos, die die Oberstufler beim täglichen Bowlingspiel im Bonameser Brunswick zeigten?

Trödeln, höchstwahrscheinlich war das das einzige Zeichen einer zeitlichen Immanenz. Die langen Häuserwände, die sich aneinanderreihen. Einen weißen Strich hinterlässt der abgebrochene Ast, den die Oberstufler mit gesenktem Kopf am Klinker abreiben. Unter dem Arm die schwere Tasche, da die Oberstufler, dem täglichen Stundenplan längst entrückt, immer sämtliche Bücher mitschleppen, selbst den Diercke Weltatlas. Einseitige Belastung. Als sei darauf nicht ohnehin das Leben aufgebaut. Todesferne der Achtjährigen mit ihren Ranzen. Unsterblich jedes Blatt zu ihren Füßen.

Die Oberstufler werden dabei beobachtet, wie sie zwei Dutzend blauer Mülltüten mit Styroporresten in den Müllcontainern einer Hochhaussiedlung entsorgen. Weil sie beim Umarbeiten eines Fluchtwagens den Motor bei geschlossener Garagentür laufen lassen, müssen sie sich mit letzter Kraft nach draußen auf den Hof schleppen, wo sie ohnmächtig liegen bleiben und Nachbarn einen Notarzt verständigen, der die orientierungslos umherirrenden Oberstufler später, trotz der ihnen von Genossen noch schnell unter die Nase geklemmten Stalinbremsen, auf Fahndungsfotos erkennt.

Die Bedrohung der Oberstufler kommt von beiden Seiten. Ein Stadtabgeordneter, dem die polizeilichen Fahndungsmethoden zu lax erscheinen, fingiert seine eigene Entführung und lässt sich nach mehreren spendierten Herrengedecken und zugesteckten zweimal 50 Mark von zwei Zufallsbekanntschaften aus dem Café Blum an eine Eiche im Stadtpark binden. Der Spuk dauert ganze zwei Tage, dann entdecken die Behörden die Fingerabdrücke des Abgeordneten auf dem gefälschten Bekennerschreiben und stellen eine Übereinstimmung mit der Type seiner Schreibmaschine fest. Sachverständigen war ohnehin sofort der ungewöhnliche Ausdruck Säuesystem anstatt Schweinesystem im Bekennerbrief aufgefallen. Auf der anderen Seite funkten den Oberstuflern richtungslos radikalisierte Gruppen dazwischen, die wahllos Botschaften stürmten, Wirtschaftsattachés erschossen und sich selbst beim unsachgemäßen Verlegen von TNT in die Luft sprengten. Da der Öffentlichkeit gegenüber jegliche Ereignisse den Oberstuflern zugeordnet wurden, sahen die sich schon bald in der Zwangslage, mehr Stellungnahmen zu veröffentlichen, als ihnen lieb war. So verloren sie wertvolle Zeit, während von Spezialeinheiten die Kanaldeckel zugeschweißt wurden und Hubschrauber die Städte in Planquadrate zerlegten, indem sie aus der Luft von vier Streifenwagen mit Blaulicht flankierte Häuserblocks fotografierten.

Die Oberstufler sind eher blasse Personen mit Aktivierungsschwierigkeiten, die zu Gewaltstrategien neigen. Während ihnen schon frühzeitig Ermutigung zu aggressivem Handeln zuteil wurde, blieb ihnen die Entwicklung einer Vater-Imago versagt. Über-Ich-Lücken erleichtern ihnen das Übergehen internalisierter Normen und Werte. Vor allem wird ihr Handeln jedoch von einem sogenannten Leidensneid bestimmt, der das durch die prolongierte Ausbildung hervorgerufene Rechtfertigungsbedürfnis befriedigt. Im Übrigen entwickeln sich die Persönlichkeiten der Oberstufler monadisch und ohne tatsächlichen Bezug zu einer wie auch immer gearteten gesellschaftlichen Wirklichkeit.

Um dem Entführten eine Beschreibung seiner Umgebung wenn schon nicht unmöglich zu machen, so zumindest entsprechend zu erschweren, kleiden die Oberstufler die Wände eines gewöhnlichen Kohlenkellers mit Rigipsplatten aus. Sie schneiden imaginäre Fensterlöcher in die Zwischenwände und verhängen sie mit auf dem Trödelmarkt gekauften Vorhängen. Ähnlich wie in ägyptischen Grabkammern, die sie auf dem Rückweg von einer Schulung besuchten, werden Scheintüren konstruiert. Im ersten Übereifer angebrachte Verzierungen werden wieder übermalt und durch ein schlichtes Plakat mit dem Kopf von Che ersetzt.

Was mag so ein Entführter essen, wenn es ihm nicht ganz den Appetit verschlagen hat? Um für alle Eventualitäten gerüstet zu sein, geben die Oberstufler in einer Apotheke vor, eine Reiseapotheke zusammenstellen zu wollen und kaufen Kohletabletten und fiebersenkende Mittel. »Immer daran denken: Das Wasser abkochen!«, ruft ihnen die Apothekerin noch nach, aber sie sind schon um die Ecke verschwunden und in den von einer nicht eingeweihten Freundin geliehenen Transit gestiegen.

Als sie einen Kasten Apfelsaft und einige Tüten mit Salzstengeln in den Keller schleppen, meinen die Oberstufler für einen Augenblick, sich an etwas zu erinnern, wissen jedoch nicht woran. Würden noch Luftschlangen an den Wänden hängen, fiele es ihnen vielleicht ein. Aber die kindlichen Vergnügungen der Vergangenheit liegen ein für allemal hinter ihnen.

Die Oberstufler fühlen sich in der Armut bedeutungsloser Zeitabläufe gefangen und sehen keinen anderen Weg der Befreiung, als sich das Vergehen der Zeit in eine krisenhafte Bewegung umzudeuten. Das Ende, das die Oberstufler aus den Kinofilmen kennen, die sie sich einige Jahre lang fast täglich ansehen, um durch diese Zäsur des Nachmittags ihren übrigen Tagesablauf zu strukturieren, erscheint ihnen einer Überwindung wert.

In der Abteilung für Thorax-, Herz- und Gefäßchirurgie der Universitätsklinik Bochum stellen die Oberstufler einer Assistenzärztin scheinbar unverfängliche Fragen, um sich später einmal, falls nötig, mit gezielten Stichen in das untere Viertel der linken Brustseite den Herzbeutel perforieren zu können, und das selbst mit einem gewöhnlichen Anstaltsmesser.

Die Oberstufler gehen über die Wilhelmstraße Richtung Kurpark und entdecken am Straßenrand, hinter einen Opel Kadett gekauert, einen Mann mit einer Filmkamera. Sie folgen seinem Blick und sehen ein Ehepaar die Straßenseite wechseln. Die Oberstufler lungern so lange herum, bis der Kameramann sie in einer Drehpause anspricht und um einen Gefallen bittet. Die Oberstufler sollen vor dem Haus Wilhelmstraße 17 einen Menschenauflauf simulieren. Als der Kameramann in den Oberstuflern nicht nur die Bereitschaft, sich als Statisten zu betätigen, sondern auch das ruhende revolutionäre Potenzial erfasst, gibt er sich als Bürger der DDR zu erkennen. Man drehe hier für die bekannte Fernsehserie »Kriminalfälle ohne Beispiel« einen Entführungsfall nach, müsse dies aber heimlich und ohne Wissen der westlichen Behörden oder Bevölkerung tun, da man sonst mit Schwierigkeiten zu rechnen habe. Die Oberstufler sind mit dem Entführungsfall aufs Beste vertraut. Drei Jahre lang haben sie die Fahndungsplakate mit den ausgeschriebenen Belohnungen von erst 2000, dann 12 000 und schließlich 50 000 Mark auf ihrem Weg zur Stadtbücherei im ersten Stock des Rathauses gesehen. Daneben das Fahndungsplakat für Jürgen Bartsch. Die Fahndungsplakate mit ihren eigenen Gesichtern würden sie niemals irgendwo hängen sehen. Und auch dass man die Fotos derjenigen mit schwarzem Filzstift durchkreuzte, die gefangen oder tot waren, bekamen sie nur erzählt.

In der Kindheit der Oberstufler gab es die Farbenanordnung braunweiß-rot auf der Familienpackung Fürst-Pückler-Eis, die die Oberstufler in Zeitungspapier eingewickelt aus der Bäckerei Daum nach Hause brachten, wo sie im Kühlschrank ohne Gefrierfach bis nach dem Mittagessen angenehm weich wurde. Die Oberstufler nahmen mit den Löffeln von allen drei Farben, denn die Mischung machte es für sie. Später verließ Frau Daum ihren Mann. Noch später kam sie zurück und stand wieder hinter der Ladentheke.

Milky Way ist so leicht geschlagen, dass er sogar in Milch schwimmt. Im Grunde ein unbegreifliches, nahezu absurdes, aber deshalb umso einprägsameres Bild für die Oberstufler. Auch die Innovation, Süßigkeiten vor dem Essen zu sich nehmen zu können, begrüßen die Oberstufler, ohne deren weitreichende kulturelle und soziale Implikationen zu begreifen. Später werden sie sich beim Lesen des Satzes: Erst kommt das Essen, dann die Moral, an Milky Way erinnern. Und daran, dass Snickers anfänglich in einem dunkelroten Einwickelpapier verkauft wurde und dass es zeitweilig einen Schokoriegel namens Caddy gab mit Puffreis und selbst Butterfinger für kurze Zeit auf dem deutschen Markt erschien, jedoch umgehend wieder verschwand, nur um Jahrzehnte später aufzutauchen, allerdings mit der Nachricht, dass nun genveränderte Zutaten darin Verwendung fänden.

Kaum sind die Oberstufler tot, beginnt auch schon die Legendenbildung. Es heißt, sie haben in Abflussrohren Kleinkalibergewehre versteckt, Funkgeräte aus einem Plattenspieler gebaut und sich trotz strengster Einzelhaft und Überwachung nicht nur gegenseitig Kassiber zukommen lassen, sondern weiterhin regelmäßigen Kontakt mit der Außenwelt gehabt. Darüber hinaus seien die Oberstufler in der Nacht vor ihrem Tod sogar für wenige Stunden aus den doppelt abgeriegelten und mit Sperrholzplatten verstellten Zellen entkommen, um noch einmal zurückzukehren in ihre Heimat und dort durch den Schlosspark zu gehen hinunter zum Rheinufer, um an der Stelle zu stehen, wo es früher einen Kiosk gab, in dem zweifarbige Gummiteufel für fünf Pfennig verkauft wurden, und hinüberzuschauen auf die andere Rheinseite, wo sie die Türme einer Fabrik vermissten. So viel hatte sich in der Zwischenzeit und ganz ohne ihr Zutun verändert. Das einst moderne Restaurant, ein Bungalow auf Pfählen, der halb über den Fluss ragte, und in dem sie nur einmal mit sechzehn gewesen waren, als man anfing, Essen zu gehen mit Freunden, war genauso verschwunden wie die Fahrschule oder das Kino mit dem Hinterausgang zur engen Seitenstraße, auf die nur die fensterlosen Rückseiten der Häuser zeigten. Die Straßen waren verengt und liefen mit veränderter Verkehrsführung in die Vororte, wo früher zwei Klassenkameradinnen wohnten. Die hatten ihre Leben parallel gelebt zu den ihren und waren wahrscheinlich noch lange nicht am Ende, sondern lagen jetzt mit ihren Ehemännern in den Betten eigener kleiner Häuser, die sich in einem besseren Wohngebiet auf der anderen Seite der Stadt befanden. Die Kinder wuchsen heran und schliefen jetzt ebenfalls. Alles schlief. Nur die Oberstufler standen in der letzten Nacht ihres kurzen und eher bescheidenen Lebens noch einmal dort, wo ihre Erinnerungen sie verlassen und sie angefangen hatten, sich mehr mit der Zukunft als mit der Gegenwart zu beschäftigen. Jetzt holte sie innerhalb weniger Stunden alles ein und würde, genauso wie es gekommen war, wieder mit ihnen verschwinden. Allein etwas Sand in den Schuhsohlenrillen würde den aufmerksamen Beobachter skeptisch machen, aber dann als zu unwichtig wieder abgetan werden. Sogar ein kleiner Rheinkiesel würde den Oberstuflern bei der angeordneten Obduktion aus den Schuhen fallen. Aber die Pathologen könnten mit dem spezifischen Geruch dieses Steins nichts anfangen. Sie spürten nicht den Geschmack der schmalen Waffeln mit der zähen rosa Füllung, die es allein bei den Händlern mit Bauchladen während des Pfingstturniers für 20 Pfennig zu kaufen gab, auf der Zunge. Sie sahen nicht an einem Sommervormittag in den großen Ferien das Licht hinter den Häusern der Wilhelm-Kalle-Straße umkippen und fast düster werden für einen Moment. Die Häuser waren zu stattlich, um dort einfach hineingeboren zu werden und dort zu leben. Man besuchte Freunde, die an einem Tonbandgerät bastelten und ganz anders als die Oberstufler immer in einer Beschäftigung und somit im eigenen Leben versunken schienen. Dass Seinsvergessenheit eine Gnade ist, begriffen die Oberstufler erst in dieser letzten Nacht, als sie an dem unveränderten Eiscafé vorbeigingen und durch die dunklen Scheiben versuchten, die Sitze mit den blauen Kunstlederpolstern zu erkennen. Wenn man aber gerade am Ende noch einmal zurück will, um etwas wie Heimat zu finden, und das nur in dem Wenigen entdeckt, das sich nicht verändert hat, war dann der Ansatz der Oberstufler vielleicht grundsätzlich falsch? Dass Veränderungen unaufhörlich vor sich gingen, konnten sie sehen, und natürlich kam es auch darauf an, in welche Richtung sich alles veränderte. Die Postämter hatten beide zugemacht. Selbst der Getränkemarkt, der das Kino ersetzt hatte, war inzwischen verschwunden. Und auch die Änderungsschneiderei, die in die Räume des Tabakwarenladens gezogen war, der auch Fahrscheine verkaufte und Heftchen, hatte das Feld räumen müssen. Wenn man genau hinsah, konnte man an manchen Häusern noch die Eingangstüren der Geschäfte und die Schaufenster erkennen, die mittlerweile zugemauert waren. Meistens aber hatte man die Spuren bereits verputzt. Immer weiter hätten die Oberstufler so gehen können, aber die Zeit lief ab, der Morgen näherte sich, sie mussten zurück in die Zellen und dort in den Tod. Wenn selbst diejenigen, die noch mühsam nach Spuren des Vergangenen suchen müssen und sich über jeden Rest des Zurückgebliebenen freuen, nicht mehr fündig werden, was bleibt, wenn auch sie gegangen sind? Das Alter bleibt den Oberstuflern erspart, nicht aber die Erkenntnis. Nie hätten sie sich träumen lassen, dass sie sich an das Rheinufer erinnern würden und an die Tochter des Schreibwarenhändlers, in die sie noch nicht einmal verliebt gewesen waren, und an die fremden Schulhöfe, an denen sie nur vorbeigegangen waren, und an die unbekannten Lebensmittelläden und Bäckereien ihrer Kindheit, die nur wenige Straßen entfernt lagen und doch, da man sie aus irgendeinem unausgesprochenen Grund nie betrat, unerreichbar schienen. Aber das war kein Traum. Das Leben, das einmal einfach angefangen hatte, nicht unbeschwert, aber eben fraglos, weil man sie nicht gefragt hatte, das Leben, das die Oberstufler schon bald, kaum dass ein paar Jahre vorbei waren, verändern und abwerfen wollten, dieses Leben mit den beständig wiederkehrenden Bildern von Wegen und Menschen und Haltestellen und Wolken am Himmel und Baumsilhouetten davor und einer Brücke und einem Park und Namen, dieses Leben musste jetzt zu Ende gebracht werden, oder es brachte sich selbst zu einem Ende. Die Bilder ließen nicht nach. Sollten sie ihnen einfach nur immer weiter zuschauen, während das Leben nebenbei verging? Oder ein letztes Mal selbst Hand anlegen?

44

Die Stationsschwestern sagen mir immer wieder, dass ich mich nicht vorbereiten müsste. Aber Du weißt, dass ich immer wieder unvorbereitet irgendwohin gegangen bin, und Du weißt auch, was dabei herauskam, dass es oft alles nur noch verschlimmert hat. Weshalb ich einfach das Köfferchen brauche, das Du mir unbedingt und möglichst schnell bringen musst, weil ich die ganzen Papiere noch durchgehen und redigieren muss, und zwar bevor ich zum ersten Mal untersucht werde, weil es entscheidend ist, dass ich beim ersten Mal alles richtig mache, also genügend präpariert bin, denn nachher kann ich mich noch und noch abstrampeln, das wird dann nichts mehr. Deshalb bitte ich Dich, das Köfferchen zu bringen, sobald Du diesen Brief bekommst. Bis dahin weiß ich nicht genau, was ich machen werde. Weil ich nicht durch meine Verweigerung einer Konsultation einen falschen Eindruck entstehen lassen will. Ich habe mir deshalb einen kleinen Schnitt in der Kniekehle beigebracht und etwas Asche aus dem Aschenbecher im Aufenthaltsraum hineinappliziert, damit sich die Wunde entzündet. So habe ich einen Vorwand, um nicht zur ersten Konsultation zu gehen. Ich gewinne Zeit. Zeit, die ich dringend brauche. Ich ärgere mich, dass ich nicht von vornherein daran gedacht habe. Dass ich nicht noch ein, zwei Tage gewartet habe, um zu Hause in Ruhe den Kofferinhalt durchzugehen, auszusortieren und zu redigieren. Ich befürchte nämlich, dass sie den Kofferinhalt kontrollieren werden und dass sie es vielleicht gar nicht zulassen, dass ich den Kofferinhalt bekomme, so wie ich zwar hier in meinen Sachen rumlaufen darf, aber eben ohne Gürtel und in Slippern und auch keinen Zugang zu Scheren oder Messern habe, weshalb es auch entsprechend mühsam war, mir den Schnitt in der Kniekehle beizubringen. Darum musst Du versuchen, mir das Köfferchen selbst zu übergeben. Du musst versuchen, ihnen klarzumachen, dass sie nichts zu befürchten haben durch das Köfferchen, vielmehr durch den Kofferinhalt. Vielleicht lädst Du alles besser in Plastiktüten um, weil sie sonst die Schnallen am Koffer sehen und es dann am Ende an solchen Kleinigkeiten scheitert. Oder noch besser, Du kommst mit dem Köfferchen, hast aber eine für den Kofferinhalt entsprechend große Plastiktüte dabei. So kann man nämlich ihre Aufmerksamkeit auf das Köfferchen lenken und gleichzeitig vom Inhalt des Köfferchens ablenken. Wenn sie sagen, das gehe nicht, wegen der Schnallen, dann holst Du die mitgebrachte Plastiktüte heraus, die natürlich entsprechend groß sein muss und stabil, und füllst den Inhalt aus dem Koffer vor ihren Augen in die Plastiktüte. Du kannst sie das zur Not auch selbst machen lassen. Aber dann bitte aufpassen, dass kein Blatt wegrutscht oder zu Boden fällt oder verknickt. Du kannst auch zwei Plastiktüten nehmen, falls eine nicht reicht. Aber dann müsstest Du genau schauen, wo Du die Blätter trennst, weil die Blätter oft beidseitig beschrieben sind und dazu oft noch unnummeriert, weshalb man schnell den Überblick verlieren kann, wenn man die Stapel einfach irgendwo halbiert und in zwei verschiedene Plastiktüten steckt. Falls Du es mit zwei Plastiktüten machst, dann markiere doch die Plastiktüten, damit man weiß, wo vorn ist und wo hinten. Du machst einfach mit Filzstift ein Kreuz auf die Plastiktüte da, wo vorn ist, also auf der ersten Plastiktüte. Und auf der zweiten Plastiktüte zwei Kreuze. Und dann nimmst Du die erste Hälfte der Papiere und steckst sie so in die Plastiktüte, dass das oberste Blatt oben liegt, wenn man die Plastiktüte so vor sich hat, dass man das Kreuz sieht. Mit der zweiten Hälfte verfährst Du genauso. Dann kann ich die beiden Plastiktüten nebeneinander auf den Tisch legen, sodass die Seiten mit den Kreuzen oben liegen, und erst die Blätter aus der Tüte mit den zwei Kreuzen holen und auf das Bett legen und dann die Blätter aus der Tüte mit dem einen Kreuz, die ich dann direkt auf den ersten Stapel lege. Dann ist die richtige Reihenfolge wieder hergestellt. Aber ich überlasse es Dir. Du weißt, dass ich Dir vertraue, und ich weiß, dass Du es schaffen wirst, mir das Köfferchen, also den Kofferinhalt, um den es mir hauptsächlich geht, hierherzubringen, damit ich mich vorbereiten kann. Wenn der Schnitt in der Kniekehle nicht ausreicht, werde ich mir noch etwas anderes überlegen. Aber lange kann ich sie wahrscheinlich nicht mehr hinhalten. Zur Not, falls es doch schon zu einer ersten Konsultation gekommen ist, musst Du versuchen, mich, sobald ich die Papiere habe, zu einem anderen Arzt zu bringen. Mir fallen jetzt keine triftigen Gründe ein, mit denen man so einen Schritt begründen könnte, aber ich werde mir noch Gründe überlegen und sie Dir dann nennen. Ich habe die letzte Nacht kaum geschlafen, weil ich, trotz der Tabletten, so aufgeregt war bei dem Gedanken, unvorbereitet zur ersten Konsultation zu müssen. Und da hat mich die Möglichkeit beruhigt, falls das Köfferchen nicht rechtzeitig da sein sollte, doch noch eine Chance zu haben, weil ich ja auch nicht übertreiben darf, also keine zu großen Schnitte, denn dann erwecke ich einen ganz falschen Eindruck. Dann denken sie, ich wäre gefährdet, weil ich mich selbst verletze, was ja nicht stimmt, weil ich es ja nur aus einem bestimmten Grund tue und niemals sonst auf den Gedanken käme. Wieso auch? Ich denke, das mit dem Arztwechsel müsste doch zu machen sein. Du musst das natürlich so formulieren, dass sich niemand beleidigt oder zurückgesetzt fühlt, also nicht das Gefühl erwecken, man würde dem behandelnden Arzt nicht vertrauen oder seine Kompetenz anzweifeln. Was die Plastiktüten angeht, fällt mir gerade ein, da könnte man die jeweiligen Kreuze vielleicht falsch interpretieren und denken, dass es sich um eine Art Geheimnachricht handelt, die Du mir zukommen lassen willst. Vielleicht ist es besser, wenn Du keine Kreuze draufmalst, sondern mit einem Locher in die erste Tüte vorn oben links ein Loch machst und in die zweite Tüte oben links zwei Löcher. Die Löcher sind ja nicht groß und werden bestimmt übersehen. Aber Du darfst die Löcher nicht zu nah am Rand machen, weil sie sonst einreißen können, und dann kann ich nicht mehr unterscheiden, was Tüte 1 ist und was Tüte 2.

45

Andere Pubertät 1: Max Reger jr.

Da meine Mutter bei meiner Geburt verstarb und mein sehr katholischer Vater schon allein wegen seiner ständig wiederkehrenden Nervenzusammenbrüche unfähig gewesen wäre, für mich zu sorgen, er zudem als Organist und Kirchenmusiker kaum ein Kind hätte großziehen können, wuchs ich bei meinen Großeltern mütterlicherseits auf. Auf den gleichen Namen getauft wie mein Vater, war die Verbindung nach außen hin immer ein Stein des Anstoßes oder, wenn man so will, ein offenes Geheimnis, das ich bereits früh zu verleugnen verstand, indem ich Kinder und auch Erwachsene, die mich auf ein Verwandtschaftsverhältnis ansprachen, darauf hinwies, dass es auch unter den Kirchenheiligen zufällige Namensgleichheiten und eben nicht nur einen einzigen Heiligen Thomas, Franz oder Johannes gebe, was die Wenigsten überzeugte, jedoch zumindest dazu brachte, ihr unangenehmes Fragen einzustellen, da ich sie mit dem Anschein tiefer Gläubigkeit überrumpelt und vor einem weiteren In-mich-Dringen abgeschreckt hatte.

Einmal im Monat kam mein Vater zu Besuch. Mein Vater war ein unglaublich dicker Mann, der mir allein durch seinen Körperumfang fremd blieb, obwohl ich mich in seiner Nähe durchaus wohlfühlte. Er kam immer sonntags, nachdem er zuvor noch die Messe gespielt hatte, und führte mich als Erstes in den Ratskeller, wo er dem Kellner zu sagen pflegte: »Bringen Sie mal die nächste halbe Stunde Schnitzel.« Das war seine Art der Bestellung. Und tatsächlich aß er mindestens acht, manchmal sogar noch mehr Schnitzel, während ich mit Mühe eins schaffte. Dazu trank er Limonade. Immer nur Limonade. Ganze Karaffen von Limonade. Anschließend gingen wir etwas im Kurpark spazieren und dann ins Café Blum, wo er zwei ganze Torten orderte, angeblich eine davon für mich, und erneut Limonade. Dabei erzählte er mir von seiner chromatischen Polyphonie. Natürlich hatte ich seit meinem fünften Lebensjahr Klavier- und ab dem achten Orgelunterricht erhalten, war anfänglich auch eifrig gewesen, hatte jeden Tag geübt und selbstverständlich nie eine Unterrichtsstunde versäumt, vielleicht, weil ich mir ausmalte, als ebenbürtiger

Pianist und Organist einmal gemeinsam mit meinem Vater spielen oder gar auftreten zu können, doch da sich mein Vater bei unseren Treffen nie nach meinen musikalischen Fortschritten erkundigte, es ihm überhaupt egal zu sein schien, was ich die Woche über tat, während er mir seine, für mich seinerzeit unverständlichen Kompositionsansätze erläuterte, mit denen er die Tonalität langsam zu unterhöhlen gedachte, ließ mein musikalischer Ehrgeiz nach und verlöschte meine Hoffnung, ihn durch Leistungen auf dem Gebiet der Musik einmal für mich einnehmen und seine Anerkennung auf mich lenken zu können, bald völlig.

Als ich in die Pubertät kam, versuchte ich mich, wie wohl die meisten Kinder, ganz bewusst von meinem Vater abzugrenzen. Als Erstes verweigerte ich bei unseren sonntäglichen Ausflügen das Essen. Da dies meinen Vater nicht weiter zu stören schien, vielleicht nahm er es gar nicht weiter wahr, verweigerte ich zum Entsetzen meiner Großeltern auch während der Woche immer häufiger das Essen. Gleichzeitig bastelte ich an einer Erfindung. Es sollte sich um ein völlig neues Instrument handeln, dessen Klang kein menschliches Ohr je zuvor gehört haben und auf dem allein ich eine überragende Meisterschaft erreichen würde. Anfänglich experimentierte ich mit verschiedenen Hölzern und Metallresten, die ich bei meinem Umherstreichen in der Stadt einsammelte. Später, nachdem meine Großeltern elektrisches Licht bekommen hatten, versuchte ich, mit Magnetspulen und Widerständen erste Töne zu erzeugen.

Zwei Tage nach meinem sechzehnten Geburtstag, einem Sonntag, starb mein Vater. Als er mittags nicht wie verabredet erschien, um mich abzuholen, fuhr ich selbst mit dem Rad zur Bonifatiuskirche. Vielleicht hatte ihn eine Chorprobe oder eine andere Feierlichkeit aufgehalten, dachte ich. Doch als ich gegen halb eins ankam, war das Kirchtor bereits verschlossen. Von drinnen war jedoch das leise Dröhnen der Orgel zu hören, weshalb ich zur Tür ging, die zur Empore führte. Während ich die eiserne Wendeltreppe hochstieg, wurde das Dröhnen immer lauter. Es schien, als seien ein oder gleich mehrere Register hängengeblieben. Vorsichtig öffnete ich die Tür und erschrak, weil ich den Kopf meines Vaters mit verzerrtem Gesichtsausdruck und toten Augen aus dem Orgelstuhl ragen sah. Ich lief zu ihm und entdeckte, dass er wohl beim Aufstehen unglücklich gestürzt sein und sich dabei mit den Füßen in den

Pedalen verhakt haben musste. Ich schob alle Register zurück. Eine unheimliche Stille kehrte in der Kirche ein, obwohl der dumpfe Akkord noch immer nachzuhallen schien. Dann versuchte ich, den riesigen Körper meines Vaters zu bewegen und in eine weniger verkrampfte Stellung zu bringen. Vergeblich. Ich rannte die Treppen hinunter und hinüber zum Pfarrhaus. Doch meinem Vater war nicht mehr zu helfen. Allem Anschein nach hatte er während des Nachspiels einen Herzinfarkt erlitten. Ein ähnlich schweres Cluster von Tönen mit einer danach plötzlich eintretenden Stille vernahm ich erneut einige Jahre später im Schützengraben, als die Tiefflieger dicht über uns hinwegbrausten. Meine eigene musikalische Karriere fand jedoch nach dem Tod meines Vaters ein jähes Ende. Ich konnte zwar wieder essen und aß auch mehr als zuvor, doch war mein Gehör empfindlich gegen alle Töne geworden, die sich oberhalb des kleinen C befanden.

Ich verlegte mein Interesse in der Folgezeit mehr auf die Elektrizität und begann das berühmte Experiment Galvanis mit Froschschenkeln nachzustellen. Während des Krieges wandte ich diese Fähigkeit an den langen Abenden in den Unterkünften an, um den amputierten oder abgerissenen Gliedmaßen von Kameraden für einen Moment wieder Leben einzuhauchen. Damals verspürte ich zum ersten Mal ein Gefühl von sexueller Erregung, weshalb ich auch nach dem Krieg von meiner Leidenschaft nicht lassen konnte. Fast jede Nacht trieb ich mich um den Bahnhof herum und sprach junge Kerle an, die ich zu überreden versuchte, mit mir nach Hause zu kommen, um sich dort von mir elektrisieren zu lassen. Um Bekanntschaften anzuknüpfen, hatte ich mir einen Scherzartikel zugelegt, eine Zigarettenschachtel mit Batterie, die demjenigen, der sie berührte, einen leichten Stromstoß versetzte. So hielt ich den Jungen, die ich ansprach, als Erstes auffordernd die Schachtel hin und beobachtete, wie sie auf den Schlag reagierten. Obwohl alle erschraken, huschte bei manchen gleichzeitig ein kurzes Lächeln über das Gesicht, andere zitterten wohlig, und es gab auch welche, die sich unwillkürlich an das Glied griffen, als verspürten sie eine von dort aufsteigende Erregung. Diesen bot ich Geld und nahm sie mit in das von der Stadt etwas abgelegene Haus meiner Großeltern, das den Krieg unversehrt überstanden hatte. Meine Großeltern waren mittlerweile verstorben, weshalb ich meinen Neigungen ungestört nachgehen konnte.

Es handelte sich dabei um ein anfänglich noch ungenaues, in den folgenden Monaten immer genauer festgelegtes Ritual, bei dem sich die Jungen auszuziehen und mit dem Bauch nach unten auf den Küchentisch zu legen hatten. Die Muskeln am Gesäß reagieren auf den applizierten Strom am effektivsten. Zumindest nimmt man ihr Zucken am deutlichsten wahr. Beim Gluteus Maximus etwa dauert das sogenannte Nachzucken bis zu 15 Sekunden mit einer Frequenz von bis zu vier Zuckungen pro Sekunde. Ein eindrucksvolles Schauspiel, das mir das Gefühl vermittelte, den Hintern meiner Schützlinge wie ein Instrument zu bedienen. Es brauchte natürlich einige Zeit, bis ich die perfekte Technik, das heißt die richtige Dosierung des Stroms, heraushatte. Auch musste ich feststellen, dass es eine Form der Akkumulierung von elektrischer Spannung im Körper zu geben scheint, obwohl ich in der einschlägigen Literatur keinerlei Hinweise zu diesem Thema hatte finden können. In der Praxis bedeutete dies, dass mir einige Jungen verstarben, obwohl ich nicht wie bei meinen ersten Experimenten zu viel Strom verwandt, sondern weil ich ihnen scheinbar zu viele leichte Stromstöße hintereinander versetzt hatte. Die Angaben der Zeitungen über die Anzahl der Leichen, die man im Keller meiner Großeltern gefunden haben will, sind jedoch maßlos übertrieben. Ebenso verkehrt ist die Behauptung, meine Großeltern seien keines natürlichen Todes gestorben, vielmehr von mir getötet worden, um an ihren Leichen erste Versuche mit Strom und Elektrizität vorzunehmen. Weiter habe ich auch nicht versucht, mich meiner Verhaftung zu entziehen. Vielmehr wollte ich, nachdem mir Ausmaß und Grausamkeit meines Tuns bewusst geworden war, die Ostzone aufsuchen, da man dort die Todesstrafe noch nicht abgeschafft hatte.

In Unkenntnis der tatsächlichen Sachlage, was die Hinrichtungen in der DDR betraf, meinte ich, mir durch ein, zwei weitere Gräueltaten den erwünschten Tod auf dem elektrischen Stuhl verschaffen zu können. Zum einen wollte ich auf gleiche Art sterben wie die Jungen, die ich eher versehentlich zu Tode gebracht hatte, zum anderen erhoffte ich die Lust der zuckenden Muskeln und Glieder in einer noch nie gekannten Form und letztlich auf ultimative Art und Weise an mir selbst zu verspüren, da es keine Grenzen mehr geben würde, keine Zurückhaltung, keine Beschränkung. Endlich würde ich einmal dieses orgastische Vibrieren empfinden, das mir durch eine Missbildung meines Genitaltraktes auf andere Weise ein Leben lang verwehrt geblieben war.

Dass man Delinquenten in der DDR durch den sogenannten unerwarteten Nahschuss hinrichtete, bei dem einem Verurteilten mitgeteilt wurde, seine Hinrichtung stehe unmittelbar bevor, um ihn im selben Moment durch einen auf dem Hinterkopf aufgesetzten Schuss aus einer Walther P38 zu exekutieren, erfuhr ich erst am 27. September 1957, als in der Strafvollzugseinrichtung Leipzig das Urteil auf diese Weise an mir vollstreckt wurde. Zuvor wurde mit meiner Mithilfe jedoch in einer sogenannten Tatortrekonstruktion ein Lehrfilm gedreht, bei dem ich meine fünf in der DDR begangenen Taten und auch einige Fälle aus Westdeutschland nachstellen durfte. Dieser Film sollte zum einen als Propagandamaterial gegen die BRD verwendet werden, andererseits zeigen, dass Gewalt- und Sexualverbrechen in der DDR längst überwunden waren und allein durch aus dem Westen zugereiste Delinquenten verübt und eingeschleppt wurden. Durch das wachsame Auge und beherzte Zugreifen der staatlichen Sicherheitskräfte wurde diesen durch ihre Veranlagung gepeinigten Subjekten jedoch im Handumdrehen das Handwerk gelegt. Ich spielte mich in diesem Lehrfilm selbst. Meine Opfer wurden von einigen sehr ansehnlichen Soldaten der Nationalen Volksarmee dargestellt. Allerdings floss während der Dreharbeiten kein wirklicher Strom, obwohl man dies anfänglich, natürlich unter geeigneter Beachtung sämtlicher Sicherheitsvorkehrungen, in Betracht gezogen hatte. Nicht etwa aus menschlichen Erwägungen den betroffenen Statisten gegenüber oder um mir ein weiteres Erlebnis der Lust zu versagen, sondern allein, weil die Stromleitungen der in einem Wald nahe Frankfurt (Oder) gelegenen Baracke, die schon Scheinwerfer und Aufnahmegeräte zu versorgen hatten, dafür keine geeigneten Kapazitäten mehr zur Verfügung hatten.

46

Warum machen Sie denn nicht einfach reinen Tisch und sagen, wie es war, und vor allem, wie es ist, und übernehmen einfach mal die Verantwortung für das, was sie getan haben. Oder wollen Sie es so halten wie Ihr großes Vorbild Heidegger, der dann seine verquasten Notizbücher, wo er sich morgens und abends zum Führer bekennt, erst Jahrzehnte nach seinem Tod veröffentlichen lässt, also dann, wenn die Maden ganze Arbeit geleistet haben, wenn es kein Knöchelchen mehr gibt, das man zur Verantwortung ziehen könnte, denn so was wurde früher gemacht, da wurden die ganzen Diktatoren, Päpste und Terroristen wieder ausgegraben und halbverwest vor Gericht gezerrt. Aber ich schweife ab.
Heidegger mein Vorbild? Wenn Sie Marcuse gesagt hätten …
Ach, den kennen Sie?
Wie: den kenne ich?
Na ja, ich dachte, Sie lesen nur diesen dekonstruktivistischen Tinnef, um sich daraus die jeweils passende Ideologie zusammenzubasteln. Marcuse, das ist ein wirklicher Philosoph. Es vergeht kein Abend, an dem ich nicht wenigstens einen Blick in seine Argumente und Rezepte werfe. Oder die Philosophie des Glücks, da sollten Sie mal reinschauen.
Ich meinte Herbert Marcuse.
Ach so, ja, klar. Allerdings war der ja wiederum Heidegger-Schüler.
Dann meinetwegen Adorno.
Den die Studentinnen damals mit ihren hochgezogenen Blusen … Ein ziemlich verklemmter Typ, obwohl das natürlich auch zu Ihnen passt.
Verklemmt? Ich weiß nicht. Kann sein. Obwohl er ja eine Geliebte hatte.
So wie Sie ja auch.
Finden Sie nicht, dass Sie mich etwas unterfordern mit Ihren Verhörmethoden, einfach immer drauflos irgendwas gegen mich wenden, was gerade im Gespräch auftaucht, egal, ob es stimmt oder nicht?
Stimmt es denn nicht?
Nein, natürlich nicht.
Und Claudia?
Was ist mit Claudia?
Als Ihre Gernika wäre ich ganz schön eifersüchtig.

Das ist über 40 Jahre her.

Umso schlimmer. Sie können diese Frau einfach nicht vergessen.

Das war ein Mädchen, und was heißt vergessen? Ich erinnere mich an vieles.

Nur eben nicht an das, worauf es ankommt.

Ich verstehe nicht.

Sie verstehen mich sehr gut. Ständig schweifen Sie ab, kommen vom Hölzchen aufs Stöckchen, aber die entscheidenden Sachen bleiben immer ungesagt.

Da stimme ich Ihnen ausnahmsweise mal zu: Die entscheidenden Dinge bleiben immer ungesagt.

Aber das muss doch nicht so sein.

Das habe ich auch immer gedacht, aber ich glaube: Es muss sein. Es muss sein.

Warum wiederholen Sie das so pathetisch?

Beethoven. Das 16. Streichquartett, das er nach dem Selbstmordversuch seines Neffen geschrieben hat. Der schwer gefasste Entschluss.

Ja, der Selbstmord, darauf wollte ich ohnehin noch einmal zu sprechen kommen. Das scheint auch so eine Faszination zu sein, die Sie seit der Pubertät nicht verlassen hat, was auf eine gewisse Unreife hindeutet. Aber darauf wollte ich gar nicht hinaus. Terror und Selbstmord, das gehört ja zusammen, nicht erst in letzter Zeit, sondern auch schon damals bei der RAF, die sich ja alle umgebracht haben …

…

Sie sagen ja gar nichts.

Was soll ich sagen?

Na ja, ich sprach gerade von der RAF und sagte, dass die sich alle umgebracht haben.

…

Und?

Was und? Ich hab gehört, was Sie gesagt haben.

Sie sind also auch der Meinung, dass es Selbstmord war, damals in Stammheim?

Dazu habe ich keine Meinung.

Ach, interessant, dann darf ich mal zitieren, was Sie noch im Herbst 1978 dazu …

Sparen Sie sich die Mühe. Vielleicht sollte ich besser sagen: Dazu habe ich keine Meinung *mehr*.

Und doch taucht der Selbstmord ständig bei Ihnen auf. Dieser Max Greger jr. zum Beispiel, da spricht man in der Fachliteratur von forciertem Selbstmord.

Das ist aber eine gewagte These. Natürlich geht er in die DDR, weil dort die Todesstrafe noch nicht abgeschafft ist, aber …

Es war seine freie Entscheidung.

So frei nun auch wieder nicht. Er wird gesucht. Er will nicht ins Gefängnis. Sein Leben ist letztlich verfahren.

Darum geht es Ihnen also.

Worum?

Diese verfahrenen Leben, die sollen auf Ihr eigenes verfahrenes Leben aufmerksam machen. Das sind also alles Notsignale, die Sie senden. Hilferufe.

Das ist sehr nett von Ihnen, dass Sie das so sehen, aber ich empfinde das etwas anders, das alles.

Das ist doch auch verständlich, letztlich. Sie haben sich isoliert. Unfreiwillig isoliert, und, zugegeben, das ist natürlich auch nicht so leicht, in Ihrem Alter, noch mal aus diesem Lebenskonstrukt, wenn ich es einmal so nennen darf, aus diesem Gespinst, auszusteigen. Doch eben genau das bieten wir Ihnen doch an.

Wir? Sie reden, als wollten Sie mich für ein Aussteigerprogramm anwerben. Das sind doch alles uralte Kamellen.

Das sagen ausgerechnet Sie? Wenn das wirklich alles so uralte Kamellen wären, wie Sie sagen, warum sitzen Sie dann hier?

47

ANDERE PUBERTÄT 2: CHRISTOPH GANSTHALER

Am 11. September 1972 fand die Abschlussveranstaltung bei den Olympischen Spielen in München statt. Mein Vater war damals Stadionsprecher, und ich durfte oben bei ihm in der Kabine sitzen, wo die ganzen Prominenten ein- und ausgingen und die Veranstalter und Trainer. Das Stadion war gerammelt voll, es war um sieben Uhr abends rum, da wurde plötzlich gemeldet, dass ein finnisches Passagierflugzeug, eine Privatmaschine, im Anflug ist. Sechs Tage davor waren sämtliche israelische Geiseln und ihre Geiselnehmer auf dem Flughafen von Fürstenfeldbruck erschossen worden, weshalb man natürlich besonders vorsichtig war. Trotzdem haben sie meinem Vater die Entscheidung überlassen, ob das Stadion geräumt werden soll oder nicht. Er hat sich dagegen entschieden, weil er dachte, dann bricht da unten eine Massenpanik aus, denn die Leute waren ja noch alle mitgenommen von den Ereignissen am 5. September und der Trauerstunde einen Tag später. Aber mich hat mein Vater nach unten geschickt. Er hat gesagt, ich soll aus dem Stadion raus und hinten auf dem Parkplatz in den Wohnwagen gehen, wo unsere Sachen waren, und dort auf ihn warten. Ich wollte erst nicht, hab dann aber gemerkt, dass er sich einfach um zu viel zu kümmern hatte und jetzt auch noch diese Entscheidung fällen musste, was eigentlich eine Frechheit war, dass sie das einfach auf ihn geschoben haben. Die haben wahrscheinlich gedacht: Der hat in so vielen Filmen den Kommissar gespielt, da wird er mit so einer Situation hier doch wohl auch zurechtkommen. Ich hab dann so getan, als würde ich rausgehen, hab mich aber hinter so einem überdimensionalen Waldi versteckt, draußen auf dem Gang. Der Dackel Waldi war doch das Maskottchen für die Olympischen Spiele damals. So ein bunt gestreifter Dackel, den sie überall rumstehen hatten. Und von dort aus hab ich dann alles beobachtet und gesehen, wie mein Vater das gemacht hat. Und ich hab ihn wahnsinnig bewundert und gleichzeitig richtig gehasst, weil mir, glaube ich, in dem Moment klar geworden ist, dass ich nicht annähernd so was leisten werde können in meinem Leben wie er. Und dann kann man sich doch gleich die Kugel geben. Aber so genau habe ich das damals natürlich auch wieder nicht empfunden. Es war einfach eine Mischung aus Bewunderung und Abscheu. Also Abscheu vor dem Bewunderten. Und am liebsten hätte ich mir selbst weh getan in dem Moment. Mir die Finger eingeklemmt oder mir eine Gabel ins Bein gestochen oder so was. Stattdessen habe ich nur meine Kamera aufgemacht und den Film, den belichteten Film mit den ganzen schönen Fotos von den Prominenten, den Politikern und Sportlern und Schauspielern, die ich am Mittag alle fotografiert hatte, aus der Spule gezogen. Und das war ein komisches Gefühl, gar nicht mal unangenehm, obwohl ich mir doch selbst was weggenommen habe in dem Moment.

Ich habe dieses Gefühl später immer wieder gesucht, aber erst viele Jahre später noch einmal empfunden, als ich mit meiner Frau in Burma war und wir ins Sperrgebiet gerieten und plötzlich von einer Horde bewaffneter Soldaten umzingelt waren. Meine Frau haben sie in Ruhe gelassen, das hatte wahrscheinlich irgendwas mit ihrer Religion zu tun, aber ich wurde herumgestoßen und drangsaliert. Und gerade weil die Situation wirklich bedrohlich war, empfand ich wieder dieses Gefühl von Abscheu und Bewunderung, von völliger Verzweiflung und doch gleichzeitiger Befreiung, obwohl ich natürlich auch Angst hatte draufzugehen. Aber dass trotzdem in so einem Moment auch noch ein angenehmes Gefühl da sein kann, das hat mich irgendwie beschäftigt.

Ich hatte ja Anfang 2003 diesen Darmvorfall, den sie erst falsch behandelt haben, und da habe ich 21 Operationen hinter mich bringen müssen, aber da bin ich nicht draufgegangen. Und erst hinterher ist mir aufgefallen, dass das auch der 11. September war, als mir das passiert ist in Burma. Der 11. September ist ja nach 2001 für viele ein besonderes Datum, aber für mich ist er das schon seit 1972, als da das Flugzeug in München in Richtung Stadion geflogen kam. Ein Jahr später, 1973, war am 11. September der Putsch in Chile, da flogen auch die ganzen Militärmaschinen auf Santiago zu. 1974 sprangen am 11. September 14 britische Soldaten bei einem Nato-Manöver aus Versehen in den Nord-Ostsee-Kanal, und in den USA kam es zu einem der größten Flugzeugabstürze mit 70 Toten. Oder auch früher in der Geschichte, am 11. September 1926, der Bombenanschlag der Anarchisten auf Mussolini zum Beispiel. Aber überdurchschnittlich oft sind Flugzeuge in die Katastrophen des 11. September involviert. 1982 zum Beispiel auch, da stürzte ein Militärhubschrauber auf die A 656 zwischen Heidelberg und Mannheim, und alle Insassen, über 40, starben.

Nach diesem Vorfall in Burma habe ich viel über Passivität nachgedacht. Als heterosexueller Mann kann man das Passive ja nur schlecht leben, noch weniger, wenn du ohnehin schon irgendwie mit diesem Makel rumläufst, weil du es nicht richtig zu was gebracht hast. Deshalb, das war meine Theorie, wird mir diese Passivität auch immer wieder von außen aufgezwungen, also, durch Krankheiten zum Beispiel, weil ich sie nicht bewusst, also aktiv, leben kann. Und irgendwie ist das auch logisch, denn wenn ich das Passive aktiv annehmen könnte, dann wäre das Problem in gewisser Weise gelöst. So dachte ich mir das zumindest. Geholfen hat es allerdings nichts. Stattdessen wurde ich depressiv, was ja auch eine Form von Passivität ist, weshalb man auch sagt, dass Depression eigentlich eine Frauenkrankheit ist. Aber man sollte mal untersuchen, ob sich die Formen der Depression nicht unterscheiden beim Mann und bei der Frau. Dass die Männer depressiv werden, weil sie nicht passiv sein können, und die Frauen, weil sie passiv sein müssen.

1978 wurde mein Vater dann während einer Gala in einem Zirkus von einem Schimpansen gebissen und fing sich eine schwere Hepatitis ein. Fast ein halbes Jahr lag er auf der Isolierstation. Die Zeitungen waren natürlich voll davon. Die Journalisten belagerten unser Haus, fotografierten mich und meine Mutter, wenn wir zum Krankenhaus fuhren, wo wir ihn ohnehin nur durch eine Glasscheibe sehen durften. Und die Briefe, die wir ihm reinschickten, mussten vorher genauso desinfiziert werden wie die, die er uns rausschickte. Ein anderer hätte in dem Moment die Chance ergriffen. Ich meine, ich war damals ja schon volljährig. Eigentlich wäre ich in dem Jahr erst volljährig geworden, aber die Bundesregierung hatte mich schon drei Jahre früher volljährig gemacht. Ich bin ja genau der Jahrgang, der 1975 am meisten von der Runterstufung der Volljährigkeit auf 18 profitiert hat, wenn man das so sagen kann. Also, profitiert sage ich jetzt im Nachhinein, damals fand ich das zu früh, weil ich ja, wie schon gesagt, eher unsicher war, verzweifelt, passiv und so weiter. Ich konnte auch nicht sehen, dass mein Vater ebenfalls irgendwie verzweifelt war. Auch depressiv. Der wusste auch nicht mehr weiter. Er hatte seinen letzten Film 1971 gedreht, und ob das Fernsehen ihn immer weiter beschäftigen würde, das war mehr als fraglich, weil er seinen Ruhm ja den Filmen verdankte, deshalb haben sie ihn beim Fernsehen überhaupt genommen, aber wenn da was schiefging oder wenn er mal länger ausfiel, so wie jetzt, war er schnell wieder draußen aus der Sache. Und zum Film zurückkehren nach zehn Jahren oder so, das geht auch nicht ohne Weiteres.

Damals wurde parallel bei mir festgestellt, dass ich Diabetiker bin. Das war auch ein Schock, nicht nur für mich, auch für meine Eltern. Mein Vater hat gesagt, ihm hat das die Kraft gegeben, durchzuhalten. Er wollte jetzt unbedingt gesund werden, um für mich da zu sein. Auch wieder so was. Ich werde krank, weil er krank ist, und er wird gesund, weil ich krank bin. Am liebsten hätte ich mich wieder hinter einem riesigen Waldi versteckt. Aber das ging nicht. Ich hab dann angefangen, etwas Musik zu machen. Aber ich bin eben niemand, der wirklich gern auf der Bühne steht. Gleichzeitig wächst du in einer Familie auf, wo es um nichts anderes geht. Du hast da gar keine eigene Vorstellung, du denkst: Das will ich auch. Das dachte ich auch immer weiter. Deshalb war klar, dass das mit der Musik nicht richtig klappen würde. Mir war das klar. Meinem Vater war das auch klar. Trotzdem hat er mich unterstützt, mich in seinen Sendungen auftreten lassen. Aber das war keine wirkliche Hilfe, weil ich ja immer als sein Sohn auftrat. Und irgendwann, so Anfang dreißig, habe ich ein Resümee gezogen und mich gefragt, was habe ich eigentlich, was mich ausmacht, und da ist mir als Einziges der Diabetes eingefallen. Der gehörte mir allein, den habe ich mit niemandem geteilt. Mit niemandem aus meiner Familie, meine ich. Und dann habe ich mich da drauf gestürzt und Bücher geschrieben, Kochbücher und so, und Vorträge gehalten.

Vor elf Jahren habe ich meine Frau kennengelernt. Sie ist Schauspielerin und kann auf der Bühne stehen oder vor der Kamera, sich für den Playboy ausziehen oder unsere verschiedenen Reisen von Reportern von Frau im Bild und wie die Zeitungen alle heißen dokumentieren lassen, obwohl du da keinen Moment allein bist. All das, was mein Vater auch konnte, obwohl das damals in den fünfziger, sechziger, selbst in den siebziger Jahren noch nicht annähernd so wild war wie jetzt. Sie hat also das ausgefüllt, was ich nicht konnte, und da hätte man doch meinen können, dass jetzt alles in Ordnung kommt, ich meine, meine Sexualität, die hätte ich mit ihr doch finden können, sie eher aktiv, nach außen gehend, exhibitionistisch, ich passiv, introvertiert, gehemmt. Aber dann kam das mit dem Darm, und ich hab das nicht kapiert, weil man das natürlich auch nicht richtig kapieren kann, außerdem gibt es ja nicht nur eine Ursache, wenn man so was bekommt. Und auch die Fehlbehandlung, die das Ganze ewig rausgezögert hat, die vielen Nachoperationen, dafür konnte ich ja nun wirklich nichts.

Meinem Vater ging es damals schlecht. Meine Eltern waren nach Neuseeland ausgewandert, also teilweise, sie haben natürlich immer noch das Haus hier in Blankenese behalten, und das war auch eine Art Protest seinerseits gegen die deutsche Schwachsinnskultur hier, die ihre wirklichen Stars nicht zu schätzen weiß. Die können auch nicht begreifen, dass sich jemand verändert und nicht sein Leben lang Reklame für 4711 machen will. Ich hab dann mit meinem Vater zusammen Filme über Neuseeland gedreht fürs ZDF. Wir haben beide fliegen gelernt, und ich musste an den Sohn vom Grzimek denken, den Michael, der hat doch auch sein Leben lang mit seinem Vater zusammengearbeitet und den Film über Serengeti mit ihm gedreht und auch fliegen gelernt dafür, und dann ist er mit gerade mal 25 in Tansania abgestürzt. Hat einen Geier mit der Tragfläche gestreift und ist abgestürzt. Das ist doch ironisch, weil er sich doch so für Tiere eingesetzt hat mit seinem Vater. Und durch seinen Tod wurde er berühmt, und man hat sogar Schulen in Deutschland nach ihm benannt. Und wahrscheinlich kannst du als Sohn eines berühmten Vaters nur recht bald sterben, dann kriegst du noch deinen Ruhm und deine Ehrungen. Aber ich bin 53 Jahre alt geworden, das ist zwar nicht besonders alt, aber auf alle Fälle zu alt für einen jungen tragischen Helden, der ich ja eigentlich war. Weil alle etwas Tragisches haben, die ihr Leben nicht selbst leben können, aus welchen Gründen auch immer.

Am Abend meines Todes habe ich noch an einer Podiumsdiskussion teilgenommen, in Kulmbach, wo es um Medien ging und meinen Vater, aber auch um mich und meinen Diabetes. Und da habe ich noch gesagt, das war ein paar Stunden vor meinem Tod: Wenn ich anfange kariert daherzureden, eine weiße Nase bekomme oder Schweißausbrüche und die Leute fragen, brauchst du Zucker, und ich sage: Nein, nein, passt schon, dann hat da schon eine Blockade eingesetzt, da ist man nicht mehr in der Lage zu sagen: Hilfe. Das war eigentlich eine schöne Zusammenfassung für mein Leben, weil ich das wahrscheinlich trotz aller Leiden nicht sagen konnte. Und dann bin ich noch mit in ein Lokal und mit dem

Taxi zum Hotel, da war es so ein Uhr nachts. Ich hab mich aus irgendeinem Grund ja immer auf den 11. September konzentriert, weil ich dachte, dass mir da was passieren wird irgendwann, aber den hatte ich für dieses Jahr glücklicherweise schon überstanden. Vielleicht war ich deshalb irgendwie leichtsinnig. Weil es natürlich idiotisch ist, sich auf so ein Datum zu fixieren und sich dann auszudenken, was an dem Datum passieren könnte. Dass aber mein Vater dann tatsächlich an einem 11. September gestorben ist, habe ich ja nicht mehr erlebt. Sonst wäre mir klar geworden, dass es bei dem Datum gar nicht um mich ging, sondern um ihn. Und eigentlich hätte ich da auch selbst drauf kommen können. Denn das war ja nun mal so typisch für mein Leben. Auf alle Fälle habe ich in dieser Oktobernacht nach der Podiumsdiskussion in Kulmbach irgendwie die Orientierung verloren. Ich bin dann die paar Meter vom Taxi nicht ins Hotel, sondern am Hotel vorbei in die Dunkelheit. Und als ich mein Handy rausholen wollte, um meine Frau anzurufen, da ist es mir aus der Hand gefallen, und ich konnte es in der Dunkelheit nicht finden. Und ich bin dann einfach immer weiter. Und durch Kulmbach, da fließt doch der Mühlbach, und irgendwie bin ich ausgerutscht an einer Stelle, wo das Ufer nicht so richtig befestigt ist, und in den Kulmbach gefallen. Das Wasser war schon recht kühl. Aber ich hab gar nicht gefroren. Weil es auch weich war, das Wasser. Ich wollte natürlich wieder zurück ans Ufer. Aber ich muss wohl in der Dunkelheit in die falsche Richtung gegangen sein. Und dann bin ich noch mal gestolpert und dann ertrunken.

48

Ich glaube, Sie lügen nicht nur mir, sondern auch allen anderen, vor allem aber sich selbst die Hucke voll. Was für einen Sinn sollte denn das Ganze sonst haben?

Was meinen Sie?

Na, diese ganzen rührenden Geschichten über Pubertät und verkorkste Sexualität. Der eine findet seinen Vater eingeklemmt auf der Orgel, kriegt davon einen Tinnitus und muss deshalb andere mit Stromschlägen um die Ecke bringen. Der Nächste muss sich hinter einem Waldi aus Pappe verstecken und kriegt davon gleich einen Darmvorfall und Diabetes und lässt sich von ein paar Arabern vergewaltigen, weil er sein Leben nicht richtig gebacken bekommt.

Burma.

Was?

Weil Sie Araber sagten, da ist Ihnen wohl der 11. September dazwischengekommen. Burma ist kein arabisches Land.

Ja, überhaupt dieser 11. September, der wird ja hier auch mit einer Penetranz verbraten. Alles nur, um Spuren zu verwischen und von sich abzulenken.

Sind die Sachen nicht alle längst verjährt?

Mord verjährt nicht.

Mord? Haben Sie es nicht ein bisschen kleiner.

Wer hat denn mit Molotowcocktails geworfen und Polizeibeamte tödlich verletzt?

Ich nicht, falls Sie das meinen.

Ja, das sagen Sie immer. Sie konnten natürlich kein Wässerlein trüben, waren auch nur so ein armer Hansel, der bei den Mädchen kein Glück hatte und deshalb ins Knastcamp nach Ebrach ist, um dort mal so richtig die Sau rauszulassen. Aber das hat wahrscheinlich auch nicht geklappt, denn so schnell legt man die Verklemmungen schließlich auch nicht ab.

Ich war nicht in Ebrach, sondern im Sanatorium. Oder vielleicht auch schon im Konvikt, ich habe die Daten nicht mehr so im Kopf.

Stimmt, Sie waren ja immer so arm dran. In Help durften Sie doch da-

mals auch nicht. Und der Achim Hirschberger musste Ihnen immer die
ganzen Filme erzählen, die nach acht im Fernsehen liefen. Kein Wunder,
dass Sie da so eine blühende Fantasie entwickelt haben.

Ich denke, ich kreise immer nur um dasselbe?

Ja, immer nur um sich. In Variationen eben. Und Sie können von Glück
reden, dass ich eine solche Engelsgeduld habe. Ich könnte hier auch ganz
andere Saiten aufziehen.

Ach ja? Einzelhaft? Ausgangssperre?

Das würde Ihnen so passen, damit Sie sich noch mehr zum Märtyrer stilisieren können. Nein, den Gefallen tue ich Ihnen nicht.

Sondern?

Ich bräuchte hier nur Ihre Damen aufmarschieren zu lassen.

Meine Damen?

Na, Sie wissen schon, was ich meine. Das wäre recht unerfreulich für
beide Seiten.

Ich verstehe nicht?

Na ja, hören Sie mal, ich glaube, Sie verstehen ganz gut, was ich meine.
So ein verklemmter Typ wie Sie, wie ja überhaupt die Linken und alle,
die sich die große Befreiung auf die Fahnen geschrieben haben, ganz verklemmte Typen sind. Wenn wir da mal alle einen kleinen Einblick in Ihr
Intimleben bekommen, das wäre bestimmt hochinteressant.

Meinen Sie?

Das meine ich. Da würden Sie schneller gestehen, als Ihnen lieb ist.

Wenn Sie meinen.

Das meine ich allerdings. Ich kann mir das alles schon lebhaft vorstellen: Vergewaltigungs- und Fesselungsfantasien einerseits, und dann im
nächsten Moment wieder das heulende Elend und keinen hochkriegen.
Was die armen Frauen da so alles mitgemacht haben müssen.

Von wem sprechen Sie? Gernika?

Unter anderem.

Ich weiß nicht, wen Sie hier noch alles mit reinziehen wollen ...

Niemanden, wenn Sie nicht wollen. Das liegt ganz bei Ihnen.

Ich wüsste nicht, was es da für große Offenbarungen geben könnte.

Dass Sie sich da mal nicht täuschen. Was war denn zum Beispiel damals im Alsterhaus, als Ihre Freundin Ihnen einen Pullover kaufen wollte? Mein Gott, was für ein Drama. Und wegen nichts und wieder nichts.

Ja, das ist mir auch peinlich, aber ich war damals so ...

Ja, Sie sind immer so ... Das macht es ja auch so unmöglich mit Ihnen, denn das, was Sie angeblich nicht sind, das findet allein in Ihrer Fantasie statt. Sie leben in einer Parallelwelt.

Heißt das nicht Parallelgesellschaft?

So was wollen Sie doch am liebsten hier aufziehen, anstatt dass Sie Ihre Energien mal in was Konstruktives stecken. Dann ließe sich auch leicht eine Lösung für Ihre sonstigen Probleme finden.

Eine Lösung? Für meine privaten Probleme?

Natürlich. Schließlich kann man das Gesellschaftliche und das Private nicht voneinander trennen, wenn ich Sie mal zitieren darf.

Und wie stellen Sie sich das vor? Mit einer Frau, die mir die Hemden und überhaupt alles kauft und zu Hause fertig auf das frisch bezogene Ehebett legt? So wie es bei unseren Eltern und Großeltern Usus war. Und ich selbst weiß meine eigene Kleidergröße nicht, weil das alles sie erledigt seit Jahr und Tag. Aber das gibt es zum Glück heute nicht mehr. Das genau wollten wir doch gerade nicht mehr.

Gibt es nicht mehr oder wollten wir nicht mehr?

Beides.

Und nur deshalb der ganze Terror?

Doch nicht deshalb.

Das wäre sonst auch eine ziemlich unnütze Aktion gewesen, denn das gibt es heute alles sehr wohl noch. Sie müssen nur in die richtige Richtung schauen und sich nicht immer die falschen Frauen aussuchen. Das hat Claudia auch schon festgestellt, und Sie selbst sicher auch.

Claudia?

Die weiß, glaube ich, mehr von Ihnen als wir alle zusammen.

Und das alles nur, damit mir jemand Hemden kauft? Wenn wir schon von Wahnsinn sprechen, dann ist das das Verrückteste, was ich seit Langem gehört habe.

Sie wären auch sonst versorgt. Sehen Sie, Sie haben da einfach vorschnell etwas weggebombt, was sich jahrhundertelang bewährt hat. Und das merken die Menschen auch wieder, mittlerweile. Das Problem ist einfach, dass Sie die von Ihnen geschaffene Leerstelle nicht mit einer glaubhaften Alternative haben besetzen können. Ablehnen, das kann jeder.

Und Sie können diese Leerstelle mit einer glaubhaften Alternative füllen?

Natürlich. Wie übrigens auch die zahlreichen anderen Leerstellen in ihrem Leben.

49

ANDERE PUBERTÄT 3: ETHAN RUNDTKORN

Die Häuser der Elisa[1] Street, nicht weit von der Brooklyn Bridge[2] in Lower Manhattan, wo mein Onkel auf einem freien Grundstück seinen Gebrauchtwagenhandel[3] betreibt, hatten vom Regen[4] der letzten Tage dunkelbraune Flecken bekommen. Obwohl der Himmel[5] mittlerweile wieder blau gelackt war und die Schindeln unter den Sonnenstrahlen ächzten, rieselte manchmal noch ein dünner Wasserstrahl[6] durch die mit Teer notdürftig versiegelten Fugen und Roststellen der Regenrinne an seiner Verkaufsbaracke und spritzte auf die Dächer der parkenden Autos. Manchmal, wenn ich vom Spielen heimlief, nahm ich den Weg über seinen Verkaufsplatz und die dahinterliegende Müllkippe[7], ein hügliges Gelände, auf dem jeder, obwohl es verboten war, seinen Unrat ablud. War ich früh dran und hatte er gerade nicht so viel Betrieb, verwickelte mein Onkel mich manchmal in ein fingiertes Verkaufsgespräch[8], das

---

1 An drei Krankheiten erkrankte Elisa: an einer, weil er Bären auf kleine Kinder hetzte, an einer, weil er Gehasi mit beiden Händen fortstieß, und an einer, an der er starb, denn es heißt: Und Elisa erkrankte an der Krankheit, an der er starb.

2 Hatevel doma l'guesher ra'u'a. Die Welt ähnelt einer einstürzenden Brücke.

3 »Denn siehe der Herr wird kommen mit Feuer und seine Wagen wie ein Wetter.« Jesaja 66:15

4 Rabbi Abbahu sagt: »Größer als die Auferstehung der Toten ist der Tag des Regens; denn die Auferstehung ist allein für die Gerechten, während der Regen auf beide fällt, auf Gerechte und Sünder gleichermaßen.«

5 Rabbih Akiba sagt: »Kommst du zum Ort der reinen Marmorplatten, sag nicht: Wasser, Wasser! Denn es steht geschrieben: Der, wer Lügen spricht, soll nicht unter meinen Augen weilen.«

6 Kol hanechalelem holcheem el hayam v'hayam ainenu malai. Alle Flüsse fließen zum Meer, doch wird das Meer nie voll.

7 Zu den zehn »außerordentlichen Regularien« für die Stadt Jerusalem gehörte unter anderem das Verbot, eine Müllkippe zu errichten.

8 Den Prototyp des rhetorisch unübertroffenen »Verkaufsgesprächs« liefert Abraham vor König Nimrod. Als der König sagt: »Da ihr keine Idole verehrt, sollt ihr das Feuer anbeten«, entgegnet Abraham: »Wir sollten eher das Wasser anbeten, weil es das Feuer auslöscht.« Als Nimrod darauf eingeht, da Abraham scheinbar auch auf ihn eingeht, und den Juden die Anbetung des Wassers zugesteht, sagt Abraham, dass es noch sinnvoller sei, die Wolken anzubeten, da sie das Wasser bringen. Als ihm dies zugestanden wird, weist er auf den Wind hin, der die Wolken auseinandertreibt, und so weiter,

ihm dann am meisten Freude bereitete, wenn ich mich gänzlich uninteressiert und keinerlei Argumenten zugänglich zeigte. Kam ich spät und das rote Seil mit den Fähnchen war schon zwischen den Eingangspfosten aufgespannt und die schmal gestreifte Marquise vor dem Fenster neben der Tür schimmerte matt im gelben Licht der Schreibtischlampe, rief er mir aus der Blechbude, in der er seine Abrechnung machte, eine Nachricht zu, die ich beim Nachhausekommen seiner Schwester ausrichten sollte. Oft war es nicht mehr als »Sag ihr, ich komme gleich« oder »Hebt mir etwas *Kugel* auf.«

An einem Nachmittag im November jedoch war er durch das Fenster nicht zu sehen. Ich klopfte, doch er antwortete nicht. Als ich die Tür vorsichtig öffnete, sah ich ihn, halb von seinem Stuhl unter den Schreibtisch gerutscht, mit aufgerissenem Kragen, rot angelaufen und nach Atem ringend. Ich bekam es mit der Angst zu tun. Seine rechte Hand war um ein leeres Tablettenröhrchen gekrampft. Ich drehte es ihm aus den Fingern und lief sofort zu der Apotheke neben der Wäscherei, in der eine meiner anderen Tanten im vergangenen Sommer als Aushilfe gearbeitet hatte. Der Apotheker kannte uns und kam, als man ihn rief, sofort aus dem Hinterzimmer gelaufen, um mich zu meinem Onkel zu begleiten. Zum Glück kamen wir noch rechtzeitig. Der Apotheker hob den Kopf meines Onkels nach oben, zerrieb etwas Riechsalz unter seiner Nase und rief seinen Namen.[9] Während mein Onkel langsam wieder zu sich kam und die Augen öffnete, gab er ihm etwas zu trinken und anschließend zwei Tabletten. Langsam atmete Zaideh wieder normal. Der Apotheker öffnete das Fenster.

»Wie oft hab ich es dir und auch deiner Schwester schon gesagt: Die Medikamente sind einfach zu stark, um sie so unregelmäßig zu nehmen, wie du es tust. Um regelmäßig zu schlagen, braucht das Herz[10] auch regelmäßig seine Medizin«, sagte er zu meinem Onkel. »Warum gewöhnst du dir nicht einfach an, sie morgens beim Frühstück und abends beim Abend-

---

  bis er, immer mit Zustimmung Nimrods, bei seinem eigentlichen Ziel, dem Schöpfer selbst, angelangt ist.

9 Drei Dinge sind es, die den Menschen wieder zur Besinnung bringen: Stimme (Anruf), Anblick und Geruch.

10 Rab sagt: »Jede Krankheit will ich ertragen, nur nicht Darmkrankheit, jede Algie, nur nicht Kardialgie, jeden Schmerz, nur nicht Kopfschmerz, jedes Böse, nur keine böse Frau.«

brot einzunehmen? Sarah kann sie dir doch im Tee auflösen, das macht überhaupt nichts.« Mein Onkel winkte ab.

»Ah, Bal Shem,[11] meinst du ich mach das aus Spaß hier?« Dann sah er mich und lächelte. »Aber Boytshikel wird mich von jetzt an immer daran erinnern, nicht wahr?« Er fuhr mir mit seiner heißen und schwachen Hand über das Gesicht.

Wir leben zu viert[12] in einer kleinen Wohnung ein paar Straßen weiter; ich, mein Onkel Seth, meine Tante Sarah[13] und meine Tante Rahab.[14] Eigentlich sind mein Onkel Seth und meine Tante Sarah Geschwister meiner Großmutter, also Großtante und Großonkel, während Tante Rahab die viel jüngere Cousine meiner Mutter ist, also meine wirkliche Tante, weshalb ich zu Tante Sarah auch Bubbeh und zu Onkel Seth auch Zaideh sage, denn sie sind wie Großeltern für mich. Mumeh Rahab ist dagegen etwas ganz anderes.

»Plemenik, Kleiner, bringst du mir eine Tasse Tee?«, so pflegt sie an den Nachmittagen, wenn sie von der Arbeit nach Hause kommt, nach mir zu rufen. Obwohl ich sehr viele Tanten, Großtanten und Cousinen habe, stammt sie für mich aus einer anderen, fremdartigen Welt. Ich bestaune sie, wenn sie groß und doch anmutig, den Kopf immer gerade erhoben, den langen Flur aus ihrem Zimmer entlangkommt, um sich zu uns zum Essen in die Küche zu setzen. Und manchmal denke ich, dass sie einfach nicht zu unserer Familie gehören kann, sondern vielleicht als Fremde aufgenommen wurde, ohne dass ich etwas davon weiß.

Einmal die Woche, am Mittwoch,[15] wenn sie nur den halben Tag arbeitet, hat sie Waschtag und stellt regelmäßig einen Wäscheständer, der in ihrem kleinen Zimmer keinen Platz hat, vor ihre Zimmertür auf den

---

11 Wunderheiler, Zauberer.

12 Die Vier steht für das Vollkommene. So besteht das Tetragrammaton aus vier Buchstaben. Der Daumen aber ähnelt dem Herrn, dem die vier Finger als Symbol der Menschen gegenüberstehen, die nur gemeinsam mit ihm sinnvoll zu handeln vermögen.

13 Unsere Meister lehrten: »Vier überaus schöne Frauen gab es auf der Welt, Sarah, Rahab, Abigail und Esther. Wer aber sagt: Esther war grünlich, lässt Esther aus und lässt Vashti dafür eintreten.«

14 Unsere Meister lehrten: Rahab verführte durch ihren Namen.

15 Yom Revii, der vierte Tag der Schöpfung, an dem die Himmelskörper erschaffen werden und die Trennung von Tag und Nacht vollzogen wird.

Flur. Dann kann ich, wenn ich nach der Schule unauffällig daran vorbeistreiche, den Stoff ihrer weißen Blusen spüren, wie er noch leicht feucht über meine Hände gleitet. Immer sind es allein ihre weißen Blusen, die sie dort aufhängt, manchmal vielleicht ein Paar Strümpfe oder einen Rock. Niemals jedoch habe ich einen Büstenhalter dort gesehen. Wenn sie mich abends beim Gutenachtsagen umarmt, versuche ich zu erfühlen, ob es gebogene Stäbchen aus Fischbein sind, die sich in meinen Oberarm bohren, und mit der Hand,[16] die ich um ihre Schulter lege, suche ich auf ihrem Rücken vorsichtig die Stelle, an der die Träger zusammenlaufen müssen. Doch ohne Ergebnis. Meine Hände zittern. Mit trockenem Mund sehe ich sie den Flur zurück zu ihrem Zimmer gehen. Es gibt keinen Zweifel, Tante Rahab nimmt in der langen und verzweigten Geschichte unserer Familie eine außergewöhnliche Stellung ein. Kein anderes weibliches Mitglied unserer Sippe besitzt auch nur annähernd solche schwere runde *Bristen*; und selbst wenn, so wären sie hinter Leibchen zusammengepresst und unter Schürzen versteckt worden, nicht aber im fast transparenten Stoff einer Bluse erblüht.

»Plemenik, Plemenik!« Allein dieser Ruf genügt, um mich in einen Taumel zu versetzen. Ich laufe in die Küche, gieße eine Tasse Tee ein, stelle die Tasse auf eine Untertasse, steige vorsichtig die drei Stufen von der türlosen Küche hoch zum Flur und gehe langsam, Schritt für Schritt, ihrem Zimmer entgegen. Ich sehe den Wäscheständer behängt mit ihren weißen Blusen. Die Tür zu ihrem Zimmer ist nur angelehnt. Mit dem Rücken zu mir, ein Handtuch lose um die Brust[17] geschlungen, würde sie dasitzen und sich die langen Haare bürsten. Sie würde sich zu mir umdrehen und in einem Moment der Unachtsamkeit das Tuch herabgleiten lassen. Sie würde lächeln, während sie sich nach dem Handtuch bückte, und ihre vollen Brüste würden der Schwerkraft nachgeben und sich mit ihr bücken und noch voller werden und weicher: sanfte Wellen, Fluten von weißer weicher Haut. Ich zittere und verschütte den Tee.

---

16 Im Midrasch werden sechs Körperteile genannt, die dem Menschen dienen. Drei davon, Augen, Ohren, Nasen, sind nicht unter seiner willentlichen Kontrolle, drei davon, Mund, Hände, Beine, jedoch wohl. Es war also noch kein Vergehen, dass Ethan mit seinen Augen die Brüste seiner Tante wahrnahm, jedoch hätte er seine Hände beherrschen müssen. Die Hände dienten ihm in diesem Fall, den mit den Augen wahrgenommenen Reiz zu verstärken.

17 »Ich war eine Mauer und meine Brüste wie Türme.« Hohelied 8,10.

»Plemenik, Plemenik!« Schnell laufe ich zurück in die Küche, wische die
Untertasse mit einem Geschirrtuch trocken. Wie klein so ein Tuch ist,
denke ich. Unmöglich, selbst wenn sie es unter den Armen eingeklemmt
hält, unmöglich, damit ihre ganze Fülle ausreichend zu bedecken. Ganz
im Gegenteil: Schmal, wie das Handtuch nun einmal ist, würde es die
beiden vollen Kugeln nach oben pressen und ein Tal zwischen den Hügeln entstehen lassen, einen Schlitz, eine Grube, einen Abgrund. Tante Rahab hatte nicht den geringsten Grund, sich vor mir, einem kleinen
Jungen, zu verbergen. Sie würde dasitzen und an ihrem Tee nippen, und
im Wogen ihres Atems würde ich manchmal glauben, den Ansatz, nur
den Ansatz, einen Hauch ihrer Brustwarze zu erkennen, braun auf weißem Grund. Ein Schatten der Herrlichkeit auf weißem Schnee. Schnee
so weiß, wie man ihn in New York nicht findet, weißer flaumiger Schnee,
Schnee, der mein Leben durchzieht, denn es war ein verschneiter Tag, an
dem ich mit elf Jahren meine erste Erscheinung hatte.

Es war nicht Gott, der mir damals erschien, denn ich glaube nicht, dass
Gott einem einzigen Menschen zweimal während seines noch dazu sehr
kurzen Lebens erscheint. Trotzdem handelte es sich um eine tatsächliche Erscheinung, die mein Leben von Grund auf veränderte. Ich hatte seinerzeit eine Brille bekommen, und dieses wacklige Gestell, das ich
mir jeden Morgen auf die Nase setzte, wurde schon bald zum Prüfstein
meiner Sanftmut und Geduld. Jeden Vormittag auf dem Weg zur Schule, jeden Nachmittag auf dem Nachhauseweg wurde ich ausgelacht, an-
gerempelt und geschlagen. Zaideh Seth versuchte, mich zu trösten. Er
nannte mich Hozaeh[18] und sagte, dass es etwas ganz Besonderes sei, vier
Augen zu besitzen.[19] Ich könne Dinge sehen, die niemand sonst sah. Die
Propheten seien auch Seher gewesen, und auch sie habe man am Anfang
oft verhöhnt und gehänselt. Am Ende jedoch seien sie es gewesen, die
recht behalten hätten, während die Ungläubigen durch ihre Dummheit
ins ewige Verderben gestürzt seien. Zaideh erzählte mir Legenden und
Geschichten, berichtete mir von Jeremia und Daniel, doch wenn ich al-

18 Seher, neben ro'aeh die übliche Bezeichnung für einen Propheten im Tanach.
19 Zaideh Seth verschweigt seinem Neffen allerdings, dass Männer mit bestimmten Au-
genleiden keinen Dienst in der Synagoge tun dürfen, wie auch Tiere mit denselben
Mängeln nicht als Opfertiere taugen. Aufgezählt sind drei Krankheiten, nämlich Gib-
ben: das Fehlen von beiden Augenbrauen oder einer Braue, oder Brauen, die auf den
Augen liegen. Daq: Hornhauttrübung. Theballul: Das Weiße überschreitet den dunklen Rand und geht in das Schwarze hinein.

lein war und meine bebilderten Geschichten aus dem Tanach aufschlug, sah ich nie Propheten mit einer Brille, sondern nur alte Männer mit langem Haar und wallenden Bärten, deren Blick in die Ferne ging. Ich fragte meinen Onkel, doch er meinte, dass diese Bilder nicht unbedingt der Wahrheit entsprechen müssten. Bilder von Propheten, erklärte er mir, entstünden aus einer Empfindung, da es keine wirklichen Bilder gäbe. Jedes Bild sei richtig, wenn es ein Gläubiger gemalt habe.

»Jesaja könnte also auch eine Brille tragen?«, fragte ich.

»Natürlich«[20], sagte er lächelnd und strich mir wie immer über den Kopf.

Und so ging ich zurück in mein Zimmer und betrachtete immer und immer wieder aufs Neue die Bilder in meinem Lesebuch. Schließlich holte ich meine Farbstifte aus dem Ranzen und setzte dem ersten Propheten eine Brille auf. Ich hatte Angst, mich zu versündigen, denn ich befürchtete, dass mein Glaube nicht ausreiche, um wahrhafte Bilder der Propheten zu malen. Also blickte ich, nachdem ich die erste Brille mit einem ockerfarbenen Stift über die Augen des Propheten Ezechiel gemalt hatte, schnell zur Seite, aus Angst, das Buch könne unter meinem sträflichen Tun zu Staub zerfallen. Es geschah jedoch nichts dergleichen. Stattdessen erfüllte ein Summen den Raum. Ein Summen, wie es sonst nur von dem mit weißen Blusen beladenen elektrischen Waschzuber meiner Tante kam, aber ungleich stärker. Ich deutete dieses Geräusch als eine Art Zustimmung und beschäftigte mich die nächsten Abende weiter damit, einem Propheten nach dem anderen Brillen aufzusetzen. Angeblich hat Gott mich nach seinem Ebenbild erschaffen[21], doch er selbst ist nie zu sehen und darf auch nicht gezeigt werden. Moses war er als brennender Dornenbusch erschienen, dem Propheten Elija als säuselnder Wind und mir als eigenartiges Summen. Wer ihn anschaut, der muss sterben, und noch niemand hat Gott wirklich von Angesicht zu Angesicht er-

20 Sämtliche Versuche, Brillen oder brillenähnliche Gerätschaften im Talmud nachzuweisen, sind als gescheitert anzusehen. Ispaqlarja wird aus einer Schüssel gemacht, ist deshalb wahrscheinlich ein Hohlspiegel. Schephophoret, mit dem Rabbi Gamliel 2000 Ellen weit sehen konnte, ist ein Fernrohr, und auch bei Okselith handelt es sich um ein nicht genau zu identifizierendes Fremdwort, das zwar einmal mit Brille, dann aber auch mit Augenbinde und sogar Viehstall wiedergegeben wird.

21 Hagiga 16a vergleicht den Menschen mit Engeln und Tieren gleichermaßen. Drei der sechs menschlichen Fähigkeiten (Verständnis, aufrechter Gang, das Sprechen der heiligen Sprache) teilen sie mit Ersteren, drei der Fähigkeiten (Essen, Vermehrung, Defäkation) mit Letzteren. Im Genesis Rabba 8:11 wird das Sterben als das, was mit Tieren geteilt wird, und Sehen das, was mit Engeln geteilt wird, hinzugefügt.

blickt.[22] Aber vielleicht stimmte das alles so gar nicht, vielleicht durfte man Gott nur deshalb nicht darstellen, weil er gar nicht so herrlich aussah, wie es sich die Menschen erwarteten, weil selbst er vielleicht etwas hatte, das man als Makel ansehen konnte, weil vielleicht sogar er selbst eine Brille trug.[23] Nein, das war unmöglich, Gott war ohne Makel und außerdem allwissend, allsehend, allhörend. Als ich mein Werk vollendet und an diesem Abend noch einige Male langsam durchgeblättert hatte, verflog jedoch die tröstliche Wirkung, die mir in den letzten Tagen vergönnt gewesen war, sehr rasch. Es war nicht damit getan, dass ich meine Vorbilder mir anglich, ich selbst musste ihnen gleichen. So beschloss ich, selbst zu prophezeien.

Am Morgen nach dem ich diesen schwerwiegenden Entschluss gefasst hatte, stand ich eine halbe Stunde früher als gewöhnlich auf. Ich zog mich an, steckte die von mir bearbeitete Ausgabe der Prophetengeschichten in meinen Schulranzen und ging mit leerem Magen und trockenem Mund in Richtung Schule. Ich musste mich unwillkürlich an ein Bild der Klagemauer erinnert haben, denn am Schulgebäude angekommen stellte ich mich mit dem Gesicht gegen die Mauer[24] neben der Eingangstür. Ich zog meine Brille ab. Mein Herz klopfte. Ich hatte keine Ahnung, wovon ich sprechen, was ich prophezeien sollte, doch einmal so weit gekommen, konnte ich nicht mehr umkehren. Es war kalt an dem Morgen, und meine Hände schmerzten, weil ich meine Handschuhe

22 Dies wird allgemein behauptet und auch durch verschiedene Stellen der Heiligen Schrift unterstützt, in denen Gott selbst darauf hinweist, dass kein Lebender sein Angesicht sehen darf (Exodus 33:20). Allerdings heißt es in Exodus 33:11: »Der Herr aber redete mit Mose von Angesicht zu Angesicht, wie ein Mann mit seinem Freunde redet.« Auch in Exodus 24:9 steigen Moses und Aaron mit den 70 Ältesten Israels auf den Berg Sinai und sehen Gott ohne Bestrafung (»Und er reckte seine Hand nicht aus wider die Edlen Israels.«). Allerdings scheinen sie von Gott eher den Bereich um seine Füße wahrgenommen zu haben, denn dieser allein wird beschrieben: »Unter seinen Füßen war es wie eine Fläche von Saphir und wie der Himmel, wenn er klar ist.« Dies kann man einerseits so deuten, dass Gott im Himmel stand und sie von unten nur seine Füße sahen oder aber als ablenkende Beschreibung, um nicht von seinem Gesicht zu sprechen, dessen sie aber gleichermaßen ansichtig wurden.

23 Ein nicht uninteressanter Erklärungsversuch für das jüdische Bilderverbot, das so gesehen weder aus der nicht darstellbaren Herrlichkeit Gottes entstand noch daraus, den Glauben an Gott nicht durch Bildwerke zu beschränken, sondern allein, um einen Makel Gottes zu verheimlichen. Wenn man sich die in der vorhergehenden Anmerkung aufgeführten Widersprüche vergegenwärtigt, ist der Verdacht der Verheimlichung nicht ganz von der Hand zu weisen.

24 »Da wandte Hiskia sein Angesicht zur Wand und betete zum Herrn.« Jesaia 38:2.

in der Aufregung zu Hause vergessen hatte. Ich hielt die Brille mit ausgestreckter Hand nach oben, als solle sie für mich sehen. Die überfrorenen Mauersteine drückten angenehm kühl gegen meine heiße Stirn. Ich wartete darauf, dass die Worte von selbst kommen würden, doch mein Mund war wie ausgedörrt. Die Lippen klebten aufeinander. Ich räusperte mich, murmelte etwas in einer Sprache, die ich mir, als ich noch kleiner war, mit einem Freund beim Spielen ausgedacht hatte. Vielleicht würden aus ihr sinnvolle Worte entstehen, und wenn nicht, so war das, was ich nicht verstehen konnte, vielleicht für andere verständlich. Ich hörte hinter mir die Schulbusse halten. Die anderen Schüler kamen laut redend und lachend näher. Mir stockte der Atem.[25] Jetzt gab es kein Zurück mehr. Meine Stimme fing an zu krächzen, sie überschlug sich und verfiel in einen jammernden Ton. Ein paar meiner Klassenkameraden waren stehen geblieben und äfften mich nach. Ich war den Tränen nahe. Ein erster Schneeball traf mich am Hinterkopf. Dann wurde mir die Mütze vom Kopf gehauen. Mein immer noch ausgestreckter Arm wurde umgebogen und die Brille aus der Hand gerissen. Ich wurde eingeseift. Und weil ich mit meinem Singsang nicht aufhören wollte, schnitten sie mir auch noch die Schnürsenkel durch und zerrten mir das Hemd aus der Hose. Ich konnte nichts sehen. Meine Brille war verschwunden, meine Augen tränten[26] vom Schnee.[27] Ich versuchte aufzustehen, aber immer mehr Schneebälle trafen mich. Schließlich stürzte ich gesteinigt[28] zu Boden. Blut lief mir aus der Nase und tropfte auf den festgefrorenen Boden. Und als ich dort kniete mit gesenktem Kopf, am ganzen Körper zitternd, begriff ich, dass ich nicht verspottet wurde, weil ich ein Prophet war, sondern versucht hatte, Prophet zu werden, weil man mich verspottete. Ich begriff, dass ich mich versündigt hatte, und wollte mich gerade im Schnee ausstrecken, mich dem Kältetod hinzugeben, als ein winziger Sonnenstrahl durch den Ruß und Qualm des Vormittags brach und sich in meiner zerbrochenen Brille widerspiegelte. Und so hob ich sie auf,

25 »Siehe, sie werden mir nicht glauben und nicht auf mich hören, sondern werden sagen: Der Herr ist dir nicht erschienen.« Exodus 4:1.
26 »In deinen Schlauch ist meine Träne getan – ist nicht auch sie in deiner Zählung?« Psalm 56:9.
27 »Und der Herr sprach weiter zu ihm: Stecke deine Hand in den Bausch deines Gewandes. Und er steckte sie hinein. Und als er sie wieder herauszog, siehe, da war sie aussätzig wie Schnee.« Exodus 4:6.
28 »Führe den Flucher hinaus vor das Lager und lass alle, die es gehört haben, ihre Hände auf sein Haupt legen und lass die ganze Gemeinde ihn steinigen.« Levitikus 24:14.

nahm meinen zerrissenen Schal und die in den Schmutz getretene Mappe und ging nach Hause. Nur Tante Rahab war an diesem Vormittag da, und sie nahm mich in ihre Arme, zog mich aus und badete mich. Und es war zwischen den dichten Wasserdämpfen[29] und dem Geruch von Kamille, dass ich zum ersten Mal ihre Brüste bemerkte.

Von diesem Tag an war mein Leben verändert. Ich nahm den Spott der anderen nicht mehr wahr. Leicht wandelte ich durch die Gänge unserer Schule, denn ich hörte Tante Rahab nach mir rufen und konnte kaum den späten Nachmittag abwarten, wenn ich ihr wieder Tee brachte. Bald war es zwischen uns zu einer festen Einrichtung geworden, dass ich, nachdem ich ihr den Tee aufs Zimmer gebracht hatte, etwas neben ihr sitzen bleiben durfte, um zuzusehen, wie sie die Tasse mit langsamen Schlucken leerte. Zu den besonderen Nachmittagen zählten jedoch diejenigen, an denen ihre Blusen als gehisste Fahnen auf dem Gang vor ihrer Tür am Wäscheständer flatterten. Und heute war so ein Tag.

Zuerst ärgerte ich mich über den verschütteten[30] Tee, doch dann merkte ich, als ich in die Küche zurücklaufen musste, um die Tasse aus der Kanne nachzufüllen, wie diese Verzögerung mein Inneres nur um so mehr in Aufruhr brachte. Meine Brille beschlug. Ich musste mich sammeln. Als ich mit dem Tuch meine Gläser freireiben wollte, rutschte mir die Tasse aus der Hand, fiel auf den Boden und zerbrach.[31] Schnell kehrte ich die Scherben auf, dann goss ich, froh darüber, noch eine zweite Tasse auf der Anrichte zu entdecken, da ich nur schlecht an den Hängeschrank kam, diese voll und verließ erneut, diesmal langsam und vorsichtig, die Küche.

»Plemenik, Plemenik!«, kam mir die Stimme meiner Tante entgegen. Der Korridor lag feierlich im Halbdunkel, ihre Tür geschmückt mit weißen Blusengirlanden.[32] Diesmal verschüttete ich nichts. Ich öffnete die Tür

---

29 Durch den Dampf hindurch nimmt Ethan seine Tante das erste Mal als Frau war, so wie Moses seine Theophanie in einer Wolke erlebte.

30 »Denn wir sterben des Todes und sind wie Wasser, das auf die Erde gegossen wird und das man nicht wieder sammeln kann.« Samuel 14:14.

31 »Ich bin vergessen in ihrem Herzen wie ein Toter; ich bin geworden wie ein zerbrochenes Gefäß.« Psalm 31:13.

32 Man wird an die Beschreibung des von Salomo für die Bundeslade errichteten Tempel erinnert. »Innen war das ganze Haus lauter Zedernholz mit gedrehten Knoten und Blumenwerk, sodass man keinen Stein sah.« 1. Könige 6:18. Gleichzeitig ist die stän-

und trat ein. Tante Rahab stand vor dem Spiegel. Ihre Bluse war bis knapp über dem Brustansatz aufgeknöpft. Mein Herz begann noch stärker zu schlagen. Ich wusste, dass es heute endlich so weit war: Sie würde mich Anteil nehmen lassen an der ganzen Herrlichkeit ihrer Erscheinung. Ich stellte die Tasse auf den Tisch. Noch war nichts zu sehen, war die Spannung der Bluse so verteilt, dass die halboffene Knopfleiste wie von selbst zusammenhielt. Doch sobald sie sich bewegte, würde wenigstens dieser Spalt aufklaffen, und noch ein Knopf mehr und … Sie drehte sich zu mir um.

»Na, du lässt mich aber heute lange warten.« Sie lächelte. Ich lächelte mühsam zurück. »Ich hab schon einen richtigen Durst.« Sie nahm die Tasse, nippte nicht daran wie sonst, sondern leerte sie auf einen Zug. »Das tut gut.« Sie wischte sich mit dem Handrücken über die Lippen. Dann setzte sie sich vor den Spiegel, um ihr Haar zu kämmen oder auch vielleicht, um einen weiteren Knopf ihrer Bluse zu öffnen. Ich konnte mich vor Spannung nicht von der Stelle rühren. Ich hielt die Luft an, als ihre Hände tatsächlich langsam zu ihrer Knopfleiste gingen, sich wölbten, ihren Busen befühlten. Doch erst als sie sich mit verzerrtem Gesicht zu mir umwandte, erwachte ich aus meinem Wunschtraum und merkte, dass etwas nicht stimmte. Sie wollte etwas sagen, brachte aber keinen Ton heraus. Ein Zittern lief durch ihren Körper. Ihre Augen waren weit aufgerissen. Ihr Kopf rot. Schweiß stand ihr auf der Stirn. Sie rutschte vom Hocker und sank vor mir auf den Boden. Unwillkürlich machte ich einen Schritt zur Seite. Dann beugte ich mich über sie und schüttelte sie an den Schultern und am Kopf.

dige Betonung des Wäscheständers mit den Blusen als Spur im Sinne von Levinas zu lesen. Wie Gott durch seinen geflügelten Thron dargestellt wird, um das Bilderverbot zu umgehen, so wird die Tante durch Blusen auf dem Wäscheständer symbolisiert. Ethan macht sich kein Bild von seiner Tante, er fantasiert sie nicht herbei, sondern er folgt der bildlosen Spur, auf der er hofft, zum Göttlichen zu gelangen, was ihm am Ende, wenn auch anders als vielleicht erwartet, gelingt. Der Thron verweist genauso auf die Leerstelle, die Gott in seiner Abwesenheit in der Schöpfung hinterlässt, wie die Blusen von Ethans Tante auf die Leerstelle verweisen, die ihr Körper hinterlässt. In dieser Spur bewegt sich Ethan, weshalb seine Beweggründe an dieser Stelle noch unverstellt und »rein« sind und erst mit fortschreitender Fixierung und Herausbildung eines Bildes korrumpiert werden. Da die Intention im jüdischen Rechtsverständnis entscheidend ist, wäre er somit als unschuldig zu betrachten, da ihm als unreifen Jungen zusätzlich die Erfahrung fehlt, wie ein in bester Absicht eingeschlagener Weg zum Irrweg werden kann.

»Mumeh, Mumeh!«, schrie ich, doch sie rührte sich nicht. Sie war tot. Sie war gestorben, um mich vor einer Sünde zu bewahren und meine Unschuld zu retten. Ich wusste nicht, was ich tun sollte. Schließlich rannte ich aus dem Zimmer und aus der Wohnung, rannte die Treppen hinunter und ins Vorderhaus zu einer Bekannten von Bubbeh Sarah.

Als die Nachbarn und der Arzt am Abend gegangen waren, breitete sich eine fürchterliche Stille in der Wohnung aus. Der Wäscheständer war vom Flur geräumt und die Tür zu dem Zimmer von Tante Rahab geschlossen. Ich saß auf den Stufen zum Flur und hörte Bubbeh Sarah und Zaideh Seth leise miteinander reden.
»A broch tsu mir«,[33] sagte Onkel Seth. »Alles das … alles nur meinetwegen.«
»Oleho hasholem.[34] Wer hat dir denn die Tasse mit deiner Medizin hingestellt?«, sagte Tante Sarah.
»Weil ich sie doch sonst immer vergesse.« Onkel Seth schüttelte den Kopf. »A klog iz mir![35] Für meine eigene Plimenitse muss ich das Kaddish sagen.« Beide schwiegen. Sie ahnten in ihrer Sanftmut nichts von unserer Sünde, ahnten nichts davon, dass Tante Rahab sich für mich geopfert hatte. Eine tiefe Traurigkeit erfasste mich. Nie mehr würde ich das vertraute »Plemenik, Plemenik!« hören, nie mehr den Wäscheständer sehen. Mein Hals krampfte sich zusammen. Warum hatte ich es so weit kommen lassen, dass sich ein anderer Mensch für mich hatte opfern müssen?[36] War ich denn immer noch der falsche Prophet,[37] der, den man zu Recht steinigt und zu Boden wirft? Langsam stand ich auf und ging in die Küche. Die Augen von Tante Sarah waren verweint.

»Bubbeh«, sagte ich leise. Tante Sarah sah mich mit einem leeren Blick an. »Bubbeh«, ich räusperte mich, »darf ich ein letztes Mal, darf ich Ab-

---

33 Verflucht soll ich sein.
34 Möge sie in Frieden ruhen.
35 Weh mir!
36 »Die Erfüllung der Gebote schafft Leben, die Vernachlässigung der Gebote bewirkt den Tod.« So weigerte sich der greise Rabbi Akiwa im Gefängnis zu essen, weil er sich nicht vorher die Hände reinigen konnte.
37 Der Tanach nennt zwei Arten von falschen Propheten, einmal diejenigen, die zum Götzendienst aufrufen, dann diejenigen, die behaupten, im Namen des Gottes Israels zu handeln, jedoch falsche Behauptungen aufstellen und Irrlehren verkünden. Ethan gehört, wenn überhaupt, zu Letzteren, insofern er sich für auserwählt hält, aber dennoch die Gebote nicht beachtet.

schied nehmen von Mumeh Rahab?« Tante Sarah nickte und vergrub ihr Gesicht in den Händen. Onkel Seth fuhr mir mit schwerer Hand über den Kopf. »Geh nur, Kaddishel, geh nur«, sagte er. Langsam drehte ich mich um und stieg die drei Stufen hoch.[38] Noch langsamer schlurfte ich den Gang nach hinten zu Tante Rahabs Zimmer, das ich schwor, nun zum letzten Mal zu betreten.

Wieder klopfte mein Herz, als ich die Tür öffnete und eintrat.[39] Ich wusste, dass Tante Rahab den Zimmerschlüssel an einem Haken hinter dem Spiegel hängen hatte. Ich ertastete ihn im Dunkeln und schloss die Tür von innen ab. Die Vorhänge waren zugezogen. Tante Rahab lag mit entspanntem Gesicht auf dem frisch gemachten Bett, die Arme neben dem Körper. Ich nahm den kleinen Hocker, auf dem sie immer vor dem Spiegel gesessen hatte, stellte ihn neben das Bett und knipste die Nachttischlampe an. Sie sah schön aus. Ihr Haar war frisch gebürstet. Mir stiegen Tränen in die Augen, und ich musste mich für einen Moment abwenden. Dann setzte ich mich neben sie. Man hatte an der Bluse nichts verändert. Immer noch waren die oberen Knöpfe offen, die Knopfleiste aber geschlossen. Wieder schnürte mir das Gefühl, sie für immer verloren zu haben, die Kehle zu. Niemals wieder würde ich sie sehen, sie hören oder umarmen. Niemals wieder würde ich mich freuen können. Von nun an war ich durch meine Sündhaftigkeit[40] den Grausamkeiten der Welt hilflos und allein ausgesetzt. Niemand würde mich mehr trös-

38 Die folgende Szene ist nach jüdischem Ritual nicht möglich, da Verstorbene nach Eintreten des Todes bis zur Bestattung nicht mehr allein gelassen werden. Der Leichnam wird auch nicht angezogen auf das Bett gelegt, sondern liegt in ein Leinentuch gehüllt auf dem Boden. Es gibt im Grunde nur zwei mögliche Erklärungen für diese irrige Schilderung: Entweder Ethan wollte sich selbst erneut, diesmal quasi indirekt als Lügner und falschen Propheten denunzieren, oder aber die Erzählung wurde von einem Goi verfasst, der sich mit den jüdischen Gepflogenheiten nicht auskennt und die Handlung aus seinem christlichen Erfahrungsschatz heraus konstruiert hat.

39 Yetzer ha-ra ist die Neigung des Menschen, Böses zu tun, yetzer ha-tov seine Fähigkeit, Gutes zu leisten. Der Midrasch ist sich allerdings darüber im Klaren, dass die Triebhaftigkeit des Menschen nicht nur verdammungswürdig, sondern auch lebensnotwendig ist. So steht dort zu lesen: »Gäbe es nicht yetzer ha-ra, kein Mann würde heiraten, ein Haus bauen und Kinder in die Welt setzen.«

40 Es heißt: »Wenn dir das Böse einreden will: Sündige, Gott wird dir vergeben, dann glaube ihm nicht. (Hagiga 16a), doch hier wendet Ethan eine andere Logik der Rechtfertigung an: Da er ohnehin schon gesündigt hat, ohnehin schon verflucht ist, kann er auch noch weitere Sünden begehen. Eine Form der Rationalisierung, die nicht selten bei routinierten Verbrechern zu finden ist, die damit begangene Vergehen zur Grundlage weiterer Vergehen machen.

ten. Alles, was vor mir lag, war Endlichkeit, Sterblichkeit und Schmerz. Dann sah ich, dass sich der entscheidende Knopf bei ihrem Sturz halb durch das Knopfloch geschoben haben musste, wo er jetzt festhing. Ich schloss die Augen etwas, sodass alles nur noch schemenhaft zu erkennen war. Vorsichtig streckte ich meine Hand aus. Ich wollte nur sehen, ob ich überhaupt bis zu ihm hinreichte. Tatsächlich konnte ich den Knopf mit den Fingerkuppen berühren. Ich zog die Hand zurück, schloss die Augen und streckte sie erneut, nun ohne Hinzusehen, aus. Wieder berührte die Kuppe meines Zeigefingers den querstehenden Knopf. Ich drückte leicht gegen ihn. Der Knopf richtete sich unter meinem Finger nach oben auf. Ich erhöhte den Druck, der Knopf erhob sich weiter senkrecht und rutschte durch das Knopfloch nach innen. Die Bluse klaffte einige Zentimeter auf. Noch immer hatte ich die Augen halb geschlossen. Mein Herz raste. Ich beugte mich weiter nach vorn. Die Augen jetzt wieder zusammengekniffen, fuhr ich an der Knopfleiste nach unten, öffnete schnell und doch wie nebenbei die zwei letzten Knöpfe und mit einem Ruck, der fast zufällig hätte erscheinen können, zog ich die Bluse in der Bewegung, mit der ich meine Hand zurücknahm, auseinander. Ich legte die Hände flach auf meine Beine und holte noch einmal Luft. Dann öffnete ich die Augen. Ein Schimmer der Lampe fiel über Tante Rahabs weiße Haut. Da lagen sie, entblößt, rund und weich, noch viel weicher, noch viel größer, als ich sie mir jemals vorgestellt hatte. Sie waren groß und rund und standen nebeneinander, und ich sah nicht nur den Schatten eines Warzenansatzes, sondern die ganze Warze, den braunen Hof. Ich sah alles und ließ mich überfluten von den Wellen, den endlosen Wellen, den großen, weichen, weißen, runden Wellen, die über mir zusammenschlugen. Ich sprang von meinem Stuhl. Nicht mit beiden Händen hätte ich eine ihrer Brüste umfassen können. Mit nichts hätte man diese Brüste umfassen können, mit nichts vergleichen. Mein Atem wurde unruhig. Ich fühlte einen Schwindel aufsteigen. Ich fühlte die Endgültigkeit, die Einmaligkeit, den Abschied und das Unwiderrufliche. In großen Wogen hatten sich Tante Rahabs Brüste vor mir aufgebäumt, ein Strudel, ein Sog, ein Spalt, Hügel und Brandung. Wieder und wieder durchlief mich ein Zittern, ähnlich wie Tante Rahabs Zittern kurz vor ihrem Tod. Doch ich hatte keine Angst mehr vor dem Tod. Jetzt nicht mehr. Ich rannte zur Tür, schloss auf, lief über den Flur, an der Küche vorbei, aus der Wohnung, rannte die Treppen hinunter aus dem Haus. Ich rannte in die Nacht und schrie, schrie unartikuliert wie damals an der Mauer, nur dass diesmal alles einen Sinn ergab. Ich war der falsche Prophet, der Sündenbock des Herrn, dem in seinem kurzen Leben nichts anderes vergönnt gewesen war, als den Weg der Sündhaftigkeit[41] zu gehen. Ein anderer Mensch war für mich gestorben, hatte sich für mich hingegeben. Ich drehte mich um mich selbst. Ich riss mir das Hemd auf. Ich schrie und schrie.[42] Und dann geschah es. Es geschah in der Jacobstreet, nicht weit von der Brooklyn Bridge in Lower Manhattan. Ich sah keine Leiter und keine Engel, und ich sah auch das weiße Ford Coupé nicht, das mich rammte und quer über die Straße schleuderte. Aber ich sah Gott.[43]

41 Abraham war dreizehn, als er sich gegen die Götzenverehrung wandte, und Jakob war dreizehn, als er sich zu einem lebenslangen Studium der Torah entschloss. Erst ab dem dreizehnten Lebensjahr ist das yetzer ha-tov völlig ausgeprägt, weshalb die bar mitzvah am dreizehnten Geburtstag eines Jungen gefeiert wird. Da Ethan noch nicht dreizehn, sondern erst zwölf ist, ist er nach dem jüdischen Gesetz noch nicht in der Lage, alle Gebote zu beachten. Die vermeintliche Erkenntnis seiner Sündhaftigkeit entsteht aus dem Erwachen und Erkennen seiner Sexualität. Beide sind miteinander verbunden, da sie vom Heranwachsenden allein erahnt werden. Gerade aus diesem Grund könnte sich Ethan nie auf sein Alter berufen, um sein Verhalten zu entschuldigen. Würde er sich darauf berufen, hätte er ein ausreichendes Bewusstsein über seine Handlung und wäre damit schuldig. Gerade aber weil er sich schuldig fühlt, ist er als unschuldig anzusehen.

42 Bedauerlicherweise zu spät. Das Schreien oder Alarmieren hat in der rabbinischen Tradition zur Abwehr von Sünde eine große Bedeutung. So existieren mehrere Erzählungen, in denen ein Rabbi, etwa mit Essen in einem Zimmer allein gelassen, plötzlich schreit: »Ein Dieb, ein Dieb!«, nur um die Herbeieilenden davon in Kenntnis zu setzen, dass er das Verlangen verspürt hatte, etwas zu nehmen, was ihm nicht gehört. Von Rabbi Amram etwa wird berichtet, dass er in der Nacht aufstand und eine Leiter (»die zehn Männer nicht heben konnten«) allein und ohne Hilfe zum oberen Stockwerk anlegte, wo Frauen als Gäste untergebracht waren, hinaufstieg, nur um auf halber Strecke zu rufen: »Es brennt in Rabbi Amrams Haus!« Yetzer ha-tov besiegt yetzer ha-ra, indem ich meine Absicht zu sündigen öffentlich darstelle. Um der Sünde zu entgehen, muss ich mich selbst wie einen anderen beobachten und behandeln. Um dies wiederum bewerkstelligen zu können, muss ich alle Eitelkeit ablegen und jeder doppelten Moral entsagen. Ich lege meine sündhaften Absichten offen, um nicht zu sündigen, nehme dabei aber bewusst in Kauf, dass andere mich nun für einen Sünder halten, obwohl ich gerade nicht gesündigt habe.

43 Wenn man von Gottes Diktum ausgeht, dass »kein Mensch leben wird, der mich sieht« (Exodus 33:20), ist es nur logisch, dass das Sehen Gottes mit dem eigenen Tod zusammenfallen, der Tod eigentlich dem Ansichtig-Werden Gottes sogar vorausgehen muss. Da dieses »Sehen Gottes« sich vor allem auf Gottes Antlitz bezieht, kann diese Offenbarung dennoch stattfinden, wenn es etwas gibt, das den Betrachter vom Angesicht Gottes ablenkt, was in diesem Falle durch das Öffnen der Bluse geschieht. Es wäre profan anzunehmen, dass Gott die Bluse öffnet (das amerikanische Original ist mit seiner Verwendung des Begriffs shirt ohnehin ambivalenter), um den Sterbenden mit dem Anblick seines Busens vom todbringenden Antlitz abzulenken. Vielmehr offenbart sich für Ethan in der die Bluse öffnenden Bewegung das Angenommensein

Und Gott erschien in einem Lichterkranz und öffnete selbst die Bluse und sagte: »Komm, Plemenik, komm zu mir!«[44]

durch Gott, dieses Gefühl, das er vergeblich in den von seinem Sexualtrieb bestimmten Handlungen zu erlangen, gar zu erzwingen versucht hatte. Das Bilderverbot richtet sich nicht zuletzt gegen die einseitige und starre Festlegung Gottes, der die performative Bewegung gegenübergestellt wird.

44 Genauso wenig wie beim Lesen der Torah das Tetragrammaton ausgesprochen werden darf, wird YHWH mit direkten Eigenschaften belegt oder beschrieben. Stattdessen bedient man sich einer Ausdrucksweise, die durch Metaphern und Analogien vermitteln soll, was Gott ist oder vielmehr nicht ist. Überwiegen in der patriarchal strukturierten Gesellschaft, in der die Bücher des Tanachs entstanden, natürlicherweise männliche Metaphern wie die des Vaters, des Kriegers oder des Löwen, so tauchen genauso weibliche Zuschreibung wie die der Gebärenden, der Säugenden oder der Klagenden auf. Ähnlich wie der Wohnsitz YHWHs wird die Tochter Zion einmal als Witwe, Mutter, Braut oder Königin, aber auch als Hure, Ehebrecherin oder Verräterin angesehen. Vor allem der Prophet Jesaja benutzt alternierend männliche und weibliche Metaphern für den Schöpfer und führt sie an einer Textstelle zusammen, in der Gott zu seiner Schöpfung spricht und sich einmal als Erzeuger, dann wieder als Gebärende bezeichnet (45:10). So ist die Vorstellung von Gott als Frau, die Ethan nicht aus dem Studium der Torah oder der Lektüre des Tanach entwickelt, sondern tatsächlich erfüllt und als Offenbarung erlebt, keineswegs als abwegig oder den Schriften widersprechend anzusehen.

50

Das mit dem falschen Propheten gefällt mir, zugegebenermaßen. Das ist mal eine neue Variante, mit der Sie sich beschreiben. Nicht ohne Selbstkritik. Respekt. Allerdings dass Sie das Ganze ausgerechnet ins jüdische Milieu verlegen müssen, tja, das ist natürlich eine heikle Sache.
Weshalb?
Na ja, Sie als erzkatholischer Ministrant mit einer strammen deutschen Vergangenheit, da kann anderen diese Identifizierung mit den Opfern schon etwas komisch aufstoßen.
Identifizierung?
Na ja, dass Sie sich das Judentum so anverwandeln und so von oben herab, mit so einem kolonialistischen Blick …
Das ist übrigens Ihre zweite Masche, dass Sie sich krampfhaft einen Jargon anverwandeln, wie Sie sagen würden, den Sie für den meinen halten, um mich damit zu provozieren.
Sie müssen aber schon zugeben, dass es sich um eine Art exotischen Blick handelt. Wie man sich das jüdische New York eben so vorstellt, wenn man in Biebrich aufgewachsen ist. Alles recht holzschnittartig, obwohl es am Ende dann doch nur immer um dasselbe geht: die verkorkste Sexualität Pubertierender. Darauf läuft es bei Ihnen am Ende doch immer hinaus. Das soll Ihnen die mildernden Umstände bescheren. Ich fasse da mal zusammen, was wir bislang hatten: einen perversen, homosexuellen Triebtäter, einen somatisierenden Homo- oder zumindest Bisexuellen, der nicht aus der Knete kommt, wie man in der Ostzone sagt, zu der Sie ja auch eine gewisse Affinität besitzen, und sei's als letzten, mittlerweile nur noch imaginären Rückzugsort, und jetzt auch noch einen inzestuösen Nekrophilen. Was haben Sie vor? Den Krafft-Ebing noch mal in eigenen Worten nacherzählen?
Einmal ganz davon abgesehen, dass Sie immer so tun, als hätte ich mir diese Biografien einfach aus den Fingern gesogen, haben Sie mir die Bilder dieser Personen doch selbst vorgelegt. Aber zugegeben, ich sehe da gewisse Parallelen zu meinem Leben, allerdings nicht auf dieser banalen Ebene wie Sie.
Die auffallendste Parallele ist die, dass es alles Lebensgeschichten sind,

die uns von den Lebensgeschichten ablenken sollen, die uns wirklich interessieren, nämlich die von Claudia, Bernd, Wolle und all den anderen. Wobei ich natürlich verstehen kann, dass Sie da nicht gern drüber reden wollen, denn Ihre beiden engsten Genossen haben Sie ja ganz schön im Stich gelassen. Nachdem er Ihnen mal kurz die Freundin ausgespannt hat, setzt sich dieser Bernd einfach nach Frankreich ab und mimt dort den großen Psychologen, während Claudia denkt, sie kommt ungeschoren davon, wenn sie nur der zivilisierten Welt den Rücken kehrt. Aber das sind eben die Vorteile der Globalisierung, dass man selbst auf einer winzigen Insel im Pazifik, einer Insel, zu der es keine andere Verbindung als das Postboot einmal die Woche gibt, von der NGA aufgespürt werden kann.

NGA?

Brauchen Sie sich nicht zu merken, so was wie die CIA. Kurzum, Sie sind folglich der Einzige, der es zu nichts gebracht hat, was ja in gewissem Sinne auch nur konsequent ist, denn schon damals waren Sie gerade mal Sympathisant, wenn überhaupt, ein armes Würstchen, das für deren Zwecke ….

Hören Sie doch auf. Einmal bin ich der Gründer des ganzen Vereins, dann wieder nur ein Mitläufer. Sie müssen sich schon für eine Taktik entscheiden.

Taktik? Das verstehen Sie aber ganz falsch. Ich wende doch keine Taktik Ihnen gegenüber an. Ich möchte mich doch einfach nur mit Ihnen unterhalten. So wie das auch ein Therapeut macht. Da kennen Sie sich doch aus. Sie denken immer, ich interessiere mich nicht für Sie, aber Sie können mir alles erzählen. Schütten Sie ruhig Ihr Herz aus.

Ja, sehen Sie, ich muss so oft an Gernika denken, obwohl ich seit Monaten nicht mehr mit ihr gesprochen habe.

Seit anderthalb Jahren, um genau zu sein.

Genau. Und das hat manchmal einen komischen Effekt auf mich.

Sie flüchten sich dann in Fantasien, aber das ist ja nur allzu verständlich.

Ja, und dann, dann kommt die ganze Vergangenheit irgendwie mit hoch, als würde sie mit Gernika zusammenhängen, was natürlich Quatsch ist, aber das ist einfach so ein Gefühl, und dann würde ich am liebsten … Sagen Sie, gibt es das wirklich, Ihrer Erfahrung nach, dass jemand etwas zugeben will, was er gar nicht begangen hat?

Nicht so oft wie umgekehrt, aber kommt schon vor.

Umgekehrt?

Dass einer etwas nicht zugeben will, was er begangen hat, ein einfacher Chiasmus, den Sie ja von Ihrem Marx her kennen müssten, das war doch seine beliebteste rhetorische Formel: Es ist nicht das Bewusstsein der Menschen, das ihr Sein, sondern umgekehrt ihr gesellschaftliches Sein, das ihr Bewusstsein bestimmt. Oder: Die Waffe der Kritik kann die Kritik der Waffen nicht ersetzen. Und so weiter.

Wenn ich Sie das gerade so zitieren höre, werde ich richtig sentimental. Ich weiß auch nicht, woher das kommt, aber das ist ein Gefühl, wie ich es sonst nur bei Songs kenne. Wissen Sie, wenn ich zum Beispiel nach Jahr und Tag Second Avenue von Tim Moore höre, und klar, da geht es um unglückliche Liebe, und da versteht es sich fast von selbst, dass man da wehmütig wird, aber dass mir das bei Marx auch so geht ... Bedeutet das, dass mir die gesellschaftliche Veränderung genauso weit weggerückt ist wie das, was ich mir mal unter Liebe vorgestellt habe?

Vielleicht sind Sie eben beide Male auf ein Trugbild reingefallen.

Ein Trugbild? Ja, vielleicht. Aber dennoch gibt es doch das eine und das andere. Es gibt doch die Liebe und eben auch die Revolution.

Manche sagen so, andere wiederum ...

Nein, aber im Ernst. Worum geht es denn sonst?

Ja, worum geht es denn sonst?

51

ANDERE PUBERTÄT 4: MIGUEL GARCÍA VALDÉZ GENANNT FELIPE

Ein ausgewalztes Stück transparent durchgefetteter Wurstpelle, das ein müßiger Eingeborenengott vor langer Zeit zum Abschied über seine Schulter geworfen hatte, das war der Himmel über Emanación. Starr und steif geworden mit den Jahrhunderten, ließ sich dahinter ein fahler Horizont ausmachen, mit einer auf der Suche nach Silber ausgehöhlten Bergkette, Kakteen auf räudigem Steppengras, mickrige Ansiedlungen degenerierter Kulturpflanzen zwischen viel Brachland, auf das die Frauen zu Fuß und mit Gerten die eingefallenen Rinder trieben. Es gab keine Pferde in Emanación, denn sie vertrugen das Klima nicht und bekamen Schwellungen hinter den Ohren, die ihnen den Gleichgewichtssinn und das freundliche Gemüt raubten. Stundenlang liefen sie im Kreis, die Pupillen nach innen gedreht, mit gebleckten Zähnen, die bläulich schimmerten und von winzigen Sprüngen überzogen waren, bis man ihnen mit einem Schuss ein Ende bereitete, sie zum Fleischer fuhr und zerlegen ließ. Die Gauchos mussten deshalb mit Jeeps vorliebnehmen und für kürzere Strecken mit Maultieren, die im Wissen, immer die Letzten ihrer Art zu sein, überall zurechtkamen.

Die breit asphaltierten Straßen waren durch keine Mittellinien geteilt. Die Sekretärinnen rauchten in den kurzen Kaffeepausen zwei, drei Zigaretten, die sie aneinander anzündeten. Die Sonne brannte die baumlosen Gassen herab. Kamen Menschen aus den Torbögen oder Hofeinfahrten, zogen sie unwillkürlich die Köpfe ein. Selten lenkte sich das Gespräch auf die Technikerhochschulen des Landes. Sprachen andere davon, so verstummten sie, kaum dass ein Passant ihr Gesichtsfeld streifte. Auch den Taxis wich man aus und schulte sein Gehör für das Motorengeräusch, um es selbst über große Entfernungen hinweg von dem anderer Motoren unterscheiden zu können.

Lastwagen mit Wassertanks wurden behelfsmäßig zu Spritzenfahrzeugen umgerüstet und drehten auf den Sport- und Fußballplätzen ihre

Runden. Die Jungen entkamen in die Randbezirke, wo sie sich auf den Vorplätzen stillgelegter Bahnhöfe trafen, um ihre geflickten Bälle gegen verriegelte Eisentore zu treten. Der staatliche Verwaltungsapparat wurde eingeschränkt, die Regulierung kleiner Angelegenheiten den lokalen Registraturen überlassen. Verunsichert, überfordert und vor allem ohne notwendige Befugnisse, verdreifachten sich dort die ohnehin nicht kurzen Bearbeitungszeiten. Die Flure quollen schon in den frühen Morgenstunden von Menschen über, die missmutig an die stuhllosen Wände gelehnt die Papiere in den Händen kneteten, für die sie einen Stempel oder eine Beglaubigung brauchten. Man kürzte daraufhin die Zeiten für den Publikumsverkehr, aber dennoch waren selbst am Abend, wenn die Ämter schlossen, immer noch Menschen in den Gängen. Sie rauchten, spielten Würfel oder Karten, und wenn die Frauen der Putzkolonnen kamen, scherzten sie mit ihnen oder trugen ihnen zum Spaß die Eimer in das nächste Stockwerk. Der Geruch von Zigarettenqualm, geräuchertem Fisch und Olivenpaste zog durch die Amtsstuben, und manchmal konnten selbst die Beamten nicht widerstehen, gingen nach draußen und gesellten sich unter dem Vorwand, einen Blick auf die Papiere werfen zu wollen, zu den Essenden, die den Herren von ihrer mitgebrachten Verpflegung anboten. Die Sachbearbeiter aßen hastig und im Stehen, verschwanden dann wieder hinter ihren Türen und verfluchten diejenigen, die sie ohne Stempel und Vorschriftenkatalog in diese Lage gebracht hatten. Man hatte der Passbehörde einen generellen Ausstellungsstopp für Pässe und Ausweise erteilt, der jedoch nicht offiziell verkündet, sondern lediglich durch das Heraufsetzen der Gebühr zur Erstellung eines solchen Dokumentes auf den durchschnittlichen Monatslohn eines kleineren Angestellten einer natürlichen Selbstregulierung unterworfen wurde.

Die Inflation tat ihr Übriges. Um ihrer einigermaßen Herr zu werden, gab man mit den Sieben-Uhr-Nachrichten die Anzahl der Nullen durch, die auf den Geldscheinen hinzugefügt werden sollten. Da nur die wenigsten Einwohner ein Radiogerät besaßen, kam es zu überstürzten Verkäufen, die oft einer Enteignung gleichkamen. Bis man von amtlicher Seite auf die Idee kam, den ursprünglich auf den Geldscheinen eingedruckten Wert als Grundlage beizubehalten und allein allmorgendlich die Preise in den staatlichen Supermärkten anzupassen, hatten sich die Besitzverhältnisse in den Großstädten zwar nicht wesentlich verschoben, jedoch eindrücklich erweitert. Statt auf die Großmärkte zu fahren, blockierten die Besitzer kleiner Läden in den frühen Morgenstunden die Parkplätze der staatlichen Supermärkte. Anfänglich, um sich an den amtlichen Preisen zu orientieren, wurde es für die Einzelhändler bald zur Gewohnheit, selbst in den Supermärkten Waren einzukaufen und mit einem entsprechenden Zuschlag in den eigenen Läden weiterzuveräußern. Die Supermärkte waren so, wenn auch niemals offiziell dazu bestimmt, zu einer Art Großhandel geworden, aus dem Kinder und Hausfrauen von uniformiertem Wachpersonal vertrieben wurden, während sich die Großmärkte in einer von der Regierung als Selbstregulierung und Selbstreinigung bezeichneten Umstrukturierung in ein mit Schutz- und Einfuhrzöllen ausgestattetes Bollwerk des neu entstehenden Protektionismus verwandelten. Im Nachhinein reihen sich die wirtschaftlichen Fehlentscheidungen der Regierung wie unechte und taube Perlen an das Band, das sich immer enger um den ausgedörrten Hals des Landes zog, doch in den Jahren, von denen ich spreche, waren die ökonomischen Probleme, so unglaublich dies auch bei der allgemein grassierenden Verelendung klingen mag, das geringste Übel für die Bevölkerung. Fast könnte man glauben, die Willkür der Regierung sei allein ein Mittel gewesen, das Volk von dem in ihm nagenden Schmerz abzulenken, so wie man einem weinenden Kind etwas Schönes zeigt oder gibt, nur dass es hier etwas Unangenehmes und Unansehnliches war, das den Blick und mit ihm das Denken der Einwohner ablenken sollte. Als sich kaum oder nur wenig Protest rührte, erkannte die Regierung, dass die anfänglich aus politischen Gründen eingesetzten Unterdrückungsmaßnahmen gleichzeitig die Durchsetzung wirtschaftlicher Absurditäten erleichterten. Die Diktatur hatte sich damit quasi eine ökonomische Grundlage geschaffen.

In den Anrainerstaaten, aus deren westlichem ich selbst stamme, wartete man mit mehr oder minder großer Gespanntheit auf den bevorstehenden Zusammenbruch des Staatsgefüges. Zuerst schloss man die Grenzen, dann befestigte man sie, und schließlich errichtete man rund um das Land sogenannte Semipermeabilidados, also quasi halbdurchlässige Zäune, die eine ungehinderte Einreise, natürlich nur gegen Zahlung horrender Summen, erlaubten, jedoch jegliche Form der Ausreise untersagten. Die Regierung hätte spätestens in diesem Moment den Verhandlungstisch mit ihren Nachbarn aufsuchen müssen, doch da man zu Recht befürchtete, andere Länder würden gewisse unbequeme Forderungen stellen, gab man kurzerhand den Schutz nach außen zugunsten der Unterdrückung nach innen auf. Obwohl die Grenzwälle eine andere Sprache zu sprechen schienen, wurde das Land von den Rändern angenagt und in weiten Bereichen nicht nur wirtschaftlich, sondern auch sprachlich und kulturell usurpiert, weshalb die Hauptstadt mit ihrem Hafen und Zugang zum Meer schon bald einer Insel glich, die immer stärker vom sich weit erstreckenden Hinterland abgetrennt wurde. Auch wenn mittlerweile jeder weiß, von welchem Land und welcher Zeit ich spreche, möchte ich darauf verzichten, meine Geschichte, die nichts weiter sein möchte als die Beschreibung meiner späten Unreife, mit konkreten Namen und Chronologien auszustatten, da diese lediglich von der Aura des Ungenauen ablenken, um die es mir jedoch vor allem geht, einer Aura des Negativen, die im Phosphorglanz erstrahlt, den verfaulendes Holz in der Nacht von sich gibt. Außerdem möchte ich einige Personen schützen, denn im eigentlichen Sinne abgeschlossen sind historische Prozesse nie. Und wenn ich auch selbst seit vielen Jahren in einem kleinen Städtchen lebe, weit entfernt von dem Land, in dem sich meine Geschichte vor vielen Jahren zutrug, gibt es doch genügend Menschen, die zurückgeblieben sind und leicht vom raschen Wechsel einer politischen Stimmung erfasst und davongerissen werden könnten.

Bereits in jungen Jahren war mir aufgefallen, dass viele Menschen den Grad der Unwissenheit und Unerfahrenheit in ihrem Gegenüber nicht erkennen, wenn man sie durch geschickt eingesetzte Bemerkungen glauben macht, man habe das, von dem man tatsächlich nicht das Geringste versteht, längst hinter sich gelassen und überwunden. Der Jargon der Fachgelehrten dient einem ähnlichen Zweck, verblüfft uns und schüchtert uns gleichermaßen ein, denn wir gehen davon aus, dass ein Historiker, der sich mit der Frage nach der Bedeutung des Handschuhs im Rechtswesen eines spezifischen Landes und zu einer bestimmten Epoche beschäftigt, allein dorthin gelangen konnte, nachdem er das allgemeine Rechtswesen sämtlicher Länder und aller Zeiten zuvor durchdrungen hatte. Dabei ist nichts einfacher als der Erwerb von Spezialwissen, nichts schwerer als die Kenntnis des Allgemeinen.

Hatte ich in den Jahren meiner Pubertät durch eine entstehende Asthmaerkrankung den Umstand verschleiern können, mich nicht wirklich altersgemäß weiterzuentwickeln, so verhalf mir das schlechte Gedächtnis meiner Umgebung dazu, auf einmal als junger Mann der Gesellschaft dastehen zu können. Wahrscheinlich war es meiner Familie nur allzu recht, sich nicht mit den Unwägbarkeiten einer Pubertät auseinandersetzen zu müssen, und da ich sie mit meiner Krankheit ähnlich abgelenkt hatte wie ein Magier, der mit der rechten Hand eine besondere Bewegung vollführt, um das entscheidende Tun seiner Linken zu verbergen, oder ein Toupetträger, der sich einen Schnauzbart wachsen lässt, bevor er das erste Mal mit seinem Haarteil unter Menschen geht, kamen sie noch nicht einmal auf den Gedanken, dass meiner Entwicklung entscheidende Bestandteile fehlen könnten. Auch ich selbst kam nicht darauf, zumindest nicht bewusst, und hätte ich nicht, vielleicht gerade um das Versäumte meiner Entwicklung nachzuholen, einen Studienaufenthalt in einer fremden Stadt und sogar im Ausland gewählt, so wäre ich vielleicht jungfräulich und unschuldig, nach außen hin jedoch abgeklärt und gelehrt bis an mein Ende verblieben und hätte mir unter Umständen sogar mit einigen Veröffentlichungen oder einem eigenen philosophischen System einen Namen gemacht, denn man darf andererseits die ungehemmte Energie nicht unterschätzen, mit der jemand zu arbeiten versteht, der sich nicht mit den Problemen der Sexualität, der Liebe und damit des Todes auseinanderzusetzen hat. Nicht, dass ich die Hoffnung auf eigene Publikationen, auch nicht die auf ein wie auch immer geartetes System aufgegeben hätte, doch weiß ich nun, dass mir dies nur gelingen wird, wenn ich eine Basis schaffe und sämtliche mir fehlenden Erfahrungen nachhole.

Tatsächlich war die Wahl meines Studienortes durchaus geschickt. Normalerweise gingen Kinder vermögender Eltern zum Studium nach Europa. Paris, London, Madrid oder München, je nach Neigung. Ich jedoch blieb auf unserem Kontinent, überschritt eine Grenze, wechselte jedoch weder Sprache noch Gebräuche und konnte so ohne allzu große Irritationen meinen eingeschlagenen Weg fortsetzen. So zumindest hatte ich es mir zu meinem achtzehnten Geburtstag ausgedacht und geplant, denn eine gewisse praktische Ader scheint mir trotz aller Umständlichkeit wohl doch in die Wiege gelegt. Kaum jedoch hatte ich nach dem Sommer mein Elternhaus verlassen und mich in Emanación bei Señora Saquierda einquartiert, musste ich bemerken, wie sich mir in langsamen und vorsichtigen Schritten die übergangenen Themen meiner Jugend wieder näherten. Zuerst hatte ich geglaubt, die Frauen in meinem selbsterwählten

Exil seien anders als zu Hause, tatsächlich jedoch war mein Blick auf sie ein anderer geworden. Befreit aus der gesellschaftlichen Umgebung und den festgelegten Umgangsformen meines Elternhauses, in Seminaren und Vorlesungen zusammengewürfelt mit Studenten unterschiedlichster Herkunft und Kenntnisse, zugegebenermaßen auch zum ersten Mal einem stärkeren und vor allem regelmäßigeren Konsum von Alkohol ausgesetzt, entstand, scheinbar aus dem Nichts, ein zuvor nicht gekannter Anspruch in mir, nämlich das Recht, etwas nicht zu wissen. War es anfänglich nur eine Form der Anpassung gewesen, da ich vor meinen Kommilitonen nicht als Besserwisser dastehen wollte, denn ich kannte diese undankbare Rolle des Außenseiters zur Genüge, so fand ich schon bald Gefallen daran, mich dumm zu stellen, und musste schließlich erkennen, dass dieses Dummstellen nicht nur gespielt war, sondern auf eine Reihe von Gebieten verwies, von denen ich tatsächlich nicht das Geringste verstand. Und da, gerade im alkoholisierten Zustand, die Gespräche immer wieder um das andere Geschlecht kreisten, wurde ich erneut aufmerksam auf das Geheimnis, dem ich mich so viele Jahre verschlossen hatte. Die Augen schienen mir geöffnet, und zum ersten Mal seit meinem neunten Lebensjahr betrachtete ich die Frauen mit einem unvoreingenommenen Blick.

War es zuerst der Blick auf den Busen und dessen vielfältige Formen gewesen, so fielen mir schon bald weitere Stellen an den Körpern bekleideter Frauen auf. Ich sah deutlicher als zuvor den Verschluss der Büstenhalter auf den Rücken, dem ich bislang nie allzu viel Beachtung geschenkt und den ich mir unter Umständen sogar als hervortretenden Wirbeldorn hinweggedacht hatte. Ich sah gewisse Einschnitte knapp oberhalb des Rockbundes und dann wieder auf den Oberschenkeln. Doch damit nicht genug. Kaum war mein Blick in dieser Hinsicht etwas geschärft, traten mir immer mehr unterirdische Linien und Zeichnungen entgegen, bis mir der Körper der Frau, so wie ich ihn hundertfach bekleidet auf dem Weg zur Vorlesung in den Straßen der Stadt sah, nichts mehr gemein zu haben schien mit den unscharfen und schlecht konturierten Fotografien nackter Frauen, die ich in einer schmalen Zigarrenschachtel unterhalb einer lockeren Diele hinter meinem Bett aufbewahrte.

Ich hatte diese Fotografien zufällig zwischen den letzten Seiten einer soziolinguistischen Untersuchung über den Spracherwerb des Kindes, es ging in diesem Fall besonders um die Benutzung der Personalpronomina, auf einem Kirchenbasar entdeckt und das Buch zu einem unbedeutenden Preis erworben. Glücklicherweise hatte der Verkäufer, ein junger Mann mit Schnauzbart, der auf zwei übereinandergestapelten Bierkisten hinter seinem Verkaufstisch saß, das Buch nicht noch einmal selbst in die Hand nehmen wollen und mir nur den Preis von seinem Sitz heruntergerufen. Ich war mir einigermaßen sicher, dass das Buch nicht aus seinem Besitz stammte. Auch stellten sich die sieben Fotografien bei genauerem Betrachten keineswegs als private Bilder, sondern als schlechte Abzüge einer Massenware heraus. War ich unter Umständen auf den Trick eines professionellen Verkäufers hereingefallen, der es auf diese Art und Weise verstand, selbst die größten Ladenhüter an den Mann zu bringen? Ich verwarf den Gedanken, obwohl mir der Mann mit dem Schnauzer noch einige Male bei ähnlichen Gelegenheiten begegnete. Doch bot er keine Bücher mehr an, sondern Batterien und verchromte Wasserhähne.

Die Frauen auf den Bildern, es handelte sich um drei unterschiedliche Personen in zweimal zwei und einmal drei verschiedenen Posen, hatten die Beine fest gegeneinander gepresst, die Arme dicht am Körper und die Schultern hochgezogen. So saßen sie auf der Kante eines mit einem ausgeblichenen Plaid überworfenen Bettes oder hatten sich darauf ausgestreckt. Diese zur Schau gestellte Nacktheit, zusätzlich verstärkt durch entsprechende Retuschen, ließ mir den weiblichen Körper recht einheitlich geformt und ohne große Mysterien und Geheimnisse erscheinen. Doch beantwortete dies meine Fragen keineswegs, sondern erweiterte die Distanz zum bekleideten Körper nur umso mehr, da es mir nun geradezu unmöglich schien, eine auch nur annähernde Kongruenz zwischen beiden herzustellen. Nicht allein, dass der bekleidete Frauenkörper von verschiedensten Linien und Einschnürungen zerteilt war, auch die Kleider selbst schienen in Schichten angelegt. Manchmal sah ich drei oder sogar vier Träger nebeneinander auf einem Stück freier Schulter. Was alles hielten diese Träger? Einen Büstenhalter, einen Unterrock, vielleicht noch einen Büstenhalter, einen weiteren Unterrock, ein Hemdchen, ein Leibchen? Eins, das man auf der Haut trug, eins, das man darüberzog, um die Einschnitte des Hüfthalters zu kaschieren? Der Hüftgürtel, dann der Strumpfgürtel, die Strümpfe selbst. Ich verstand einfach nicht den Sinn dieses Unterfangens, erahnte nur, dass es kompliziert schien, den Körper einer Frau unter Kontrolle zu halten. Es bedurfte Schichten von

Unterkleidern und Überwürfen, Haltern und Trägern, damit eine Frau, einmal angezogen, nicht auseinanderfiel. Aber wie und wann lernten Männer den Frauenkörper in seiner Angezogenheit zu interpretieren? Oder wussten andere Männer genauso wenig wie ich, was sich tatsächlich alles hinter diesen Pullovern und Blusen, Röcken und Kleidern verbarg? Was aber dann fesselte die Männer an diesem Anblick? War es das tatsächlich völlig Unbekannte, das sich einer phänomenologischen Analyse entzog und durch seine Einschnürungen, Abzeichnungen und Segmentierungen jeglichen Rückschluss abwehrte und damit den Mann quasi zwangsläufig hin zur metaphysischen Spekulation trieb?

Während ich die sieben Fotografien betrachtete und eine Antwort auf diese in mir brennenden Fragen zu finden suchte, drängte sich mir immer stärker das Bild des Schnauzbartträgers vom Kirchenbasar auf, bis ich in seiner Person denjenigen zu erkennen glaubte, der das Geheimnis, ähnlich wie Alexander den gordischen Knoten, nicht mithilfe durchdringender Reflexion, die bei diesem Objekt kläglich versagen musste, sondern durch die reine Tat aufzulösen verstand. Er würde die Frauen nicht nach ihren Kleidungssegmenten analysieren, sondern mit der Wucht seiner massigen Hände zum ungetrübten Ursprung ihrer Nacktheit zurückführen. Gleichgültig wie viele Träger man ihm entgegensetzte, wie viele Schnallen, Bänder und Ösen – denn diese künstliche und eigentümliche Verkomplizierung der Verschlüsse tat ihr Übriges, um mir die in Schichten gewandeten Wesen noch mehr zu verrätseln – der Schnauzbartträger würde seine Pranken ansetzen und mit einem einzigen Ruck den ganzen Spuk entfernen. Er würde sich nicht wie ich auf dem Irrweg der Kleidung verlaufen, sondern seinen ureigenen Pfad durch die mit Borten und Spitzen verzierten Schichten schlagen. Die Schnüre wären gesprengt, die Ösen verbogen, die Gummihalterungen ausgeleiert, die Bänder gerissen, ein unbrauchbares Häufchen unentwirrbarer Stoffe bliebe auf dem kalten Boden des Hinterzimmers zurück, in das der Schnauzbart seine Opfer trieb. Und kein Wunder, dass sie verängstigt die Beine zusammenpressten, die Arme an den Körper legten und die Schultern hochzogen, wenn er die Kamera nahm, das gelüftete Geheimnis festhielt, es anschließend vervielfältigte und in die Welt schickte, um einer ähnlich aufklärerischen Aufgabe nachzukommen wie seinerzeit die Kupferstecher von Diderots Enzyklopädie. Denn die Bestimmung dieser Fotos, da hatte mich der erste flüchtige Eindruck getäuscht, konnte nicht darin liegen, einen Mann zu erregen. Wer nur ein einziges Mal genauer hinsah, erkannte sofort, dass es sich nicht um Pornografie handelte, sondern um Bilder, wie sie Polizeifotografen anfertigen. Es handelte sich um die Dokumentation von Beweisen. Es waren Dokumente der Aufklärung. Lasst euch nicht in die Irre führen, Männer, so schlicht ist die Nacktheit der Frau.

Dieser billige Erwerb vom Kirchenbasar erwies sich aber als noch mit einem weiteren Haken versehen, denn ich musste mir erneut eine seltsame Form der Schwäche eingestehen, die es mir unmöglich machte, einen Text, sei er auch noch so uninteressant, nicht zu lesen. Ich vertiefte mich also notgedrungen in diese antiquierte Abhandlung über den sprachlichen Erwerb der Personalpronomen und lernte, dass das Kind mit dem Ich keineswegs seinen eigenen Körper meint und bezeichnet, sondern vielmehr eine gefühlsmäßige Verfasstheit. Es war also das Wollen, das Hoffen und Bangen mit diesem Ich gemeint, und obwohl mich diese Feststellung anfänglich verblüffte, erschien sie mir schon nach kurzer Überlegung völlig plausibel. Natürlich konnte das Ich nur dasjenige sein, das vom Wollen bestimmt ist, also lediglich vorgestellt in einer Potenz, jedoch nicht real existent. Die Bezeichnung für seinen Körper hingegen übernahm das Kind von den Bezeichnungen, die andere für ihn gebrauchten, und sprach demnach von seinem körperlichen Ich mit Kosenamen oder dem eigenen Vornamen. Gerade meinte ich, sogar einen gewissen Gewinn aus der mir selbst aufgezwungenen Lektüre ziehen zu können, als der Autor, ein nordamerikanischer Kinderpsychologe mit Namen James Callway Rooley, mit einem mir seltsam erscheinenden Beispiel aufwartete. Um seine Entdeckung von der Aufteilung des Selbst in ein geistig Wollendes, das selbst das Kleinkind mit Ich bezeichnet, und ein körperlich Seiendes, das es mit den ihm zugeteilten Namen benennt, detaillierter zu untersuchen, ließ er ein anderthalbjähriges Mädchen sich selbst im Spiegel betrachten, worauf es auf sich deutete und »Baby« sagte. In einem weiteren Versuch, so schreibt Rooley lakonisch, sah sich das geschminkte Kind im Spiegel, zeigte wiederum auf sich, sagte diesmal aber »Me«. Ich war verblüfft, nicht so sehr von dem Ergebnis des Experiments als vielmehr von der Tatsache, dass man das Kind geschminkt hatte. Mit einer Art Maske belegt, bezeichnet sich das Kind plötzlich mit dem Personalpronomen, das normalerweise für die geistigen Sphären des Wollens zuständig ist. Rooley führt in einer Fußnote aus, dass der Unterschied von ich, mir oder mein (I, me, mine) in diesem Alter keine Rolle spiele und alternierend Verwendung finde. Ich musste dem Autor hier mangels besserer Kenntnis notgedrungen folgen, doch kam mir der Gedanke, ob das Kind nicht vielleicht wirklich einen Besitz benennen wollte, quasi in dem Sinne, dass dieses Gesicht, das es dort im Spiegel sieht, einmal ihm gehören soll, denn dann könnte auch hier die bereits vorgenommene Unterscheidung zwischen dem geistig gewollten und dem tatsächlich existenten Ich mit seinen jeweiligen sprachlichen Bezeichnungen erhalten bleiben.

Fast scheint es mir überflüssig zu erwähnen, dass sich schon bald die beiden Themenkomplexe – die Entstellung des Frauenkörpers durch Bekleidung und die Verwendungen der Personalpronomen – in meinem Denken vermischten, und ich überlegte, ob es nicht vielleicht sinnvoll sei, unter Umständen sogar im Rahmen von therapeutischen Maßnahmen angezeigt, das, was wir gemeinhin als Ich bezeichnen, genauer zu differenzieren und vielleicht in einer größeren Anzahl von Personalpronomen auszufächern, um nicht nur zu einer anderen Bewertung von uns selbst, sondern auch von uns im Umgang mit anderen zu gelangen. Hier mischte sich ein weiteres Thema ein, das ich in diesem Semester besonders zu bearbeiten hatte, nämlich die Philosophie Marcels und Bubers. Denn wenn sich das Ich entsprechend ausdifferenzierte, so schien es mir kaum weiterhin möglich, dass diesem mehrfachen Ich lediglich ein einziges Du entgegentreten konnte. Nachdem ich an diesem Abend den ersten Entwurf einer polyvalenten Beziehung zwischen Ich und Du skizziert hatte, wollte ich noch einmal das Haus verlassen, stürzte jedoch auf der Treppe und verletzte mir den Knöchel des linken Fußes derart, dass er ruhiggestellt werden musste, ich folglich mein Zimmer beinahe drei Wochen nicht verlassen konnte.

Ich hatte von zwei Ereignissen im März gesprochen, die mir das Geheimnis der Frauen zwar nicht lösten, auch nicht entwirrten, mir aber erste Fingerzeige gaben, was es mit der Welt des anderen Geschlechtes auf sich hatte. Über das erste dieser Erlebnisse, den Fund jener sieben Fotografien in dem Buch vom Kirchenbasar, habe ich bereits berichtet. Das zweite Erlebnis betrifft meine Vermieterin Señora Iris Saquierda. Bevor ich jedoch davon erzähle, möchte ich eine kleine Bemerkung einschieben, die meine geistige Verfassung zu Beginn des Sommersemesters 1956 verdeutlichen mag. Ein neuer Philosoph mit Namen Emmanuel Levinas, dessen Schriften leider noch nicht übersetzt waren, solle angeblich, so hörte ich es an der Universität und las ich es in den hektografierten Blättern eines philosophischen Studentenzirkels, eine neue Herangehensweise an die mich zu dieser Zeit sehr beschäftigende Frage des Anderen gefunden haben. Ausgehend von einer Kritik an Marcel, Rosenzweig und Buber, Autoren, mit denen ich gerade im Begriff war, mich vertraut zu machen, solle er das Andere einer metaphysischen Neuordnung unterzogen haben. Mehr konnte ich allerdings nicht erfahren. Die philosophischen Monats- und Quartalszeitschriften Südamerikas waren seit mittlerweile drei Jahren in einen großen sprachphilosophischen Disput verwickelt, und auch in der einzigen nordamerikanischen Zeitschrift, die mit fast vierteljähriger Verspätung bei uns eintraf, hatte man das Thema existenzialistische Metaphysik ad acta gelegt und befasste sich stattdessen mit neuen, an Tocqueville anschließenden Theorien der Demokratie und des Rechts.

Vielleicht hat ein jeder von uns einmal im Leben mit einer an Gewissheit grenzenden Sicherheit gespürt, dass irgendwo auf der Welt ein Theorem existiert, welches das eigene Denken nicht allein befördern, sondern in eine gänzlich neue Dimension erheben könnte. Man bereitet den Boden, und im entscheidenden Moment bedarf es allein eines Namens, eines Begriffs, eines noch so diffusen Wissens um eine Theorie, damit ein Keimling gesetzt wird und anfängt zu sprießen. Dieser Keimling war für mich Emmanuel Levinas.

Immer wieder las ich die wenigen dürftigen Aussagen, die ich in einem Heft zusammengetragen hatte, doch schienen sie mir den Weg zu einer neuen Erkenntnis eher zu versperren als zu öffnen. Ich konnte mir einfach nicht vorstellen, was Levinas anderes im Anderen sah, und je mehr ich mich bemühte, mir aufgrund ähnlich gelagerter philosophischer Ansätze etwas zu erschließen, desto unsicherer wurde ich selbst dem gegenüber, was ich kurz zuvor noch sicher verstanden zu haben meinte. Nachdem ich gut drei Wochen damit verbracht hatte, mich ganz in die Möglichkeit einer Neudefintion des Anderen hineinzuknien, nur um mich im Gegenzug erneut mit der Offenbarungslehre Schellings auseinanderzusetzen, kam mir eines Nachts, ich hatte nicht gerade wenig getrunken und saß mit einigen Kommilitonen in einer der damals noch existierenden inoffiziellen Bars, die sich hinter den mit Brettern vernagelten Eingängen der Häuserruinen im Norden der Stadt befanden, der entscheidende Gedanke. Die strenge Geschlechtertrennung innerhalb der Universität, bei der es nur selten zu Begegnungen mit weiblichen Kommilitoninnen innerhalb der Seminarräume und Lesesäle kam, ließ mir kurzerhand, und dies vor allem in meinem tatsächlichen und realen Leben, die Frau als das Andere an sich erscheinen. Dies aber war mir so gewöhnlich, so normal, dass, wenn ich auf die Tatsache vertrauen wollte, Levinas beschreite einen neuen Weg dem Anderen gegenüber, es nur einen wirklich radikal neuen Ansatz geben konnte: Das Andere musste als Mann gedacht werden. Ich war auf dem Weg zur Toilette, nichts weiter als einem Raum mit eingefallener Decke und herausgerissenen und wahrscheinlich verfeuerten Bodendielen, in dem jeder irgendwohin seine Notdurft verrichtete, als mir dieser Gedanke in meinen vom Alkohol schweren Kopf schoss. Diese Kloake stank so furchterregend, dass es mir den Atem verschlug und ich froh war, als mir endlich der Geruch des eigenen Urins in die Nase stieg. Ich lebte in einer Gesellschaft von Männern, in einer Gesellschaft von Fremden, weit entfernt von meiner Familie, meiner Mutter, meinen Schwestern, meinen Tanten. Ich konnte in diesem Moment bestimmt nicht mehr klar denken, aber ich wusste mit Sicherheit, dass dieses Andere, nämlich die Frau, von Levinas durch den Mann ersetzt worden war. Dies aber war nur der erste Schritt. Ich knöpfte meine Hose zu und ging nach draußen und zurück in den verqualmten Schankraum. Illegal, wie die Kneipe war, stand nicht einmal eine weibliche Bedienung hinter der Theke. Alles, was ich sah, waren rotverschwitzte Männerköpfe, die erhitzt vor sich hin lallten und einander zuprosteten. Ich versuchte, mich zu sammeln. Wenn Levinas aber den Platz des natürlichen Anderen, der Frau, durch den Mann ersetzt hatte, so nicht, um mir einen Spiegel zu geben, nicht um mich dem Bruder, dem Vater, dem Saufkumpan gegenüberzusehen, denn diese hätten kaum für einen Anderen getaugt, sondern um mich selbst zur Frau zu machen. Darin lag die Radikalität von Levinas' Gedanken. Darum ging es und um nichts anderes. Weil das Andere mir gleicht, verändert es mich selbst zum radikal Anderen von sich.[1] Weil das Andere das Gleiche ist, werde ich zu seinem Anderen. Ich selbst werde Frau.

1 »Jeder ist der Andere und Keiner er selbst«, schreibt Heidegger in Sein und Zeit, 1927, S. 128. Wobei mir der Witz einfällt von Keiner, Niemand und Doof, die alle drei im selben Haus wohnen und eines Tages aus dem Fenster schauen. Keiner spuckt Doof,

Dieser Gedanke kam mit einer solch unabweisbaren Gewalt über mich, dass ich ohne mich zu verabschieden aus der Ruine ins Freie stürzte und ohne anzuhalten immer weiterlief, bis ich vor dem Haus angekommen war, in dessen drittem Stock mein Zimmer lag. Ich griff in meine Hosentasche, konnte aber den Hausschlüssel nicht finden. Die Fenster waren alle dunkel. Eine Klingel gab es nicht. Mir blieb nichts anderes übrig, als nach Señora Saquierda zu rufen. Ich öffnete den Mund, und hatte ich erwartet, dass aus meiner heiseren Kehle nur ein Krächzen herauskommen würde, so musste ich zu meinem eigenen Erstaunen hören, wie meine Stimme klar und hell ihren Namen rief. Die Funzel im Flur ging flackernd an, und ich hörte die Schritte ihrer ausgetretenen Pantoffeln mit den Perlenstickereien auf den Stufen. Der Schlüssel wurde ins Schloss gesteckt, die Tür ging auf, und Señora Saquierda stand in ihrem Nachthemd vor mir. Es war nicht das erste Mal, dass ich sie so sah, doch als Mann, selbst als der unerfahrene junge Mann, der ich war, hatte ich ihre Avancen bislang immer abgelehnt, nun aber, durch die metaphysische Begegnung mit dem Anderen selbst zur Frau geworden, sah ich in dem leicht im Nachtwind wehenden Stoff, der von dem schwachen Schein des Flurlichts transparent gemacht wurde, nur mich selbst. Als ich an ihr vorüberging, spürte ich ihren Atem. Ich fasste nach dem Treppengeländer, verfehlte es und fiel zu Boden. Mit meinem Oberkörper lag ich halb aufgerichtet auf den untersten Stufen, während ich mit meinem Unterleib auf den kalten Steinfliesen des Flurs hockte. Als Señora Saquierda die Tür schloss und sich zu mir umdrehte, stieg eine Welle der Erregung in mir hoch. Gleichzeitig war ich zu betrunken, um mein Glied überhaupt noch zu spüren, geschweige denn, eine Erektion zu Stande zu bringen. Dies aber genau kam mir in diesem Moment entgegen. Señora Saquierda bückte sich zu mir, und ich empfing sie, hier auf der Treppe, nahm sie auf mit ihren Brüsten, die sich in meinen Mund pressten, mit ihrer Scham, die auf meine Scham hämmerte in einem unbezähmbaren Takt. Und mit jedem Stoß verkörperte sie in mir nicht allein die metaphysische Andersheit, sondern verwirklichte in mir den alttestamentarischen Glauben, der sich in einem Wort des Propheten Jesaia manifes-

der im Parterre lebt, auf den Kopf. Der ruft daraufhin die Polizei an und sagt: »Keiner hat mir auf den Kopf gespuckt, und Niemand hat's gesehen.« Worauf ihn der Beamte fragt: »Sind Sie doof?« »Ja, höchstpersönlich.« Wittgenstein meinte, es sei möglich, ein philosophisches Werk zu verfassen, das ausschließlich aus Witzen besteht, dabei aber ernsthaft und keineswegs albern ist. Könnte man unter diesem Aspekt Heidegger vielleicht neu lesen bzw. umschreiben?

tierte, das ich unter den pulsierenden Bewegungen Señora Saquierdas in den nächtlichen Flur hinausstöhnte: Ich schwieg wohl eine lange Zeit, war still und hielt an mich. Nun aber will ich schreien wie eine Gebärende, ich will laut rufen und schreien.

52

Sie bluten aus der Nase. Da, nehmen Sie mein Taschentuch. Merken Sie das nicht? Es tropft Ihnen doch schon aufs Hemd.

Ja, danke. Das passiert mir manchmal.

Wollen wir vielleicht mal eine Pause machen?

Pause? Ich dachte, wir sind hier bald durch.

Das liegt allein bei Ihnen. Sie versuchen hier eine schöne Historie ab terrore conditus zu entwerfen, gestörte Pubertierende aus aller Herren Länder, es fehlt nur noch ein Eskimo, aber der kommt bestimmt auch noch, wenn ich Ihnen gut zurede, und in Wirklichkeit können Sie sich einfach nicht eingestehen, dass sie völlig isoliert, allein und unbedeutend sind. Und nein, da muss ich Sie enttäuschen, es gibt eine ganze Menge, der überwiegende Teil möchte ich sogar sagen, von ganz normalen und sehr patenten jungen Menschen, die auch mit diesem zugegebenermaßen nicht leichten Lebensabschnitt sehr gut zurechtkommen und zu brauchbaren Mitgliedern unserer Gesellschaft heranwachsen. Ihre Ansammlung von Versagern, die in der Pubertät steckengeblieben sind, wie Sie ja auch, um sich anschließend mit fragwürdigen Sehnsüchten und narzisstischen Fantasien grandioser Unvollkommenheit durchs Leben zu quälen, bewahrt Sie auch nicht davor, für das einstehen zu müssen, was Sie selbst als Ihre eigene Geschichte entworfen haben. Sie fanden doch auch mal die Existenzialisten gut, Camus, Sartre, auch wenn Sie kein Französisch konnten und Ihre Aufmerksamkeitsspanne nie für längere Texte ausreichte, weshalb Sie nur immer in Camus' Tagebuch rumgelesen haben, aber auch da steht genügend Essenzielles drin, vor allem, dass es darum geht, die eigene Existenz bewusst anzunehmen, Verantwortung zu übernehmen und nicht in einer Art mauvaise foi beständig so zu tun, als sei man das gar nicht, der da dieses Leben lebt.

Ja, diese roten Rowohltbände, Der Mensch in der Revolte, der Mythos von Sisyphos, obwohl das war Rowohlts deutsche Enzyklopädie, schwarz, das habe ich mir damals zusammen mit dem dtv-Band Absurdes Theater gekauft, Ionesco, Arrabal, Sie wissen gar nicht, was das für eine Verheißung war, die ich mit diesen Büchern verbunden habe. Sartre, das kam erst später, da war das dann schon ganz anders, zielgerichte-

355

ter, aber das Absurde Theater, vielleicht hat man das viel zu schnell über Bord geworfen, damals, denn eigentlich ...

Nein bitte, sinken Sie mir nicht wieder weg in diesen Erinnerungssumpf, wir waren doch gerade auf dem richtigen Weg, wollten uns doch gerade neu in der Gegenwart verorten, indem wir die Vergangenheit zwar akzeptieren und annehmen, eben als Vergangenheit, aber nicht immer und immer wieder neu aufbrühen. Das ist so eine Erinnerungskultur heutzutage, die ich äußerst fragwürdig finde. Da wird der Blick aufs Neue von allen möglichen alten Sanostolflaschen und Lustigen Taschenbüchern verstellt ...

Der Kolumbusfalter.

Wie bitte?

Das erste Lustige Taschenbuch, das hatte zwei Jahre vorher eine ähnliche Verheißung. Seltsam eigentlich. Oder meine ich das nur alles jetzt, im Nachhinein?

Mit der Erinnerung ist das so eine Sache, da sind sich die Gelehrten sehr uneinig.

Aber Sie wollen doch, dass ich mich erinnere?

Ja, schon, aber nicht so. Sie sind mir zu sehr in der Vergangenheit selbst verhaftet, laufen Phantomen hinterher, aber wir leben mittlerweile im 21. Jahrhundert. Auch gefühlsmäßig, aber das habe ich ja alles schon mehrfach gesagt, sind Sie dort stehen geblieben. Sie hoffen immer noch auf die große Liebe, weshalb Sie in ihren realen Beziehungen wüten und beständig an den Frauen herumnörgeln. Ja, Sie machen sie regelrecht fertig mit ihrer Unzufriedenheit, Dramatik und Hysterie, wenn ich das mal so geschlechtsneutral sagen darf, gleichzeitig erträumen sie sich eine andere Gesellschaft, von der sie selbst nicht wissen, wie sie aussehen soll, weshalb sich Ihre ungerichtete Rebellion zwischen Resignation, religiös-mystischem Eskapismus und naiv-dämlichem Protest bewegt. Stellen Sie doch endlich mal, wenn auch mit Jahrzehnten Verspätung, eine gewisse Reife unter Beweis.

Indem ich mit Ihnen zusammenarbeite?

Das wäre ein Anfang. Ihre persönliche Entwicklung kann ich Ihnen nicht abnehmen, diese Sehnsucht, die alle Linken haben, doch noch jemandem nachlaufen zu dürfen, die kann ich Ihnen auch nicht stillen, aber sonst ... Es wäre auch eine Befreiung aus Ihrem ganzen festgefahrenen Leben, eine Befreiung von Ihren Erinnerungen, Sie müssten dazu gar nicht mehr auf Unzurechnungsfähigkeit plädieren.

Das klingt verlockend, endlich doch noch ein geregeltes Leben führen, mit Frau, Haus, Kind und Hund und mit einer gesellschaftlichen Aufgabe, die entsprechend honoriert wird.

Es würde Ihnen auch gesundheitlich besser gehen. Sie müssten keine Tabletten mehr nehmen, Sie müssten in keine Notaufnahmen mehr, Sie könnten, wie andere auch, drei Mahlzeiten am Tag zu sich nehmen und dazu ein Glas Bier trinken.

Ich wäre quasi unsterblich.

Na ja, zumindest sozial abgesichert.

Ich dachte, das gibt es heute nicht mehr.

Wie Sie auch dachten, dass es keine Frauen mehr gibt, die Ihnen Hemden kaufen. Sie müssen nur in die richtige Richtung schauen. Es gibt genügend Bereiche, wo all das noch vorhanden ist, und als Mann kann man immer noch ein neues Leben anfangen, eine neue Familie gründen, alles noch einmal, auch in Ihrem Alter. Schauen Sie mich an, ich hab das auch gemacht.

Das heißt, Sie waren früher auch …

Früher waren wir doch alle irgendwas anderes, das gehört doch dazu.

Aber ich kenne Sie nicht, oder?

Dazu kann ich keine weiteren Angaben machen.

Sie sehen niemandem ähnlich, den ich kenne, aber wer weiß, nach so vielen Jahren. Man erkennt die Menschen an der Art wie sie reden, hat mir mal jemand gesagt.

Auch das lässt sich alles entsprechend modifizieren. Man muss nur die Ursachen erkennen, und, na ja, das liegt bei Ihnen ja ziemlich auf der Hand …

Was?

Die Gründe für das alles.

Nämlich?

Nämlich die eine Gemeinsamkeit, die all diese Geschichten von Ihren verqueren Jugendlichen gemeinsam haben.

Die da wäre?

Es taucht keine Mutter auf.

Keine Mutter?

Ja. Ist Ihnen das nicht aufgefallen? Es gibt Väter und Großeltern und Onkel, Tanten, Großtanten und Großonkel sogar, alles mögliche, nur keine Mutter.

Sie spielen auf die Veronkelung an. Der Kolumbusfalter.

Nein, auf die Leerstelle, die sich dort befindet, wo normalerweise die Mutter ist.

Aber das ist dann eine andere Form von Leerstelle, nicht die, wo angeblich etwas von uns weggebombt wurde.

Ja, anders, eher ein Mangel. Sie beschreiben eine mutterlose Gesellschaft.

Das mit der vaterlosen Gesellschaft fand ich ohnehin nie so richtig toll. Außerdem klang es mir zu sehr nach vaterlandslosen Gesellen.

Gernika hat das Ihnen gegenüber ja auch schon angemerkt …

Was?

Dass Sie keine Gelegenheit auslassen können, über Mütter herzuziehen.

Über Mütter herziehen, wie das klingt.

Ich zitiere wörtlich: Es ist wirklich unerträglich, dein ewiges Herziehen über die Mütter.

Aber das ist völlig aus dem Zusammenhang gerissen.

Das sagt man dann immer gerne. Es gibt also einen Zusammenhang …

Die Leerstelle. Sie sprachen doch gerade von einer Leerstelle. Und vielleicht stimmt das ja.

Es würde viel erklären.

Einiges zumindest.

Ja, einiges. Dann wären das alles nur Versuche, diese Leerstelle zu füllen, mit Fantasien und Philosophien oder, aus völliger desillusionierter Vereinsamung heraus, sogar mit sich selbst.

Das wäre traurig.

Das *ist* traurig, mein Lieber. Mehr als traurig. Das ist ein einziges Elend.

53

Der Mensch also ist das Bindeglied zwischen unten, dem, was der Beicht-spiegel beschreibt, und oben, von wo die Hostien in die offenen Münder fallen. Der Horizont aber verläuft mitten durch ihn, ist Stachel in seinem Fleisch mit engen Gassen, Gängen und labyrinthartigen Versuchen dem Unbekannten gegenüber. Wieder und wieder wird er an die Tafel geholt und steht einmal mehr mit den Händen in den Hosentaschen schwei-gend und talentlos da und schaut den ebenso talentlosen Lehrern in die Augen, in der Hoffnung, dort etwas ablesen zu können. Er verwechselt das Weihwasserbecken mit dem heiligen Becken Mariae und ihre reine Unschuld mit dem, was er sich selbst als ureigene felix culpa zurechtzu-reden und mit Daten zu belegen sucht, die sich mühsam aus dem alten Ägypten herausgearbeitet hatten, nur um in der Weimarer Republik zu verenden, als alles datenlos wurde und den Kindern die historische Ver-gessenheit bereits im Kindergarten mit Lehrversen eingetrichtert wur-de, in denen es hieß: Das ist der Daumen, der schüttelt die Pflaumen, weil dieses Der, das relativ angehängt schien, in Wirklichkeit schon den Zei-gefinger bezeichnete, wodurch sich auf immer in den Kinderhirnen alles Bedeutete verunklarte, denn am Anfang jeglicher Schöpfung steht das eigenschaftslose Postulat, so wie der Daumen lediglich affirmiert wird, während alle folgenden Finger durch ihre Tätigkeiten unterschieden werden. Und obwohl der Daumen den Menschen vom Tier unterschei-den soll, belebt Gott den von ihm nach seinem Ebenbild geschaffenen Menschen mit dem Zeigefinger, weshalb man den Kindern auch verbie-tet, mit dem Zeigefinger auf Menschen zu zeigen, da sie damit die Schöp-fung des Herrn und seine Geschöpfe gleichermaßen verhöhnen und sich selbst zum Demiurgen stilisieren, obwohl sie nachts aus Angst den ei-genschaftslosen Daumen immer wieder verzweifelt wegzulutschen ver-suchen, um auf ewig Tier zu bleiben und ohne Verantwortung, damit sie an keine Tafel gerufen, vor keine Mauer gestellt und nur, wenn ihre Zeit gekommen, zur Schlachtbank geführt werden. Deshalb auch beobachtet der Teenager die Oberstufler, weil er sich nicht vorstellen konnte, dass es nur darum gehen kann, in der Pause dazustehen und zu rauchen, und aus gleichem Grund beobachtete der Teenager auch Christiane und ihre

Clique, und auch deshalb stand er allein in den frischgewachsten Fluren, wenn die anderen Kinder längst auf dem Pausenhof waren, und zählte die Kleiderhaken und fragte sich, warum immer eine Mütze dort hing oder ein Anorak, und warum Anoraks immer an den Kapuzen dort hingen und nie an den extra von den Müttern in die Krägen genähten Schlaufen. Und wenn es zur Stunde schellte, hatte der Teenager vergessen, sein Pausenbrot zu essen, und blieb entsprechend hungrig. Und schon in der nächsten Stunde musste er sich fragen, warum seine Antworten immer falsch waren, während die Antworten der anderen immer richtig waren, auch wenn sie oft nur das wiederholten, was der Teenager gerade gesagt hatte. Der Teenager ahnte, dass es nicht um Formeln aus dem Regelheft, nicht um Vokabeln aus dem Vokabelheft, nicht um Daten aus dem Geschichtsheft gehen konnte, sondern um ein Dahinter, von dem alle anderen wussten, nur der Teenager nicht. Weshalb beim Teenager auch weder Nachhilfestunden noch Drohungen halfen, auch nicht die religiöse Unterweisung, weil er ohnehin den Beichtspiegel nur der Reihe nach abging, ähnlich wie die ihm beigebrachten Kinderreime, die ihm mittlerweile dabei halfen einzuschlafen, wenn er wieder einmal Bauchweh hatte. Aber nicht nur weil er sich im rituellen Nachplappern verlor, dem Teenager fehlten viel grundsätzlichere Kenntnisse, etwa warum man anhielt bei Rot und weiterging bei Grün und im Schlosspark auf einer Bank saß und auf den Teich schaute und sich erinnerte an das, was man selbst grundlos getan hatte, beim Versuch herauszufinden, welche Gründe es hinter alldem gab. Deshalb allein lief der Teenager so durch die Welt. Das war der Grund. Der einzige Grund. Einen Grund zu finden, eine Begründung für das alles, da es das, was es vorgab zu sein, unmöglich sein konnte. Denn das wusste er. Denn darin bestand sein einziges Wissen und seine einzige Sicherheit. Und nur deshalb wurde er müde. Und dann eben erschien die RAF. Der Teenager hätte sie sich nicht ausdenken können, und dennoch hat er sie erfunden. Dass man nach ihnen fahndete und ihre Bilder auf Plakaten zeigte, interpretierte der Teenager als Zeichen von Gemeinsamkeit. Wie er hatten sie an der Tafel gestanden, ohne ein Wort sagen zu können. Dass sie bereit waren, von Schusswaffen Gebrauch zu machen, das hieß, dass sie genauso vor ihrem Brot gesessen hatten, ohne zu wissen, wie man dieses Brot anschneiden sollte, und dass sie auf der Flucht waren hieß, dass sie auch nicht wussten, wie sie die Kirche betreten sollten, wie sie sich kleiden sollten, wie sie sich anschauen sollten im Spiegel, wie sie dasitzen sollten in der Schule, wie sie durch die Gassen gehen sollten, wie sie mit den anderen auf den Klettergerüsten sitzen sollten und rauchen. Nichts anderes hieß es. Das hieß es. Und dem Teenager wurde klar, dass man für dieses Nichtwissen bezahlen musste, so wie er bereits jeden Tag dafür bezahlte. Und in diesem Moment verstand der Teenager, dass endlich jemand sein Unwissen über die Welt kundtat und sein Unwissen einfach aussprach, ohne sich zu schämen. Mehr nicht. Und allein das reichte dem Teenager. Und es reichte ihm selbst dann noch, als er merkte, dass er sich getäuscht hatte, als er merkte, dass er sie mit derselben kindlichen Unwissenheit würde sterben sehen, ohne etwas anderes über sich oder die Welt begriffen zu haben. Doch weil für einen Moment alles begründet schien, hielt der Teenager noch lange und immer weiter daran fest.

54

Die Erfindung der Freundlichkeit

Teil 1
Aus dem Kleinen Wörterbuch der Metaphysik

Similia similibus: Das Denken mit Denken behandeln und dadurch austreiben.

Nachts werde ich vom langgezogenen Pfeifton einer Rangierlok in einen Zustand der Sentimentalität versetzt. Es hat etwas von einem Wasserkessel, den man über einen Flur hinweg hört, und etwas von einer Trillerpfeife an einem verregneten Samstagnachmittag am anderen Ende vom Fußballplatz, vor allem aber hat dieser Pfeifton etwas von dem – und damit schließt sich der Kreis, so als würde jegliches Denken immer seinen Anfang in einer ersten Wahrnehmung suchen – was ich mir als Junge unter dem Klingen der Sphären vorstellte, die ich mir als Schalen im All ausmalte, die sich bei ihren Drehungen aneinanderreiben und dadurch, ähnlich dem weißen Rauschen, ein gleichmäßiges Frequenzspektrum erzeugen, wie es etwa entsteht, wenn ein Schlauch, durch den Gas gepumpt wird, aus seiner Halterung springt oder die Aorta aus der linken Herzkammer rutscht: Ein süßliches Zirpen, gefolgt von einem angenehm warmen Verbluten.

Ich beobachte die verschiedenen Entzündungsherde, die sich in meinem Körper entfalten, mit einer Mischung aus Misstrauen, angeregtem Interesse und panischer Angst, obgleich es sich um nichts Besonderes handelt: Streptokokken, Chlamydien, Mykoplasmen, Rickettsien und andere Mikroorganismen, derer Wirt ich bin, nichts, was sich nicht mit einem Breitband-Antibiotikum aus der Welt, nun vielleicht nicht direkt aus der Welt, aber zumindest aus meinem Körper schaffen ließe.[1] Dennoch habe ich meine Bedenken. Sollte es nicht andere Mittel und Wege geben? Vielleicht durch Visualisierung der Namen, die ich mir in Silben

---

[1] Auch nicht aus dem Körper, der nur zu 10 Prozent aus tatsächlich menschlichen Zellen und zu 90 Prozent aus Bakterien (zirka 90 Trillionen) besteht.

aufteile und in kleinste Bedeutungseinheiten zerlege, um ihnen so den Garaus zu machen. Doch wie kann ich überhaupt so egoistisch sein – den Gedanken des guten Menschen einmal bis an eine neue Grenze gedacht – und Mikroorganismen bekämpfen oder überhaupt etwas zu mir nehmen, das etwas anderes in mir tötet?

Den eigenen Körper als Kultur betrachten und sich bei dieser Betrachtung, ähnlich dem aufgeklärten Ethnologen, wiederum selbst beobachten, mit allen Übertragungen und Gegenübertragungen, und das abwechselnd von beiden Seiten als Objekt und Subjekt.

Ich spreche vor der Garderobe in meinem Flur, die schon länger einer Reparatur bedarf, die Floskel »Ich gäbe etwas darum …« vor mich hin. Nach etwa 25 Mal wechsle ich auf »Sie werden sich vielleicht wundern …«, das ich ein knappes Dutzend Mal wiederhole. Dann beginne ich unwillkürlich darüber nachzudenken, wann ich mich das letzte Mal wirklich gewundert habe.

Merkmal des Göttlichen: Gott ist der Einzige, der sich nicht mit mir vergleicht. Anders ist Schöpfung für mich nicht denkbar.

Bin ich meinen Manschetten nur Hand, meinem Kragen nur Hals, meinem Hemd nur Brust? Ziehen meine Kleider mich des Morgens an und flüstern mir tagsüber Befehle ein?

Wären die Menschen ansatzweise ehrlich, müssten sie plattgewalzte Kadaver an einer Schnur hinter sich herziehen. Sie müssten einem Stein ein Halsband umlegen oder einen Fernseher durch die Straßen schleifen. Aber Tiere? Was haben wir schon für eine Ahnung von Tieren? Könnte man die Etymologie nur weit genug zurückverfolgen, so käme man auf die wahre Bedeutung unseres Begriffs vom Tier: Wesen, das man festbinden muss.

Was ist eigentlich aus der Sitte geworden, jemandem bei lebendigem Leib das Herz herauszureißen?

Manchmal genügt ein einziges Wort: Kinderfunk.

Ich habe meinen blauen Pullover mit der Hand gewaschen und über den Wannenrand zum Trocknen ausgelegt. Als ich am Abend nachsah, war am Boden der Wanne eine festgetrocknete Wasserspur in Form eines Arms mit ausgestreckter Hand und gespreizten Fingern. Ohne es verhindern zu können, ging mir der Satz »Die Hand winkt nach dir« durch den Kopf. Das ist das wahrhaft Unheimliche: sich selbst den unsinnigsten Gedanken nicht verschließen zu können. Zum Beispiel auch dem in jenem Moment nachfolgenden vom bösen Abflussmann, der alles verschlingt. Wie Eltern, die jeglicher Geisteskrankheit entkommen, da sie die Möglichkeit besitzen, sie an und mit ihren Kindern auszuleben, bräuchte auch ich jemanden, dem ich die Bären und Gespenster meiner eigenen Kindheit aufbinden könnte, um nicht selbst daran zugrunde zu gehen.

Wahnsinn heißt, niemanden zu haben, der einem zuhört. Größenwahn: Alle hören einem zu.

Die Atomisten waren der Meinung, dass sich von den Dingen ohne Unterlass Atomkonstellationen ablösen, die als Bilder in die Seele eindringen. Obgleich sie vollkommen recht hatten und unser gesamtes Denken von der Atomisierung der Dinge bestimmt wird, fand und findet die atomistische Theorie nicht genügend Beachtung. Je mehr Atome sich von den Dingen lösen, desto unerkenntlicher werden die Dinge selbst. Schließlich divergieren die abgeworfenen Bilder in einem solchen Maß von den durch die Abwerfung veränderten Dingen, dass sie schließlich die Verbindung zu dem sie erzeugenden Objekt verlieren und außer Kontrolle geraten. So verändert sich durch die sich von den Dingen lösenden Bilder die Art des Menschen zu denken. Bald ist man zu Recht der Auffassung, das Ding an sich sei gar nicht mehr zu erkennen, bald versucht man, überlebte Bilder positivistisch zu restaurieren oder mit Abbildungstheorien der Sprache zu überfrachten, und schließlich ist man der Auffassung, man befinde sich unter Simulakra, die auf kein Original mehr verweisen. Die Geschichte der Philosophie ist somit eine Geschichte des Atomismus. Allein der unglücklich Liebende weiß, dass sich alles um ihn herum auflöst und zu nicht mehr fassbaren Punkten zerstäubt. Es handelt sich dabei um kein Trugbild des Herzens, sondern um den durch den Schmerz der Liebe frei gewordenen und geschärften Blick auf die Realität. Nicht mehr lange, und ich werde durch Wände gehen.

Die Geschichte unserer Evolution in vier Schritten:
1. Singe entre singes.
2. Signe entre singes.
3. Singe entre signes.
4. Signe entre signes.

Das Absolute ist das vom Ding völlig gelöste Bild, das frei flottierend und ex-zentrisch dahinschwebt. Das Ding wurde durch die von ihm sich ablösenden Bilder zerstört. Deshalb sind die absoluten Bilder, die uns umgeben, unbe-dingt. Strebt der Mensch nach Absolutheit, hat er sich von seinem Dingsein zu lösen und muss ganz Bild werden. Ich führe dafür den Begriff »sich bilden« ein. Sich bilden heißt, sich aus den Relationen des Seins lösen. Die Philosophie vermag das Absolute nicht zu erreichen, da sie immer noch damit beschäftigt ist, Probleme zu lösen (solvere), anstatt sich von ihnen zu lösen (ab-solvere). Der Grund liegt in der Erbschuld der Philosophie, der Angst, in das zurückzukehren, woraus sie entstanden ist, das Nichts. Gewohnt, in Dichotomien zu denken, nahm man an, dass der Assoziation nur eine Dissoziation gegenüberzustehen vermag. Man glaubte weiter, dass man sich auflöst (dis-solvere), sobald man nichts mehr löst (solvere). Wir wissen, wie weit die Philosophie gediehen ist. Ich weiß, wie weit ich gediehen bin, ich bin »gebildet«, das heißt losgelöst, folglich absolut. Hier die Probe:
1. Bin ich unbezogen?
   Ja, denn Gernika hat mich, dies nur als gravierendstes Anzeichen meiner Unbezogenheit, verlassen.
2. Bin ich unbedingt?
   Ja, denn ich habe mich selbst, mich als Ding, verlassen, existiere für andere und mich allein als Bild weiter.
3. Bin ich unverursacht?
   Ja, denn ich habe meinen Zustand selbst bestimmt. Ich allein trage die Verantwortung.
4. Bin ich unbegrenzt?
   Ja, ja und nochmals ja. Als abgespaltenes Bild fliege ich. Ich schwebe. Ich bin zeitlos. Es ist wie ein Traum. Nun endlich weiß ich alles.

Als Kind hätte ich die gotische Tafelmalerei erfunden. Die kleinen in sich geringelten Landschaften, die ständig unterbrochene Perspektive, da sich die einzelnen Teile des Lebens noch nicht richtig ineinanderfügen. Immer gibt es Mauern, hinter denen ein Weg in die Ferne führt, Fensterlaibungen, die das Außen vom Innen trennen und beides gleichermaßen unvollständig lassen. Die Tiere und Menschen, die in den Bildern auftauchen, sind einzigartig und keiner Art oder Rasse zuzuordnen. Jeder ist entweder Heiliger oder Sünder. Alles steht mit allem in Verbindung. Manchmal ist dieselbe Person an verschiedenen Orten zu sehen. Die Personen bestimmen die Orte, und Gott erscheint ihnen überall, selbst im Geweih eines Hirschs.

Nichts erscheint uns armseliger und erweckt in uns mehr Mitleid als ein Ding ohne Gesicht. Psychologen wollen herausgefunden haben, dass wir auf kleine Nasen und große Augen mit Zuneigung reagieren, da unser Schutzinstinkt geweckt wird, doch sie haben nur unterschiedliche Gesichter miteinander verglichen. Das Gesichtslose weckt jedoch ein noch tieferes, fast in den undifferenzierten Bereich der Seele vordringendes Gefühl des Erbarmens in uns. Wenn ich beispielsweise die Zigarettenstummel in meinem Aschenbecher betrachte, die sich als kleine gesichtslose Wesen in ihren fast unsichtbar dünn gestreiften weißen Häutchen in der Aschenlache dieses alten Untersetzers krümmen, überkommt mich mehr Mitgefühl, als ich es je einem hilflos mich anstarrenden Menschen entgegenbringen könnte.

Und gerade weil wir dieses Gefühl des Erbarmens nicht ertragen, müssen wir sofort und überall wieder Gesichter erkennen: Die zwei Zigarettenstummel krümmen sich im Rund des Aschenbechers zu Augenbrauen, der Erker wird zur Nase des Hauses, das Dach zu seinem Hut, über dem ein breiter Mond lacht. Alles ist uns so sehr Gesicht, dass wir an jedem noch so amorphen Gebilde jederzeit aufs Genaueste Sitz und Lage der fehlenden Augen, Nasen, Münder und Ohren angeben könnten.

Zeigt uns ein Gesicht denn überhaupt mehr als die Richtung, die sein Träger für vorn hält?

Das gezackte Silberpapier des Wrigley's-Kaugummis: Auch das wurde einmal entworfen und weiterentwickelt.

Das scheinbar wilde, unbewusste und mit Symbolen durchzogene Wähnen des Traums ist im Vergleich zu meinem Denken im Wachzustand ein gewollter und recht verkrampfter Abklatsch, eher einer nicht sehr einfallsreichen Parodie vergleichbar, kurzum ein Klischee, das mit den immer gleichen, leicht durchschaubaren Kniffen versucht, Verwirrung und Unruhe zu stiften, um seine sehr banale Botschaft an den Mann, also mich, zu bringen. Diese Botschaft lautet: Pass dich an! Sei entzückt und verblendet von der bunten Vielfalt und heiteren Absurdität, aber auch der erschreckenden Prägnanz des Traumgeschehens, das dich so zur Eingliederung ruft.

Sollen sie ruhig ihre Träume anbeten, notieren und als einen tief in ihrem Inneren wurzelnden kreativen Strom werten. Tatsächliche Kreativität entsteht allein in der Denunzierung des Traums als gesellschaftliche Institution, und allein in diesem Sinn werde ich den einen oder anderen meiner Träume notieren, um anhand dieser Notate das reaktionäre Treiben der als archaisch apostrophierten Kräfte aufzuzeigen, die nichts anderes als die Auslöschung der Individualität durch Errichtung einer bivalenten Ikonografie betreiben, da jedes Bild in eine ihm beigeordnete Interpretation auflösbar und damit umkehrbar erscheint. (Zahnausfall: Jemand stirbt. Jemand stirbt: Zahn fällt aus.)

Wir kommen als Greise auf die Welt und siechen dahin.

Dieser Greis in uns, der alles besser weiß und doch nichts mehr zu tun vermag, der stündlich an Körperkraft einbüßt, gleichzeitig jedoch verstärkt seine warnende Stimme ertönen lässt und uns damit in Panik, Angst und Lähmung versetzt. Auf welchen Berg ihn aussetzen, in welche Schlucht ihn stürzen?

Wir verzweifeln am ureigenen, einsamen Leben und entwerfen uns deshalb ein Koordinatennetz, dessen Knotenpunkte uns mit Zeit, Raum und den anderen uns umgebenden Personen verbinden. Es sind getarnte Fallstricke und klebrige Schnüre, die das Herz auswirft, um sich zu verankern, damit es sich unsterblich wähnt, weil es nun fühlt, wie mühsam sich das Blut der anderen durch deren Adern schleppt, wie doch das Leben in seiner unendlichen und gütigen Gerechtigkeit seine Grausamkeiten gleichmäßig verteilt, auch wenn es uns von außen betrachtet immer so erscheinen will, dass wir mehr leiden, weil wir in uns die lebensnotwendige Hoffnung tragen, weniger zu leiden, vielleicht sogar ganz um das Leiden herumzukommen, indem wir uns noch mehr um das Leiden anderer bekümmern, uns ihm zuwenden, wie die übersättigte Spinne sich ihrem eingesponnenen Vorrat zuwendet.

»Bei mir ist es so rein entschieden, daß, wer sich nur selber spielen kann, kein Schauspieler ist. Wer sich nicht dem Sinn und der Gestalt anvertrauen kann, verdient nicht diesen Namen.« Apodiktisch und undifferenziert und deshalb eben unser größter deutscher Dichter. Natürlich könnte man mit diesem Zitat die ganze Fernsehlandschaft leerfegen, aber ist es nicht vielleicht das Schwerste, sich selbst zu spielen und wirklich allen Facetten des Selbst Ausdruck zu geben, ohne der Versuchung, oder besser dem Zwang zu erliegen, dieses Selbst in eine Form zu pressen, die dem anderen die Möglichkeit gibt, zu erkennen, dass es sich um eine Selbstdarstellung handelt?

Es gibt Tage, an denen ist mein Denken, ohne dass ich sagen könnte warum, klar, an anderen wieder umständlich, zäh und verwirrt. Meist wird es mir schon nach dem ersten Satz deutlich. Einerseits will ich aufhören, wenn ich mein Denken als eingetrübt empfinde, andererseits reizt es mich gerade, aus ihm die ihm eigenen Erkenntnisse, nämlich trübe, zu ziehen.

Der Versuch, sich zu überdenken, also über das eigene Denken hinauszugelangen.

Auf der einen Seite dieses Gefühl der Vorläufigkeit, auf der anderen versteife ich mich aus irgendeinem Grund darauf, zuerst meine Notizen wiederfinden zu müssen, bevor ich in der Lage bin, etwas zu schaffen. Es ist wahrscheinlich das, was man unter Erbschuld versteht. Dabei ist das grausamste Erbe immer das, was man sich selbst auflädt.

Meine Definition von Memorabilien: Kleine, in sich geschlossene und nicht teilbare Erinnerungseinheiten, die in jedem Körper abgelagert werden und schließlich, wenn sie eine gewisse Masse erreicht haben, zu dessen Dahinscheiden führen. In der Verwesung werden die angesammelten Memorabilien freigesetzt und bilden Welt und Geschehen für nachfolgende Generationen, die sie erneut aufnehmen, um wiederum selbst daran zugrunde zu gehen.

Ähnlichkeiten sind nichts weiter als Ausschnitte. Wer glaubt, Ähnlichkeiten zu erkennen, in Gesichtern zum Beispiel, wählt lediglich einen bestimmten Ausschnitt. Dieser Ausschnitt wird nach Belieben verschoben, bis er über die ihm angeblich ähnliche Stelle passt. So wird eine Armbeuge zu einer Bananenschale, dann wieder zu einem verkniffenen Mund oder sogar Schamfalte (existiert dieses Wort tatsächlich?) einer Frau. Was uns aber dazu anregt, diese Ähnlichkeiten zu suchen, sind die Memorabilien (siehe oben) – und natürlich unsere Einsamkeit und beständige Sehnsucht, die uns zwischen der Notwendigkeit einer Einmaligkeit des begehrten Menschen und der Hoffnung, diese Einmaligkeit beliebig reproduzieren oder wiederfinden zu können, hin- und herreißt.

Notwendigkeit: die Fähigkeit, sich in Not schnell etwas anderem zuwenden zu können. Um sich damit abzulenken natürlich; folglich ist jede Notwendigkeit immer eine Ablenkung. Wie aber dann erkennen, was tatsächlich notwendig ist?

Das Gesicht Gernikas begegnet mir in den letzten Tagen immer häufiger auf der Straße in oft gänzlich anders ausschauenden und oft erschreckend belanglos anmutenden Gesichtern fremder Frauen. Es ist fast so, als wählten die in mir in den Stunden und Tagen meines Alleinseins nahezu gänzlich vom Korrektiv der Realität befreiten Memorabilien einen noch so kleinen Ausschnitt in den Gesichtern, den sie als Gemeinsamkeit heranziehen, um mich an sie, die ich vermisse, denken zu lassen. (Wahnsinn hat immer mit dem Fehlen eines Korrektivs zu tun. Genie auch. Und natürlich die Liebe, die es noch eine Spur geschickter anstellt und vorgibt, Korrektive zu besitzen, über die sie das erwählte Objekt dann uneingeschränkt triumphieren lässt.)

Ich möchte auch etwas mit so wichtiger Miene und lauter Stimme auf der Straße rumzubrüllen haben, vor allen Dingen so lange und immer wieder. Vielleicht ist bei manchen Menschen das Sagen (besser Schreien) Selbstzweck, da es allein durch sich selbst bedeutsam ist und keinerlei kommunikativen Sinn hat, sich deshalb auch nicht in einem Gehörtwerden erfüllen oder in einer Antwort erübrigen kann.

Dass die Orte länger bleiben als die Menschen, uns dennoch alles an Menschen erinnert, als würden wir nur uns selbst in verschiedenen

Spielarten wahrnehmen können. Der Mensch scheint bornierter in seiner Wahrnehmung als jedes Tier und jede Pflanze, die uns zu Strichzeichnungen reduzieren, zu Wabenbewohnern verachtfachen oder als Wärmefeld erahnen. Für das Tier oder die Pflanze sind wir wenigstens das andere, vor dem sie flüchten oder dem sie sich nähern, während wir nur an das Gleiche, nämlich uns selbst, erinnert werden. Die demütige Krümmung des Pferdehalses erinnert mich an B, gleichzeitig noch die langen Wimpern und der scheinbar unbeteiligte Blick, dieselben Augen bei einer Kuh tendieren eher zu A. Das Kreisen der verendenden Motte auf dem Küchenboden, eine Bewegung, die ich von C her kenne. Der aufgeworfene Kopf der Amsel beim Singen: E. Der einsam und doch stolz dastehende Weißdornsolitär: D. Und so weiter. In allem finden wir eine Bewegung, eine Geste, ein Mienenspiel, und deshalb lieben wir dann gleich eine ganze Art oder Rasse.

Lieber die ganze Welt mit Metaphern und Symbolen überfrachten – und sie sich dadurch verfügbar, weil interpretierbar, halten –, als das andere tatsächlich als anderes erkennen.

Diese Straße, dieser Geruch, die Sonne, der Wind, die Dämmerung, die vorbeiwischende Gestalt einer Frau: Dieses Szenario unserer Melancholie ist die Quittung dafür, uns immer wieder aufs Neue auszuschließen, indem wir uns die Erde in einem Prozess der Gleichmachung untertan machen. Alles ist uns gleich, und schließlich sind wir selbst uns auch gleich geworden. (Es ist wie mit der Erbschuld der Aufklärung, in deren Nachfolge des Nicht-Wertens uns alles gleich*gültig* wurde, bis wir uns selbst gleichgültig wurden.) In allem erscheint uns nur noch ein Gesicht, bis sich die Wolkendecke wie eine Schicht schwarz vertorfter Erde ganz dicht über unser eigenes zieht und wir darunter entschlafen und nun der Erde gleichgemacht werden, die wir uns gleichzumachen suchten.

Jedes Mal, wenn ich nach draußen gehe, komme ich an einem mittlerweile seit über einem Monat geschlossenen und leerstehenden Stehcafé vorbei, wo im Schaufenster die minimalistischen Veränderungen in Form- und Farbgebung des in Übereile zurückgelassenen Brötchenkorbs zu betrachten sind. Langsam sickert der Staub über die Theke und den mit unverständlichen Daten- und Wochentagcodes hieroglyphierten grauen Pappkarton, der seinen Ursprung als Trevirahemdeinlage verleugnend mit der abgerundeten Oberkante nach unten aufgehängt wurde. Da die Frühlingssonne zwei der vier schimmelgrünen Isolierbandstreifen vom Fenster gelöst hat, baumelt das Schild im Gleichmaß der vorbeifahrenden Mehrachser über dem vergilbten Tageszeitungsstapel, über dessen Schnurverknotung ein leider bereits toter Künstler nur noch ein Kreuz aus rotem Siegellack hätte anbringen müssen.

Versuche, mich mit der Figur des Helden als meinem absoluten Gegenstück vertraut zu machen. Der Held bewegt sich auf etwas zu; der tragische Held zum Beispiel auf etwas, das er verloren hat. Er ist Stellvertreter eines tieferen Gedankens, Archetypus, mythologischer Gestalt etc., darf es jedoch selbst nicht wissen, weshalb er sich verloren und ungeschickt verhält. Die Heldenpose charakterisiert hingegen den Nichthelden. Im Grunde hat der Held keine Wahl. Sein Heldentum ist eine Zuschreibung, weil wir ihm eine Wahl unterstellen. Vielleicht ist das Heldentum nichts anderes, als sich zu den falschen Motiven der eigenen Sinnsuche zu bekennen. Der Held bekennt sich dazu, etwas anderes für andere zu sein als für sich. Denn, wie ich an mir sehen kann, reicht es nicht aus, keine Heldenpose anzunehmen und sich verloren und ungeschickt zu verhalten, denn da ich um das Heldensein an sich weiß, kann ich nie Held sein. Die Geschichte des Helden wird nicht geschrieben, sondern nur aufgeschrieben, sie hat ihre Stärke und Eindeutigkeit im Geschehen. Das Heldenepos ist vergleichbar mit dem Schreckschleim, durch dessen Absonderung der von einer Amsel aus dem aufgeschwemmten Ackerboden gezogene Regenwurm alle hinter ihm kommenden Regenwürmer vor den Gefahren des beschrittenen Pfades warnt.

Es ist auffällig, dass in der Philosophie, sobald von einem Ding die Rede sein soll, meistens ein Tisch oder Stuhl als Beispiel benutzt wird. Sind Tisch und Stuhl vielleicht die beiden Dinge, ohne die eine Philosophie gar nicht möglich wäre?

Und was bedeutet in diesem Zusammenhang die Floskel: vor allen Dingen? Gibt es überhaupt etwas, das vor allen Dingen liegt oder davor gedacht werden kann?

Aus diesen Gedanken habe ich folgende »18 Sätze zur Verdinglichung des Entgegenstehens« entwickelt:

0. Vielleicht erkennen die Dinge, im Gegensatz zu uns, ihre Grenzen an und verharren still in sich. Zwar könnten sie sprechen oder fliegen, doch tun sie es mit Absicht nicht. Manchmal haben die Dinge ein Erbarmen mit uns und geben kurzzeitig unserem Wunsch nach, ihnen überlegen zu sein. Wir nennen diese Phänomene dann Telekinese oder generell Wunder und schreiben dieses Nachgeben der Dinge in unsere Beschränktheit unseren Fähigkeiten zu, die wir als »übermenschlich« bezeichnen, wo ein treffenderer Ausdruck »dinglich« wäre, denn das Übermenschliche ist das Dingliche.

1. Die Dinge erscheinen uns oft grob und statisch, doch besitzen nicht gerade sie mehr als wir die Fähigkeit zur Veränderung, die wir noch nicht einmal unsere Gedanken und Gefühle modifizieren können? Und besitzen die Dinge im Weiteren diese Fähigkeit nicht gerade dadurch, dass sie sich jederzeit verändern *lassen,* während wir uns dem Verändertwerden meist verweigern und das Verändertwerden sogar als ein Zeichen von Schwäche deuten? Veränderung, so glauben wir, müsse von innen kommen, da sie allein auf diese Art Ausdruck von Selbstreflexion und Willenskraft sei. Doch ist das, was wir für eine innere Veränderung halten, vielleicht nichts anderes als ein Gleichhalten des Selben im Wechsel der Zeit, und sollten wir nicht wie die Dinge dazu übergehen, uns vielmehr von außen verändern zu lassen, uns dem Äußeren hinzugeben, so wie es uns vielleicht nur ein einziges Mal im Leben in der Liebe geschieht? Kurz: Die Dinge verändern sich nicht, weil sie keine Notwendigkeit dafür sehen, jedoch lassen sie sich jederzeit verändern, sind jederzeit bereit, sich hinzugeben. (Wer liebt mehr, derjenige, der verändert, oder derjenige, der sich verändern lässt?)

2. Das Denken der Dinge ist ihre Form im Raum.

3. Die Liebe der Dinge ist ihre Fähigkeit, sich verändern zu lassen.

4. Wir wollen immer wissen, was in einem Ding sei, prüfen es darauf, ob es hohl ist oder massiv, sich geschlossen zeigt oder einen Einlass bietet. Nie schauen wir, was sich außerhalb der Form des Dings befindet, obwohl dort vielleicht die Antwort auf unsere Fragen liegt. (Wie sich Lösungen unter Umständen immer außerhalb des zu Lösenden befinden, uns selbst auch nicht mit unseren eigenen Gedanken und Gefühlen bei-

zukommen ist, ebenso wenig wie dem Hass mit Hass oder, wenn wir schon dabei sind, der Liebe mit Liebe.)

5. Fände die Kritik an einer Verdinglichung der Frau nicht ihre Pointe in einer Feminisierung des Dings? Beweist nicht die Möglichkeit zur Verdinglichung eines Wesens gerade dessen Fähigkeit zur Liebe, Hingabe, weiter noch, zum Sein, zum In-sich-Sein als Vorhanden-Sein?

6. Die Menschen suchen Dinge. Der Wert eines Dings misst sich daran, wie sehr man es suchen muss. Was man nicht suchen muss, besitzt keinen Wert.

7. Die Dinge suchen nichts. Der Eigenwert eines Dings misst sich daran, wie wenig es den Menschen sucht. Ist ein Ding in Überzahl vorhanden, scheint es den Menschen zu suchen, wodurch es keinen Wert besitzt.

8. Obwohl der Mensch selbst dem Ding einen Wert gibt, nämlich durch seine Arbeit des Suchens dieses Dings, scheint er eben durch genau dieses Suchen an das Ding gebunden. Der Widerspruch in der Beziehung des Menschen zum Ding besteht darin, dass er, obgleich er den Wert des Dings erst durch sein Suchen schafft, sich vom Vorgang des Suchens und damit von der Werthaftigkeit des Dings für ihn nicht zu lösen vermag, da seine Wahrnehmung des Dings nicht durch Betrachten, Fühlen, Benutzen etc., sondern allein durch sein Suchen stattfindet. Besitzt er das Ding, nimmt er es nicht länger als Ding, sondern als Extension des eigenen Ichs und damit als nützlich, und schon bald als unnütz, wahr.

9. Wie verbunden selbst Denken und Sprechen des Menschen mit dem Ding zu sein scheinen, beweist sich unter anderem sehr bildhaft darin, dass wir im Deutschen eine Person, deren Name uns nicht einfallen will, noch während wir nachdenken, unwillkürlich als Dings bezeichnen, wohlgemerkt nicht als Ding, sondern mit dem Genitiv als jemanden des Dinges, als stelle sich in uns das Ding, mit dem wir ihn verbinden oder gleichsetzen, noch vor seinen persönlichen Eigenschaften und Merkmalen ein. Sucht der Mensch das Ding jedoch überall mit einer solchen Kraft und Begierde, dass er es selbst anstelle des gesuchten Menschen entdeckt, so heißt das nichts anderes, als dass der Mensch das Ding durch sein Suchen überhaupt erst schafft.

10. Das Schaffen des Dings durch den Menschen ist ein Weg-Schaffen, da der Mensch das Ding durch den Vorgang des Suchens schafft, dieser Vorgang jedoch das Nichtvorhandensein des Gesuchten voraussetzt.

11. Die Wertgebung des Dings, das Weg-Schaffen des Dings durch das Suchen mündet jedoch nicht, wie man meinen könnte, im Finden des Dings, sondern vielmehr im Ab-Schaffen des Dings. Im Finden des Dings liegt die Enttäuschung über den tatsächlichen Wert des Dings, der allein durch den Vorgang des Suchens geschaffen wurde, deshalb auch nur während des Suchens anhält und sich nun im Finden auflöst. Im Finden findet sich die Enttäuschung über den tatsächlichen Wert des im Suchen weg-geschafften Dinges. Dass das Finden das Ziel des Suchens sei, ist nichts weiter als eine nützliche Fiktion, eine unwahre Annahme also, die durch die Vorspiegelung eines in Wirklichkeit nicht vorhandenen Ziels einen dem Menschen in seiner Beziehung zum Ding intrinsisch angelegten, jedoch nicht bewussten Prozess in Gang setzt, der ohne jene Vorgaukelung eines fiktiven Ziels nicht stattfinden könnte.

12. Wird die Annahme des Suchenden im Finden enttäuscht, stellt der Suchende fest, dass es nicht um das Gefundene, sondern allein um das Gesuchte ging, entsteht die Möglichkeit, das Weg-Schaffen des Dings in ein Ab-Schaffen des Dinges zu transzendieren. Dies bedeutet, dass der Mensch Dinge sucht, ohne sie finden zu wollen. Wer die Dinge in dem in einer Enttäuschung seiner Illusion, sie finden zu wollen, mündenden Prozess schafft, schafft die Dinge weg; wer sie jedoch sucht, ohne sie finden zu wollen, schafft sie ab.

13. Dinge ab-schaffen zu wollen, heißt, sich von jeglichem Prozess gesellschaftlicher und sprachlicher Vereinbarung auszuschließen, da es kein Suchen ohne Finden-Wollen zu geben scheint, obgleich derjenige, der sucht, ohne finden zu wollen, der intrinsischen Verbindung von Mensch und Ding Rechnung trägt, ohne seine Handlungen mit dem Deckmantel eines nur scheinbar logischen Konstrukts zu verschleiern. Die Beziehung des Menschen zum Ding scheint fast die ursprünglichere und bestimmendere zu sein, der sich die Beziehung zu anderen Menschen erst nachbildet.

14. Da die meisten Menschen die Enttäuschung ihrer Illusion nicht ertragen, den Wert der Dinge allein durch ihr Suchen der Dinge und nicht durch deren Finden zu schaffen, gelingt es ihnen nicht, aus dem Weg-Schaffen der Dinge ein Ab-Schaffen der Dinge zu machen. Vielmehr regredieren sie zu einer Form des Hinweg-Schaffens der Dinge, das heißt, sie schaffen die von anderen gefundenen Dinge hinweg, um sich das nun wieder einsetzende fremde Suchen desjenigen, dem das Ding hinweggeschafft wurde, als Wert anzueignen. Da ihnen der durch die Enttäuschung der falschen Annahme des Findens als Wert des Suchens einst vorhandene Wert des eigenen Suchens – als einem Weg-Schaffen der Dinge – abhandengekommen ist, ersetzen sie diesen Wert durch den durch ihr Hinweg-Schaffen von Dingen erzeugten Wert fremden Suchens. Da der Hinweg-Schaffende das Suchen nach dem hinweg-geschafften Ding erst auslöst, vermag er nicht nur, sich den Wert dieses Suchens anzueignen, sondern sich gleichzeitig der Illusion hinzugeben, dieser Wert sei direkt durch sein Hinweg-Schaffen des Dings und nicht über den Umweg des durch das Hinweg-Schaffen des Dings ausgelösten fremden Suchens des Dings entstanden, was seiner enttäuschten Illusion, der Wert des Dings liege in dessen Finden, neue Nahrung gibt, weshalb er nun meint, die Enttäuschung des Suchens liege nicht im Finden des Dings, sondern darin, dass er das Ding nicht finden könne, weil ein anderer es vor ihm gefunden habe.

15. Das Hinweg-Schaffen von Dingen mag direkt durch Raub oder Diebstahl oder versteckter bei Wettbewerben, Preisausschreiben, Auktionen und letztendlich in jeder Form des Kaufs stattfinden. Da im Schaffen der Dinge durch Hinweg-Schaffen von Dingen die Illusion genährt wird, allein man selbst sei im Finden der Dinge gescheitert, während der generelle Sinn des Suchens sich weiterhin dort zu befinden scheint, wo man ihn vermutete, jedoch nicht vorfand, nämlich im Finden des Dings, werden Diebstahl und Konsum, die Aneignung von fremden Dingen in welcher Form auch immer, zu wichtigen Stabilisierungselementen einer auf Velozität und Progression basierenden Gesellschaftsstruktur. (Durch einen Zirkelschluss werden Beweglichkeit und Fortschritt nämlich als Folgen eines Suchens nach Dingen erklärt.)

15a. Spätestens hier drängt sich eine Parallele zu unserer Vorstellung von Liebe auf, da wir es auch hier mit einer Form der Erhaltung einer Annahme zu tun haben, deren Bedeutung lebensnotwendig zu sein scheint, obgleich sie als irrig erfahren wird. Scheitern wir nicht immer wieder in der Liebe, und glauben wir nicht dennoch, dass es etwas unseren Vorstellungen von Liebe Adäquates in der Realität zu geben hat, nur eben bei anderen, weshalb wir unser Augenmerk zukünftig nicht mehr auf unsere eigene Liebe richten, sondern auf die der anderen, die wir, je nach individueller Veranlagung, nun zu rauben, zu kaufen oder zu vernichten suchen.

16. Diejenigen, die Dinge hinweg-schaffen, ersetzen jedoch nicht nur ihren eigenen verlorenen Sinn des Suchens, sondern nähren auch den derjenigen, die, indem ihr Suchen zu einem Ende kam, mit der Sinnlosigkeit des Findens konfrontiert wurden, da diese mit dem Fehlen des hinwegge-schafften Objekts konfrontiert, meist in den Zustand des Wiederbeschaffens verfallen, den man fälschlicherweise als Zustand des Wiederfinden-Wollens bezeichnet, obwohl der Beraubte tatsächlich glücklich ist, von der Ent-täuschung der Sinnlosigkeit seines Fundes befreit worden zu sein und erneut suchen zu können.

Ist nicht schon das Schriftbild des Wortes Illusion so seltsam, dass man Verdacht schöpfen müsste?

Ich stelle mir vor: Ich lebe immer weiter, bis ich mich eines Tages auflöse. Mein Leben war ein beständiges Ansammeln von Gedanken, Erlebnissen, Begriffen, Ideen, Gefühlen, Meinungen und so weiter. Wann halte ich ein, wie es eigentlich zur größten Freude eines jeden Sammlers gehört, um das Angesammelte in Ruhe zu betrachten, es zu entstauben und auszubessern? Liegt es daran, dass ich mich selbst nicht als Sammlung begreifen kann, meine Identität ins Wanken gerät, ich lieber alles immer weiter hineinschlinge, weil ich nicht Sammlung sein darf, sondern nur Sammler, beständig in Bewegung, um irgendwann, substanzlos geworden, unter meiner Sammlung zusammenzubrechen?

Die sonst ruhige Familie schien, nachdem sie die Wohnung gekündigt hatte, wie auf eine stille Verabredung hin, während der letzten Wochen die Türen lauter zuzuwerfen.

Was für eine Befreiung, etwas nicht mehr brauchen zu müssen und es deshalb abnutzen, das heißt gebrauchen zu können: einen Gegenstand, eine Freundschaft, eine Liebe, eine Ehe. Nur das, was man nicht braucht, kann man gebrauchen.

Die Wolken sind auseinandergefasert und hängen an dünnen Regenschnüren. Ich möchte ihnen zuwinken, wie ein Kind auf der Autobahnbrücke Autos zuwinkt. Was habe ich über die Eltern gesagt, die ihre Kinder zum eigenen Kindsein brauchen? Die kleine Hand führen: »Schau mal da unten die Autos«, wo man als Erwachsener nur noch Steine werfen könnte.

Es ist die Erfahrung, beständig irgendwohin gelangen zu müssen, die das Leben so misslich macht. Die Wörter müssen einen Satz bilden und bilden dann auch tatsächlich beständig Sätze, die Bewegungen vom Glied in der Scheide sollen zum Erguss führen, die Müdigkeit zum Schlaf, der Hunger zum Essen, das Essen wiederum zur Übelkeit, zum Abspülen, zur Müllbeseitigung, bis wir uns in dieser Kombination nur den Tod noch denken können, auf den das Leben langsam hinauskriecht: Der allerdings, zumindest war der Gedanke einmal so angelegt, hat dann keine Folgen mehr, oder nur noch für andere, was beruhigt. Die Religion aber setzt genau dort an und nimmt uns die Tröstung des folgenlosen Todes, indem sie vorgibt, uns damit über die Folgen unseres Handelns hinwegtrösten zu wollen, was ihr ohnehin nicht gelingt. Im Gegenteil, auf einmal werden wir für die Zielgerichtetheit unserer Handlungen verantwortlich gemacht, weil wir es angeblich selbst in der Hand haben, wie es nach dem Tod weitergeht, wo wir es noch nicht einmal bestimmen können, wie es hier weitergeht.

Hörten wir auf, bei unserem Handeln immer auf die Folgen zu schielen, dann wäre alles wie ein Wunder, und wir würden, wie Kühe auf der Weide, stehen und darüber staunen, überhaupt da zu sein, inmitten all dessen. Entwicklung von Sprache und Menschsein ist darum vielleicht nichts weiter als ein Ablenkungsmanöver, aus dessen Verkettungen sich das sogenannte Bewusstsein über die eigene Sterblichkeit, auf das wir auch noch stolz sind, quasi als Abfallprodukt entwickelt hat.

Einkaufen: Was für eine Erfindung! Auf dem Nachhauseweg beginnt es zu regnen. Erst ein Glitzern in der Luft, dann kurze Schnitte durch die Junisonne wie an scharfem Papier, das blutlos allein die Hornschicht der Haut durchtrennt. Bleibe stehen und schaue blinzelnd nach oben, ob sich wenigstens ein paar Käfer oder Heuschrecken als Plagenreste einer Parallelwelt zu uns hindurchquetschten.

Ich stelle mich unter. Regen fällt auf ein paar von Kindersprüngen und Betrunkenenschädeln eingedellte Mülltonnen. In seinem gleichmäßigen Fallen kehrt sich die Perspektive des Hintergrundes, vor dem es niederrieselt, wie in einer optischen Täuschung um, in der die Würfel, die eben noch auf den Betrachter zeigten, nun hohl und leer sind, Treppen sich dem halb aufgesetzten Fuß entziehen und sich die Amphore in den Schattenriss zweier Menschen verwandelt, die sich anschauen und schweigen, weil sie nichts mehr zu sagen wissen und sich nun in ihrem Schweigen immer ähnlicher werden. Sie sind nur noch eine Seite des aufgeklappten Rorschachtests, nicht selbst mehr wer, sondern nur noch durch die trennende Linie bestimmt. Und je mehr sie sich gleichen, desto mehr versinken sie selbst im Hintergrund, während das, was zwischen ihnen ist, eindringlich und bestimmend als Kluft nach vorn tritt. Wäre das nicht eine passende Beschreibung der Liebe: Indem wir uns angleichen, bilden wir die symmetrische Kluft zwischen uns immer deutlicher aus, bis der Kelch sichtbar wird, aus dem wir den bitteren Schierling trinken. Und wie beim Schierling ist es auch in der Liebe: Wir ersticken bei vollem Bewusstsein.

Anfangen, Vorgänge anders zu bezeichnen, um mein Gefühl zu ihnen zu verändern. Die blauen Flecken auf meinem Bein nicht mehr mit einer Mischung aus Stolz, dass mein Körper überhaupt in der Lage ist, Erfahrung darzustellen – er sich also nicht alles nur einbildet –, Ironie und blankem glenngouldschem Entsetzen betrachten, sondern schlichtweg behaupten, dass sich gerade Hämoglobin fermetativ in blaugrünen Farbstoff umwandelt.

Als ich am See eingeschlafen war, nahm sie die Decke, auf der ich lag, und zog mich langsam damit ins Wasser. Für einen Moment meinte ich zu schweben. Ich machte die Augen auf und wusste nicht, ob ich noch weiterträumte oder schon wach war, so ungewöhnlich war das Erwachen. Selbst als das Wasser in meinen Mund drang, war ich mir noch nicht ganz sicher. Damals schrieb ich eine an das Höhlengleichnis angelehnte Parabel. Es waren Fische, die aus dem Wasser sprangen und immer nur viel zu kurz das sahen, was an der Oberfläche lag. Wollten sie länger bleiben, um das unscharf Gesehene zu erkunden, starben sie zwangsläufig. Zwei Jahre später besuchte ich sie noch einmal. Wir fuhren mit ihrer sechs Monate alten Tochter zum selben See und gingen dort zwei Runden. An der Stelle, an der sie mich damals schlafend ins Wasser gezogen hatte, zumindest glaubte ich, den Ort wiedererkannt zu haben, hielt sie das Kind mit beiden Armen hoch und drehte sich. Die Sonne rutschte über den kleinen kahlen Schädel und fiel ins Wasser. Ich bückte mich nach einer Eichel und zog ihr den Hut ab, der genau auf die Nasenspitze des Babys passte. War am Anfang Parmenides oder Gott? Ist die erste Philosophie Religion oder immer schon Verweis?

Einmal hingeschrieben, betrachte ich die Sätze als gegenstandslos. Der höchste Grad an Abstraktion: gegenstandslos werden. Das Gegenstandslose ist zur Ewigkeit verdammt. Es überlebt mich.

An einem Spätnachmittag im Winter komme ich in einem fremden Ort zufällig in ein Haus, in dem sich ein Heimatmuseum befindet. Der Ausstellungsraum besteht aus einem einzigen schlecht beleuchteten Zimmer. In der Mitte eine Glasvitrine mit dem verstaubten Modell des Dorfes. Kleine Wege und Straßen. In ihren Bewegungen eingefrorene Männlein. Nicht anders sieht Erinnerung aus. Biebrich und Kastel und der Weg dazwischen. Bischofsheim, Gustavsburg, Ginsheim. Das störrische Abendbrot bei Freunden mit den Eltern am Tisch. Eine Heimfahrt mit dem Zug. Das Dave Pike Set spielt um halb elf aus dem Radio im dunklen Zimmer, während ich mein Bett aufklappe.

Ich trage gestopfte Socken, ein altes Hemd, einen abgewetzten Pullover. In meinem Schrank liegen neue Socken, ein neues Hemd, ein neuer Pullover. Ich ziehe das Alte an, um das Neue nicht abzunutzen. Wenn ich die alten Socken aus der Schublade nehme, denke ich, dass ich die neuen dann anziehe, wenn es sich lohnt.

Tür geht auf. Frau tritt auf die Straße einer Reihenhaussiedlung. Wie oft im November hält der Himmel um halb acht die Luft an. Gardinen-

frei das Verandafenster zum vereisten Garten. Im Tal stehen meterhohe
Kräne neben unfertigen Betonpfeilern. Dorthin schaut man nachmittags
zwischen Kaffee und Likör, nachdem die Woche wie vom heruntergelassenen Rollo eines Schalterhäuschens abgetrennt wurde. Zeremonie des
Übergangs. Parkplatzeingekasteltes Übungsfeld. Waben für die Untersuchung von Haltungen streitender Paare im öffentlichen Raum. Aus-
geschlagene Rücklichter. Kinder stehen an Tümpeln herum. Ein Stück
Holz mit eingeritzten Namen rutscht vorbei. Ich lenke von meinen kleinen Aporien ab.

In der Panik beruhigt mich die Welt des Normalen, des Geordneten,
nichts anderes als dasjenige also, das meine Panik überhaupt erst ausgelöst hat.

Vielleicht besteht mein Wahnsinn darin, dort völlig normal zu bleiben,
wo andere wahnsinnig werden. Und dies nicht als Gedankenspiel, sondern als Tatsache, in der ich nichts anderes zu fühlen vermag als völlige Normalität.

Bewege mich in verschiedenen Gangarten durch die Räume. Stelle mir
dabei Tiere vor. Ein Schleichen, Schlängeln, Schlüpfen, Schleifen. Mein
Körper wie ein mit Knochen und Gedärm gefüllter Sack, für den weder
Öko-, Papier- noch Restmülltonne zuständig sind: Weiter also bis zur
ewigen Müllhalde. Mittelalterliches Lebensgefühl, alttestamentarisch
von Unbill des Lebens gepeitscht und gezeichnet. Mit zwanzig schon
zahnlos Brotsuppe schlürfen, Pestbeulen und Abszesse, wie soll sich da
ein Denken entwickeln? (Vielleicht das einzige Glück.) Ein Kriechen,
Krauchen, Krabbeln, Krümmen. Ich als Schöpfung und Gesamtheit in
der evolutionär-atavistischen Springprozession des Lebens. Vermeide
das Schlafzimmer. Halte den Kopf gesenkt, bis es mir in den Ohren nach
Meeresbrandung rauscht. Versuche, auf dem inneren Wellenkamm mit-
zureiten und schneller zu denken als ich (in) Worte fassen kann. Ersetze
Sätze durch Städte- und Ländernamen. Venezuela. Altstedten. Schon zögere ich. (Tiefere Bedeutung?) Drehe mich in die andere Richtung. Vermeide das Bad. Caracas. Welt ist Symbol. Und alle Städte dieser Welt sagen nur: Ich liebe dich. Andere würden jetzt noch von irgendwoher eine
Melodie dazu klauen und hätten ihren Schlager fertig, während ich erst
am Anfang meiner Bemühungen stehe.

Hinter den Dünen in kleinen Beeten angepflanzte Häuser. Kaum im Dorf, stehen schon fünf Männer im Kreis vor der Sparkasse. Dachluken offen. Darunter Achtjährige mit kurzen Hosen und aufgeschlagenen Knien. Eine Jalousie klappert hinter der Schaufensterscheibe der Bäckerei. Mittwochnachmittag geschlossen. In der leeren Glastheke eine am Rand eingeknickte Papierspitzenunterlage.

Es müsste Purgative, Laxativa und Vomitiva für Emotionen geben. Das wäre eine tatsächliche Reinigung. Weshalb rast denn das Herz sonst so jede Nacht? Weil etwas raus will und nicht rauskann. Stattdessen stopft man noch etwas rein. Weil mein Valiumrezept aufgebraucht ist, Baldrian (gab man im 18. Jahrhundert noch als Muntermacher).

Schaue an meinem Körper herunter. An meinem Körper, nicht an mir. Warum haben die Organe nicht Kontrollpunkte auf der Haut, sodass man sie jeden Morgen einmal kurz abgehen könnte, um nicht einmal im Jahr mit schlechtem Gewissen diesem Checkup-Hokuspokus ausweichen zu müssen. Um mit der Entwicklung der Autoindustrie Schritt zu halten, bläst sich das Gesundheitssystem immer weiter auf. Die von ADAC und ihrer Werkstatt geschulten Kunden finden es nur natürlich, dass man auch an seinem Körper nichts mehr selbst machen kann. Schon gar nicht ohne die entsprechenden Geräte. Bei den Autos gibt es dann doch, wenn äußerlich auch nur noch an der Rücklichtleiste erkennbar, eine größere Artenvielfalt, während sich der Unterschied zwischen den Geschlechtern auf Mammografie und Prostatasonografie beschränkt.

Diese in den sechziger Jahren nachlässig zusammengesetzten vier Stock Plattenbau sind ein Beweis für die wunderbare Stabilität des Fragilen. In zehn bis zwanzig Jahren wird man Besuchergruppen durch unsere Straßen führen, die dann mit Kopfschütteln konstatieren, wie wagemutig man seinerzeit war. Man hatte eben der Not des niedrigen Entwicklungsstandards zu gehorchen. Vergleiche mit Trinkgefäßen aus Blei und Quecksilber als Heilmittel für Syphilis drängen sich auf.

Ein Balanceakt auf dieser darüber gekleisterten Teerpappe, unter der das Chaos pocht wie in uns die unzähmbar nach ewigem Leben schreienden Metastasen. In der Rhetorik ist die Metastase eine sprachliche

Form, die Verantwortung für etwas auf jemand anderen zu übertragen. Nichts anderes ist sie auch in der Medizin. (»Nichts mehr zu machen. Alles voll mit Metastasen.«) Nein, noch besser, und in seiner Anlage wenigstens postmodern: Die Form, mit der man Verantwortung übertrug, wird selbst zur Verantwortungsträgerin. Das, mit dem man sich verständigte, die Sprache, wird selbst zum Unverständlichen usw.

Ein Geruch in der Luft, als würde irgendwo gerade ein mittelständischer Betrieb heruntergezündelt. Seitdem die Feuerwehr Anfang des 18. Jahrhunderts Wasser als Löschmittel entdeckte und nicht länger nur Gräben aushob, um die Flammen einzugrenzen, war es nur noch eine Frage der Zeit, bis Plaste und Elaste unbeeinträchtigt von der antidotischen Kraft der Urelemente, einmal in Brand gesetzt, ungehindert dahinschmelzen würden. Wie bei jedem Fortschritt schuf sich das Unbekannte gleich mit. Am Ende wieder zum Ausgangspunkt der Entwicklung zurück: Die Flammen akzeptieren, ihnen Raum geben, sie abbrennen lassen, den Besitz verloren geben, das Leben ebenso, im Einklang sein mit den Naturgewalten, die uns wenigstens ein fantastisches Ende bereiten, wenn sie uns durch die Lüfte wirbeln und mit Lawinen in die Täler schmieren. Es soll keinen Gott geben, weil ganze Familien oder Dörfer mit einem Schlag ausgelöscht werden? Wenn, dann ist das der einzig triftige Gottesbeweis.

Und dann die hochbeschworene Individualität, während wir durch die Städte schleichen wie durch ein perfekt verwaltetes Rehazentrum. Wo geht's zur nächsten Anwendung?

Und was ist diese Lebenszeit, wenn ich tatsächlich einmal aus mir herausschaue und mich nicht von außen betrachte, obgleich es meinem Geist so behagt, sich mich als seine Marionette zu imaginieren? Was ist denn dann mein Leben, wenn nicht dieses Seil durch mich hindurchführt, an dem ich durch die Tage und Orte gehangelt werde? Oder ist nicht das Bild vom Eisenstab passender, der quer durch mich geht? Unverrückbar neben anderen in einem Tischfußball mit der immergleichen Frage: Komme ich mit meinen geschlossenen Beinen überhaupt an den Ball? Und kann man das dennoch als Bewegung bezeichnen, wenn man sich immer nur um sich selbst dreht?

Auch wenn man in fremden Tagebüchern etwas über sich selbst zu erfahren sucht, man wird immer nur etwas über Personen darin finden, die man bislang noch nicht kannte, sogenannte Dritte. Man selbst aber ist dort immer nur abwesend. (Eigentlich gilt das auch für die eigenen Tagebücher.)

Die Götzenmacher sind alle nichtig, woran ihr Herz hängt, das ist nichts nütze. (Jesaia 44:9) Man sollte sein Anliegen nicht allzu deutlich machen, wenn man sich nicht gleich verraten will. Der Inhalt liegt auf der Hand: Wehe den Heiden mit ihren Götzenbildern. Und doch kehrt sich der verfemte Teil wie so oft um. Ich möchte Heide werden nach der Jesaia-Lektüre. Natürlich nicht ein national wimmernder Neoheide, sondern ein Heide in einer Welt der Ganzheit und Identität, als die Religion noch nicht das Andere des Heidentums war und das Ganze zwar genauso falsch, aber eben anders falsch und irgendwie unbekümmerter. Denn selbst Jesaia schildert den Heiden als Menschen der Ungebrochenheit: Er nimmt das Holz der Bäume, macht sich mit der einen Hälfte Feuer, um Brot zu backen und Fleisch zu schmoren, während er aus der anderen Hälfte ein Götzenbild schnitzt. Nicht nur, dass der Heide damit direkt demjenigen opfert, der ihm zu Nahrung und Wärme verhilft, er belässt darüber hinaus einen Teil dessen, was ihn erhält, als göttlich, indem er es zum Abbild des Göttlichen macht. Er trennt das Körperliche nicht vom Geistigen, sein Beten nicht vom Essen. Dem Christen ist das Göttliche das Fremde schlechthin. Es wird ihm von oben gegeben, fällt als Manna auf die Erde und gängelt ihn.

Ich kann selbst das Undenkbare denken, was keine große Kunst ist, solange ich es nicht fühle. Ich kann zum Beispiel denken, dass mein Denken und die ganze aufgewandte Kraft der Spekulation ihren Sinn allein darin haben, mein Herz und Gemüt zu besänftigen und abzulenken. Dies kann ich ruhig denken, solange ich es nicht auch dabei fühle. Empfinde ich den Gedanken, führt das direkt zum Kollaps.

Die Herzneurose ist die körperliche Paraphrase des uralten Irrenwitzes. (Arzt: Aber Sie wissen doch, dass Sie keine Maus sind. Irrer: Aber ob die Katze das weiß?) Natürlich weiß ich, dass noch niemand an einer Herzneurose gestorben ist, aber ob mein Herz das auch weiß? (Normalerweise rationalisiert mit der Überlegung, vielleicht habe ich ja doch etwas anderes? Symptome, deren Perfidie darin besteht, in die Irre zu führen. In letzter Konsequenz und wirklich perfide: Symptome, die sich durch ihr Ausbleiben zeigen.)

Wenn die Psychosomatik weiter fortschreitet, wird sich schon bald eine andere Organsprache entwickeln. Dem Körper wird es schon bald zu banal sein, die Nase voll oder einen dicken Hals zu haben. Einmal analysiert und ins Bewusstsein gerückt, werden sich die Krankheiten nach einer anderen Systematik orientieren und sich erneut dem Zugriff entziehen. Sollte das Unbewusste tatsächlich wie eine Sprache strukturiert sein, so ist es nie die Sprache, die wir sprechen. Es ist die Sprache des Anderen. (Und kann deshalb auch nur so lange den Körper bezeichnen, wie er das Andere ist.) Besser also: Das Unbewusste ist wie eine Fremdsprache strukturiert; d. h. ich kann mich ihr annähern, nie aber werde ich sie beherrschen. Sie ist wahrscheinlich meine Muttersprache, die Sprache meiner Mutter, meiner Mutter Sprache. (Heil! Heil!, schrie meiner Mutter Sprache in meines Vaters Land aus meinem Mund. Heil!)

Die Analyse der Assoziationen und Empfindungen, des irrationalen Anteils, ist ja gerade nicht die Analyse dessen, was sie vorgibt zu erläutern, sondern die Besänftigung des Geistes, der erkennt, dass ihm weder Gedanken noch Gefühle in einer fassbaren Form zu Verfügung stehen. Anstelle dessen, was ihm nicht zu Verfügung steht, errichtet er eine Symbolsprache und Historie der Verknüpfungen und entfernt sich damit weiter von dem Irrationalen als derjenige, der es beständig, ohne zu wissen, um was es sich dabei handelt, in sich pochen fühlt.

Ich habe einen neuen Zugang zur Kunst entdeckt: Ich betrachte die betenden Hände von Dürer und seine Kaninchen, ich höre die Kleine Nachtmusik und anschließend Let It Be, dann lese ich die zehn Gebote. Das tun, was alle tun, das wissen, was jeder weiß, aus dem Abgegriffensten die zarte Seele meiner Existenz herauslesen, was für ein Gefühl der Apotheose.

Die Abende verbringe ich immer häufiger vor den vergitterten Schaufenstern der Fernsehgeschäfte, wo ich auf die stummen Monitor starre, die in Nam-June-Paik-Stapeln Programmvielfalt abspulen. Neben mir Migranten, aus den überbesetzten Heimen und Wohnungen getrieben, so wie ich aus meiner leeren (kein Ausgleich in der Welt). Der Spätfrühlingswind bläst etwas warme Luft von fernen Gewittern heran. Schließlich riecht es nach den kleinen Dörfern unserer Kindheit, denen wir alle zu entkommen suchen – gleichgültig, in welchem Hochhaus wir tatsächlich aufgewachsen sind. Gleichermaßen taub geworden vor der Stummheit der Filme, aus der niemand von uns sich zurückflüchten will in das festumrissene Gebiet der eigenen Sprache, fühlen wir das Band der Gemeinsamkeit zwischen uns durch das leiseste Wort bedroht, sodass, wenn einer von uns seinen Platz verlässt, die anderen, ohne den Blick von den zuckenden Brilloschachteln zu nehmen, als Geste des Abschieds lediglich die zwischen ihren Beinen abgestellten Plastiktüten ein Stück enger zusammenpressen.

Nacht für Nacht lösche ich das Licht und versinke in einem Steinquader unter der Erde. Um mich herum Scheintüren. Nicht für die Grabräuber, sondern für meine Seele. Die Seele kriecht aus meinem Körper und sitzt nachdenklich auf dem Bettrand und blickt zu den Türen und denkt sich einen Fluchtweg hinauf in die befreite und jahrhundertlose Zeit, in der die Dattelbäume und Feigen im klarblauen Sonnenlicht verharren und der Wind leicht über die freien Schultern meiner Begleiterinnen weht. Die Seele aber ist zu schlau, auf eine der Türen zuzugehen. Sie sitzt einfach nur am Bettrand, jede Nacht aufs Neue. Und irgendwann dann nicht mehr.

Das entzündete Nagelbett des Vorgartens eitert an den Rändern in gelbe Osterglocken aus. Davor die geschuppte Haut der Straße mit ihren aufgeplatzten Teerbläschen. Dahinter die geröteten, nässenden und krustösen Läsionen der Plattenbauten, über die allabendlich die rezidivierende Entzündung des Himmelknorpels zieht. Die Fenster der Reihenhäuser starren mit geschwollenen Lidern in den Abend. Das gelbe Küchenlicht tritt als granulöses Sekret zwischen dem Holzkreuz und den Vorhängen nach außen. Die Gefäßschlingen des Farns überwuchern die Hinterhofhornhaut.

»Was ist leichter, zu sagen: Dir sind deine Sünden vergeben, oder zu sagen: Steh auf und wandle?« (Lukas 5:23) Versuchen, darauf eine Antwort mithilfe der Sprechakttheorie zu geben. Handelt es sich im Einzelnen um einen illokutiven Akt oder einen perlokutiven Akt? Darüber hinaus, was bedeutet es überhaupt, diese beiden Aussagen gegenüberzustellen und miteinander zu vergleichen?

Tierarten verschwinden aus den Wäldern und Kekssorten aus den Regalen. Das sind die Gesetze des Marktes. Wer stabil ist, verlangt nach Ruhm und Alkohol. Er möchte gesund leben und sich die schädlichen Gifte auf Kosten der Krankenkasse aus dem Körper schwemmen lassen, dann wieder sich selbst zerstören, weil er sich selbst als Konstruktion und damit als nicht unbedingt notwendig erkennt. Gesegnet, wer, an diesem Punkt der Reflexion angelangt, zu einem unerschütterlichen Glauben findet.

Der Gottesbeweis wurde vom Gottesverweis abgelöst. Man achte auf die erhobenen Finger, die sich in den Gemälden der Renaissance häufen. Schon bald verwechselte man den Finger mit dem Mond, auf den er deutet, wie es im Zen heißt, und Gott war verschwunden.

Hinter eine Sache kommen: Manchmal schaffe ich es noch nicht einmal, vor eine Sache zu kommen.

Hochgelobt der französische Flaneur, der beim Permanenten allein eine Dauerwelle und beim Undurchdringlichen (Impermeablen) einen Regenmantel assoziiert und dem selbst die letzte Ölung eine extrême-onction ist, ein Wort, in dem noch ein letztes Mal diese ganze Zumutung des Lebens aufscheint, die selbst noch im Aus-dem-Leben-Gehen nicht aufhört.

Er wusste alles. Sogar was Tod ist. Weil er damals als Zivi Rettungswagen gefahren war.

Dem Unsichtbaren, so wie er durch die Filme der Dreißiger und Vierziger geisterte, war seine eigene Unsichtbarkeit suspekt und unheimlich, weshalb er schon bald nach Mull verlangte, sich zu umwickeln. Da uns selbst das Unsichtbare sichtbar, das Göttliche offenbart sein muss, existiert es für uns nur im Verweis auf sich selbst, in Form der Tarnkappe, des Mulls, des Verbergenden.

Ist es den Schildbürgern zu verdenken, dass sie beim Bau des Rathauses die Fenster vergaßen und eher auf die Idee kamen, das Licht mit Säcken ins Innere zu tragen, als Löcher ins Mauerwerk zu schlagen? Lebte in ihnen nicht die Sehnsucht nach einem unverletzten Raum, dem Geschlossenen, dem Glassturz über unserer Welt, die uns immer wieder ereilt?

Irgendwann wird man einmal zwischen jenen Kulturen unterscheiden, die Tunnel, und solchen, die Brücken bauen.

Der Hut befähigte die Menschen dazu, sich untereinander einer gewissen Ehrerbietung zu vergewissern, indem man nämlich den Hut zog, sobald man sich begegnete. Selbst unter guten Bekannten war das kurze Berühren der Hutkrempe ein Zeichen von Achtung und Vertraulichkeit zugleich. Die Abstufungen im Hutziehen bildeten die gesellschaftlichen Hierarchien und die Beziehungen einzelner gesellschaftlicher Gruppen zueinander ab. Es gab das angedeutete Berühren der Hutkrempe, bei dem die Hand in Richtung Hut ging, diesen jedoch nicht tatsächlich berührte, dann das tatsächliche Berühren des Hutes und dieses wiederum in unterschiedlich langer Dauer. Es folgte das angedeutete Lupfen des Hutes, das sich vom langen Tippen nicht durch die Bewegung des Hutes, sondern allein durch die Handhaltung unterschied (beim Tippen wird die Handkante mit dem Zeigefinger voran in Richtung Krempe geführt, beim Lupfen bewegt sich die Hand in starrer Greifbewegung Richtung Krone). Vom Tippen, dem angedeuteten Lupfen, dem viertel, halben, dreiviertel Lupfen steigerte es sich bis zum Abziehen, das sich wiederum unterteilte in die Zeiträume, in denen man den Hut abgezogen über dem Kopf hielt oder abgezogen nach vorne (ohne Verbeugung und mit Verbeugung) oder ganz abgezogen vor die Brust oder den Bauch bewegte, um den Hut dort zu halten, während man sich verbeugte. Die Behandlung des Hutes unterschied auch Männer und Frauen, da Frauen zur Begrüßung den Hut nicht abnahmen oder berührten, selbst in der Kirche mit aufgesetztem Hut auf der rechten Seite saßen, während die Männer mit abgezogenem Hut links Platz nahmen. Die Frauen taten so, als sei der Hut kein variables Accessoire, da sie ihn, einmal aufgesetzt, in der Öffentlichkeit nicht mehr veränderten. Der Mann hingegen benutzte den Hut als schützenden Helm, war jedoch bereit, diesen Schutz bei der Begrüßung in feinen Abstufungen aufzugeben und sich dem anderen im Rahmen gewisser gesellschaftlicher Vereinbarungen auszuliefern.

Wichtiger als jegliche andere Sprachreform im Deutschen wäre es, die Benutzung eines Teilungspartikels mit den Verben des Wissens, Meinens und Glaubens einzuführen. Also nicht zu sagen: »Ich kenne ihn«, sondern »Ich kenne von ihm«, nicht »Ich weiß, was das ist«, sondern »Ich weiß, von was das ist.«

Wie kann man ernsthaft »bewusster« leben wollen? Welche Verheißung sollte darin liegen? Wäre es nicht ein wirklicher Wunsch, unbewusster zu leben, das heißt, einfach zu leben, ohne Begründung? Seht die Lilien, doch selbst da muss ich mir bei vollem Bewusstsein etwas von den Blumen abschauen.

Ohne Wenn und Aber. Ein Leben wie im Volkslied. Das muss ein rechter Müller sein oder Wem Gott will rechte Gunst erweisen und immer so weiter. Die Vorgaben sind einfach, und dann zieht man eben in die weite Welt hinaus. Es ist bezeichnend, dass ich im ersten Moment dachte, es hieße *Wer* Gott will rechte Gunst erweisen. Die Sprache verstellt sich nicht und ist auch nie verlegen, aber wenn es darauf ankommt, ähneln sich die Wörter und sind nur einen Buchstaben von einem tödlichen Missverständnis entfernt.

Lustig ist das Zigeunerleben, fahrijafahrijaho. Das ist die andere Weisheit des Volksliedes, das sich der Lobpreisung Gottes verschließt, indem es Lautmalerei betreibt. Und jedes Lied, das etwas auf sich hält, bricht früher oder später in ein »heijo, heijo, heijo« aus. Da weiß man noch nicht einmal genau, wie es geschrieben wird, weshalb es sich nicht um Gottes Wort handeln kann. Auf diesen jodelnden Ausbruch der Seele hat Gott keinen Anspruch. Simsalla basalla dusalla dim. Rundadinellas revolutionäres Element.

Selige Zeiten, in denen die Nachmittage mit der Weltstrukturierung durch eine Runde Stadt, Land, Fluss vergingen. Schon bald aber reichten die drei Strukturelemente nicht mehr: Name, Tier, Pflanze, Beruf, Schauspieler mussten dazu. Aber so baut man keine Welt. Eine Welt baut man mit Stadt, Land, Fluss, und zwar in der Reihenfolge, so wie red white and blue, respektive schwarz rot gold. Das ist die Welt, die ich meine. Da flattern die Wimpel lustig auf den Wipfeln. Und das Fremde begegnet einem integriert in gottentferntes Gelalle gleich mit: Dunja, dunja tissa, bas mada rem trem kordijar und so weiter.

Vielleicht ist das der Grund, warum Schlagerliebhaber Sänger mit fremdländischem Akzent mögen: Der Inhalt wird unkenntlich gemacht, und doch ist es die eigene Sprache, das heißt, sie müssen das Fremde nicht ablehnen und doch nicht das Eigene annehmen. (Mallorca-Effekt.)

Wenn ich schon beim Volkslied bin: Die Liebe klebt wie Bärendreck, man kriegt sie nicht vom Herze weg. Der Bär adelt die Fäkalie, als wäre man auf einer Großwildjagd da hineingetreten. Die Wirklichkeit ist viel banaler: Die Liebe klebt wie Taubenkleister, man wird des Herzens nicht mehr Meister.

Ich stelle mir vor, dass man früher singend an Lagerfeuern ein Lebenskonzept erwarb, später dann – wir bekamen den ersten Fernseher, als ich bereits acht war – vor dem Bildschirm. Werbung gab es kaum, und die Fernsehzeit war ohnehin gleich auf eine halbe Stunde beschränkt. Trotzdem denke ich nach Jahrzehnten immer noch manchmal: »Halt, es wäre doch schade um das schöne Cottonovahemd« und »Gib einem Mann eine Chester«.

Dann marschiert man eben und singt, dass es seine Art hat, und hält seine Hand in ein funkelnagelneues Waffeleisen, dass es nur so zischt. Ein anderer unterhält sich träumerisch mit einem Heupferd auf einer Wiese. Wie sah das Ideal der Romantik überhaupt aus? Hieß es Schwindsucht, Sehnsucht oder Tobsucht? Nannte die Romantik das Klassische das Kranke, oder benannte sie es gar nicht und stimmte dadurch am Ende der Klassik zu und hielt sich selbst für gestört? (Dann wäre ich Romantiker.)

Vindizieren: Selig derjenige, der von sich behaupten kann, aus Berufsgründen diese Tätigkeit auszuüben, welch eine Kraft!

Welche befreiende Hingabe liegt im Totsein. Endlich nicht mehr mit den Kräften haushalten, sondern sich ganz und gar verausgaben und fallenlassen. Zuerst ins Grab und dann ins Madengewimmel. Das muss ein Stück vom Himmel sein, keine Frage.

55

Wir sind in unseren Kleidern eingeschlafen, als Wolle und die anderen am nächsten Morgen ins Zimmer kommen. Sie haben Mohn- und Salzstangen dabei und Kakao. Orlon stellt ein Kofferradio auf das Fensterbrett, zieht die Antenne raus und macht es an. Es kommt Vom Telefon zum Mikrofon. Mach doch den Mist aus, sagt Bernd, aber ich muss daran denken, wie ich die Sendung immer gehört habe, wenn ich krank war und meine Mutter mir das Radio auf dem Dinett ans Bett geschoben hat, und dass die Leute immer gesagt haben: Einen schönen Gruß ans Schallarchiv, weil der Sprecher immer vom Schallarchiv gesprochen hat, aus dem das gewünschte Lied rausgesucht wird, während er noch mit dem Anrufer redet. Und manche wussten gar nicht, was damit gemeint ist und haben das nur so nachgeplappert, weil eben alle das gesagt haben, so wie der Reese eben was nachplappert, und weil sie es aber nicht richtig verstanden haben und nicht wussten, um was es ging, haben sie gesagt: Schönen Gruß an Herrn Schallarchi. Das habe ich dann Achim erzählt, und dann haben wir uns nach der Schule immer so verabschiedet und gesagt: Schönen Gruß an Herrn Schallarchi. Und immer, wenn uns jemand gefragt hat, woher wir irgendwas wissen, dann haben wir gesagt: vom Herrn Schallarchi. Das fanden wir unheimlich witzig, aber jetzt finde ich das nur noch blöd und ärgere mich, dass ich jetzt sogar diese doofe Sendung hören will, weil ich nicht weiß, ob ich sie überhaupt noch mal hören werde, denn im Internat oder im Erziehungsheim gibt es kein Radio. Und selbst wenn sich ein paar Ältere ein Radio aus Kartoffeln und Drähten zusammenbasteln, so wie im Werkbuch für Jungen beschrieben, lassen sie einen garantiert nicht mithören. Vielleicht doch, wenn sie erfahren, dass ich als Mitglied einer anarchistischen Vereinigung im Erziehungsheim gelandet bin. Es sei denn, sie lassen mich genau darum nicht mit den anderen zusammen, weil sie denken, dass ich einen schlechten Einfluss ausübe, so wie meine Eltern nicht wollen, dass ich mich mit Gottfried und Gerald treffe, weil die auch einen schlechten Einfluss auf mich ausüben. Eigentlich wollen sie auch nicht, dass ich mich mit Rainer treffe, weil der auf der Volksschule geblieben ist und nächstes Jahr mit der Lehre anfängt. Die Frau von der Caritas sagt, dass Rainer dafür Herzensbildung hat, aber ich weiß nicht, was Herzensbildung ist und wollte die Frau von der Caritas auch nicht fragen. Jetzt weiß ich, dass das auch richtig war, weil die Frau von der Caritas nur verlogen ist und uns alle angelogen hat. Und eigentlich könnten wir auch einfach heimgehen und das sagen, weil sie und die anderen aus der Ostzone den Penner umgebracht haben, zwar nicht direkt mit Absicht, weil sie eigentlich uns umbringen wollten, was aber letztlich auch egal ist. Und als ich das gerade denke, sagt Orlon: Hört doch mal auf zu quatschen, und stellt das Radio lauter, weil gerade die Nachrichten anfangen.

In den Nachrichten kommt gleich als Erstes die Meldung, dass drei maskierte Jugendliche in den frühen Morgenstunden den Zeitschriften- und Tabakwarenladen von Frau Maurer überfallen haben. Alle drei haben Zorromasken und Beatlesperücken getragen und Frau Maurer mit grünen, durchsichtigen Wasserpistolen bedroht. Frau Maurer wusste aber nicht, dass es keine echten Waffen waren, weshalb sie den Tätern über 2000 Mark ausgehändigt hat, was ungewöhnlich viel ist, weil sie normalerweise höchstens 500 Mark in der Kasse hat, aber an diesem Tag sollte am Nachmittag eine Lieferung Zigarren und Zigaretten kommen, weshalb die Polizei davon ausgeht, dass die Täter sich auskannten und den Laden vorher beobachtet haben. Da siehst du mal, was sich die bürgerlichen Medien wieder zusammenspinnen, sagt Dralon, und Orlon sagt: Die Schweine, weil in Wirklichkeit waren es gerademal 400 Mark und ein paar Zerquetschte und nicht 2000. Ja, sagt Claudia, ich hab auch nur 10 000 Mark Lösegeld verlangt, und dann hieß es überall 100 000. Die Schweine, sagt Orlon noch mal, aber das zahlen wir denen alles heim. Wart ihr das wirklich?, fragt Bernd. Ja klar, sagt Wolle. Aber das waren doch nur drei. Dralon hat Schmiere gestanden. Ach so, sagt Bernd, und: sagenhaft. Ja, sagt Wolle, das musste sein, wir können das doch nicht auf euch sitzen lassen. Was?, frage ich. Na, die ganzen Gerüchte, dass ihr den Penner umgebracht habt und so.

Wolle holt aus seiner Umhängetasche eine Matrize. Hier, sagt er, da malst du jetzt euer Zeichen drauf, und dann überlegen wir uns noch einen Text. Wir ziehen das nachher ab und verteilen das am Bahnhof und auf dem Mauritiusplatz. Aber dann erkennen die euch doch, sagt Bernd. Quatsch, natürlich unauffällig, außerdem helfen uns ein paar Genossen. Los, fangt schon mal an. Ich nehme das DIN-A4-Heft und male das Zeichen mit den Buchstaben RAF untereinander und der Zahl 1913 oben auf die Matrize. Das sieht doch klasse aus, sagt Wolle, und jetzt muss noch der Text darunter. Was für ein Text? Na, dass die Rote Armee Fraktion 1913 die Verantwortung für den Überfall auf den Zeitungs- und Tabakwarenladen Maurer übernimmt. Und dass dieser Überfall auf die verlogene kapitalistische und imperialistische Politik der BRD hinweisen soll, aber auch auf die genauso verlogene revisionistische Politik der DDR, weil in beiden Staaten Menschen umgebracht werden, die sich dem gesellschaftlichen Leistungsdruck verweigern, so was in der Art.

56

Der Fabrikant, dem kein Meer höher als bis zu den Knien reicht, egal wie weit er nach draußen geht, und dessen vom Wind tief gegerbte Haut ihre Anziehung auf seine Sekretärinnen immer noch nicht eingebüßt hat, steht auf der in höchster Höhe schwankenden Brücke zwischen den schwarzen Schieferfelsen. Die Scheinwerfer, schreit er nach unten, sollen ihn endlich anstrahlen. Einige Arbeiter in neuen Anzügen huschen herum und beklopfen Kabel und Transformatoren. Die gelben Schutzhelme verrutschen auf ihren Köpfen, weil sie in der Eile vergessen haben, die Schaumstoffeinlagen herauszunehmen.

Der Fabrikant taumelt aus einer Schenke. Er peitscht die Pferde, die vor den Tränken kurz eingedöst waren, bis aufgeworfene weiße Striemen über ihre Kruppen verlaufen und ihre Muskeln unwillkürlich zittern. Er wirft die gestapelten Fässer durcheinander, tritt sie, bis sie allesamt über das Kopfsteinpflaster des Hofes zur Scheune rollen. Er rennt blindwütig aus dem Tor, die Peitsche, mit der er im Gehen Blumen köpft, immer noch fest in der rechten Faust. Er setzt mit einem Sprung über die breiteste Stelle des Baches und steht mitten in einem Distelfeld. Im Weiterstürmen reißt er mit der Linken immer wieder meterlange Pfahlwurzeln aus dem Boden. Er tritt gegen Bäume, um deren Kraft zu prüfen, findet endlich einen, dessen höchster Ast immer noch dick genug ist, ihn zu halten, und knüpft sich an ihm auf. Er schreit dabei und streckt seine blau angeschwollene Zunge heraus. Ich laufe hin mit meiner kleinen Leiter, die ich von meinem Feuerwehrauto abgerissen habe und die noch nicht einmal über den ersten Wurzelausläufer reicht. Sein Glied durchbricht im letzten Wallen seines Blutes die Hose und steht frei gen Himmel. Ich rede mir ein, dass es nur ein Traum ist, während der Fabrikant von oben brüllt, ich solle ihm zu Ehren und zu Ehren seines Todes das Lied vom erstandenen Erhängten singen. Da ich den Text nicht kenne und auch nicht die Melodie, summe ich einfach leise vor mich hin und sammle die ausgerissenen Disteln auf, die höher sind als ich und deren strenger Wurzelgeruch mich an eiternde Wunden erinnert.

Der Fabrikant hat nach dem Krieg die Fabrik aus der Erde gestampft, weshalb er sie jederzeit auch wieder dem Erdboden gleichmachen kann. Wenn er sich jetzt selbst erhängt, kommt das einem Ende der Vollbeschäftigung gleich. Es kommt einem Ende der Kleinfamilie gleich und damit auch einem Ende von mir. Weder kann ich hier in diesem vom Wind durchpeitschten Distelfeld bleiben noch zurück in den staubüberzogenen Haushalt, in dem meine Mutter und die Frau von der Caritas noch nicht einmal meinen kleinen Bruder richtig versorgen können.

Der Fabrikant ist dem Baum entsprungen. Er lacht und sagt, ich verstünde noch nicht einmal vom Tod etwas. Das Hängen habe allein den Sinn gehabt, seine Potenz zu steigern, nicht mehr und nicht weniger. Er hat sich aus eigener Kraft erhängt und auch aus eigener Kraft befreit und wickelt mir nun, während er immer weiter auf mich einredet, den zerrissenen Strick wie im Spiel um den Hals. Morgen suchen wir dir einen Baum, sagt er, einen kleinen, für dich passenden Baum, denn es wird Zeit, dass endlich ein Mann aus dir wird und du nicht immer noch weiter mit Feuerwehrautos spielst, Feuerwehrautos, die noch nicht einmal eine Leiter haben. Ja, ja, sagt er, nichts zum Ausfahren, und lacht. Dabei drückt er meinen Kopf nach unten und sieht nach, ob ich schon so weit bin, dass mir der Nacken rasiert werden muss. Es ist das älteste Gefühl der Menschheit, älter noch als das Reißen von dünnen Eisschollen an nackten Armen, das Stechen von Dornen in Fersen, das Schneiden der Finger an einem gefrorenen Halm. Es ist selbst älter als das Gefühl der Füße für den Boden und das der Hände für die Luft. Ich spreche vom Gefühl des Kopfes zwischen den Knien des Fabrikanten. Auch dadurch entstehen Religion und eine Art Lebensphilosophie, die sich an der Groteske reibt und aus dem Ansatz entsteht, nach unten gebeugt und durch die eigenen Beine die Welt betrachten zu müssen. Ich spucke etwas auf den Boden, das wie die opake Lymphe des mitten auf dem See eingefrorenen Entenjungen aussieht, um das herum wir unsere Bahnen liefen, bis ihm eines Tages, ohne dass es jemand angefasst hätte, der Kopf abfiel und kein Blut, aber eine zu transparentem Gelee gefrorene Flüssigkeit in kleinen, schnell versiegenden Wellen vor unsere Füße tropfte.

Der Fabrikant verlangt die Morgenzeitung, die ein abgemagerter Junge ihm bringt. Der Fabrikant drückt dem Jungen daraufhin mit einem Blick, in dem sich eine unverhohlene Verachtung für mich spiegelt, ein

50-Pfennig-Stück in die Hand. Der Fabrikant verachtet mich, weil nicht ich ihm die Zeitung gebracht habe, weil ich nicht arm bin und bereit, für meinen Lebensunterhalt selbst aufzukommen, indem ich Zeitungen verkaufe auf der Straße, vor der Autobahnbrücke, genau dort an der Ecke, wo der Bach in der Erde verschwindet, dort vor dem Distelfeld mit der großen Eiche mit dem abgeriebenen Ast in der Ferne, an dem der Fabrikant noch vor Kurzem hing. Würde ich dem Fabrikanten die Morgenzeitung bringen, wäre seine Verachtung für mich bestimmt nicht größer, aber auch nicht geringer.

Der Fabrikant liest im Wirtschaftsteil, dass man das Modell seiner hohen Brücke zwischen den zwei schwarzen Schieferwänden auf der ganzen Welt nachbaut. Er lacht und schlägt die Zeitung zu. Ich kenne ihn gut genug, um zu wissen, dass ihn in diesem Moment das Projekt nicht länger interessiert. Das ist eine Kapitalanlage für dich, sagt er, für später.

Ich sitze mit meinem Malkasten und meinen Buntstiften auf dem Speicher und male ungelenk Fluchtpläne auf gewelltes Zeichenblockpapier.

Der Fabrikant kennt Krankheiten nur vom Namen. Er kann die Zunge, die er sich einmal vor meinen Augen herausgeschnitten hat, jederzeit neu an die Wurzel ansetzen. Die ausgerissenen Disteln, die ich mit heimgenommen habe, kommen ihm gerade recht. Er hält sie zum Vergleich an sein Glied, lächelt und notiert Zahlen in einer Kladde. Ich soll, sagt er, spielen, aber nicht die Hände dabei benutzen und nicht mit dem Mund die Bauklötze aufeinanderlegen. Wenn es gegen das Fenster klopft, darf ich nicht hinsehen, denn was dort steht und klopft, ist einfach zu schrecklich anzuschauen für ein Kind. Der Fabrikant allein kann es ertragen. Er wird es packen und in den Keller zerren und dort zerlegen und in Büchsen einmachen, die er neben den Dosen mit dem gestriemten Pferdefleisch aufbewahrt, von dem nur er zum Frühstück isst. Meine Hände schmerzen von der auferlegten Bewegungslosigkeit. Ich rutsche auf den Knien zum Schrank und ziehe die Schublade mit dem Kinn auf. Es liegen dort die beiden Kaninchen. Ich sehe, wie sie sich verwandeln. Erst zersetzt sich das Fell, dann zerfällt darunter die Haut. Sie formen sich zu Blättern und Gräsern. Das graue Sehnenfleisch wird ein Schilfrohr, die roten Augen Vogelbeeren, die Zähne Kilometersteine am Straßenrand, die Ohren Wagenräder, um mich damit auf den Grund des

Sees zu ziehen. Ich lasse mich nach hinten fallen und übe auf dem Rücken liegend Ersticken, bis der Fabrikant kommt und die Schublade mit einem Tritt zustößt.

Ich tauche die Kaninchenleiber in einen Topf mit Wasser, damit das Gewürm herausgeschwemmt wird. Der Fabrikant rumpelt mit einem hölzernen Schubkarren auf dem Flur herum. Er kommt vom Schieferfelsen, wo er wahllos Äste und Getier aufgesammelt hat. Natürlich hat er es nicht nötig, etwas aufzusammeln. Gerade deshalb macht er es. Es ist sein Steckenpferd. Und weil es sein Steckenpferd ist, muss es komplett sinnlos sein. Er kippt mir das Aufgesammelte vor die Füße, damit ich es ordne und katalogisiere. Nein, nicht einfach Tier auf Tier und Halm auf Halm, schreit er. Du musst sehen, was die Dinge wirklich miteinander verbindet. Er wirft mir ein kariertes Heft und einen Bleistift zu. Dann rast er mit dem Schubkarren wieder in Richtung Schieferfelsen. Ich schreibe mit Schönschrift auf die erste Seite: Dinge, die man in einen Teppich einrollen kann. Darunter: 1. Mutter.

Der Fabrikant kommt wenig später erneut mit dem Schubkarren in mein Zimmer gefahren. Auf dem Kopf trägt er eine Mütze aus Kaninchenfell. Auf dem Karren liegt ein zusammengerollter Teppich. Ich habe gelesen, was du in das Heft geschmiert hast, brüllt er und steuert den Schubkarren im Kreis um mich, den Teppich dabei immer so vor sich, als wäre er sein Glied. Ich habe es nicht nötig, jemanden einzuwickeln, ruft er und schüttet mir das, was wirklich in dem zusammengerollten Teppich ist, vor die Füße: Schrauben, die man nirgendwo mehr findet, Stahlfedern ohne Rost, Hasenpfoten, so viel ich will, Gipsmodelle seines Ohrs, Streichholzschachteln aus aller Herren Länder und so weiter. Mein Heft haut er mir vor die Füße und befiehlt mir erneut, alles säuberlich zu notieren. Ich sehe, dass die erste Seite fehlt, er hat sie plump herausgerissen und noch nicht einmal die dazugehörige Hälfte des Blattes hinten entfernt, weshalb der fransige Rand übersteht.

Ich liege als Schlange in meinem Bett. Die roten Kaninchenaugen rollen in meinem halboffenen Maul hin und her und leuchten. Ich warte auf den Fabrikanten. Die Leselampe ist gelöscht. Das Rechenheft liegt unbeschrieben auf dem Boden. Obwohl ich weder Hals noch Glieder habe, spüre ich alles aufs Genauste. Ich höre ein Poltern auf dem Gang und schließe langsam den Mund über die Kaninchenaugen, damit es ganz dunkel im Raum wird. Der Fabrikant kommt hereingestürzt. Mit der Peitsche schlägt er nach dem Lichtschalter. Ich züngle etwas ängstlich unter dem Deckbett hervor, das mir der Fabrikant sofort vom ungeschützten Leib reißt. Er lacht, weil er glaubt, ich wolle ihn durch meine symbolische Form verhöhnen oder durch die Tatsache, dass ich zwei Fortpflanzungsorgane besitze, seine Potenz infrage stellen. Sofort will er meine zwei Glieder sehen. Dazu lässt er mich zuerst meine Giftzähne in ein mit Leinen bespanntes Einmachglas schlagen, presst dann das Glas so lange fest gegen meinen Oberkiefer, bis auch der letzte Tropfen Gift herausgeträufelt ist. Anschließend rollt er mich auf den Rücken, damit ich völlig wehrlos bin, schiebt die kleine Hautfalte zur Seite und lässt meine zwei Glieder hervorspringen. Wieder lacht er, nimmt sich mein Geodreieck vom Schreibtisch und misst zweieinhalb Zentimeter ab. Na, sind wir mal großzügig und sagen drei, raunt er mir zu, während er das Rechenheft vom Boden nimmt und die Zahl einträgt. Und, fährt er fort, obwohl das eigentlich nicht ganz in Ordnung ist, das Ganze mal zwei, macht also sechs. Er schreibt eine zweite Drei unter die erste. Dann zieht er einen Schlangenfänger aus der Tasche, spreizt die Metallgreifer um eine Stelle meines Körpers, die er für den Hals hält, lässt sie enger werden, hebt mich daran hoch und presst mich gegen die Wand. Während er mich so mit der Linken festhält, öffnet er mit der Rechten seine Hose. Sofort springen drei mächtige Glieder heraus. Das Geodreieck reicht da nicht, brüllt er und greift sich mein Lineal. Nachlässig hält er es an seine Glieder, die weit darüber hinausragen. Na, wollen wir mal nicht so sein, lacht er: 30 Zentimeter. Er bückt sich, um die Zahl ebenfalls in mein Heft einzutragen. Und mal drei macht 90. Er macht die Hose wieder zu und öffnet die Gabel des Schlangenfängers, sodass ich mit dem Kopf zuerst aufs Bett stürze und unwillkürlich die Kaninchenaugen aus meinem Maul rollen lasse. Dann knallt er das Rechenheft vor mein Gesicht. Und ich will, schreit er, dass du das am Montag deiner Lehrerin zeigst. Er reißt das Leinentuch von dem Einmachglas mit meinem Gift und leert es in einem Zug. Dann stürmt er aus dem Zimmer.

57

Mein Vater wirft ein paar Sachen von mir in den braunen Koffer. Unterhosen, Unterhemden, Rollkragenpullover. Eigentlich darf ich in das Konvikt nichts mitnehmen an persönlichem Besitz. Das Bild von John und Yoko habe ich ohnehin in meinem Portemonnaie. Dann packe ich noch ein neues DIN-A4-Heft ein. Und Das sind die Beatles. Ein Bravo-Bildband, der zwar dicker, aber etwas kleiner ist und deshalb genau in das Heft passt. Damals waren die Beatles für drei Tage in Deutschland und haben im Zirkus Krone gespielt. Mein Vater geht schon vor zum Auto, denn er fährt heute selbst. Ich mache den Koffer noch einmal auf. Der Stoffbezug im Deckel ist an der Seite lose. Dort stecke ich die Hefte hinein. Meine Mutter liegt auf der Couch und schläft. Ihr Gesicht ist grau. Neben ihr auf dem Dinett stehen Medikamente. Mein Bruder ist mit der Frau von der Caritas auf dem Spielplatz. Im Auto darf ich vorn sitzen. Die beiden Magneten neben dem Handschuhfach. Der Heilige Christophorus. Oft wird er mit einem Hundekopf dargestellt, den er sich erbeten hatte, um allen weltlichen Anfeindungen zu widerstehen. Obwohl er das Christuskind und mit ihm das Leid der ganzen Welt tragen konnte, wurde er später selbst ertränkt. Entweder man rettet andere oder sich selbst. Beides geht nicht. Neben dem Heiligen Christophorus mit Wanderstab, der Blätter treibt, ein kleiner dreiteiliger Rahmen. Rechts ein Foto von mir und meinem Bruder. Links ein Foto meiner Mutter. Dazwischen steht mit goldener Schreibschrift auf blauem Grund: Denk an uns. Fahr vorsichtig. Mein Vater lässt den Motor an. Der Mutter geht es schlecht, sagt er. Du bist jetzt bald vierzehn. Da habe ich seinerzeit schon meine Lehre angefangen. Und wir waren im Krieg. Du kannst nicht immer so weitermachen. Wenn du noch einmal sitzenbleibst, musst du sowieso von der Schule. Und deine Mutter kann keine Aufregung mehr vertragen. Aber vielleicht entscheidest du dich nach den Exerzitien ja für das Priesterseminar. Deine Mutter würde das sehr freuen. Und ich hätte auch eine Sorge weniger. Stell dir doch mal vor, in ein paar Jahren könnte dein Bruder schon bei dir zur heiligen Kommunion gehen. Oder zumindest gefirmt werden. Er greift in die Jackentasche und gibt mir einen Brief. Der ist für dich angekommen. Er fährt rück-

wärts über den Fabrikhof. Ich reiße den Umschlag auf. Der Brief ist von
Claudia. Claudia schreibt: »Hallo, blöd dass wir uns nicht mehr gesehen
haben. Aber als ich in der Schule war mein Zeug holen, warst du nicht da.
Christiane hat gesagt, du bist krank. Aber doch nicht auch in der Klap-
se wie ich? Oder? Ich komm nach den Sommerferien wahrscheinlich auf
eine andere Schule. Auch blöd, aber es ging nicht anders. Am 15. fahre ich zum Knastcamp nach Ebrach. Kommst du auch? Spencer, Geyer
und Stoni fahren auch. Wir treffen uns um 7 am Mauritiusplatz. Bis dann.
Tschüss. Claudia« Ich falte den Brief zusammen und stecke ihn in die
Innentasche meiner Windjacke. Von wem war der Brief?, fragt mein Vater. Vom Rainer. Der fängt doch auch seine Lehre an nach den Sommerferien, oder? Ja, bei Mercedes in der Mainzer Landstraße. Das ist auch
kein Zuckerschlecken. Wenn Rainer mir noch mal schreibt …? Heben
wir natürlich auf. Könnt ihr mir das nicht nachschicken? Wir fahren die
Tannhäuserstraße hoch, über die Allee, dann die Henkellstraße runter
am Bungalow von Dengels vorbei und auf die Autobahn. Der Himmel
liegt grau über dem Rheingau. Jetzt kann ich noch mal die Fabrik und
schräg dahinter unser Haus sehen. Rechts der Gräselberg. Das verwinkelte Haus von Hoffmanns. Neben der Autobahn der Weg, den wir am
Sonntagnachmittag immer entlanggingen, als meine Mutter noch laufen
konnte. Der gelbe Pullover, der selbst durch das Nyltesthemd hindurch
kratzte. Die Amikaserne. Das Rosenfeld. Norbert Persch hat immer noch
meine drei Micky-Maus-Sammelalben. Blau, rot, grün. Mit einem Me-
tallstift werden die Hefte in der Mitte festgehalten. Die Ich-weiß-mehr-
Kartei von Fix und Foxi. Das Felix-Osterheft mit goldenem Umschlag.
Lupo Modern. Mickyvision. Popfoto. Bei meinem Opa die Zeitschrift für
Angestellte der Post. Darin für Kinder die Seite Das Posthörnchen. Unten auf der rechten Seite eine Zeichnung. Eine Straße mit einem Auto.
Ein Junge trägt eine Torte. Ein Hund hat sich von der Leine losgerissen.
Darunter steht: Wie geht es weiter?

In der ersten Woche ist uns die Matutin erlassen. Wir stehen um viertel vor sechs auf. Um sechs versammeln wir uns zur Prim in der Kapelle. Anschließend Frühstück. Hausarbeiten bis zur Terz. Danach liturgische Unterweisungen bis zur Sext. Mittagessen. Erneut Arbeiten im Haus oder im Garten bis zur Non, während derer wir der Sterbestunde des Herrn gedenken. Es folgt weiterer Unterricht (Latein, Patristik, Rhetorik, Exegese) bis zur Vesper. Anschließend Abendbrot. Bis zum Komplet Freizeit, die wir eigentlich zum Eigenstudium verwenden sollen. Um 20 Uhr Einschluss in die Zelle. Um 21 Uhr wird das Licht gelöscht.

Drogen sind kein Problem. Amphetamine, Speed, Valium, Haschisch, LSD. Aber mit 20 Mark Taschengeld kommt man nicht weit. Fünf Mark kostet es mich schon pro Woche, damit Claudias Briefe nicht dem Pförtner in die Hände gelangen, sondern vorher abgefangen und in dem Leinensack im Geräteschuppen hinter den Rechen für mich hinterlegt werden. Bleiben noch fünf Mark. Eine Valium 10 kostet 3,50. Praxiten ist einen Tick billiger, macht aber Kopfschmerzen. Antihyperkinetika sind mir zu gefährlich. Appetitzügler zu unberechenbar in der Wirkung. Ich kaufe erst mal eine halbe Valium. Nehme nach dem Komplet eine viertel.

Das Problem ist: Ich kann kein Blut sehen. Während der zwei Stunden Hämatologie starre ich auf mein Heft, ohne den Blick zu den Schautafeln und Dias zu heben. Blut ist eine Suspension, weil es aus Wasser und Zellstoff besteht. Es ist eine nichtnewtonsche Flüssigkeit. Newton war Häretiker. Nicht wegen seiner Lehren, sondern weil er sich selbst für gottähnlich hielt. Newton wurde am Weihnachtstag geboren. Aus den Buchstaben seines Namens, Isaacus Neutonus, formte er die Worte Jeova sanctus unus, ein Auserwählter Gottes. Auf dem Sterbebett verweigerte er die letzte Ölung. Das, sagt Pater Eusebius, können wir uns als Eselsbrücke für nichtnewtonsche Flüssigkeiten merken. Öl gehöre zwar strenggenommen nicht zu den nichtnewtonschen Flüssigkeiten, dafür jedoch das Blut, das der Herr für uns vergossen habe. Genaueres würden wir in Rheologie lernen.

Während wir vor dem Refektorium warten, flüstert mir ein Mitschüler zu, dass wir in Rheologie gefragt würden, ob Sperma dilatant oder strukturviskos sei. Ich soll aufpassen, weil es sich um eine Fangfrage handele. Bei richtiger Antwort, strukturviskos, werde nämlich nachgefragt, woher ich meine Kenntnisse beziehe. Einfach zu sagen, man habe keine Ahnung, gehe auch nicht, weil einem das als Ausrede ausgelegt werde. Am besten, man bleibe bei der Theorie und sage, um das herauszufinden müsse man überprüfen, ob Sperma sich nach dem Einwirken der Scherkräfte, also nach der Ejakulation, die man jedoch keinesfalls erwähnen dürfe, rheopex oder thixotrop verhalte. Er zwinkert mir zu und macht eine merkwürdige Handbewegung, bei der er zuerst die Faust ballt, dann die Finger in einer Art fließender Bewegung spreizt. Dabei zischt er: thixotrop. Wenn ich meine Vorhaut leicht an einer Wolldecke reibe, ist das ein angenehmes Gefühl. Sperma kommt keins. Ziehe ich die Vorhaut zurück, tut es weh.

Ich versuche, die Zeit von Einschluss bis Lichtaus möglichst auszunutzen. Als Erstes lese ich die beiden Briefe von Claudia. Dann nehme ich das hereingeschmuggelte DIN-A4-Heft und versuche, etwas über Claudia zu schreiben. Ich stelle mir vor, dass sie jetzt mit den anderen in Ebrach ist. Ich stelle mir Ebrach ähnlich vor wie das Pfadfinderlager in Krausenbach letztes Jahr. Nur dass Gruppen spielen. Amon Düül und Tangerine Dream. Amon Düül kenne ich nicht. Tangerine Dream haben einmal im Museum gespielt. Mit Sixty Nine als Vorgruppe. Ich sitze mit dem Rücken an die Tür gelehnt. Ich habe zwar keinen Spion in der Tür entdeckt, aber ich will ganz sichergehen. Das DIN-A4-Heft und Claudias Briefe sind neben dem zusammengefalteten Bild von John und Yoko und dem Beatlesbuch mein einziger Besitz. Ich rolle alles in einer alten Plastiktüte zusammen, die ich jeden Morgen, bevor ich die Zelle verlasse, von unten in das Abflussrohr des Waschbeckens schiebe. Geht das Licht aus, bleibe ich noch einen Moment sitzen. Ich versuche, die Reihenfolge der Lieder auf den Beatles-Platten leise aufzusagen. Die Stücke kriege ich alle zusammen. Aber die Reihenfolge ist schwierig. Ist auf der Rubber Soul The Word auf der B-Seite zwischen Wait und If I Needed Someone oder vorn nach Think for Yourself und vor Michelle? Die zweite Seite fängt auf alle Fälle mit What Goes On an, der Rückseite von Nowhere Man. Dann kommt Girl, die Rückseite von Michelle. Ich hatte Run For Your Life vergessen. Dann ist The Word doch auf der A-Seite. Ich lege mich aufs Bett und versuche die erste Strophe von I've Just Seen a Face auf einen Atem ins Kissen zu singen.

Mittwochnachmittag überwacht Postulant Hans-Günther unsere exegetischen Hausaufgaben. Wir sollen mindestens eine Seite über Matthäus 6:27 schreiben. »Wer von euch vermag aber durch sein Sorgen seiner (Lebens-)Länge eine einzige Elle hinzuzufügen?« Mir fällt nichts ein. Vielleicht geht es darum, dass die Lebenslänge ein Zeitmaß ist, die Elle aber ein Längenmaß. Ein ungenaues Längenmaß, weil es, wie wir in Religionsgeschichte gelernt haben, eine ganze Reihe unterschiedlicher Ellen gab. Entsprechend den unterschiedlichen Körpergrößen. Aber das ist bestimmt nicht gemeint. Postulant Hans-Günther kommt auf mich zu. Er stellt sich hinter mich und beugt seinen Kopf über meine Schulter.
»Und«, sagt er, »fällt dir nichts ein?«
Ich zucke mit den Achseln.
»Man muss sich bei der Exegese von eigenen Vorstellungen lösen.«
Ich schaue ihn an.
»Was ist denn deine Lieblingsplatte von den Beatles?«, fragt er.
Es kann eine Fangfrage sein. Vielleicht sollte ich leugnen und sagen, dass ich die Beatles überhaupt nicht kenne. Aber dann hätte ich nicht nur gelogen, sondern auch das verraten, was mir am liebsten ist. So wie Petrus. Die Haare des Postulanten Hans-Günther gehen ihm bis zum Kinn. Er sieht ein bisschen aus wie Dave Davies. Ich mag Death of a Clown. Und Susannah's Still Alive. Als die Singles erschienen, hatte ich Angst, dass die Kinks sich auflösen. Deshalb konnte ich die beiden Lieder nie ganz in Ruhe hören. Susannah wurde verleugnet und unschuldig angeklagt. Einmal ging sie in den Garten. Ihr war heiß. Sie wollte baden. Ihre Dienerinnen holten das Badezeug. Sie zog sich aus. Das sahen zwei Männer. So wie Rainer und ich, als wir bei Rainer aus dem Haus kamen und Frau Berlinger sich gerade das Oberteil ihres Bikinis umband. Rainers Eltern waren arbeiten. Herr Berlinger war auch nicht da. Aber wir gingen nur zurück in die Wohnung und trauten uns nicht mehr raus, obwohl es so heiß war. Anders als die Männer bei Susannah. Die gingen zu ihr und sagten: »Wenn du uns nicht zu Willen bist, dann behaupten wir einfach, du hast Unzucht mit einem jungen Mann getrieben.« Doch Susannah lässt sich nicht darauf ein. Also kommt sie vor Gericht. Die beiden Männer bringen ihre Anklage vor, und sie wird zum Tode verurteilt, obwohl sie ihre Unschuld beteuert. Als sie abgeführt wird, hört man eine

Stimme sagen: »Ich bin unschuldig, wenn ihr Blut vergossen wird.« Es ist der junge Daniel, der spätere Prophet, der das sagt. Die Richter merken, dass Gott aus ihm spricht, und übergeben ihm die Verhandlung. Daniel befragt nun die beiden Männer getrennt, wo sie Susannah mit dem Mann gesehen hätten. Der eine sagt: unter einer Zeder, der andere: unter einer Eiche. Damit sind sie überführt. Susannah kommt frei. Die Männer werden gesteinigt. Von der Logik der Exegese allerdings mehr als problematisch. Dass sie über den Ort gelogen haben, beweist nicht automatisch ihre Lüge über den Hergang. Ich versuche, mich an den Text von Susannah's Still Alive zu erinnern. Whiskey or gin, that's alright. Mehr fällt mir nicht ein. Wine is sweet and gin is bitter, you drink all you can but you can't forget her. The Price of Love von Status Quo. Am liebsten mag ich Are You Growing Tired of My Love. Irgendwas macht mich daran traurig. Obwohl ich niemanden liebe. Vielleicht deshalb.

»Und«, fragt Postulant Hans-Günther, »welche ist es nun?«
»Rubber Soul«, sage ich.
»Aha, die Gummiseele.«
Daran hatte ich gar nicht gedacht. Sonst hätte ich es kaum gesagt. Wahrscheinlich ist der Titel blasphemisch.
»Kannst du die Texte auswendig?«
»So ziemlich.«
»Dann versuch doch mal davon eine Exegese bis morgen. Und denk nicht, dass jemand, der Ich singt, immer nur sich selbst meint. Genauso mit dem Du. Das sind nicht immer nur Mädchen. Alles kann auch umgekehrt und ganz anders sein. Stell dir einfach jemand anderen vor, nicht John, nicht Paul, der das singt, und dann frag dich, warum er das so singt.«

Am Abend gehe ich die Stücke der Rubber Soul einzeln durch. Ich denke an Claudia. Aber sie kann das unmöglich singen. Vielleicht Spencer, Geyer und Stoni, mit denen sie nach Ebrach gefahren ist. Alle drei haben Haare bis über die Schultern. Spencer spielt sagenhaft Gitarre. Blues. Er war vom Gutenberg geflogen und kam auf unsere Schule in die Elfte. Als er beim Rektor vorsprach, hatte er sich die Haare zum Zopf zusammengebunden und hinten im Rollkragen versteckt. Er trägt einen Ziegenfellmantel. Ich hätte mich einmal abends im Jazzhaus mit ihnen und Claudia treffen können. Sie hatten irgendeine Aktion vor. Aber ich durfte nicht weg. Außerdem hatte ich irgendwie Schiss. Claudia habe ich am nächsten Tag gesagt, dass mich meine Alten eingesperrt hätten. Aber sie war irgendwie abwesend. Drive My Car war klar aus ihrer Sicht. Sie brauchten jemanden fürs Fluchtauto. Selbst hatten sie auch noch keinen Führerschein. Oder war einer von ihnen schon über achtzehn? Obwohl das egal ist, wenn man was Illegales vorhat. Norwegian Wood auch klar, da wird am Schluss die Wohnung angesteckt. Höchstens die Frage, wessen Wohnung. Claudia wollte meinen Button, auf dem Pauker zur Hölle steht. Er ist grün und leuchtet im Dunklen. You Won't See Me: schwierig. Vielleicht, dass sie einen anrufen, aber man Angst hat abzunehmen. So wie ich damals, als ich ins Jazzhaus kommen sollte. Nowhere Man: eindeutig. Das ist jemand, der untertaucht, der nirgendwo lebt, keinen Namen mehr hat und das alles. Think for Yourself: Da sagt schon der Titel alles. Ich kann mich allerdings nicht mehr erinnern, ob es Think for yourself cause I will be there with you oder I won't be there with you heißt. Beim Ersten würde es so bisschen in die Richtung gehen: Wenn zwei oder drei in meinem Namen versammelt sind, da bin ich mitten unter ihnen. Beim Zweiten wäre es eher wie die Tupamaros. Man ist auf sich allein gestellt. The Word ist die Parole. Mit dem richtigen Losungswort ist man frei. Bei Michelle werde ich müde und schlafe ein.

Nach dem Frühstück spricht mich wieder der Junge von gestern an. Er ist bestimmt zwei Jahre älter als ich. Schon im Stimmbruch. Pickel auf der Stirn. Diesmal erzählt er nichts von thixotrop, sondern fragt mich, ob ich weiß, was Denudatio heißt. Ich habe keine Lust, darauf zu antworten. Nacktmachen, sagt er. Ein Spinner. Denudatio crucis, ich weiß. Am Karfreitag. Wenn die Glocken nach Rom geflogen sind. Und die Schellen durch Klappern ersetzt werden. Und der Pfarrer mit dem Altardienst barfuß zum Altar geht. Und sie sich auf dem Bauch hinlegen. Die Arme nach vorn gestreckt. Grausam der, der jedes Jahr den Judas lesen muss. Herr Schulz. Wenn ich seine Stimme nach der Kirche höre, zucke ich zusammen. Er ist dürr und eingefallen. Manchmal liest er auch die Zwischentexte, aber es hilft nichts. Ecce lignum crucis.
»Zehntes Jahrhundert. Pornokratie«, sagt Thixotrop.
Ich habe keine Ahnung, was er will.
»Ich hab ein Bild von Marozia. Als Hure Babylon. Und von der Päpstin Johanna.«

Ich muss an Yoko denken. Nackt. Trotzdem höre ich ihm nicht weiter zu.

Ich versuche, Postulant Hans-Günther auszuweichen, aber er kommt mir im Kreuzgang direkt entgegen.
»Mir ist nichts Besonderes eingefallen«, sage ich gleich.
Er legt mir die Hand auf die Schulter. Wir gehen in den Kräutergarten.
»Ich hab es wirklich versucht«, beteuere ich, »aber bei Michelle ...«
»Wegen des Französisch?«
»Genau«, lüge ich.
»Gerade wenn Fremdsprachen auftauchen, muss man sich nach der besonderen Bedeutung fragen. So wie die letzten Worte Jesu etwa, die auf Aramäisch überliefert wurden. Warum?«
»Ich weiß es nicht.«
»Eine besondere Betonung. Aber nicht nur. Das Missverstehen wird bewusst einkalkuliert. Eine Doppelbedeutung. Oder einfach das Rätselhafte, Unergründliche. Fangen wir doch mal vorn an. Drive My Car, ist dir da gar nichts eingefallen?«
Das mit dem Fluchtauto kann ich unmöglich sagen. Also schüttle ich den Kopf.
»Stellen wir uns Jesus vor. Vielleicht will Jesus, dass du sein Chauffeur sein sollst. So wie der Heilige Christophorus ihn getragen hat, so sollst du ihn vielleicht fahren.«
»Aber warum?« Ich kann mich einfach nicht von dem Gedanken an das Fluchtauto lösen. Wenn die Oberstufler mich wollten, das könnte ich verstehen. Ich warte vor der Bank. Sie springen rein. Ich fahre los. Sie nehmen die Masken ab. Wir fahren in Richtung Ostbahnhof. Hinter der Autobahnbrücke biegen wir in einen Feldweg ein. Dort, wo auch die Prostituierten stehen. Ich weiche den Schlaglöchern aus. An Schrebergärten vorbei. Zu einem Schuppen, wo wir den Wagen umlackieren.
»Als Chauffeur hilfst du Jesus bei seiner Aufgabe, die Menschheit zu erlösen. Aber am meisten hilfst du natürlich dir selbst, denn er hat dich auserwählt. Wenn du diese Grundaussage einmal begriffen hast, dann kannst du immer mehr Details hinzufügen. Jesus sagt dir: Working for peanuts is all very fine, but I can show you a better time. Wer arbeitet denn für Erdnüsse? Das sind die Elefanten im Zirkus, die Affen im Zoo. Dressierte Tiere. Abgerichtet. Aber Jesus kann dir etwas Besseres zeigen. Er kann dich befreien. Und nur wenn du das so liest ergibt auch der Schluss einen Sinn, denn es stellt sich heraus, dass Jesus gar kein Auto

hat, aber er sagt: Ich habe einen Chauffeur gefunden, und das ist ein Anfang. Er sagt: Es geht um dich, nicht um das Auto. Das Auto, das sind die
Akzidenzien, das Unwichtige, das Äußerliche. Denn natürlich braucht
Jesus kein Auto. Jesus ist Gottes Sohn. Er vermag alles. Aber er braucht
dich. Er braucht dich, weil er dich liebt. Du bist der Anfang, das Alpha,
damit er das Omega, die Erfüllung, sein kann. Verstehst du?«
Ich nicke.
»Weiter. Norwegian Wood. Jesus kommt zu dir nach Hause. Du hast
eine wunderbar eingerichtete Wohnung. Du sagst: Hier, Jesus, schau
mal, meine schönen Möbel. Dafür habe ich lange gespart. Darauf bin ich
stolz. Du sagst, er soll sich setzen. Jesus schaut sich in deinem Zimmer
um, doch es ist kein Stuhl da. Du hast an alles gedacht, dich nach der
neusten Mode eingerichtet, aber du hast eins vergessen: einen Platz für
Jesus. Also setzt sich Jesus auf den Boden. Er ist demütig. Er sitzt zu deinen Füßen. Er erniedrigt sich. So wie er die Füße der Jünger gewaschen
hat. Aber nicht genug, er trinkt sogar von deinem Wein. Obwohl er es ist,
der Wasser in Wein verwandeln kann. Jesus geht auf dich zu. Er nimmt
das, was du ihm gibst. Doch du sagst: Ich muss ins Bett, weil ich morgen
früh raus muss. Ich muss früh raus, weil ich noch mehr Geld verdienen
will, um mir noch schönere Möbel kaufen zu können. Und du lachst ihn
aus, als er sagt: Ich muss nicht zur Arbeit morgen. Als er sagt: Sehet die
Lilien auf dem Felde …«
»Susannah heißt Lilie.«
»Wie kommst du darauf?«
»Ich musste an eine andere Stelle denken.« Natürlich hat das nichts damit zu tun. Ich wollte einfach irgendwas sagen. Susannah im Bade. Unschuldig wie eine Lilie. Aber es stimmte schon, wir waren gerade woanders. Bei Möbeln.
»Sehr gut«, sagt Postulant Hans-Günther zu meiner Überraschung, »Susannah, die bei Lukas als Jüngerin mit Jesus geht und ihre Habe spendet.
Genau darum geht es. Wenn Jesus zu mir kommt, dann sage ich nicht:
Ich habe etwas Wichtigeres zu tun. Ich lache nicht und gehe einfach ins
Bett. Konntet ihr nicht eine Stunde mit mir wachen? Das ist die Frage,
die Jesus an uns alle stellt. Denn er hat weder Stuhl noch Bett in unserer
ungastlichen Wohnung. Er schläft in der Wanne. Es ist kalt und klamm
in der Wanne. Aber er harrt aus. Er wartet auf uns. Vielleicht haben wir
uns ja besonnen am Morgen. Doch wir sind weg. Und was macht Jesus?
Er zündet die Möbel an. So wie er die Geldwechsler und Händler aus

dem Tempel jagt, so zieht er den Balken aus unserem Auge, er verbrennt das, was unsere Sicht auf ihn behindert. Er gibt uns eine weitere Chance, ihn zu erkennen. Ihn zu finden.«

»Aber You Won't See Me, das ist schwierig«, sage ich.

»Findest du?« Postulant Hans-Günther lächelt freundlich. »Man kann es eigentlich als Fortsetzung von Norwegian Wood lesen. Wieder bemüht sich Jesus um dich. Er ruft dich an, aber deine Leitung ist besetzt. Er sagt: Mir reicht's, werde doch endlich erwachsen, nein, im Englischen ist es noch besser: Act your age, verhalte dich deinem Alter entsprechend. Denn Jesus liebt die Kinder. Er weiß, dass sie oft mehr verstehen als die Erwachsenen. Aber ein jeder soll sich seinem Alter gemäß verhalten. Wenn man gewisse Aufgaben übernommen hat, dann muss man sie auch erfüllen. Man kann sich nicht taub stellen. Den Hörer einfach von der Gabel nehmen, sich verstecken. Jesus klopft immer wieder an, seine Güte ist ohne Ende, doch was soll er tun, wenn du dich weigerst, ihm zuzuhören? My hands are tied, sagt Jesus. Das heißt nicht etwa, dass er dir nicht helfen könnte, vielmehr weist er dich genau auf das hin, wodurch er dir helfen kann, wodurch er dich bereits erlöst hat, nämlich durch die Menschwerdung und Erhöhung am Kreuz. Es ist der Anfang des Leidensweges. Man ergreift ihn und bindet ihn. Das zeigt dir Jesus. Und damit sagt er: Nimm mein Angebot an.«

Postulant Hans-Günther macht eine lange Pause. Ich wage noch nicht einmal zu schlucken. Seine Hände haben rote Flecken bekommen. Sein Gesicht kann ich von der Seite nicht genau sehen, weil er den Kopf gesenkt hält und seine Haare nach vorn fallen. Plötzlich steht er abrupt auf.

»So, jetzt weißt du, wie es geht. Versuch den Rest einfach mal selbst.«

Der Papst ist Episcopus Romanus, Vicarius Iesu Christi, Successor Principis Apostolorum, Summus Pontifex Ecclesiae Universalis, Primas Italiae, Archiepiscopus et Metropolitanus Provinciae Romanae, Servus Servorum Dei und Patriarcha Occidentis. Obwohl ich nur Schloss Rodriganda und Winnetou 3 gelesen habe, kann ich den kompletten Namen von Hadschi Halef Omar Ben Hadschi Abul Abbas Ibn Hadschi Dawuhd al Gossarah auswendig. Mein Vater hat ihn mir beigebracht, als ich neun war. Kara Ben Nemsi nennt seinen Begleiter immer nur Halef, so wie man den Papst normalerweise Pontifex Maximus nennt. Achim blättert einen Karl May durch und liest nur die Abschnitte, die mit »Plötzlich« anfangen, weil die spannend sind. Hadschi darf sich nur jemand nennen, der in Mekka war. Hadschi Halef Omar nennt sich so, obwohl er nicht in Mekka war. Als Winnetou stirbt, will er das Ave Maria hören. Dann sagt er zu Old Shatterhand: »Scharlih, ich glaube an den Heiland. Winnetou ist ein Christ. Leb wohl!« Karl May war im Gefängnis. Er war nie im Wilden Westen. Er hat auch Bücher geschrieben wie Weihnachten oder Ich, die gar nichts mit dem Wilden Westen zu tun haben. Sie sehen aber genauso aus wie die anderen Bücher und stehen in der Pfarrbücherei.

In Forensischer Medizin lernen wir, dass ein Leichnam nicht mehr blutet. Sechs Stunden nach Eintreten des Todes zersetzt sich das Blut in Wasser und Plasma. Als der Legionär Longinus die Seite Jesu kurz nach dessen letzten Worten öffnet, fließt schon Blut und Wasser heraus. Dies ist genauso ein Wunder wie das Bluten der Wunden im Grab, das zu den Abdrücken auf dem Grabtuch von Turin führte. Durch die Dornenkrone hatte Jesus drei Wunden auf der Stirn und neun am Hinterkopf. Er hatte Wunden in den Händen wegen der Nägel und an den Füßen. Außerdem sechs Wundmale am linken Unterarm und vier Wundmale am rechten. Das Grabtuch wäre beinahe zweimal verbrannt. Ausgestellt wird es alle 33 Jahre.

Der erste Schmerz Mariae, der seligsten Jungfrau, war es, bei der Beschneidung die Vorhaut Christi mit großer Sorgfalt an sich nehmen und aufbewahren zu müssen. Aber auch Jesus muss gelitten haben, denn wenn ich meine Vorhaut nur ein Stück zurückziehe und vorsichtig die Eichel berühre, durchfährt mich ein stechender Schmerz. Der verklärte Leib Christi im Himmel besitzt jedoch wieder eine Vorhaut, die aus einem zur Substanz Christi gehörigen Teil seines Leibes nachgebildet wurde. Schwieriger ist die Frage zu lösen, ob sich der Leib des Herrn in der konsekrierten Hostie mit oder ohne Vorhaut verkörpert. Als Jesus das Altarsakrament einsetzte, war er zwar beschnitten, doch verkörpert er sich in der Hostie unbeschnitten und vollkommen. Die Beschneidung war Symbol seiner Menschwerdung, seine Unversehrtheit ist Zeichen seiner Göttlichkeit.

Latein und Griechisch gehen einigermaßen. Aber mit Hebräisch habe ich unheimliche Probleme. Ich kann noch nicht mal das Alphabet behalten. Und Pater Benedikt ist für seine Extemporale bekannt. Thixotrop bietet mir Nachhilfe an.

»Du darfst das nicht abstrakt lernen«, sagt er, »du musst dir mit Bildern eine Verbindung schaffen. Ich zeig's dir. Aleph, der erste Buchstabe, die eins, das ist der Stier, der Stierkopf. Und der Stier steht am Anfang, die Verehrung des Stiers bei den Heiden, das goldene Kalb. Das Opfertier, so wie wir uns selbst opfern sollen. Schon Ezechiel hat in einer Feuerwolke vier Wesen gesehen mit vier Gesichtern und vier Flügeln. Vorn sahen die Gesichter aus wie Menschen, hinten wie Adler, rechts wie Löwen und links wie Stiere. Und das hat Johannes in der Offenbarung noch einmal aufgegriffen, die eine Person, aber aufgeteilt in vier. Die vier Evangelisten. Und Lukas bekam das Symbol des Stiers, weil sein Evangelium mit dem Opferdienst des Zacharias anfängt. Man kann aber auch sagen, dass sich Jesus in allen vier Wesen zeigt, denn er wurde Mensch in seiner Geburt, opferte sich als Stier im Tod, siegte über den Tod als Löwe und stieg als Adler in den Himmel auf. Doch das führt schon zu weit, denn erst einmal werden die Menschen sesshaft. Sie ziehen in ein Haus. Das ist der zweite Buchstabe, Beth, die zwei. Wir sind jetzt im Haus. Dadurch entsteht eine Teilung. Es gibt ein Außen und ein Innen. Wir und die Welt. Das ist in der Zwei enthalten. Der Anfang, das Aleph, ist unhinterfragt, auch der Götzenglauben, der Stier, deshalb ist auch das Aleph stumm, denn sprechen kannst du erst, wenn dem A ein Nicht-A entgegensteht, wenn aus eins zwei wird. Also das Haus, in das wir uns flüchten. Der Tempel, in dem wir beten. Draußen bleibt die Welt, das Andere, das Dritte, Gimel, der dritte Buchstabe, symbolisiert durch das Kamel, das ja ähnlich klingt wie Gimel, besonders wenn du die Vokale abziehst. Jetzt sind die Ursprünge klar. Der stumme Stier, der nichts vom anderen weiß, die Teilung in Haus und Welt, in Bauer und Nomade, Kain und Abel, denn aus der Zwei entsteht immer gleich die Drei. Als Nächstes kommen die Verfeinerungen, wie geht man mit der Welt um? Man braucht eine Tür im Haus. Das ist Daleth. Die Tür geht auf und zu. Sie hat zwei Seiten. Sie entspricht dem Janus, den verschiedenen Parteien und damit dem Krieg. Nach der Tür, durch die wir gehen, kommt das Fenster, durch das wir sehen. Das ist He. Doch bevor uns in der Vielzahl die Orientierung abhandenkommt, benötigen wir einen Haken, der alles wieder zusammenhält. Das ist der sechste Buchstabe, das Waw. Das Waw verbindet. Es bedeutet »und«. Tohu wa Bohu. Chaos und Finsternis, Wüstheit und Leere, Irrsal und Wirrsal, weil eben vor Schaffung der Erde noch nichts geordnet ist und ohne Ordnung auch nicht gedacht werden kann, keine Entwicklung stattfindet, sich alles immer nur um sich selbst dreht und sich nicht ausrichten kann auf ein Ziel, auf den Herrn. Kommst du noch mit?«

»Ehrlich gesagt nicht so ganz.« Mit dem Stier fing es eigentlich ganz gut an, dann das Haus, das Kamel, Tür, Fenster, aber deshalb weiß ich noch lang nicht, wie die Buchstaben aussehen. Sie sind sich alle so ähnlich.

»Ich hör auch gleich auf. Aber eins noch, weil das echt interessant ist mit der Sieben. Zajin, das ist die Waffe. Natürlich klar, mit der Vielzahl kann man so und so umgehen. Entweder man verbindet die Dinge mit dem Waw oder man haut sie entzwei mit dem Zajin. Je nachdem. Du weißt ja, Matthäus 10:34: Ich bin nicht gekommen, Frieden zu bringen, sondern das Schwert. Im Talmud wird der Priester auch als Waffe gesehen, als Verkörperung dessen in uns, was unruhig ist und Unruhe stiftet. Dann kommt das Chet. Sehr interessant. Denn es ist quasi eine Ausprägung des He. Auch ein Fenster, nur mit einem Gitter davor. Und wenn du hallel, du weißt Hallelujah, loben, mit Chet schreibst, dann wird es zu challel, entzweien. Dann folgt Tet, die Gebärmutter ...« Jetzt lächelt Thixo wieder so komisch.

Ich hatte nach der Stunde mit Thixo ein merkwürdiges Gefühl. Verstanden hatte ich nichts. So gut wie nichts. Hebräisch war mir noch unklarer geworden. Das würde ich nie begreifen. Aber wie er gesprochen hatte. Beinahe so wie Postulant Hans-Günther. Einerseits. Dann aber noch kleinteiliger. Als hätte jeder einzelne Buchstabe eine Bedeutung. Nicht nur die Wörter. Die Sätze. Und auch diese Vermischung mit den Zahlen. Vor allem ging mir die eine Stelle aus dem Matthäus-Evangelium nicht mehr aus dem Kopf. Natürlich hatte ich sie schon einmal gehört, aber es war mir nie klargeworden, dass Jesus genau dasselbe sagt wie Claudia oder Guido oder Che Guevara oder Fidel Castro oder die Oberstufler.

In meiner Zelle schlage ich das Kapitel noch mal auf. »Ihr sollt nicht wähnen, dass ich gekommen sei, Frieden zu bringen auf die Erde. Ich bin nicht gekommen, Frieden zu bringen, sondern das Schwert. Denn ich bin gekommen, den Menschen zu erregen wider seinen Vater und die Tochter wider ihre Mutter und die Schwiegertochter wider ihre Schwiegermutter. Und des Menschen Feinde werden seine eigenen Hausgenossen sein.« Zum ersten Mal dachte ich wieder an zu Hause. An meine Mutter auf der Couch. Meinen Vater. Meinen Bruder. Und die Frau von der Caritas. Und mit einem Mal taten sie mir alle leid. Nur die Frau von der Caritas nicht. Aber sonst taten mir alle anderen leid. Ich könnte mich nicht gegen sie erregen. Egal, wer das auch forderte. Ich war dazu einfach zu schwach. Genauso wenig wie ich ins Jazzhaus gegangen war. Ich konnte das alles nicht.

Ich mache mit What Goes On weiter. Das ist einfach. Jesus fragt mich, was in meinem Herzen und in meinem Verstand vorgeht. The other day I saw you as I walked along the road. Jesus begegnet den Jüngern auf ihrem Weg nach Emmaus. Aber ihre Augen werden gehalten. Sie erkennen ihn nicht. Erst später, als sich ihre Wege trennen, wissen sie, dass er es war. Aber mit wem sieht mich Jesus? Mit dem Teufel? Ist es das, was seine Zukunft zum Einsturz bringt? Irgendwas stimmt an der Sache nicht. Oder ist es vielleicht genau andersherum, bin ich es, der Gott anspricht? Frage ich ihn, was in seinem Herzen vorgeht und warum er mich so unfreundlich behandelt? Bin ich wie Hiob, der an seinem Gott zu verzweifeln scheint? Oder wie Jesus am Kreuz, der sich verlassen fühlt? Hiob und Feind, hat Thixo gesagt, werden auf Hebräisch mit denselben Buchstaben geschrieben. Aber was bedeutet das? Weil Hiob mit dem Feind in sich gekämpft hat. Und weil er nicht nachgelassen hat. Bis zuletzt. Bis er eine Antwort von Gott bekam. Deshalb liest der Hohepriester das Buch Hiob, bevor er einmal im Jahr den sonst unaussprechlichen Namen Gottes ausspricht. Es ist so, als würde ich von einer Sprache die Worte kennen, aber nicht begreifen, wie die Sätze zusammenhängen, was Objekt ist und was Subjekt. So wie ich vor Kurzem noch dachte, dass das Eingehen von Pflanzen gemeint war in der Fürbitte: Herr, ich bin nicht würdig, dass du eingehst unter meinem Dach. Und bei »derhalben jauchzt, mit Freuden singt«, dachte ich, dass jemand einen halben Jauchzt mit Freuden singt und Jauchzt eben so etwas ist wie ein Jauchzer. Und wenn der Herr eingeht unter meinem Dach, dann ist er dort erneut für mich gestorben. Wie eine Blume. Ist Girl Jesus? Ich weiß es nicht.

Unter Thaumaturgie hatte ich mir etwas anderes vorgestellt. Natürlich nicht, dass wir lernen, Wunder zu wirken. Aber wir haben jetzt schon die zweite Doppelstunde nur falsche Thaumaturgie untersucht. Viele falsche Propheten bedienen sich dabei auch der Bibel. Der Psalmen etwa. Der Gegenspieler des Petrus ist Simon Magus. Ich denke an meine Sammlung zu Hause vom Zauberkönig in der Bahnhofstraße. Ein Ring, mit dem man Wasser spritzen kann. Eine Kamera und ein Stück Schokolade, die dasselbe können, aber nicht so echt aussehen. Rußseife. Cognacglas mit doppelten Seitenwänden. Ein Stück Zucker, das sich auflöst und eine Plastikfliege in der Kaffeetasse nach oben schwimmen lässt. Ein Stück Zucker, das sich nicht auflöst, sondern oben schwimmt. Ein Löffel, der mit durchsichtigem Plastik gefüllt ist, weshalb man nichts mit ihm aufnehmen kann. Zaubertinte. Zauberruß. Am besten aber ist Eiswasser.

Simon Magus konnte fliegen, und in Rom versammelten sich ganze Menschenmassen, um seine Künste zu bewundern. Er konnte Statuen aus Stein zum Lachen bringen und einer ehernen Schlange Leben einhauchen. Als er vor Nero stand, verwandelte er sich zuerst in ein Kind, dann in einen alten Greis und schließlich in einen jungen Mann. Aber damit gab er sich nicht zufrieden. Er wollte von Petrus das Geheimnis erfahren, wie man Menschen durch Handauflegen heilt. Doch Petrus verriet es ihm nicht. Daraufhin forderte Simon ihn zu einem Wettstreit heraus. Der Präfekt Agrippa befahl Simon Magus, einen Jungen zu töten. Anschließend musste Petrus den toten Jungen wieder auferwecken. Damit stand es eins zu eins. Simon Magus triumphierte und erhob sich in die Lüfte. Da sandte Petrus ein Stoßgebet zum Herrn. Er wollte zwar nicht, dass Simon Magus stirbt, aber herabstürzen und seine Schenkel an drei Stellen brechen, das schon. Und so geschah es auch. Jetzt konnte Magus nicht mehr fliegen. Er musste sich etwas anderes ausdenken. Also ließ er sich wie Jesus begraben. Um nach drei Tagen wieder aufzuerstehen. Aber er blieb im Grab und war tot. An der Stelle, an der Petrus Simon abstürzen ließ, wurde eine Kirche für die Apostel gebaut. Der Stein, auf dem Petrus kniete und in dem sich seine Knie eingedrückt hatten, wurde zum Grundstein der Kirche Santa Francesca.

Ein anderer großer Thaumaturg war Apollonius von Tyana. Er lebte im zweiten Jahrhundert nach Christus. Auch er wurde von einer Jungfrau geboren. Allerdings erschien seiner Mutter kein Engel, sondern ein ägyptischer Gott. Sie ging daraufhin aus dem Haus und auf eine Wiese, um Blumen zu pflücken. Da kamen Schwäne, bildeten einen Kreis um sie und sangen. Daraufhin kam das Kind zur Welt. Eigentlich singen Schwäne nur, wenn sie sterben. Aber vielleicht haben sich diese Schwäne geopfert, damit das Kind zur Welt kommen konnte. Apollonius konnte Brot und Wein herbeizaubern und Dinge verschwinden lassen. Er erweckte Statuen zum Leben, die dann als Diener für ihn arbeiteten. In Rom wurde er wegen Betrugs angeklagt. Als man die Anklageschrift verlesen wollte, waren die Seiten leer. Man warf ihn ins Gefängnis, aber er konnte seine Füße ganz einfach aus den Fesseln herausziehen.

Als Kind hat man eigentlich nur in der Kirche eine Chance. Nicht als Revolutionär. Noch nicht mal in einer Beatgruppe. Die Easybeats wurden wieder heimgeschickt nach Neuseeland. George Harrison war nur illegal im Star-Club. Aber die Kirche hört auf Kinder. Kinderkreuzzug. Oder Fatima. Alle haben Angst vor dem dritten Geheimnis. Das müsste man herausfinden. In einer neuen Vision. Aber ich wäre nicht glaubwürdig. Es ist wie beim Exorzismus. Die Indizien müssen stimmen. Man muss unbedarft sein. Unbefleckt. Vielleicht wird im dritten Geheimnis gesagt, dass es neue Propheten gibt. Oder eine Revolution. Und dass die von Gott gewollt ist.

Postulant Hans-Günther ist enttäuscht von mir. Girl als Jesus zu interpretieren sei eine wahre Hochleistung der Verkehrung. Er lässt mich den Text laut repetieren. Dann fragt er: »Weißt du wenigstens jetzt, wo du den entscheidenden Fehler gemacht hast?« Ich schüttele den Kopf. Er schweigt.
»Vielleicht in der ersten Strophe, wo er das Mädchen so sehr will, dass es ihm selbst leidtut?«, sage ich zögerlich.
»Was soll daran verkehrt sein, Gott bis zur Selbstaufgabe zu lieben? Besonders weil er doch sagt, dass er keinen einzigen Tag bereut. Zugegeben, hier bei der Einleitung ist alles noch ambivalent. Aber in der zweiten Strophe, da wird es deutlich. Schau doch mal, er versucht, sie zu verlassen, und sie weint und verspricht ihm die ganze Erde, wenn er bleibt. Meinst du, dass Jesus das nötig hat? Hast du schon einmal davon gehört, dass Jesus um deine Liebe buhlt, dass er sich deine Liebe erkaufen will? Nein, bestimmt nicht. And she promises the earth to me, das ist eine äquivalente Nachbildung von Matthäus 4:8, als der Teufel Jesus in Versuchung führt und ihm von der Spitze eines hohen Berges alle Reiche der Welt zeigt und sie ihm verspricht, sobald Jesus ihn anbetet. Doch Jesus sagt: Weiche von mir, Satan! Hypage satana! Übrigens das erste Mal, dass Jesus den Teufel, der bis dahin stets als diabolos bezeichnet wird, so nennt. Er erkennt das Wesen des Teufels und nennt ihn in einer Art Umkehrung der Taufe bei einem neuen Namen. Bis jetzt war er harmlos, je-

mand, der hinüberwirft, dia-ballein, beschuldigt und verleumdet, doch Jesus erkennt seine wahre Bedeutung als ewiger Widersacher, die nicht zu unterschätzen ist. Er erkennt auch seine Geschichte und nennt ihn deshalb bei seinem hebräischen Namen. Und er erkennt dies alles durch die Taufe. Erst nachdem Jesus getauft ist, taucht der Teufel überhaupt auf.«
»Das heißt, die Taufe ruft den Teufel hervor?«
»So in etwa. Der Teufel interessiert sich natürlich besonders für die Seelen, die ihm durch die Taufe abhandengekommen sind. Die lockt er nun mit Tränen und Versprechen, wie in Girl geschildert. Sobald du aber auf den Satan hereinfällst und ihn anbetest, ergeht es dir schlecht, denn du wirst vor deinen Freunden blamiert, deine Anbetung für etwas ganz Selbstverständliches genommen. Du stößt auf das wahre Gesicht des Teufels, auf eine Eiseskälte, wie auch das Sperma des Teufels kalt ist. Und die letzte Strophe macht es ganz deutlich: Schmerz soll zu Freude führen, man muss sich totschuften, um einen Tag frei zu haben. Ich weiß, was du sagen willst, aber Jesus sagt nirgendwo, dass Schmerz zur Freude führt. Wir sollen Zeugnis ablegen, und das tun die Märtyrer mit ihrem Blut. Aber was unseren Glauben ausmacht, das ist das Ertragen von Leid, selbst wenn alles ausweglos erscheint, das ist Hypomone, das Ausharren ohne Aussicht auf ein zukünftiges Glück, also im Gegensatz zu Elpis, der begründeten Erwartung, die sich ganz auf das Zukünftige, die Verbesserung des Gegenwärtigen richtet, auch wenn Elpis manchmal das Element der Wahrscheinlichkeit fehlt, während sich Hypomone auf das die Hoffnung raubende Leid konzentriert. Aus beiden Arten der Erwartung setzt sich unser Glaube zusammen, führt zu Metanoia, dem Umdenken, der Umkehr, weshalb wir Metanoia auch mit Buße übersetzen, aber das werdet ihr alles noch genauer durchnehmen. Das muss man auch nicht unbedingt wissen, denn es gibt auf der Rubber Soul selbst Hinweise genug. Schau dir nur das Lied an, mit dem die zweite Seite aufhört. Run For Your Life. Da wird das Girl nämlich noch einmal, und diesmal ganz direkt, angesprochen. Der Sänger macht Jagd auf den Satan in Mädchengestalt. Der Sänger ist Jesus, der als Exorzist die Dämonen austreibt, denn wenn er sagt, dass er eher für ihren Tod sorgt, als dass er sie mit einem anderen Mann ziehen lässt, dann heißt das nur, dass Jesus es nicht dabei bewenden lässt, sich selbst zu befreien. Als der Satan ihn in Girl zu Gula, Superbia und Avaritia, Völlerei, Hoffart und Habsucht verführen will, da hat er nicht allein sein Wohl, sondern natürlich immer auch das Heil aller Menschen im Sinn. Er würde es nie-

mals zulassen, dass der Satan in einen anderen fährt, einen anderen Menschen vom rechten Weg abbringt. Deshalb droht er dem Satan, ihn zu töten, wenn er ihn bei einem anderen sieht. Und schließlich offenbart er sich als Heilsbringer und Prediger, wenn er sagt: Let this be a sermon, I mean everything I said, baby, I'm determined, and I'd rather see you dead. Wenn du in deinen exegetischen Studien einmal etwas weiter gediehen bist, wird dir erst aufgehen, wie wunderbar gerade die zweite Seite von Rubber Soul strukturiert ist. Natürlich muss einen der Plattentitel insgesamt schon darauf stoßen, und du hast ja auch intuitiv gespürt, dass dort wahre Schätze des Glaubens verborgen sind. Das Rubber in Rubber Soul hat auch nichts mit Gummi zu tun, sondern bedeutet rub yer soul, also: reibe deine Seele. Erwärme sie für den Herrn. Aber diese Platte ist mehr, sie ist eine konsequente Teufelsaustreibung und Befreiung von den Mächten des Bösen in 14 Schritten. 14 ist die Zahl der Stationen des Kreuzweges und auch die Zahl der 14 Nothelfer, und vielleicht wäre es einmal als Übung lohnend für dich, die einzelnen Stationen mit der Abfolge der Lieder zu vergleichen oder die Namen der Nothelfer den jeweiligen Stücken zuzuordnen. Dann wirst du erst erahnen, was Exegese überhaupt bedeuten und leisten kann. Auf der ersten Seite findet eine Art Bestandsaufnahme der in Not geratenen Seele statt, bis hin zu den Kennzeichen der Besessenheit in Michelle: Ignota lingua loqui pluribus verbis, also in einer unbekannten Sprache mehrere Wörter zu sprechen, während die zweite Seite dann ganz im Zeichen der Teufelsaustreibung steht. Als Präludium wird die entscheidende Frage gestellt: What Goes On? Was geht vor in deinem Herzen? Was geht vor in deinem Kopf? Es sind die Fragen nach numero et nomine spirituum obsidentium. Worauf die prompte Antwort lautet: Girl. Nun ist wieder der Priester an der Reihe. Er teilt dem Dämon mit, dass er ihn durchschaut hat. I'm Looking Through You. Und schildert weitere typische Kennzeichen der Besessenheit: Der Kranke sieht nach außen hin gleich aus, aber er ist verändert, die Lippen bewegen sich, ohne dass man etwas vernimmt, dann wieder ist die Stimme einschmeichelnd, jedoch der Sinn der Worte unklar. Dann weist der Priester dem Dämon seinen angestammten Platz zu: Er ist nicht mehr oben, sondern down there. Anscheinend verfehlen die Worte nicht ihre Wirkung. Der Besessene wird sanft und erzählt von seinem Leben, erinnert sich an Augenblicke und Orte und spricht von seiner Liebe. Das ist In My Life. Ist er etwa schon geheilt? Doch wie heißt es im Rituale Romanum? Nachdem die Teufel einmal überführt wurden, verbergen sie sich manchmal und geben den Körper von aller Belästigung frei, weshalb der Kranke glaubt, er sei nun völlig befreit. Aber der Exorzist darf nicht aufhören, bis er die echten Zeichen der Befreiung wahrnimmt. Das genau wird mit dem auf In My Life folgenden Stück Wait ausgedrückt. Der Exorzist signalisiert dem Befallenen, dass es noch nicht so weit ist, dass er warten soll, bis der Herr ganz bei ihm ist und seine Tränen trocknet. Der Dämon antwortet darauf mit verstellter Stimme. Er gibt sich konziliant. If I Needed Someone, sagt er, wenn ich jemanden bräuchte, dann würde ich dein Angebot gern annehmen, aber es ist jetzt gerade ungünstig, ich habe keine Zeit, ich habe etwas anderes zu tun. Er versucht, den Priester zu vertrösten, dieser soll in seinen Bemühungen nachlassen, pausieren, an einem anderen Tag weitermachen. Doch du weißt: Sed cessare non debet Exorcista, donec viderit signa liberationis. Und diese Befreiung, wie wir schon besprochen haben, findet im letzten Stück statt, wo er den Dämon nicht nur austreibt, sondern ihm den Tod androht, sollte er noch einmal einen Menschen befallen. Der Dämon hat sich nämlich verraten. Um ihn zu vertrösten, schlug er dem Priester vor, seine Nummer in die Wand zu schnitzen, dann würde er sich bei ihm melden. Aber dieser Ausdruck ist ungewöhnlich. Man schnitzt seine Telefonnummer nicht in eine Wand. Also geht es um eine andere Nummer, es geht um die Zahl des Ungeheuers, 666, einen Anker, damit der Dämon immer wieder zurückkehren kann, doch der Exorzist erkennt an diesen Worten den Dämon und zwingt ihn, nun endgültig auszufahren.«

Die Bemerkung über den kalten Samen des Teufels, die Postulant Hans-Günther nur nebenbei hat fallen lassen, lässt mich nicht mehr los. Was ist damit gemeint? Ich frage Thixo, ob er das schon mal gehört hat. Er lacht. »Daran erkennt man angeblich den Teufel. Zum Beispiel in der Walpurgisnacht. Aber das ist natürlich alles Quatsch. Du musst es einfach nur lang genug zurückhalten, weißt du? Immer wieder an was anderes denken, zum Beispiel das hebräische Alphabet wiederholen und eine Pause machen. Wenn du das schaffst, so lang wie möglich, was glaubst du, wie das dann rausspritzt. Weil der Samen schon aus den Hoden nach oben gekommen ist. Der ist schon lange bereit. Und dann muss es sein, mit aller Wucht. Und dann ist der Samen auch kalt. Nur wenn du es schnell machst und kurz, ist er warm. Also hatten es die Teufel einfach besser drauf, verstehst du? Es ist ein komisches Gefühl, wie mit dem Zettel, den

Rainer von seinem Cousin aus Martinsthal abgeschrieben hat. Aber es schwingt noch etwas anderes mit. Nicht die Sünde. Das meine ich nicht. Nicht der Zweifel. Es ist eher ein trauriges Gefühl. So, wie wenn ich an Christiane denke.

Die Dämonen reden mit Jesus. Sie sagen: Wenn du uns schon vertreibst, dann lass uns dort in die Schweineherde fahren. Müsste man hier nicht auch einen Trick vermuten? Doch Jesus geht darauf ein. Die Dämonen fahren aus dem Mädchen und in die Schweineherde. Und dann rennt die Schweineherde los, stürzt von der Klippe ins Meer und ertrinkt. Die Schweinehirten haben ihren ganzen Besitz verloren. Sie laufen in die Stadt und erzählen das den Leuten dort, worauf die zu Jesus sagen: Wir wollen dich hier nicht. Wahrscheinlich ist ihnen der Preis zu hoch. Aber irgendwohin müssen die Dämonen doch. Man muss ihnen drohen. Muss sie verwandeln. Oder mit ihnen leben. Das geheilte Mädchen aber folgt Jesus nach. Viele folgen Jesus nach. Jetzt, wo ich das Matthäus-Evangelium noch einmal langsam auf Griechisch lese, fällt mir auf, dass Jesus immer sagt: Wisst ihr denn nicht? Und dann irgendwas zitiert. Und von seinem Vater spricht und von allen möglichen Dingen, die wir heute kennen, aber die Leute damals eben noch nicht. Und die Leute kamen sich dann bestimmt so vor wie ich, wenn Spencer, Geyer und Stoni etwas erzählen oder wenn Claudia von ihnen spricht. Außerdem kümmert Jesus sich um keine Vorschriften und hält sich an keine Regeln. Wenn ihn die Pharisäer darauf ansprechen, kommt er gleich mit irgendeinem Beispiel aus dem Alten Testament, was aber doch gar nichts mit dem zu tun hat, was er macht. Man muss seine Linie einfach nur durchhalten.

Wichtig bei einer Erscheinung ist, dass man das, was einem offenbart wurde, niemandem erzählt. Auch wenn der Papst selbst es wissen will. Bernadette von Lourdes hat es so gemacht und viele andere auch. Maria selbst hatte ihr gesagt, dass diese Offenbarungen allein für sie seien und noch nicht einmal dem Papst mitgeteilt werden dürften. Natürlich landen die Offenbarungen am Ende doch beim Papst, aber derjenige, der die Erscheinung hat, muss sich erst einmal weigern und sträuben und sich dann erst überlisten lassen. Bei La Salette war das noch extremer, denn dort sprach Maria erst mit den beiden Kindern gleichzeitig, dann wandte sie sich Maximin zu und sprach mit ihm allein. Und obwohl Melanie sah, dass sich die Lippen der Heiligen Jungfrau bewegten, konnte sie nicht verstehen, was gesagt wurde. Hier würde dann eigentlich auch die Zeile aus I'm Looking Through You passen: Your lips are moving, I cannot hear, und vielleicht sollte ich das Postulant Hans-Günther morgen noch sagen, vielleicht aber doch besser nicht, weil sonst doch nur wieder rauskommt, dass ich etwas nicht verstanden habe, weil die Muttergottes ja anschließend mit Melanie sprach und dann wiederum Maximin nichts verstand. Als die Kinder dann von ihrer Erscheinung erzählten, wurden sie monatelang von allen möglichen Priestern verhört. Man versuchte, sie zu überlisten, stellte Fangfragen, aber die Kinder antworteten noch nicht einmal auf die Frage, wovon die Offenbarung gehandelt hatte. Man bot ihnen Spielzeug und Geld, und schließlich drohte man ihnen mit dem Gefängnis und am Ende sogar mit dem Tod. Aber es half nichts. Doch die Kirche ließ keine Ruhe. Fünf Jahre lang wurden die Kinder immer wieder verhört, bis sie endlich einwilligten, ihre Geheimnisse aufzuschreiben und dem Papst überbringen zu lassen. Auch bei der Erscheinung von Tre Fontane verstand der Straßenbahnschaffner Bruno Cornacchiola erst nicht, was die Heilige Jungfrau zu seinen drei Kindern sagte. Er sah, wie sich Marias Lippen bewegten, hörte aber erst etwas, als er Gott um Hilfe anflehte. Dabei hatten sie nur einen Ausflug zu dem Trappistenkloster gemacht, weil es dort Schokolade gab. Aber der Laden hatte noch Mittagspause. Also spielten die Kinder, verirrten sich und fanden eine Grotte, wo ihnen die Heilige Jungfrau erschien und versprach, auf diesem Boden große Wunder zu wirken, und das, obwohl die Grotte verdreckt war und für unzüchtige Handlungen benutzt wurde. Als der Vater der drei im Spanischen Bürgerkrieg kämpfte, traf er einen deutschen Protestanten, der ihm erzählte, dass der Papst an allem Unglück Schuld sei, weshalb er sich noch in Spanien einen Dolch kaufte und »Tod dem Papst« in die Klinge einritzte. Als er später zum Papst Pius XII. eingeladen wurde, um mit anderen Gläubigen den Rosenkranz zu beten, fragte der Papst, ob jemand etwas sagen möchte. Bruno ging nach vorn, weinte und zeigte dem Papst den Dolch und seine evangelische Bibel. Der Papst aber wusste schon längst von den Plänen Brunos, da er als Kardinal eine Frau getroffen hatte, der ebenfalls die Maria bei Tre Fontane erschienen war. Zu dieser Frau hatte Maria gesagt, dass der Kardinal Pacelli Papst werden und sie noch einmal an derselben Stelle erscheinen werde, um einen Mann zu bekehren, der vorhabe, den Papst zu töten. Einerseits sind Erscheinungen etwas ganz Seltenes, wenn es aber drauf ankommt, erscheinen Heilige immer wieder, um ins

Weltgeschehen einzugreifen. Das ist wie mit einer Zeitreise, die es vielleicht auch irgendwann einmal geben wird. Und vielleicht können Heilige ja einfach in der Zeit reisen, weshalb sie auch schon wissen, was passieren wird. Doch selbst wenn sie einem etwas mitteilen, was man ruhig weitersagen kann, bleibt irgendwas doch immer geheimnisvoll. So wie in La Ile Bouchard, wo die Kinder die Inschrift auf der Brust der Jungfrau erst nicht entziffern konnten und nur Ma …. cat lasen, weil Maria die Hände vor der Brust gefaltet hielt, und erst als sie die geheime Offenbarung bekamen, öffnete Maria ihre Hände, und nun lasen sie Magnificat.

Ob es ein Zufall ist, dass viele Marienerscheinungen mit Revolutionen und Umstürzen in Verbindung stehen? Fatima, 1917, zur gleichen Zeit wie die Oktoberrevolution. La Salette, 1846, kurz vor den Revolutionen 1848. Rue du Bac, 1830, zusammen mit der Pariser Juli-Revolution. Erscheinung in Pontmain, 1871, zur Zeit des Aufstands der Pariser Kommune.

Man kann für viel bereit sein. Für das Knastcamp in Ebrach. Für die Revolution. Für die Offenbarung. Aber warum und wann und wie es geschieht, das bleibt offen. Man ist ohnmächtig. Ob Christiane Wiegand mit einem geht oder nicht, man hat keinen Einfluss darauf. Man kann jeden Abend nach sechs am Radio drehen und versuchen, Radio Luxemburg reinzubekommen. Aber meistens kommt nur Rauschen. Nur einmal kommt auch Hello Goodbye, das es in Deutschland noch nicht gibt. Und es ist ganz seltsam, das zu hören in dem kleinen Zimmer beim Rainer und anschließend zum Abendbrot heimzugehen. Dieses seltsame Lied, wo ein ganzes Orchester mitspielt. Und als wir meinten, dass es zu Ende war, ging es noch einmal los.

Es ist schon wichtig, dass in der Kirche nur gewisse Texte aus der Bibel gelesen und besprochen werden. Vieles ist zu verwirrend. Besonders wenn Jesus spricht. Dann komme ich mit dem Griechisch gar nicht mehr klar. Selbst nicht mit der Übersetzung. Vieles ist undurchsichtig, wenn wir es noch nicht exegetisch durchgenommen haben. Und die Beispiele antworten nie direkt auf die Fragen. Aber vielleicht geht es gerade darum. Man muss die Leute selbst zum Denken bringen. So hält man sie bei der Stange. Zum Beispiel Matthäus 12:43. Ich habe keine Ahnung, worum es da geht. »Wenn der unreine Geist ausgefahren ist aus dem Men-

schen, dann zieht er durch wasserlose Gegenden und sucht eine Ruhe-
stätte. Weil er die aber nicht findet, sagt er: Ich kehre zu meinem Haus
zurück. Das findet er leer, saubergemacht und geschmückt vor. Da holt
er sieben andere Geister, die noch schlimmer sind als er selbst, und zieht
mit ihnen dort ein.« Was soll das nur heißen? Dass es keinen Sinn hat,
sich von den Dämonen zu befreien? Weil sie sonst nur noch verstärkt
zurückkommen? Dann wird ein paar Zeilen später gesagt, dass die Mutter von Jesus und seine Brüder draußen seien und ihn zu sprechen wünschen. Jesus aber fragt: Wer ist meine Mutter? Wer sind meine Brüder? Dann beantwortet er die Frage selbst, indem er auf seine Jünger
zeigt. Aber wenn Jesus Brüder hat, was ist dann mit der Jungfräulichkeit Marias? Semper virgo. Aeiparthenos. Virgo ante partum, in partu,
post partum. Denn wenn sie immer Jungfrau geblieben wäre, dann wäre
Jesus überhaupt nichts Besonderes, sondern seine Brüder genauso wie
er auch vom Heiligen Geist empfangen und jungfräulich zur Welt gebracht. Dann hätte allein Maria eine besondere Beziehung zum Heiligen
Geist und wäre bedeutender als Jesus. Ist das gemeint mit semper virgo?
Oder versündige ich mich, weil ich dort Logik anwende, wo Logik ein
Werkzeug des Teufels ist? Bin ich ein willfähriges Werkzeug des Bösen?
Ohne es zu ahnen. Weil die Dämonen doch nur immer wieder in mich zurückkehren, selbst wenn ich mein Zimmer aufgeräumt oder sogar leerge-
räumt habe? Weil am Ende doch alles vorherbestimmt ist, weshalb die
Heiligen auch durch die Zeit reisen und hier und da erscheinen können,
weil das auch schon eingeplant und vorbestimmt ist, weil auch Judas,
Kain und der Sündenbock schon eingeplant und vorbestimmt sind und
nur ihr einmal festgelegtes Schicksal erfüllen, weil man sie ja schließlich
auch braucht, weil es sonst keine Erbsünde und keinen Brudermord und
keinen Kreuzestod gäbe und alles immer so weiterlaufen würde, die ganze Woche so ablaufen würde, ohne Beichte am Samstag und Messe am
Sonntag, obwohl ich trotzdem und immer noch nicht weiß, was für mich
vorherbestimmt ist, weil ich es nicht einfach so laufen lassen kann, nicht
einfach mein Schicksal annehmen und sitzenbleiben und in eine andere
Klasse kommen kann, nicht einfach hier im Konvikt sein, wie all die anderen, bei den Pfadfindern, den Messdienern, nicht mal im Knastcamp
in Ebrach, und selbst wenn ich dort wäre, wäre ich nicht einfach dort,
dank göttlicher Bestimmung, sondern würde mich wieder woandershin
sehnen, weil ich mein Schicksal nicht annehme, mein Schicksal nicht begreife, weil ich weder gut noch böse bin, weder warm noch kalt, sondern

lau, weshalb ich ausgespien werde aus dem Mund des Herrn und daliege, ausgeschüttet wie Wasser, alle meine Knochen voneinander gelöst, mein Herz wie zerschmolzenes Wachs, als Scherbe, eine in sich noch einmal zersplitterte Scherbe, und selbst der Wind, der meinen Wunden Kühlung bringen soll, geht über mich hinweg, als sei ich nimmer da gewesen, geht über mich hinweg, als sei ich nimmer da.

Pater Sebastianus erzählt vom heiligen Stanislaus Kostka, der als Junge barfuß von Wien nach Deutschland und von dort weiter bis nach Rom wanderte. Für ihn, sagt Pater Sebastianus, war das Leben wie ein Bahnhof für einen Reisenden, der auf den verspäteten Zug wartet, denn dieser achtet nicht auf das Gebäude, sondern hält nur Ausschau nach dem Zug, der ihn zu seiner wahren Bestimmung bringen soll. Und obwohl er jung starb und von reiner Seele war, konnte man nicht sagen, dass er nicht zu kämpfen hatte in seinem Leben. Nur, sagt Pater Sebastianus, war er ein so geschickter Kämpfer, dass er seinen Gegner schon mit dem ersten Schlag k. o. schlug. Er war immer auf der Hut. Wie Mozart oder Raffael war er ein großer Künstler, und wie beide fing er schon früh an, seine Kunst auszuüben, indem er betete und seinen Glauben vertiefte.

Pater Sebastianus erzählt vom Heiligen Dionysius, dem der Kopf abgeschlagen wurde. Kaum hatte man Dionysius enthauptet, stand er auf, nahm seinen Kopf in die Hände und ging noch fünfeinhalb Meilen an der Seine entlang bis zu dem Ort, wo er begraben zu sein wünschte. Ich muss an die Geschichte von Schinderhannes denken, die ich in einem Jugendbuch gelesen habe. Schinderhannes wird auch enthauptet. Er hat aber zuvor ausgemacht, dass alle Männer aus seiner Bande freigelassen werden, an denen er ohne Kopf vorbeilaufen kann. Man schlägt ihm den Kopf ab, er läuft los und bricht erst nach dem siebten Räuber zusammen. Ein Räuber rettet seine Kameraden. Der Heilige Dionysius zeigt nur, wo er begraben werden will. Dafür heilt er uns als einer der 14 Nothelfer vom Kopfweh.

Ich soll die anderen 14 Nothelfer aufzählen, aber mir fällt nur Blasius ein. Ich hatte jedes Jahr Angst, den Blasiussegen zu verpassen, weil ein Junge, der nicht hingegangen war, an einer Fischgräte erstickte. Ich legte den Kopf in den Nacken, und der Pfarrer hielt die beiden gekreuzten Kerzen vor meinen Hals. Ich hoffte, etwas Wachs würde heruntertropfen, um den Segen noch wirksamer zu machen. Pater Sebastianus erzählt, dass auch Blasius enthauptet wurde. Zuvor steckte man ihn jedoch in den Kerker, da er einer Frau geholfen hatte, die zu ihm gekommen war, weil ein Wolf ihr einziges Schwein geholt hatte. Blasius sagte: Kümmere dich nicht, und schon bald kam der Wolf und brachte das Schwein zurück. Als diese Frau nun hörte, dass Blasius im Kerker saß, da schlachtete sie das Schwein und sandte Blasius den Kopf und die Füße. Blasius aß beides. Ich frage mich, ob Blasius den Schweinekopf und die Schweinefüße aß, weil er sonst verhungert wäre, oder ob er sie aß, um einer anderen Versuchung zu entgehen. Warum schickte ihm die Frau gerade diese abscheulichen Teile, die ich nur einmal bei unserem Italienurlaub in einer Metzgerei gesehen habe, aber niemals beim Metzger Funk in der Gaugasse, auch nicht beim Metzger Sandel in der Weihergasse oder bei dem Metzger gegenüber, dessen Namen ich nicht kenne, weil wir dort nie einkaufen, vielleicht weil der Laden so unfreundlich aussieht und oft auch der Metzger selbst hinter der Theke steht in seinem blaugestreiften Kittel mit den Blutspritzern. Bisher dachte ich immer, die Metzger würden den Schweinekopf und die Füße wegwerfen, weil sie zu eklig sind und man sie nicht essen kann. Aber vielleicht schickten die Metzger ihre Schweineköpfe in die Klöster zu den Heiligen. Und wer heilig werden will, der muss Schweineköpfe und Schweinefüße essen und noch vieles andere mehr erleiden, von dem normale Menschen nichts ahnen. Blasius wurde aus dem Kerker geholt und an einen Balken gehängt. Dann kamen die Diener des Fürsten und rissen ihm das Fleisch mit Eisenkämmen vom Leib. Die Eisenkämme stelle ich mir wie Rechen vor, nicht wie den Eisenkamm, den Achim hat und der in der Sonne funkelt, wenn er sich damit kämmt. Ich hatte einmal einen Kamm, aus dem ein versenkbarer Eisenstift als Stiel herauskam, der sogar im Boden stecken blieb, wenn man ihn wie ein Messer warf. Während der Heilige Blasius an dem Balken hing, kamen sieben Frauen, die jeden Tropfen seines Blutes aufsammelten. Der Fürst ließ die Frauen packen. Die Frauen aber sagten: Wenn wir deine Götter verehren sollen, dann lass sie zum Teich bringen, damit wir sie dort waschen und anbeten können. Der Fürst freute sich zuerst, doch sobald die Götzenbilder am Teich aufgestellt waren, stießen die Frauen sie einfach ins Wasser. Da war der Fürst wütend und schlug sich selbst und ärgerte sich über die Frauen, die sagten: Wenn es richtige Götter gewesen wären, dann wären sie nicht untergegangen und hätten unsere List schon vorher bemerkt. Das war zu viel für den Fürsten.

Er ließ siedend heißes Blei, eiserne Kämme und sieben Eisenpanzer auf die eine Seite legen und sieben weiche Hemden aus Leinen auf die andere. Jetzt sollten die Frauen wählen. Doch eine der Frauen, die zwei Kinder hatte, nahm die Hemden und warf sie in einen Ofen. Die Kinder wussten, was jetzt passieren würde, und deshalb riefen sie: Lass uns nicht allein, sondern nimm uns mit, damit wir den süßen Himmel kosten, wie vor nicht allzu langer Zeit deine Milch. Als die Frauen dann auch aufgehängt wurden und mit den eisernen Kämmen das Fleisch heruntergerissen bekamen, da kam anstatt des Blutes Milch. Und ihr Fleisch war auch nicht rot, sondern weiß. Dann wurde der Ofen noch heißer gemacht, und die Frauen wurden von den Balken losgebunden und in das Feuer geschoben. Doch das Feuer erlosch. Ich musste bei der Gruppe Frauen an Christiane, Gabi und Marion denken und wie fürchterlich es sein musste, mit zerrissener Haut in einem Ofen zu sitzen, egal, ob das Feuer nun ausging oder nicht, und war deshalb richtig erleichtert, als die Frauen endlich enthauptet wurden. Dann wandte sich der Fürst wieder Blasius zu. Der sollte nun, wie vorher die Götzenbilder, in den Teich geworfen werden und ertrinken. Doch als er das Kreuzzeichen machte, da trocknete der Teich völlig aus. Da hetzte ihm der Fürst 65 Mann nach, doch die Fluten kehrten zurück und rissen alle in den Tod. Da wurde auch Blasius enthauptet. Mit dem Enthaupten ist immer Schluss. Das Enthaupten hat etwas Endgültiges. Gegen das Enthaupten ist selbst Gott machtlos. Enthauptet kann man nur noch ohne Kopf bis zu seiner Grabstelle laufen, das ist alles.

Als ich abends allein bin, fallen mir noch die Heilige Katharina und der Heilige Erasmus ein. Ich stelle mir das Rad vor, auf das die Heilige Katharina gespannt wurde, und die Winde, mit der man die Därme des Heiligen Erasmus aufwickelte. Wahrscheinlich hilft der Heilige Erasmus gegen Darmkrämpfe. Aber wofür ist die Heilige Katharina gut?

Nachts träume ich öfter von Orten, die ich gar nicht gut kenne. Die Eiserne Hand. Bahnholz. Jagdhaus. Fischzucht. Haltestellen, an denen wir letzten Sommer während der Ferienspaziergänge ausstiegen. Alles ist weit entfernt. Die anderen, mit denen ich mich in Zweierreihen aufstelle. Das schräg geschnittene Brot um zwölf. Der endlose Mittag, wenn ich an daheim denke. Die Hügel. Die Geleise durch die Wälder. Bei Regen hocken wir unter den Bäumen und schauen auf die Lichtung. Unser Haus zu Hause ist leer. Keine Frau von der Caritas. Kein Brüderchen in

der Wiege. Keine Arbeiter. Meine Mutter in der Küche. Wenn sie ruhig
daliegt, hält sie nur Mittagsschlaf. Spätestens um vier steht sie wieder
auf. Macht Kaffee. Sitzt mir gegenüber. Sie hat ein Stück Kuchen. Ich
ein Plunderstückchen. Dann gehe ich wieder auf mein Zimmer. Hausaufgaben. Ich sitze vor den Heften. Dann nehme ich eins meiner Bücher und lese. Um fünf noch mal raus bis zum Abendbrot. Mit dem Rad
zu Achim. Zu Fuß die Erich-Ollenhauer hoch zu Rainer. Hoffentlich
sind seine Eltern noch nicht von der Arbeit da. Radio hören. Sein Bruder kommt manchmal früher heim. Bietet uns eine HB an. Wieder nach
Hause. Abendbrot. Noch etwas fernsehen. Wenn keine Arbeit geschrieben wird am nächsten Tag. Tasche packen. Jetzt DIN-A4-Hefte. Das ist
so ab der Untertertia. Zeichenblock. Pelikankasten. Wieder vergessen,
eine Tube Deckweiß zu kaufen. Pinsel nicht richtig ausgewaschen. Blau
schon ausgehöhlt. Bei Angina eine Woche keine Schule. Radio am Bett.
Ein Micky-Maus-Heft. Um zehn lüftet meine Mutter durch. Nach der
Schule kommt Achim. Bringt die Hausaufgaben. Ich kann nur schlecht
schlucken und nicht richtig reden. Er riecht nach Zigaretten. Hat auf
dem Heimweg eine geraucht. Heute ist er bei seiner Oma in der Fritz-
Kalle-Straße. Schießt mit dem Luftgewehr im langen Flur. Darf so lange fernsehen, wie er will. Bekommt Geld für Heftchen. Steht in der Hofeinfahrt und raucht eine. Schaut auf das Kopfsteinpflaster. Schaut auf
die Fabrikmauer. Geht vielleicht hoch zum Ferdinand. Dreht am Stän-
der mit Taschenbüchern. Sieht sich die Titel an. So wie ich jeden Tag
im Urlaub im Schreibwarenladen, wenn meine Eltern im Kurpark sitzen. Manchmal machen wir am Vormittag einen Ausflug. Dann gehe ich
anschließend dorthin, wenn sie ihren Mittagsschlaf halten. Kein Laden
hat so viele Heftchen wie der Gelähmte gegenüber von Frau Maurer.
Der Laden ist dunkel. Die Heftchen liegen alle auf einem Stapel auf seinem Schreibtisch. Nick, Akim, Tibor, Kim, Sigurd, Falk. Frau Maurer
hat nur Micky Maus, Felix und Fix und Foxi. Ich wage nie, den ganzen
Stapel durchzusehen. Hebe nur oben die Hefte etwas an. Die Hefte riechen gut. Frisch. Wenn ein neues Sigurd da ist, nehme ich das. Falk ist
so ähnlich. Aber ich finde Sigurd besser. Falk heißt ein Junge aus Berlin,
der mit seiner Klasse in Rothenburg war. So wie wir mit unserer Klasse.
Ich habe zweimal abends vor dem Abendbrot mit ihm geredet. Er wohnt
allein mit seiner Mutter. Wir haben auch ein Mädchen in unserer Klasse, das allein mit seiner Mutter wohnt. Falk schreibt mir einen Brief. Er
unterschreibt mit Falk. Aber auf dem Umschlag steht ein anderer Name.

Ich habe nur Winnetou 1 im Park gesehen und Old Surehand und Der Schatz im Silbersee. Winnetou 2 habe ich als Sammelalbum. Und als Quartett. Die Komantschen sind wie die Pharisäer. Winnetou versucht sie zu überzeugen. Er steht mitten in der Schlucht auf einem Felsen, breitet die Arme aus wie Jesus und sagt zu dem Häuptling: Schieß auf mich. Der schießt auf Winnetou. Aber Winnetou bleibt unverwundet stehen. Überall hinter den Felsen stehen Komantschen mit Gewehren. Winnetou hält die Arme noch immer ausgestreckt. Schießt auf mich, ruft er jetzt allen Komantschen zu. Sie schießen auf ihn. Doch er bleibt weiter unverwundet stehen. Die Komantschen merken, dass Winnetou die Wahrheit sagt. Dass man sie betrogen und ihnen Gewehre mit Platzpatronen verkauft hat. Sie erkennen die Wahrheit, noch bevor Winnetou stirbt. Die Pharisäer erkannten die Wahrheit erst nach dem Tod und der Auferstehung.

59

Kommen wir mal auf Bernd zu sprechen. Was Claudia angeht, da haben Sie sich ja dermaßen verrannt, also wirklich, mal ganz unter uns, Sie machen aus dieser Frau eine Art Heilige, auf die Sie all das projizieren, was Ihnen in Ihrem Leben fehlt.

Eine Heilige, nein, wirklich nicht.

Doch, doch, wie Sie ihr da auch noch in einer Art Zirkelschluss dieselben Gefühle unterschieben, die Sie selbst haben, also dass sie angeblich genauso an Sie denkt und denkt, dass Sie sie doch hätten retten können oder auch gerettet haben, und dass sie sich vorstellt, wie Sie jederzeit für sie da sind, gleichzeitig ist sie es, die Sie heimlich beobachtet, also das ist schon alles recht unappetitlich.

Ich verstehe kein Wort.

Ja, ja, natürlich. Kein Wort. Nichts darf an diese heilige Verbindung rühren, die zwischen Ihnen beiden besteht …

Es besteht doch überhaupt keine Verbindung, das ist es doch. Bestenfalls haben wir uns verpasst.

Das ist doch Grundlage jeder innigen Bindung, dass sie sich hier auf Erden gerade nicht erfüllt und nur Phantasma bleibt. Peter Ibbetson, das ist doch einer Ihrer Lieblingsfilme, wenn ich recht informiert bin.

Na ja, Lieblingsfilm. Vor vielen, wirklich sehr vielen Jahren fand ich den schon ganz gut, aber da war ich jung.

Ja, jung, das ist man doch immer.

Wie bitte?

Natürlich, das hat die Hirnforschung mittlerweile festgestellt. Man altert nur äußerlich, innerlich gibt es keinerlei Entwicklung.

Keinerlei Entwicklung? Was soll das denn jetzt heißen? Wieder eine Ihrer missglückten Provokationen, nehme ich an.

Ja, schauen Sie sich doch einmal an. Wie viele Jahre sind seit damals vergangen? 40? 45? Und? Hat sich etwas geändert in Ihnen? Haben Sie sich wirklich verändert, gelöst, Ihrem Leben eine entscheidende Wendung in eine andere Richtung gegeben?

So wie Sie? Nein, zugegeben. Wobei auch das vielleicht eine Illusion ist, das mit der Kehre.

Da sind wir ja wieder bei Ihrem Ziehvater Heidegger. In höchster Not und wenn man nicht mehr weiterkommt, kehrt man sich dann eben gegen den Menschen im Allgemeinen und versucht ihn vom Sein her zu bestimmen.

Ich finde viel interessanter, was Sie davor gesagt haben, mit der entscheidenden Wende, weil ich mich immer wieder gefragt habe, was das genau heißt, dass man dann auf einmal nicht mehr die RAF verteidigt, sondern Nazi ist oder eben wie Sie bei der Firma oder wie Sie das nennen.

Wie immer Sie meinen.

Da kann man doch genauso sagen, dass sich nichts geändert hat, innerlich.

Reden wir lieber von Bernd. Also, wie war das genau? Sie sind dann während des Studiums nach Frankreich, um bei ihm eine Art Kurz- oder Wochenendtherapie zu machen …

Ich habe Bernd seit damals nicht mehr gesehen.

Nach dieser Therapie?

Nein, seit damals, seit der Schulzeit, der achten Klasse. Das meine ich.

Auch nicht in Berlin?

Ich war nie in Berlin.

Sie waren nie in Berlin?

Ich meine damals, die Zeit, von der Sie gesprochen haben, als Claudia in Berlin war, als sie zusammen mit Bernd irgendeine Aktion …

Ja, sprechen wir mal über diese Aktion. Sie waren, obwohl nicht selbst anwesend oder beteiligt, doch sicher eingeweiht?

Ich weiß heute noch nicht, worum es da ging.

Da könnte ich Ihnen einiges zur Auswahl vorlegen. Und ich spreche da allein von den noch nicht gesühnten Verbrechen. Die Entführung von Timo Rinnelt zum Beispiel.

Timo Rinnelt, das war 1964, da gab es die RAF noch gar nicht.

Gefunden wurde der Junge aber erst 1967, und da war der Aufmacher des aktuellen Spiegels gerade Die aufsässigen Studenten von Berlin. Na ja, und in Berlin waren Claudia und Bernd.

Claudia erst Ende 1969, das ist noch mal zwei Jahre später, und Bernd noch später, nehme ich an. Außerdem war der Täter doch längst gefasst, das war dieser Klaus Lehnert, ein Bekannter der Familie Rinnelt.

Dieser Klaus Lehnert wurde in der DDR-Verfilmung des Falls, bei der Sie, Bernd und Claudia ja auch als Statisten mittun, von Kurt Kachlicki gespielt, der 1978 mit gerade mal 43 Jahren plötzlich verstorben ist. Kurz nach der Festnahme von Christine Kuby, eine recht blutige Angelegenheit mit mehreren Verletzten.

Und was wollen Sie damit sagen?

Dass es durchaus Verbindungen gibt zwischen der RAF und Timo Rinnelt, dessen Entführung Sie ja maßgeblich traumatisiert hat damals und dann zusammen mit der zugegebenermaßen durchaus fragwürdigen Verurteilung zu fünf Mark, zahlbar an das Rote Kreuz, zur Gründung der Roten Armee Fraktion führte. Einfach, weil Sie nicht immer auf der Seite der Opfer stehen wollten.

Wie schon gesagt, der Entführer und Mörder von Timo Rinnelt heißt Klaus Lehnert und ist rechtskräftig verurteilt.

Die These von einem zweiten Täter dürfte Ihnen bekannt sein?

Einem zweiten Schützen wie bei dem Kennedy-Attentat …

Ja, so ähnlich war das auch bei Timo Rinnelt, Klaus Lehnert konnte den toten Jungen unmöglich drei Jahre lang allein versteckt halten.

Warum nicht? Er hat ihn ja erst umgebracht und dann die Entführung inszeniert.

Dieser Lehnert hat ja auch das Gymnasium abgebrochen, so wie Sie damals. War er nicht sogar auf derselben Schule wie Sie?

Der war fünfzehn Jahre älter. Mit wem wollen Sie mich denn noch alles in Zusammenhang bringen?

Sehen Sie, der hat ja zufällig in Ihrem Geburtsjahr seinen Vater verloren, da war er vierzehn, so wie Sie 1969, und da wollte er sich das Leben nehmen, so wie Sie, weil Sie im selben Alter Ihre Mutter verloren haben, aber er hat nicht nur mit dem Gedanken gespielt wie Sie und sich nur einmal auf der Treppe zur Pfarrbücherei mit dem Stilett vom Achim viel zu weit oben in den Arm geritzt, sondern er ist ins Kleinfeldchen gegangen und dort ins Schwimmerbecken, obwohl er Nichtschwimmer war, so wie Sie ja ebenfalls seinerzeit, und dann hat er einfach die Luft angehalten und ist nach unten abgesunken. Zufällig stand da aber nun ein Mann, der hat das gesehen, hat nicht lang gezögert und ist ins Wasser gesprungen, um den Lehnert zu retten. Anschließend hat er ihn nach Hause zu seiner Mutter, der jungen Witwe, gebracht. Und wie das Leben so spielt, aus Dankbarkeit oder einfach so, verliebt sich die Mutter in den Lebensretter ihres Sohnes. Kurze Zeit darauf heiraten die beiden. Jetzt war der Lehnert in einer Zwickmühle, denn anstatt aus Gram über den Tod seines Vaters selbst aus dem Leben zu scheiden, hat er stattdessen das Andenken an seinen Vater völlig vernichtet, weil jetzt ein neuer Mann an dessen Stelle getreten war, so wie bei Ihnen die Frau von der Caritas an die Stelle Ihrer Frau Mutter trat, und das hat ihn so fertiggemacht, dass er das als Groll mit sich herumgetragen hat. Sie kennen das ja, erst schmeißt man die Schule hin, dann fährt man Wäsche aus, kratzt auf den Balkons von vornehmen Hotels in der Taunusstraße den Taubenkot weg, bessert das schmale Einkommen mit kleinen Trickbetrügereien auf, und als er dann diesen kleinen unschuldigen Jungen vor sich sieht, da sieht er sich selbst in ihm, und da kommt dieser missglückte Selbstmord wieder hoch, und dann wird ihm schwarz vor Augen und er drückt zu. So war es doch, oder etwa nicht?

Was fragen Sie mich?

Nein, ich meine, bei einer so parallel verlaufenden Biografie, da können Sie doch bestimmt etwas zur Aufklärung dieses Falls beitragen.

Dieser Fall ist seit 1967 aufgeklärt.

Aufgeklärt, was immer das auch in so einem Zusammenhang heißen mag. Sie sind ja mit der Dialektik der Aufklärung bestens vertraut, das bringt die Mythen nicht zum Schweigen, ganz im Gegenteil. Besonders weil der Täter seit 1985 wieder auf freiem Fuß ist.

Weil er seine Strafe abgesessen hat.

Ach, jetzt nehmen Sie das plötzlich auf die leichte Schulter? Damals konnten Sie vor Angst nachts nicht einschlafen.

Ich war ein Kind damals, erstens. Zweitens war der Täter noch auf freiem Fuß.

Wie heute auch.

Ja, aber man wusste doch überhaupt nicht, wer das war, warum er das getan hatte.

Den Grund hat man nie richtig rausbekommen.

Ich meinte ja nur, die ganze Hysterie damals. Die haben beim Hertie einer Kinderschaufensterpuppe die Kleider des vermissten Timo Rinnelt angezogen und die im Schaufenster ausgestellt. Dann ist man regelmäßig an dem Haus der Eltern in der Wilhelmstraße vorbei oder an dem Antiquitätengeschäft in der Wagemannstraße.

Und dass die RAF auch vornehmlich mit Entführungen gearbeitet hat und ihre Opfer ebenfalls oft bestialisch umbrachte, so wie den kleinen Timo, das ist auch reiner Zufall und hat nichts mit Ihnen zu tun? Wenn ich mir das nämlich alles anschaue, diese Parallelen, das nennt man eine Indizienkette.

Das könnte man höchstens sympathetische Ermittlung nennen. Allerdings wusste ich nicht, dass es so etwas gibt.

Analogieschlüsse? Doch, doch. Aber mal anderes gefragt: Hinter dieser Angst, entführt zu werden, verbirgt sich da nicht eine massive Aggression gegen Ihre Familie?

Wie meinen Sie das?

Na ja, in Ihrer Fantasie wird ja die ganze Familie von dem Entführer ausgelöscht, nur damit er an Sie rankommt und Sie entführen kann. Eine Logik hat das übrigens nicht, denn wer sollte dann noch das Lösegeld zahlen?

Ängste haben oft keine Logik.

Aber manchmal einen tieferen Grund.

Ich habe das mit Jürgen Bartsch in Zusammenhang gebracht.

Der auch keine Eltern umgebracht hat, sondern nur junge Knaben.

Ich meine diese Aggression, diese Bereitschaft zu töten.

Kam die nicht eher von Ihnen selbst? Ihre ganze Familie musste sterben, nur damit Sie in Ihrer narzisstischen Größenfantasie vom auserwählten Entführten schwelgen konnten. War das der Grund, warum Sie Ihren alten Spezi Bernd in Frankreich aufgesucht haben, um das einmal therapeutisch durchzuarbeiten?

Ich war nie in Frankreich.

Sie waren nie in Berlin, Sie waren nie in Frankreich, wahrscheinlich auch nie in Wiesbaden …

Sie wissen schon, was ich meine: Ich war nie in Frankreich bei Bernd. Ich wusste bis vor wenigen Stunden noch nicht einmal, dass er in Frankreich lebt oder lebte, auch nicht, dass er angeblich Therapeut ist.

Und doch haben wir interessante Dokumente in Ihrer Krankenakte bei ihm gefunden.

Es gibt keine Krankenakte über mich, schon gar nicht in Frankreich und bei Bernd.

Wenn ich zum Beispiel das Stichwort Ventriloquisation erwähne, kommt dann vielleicht Ihre Erinnerung wieder?

Woher haben Sie das?

Sagte ich doch: aus Ihrer Krankenakte.

Aus Eppendorf?

Da kommen wir doch gar nicht ran.

Aber …

Ihr Kumpel Bernd, der nimmt es mit dem Datenschutz nicht so genau.

Das ist nicht mein Kumpel. Wie oft soll ich das denn noch sagen? Wir waren zusammen in einer Klasse.

Zwei aus einer Klasse, das haben Sie doch auch immer so gern gesehen, mit Klaus Havenstein. Und Elf Freunde müsst ihr sein, das war doch ihr Lieblingsbuch, und Privatdetektiv Tiegelmann.

60

Apologie des Gregor von Nazianz

Kurz vor Verlassen des Konvikts verfasst

Ich bin Abfall von Gott. Ich bin Johannes der Teufel. Ich bin Gregor Höllensohn, einer der drei Theologen und Heiligen Hierarchen, geboren in Nazi-anz als Sohn des gleichnamigen Gregor von Nazi-anz, dessen Gedenktag genau einen Tag vor meinem am 1. Januar, dem ersten Tag des Jahres, gefeiert wird, während ich immer nur der Zweite am 2. Januar sein werde, es nie geschafft habe, zu Lebzeiten nach Ari-anz zu übersiedeln, sondern verhaftet geblieben bin dem Erbe von Nazi-anz, diesem unseligen Ort, an dem ich geboren wurde und an dem ich starb, so wie mein Vater dort geboren wurde und starb. Und mein Vater baute dort seine achteckige Kirche, in der ich Buße tat von morgens bis abends, um dann in die Einsamkeit zu ziehen und nicht wie er zu heiraten, da er nur geheiratet hatte, damit meine Mutter mich zur Welt bringen und ihn anschließend zum Christentum bekehren konnte. Und weil ich in Nazi-anz lebte, mein gesamtes Leben, und weil ich Sohn, immer Sohn meines Vaters, immer der Jüngere des Älteren war, musste ich mich mit dem Arianismus auseinandersetzen, der mir das Recht absprach, Teil der göttlichen Dreieinigkeit zu sein, da Arius behauptete, der gezeugte Sohn könne dem nicht gezeugten Vater nie ähnlich und schon gar nicht gleich werden. Weshalb ich alles daransetzte, da ich nun einmal Sohn war und nun einmal das Erbe meines Vaters in Nazi-anz antreten musste, die 1800 Bischöfe zu überzeugen, dass der Sohn empfangen, aber nicht geschaffen ward, dass ich also nicht Teil der Schöpfung war, was ich auch wirklich nicht war, da ich mich nie als Teil der Schöpfung fühlte, sondern von jeher fremd in ihr, da ich Teil des Vaters und Teil seines Erbes und Teil seiner Stadt, nach der wir beide benannt sind, war und immer sein werde, auch wenn er schon tot ist, weshalb ich wenigstens festhalten möchte, dass ich aus gleicher Substanz, also homoousios bin, denn wenn ich schon nicht Arianer sein kann, dann doch Homoousios, ein bekennender Homo, der nicht mehr heiratet wie sein Vater, der keine Frau braucht, die ihn bekehrt, weil mich der Vater aus seiner Substanz in

Nazi-anz schuf und zurückließ, wo ich mir selbst den Kopf zerbrach und die Gegner abwehrte und nicht nur vom Irrglauben der ungleichen Substanz abbrachte, sondern auch von der Idee, Gott, also der Vater, habe den Heiligen Geist geschaffen, denn alles kann der Vater auch nicht, auch wenn er es seinem Sohn beständig einzureden versucht, und beim Heiligen Geist ist einfach eine Grenze erreicht. Was denn noch alles? Der Sohn nicht vom gleichen Stoff, der Heilige Geist vom Vater geschaffen? Dann kann er doch gleich alles allein machen in seiner achteckigen Kirche, auch so eine Idee, von der ich nicht weiß, wer sie ihm eingeredet hat, vielleicht weil er plante, die Trinität auf eine Quaternität zu erweitern, wie es ja schon einige versucht haben, indem sie den Sohn doppelt gezählt haben, einmal eben als Mensch und dann als Gott, was mir gefallen würde im Prinzip, während andere die Mutter hinzunehmen wollten, was irgendwie ungut ist, denn drei Männer und eine Frau, das hat was Obszönes, auch wenn es die Mutter ist, also die jungfräuliche Mutter, die außerdem schon bei Anna selbdritt mitmacht und auch das andere Konstrukt infrage stellt, also, dass es erst mal uns drei einzeln gibt, Vater, Sohn, Heiliger Geist und dann als Viertes eben die Dreieinigkeit, die wir ja ohnehin sind. Na, da wird man doch gleich an die Spitzfindigkeiten der Vorsokratiker erinnert, wo Achilles die Schildkröte nie einholt, denn wenn man einmal so anfängt, dann kann man alle möglichen Gruppierungen entwerfen, Sohn mit Heiligem Geist als gesonderte Dualität und so weiter, und weil man da aber mit dem Denken nicht weiterkommt, aber auch nicht bereit ist, das Denken im sacrificium intellectus zu opfern, fängt man an, aus den ganzen Gruppierungen wieder alles langsam peu à peu rauszukürzen, bis am Ende nur noch ein Gott da ist, der sich einer Vielheit von Göttern und Gruppierungen gegenübersieht, wie Achilles in immer winziger werdenden Abständen zu seiner Schildkröte, die er nie erreicht, so wie man Gott nie erreicht, wenn man einmal mit dieser Art von Gedanken anfängt. Da kann man auch gleich wieder vor einem goldenen Stier niederknien oder einen anderen Götzen auf seinen tönernen Füßen anbeten und das mit dem Glauben ganz sein lassen, dann müsste ich mich wenigstens auch nicht mehr anstrengen und nicht immer weiter in Nazi-anz das Vatererbe gegen alle möglichen Angriffe verteidigen. Und auch wenn ich den Kaiser Iulianus Apostata persönlich kennengelernt habe, peinlicherweise in Athen, als ich Nazi-anz einmal kurz verließ, um zu sehen, was es mit den Neuplatonikern auf sich hat, wo ich mich allerdings nur zum Schein, das möchte ich betonen, bei Priskos zum Unterricht angemeldet habe, nur zum Schein, aber dennoch nicht mit einem Scheinleib, wie es Arian vom Sohn behauptet, denn es ist im Sohn angelegt, dass er die Qualen am eigenen Leib verspüren muss, alle Leiden, jedes Martyrium am eigenen Leib, selbst wenn er sich nur zum Schein informiert, was in der Welt so vor sich geht, deren Substanz er nicht angehört, da er Homoousios des Vaters ist und des Heiligen Geistes, den der Vater nie im Leben geschaffen hat. So geschah aber alles nach der Vorsehung, und ich konnte durch persönliche Kenntnis des Heiden Iulianus Apostata, der längst dem Christentum abgeschworen hatte, um sich der Theurgie mit ihren seltsamen Riten zu verschreiben, viel besser und geschickter gegen dessen Irrlehren vorgehen und auch bewirken, dass der Vetter des Iulianus Apostata ihn acht Monate in Haft nahm, um ihn von seinem Irrweg abzubringen, was aber nichts half, da er längst alle heidnischen Religionen und Riten und wirklich jeden theurgischen Hokuspokus zu einem Privatglauben zusammengewürfelt hatte, nur um nicht länger an den einen Herrn und seinen einen Sohn und den einen Geist glauben zu müssen. Ich habe oft mit Basilius und Johannes Chrysostomos darüber gesprochen und gerätselt, was Iulianus Apostata eigentlich reitet und weshalb er sich als einziger Kaiser darauf versteifen muss, das Imperium Romanum Christianum zu verhindern und die konstantinische Wende seines Onkels zurückzufahren, nur weil Konstantin versäumt hatte, das mit dem Christentum als Staatsreligion genau festzulegen, und einfach doch zu lax den heidnischen Bräuchen gegenüber war und nicht hart genug durchgegriffen hatte gegen den Paganismus, obwohl wir doch immer bereit waren, Feste und Riten der Heiden zu übernehmen, und im Grunde unsere ganzen Feiertage auf ihre Feiertage gelegt haben, Ostern, Weihnachten, Allerheiligen, selbst kleinerer Heiliger wie Valentin gedenken wir an den Lupercalia, ein größeres Entgegenkommen ist doch kaum vorstellbar, Synkretismus hin oder her. Man muss flexibel sein, das sehe ich anders als Chrysostomos, der mir manchmal etwas zu vernarrt ist. Gleich alle Heidentempel in Gaza zerstören zu lassen, musste das sein? Natürlich hat er im Prinzip recht, aber so was bringt die Leute leicht gegen einen auf. Basilius hält sich umgekehrt aus allem raus und hat im Zweifelsfall wieder Probleme mit der Leber und schickt dann seinen kleinen Bruder Gregor von Nyssa, ich habe schon gesagt, da können wir ja jetzt eine neue Trinität aufmachen: die drei Gregors, also mein Vater natürlich, dann ich und eben er. Praktisch daran wäre, dass wir alle drei denselben Namen haben, das würde nicht so viele Probleme mit der Einheit innerhalb der Dreifaltigkeit bereiten. Na ja, aber das war mehr so im Scherz dahingesagt, weil ich außerdem zusammen mit Basilius und seinem kleinen Bruder bei den drei kappadokischen Vätern mitmache und außerdem mit Basilius und Chrysostomos bei den drei heiligen Hierachen bin, und das reicht meines Erachtens, obwohl es natürlich toll wäre, in drei Gruppen zu sein, die alle immer zu dritt auftreten. Aber man darf sich nicht verzetteln bei den ganzen Problemen, die es zu behandeln gibt. Ich sage nur: Donatiner. Oder die Novatianer. Oder die Neuarianer um Eunomius, die das mit dem gezeugten Sohn wieder ausgegraben haben. Und die Neuplatoniker gibt es ja auch noch, mit ihrem oberen Seelenteil, der immer im Göttlichen verbleibt, und das auch noch bei jedem einzelnen Menschen, was eine ziemliche Blasphemie ist, denn da hätte ja jeder so was wie eine Trinität, zum einen den Körper, im Körper den einen Teil der Seele und als Drittes noch den anderen Teil, praktisch beim Heiligen Geist. Das ist eine so unglaubliche Hybris, außerdem ist der nächste Schritt schon vorherbestimmt, dann heißt es, klar, wenn ein Teil der Seele ohnehin immer göttlich ist, kann sich die Seele auch selbst erlösen, nämlich durch Selbsterkenntnis, und man kann auf die Menschwerdung Gottes und das alles auch verzichten. Wenn ich nur daran denke, könnte ich meine christliche Nächstenliebe vergessen. Zum Glück sind die selbst untereinander zerstritten, und Iamblichos wird den Verein bald aufgelöst haben, weil er zu Recht sagt, dass die Seele nicht teilweise göttlich sein kann, sonst würden die Menschen nicht so griesgrämig rumlaufen, und das ist schließlich ein Argument, das nicht von der Hand zu weisen ist, da kann Plotin sagen, was er will. Na, und mit den Riten, die Iamblichos einführt, um sich dem Göttlichen anzunähern, da ist er uns doch wieder ganz nah. Und vielleicht kommen sie über diesen Umweg wieder zu ihrem Ursprung, den Platonikern, auf die sie sich ja schließlich berufen, denn Numenios kennt die Trinität auch, natürlich in einer noch etwas holzschnittartigen Form, quasi als drei Götter und noch nicht mit dem großen Geheimnis der Dreifaltigkeit ausgestattet. Aber wenn sein oberster Gott fern von der Materie ist und auch nicht handelt, dann könnte man den doch leicht mit dem Heiligen Geist gleichsetzen. Sein zweiter Gott, der zwar als Schöpfergott in Erscheinung tritt, aber nur schaffen kann, indem er den ersten betrachtet, wäre dann unser Gott Vater und sein dritter Gott, also die Umsetzung dieses Werdens innerhalb der Materie, natürlich das, was bei uns der Sohn verkörpert, weil sich der Sohn nicht nur mit großartigen Ideen abgeben kann, wie die Väter oder der Heilige Geist, sondern ganz konkrete Basisarbeit leisten muss, ich sage nur: Kreuzestod, Grablegung, Auferstehung, the works eben. Bei den Söhnen geht es immer um die Nagelprobe des Glaubens. Wir sind es, die sich opfern und die ganze schöne Theorie dann ausbaden müssen. An uns bleibt die Drecksarbeit hängen, wenn ich mal deutlich werden darf, diese ganzen überzogenen Anforderungen, die auf uns lasten, mit dem Erbe des Namens, Gregor, und mit dem Erbe des Ortes, Nazi-anz, und dann noch mit diesem wackligen theoretischen Konstrukt, mit dem wir auf den Kreuzweg geschickt werden. Aber mir ist alles recht, jeder Kompromiss, wenn nur diese ewige Diskussion um den Scheinleib aufhört. Dieser ganze Doketismus hängt mir so was von zum Hals raus, egal, wie die auch argumentativ vorgehen, ob der Sohn jetzt nur in phantasmate in der Welt war und auch nur quasi passum gelitten hat oder ob er ganz ungeboren und unkörperlich und ohne Gestalt herumgelaufen ist, oder dass eben alles nur Schein war, wie Marcion sagt, weil sich der feine Herr nicht vorstellen kann, dass der Sohn inter urinas et faecas auf die Welt kommt, weil er sich nicht vorstellen kann, dass der Sohn wirklich leidet und dass es wirklich um Blut, Schweiß und Tränen und meinetwegen auch das andere geht, weil es ein dreckiges Geschäft ist, Sohn zu sein, das kann ich sagen, weil man sich da nicht mit feinen Argumenten auf die geistige Überwindung zurückziehen kann, wobei sich niemand die Finger schmutzig macht, oder dieser andere Humbug, dass Simon von Cyrene nicht nur das Kreuz des Sohnes, sondern auch gleich den kompletten Kreuzestod auf sich genommen hat, während der Sohn unsichtbar wurde und als virtus incorporalis in den Himmel aufgefahren ist. Da kann einem doch echt schlecht werden, wobei dem Sohn ja nicht schlecht werden kann, wie Valentinus sagt. Auch so ein Fantast und Narr in Gottes unerschöpflichem Weinberg, der wirklich der Meinung ist, der Sohn könne essen und trinken, ohne auszuscheiden. Ja, natürlich, alles kein Problem, man hält einfach sein Leben lang zurück, weil die Speisen natürlich auch nicht verderben in einem, weil man selbst ja auch unverderbbar ist, aber wahrscheinlich ziemlich aufgebläht. Kein Wunder, dass man das gerade mal knappe 33 Jahre durchhält, und ich möchte nicht wissen, was da wirklich aus der Seite kam, als Longinus hineinstach. Aber lassen wir das, ich reg mich nur auf. Aber wenn es um das Thema geht, kann ich einfach nicht ruhig bleiben. Wirklich nicht.

61

Gernika?

Ja?

Du bist nicht wirklich da, oder?

Nein, nicht wirklich. Warum?

Ich habe so Orientierungsprobleme in letzter Zeit.

In letzter Zeit?

Ja, ich weiß, wahrscheinlich hatte ich die immer schon.

Und? Was hast du dir diesmal wieder ergrübelt?

Warum?

Immer wenn du dich an mich wendest, geht es in der Regel um sentimentalen Kram.

Wie das klingt.

Ja, wie klingt das?

Wahrscheinlich hast du recht. Mir fiel gerade das Thema Unschuld ein.

Siehst du.

Ja, tut mir leid.

Dann sag schon, und lass dir nicht jedes Wort einzeln aus der Nase ziehen.

Ich dachte nur, dass man immer so tut, als sei das ein Zustand, der
zwangsläufig zerstört wird. Ich meine, natürlich wird er zerstört, aber
Unschuld, das hat ja auch immer etwas mit Unwissenheit zu tun, und
Unwissenheit wiederum hat mit einer Ahnung zu tun, also mit einer anderen Form von Wissen.

Ich habe nicht die geringste Ahnung, von was du sprichst.

Du hast vielleicht kein direktes Bewusstsein von etwas, aber umso mehr
spürst du es. Gerade weil du es nicht einordnen kannst, weil du nicht
beeinflusst bist vom Wissen, kannst du es umso deutlicher spüren. Es
ist aber mehr als eine Ahnung, eher eine sinnliche Gewissheit, obwohl
du es nicht benennen könntest, oder besser: gerade weil du es nicht benennen kannst.

Und?

Nichts und. Ich musste nur gerade daran denken, an die Gibber Kerb
zum Beispiel, diese ungeheure Erwartung, obwohl ich gar nicht wusste,

was ich dort eigentlich erwartete. Ich meine, als ich aus dem Alter raus war, dort nur Karussell fahren zu wollen, wo ich eher an den Autoscootern rumstand und an der Raupe. Aber eben genau in dem Jahr, wo man eben noch nicht, wie Achim immer sagte, auf Brautschau ging, wo man noch nicht nach Mädchen guckte, wo aber die Ahnung doch irgendwie da war. Und dann die Musik, die das noch unterstrich, die Texte, die man nur halb verstand: Pictures of Lily, I'm a Boy, auch nur Ahnungen, die aber seltsamerweise, wie sich später herausstellte, genau in die richtige Richtung gingen. Und wenn man überlegt, das waren nur vier Tage im Jahr, das erste Wochenende im Juli. Freitag und Samstag bin ich gleich nach der Schule hin, obwohl da noch nichts los war. Diese Ungeduld. So ungeduldig kann nur ein Kind sein und so enttäuscht am Abend, wenn ich schon um sieben, spätestens halb acht nach Hause musste, weil ich am liebsten bis zuletzt dort hätte bleiben wollen, um ja nichts zu verpassen. Und dieser eigenartige Geruch, wenn die Popcorn- und Bratwurstdüfte gegen Abend von dem Dunst weggeweht wurden, der aus den Rhabarberfeldern und dem Bach gegenüber aufstieg.

Du denkst dir das aber auch immer alles zurecht, finde ich. Der unschuldige Knabe, der alles ungefiltert aufnimmt, im Bereich des Numinosen dahinschwebt. So war das doch alles nicht. Es ging auch immer um Unterscheidung, um Abgrenzung.

Was meinst du damit?

Denk doch einfach mal daran, wie peinlich dir das zum Beispiel war, als du First of May von den Bee Gees gut fandst. Nach außen hast du dich weiter über den Zimmermann lustig gemacht, dass der sich die Odessa kauft, aber dann hast du sie dir doch zum Aufnehmen geliehen, hast aber so getan, als wolltest du nur mal so reinhören, und hast sie zwischen eine Cream und eine Blues Project gepackt, damit dich nur ja keiner damit sieht.

Ja, du hast natürlich recht. Aber woher kommt dann dieses Gefühl, dass es mal einen Punkt gab, an dem man völlig selbstständig in seinem eigenen ungebildeten Universum gelebt hat und weder Kind noch Jugendlicher, geschweige denn Erwachsener war?

Das sind eben so Gefühle.

Aber warum will man dorthin zurück?

Das ist einfach ein Irrtum, glaub mir.

Meinst du?

Ja, meine ich. Ob man die Sehnsucht nach vorn oder nach hinten verlegt, in diese Welt oder in eine andere, wo alle Leiden schwinden, das bleibt sich letztlich gleich.

Ich kann es aber doch so genau benennen. Es war diese eine Kerb im Juli '69, nicht die davor, nicht die danach. Und während sich alle anderen gleichen, war diese eine eben außergewöhnlich, obwohl ich nichts anderes gemacht habe als sonst auch. Ich hätte auch nichts anders machen können. Denn das, was man später versucht, mit den besonderen Tagen, den besonderen Urlauben, den Fahrten und Festen, das ist ein einziger Krampf. Vielleicht hat man irgendwann, wenn man gar nicht daran denkt, gar nicht damit rechnet, noch einmal Glück in seinem Leben, für einen Abend, eine Nacht. So wie wir damals in dem Hotel gegenüber vom Platz der jüdischen Deportierten.

Das hat uns auch nicht geholfen.

Was? Die jüdischen …

Quatsch, diese Nacht da in der Moorweidenstraße.

Ja, natürlich, die Unschuld muss kaputtgehen, das sagte ich ja gerade.

Ich weiß nicht: Unschuld.

Aber da habe ich auch nichts gewusst, sondern nur geahnt.

Ja, du.

Du nicht?

62

WELTERKLÄRUNGSVERSUCH EINES NOCH NICHT SECHSJÄHRIGEN UND DIE BEGRÜNDUNG, WIE DIE GÖTTER IN SÄCKE KAMEN

Ich weiß, ein Kind meines Alters sollte gemäß der von Wissenschaftlern während des Dritten Reiches begonnenen, über die Kriegswirren hinaus in dunklen Kellern weiterbearbeiteten und nun endlich vollendeten Liste zur kindlichen Früherziehung und Förderung bereits vier Ämter gelesen haben, darunter mindestens ein Pontifikalamt, es sollte vier verschiedene Zünderarten von Sprengsätzen bedienen und mindestens drei verschiedene Wundarten versorgen können, darunter eine, bei der die Amputation einer Extremität notwendig wird. Das Kind sollte eine Vorstellung davon haben, wie das Leben zu Ende geht und wie lange sich der Sterbeprozess hinziehen kann, sollte wissen, wie man drei verschiedene Tiere erst aufzieht, dann schlachtet, abzieht, zerlegt und für seine Spielkameraden zubereitet, sollte seine Eltern beim Beischlaf, sollte den Vater beim Missbrauch, sollte die Mutter beim Schweigen und den Tennislehrer beim Masturbieren im Umkleideraum beobachtet und mindestens eine Nacht auf einem Friedhof in einem bereits ausgehobenen Grab verbracht haben, mit dem festen Willen, nie mehr aus ihm zu erwachen. Es sollte sich vorübergehend selbst geblendet und in diesem Zustand zwei Hauptverkehrsstraßen überquert haben, es sollte drei Zaubertricks beherrschen, alle Strophen der Nationalhymne von mindestens zwei Diktaturen, darüber hinaus drei Rätsel und drei Witze und einen Zungenbrecher. Es sollte drei Erscheinungen gehabt haben und als Pantomime darstellen können, Ektoplasma produziert und teleportiert und begriffen haben, dass die Pause Teil der Musik, aber nicht Teil der eigentlichen Schulzeit und schon gar nicht dazu da ist, sich selbst mit einem Stein auf den Kopf zu schlagen, um eine Platzwunde hervorzurufen und früher nach Hause gehen zu dürfen. Es sollte das Staffelgebet in Deutsch und Latein kennen und das lange Glaubensbekenntnis, und es sollte wissen, was ein Geheimnis ist, und dieses Geheimnis auch für sich behalten und niemand anderem sagen, weil ihm sonst die Kehle eingedrückt würde, so wie jetzt, nur noch stärker. Außerdem sollte es einmal in einem lächerlichen und unter den Armen eingerissenen Kostüm auf einer Bühne gestanden und die Echse Homo dargestellt haben und dafür ausgebuht und mit Tomaten beworfen worden sein, aber selbst auf dem Nachhauseweg noch nicht geweint haben.

Von alldem weiß und kann ich bedauerlicherweise nicht das Geringste. Ich bin so gesehen und nach dem Buchstaben der Lernpsychologie ein unfähiger und zu nichts taugender Tropf oder besser Trottel, dem nur einmal im Leben, eben gerade jetzt, das Recht auf einigermaßen freie Rede vergönnt wurde, weshalb ich diese Gunst nutzen möchte und, nachdem ich gesagt habe, was ich wissen sollte, aber nicht weiß, sagen, was ich nicht wissen sollte, jedoch weiß.

Lange noch bevor die Kategorien als göttliche Insignien herabgeregnet kamen in die Wohnstuben der kleinen Arbeiter, denen sie mitten auf das mit Butter dünn überkratzte Brot fielen, sodass sie aussahen wie ein abgegriffener und über Generationen weitergereichter Wurstbelag und demnach nicht erkannt werden konnten als Kennzeichen einer metaphysischen Macht, die hinter unserem Alltag nach Erlösung pocht, da trug sich etwas zu, was man als Gründung, meinetwegen auch Begründung dessen verstehen könnte, in dem wir nun zu existieren haben.

Der Leib des Göttlichen, also jener fadenscheinige Wurstbelag, ganz zu sich genommen, um Anteil zu haben, offenbarte sich als folgenschwerer und nicht zu unterschätzender Irrtum, als Irrtum, dem wir die ganze Misere unseres Lebens, vor allem aber auch unseres Sterbens verdanken, denn nichts ist beschämender für ein Wesen, als mit einem Bauch voller göttlicher Kennzeichen umherzugehen und selbst nichts davon zu ahnen. So allein entsteht jene Krankheit, die den Körper zerfrisst, und das bitte ich zu notieren, und nicht durch einen gesunden Brotbelag aus städtischen Metzgereien, wie man oft meint, denn solange man die Dinge getrennt hält, in einer Trennung belässt, sich selbst als getrennt von Welt und Sinn und vor allen Dingen Lösungen und vor allen Dingen Hoffnungen erfährt, kann nichts schiefgehen, verstreicht das Leben, wie es sich gehört, fast spurlos, doch für diese Erkenntnis braucht man die Erfahrung des Vergessens, die Erfahrung, in das Nichts getaucht zu sein wie in ein menschenloses Schwimmbecken an einem Montagvormittag, bevor die anderen aus der Umkleidekabine kommen, ohne zu wissen, wie viel Luft ausreicht, um die blauschimmernden Kacheln am Boden zu berühren und das Kettchen mit der Kabinenmarke zu angeln, während das Wasser gegen die Ohren drückt und den Mund.

Lange vor all diesen Geschehnissen, die ich nur anreißen kann, von denen ich nur Andeutungen in die Welt streuen kann, diese aber umso deutlicher, damit sie nicht erneut als falschverstandene Insignien verlorengehen, gab es schon, womit ich Ihnen bestimmt nichts Neues verrate, die Fabrik, den Turm und die Stadt. Die Götter lagen mühselig in Säcke eingenäht hinter einer Mauer, und niemand wusste genau, was es auf sich hatte mit ihnen. Vor allem nicht wir Kinder. Es hieß: »Kletter nicht auf die Mauer! Schau nicht durch die Mauerritzen! Küsse den Backstein, wenn du ihm begegnest, aber wirf ihn nicht!« Und so weiter. Das alles sagte uns nichts. Wir liefen zur Schule, und in der Turnstunde rannten wir von der Schule zum Hügel und wieder zurück, und wenn wir das Maul aufmachten, vereinfacht gesagt, dann gab's eins drauf oder eben zwei Stunden Nachsitzen im Turm, während zu Hause die Schwester über den dunklen Flur musste und in das Wohnzimmer.

Wenn man ans Pult gerufen noch einmal nachfragte, bekam man eins mit dem Lineal quer über die Handflächen gezogen und dann wie aus Versehen hoch gegen das Kinn. Dann hieß es umdrehen. Die Sonne schrie: »Schau her, ich leuchte jetzt die Beine deiner Schwester aus.« Ich schrieb in mein Heft die haargenaue Beschreibung eines Maulwurfshügels, über den ich einmal, es war an einem Samstagnachmittag, gestolpert war. In der Ferne malmten die beiden städtischen Panzer über die Anhöhe, weil um acht der Puff aufmacht. Zwei Generale schüttelten sich die Eisenhaken, die man ihnen an die Prothesen geschraubt hatte, damit sie den Verwundeten besser die Geschosse aus den Brustkästen, später den Toten die Plomben aus den ausgerenkten Mäulern ziehen konnten. Alles hat etwas Gutes. Ich machte keinen Punkt, sondern einen Strich unter die Kernsätze an der Tafel.

Meine Herren! Die Welt erklären, wie einfach erschien es mir an diesem Abend, an dem ich zum letzten Mal vom Hügel in die Stadt rannte. Erst kam ich an den Bach, dann lief ich mit hohen Sprüngen über die Brücke, dass ich selbst davon erschrak, wie die Planken schwankend nachgaben unter mir. Die Welt ist nie das, zu dem wir sie uns zurechtdenken, im

Gegenteil. Die Ohrfeige des Hausmeisters auf der Backe, das Hüsteln der Mutter im Bett nebenan, es ist nicht leicht, alles gleichzeitig zu empfinden, sich an alles auf einmal zu erinnern. Seltsam, wie die Schnecke wandert, obwohl es nicht hierher gehört, seltsam, wie der Maulwurfshügel von Nahem aussieht, wie ein Bombentrichter aus der Ferne. Der Mensch erklärt sich mit der Waffe. Deshalb allein sollten wir im Unterricht die Waffentypen vertiefen, alles andere nützt nichts im Leben. Weder Algebra noch Geometrie. Gebt den Kindern, kaum dass sie krabbeln können, Stöcke in die Hand und Peitschen. Versuche haben bewiesen, dass sich die Geschwindigkeit der Entwicklung vervierfacht, das Gehirnvolumen proportional zur eingeflößten Fertignahrung zunimmt, sodass bald Zweijährige in einem hellen Karottenton erstrahlen und der Angst der Eltern hohnlachen, die sie auf den Armen in die mit Bratenduft durchwebte Küchenluft stemmen und im Rhythmus der Erkennungsmelodie des Kinderfunks hin- und herwiegen. Doch das sind alles nur Ausblicke. Es sind Visionen, wie sie andere nur nach jahrelangem Verzehr von Beeren und Heuschrecken heimzusuchen pflegen. Ich jedoch besaß die Gnade, kaum dass ich sechseinhalb war, um Ihnen auch mal eine Zahl zu nennen, in den komatösen Schlaf eines Vorpubertären zu verfallen und so die Grauen des Krieges zu verschlafen, auch und gerade die privaten, diese Schrecken, von denen man sich heute kaum noch einen Begriff macht. Stichwörter hier vor allem: Flur, Wohnzimmer, Eierstichsuppe, all das eben zu überleben, obgleich mein Leben eine seltsame Kehre nahm an dieser Stelle und mich eine Erinnerungslosigkeit umfing, damit ich überhaupt weiterdenken, weitergehen, weiterstehen und am Mittagstisch sitzen konnte.

Natürlich hielt meine Entwicklung auf dramatische Weise an. Sie hielt an, weil ich nichts mehr mitbekam, erinnerungslos wie ich war. Ich irrte auf kleinen Wegen, die man mir mit dem Füller auf ein kariertes Blatt gezeichnet hatte, zu immer denselben Orten und dann wieder zurück, das war alles. Das war tatsächlich alles. Man setzte mich in eine Kiste und gab mir einen Schalter in die Hand, und damit hatte es sich. Draußen mutierten die verschlungenen Kennzeichen – ich meine damit nicht die Kennzeichnung göttlicher Wege, sondern das, was durch den aufgesperrten Rachen in den Magen fällt –, die verschlungenen Kennzeichen der Metaphysik, zu den Insignien und Standarten der Macht, die bald anstelle der Wurst auf dem Brot über den Dächern der Arbeiterwohnung wehten. Und so wie einst die Flammen aus den jungen Herzen schlugen, so schlugen sie nun leibhaftig aus den Obergeschossen und Dachkammern, fraßen sich in die aufgehängten Laken wie Erdbeermarmelade in das gebutterte Brot. Wir klatschten und schrien, wenn es so weit war, und meine Schwester nahm mich bei der Hand und zog mich quer über den Hof, panierte mich mit Sand im Kasten, gab mir Schaufel, Eimer, Stock und Rad, mir, dem komatösen Kind, das schneller laufen konnte, schneller sprechen, schneller Aufgaben lösen, weil eben die Erinnerung ihm fehlte, denn allein die Erinnerung macht uns das Leben unerträglich schwer. Erinnerungslos wissen wir alles, ausnahmslos, können wir alles, selbst einen Stuhl auf dem Kinn balancieren und dann mit einem Schwung hoch auf die Nase und mit den Zähnen am Wäscheseil einmal über den Hof rutschen und unter die Röcke schauen beim Schaukeln und in die Waschküche kriechen wie ein winziges Silberfischchen, mit angelegten Armen und Beinen, von Treppe zu Treppe, und unten dann, an den Trögen vorbei, hinein in einen umgefallenen Gummistiefel und ausruhen.

Ich komme auf die Stadt zurück, die ich auf meinem letzten Heimweg hinter der Brücke endlich erreichte. Vorher noch am Tennisplatz vorbei, an den Bahngleisen. Am besten, ich zeichne eine kleine Tabelle an: Da also sind die Götter, eingenäht in Säcke, weshalb, wie ich bereits sagte, weiß niemand so genau. Selbstverständlich gibt es Vermutungen, Hypothesen, vielleicht weil die Stadt von der Produktion und dem Export von Stoffen aller Art lebt, sagen diejenigen, die eher einer rationalistischen Begründung anhängen. Natürlich ist die Stadt bekannt für ihre stoffliche Natur, ihre stoffliche Konsistenz sozusagen, die Betonung des Leblosen, aber auch des Kategorischen, da mag man sagen, was man will, doch ob das reicht? Andere selbstverständlich hielten die Sackthese für gänzlich unhaltbar, es handele sich um eine Fehlübersetzung, eine volksetymologische Fehlinterpretation, Sack hieße gar nicht Sack, sondern Lichtermeer oder Strahlenkranz und spiele auf die Irrlichter im Sumpfgebiet an, in die man früher die Götter und all das, was einem lieb und wert gewesen sei, versenkt habe, wodurch sich der Sumpf schon bald mit einer tief in ihm zitternden Bedeutung aufgeladen habe, mit einem metaphysischen Beben, das sich anschickte, selbst die Stellung der Götter zu überschatten, weshalb man, um sie zu erhalten, und dies sei für die städtische Seele unabdingbar gewesen, das Göttliche vom Sumpf und seiner Symbolkraft habe trennen müssen, wodurch sich der Sumpf unversehens zum Sack gewandelt habe, und dies natürlich über mehrere Jahrhunderte, wie überhaupt alles in der menschlichen Entwicklung über mehrere Jahrhunderte hinweg stattfinde, wobei dem Arbeiter in seiner beflaggten Wohnung dies, also der langwährende Prozess der Entwicklung, natürlich nicht auffalle, er auf einmal nur die Wahlkarte in der Hand halte und die Essensmärkchen, ohne auch nur zu ahnen, wo das alles einmal seinen Anfang genommen habe und in welcher Mühsal es sich entwickelte, bis hin zu den zwei Panzern, die jetzt Patrouille fahren und auf den ehemaligen Dickwurzäckern ihre Schießübungen veranstalten, denn mit dem Helm als Essgeschirr in der Hand, vor der Gulaschkanone, noch all die verzweigten Wege zu erkennen, damit sei der Normalbürger natürlich überfordert, weshalb er auf den Korridoren warten solle, bis sein Name aufgerufen werde und man ihm die einzelnen Formulare erst aushändige und anschließend deren Richtigkeit bescheinige.

Die Säcke aber, so viel sei noch abschließend gesagt, symbolisierten den eigenen sterblichen Leib, gleichzeitig natürlich das, womit sich die Weber und Schneider der Stadt befassten, gleichzeitig die alten Bestattungsriten am Sumpf. Die tiefenpsychologische Interpretationsvariante, auf die ich hier nur kurz eingehen möchte, behauptet hingegen, dass mit der Trennung der Götter von dem ihnen anfänglich Heimat bietenden Sumpf eine doppelte Verleugnung vollzogen worden sei, da man den Sumpf allgemein aus dem kollektiven und individuellen Gedächtnis getilgt habe und damit alles, was mit dem Sumpf in einer wenn auch noch so entfernten Verbindung hätte stehen können, zum Beispiel die Ermordung eines Handelsvertreters, die man selbst betrieben oder der man zumindest beigewohnt habe, und vieles andere mehr. Der Sumpf, entstellt zum reinen Symbol des Nicht-mehr-Vorhandenen, schließe damit den Menschen auf eine hintergründige Art wieder an das Göttliche an, denn indem der Mensch den Sumpf gleichermaßen bei seinen Göttern als auch bei sich verleugne, trete er in eine tiefe Verbindung mit eben diesem Göttlichen. Um es auf einen Punkt zu bringen: Gott und Mensch treffen sich in der gegenseitigen Verleugnung.

So weit erst einmal. Andere Interpretationen, im Wesentlichen nur Varianten der bereits genannten, übergehe ich. Dem Arbeiter am Küchentisch, so glaube ich ruhigen Gewissens annehmen zu dürfen, ist dies ohnehin egal. Er schaut auf sein Brot und auf die Rationsmarken und die Tageszeitung, die immer dünner wird, sodass bald kein Kohlkopf mehr darin eingewickelt werden kann, und wartet, dass sein Name aufgerufen wird auf dem Korridor oder hinter der Baracke auf dem Hof.

Doch zurück zu meiner kleinen Tabelle, meiner Skizze des menschlichen Unvermögens und der daraus entstehenden großartigen Kultur. Die Götter also in Säcken hinter der Mauer. Die Mauer selbst ein Prachtgebilde. Sie ist auf so raffinierte Art und Weise angelegt, dass man stundenlang an ihr entlanggehen kann, ohne sicher zu sein, auf welcher Seite und wo innerhalb oder meinetwegen auch außerhalb der Stadt man sich gerade befindet. Es ist ein einmaliges Schauspiel, und ich selbst habe den Gang mit meiner Schwester an der Hand, sogar damals, als sie das Bein in Gips hatte, immer und immer wieder angetreten. Rotglühende Backen hatten wir damals, und begeisterungsfähig waren wir, vor allem ich in meinem komatösen Zustand, wenn man mich in den braunen Anzug steckte und mich unter den eng an den Körper gedrückten Achseln kitzelte. In stiller Erwartung marschierten wir los und in die Dämmerung hinein, damit wir genau zu dem Zeitpunkt die Mauer erreicht haben würden, wenn der Mondschimmel in kleinen abgeriebenen Streuseln zu uns nach unten auf die staubige, nur ungenau vermessene Erde fiel und die Szenerie in ein Licht der Freude tauchte. Kleine Lauben an den Seiten, verschwiegene Orangenhaine, nun, ich übertreibe, aber das war alles einmal im Gespräch, manches sogar schon in Planung. Sei's drum. Von fern hörte man das Geschrei auf dem großen Versammlungsplatz. Die Raketen stiegen auf, und wir versuchten im Licht ihrer Sternschnuppen nach oben auf die Mauer zu klettern, trotz oder gerade wegen aller Ermahnungen und Verbote. Die Mauer aber war zu hoch. Die Sirenen gingen sofort an, und die Scheinwerfer leuchteten den sonst verschwiegenen Weg bis in den letzten Grashalm hinein aus. Das Militär rückte mit seinen beiden Panzern aus. Das heißt, sie fuhren vom Parkplatz hinter dem Puff mit halb hochgezogenen Hosen wahllos in eine Richtung, wobei sie in ihre Funksprechgeräte brüllten. Mir war es gleich. Ich kannte den Weg. Wir bogen einfach zweimal nach links, und schon sah man uns nicht mehr. Dann in einen Hinterhof, wo wir uns auf die ausgelagerten Möbel setzten, zwei Zigaretten zu fünf Pfennig rauchten, ich auf Lunge, meine Schwester gepafft, und hörten, wie aufgeschlagene Eier in den Eisenpfannen zischten. So vergingen der Abend und die angebrochene

Nacht. Wir hielten uns die Augen zu, führten uns gegenseitig in immer neue Hausgänge und spielten Möbel riechen. Kam uns ein anderes Kind in die Quere, wurde es so lange im Kreis gedreht, bis es wie ein lahmer Kreisel in sich zusammensackte. Nach Hause brauchten wir noch lange nicht, daran war überhaupt nicht zu denken. Ich hatte mein Diktatheft zusammengerollt in einer Gesäßtasche dabei, wäre uns tatsächlich einmal langweilig geworden, wozu es jedoch nie kam, hätten wir einfach Schiffe versenken gespielt oder Stadt, Land, Fluss.

Apropos Stadt: Ich habe von den Göttern gesprochen, die eingenäht in Säcken, wahrscheinlich, wie ich ausführte, als Symbol der wichtigsten Handelsware der Stadt, hinter einer auch für einen ausgewachsenen Menschen hohen Mauer in einer Art nichteinsehbarem Teich oder Tümpel, manche sagen auch, es sei eine Meeresbucht, dahintrieben. Wozu das alles?, kann man fragen. Doch ist diese Frage selbst für mich, der ich wohlgemerkt aus einem Zustand der Gnade heraus zu Ihnen spreche, nicht leicht zu beantworten. Nicht, dass ich die Antwort nicht wüsste, sie jedoch in Worte zu fassen, fällt mir nicht leicht. Ich will es dennoch versuchen. Die Affen, Sie erinnern sich, die das Herz des Städtegründers fraßen, der beim Begehen des Bodens, auf dem unsere Stadt entstehen sollte, verstarb, stehen in einer engen Verbindung mit diesen in Säcken eingenähten Göttern. Doch dazu müsste ich etwas weiter ausholen, und ich weiß, Ihre Zeit ist kostbar, ich werde mich also kurzfassen. Manche sagen, und es sind nicht wenige, auch wenn die meisten davon in Forschungsprojekten mitarbeiten, die ihre finanzielle Grundlage von der stoffverarbeitenden Industrie beziehen, manche sagen also, dass es sich bei den Affen nicht um Affen handele - obwohl wir Nachfahren dieser Affen in Zoos bestaunen und in Museen, dort in ausgestopftem Zustand, bewundern -, sondern vielmehr um die Ureinwohner dieses Stückes Land, das wir heute zu Recht unsere Welt und für andere, die nicht Teil unserer Welt sind, die Stadt nennen. Wenn man es von der Seite der stoffverarbeitenden Industrie der Stadt betrachtet, merkt man unschwer, in welch defätistischem Maße - und wir alle glaubten doch, diese plumpe Herangehensweise ein und für alle Mal, zumindest im diskursiven Austausch, überwunden zu haben -, in welchem ungeheuren Maße diese These die wirtschaftlichen Grundlagen der Stadt infrage stellt. Die Affen in Plüsch, die Affen aus Plastik, das Affenfest, das Fest des verlorenen Herzens, der Affenputschtag, der Magenaufstand, ganze Handelszweige leben vom Affen als Symbol und Ursprung unserer Kultur, wenn auch natürlich allein in dem Sinne, dass wir den Umstand feiern, gerade diesen Ursprung überwunden und hinter uns gelassen zu haben. Wie also sollten wir jetzt einfach, trotz aller neuen und überwältigenden Erkenntnisse, mit unserer Tradition brechen? Mit den schönen Festen? Wenn ich allein an die Kinder denke, und ich bin selbst ein Kind, weiß also, wovon ich rede, kurzum, es gibt gewisse Thesen, die einfach nicht, wie soll ich mich ausdrücken, sagen wir, gesellschaftlich vermittelbar sind. Gott ist tot, gehört zum Beispiel in eine ähnliche Kategorie. Der Affe war ein Ureinwohner vor der Städtegründung, oder: Die Ureinwohner wurden vom Städtegründer ausgerottet, sind weitere. Vergleichbar auch: Hinter dem Puff beginnt das Ödland, das in Wirklichkeit gar nicht öd ist, sondern mit Baracken bebaut. Nein, so kommen wir nicht weiter. Die Industrie- und Handelskammer hat erst unlängst, und dies mit uneingeschränktem Lob von politischer Seite, verlauten lassen, Gott gehöre in den Sack wie der Affe auf den Baum. Dies mag etwas kurz gefasst erscheinen, ist jedoch in der Sache nicht verkehrt. Dem Arbeiter, der auf seine Rationsmarken stiert, ist das ohnehin Jacke wie Hose, er wird von diesen Theorien nur verunsichert, auch was das Ganze nach sich zieht, wenn man einmal daran denkt, dass der Begriff Ureinwohner in dem Sinn gar nicht existiert und die Frage, wie die Bewohner der Stadt entstanden, bislang lediglich in den Geschichtsbüchern zur Zufriedenheit aller gelöst wurde.

In diesem Zusammenhang wurde eine Frau erwähnt, die sich in einer Kiste auf das Schiff des Städtegründers geschmuggelt hatte und nun, da er beim Betreten des Landes verstorben war und ihm die Affen das Herz aus der Brust gerissen hatten, nun, wie soll man sagen, nun, eben noch einmal mit ihm, dem gleichermaßen Verstorbenen wie Herzlosen, verkehrte und aus diesem Verkehr ein Zwillingspaar erwuchs, welches wiederum ein weiteres Zwillingspaar in die Welt setzte und immer so weiter bis hin zu dem Arbeiter in seiner beflaggten Wohnung, den das alles recht wenig interessiert, an dessen Interessen wir vorbeireden, wenn wir die Sache unnötig verkomplizieren, da er ein Anrecht darauf hat, seine Rationen zu erhalten und nicht ein Butterbrot mit metaphysischem Belag und angedeuteten göttlichen Insignien, die auch nicht satt machen. Wir sind folglich einer Tradition verpflichtet und dürfen nicht zur Verunsicherung der Stadtbevölkerung beitragen, indem wir Geschichtsbücher umschreiben lassen und den einfachen Menschen mit Begriffen wie Ureinwohner konfrontieren, nur um ihm gleichzeitig seine liebgewonnenen Feste und Traditionen zu nehmen. Bei aller Liebe, auch bei aller Verpflichtung der Wissenschaft und Forschung gegenüber: Es sind hohe Prämien ausgelobt für eine historische Aufbereitung der städtischen Geschichte, wobei diese durchaus kritisch sein darf. Kunst, und gerade auch Wissenschaft, sollen ja nicht der Tagespolitik verpflichtet sein, das wäre ihr Ende, zweifellos, nur geht es eben um den Rahmen, es geht um die selbst gesteckten Grenzen dieser Forschungsvorgaben, denn dem Arbeiter nützt das nichts, der Arbeiter fragt nicht nach dem Ureinwohner, obgleich er ihn täglich acht Stunden lang aus Plastik und Plüsch herstellt. Groß wird das Geschrei sein, und die durchaus berechtigten Einwände, der Ureinwohner sei doch kein Spielzeug, kein Witz und keine Kasperlefigur, die man den Kindern ins Bett legt, diese Einwände kommen völlig zu Recht. Alternativen liegen klar auf der Hand. Die Produktion wird eingeschränkt. Am Ende wird gar nichts mehr produziert. Dann hat die liebe Seele Ruh. Einzigartige Monokultur, beschränkt auf die Herstellung völlig neutraler Stoffe. Aber erklären Sie das mal dem Arbeiter, der bislang jeden Tag seine Affen aus Plastik oder Plüsch produzierte, und erklären Sie ihm dann bitte auch gleich, warum die ganzen Feiertage gestrichen wurden, der Magenaufstandsgedenktag, der Tag des Affenherzens und so weiter. Da muss er dann in die Fabrik, da kann er nicht zu Hause bleiben wie in all den Jahren zuvor. Ich möchte gar nicht davon sprechen, was alles historisch gewachsen ist und welchen Schaden man anrichtet, das alles über Bord zu werfen, wo immer so viel geredet wird, dass man mehr für die Familie tun soll, da bleiben dann noch die zwei Wochen Urlaub, und das ist dann alles, aber, und das ist das Schöne an der Sache, wenn der Arbeiter an den früheren Feiertagen nun in die Fabrik geht, was soll er denn da produzieren, wenn er keine Affen aus Plüsch oder Plastik mehr herstellen kann? Soll er seine Zeit absitzen und Däumchen drehen, im Bewusstsein einer neuen historischen Blickweise? Stellen Sie sich das einmal vor, das ist doch absurd, da würde sich jeder einfache Arbeiter an den Kopf greifen, und zu Recht, zu Recht! Reformen führt man auf anderen Gebieten durch, das wissen Sie so gut wie ich. Die Stadt ist die Stadt, und sie lebe hoch. Alles andere hat im Moment zurückzustehen. Auch die Mauer, an der wir abends so gern spazieren gehen und die es sich nicht lohnt, vertrauen Sie mir in diesem Punkt, zu hintergehen, im wörtlichen und im übertragenen Sinn.

63

DIE ERFINDUNG DER FREUNDLICHKEIT

Teil 2
Vom Naturschönen

Schulbaracken. Passagen. Parkplätze. Natur ist Erinnerung. Kultur ist Amnesie. Drehe ich mich um, verliere ich das Gleichgewicht. Die Glasscherben einiger wütend zerschlagener Bierflaschen. Vor der Baustelle Fenster mit Kreuzen aus weißer Farbe auf den Scheiben. Sonne spiegelt sich auf Krawattennadel. Ein Vogel verliert das Gleichgewicht und kippt zwischen den Radiowellen hinter die schrägen Dächer. Dann huscht der Wind mit ein paar Wolken in Form eines Haselnussblattes über das Wasser. Jemand schiebt ein Messer durch den Horizont und quer wie durch ein Stück Sahnetorte über die gekappten Anstaltsbäume und Flachdächer. In den Wendehämmern stehen Zweitwagen mit gesenkten Scheinwerfern. Bunter Gummiball rollt aus dem Schatten einer Vorgartenkiefer. Fernsehzeitung mit Rätsel neben dem Bett.

Lang hält sich das blasse Rosa über dem Grau, das wie in einem raffiniert gemixten Cocktail über dem blauen Streifen Fernsehlicht schwebt. Das Haus gegenüber eingeklemmt zwischen zwei anderen Häusern, die wiederum in Blöcke und Straßenzüge gequetscht und so immer weiter quer durch Deutschland bis zu einem Sumpfgebiet, in das Reisebusse kippen. Leere schwarze Löcher ohne Vorhänge, eine Balkontür, die auf keinen Balkon führt, sondern an einem Gitter endet: die Andeutung eines architektonischen Versuchs. Zu wilhelminischen Zeiten war hier einmal etwas anderes als die betonisierte Leerstelle unseres Lebens. Hinter Bäumen im Parterre ein Bad mit kleingepunkteten Schimmelsporen an der Decke. Die Mückenschwärme, die sich angeregt durch einen Globulinschuss der letzten Herbstsonne stöhnend aus ihren Platanenverstecken katapultierten, sind verschwunden. Winzige Tropfen an den Glasscheiben. In der Ferne die Spitze einer Pappel, unbeweglich. Um zu überleben, am besten kein Lebenszeichen mehr geben. Immer schwärzer werden die Antennengräten und die sperrenden Mäuler der Satellitenschüsseln zwischen den eingefallenen Schloten, in deren wunden Öffnungen gemäß der neusten Emissionsgesetze doppelwandige Stahlrohre mit Abdeckhaube stecken. Kaum noch Glanz auf den Dachluken. Kaum ein Geräusch. In den Wasserlachen der eingedellten Fensterbänke schwimmen Rußflöckchen im Kreis. Der Wind liegt ausgeweht in den weggestellten Blumenkästen.

Katzengraue Kälte streicht um die Ecken. Es ist betörend, im Sommer an Freiheiten zu denken, die sich im Winter in Hoffnungslosigkeiten auflösen. Gefangen in einer Gänsehaut, einem empfindlichen Hals, einer Unlust, gegen die selbst Alkohol vergeblich ankämpft. Tabletten sind schon besser, weil sie durchschlafen lassen. In den Träumen regnet es auf Inselparadiese. Man steht am Strand und schaut über das endlose Meer. Dass es zu Ende sei, dachte man schon damals als Kind, später als großes Kind und eben jetzt wieder. In der Erinnerung waren die Begegnungen wärmer und die Zimmer nicht permanent unterkühlt, überhaupt das Mittelalter, auch da überlebten die Menschen, sprangen von Zinne zu Zinne, schauten in die Gräben mit den Knochen ihrer Feinde, minnten und illuminierten Seiten der Bibel. Dicke Pullover können nicht unbedingt als Zeichen der Ablehnung gedeutet werden. Handhaltungen schon eher. Wie jemand den Kopf nach hinten wirft, wenn er eine Tablette wasserlos einnehmen muss. Der trockene Mund wird zur Gewohnheit. Im Internet sucht man Fotos von Frauen, die ihr ähnlich sehen. Mit Photoshop retuschiert man die Schwänze weg, die in diesen Frauen stecken. Man dreht die Bilder um 270 Grad, bis sie einem in die Augen sehen. So vergeht die Nacht. Andere bereiten sich auf den nächsten Tag vor und lenken sich nicht mühsam vom Vergangenen ab. Sie probieren in Kellern an ausrangierten Autotüren neue Mechanismen aus, um die Schlösser noch effektiver zu knacken. Ehemalige Jurastudenten beruhigen sich bis zuletzt mit dem Gedanken, dass der Vorsatz noch nicht strafbar ist. Dann drücken sie ab. Es geht um Grenzen und deren zwangsweise Einhaltung. Siedlungspolitik. Dazwischen irren Kinder umher.

Er hatte sich ihr gegenüber gleich unmöglich gemacht, weil die Siebziger ihm noch so nah waren und die Achtziger so fern, als hätte er sie verschlafen. Während sie den größten Teil der Achtziger tatsächlich verschlief, gerade frisch auf der Welt erschienen. Da hast du nichts verpasst, sagt er. Lichter spiegeln sich in der Drehtür. Geschirr klappert. Ein Chinese kommt herein. Er bringt ein indisches Gericht. Rudimente von Eth-

451

nien, die sich in ihrer Unversehrtheit nur noch im Studium vorfinden lassen. Und deshalb besucht man die Vorlesungen auch. Er weiß nicht einmal, was Kulturanthropologie genau ist, oder sprach sie nur deshalb überhaupt mit ihm? Er als Projekt, warum nicht? Die Daten würde sie auswerten und auf einer entsprechenden Verteilungskurve präsentieren. Overheadprojektor. Aber was redete er schon wieder, selbst zurückgeblieben, veraltet, sehnsüchtig, weißhaarig, gekrümmt. Besonders im Winter. Was heißt schon durchgefeiert?

Statt Körpern beschreibt man Gebäude, statt Gedanken zeichnet man Strecken auf, die man zurückgelegt hat. Am Ende findet sich in den vielen auf kleinen Zetteln verteilten Gleichungen eine Art von Sinn, der selbst für das 14-stöckige Studentenwohnheim noch ausreicht, auf dem man an einem Abend im September steht und eine Fahne schwenkt. Ein Selbstmordversuch, den niemand bemerkt. Nicht einmal man selbst. Dennoch ist es ein Selbstmordversuch. Es ist eine sehr alte Technik, aus Indien überliefert und dort unter dem Namen der Selbsterniedrigung bekannt. Anschließend trinkt man in einem Kaufhausrestaurant einen Kaffee und hebt sich, alles im Dienst des Niedergangs, zwei seit 19 Uhr heruntergesetzte Stück gedeckten Apfelkuchen zum Preis von einem auf einen Teller. Wie erwartet ist es dickflüssiges Apfelmus, und was die Ölflecken auf der Spree, das sind hier die Streusel, und was die toten Fische in der Panke, das sind hier die Rosinen. Es wird düster über der Stadt. Rauchende Rentner genießen die Aussicht ohne Fahne in der Hand. Nach der Tripperspritze saßen sie damals auch in einem solchen Restaurant.

Die Straße ist so leer wie vor Jahren. Eigentlich der richtige Ort für eine Babyklappe oder eine Methadonausgabestelle. Auf einem der mit Kiesverputz verkleideten Betonsockel, in denen sich die Mülltonnen verbergen, könnte gut ein Mädchen in Wildlederjacke sitzen und eine Selbstgedrehte rauchen. Sie macht ein Praktikum hier. Vielleicht ist er schon zu weit gegangen. Nein, doch, da vorne ist es. Licht brennt keins mehr. Vielleicht sitzen sie im Hinterzimmer oder haben sich in der kleinen Teeküche zusammengerottet. Er geht in den Hof und steht plötzlich wie in einem antiken Atrium unter schwarzblauem Sternenhimmel. Meteoren verbinden die glitzernden Punkte mit Linien, in denen er schon bald ihre Gesichtszüge erkennt. Lächelt sie? Und wenn sie lächelt, ist es Mitleid oder Kälte? Nicht, dass es ihm um irgendwas ginge, aber wenn er einfach mal fragen dürfte, wie sie das machen mit den Gefühlen, wo die dann hingehen, wie sie das machen, nach der Krise, mit der Rückkehr, wie es sein kann, dass die Wohnung nicht zu eng wird, wo sie doch zusammengezogen sind, wie sie das machen, und auf diese Frage auch eine wirkliche Antwort erhalten und nicht bloß wieder Ausreden oder Bilder und Postkarten von Lebensabschnitten, die sich am Schluss wie Tortenstücke zu einem Ganzen fügen, zu einem Rund, wenn nicht einer vorher zwei Stück weggenommen hat für den Preis von einem, ohne sie zu essen, einfach nur, um sie woanders stehenzulassen, wo sie keinem mehr was nützen, nicht den Rentnern, nicht dem Küchenpersonal, das sonst die Reste mit nach Hause nehmen darf, nicht mal ihm, der keinen Hunger hat und schon vorher keinen Hunger hatte, aber darum geht es nicht, denn es geht um etwas anderes, und dieses andere ist mit einem Satz zu beschreiben: Schließlich hat er dafür bezahlt, und damit basta. Wenn man dafür bezahlt, dann braucht man nicht auf die Fragen nach Warum und Wieso zu antworten. Das ist das Angenehme am Bezahlen. Man kauft sich von Fragen frei, und das ist das Komplizierte an allen anderen Begegnungen, dass man nicht am Anfang über das Bezahlen redet, sondern erst am Schluss. Und dann ist es zu spät.

Immer öfter trieb es ihn abends in den Schlagschatten des alten Schuppens gegenüber vom Studentenwohnheim. Die Züge ratterten vorbei. Die letzten Gerüche vom Sommer klebten an den heruntergerissenen Teerpappen. Manchmal hielt ein Opel unter der Brücke, und jemand winkte ihn heran. Die Amphetamine, die er für 20 Mark kaufte, schwammen in eigenartiger Belanglosigkeit durch den Körper. Der Himmel schien ein Stück tiefer zu rücken in seinem porösen Schwarz mit den roten und blauen Sternen. Es war nicht der Himmel, sondern eine Baumwollstrumpfhose mit Applikation, die sie gerade auf die Wäschespinne hängte.

Sich betäuben durch eine Übernahme von Gesten, so wie man in der Nacht den Kopf zwischen ihre Beine presst, um den Geruch der Teerpappe und der kaputten Fahrradschläuche gegenüber vom Studentenwohnheim zu vergessen. Dabei gibt es nichts Schlimmeres, als den Menschen, der einem anvertraut ist, in diesem Fall die Frau, die nichts ahnend auf dem Beifahrersitz die Beine hochzieht, in Sicherheit zu wiegen. Sie lacht aus dem offenen Fenster in den blauen Himmel über den

Rapsfeldern, auf denen sich die Halme im Wind wiegen, als wollten sie in Richtung des kleinen Gärtleins mit Apfelbäumen weisen, das dieses verlogene Idyll komplettmachen würde.

Es gibt nichts Schlimmeres, nichts Widerwärtigeres, als mit dem Menschen, der einem anvertraut ist, eine Scharade aufzuführen, die vom Aussteigen aus dem Auto bis zum ersten Ausstrecken auf dem frisch bezogenen Gästebett geht und in der man jeden Moment innehalten könnte, als hätte jemand Ochs am Berge, eins, zwei, drei gerufen. Letztlich bietet das Leben nur Varianten archetypischer Kinderspiele und nichts anderes. Reise nach Jerusalem, Heiß-Kalt, Verstecken, Nachlauf, Ich sehe etwas, was du nicht siehst. Schere schneidet Papier, Papier umwickelt Stein, Stein bricht Schere. Für einen Moment ist man versucht, alle Befindlichkeiten des eigenen und aller fremder Leben auf diese drei Grundsätze zu reduzieren. Es erscheint einleuchtend wie die Ratschläge und Aufforderungen zur Selbstverwirklichung in einer der Fernsehsendungen, die ihre Großmutter an den Nachmittagen sah, während sie draußen unnütz in der Wiese lagen. Kaum ist man einmal einige hundert Kilometer von den vier Wänden entfernt, für die man Miete zahlt, schon meint man sich allen Ratschlägen zur Lebensbewältigung entwachsen. In einem Dorf kauft man dem Menschen, der einem anvertraut ist, einen Wickelrock, dabei könnte man auch innehalten und einfach in die andere Richtung gehen. Man könnte sich auf der Terrasse des Cafés auch an einen anderen Tisch zu einer anderen Frau setzen. Allein das Studentenwohnheim, beinahe abgestorben in den Semesterferien, viele, viele Kilometer entfernt, es ragt aus der zwangsverdunkelten Stadt empor wie eine zufällige Erektion, ein entsexualisierter Reflex, der nirgendwohin will und muss. Spätestens in zwei Tagen, es sei denn man schafft es in diesem Erholungsurlaub noch, die Grundlage für weitere Akte dieser unerschütterlichen Farce zu legen, werden wieder Entscheidungen verlangt, das heißt, es wird verlangt, dass man diesen Entscheidungen ausweicht, was so viel Kraft kostet, dass am Ende kaum noch ein Fünkchen Energie für die alltäglichen Verrichtungen übrigbleibt, ein Umstand, den man notgedrungen in einen Sieg umdeutet.

Andere hingegen, integer, haben eine Lieblingsmannschaft im Fußball und eine zweite in einer weiteren Sportart. Sie unterscheiden genau zwischen Landes- und Bundespolitik und besitzen zur politischen

Meinung auch noch einen Frisör und eine Frisur, dazu Ansichten über Haushaltsführung und Gartenpflege. Ihrem Geld verdankt man das neue Studentenwohnheim, und wenn das Fundament wegen des feuchten Bodens nicht noch einmal hätte aufgerissen und neugelegt werden müssen, dann wäre auch noch Geld übrig gewesen, den Schuppen gegenüber abzureißen und den Platz vor der Bahnüberführung in eine Art Gemeinschaftsraum zu verwandeln. So ist das Projekt erst einmal aufgeschoben. Was nichts anderes bedeutet, als dass man den Entscheidungen nicht auf ewig wird ausweichen können. Sogar noch früher und aus ganz banalen Gründen wird man den Entscheidungen nicht ausweichen können, denn der Winter kommt mit Sicherheit, und dann wird es dort am Schuppen ungemütlich. Natürlich könnte man sich ein Auto zulegen und dieses Auto unter die Brücke stellen, einen alten Kassettenrekorder am Zigarettenanzünder anschließen und schwankende 90er-Kassetten mit schlecht ausgeblendeten Zusammenschnitten aus Rundfunksendungen der frühen Achtziger laufen lassen, bis die Batteriewarnleuchte aufglimmt. Die Scheiben sind beschlagen. Die Sicht versperrt. Innerhalb eines knappen Jahrs ist man zum Penner verkommen.

Dehnungsnarben am Himmel vom ständigen Wiedergebären der Welt und ihrer Sinnzusammenhänge. Billige Marmeladen verstellen den Platz im Kühlschrank. Nur weil ich mich nach Abwechslung sehne. Plastiktütenwimpel hoch in einen Baumwipfel geschwungen. Die reine und unverfälschte Natur als Prädikat auf Etiketten.

Wie zurechtgestutzt das Leben wirklich ist, erfährt man in den Momenten der völligen Verzweiflung, wenn sich alles ändern müsste, sich aber weder innen noch außen etwas ändert, sondern alles weiterläuft wie bisher. Die Schnittpunkte, die Filme und Bücher gleichermaßen benutzen, um die Sehnsucht anzufachen und die Hoffnung, sie vergehen gleichermaßen unhinterfragt in einem verwissenschaftlichten Betrieb der Güterabwägung. Wenn dir der Krebs bis zum Hals steht, dann übernimmt die Maschinerie die paar Monate bis zu deinem Tod, und wenn es noch nicht ganz so schlimm ist, dann wirst du wieder in die freie Morgenluft entlassen und stehst mit anderen Menschen an Fußgängerüberwegen und in Geschäften, wo du auf Backwaren deutest. Todessehnsucht bekommt plötzlich einen anderen Geschmack, wird zur Sehnsucht, für sich zu sein, einen Moment lang.

64

Als Wolle und die anderen weg sind, um die Matrize abzuziehen und die Flugblätter am Bahnhof und auf dem Mauritiusplatz zu verteilen, hängen wir nur weiter im Zimmer rum, und es ist ein bisschen wie krank sein, weil wir auch nicht richtig machen können, was wir wollen, noch nicht mal auf den Flur gehen, sondern höchstens kurz aufs Klo, aber auch nur so, dass einer Schmiere steht an der Tür und schaut, ob nicht gerade jemand kommt. Das Radio haben wir ausgemacht, weil nur noch Landfunk kommt. Bernd schaltet wieder den Fernseher an, und diesmal kommt wenigstens ein Zeichentrickfilm, aber weil wir nicht alles verstehen und weil der auch schon läuft, kommen wir nicht mehr so richtig rein. Es geht um einen kleinen Affen, der in einer Raumkapsel auf den Mond geschossen werden soll, aber als er die Erdatmosphäre verlässt, passiert etwas Merkwürdiges, denn er verdoppelt sich auf einmal in seiner Rakete. Jetzt sind da zwei kleine Affen, die genau gleich aussehen, von denen einer aber richtig gemein und böse ist und ständig versucht, den anderen zu ärgern und irgendwo einzusperren. Man kann die beiden nicht richtig unterscheiden, weshalb man am Ende nicht weiß, ob das der gute Affe ist, der jetzt den anderen fangen will, damit der ihm nichts mehr tut, oder der Böse, der den Guten reinlegen will. Schließlich ringen sie miteinander und fliegen dabei durch eine der Luken raus ins Weltall, wo sie aber Panik bekommen, weshalb sie schnell zum Raumschiff zurückrudern und gemeinsam die kaputte Scheibe von innen verkleben. Danach sind sie erschöpft, und der böse Affe, den man inzwischen erkennt, weil er in einen Mixer kam und einen ganz kahlen Kopf hat, hält dem anderen Affen plötzlich die Hand hin und will sich versöhnen, und der andere Affe geht auch darauf ein, aber man sieht in seinen Augen, dass der jetzt böse ist, und dann geht das Ganze wieder von vorn los, nur eben andersherum.

Um sechs kommt endlich was in den Nachrichten. Sie sagen, dass sich eine Rote Armee Fraktion 1913 zu dem Überfall auf den Zeitschriften- und Tabakwarenladen Maurer bekannt habe und dass es sich bei dieser Roten Armee Fraktion 1913 um eine anarchistische Gruppe handele, die von der Ostzone aus dirigiert werde und Teil der Roten Armee sei, die immer noch nicht aufgehört habe, gegen den Westen zu kämpfen, nur eben jetzt mit anderen Mitteln, und dass die Zahl 1913 auf den russischen Spion Alfred Redl hinweise, der sich nach seiner Enttarnung 1913 selbst richtete und an dessen Erbe, nämlich für die Ostzone und die Rote Armee zu spionieren, die Rote Armee Fraktion 1913 anknüpfe. Aber, die spinnen doch, die Spastiker, sagt Claudia, das sind doch solche Schweine, wir haben doch extra geschrieben, dass wir uns mit der Aktion auch gegen die Revisionisten aus dem Osten richten. Ja, das sind solche Schweine, sagt auch Bernd, und ich sage auch, dass das Spastiker sind und Schweine. Außerdem, geht es dann in den Nachrichten weiter, übernehme die Rote Armee Fraktion 1913 die Verantwortung für die Sparkassenüberfälle in Eltville und Rüdesheim am 10. und 11. des Monats und für das Busunglück auf der Sonnenbergerstraße und dafür, dass am Wochenende in die Brunnen im Kurpark Dixan geschüttet worden sei. Das sind solche Schweine, sagt Claudia wieder, jetzt wollen die uns alles in die Schuhe schieben, einfach alles. Ja, am Ende haben wir auch noch den Timo Rinnelt entführt, sage ich. Ja, sagt Bernd, und Jürgen Bartsch ist auch einer von uns.

Weil Wolle und die anderen auch um neun noch nicht kommen, beschließen wir, nach unten und rauszugehen, um die Lage zu peilen. Bernd meint, dass sie die bestimmt verhaftet haben und jetzt verhören, und dann würden die Bullen auch bald hier bei uns vor der Tür stehen. In den Acht-Uhr-Nachrichten haben sie uns noch mehr Sachen angehängt und noch mal gesagt, wir seien DDR-Spione. Sicherheitshalber nehme ich meinen Rucksack mit. Weil wir keinen Schlüssel von dem Zimmer haben, verklebt Bernd das Schloss mit einem Kaugummi, außerdem lassen wir die Tür nur angelehnt. Unten gehen wir Richtung Langgasse, weil wir Hunger haben und erst mal irgendwo Pommes essen wollen. Plötzlich hält ein Variant neben uns, und ein langer Typ in einem grauen Mantel steigt aus, ohne den Motor abzustellen. Scheiße, sagt Claudia, das sind Zivile. Aber der Mann ruft uns leise zu, dass er von Wolle kommt. Von Wolle?, fragen wir, weil er gar nicht so aussieht mit seinem spießigen Mantel und den kurzen Haaren, außerdem hat er einen komischen Akzent, denn als ihn Claudia fragt, was denn die Lieblingsband von Wolle ist, um zu testen, ob er wirklich von Wolle kommt, da sagt er Cream, spricht es aber wie Griehm aus. Weil er auch noch sagen kann, was die zweitliebste Gruppe von Wolle ist, was wirklich schwer ist, weil kaum einer Man kennt, die auch ziemlich neu sind, steigen wir schließlich zu ihm ins Auto. Wir wollen wissen, was los ist und ob Wolle und die anderen verhaftet sind, und während er Richtung Bierstadt fährt, sagt er, ja, die kapitalistisch-faschistischen Unterdrücker der Arbeiterklasse hätten Wolle und die anderen verhaftet und eingesperrt. Wir erschrecken unheimlich, und ich habe plötzlich Angst, dass sie uns auch schnappen und einsperren. Aber, wo sollen wir denn hin?, fragt Bernd, und der Mann sagt: Erst mal raus hier. Aber wohin?, fragt auch Claudia. Ich bring euch zu Genossen nach Berlin, sagt der Mann. Aber, Berlin, sagen wir, wie sollen wir denn dahin, wir haben doch gar keine Ausweise dabei? Das lasst mal meine Sorge sein, sagt der Mann, und dann macht er das Handschuhfach auf und gibt uns Salamibrote und was zu trinken.

65

EXKURS ÜBER VENTRILOQUISITÄT UND VENTRILOQUISATION

Abschrift aus der Krankenakte

Mein Vater war das, was man früher einen Tonbandamateur nannte. Neben seinem großräumigen Büro hatte er einen schmalen, mit Kork ausgekleideten Raum, der so gut wie schalldicht war. Hier hatte er die modernsten Tonbandgeräte seiner Zeit aufgebaut, um mit ihnen zu experimentieren. Er beschnitt die Haselnusssträucher in unserem Garten und nahm Stimmen auf, das waren die beiden Hobbys, denen er zu Hause nachging.

Ließ er mich als kleinen Jungen immer wieder bewusst in das Mikrofon sprechen, so versuchte er auch öfters, mich heimlich aufzunehmen. Ich erinnere mich, dass ich bei einer solchen Gelegenheit, ich war etwa fünfeinhalb, bemerkte, wie sich die Spulen bewegten. Als ich ihn darauf hinwies, dass er doch gesagt hatte, er wolle mich nicht aufnehmen, bestand er auf seiner Behauptung und sagte, er lösche nur gerade etwas. Ich zeigte daraufhin auf das magische Auge, das im Rhythmus meiner Stimme ausschlug, doch er behauptete weiterhin, mich nicht aufzunehmen. Später spielte er mir diese Aufnahme als Beweis meiner Widerspenstigkeit vor, und um mir zu zeigen, wie oft ich ihm widersprochen hatte.

Da ich daran gewöhnt war, ständig aufgenommen zu werden, habe ich nie wie andere Menschen das Befremden verspürt, das sich normalerweise beim Hören der eigenen Stimme einstellt. Zeitweise war mir die aufgenommene Stimme sogar vertrauter als der Klang, den ich hörte, wenn ich ganz normal zu jemandem sprach. Ich bin der Meinung, dass sich dadurch meine Ventriloquisität, also die Fähigkeit, ventriloquiert zu werden, ausbildete.

Da ich mich auf den Aufnahmen in der Regel Ansichten äußern hörte, die ich im Moment des Abhörens schon nicht mehr vertrat, distanzierte ich mich entsprechend von der vertraut klingenden Tonbandstimme und nahm die fremdklingende eigene Stimme als die eigentliche, da sie zwar fremd klang, aber nicht einen solchen Unsinn von sich gab. Dadurch verwischte sich in mir die Trennung zwischen eigener und fremder Stimme noch mehr. Ein Umstand, der meine Ventriloquisität erneut förderte.

Das unangenehme Gefühl beim Hören der eigenen Tonbandstimme wird vor allem durch den Umstand ausgelöst, die wiedergegebene Stimme nicht mehr regulieren zu können. Beim Sprechen sind wir pausenlos bemüht, unsere Stimme durch minutiöse Anpassungen des Kehlkopfs, der übrigens die meisten Nervenverbindungen zu Muskelfasern im Körper besitzt, auszugleichen. Ständig zensieren wir unsere Stimme und unser Sprechen. Doch damit nicht genug, wir zensieren auch diese Zensur. Wir zensieren diese Zensur, weil wir uns nicht eingestehen können, unfähig zu sein, unsere eigene Stimme zu hören, ohne sie gleichzeitig regulieren zu müssen.

Später, als ich schon in der Pubertät war, verlegte sich mein Vater immer mehr darauf, die Stimmen seiner Sekretärinnen und weiblichen Angestellten aufzunehmen. Wenn mein Vater ihnen anschließend diese Aufnahmen vorspielte, schnitten sie seltsame Grimassen und vollführten Körperbewegungen, die ich zuvor noch nie an ihnen gesehen hatte. Nicht allein, dass sie die Lippen fast synchron zu dem Gesprochenen bewegten, sie versuchten durch das Verziehen des Gesichts, das Drehen und Wenden des Körpers nun genau diese ständige Regulation beim Sprechen herzustellen, die ihnen mithilfe des Kehlkopfs nicht mehr möglich war. Mein Vater delektierte sich an diesen Zuckungen und Verrenkungen, denn die Körper seiner weiblichen Untergebenen schienen ihm in diesen Momenten entblößt und offengelegt, sodass er sich das Winden seiner Sekretärinnen als das Winden beim Geschlechtsakt imaginieren konnte. Ich weiß nicht, was die Angestellten dazu brachte bei diesen seltsamen Aktivitäten mitzumachen. Wahrscheinlich spielten sie ihre unwissende Naivität nur, hatten tatsächlich jedoch blanke Angst, bei einer etwaigen Weigerung entlassen oder entsprechend schikaniert zu werden. Die Texte, die mein Vater den jungen Frauen zum Vorlesen gab, angeblich aus Forschungszwecken, wurden immer zweideutiger und enthielten Wörter wie lecken, lutschen und so weiter. In den wenigen Fällen, da ich bei so einer Aufnahme mit anschließendem Vorspiel anwesend war, sah ich die Abgespaltenheit im Körper der Sekretärinnen und spürte ihre Angst. Mich von dieser Situation erregen zu lassen, wie mein Vater es tat, war mir hingegen nicht möglich.

Lief eine Beziehung auf das übliche Arrangement hinaus, dass die jeweilige Partnerin mich nach einigen Monaten des Übens immer perfekter ventriloquisierte und deshalb einerseits immer glücklicher, andererseits immer gelangweilter von dem positiven Spiegel ihrer selbst wurde, gab ich meinerseits doch die Hoffnung nie auf, mit ihrer Hilfe zu meiner eigenen Stimme zu finden. Zeitweilig verschaffte mir die Promiskuität eine gewisse Erleichterung. Da ich von verschiedenen Frauen gleichzeitig ventriloquisiert wurde, konnte keine Stimme eine absolute Stellung in mir einnehmen, weshalb ich fast meinte, in dem Stimmengewirr hier und da sogar meine eigene Stimme zu vernehmen. Außerdem war der schnelle Wechsel zwischen verschiedenen Partnerinnen dazu geeignet, die noch in mir nachklingende Stimme der einen Ventriloquisation einem anderen zu präsentieren, was für mich beinahe einem eigenständigen Sprechen nahekam.

Der Ventriloquisierte kann erfüllen und erfühlen, aber nicht verführen. Genährt von der Hoffnung, einmal alles ventriloquisiert ausgesprochen zu haben, was meine jeweilige Partnerin zu sagen hatte, um dann im Zustand der Leere die eigene Sprache einströmen zu fühlen, versuchte ich, so unsichtbar wie möglich zu werden und meinem Gegenüber keinen Widerstand, sondern allein Erfüllung entgegenzusetzen, um über diesen Umweg zu mir zu gelangen. Im Regelfall verloren die Frauen nach einiger Zeit das Interesse oder waren entsetzt, wenn sie entdeckten, dass ich das, was ich ventriloquisiert gesprochen hatte, nicht wirklich meinte. Wobei ich mich immer fragte, was wirklich und was meinen in diesem Zusammenhang oder auch generell bedeuten.

Ich habe auf zweierlei Arten versucht, meiner Disposition zum Ventriloquisiert-Werden zu entkommen. Zum einen hoffte ich, auf eine Partnerin zu stoßen, die meinen Zustand erkennen und mich daraufhin das sprechen lassen würde, was ich »wirklich« dachte. Ich verstand nicht, dass sie dazu notgedrungen an dem von mir Gesprochenen, das heißt an dem von ihr Ventriloquisierten, orientieren musste, also lediglich ihre eigenen Gedanken wiederfinden konnte und selbst dann, wenn sie die Absicht gehabt hätte, mich sprechen zu lassen, doch nur wieder sich selbst hätte sprechen lassen können. Doch ich gab die Hoffnung nicht auf und ging immer wieder voller Erwartung neue Beziehungen ein, weil ich jedes Mal glaubte, nun endlich jemanden gefunden zu haben, der mich, auch wenn es eine Zeit lang dauern würde, mit meinen eigenen Sätzen ventriloquisieren würde. Nur so konnte ich mir eine Form der Befreiung und eine Annäherung an jenen Bereich in mir vorstellen, von dem ich selbst so gut wie nichts wusste.

Jenseits der Ventriloquisation existierte für mich lediglich eine große Leere. Selbstständig in Gegenwart eines anderen zu sprechen, ohne dessen Sätze zu sagen, war und ist für mich ein Ding der Unmöglichkeit. Immer wieder eingeleitete Versuche, diesen Zustand zu überwinden, darunter eine längere Psychoanalyse, scheiterten kläglich. Schließlich wandte ich mich einem quasi nietzscheanischen Ansatz der Problemlösung zu, indem ich mich dem Ventriloquisiertsein völlig hingab, mehr noch, indem ich in meinem ventriloquisierten Sprechen das eigene Sprechen zu erkennen und anzunehmen versuchte.

Es wäre in diesem Zusammenhang vielleicht noch der Umstand erwähnenswert, dass meine Mutter nach ihrer Lähmung zeitweise apathisch wurde, sie damit gezwungen war, ihre Ventriloquisation von mir aufzugeben. An ihre Stelle trat die Frau von der Caritas. Gegen ihre Ventriloquisation versuchte ich mich mehr oder weniger bewusst zu Wehr zu setzen, da ich ihr nicht gestatten wollte, die Stimme meiner Mutter in mir zu übernehmen. Es war das einzige Mal in meinem Leben, dass ich dieses so entstehende Vakuum kurzzeitig aushielt, ohne eine Ventriloquisation sofort durch eine andere zu ersetzen (so wie etwa: Lehrer durch RAF, Kirche durch Pop etc.). Dies führte wahrscheinlich auch zu meinem ersten Zusammenbruch.

Ich möchte noch auf ein anderes Erlebnis zu sprechen kommen, das nicht unmittelbar mit dem Thema der Ventriloquisation, jedoch mit dem des Sprachverlusts in Zusammenhang steht. An einem Sonntagmorgen fing der Gottesdienst etwas später an. Der Grund: Einer der Ministranten, ein Junge um die fünfzehn, hatte über Nacht die Sprache verloren. Er stand stumm und apathisch in der Sakristei und musste weggebracht werden. Später hörte ich, er sei verstummt, weil ihn sein Vater, wohl in betrunkenem Zustand, in der Nacht mit dem Messer verfolgt und gedroht habe, ihn umzubringen. Ich erinnere mich, dass ich von dem Gedanken fasziniert war, so stark erschreckt zu werden, dass man die Stimme verliert.

Obwohl ich die Frau von der Caritas ablehnte, stellte ich mir zeitweise ein hölzernes Kind vor, das durch meinen Vater gezeugt in der Frau von der Caritas heranwuchs und das allein dazu bestimmt war, mit mir verheiratet zu werden. Konnte ich mir nur eine unbelebte Partnerin vorstellen, noch dazu eine, die von meinem Vater nicht nur für mich ausgesucht, sondern sogar eigens von ihm für mich geschaffen wurde? Oder war diese Holzpuppe die Bauchrednerpuppe, die mir als Vorbild dienen sollte, selbst Puppe und Frau zu werden, um zu überleben? Denn Puppe oder Püppchen waren nicht umsonst die Ausdrücke meines Vaters für seine Sekretärinnen, während er mich Holzkopf nannte. Gleichzeitig ähnelte dies alles einer Art Kastration, so wie die von mir beobachtete, natürlich viel direktere, aber nur scheinbar gewalttätigere Kastration, mit der jener nur unwesentlich ältere Messdiener bedroht worden war. Jedem von uns beiden wurde dabei auf ganz unterschiedliche Art und Weise die Stimme geraubt: ihm durch die Unfähigkeit, den Klang der Worte zu bilden, mir durch die Unfähigkeit, den Sinn der Worte zu bilden.

Kurz darauf wurden mir die Mandeln herausgenommen, und ich sah diese beiden hodenähnlichen Gebilde, die mir aus dem Rachen und genau aus der Stelle, wo die Stimme produziert wird, herausgeschnitten und auf einem Tablett präsentiert wurden als weitere Manifestation meiner Stummheit und Kastriertheit.

Mein Wahn war deshalb nicht nur Rückzug, sondern auch Unfähigkeit und Weigerung zugleich, mich nach Vorbild meines Vaters zum Bauchredner anderer zu machen. Da ich selbst wusste, wie es ist, wenn durch einen hindurch gesprochen wird, wollte ich dieses Gefühl niemand anderem zumuten. Da ich aber keine anderen Beziehungen kannte als die, in der ein Partner Ventriloquist und der andere Puppe ist, war ich bereit, die Puppe zu sein. Eine lebendige Puppe, die sich selbst auf den Schoß setzt und die Hand des Bauchredners führt, um ihm die Illusion einer wirklichen Kommunikation zu ermöglichen.

Am Hafen liegt ein ausgehöhltes Tier, groß genug, um es zu begehen. Der Fabrikant sagt, er habe es nicht erlegt, nur gefunden. Wo findet man solch ein Tier? Überall. Ich renne in den Wald. Es ist kalt. Ich habe meine Jacke vergessen. Ich habe vergessen, wie die Wege verlaufen, habe vergessen, wie man die Arme hält beim Gehen. Lässt man sie einfach zur Seite baumeln, und wenn ja, dürfen sie dann schlenkern? Meine Angst vergrößert sich noch, als ich mich mit dem Satz beruhigen will: Es ist ja nur der Wald. Alles, was nur ist, ist immer mehr, als es scheint. Es verbirgt etwas. Es ist ja nur das Herz. Ach, du bist es nur.

Die Angestellten und Sekretärinnen tragen das ausgehöhlte Tier in einer Prozession durch die Stadt. Ich stehe mit der Frau von der Caritas am Fenster, und weil ich noch nicht richtig winken kann, führt sie meine Hand. Sie ballt sie mir zur Faust und steckt ein Fähnchen hinein. Das Fähnchen ist blau mit einem weißen Kreis in der Mitte, in dem das ausgehöhlte Tier auf dem Rücken liegend dargestellt ist. Der Fabrikant ist nirgends zu sehen. Ich weiß, er schleicht durch abgelegene Baumschulen und sucht nach neuem Getier. Die Vorüberziehenden schauen zu unserem Fenster hinauf und lächeln. Man hat dem ausgehöhlten Tier die Augen genommen, weil die als Erste vom Wurmbefall bedroht sind. Wie schneeweiße Melonen liegen die präparierten Augäpfel auf einem kleinen Wagen, der vor dem Tier hergeschoben wird. Die leeren Höhlen scheinen ihnen nachzustarren. Später auf dem Markt kann man gegen ein Entgelt seinen Kopf von innen durch die leeren Augenhöhlen nach außen stecken und sich fotografieren lassen.

Die Bäume zittern in der Abenddämmerung, wenn die Tiere von ihnen herabspringen. Das über Tag nicht aufgetaute Gras steht ihren Tritten störrisch im Weg. Sie lecken an Steinen, an Eiszapfen, an verlassenen Waben und umsponnenen Nestern und kriechen dann in ihre Löcher.

Der Fabrikant kennt jedes Land im Auf- und Seitenriss. Er ringt mit den Flüssen wie Schlangen, und hat er sie besiegt, werden sie von ihm benannt. Für jeden Wurm, der kreucht, findet er, sobald die Spitze seines Schuhs ihn unterwirft, der Absatz ihn zermalmt, drei Namen. Der Erste, auf Griechisch, nennt die Todesart, wie unter ihm das Tier erstarb: zerquetscht, zerrieben, zerbröselt, zerkrümelt, pulverisiert, um nur einige zu nennen. Der Zweite, auf Lateinisch, beschreibt das Gefühl, das er bei diesem Tun empfand: Wollust, Schmerz, Gelassenheit, Furcht, Ekel, Langeweile, Überdruss und so weiter. Der Dritte schließlich, halb Gattungsbezeichnung, halb Fantasie, entpuppt sich meist als Anagramm des eigenen Namens, den er mit Stolz und Liebe trägt und den seine Geschöpfe entsprechend in die Welt tragen sollen, ob lebend oder tot.

Der Fabrikant schlägt mit bloßer Hand einen Nagel in eine massive Tischplatte. Das hat er schon als Junge so gemacht. Man muss nur darauf achten, dass man den Nagelkopf mit einer Fingerwurzel trifft. Glas kann man mit der Schere schneiden, wenn man es in Petroleum legt. Auf der Bundesgartenschau hat er einen Druckfehler auf einem Schild entdeckt. Er dachte: Atser, diese Blume gibt es doch gar nicht. Zigtausend Leute sind dort vorbeigelaufen, aber nur ihm ist es aufgefallen. Er besitzt ein altes Kräuterbuch, in dem sogar Abtreibungsmittel verzeichnet sind. Man muss natürlich zwischen den Zeilen lesen können. Es heißt dann: Hilft der Frau bei der monatlichen Reinigung. Und was ist es? Tausendgüldenkraut. Nicht umsonst der Name. Sein Sauerbraten ist so pikant, weil er ihn einen Tag vorher aus dem Essigwasser nimmt, ihn auf einem schräggestellten Brett ablaufen lässt und auf beiden Seiten dick mit Senf bestreicht. Wenn ihm die Milch anbrennt, kocht er sie noch einmal mit Natron auf. Als er einmal beim Schwimmen im Niederrhein ohnmächtig wurde, trieb er volle sechs Stunden auf dem Rücken stromabwärts, ohne unterzugehen oder in die Schraube eines Schiffsmotors zu geraten. Wenn der Fabrikant in einem halb oder ganz dunklen Zimmer seine beiden Handflächen gegeneinanderreibt und dann eine Hand rasch auf ein Stück schwarzen Samt legt, riecht es, als hätte man ein Schwefelhölzchen angestrichen.

Der Fabrikant wirft zwei schwarze Perlen in die Luft. Es sind polierte Giraffenaugen, aus denen er die Zukunft liest. Wandeln sie sich von Brombeerschwarz in das Himbeerrot von Kaninchenpupillen, wird der Bericht der Kommission günstig ausfallen. Färben sie sich opak, wie der lidumschlossene Blick der Esel, nützt auch mein Opfergang auf der Fel-

senbrücke nichts. Eine Eistorte aus der Werkskantine wird zur Begut-
achtung in das Zimmer geschoben. Die Kugeln springen dem Fabrikanten aus der Hand und rollen wie farbige Murmeln auf den Boden, wo sie
sich als Sonne und Mond vor meinen Füßen umkreisen. Im ständigen
Wechselspiel von Anziehung und Abstoßung begatten sie sich schließlich, um die Erde zu zeugen. Im letzten Moment schüttet der Fabrikant
einen Putzeimer mit eiskaltem Wasser über ihnen aus. Er lacht, steckt
seine rechte Hand tief in die Eisbombe, zieht sie vanilleeisbeschmiert
und mit einem großen Kirschherz in der Faust wieder heraus und leckt
sie ab. Die schwarzen Perlen wandern zurück in das Samtetui, das er um
seinen Hals trägt. Der Himmel hat zwei Löcher, durch die die Giraffe,
ohne zu zwinkern, auf die Erde schaut.

Das Seil kriecht aus der Tür des unbeleuchteten Badezimmers langsam
über den Dielenboden und folgt dem Schatten meiner Füße, während
ich mich für das Zubettgehen fertigmache. Kaum habe ich das Licht gelöscht und die Decke bis zum Kopf gezogen, ist das Seil in meinem Zimmer und legt sich wie im Spiel um meine Handgelenke und die Füße.
Eine feingliedrige Hanfnatter ohne Zähne. Presse ich die Hände gegeneinander, schwingt sie sich mit einer solchen Geschwindigkeit in die
Luft, dass rote Brandstriemen auf meinen Armen zurückbleiben. Meine
Zimmertür führt in den Wandschrank. Die Kinder aus der ersten Ehe
des Fabrikanten, der unglücklichen Ehe, die mit dem Tod seiner ersten Frau und seiner fast übermenschlichen Anstrengung endete, ihren
Körper noch handwarm zur Organentnahme freizugeben, diese Kinder,
die ihre Mutter nicht kannten und vom Fabrikanten nur manchmal eine
fremde Person gezeigt bekamen, die angeblich die Niere der Mutter, das
linke Auge der Mutter, die Leber oder Kniescheibe der Mutter besaß,
kommen, wenn das Seil seine Dienste versagt, und nähen mich in mein
Bettzeug ein. Der Fabrikant ist zu traurig und aufgewühlt, um sie, besonders noch des Nachts, überhaupt wahrzunehmen. Sie erinnern ihn
an eine Zeit, die er vergessen möchte. Es sind drei, zwei Mädchen und
ein Junge. Sie tragen Nachthemden und Pantoffeln, und jedes von ihnen
hat eine Nadel mit eingefädeltem Faden in der rechten und hocherhoben
ein Stopfei in der linken Hand. Sie nähen mich ein, während das Seil zurück ins Badezimmer zischelt, wo es als Massagestrick über der Arma-
tur der Badewanne liegt und auf die Schokolade wartet, die ihm die drei
Kinder, wenn sie ihre Arbeit an mir beendet haben, im Weggehen zuste-

cken. Das Geräusch der aufplatzenden Nähte hält mich die Nacht über
wach. Wenn ich dem Strick im Badezimmer am Morgen etwas von meiner Schokolade anbiete, um ihn damit auf meine Seite zu kriegen, scheint
er auf einmal keinen Mund mehr zu haben.

Der Fabrikant liegt angetrunken auf der Couch. Er zieht die Korken mit
den Zähnen aus dem Flaschenhals und spuckt sie in hohem Bogen gegen die flackernden Leuchtbilder der Ferienparkmodelle, die der Projek-
tor im 20-Sekunden-Takt auf die Wohnzimmerwand wirft. Der Massagestrick aus dem Bad tanzt neben ihm zu einer Flötenmusik vom Band.
Als ich das Zimmer betrete, sinkt er sofort leblos in sich zusammen und
wird vom linken Fuß des Fabrikanten wie absichtslos unter das Sofa geschoben. Ich frage ihn, ob ich heute Abend für das Überqueren der Brücke zwischen den Schieferfelsen meinen Kommunionanzug anziehen
soll, der gerade anfängt, mir an den Armen etwas knapp zu werden. Er
versteht erst nicht, was ich will, dann brummt er nur: Kannst so bleiben
wie du bist. Alles gestorben ohnehin. Diese Vollidioten. Ich gehe zur Ve-
randatür und schaue nach draußen in den Garten. In dem seit Jahren leeren Hundezwinger neben dem Geräteschuppen sitzen die Mitglieder der
Kommission apathisch auf dem Boden. Ihre Kleider sind nass, und einer der Männer blutet aus einer Kopfwunde. Nur eine Platzwunde, sagt
der Fabrikant, der neben mich getreten ist, das ist einer von der ganz un-
angenehmen Sorte. Ein Pedant. Dabei geht's mir gar nicht um die Ge-
nehmigung, aber das begreift so einer nicht. Die Gelder sind das Entscheidende. Ich habe schließlich Ausgaben. Und mit den Soldaten, das
hätte man schon irgendwie geregelt bekommen. Ein Bombenabwurf alle
paar Wochen, gar keine schlechte Attraktion. Er geht zur Couch zurück,
greift sich den Massagestrick und peitscht mit ihm durch die Luft. Die
Frau im Käfig winkt mir zu und macht eine Bewegung, als würde sie eine
Flasche zum Mund führen. Ich glaube, die haben Durst, sage ich. Selbst
schuld. Hätten nicht so viel von dem Kassler in sich reinstopfen sollen,
grunzt der Fabrikant und leert eine weitere Flasche Wodka auf einen
Zug. Er langt nach hinten zum Diaprojektor und stellt die Frequenz höher. Die Bilder klappern jetzt in seinem Pulsschlag an der Linse vorbei.
Wenn du willst, sagt er, lassen wir heute Abend diese vier Hampelmän-
ner über die Brücke marschieren, damit sie mal sehen, worauf es wirklich
ankommt im Leben. Da kannst du dann meinetwegen auch deinen Kommunionanzug anziehen. Ich geb dir auch eine Krawatte von mir. Die ma-

mißblutrote. Er lacht. Es war ein alter Scherz von ihm, dass er auf meine Fragen nach meiner Mutter behauptete, er habe sie mit einer Krawatte erdrosselt. Ich gehe zurück in mein Zimmer und schneide Fotos aus alten Illustrierten aus.

Am Spätnachmittag holt der Fabrikant die Kommission aus dem Hundezwinger. Die Männer sprechen kein Wort, und nur die Frau fragt, ob sie mal austreten dürfe und etwas zu trinken haben. Später, sagt der Fabrikant. Um die Form zu wahren, lässt er die verknitterten Jacketts der Herren schnell von einer Sekretärin aufbügeln. In kleinen Handspiegeln dürfen sie ihre Haare richten und die Krawatten nachbinden. Dann werden die vier in einen Wagen geladen und zu den Schieferfelsen gefahren. Sie wissen, dass sie gute Miene zum bösen Spiel machen müssen. Eine komische Bemerkung, und die Brücke gibt aus unerfindlichen Gründen nach, obwohl sie nach dem Unfall mit den Eseln noch einmal stabilisiert und von städtischer Seite untersucht und abgenommen wurde.

Die ausbalancierten Knollen sinken von der Schwere ihres eigenen Gewichts auf die Seite. Fahren Boote nicht auch auf Sand? Ist nicht das Kissen, in das wir das Gesicht drücken, auch Horizont? Verschafft es den Zwergkaninchen nicht ein Mehr an Lebensqualität, auf einer Brücke zwischen Schiefergestein zu leben? Die Felsen schwitzen dunkelmattiertes Wasser, das der Wind gesträhnt gegen die Häuser drückt. Den Kaninchen bebt das Nackenhaar über der freirasierten Wunde. Zwei Männer tragen eine Leiter den Feldweg entlang. Sie legen die Leiter quer über den Bach, kriechen mit dem Bauch darauf und ziehen ein kleingebündeltes Wesen aus dem Wasser. Dunkelgrünes Gras ist wie ein Tuch um seinen Kopf gewunden. Die Männer halten in der Bewegung, mit der sie sich das Bündel reichen, inne und drehen ihre Köpfe stumm in meine Richtung. Im leeren Klassenzimmer der Schule schaukelt eine Landkarte leicht im Gegenzug am Kartenständer. Die Schiffe fahren an den Kontinenten vorbei. Auf jedem Kontinent stehen drei Menschen, ein Mann, eine Frau und ein Kind. Sie winken, als sollten die Schiffe sie mitnehmen und nicht nur das Gold, die Südfrüchte und den Kaffee.

67

Der Beichtspiegel schien mir eine recht willkürliche Zusammenstellung von Fällen zu sein, die nur eins bewirken sollte: die wahren Sünden hinter sich zu verbergen. Ich konnte mir nicht vorstellen, dass ein Gott über meine lächerlichen Vergehen betrübt oder gar verärgert sein konnte. Dass ich ein Gebet unterlassen, in der Kirche geschwätzt oder mich mit meinem Bruder gestritten hatte, konnte unmöglich für diesen Schöpfergott von Bedeutung sein. Das alles stand in einem eklatanten Missverhältnis zu den Riten und Mythen, zu den Märtyrern, die sich geopfert hatten, zum Kreuzestod selbst, zum Blut, der Einsamkeit, der Verzweiflung, die letztlich zur Abkehr Gottes von Gott am Kreuz führte, als er tatsächlich Mensch wurde, indem er sich von Gott verlassen fühlte. Das alles passte nicht zusammen, diese Kleinlichkeit einerseits, diese große Geste andererseits. Die Sünde musste also etwas anderes sein. Nur was? Ich machte mich auf die Suche nach der wirklichen Sünde. Es war keine bewusste, aktive Suche, sondern einfach eine Form der Aufmerksamkeit. Ich las den Beichtspiegel der Erwachsenen, um herauszufinden, ob sich hier die wirkliche Sünde befand. Doch auch hier war es nicht anders. Ich las diese Aufzählung von vermeintlichen Sünden, aber sie wollten in ihrer Banalität gar nicht zu dem passen, was sich in dem Schuldbekenntnis eines beständig fehlenden Menschen in seiner ganzen Dramatik entfaltete. Warum sollte ich für diese Lappalien Gott anflehen und um Verzeihung bitten? Es gab also etwas, von dem ich nicht wusste, was es war. Es gab die Sünde, die ich beging, ohne es zu wissen, die ich, so ich sie noch nicht begangen hatte, vorbereitete, ohne etwas davon zu ahnen. Ich wollte nicht sündigen, denn in dieses Verderbnis zu fallen, musste, so wie ich es beschrieben fand, furchtbar sein. Und doch würde ich, wie es aussah, zwangsweise sündigen. Es sei denn, ich hielte mich an die im Beichtspiegel vorgegebenen Sünden, beging sie regelmäßig und beichtete sie anschließend. Vielleicht würde mich das vor der wirklichen Sünde bewahren.

68

Die Verfolgung und Ermordung des Erwachsenen Teenagers dargestellt durch die Schauspielgruppe der Spezialambulanz für Persönlichkeitsstörungen des Universitätsklinikums Eppendorf unter Anleitung des Herrn Antonin Artaud in seiner Rolle als Jean-Paul Marat

Erster und einziger Akt

Die Bühne stellt die Notaufnahme eines Krankenhauses dar, das in den 1970ern gebaut und über die Jahre hinweg notdürftig renoviert wurde. An den Wänden vergilbte Plakate mit Slogans wie: »Unser Ziel: Ihre Gesundheit«, »Gefäßerkrankungen erkennen und vermeiden«. Der Raum ist stark besetzt mit Personen aller Altersgruppen und sozialen Herkünfte. Viele sind in Begleitung eines Angehörigen oder Nachbarn erschienen. Manche haben eine Tasche mit dem Nötigsten dabei, manche kommen direkt von der Arbeit oder dem Sport. Diese Personen scheinen anfänglich am Schauspiel selbst nicht beteiligt, sondern warten darauf, in die Klinik aufgenommen zu werden. In unregelmäßigen Abständen wird eine von ihnen mit kaum verständlichem Namen durch einen Lautsprecher aufgerufen und in eine Glaskabine zur Linken gebeten, wo ein Personalbogen ausgefüllt wird. Danach kehrt die Person zu ihrem Platz zurück, wo sie weiterhin verharrt. Während des Stücks, das eine gute Stunde dauert, werden höchstens fünf Personen aufgerufen. An wenigen Stellen sprechen die Patienten als Chor der Wartenden, dem Chor der griechischen Tragödie vergleichbar. In der Mitte des Raumes hat man die Tische mit den Zeitschriften etwas zur Seite geräumt und notdürftig eine Art Supermarktkasse aufgebaut, an der eine Kassiererin sitzt und drei Kunden stehen. Eine Frau bezahlt gerade. Hinter ihr steht der Erwachsene Teenager und legt, während der Vorhang sich öffnet, gerade ein Baguette, Butter, drei Pfirsiche, mittelalten Gouda, Milch und Joghurt mit der Geschmacksrichtung Rote Grütze aufs Band. Neben dem Erwachsenen Teenager steht ein Mann in einer schwarzen Kutte mit übergezogener Kapuze, der Gedankenmönch. Hinter dem Erwachsenen Teenager steht ein weiterer männlicher Kunde mit Einkaufswagen. Links vorn am Bühnenrand sitzt Artaud in sei-

ner Rolle als Jean-Paul Marat in Abel Gances Film Napoleon, also mit nacktem Oberkörper und den Kopf mit einem Tuch umwickelt, in einem alten Badezuber. Rechts vorn am Bühnenrand sitzt ein Mann im weißen Kittel an einem schmalen Tisch und untersucht mit einfachsten Hilfsmitteln (Lupe, Mikroskop) ein Gehirn. Neben ihm sitzt Frau Geschwärzt.

KLINIKMANAGER tritt vor, Prolog:
Wer sich vor den eigenen Gedanken fürchtet, der ist hier richtig, ebenso natürlich jene, die meinen, es seien nicht ihre eigenen Gedanken, die da in ihrem Kopf herumspukten, sondern fremde Eingebungen, und auch jene, die meinen, gar keine Gedanken mehr zu haben und völlig frei von Gedanken zu sein …
ARTAUD: Und im Weiteren frei von Organen und Gedärmen.
KLINIKMANAGER: Genau, ich vergaß. Kurzum, alle seien hier herzlich willkommen, unserem kleinen Schauspiel beizuwohnen, das die Wartezeit verkürzen soll, auch wenn sie längst aus der Zeit gefallen seien mögen und deshalb auch nicht wissen, wie lange sie hier schon sitzen und wie spät es ist, geschweige denn welchen Tag wir haben. Ich wünsche viel Spaß und möchte noch kurz auf unseren 4. Gesundheitstag hinweisen, der am Sonntag in einer Woche von 11 bis 17 Uhr stattfindet. Dort bieten wir Ihnen eine Entdeckungsreise in den menschlichen Körper. Erleben Sie spannende Einblicke in die moderne Medizintechnik, und erfahren Sie viel Interessantes und Wissenswertes rund um Ihre Gesundheit. Freuen Sie sich auf einen Tag voll hilfreicher Informationen, Aktionen, Unterhaltung und Spiel und Spaß für die ganze Familie. Für das leibliche Wohl ist ebenfalls gesorgt. Und nun viel Freude bei unserer kleinen Posse.
ARTAUD: Und im Weiteren frei von Gedanken, Organen und Gedärmen.
KLINIKMANAGER: Genau, ich vergaß. Wenden wir uns der ersten Szene zu. Eine Kasse im Supermarkt. Dort sehen wir den Erwachsenen Teenager stehen und sind gespannt, was jetzt geschieht. Übrigens, die schwarz vermummte Gestalt neben dem Teenager, das sind seine Gedanken. Geht ab.
Scheinwerfer beleuchtet die Szene an der Supermarktkasse.
MANN HINTER ERWACHSENEM TEENAGER: Du musst alle Sachen aufs Band legen.
ERWACHSENER TEENAGER: Das sind alle Sachen.
GERADE ZAHLENDE FRAU: Alle Sachen aufs Band legen.
ERWACHSENER TEENAGER: Das sind alle Sachen.

GEDANKENMÖNCH: Ich muss daran denken, alle Sachen aufs Band zu legen. Ich darf auch nicht vergessen, heute um fünf rechtzeitig zur Schulaufführung in der Friedrich-Ebert-Schule zu sein.

KASSIERERIN: Sie haben doch gar keine Tochter.

ERWACHSENER TEENAGER: Ich bräuchte noch eine Plastiktüte.

KASSIERERIN: Sie brauchen keine Plastiktüte für die paar Einkäufe. Und außerdem: Für wen ist denn der Joghurt?

ERWACHSENER TEENAGER: Für mich.

KASSIERERIN: Ich denke, Sie haben eine Tochter.

ERWACHSENER TEENAGER: Ja, und eine Plastiktüte, bitte.

KASSIERERIN: Keine Plastiktüte, das macht schon mal sieben Euro. *Die Kassiererin sucht in den drei neben der Kasse angebrachten weißen Rahmen mit Zahlen nach dem Barcode für keine Plastiktüte. Sie ist neu und kennt sich noch nicht aus, weshalb der Vorgang einige Zeit in Anspruch nimmt.* Ich habe nämlich keine Schwester, die für mich arbeitet und auch keinen Zwillingsbruder, der für mich denkt, so wie Sie.

Undeutlich zu erkennen, steht weiter hinten zwischen Kühltruhe und Regal mit Glühbirnen der Zwillingsbruder des Erwachsenen Teenagers.

ZWILLINGSBRUDER: Können Sie mir sagen, wo es hier zur Kirche der 13 Märtyrer geht?

KASSIERERIN *ohne aufzusehen*: Glühbirnen sind abgeschafft. Aber wir haben da hinten Tageslichtfänger, die können Sie nehmen, sieben Euro das Stück, warten Sie, ich schaue mal nach dem Barcode, damit ich Ihnen nichts Falsches sage.

ERWACHSENER TEENAGER: Ich habe keinen Zwillingsbruder.

KASSIERERIN: Dann haben Sie wohl auch keine zwei Elternpaare, die sich immer noch um Sie streiten?

GEDANKENMÖNCH: Meine Eltern. Stimmt. Wo sind eigentlich meine Eltern? Und wenn ich um sechs auf die Ausstellung gehen soll, um darüber etwas in das kleine Heft zu schreiben, das ich in meiner linken hinteren Hosentasche habe, wie soll ich es dann zur Schulaufführung schaffen? Obwohl die eine Stunde davor ist. Man kann die Zeit eben nicht zurückdrehen, so sinnvoll das auch manchmal wäre.

KASSIERERIN: Sie wissen schon, dass Ihre Eltern sich Sorgen machen. Alle machen sich Sorgen um Sie. *Sie hat den Zahlencode gefunden und gibt ihn mit dem Zeigefinger ein.*

GEDANKENMÖNCH: Der Zeigefinger der Kassiererin hat einen langen, blau lackierten Nagel. Auf diesem Blau befinden sich 13 winzige Perlen als Applikation. Wenn man genau hinsieht, kann man in den 13 Perlen die Gesichter der 13 Heiligen Märtyrer erkennen. Es sind nur die Köpfe, die den Märtyrern abgeschlagen wurden. Auch wenn sie zuvor aufs Rad gespannt wurden oder geschunden oder geviertelt oder ans Andreaskreuz genagelt, am Ende wurden den Märtyrern auch immer noch die Köpfe abgeschlagen. Und diese 13 Köpfe schweben nun rings um die Jungfrau Maria, die der Schlange des Bösen den Kopf zertritt.

ERWACHSENER TEENAGER: Muss es nicht Schlagne heißen?

KASSIERERIN: Nein, Schlange. Das ist ein deutsches Wort.

ERWACHSENER TEENAGER: Waren es deutsche Märtyrer?

KASSIERERIN: Es waren unsere Jungs. 13 Freunde müsst ihr sein. Allerdings haben sie N. N. (*Hier der Name eines bei der Aufführung des Stücks gerade populären deutschen Nationalspielers*) schon in der ersten Halbzeit vom Platz gestellt.

ERWACHSENER TEENAGER: Ihr Nagel …

KASSIERERIN: Das ist ein Votivnagel. Schön, nicht? Das Votivnagelstudio am Wilhelmsplatz hat mir einen Superpreis gemacht, zur Neu-Eröffnung. Ich kann das nur empfehlen. Sieben Euro für einen Votivnagel, das ist doch ein Schnäppchen, da kriegen Sie noch nicht mal keine Plastiktüte dafür.

ERWACHSENER TEENAGER: Wieso, ich denke …

KASSIERERIN: Nein, die kostet 9 Euro, sehe ich gerade.

ERWACHSENER TEENAGER: Das war aber anders ausgezeichnet.

KASSIERERIN: Das war gar nicht ausgezeichnet. Sie wollten ja schließlich eine.

ERWACHSENER TEENAGER: Weil ich sonst die Sachen nicht heimbekomme.

KASSIERERIN: Aber jetzt jammern Sie doch hier nicht so herum. Wenn es nach mir ginge, ich würde Ihnen eine geben. Aber mir sind die Hände gebunden. Keine Abgabe von Plastiktüten an Depressive über fünfzig.

ERWACHSENER TEENAGER: Auch nicht in Begleitung von Zwillingsbrüdern?

FRAU GESCHWÄRZT: Erst wurden wir von Terroristen nach Sizilien in ein Barackenlager entführt, dann sollte ich mit meiner Zwillingsschwester nach Jordanien in ein Kinderheim abgeschoben werden. Dagegen ist das alles hier doch Mumpitz. Außerdem passt es mir nicht, schon wieder als Statistin in einem Stück mitzumachen, das die RAF verherrlicht und sich über die Opfer lustig macht.

KLINIKMANAGER *kommt von hinten angerannt*: Nein, nein, wirklich, das kann ich so nicht stehen lassen. Liebe, verehrte Frau Geschwärzt, bei unserem Stück geht es doch ganz und gar nicht um eine Verherrlichung der RAF, noch weniger um eine Verhöhnung der Opfer. Nein, es handelt sich um ein ganz harmloses Spiel, in dem die RAF nicht einmal vorkommt.

FRAU GESCHWÄRZT: Und was habe ich dann hier verloren?

KLINIKMANAGER: Ja, da haben Sie natürlich recht, das sind solche fragwürdigen Inszenierungseinfälle des Herrn Artaud, der ja, wie Sie wissen, nicht ganz bei Trost ist.

FRAU GESCHWÄRZT: Und die RAF noch nicht einmal kennt.

KLINIKMANAGER: Und die RAF noch nicht einmal kennt, sehr richtig. Ein völlig unbedarfter Mensch.

FRAU GESCHWÄRZT: Und wie kam er dann auf mich?

KLINIKMANAGER: War das vielleicht eine Idee von Herrn Weiss?

FRAU GESCHWÄRZT: Der auch nicht mehr lebt.

KLINIKMANAGER: Der auch nicht mehr lebt, ganz richtig, er ist ja bereits 1982 in Stockholm vom schwedischen Geheimdienst ermordet worden. Der wiederum natürlich die RAF kannte und etwaige Anweisungen hätte geben können.

FRAU GESCHWÄRZT: Hätte, würde, wäre, mit solchen Phrasen sind die Apologeten der Terroristen immer schnell bei der Hand. Aber dass ich mit diesen fragwürdigen Ikonen gelebt habe, habe leben müssen …

CHOR DER WARTENDEN:

> So hören wir, was sie uns nennt
> Weil sie die Sach' von innen kennt
> Die sie von Anfang an gerochen
> Weil sie aus deren Schoß gekrochen

ZWILLINGSPÄRCHEN, *etwa sieben Jahre alt, weiblich, kommt in gleicher Kleidung Hand in Hand nach vorn*:

> Medial und künstlerisch verwurstet
> Es uns nach Wirklichkeit jetzt durstet
> Nicht woll'n als Luftballons wir platzen
> Wenn Kresnik vorführt Terrorfratzen
> Nicht klein und nackt am Strand von Kampen
> Im Meinhof-Film für fette Wampen
> Nicht Vater lieben, Mutter hassen
> Nicht länger reden über Klassen
> Wir wollen weder Schimpf noch Lob
> In dieser Baader-Meinhof-Soap

Machen einen Knicks und gehen ab.

FRAU GESCHWÄRZT: Da haben wir es doch schon wieder.

KLINIKMANAGER: Ich fand das jetzt durchaus in Ihrem Sinne, oder etwa nicht?

FRAU GESCHWÄRZT: Wer weiß denn, was in meinem Sinne ist?

KLINIKMANAGER: Nein, das haben Sie jetzt aber vollkommen falsch verstanden. Obwohl eine solche Verwechslung hier in diesen Hallen des Wahns natürlich naheliegt. Doch meinte ich mit meiner Bemerkung keineswegs den Inhalt Ihres Sinnes zu beschreiben, also quasi, wie ja viele Anwesende hier befürchten, in Sie hineinschauen zu können, um dort den Inhalt, also das, was in Ihrem Sinne zu erkennen ist, darzustellen, geschweige denn zu interpretieren oder gar zu diffamieren. Ich gebrauchte den Ausdruck allein so, wie man ihn eben landläufig dahersagt. Ich hätte natürlich auch sagen können: in Ihrem Interesse.

ARTAUD: Der Dichter, der schreibt, wendet sich ans Wort und das Wort an seine Gesetze. Es liegt im Unbewussten des Dichters, automatisch an dessen Gesetze zu glauben. Er wähnt sich frei und ist es nicht.

KLINIKMANAGER: Genau das meinte ich. Aber lassen Sie uns doch fortfahren mit unserem kleinen Spiel. *Geht zur Seite. Frau Geschwärzt setzt sich. Scheinwerfer auf die Supermarktkasse.*

MANN HINTER ERWACHSENEM TEENAGER: Du musst alle Sachen aufs Band legen.

ERWACHSENER TEENAGER: Das sind alle Sachen.

GERADE ZAHLENDE FRAU: Alle Sachen aufs Band legen.

ERWACHSENER TEENAGER: Das sind alle Sachen.

GEDANKENMÖNCH: Nein, um Gottes willen, bitte nicht noch mal das Ganze von vorn. Ich halte das ohnehin nicht mehr lange aus. Welche Erniedrigung, hier bei dieser Farce mitzuspielen. Ich muss was anderes sagen, nur was?

ERWACHSENER TEENAGER: Ich habe nur ganz normale Sachen eingekauft.

KASSIERERIN: Für das Fest zum Schulabschluss Ihrer Eltern. Das ist natürlich ein wichtiges Ereignis. Ab jetzt stehen Sie allein da. Jetzt kümmert sich niemand mehr um Sie. Sie fallen jetzt durch das Sozialnetz. Warum haben Sie auch zwei Elternpaare? Das kann sich doch heute niemand mehr leisten. Unverantwortlich so etwas. Asozial. Verdienen nichts, aber setzen ein Elternpaar nach dem anderen in die Welt.

ERWACHSENER TEENAGER: Hauptsache, ich komme pünktlich zum Schulfest.

KASSIERERIN: Die machen auch Stigmata-Piercings am Wilhelmsplatz. Hab ich nur Gutes drüber gehört.

ERWACHSENER TEENAGER: Ich weiß nicht. Wie sieht so was denn bei einem Schulfest aus?

KASSIERERIN: Das ist doch heute längst nicht mehr so. Die Eltern haben alle Piercings oder sind tätowiert.

ERWACHSENER TEENAGER: Die sind aber auch alle 20 Jahre jünger.

KASSIERERIN: Das stimmt. Wie alt sind dann eigentlich Ihre Eltern, wenn ich fragen darf?

GEDANKENMÖNCH: Stimmt, meine Eltern. Ich darf nicht vergessen, dass meine Eltern noch leben. Und um fünf Uhr die Schulaufführung. Und vielleicht die Ausstellungseröffnung absagen. Mit dem Handy. Aber ich habe mein Handy nicht dabei. Vor der Schule steht ein Andreaskreuz. Es steht an einem unbeschrankten Bahnübergang. Die Kinder müssen lernen, die Zeichen zu erkennen und die Gefahr zu bannen. Ich kann meiner Tochter nie zwei Paar Eltern sein und mich sorgen und unsterblich sein wie meine Eltern. Zu einem Andreaskreuz passt kein Stigmata-Piercing. Und ein Votivnagel sieht affig aus bei einem Mann.

KASSIERERIN: Aber Sie sind doch kein Mann.

ERWACHSENER TEENAGER: Nein, das stimmt. Aber was würden Sie mir dann raten?

KASSIERERIN: Geben Sie mir mal Ihr Portemonnaie. Ich schau mal, ob wir die neun Euro nicht zusammenkriegen.

GEDANKENMÖNCH: Ich darf nicht in die falsche Gesäßtasche fassen und der Kassiererin aus Versehen das Notizheft geben.

ERWACHSENER TEENAGER: *Fasst in die Gesäßtasche und gibt der Kassiererin das Notizheft.*

KASSIERERIN: Ah, ein Notizheft. Das ist so gut wie bares Geld. Schauen wir mal, was da steht. Ach, das ist doch niedlich. Ist das eine Art Kalender, den Sie selbst gemacht haben?

ERWACHSENER TEENAGER: Nein, den hat meine Tochter gemacht.

KASSIERERIN: Wunderbar. Und Sie tragen immer ein, hier mit diesen Emoticons, wie es Ihnen geht, oder? Ein Smiley, ein Frowney und ein Neutraly, ganz süß. Aber da sind ja ganz viele Smileys, das kann doch nicht stimmen? Da haben Sie doch geschummelt, oder?

ERWACHSENER TEENAGER: Nein, ich habe …

KASSIERERIN: Sie haben das für Ihre Tochter gemacht. Das ehrt Sie. Aber es bringt Sie nicht weiter auf dem Weg der persönlichen Entwicklung, im Endeffekt. Natürlich ist da ein Gefühl von Scham. Wie erklärt man seinen Eltern …

ERWACHSENER TEENAGER: Meiner Tochter.

KASSIERERIN: Ja, natürlich, Sie haben ja zwei Paar Eltern, da ist es unmöglich, etwas zu erklären. Völlig unmöglich. Ihr Zwillingsbruder…

ERWACHSENER TEENAGER: Der lebt noch bei meinen Eltern.

KASSIERERIN: Den haben Sie ihnen dagelassen? Das ist recht. Da haben die alten Herrschaften eine Unterstützung.

ERWACHSENER TEENAGER: Mein Zwillingsbruder ist auch depressiv. Er geht nur anders damit um.

KASSIERERIN: Mit Fluoxetinhydrochlorid, das ist das Mittel der Wahl.

ERWACHSENER TEENAGER: Nein, das nehme ich.

KASSIERERIN: Haben Sie das denn nötig? Drogen am helllichten Tag. Während Ihr Bruder größenwahnsinnig werden musste. Ihre armen Eltern. Dass die noch nicht vor Gram gestorben sind.

GEDANKENMÖNCH: Ich muss daran denken, dass meine Eltern noch leben und dass ich pünktlich um fünf zur Schulaufführung da bin.

KASSIERERIN: Gehen Sie davor zur Ausstellungseröffnung?

ERWACHSENER TEENAGER: Ich weiß nicht, ob ich das noch schaffe, wenn ich mir das anschauen will, denn bis zur Schule, das ist noch ein ganzes Stück.

KASSIERERIN: Ja, der Schulweg ist der steilste.

ERWACHSENER TEENAGER: Sagt man nicht auch Kreuzweg?

KASSIERERIN: Das ist regional verschieden. Wir haben zum Beispiel Schundweg gesagt, früher. Aber er hatte auch 14 Haltestellen. Das ist bei allen gleich.

ERWACHSENER TEENAGER: 14 Stationen.

KASSIERERIN: Wie gesagt, manche sagen so, andere so. Und Ihre Tochter? Auch 14 Stationen?

ERWACHSENER TEENAGER: Ich glaube schon. Sie steigt am Finanzamt ein. Dann kommt die Haltestelle vorn am Kiosk, wie heißt die?

KASSIERERIN: Marienstraße, glaube ich.

ERWACHSENER TEENAGER: Stimmt. Dann kommt Odenwaldring. Dann kommt Jesus fällt zum ersten Mal unter dem Kreuz. Dann kommt Jesus begegnet seiner Mutter.

KASSIERERIN: Das würde Ihnen auch nicht schlecht anstehen. Und Ihre Mutter würde sich so freuen.

ERWACHSENER TEENAGER: Dann steigt Simon von Cyrene ein.

KASSIERERIN: Ist der bei Ihrer Tochter in der Klasse?

ERWACHSENER TEENAGER: Ich weiß nicht, aber er hilft ihr immer den Ranzen tragen.

KASSIERERIN: Sehen Sie, die Kinder brauchen gar keine Eltern. Sie kommen auch allein wunderbar zurecht.

ERWACHSENER TEENAGER: Sie haben recht, ich mache mir oft ganz unnötige Sorgen.

KASSIERERIN: Das sagt ja auch Jesus, als er den weinenden Frauen begegnet: Weinet nicht um euch und eure Kinder, sondern weinet um mich. Um Jesus sollten Sie sich sorgen. Ich gebe Ihnen mal eine Broschüre mit, da können Sie sich in aller Ruhe ansehen, wie viel Sorgen Ihnen Jesus bereiten kann. *Gibt ihm ein Faltblatt.* Und das sind richtige Sorgen, schwerwiegende, tiefe, unüberwindbare Sorgen. Aber selbst diese Sorgen sind nur ein Vorgeschmack auf das ewige Reich, in dem das Sorgen kein Ende mehr hat. Denn so spricht der Herr: Wahrlich, ihr werdet eingehen in meinem Reich der Sorgen.

ERWACHSENER TEENAGER: Eingehen?

KASSIERERIN: Ja, wie eine Pflanze. Unter den ganzen Sorgen.

ERWACHSENER TEENAGER: Gibt es eigentlich noch Spezereien?

KASSIERERIN: Bei uns?

ERWACHSENER TEENAGER: Ja.

KASSIERERIN: Nein. Aber Sie können es mal in unserer Filiale am Marktplatz probieren. Wir haben nur Spindeln und Splitter. Und conchiertes Premium-Eis.

MANN HINTER ERWACHSENEM TEENAGER: Du musst alle Waren aufs Band legen.

KASSIERERIN: Herr Kröhnmann bitte zur Kasse.

GEDANKENMÖNCH: Ob ich Herrn Kröhnmann kenne?

KASSIERERIN: Herr Kröhnmann ist unser neuer Filialleiter. Den können Sie noch gar nicht kennen.

HERR KRÖHNMANN *wird erkennbar vom Klinikmanager gespielt, mit schlecht angeklebtem Schnurrbart und einem weißen Kittel, der in der Umgebung ambivalent wirken darf*: Worum geht es?

KASSIERERIN *hält ihm das Notizheft entgegen*: Der Herr möchte dieses Notizheft nicht bezahlen.

HERR KRÖHNMANN: Du bezahle müsse. Wir hier Deutschland. Hier zahle wenn kaufe. Und: Alle Waren auf Band legen. Nicht nur Joghurt und Käse. Alle Waren. Auch Fragezeichen und Globus und Mixer und Heinz Eckner.

GEDANKENMÖNCH: Stimmt. Heinz Eckner. Ob der noch lebt?

KASSIERERIN: Der lebt noch.

ERWACHSENER TEENAGER: Und was macht der eigentlich? Wissen Sie das?

KASSIERERIN: Der lebt in Üdingen, wo seine Frau eine Gaststätte betreibt. Davor hat er mal in einem Wahlwerbespot der CDU mitgewirkt, der allerdings wegen schlechter inhaltlicher Qualität nur einmal ausgestrahlt wurde.

GEDANKENMÖNCH: Heinz Eckner lebt noch. Er muss so alt sein wie meine Eltern, die ja auch noch leben.

ERWACHSENER TEENAGER: Üdingen, wo liegt das eigentlich?

KASSIERERIN: Das liegt in Düren. Üdingen, die Stadt der Schmerzen. Das hat man doch in Heimatkunde gelernt, den Satz kennen Sie doch bestimmt noch:

Üdingen und Drove halten bei uns Hofe.

Boich und Leversbach wecken uns am Morgen wach.

Bleibt am End' noch Schlagestein, ei, was sind wir Kinder fein.

So haben wir uns die fünf Dörfer der Drover Herrschaft gemerkt. Und: Eins, sechs, sieben, knüllich, Drove fällt an Jülich. Sie verstehen, 1670, als die Drover Herrschaft Jülich zugeschlagen wurde. Wann Oberschneidhausen allerdings von Winden abgezogen und Üdingen zugeteilt wurde, kann ich Ihnen nicht mehr sagen.

HERR KRÖHNMANN 1857. *Geht nach hinten.*

GEDANKENMÖNCH: 1857. Bald hundert Jahre vor meiner Geburt. Selbst meine Eltern lebten damals noch nicht. Oder meine Großeltern. Leben meine Großeltern eigentlich heute noch?

KASSIERERIN: Das kann ich Ihnen nicht sagen. Hier in der neuen Bravo sind übrigens Emoticons zum Aufkleben. Das ist praktisch, wenn man einen Kalender führt, um seine Stimmungen festzuhalten. Es gibt aber mehr Frowneys als Smileys. Trotzdem immer schön ehrlich bleiben. Versprochen?

ERWACHSENER TEENAGER: Ja, das verspreche ich. Ich nehm das dann.

KASSIERERIN *gibt das Notizheft zurück*: Macht neun Euro.

ERWACHSENER TEENAGER: Nehmen Sie auch Karte?

KASSIERERIN: Nicht von Depressiven über fünfzig.

MANN HINTER ERWACHSENEM TEENAGER: Du alle Ware auf Band.

KASSIERERIN: Der Herr hat recht, Sie können natürlich auch die Waren auf dem Band dafür eintauschen.

ERWACHSENER TEENAGER: Das geht?

KASSIERERIN: Aber natürlich. Das geht alles. Sie machen sich viel zu viele Gedanken. Meinen Sie, einer von den ganzen Kunden hier hätte Geld? Ich meine: eigenes Geld? Und ich habe ohnehin nichts mehr in der Kasse. Sie müssen einfach sagen, dass sie nur einen großen Schein haben, dann muss ich Ihnen das Heft so mitgeben.

ERWACHSENER TEENAGER: Danke.

KASSIERERIN *schaut Erwachsenen Teenager erwartungsvoll an.*

ERWACHSENER TEENAGER: Was ist?

KASSIERERIN: Ja, sagen müssen Sie es schon. Das kann ich Ihnen nicht auch noch abnehmen.

ERWACHSENER TEENAGER: Ach so, natürlich: Ich möchte zur Kirche der 13 Märtyrer. Können Sie mir da weiterhelfen?

KASSIERERIN: Na bitte, es geht doch. Auch wenn es natürlich 14 Nothelfer heißt. Und jetzt machen Sie, dass sie wegkommen. Ihren Zwillingsbruder behalte ich als Flaschenpfand.

Die wartenden Patienten klatschen. Die Schauspieler an der Kasse verbeugen sich.

FRAU GESCHWÄRZT: Wie? Und das war's jetzt schon? Dieses kurze Ding? Und deshalb bin ich extra angereist? Und hier, der Herr neben mir, der hat doch auch noch keinen einzigen Satz gesagt. Dass ich überhaupt hier in dem Stück auftauche, das ist doch völlig … völlig …

ARTAUD: Gratuitement.

FRAU GESCHWÄRZT: Genau. Danke. Willkürlich ist das Wort, das ich gesucht hatte. Da wird die RAF endgültig zum Reizwort, mit dem man die Neugier wecken will, mit dem man an die ganz niederen Impulse des Menschen appelliert, während inhaltlich gar nichts mehr geschieht.

ARTAUD: Ich will nicht der Dichter meines Dichters sein, dieses Ichs, das mich zum Dichter wählen wollte, sondern der schöpferische Dichter im Aufstand gegen das Ich und das Selbst. Und ich erinnere mich des alten Aufstandes gegen die Formen, die auf mich kamen.

KLINIKMANAGER *immer noch in seiner Verkleidung als Abteilungsleiter:* Wir haben allerdings noch ein paar Outtakes, wie sie üblicherweise nach dem Abspann kommen. Versprecher, Pannen, kleine Missgeschicke, die natürlich genauso einstudiert sind und oft noch mehr Zeit zur Aufnahme benötigen, und da, deshalb sage ich das überhaupt, gehen wir an ein, zwei Stellen noch mal ganz explizit auf die RAF ein. Zum Beispiel in dieser Szene hier.

MANN HINTER ERWACHSENEM TEENAGER *spricht ohne Betonung nach vorn*: Raffiniert und raffgierig rafft die RAF …

GERADE ZAHLENDE FRAU *ebenso*: Als der Erzengel Raf-ael erscheint.

FRAU GESCHWÄRZT: Und auch, wie ich wieder dargestellt werde …

KLINIKMANAGER: Da bin ich auch sehr unglücklich drüber. Sehen Sie, eigentlich wollten wir, dass Sie durch sich selbst dargestellt werden, aber auf entsprechende Anfragen haben wir leider nie eine Antwort von Ihnen erhalten. Wir hatten dann die Idee, Sie durch eine entsprechend hochkarätige Schauspielerin interpretieren zu lassen, die in der Lage gewesen wäre, der Komplexität Ihrer Person gerecht zu werden. Frau Hoss hätte die Rolle zum Beispiel sehr gern übernommen. Aber da wir mit strafrechtlichen Schritten Ihrerseits rechnen mussten, haben wir Ihre ganze Rolle sozusagen gestrichen und durch Frau Geschwärzt ersetzt.

FRAU GESCHWÄRZT: Und Sie denken tatsächlich, dass es sich damit hat? Es ist bei Weitem nicht ausreichend, einfach den Namen nicht zu nennen, solange man sich die betreffende Person aus dem Kontext erschließen kann.

KLINIKMANAGER: Einen Kontext kann ich hier aber nicht erkennen, da Sie ja nicht mehr vorkommen. Frau Geschwärzt ist eine sehr geschätzte Mitarbeiterin unseres Hauses, schon seit Jahren in diversen Laienspielgruppen tätig und auf den kleineren Bühnen der Umgebung zu Hause. Zudem sollten wir auf einen kleinen Rest der ohnehin schon recht ausgehöhlten Formel von der künstlerischen Freiheit gerade im allgemein gesellschaftlichen Interesse nicht zur Gänze verzichten, auch und besonders weil Frau Geschwärzt ja nichts Ehrenrühriges in den Mund gelegt wird.

FRAU GESCHWÄRZT: Darum geht es nicht, es reicht aus, dass ich zu erkennen bin.

KLINIKMANAGER: Nun, das ist bei Zwillingen bedauerlicherweise nie so ganz eindeutig. Zur Not könnten wir immer noch behaupten, es sei ihre Schwester gemeint.

FRAU GESCHWÄRZT: Sie … Sie … Diesen hinterhältigen Trick, den hat Ihnen der Bossi verraten … Ich könnte Sie … *Fasst nach hinten, um etwas zu greifen, kommt mit der Hand an das dort liegende Gehirn.*

KLINIKMANAGER: Halt! Vorsicht! Um Gottes willen! Das Gehirn Ihrer Frau Mutter!

FRAU GESCHWÄRZT: Und was um alles in der Welt hat das hier verloren?

KLINIKMANAGER: Sehen Sie, das Gehirn ist hier in der Psychiatrie und für uns, die wir hier jeden Tag in gewissem Sinne damit arbeiten, etwas ganz Besonderes. Wir Fachleute, und ich schließe da unsere Patienten ausdrücklich mit ein, sehen das Gehirn völlig anders als der gewöhnliche Laie. Für ihn ist es der Ursprung der Gedanken, gar der Gefühle, mit ihm meint er wahrzunehmen, Eindrücke aufzunehmen und wiederzugeben und so weiter. Deshalb glaubt er auch, man müsse am Hirn selbst oder in ihm etwas erkennen, das Rückschlüsse auf den Charakter oder gar den Irrsinn seines Trägers zulässt. Aber selbst wenn diese unsinnige Hypothese stimmte, käme denn irgendjemand auf die Idee, die Augen eines Toten zu untersuchen, um herauszufinden, was dieser während seines Lebens gesehen hat? Die Verrückten sind da, mit Verlaub, schon viel weiter. Seit jeher. Sie kennen die Bedeutung des Darms. Denken Sie an Staudenmaier mit seinen Darmerektionen oder …

ARTAUD: An meinen Text Chiote à l'esprit.

KLINIKMANAGER: Genau.

ZWILLINGSPÄRCHEN *kommt nach vorn, beide sprechen nun einzeln.*

ZWILLING 1: Und wie ich damals bei dem Interview, bevor die Mama im Untergrund verschwand und wir nach Sizilien mussten, dann dich gespielt hab, lustig lächelnd am Klavier.

ZWILLING 2: Nein, das war ich, die dich hat dargestellt.

ZWILLING 1: Ist ja egal, nur haben wir sie schön verwirrt auf jeden Fall.

ZWILLING 2: Und dann im Nebenzimmer an der Tür, während die Mama auf der anderen Seite stockend sprach.

ZWILLING 1: Und Zigaretten gedreht mit einer Hand und was notiert mit einem Bleistift, den sie, weil wir keinen Spitzer hatten, mit dem Messer scharf gemacht zuvor.

ZWILLING 2: Wir wussten ja nicht, was das ist: Depression, aber warum andere das nicht haben gesehen, frag ich mich noch heute.

ZWILLING 1: Sie war am Ende …

ZWILLING 2: Dabei war das ja der Anfang erst …

ZWILLING 1: Ich meine, wie sie sprach: Ob Sie Gedanken fassen können oder keine Gedanken fassen können, ob Sie's tun können oder ob Sie nichts tun können, ich meine, so spricht man doch eher hier. *Schaut entschuldigend zu den wartenden Patienten.*

ZWILLING 2: Sie hatte sich verrannt.

ZWILLING 1: Und gibt es Schlimmeres für Kinder, als wenn Eltern sich verrennen?

ZWILLING 2: Nur verrennen sich halt Eltern in der Regel.

ZWILLING 1: Aber hör dir doch mal das hier an: Schwer, schwer, unheimlich schwer. Ja, es ist schwer. Unheimlich schwer.

ZWILLING 2: Hier wird nicht mehr genau gedacht, immerhin vor Kamera und Mikrofon, hier spricht die reine Depression.

ZWILLING 1: Und dann kriegt sie noch die Kurve …

ZWILLING 2: Meint sie, dass sie noch die Kurve kriegt, weil es auch nur Phrasen sind, bedauerlicherweise, über die politische Arbeit, wo sie in Wirklichkeit nur gesteht, was in ihr abläuft.

ZWILLING 1: Die Zerrissenheit, die Qual.

ZWILLING 2: Weshalb das Gespräch auch damit endet, mit einem Geständnis, als sie sagt: Der damit anfängt, seine Familie – Pause, Pause – zu verlassen.

ZWILLING 1: Ja, das hörten wir im Nebenzimmer und begriffen die Worte nicht und wussten doch, was kommt.

FRAU GESCHWÄRZT: Das sind doch nur Theorien. Meine Mutter depressiv. Ich bitte Sie.

ARTAUD: Ich bitte Sie? Ein Depressiver erkennt einen anderen sofort. Ein Depressiver ist wie ein Spürhund, was die Depression angeht. Er kann hinter alle Fassaden und Masken blicken und das sich in uns vollstreckende Gottesgericht erkennen.

KLINIKMANAGER: Und verkennen Sie nicht die Sehnsucht des Depressiven nach einer Aufgabe, die ihn von seiner Depression befreit, die ihn quasi in den manischen Zustand überführt.

FRAU GESCHWÄRZT: Sie meinen den Terrorismus …

KLINIKMANAGER: Genau, der Terrorismus ist eine lohnende Aufgabe für den Depressiven. Er schafft sich eine Lebensweise, in der er ständig überfordert ist, in der die äußeren Umstände derart überhandnehmen, dass er quasi nicht mehr dazu kommt, depressiv zu sein, da die Realität seine depressiven Wahngedanken noch übersteigt.

ERWACHSENER TEENAGER: Doch höret meine Litanei,
Dass ich dadurch werde frei

MUTTER DES ERWACHSENEN TEENAGERS *erscheint zusammen mit dem Vater*: Verweigerte die Nahrung, lag tagelang, ohne zu sprechen, Ruten zerschlugen wir an ihm zu Spreu. In den Keller sperrten wir ihn. Nichts half. Es war ihm nicht beizukommen.

VATER DES ERWACHSENEN TEENAGERS: Er biss zurück, wenn ich ihn biss. Er trat um sich, wenn ich ihn aufhängen wollte. Und wenn ich ihn anspuckte, lag er stocksteif und eiskalt.

ERWACHSENER TEENAGER: Das ist Unsinn, was ihr da redet.

ELTERN *zusammen*: Das ist der vorgegebene Text.

ERWACHSENER TEENAGER: Aber nicht von mir. Ihr seid im falschen Stück.

ELTERN *zusammen*: Und doch ist der Text vorgegeben.

ERWACHSENER TEENAGER: Meinetwegen, ist mir egal. Was überhaupt macht ihr hier? Und wo ist die Frau von der Caritas?

ELTERN *zusammen*: Wir sind hier, dich zu bewahren
>> vor noch schlimmeren Verfahren.
>> Schwöre ab dem Satan RAF.
>> No more tears, enough's enough.

ERWACHSENER TEENAGER: Und erlöse uns von unseren Gedanken und Meinungen und dem Versuch, Geschichte zu rekonstruieren und immer gleiche Gedanken in Wiederholungen jeden Tag zu perpetuieren und damit das kardiovaskuläre System langsam nach unten zu fahren.

Vorhang.

69

Der Professor sagt, dass eine Ausheilung meiner Psychose (er spricht noch nicht einmal von Neurose, aber ich weiß natürlich, was er meint) vor allem von meiner Bereitschaft zur Erinnerung abhänge. Ich könne mich nicht damit zufriedengeben, einfach einen Schlussstrich unter mein bisheriges Leben zu ziehen, denn damit würde ich mir zwar eine momentane Erleichterung verschaffen, aber spätestens in sechs Wochen wieder hier vor der Tür stehen, falls ich dazu dann überhaupt noch in der Lage wäre. Die Inszenierung des Theaterstücks sei ein Anfang gewesen, auch dass ich mit den anderen abends ab und zu fernsehe und selbst nicht rausgegangen sei, als man Udo Jürgens interviewt habe, obwohl Udo Jürgens doch eine zentrale Rolle für mich spielen müsse, weil er so alt sei wie mein Vater, aber jünger aussehe als ich, also genau das verwirkliche, was mir ein Leben lang vorgehalten wurde, auch und gerade weil Udo Jürgens im Gegensatz zu mir schon immer gewusst habe, was er wollte, weshalb er sich schon mit neunzehn die Ohren hat anlegen lassen und damit praktisch die Schönheitschirurgie in der neuen Bundesrepublik inaugurierte und salonfähig machte, weil man nicht nur im Landeskrankenhaus in Klagenfurt, sondern in den ganzen deutschsprachigen Ländern der Nachkriegszeit so etwas wie Schönheitschirurgie bis genau zu diesem Zeitpunkt nicht kannte, zumindest nicht in diesem Maße kannte, weil man natürlich schon versuchte, die weggeschossenen Nasen und halben Gesichter der Soldaten, die aus dem Krieg zurückgekommen waren, entsprechend wiederherzustellen, eben mit den einfachen Mitteln, die einem damals zur Verfügung standen, während ich lange Jahre, als Udo Jürgens schon berühmt und wieder nicht berühmt und dann doch wieder berühmt und immer noch mit Pepe Lienhard unterwegs war, immer noch nicht wusste, was ich wollte, und mich eher mit Roy Black hätte vergleichen können, natürlich nicht vom Bekanntheitsgrad her, sondern allein aus der Tatsache heraus, dass Roy Black, wie er Udo Jürgens anvertraute, die Musik nicht mochte, die er sang, aber das nicht singen konnte, was er mochte, nämlich Rock 'n' Roll, weil er auf 1 und 3 klatschte und nicht auf 2 und 4, und natürlich müsse man wissen, wie es mein Vater und eben auch Udo Jürgens wussten, also mein Vater nicht in Bezug auf das Showbusiness, sondern in Bezug auf die Fabrik, die aber auch nicht viel anders funktioniert, dass das Showbusiness zum großen Prozentsatz eine Lüge ist, während ich immer noch einem naiven Traum nachhing, aber nicht einmal bereit war wie Udo Jürgens, meinen Namen zu ändern und mich eben damit von meinem Vater loszusagen, abzulösen und etwas Eigenes anzufangen, auch wenn ich kein Alkoholproblem hatte, wie Udo Jürgens, der doch mit dreißig ein ganzes Jahr abstürzte und eine Flasche Wodka plus Nebengeräusche, also Wein und was so beim Essen kommt, pro Tag wegtrank, sondern wie ein Mädchen nichts vertrage, überhaupt nichts vertrage, auch wenn Udo Jürgens dann plötzlich im Auto, das war in Madrid, den Arm nicht mehr heben konnte, wobei das nur Kalziummangel war, was der herbeigerufene Arzt glücklicherweise erkannte, weshalb er Udo Jürgens mit einer Kalziumspritze wieder aufrichtete, während mir auch die ganzen Fluoxetin-Tabletten nicht halfen auf Dauer, weil die eben nur in Verbindung mit einer Therapie, einer angenommenen und nicht einer beständig verhinderten Therapie, dauerhaft wirkten, weshalb ich einmal, wenigstens für einige Sitzungen diese Allüre, auch wenn ich es selbst nicht für eine Allüre halte, diese Allüre, mich selbst heilen zu wollen, also selbst Therapeut zu sein und eben nicht Patient, ablegen müsse, denn diese Allüre sei unter anderem mitverantwortlich für meinen Zustand und bringe mich letztlich auch nicht weiter, weil ich mich immer nur im Kreis drehe mit meinen Ausreden und Ablenkungen, anstatt mich einmal hinzusetzen und das alles ein für alle Mal aufzuarbeiten und mich einfach mal zu erinnern, soweit das eben gehe, und dann das Erinnerte aufzuschreiben, ruhig auch meine Träume mal aufzuschreiben, im Grunde einfach alles aufzuschreiben, was mir einfalle, auch wenn das Schreiben für mich Beruf sei, aber hier sei es eben nicht Beruf, sondern hier sei ich wie alle anderen eben dem Procedere unterworfen, weshalb das Schreiben eben nur ein Schreiben sei, so wie andere auch schrieben, wobei ich natürlich auch malen könne oder auf einer Trommel herumschlagen, was sich ohnehin alles gegenseitig nicht ausschließe, aber vielleicht käme ich ja durch das Schreiben, das bewusste Erinnern oder auch das unbewusste Erinnern, etwa in den Träumen, auf einen neuen Weg, auf etwas anderes und nicht immer nur auf das Alte und Eingefahrene und könne mich dadurch heilen und, was ja zur Heilung dazugehöre, auch beruflich einen Schritt nach vorn gehen.

70

Träume also[1]

0. Habe den Mund voller ausgeschlagener Zähne. Es sind die Zähne meiner Feinde, die ich ihnen eigenmäulig ausgebissen habe.

1. Ich sitze in einem überfüllten Übersetzerseminar. Es wird die Übersetzung eines Grenadinegetränks besprochen. Ich bin der Meinung, dass das Getränk immer grün ist, werde jedoch von den anderen Teilnehmern eines Besseren belehrt. Auf einmal merke ich, dass alle in ihren Gläsern und Flaschen vor sich auf den Tischen eine rote Flüssigkeit haben, nur ich nicht. Ich höre, wie einer der Anwesenden zu seinem Tischnachbarn sagt: Wenn man ganz genau arbeitet, kann man auf das Exatanym eines

---

[1] Ich habe das Gefühl, Nacht für Nacht in die Klauen einer gesellschaftlichen Vereinnahmung zu geraten, die mich am nächsten Morgen zusätzlich mit einem dem Traumzustand nachgelieferten Instrumentarium an Archetypen und Symbolen zu zivilisieren sucht. Nicht umsonst werden meine Traumfiguren oft von Filmschauspielern verkörpert, was als bis in den Schlaf hinein internalisierter Widerstand gedeutet werden mag. Heute Nacht etwa war ich Sean Connery als James Bond und beständig bemüht, Anschlussfehler zu vermeiden. War eine Szene abgedreht, konnte ich plötzlich das Hemd nicht mehr finden, das ich eben noch angehabt hatte, usw. Ich gab meine Dienstnummer mit 000 an und erklärte, meine Lizenz sei auf Selbstmord erweitert. Dekadenz, nicht länger als ausgesuchte Lebenshaltung, sondern unbarmherzig bis ins Unbewusste hinein gelebt. In der Nacht davor gehe ich in ein großes, mehrstöckiges Restaurant, in dem es nur Gerichte mit Klößen gibt. Ich bekomme einen Tisch auf der Toilette (Variante von Buñuels Gespenst der Freiheit). Als ich hineingehe, ist gerade ein junger Mann dabei, sich die Pulsadern aufzuschneiden. Ich will Hilfe holen, als die Tür aufgeht und Tatort-Kommissar Ballauf hereinkommt. Ich hole meine Kamera heraus, um ihn aufzunehmen, aber sie spult jedesmal, wenn ich auf den Auslöser drücke, um 100 Bilder zurück. Und ein letztes Beispiel dafür, dass die Filmsprache längst das Unterbewusstsein strukturiert (bei mir jedenfalls): Eine Gruppe von Jungen steht auf einer Wiese herum und kickt ab und zu mit einem Fußball, der irgendwann in den kleinen Bach fällt, der die Wiese in der Mitte trennt, worauf sie alle hinlaufen, besonders die Jüngeren, um den Ball zu holen. Diese Sequenz wie in einem dokumentarischen Stummfilm der Zwanziger in Schwarz-Weiß, sehr lange und immer wieder aus verschiedenen Perspektiven aufgenommen, ein langweiliger Sonntagnachmittag, an dem nichts groß passiert. C. G. Jung hätte bei Vorlage dieses Traums unter Garantie eine Therapie abgelehnt, so wie er es bei einer Frau tat, die ihm von einem Traum erzählte, in dem sie lediglich auf einer Schaukel saß und schaukelte, da Jung bereits dadurch erkannte, dass sie nicht therapierbar war. Banalität also als wahres Kennzeichen des Wahns?

Wortes stoßen. Ich frage, was ein Exatanym ist. Er antwortet, es sei so etwas wie das Ethnonym, was ich verstehe.

2. Ich gehe eine lange Unterführung in der Nähe eines Bahnhofs entlang und werde vom eiligen Rudi Dutschke überholt, der eine schwere Tasche unter dem Arm trägt. Er macht kurz bei einem Zigarettenautomat halt, der jedoch nicht funktioniert. Ich gehe nach ihm an den Automaten und hole das Geld wieder heraus, das er hineingeworfen hat: ein Fünf- und ein Zweimarkstück. Anschließend suche ich ihn, um es ihm zu geben, kann ihn aber nicht finden. Der Bahnhof ist leer und verlassen.

3. Ich erfahre bei einem Arzt in einer belebten Praxis in der Fußgängerzone, dass ich Krebs habe. Es sei allerdings ein »inkapsellierter« Krebs. Eine Art Kugel, die ich in meiner Magengegend herumtrage und mit der ich noch lange leben könne. Der Arzt macht mir Vorwürfe, dass ich den Krebs selbst gezüchtet und mich der Geschwulst in mir verpflichtet habe, weil ich alles, was ich tue oder lasse, zuvor mit ihm bespreche. Als Therapie muss ich zweimal die Woche für einige Stunden in einen Raum, in dem Leute auf Stühlen mit dem Gesicht zur Wand sitzen. Es ist die Atmosphäre eines Wartezimmers, viele lesen Zeitung oder rauchen.

4. Ich stehe im Keller eines Restaurants, in dem gerade der Beamte einer städtischen Aufsichtsbehörde den Wirtsleuten mitteilt, dass es nicht zulässig sei, Starkstromleitungen an den Kellerwänden entlangzuführen. Sie müssten den Keller mit einer Stahltür sichern und die Leitungen, die man nicht einfach aus der Erde und den Wänden reißen kann, mit Ton und Lehm überstreichen, damit sie auf diese Weise gesichert seien. Die Wirtsleute sind darüber sehr traurig, fangen aber dennoch sofort mit der Arbeit an. Plötzlich sehe ich, dass die Leitungen lebendig sind und Blut durch die ersten Lehmschichten sickert.

5. Ich komme in ein Gartenlokal, in dem Althippies irgendwas feiern. Weil ich Durst habe, setze ich mich an einem Tisch dazu. Gernika erscheint. Sie ist ungewöhnlich modisch aufgemacht und trägt eine neue Lederjacke. An der Hand führt sie ein kleines Mädchen. Der Mann neben mir verwickelt sie in ein Gespräch über das Kind, das er für ihres hält. Ich sage nichts, weiß aber, dass es nicht ihr Kind sein kann, weil sie sterilisiert ist. Da erscheinen überall Polizisten, und es beginnt eine

Razzia. Ich bleibe völlig ruhig, weil ich mich nicht dazugehörig und angesprochen fühle. Plötzlich springt Gernika auf, gibt sich als Zivilbulle zu erkennen und drückt mich mit Polizeigriff auf den Boden. Ich werde ungeheuer wütend, dass sie sich dermaßen hat korrumpieren lassen und versuche, mit ihr zu diskutieren, während sie mich abführt.

6. Ich bin Portier in einem Neubau und habe die Verantwortung für einen großen Saal im Parterre. Es erscheinen jeden Tag zwei indische Geschäftsleute, die sich den Saal anschauen und mir Bücher und Schriften einer religiösen Gemeinschaft zeigen. Nachdem sie das dritte Mal gekommen sind, bitten sie mich, ab und zu den ohnehin leerstehenden Saal nutzen zu dürfen. Ich sage, ich werde nachfragen, weiß aber nicht, wen ich eigentlich fragen soll. Am nächsten Tag komme ich wie gewöhnlich zu meiner Arbeit. Als ich den Saal aufschließe, sieht er wie ein großes verglastes Gewächshaus aus. In der Mitte reihen sich neue, durchnummerierte Holzspinde aneinander. Ich denke automatisch, dass Mitglieder der indischen Sekte in diesen Schränken gefangen gehalten und schließlich umgebracht werden. Ich gehe nach draußen. Es ist ein milder Sommerabend. Ich schaue nach unten und sehe, dass ich zwei blutige Organe in den Händen halte. Schnell werfe ich sie hinter einen Busch. In diesem Moment fährt ein Auto los. Darin sitzen die beiden Inder. Ich nehme mein Rad und fahre nach links um den Block, weil ich mir ein Alibi verschaffen will, indem ich noch einmal von der anderen Seite zu meiner Arbeitsstelle komme. Unterwegs wechsle ich die Schuhe. Ich versuche auch den Knoten, der in den Schnürsenkeln meiner alten Schuhe war, zu rekonstruieren, habe aber nicht genug Zeit.

7. Ich fahre durch völlig leere Straßen. Überall sind Parkverbotsschilder, und nirgendwo steht ein Auto, weil der Papst zu einem letzten Besuch kommt, bevor er stirbt. Dann sehe ich ihn selbst aus einem Haus kommen und gleich wieder nebenan verschwinden. Er ist weiß gekleidet, in seinen Nasenlöchern verschwinden zwei lange Schläuche. Alle sind auf seinen Tod eingerichtet, aber er stirbt nicht. Überall sind Freiwillige, Frauen vor allem, die sich in Krankenhäusern und Spitälern bereithalten. Ich will nur auf eine Toilette gehen, schon werde ich gefragt, ob ich mithelfen will. Ich hebe als Entschuldigung beide Arme hoch, die verbunden sind. Dann beobachte ich eine Familie, Vater, Mutter, Tochter, Sohn, die hinter einer Plakatwand an einem steilen Abgrund die Zu-

kunft des Sohnes beraten. Weil ihn die Eltern für behindert halten, soll er Bauer werden. Er sagt, dass er jetzt, wo es den Sozialismus nicht mehr gebe, keine Lust dazu habe.

8. Ich bin von einer Zentrale als Stricher zum Papst bestellt. Es ist ein Geheimauftrag. Ich werde in einer versiegelten Stahlkiste in einen Aufzug gesteckt, der bis vor das Hotelzimmer des Papstes fährt. Gleichzeitig gehen Zimmertür und eine Kistenwand auf, aber nur so weit, dass ich nicht sehen kann, wer vor mir steht. Dann muss ich den Papst befriedigen.

9. Ein großes modernes Zentrum, das aus einer Klinik und einem Zoo besteht. Viele Leute sind auf den Gängen. Eine Schwangere schaut sich Spritzen, Zangen und andere Geburtswerkzeuge an. Eine Ärztin liest auf einem Zettel am Aushang, dass ihr letzter Patient doch einen riesigen Tumor hatte. Sie lacht und will es nicht glauben, gerät dann aber doch in Panik.

10. Auf einem Holzgestell liegt ein bärtiger Student aus Hamburg im Wachkoma. Um ihn herum Menschen, die ihn als neuen spirituellen Lehrer verehren. Daneben zieht sich ein Priester aus und tritt hinter einen Paravent, durch den man wie bei einem Röntgenapparat in sein Inneres schauen kann. Ein Mann führt einen Zaubertrick vor. Sein rechter Arm hört am Handgelenk auf und wird zu einem Holzstock, mit dem er in einer Kreissäge herumstochert. Ich will herausfinden, ob der Zauberkünstler normalerweise eine Prothese trägt, und spreche einen anderen Zuschauer darauf an. Er antwortet ausweichend, sagt, es sei alles nicht so leicht, wenn man im Sauerland aufgewachsen sei. Dabei zeigt er auf ein Plakat, das zwei junge langhaarige Männer in Siebziger-Kleidung in einer Landschaft zeigt.

11. Ich will meine Eltern besuchen. Auf dem Weg dorthin sehe ich ein Tier auf der Fahrbahn liegen. Beim Näherkommen erkenne ich, dass es ein wunderschönes Känguru ist, dem ein Bein abgefahren wurde. Plötzlich wacht das Känguru auf und schaut sich nach seinem Bein um. Ich laufe zum Haus meiner Eltern. Meine Mutter ist da. Ich rufe, sie soll mir die Nummer von einem Tierarzt geben. Sie sagt, sie kenne keinen Tierarzt, dann, als ich wütend werde, der Tierarzt sei umgezogen, schließlich, als

ich anfange, herumzutoben und Dinge umzuwerfen, der Tierarzt würde nur noch gegen Barbezahlung praktizieren. Ich schreie, das sei egal, sie solle mir nur die Nummer geben, aber sie schindet weiter Zeit, bis mein Vater kommt und sagt, ich solle mich beruhigen. Ich schnappe einen Stuhl und halte ihn vor mich. Mein Vater drängt mich ins Wohnzimmer und sagt, dass das Tier ohnehin sterben werde und dass es auch besser so sei. Ich schreie unter Tränen, dass ich lieber auf der Stelle sterben würde als in 25 Jahren so zu sein wie sie. Dann renne ich aus dem Zimmer.

12. Ich bin im Zimmer meines Bruders und sehe durch die Gardinen zwei nackte Frauen auf der Straße stehen und sich unterhalten. Meine Mutter kommt herein und sagt, es sei Zeit, ich müsse zum Ministrieren. Ich gehe in die Küche und esse von drei Danny mit Sahne die Sahnehäubchen ab, frage anschließend laut, warum ich das jetzt getan habe. »Um die Unsterblichkeit der Seele zu garantieren«, antwortet mein Vater, der mit dem Rücken zu mir am Tisch sitzt. Am Bahnhof treffe ich Anita Scharla, in die ich verliebt bin. Wir müssen dort stehenbleiben und zehn Züge abwarten.

13. Ich zahle bei einer Bank Geld ein, was sich jedoch sogleich als Irrtum herausstellt. Ich will das Geld zurückhaben und bekomme zwei sehr große Scheine, jeder davon ist 1250 Mark wert. Ich zweifle das Geld an, weil es nicht wie Geld aussieht, aber man erklärt mir, dass es jetzt personalized money gebe, und weist mich auf die schönen Motive der Geldscheine hin. Tatsächlich sind dort Schnappschüsse meiner Eltern zu sehen, die gerade durch die Tür der Bank kommen und lachen.

14. Gernika hat alle möglichen Sachen aus den Kellern herausgeräumt, auch Dinge von mir, die nun im Regen liegen und nass werden. Menschen stehen herum, teils Mieter, teils Interessenten an Wohnungen. Eine Frau mit einem stark polnischen Akzent fragt nach einer Theaterspielgruppe, die sich ausnahmsweise mal hier getroffen hätte, und ob ein hocherhabener *Heer* dagewesen sei. Während wir alle nach unten in den Keller gehen, wiederholt ihr Mann, der noch weniger Deutsch kann, immer den Ausdruck hocherhabener *Heer*. Ich sage ihm, man könne das zwar verstehen, aber es sei kein richtiges Deutsch, er müsse sich das nicht merken.

15. Ich gehe mit Gernika und einem Gummiskelett spazieren. Uns ist allen schlecht, meinem etwa 50 Zentimeter hohem Skelett jedoch am meisten. Ich habe es wie einen Hund an der Leine. Es beginnt, sich am Boden zu wälzen, und obwohl es ein Skelett ist, fängt es an, sich zu übergeben. Erst kommt eine Flüssigkeit und dann noch mal das Skelett selbst als Plasmakörper. Danach ist es nicht mehr weiß, sondern seltsam gefärbt. Wir lesen in der Gebrauchsanweisung, dass wir es in verschiedenen Tinkturen baden müssen. Danach ist es tatsächlich wieder weiß, sieht aber jetzt wie ein billiges Spielzeug aus.

16. Ich gehe durch einen Saal. An einem Ende hat man zwei Schaukästen aufgebaut. In einem sind Teile eines echten Löwen, im anderen ein ganzer Löwe mit einem Eingeborenen im Maul, den er schon halb verschlungen hat. Davor stehen andere Eingeborene Schlange und warten, bis sie an die Reihe kommen, um die Panoramen zu betrachten.

17. Ich gehe durch den Flur eines Hotels an mehreren offenen Zimmertüren vorbei. In einem Zimmer sagt eine Frau gerade: »Wir können doch nicht gleich ins Bett steigen.« Ich denke: Wie fein doch die deutsche Sprache ist. Man muss gar nicht den Ton ändern und kann doch ausdrücken, ob man etwas selbst will oder nicht. Hätte sie gesagt ins Bett gehen, hätte sie es auch selbst gewollt, bei steigen ist klar, dass sie es nicht will. Und während ich in einen abgedunkelten Saal komme, automatisch weiß, dass hier in den fünfziger Jahren einmal regelmäßig Feste stattgefunden haben, zu denen auch meine Eltern gingen, um zu tanzen, während jetzt alles längst verödet, obwohl noch in Betrieb ist, überlege ich, worin genau die Bedeutung des Verbs steigen in diesem Zusammenhang liegt, dass Steigen natürlich eine Anstrengung bedeutet, aber auch einen in diesem Zusammenhang übertriebenen Vorgang, und ich denke, dass Gernika ins Bett gestiegen ist mit anderen, bevor sie mich kannte, und dass allein dieser Gedanke, dieser schmerzliche, aber dennoch gerade erträgliche Gedanke, meine Leidenschaft zu ihr immer aufrechterhält.

18. Gernika hat unseren Garten schön gemacht. Es gibt große Rasenflächen und ordentlich geschnittene Büsche. Ein dreibeiniges Reh läuft herum, ein Igel kommt aus dem Keller gekrochen, und in einem Busch hängt der Kopf eines Schäferhundes als Abschreckung. Leider hat sie vergessen, das Blutspray zu benutzen. An unsere Haustür hat der Be-

zirksschornsteinfeger geschrieben, dass er da war und uns nicht angetroffen hat, und zwar niemandem im ganzen Haus. Daneben stehen Hetzparolen gegen Juden.

19. Ich lade auf der Straße kleinere Pakete aus dem Kofferraum eines Wagens, der in einer Parkbucht vor einem Café steht. Ein Auto kommt um die Ecke, nicht schnell, aber es bremst nicht und fährt über die Pakete und rammt mein Auto. Ich werde wütend und gehe zu dem Fahrer, der aber ungerührt bleibt. Der Kofferraum seines Wagens geht auf, und darin liegt ein nacktes Paar, verschwitzt, als hätten sie gerade miteinander geschlafen. Die Frau versucht noch Sperma wegzuwischen, dann springen sie beide aus dem Kofferraum und laufen weg. Die Frau ist Gernika, aber sie ist mir fremd, weshalb mich die Szene nicht weiter berührt. Erst später werden mir alle Implikationen klar, und dann spüre ich auch einen ohnmächtigen Schmerz. Der Fahrer des Autos ist inzwischen im Café verschwunden. Ich möchte mir die Nummer seines Wagens merken, doch die Nummernschilder sind abmontiert. Orientierungslos gehe ich die Straße hinunter. Unter einer Unterführung taucht der Wagen plötzlich wieder auf. Jetzt hat er ein Nummernschild. Ich versuche, mir die Zahlen und Buchstaben zu merken, aber es gelingt mir seltsamerweise nicht. Obwohl ich nicht blind bin, kann ich sie nicht sehen, und selbst als ich versuche, einfach etwas auf meinen Notizblock zu notieren, will es mir nicht gelingen. Ich suche einen Polizisten und komme zu einem Pavillon, in dem einige Lehrer belegte Brote essen. Sie unterhalten sich über den Deutschunterricht. Ich stehe dabei und höre interessiert zu. Mir wird klar, dass alle Alkoholiker sind.

20. Ich bin auf einer staubigen Straße bei einer Kiesgrube und streite mich mit meinem fünfjährigen Bruder, der auf dem Boden liegt und mich mit einer Pistole bedroht. Er drückt ab, der Schuss trifft mich, und ich habe ein Loch in der Brust, das aber nicht wehtut. Ich habe Angst, dass der Schmerz gleich anfängt und ich dann sterbe. Ich halte ein Auto mit einer Familie an, damit sie mich zu einem Arzt bringen. Sie wollen erst nicht, aber als ich ihnen meine Wunde zeige, nehmen sie mich mit. Unterwegs ändere ich aber meine Meinung, weil ich Ärzten generell nicht traue. Auf einmal und wie von selbst kommt die Kugel durch die Haut zurück nach außen.

21. Ich bin tot und liege auf einem Feldbett im Kindergartenhof gleich hinter dem Eingang an der Unterführung. Ich kann mich selbst sehen. Ich bin erwachsen und liege mit angewinkelten Beinen auf dem Rücken, etwas starrer als sonst im Schlaf. Neben mir liege ich noch ein zweites Mal. Mein Körper muss völlig aufgelöst und zerkocht werden. Das ist sehr wichtig. Das Kochen dauert sehr lange. Meine Mutter übernimmt es eine Weile. Sie steht in einer kleinen Küche und rührt in einem großen Topf. Ich komme dazu. Von meinem Körper ist nur noch etwas sandiger Bodensatz übriggeblieben. Allerdings muss der auch noch weg.

71

Und dann beschlossen Sie, eine Art Teenagerkreuzzug zu veranstalten, wenn ich das einmal so profan formulieren darf. Sie nahmen das Geld, das Sie eigentlich für einen Plattenspieler sparen wollten, aus dem rosa Sparschwein und fuhren mit dem Bus zum Bahnhof. Und dort trafen Sie sich mit Bernd, und beide nahmen Sie von dort aus ein Taxi.

Ich verstehe nicht, worauf Sie hinauswollen.

Der Taxifahrer hieß Gerhard Müller. Sie erinnern sich?

Ich habe diesen Namen noch nie gehört.

So einen gewöhnlichen Namen haben Sie noch nie gehört? Gerhard Müller? Ich würde sagen, jeder kennt einen Gerhard Müller, nur ausgerechnet Sie nicht.

Nein, ausgerechnet. Tut mir leid.

Aber das spielt auch keine Rolle. Wir haben seine Aussage, das reicht. Sie haben dann verschiedene Freunde eingesammelt, Stefan, Achim und wie sie noch alle hießen, und das sah auch ganz süß aus, wie Sie da mit Ihren kleinen Ranzen auf dem Rücken sich an den Händen gefasst haben und vom Haus zum wartenden Taxi gegangen sind, wie beim Laternenumzug an Sankt Martin, wirklich ganz goldig. Allerdings wussten Sie anschließend nicht so recht, was Sie jetzt machen sollten. Sie saßen dicht gedrängt in dem Auto …

Wie? Wir alle?

Sie waren ja Kinder damals, noch nicht ausgewachsen, klein, unschuldig, mit strähnigem Haar, vertränten Augen und warmen Händchen. Sie saßen eng aneinandergepresst, teilweise einer auf dem Schoß des anderen, denn es gab noch keine Kindersitze damals, keine Gurtpflicht, aber das wissen Sie selbst am allerbesten, schließlich durften Sie mit Ihrem Bruder sonntags sogar im Kofferraum liegen, wenn Ihre Eltern beim Fisch Frickel panierten Seelachs und Kartoffelsalat geholt haben.

Fisch Frickel, das war manchmal freitags, sonntags hatte der gar nicht auf. Sonntag, das war Wienerwald.

Stimmt. Ein halbes Hähnchen einfach so zum Abendbrot, das musste man sich damals auch leisten können. Nicht umsonst hat Ihre Mutter immer die Knochen ausgesaugt, aber wir kommen vom Thema ab. Dieses

Taxi vollgepackt mit Dreizehneinhalbjährigen, dieser Teenagerkreuz-zug, wie gesagt, fuhr also recht ziellos durch Wiesbaden. Erst sind Sie die Wilhelmstraße rauf, aber Timo Rinnelt, der war ja schon gefunden, sein Mörder bereits gefasst. Der Taxifahrer wollte Sie dann in die Klei-ne Schwalbacher fahren, und vielleicht hätte er das mal machen sollen, da wäre uns allen viel erspart geblieben.

Ich verstehe nicht. Die Kleine Schwalbacher …

Jetzt tun Sie mal nicht so unschuldig. Warum sind Sie denn einmal die Woche in die Stadtbücherei in der Mauritiusstraße gegangen?

Um mir Bücher auszuleihen.

Ich bitte Sie, dafür hätte doch die Pfarrbücherei gereicht. Oder die Bü-cherei unten im Biebricher Rathaus, wo Sie die Fahndungsplakate ha-ben hängen sehen und überhaupt erst diesen seltsamen Ehrgeiz entwi-ckeln konnten, auch einmal eines Tages dort ausgeschrieben zu werden.

In Wiesbaden gab es wesentlich mehr Bücher.

Vor allem gab es da aber diesen wunderbaren Aus- oder soll ich besser sagen Einblick, weil man quasi zwangsläufig an der Kleinen Schwalba-cher vorbeimusste. Selbst der Achim, der ja nur hobby und 3 mal kurz gelacht las, also wirklich nichts in einer Stadtbücherei zu suchen hat-te, hat Sie immer tapfer dorthin begleitet. Allerdings mit mehr Mumm in den Knochen, denn er ist auf dem Rückweg direkt durch die Kleine Schwalbacher zurück zur Kirchgasse, während Sie brav außenrum sind und vorne auf ihn gewartet haben. Bei dieser Gelegenheit lernte Achim dort auch eines Tages den gleichaltrigen Werner Gluck kennen, der ihn dann zu den Frauen führte, während Sie auf dem Mauritiusplatz saßen, um in Ihrem gerade ausgeliehenen Heinrich Böll zu lesen. Ansichten ei-nes Clowns: schon damals Ihr Lebensmotto.

Ich habe gerade neulich überlegt, ob ich vielleicht wirklich noch mal Böll lesen sollte nach all den Jahren.

Wozu? Verklemmt und Katholik sind Sie doch selbst. Aber man sucht ja immer das, was einen im eigenen Elend bestätigt. Deshalb wollten Sie damals mit Ihrem Taxi-Teenagerkreuzzug auch ursprünglich nach Lan-genberg-Oberbonsfeld in die Heeger Straße, um sich den Luftschutz-bunker anzuschauen, in dem Jürgen Bartsch …

Hören Sie doch auf …

Ja, ich weiß, es scheiterte natürlich am Geld. Sie haben ja nie wirklich konsequent gespart, sondern sich regelmäßig mit dem Messer Münzen aus dem Schwein gefischt, und das machte sich nun leider bemerkbar.

Der Taxameter klickte unbarmherzig. Es wurde unerträglich warm im Taxi durch die kleinen schwitzenden Jungenkörper, die sich da durch die dunkle Nacht kutschieren ließen.

Sie fantasieren.

Viel zu viele Details der Geschichte, unserer gemeinsamen Geschichte, aber auch der Welthistorie, werden übersehen, weil man sie für zu fantastisch hält. Aber dieser Teenagerkreuzzug hat stattgefunden.

In einem Taxi?

Etwa nicht?

Ich glaube nicht.

Sie glauben?

Wie man das so sagt. Außerdem stimmen die Details vorne und hinten nicht.

Was genau, wenn ich fragen darf?

Dieser Gerhard Müller zum Beispiel, der stammte aus Dresden, wo er in den Sechzigern allerdings tatsächlich Taxi gefahren ist. Zumindest im Jahr 1967.

Und warum sollte er zwei Jahre später nicht mehr Taxi fahren?

Weil er sich mit Amerikanern eingelassen und denen sogar eine Weihnachtskarte in die USA geschickt hat. Und da er zusätzlich auch noch in amerikanischer Gefangenschaft war, kam eben schnell der Verdacht auf, dass er …

Wissen Sie, was mich so fasziniert an Ihnen?

Nein. Was denn?

Zuerst leugnen Sie immer. Schon aus Prinzip. Lässt man aber nicht locker, dann geben Sie Stück für Stück alles zu, immer natürlich unter dem Vorbehalt, dass es ganz anders gewesen sei, als man es Ihnen zuvor geschildert hat.

Wissen Sie, was ich so faszinierend an *Ihnen* finde?

Ich kann es mir denken.

Tatsächlich?

Ja. Aber fassen wir mal zusammen: Sie geben zu, den Dresdner Taxichauffeur Gerhard Müller zu kennen. Sie kennen seine Geschichte, wissen, dass er durch seine Kontakte in die USA auffällig und für die Staatssicherheit interessant wurde, dass er anderthalb Jahre in Bautzen saß, dann plötzlich ausreisen durfte, und zwar seltsamerweise nach Wiesbaden, wo er dann in besagter Nacht Ihren Miniatur-Kreuzzug anführte.

Darauf muss ich ja wohl nicht antworten.

Stimmt, Sie haben ja noch nicht einmal den Namen Gerhard Müller gehört. Aber egal. Weil Ihnen nichts Besseres eingefallen ist, sind Sie dann Richtung Kastel. Und da unten am Kreisel, da hat der Taxifahrer Sie alle rausgeschmissen. Wie viele waren Sie ungefähr? 14?

Ich war allein und bin mit der letzten 6 raus nach Kastel gefahren.

Aber Sie hatten Ihre Ritterrüstung aus Plastik an, die silberne, mit dem Brustpanzer und dem Schwert und dem Helm mit dem roten Federbusch.

Der war zu dem Zeitpunkt schon abgegangen. Aber ich hatte das Schwert dabei, obwohl ich eigentlich schon zu alt dafür war.

Na, sagen Sie das nicht. Bei so einem Teenagerkreuzzug muss man schon entsprechend ausgestattet sein. Der Krieg war damals auch noch nicht so lange her. Es gab zwar schon wieder die Bundeswehr, die …

An meinem Geburtstag gegründet wurde.

Ach, an Ihrem Geburtstag, das ist interessant. Genau an Ihrem …

Ja, genau an dem Tag, an dem ich auch zur Welt kam.

Aber die Bundeswehr hat sich aufgelöst.

Wie bitte?

Na ja, so gut wie. Keine Wehrpflicht mehr. Das heißt die Prämisse, unter der sie einst gegründet wurde, die hat man abgeschafft. Die RAF hat sich ebenfalls aufgelöst, aber Sie …

Ich verstehe nicht. Sie werfen mir ernsthaft vor, dass ich mich nicht auch aufgelöst habe?

Im übertragenen Sinne natürlich nur.

Das würde bedeuten?

Dass Sie endlich einmal Ihre Prämissen überdenken.

Die da wären?

Sagt Ihnen der Begriff puer aeternus etwas?

Nein.

Ein Begriff aus der analytischen Psychologie, der ewige Knabe, der nicht erwachsen werden will.

Das soll ich sein?

Etwa nicht? Ich meine, wie alt sind Sie? So alt wie die Bundeswehr, mehr als doppelt so alt wie die RAF …

Wissen Sie, was mir gerade auffällt?

Da bin ich gespannt.

Die RAF gehört auch in den 27er Club.

Ich verstehe nicht.

Rechnen Sie doch mal nach: am 14. Mai 1970 gegründet, im März 1998 aufgelöst, also noch keine 28, sondern 27.

Und?

Wie Jimi Hendrix, Janis Joplin, Jim Morrison, Kurt Cobain oder als Allererster Brian Jones.

Und?

Nichts weiter. Einfach so, das fiel mir gerade auf.

Ich glaube, das unterstützt meine Theorie vom puer aeternus gleich in zweierlei Hinsicht.

Was?

Das, was Sie gerade gesagt haben, denn es ist doch wieder einmal typisch für Ihre infantile Art, genau an einem nicht gerade unwichtigen Punkt unseres Gesprächs in Ihre kindliche Begeisterung für Beatgruppen abzugleiten, von der Gleichsetzung Ihrer Pop-Märtyrer mit einer terroristischen Vereinigung einmal ganz abgesehen. Es fehlt noch, dass Sie Ihr altes Beatles-Heft rausholen, wo Sie sich diese ganzen Sachen notiert und Zeitungsausschnitte eingeklebt haben. Gleichzeitig bestätigen Sie meine Theorie, indem Sie den frühen Tod erwähnen, denn natürlich stirbt der puer aeternus als Knabe. Da er sich standhaft weigert zu altern, bleibt ihm nur der Tod.

Das habe ich ja nun irgendwie verpasst.

Bedauerlicherweise, da Sie gemäß Ihrer eigenen Ideologie schon längst das Zeitliche hätten segnen müssen. Ich meine, wer ist denn überhaupt Nennenswertes mit 59 gestorben?

Billy Preston.

Der fünfte Beatle. Interessant, dass ausgerechnet der Ihnen einfällt. Ein schwuler Schwarzer, der sich in Ihre Heilige Quaternität hineingedrängt hat. Haben Sie ihn nicht beneidet damals, als Get Back rauskam? Sich mit ihm identifiziert, weil er der genaue Gegenentwurf zu Ihnen war, abgesehen einmal von der Religiosität, die Sie beide verbindet? Sahen Sie da nicht eine Alternative für sich? Wollten Sie es ihm nicht vielleicht gleichtun?

Ich verstehe nicht. Wie Sie so richtig sagen, war er ein schwarzer Schwuler, was ich übrigens bis eben noch nicht wusste.

Dass er ein Schwarzer war?

Nein, schwul.

Damit haben Sie doch auch damals geliebäugelt, das dann aber bequemerweise in eine platonisch-homosoziale Schwärmerei für diese Claudia umgeleitet. Sie haben sich eben nie richtig was getraut, mit allem nur kokettiert, sich aber nie zu was bekannt, weder zur Revolution noch zum

Schwulsein noch zum frühen Tod. Und als Sie dann erfahren haben, dass Billy Preston kurz nach dem Todestag der Beatles, dem 10. April 1970, quasi ohne Karenzzeit schon wieder lustig bei den Rolling Stones mitspielt und sogar bei den Aufnahmen zu der Sticky Fingers dabei ist, da ist bei Ihnen einfach eine Sicherung durchgebrannt, und Sie haben einen Monat später am 14. Mai 1970 die Rote Armee Fraktion gegründet. So war es doch?

Das ist völliger Unsinn, die Sticky Fingers kam erst 1971 raus, fast ein Jahr später.

Haargenau, zum ersten Jahrestag der Beatles-Auflösung. Eine Platte, die den Sieg feiert und die Besiegten verhöhnt. Das hat sie wahnsinnig gemacht damals, dieser Spott, der da über Ihren Hausheiligen ausgeschüttet wurde. Die Stones haben sich einen Spaß draus gemacht, in jedem Song auf dieses Grab der vier Pilzköpfe anzuspielen, auf dem sie selbst mit offenem Hosenlatz ihre Veitstänze aufführten. For all my friends out on the burial ground heißt es in Sway, I won't forget to put roses on your grave in Dead Flowers, I'll tear my hair out in I Got the Blues, was ja ein typisch antikes Trauerritual beschreibt, hier natürlich ironisiert, während in anderen Songs Jagger-Richards ihr lyrisches Ich ganz direkt in die Beatles hineinprojizieren, zum Beispiel in Sister Morphine oder in Can't You Hear Me Knocking?, das sehr eindrücklich die Qualen eines lebendig Begrabenen beschreibt, der versucht, sich bemerkbar zu machen.

Lebendig begraben, das ist ein interessantes Thema.

Das hatten Sie ja ursprünglich auch mit dem Michael Reese vor, als Sie da nachts am Kreisel in Kastel standen. Kinder können so grausam sein. Sie hätten seelenruhig zugesehen, wie er da unten in dieser Kuhle am Rheinufer langsam zugrunde geht. Zum Glück konnten wir das Schlimmste verhindern.

Sie?

Der Reese hat natürlich genau wie alle anderen Nazis auch für uns gearbeitet. Sie glauben doch nicht, dass ein Junge freiwillig Landser-Heftchen liest oder umgekehrt dass ein Junge, der Landser-Heftchen liest, nicht freiwillig für uns arbeitet?

Und seine Beerdigung, das Blumengesteck da unten am Rheinufer, das alles?

Ablenkungsmanöver. So ähnlich, wie das der MI5 mit dem Paul-is-dead-Schwindel gemacht hat, übrigens fast zeitgleich.

Und wovon sollte der ablenken?

Von Johns Tod.

Aber John ist doch tot.

Aber damals doch noch nicht.

Und wer wurde dann am 8. Dezember 1980 erschossen?

Sein Double natürlich. Die mussten ihn einfach zur Seite schaffen, weil er anfing, immer unkontrollierter zu agieren, außerdem einen gravierenden Fehler machte, als er sich noch zu Lebzeiten von Yoko mit deren Double May Pang in der Öffentlichkeit zeigte. Generell können Sie immer davon ausgehen, dass dann, wenn Sie von einem Attentat hören, immer ein Double dran glauben musste. Die wirklichen Attentate finden in der Regel in aller Stille statt.

John F. Kennedy?

Wurde von seinem Bruder Robert gedoubelt.

Aber der wurde doch selbst umgebracht.

Sein Double, wollten Sie sagen.

Ich kann das einfach nicht ernst nehmen.

Weil Sie bislang dachten, die Realität sei der Literatur nachgeordnet, und jetzt feststellen müssen, dass Sie sich noch nicht einmal ansatzweise vorstellen können, was in Wirklichkeit los ist.

Das mag ja alles sein.

Mag sein, mag sein. Das sind dann so schwammige Ausreden, die wieder alles geraderücken sollen. Aber weshalb, meinen Sie, fliegt am 18. Februar 1966 eine Transportmaschine des amerikanischen Militärs den Sarg von John F. Kennedy, gefüllt mit drei 80-Kilo-Sandsäcken und angebohrt mit 40 Löchern, raus auf den Atlantik, um ihn dort aus 150 Meter Höhe abzuwerfen?

Ich habe keine Ahnung.

Und warum stürzt genau 33 Jahre später John F. Kennedy junior, Sie wissen, der Kleine, der auf dem Foto bei der Beerdigung seines Vaters zu salutieren scheint, obwohl er nur die Augen vor der Sonne schützt, ebenfalls mit einem Flugzeug in den Atlantik und stirbt?

Jesus vollbrachte 33 Wunder. Und er war 33, als er starb.

Auch ein puer aeternus.

72

Infolge eines vor ihrem Gesicht jäh aufflammenden Magnesiumblitzes erblindete die Mutter des Fabrikanten in den letzten Kriegstagen bei einem Angriff mit Brandbomben. Sie befand sich gerade im Dachstuhl des elterlichen Hauses, um Wäsche zum Trocknen aufzuhängen, und wollte trotz der heulenden Sirenen und sich nähernden Einschlaggeräuschen ihre Tätigkeit nicht unterbrechen. Ansonsten unversehrt, tastete sie sich zwischen den Flammen nach unten und durch das mittlerweile verlassene Haus ins Freie, wo ihre Eltern tot im Garten neben dem Brunnen und unter dem Reneklodenbaum lagen, weiter an ihnen vorbei, dabei immer den Namen ihres ungeborenen Kindes vor sich hin stammelnd, durch das von Druckwellen aus den Angeln gerissene Tor hinaus auf die mit einer Qualmdecke überzogene Gasse.

Ihr Verlobter, ein Soldat, der auf dem Rathausdach an einer defekten Flak die Stellung hielt, sah sie wie eine Zinnfigur durch die aufgerissenen Straßen eilen, die rechte Hand schützend auf den Bauch mit ihrer Leibesfrucht gelegt, die Haare gelöst, die blinden Augen wie die einer Puppe zum Schlaf nach innen gedreht. Der Verlobte rief und winkte, denn er wollte sie zum Haus des Bürgermeisters dirigieren, damit sie dort im Keller hinter den schützenden Fässern eingelegten Sauerkrauts in Deckung gehen konnte, doch in dem Geschrei Verschütteter und dem Krachen zusammenstürzenden Gebälks konnte sie nichts anderes mehr hören als das dumpfe Rasseln des eigenen Atems.

Einmal hielt sie an, als sie den Dorfplatz passierte, wo die Hunde mit gesenkten Köpfen und durch die Haut tretenden Knochen neben den übereinandergestürzten Partisanenleibern Wache hielten, denn sie meinte, in dem weißen Licht, das sie beständig umgab, eine Hand gesehen und das Bild des ihr Versprochenen wie in einem aufgeklappten Medaillon erkannt zu haben, unbeweglich, jedoch voller Güte. Doch schon fing der gezwirbelte Schnurrbart an den Seiten die Nacht ein, und eine undurchdringliche Schwärze, blinder als das ihr vorhergehende Weiß, umfing sie, weshalb sie allein die Richtung änderte und weiter auf das Feld stürzte, wo ein Frischling vom Rudel verlassen aus einem Busch sprang und wie der Luftzug einer rasch geöffneten Speisekammertür an ihr vorüberzog.

Die Mutter des Fabrikanten hielt ihr Gesicht gegen den Himmel, als wollte sie die Konstellationen der Wolken erkennen und sehen, ob dort oben noch die schwankenden Bäuche der viel zu früh in den Krieg geschickten Flugzeuge die letzten Sonnenstrahlen brachen und sich in Spiralen und Achten drehten, um ihre brennende Fracht bis zu den kleinen Ziegeldächern zu tragen. Kalt wurde die Luft und die Nadeläste klamm. Die Geräusche schienen sich zu entfernen, die Düsen leerzubrennen. Da kam sie mitten auf einem Feldweg mit dem Fabrikanten nieder.

Und sie legte sich auf die Seite und zerschnitt mit einem Stück Schiefer die Nabelschnur und wickelte den Fabrikanten in ihr Halstuch. Dann lief sie bis zum Fluss, den die Staudämme der Angreifer zu einem dünnen Rinnsal ausgedörrt hatten. Sie legte das Kind ab, brach Röhricht und flocht daraus einen Korb, dessen Fugen sie mit der nun aus ihr herausdringenden Plazenta abdichtete. Dann legte sie den Fabrikanten hinein, küsste ihn ein letztes Mal und übergab ihn dem schmalen Bach, der viele Jahre später ein reißender Fluss werden sollte, mit einer Reihe von Brücken überspannt, die alle gleichermaßen die Herrlichkeit des Fabrikanten priesen, wie er mit seinem Kraftwagen über den Stahlbeton fuhr und zum Andenken an seine Mutter eine Taube freiließ und zum Gefallen der die unbefestigten Auffahrten säumenden Menschen ein Kind mit sich auf den Fahrersitz nahm, um ihm die Welt zu zeigen, die in ihrer Schönheit ein Andenken an die Frau war, die ihn zur Welt gebracht, doch selbst nicht mehr viel von dieser gesehen hatte.

Der Korb mit dem Fabrikanten verfing sich schon nach wenigen Kilometern in einem Damm aus Gestrüpp, wo er zitternd von einem ersten Unwetter überrascht wurde. Das ahnungslose Kind schrie und machte so eine Gruppe versprengter Soldaten auf sich aufmerksam. Sie fischten den Korb ans Ufer, nahmen das Neugeborene heraus und übergaben es einer der fünf sie in einem Leiterwagen begleitenden Huren. Die Soldaten vermuteten, dass es nicht weit vom Fundort eine Ansiedlung geben müsse, setzten über und erreichten tatsächlich nach einem strammen Marsch von zwei Stunden das Heimatdorf des Fabrikanten, das sie noch in derselben Nacht plünderten und in Schutt und Asche legten. Im Morgengrauen zum Leiterwagen der Huren zurückgekehrt, beschlossen sie, anders als geplant, das Findelkind am Leben zu lassen und als Glücksbringer mit sich zu nehmen, da es ihnen einen solch unverhofften Beutezug verschafft hatte.

Zu Recht ist darauf hingewiesen worden, dass sich eine Urschuld mit Geburt und Aussetzung des Fabrikanten koppelt, die zur Vernichtung des Dorfes und Ermordung sämtlicher Einwohner führte. Erst später haben die begabtesten Köpfe des Landes diese Schuld als felix culpa umgedeutet, da sie allein Motor und Antriebskraft der großen Unternehmungen und Neuerungen des Fabrikanten wurde. Es ist dies aber das Geheimnis der Vorsehung und nicht minder die einzigartige Kraft, sämtliche von ihr geforderten Schicksalsschläge gleichermaßen hinnehmen zu können, denn der auf einem Pfahl der Ochsenweide aufgespießte Kopf des Vaters, ein Bild, das nach dem Krieg die Votivtafeln der Bergkapelle zierte, ist ein nicht zu unterschätzendes Erbe.

Schon in seiner Jugend fragte sich der Fabrikant deshalb oft, ob es ihm überhaupt gelingen würde, älter als sein Vater zu werden, oder ob ihn das Schicksal gleichermaßen mit Anfang zwanzig vom Dach eines Rathauses hinunter in die Mitte feindlicher Soldaten reißen würde, um zwischen Trümmerhaufen und Verendenden nicht einmal mehr genug Zeit zu bekommen, an all das zu denken, was er nun nicht mehr würde erleben können, und an das Wenige, das nun so schnell vorbeigezogen war, fast wie in einem Kinderlied, das man unbekümmert auf dem Heimweg singt, im Gänsemarsch sich bei den Händen haltend, während in der elterlichen Küche der Wahnsinn regiert.

Die Mutter des Fabrikanten aber hatte sich mit letzter Kraft vom Weg in ein Waldstück geschleppt, wo sie lag und in das vom fernen Einschlag der Granaten nachzitternde Gebüsch horchte, ob da nicht wer käme, sie mitzunehmen in die Sicherheit einer abgelegenen Hütte, wo sie nur etwas geschmolzenes Eiswasser von der Traufe in einem Becher neben dem Strohlager bräuchte und Schlaf eben, viel Schlaf, um die Eltern zu vergessen und den Verlobten und wieder zu sich zu kommen nach drei Nächten hinter einem grauen Stück Fels, an dem nichts gedeiht und nur das Vieh sich reibt im Vorüberziehen, zweimal im Jahr. Und als sie schließlich etwas hörte und die Hand schon hob, da riss der dunkle Schleier ein Stück auf, und die Mutter des Fabrikanten sah, dass es feindliche Soldaten waren, die nur wenige Schritte von ihr entfernt vorbeizogen, und dass die sich nicht mit einem Fangschuss zufriedengeben, sondern sie mitzerren würden den Weg hinauf, den sie fast jeden Tag einmal hinuntergelaufen war, und vielleicht, so überlegte sie für einen Moment, wäre es ihr sogar angenehm gewesen, alles noch ein letztes Mal zu sehen, die Zäune und Wiesen, und jeden Stein, auf den sie sonst nur achtlos getreten war, noch einmal zu spüren im Rücken und jedes Loch im Weg. Aber sie hatte ohnehin nicht mehr die Wahl, denn die Kehle versagte ihr den letzten Schrei, und die Soldaten zogen vorbei und lachten über die herabstürzenden Geschosse und ein im schwarzen Rauch wegtrudelndes Flugzeug, obwohl es von ihrer Seite war.

Der Fabrikant sah diese auf billigem Papier gedruckten Bilder später, schnitt sie aus den in Trambahnwagen zurückgelassenen Zeitungen und klebte sie in Sammelalben, die er mit ungelenker Hand beschriftete. Kriegsgeschichten nannte sich eine der Postillen und trug als Untertitel die Bezeichnung: Aus dem wirklichen Leben. Wie aber war das Leben wirklich, wenn nicht versteckt und selbst nach einer Gewalttat nur mit akribischer Feinarbeit zwischen zertrümmerten Kaffeetassen und umgestoßenen Sesseln ans Tageslicht zu zerren?

Die Hure aber, die sich des Findelkindes annahm, war im Grunde ihres Herzens eine fromme Frau, die durch die Wirrungen der Zeit vom rechten Weg abgekommen war. Aus ihrer Kindheit sind Erzählungen überliefert, die ihren damals schon ausgeprägten und unerschütterlichen Glauben unter Beweis stellen, und diese Festigkeit der eigenen Überzeugung prägte auch den Fabrikanten, der seine Ziehmutter zärtlich Muhme nannte und sich zusammen mit ihr, seiner leiblichen Mutter und symbolischen Zusätzen, wie etwa einem im Faltenwurf seines Lodenmantels verborgen Geier, dem Symbol der Jungfräulichkeit, porträtieren ließ.

Sind diese lebendigen Berichte allein idyllische Kleinmalerei? Andere Überlieferungen erzählen von einem unterschlagenen Erbe und dem bei einem Jagdunfall ums Leben gekommenen Pächter, dessen Namen der Vater des Fabrikanten annahm, da er seiner ersten Frau nichts zu bieten hatte, denn sie waren so arm, dass sie nach der Hochzeit in einem Futtertrog fürs Vieh nächtigen mussten. Die Kinder überlebten kaum das erste Jahr, bekamen Diphterie oder liefen aus unerklärlichen Gründen blau an, sodass immer wieder die zugefrorene Erde aufgekratzt und die schmalen Särge hineingesenkt werden mussten. Die Mutter stand bald nicht mehr aus dem Wochenbett auf, wurde selbst krank und starb endlich an einem Sonntagmorgen um sechs, noch bevor es zur Frühmesse läutete. Die neue Frau und spätere Mutter des Fabrikanten, eine Cousine zweiten Grades des Vaters, hatte dessen Frau die letzten Jahre in ihrem zunehmenden Siechtum versorgt und ihr die toten Kinder von der Brust genommen und dem Bestatter übergeben. Jetzt erlangte sie eine kirchliche Dispens und trat mit ihrem Vetter vor den ärmlich dekorierten Traualtar der Kapelle am Kuhauftrieb. Der Märzwind blies die noch laublosen Äste der gekappten Ulmen auseinander, während die Mutter des Fabrikanten den angelaufenen und mit Grünspan überzogenen Ring, den ihr Vetter seiner ersten Frau noch im offenen Sarg von den geschwollenen Gichtfingern gedreht hatte, an die Hand gesteckt bekam. Kaum war der Segen gesprochen, stürzte der Vater des Fabrikanten hinaus und ins Wirtshaus, wo er Bier trank, Zigarren rauchte und über sein Steckenpferd, die Bienenzucht, nachsann.

Eigenartig schmeckte der Honig der Gegend, den sich seine Bienenvölker mühselig aus den verwilderten Gärten zusammenklaubten, doch vielleicht war durch Züchtung und besondere Pflege gerade diesem Geschmack dereinst eine Besonderheit abzugewinnen, die ihm einen Namen weit über die Grenzen des Tals hinaus einbringen würde. Draußen stand seine frisch angetraute Frau im Kreis ihrer Verwandtschaft. Die Anzugsjacken der Männer, an den Ärmeln verschlissen, waren zu kurz und standen im Rücken ab. Mit Abnähern hatte man versucht, dem Brautkleid einen natürlichen Fall zu verleihen, doch der achte Monat ließ sich kaum verleugnen. Der Vater des Fabrikanten schaute wehmütig auf die Silhouette seiner Frau, da er nur eine weitere Totgeburt erwartete und nicht mehr mit einem Erben rechnete, der die Idee seines Bienenhonigs zu einem glücklichen Ende würde bringen können und für den es sich lohnen könnte, auf dem Amt ein paar Gelder zu hinterziehen und diese für eine Ausbildung anzulegen.

Der Fabrikant kam gegen alle Ahnungen am Karsamstag zur Welt und überstand das erste, das zweite, selbst das dritte Jahr. Kaum schien das Kind durch die schwierigste Zeit gebracht, da verunglückte der Vater beim Versuch, einen neuen Bienenstock auf einem Felsvorsprung zu platzieren, weil er mit den Beinen in ein dorniges Dickicht geriet, aus dem er sich nicht zu befreien wusste. Weit abgelegen war der Felsvorsprung, weshalb weder seine Frau noch sonst jemand aus dem Flecken wusste, wo man den schon bald Vermissten hätte ausfindig machen können. Zudem hätte seine Frau, gerade mit dem dritten Sohn schwanger, auch nichts zur Rettung ihres Mannes beitragen können. Stattdessen saß sie mit dem Fabrikanten und dessen jüngerem Bruder in der Küche und schenkte den vom vergeblichen Suchen heimkehrenden Männern Holunderschnaps ein. Längst war das zweite Brüderchen des Fabrikanten an einem Julitag zur Welt gekommen, als sich Ende August mit einem Mal in einem ausrangierten Bienenstock hinter dem Haus ein Bienenvolk versammelte und ganz ohne menschliches Zutun seinen Honig in die Waben spann. Keinen anderen aber ließen sie an sich heran als den dreijährigen Fabrikanten, dem sie sich auf Gesicht und Hände setzten, ihm sogar in den Mund flogen und wieder hinaus, ohne ihm dabei im Geringsten zu schaden.

Die erste Probe des neuabgefüllten Honigs besaß eine solche Süße, dass man nur einen Tropfen benötigte, um einen ganzen Laib Brot damit zu bestreichen. Von dieser Ergiebigkeit angezogen, sprachen schon bald Menschen aus der ganzen Region vor, um einen Fingerhut voll zu erwerben, und das für den Preis eines gewöhnlichen Glases. So kam die plötzlich alleinstehende Mutter des Fabrikanten zu einem kleinen Einkommen, das es ihr ermöglichte, wenn auch nicht die beiden Brüder des Fabrikanten, die sie zu Pflegeeltern geben musste, doch ihn selbst bis zur Realschule zu bringen, denn die Bienen verschwanden regelmäßig im Frühjahr, um im Spätsommer mit ihrem süßen Ertrag zurückzukehren.

Das Geheimnis um den Honig aber löste sich erst Jahre später, als Wanderer durch Zufall den eingeklemmten Kadaver des Vaters in der Felsspalte entdeckten. Sein Körper war von der Witterung mumifiziert, und so fand man ihn dort selbst als hauchdünnes Hautgespinst, während sein Inneres den Bienen über Jahre als Nahrung und Wohnstatt gedient hatte. Obwohl der Fabrikant später jede Religion verachtete und bekämpfte und allein jene Ausrichtungen duldete, die sich von jeglichem mythischen Beiwerk befreit, der Ohrenbeichte entledigt und damit die Voraussetzungen einer merkantilen Gesellschaft ganz in seinem Sinne geschaffen hatten, verschrieb er sich damals auf immer dem Symbol der Biene, die für ihn beständige Erneuerung verkörperte und eine Überwindung des Todes, da sie selbst die sterblichen Überreste noch in Nahrung zu verwandeln verstand.

Speise geht aus vom Fresser und Süßigkeit vom Starken, so lautete bis zuletzt der Leitspruch des Fabrikanten. Und ihn pflegte er in den wenigen Momenten laut daherzusagen, in denen ihm das Amt und die Vorsehung übermenschliche Kräfte abverlangten, etwa nach seiner Hochzeit, als er die eigene Braut einem Buchhalter übergab, um nicht von der großen Pflicht abgelenkt zu werden. Nie aber widersprach der Fabrikant auch nur mit einer Silbe den Diffamierungen ausländischer Psychologen, die behaupteten, das Symbol der Biene stehe für einen verschleierten und verdeckten Vatermord. Der Fabrikant wusste besser als alle von der mythischen Pflicht des Vatermordes, um an die Spitze eines Unternehmens und damit eines Volkes zu gelangen, weshalb er selbst auch keinen Sohn zeugte und sich nur in Zimmern mit doppelt gepanzerten Türen und Fenstern aus Sicherheitsglas aufhielt.

Endlos lang wurden dem Fabrikanten die verregneten Nachmittage, wenn er im düsteren Arbeitszimmer seines Nennonkels an dessen Sekretär saß und stundenlang zwei leere Schachteln Welthölzer ineinanderschob. Schon damals entfaltete sich vor seinem inneren Auge ein Steckspiel für die Jugend, das deren Fantasie beflügeln und nicht im Keim ersticken würde. Zwischen den schweren Vorhängen hindurch sah der Fabrikant einen seiner Altersgenossen mit aufgespanntem Schirm ungelenk durch die rutschigen Schlammfurchen eines Feldweges balancieren.

Von seiner Realschulzeit in der Stadt ist vor allem bekannt, dass der Fabrikant täglich durch die Straßen zu streifen pflegte, ein Rudel Mitschüler hinter sich, denen er die verschiedenen Stufen seiner visionären Neuplanung des Urbanen schilderte, gemäß der als Vordringlichstes die öffentlichen Bauten abzureißen, neu zu gestalten und zu ersetzen seien. Mit einem heruntergerissenen Ast zeichnete er in einer Parkanlage erste Skizzen seiner Wiederaufbaupläne in den Sand. Und noch am Ende seiner Tage ließ er in den fürchterlichsten Kriegswirren und unter schwersten Bedingungen einen Trupp Archäologen in die Stadt seiner Realschulzeit schicken, damit diese den mehrfach überteerten und umgeleiteten Sandweg freilegten und seine Skizzen, wie bruchstückhaft auch immer, zu Tage förderten. Tatsächlich entdeckte man mehrere Meter unter dem Boden unversehrt die eingekratzten Linien und ließ sie herausschneiden, in Kästen präparieren und in die Hauptstadt und dort ins Büro des Fabrikanten bringen, der sie mit einem Blick als seine eigenen erkannte und weiterleiten ließ zu den besten Planern und Baumeistern des Landes, die daraus ein einzigartiges Gebäude entwarfen, das während des Bombenfalls und unter Entbehrungen des Volkes auf dem erdbodengleichen Grund der Stadt seiner Realschulzeit errichtet wurde, wo es in Stahl und Eisen erstrahlte und den feindlichen Kräften seinen glatten Panzer trotzig entgegenreckte.

Der Fabrikant selbst konnte nicht zur Einweihung kommen, doch ließ er sich Fotografien zeigen, die ihn rührten ob seiner bereits in früher Jugend so deutlich ausgeprägten Fähigkeiten. Und niemand sagte ihm, dass das kuppelhaft überwölbte Gebäude keinerlei Räume besaß, sondern allein vielfach verschlungene Gänge, als hätte sich ein Termitenstamm über die Erde erhoben, denn alle sahen es als Absicht und Bestimmung an und lasen daraus das Sinnbild ihres sich langsam verwirkenden Lebens. Der Fabrikant aber hatte ihnen damit das eigene Ende in einem Symbol erhöht. Und das erfüllte sie mit Glück. Denn Raum besaßen sie nicht mehr, nur einen letzten Gang, den sie gehen mussten.

Zeitweise waren die neuerrichteten und mit dem Geld aus verschiedenen Sammelbüchsen finanzierten Kriegsdenkmäler nicht von den fensterlosen Kuben der Gefängnisse zu unterscheiden. Es war dies ein eher zufälliges Ergebnis, an das die Architekten bei der Entwicklung ihrer Ideen und Vorlage derselben auf dem Reißtisch des Fabrikanten nicht gedacht hatten. Was ihnen vorschwebte, war die Darstellung des schicksalhaften Eingebundenseins des Menschen in den Raum. Auf Hügeln gelegen, überschauten diese Monumente die kleinen Städte und warfen im Sommer lange Schatten ins Tal. Vögel mieden sie gleichermaßen wie anderes Getier, und selbst Efeu wollte sich an dem porenlosen Gestein nicht emporziehen. An verregneten Wandertagen wählte man die Monolithen als Ausflugsziel, und kaum wird je ein Kind das Gefühl vergessen, im Angesicht der in der grauen Luft sich zu eingefallenen Gesichtern verformenden Steine sein Butterbrot gegessen und dazu eine Tasse warmen Malzkaffee aus der Thermoskanne getrunken zu haben.

Nach der Realschule kam der Fabrikant zu einem Tierpräparator in die Lehre, wo es in den ersten zwei Monaten zu seinen Aufgaben gehörte, des Vormittags an einer fleckigen Spüle zu stehen, mit einer Lanzette den Mantel von Kopffüßern aufzuschneiden und Konservierungsflüssigkeit in das Körperinnere zu spülen. Am Nachmittag stellte er sich dem aussichtslosen Unterfangen, sämtliche 28 000 Insektenarten des heimischen Bodens in ihren Unterschieden und Gemeinsamkeiten gedanklich zu erfassen.

Der Fabrikant wohnte in einem Hinterraum der Werkstatt, in den man ihm einen Waschtisch, ein Bett und eine Kommode sowie Tisch und Stuhl gestellt hatte. In der Mitte des Zimmers, und damit den größten Raum einnehmend, befand sich ein großer Bottich, in dem der Präparator eine ganze Kuh eingelegt hatte. Der Lehrmeister des Fabrikanten war Anhänger der Mazeration, bei der die Weichteile auf möglichst natürlichem Wege durch Fäulnis von den Knochen gelöst werden. Muskelfleisch etwa mit Skalpell und Schere zu entfernen, galt in seinem Hause als grober Verstoß gegen das Handwerk. Ließ es sich nicht vermeiden, durften gegen Ende einer Bearbeitung mitunter letzte in Sodawasser aufgebrühte Muskelteile unter Benutzung eines kleinen Metallspatels weggeschabt werden. Die Mazeration besaß zudem den Vorteil, dass sich gleichzeitig und wie von selbst eine Zucht von Strudel-, Schnur-, Band-, Saug- und Fadenwürmern bildete.

Da der Fabrikant schon damals die Angewohnheit besaß, beim Entfalten seiner Gedanken auf und ab zu gehen, behinderte ihn die Wanne, die ihm gerade einmal drei Schritte ermöglichte, mehr als vielleicht einen anderen Lehrling. Auch nahm der Geruch des sich zersetzenden Fleisches dem Fabrikanten des Nachts oft den Atem und ließ ihn nur mithilfe von etwas Chloralhydrat, das im Giftschrank der Werkstatt zu finden war, in den wohlverdienten Schlaf sinken. Doch selbst dann meinte er, in seinen Träumen das unruhige Wälzen der Kuh in ihrem Bottich zu hören sowie das rhythmische Klacken der Klauen an den Wannenrand, das ihn an die unbeschnittenen Äste vor dem Haus seiner Mutter erinnerte, die ihn, wenn der Herbstwind in das Tal drang, gleichermaßen in den Schlaf gewiegt hatten.

Freundschaften schloss der Fabrikant nur schwer, und es gab niemanden in seiner Umgebung, dem er sich vorbehaltlos hätte anvertrauen können.

Wie die größten Dichter vergangener Epochen verehrte er von fern ein Mädchen, das er ein einziges Mal im Hof der Werkstatt beim Leeren eines Ascheimers gesehen und dessen Bild sich ihm dergestalt eingeprägt hatte, dass ihre Gestalt es war, die später einmal Vorbild der Frauenbildnisse sein sollte, die, in Marmor geschlagen, öffentliche Gärten und Grünanlagen verzierten. Viel ist in der Kunstgeschichte über den Eimer spekuliert worden, den die ansonst nackten Statuen im Arm halten. Und auch wenn die Aussage der Kunst sich nie einseitig fassen lässt und es demnach genauso passend erscheint, vom schöpfenden Geschlecht zu sprechen, das mit seinem Eimer dem Fluss der Zeit das zur Entwicklung des Volkes nötige Element entnimmt, mag doch der Ascheimer eine nicht zu unterschätzende Rolle gespielt haben, dem ebenfalls eine Symbolik abzugewinnen war, wenn auch die der Vergänglichkeit.

Nur selten hatte der Fabrikant Gelegenheit, seiner Mutter einen Besuch abzustatten, und so saß die alte Frau oft stundenlang und schaute in den Garten, wo sich die Farben in Schatten verwandelten und verblassten. Obwohl ihr Mann schon vor vielen Jahren von ihr gegangen war, besaß sie immer noch die Angewohnheit, nach draußen auf den alten Bienenstock zu deuten, wenn sie von ihm sprach. Dem Fabrikanten aber war die freie Natur eine angenehme Abwechslung. Endlich konnte er durchatmen und musste nicht länger seine Schritte zählen. Auch waren die Frauen hier anders. Zwar trugen sie ebenfalls Eimer, doch waren diese nicht mit Asche, sondern mit Milch gefüllt. Ausgelassen lief ihnen der Fabrikant hinterher und ließ sich mit einer Kelle einen Schluck herausschöpfen. Er sah die kleinen zerplatzten Äderchen auf den Backen und die schweren Lider, die sich über die Augen senkten, und er warf sich am Wegesrand in eine Wiese und kaute auf einem Grashalm.

Die Mutter des Fabrikanten aber verlor noch in ihrem letzten Lebensjahr ihr Augenlicht. Und dies geschah so: An einem Freitagmorgen klopfte ein durch die Dörfer ziehender Altwarenhändler an ihrer Tür und fragte, ob er vielleicht den alten Bienenstock haben könne, der unbenutzt und verwittert im Garten stehe. Eine Zustimmung erwartend, war er, noch während er seine Bitte vorbrachte, einige Schritte in Richtung des von ihm begehrten Objekts getreten, was bei der Mutter des Fabrikanten, die sich selbstverständlich nie in ihrem Leben vom letzten Stück getrennt hätte, das sie an ihren verstorbenen Mann erinnerte, eine derartige Aufwallung verursachte, dass ihr die Stimme versagte. Hilflos streckte sie ihre Hände nach dem Altwarenhändler aus, der nun an den Stock getreten war, um ihn abzuschätzen. Mühsam und nach Atem ringend eilte die Mutter des Fabrikanten dem Mann hinterher, stolperte jedoch über einen auf dem Boden liegenden Rechen, stürzte und fiel mit dem Kopf auf eine Steinplatte, wodurch sie das Bewusstsein verlor. Als sie eine halbe Stunde später in ihrem Bett erwachte, in das der von der Nachbarsfrau herbeigerufene Arzt sie gelegt hatte, war sie ihres Augenlichts zur Gänze verlustig gegangen und starrte in eine gleichförmige Leere.

Es ist dies die einzige Stelle, an der sich beide sonst völlig unterschiedlichen Erzählungen über die Eltern des Fabrikanten angleichen. Und verfolgt die Blindheit der Mutter nicht beide Male den Zweck, einer fürchterlichen und unter Umständen nicht zu verkraftenden Wahrheit auszuweichen, nämlich dem Tod der Eltern oder dem endgültigen Verlust des geliebten Mannes, symbolisiert im Bienenstock, den der Altwarenhändler tatsächlich, die Ohnmacht der Mutter ausnutzend, an sich genommen hatte? Der Fabrikant erfuhr vom Schicksal seiner Mutter in einem Brief seines Vormundes, der ihn nötigte, in sein Heimatdorf zurückzukehren, um dort entweder das Handwerk eines Bäckers zu erlernen oder wie sein Vater die Tage jahraus, jahrein in einer Amtsstube zuzubringen, um so den Lebensunterhalt für seine von Blindheit und Krankheit geschlagene Mutter zu erwirtschaften. Der Fabrikant erwartete die erste Zwischenprüfung vor dem Ausschuss der Präparatoreninnung und war innerlich zerrissen. Auch wenn er schon ahnte, dass der Beruf des Präparators nicht der für ihn endgültige sein würde, wusste er mit Sicherheit, dass er nicht zum Bäcker oder Beamten taugte, schon gar nicht in dem Flecken, in dem er aufgewachsen war. Und da empfand der Fabrikant das freie Land mit seinen Hügeln und Feldern als beengend, erschien ihm das Lachen der Mägde falsch und wünschte er sich die Milch in ihren Eimern zu Asche.

Der Fabrikant lief zum Postamt und telegrafierte nach Hause, dass er sobald wie möglich kommen wolle, vorher aber noch unaufschiebbaren Verpflichtungen nachzukommen habe. Sein Plan für die nächsten 14 Tage sah folgendermaßen aus: weiter für die Prüfung lernen, dann eine Lieferung Elstern präparieren. Die Stunden der späten Nachmittage und Abende aber waren dafür vorbehalten, den Altwarenhändler ausfindig zu machen, um das letzte Andenken an seinen Vater aufzuspüren und damit vielleicht sogar seiner Mutter das Augenlicht zurückgeben zu können, sowie den Übeltäter seiner gerechten Strafe zuzuführen.

Die Elstern waren großgewachsene Tiere mit einer ungewöhnlichen Zeichnung im Federwerk. Der Fabrikant wusch die verbluteten Stellen mit einem leicht angefeuchteten Lappen ab, setzte dann in Schnabel, After und Nasenlöcher Wattepfropfen. Mit einer Nähnadel zog er anschließend einen kräftigen Zwirn durch die Nasenlöcher, um mit diesem den Schnabel zuzubinden. Der Fabrikant breitete das Gefieder sorgfältig auseinander und führte den ihm längst in Fleisch und Blut übergegangenen Hauptschnitt längs des Körpers vom Brustbein bis zum After hin aus. Mit einer Pinzette löste er die Haut vom Körper, zog die Beine so weit wie möglich zu sich und löste sie an den Flügeln. Während er den Körper durchtrennte, bestreute er den Leib immer wieder mit Kartoffelmehl, um ein Verschmieren des Gefieders zu vermeiden. Vorsichtig und mit minutiösem Rucken, das ein Einreißen verhinderte, löste der Fabrikant nun die Körperhaut fast vollständig vom Kadaver. Anschließend hob er den Kopf aus der Haut, um zu den Augen zu gelangen. Es ist kaum vorstellbar und von einem anderen Menschen nicht zu ermessen, mit welcher Selbstbeherrschung und ganz erfüllt von der ihm aufgetragenen Pflicht der Fabrikant nun, immer noch mit dem frischen und weil selbst nicht miterlebten noch grausamer in ihm wuchernden Bild der erblindeten Mutter in seinem Inneren, mit einer Pinzette die Augen der Elster unterfasste und aus den Höhlen hob. Das Mondlicht fiel in den Hof der Werkstatt und verzog die Schatten der dort abgestellten Kisten zu Silhouetten, die mit erhobenen Armen aufgereiht an der Brandmauer zu stehen schienen. Mit der Schere durchtrennte der Fabrikant das Hinterhaupt und räumte die Schädelhöhle aus. Er ging zur Werkbank und schnitzte sich ein Holzstäbchen in der Länge des Vogels zurecht, das er von hinten in den Schädel einführte, bis es genügend Halt fand. Er griff nach dem Fläschchen mit Arseniklösung und träufelte einige Tropfen in die Innenseite des Kopfes. Einer Eingebung folgend, stellte der Fabrikant das Fläschchen jedoch nicht zurück, sondern verschloss es sorgfältig und ließ es in seine Rocktasche gleiten.

In dieser Nacht legte sich der Fabrikant nicht zum Schlafen in sein Bett. Er stand an der Wanne mit der Kuh und betrachtete ihre längst leeren

Augenhöhlen und das, was an schlierigen Fetten und Ölen an der Oberfläche schwamm. Die Gerüche kamen aus den Kammern seiner Kindheit, den Schränken, in denen er sich zwischen Wintermänteln versteckt hatte, dem pockennarbigen Gesicht seines besten Freundes, dessen Hand nach einem Unfall auf dem Heuboden verkrüppelt geblieben war. Er sah seine Mutter in dem kleinen Backsteinhäuschen sitzen. Ein einziger Wohnraum, in dem auch das Bett stand, darüber eine Mansardenkammer, darunter ein Kellerraum. Und der Fabrikant sah diesen Ort in einen neoklassizistischen Tempel verwandelt, mit zweimal vier Marmorsäulen an jeder Seite und einem angelegten Kiesweg davor. Doch bevor er sich daranmachen würde, dieses Bild umzusetzen, hatte der Fabrikant noch etwas anderes zu vollbringen.

Er ging hinaus in die Nacht, strich durch die Straßen und leuchtete mit einer Taschenlampe in die Geschäfte von Händlern und Trödlern. Zweimal meinte er den Mann gefunden zu haben, der seiner Mutter den Bienenkorb entwendet hatte, doch als er am anderen Tag den Laden betrat und die Inhaber zur Rede stellte, konnte ihm der Erste anhand von Dokumenten belegen, dass alle bei ihm zum Verkauf stehenden Bienenkörbe von einem ihm bekannten Schreiner der Gegend stammten und zudem noch nie zuvor in Betrieb genommen worden seien, wie man unschwer an den unzerkratzten Bauernmalereien mit dem Zauber gegen den bösen Blick auf den Deckeln erkennen könne. Der zweite Trödler hingegen führte ihn nach hinten in das Lager, um ihm eine Reihe der verschiedensten Bienenkörbe zu zeigen, die er alle aus der Sammlung des im letzten Winter aufgelösten Heimatmuseums übernommen hatte. Noch einmal so viele lagerten in einem Keller nicht weit von hier, weshalb er selbst einen Angestellten auf das Land geschickt habe, um dort den Imkern und Freizeitzüchtern entsprechende Stöcke anzubieten, da er diese Menge hier in der Stadt unmöglich unter den wenigen Sammlern losschlagen könne. Der Fabrikant ließ sich nach außen nichts von seiner Enttäuschung anmerken, bedankte sich für die Auskunft und verließ das Geschäft. In den nächsten Tagen erfüllte er weiter seine Aufgaben, präparierte die restlichen Elstern, lernte für die Prüfung, strich aber weiterhin Abend für Abend um die Trödlerläden der Stadt.

In der dritten durchwachten Nacht schließlich fielen dem Fabrikanten beim Präparieren der letzten Elster immer wieder die Augen zu, sodass er nur mit Mühe aus der Werkstatt nach nebenan in seine Kammer und dort in sein Bett gelangte. Aber der Schlaf des Fabrikanten war unruhig, denn sein starker Wille sträubte sich gegen die von seinem Körper eingeforderte Ruhepause und verschaffte ihm immer wieder die schrecklichsten Traumbilder, in denen seine blinde und hilflose Mutter den Felsvorsprung mit den Resten ihres mumifizierten Mannes suchte, während er selbst als hilfloser Bäckergeselle in einer viel zu großen Schürze hinterdreinlief, ein ums andere Mal über die auf dem Boden schleifenden Schürzenbändel stolpernd, weshalb er immer wieder anhalten musste, während seine Mutter hinter den zusammengestutzten Obstbäumen am Horizont verschwand.

Um sich von diesen Trugbildern zu befreien, riss der Fabrikant schließlich mit letzter Kraft seine Augen auf, erhob sich von seiner Lagerstatt und trat an den Bottich mit der Kuh, um noch halb benommen mit der rechten Hand von dem fauligen Wasser zu schöpfen und es sich über Gesicht und Puls des linken Armes laufen zu lassen. Ein eigenartiges Geräusch aber war aus der Wanne zu hören, anders als das monotone Klicken der Gelenke oder das Freisetzen von Gasen, wenn sich ein Stück mürben Fleisches vom Skelett trennte. Fast erschien es dem Fabrikanten wie ein Summen, und als er endlich die Lampe im Dunkln ertastet und angezündet hatte, da sah er einen Zug von Bienen aus dem Wasser steigen und mit feuchten Flügeln in Richtung des kleinen Fensters schwirren, vor dem sie in Reih und Glied verharrten, als erwarteten sie, dass man ihnen öffnete.

Der Fabrikant griff seine Jacke, schob den Fensterriegel zur Seite, sprang hinter ihnen nach draußen auf den Hof und folgte dem wie ein gelbschwarz gestreiftes Band in der Nachtluft treibenden Zug, der immer auf Kopfhöhe mit ihm blieb, durch die verlassenen Straßen. Er wusste nicht genau, was er tat, und glaubte manchmal, immer noch zu schlafen, während sein Körper in eine Motorik verfiel, die ihn nach einer halben Stunde keinerlei Anstrengung mehr verspüren ließ, weshalb er diese Erfahrung Jahre später in zehn programmatischen Punkten zum Nutzen der Jugend zusammenfasste, wobei der Bienenschwarm beim gewöhnlichen Training durch einen am Helm eines vorausbrausenden Motorradfahrers flatternden schwarz-gelben Wimpel ersetzt wurde.

Nach ungefähr einer Stunde waren der Bienenzug und der Fabrikant am anderen Ende der Stadt angelangt, wo sie gemeinsam in verwinkelte Gassen bogen, die der Fabrikant noch nie zuvor betreten hatte. Schließlich sammelten sich die Bienen vor einem unscheinbaren, an den Seiten schon eingefallenen Haus, an dem seit dem Krieg kein Stein ausgebessert worden war und dessen Fassade immer noch das melancholische Bleigrau vergangener Zeiten aufwies. Kaum hatte der Fabrikant seine Bienen eingeholt, da zwängten sie sich auch schon durch das Schlüsselloch der Hoftür, die der Fabrikant verriegelt vorfand, weshalb er die nächste Quergasse nahm und von dieser aus über drei Hofmauern den Geleitzug einholte, der sich mittlerweile vor einem Kellerfenster postiert hatte. Der Fabrikant leuchtete durch die von Staub und Ruß fast taube Scheibe und entdeckte tatsächlich zwischen allerlei Gerümpel den Bienenstock seiner Mutter. Da die Tür zu dem Hinterhaus nur angelehnt war, konnte der Fabrikant bequem eintreten und sich Zugang zu den Kellerräumen verschaffen. Er fand den Bienenkorb unversehrt und legte sich hinter einer großen Kommode auf die Lauer.

Vom Schlaf überwältigt, erwachte der Fabrikant erst, als er Schritte die Treppe herabkommen hörte und ein vierschrötiger Mann mit einem rot angelaufenen Gesicht und stoppligem Haar in den Kellerraum trat. Kaum hatte dieser eine Kerze entzündet, da schritt der Fabrikant furchtlos nach vorn und stellte ihn wegen des Bienenstocks zur Rede. Der Dieb versuchte den Spieß umzudrehen und schalt den Fabrikanten einen Eindringling und Verbrecher. Darauf vergewisserte sich der Fabrikant seines Fläschchens mit Arseniklösung, das seit Tagen in seiner Rocktasche ruhte. Um dem Dieb aber eine Dosis davon verabreichen zu können, musste er ihn zuvor überwältigen und zu Boden ringen. Er ging einen Schritt auf ihn zu, sah aber noch rechtzeitig, dass der Dieb einen schweren Knüppel in der Hand hielt, bereit, seine Beute zu verteidigen. Als er nun zum ersten Schlag ausholte, bückte sich der Fabrikant unter ihm weg, nahm ein Stück herumliegende Kohle und warf sie gegen die Fensterscheibe, sodass diese zerbrach. Sofort hörte man ein Summen anschwellen, denn die Bienen kamen hereingeflogen und machten sich über den Dieb her, der den Knüppel fallen ließ und mit zerstochenem Gesicht zu Boden sank, wo ihm der Fabrikant bequem den gesamten Inhalt des Arsenikfläschchens einflößen konnte, bevor dem Unhold der Hals von den inwendig verabreichten Stichen der Bienen zuschwoll.

Der Fabrikant wartete noch, bis der Dieb seinen letzten Atemzug getan hatte, schulterte den Bienenstock und verließ das Haus. Der Morgen graute. Die ersten Arbeiter zogen mit ins Gesicht gezogenen Kappen zur Fabrik. Auf den unbebauten Plätzen zwischen den Häusern streunten abgemagerte Hunde herum. Aus den Backstuben drang der süßliche Geruch warmen Teigs, und an der ersten Kreuzung lief dem Fabrikanten ein Zeitungsjunge über den Weg, der das Datum des Tages und die Schlagzeile verkündete.

Der Fabrikant schrak zusammen. Die letzten Tage waren ihm ununterscheidbar eins geworden, weshalb er den Termin seiner Prüfung vor der Präparatorenkammer vergessen hatte. Um noch einmal zur Werkstatt zurückzugehen, war es nun zu spät. Er musste sofort und ohne Umweg zum Innungshaus, wo man ihn bestimmt schon erwartete.

Als der Fabrikant entsprechend angeschlagen, ungewaschen und zudem noch mit einem Bienenkorb auf den Schultern die große Marmortreppe hinaufgeeilt kam, um den Tagungssaal zu betreten, waren die Mitglieder der Prüfungskommission entsprechend verwundert und wollten ihn erst gar nicht zum Examen zulassen. Obgleich ihm die Darlegung intimer Details von jeher verhasst war, musste der Fabrikant die Krankheit seiner Mutter als Entschuldigung für seine unbotmäßige Erscheinung anführen und so einen Sinneswandel unter den Professoren bewirken. Jetzt wollte man noch wissen, was es mit dem Bienenkorb auf sich hatte. Er habe die Nacht über an einer neuen Art der Präparation von Bienenleibern gearbeitet, die ja bekanntlich recht schwer in ihrer natürlichen Flughaltung darzustellen seien, erklärte der Fabrikant. Hatte er sich jedoch mit dieser Ausrede einen schnellen Übergang zu den Prüfungsaufgaben erhofft, so musste er seinen Irrtum schnell erkennen. Interessiert traten die Honoratioren hinter ihren Tischen hervor und verlangten die Präparate einmal zu sehen. Der Fabrikant sträubte sich und gab ein noch nicht zur Gänze ausgereiftes System als Grund an, die Tiere nicht zeigen zu wollen. Noch habe die offizielle Prüfung nicht begonnen, bemerkte einer der Herren, und die anderen nickten zustimmend.

Dem Fabrikanten blieb nichts anderes übrig, als den Bienenstock abzustellen und von den Mitgliedern des Ausschusses öffnen zu lassen, während er selbst, von der Anstrengung der letzten Tage überwältigt, auf einem Stuhl niedersank. Seltsamerweise hörte er nicht die befürchtete Frage, wo sich denn die Präparate befänden, sondern ein beifälliges Gemurmel. Der Fabrikant erhob sich und trat zwischen die Männer, die präparierte Bienenleiber in den verschiedensten Flugpositionen aus dem Korb nahmen und beifällig betrachteten. Nein, so etwas habe man wirklich noch nicht gesehen, auch seien Einstiche und sonstige Merkmale der künstlichen Bearbeitung erstaunlicherweise an keiner Stelle zu erkennen.

So hatte der Fabrikant die Scharte seiner mangelhaften Erscheinung ausgewetzt und konnte unter den besten Bedingungen seine Prüfung antreten. Zunächst legte man ihm eine Reihe theoretischer Fragen vor, von denen die erste lautete, wie das Zwerchfell eines Hasen herauszuschneiden und was dabei zu beachten sei. Der Fabrikant gab an, einen Rundschnitt entlang der Rippen und des oberen Beckenrandes auszuführen, ganz so, wie er es bei seinem Meister gelernt hatte. Die Prüfer sahen sich bedeutungsvoll an, und an der Art, wie sie einige kurze Notate niederlegten, meinte der Fabrikant, einen Zweifel an der Richtigkeit seiner Antwort herauszulesen. Um sein Argument anschaulich zu machen, ging der Fabrikant zur Tafel, skizzierte mit kurzen Strichen einen Rammler und zeigte an diesem Schaubild an, wo der Schnitt anzulegen sei. Nun erhob sich einer der Prüfer und fragte direkt heraus, was der Prüfling von einem Kreuzschnitt über dem Bauch halte. Nicht viel, entgegnete der Fabrikant, da man die Zwerchfellknochen auf diese Art leicht einer unnötigen Beschädigung aussetze. Wieder wechselten die Herren Blicke und alle, außer dem Ältesten der Runde, schüttelten den Kopf. Dieser aber, und das konnte der Fabrikant nicht wissen, war Professor Schillerbold, der vor vielen Jahren den Kreuzschnitt beim Herausschneiden des Zwerchfells in der Innung obligatorisch gemacht hatte und jetzt, sich selbst zurückhaltend, von seinen Kollegen eine seiner Stellung entsprechende Verteidigung genoss. Dass der Beckenrundschnitt mannigfaltige Vorteile mit sich brachte, sollte erst später, und dank einer vom Fabrikanten entsprechend erwirkten Verordnung, zu den entsprechenden Fachkreisen durchdringen.

Nun war aber durch diese Antwort auf eine im Grunde nebensächliche Frage die Prüfung des Fabrikanten von vornherein verloren. Da mochte er mit viel Geschick das Hirn eines ihm zur Präparation übergebenen Fuchses unter Wasser herausspritzen, ohne dabei das häutige Gehirnzelt abtrennen zu müssen, die beiden gerade einmal angedeuteten Schlüsselbeine sofort ausmachen, heraussondern, in zwei separate Gläser verbringen und deren Wasser, sobald es sich rot einfärbte, auswechseln, während er die empfindlichen und sich selbst unter den Händen eines geschickten Präparators oft ablösenden Schwanzwirbel in einer zusammenhängenden Einheit freilegte, es half nichts. Der verknöcherte Beamtenapparat hatte sein Urteil gefällt, und so schob man, allein um sich nicht dem Vorwurf auszusetzen, eine unvollständige Prüfung abgehalten zu haben, ohne rechtes Interesse die vorbereitete Fangfrage nach, wie er Pferdedung in Zusammenhang mit der Präparation beurteile. Die unerbittliche Witterung seiner dörflichen Heimat immer im Andenken, antwortete der Fabrikant wahrheitsgemäß, dass man etwa im Winter, wenn das beständige Auswechseln des Wassers Mühe bereite, ein Skelett auch für zwei Wochen in Pferdedung legen könne, wonach sich das Fleisch mit Leichtigkeit ablösen ließe. Die Honoratioren nickten fast unwillig auf diese Antwort, denn nun hatten sie nichts anderes gegen den Fabrikanten vorzubringen als dessen abweichende Auffassung bei der Präparation des Zwerchfells. Da er sein praktisches Geschick zweifellos unter Beweis gestellt hatte, verfiel man bei der Beratung, während der der Fabrikant zusammen mit seinem Bienenstock auf dem Flur wartete, auf den Gedanken, ihm zwar die Bescheinigung eines von der Innung geprüften und zugelassenen Präparators zu verwehren, ihm aber die Befähigung zum Präparatorgehilfen zu erteilen. Was sich vielleicht als eine Art Entgegenkommen darstellen mag, war bei genauerer Betrachtung die Vernichtung der beruflichen Existenz des Fabrikanten, da in den Satzungen festgelegt war, dass der Präparatorgehilfe, allein um sich vom zugelassenen Präparator zu unterscheiden, zu keiner Präparatorenprüfung mehr zugelassen werden dürfe.

Als die Honoratioren hinaus auf den Flur traten, um dem Fabrikanten das Beratungsergebnis mitzuteilen, war ihnen selbst unheimlich zumute. Der Fabrikant verzog jedoch keine Miene, drehte sich nur wortlos um, ohne das ihm von einem Sekretär hingehaltene Schriftstück, welches ihn als Präparatorgehilfen auswies, auch nur eines Blickes zu würdigen, nahm den Bienenstock seiner Mutter und wollte gerade in Richtung Treppe gehen, als er auf den frisch gewachsten Dielen ausrutschte und, gerade noch seinen Sturz mit einer Hand an der Geländerbrüstung abfangend, die Gewalt über den Korb verlor, der ihm aus der Hand glitt und aufsprang. Die Bienen aber, die sich nur während der Betrachtung durch die Kommission starr und tot gestellt hatten, kamen herausgeflogen und umschwirrten die Prüfer, dass selbst diese gestandenen Männer, die schon sämtliche Tierarten zerlegt, entbeint und präpariert hatten, wie erschreckte Kinder mit den Armen fuchtelnd und hinter ihren Aktenordnern Deckung suchend, zurück in den Prüfungssaal drängten.

Es war nach diesem Erlebnis, dass der Fabrikant zum ersten Mal mit dem Gedanken spielte, sich das Leben zu nehmen. Nicht der Verlust des Vaters oder das Schicksal der Mutter hatten ihn jedoch so weit gebracht, sondern die Ungerechtigkeiten und Anmaßungen eines verkrusteten Systems, das dem Neuen grundsätzlich ablehnend gegenüberstand.

Auf seinem Rückweg zur Werkstatt sammelten sich die Bienen eine nach der anderen in dem Korb, den der Fabrikant beim Eintreten gleich neben der Tür abstellte. Die präparierten Elstern standen aufgereiht und ganz wie er sie verlassen hatte auf der Werkbank im Licht des Vormittags. Der Fabrikant ging in seine Kammer und packte die von ihm sorgfältig, wenn auch gleichermaßen vergeblich durchgearbeiteten Lehrbücher zusammen. Dann trat er an den Bottich und leuchtete mit seiner Taschenlampe hinein. Das Skelett der Kuh war fast vollständig freigelegt. Zwischen ihren Rippenbögen konnte der Fabrikant den Oberkörper des alten Präparators erkennen, dessen weiß aufgedunsene Haut sich an den Backenknochen ebenfalls schon abzulösen begann. Bald würde die Mazeration, deren Feinheiten der Fabrikant von ihm gelernt hatte, so weit fortgeschritten sein, dass der Fabrikant seinen ersten Menschen würde präparieren können.

Natürlich konnte er auch ohne eine entsprechende Bescheinigung und ganz wie bisher die Geschäfte seines Lehrmeisters weiterführen, nur entsprach das nicht der Wesensart des Fabrikanten, der ein angeborenes Rechtsempfinden besaß und darüber hinaus von Anfang an sein eigenes Schicksal mit dem seines Volkes auf das Engste verknüpft fühlte, sodass er sich beständig an den noch existierenden Normen gerieben hätte, die ihm eine erfüllte und vor allen Dingen öffentlich akzeptierte Stellung verwehrten.

Zwei Tage später ging der Fabrikant an einem Vormittag in Richtung Marktplatz, als er dort eine große Menschenansammlung bemerkte. Immer daran interessiert, was das gewöhnliche Volk umtrieb, bahnte er sich einen Weg durch die Menge, um schließlich zu einer behelfsmäßig eingerichteten Bühne zu gelangen, auf der man eine männliche Leiche unter einem Glassturz aufgebahrt hatte. Der Fabrikant erkannte in dem Toten sofort den Dieb des Bienenstocks und das, obwohl dessen Körper durch die ihm von den Bienen verabreichten Stiche auf eine so unglaubliche Art und Weise angeschwollen und entstellt war, dass man nur mit Mühe den Kopf oder einzelne Gliedmaßen ausmachen konnte. Auf einem in der Nähe angebrachten Schild konnte der Fabrikant lesen, dass man die körperlichen Erscheinungen auf eine bislang unbekannte Krankheit zurückführe, deren Ausbreitung man mit allen Mitteln zu verhindern gedenke. Zu diesem Zweck habe man umgehend sämtliche medizinische Kapazitäten von Rang und Namen eingeladen, die jedoch allesamt vor einem unlösbaren Rätsel standen und nur bestimmte Krankheiten, wie Pest, Mumps oder Blattern, ausschließen konnten. Aus dieser Not heraus habe man sich zu dem ungewöhnlichen Schritt entschlossen, den Leichnam der Öffentlichkeit zugänglich zu machen, da man auf diesem Weg hoffe, einen Fähigen zu finden, der die Symptome zu erkennen und unter Umständen sogar zu heilen verstehe, wofür natürlich ein entsprechendes Honorarium ausgesetzt sei.

Der Fabrikant ging unverzagt nach vorn und bat die beiden Wachmänner, einen Schritt zur Seite zu treten, damit er den Mann etwas näher in Augenschein nehmen könne. Man kam seiner Aufforderung nach, und der Fabrikant beugte sich über den Körper seines einstigen Widersachers. Nackt ausgestreckt und allein das Geschlecht mit einem Leinentuch verhüllt, lag der Dieb in derselben verkrampften Haltung, wie der Fabrikant ihn im Keller zurückgelassen hatte. Der Fabrikant musterte mit Interesse die unterschiedlichen Schwellungen und suchte eine Verbindung zu den jeweiligen Einstichen herzustellen.

Wenige Minuten mochten vergangen sein, als die Geschwulste plötzlich ihre Farbe veränderten und, ganz so, als wäre wieder Leben in sie geraten, rötlich anliefen. Da der gläserne Sargdeckel beschlug, konnte der Fabrikant nichts weiter erkennen, weshalb er sich umwandte, den Wachmännern dankte und seiner Wege ging.

Für den Fabrikanten war der Vorfall damit beendet. Natürlich machte er sich Gedanken über eine Regierung, die sich nicht anders zu helfen wusste, als ihre Unwissenheit einzugestehen und dem gewöhnlichen Volk die Lösung der schwierigsten Aufgaben anzuvertrauen. Dies war in den Augen des Fabrikanten eine gesellschaftliche Bankrotterklärung. Mehr noch, es war das untrügliche Zeichen für eine tiefsitzende Angst vor Verantwortung.

Vielleicht weil er selbst von diesem Fall betroffen war, formulierten sich dem Fabrikanten an diesem Abend fast wie von selbst eine Reihe von Gedanken, die ihn noch spät seine Kammer verlassen und die einen Stock höher gelegene Wohnung seines Lehrherren mit einem eilig zurechtgebogenen Dietrich öffnen ließen, um dort einige Bogen Papier und einen Bleistiftstummel zu finden, damit die Ideen einer neuen Gesellschaftsordnung nicht umsonst gedacht im Trubel der nächtlichen Träume verwischt würden.

Nur ein einziges Mal, ganz zu Beginn seiner Lehrzeit, hatte der Fabrikant die Wohnung betreten, um in dem mit Teppichen ausgelegten Gang auf seinen Meister zu warten, der sich anderes Schuhwerk anzog, um mit dem Fabrikanten durch ein nahgelegenes Wäldchen zu ziehen, da auch das Einsammeln von Insekten und Käfern sowie deren sofortiges Abtöten und Einbringen in die Botanisiertrommel gelernt sein wollte. Während dieser Exkursion hatte der Lehrmeister etwas aus seinem Privatleben erzählt, weshalb der Fabrikant von der Witwenschaft, Kinderlosigkeit und dem Fehlen jeglicher auch weitläufigen Verwandtschaft in Kenntnis gesetzt war. Als Grund für die Tötung des Präparators gab der Fabrikant in seinen späteren biografischen Skizzen an, es sei für seine Persönlichkeitsentwicklung und Reifung unabdingbar gewesen, sowohl einen guten Menschen, den Präparator, als auch einen schlechten, den Dieb des Bienenstocks, zu töten. Denn die Erfahrung des Tötens, so formulierte es der Fabrikant, lasse sich nur außerhalb jeglicher gefühlsmäßigen Bindung tatsächlich begreifen und zur Bildung der eigenen Persönlichkeit gebrauchen.

So gehörte das Morddoppel zu einer der letzten Stufen, die Mitglieder des engen Kreises um den Fabrikanten in ihrer langjährigen Ausbildung zu durchlaufen hatten. Doch nur die Wenigen und Auserwählten, die einmal selbst vor der Entscheidung standen, den zweifachen Mord zu begehen und dafür einen guten und einen schlechten Menschen auswählen zu müssen, begriffen, in welcher Gefühlsnot der Fabrikant sich damals selbst befunden haben mochte, jedoch auch, dass allein aus größter Qual Reife erwächst. Reife aber, so lautete einer der Kernsätze des Fabrikanten, sei die Möglichkeit, selbst über seine Zielrichtung zu verfügen und das Notwendige, ja den Willen selbst zu wollen.

Man mag vielleicht denken, der Fabrikant habe diese Erklärung im Nachhinein entworfen, um anderen Motiven den Anschein des Besonderen zu verleihen. Dass es sich mitnichten so verhält, können wir jedoch an einer bestimmten Begebenheit erkennen. Als der Fabrikant auf der Suche nach Papier und Schreibzeug die Wohnung des Präparators betrat und anfing, einige Schubladen aufzuziehen und Schränke zu öffnen, machte er eine für ihn erschütternde Entdeckung. Papier fand sich dort in Hülle und Fülle, allein, es war über und über in der kleinen Handschrift des Präparators beschrieben. Der Fabrikant brauchte nur einen Blick auf die Blätter zu werfen, um zu erkennen, dass es sich um gewalttätige, den Staat unterhöhlende Pamphlete handelte. Vom Umsturz war dort die Rede, von der Herrschaft des Einzelnen und vielem mehr. Der Einzelne, wer soll das sein?, war nicht ohne Grund bis zuletzt die am Ende jeder Rede des Fabrikanten in die Massen hinausgeschriene Frage, die schon bald zum allgemeinen Schwur auf die neue Ordnung wurde. Der Einzelne, wer soll das sein?

Doch auch diese Frage, wie überhaupt alle Kernsätze des Fabrikanten, war einer tiefen inneren Erschütterung abgerungen, da er, während er den Ofen des Präparators mit dessen Papieren einheizte, erkennen musste, dass die Reifung seines Charakters einem reinen Meinen entsprungen war, da es sich bei dem Präparator nicht um einen guten, sondern im Gegenteil um einen schlechten Menschen gehandelt hatte. So hatte er nun zwei schlechte Menschen getötet. In dieser Nacht sank die heroische Tat hinab in die Niederungen des Banalen, und während der Fabrikant vor dem warmen Feuer in der stickigen Wohnung des Präparators auf dem Boden einschlief, ahnte er nicht, dass sich der Weg des Schicksals schon längst wieder vor ihm zu erstrecken begann.

Kaum hätte jemand nach der Niederlage des Fabrikanten vor der Prüfungskommission ahnen können, dass man schon bald überall nach dem Fabrikanten verlangte. Natürlich kannte man ihn selbst noch nicht, doch sprachen alle Zeitungen von dem Mann, der sich seinen Weg durch die Menge gebahnt hatte, um sich über den Sarg des Diebes zu beugen. Nachdem der Fabrikant nämlich weitergegangen und in einer der fernen Straßen verschwunden war, stellten die Wachmänner fest, dass sich das Aussehen des Diebes völlig verändert hatte. Sie benachrichtigten umgehend die Ärztekammer, deren höchste Vertreter sofort vor Ort erschienen, um Nämliches festzustellen. Die Schwellungen waren abgeklungen, das unter der Haut schwarz nach oben getretene Blut zurückgewichen, selbst die ungewöhnliche Krümmung des Rückgrats in der Todesstarre hatte sich gelegt. Ob der Mann den Sarg etwa geöffnet und dem Toten etwas verabreicht hätte, wurden die Wächter gefragt, doch beide verneinten gleichermaßen und verwiesen im Übrigen auf die unversehrte Plombierung, die man an allen vier Seiten des Sargs angebracht hatte.

Die Leiche wurde in die Pathologie gebracht, dort aus dem Sarg gehoben und nun genauer untersucht. Hatte man zuvor über die Todesursache gerätselt, so schien jetzt alles auf einen völlig normalen Tod durch Herzversagen hinzudeuten, was die untersuchenden Ärzte natürlich nur zum Teil beruhigte, da die Aussicht, es mit einer Krankheit zu tun zu haben, deren Symptome nur eine gewisse Zeit nach dem Tod sichtbar blieben, um dann völlig zu verschwinden, ihre verzweifelte Suche nach der Krankheitsursache nicht gerade erleichterte.

Von fachlicher Seite brachte man der Theorie, dass der Mann, der sich über den Sarg gebeugt habe, etwas mit der Heilung zu tun haben könnte, keinerlei Interesse entgegen. Post hoc non propter hoc, lautete die Devise der Ärzte, die wieder einmal, ähnlich wie die Vorsitzenden der Präparatorinnung, die unumstößlichen Tatsachen der Wirklichkeit durch die Blindheit ihrer eigenen Lehre nicht zu deuten wussten. Glücklicherweise war das Volk diesmal anwesend gewesen. Und so sprach es sich schon bald herum, dass ein Mann den Toten durch bloßes Anschauen durch einen versiegelten Sarg hindurch geheilt habe, soweit man bei einem Toten von einer Heilung sprechen kann. Unbändig, wie das Volk in seiner Fantasie nun einmal ist, traute man dem Fabrikanten gleich alles zu. Hätte er nur etwas mehr Zeit gehabt, so wäre der Tote auch wieder lebendig geworden.

In dieser allgemeinen Euphorie begann eine Suche, von der der Fabrikant, als er früh in der überheizten Wohnung des Präparators aufwachte, nicht das Geringste ahnte. Da er alles Papier verbrannt hatte, waren ihm in der Nacht, ganz wie befürchtet, auch die eigenen notierten Gedanken abhanden gekommen, was er allerdings als nicht allzu schwerwiegend erachtete, da seine Entdeckung über den wahren Charakter des Präparators ohnehin einen neuen Denkansatz erforderte. Der Fabrikant stand auf und verließ die Wohnung. Ein letzter Zettel hatte sich zwischen die Rillen seiner Schuhsohle geklemmt, ihn verbrannte er nicht, sondern steckte ihn als Mahnung vor allzu großer Leichtgläubigkeit in die Innentasche seiner Jacke.

Kaum aber war der Fabrikant in das strahlende Morgenlicht und auf den um diese Uhrzeit sonst leeren Markplatz getreten, da erkannte ihn die dort versammelte Menge, umringte ihn und ließ ihn hochleben. Die Nachricht, dass der Wunderheiler gefunden sei, verbreitete sich wie ein Lauffeuer weit über die Stadt hinaus, und aus allen Teilen des Landes strömten die Menschen herbei, um den zu sehen, der dies bewerkstelligt hatte. Weder Polizeikräfte noch Militär konnten des gebündelten Willens des Volkes Herr werden, weshalb der Regierung schließlich nichts anderes übrig blieb, als zurückzutreten. Nun aber musste der Fabrikant die Pflicht auf sich nehmen und sich jenem Amt widmen, für das ihn die Vorsehung bestimmt hatte. Über all dem Trubel vergaß der Fabrikant jedoch nie, dass ihm zur moralischen Vervollkommnung noch die Tötung eines guten Menschen fehlte. In den nächsten Jahren versuchte er immer und immer wieder, diesen Makel zu bereinigen, doch musste er jedes Mal aufs Neue feststellen, dass er nur einen weiteren schlechten Menschen seinem gerechten Schicksal zugeführt hatte. Welche Ironie des Schicksals, dass ihm dieser Höhepunkt seines geistigen und ethischen Strebens erst gegen Ende seines Lebens zuteilwerden sollte, als er einsam und von Feinden umringt, allein um die eigene Sache bis zuletzt nicht verlorenzugeben, sich selbst das Leben nahm, um damit nach so vielen Jahren des sinnlosen Suchens den einzigen guten und wahrhaftigen Menschen zu töten, den er hatte finden können.

73

Es muss doch damals fürchterlich für Sie gewesen sein: Sie reisen Ihrer
kindlich umschwärmten Claudia nach Berlin hinterher und finden sie
dort in einer leidenschaftlichen Beziehung. Noch dazu mit wem? Mit
Ihrem ärgsten Rivalen Bernd, der Sie überholt und ausgestochen hat.
Ich weiß wirklich nicht, wie oft ich Ihnen das noch sagen soll: Claudia
ist nach Berlin gegangen, und, wenn es stimmt, was Sie sagen, dann ist
vielleicht auch Bernd später nach Berlin, und vielleicht haben die beiden
sich auch dort getroffen.
Getroffen? Na, Sie sind gut, die beiden hatten ein leidenschaftliches Lie-
besverhältnis. Und wenn ich mir dann vorstelle, dass Sie als noch nicht
einmal Vierzehnjähriger ...
Wollen Sie mich eigentlich komplett verrückt machen mit Ihren komischen Anachronismen? Claudia, gut, die war zwei Jahre älter, Bernd
auch, aber jetzt auf einmal sind das zwei Erwachsene, ich aber immer
noch ein vierzehnjähriger Junge, das stimmt doch vorn und hinten nicht.
Ich dachte, Sie sind es, der sich für eine Aufhebung der Chronologie als
restriktives gesellschaftliches Instrumentarium einsetzt und für eine frei
in der Zeit flottierende Geschichtsschreibung eintritt. Aber mir kann das
nur recht sein, nur zu, rücken Sie mir die Chronologie ruhig gerade. Sagen Sie mir einfach, wie es wirklich war. Ich bin gerne bereit, mich korrigieren zu lassen.
Ich war nie in Berlin. Ich habe mit dem Anschlag auf diese Begegnungsstätte in Reinickendorf nichts zu tun ...
Davon war bislang auch überhaupt nicht die Rede. Aber interessant. Um
was für einen Anschlag handelt es sich denn da?
Weiß ich doch nicht.
Na, kommen Sie, jetzt enttäuschen Sie mich aber.
Sie enttäuschen mich, das ist doch genauso ein Klischee aus dem Krimi-
nalfilm wie dieses Getue, dass einen ein Geständnis erleichtert.
Was meinen Sie?
Dass sich der Beschuldigte verrät, indem er von etwas spricht, was er
nicht wissen kann.
Was heißt Klischee? Sie haben doch gerade von einem Anschlag in Ber-

lin-Reinickendorf gesprochen, von dem ich nun nachweislich kein Wort habe verlauten lassen, von dem ich im Übrigen, mögen Sie das nun glauben oder nicht, auch nicht das Geringste weiß.

Nein, Sie wissen von allem nichts. Klar. Sie können nur Orte und Zeit durcheinanderwirbeln und Dinge zusammenwerfen, die nichts miteinander zu tun haben.

Da wäre ich mir nicht so sicher. Meine Konstruktionen sind durchaus schlüssig. Sie sind derjenige, der sich da irgendwo 1969 festgebissen hat, als wären Sie danach nicht mehr gealtert, als hätten Sie danach nicht auch noch ein Leben gelebt, bis zum heutigen Tag. Aber nein, Sie tun, als wäre damals alles stehengeblieben. Claudia, Bernd, die sind älter geworden, sind nach Berlin, nach Frankreich, in den Pazifik gegangen, aber Sie, Sie sitzen immer noch in dieser dämlichen Küche in Biebrich und lassen sich von der Frau von der Caritas ein Butterbrot schmieren und tun so, als könnten Sie kein Wässerlein trüben, als wäre nie etwas geschehen. So rationalisieren Sie sich das alles zurecht. So stehlen Sie sich aus der Verantwortung. Handeln, das tun immer nur die anderen. Sie sind nur ein Spielball der schrecklichen Mächte, von Kirche, Elternhaus und Staat, und haben beschlossen, weil es Ihnen da so gut gefällt, einfach nicht mehr weiterzuwachsen. Übrigens kein sehr origineller Einfall. Wir haben damals nur Katz und Maus gelesen in der Schule. Die Stelle mit dem …

Ja, ja, ersparen Sie mir das. Aber wie ich schon ganz zu Anfang unseres Gesprächs sagte, Sie hätten genauso wie Frau Hogefeld Mitglied der Roten Armee Fraktion werden können, und wenn Sie es nicht geworden sind, dann war es, sagen wir mal, ein Zufall. Aber dass Sie, einige Jahre später wohlgemerkt, nach Berlin gegangen sind und dort Bernd und Claudia wiedergetroffen haben und dass Sie es waren, der zum blinden Aktionismus drängte und Sprengstoff besorgte und auch auf Menschenleben keine Rücksicht mehr nahm, das können Sie nicht länger verleugnen. Verstecken Sie sich ruhig weiter hinter Ihrer Kleinstadtidylle, es wird Ihnen nichts nützen. Spielen Sie uns nur weiter den Irren vor, der in einer geistigen Käseglocke lebt, in der immer und immer wieder dieselben fünf, sechs Monate von damals abgespielt werden, damit Sie nicht merken, dass diese Gegenwart längst vergangen ist und Sie sich wie in einem Labyrinth bewegen, aus dem es keinen Ausgang gibt. Aber diesen Ausgang kann es auch gar nicht geben, da ja bereits alles geschehen ist, da Sie sich sonst aus der Vergangenheit herausbewegen müssten, hinein in die reale Gegenwart. Und wie ansteckend das alles ist, können Sie ja an mir sehen, ich rede ja mittlerweile auch schon wie Sie, weil man unwillkürlich versucht, Ihnen da rauszuhelfen. Aber andererseits, ich weiß nicht, irgendwie …

Ja? Sagen Sie nur.

Ja, irgendwie, ich weiß auch nicht, wie ich es genau sagen soll …

Sagen Sie es ruhig.

Mir kommt alles, was Sie von sich geben, so konstruiert, so steril, so eigenartig verkompliziert vor, und das hat für mich mit Wahnsinn, den Sie ja beständig für sich proklamieren, nichts zu tun. Das ist eher ein irgendwie fehlgeleiteter Bürokratismus. Aber gerade deshalb, weil Sie an diesen Konstrukten so festhalten, erscheinen Sie mir dennoch auf eine gewisse Art verrückt. Verstehen Sie?

Ja, natürlich verstehe ich das. Mein Wahnsinn besteht darin, völlig normal zu sein.

Sehen Sie, das genau meine ich. Immer wissen Sie alles besser, haben alles auch selbst schon gesagt, sich auch selbst schon kritisiert. Das sind alles so Techniken, die Sie bis zur Perfektion entwickelt haben, damit man Sie nicht greifen kann. Sie sind glitschig wie ein Aal, aber nicht so, wie man es von Hochstaplern oder Betrügern kennt, sondern auf so eine vergeistigte, versponnene Art, die noch schlimmer ist. Wie hieß der Film? Thomas Crown ist nicht zu fassen.

Filmmusik von Michel Legrand, mit diesem einmaligen Windmills of Your Mind, wo sich alles dreht und dreht und ineinander verzahnt und man völlig die Orientierung verliert, nicht weiß, ob man eine Trommel hört oder nur die eigenen Finger auf der Tischplatte, wo man sich an Gesichter und Namen erinnert, aber nicht weiß, zu wem sie gehören, und immer noch gibt es einen Tunnel im Tunnel, ein Rad im Rad, alles bewegt und verschiebt sich gegeneinander, und die Welt ist ein Apfel, der schweigend durchs Weltall fliegt, und alles fragmentiert sich, selbst das Lied, und aus diesem ewigen Drehen und Winden erwacht man nur, um zu merken, dass die Herbstblätter die Farbe ihres Haars haben …

Claudia?

Ja, vielleicht. Ich weiß nicht. Vielleicht weiß man selbst gar nicht, wen man liebt. Vielleicht denkt man immer, es ist Christiane Wiegand, und dann merkt man, irgendwann, wenn alles schon längst vergessen und vorbei ist, dass es Claudia ist, die man nicht vergessen kann. Und dass man deshalb auch alles andere nicht vergessen kann. Und dass man nur vergessen kann, wenn man handelt, wenn man irgendwo blind und ohne zu überlegen einen Sprengsatz reinwirft, weil man sich selbst wegsprengen will, selbst raussprengen will aus dieser festgefahrenen, eingefrorenen Zeit, aber gleichzeitig ist dann das Gefühl, dass man etwas verraten würde, wenn man sich davon löst, wenn man weggeht, wenn man nicht mehr daran denkt, wenn man nicht die Erinnerung immer weiter in sich trägt.

Und woran erinnern Sie sich?

An ihren Blick. Ich sehe sie einen anderen anschauen mit einem Blick, der …

Einem verliebten Blick?

Ja, einem Blick, den ich so wahnsinnig gern auf mich gerichtet sehen würde. Aber weil ich sie liebe, verstehen Sie?, deshalb muss ich wie unter Zwang diesen Blick fühlen, ihn so fühlen, wie sie ihn fühlt. Verstehen Sie? Weil ich sie liebe, muss ich den lieben, den sie liebt, aber genau das überfordert mich, genau daran zerbreche ich, verstehen Sie? Genau an diesem Widerspruch, der sich nicht auflösen lässt.

Das ist mir wieder mal eine Spur zu verdreht.

Ich weiß, auch mir ist es ja zu verdreht. Das ist ja genau das, was ich einfach nicht auflösen kann. Das ist dieser Stachel im Fleisch, dieses ständige Changieren zwischen Flucht und Angriff, zwischen Liebe und Verzweiflung, zwischen Du und Ich, man ist allein und doch ganz beim anderen, indem man ihn von außen sieht und von innen spürt.

Und diese Begegnungsstätte in Berlin-Reinickendorf?

74

Die Erfindung der Freundlichkeit

Teil 3
Fort/Da. Suivi de Derrifort/Derrida
oder
The Empire of Sighs

Sosehr ich anderen vorwerfe, nicht das Systemische in politischen Strukturen zu erkennen und stattdessen moralisch zu argumentieren, so wenig erkenne ich das Systemische in Liebesbeziehungen und argumentiere moralisch.

Glaube, Liebe, Hoffnung, das sind die sich gegenseitig bedingenden moralischen Instanzen, die das ganze Elend aufrechterhalten.

Es reicht nicht, allein die Form abzulehnen (Kitsch, Banalisierung, Vereinfachung etc.), man muss auch die Inhalte ablehnen, die diese Formen transportieren (Liebe, Heroismus, Moral etc.), denn beide existieren nicht unabhängig voneinander, sondern bedingen sich.

Und vielleicht ist das überhaupt der Grund, warum Menschen handeln, warum sie einfach etwas machen, warum sie andere erschießen oder Bilder mit Säure übergießen oder korrupt sind und skrupellos und über Leichen gehen, weil sie sich mit diesem Tun in ein Leben hineinkatapultieren, aus dem es kein Entrinnen mehr gibt, das sich anfüllt mit Sachzwängen, die einen Handlung auf Handlung schichten lassen, bis man nur noch damit beschäftigt ist, die Folgen dieser einen Handlung auszubaden, dieser einen Handlung, die man unüberlegt, unaufmerksam, abgelenkt geschehen ließ, die man gleichermaßen vollzog, wie sie sich an einem vollzog, so wie man einfach in der Kneipe Wolfschanze in Charlottenburg für 1000 Mark eine Beretta kauft und in der Kantstraße einen Alfa Romeo knackt und aus dem Parterrefenster des Deutschen Zentralinstituts für soziale Fragen in der Miquelstraße 83 in Berlin in die Illegalität springt.

Am besten, alle sind tot am Schluss, übertötet wenn möglich, denn sonst öffnet sich doch nur wieder, egal wie differenziert der Film, das Buch, das Stück Lebensabschnitt auch gewesen sein mag, die Tür zur Banalität. Die Faszination am Trash liegt genau darin, dass dahinter nichts anderes mehr kommt, man ist angekommen, während die anderen noch anstehen: Out of the door, line on the left, one cross each.

Foucault, Derridas Professor an der Ecole Normale Supérieure, wusste nie, ob er Derrida unter dessen Arbeiten Très bien oder Insuffisant schreiben sollte. Fort oder da.

Es ist schade, dass Derrida letztes Jahr nicht mit mir in dem 50-Cent-Laden sein konnte, wo es Kugelschreiber in Form einer Spritze gab, mit Milliitereinteilung und einer roten Flüssigkeit um die Mine, die leider schnell austrocknete. Derrida: Toujours je rêve d'une plume qui soit une seringue. Oder bedeutet das: Ich träume immer wieder von einer Feder, die eine Flöte ist oder eine Nymphe. Syrinx, die, um Pan zu entkommen, in ein Schilfrohr verwandelt wird, das Schilfrohr, aus dem Pan dann seine erste Flöte schnitzt. Die Syringsflöte, die als einer der über 80 Kosenamen wieder auftaucht, mit denen Henriette Vogel Kleist in ihrem Brief vom November 1811 belegt. Wahrscheinlich konnte sie ihre Liebe so hemmungslos gestehen, vielleicht überhaupt so hingebungsvoll lieben, weil sie wusste, dass Kleist sie noch im selben Monat erschießen würde. Für Pascal war der Mensch ein denkendes Schilfrohr[1], un roseau pensant, was mich immer an den Psalm 103 erinnert, wo der Mensch ein Gras ist, eine blühende Blume, die durch einen Windhauch vernichtet wird. Pascal wählte das Schilfrohr wahrscheinlich, weil es durch den Wind zum Klingen gebracht wird, das Denken also Widerklang des göttlichen Atems ist, wobei Pascal selbst dort am eindringlichsten wirkt, wo er die Gottferne schildert und den Schrecken vor den unendlichen Räumen.

Eine Ausgabe der Psalme schenkte mir im September 1985 einmal eine Italienerin, die in mich verliebt war, zum Abschied. Auf die beiliegende Karte hatte sie genau diese Stelle mit dem Gras und der blühenden

---

1 Lautreamont wendete das in seinen manchmal etwas simpel, weil reflexhaft strukturierten Poésies in die Formulierung: »Der Mensch ist eine Eiche«, während bei ihm das Universum ein denkendes Schilfrohr ist.

Blume abgeschrieben. Sie hatte mich am Nachmittag davor gebeten, ihr beim Verfassen einer Heiratsanzeige zu helfen. Als ich nicht merkte, dass sie dabei sich beschrieb und mich beschrieb, sie also feststellen musste, dass ich noch nicht einmal ihr Verliebtsein bemerkt hatte, reiste sie bereits am nächsten Tag in ihre Heimat ab. Aus einem Bahnhof in Grenznähe rief sie mich noch einmal von einem Münzsprecher an. Es war die Zeit vor den Handys. Sie sagte, ich solle auf mich aufpassen, und ich sagte dasselbe, wusste aber natürlich, dass es ein Appell war, dass ich auf sie aufpassen, sie zurückbitten sollte. Und vielleicht hätte ich genau das tun sollen. Vielleicht hätte ich mich einmal lieben lassen sollen und sehen, ob nicht auch aus dem Geliebtwerden eine Liebe entstehen kann. Und wenn nicht, wäre wenigstens sie glücklich geworden.

Fast genau zehn Jahre später, Dienstag, den 2. Mai 1995, saß ich abends neben einer anderen Frau am Stadtteich. Ihre ausgeschnittene Bluse schien mir unpassend zu den verbundenen Handgelenken. Ich sagte, dass ich in Zukunft einfach das machen würde, was sie wollte, und meinte es auch wirklich so – besser: Ich meinte, es so zu meinen. Ich war, wenn auch nur für diesen Moment und wenn auch nur aus Verzweiflung, zur Selbstaufgabe bereit. Diese Selbstaufgabe war natürlich keine, sondern genau das Gegenteil, nämlich der Versuch, mich immer noch nicht aufzugeben, immer noch an meinem Konstrukt von Liebe festzuhalten. Sie, in ihrem Schmerz, nahm meinen Vorschlag sofort an. In diesem Moment merkte ich, dass mein Vorschlag nicht mehr stimmte. Hätte sie ihn nicht angenommen, hätte ich ihn vielleicht erfüllen können.

Die Liebe des anderen gegenseitig infrage stellen. Eine beliebte Variante meiner Beziehungen. Dazu gehört meist, ebenso wechselseitig, die Androhung von Selbstmorden. Was eine gewisse Logik hat, denn wenn man die Liebe des anderen in Zweifel zieht, muss man wenigstens die eigene Ernsthaftigkeit und Bereitschaft, bis zum Letzten zu gehen, unter Beweis stellen. Es scheint sich bei der Liebe allem Anschein nach um eine sehr isolierte und einsame Veranstaltung zu handeln, die man vorzugsweise allein erlebt oder eher noch mit Dritten, selten aber mit dem Objekt der Begierde.

Dummerweise muss man die Konsequenzen, die man androht, manchmal sogar in Taten umsetzen, nämlich dann, wenn sich der andere nicht mehr an die Vereinbarung hält, das Gesagte für bare Münze zu nehmen und schon auf die Androhung zu reagieren. Auch ein Beweis dafür, dass die Liebe im Bereich des Imaginären stattfindet, so gut wie ausschließlich.

Vielleicht sollte ich einmal der Einladung der Zeugen Jehovas folgen, die immer die gleiche nette Frau in anderer Begleitung alle Vierteljahr bei mir vorbeischicken, und zu einer Veranstaltung gehen und erfahren, ob mit dem Tod wirklich alles vorbei ist. Warum soll es denn verdammt noch mal immer um mich gehen und um das, was ich und mein bescheidenes Hirn sich alles an ebenso bescheidenen Vorstellungen und Wünschen ausdenken? Warum nicht mal den Wünschen anderer folgen? Vielleicht bin ich ja nur deshalb unglücklich, weil ich gar nicht weiß, was ich wirklich will und brauche.

Mein erstes längeres Prosastück, um die 60 Seiten, das ich für einen Roman hielt, schrieb ich mit 19 auf einer Adler-Schreibmaschine.[2] Ich sprach damals kein Französisch, hatte aber irgendwo gelesen, dass glas Totenglocke bedeutet, und nannte den Text Glas. Es ging um eine Art Fieberfantasie nach einem missglückten Doppelselbstmord, angelehnt an Kleist und Henriette Vogel. Der Mann erschießt die Frau, überlebt aber oder ist zu feige, ihr zu folgen. In seinem Text Glas liest Derrida in zwei nebeneinanderlaufenden Spalten, mit noch einmal eingekastelten Anmerkungen dazwischen, Hegel mit Genet und umgekehrt. Die Genet-Kolumne beginnt mit einem Zitat Genets: »ce qui est resté d'un Rembrandt déchiré en petits carrés bien réguliers, et foutu aux chiottes«. Ein anderer Ansatz als der des Kunstzerstörers Bohlmann, der zwar auch geplant vorging, aber die Vernichtung selbst sichtbar machen wollte. Bohlmann war nicht darauf aus, etwas zu vernichten, das es anschließend nicht mehr geben sollte. Es ging ihm nicht um Ausrottung, sondern um die Darstellung des Leidens. Die Bilder sollten leiden und dieses Leiden als ihre neue, von ihm aufgezwungene Aussage darstellen. Es ging ihm nicht wie Genet um die Frage nach dem Werk, sondern um die Frage nach ihm selbst. (Und diese Unterscheidung gibt es eben auch in der

2 Stanley Kubrick lässt Jack Nicholson in Shining auch auf einer Adler-Schreibmaschine immer wieder »All work and no play makes Jack a dull boy« schreiben. Für Kubrick war die Adler-Schreibmaschine ein Symbol des Nationalsozialismus. Ich aber hatte das Symbol nie so entschlüsselt, weil es meine erste Schreibmaschine war, die ich, von meinen Eltern abgelegt, bekommen hatte und die sich so mit meinen ersten Gedichten und Fragmenten verband.

Liebe: der Liebende mit seinen Säureanschlägen auf die Bilder des anderen.)

La Carte Postale: Fast 300 Seiten, in drei Monaten geschrieben, Liebesbriefe an seine Geliebte, die Philosophin Sylviane Agacinski. Im Vergleich zu Barthes' Fragments d'un discours amoureux, der drei Jahre zuvor erschien, wirkt Derrida eigenartig kühl auf mich, obwohl er die Darstellung seines Gefühls immer wieder ideenreich variiert und über das Ich liebe dich als ins Leere gesprochene gebetsartige Aussage reflektiert. Anders als Barthes, der im Jahr als La Carte Postale erschien, starb, und dessen Fragments, noch mehr die nach seinem Tod erschienenen kurzen Notate Incidents, drängend, verzweifelt, intim, verletzlich sind. Ich las das alles und fühlte mich durch meine Lektüre entbunden, selbst die Thematik der Liebe behandeln zu müssen, meine Sicht zu diesem discours d'une extréme solitude beizutragen. Ich hätte dazu nämlich etwas preisgeben müssen, und genau dazu war ich nicht bereit.[3] Was ich von ihnen erwartete, forderte, wollte, verweigerte ich selbst. Das, was ich an ihren Versuchen belächelte und als ungenügend ansah, sollte mich davor bewahren, selbst belächelt zu werden und als ungenügend zu erscheinen. Sie sollten für mich sprechen und für mich scheitern, damit ich mich weiter verbergen konnte. Vielleicht wär mir Barthes, der am selben Tag wie ich Geburtstag hat, auch näher, weil er sich nicht an die Geliebten selbst wendet, sondern immer aus der Position des Einsamen, des Wartenden, des Verlassenen, des Sehnsüchtigen schreibt.

Derrida trennte sich vier Jahre nach Veröffentlichung der Carte Postale von Agacinski, weil sie das Kind bekommen wollte, das er ablehnte. Später heiratete Agacinski Lionel Jospin. Derridas Sohn, bei Erscheinen der Carte Postale siebzehn, zog aus dem Elternhaus aus, legte den Namen des Vaters ab und lebte eine Zeit lang mit Avital Ronell zusammen. Selbst jetzt flüchte ich mich in diese Details, weil mir sonst an dieser Stelle einfallen müsste, dass ich seit Wochen nichts von Gernika gehört habe, mich jeden Tag zu ungewöhnlichen Zeiten ein Herzrasen überkommt, ich mich zu beruhigen versuche, es nicht kann, abwarten muss,

---

3 Letztendlich wortreich, so wie Pascal am Ende seines 16. Briefs in den Provinciales schreibt, dass der Brief etwas lang geworden sei, weil er keine Zeit habe, einen kürzeren zu schreiben (Je n'ai fait celle-ci plus longue que parce que je n'ai pas eu le loisir de la faire plus courte).

bis es aufhört, manchmal nach einer, manchmal erst nach zwei oder drei Stunden.

Barthes und Derrida verstanden beide die Bedeutung des Schweigens. Barthes sagt: Jede Sprache ist faschistisch, weil sie zum Sagen zwingt, genauer: »la langue est tout simplement: fasciste; car le fascisme, ce n'est pas d'empêcher de dire, c'est d' obliger à dire«. Warum der Doppelpunkt vor faschistisch? Weil es heißen soll: Die Sprache *ist* einfach. Und in ihrem Einfach-Sein ist sie: faschistisch. Derrida betont hingegen das Geheimnis: Wenn das Recht auf das Geheimnis nicht gewahrt ist, befinden wir uns im Totalitarismus. Deshalb ist für Derrida Demokratie auch immer im Werden begriffen, da die Demokratie dieses Problem nicht gelöst hat und im öffentlichen Raum das Geheimnis negiert und eine Antwort erzwingt. Gerade weil ich mich in den letzten Wochen immer wieder notwendigerweise mit dem Bekennen beschäftigen muss, stelle ich fest, dass mich eine bestimmte psychische Verfassung zum Bekennen zwingen will, mir dieses Bekennen aber gleichzeitig und genau in dieser Verfassung völlig unmöglich, weil so voller Scham erscheint, dass ich zwischen diesen beiden Impulsen drohe, zerrieben zu werden. Ich muss also zuerst diesen Impuls, diesen Drang zum Bekenntnis mit gleichzeitiger Angst vor dem Bekenntnis als Problem begreifen und mit ihm verstehen, dass die psychische Krankheit weit davon entfernt ist, den schönen Verrückten wie einst den schönen Wilden als den besseren Menschen darzustellen. Die psychische Krankheit ist ganz einfach: faschistisch, weil sie zum Tun zwingt, zum Zerstören, zum Offenlegen, zum Bekennen, zum Inszenieren, zum Weggehen und Geholt-werden-Wollen, zum Verleugnen, als würde sie nicht aus dem einsamsten Diskurs entstehen, sondern wäre von außen bedingt. Andererseits sagt mir derselbe Zwang, dass das Schweigen Verleugnen ist, weil es, wie Camus sagt, glauben macht, dass ich nichts meine und nichts fühle. Und ist es nicht das, was wir uns gegenseitig in der Liebe vormachen durch das Schweigen? Eben nichts zu fühlen und zu meinen? Und dass ich verliere, wenn ich mich offenbare, ich aber nur durch die Offenbarung gewinnen kann?

Je n'ai qu'une langue, et c'est pas la mienne. Im Gegensatz zu Heidegger, der (: faschistisch) dachte, dass man nur in der eigenen Sprache denken kann, empfindet Derrida die eine Sprache, die er hat, nicht als seine. (Empfand er sich also auch als ventriloquiert?) Qu'est-ce qu'il faut que je fasse pour vous soyez sûr que je vous aime?, fragt Belmondo Anna Karina in Godards Une femme est une femme. Der Versuch einer Antwort besteht darin, anschließend aus dem Café und mit dem Kopf gegen eine Wand zu rennen. Darin liegt die Unmöglichkeit des Liebesgeständnisses, so wie mir Gernika - zu Recht - vorwarf, dass meine Ausfälle ihr gegenüber dadurch erst schlimm wurden, weil ich ihr meine Liebe gestanden hatte. Hätte ich ihr meine Liebe nicht gestanden, hätte sie jetzt nicht an meiner Liebe zweifeln müssen. Dass ich diesen Zweifel in ihr bewirkte, warf sie mir vor. Aber wie sollte ich auf diesen Vorwurf reagieren? Was sollte ich zurücknehmen, was ändern, was wiedergutmachen? Als ich vor vielen Jahren diese Szene in Godards Film sah, wurde mir schlagartig der Widerspruch bewusst, der aus dem Wunsch entsteht, dem anderen etwas von sich mitteilen zu wollen; denn teile ich es ihm in meiner Sprache mit, bleibt es für ihn unverständlich, teile ich es ihm in seiner Sprache mit, ist meine Mitteilung vermittelt, gebrochen, ungenau, nicht mehr authentisch meine, kurz: bleibt es mir unverständlich. Wofür entscheide ich mich also? Am Ende doch für das Schweigen? Oder, wie Derrida, für das bewahrte Geheimnis? Das Geheimnis ist der Mittelweg, ich sage, dass etwas existiert, sage aber nicht, was es ist. Gleichzeitig hoffe ich auf eine Offenbarung. Das Geheimnis muss sich offenbaren, es kann nicht verraten werden. Wenn ich es verrate, dann ist es nicht mehr weit zum Angriff, weil ich mich durch mein eigenes Verraten unverstanden fühle. Ich begehe im Verraten einen Verrat. Wie Belmondo am Schluss des Films sagt: Tu es infâme. Worauf Anna Karina antwortet: Non, je ne suis pas infâme, je suis une femme. Am Ende von À bout de souffle, als Belmondo, von Jean Seberg verraten, niedergeschossen wird und stirbt, sagt er als Letztes: C'est vraiment dégueulasse. Seberg versteht nicht und fragt nach: Qu'est-ce qu'il a dit? Worauf der Kommissar antwortet: Il a dit, vous êtes vraiment une degueulasse. Doch Seberg versteht das Wort nicht und fragt: Qu'est-ce que c'est ›degueulasse‹? Womit der Film endet. Das führt in die Problematik des Uriasbriefs. Und vielleicht ist jeder Liebesbrief ein Uriasbrief. Muss jedes Geständnis missverstanden werden. Vielleicht liebe ich Gernika, weil sie dieses Geheimnis bewahrt hat, während ich es ausgeplaudert und meine Liebe dadurch zerstört habe.

Dass du mich gefunden hast und dass ich dich gefunden habe, das ist ein Wunder. So konstruieren die Liebenden ihren eigenen Mythos, um dann

dieses Wunder doch wieder im Alltag einzudampfen und auseinanderzu-
gehen, weil es eben Wichtigeres gibt als das Wunder, weil niemand von
Wundern allein leben kann. »Das ist das Wunder unserer Zeit, dass ihr
mich gefunden habt unter so vielen Millionen! Und dass ich euch gefunden habe, das ist Deutschlands Glück.« Diese Aussage Hitlers aus seiner Parteitagsrede des Jahres 1936 sollte man allen Liebenden ins Poe-
siealbum schreiben, denn wir wissen, wie dieses Wunder ausging. Les
histoires d'amour finissent mal en général, und zwar nicht, weil der eine
liebt und der andere nicht, sondern gerade weil dieses große Wunder der
gegenseitigen Durchdringung, sprich des gegenseitigen Missverstehens,
stattgefunden hat.

Wahrscheinlich sind die glücklichsten Lieben die, bei denen einer der
Partner den anderen betrügt und ihm die Liebe nur vorspielt, denn die
vorgespielte Liebe kann sich ganz frei präsentieren und auf den anderen
eingehen. Liebt man wirklich, ist das schwierig, oft unmöglich.

Geschichte, in der ein Heiratsschwindler, der einer Frau die Liebe bislang nur vorgespielt hat, um von ihr ausgehalten zu werden, merkt, dass
er sie wirklich liebt. Nun versucht er, ehrlich zu sein, muss aber feststellen, dass diese Ehrlichkeit gar nicht gewünscht ist. Im Gegenteil, die
Frau meint, er würde sie nicht mehr lieben, obwohl er in Wirklichkeit
nun seine wirkliche Liebe zeigt.

Und ist eine Religion, die wie die griechische den Wahnsinn mitein-
schloss, indem sie Dionysos Teil des Pantheons werden ließ, nicht ver-
nünftiger als eine, die den Wahnsinn auszuklammern versucht?

Der Exorzismus klammert den Wahnsinn nicht aus, sondern bezieht ihn
ein, weil sich der Exorzist dem anderen als ebenbürtiger, oft überlege-
ner Gegner stellt. Das Ausklammern findet dort statt, wo man so tut, als
könne es eine Religion, Philosophie oder Wissenschaft, überhaupt eine
Lebenshaltung geben, in der etwas nicht vorkommt, etwas, um das sich
dann andere Bereiche kümmern müssen. Das ist die wirkliche Lüge, und
das ist der immer noch wahre Kern an Hegel. Denn die Tatsache, dass
das Ganze das Unwahre ist, hebt deshalb seine Notwendigkeit nicht automatisch auf.

Man ist ja nicht immer wahnsinnig, sondern man ist wahnsinnig und dann wieder nicht, so wie man liebt und dann wieder nicht. Mit dieser Diskrepanz leben und nicht so tun, als gäbe es Stabilität, als gäbe es die Liebe, den Wahn, den Terror, das Subjekt als Entitäten.

Beides zusammen denken: Das Ganze ist das Wahre und Das Ganze ist das Unwahre.

Wahrscheinlich ist es das einzige Verdienst der privaten Fernsehsender, uns von der vermeintlichen Sachlichkeit und dem Verlautbarungston der Tagesschau befreit zu haben, die immer so tat, als sei sie objektive Darstellung der Tatsachen und tatsächlicher repräsentativer Ausschnitt des Weltgeschehens. Jetzt, wo sich die Öffentlich-Rechtlichen längst angeglichen haben an den Unterhaltungston der Privaten, weiß man, dass alles nur Show ist, kommt niemand mehr auf die Idee, noch einen Funken Objektivität hinter alldem zu vermuten.

Das Licht des Projektors fällt auf ihren Hinterkopf und meine beiden Hände, die über ihre Schultern fahren. Die vielen Pfeile auf der Karte, die in einem Zirkelschlag die Kontinente überqueren, folgen einander aus Angst. Im Wald fallen die Blätter auf ihre Schultern und bleiben dort wie unbeholfene junge Kröten sitzen. Sie trägt eine Sonnenbrille, obwohl die Herbstsonne nur schwach durch das Gebüsch und die Äste zu uns dringt. Je später der Abend, desto kindischer wird ihre Stimmung. Sie bewegt sich zu einer Musik aus dem Radio. »Man stirbt am besten auf dem Rücken«, sagt sie. Und dann nach einem kurzen Moment des Überlegens: »Nein, am besten stirbt man so, wie man schläft.« Sie macht eine Drehung. »Am besten man stirbt, ohne darüber nachzudenken.« Dann führt sie mich in die Küche zu meinem Museum der Angst: Das gebenedeite entbeinte Schaf, der zottige Stofflöwe vor der schwarzen Vitrinenmadonna, die umgedrehten Kerzen, der mit einem bestickten Tuch verhangene Frühstückstisch und die Wasserschale mit dem Ölfleck.

Wird Terrorismus durch Panikattacken ausgelöst oder verhindert? Erkenne ich in der Panikattacke die Wahrheit des Lebens, die mich gleichzeitig daran hindert, das Leben überhaupt, und noch dazu mit Gewalt, verändern zu wollen? Oder bringt mich die Panikattacke dazu, der Welt in ihrer Selbstgerechtigkeit einmal auch dieses Gefühl vermitteln zu wollen, das mich jeden Morgen zwei Stunden kostet, bis ich aufstehen kann? Oder verheißt die Panikattacke die Anlage zum Märtyrer? Zum Hungerkünstler?

Ich sehe über das kniehoch und unbeweglich eingezäunte Gartenstück hinweg zur Bundesstraße, die in der Dämmerung unregelmäßig schwarz geworden ist, als habe jemand mit seinem Kugelschreiber darübergekritzelt, um dem dahinter zusammengepferchten Waldstück einen kleinen Fluss beizugeben. Die Sonne stülpt sich nach innen und wird Mond.

Als das Ungewöhnliche noch nicht geschieden war vom Normalen, gab es zu viele Begründungen für zu wenig Dinge. Uneheliche Kinder konnte man in den düsteren Winterabenden erkennen, wenn sie zwischen den grauen Schneehügeln neben der Straße nach Hause liefen. Das, was die Erwachsenen antrieb, das Geld, die Sexualität, die Verzweiflung, war versteckt hinter den Klinkermauern der Einfamilienhäuser. Die Arbeit als wertvollster Besitz des Menschen war seinerzeit unhinterfragt und ungetrübt. Ebenso die Religion. Keine Zeit hatte man, nachts das ewige Wälzen des Himmels zu betrachten. Und wenn man sonntags eines blutenden Herzens gedachte, so war dies sicher eingefasst in eine Stunde vor dem Mittagessen, das sich von dem in der Woche durch die Suppe vor dem Hauptgericht unterschied. Glückliche Kindheit, in der man die Witze der Erwachsenen nicht verstand und nur mitlachte, weil man damit dazugehörte.

Für einen Moment ist das Rauschen eines Radios zu hören, vielleicht ist es aber auch das Zischen von Fett in einer Pfanne oder ein kurzer Wasserguss, der aus dem Hahn in das Innere eines Topfes fällt.

Der Fabrikant bildet seine Sätze in der vollendeten Vergangenheit. Er singt Ein Feste Burg ist unser Gott. Er meißelt Jahreszahlen in die Pilasterkapitelle. Das ist seine wahre Grausamkeit. Nicht die Tatsache, dass er seine Reden aus in der Steiermark erschienenen Jugendbüchern und Kriminalromanen abschreibt. Keine Abgründe, die sich auftun, uns zu verschlingen, sondern im Gegenteil, alles fest zubetoniert und eingefasst. Die Straßenkarten verzeichnen sämtliche Abzweigungen und Rastplätze.

Der Fabrikant stochert mit zwei Keksen aus einer mittlerweile seinem Unternehmen angegliederten Keksfabrik in dem ebenfalls im eigenen Haus produzierten Apfelbrei herum. Er zieht kleine Furten und Wege. Der Himmel ballt sich puddingfarben um sein Palais. In seinen wenigen freien Stunden poliert er Schrauben der unterschiedlichsten Größen, was ihn entspannt. Die Frauen, die sich an ihren fruchtbaren Tagen zu ihm schleusen lassen, bekommen im Dunklen einen Kanonier ab. Der Fabrikant steht währenddessen mit erigiertem Glied vor dem Spiegel. Er würde sich nie selbst berühren. Das hat er nicht nötig. Es spritzt eigenständig aus ihm heraus und gegen die Kacheln. Die Geschichte ist wie ein einziger Atemzug, wenn man auf den Zinnen steht und nach unten in das Tal blickt.

Der Himmel schiebt sich gelb über das karge Land, und wenn der Regen von ihm strömt, gelb wie die Wolken, die ihn halten, fallen die Tropfen in schmale Pfützen am Wegesrand, aus denen niemand zu trinken wagt. Die Zeichen des Todes sind überall, besonders aber in den Schulen, die sie aus dem Knochenkalk der Verstorbenen erbaut haben. Die Kinder darin, blass und einsam, stehen in den langen Gängen und wagen nicht, sich zu rühren. Manchmal fällt eins von ihnen zu Boden, dann wieder wird ein anderes herausgeholt und auf dem Schulhof nackt der Kälte preisgegeben. Die Stadt liegt währenddessen immer weiter ohne ein Geräusch im kalten Abendwind. Von den Tieren ist keins zu sehen, es sei denn der Schäferhund. Der aber ist alt und grau geworden und starrt mit leeren Augen auf das Meer und erwartet die Herbeikunft eines Schiffes. Es kommt aber nur ein Karton. Aufgeweicht treibt er ans Ufer. Darin liegen Geheimdokumente und Dosen mit Corned Beef. Wie heiße Mehlschwitze kriecht der Himmel über das Meer und wird von den Schaumkronen gelöscht. Der metallisch glänzende Bauch eines Wals wölbt sich gegen die stechenden Sonnenstrahlen, bis es rot aus den Wolken platzt und der Körper schwarz darunter versinkt.

Der Platz erscheint wie das mit Nägeln vollgehämmerte Brett einer Jahrmarktsbude. Unter den Scheinwerfern glänzen die Kopftücher der Frauen. Sie verehren den Fabrikanten und lutschen die Kieselsteine, auf die er seine Stiefel setzte, 30 Nächte und 30 Tage gemäß der neuen Sommerdiät. Sie tauchen die Köpfe in braunes Leitungswasser und halten die Luft an, bis der Atemreflex einsetzt und das Wasser ungebremst in ihre Lungen spült. Dieser Vorgang heißt Die große Waschung. Manche kommen bei Ritualen um, in denen sie sich dem Fabrikanten ganz hinzugeben glauben. Es existieren Fotografien aus der Privatschatulle des obersten Generalstabsadjutanten, die unter den Soldaten kursieren und diese aufstacheln. Sie liegen im Winterzwillich vor frischglänzendem Stacheldraht an der Front, während ihre Verlobten mit umgehängten Seidenshawls aus Lichtspieltheatern zu einparfümierten Eintänzern treten, die sich der Mobilmachung durch Abtrennen eines Fingerglieds entzogen haben. In entsprechenden Verlautbarung heißt es, der Fabrikant wisse von alldem nichts, und selbst wenn, so könne er nichts dafür. Er beliefere die Frauenverbindung nicht mit Urinproben, schon gar nicht mit zerfetzten Leibchen und gebrauchten Taschentüchern. Im Gegenteil: Müll und Kleidung würden in regelmäßigen Abständen verbrannt. Trotzdem halten sich die Gerüchte hartnäckig. Das Blut soll ihm aus der Nase laufen, wenn er kommt. Und wenn die Frauen das Gesicht verziehen, wenn es auf sie tropft, lässt er ihnen den Kiefer mit einer eigens dafür angefertigten Helmfried-Zange brechen. Danach muss er schreien, den Kühlschrank aufreißen und ein kaltes Fruchtsaftgetränk in sich hineingießen, während er über die Last der Verantwortung lamentiert und klagt, wobei sich die Frauen möglichst leise hinter einem Wandschirm anzukleiden haben. Er wisse als Einziger, dass es Raum hinter dem Übungsplatz und Meer vor dem Hafen gebe, und gerade diese Verantwortung, vor allem die Pflicht, dies alles zu verheimlichen und dennoch das Saupack an eine Front zu schicken, damit es dort frieren, hungern und beten lerne, bringe ihn noch um. Frieren, hungern und beten, so steht es auf den abgeschliffenen Viehwaggons, und so sticken die Verlobten es ihren Soldaten auf Decken und Prothesenwärmer. Die Frauen sind die Stütze der Gemeinschaft. Sie liegen zu Hause nackt über Stuhllehnen und hören die Reden des Fabrikanten im Radio, obwohl niemand es ihnen geheißen hat. Sie machen alles selbst und von allein. Das ist das Überzeugende an ihnen. Der Fabrikant läuft die ewig langen Gänge durch sein Matratzenlager, er öffnet Geheimtüren in seiner Bibliothek und verschwindet in Kellergewölben. Frieren, hungern, beten. Die Kirchen schließen sich dieser Meinung an: Hauptsache beten. Die Sparkassen schließen sich dieser Meinung an: Hauptsache hungern. Die öffentlichen Lehranstalten schließen sich dieser Meinung an: Hauptsache frieren.

Der Fabrikant aber hat in seiner Jugend selbst Schriftsteller werden wollen. Er sei, so erzählt es die täglich in Schulklassen memorierte Passage seiner Vita, eines Morgens aus dem Haus seines Nennopas gekommen, um den Weg zum Kontor anzutreten, in dem er damals seine Lehre als Kaufmann medizinischer Gerätschaften absolvierte, als die Lichtstrahlen der Morgensonne, die zwischen den ungleichmäßig in den Boden eingelassenen Latten des großväterlichen Gartenzauns hindurchschimmerten, seine Aufmerksamkeit auf zwei Männer lenkten, die soeben, wahrscheinlich vom Schlachter kommend, denn beide trugen ein kleines, in weißes Papier eingeschlagenes Bündel unter dem Arm, die Straße vor dem Omnibus überquerten und auf ihn zukamen. Die Männer, beide im vorbildlichen Schwarz der städtischen Beamten gekleidet, seien ihm in diesem kurzen Moment in einem solchen Maße von einer Aufgabe durchdrungen erschienen, dass er augenblicklich vergessen habe, weshalb er überhaupt vor die Tür getreten sei. Kurzerhand sei ihm Sinn und Zweck seiner ureigenen Existenz verlorengegangen. Allein vom Wunsch getrieben, sich ihnen anzuschließen, gleichgültig ob man ihn nun abzuführen oder auszuzeichnen gedachte, habe er einen weiteren Schritt nach vorn gemacht und ein erwartungsvolles Gesicht aufgesetzt, während die Männer jedoch, ohne sich umzuwenden, in Richtung Schulberg an ihm vorübergezogen seien. Solcherart überwältigt vom Wert einer inneren Aufgabe sei er gewesen, dass er, kaum im Kontor angekommen, die wenigen Minuten der morgendlichen Unaufmerksamkeit seines im selben Zimmer anwesenden direkten Vorgesetzten nutzend, sofort eine kurze Skizze niederschrieb, die er noch am selben Abend ins Reine übertrug, um sie dann in den folgenden Tagen auszuarbeiten. Aus dieser Skizze entstand nach Ablauf von drei Wochen jene einzigartige Parabel, die zwei Jahrzehnte später Schul- und Pflichtlektüre sämtlicher Lehranstalten geworden war. Es blieb das einzige dichterische Stück des Fabrikanten, der, nachdem er das Wort Ende unter die letzte Zeile gesetzt hatte, erkannte, dass eine andere, bedeutendere Pflicht seiner harrte.

Eine der ersten Amtshandlungen der vom Fabrikanten geförderten Regierung bestand darin, den Preis für Kartoffelschüsseln erst heraufzusetzen und anschließend einzufrieren. Eine Kartoffelschüssel, so der Wortlaut aus dem Wirtschaftsministerium gemäß der vom Fabrikanten vorformulierten Faustregel, dürfe nicht weniger kosten als das Doppelte des Wertes der Kartoffeln, mit denen sie gefüllt werden könne. Als Konkurrenten des Fabrikanten daraufhin den Durchmesser ihrer Kartoffelschüsseln drastisch verringerten, um weiterhin lohnend produzieren zu können, erwirkte der Fabrikant einen Verordnungszusatz, der die Größe einer Kartoffelschüssel normierte, sodass als Kartoffelschüssel nur noch dasjenige Geschirr bezeichnet werden durfte, dessen Umfang in den gebogenen linken Arm einer Hausfrau passte. Damit hatte der Fabrikant sämtliche Konkurrenten ausgeschaltet, da niemand sonst entsprechend schnell auf die neue gesetzliche Vorgabe reagieren konnte. Von den unterlegenen Firmen zu einer generellen Machtprobe hochstilisiert, kam es zu Ausschreitungen, bei denen die Regierung gezwungen war, Geschirrfabriken vorübergehend zu enteignen und unter die Verwaltung des Fabrikanten zu stellen.

Der Fabrikant behauptet, aus einem Befehlsnotstand gehandelt zu haben. Gedanken über die Auflösung des Historischen seien dennoch nicht angebracht, eine Beschäftigung mit der Lyrik der Nachkriegsjahre, als Dichter noch in Anzügen, Dichterinnen noch in Kostümen ihrem Handwerk nachgingen und mit belegter Stimme von der Aufhebung des Ganzen im Einzelnen sprachen, hingegen mehr als erwünscht. Wie der Fabrikant, der sein Leben lang gewohnt war, Befehle zu erteilen, selbst in eine solche Art von Notstand hatte geraten können, gehört zu den unergründbaren Geheimnissen der Vorsehung. Die Jahre zogen schnell ins Land und knickten die Wälder, als handelte es sich um Karten auf einem mit grünem Samt überzogenen Spieltisch.

Es gibt keine Wahrheit, sondern nur Glaubwürdigkeit, sagt der Fabrikant und zieht die schweren Vorhänge im Wohnzimmer, das er in den letzten Wochen zu seinem Arbeits- und Schlafraum umfunktioniert hat, mit beiden Händen energisch zu. Dann hält er inne und lauscht in die Nacht und auf das Surren der elektrisch aufgeladenen Hochlandleitungen. Manchmal ist es ein Geduldsspiel, den Tag vorbeigehen zu lassen. Der Regen tropft in die leere Swimmingpoolhöhlung und treibt die gelben Ascheflocken in zerfetzten Blütenkränzen auseinander.

Natürlich reicht das Geld nicht aus. Ein Unternehmen ist schließlich kein Goldesel. Neuerungen lassen sich nicht von heute auf morgen durchsetzen. Von allen Seiten werden Ansprüche an den Fabrikanten herangetragen. Die Herrschaften im doppeltgefütterten Zweireiher antichambrieren und winken schon von fern mit zusammengerollten Plänen auf Pergamentpapier durch die endlosen Flure der Verwaltungshäuser. Immer wieder eilt der Fabrikant, ohne nach links und rechts zu sehen, die Freitreppen herunter, nur um vor dem Ausgang der Generalität in die Arme zu laufen. Versprechungen sind leicht dahingesagt, aber das ist nicht seine Form des Umgangs. Ein Auto wartet. Der Chauffeur haucht den Faksimilestempel an und stempelt den Quittungsblock durch. Sein frischgestärkter Hemdkragen scheuert.

Manchmal bekommt auch der Fabrikant den Moralischen und sagt, wie leid ihm sein alter Schulfreund Herbert tue, der es in seinem Leben zu nichts gebracht habe, obwohl er immer wieder versucht habe, ihm unter die Arme zu greifen. Doch sein alter Schulfreund Herbert sei eben ein Tagträumer und Traumtänzer und Fantast, das, was erfahrene Handwerker unter einem Künstler verstehen, wenn sie etwa auf ein schlecht verfugtes Stück Mauer zeigten und sagten: Na, was war denn das für ein Künstler? Herbert sei bereits in der Schule so gewesen, habe sich nie etwas getraut, nie einen eigenen Gedanken gehabt, nicht einmal dem Lehrer widersprochen, sondern immer nur alles in seiner gestochenen Handschrift von der Tafel ins Heft übertragen. Und diese Genauigkeit, deren es auch hier und da durchaus bedarf, habe ihm den Weg ins Leben versperrt. Natürlich auch eine überängstliche, noch dazu kränkliche Mutter, die der Mann frühzeitig verlassen habe und die nicht habe wirtschaften können, weshalb er Herbert schon früh auf eine zusätzliche Einnahmequelle hingewiesen habe, die darin bestand, das Wechselgeld nicht vollständig daheim abzuliefern. Aber selbst hier habe Herbert sich geziert, und so sei es eben auch später gegangen, als er Herbert in seinen Betrieb genommen habe, um ihn dort eigentlich zu seinem zweiten Mann zu machen, was natürlich keine einfache Konstellation sei, da dürfe man sich keinen falschen Vorstellungen hingeben, aber auch da sei Herbert gescheitert und viel zu zögerlich gewesen bei wichtigen Entscheidungen, weshalb er ihn schließlich immer weiter nach unten und am Ende sogar bis ins Lager versetzen habe müssen, ohne dabei die freundschaftliche Beziehung zu ihm abzubrechen. Auch wenn er sich natürlich nicht um alles entsprechend habe kümmern können, gerade um Herberts Privatleben nicht, da es da mal eine Geschichte mit Herberts Frau gegeben habe, über die er, nachdem er genossen, das verstehe sich von selbst, geschwiegen habe, weshalb Herbert bedauerlicherweise völlig vereinsamt im Hospital gestorben sei, mit Wasser in der Lunge. Und gerade das sei aus mehreren Gründen bedauerlich gewesen, da Herbert und der Fabrikant durch Zufall dieselbe Blutgruppe besäßen, denn sonst hätte Herbert ihm noch eine Niere spenden können, obgleich die Nieren des Fabrikanten noch in Ordnung seien, aber nicht so in Ordnung wie Herberts Nieren, der sein Leben lang keinen Tropfen Alkohol angerührt habe. Doch selbst zu dieser letzten Geste sei Herbert einfach nicht in der Lage gewesen.

Umgekehrt hält mir der Fabrikant in regelmäßigen Abständen vor, was nicht nur er, sondern auch andere Menschen und besonders Kinder in meinem Alter bereits geleistet hätten und immer noch leisteten. Zum Beispiel dieser junge chinesische Geiger oder der ebenfalls chinesische, ebenfalls junge Tischtennisspieler. Und Mozart eben. Und auch Personen, deren Namen ich noch nie gehört habe, die der Fabrikant aber persönlich kennt, weil sie Söhne von Geschäftspartnern oder Lieferanten sind, und die ganz Erstaunliches vollbringen, auch wenn es manchmal nur ein Haus aus Lego ist oder dass sie immer zur nullten Stunde in die Schule gehen, weil sie noch zusätzlich Französisch belegt haben oder Stanniol von Weinflaschen sammeln, wie er es früher auch getan hätte, um dieses dann beim Altwarenhandel einzulösen und sich davon zusätzliche Lernmittel zuzulegen.

Am Morgen gibt es im Gedenken an seine drei verschollenen Brüder Pfannkuchen mit Ahornsirup zum Frühstück. Er selbst trinkt Kaffee und sieht zu, wie die Großadmiralität die Teigfladen ungelenk auf ihren Tellern zu zerschneiden versucht. Wisst ihr, was wir früher immer gemacht haben?, fragt der Fabrikant aufgekratzt und stellt die Tasse zur Seite. Wir haben uns Länder und Seen, ganze Kontinente und Meere herausgeschnitten. Hier! Er nimmt dem neben ihm sitzenden Adjutanten Messer und Gabel aus der Hand und schnitzt an dessen Pfannkuchen herum. Manchmal muss man nur ein kleines Eck verändern. Als ich einmal drüben in Amerika war, habe ich einen Jungen gesehen, der hat die Bundesstaaten aus Scheibletten herausgebissen. Hier, das sieht doch aus wie Kanada. Und jetzt kommt die klebrig dicke Sintflut! Mit diesen Worten gießt der Fabrikant Ahornsirup über das zerfranste Stück Teig. Und wäscht alle Sünden hinweg und reinigt Mensch und Tier, murmelt er gebetsartig. Dann wechselt er, einer inneren Eingebung folgend, das Thema und erklärt: Die Frauen behaupten, sie würden pro Kind einen Zahn verlieren. Nun ist aber so ein Zahn auch ohne Kind schnell ausgeschlagen. Außerdem leben wir nicht mehr hinter dem Mond, sondern haben probate Mittel, die dank Fließband und Massentierhaltung zu volksnahen Preisen den Endverbraucher erreichen. Obwohl wir das graue Mittelalter, selbst die mühseligen Anfänge der Industrialisierung längst hinter uns gelassen haben, zeigt das Weib gern hängende Brüste, streifigen Bauch und faltigen Hintern als Beweis für die Anstrengung der Geburt. Schöne Beweise nenn ich das. Mit so etwas käme ich in keiner Aufsichtsratssitzung durch. Geht der Mann darauf ein, hat er sofort verloren. Das Weib dreht dann die Märtyrerinnenschraube weiter zu. Was sie alles haben erleiden müssen: Neun Monate jeden Morgen das Essen wieder von sich gegeben, 24 Stunden in den Wehen gelegen. Allein den Beweis bleiben sie schuldig. Nachdem der Fabrikant das sirupdurchtränkte Kanada in sich hineingestopft hat, angelt er mit den Worten: Jetzt etwas Salziges, einen zweiten Pfannkuchen aus der Pfanne.

Um etwas zu begreifen, muss man es erst einmal vor sich sehen, mit diesem mittlerweile fast sprichwörtlichen Satz hat der Fabrikant vor zwei Jahren den Bau des kleinen Sportflughafens am Ostende der Stadt durchgesetzt.

Der frühere Pächter und spätere Nenngroßvater des Fabrikanten war Erfinder und Entwickler des Helmfried-Kaffeewärmers, einer Kaffeekannenhaube, welche die Wärme nicht nur speichert, sondern durch ein System von semipermeablen Stoffschichten den Temperaturanforderungen der Jahreszeiten gemäß reguliert. Der Helmfried ist ein in jedem Haushalt anzutreffender Gegenstand, der schon seit 50 Jahren vielfach Verwendung findet, so zum Beispiel als Wärmflasche oder Eierkocher. Die Helmfried-Küchengeräteserie, die der Fabrikant ins Leben gerufen hat, schließt ganz bewusst an die alte Helmfried-Tradition an und entwickelt sie weiter. Neu in der Helmfried-Serie von Küchengerätschaft: der Sehnenkapper im rostfreien Doppelstahlmantel.

Das Vorbild für seinen Thron fand der Fabrikant auf einer Susy-Card, die ihm eine langjährige Sekretärin zu seinem 40. Geburtstag schickte. Auf der Karte sah man einen beschwipsten Löwen mit Krone und rotem Samtumhang auf einem Sessel sitzen. Dieser Sessel hatte eine hochaufragende Rückenlehne, deren Kassette mit geschnitzten Dämonen verziert war. Aus den zwei sie begrenzenden Pfeilern züngelten doppelte Schlangenköpfe hervor. Diese Schlangen fanden sich auch an den Enden der Armlehnen. Die Füße des Throns ruhten auf kleinen grinsenden Schädeln. Wenn man die Karte öffnete, ertönte eine seltsame Tonfolge. Kein übliches Geburtstagsständchen, sondern ein melodieloses Heraufund Herunterspringen von kleinen quietschenden Tönen. Vielleicht war die winzige Batterie verbraucht. Vielleicht waren die Dioden des Chips falsch verlötet. Der Fabrikant, der nichts von Musik verstand, deshalb auch nicht wusste, was modern war und was nicht, war von der beständigen Wiederholung des ihm und der übrigen Welt unbekannten Melodiefetzens so angetan, dass er einen Text dazu verfassen ließ und damit das ins Leben rief, was mittlerweile über die Stadtgrenzen hinaus als Hymne der Fabrik bekannt ist.

Seit seinem zwölften Lebensjahr hatte der Fabrikant hart gearbeitet. 28 Jahre lang. Er hatte gearbeitet, ohne dabei zu denken. Er hatte gewühlt und gegraben wie ein Maulwurf. Er war gerannt wie ein Pferd mit Scheuklappen. In der Nacht nach seinem vierzigsten Geburtstag jedoch saß er allein in seinem ledernen Drehsessel am Schreibtisch. In der Hand eine halbleere Flasche Whiskey, vor sich auf dem Tisch die Geburtstagskarte, die er immer wieder auf- und zuklappte. Er hörte die Melodie und sah, wie die beiden Augen des Löwenkönigs mit der Weisheit roter Dioden erfüllt wurden. Dann schloss er selbst die Augen und drehte sich in seinem Sessel einmal um sich selbst. Längst wusste er, was er wollte. Aber nun endlich würde er es sich erfüllen.

In den Forschungslabors der Fabrik geht es hoch her. Entdeckungen wollen gemacht, Patente angemeldet, Erfindungen vorangetrieben werden. Dem Fabrikanten direkt unterstellte Entwicklungsgruppen arbeiten an einer Erweiterung der menschlichen Fähigkeiten. Jeden Mittwochabend werden dem Fabrikanten die neusten Ergebnisse unterbreitet. Diesmal geht es um die männliche Gebärfähigkeit. Die Fontanelle, referiert ein ehemaliger Stabsarzt, ist die Anlage der Natur, die wir für uns nutzen werden. Durch sie verlässt schließlich auch die Seele den Körper. Naiv wäre es allerdings zu glauben, dass es ohne Schmerzen abgehe, durch den Kopf zu gebären. Kraniotomie lautet der Fachausdruck. Denn ein Schädel ist hart. Dagegen ist eine Vaginalgeburt gar nichts. Der Stabsarzt winkt nach hinten, und zwei Schwestern bringen einen nur mit einer Unterhose bekleideten jungen Mann nach vorn. Der Arzt dreht ihn so zur Seite, dass auf seinem rechten Oberschenkel eine etwa 30 Zentimeter lange Narbe zu sehen ist. Das haben wir hier aufgeschnitten, ein Zwillingspärchen im fötalen Stadium eingepflanzt und bis zur vollen Reife austragen lassen. Und dann wieder auf demselben Weg hinaus, bevor die Wunde richtig vernarbt war. Eine sinnvolle Prozedur, bei der, so muss man allerdings feststellen, der Mann seine eindeutige Überlegenheit gegenüber der Frau zeigt, da diese die Geburt durch bereits vorhandene Öffnungen kaum erträgt. Der Stabsarzt dreht den Mann wieder nach vorn, greift den Bund der Unterhose und zieht diese bis zu den Knien hinunter. Er nimmt die Spitze des Gliedes mit Daumen und Zeigefinger und hebt es nach oben. Eine lange, rötliche Narbe ist zu sehen. Die Anlagen haben wir alle, führt er aus, alle, wie wir da sind. Jeder Mann. Hypospadie sagen wir dazu, aber das muss der Mann auf der Straße sich nicht merken. Femorale, kraniale, urethrale Schwangerschaft, das sind alles nur Begriffe, hinter denen sich unser Ansatz verbirgt, die von der Natur gegebenen Möglichkeiten unseres Geschlechts endlich entsprechend zu nutzen. Nicht umsonst sind wir die Erfinder von Werkzeugen und Gerätschaften. Wir sind nicht auf eine Öffnung angewiesen, wie das Weib, sondern folgen den Spielarten der Evolution. Kniekehle, Achselhöhle, Skrotum, der Möglichkeiten sind so viele. Und dazu Geburtswerkzeuge für den Mann in der bewehrten Helmfried-Serie aus papierdünn geschmiedetem Eisen.

Allgemein gefürchtet waren die Sitzungen, auf denen der Fabrikant seine neusten Ideen verkündete und, ohne den Anwesenden Zeit zum Nachdenken zu lassen, sofortige Reaktionen erwartete. Kartoffelchips mit Endomorphinen. Was ist davon zu halten? Hochleistungsmagnete statt Keilriemen für Kleinmotore. Wäre das nicht eine Möglichkeit? Hochseefischerei als Breitensport. Ist das nicht vorstellbar? Wobei man unsere Binnengewässer ab einer gewissen Tiefe nominell zur Hochsee erklären lassen könnte. Hat jemand von euch zufällig die genaue Definition von Hochsee parat? Erwartet man in einem blauen Karton eher etwas Festes, Scharfkantiges, in das man hineinbeißen möchte? In einem gelben Karton hingegen eher etwas Zähes und Tropfendes, zur Applikation auf die Haut?

Um die Nation für die neuen Gedanken des Fabrikanten zu begeistern, wird eine Enquetekommission mit allerlei Befugnissen ausgestattet und in einem schwarzen Pullmann durch das Land geschickt. Das Spesenkonto der Kommission ist mehr als reichlich gefüllt. Bei jeder Gelegenheit lässt die Reisegruppe anhalten und sich Fleischwaren, Obst, Blumen, Weine und andere Spezialitäten der Region an den Wagen bringen. An den Kiosken spendieren sie den herumlungernden Kindern Eis. Mit dem Grad der Sättigung steigt ihr Gefühl, Dinge einschätzen und beurteilen zu können. Die mit Staub und Ruß überzogenen Verwaltungsgebäude der Fabriken, die hochherrschaftlich am Ende der alten Zufahrtsstraße thronen, auf der die Kommission in die erste Stadt einfährt, erscheinen den drei Männern und der einen Frau sofort als schützenswerte Industriedenkmäler, die tuberkulös eingefallenen Arbeiterhäuschen und -höfe an der Straße selbst als unverfälscht und urtümlich. So versichert man sich gegenseitig des eigenen Erstaunens und erreicht den ersten Konsens. Der Himmel ist für einen Moment farblos hell und hängt leicht schwankend über den beiden knochigen Platanen, die den Haupteingang des Fabrikkontors zu beiden Seiten säumen.

Die Kommission steigt gut gelaunt die Treppen hinauf zur Besucherkantine. Der Fabrikant muss jeden Augenblick kommen, er hat noch auf einer Baustelle zu tun. Es handelt sich um ein Grundwasserproblem, bei dem jede Minute zählt. Die provisorisch in den großen Saal eingezogenen Holzwände verbreiten eine gemütliche Atmosphäre. Am Fenster ist ein Tisch gedeckt. Kaum sitzt die Kommission, wird der Wagen mit Vorspeisen herangefahren. Ein Kellner gießt Likörwein in die hohen Gläser. Eine der Sekretärinnen tritt heran, räuspert sich und sagt, der Fabrikant lasse ausrichten, man solle nicht mit dem Essen auf ihn warten. Aus dem Fenster sieht man in das zwischen Fuhrpark und Privatgarage angelegte Gartenstück. Ein alter Marmorsockel steht auf einem mit Blumenrabatten bepflanzten Hügel.

Eine blassrosa Wolkenschicht reißt vom Himmel und gleitet wie ein eingerissenes und mit blauen Tintenflecken überzogenes Löschblatt aus einem Schönschreibheft ins Tal, wo es sich in den Beeten verfängt. Zwei Arbeiter, die heute Spätschicht haben, treten mit ihren Kindern in den Hinterhof und schauen nach oben. Das Radioprogramm surrt aus den Fenstern, als wolle es sich in Äther zurückverwandeln. Schlecht vernähte Fäden von der letzten Wäsche sind an den hohen Leinen zurückgeblieben und werden vom Wind ungeschickt aufgerollt. Schläfrig drehen sich die Kinder mit ausgestreckten Armen um die Beine ihrer Väter. Manche lernen nur deshalb nie richtig gehen, weil das Hinfallen ihnen eine Abwechslung ist.

Die Kommission dreht eine Runde mit dem Hubschrauber über der Stadt und den Schieferfelsen. Sie deuten nach unten, wo die Arbeiter aufgereiht zu ordentlichen Schnüren zur Mittagsschicht in die Fabrik ziehen. Schön, denken sie, wenn ein Betrieb erst einmal wie von selbst läuft. Dann kann man im Grunde erst anfangen zu planen. Aus dem Schornstein der Abdeckerei zieht eine Rauchsäule, grau wie Eselshaut, nach oben. Der Rotor des Hubschraubers schneidet die Qualmwolke in ziegelgroße Stücke. Die Sonne spiegelt sich spektralfarben in der Cockpitscheibe. Die Reisenden nehmen abwechselnd Züge aus dem Sauerstofftank. Es wäre zu schade, aus dem Feld unter den Felsen einen Bombenabwurfplatz zu machen, wie von der Regierung geplant. Der Pilot fliegt so geschickt, dass sie ihren eigenen Schatten auf dem zerklüfteten Stein verfolgen können.

Der Fabrikant war lange Zeit Mitinhaber eines Edelbordells, das er hinter dem Militärübungsgelände aus dem Boden stampfen ließ und das die Gattin seines Nennopas leitete. Er war damit in der Lage, den Menschen, die ihn aufgezogen hatten, etwas zurückzugeben und gleichzeitig einen treustädtischen Auftrag zu erfüllen. Manche sagen, seine infantile Sexualität habe ihn daran gehindert, überhaupt zu begreifen, was dort vorging, er habe auf Anraten einiger ranghoher Minister gehandelt und sei auch selbst nie dort gewesen, da sich seine sexuellen Praktiken darin erschöpften, sich fesseln und in Gummimatten des eigenen Betriebs einrollen zu lassen. Die Vorliebe des Fabrikanten für elastische Kunststoffe und Kunststoffprodukte findet des Öfteren Erwähnung. Seine Zimmer, besonders natürlich sein Büro, seien völlig mit Gummi ausgekleidet gewesen, denn nur so habe er überhaupt denken und seine genialen Pläne zur wirtschaftlichen Weiterentwicklung ausarbeiten können. Sei zum Beispiel eine Verhandlung oder Planung zum Erliegen gekommen, habe sich eine gewisse Unruhe in seiner Mimik und Gestik bemerkbar gemacht, woraufhin sich sein Mitarbeiterstab unter einem geringfügigen Vorwand zurückgezogen und ihm dadurch die Möglichkeit gegeben habe, sich zu entkleiden und seinen Körper an den Gummiwänden entlangzureiben, bis ihm die zündende Idee gekommen sei.

Die ersten drei Begriffe, die der Fabrikant sich hatte schützen lassen, lauteten: Appetitzügler, Gemütsaufheller und Bodendecker. Alle drei bezeichnen Nahkampfwaffen der Firma Helmfried.

Dem Fabrikanten sei einmal in Afrika als Gastgeschenk ein gebratenes Gnu vorgesetzt worden. Dieses habe der Fabrikant durch Mund-zu-Mund-Beatmung, die in Afrika noch völlig fremd gewesen sei, wieder zum Leben erweckt, um es dann eigenhändig zu erwürgen, da er nur von dem esse, was er selbst oder einer seiner Gefolgsmänner erlegt habe.

Es war am selben Ort, dass er schneller als der Westwind um den See lief, sich anschließend in den Morast des Versammlungsplatzes warf und einen Abdruck seines Körpers hinterließ, der heute noch von den Einwohnern verehrt wird. Unbeschreiblich seine eigene Überwindungskraft und Qual schon damals, als er den Plan fassen musste, seine Fabrik vor jeglichem Einfluss zu schützen und selbst die Menschen, die ihn in der Fremde freundlich aufnahmen, doch nicht gleichermaßen freundlich zu behandeln, sondern entsprechend seinem großen Vorhaben. Der Gestank der Massengräber gerade in den heißeren Zonen der Welt sei unerträglich gewesen, und er zolle noch heute jedem Kommandanten seine Hochachtung, der seinerzeit den Erschießungen beigewohnt habe.

Der Fabrikant spielt einen Grand Ouvert, Schneider, Schwarz angesagt. Wenn ein anderer das Spiel macht und in den Blinden, die der Fabrikant gemäß dem allgemein gültigen Reglement den Skat nennt, nachschauen will, was er gedrückt habe, weist ihn der Fabrikant mit dem Satz Lass die Toten ruhen zurecht. Will jemand eine ausgespielte Karte zurücknehmen, sagt der Fabrikant Quod lumen lumen und übersetzt nach einer erstaunten Pause Was Licht Licht. Ganz nach Laune kündigt der Fabrikant sein Spiel mit Pikus der Waldspecht, oder Pik, steck den Finger in den Popo und quiek an. Mindestens zweimal pro Abend fällt die Aufforderung Hosen runter!

Für den Fabrikanten gibt es kein Privatleben. Natürlich existieren seine Sammlung von Heiligenbildchen und die schlechten Kopien der Normal-8-Filme, die er sich in seinem Keller so lange vorspielen lässt, bis die Streifen zwischen den Zahnrädern des Projektors festbacken und unter der flackernden Lampe zerschmelzen. Manchmal begleitet die Vorführung ein angeheuerter Akkordeonspieler, der mit verbundenen Augen hinter einem Vorhang sitzt. Dann der alltägliche Spaziergang über den Kammershügel hinweg zum Café Neugebrunn, wo er manchmal eine halbe Stunde unerkannt in einer Nische vor einem schwarzen Kaffee sitzt und hinaus in das unergründliche Grün der Felder starrt. Beim Hinausgehen fährt er mit dem zuvor befeuchteten Finger über das auf eine Tafel geschriebene Menü und lächelt der Wirtin zu, die von einer Begleitung des Fabrikanten etwas Geld in die Hand gelegt bekommt. Der Fabrikant lebt nun einmal wie eine Statue auf einem Sockel. Deshalb auch seine Schwindelgefühle und die Höhenangst. Grundlos sinkt ihm das Blut in die Beine und will nicht mehr recht zirkulieren, weshalb er von seinem Leibarzt verordnete Strümpfe trägt, doch diese allein in seiner beschränkten Freizeit und nur dann, wenn kein Besuch zu erwarten ist. Wird der Fabrikant durch eine unangemessene Vertraulichkeit oder plumpe Formulierung behelligt, gefriert sein Blick. Seine Zähne ähneln altem Elfenbein, das zu lange und unsachgemäß unter der Decke eines verstaubten Salonflügels dem Sonnenlicht entzogen war. Während wichtiger Unterredungen ist sein Gesicht teilnahmslos, seine Gesten hingegen sind beherrscht.

Als Hysteriker am Rande der Schizophrenie und vom Kapital missbrauchte Marionette, hat der Fabrikant gut lachen. Bekommt er seinen

Willen nicht, kann er seinen Körper derart versteifen, dass, zwischen zwei Stühle gelegt, fünf kräftige Männer auf ihm balancieren können.

Dem Fabrikanten gelang es, dem Bewusstsein über die eigene Endlichkeit auszuweichen, die einen nicht auf dem Schlachtfeld, nicht in den Auseinandersetzungen, selbst nicht im Angesicht der eigenen Waffe an der Schläfe überkommt, sondern in der Stille, wenn man nachts ein Buch in die Hand nimmt und sieht, dass alle, die dort ihre Erinnerungen notierten, längst tot sind und dass selbst die überholten biografischen Daten nur auf Lehrstühle und Orte verweisen, die sie besucht haben, niemals aber auf den Schneefall vor dem Fenster und die Veränderung der Luft, wenn es Frühling wird. Zurückgelassen wie ein Haar in einer Sesselritze, das niemand vermisst und niemand findet.

76

Kurz hinter Fulda muss ich eingeschlafen sein, denn als ich durch ein grelles Licht wieder geweckt werde, sind wir schon an der Grenze. Mensch, das sind ja die Wachtürme, sagt Bernd. Und jetzt?, fragt Claudia, was passiert jetzt? Aber unser Fahrer Redl ist ganz ruhig und sagt wieder: Lasst das mal meine Sorge sein. Die Bullen wissen doch längst Bescheid, sagt Bernd, die haben Fotos von uns, und wenn die uns jetzt sehen, dann ist es aus. Ist schon gut, sagt Redl, ihr duckt euch jetzt am besten mal ein bisschen weg. Wir ziehen die Köpfe ein und drücken uns etwas zur Seite, während wir langsam auf die westdeutschen Beamten zurollen, die an der Seite stehen und freundlich grüßen. Normalerweise hält man an und stellt den Motor ab, aber Redl gibt Vollgas und rast an denen vorbei und über die Lastwagenspur weiter ins Sperrgebiet. Na, was sagt ihr?, schreit er. Irre, sagt Bernd. Einfach irre. Wir schauen nach hinten, wo die deutschen Beamten aufgeregt hin- und herlaufen. Aber jetzt?, ruft Claudia, was ist jetzt? Die da drüben, die haben doch Waffen, die knallen uns ab. Keine Angst, sagt Redl, die erwarten uns schon, und dann drückt er das Gaspedal noch mal ganz durch.

Tatsächlich können wir an der Zonengrenze einfach durchfahren. Irre, sagt Bernd wieder, einfach irre. Ja, Wahnsinn, sage ich. Nur Claudia sagt nichts. Redl fährt direkt auf eine Baracke zu und hält an. Tut mir leid, sagt er, ihr seid mir echt sympathisch, aber wir konnten einfach nicht zulassen, dass ihr mit euren unkoordiniert anarchistischen Aktionen unsere junge Republik immer weiter in Misskredit bringt. Aber, sagt Bernd, das stammt doch alles nicht von uns. Wir haben doch gar nichts gemacht. Und die Flugblätter, da haben wir doch … Aber dann redet er nicht weiter, weil es vielleicht auch nicht so klug ist, jetzt zu erwähnen, dass wir uns auf den Flugblättern auch gegen die revisionistischen Kräfte in der Ostzone gewandt haben. Ich überlege, was aus Wolle und den anderen geworden ist und ob sie die drüben bei uns verhaftet oder auch hierher gebracht haben, aber ich trau mich nicht nachzufragen, weil es sonst vielleicht noch schlimmer für uns wird.

Wir müssen aussteigen und in die Baracke gehen und uns dort setzen. Scheiße, ich hab meinen Rucksack im Auto gelassen, flüstere ich Claudia zu. Ist doch jetzt auch egal, sagt sie. Quatsch, da ist doch das DIN-A4-Heft drin, wenn die das finden, dann haben die richtige Beweise gegen uns in der Hand. Aber Claudia meint noch mal, dass das denen ohnehin egal wäre, und da hat sie bestimmt recht, weil die hier einfach alles machen können mit einem. Ein Mann, der nur durchfahren wollte nach Berlin, hat sich beschwert, weil sein Ausweis in diesem langen Schlauch, der von dem ersten Kontrollhäuschen zum zweiten Kontrollhäuschen führt, irgendwie hängengeblieben ist, und da haben sie ihn gleich eine Woche eingesperrt. Als er wieder rauskam, hat er in den Spiegel geschaut und gesagt: Ich muss mich mal rasieren, ich seh ja aus wie ein Russ', und da haben sie ihn gleich wieder für eine Woche eingesperrt, weil man hier nichts gegen die Russen sagen darf, so wie man bei uns nichts gegen die Amis sagen darf, aber die Amis haben den PX und AFN, und die Monkees sind auch Amis und Jimi Hendrix, glaube ich, auch, und die Grassroots, die aber nur von Love Affair Sachen nachsingen, und außerdem haben die Amis bei uns nicht jede rostige Schraube abmontiert, und viele von den alten Lehrern, die auch im Krieg waren, so wie der Dr. Jung, den wir in Mathe haben, die haben was gegen die Amis, weil die immer Kaugummi kauen und weil da auch viele Neger dabei sind, obwohl das Schlimmste für den Dr. Jung war, wie er mit seiner Truppe den italienischen Bundesgenossen entwaffnen musste, zumindest hat er das zigmal so erzählt, wobei ich gar nicht weiß, was er damit meint und warum das so schlimm gewesen sein soll.

Zwei Männer und eine Frau in Uniform kommen rein, die Männer durchsuchen mich und Bernd, und die Frau durchsucht Claudia, aber sie finden nichts weiter, außer eben Kleinkram und ein paar Groschen und Schlüssel mit meinem Schlüsselanhänger, in dem ich mittlerweile ein Bild von David Garrick drin habe, obwohl ich den gar nicht so gut finde, also Don't Go Out Into the Rain schon, weil der Anfang mit der Gitarre so ähnlich ist wie No Milk Today, aber nicht Mrs. Applebee, aber in der Bravo war ein Foto von ihm, das war rund und hat auch genau von der Größe her gepasst, aber jetzt ist mir das peinlich, weil ich das schon lang wieder rausmachen wollte. Und wenn ich das gewusst hätte, dann hätte ich mir auch ein anderes Foto reinmachen können, obwohl ich keine Band aus der Ostzone kenne oder aus der Sowjetunion, weil es da auch gar keine Bands gibt, sondern nur Chöre, die auch Kasatschok tanzen, was so ähnlich ist wie Letkiss, was ich als Einziges tanzen kann, weil das auch ganz einfach ist, aber auch kindisch, besonders weil man sich dann doch nicht küsst, aber Letkiss kommt aus Finnland, obwohl Finnland ja mit der Sowjetunion befreundet ist, aber wie sehr befreundet, das weiß ich natürlich nicht, und vielleicht haben die gerade Krach, dann ist das saublöd, wenn man mit Letkiss ankommt oder mit Ivan Rebroff, von dem Achims Eltern eine Platte haben, der aber auch kein richtiger Russe ist, aber unheimlich tief und dann wieder ganz hoch singen kann, und vielleicht ist Ivan Rebroff in Wirklichkeit ein Spion, aber so was zu behaupten hat keinen Sinn, weil die es hier ja besser wissen, weshalb ich nur hoffe, dass sie nicht so genau in mein Portemonnaie schauen und dann noch das Foto von John und Yoko entdecken, weil mir das auch vor Claudia peinlich wäre, die dann was weiß ich von mir denkt, aber vielleicht auch nicht, weil sie ja auch weiß, wie das sein kann, dass man plötzlich bei einem Theaterstück mitmachen oder sich ausziehen muss, aber das ist natürlich was anderes, als so ein Foto mit sich rumzutragen.

Aber die Polizisten, oder vielleicht sind das auch Soldaten, nehmen uns gar nichts ab, sondern schauen sich nur alles an und geben es uns dann wieder. Dann fragen sie, ob wir Hunger haben, und wir sagen ja, obwohl ich denke, dass ich kein Stück Holz oder Pappe mit draufgestreutem Kakao will und auch keine Spreegurken, die es mal eine Zeit lang bei Achim immer zum Abendbrot gab, weil sein Vater eine Stiege davon mitgebracht hatte, angeblich aus Berlin, aber Achim meinte, dass die aus der Ostzone sind, noch von damals, als er mit seinem Flittchen dorthin abhauen wollte. Aber wir kriegen richtigen Kakao und auch Salamibrote, und gar nicht mit so einer knorpligen Salami, wie es sie auch bei uns gibt, sondern mit so einer feinen, die ganz teuer ist, weil die auch schon die Form von einem Brot hat und gar nichts mehr über den Rand hängt. Und ich sage zu der einen Polizistin oder Soldatin, dass das ganz toll schmeckt, aber wahrscheinlich klingt das zu überschwänglich, weil sie fragt: Denkt ihr etwa, dass es hier nichts Richtiges zu essen gibt? Worauf ich gleich sage: Doch, doch … Aber wieder hört sie irgendwas in meiner Stimme raus, weil sie noch mal nachbohrt: Aber? Nein, sage ich, es schmeckt besser als bei uns. Ich hab nur mal gehört, dass es hier kein Marzipan gibt, weil man keine Mandeln hat, und dass man statt Marzipan Persipan verkauft, weil das aus Aprikosenkernen gemacht wird, und dass es selbst das nicht immer gibt, aber das muss ja nicht stimmen, das hat mir nur mal einer erzählt. Aber die Polizistin oder Soldatin schüttelt nur den Kopf und sagt: Eure Sorgen möchte ich haben, als könntet ihr den Unterschied zwischen Persipan und Marzipan rausschmecken, und natürlich fehlen uns manchmal auch die Aprikosenkerne, weil wir nicht alles vorn und hinten von den Alliierten reingesteckt bekommen, sondern es in unserer solidarischen Planwirtschaft selbst erarbeiten müssen, aber auch dann wissen wir uns zu helfen und nehmen statt Aprikosenkernen eben Maisgrieß, das heißt dann Resipan, und wenn Maisgrieß fehlt, dann nehmen wir eben Kartoffelgrieß und machen Nakapan, weil es wichtiger ist, dem US-Kulturimperialismus eine eigenständige Kulturleistung entgegenzusetzen, und zwar mit dem, was man vor Ort hat. Und ich sage ja, während ich weiter am Salamibrot kaue, und weil ich mich etwas einschleimen will, sage ich, dass Resipan und Nakapan gut klingt und ich das gern mal probieren möchte, was aber nicht ganz stimmt, weil ich schon Persipan komisch finde, denn eigentlich sind doch Aprikosenkerne giftig und dürfen nicht aufgebissen oder runtergeschluckt werden, und Mais- und Kartoffelgrieß, das klingt noch schlimmer, weil ich überhaupt keinen Grießbrei mag, außerdem finde ich die ganzen Namen blöd und denke, wenn sie dann keinen Kartoffelgrieß haben, dann nehmen sie doch zerkleinerte Pappe und nennen das dann Papapan, und wenn wir uns jetzt noch mal Decknamen ausdenken müssten, dann würden wir uns natürlich Persipan, Resipan und Nakapan nennen, weil man das auch gut abkürzen kann, so als wäre Pan der Nachname, und dann wäre Claudia Resipan, was sie aber bestimmt blöd findet, weil sie die Bayern überhaupt nicht mag, weil die da noch reaktionärer sind, was ich auch finde, obwohl ich gar keine Bayern so richtig kenne und nur einmal in Berchtesgaden war mit der Klasse, wo wir diese Attrappe von dem riesigen Em-eukal gefunden haben, sogar mit Fähnchen, wovon es auch ein Foto gibt, was Bernd mit meiner Instamatic gemacht hat, da stehe ich vor der Jugendherberge im Regen in meinem Parka mit diesem Riesen-Em-eukal, und ich überlege, was eigentlich aus diesem Riesen-Em-eukal geworden ist, weil wir das bestimmt nicht einfach dagelassen haben. Und während wir noch essen, sagt die Polizistin oder Soldatin: Ihr seid doch noch richtige Kinder, was habt ihr euch denn nur dabei gedacht? Und Claudia will sagen, dass wir keine Kinder sind und dass wir genau wissen, was wir wollen, aber ich unterbreche sie, weil ich nicht will, dass sie vielleicht auch wieder von den Revisionisten redet, weil sie ja nicht umsonst aus der Basisgruppe rausgeflogen ist, die so ziemlich alles gut finden, was in der Ostzone gemacht wird, und die nur Degenhardt hören, aber nicht Biermann, wobei ich Biermann auch nicht besonders mag, sondern eher Degenhardt, denn die erste LP von ihm habe ich auf Band, und ich kann auch den Text von Deutscher Sonntag fast auswendig, und Schönes Lied kann ich auf der Gitarre spielen, das hab ich mir selbst rausgehört, a-Moll, C-Dur, E-Dur, und von Biermann kenne ich nur Soldat, Soldat, aber Biermann ist gar nicht in der Ostzone geboren, sondern freiwillig rüber, da war er nicht viel älter als wir, glaube ich, aber ich will nicht hier bleiben, und deshalb sage ich auch zu der Polizistin oder Soldatin: Ja, wir sind noch Kinder, und noch nicht mal vierzehn, was bei mir stimmt, aber bei Claudia und Bernd nicht, aber das wissen die ja nicht, weil wir unsere Ausweise nicht dabeihaben, und es ist mir auch egal, wie mich Claudia auf einmal anschaut, als wäre ich ein Verräter, aber ich bin kein Verräter, weil ich ja nichts verrate, aber ich will nicht hier in ein Gefängnis und dann in die Armee, auch wenn der Kakao und das Salamibrot gut schmecken, weil man keine Musik hören kann und weil man sich nicht die Haare wachsen lassen darf, was ich ja auch zu Hause nicht darf, aber wenn ich vierzehn bin, dann geh ich nicht mehr zum Frisör, dann lass ich mir die Haare bis auf die Schultern wachsen, so wie sie der Spencer hat, obwohl meine Haare nicht so glatt sind, und bei lockigen Haaren, da braucht das ewig, bis die richtig lang aussehen, aber das ist mir egal.

Aber, was habt ihr denn gegen die DDR?, fragt die Polizistin oder Soldatin, und jetzt sagt auch Bernd: Gar nichts, wir haben gar nichts gegen die DDR. Und ich sage: Wir haben was gegen die BRD. Denn in der Ostzone nennen die Deutschland immer BRD. Das kann ich gut verstehen, sagt die Polizistin oder Soldatin, bei euch sitzen ja auch lauter Nazis in den Parlamenten. Ja, sagt Claudia, der Kiesinger. Nicht nur der, sagt die Polizistin oder Soldatin, bei euch in Hessen ist jeder dritte Abgeordnete ein Nazi und nicht nur Mitläufer, die meisten waren Mitglieder der SA oder SS, und quer durch die Parteien, auch in der SPD, euer Ministerpräsident, den ihr schon seit fast 20 Jahren habt, der Zinn, auch Nazi, nicht nur der Dregger. Was? Der auch?, sagt Bernd, und ich denke, dass Guido doch recht hat und dass das alles Nazis sind bei den Lehrern, nicht nur der Dr. Jung, und warum wir uns überhaupt noch was von denen sagen lassen, den Schweinen, und dass es doch deshalb nur richtig ist, irgendwelche Aktionen zu machen, aber da sagt die Polizistin oder Soldatin: Aber selbst wenn ihr was gegen die BRD habt, was ich ja wie gesagt verstehen kann, hilft es doch nichts, wenn ihr einfach wahllos irgendwelche Leute überfallt. Oder auch das mit den Sparkassen, natürlich hat Bert Brecht gesagt, dass ein Banküberfall nichts ist im Vergleich zum Besitz einer Bank, aber das sind Aktionen, die am Ende nicht weiterführen, wie ihr ja jetzt seht. Mir ist egal, was Claudia denkt, aber ich sage, dass wir das alles gar nicht gemacht haben und dass wir uns nur dazu bekannt haben, weil … aber an der Stelle stocke ich auch, weil ich dann das mit dem Penner und dem Wodka erzählen müsste, und dann wären wir wieder bei der DDR, obwohl die das ja alles selbst wissen, weil sie ja wissen, was sie gemacht haben, aber manchmal ist es nur schlimm, darüber zu reden, und wenn man nichts sagt, dann sagt der andere auch nichts, und deshalb sage ich nichts weiter.

Und dann kommt wieder ein anderer Polizist oder Soldat rein und flüstert der Frau was ins Ohr. Und ich merke, dass die Frau sich ärgert, weil sie ganz rot wird, aber als der Mann wieder geht, sagt sie nichts, sondern schaut uns nur an, irgendwie mitleidig. Ich bin so furchtbar müde, dass mir immer wieder die Augen zufallen, und auch Claudia und Bernd hocken ganz nach hinten gelehnt auf ihren Stühlen, und wahrscheinlich schlafen wir alle auch immer kurz ein, denn auf einmal ist die Polizistin oder Soldatin nicht mehr da, stattdessen ein Mann, der ein Gewehr über der Schulter trägt, was mir Angst macht, denn bisher hatten zwar alle Uniformen an, aber keine Waffen dabei, oder zumindest habe ich die Waffen nicht gesehen. Und dann hört man draußen plötzlich Lärm, Autos, die vorfahren, mindestens zwei oder drei, und Türen schlagen, und als der Soldat das hört, stellt er sich mit dem Gewehr ganz gerade hin und sagt: Los, aufstehen! Nehmt mal Haltung an. Und wir stehen auf und stellen uns so hin, wie wir auch in Sport immer stehen, und dann geht die Tür auf und eine Frau kommt rein, aber ich kann ihr Gesicht nicht richtig erkennen, weil die Autoscheinwerfer von draußen blenden. Trotzdem habe ich Angst. Und hinter der Frau kommen zwei Männer, die an der Tür stehenbleiben, und die Frau stellt sich vor uns hin, und die Männer machen die Tür zu, und da kann ich zum ersten Mal das Gesicht von der Frau sehen, und ich erschrecke wahnsinnig, weil es die Frau von der Caritas ist.

Der schwarze Wind der Krypten weht über den Gitterrost und weiter durch bebende Fenster auf verstümmelte Parks. Einmal dasselbe wie ich trinkst du im Café am verschobenen Tisch zwischen Tür und Gang. Der Rock fällt dir zwischen die offenen Beine. Du lachst und führst meine Hand. Mein Museum der Angst, fast klingt es wie ein Kosewort.

Die Winternächte mit überfrorenen Fensterscheiben, in denen ich mit unbeschrifteten Tablettenröhrchen in den Taschen auf unbequemen Stühlen zusah, wie Menschen, die ich nur flüchtig kannte, immer wieder ihre Hände auf ein Blatt abzeichneten und mit groben Strichen die Spanne zwischen Daumen und kleinem Finger markierten, diese Nächte lagen noch vor mir.

Im Grunde ist die Herausforderung des Teufels an Gott, einen solch schweren Felsen zu erschaffen, dass er selbst ihn nicht mehr zu heben vermag, allein eine Erfindung des noch ungeschult denkenden scholastischen Hirns. Natürlich besteht Allmacht in nichts anderem, als gegenseitig sich aufhebende Kräfte in sich vereinigen zu können. Und geht dahin nicht unser ganzes Streben: etwas zu erschaffen, das größer ist als wir selbst, das wir nicht mehr bewältigen können, das in der Lage ist, uns zu vernichten?

Die alten Illustrierten, die wir uns unter den Kopf schoben beim Schlafen, deren Rätsel immer die Lösung fehlte, ein paar Seiten weiter vorn herausgerissen, um Kartoffeln darauf zu schälen. Eine Zeichnung mit einem Gesicht, Felder mit Zahlen zum Ausmalen, Punkte zum Verbinden, ein Mann mit dem Kopf im Boden und den Füßen in den Baumwipfeln, er hält die Hände lächelnd von sich gestreckt, darin die Wundmale, der Wind bläst durch seinen hautlosen Körper. Zwei Bilder zum Fehler suchen, auf dem einen scheint er zu schlafen, fast wie tot, während er auf dem anderen in Zungen spricht.

Das Gerade und das Gebogene. Das Flache und das Runde. Abhandlungen, die ich einmal, verwirrt durch scheinbar unendlich viele Optionen, verfassen wollte.

Die Hängebrücke ist ein ruhiges Pendel für die Augen, wenn der Wind die waagerechten Blätter aus der Waldung bläst und die flügellos ausgerichteten Baumnadeln wie Hornissenschwänze herunterregnen. Hier zu liegen, welch ein Traum von Naherholungsindustrie und Sanatorien.

Der Hubschrauber mit der Kommission rast durch ein Regenfeld. Die Tropfen klatschen auf die gewölbte Glashaube. Die Giraffe schließt die Augen. Der Elefant streckt seinen Rüssel in gerader Linie nach oben. Neben den aufgeschichteten Eselknochen im Hof der Abdeckerei bohren die Regenschnüre kleine konzentrische Kreise in das Mark der Lehmpfützen. Die beiden Gesellen stehen mit dem Lehrling unter dem Vordach und machen Zigarettenpause. Die Feuchtigkeit zieht in den Betonbelag der Rampe. Sie schauen zu ihren Autos, die am Ende des Hofs nebeneinander geparkt stehen. Es ist die Stimmung eines kleinen Vorstadtbahnhofs. In den fahrbaren Gepäckgestellen liegen aufgeschichtete Tierkadaver.

Das Kind steht am Fenster und schaut auf den verregneten Hof. Die Plastikwäscheklammern an der Leine glitzern wie Drops, die man vor dem Essen aus dem Mund hat nehmen und auf den Waschbeckenrand legen müssen. Die Drahtaugen der Holzwäscheklammern haben etwas Lauerndes. Wenn eine Windböe in den Hof einfällt, schaukeln sie wie an einer Muskelfaser festgebissene Rattenschädel hin und her. Die blaue Plastikklammer scheint zufrieden, weil man ihr einen alten Waschlappen gelassen hat. Das Kind hat den Geschmack von Kaugummi, der nach einem Regenguss aus dem feuchten Automatenschlitz fällt, im Mund. Regen schmeckt wie sonst kein Wasser, vielleicht weil er fällt und nicht fließt.

Der Regenhimmel sinkt wie die durchgedrückte Matratze eines Etagenbetts noch tiefer über die abgefeilten Dächer, bis er wasserbeladen und in der Mitte durchhängend über den zwei Kirchturmspitzen am Ortseingang zum Stehen kommt. Die nacktbeinigen Kinder sind in den Häusern verschwunden. Sie sitzen auf den Steinstufen der Flure und lassen die Tropfen über die Abtrittroste und durch die offen gelassene Haustür hereinspritzen. Die Giraffe wirkt seltsam nur im Vergleich zu unseren Häusern und Wohnungen. Ein Tier, das in kein Zimmer passt, durch kein Treppenhaus gelangt, immer nur draußen bleiben kann und deshalb in seiner unbeholfenen Größe Symbol der reinen Erscheinung ist.

Das Schmecken von Sand im Mund oder der Mohnstange, die von einem schneenassen Handschuh gehalten wurde, das Riechen von Lehm unter den Nägeln, das Spüren von Dornen in den Fersen und Kratzern von Eis an den Armen, das Sehen von einem Silberschein um die Tränke, das Hören von einem blökenden Kalb in den Sträuchern. Das Kind steckt die Hand am Zaun in ein Erdloch und fühlt nach einem Regenwurm. Er kommt und legt sich wie die Schnur, die es beim Mittagessen noch fest in der Faust hielt, zwischen seine Finger. Das Kind schließt die Augen. Der Regenwurm denkt mit jedem seiner Glieder. Nur so erträgt er es, von einem Spaten zerhackt, von einem Wasserschwall ans grelle Licht gespült und von einem Haken durchbohrt zu werden. Das Kind zieht den Regenwurm aus dem Loch und steckt ihn zusammen mit einem feuchten Blatt in eine Streichholzschachtel.

Auf dem Schulweg den Berg hinauf verwandeln sich zwei letzte Brombeeren in die Pupillen der Giraffe. Das Kind springt nach dem hohen Zweig, reißt sich die Finger an den Dornen auf, fängt die fallenden Früchte mit der hohlen Hand und legt sie vorsichtig in sein Mäppchen. Später denkt es, sein Füller sei ausgelaufen. Neben dem Radiergummi findet es zwei winzige Stiele, klein wie die fehlenden Hörnchen der Giraffe aus dem Automaten.

Ich blieb vor dem Kaugummiautomaten stehen. Hinter dem rot eingerahmten Glas, schwindlig auf dem Kopf und zwischen Kugeln eingezwängt, eine Plastikgiraffe. Die Zeichnung wie von einem Geparden, der Kopf konturlos umgeknickt als verdickter Halsverschluss. Über Wochen schon hatte ich beobachtet, wie sie groschenweise nach unten sank. Jetzt endlich trieb sie nur noch allein zwischen vier roten und drei weißen Kugeln in einer Pfütze von abgeplatztem Zuckerlack durch das schnappende Rondell. Schwerfällig lag sie auf der Seite. Fast sah es aus, als sei sie trächtig und bräuchte ein ruhiges Zuhause, eine Streichholzschachtel gefüllt mit Stroh, um zwischen ihren lang ausgestreckten Beinen eine junge Giraffe hervorkriechen zu lassen. Ich steckte die zehn

Pfennig in den Schlitz. Langsam drehte ich den abgeriebenen Eisengriff mit leichtem Druck gegen den Automaten nach rechts. Ich machte die Augen zu, um mich besser konzentrieren zu können. Allein am Klang würde ich den Fall der Giraffe erkennen, denn sie rutscht, vom eigenen Gewicht und dem des Kleinen in ihr, mit verlagertem Schwerpunkt fast geräuschlos hinab. Ein Zittern ging durch den Automaten. Die Kugeln rasten auf die Falltür zu, überholten das angeschlagene Tier, das ungelenk und wie krank alle Viere von sich streckte. Die Klappe schnappte auf, griff sich eine Weiße und ließ sie triumphierend nach unten fallen. Ein Groschen ist zu wenig. Der Mittagsdunst fiel reglos auf den Giraffenleib. Ich zeigte der Giraffe meine leeren Hände, um ihr zu beweisen, dass ich nichts weiter tun konnte. Sie rührte sich nicht. Ich drehte mich um und ging nach Hause.

Am Ast rieche ich nur noch den abgeriebenen Malerpinsel und nicht mehr die Mirabellen. Der halbierte Apfel schmeckt eigenartig, weil die Mutter das Messer vom Zwiebelschneiden nur kurz an der Schürze abgewischt hat.

Mein Brot schwimmt in der Pfütze. Es ist mir aus dem Einwickelpapier mit der verwischten Fülleraufschrift »Leberwurst« gerutscht. Selbst danach zu greifen wage ich nicht. Hinter der Biegung die knarrenden Achsen der Lastwagen.

Das Labyrinth des Kellers und des Gartens. Grau wie das frisch vom Gesicht eines Kranken gezogene Laken, schimmert der Himmel hinter den kleinlauten Dächern durch die aufgetauten Suppendampfschwaden des Mittags. Wann ist es schon Punkt zwölf?

Die abgehackten Äste verlieren auf dem Boden den durchdringenden Geist, mit dem sie sich am Baum gegen den Himmel schrauben. Jetzt endlich kann der Wind sie als zappelnde Käferbeine packen und auf dem Flecken von niedergetretenem Gras wundreiben.

Die starr verkohlten Gräten der Städteplanung.

Die kleine verlassene Kapelle neben der Grube für die Tierkadaver. Eine Zeit lang lag dort gegenüber ein geflochtenes Stahlgerüst, als sei ihr durch die kleine Eingangspforte ein Gerippe entwichen. Wenn ich vorüberfuhr, konnte ich zwischen dem Knacken der ungeölten Kette das Klappern der Ziegel hören.

Die kleinen Tage der Grünspanfäden und leeren Gurkengläser. Eine Schraubzwinge. Eine Milchpfütze in der Sandsteinkuhle. Daumen und Zeigefinger zusammengepresst, ziehen dem Robinienästchen mit einem Ruck die Blätter ab. Meine Handballen reiben sich an den stumpfen Rostflecken der grünlackierten Teppichstange auf.

Auf dem Speicher baut das Kind einen Ansichtskartenturm. Das Pflaster zieht an seiner Stirn, wenn es denkt. Ausgetauschtes und an den Kanten eingerissenes Linoleum, vor Jahren für den Wohnraum zugeschnitten, liegt in verdrehten Mustern über ausgewalkten Bohlen. Wenn die Sonne durch die schräge Luke darüberfällt, lebt eingesaugter Kaffeeduft wieder auf und steigt, bis zum Nachgeschmack des Puddingstückchens genau, als Menetekel zur unverputzten Wand.

Zieht es seinen Pullover aus, achtet das Kind immer darauf, dass das Etikett mit dem Elefanten richtig herum, das heißt in Blickrichtung und zum Kopfende des Bettes hin liegt. Da das Kind dies beachtet, ist es kein Kind mehr, denn Zeichen der Kindheit ist es, dass sich die Dinge an immer denselben Orten befinden, ohne dass man sie selbst dorthin legen muss.

Abendgerüche von ausgelassenen Zwiebeln, belegtem Brot und Weinschorle sowie die Geräusche der Dunkelheit: das vereinzelte Schlagen eines Fensterladens, das Ausrollen eines Gummiballs, das Ticken einer Uhr, das Knacken der Dielen.

Die Fingerkuppen riechen nach Schlaf und einem abgewischten Tropfen brauner Medizin.

Ein gefangener Affe legt den Kopf schräg nach oben. Ein Lichtschein schwebt wie die Blase einer Wasserwaage an der immer gleichen Stelle gegen die Kacheln der Käfigdecke. Die Bären auf allen Vieren regungslos vor den betonierten Gräben. Ihr Atem schreitet in kleinen Schritten über das ungewechselte Wasser.

Am traurigsten die Giraffe, die ein eigenes Haus besitzt, doch nicht für sich, sondern allein für ihren Hals, der sie selbst ein Leben lang überragt, als Zeichen unverstandener Müdigkeit.

Die Haut der Feige ähnelt der Haut des Elefanten. Die Beine um den Kopf geschlungen, verwandelt sich der Elefant in einen kleinen Klumpen, den man zum Essen auseinanderfalten muss. Zerschneidet man die Feige, schaut man in die Innereien einer Schlange, in ein Zellgewebe mit Zellkernen und einer einzigen aderlosen Schicht. Die ganze Feige ist nur die Haut des Elefanten, der Elefant hat sich im Schnitt verflüchtigt.

Weil ihnen der Stein nicht zusammen mit dem Stiel hinausgezogen wurde, haben die meisten mit dem eisernen Entkerner behandelten oder von der Mutter schnell vor dem Belegen aus dem Einmachglas genommenen und zwischen den Daumen aufgebrochenen Kirschen auf dem Tortenboden zwei Wunden, die mit dunkel vernarbten Rändern in der Gusslymphe liegen. Drückt man den Kern mit dem Stiel zusammen hinaus, bekommt die Kirsche einen Mund, der wie ein flügelloser Vogel dem nachfasst, was ihm entzogen wurde. Mit den beiden Wunden verliert sie ihr Gesicht und zerfällt.

Senkrecht ist noch nicht von waagerecht getrennt, Linie noch nicht von Fläche. Eine Illustrierte liegt gefaltet auf dem Küchenstuhl. Ein gelber Plastikpropeller treibt im Windsog aus dem Fenster und landet in einem Kreide-X auf dem Pflaster des Bürgersteigs. Ein Kiesel fliegt darüber, gefolgt von dem Kind auf einem Bein, noch nicht verkehrt in Mann oder Frau, nur an den Türpfosten gestellt, um zu messen, wie hoch der Kopf schon geht. Es ist, was es umgibt, nicht aufgelöst in fern und nah: Das Nahe ist nur, was der Arm erreicht, das Ferne liegt oben auf dem Küchenschrank, wohin die Mutter auch nur auf dem blauen Hocker stehend langt. Es ist, was vergeht, nicht eingemessen schon in Tag und Nacht: Nacht kommt, wenn die Decke mit dem Cremegeruch bis zum Hals gezogen wird und die Spieluhr käsegelb den Schein der ausgedrehten Lampe spiegelt, Tag wird es, wenn Wasser gegen Leitungsbögen gurgelt, Türen schlagen und Dampf den Garderobenspiegel im Flur beschlägt.

Die Dinge lassen sich betrachten, die Tiere lassen sich schlachten, die Wälder fällen, die Verrückten behandeln. Erkenntnis müht sich am

Fremden ab, um das Eigene zu verstehen. Aber all das, was Erfahrung über sich besitzt, provoziert und fordert heraus: Ding, Tier, Natur.

Ich werde mit Gewalt geboren und dargebracht. Und schon folgt ein Exkurs über die Darstellung des neugeborenen Jesukindes auf Andachts- und Marienbildern des Mittelalters und der Renaissance, als versucht wurde, mit ihm gleichzeitig die Jungfräulichkeit der Mutter darzustellen. Die dunklen Jahre des Teenagers, die sich unter anderem mit der Tatsache befassen, dass unser Gott in der Ikonografie vor allem als schwaches Kind oder als Sterbender und Toter auftaucht.

78

GEGEN DAS VOLKSVERMÖGEN[1]

1

Der Baader kam gefahren,
Mit einem LKW,
Er wollt die Meinhof fangen.
Denn die war eine Fee.
Die Fee, die rollt den Berg hinab,
Der Baader schaufelt schnell ein Grab,
Die Meinhof fällt hinein,
Und du musst sein.

2

Rispe, Rospe mit der Säge
Bringt der Raspe was zuwege.
Sägt dem Richter an dem Stuhl,
Reißt die Schöffen in den Pfuhl,
Lacht sich in die Faust,
Wenn du den Staat beklaust.

---

[1] Ursprünglich unter dem Titel erschienen: Kindermund tut Terror kund, Reinbek bei
Hamburg 1977. Mit einem Vorwort von Fritz Siegelschorf. Siegelschorf weist darauf
hin, dass sämtliche Reime »staatstragend seien« und versuchten, die bestehende Ordnung zu erhalten oder wiederherzustellen, die Terroristen zu diffamieren oder gegeneinander auszuspielen wie im ersten Beispiel, wo gemäß dem herrschenden Rollenkli-
schee der Mann Baader einen negativen Einfluss auf die Frau Meinhof ausübt. Dieses
Klischee taucht erneut in Beispiel 4 auf, wo die Frau, durch das Fehlen des für Gammler und Revolutionäre typischen Bartwuchses, unfähig ist, die Rolle des Revolutio-
närs einzunehmen und deshalb als Einzige inhaftiert wird. Diese Klischees widersprechen der Realität der Roten Armee Fraktion, in der Frauen zeitweise 60 Prozent der
Mitglieder stellten und von Anfang an aktive und leitende Rollen übernahmen. Da
Aussonderung und Ausgrenzung Grundprinzipien des Abzählreims sind, so Siegelschorf, spiegele sich in ihm gesellschaftliche Realität nur insofern wider, dass er den
Blick der herrschenden Klasse auf gesellschaftliche Randgruppen und Außenseiter
reproduziere. (Siehe dazu auch: Mach nur kein Getös', sonst kommt der Rudolf Höß.
Selektion und nationalsozialistischer Kinderreim, München 1991 und Die Wampe auf
der Rampe. Figuren des Zeitgeschehens der zwanziger bis vierziger Jahre im Abzählreim. Von Haarmann bis Mengele, Frankfurt 1993.)

3

Es war einmal ein Polizist,
Der plante etwas voller List.
Weil er gern hätt ne Bürgerwehr,
Putzt er des Nachts sein Schießgewehr,
Und gibt es seinem Sohn,
Statt Taschengeld als Lohn.

Der Sohn, der nimmt das Schießgewehr,
Er hält es hin, er hält es her,
Er sagt dem Vater Dank
Und überfällt ne Bank.
Und will, es klingt wie Hohn,
Danach Absolution.

4

In achtundzwanzig Kohlekisten
Sitzen siebzehn Anarchisten.
Sechzehn haben einen Bart,
Einer weiß sich keinen Rat,
Denn der ist eine Frau
Und muss jetzt in den Bau.

5

Jeden Tag schon in der Früh
Versalzt der Baader uns die Brüh.
Und wenn es Mittag läut,
Sich auch die Meinhof freut.
Doch abends um halb acht,
Der Schutzmann sie bewacht.

6

Es kam ein Zwerg aus Mannheim,
Der wollt auch mal ein Mann sein.
Er reibt die Brück bei Kostheim
Mit Schmierseif, Salz und Rost ein.

Der Zug, der ist entgleist.
Der Zwerg, der ist verwaist.
Weil drinnen seine Mutter saß,
Was er beim Attentat vergaß.

Der Schaffner sagt: Nach Mannheim,
Kein Zug mehr fährt, sagt Mann klein:
Ich brauch kein' Zug nach Mannheim,
Ich fahr auf einem Stamm heim.

7

Am Rhein im schönen Mainz,
Da wohnt der Holger Meins.

Er will nicht nur was seins,
Er will auch noch was deins.

Drum denkt er sich was Fein's
Und bastelt sich was Klein's.

Verliert dabei, so scheints,
Zwei Zehen von des Beins.

Und seinen Bruder Heinz,
Der mit ihm wohnt in Mainz.

Seit diesem Tag am Rhein,
Nennt man ihn Holger Kain.

8

In der JVA
Heißt Baader nur noch Ba
Und Ensslin nur noch Ens,
Als wär sie eine Gems.

In der JVB
Hält Meinhof sich ein Reh

Und Möller sich ne Katz,
Als hätt' sie dafür Platz.

In der JVC
Tut Meins der Schädel weh,
Und Raspe schmerzt der Bauch,
Das ist dort so der Brauch.[2]

2 Siegelschorf weist bei diesem Abzählreim eine in die Zeit des Nationalsozialismus rei-
chende Strukturverwandtschaft auf und zitiert in diesem Zusammenhang einen Vers
über den Bund Deutscher Mädel (BDM), der die Aussagelogik in noch stärkerem
Maße zu Gunsten des alphabetischen Kategorisierungsprinzips zurückstellt:

In dem BDM
Sieht man es nicht so streng.
In dem BDO
Legt man sich schnell aufs Stroh.
In dem BDP
Da tut es kurz mal weh.
In dem BDQ
Entsteht ein Kind im Nu.
In dem BDR
Ist es zum Glück ein Herr.
In dem BDS
Nennt der sich Rudolf Heß.
In dem BDT
Fliegt Messerschmitt, juchhe.
In dem BDU
Dem Feind in London zu.

79

KURZHAGIOGRAFIEN DER MITGLIEDER DER ROTEN ARMEE FRAKTION

Andreas Baader wuchs in einem Waisenhaus auf, wo er unter einem Fußballkicker schlafen und sich an der Regentonne waschen musste. Andreas hatte schon früh den Gedanken, die Weltordnung neu zu bestimmen, doch es fehlte ihm an Schreibzeug. Endlich beschloss er, Klettermaxe zu werden und ging bei seinem großen Vorbild Armin Dahl in die Lehre. Er lernte, durch Scheiben des Deutschen Zentralinstituts für soziale Fragen zu springen, die in Wirklichkeit nur aus Zucker- oder sogenanntem Effektglas bestanden, genau wie die Flaschen, die man sich bei Saloonschlägereien über die Köpfe haut. Denn auch im Wilden Westen war Andreas Baader gefürchtet. Neben vielen Untaten unterlief ihm dort allerdings auch ein Missgeschick, als er aus Versehen Klekih-Petra erschoss, den Lehrer von Winnetou, der sich in letzter Sekunde vor seinen Zögling warf. Klekih-Petra war seinem Mörder nämlich sehr ähnlich, da er bei der Revolution 1848 nach eigenen Worten als »Führer der Unzufriedenen« teilgenommen hatte. Außerdem konnte er »bis auf das Tüpfel nachweisen, dass der Glaube an Gott Unsinn ist«. Nach der Revolution musste er aus Deutschland nach Amerika und zu den Apachen fliehen. Durch seine Tat verwirrt, irrte Andreas Baader lange Jahre durch die öden Steppen des ungastlichen Landes, bis er von zwei jungen Indianern skalpiert und ertränkt, andere sagen: erschossen wurde. Seine Lieblingsfarbe ist Olivgrün, seine Glückszahl die Sieben.

Horst Söhnlein war Sohn eines Sektfabrikanten. Als Fünfjähriger musste er für Werbefotos Modell stehen. Später war er Hochstapler. Er war der Bestgekleidete der Roten Armee Fraktion, trug Seidenschals, teilweise auch Leopardengamaschen und pomadisiertes Haar. Seine Ähnlichkeit mit Thomas Fritsch gereichte ihm nach einem Raubüberfall im März 1968 zum Vorteil, da er bei der Polizeikontrolle im Personenzug nach Eltville vorgeben konnte, zu einer Autogrammstunde in einer der dort ansässigen Sektkellereien unterwegs zu sein. Schnell verkehrte sich dieser Vorteil allerdings in einen Nachteil, da man sein erstes

Fahndungsfoto aus einem Bravo-Starschnitt zusammensetzen konnte. Um sich von seinem kriminellen Doppelgänger abzusetzen, ließ Thomas Fritsch sich daraufhin die Haare wachsen und nahm eine Rolle in der 15. Folge der Fernsehserie Der Kommissar mit dem Titel Der Papierblumenmörder an. Er spielte dort einen Hippie, der auf einem Schrottplatz lebt und den Spitznamen Teekanne hat. Zwar symbolisiert der Hippie die friedlich verträumte Gegenbewegung zur politisch radikalisierten RAF, doch scheitert auch er und bringt sich am Ende um, womit er die Hippiebewegung als Illusion denunziert. Die im Film verwendete Papierblume wurde angeblich über eine Anzeige in der Bravo für 27 Mark von der Leiterin des Thomas-Fritsch-Fanclubs in Bad Mergentheim ersteigert. Wie sich später herausstellte, handelte es sich dabei allerdings um eine Doublette, da die echte Papierblume Thomas Fritsch mit ins Grab gelegt wurde.

Jan-Carl Raspe arbeitete seit seinem zwölften Lebensjahr als Kalenderhersteller in der Fabrik seines Onkels. Sein Onkel hatte das Patent für den sogenannten verschiebbaren Allzweckkalender, einen Monatskalender, dessen Wochentage mit einem beweglichen roten Plastikquadrat eingerahmt werden konnten. Jan-Carl musste mit einer Stanze dünne Schlitze über den Zahlen anbringen, in die dann das rote Plastikquadrat mit einer am oberen Innenrand erweiterten Ausbuchtung gesteckt werden konnte. Da die roten Quadrate zu oft verloren gingen und das Umstecken gerade in Handwerksbetrieben als zu umständlich angesehen wurde, ersetzte man das rote Plastikquadrat später durch einen transparenten Folienstreifen, der eine Wochenreihe umschloss und auf dem dann ein schwarzes Quadrat über den entsprechenden Tag geschoben werden konnte. Jan-Carl Raspe mag die Band Fever Tree und Leberwurstbrötchen.

Astrid und Thorwald Proll wurden die beiden Dioskuren, auch das Doppelte Lottchen oder Pünktchen und Anton genannt, und das, obwohl sie keine gleichgeschlechtlichen Zwillinge waren. Schon in der Schulzeit tauschten sie gern die Rollen, sodass Astrid mittags für Thorwald nachsaß, während er zum Training seiner Hockeymannschaft gehen konnte. Umgekehrt besuchte Thorwald den von Astrid gehassten Ballettunterricht, während sie mit Freundinnen in einer Eisdiele ein Banana Split zu sich nahm und an der Musicbox immer wieder G8 drückte, ihre damalige Lieblingssingle: It Won't Be Long. So mogelten sie sich auch später durch das Leben, während sich die Sicherheitskräfte nie sicher sein konnten, wen sie wirklich vor sich hatten. In derselben Nacht gezeugt, jedoch von zwei unterschiedlichen Vätern, war Astrid im Gegensatz zu Thorwald unsterblich. Als Thorwald durch zu langes Liegen in der jordanischen Sonne in Flammen aufging und zu Asche zerfiel, bat Astrid aus Trauer um ihren Bruder, ihre Unsterblichkeit ablegen zu können, um wieder mit ihm vereint zu sein. Vor die Wahl gestellt, ewig jung, jedoch bruderlos zu bleiben und in Eisdielen sitzen zu können oder gemeinsam mit ihrem Bruder als Ascheregen durch die Welt zu ziehen, wählte sie ohne einen Moment des Zögerns Letzteres. So kann man die beiden, wenn man ganz genau hinschaut, noch heute über brennenden Wäldern und zerfallenen Städten kreisen sehen.

Gudrun Ensslin musste ihrer Tante, einer Putzmacherin, schon frühzeitig zur Hand gehen. Daher auch ihre Vorliebe für Verkleidungen und Perücken. Zeitweise arbeitete sie als Grotesktänzerin in einer Berliner Kudamm-Bühne und wurde dort von Günter Pfitzmann bewundert. Später verlobte sie sich im Kurhaus von Bad Cannstatt mit einem jungen Mann, der gerade über die Bedeutung des Schlüsselbundes in Dürers Melencolia promovierte. Waren es die vielen Möglichkeiten, die zum Trübsinn seiner Besitzerin führten? Oder symbolisierte die Vielzahl der Schlüssel die Unmöglichkeit, das richtige Schloss, das heißt den ureigenen Platz in der entfremdeten Welt zu finden? Gemeinsam gründeten die beiden das Studio für Beschreibungsimpotenz, in dem sie als Akt der Bloßstellung Werke zeitgenössischer Autoren herausgaben, die meinten, Literatur werde nicht mit Sprache, sondern mit den beschriebenen Dingen gemacht. Statt jedoch aufklärerisch zu wirken, verbreitete sich dieser literarische Ansatz immer weiter und erfasste bald den gesamten deutschsprachigen Literaturbetrieb, weshalb sich das Paar ein neues Betätigungsfeld im Untergrund suchen musste.

Ulrike. Wir feiern ihr Fest am 9. Mai. Als man ihren Leichnam fand, war dieser jedoch ohne Hirn. Das Hirn war schon beim Herrn. Neben ihrem Körper stand ein halbzerbrochenes Gefäß mit vertrocknetem Blut. Als man das Blut herausnahm und in eine Schale aus Kristall legte, fing es an, wie Gold und Silber zu schimmern. In ihrer Zelle waren eine Lilie und eine Palme zu sehen, dann ein Anker, eine Geißel und drei Pfeile.

Noch wusste man mit diesen Zeichen nichts anzufangen, als drei Profiler unabhängig voneinander ihre Geschichte vor sich sahen. Ulrike war die Tochter von Kleinbürgern und wuchs in einer Kleinstadt auf. Als intelligentes Mädchen erweckte sie schon bald die Aufmerksamkeit der herrschenden Klasse, namentlich eines bestimmten Ministers und ehemaligen Nazis. Dieser schmeichelte und drohte Ulrike, um ihre Gunst zu erringen, doch vergeblich, sie hatte sich schon ganz der Revolution versprochen. Da ließ der Minister sie ergreifen und fast zu Tode geißeln. Als zwei Engel sie im Kerker heilten, ließ der Minister sie an einen Anker binden und im Neckar versenken. Doch die Engel banden Ulrike vom Anker los und trugen sie ans Ufer. Nun befahl der Minister, das fromme Mädchen mit glühenden Pfeilen zu erschießen. Doch die Pfeile wendeten sich gegen die Schützen und töteten sie. Da ließ der Minister sie schließlich erdrosseln.

In jener Nacht auf den 18. Oktober gegen 0.30 Uhr erstrahlten die Kerker im siebten Stock der Justizvollzugsanstalt Stuttgart-Stammheim in einem hellen Licht, und der Wachbeamte Hans Springer wurde von einer unbekannten Stimme, die ihm versicherte, für die Bewachung der Gefangenen sei gesorgt, für drei Stunden von seinem Posten abgerufen. Eine Lichtgestalt betrat die Zelle mit der Nummer 716, als sei sie nicht mehrfach verschlossen, mit Alarmanlagen gesichert und zusätzlich mit gepolsterten Spanplatten verstellt. Und sie stieß den Gefangenen in die Seite und weckte ihn und sprach: »Steh schnell auf.« Jan-Carl Raspe erwachte und meinte das Jüngste Gericht sei hereingebrochen, doch da erkannte er den Erzengel Michael und wusste, es war erst das Partikulargericht, das nun anstand, denn es steht geschrieben, dass ein jeder Mensch zweimal gerichtet werde, einmal als Individuum zur Stunde seines Todes und dann noch einmal als Teil der Gesellschaft, wenn sich die Seele erneut mit dem Körper vereint am Jüngsten Tage, wenn von allen Rechenschaft gefordert wird, wenn die Apusie Christi sich in eine Parusie wandelt und er die Urteile des Partikulargerichts bestätigt oder auch aufhebt und revidiert. Der Engel hieß Jan-Carl Raspe sich auf das Bett setzen, und Jan-Carl wusste nicht, ob seine Hand geführt wurde oder er selbst sie führte, doch dann hielt er sich eine Pistole der Marke Heckler und Koch an die linke Schläfe und drückte ab. Und die Kugel drang durch seinen Kopf und durch die Wand hinter ihm, und sie verließ die Zelle und fand ihren Weg zur Zelle 719, wo sie in Andreas Baaders Genick eintrat, seinen Körper durchschlug, am Boden abprallte, erneut die Wand durchdrang und ihren Weg zur Zelle 725 nahm, wo sie mit letzter Kraft den Brustkorb Irmgard Möllers unterhalb des Herzens erreichte, diesen aber nur äußerlich verletzte, sodass man meinen konnte, ein stumpfes Messer habe diese Wunde geschlagen. Dann verschwand der Erzengel Michael unerkannt, wie er gekommen war, und hielt die Augen derer, die Wache standen in und um den Kerker, weshalb sie nichts anderes als einen kurzen Stromausfall meinten wahrgenommen zu haben, als man sie am anderen Tag nach den Vorkommnissen der Nacht befragte.

Die zweite Generation der RAF wurde aus den ausgeschlagenen und in einem Warmbeet hinter einem Hochhaus im Berliner Bezirk Schöneberg eingepflanzten Zähnen der toten Mitglieder der ersten Generation gezüchtet. Diese Sprösslinge trugen keine langen Haare und Bärte mehr, sondern Pilotenbrillen und Kurzhaarfrisuren. Von Sprengstoff hatten sie keine Ahnung. Sie nannten sich Epigonen und wollten das goldene Vlies des Kapitalismus scheren. Theorie war ihnen unwichtig. Hauptsache schnell in den Knast.

Über die dritte Generation der RAF ist nichts weiter bekannt.

Natürlich will der Fabrikant, dass ich über die Brücke gehe. Sie sei, sagt er, schließlich für mich gebaut. Er holt die Marionette aus dem Holzkasten neben der Standuhr, schließt sein Arbeitszimmer auf und schiebt mich hinein. Über dem Schreibtisch liegt die Holzplatte, auf der an Weihnachten die Eisenbahn aufgebaut wird. Jetzt steht dort ein detailgetreuer Nachbau der Brücke im Maßstab 1 : 20. Die Marionette springt auf die Holzplatte und geht langsam in Richtung Brücke. Sie trägt ein rotkariertes Hemd und Lederhosen, hat große Glubschaugen und lächelt so übertrieben, dass man die weiße Kauleiste sieht, die sie statt der Zähne im Mund hat. Ihre Gelenke liegen offen, und auf dem kahlen Kopf glänzen Leimreste, die bis vor zwei Wochen noch die schwarze Perücke hielten.

Während die Marionette auf die Brücke zutrabt, rollt sie ständig die Augen. Für sie ist das ganze Leben ein einziger Scherz. Es ist egal, ob man in schwindelerregender Höhe über eine Brücke marschiert oder den ganzen Tag in einer Holzkiste liegt, ob man eine Perücke trägt oder nicht. Wenn die Modellbrücke wenigstens über einen richtigen Abgrund ginge. Die Konstruktion hat jedoch einen Schönheitsfehler, denn der Nachbau der Brücke steht auf höchstens fünf Zentimeter hohen Holzblöcken, während die richtige Brücke über einer tiefen Schlucht schaukelt. Ungefähr 50 Meter hoch. Vielleicht auch nur 20. Ich kann Entfernungen schlecht schätzen. Aber von oben sahen die Arbeiter aus wie Ameisen oder eher exotische Marienkäfer mit den gelben Helmen und orangen Schutzwesten als Punkten.

Der Fabrikant stand unter ihnen und probierte die Mikrofonanlage aus. Dass ich beim Überschreiten der Brücke auch noch Con te partirò singen soll, hatte er mir erst kurz zuvor auf der Fahrt im Auto mitgeteilt. Er legte eine Kassette mit dem Lied ein und sagte: »Das kennst du doch. Das kennt doch jeder. Das singt sich doch von selbst.« Ich antwortete, dass ich den Text nicht verstehe und mir das Lied außerdem nicht gefällt. »Was für Andrea Bocelli gut genug ist, dürfte wohl auch für meinen Herrn Sohn ausreichen«, erwiderte der Fabrikant. Und: »Es ist bewundernswert, wie ein Mensch mit so einem Gebrechen sein Leben meistert. Die Ärzte hatten Bocellis Mutter damals geraten, das Kind abtreiben zu lassen. Aber sie hat den Rat nicht befolgt. Ganz wie deine Mutter. Nur dass sich Bocellis Mutter nicht gleich nach der Geburt aus dem Staub gemacht hat. Nein, im Gegenteil, sie hat noch eine zweite Arbeit als Wäscherin angenommen und sich aufopferungsvoll um ihren Sohn gekümmert. Was wirklich nicht leicht war. Denn das Kind hat oft ganze Tage und Nächte durchgeschrien. Einfach vor dem Fernseher parken konnte man den kleinen Andrea auch nicht. Schließlich war er ja blind und wäre von den seltsamen Geräuschen und Stimmen nur noch nervöser geworden. Und als die Mutter von Bocelli einmal wirklich nicht mehr konnte, weil ihre Nerven völlig aufgezehrt waren, erschien ihr die Heilige Cäcilia. Erst erschrak die Mutter von Bocelli fürchterlich, weil die Heilige Cäcilia den Kopf, den man ihr abgesägt hat, unter dem Arm trug, aber dann verstand sie den Hinweis und spielte ihrem Söhnchen Opernmusik vor, und da wurde er ganz still und hat seitdem nie mehr geschrien. Er wurde ein völlig ruhiges Kind. Beängstigend schweigsam. Seine Mutter dachte sogar: Jetzt ist er auch noch stumm geworden. Aber dann, mit vier Jahren, hat er an einem wunderschönen Tag im Frühling den Mund wieder aufgemacht und mit seinem glockenhellen Sopran die ersten Töne des Liedes gesungen, das später Con te partirò wurde.«

Die Stimme des Fabrikanten brach vor Rührung. Er schwieg einen Moment, dann zog er einen Zettel aus der Innentasche seines Jacketts und gab ihn mir nach hinten. »Außerdem habe ich den Text extra für dich ändern lassen. Wo es normalerweise heißt Con te partirò su navi per mari singst du jetzt Con te partirò su ponti sopra gole.« »Und was heißt das?« »Ich gehe mit dir auf Brücken über Schluchten. Das ist doch wunderbar.« Der Fabrikant drehte die Kassette lauter. Normalerweise hört er nie Opernmusik, sondern je nach Stimmung REO Speedwagon, 38 Special oder Air Supply. Ich starrte auf den Text, verstand aber kein Wort. »Ich weiß gar nicht, wie man das ausspricht.« »Du musst einfach nur zuhören. Wenn du in deinem Zimmer das Hin-und-her-Gehen über die Brücke übst, dann lässt du einfach die Kassette mitlaufen und versuchst das nachzusingen. So lernen Kinder auch sprechen.«

81

DIE ERFINDUNG DES NATIONALSOZIALISMUS DURCH EINEN SCHIZOPHREN-PARANOIDEN HALBSTARKEN IM HERBST 1951

Ein Erwachsenenroman aus der privaten Leihbücherei
neben der Heiligkreuz-Gemeinde

Den größten Teil des Jahres 1951 verbrachte ich in einem Sanatorium. Dieses Sanatorium war ein für die damalige Zeit recht modernes Gebäude, sehr nah an der Straße gelegen, mit einem Innenhof und verwinkelten Einzeltrakten, die durch verglaste Flure miteinander verbunden waren. Nachts hörte ich das tiefe Ausatmen einer vorbeikriechenden Lokomotive und kurze Zeit später, die Geleise waren gerade wieder zur Ruhe gekommen, das rasselnde Luftschnappen eines anfahrenden Lastwagens auf der Straße. Der Lastwagen war mit leeren Fässern beladen, die quer durch die Stadt zu einer Lagerhalle gefahren, dort heruntergewuchtet und durch volle ersetzt wurden, die Ambra, Blut, Karotin, Milch, Natriumchlorid und Leitungswasser enthielten, das während der Rückfahrt gegen die schräg aufgeschraubten Deckel schwappte.

Durch die aus den Vereinigten Staaten eingeführte Elektroschocktherapie verlor ich innerhalb weniger Wochen einen guten Teil meiner Erinnerungen. Man nannte das Verfahren mir gegenüber von ärztlicher Seite natürlich nicht bei seinem regulären Namen, sondern hieß es beschönigend Gleichstrombehandlung. Dieser Name sollte etwas Beruhigendes vermitteln. So wie das Zauberwort des Krieges, das die Feldchirurgen beim Aufziehen ihrer Spritzen benutzten: Morphium. Natürlich gab es in den letzten Kriegsjahren längst kein Morphium mehr. Man spritzte Kochsalzlösung und operierte ohne Narkose. Schrie ein Patient vor Schmerz, sagte der Chirurg zum Anästhesisten: »Schnell, mehr Morphium!« Dieser zog dann eine weitere Spritze mit Kochsalzlösung auf. Half auch das nicht, stach man dem Patienten mit einer dicken Nadel in die rechte Schläfe, um ihn damit vom Schmerz der Operation abzulenken. Dies gelang natürlich nur, wenn er nicht gerade am Kopf operiert wurde.

Beim Kopf war es aussichtslos. Der Kopf war nicht lahmzulegen. Noch nicht einmal abzulenken.

Es wurde berichtet, dass den zu Operierenden ein Tuch, meist das eigene Halstuch, umgelegt wurde, um sie damit, wenn sie nicht vor Schmerz in Ohnmacht sanken, ins Jenseits zu befördern. Selbstverständlich in nur vorübergehendes Jenseits. So der Plan. Da jedoch selbst der erfahrenste Anästhesist den genauen Punkt zwischen Ewigkeit und Augenblick nicht exakt bemessen kann, wachten viele aus der Operation nicht mehr auf, weshalb man die Anästhesisten in den letzten Kriegsjahren allgemein auch Drossler nannte, obwohl sie selbst nichts für ihre mangelhafte Handhabung des Halstuchs konnten. Ein entsprechender Umgang war niemals Bestandteil ihrer Ausbildung. Wie auch? Die Ausbildung findet in Friedenszeiten statt. Das Drosseln aber im Krieg. Das Denken findet im Leben statt. Das Ergebnis aber im Tod. Das ist so. Das sind die grundsätzlichen Bedingungen, über die es kein Verhandeln gibt.

Ich selbst landete nie auf einem dieser behelfsmäßigen Operationstische. Zumindest nicht, so weit ich mich erinnern kann. Auch müssten sich an meinem Körper Narben finden. So makellos waren die Wunden in der Eile nicht zu vernähen. Zudem war das Garn knapp. Weniger Stiche. Größere Abstände. Eine Frage des Augenmaßes. In den Ritzen blinzelte der Honigtau kleiner Eitertropfen. Es ist erstaunlich, wie viel Eiter ein halb verhungerter Körper noch produzieren kann. Selbst die Ärzte, die so etwas bestimmt nicht zum ersten Mal sahen, waren verwundert. Manchmal konnte man meinen, der Körper zersetze sich von innen komplett zu Schleim und Auswurf.

Das Jahr 1951 war mit Kohlenstaub überzogen, und das, was aus den Kaminen in die Luft trieb und von oben in einem ewigen Kreislauf wieder nach unten fiel, ersetzte das Wetter. Grauer Holzascheregen im Frühling. Bläulicher Öldunst im Sommer. Grünlicher Petroleumschleier im Herbst. Und schwarzer Brikettnebel im Winter. In den wenigen Tagen, an denen es zu heiß war, um zu heizen, dampfte sofort der Staub aus den Ruinen und legte sich über die Hand mit dem Becher Milchreis und den zum Kuss gespitzten Lippen. Im Jahr 1951 gab es keine Liebe. Keine einzige. Es gab rollende Fässer und verlassene Häuser. Und eher gab es ein Tauschgeschäft mit dem Tod als auch nur ein Fünkchen Liebe.

Kämpfen die Ärzte mit ihrer Gleichstrombehandlung für oder gegen meine Erinnerung? »Für ihre Gesundheit«, sagen sie. Ich gehe den Flur entlang auf die Toilette, durch die am Morgen das Licht etwas schräg durch die sonst tauben Scheiben auf die Kacheln fällt. Dieses Licht auf den Kacheln erinnert mich an etwas, und ohne genau zu wissen, woran, fühle ich mich für einen kurzen Moment heimisch. Ich stehe vor dem Urinoir und halte mein Glied in der Hand. Könnte sich dieser Fleischzipfel nicht wenigstens erinnern? Erinnert er sich, schwillt er an. Doch er erinnert sich nicht. Erinnerung ist Unruhe. Und Unruhe soll ich tunlichst vermeiden. Ich schaue durch den Spalt des gekippten Fensters, während ich auf das Tröpfeln warte. Scheinbar gibt es außer meinen Gedanken nichts in meinem Körper, das sich umsetzen kann in Auswurf, so wie ihn die Kranken kurz vor ihrem Tod in Eimern abgeben, weshalb ich an den Wochenenden die Klinik auch verlassen darf, um die zwei Tage in meinem Zimmer zuzubringen.

Auch letzten Freitag - es war bereits spät am Nachmittag, als ich die Klinik verließ - sickerte wieder der letzte wochentägliche Ruß über die Stadt und verschmierte das Titelblatt der Tageszeitung. Bevor man das Stück Aal darin einwickelte, versuchte ich vergeblich, einige der Überschriften zu entziffern. Die Kontinente hatten angefangen, sich unmerklich gegeneinander zu verschieben. Die Grenzen blieben davon jedoch unberührt. Die Gespräche in den Palais ebenfalls. Hinter den zerschlagenen Städten lagen brache Felder.

Ich für meine Person mag keinen Aal. Der Aal war für meine Mutter. Ich kaufte jeden Freitag einen und legte ihn ihr auf das Grab. Vorher wischte ich das Holzkreuz mit meinem Taschentuch sauber, dann schlug ich die Zeitung ein Stück zurück, damit der Fisch etwas hinausschauen und sein Geruch sich ausbreiten konnte. Ich saß auf einem unbeschlagenen Stein in der Nähe und wartete etwa eine halbe Stunde. Ungefähr die Zeit einer Gleichstrombehandlung. Anschließend packte ich den Aal wieder ein. Ich wollte nicht, dass sich andere Besucher des Friedhofs an seinem Anblick stören.

Ich ging den Kopfsteinpflasterweg neben der Friedhofsmauer zurück, schwenkte dabei den Aal immer ein Stück höher mit der Hand von mir weg und warf ihn schließlich, wenn gerade niemand in der Nähe war, am

Ende der Straße in eine schmale Trümmergrube. Vielleicht würden sich die Katzen nachts darüber hermachen.

Manchmal war ich fröhlich ohne Grund, und manchmal ebenso grundlos traurig. Mir fehlte nichts. Ich saß in meinem kleinen Zimmer ohne Heizung und versuchte mich an das zu erinnern, was ich vergessen hatte. Nach dem Abendbrot las ich einen Roman aus der privaten Leihbücherei neben der Heiligkreuz-Gemeinde.

In das Jahr 1951 fiel mein einundzwanzigster Geburtstag. Familie hatte ich keine mehr, und die einzige Frau, die ich näher kannte, war Lorchen, die Verlobte eines Kameraden, der sich noch in Gefangenschaft befand. Zufällig war sie auf mich gestoßen, als sie wieder einmal die Krankenhäuser und Sanatorien der Gegend nach ihrem Verlobten oder jemandem, der ihren Verlobten gekannt hatte, abgesucht hatte. Schüchtern war sie an das Bett getreten, auf dem ich ausgestreckt nach einer der ersten Gleichstrombehandlungen lag. Und weil ich keine Gedanken mehr hatte, konnte ich Ja sagen zu Lorchen. Ja und Amen. Und je mehr sie sich darüber freute, freute, dass ihr Verlobter noch am Leben war, wenn auch in Gefangenschaft, desto deutlicher spürte ich meine alten Erinnerungen neu geordnet in mich zurückfließen.

Lorchen arbeitet in einem Molkereibetrieb, und seit unserer ersten Begegnung besucht sie mich regelmäßig einmal die Woche im Sanatorium. Meistens kommt sie mittwochs. Sie bringt mir zwei kleine Flaschen Milch und eine Flasche Kakao mit, die sie vor das Fenster in den Blumenkasten stellt, in dem ohnehin nichts mehr wächst. Dabei lehnt sie sich etwas nach vorn und schaut in den Garten hinunter. Immer ist es schon dunkel, wenn sie kommt. Nur vom kleinen Teich her treibt ein schwacher blauer Widerschein gegen ihr Gesicht.

Fast zwei Wochen hatte Lorchen während der letzten Kriegsmonate verschüttet in einem Keller zubringen müssen. Quälend war der Hunger, noch quälender aber der Durst. Schließlich hatte sie ihren Ekel überwinden und etwas Wasser aus einem kleinen schmutzigen Tümpel trinken müssen, in dem sie im Halbdunkel einen Fisch erkannt zu haben meinte. Widerwillig und halbherzig hatte sie nach ihm gegriffen, selbstverständlich ohne Erfolg. Später hatte sie, ohne zu überlegen, einen großen Steinbrocken in den Tümpel geworfen, um erst dann zu begreifen, dass ein erschlagener Fisch das Wasser noch mehr verunreinigen würde durch sein Blut und den langsam verwesenden Körper. Eine Zeit lang blieb der Fisch verschwunden, doch dann tauchte er zu Lorchens Erleichterung als flimmernder Schatten wieder auf.

Auch wenn mich die Gleichstrombehandlungen erschöpfen, habe ich genug Zeit, über die verschiedensten Dinge nachzudenken. Die ersten zwei Stunden nach der Anwendung liege ich wie bewusstlos auf dem starren Laken meines Bettes. Oft erwache ich tatsächlich erst langsam aus einer von den Ärzten kalkulierten Ohnmacht. Dann scheint eine Leere in mich hineinzustarren. Anschließend ziehen sich die Muskeln meines Körpers stückchenweise zusammen. Sie spannen sich unwillkürlich an und lassen mikroskopische Wellen durch meinen Leib laufen. Ich frage die Ärzte, was das bedeuten könnte, aber sie sagen nur, es handele sich um eine völlig normale Reaktion, die erfahrungsgemäß nach einer guten Stunde wieder abklinge und im Laufe der Behandlung immer weiter zurückgehe. Ich habe mit der Zeit jedoch eine andere Theorie entwickelt. Mir nämlich erscheint es, als sei meine Erinnerung durch die Gleichstrombehandlung lediglich aus meinem Hirn gelöscht, in meinem Körper jedoch weiterhin vorhanden. Wenn ich nun einige Zeit so daliege, müssen sich die beiden Teile, mein erinnerungsloses Hirn und mein sich erinnernder Körper, auf irgendeine Art miteinander verständigen. Gelänge es ihnen nicht, wäre ich so gut wie tot, bliebe bestenfalls vollkommen apathisch. Mit unwillkürlichen Muskelzuckungen versucht mein Körper, die in ihm noch vorhandene Erinnerung an mein Hirn zurückzugeben. Dieses Zurückgeben der Erinnerung gelingt natürlich nur zu einem sehr bescheidenen Teil und mit ungewissem Ergebnis. Wie, wenn das Hirn die in der Sprache der Muskeln dargebotene Erinnerung gar nicht oder falsch versteht? Leicht könnte das zu neuen Erinnerungen, neuen Gedanken führen. Und wie diese dann löschen? Mit welchem Strom?

Nach einer Stunde relativer Bewusstlosigkeit fängt es an, wie wild in mir zu denken. Was für meine Theorie spräche. Jetzt fallen mir Gedankenfetzen ein. Aber es ist kein Denken, das sich auf mich bezieht, so wie man sich Sorgen macht oder daran zu erinnern versucht, was man gestern Abend getan hat, vielmehr ist dieses Denken eine Art Stöbern, ein Schnüffeln, ein Herumsuchen. Ich wühle in einem mir fremden Archiv.

In dem riesigen Papierkorb eines Büros, das Schreibarbeiten für die ganze Stadt ausführt. Ich durchstöbere die Registratur eines gewaltigen Unternehmens. Das Zentralregister eines Landes. Aber ich sehe nicht nur die Einträge, sondern auch die Lücken. Und die Lücken haben dieselbe Bedeutung und Wertigkeit wie die Einträge.

Manchmal bedaure ich, nicht über das nötige medizinische Wissen zu verfügen. Laienhaft ausgedrückt stelle ich mir nämlich vor, dass man die Gleichstrombehandlung auf den Körper erweitern müsste. Man darf nicht nur das Hirn behandeln. Selbst wenn die Traurigkeit aus dem Hirn kommt. Man muss auch den Körper anschließen, damit die Erinnerung aus den Muskeln verschwindet. Erst dann kann der Patient richtig geheilt werden. Aber die Ärzte sind auch nicht dumm. Sie müssen eben zuversichtlich mit uns reden. Sie können uns nicht auch noch auf die Mängel ihrer Maßnahmen hinweisen. Sie müssen Vertrauen für die Behandlung in uns wecken. Gleichzeitig geht die Forschung weiter. Über die Fehlschläge wird geschwiegen. Aber ich höre auch dieses Schweigen.

Keine fünf Jahre später, im Jahre 1955, wurde ich einer anderen Behandlung unterzogen, bei der man gleichzeitig etwas aus meinem Körper schnitt. Aber bis dahin dauerte es noch unendlich lange. Tausende Registraturen und Zentralkarteien musste ich bis dahin noch durchforsten. Ohne zu einem Ergebnis zu kommen.

Das Lager, in dem sich Lorchens Verlobter, Hans, befindet, muss so konstruiert sein, dass dort kein Teich oder etwas Ähnliches vorhanden ist. Das ist das Allerwichtigste. Es muss Wasser geben, natürlich, Wasser zum Trinken, aber dieses Wasser darf sich nicht in Seen oder Tümpeln befinden. Es darf keinen Fischen Wohnraum geben. In Russland könnten die Teiche zum Beispiel zugefroren sein, aber das wäre vielleicht nicht genug, um Lorchens Ekel vor dem Fisch zu überwinden. Besser ein heißes Gebiet. Eine Wüstenlandschaft, in der man gar nicht auf die Idee kommt, an einen Fisch zu denken. Das Wasser wird in großen Tanks angeliefert. Es wird direkt aus tiefen Brunnen hochgepumpt. Es ist Grundwasser. Quellwasser. Kein Fisch lebt in einem Brunnen oder direkt an einer Quelle. Aber das erwähne ich nur, wenn Lorchen direkt danach fragt. Die Sonne brennt fürchterlich. Ja, man möchte es gar nicht meinen, weil es doch Russland ist, aber Russland ist nicht gleich Russland.

Russland ist riesig. Russland umfasst vier Klimazonen. Selbst subtropisches … Nein, ich darf nicht übertreiben. Ich werde mich auf drei Klimazonen beschränken und diese unbestimmt lassen.

Lorchen fragt nicht nach. Lorchen ist selig. Woher ich denn um alles in der Welt meine Informationen habe? »Kamerad Müller«, sage ich wie nebenbei. »Kam vor zwei Tagen hier auf der Durchreise vorbei und brachte die Neuigkeit. Hans geht es gut. Bald ist auch er zurück. Mit Sicherheit.« Falls sie immer noch unsicher ist, zeige ich ihr die Skizze. Den Grundriss des Lagers, den ich noch herstellen muss, um ihre letzten Zweifel zu zerstreuen. »Natürlich kannst du sie haben. Nimm sie ruhig mit«, werde ich sagen, und Lorchen wird überglücklich damit nach Hause laufen. Sie wird die Skizze über ihren wackligen Tisch an die Wand hängen. Sie wird zwei kleine Fläschchen Kakao davorstellen und sich die Skizze im Lampenschein anschauen. Dann wird sie sich alles genau einprägen: Dort ein Exerzierplatz. Die Scheune für die Kohlrübenernte. Dickwurz vielleicht. Unbekannte Knollenfrüchte. Das Einzige, was in diesem Boden gedeiht. Essen: immer Eintopf. Gar nicht mal schlecht, was die alles daraus machen können. Findig. Die Kreise mit den Stacheln, das sind übrigens die Riesenkakteen. Unvorstellbar. Über zwei Meter hoch. Die bräuchten eigentlich keine Zäune. Natürlich haben sie trotzdem welche. Maschendraht. Stacheldraht. Wachtürme. Schon bald wüsste Lorchen alles auswendig. Besser als ich. Besser als Kamerad Müller. Der ist ohnehin schon weiter zu seiner Mutter nach Norddeutschland.

Aber wie viel Mann sind in so einem Lager? Das dachte ich, als ich gestern nach der Behandlung so dalag. Und dann dachte ich: Nimm doch einfach das Lager, in dem du warst. Das dachte ich. Aber in was für einem Lager war ich denn? Und: War ich überhaupt in einem Lager? Ich konnte mich einfach nicht mehr daran erinnern. Für mich war der Krieg einfach zu schnell zu Ende. Viel zu schnell.

Ich komme nachts aus einer Schusterwerkstatt und gehe die Straße hinunter. Ich bin gerade mal 20 Meter entfernt, als ein Auto hinter mir entlanggejagt kommt. Es fährt in die falsche Richtung. Ich höre, wie geschossen wird. Eine Handgranate wird in das Schaufenster des Schusters geworfen. Wieder Schüsse. Das Auto fährt vorbei. Ich falle hin. Bin getroffen. An der Schulter. So als hätte ich mich im letzten Moment zur

Mauer gedreht. Die Schusterei brennt. Frauen schreien. Männer. Kinder. Aber niemand ist auf der Straße. Niemand kommt auf die Straße. Kann man nach hinten weg über die Höfe? Ich weiß es nicht. Es kommt keine Polizei. Es kommt keine Feuerwehr. Der Laden brennt aus.

Aber warum war für mich der Krieg anschließend vorbei? Schließlich war ich Soldat. Ich war an der Front. Da bin ich mir sicher. Aber wie sah die Front eigentlich genau aus? Eine lange Wiese. Ein Feld, auf dem nichts wächst. Ich bin in der ersten Reihe. Mit anderen. Wir haben die Gewehre schussbereit und rennen. Dann sehe ich sie schon in der Ferne: die Front. Es ist eine lange Mauer. Eine hohe Mauer. Wie die chinesische Mauer, aber aus rotem Ziegelstein. Noch 500 Meter. Noch 200. Noch 50. 20. 10. Dann stehe ich vor ihr. Ich presse meinen Kopf an die Mauer. Stille. Ich drehe mich um. Niemand hinter mir. Ich drehe mich zur Seite. Auch niemand. Ich drehe mich wieder nach vorn. Stille. Absolute Stille. Eine Stille, die sich anspannt und zusammenzieht wie das Stück Schustergarn, das Hans zwischen den beiden weit ausgespannten Händen hält. Was will er uns damit beweisen auf dem Schulhof? Oder ist es ein Spiel, dessen Regeln ich vergessen habe? Starr schaue ich auf das Stück Garn. Dann wird geschossen. Von hinten. Ich werde an der Schulter getroffen und stürze hin. Wieder Stille. Niemand da. Der Wind bläst über das ewig lange Feld. Aber warum sollte der Krieg danach für mich zu Ende gewesen sein?

Die Ärzte freuen sich, dass ich zu zeichnen beginne. Sie fragen mich nicht, was die verschiedenen Grundrisse bedeuten, die ich entwerfe. Dafür ist es noch zu früh. Sie sehen in meinen Zeichenversuchen einen Erfolg ihrer Therapie. Und vielleicht *ist* es auch ein Erfolg ihrer Therapie.

Ich entscheide mich gegen den kleinen Schacht, den ich zuerst für die Einzelhaft angelegt habe. Ein kleiner schräger Holzverschlag neben der Aufseherbaracke. Gerade mal ein Mann kann darin stehen. Eine Falltür im Boden ist der einzige Zugang. Eine Stahltür mit schweren Eisenbeschlägen. Es war ein Problem, sie überhaupt anzuliefern. Sie kam mit der Eisenbahn aus dem Kaukasus, lag aber dann mehrere Wochen auf einem kleinen Güterbahnhof herum, bis man sie mit einer Art behelfsmäßigem Flaschenzug auf einen Transporter hievte, der sie dann zum Lager brachte. Tür und Türrahmen. Das Problem war jedoch: Wie verankert man einen Türrahmen aus Stahl in einem trockenen Steppenboden? Die Tür sollte nur den Schacht abschließen, in dem die mit Dunkelhaft belegten Gefangenen ihre Tage absaßen. Und die Luftzufuhr? Ein etwas weiter nach rechts versetztes Gitter. Nein, mit solchen Konstruktionen lieferte ich mich zu vielen Unwägbarkeiten aus. Ich forderte damit Widersprüche geradezu heraus. Und genau das musste ich vermeiden. Außerdem hatte Lorchen selbst zwei Wochen in einer Art Schacht zugebracht. Nur keine Erinnerungen an ihr eigenes Schicksal. Ihr Schicksal durfte sich nicht mit dem von Hans vermischen, sondern musste säuberlich getrennt bleiben. Fein säuberlich. Also verwarf ich die Idee mit dem Schacht wieder. Die ganze sengende Umgebung wäre nutzlos, wenn durch einen vorhandenen Schacht Erinnerungen an ihren Keller, und damit an den Fisch im Tümpel, geweckt würden.

Riesig breitet ein Affenbrotbaum seine Äste über dem nordöstlich gelegenen Eck des Lagers aus. Sein Stamm ragt hoch in den Himmel, und von vielen Ebenen gehen kräftige Äste ab. Man kann sich solch einen Baum gar nicht vorstellen. Die gewaltigste Eiche erscheint verschwindend klein gegen ihn. Oft leben in so einem Baum ganze Affenhorden. Daher auch der Name. Sie leben in dem Baum, bringen ihre Jungen zur Welt, spielen, bauen sich kleine Unterschlüpfe, essen von seinen Früchten, und das alles, ohne ihn jemals zu verlassen. Horden von 20, 30 Stück kann solch ein Baum ohne Weiteres ernähren. So auch dieser Baum. Natürlich gibt es dort keine Affen mehr. Aber schon lange bevor überhaupt an ein Lager oder an einen Krieg gedacht wurde, hatten die Ureinwohner dieser Steppen- oder Wüstengegend genau diesen Baum als etwas Besonderes entdeckt und ausgewählt. Obwohl ihre Siedlungen weit entfernt sind, kamen sie regelmäßig zu dem Baum, um dort ihre Feste zu feiern. Aus dieser Zeit, noch vor Beginn des Jahrhunderts, stammen auch die schmalen Hütten, die man in das Astwerk hineingebaut hat. Wozu sie den Ureinwohnern dienten, weiß man nicht mehr genau. Vielleicht suchten sie darin Unterschlupf vor Unwettern. Mittlerweile haben sich die Äste so um das Holz der Hütten gewunden, dass beide unter dem Blattwerk und den dichten Zweigen fast nicht mehr voneinander zu unterscheiden sind.

Im Lager werden die Hütten für die Einzelhaft benutzt. Auf einer langen Leiter muss der Verurteilte auf den Baum steigen und in eine der Hütten kriechen. Anschließend wird diese Hütte von außen verriegelt und die Leiter fortgenommen. Natürlich ist es eine schlimme Strafe. Aber es könnte schlimmer sein. Der Baum spendet Schatten, und manche der Gefangenen erzählen, dass sie dort oben ganz seltsame Träume haben. In der Nacht wurde es auf einmal hell, und sie konnten über die weite Wüste und die angrenzende Steppe schauen. In der Ferne war ein Meer zu sehen. Und an dem Meer eine große Stadt: Odessa. Der Geruch von gebrannten Mandeln. Süßigkeiten aus Pistazien und Honig. Karamell. Nougat. Große Tonkrüge wurden zum Hafen gebracht und auf Schiffe verladen. Und fast schien für den auf dem Affenbrotbaum in seiner Einzelzelle träumenden Gefangenen alles nur einen Schritt entfernt. Einen winzigen Sprung. Die dichten Reihen der Händler würden sich sofort wieder hinter ihm schließen. Ein großer Tonkrug stand bereit. Leer. Er schlüpfte hinein. Eifrige Hände banden Schnüre darum und stellten ihn in eine mit Holzwolle gefüllte Kiste. Mit einem Karren wurde die Kiste über die schlecht gepflasterten Straßen zum Hafen gerollt und dort auf ein Schiff gehievt. So wachte der Gefangene am Morgen in seiner Zelle auf und glaubte, er befinde sich in einem Fass, das im Bauch eines Schiffes über das Schwarze Meer schaukelte. Und dieser Moment des Erwachens in der völligen Dunkelheit der Bretterbude war noch schöner als die freie Aussicht über die Steppe.

Natürlich nicht Odessa. Keine Namen. Keine allzu konkreten Vorstellungen. Obwohl es ja nur der Traum eines Gefangenen war. Sie konnten von allen möglichen Städten träumen: Algier, Fez, Kairo, die ganze stumme Karte von Nordafrika entlang. Aber so funktioniert die Fantasie nicht. Auch nicht die Erinnerung. Es bleibt ein Name hängen, und über kurz oder lang denkt Lorchen, sie müsse nach Odessa, um dort nach Hans zu suchen. Lorchen darf aber niemanden suchen. Sie muss hier ihren Frieden finden. Und das kann sie nur, wenn sie sich mit Hans verbunden fühlt.

Hans sitzt, wenn es überhaupt einmal dazu kommen sollte, denn er beträgt sich den Umständen angemessen und nicht wie ein Hitzkopf, vielleicht ein-, zweimal im Jahr dort oben im Affenbrotbaum in einer der Buden. Natürlich bekommt er nichts zu essen und zu trinken. Aber nach 36 Stunden kann er wieder herunter. Ansonsten ist Hans in der Küche tätig. Auch war er nicht von Anfang an in diesem Lager. Diese Tatsache füge ich allerdings aus rein persönlichen Gründen ein. Ich kann mir ein-

fach nicht vorstellen, dass man fünf Jahre in einem einzigen Lager verbringen kann. Was macht man dort? Hunderte von Tagen. Tausende von
Stunden. Und schließlich muss ich für die Geschichte geradestehen. Am
Anfang wurde er oft verlegt. Seit Mitte '47 ist er dort. Das klingt erträglich.

Meine eigenen fünf Jahre sind schnell vorbeigegangen. Vielleicht waren es sogar mehr als fünf Jahre. Ich war an der Front. Ich wurde in die
Schulter getroffen. Das war '43. Dann war der Krieg für mich vorbei.
Aber die Wirren dauerten ja noch an. Die Wirren bestanden auch noch
über '45 hinaus. Mitte '47, eher Ende, fing es langsam an, sich zu norma-
lisieren. '48 musste auch noch viel geregelt werden. '49 starb dann meine Mutter. Gerade hatten wir uns wieder ein gemeinsames Leben eingerichtet, da änderte sich wieder alles für mich. 1950 kam ich dann hierher
in Behandlung. Die Zeit vergeht im Allgemeinen recht schnell. Langsamer auf den Fluren des Krankenhauses und in den Zimmern, weil sie
dort nicht frei zirkulieren kann. Dazu sind die Fenster zu dicht. Die hygi-
enischen Maßnahmen zu umfassend. Mit den Viren und Bakterien bleibt
die Zeit vor dem Tor. Sie wird von den Straßenschuhen gesprüht und
fließt in den Gulli neben dem Petunienkasten. Sie hat die Farbe der rostigen Schrauben, mit denen die Leinenbänder an den Bettgestellen befestigt werden. Die Leinenbänder halten die Hände der ohne Narkose
Operierten fest, damit sie nicht in ihrer Verzweiflung in die Messer der
Chirurgen greifen.

In einem Lager liegt die Zeit unbeweglich wie der Himmel über den Ba-
racken. Deshalb ist Hans froh, in der Küche arbeiten zu können. Es gibt
dort in der Gegend keine Kühe. Aber Ziegen. Und Hans ist dafür zuständig, die Ziegen zu melken, die Milch abzukochen und anschließend in
Eimer und Kanister zu füllen. Sie zu rationieren. Er hat sogar selbst ein
eigenes Kühlsystem entwickelt. Aus den paar Spulen und Drähten und
Transistoren, die dort herumlagen.
»Dann macht er ja dasselbe wie ich? Also fast dasselbe.«
»Ja, Lorchen. Ich sag ja, ihr beide …«
Es gab hinter der Aufseherbaracke, in Richtung zur Küche, einen Schuppen, in dem die Milch gelagert wurde. Dort hielt sich Hans oft auf. Wenn
er aus dem kleinen vergitterten Fenster sah, konnte er die Äste des Af-
fenbrotbaums sehen. Über die Art der Kühlung wusste Kamerad Müller

leider nichts zu berichten. Er versteht von so was einfach nichts. Aber durchaus beeindruckend, die Apparatur. Jeder Besucher, selbst die nur auf der Durchreise befindlichen Gefangenen bekamen diese Kühlanlage von den Aufsehern stolz vorgeführt. Was für ein Luxus: kühle Milch in der Wüste. Auch Quark machen sie. Manchmal sogar eine Art Eis. Hans war als Erster auf die Idee gekommen, das Mark der Früchte vom Affenbrotbaum mit Milch zu vermischen. Ein Hochgenuss. »Affencocktail« nannten die Gefangenen diesen Nachtisch. Hans selbst hatte das Rezept unter dem Titel »Sorbet à la Odessa« notiert. Nein, nicht noch einmal Odessa. Überhaupt kein einziges Mal Odessa. Hans nannte es »Lores Nachttrunk«.

Wie war er eigentlich, Hans? Kamerad nennt man schließlich viele. Im Grunde alle, die neben einem mit dem Gewehr in Anschlag Richtung Front laufen. Passt man nur einen Augenblick nicht auf, ist niemand mehr da, wenn man sich umdreht. Zuvor hat man vielleicht eine Nacht in einer Kaserne, noch eine in einem Zug und eine weitere in einem Lager zusammen verbracht. Kaum Zeit, sich etwas zu erzählen. Ein Wagen übergeschnappter SAler. In verkehrter Richtung die Straße runter. Ballern wie Idioten. Besoffen wahrscheinlich. War denen egal, ob da jemand rumlief. Und dann: Handgranate ins Schaufenster. Über so etwas spricht man nicht. Weiß nicht, wer zuhört. Kennt niemanden. Man raucht. Dann sind die anderen weg. Ist für die der Krieg auch vorbei? Haben die auch einen Schultersteckschuss? Auch wenn die grobe Skizze des Lagers so weit stand, ich musste mehr über Hans herausbekommen.

»Wie ist Hans eigentlich so?«, frage ich Lorchen am nächsten Mittwoch, kaum dass sie das Fenster wieder geschlossen und sich zu mir umgedreht hat. Sie sieht erschrocken aus. Ich habe zu abrupt gefragt. Zu schnell.
»Wieso?«
Schnell presse ich beide Hände gegen meinen Kopf.
»Hast du Schmerzen?«
»Nein, es geht schon. Kleinigkeit. Wirklich. Das ist nur so ein Stechen manchmal.« Sie streicht meine Bettdecke glatt. Ich lasse meine Hände wieder sinken.
»Warum fragst du nach Hans?«
Ich zucke mit den Achseln. »Denkst du nicht oft an ihn?«, frage ich zurück, aber auch diese Frage bereue ich sofort. Es hört sich ganz danach

an, als ob ich herausfinden will, wie meine Chancen stehen. Ich denke an die kleine Mappe mit den verschiedenen Entwürfen für das Lager, die ich schon am Mittag unter meinen Kleidern im Schrank versteckt habe. Der Schrank ist abgeschlossen, und der Schlüssel liegt in meiner Nachttischschublade.

»Entschuldige meine dumme Fragerei«, sagte ich. »Natürlich denkst du an ihn. Und ich denke auch an ihn. An euch. Wie schwer das für euch sein muss. Wie lange kanntet ihr euch eigentlich?«

Lorchen sieht verlegen zur Seite: »Nicht sehr lange.« Ich nicke. Nicht sehr lange kann viel heißen. Meine Kindheit dauerte, wenn ich mich daran zu erinnern versuche, auch nicht sehr lange. Und doch kommen zweifellos mehrere Jahre zusammen. Vielleicht empfinde ich sie als so kurz, weil die Eintönigkeit überwog. Jeden Tag dasselbe. Wie sollte ich da die Tage auseinanderhalten können? Also blieben nur die besonderen Tage. Und die waren recht selten. In der Schule saß ich neben Hans. Nicht neben Lorchens Hans, sondern einem anderen natürlich. Aber wenn ich Hans denke, dann fasse ich unter dem einen Namen mehrere Personen zusammen. Dadurch kürze ich meine Erinnerungen und bringe etwas Ordnung in meine Gedanken.

Hans. Eine Silbe. Denn mehr denke ich nicht. Ich denke nicht an meinen Klassenkameraden. Auch nicht an Onkel Hans, der jedes Jahr mindestens zweimal zu Besuch kommen sollte und nie kam. Ein Nennonkel. Ein Bekannter meiner Eltern aus dem Urlaub. Onkel Hans. Der Name, am Anfang noch mit Begeisterung ausgesprochen, erstarb über die Jahre hinweg zu einem dumpfen Röcheln. Es ist erstaunlich, wie jemand, den man nie gesehen oder gesprochen hat, doch einen gewissen, nicht einmal kleinen Raum in der Erinnerung besetzen kann.

Dabei gibt es im Grunde nur die Erinnerung an eine Erwartung. Die Erwartung seines Kommens. Vielleicht ging es mir mit Onkel Hans, wie es anderen Kindern mit dem lieben Jesulein geht. Nur wartet man da sein ganzes Leben lang und nicht nur ein paar Jahre. Man wird zwar nicht enttäuscht, aber man bekommt auch keine Auflösung. Obwohl: Das ist der Gedanke eines Erwachsenen. Ich habe nie an Onkel Hans gezweifelt. Heute überlege ich, warum meine Eltern nie selbst zu ihm gefahren sind. Warum sie ihn nicht besucht haben. Es ist schade, dass ich meinen Eltern solche Fragen nicht mehr stellen kann. Fragen haben ohnehin nur einen Sinn, wenn man eine richtige Antwort darauf bekommt. Aber was sollte meine Mutter schon sagen?

»Weißt du, wir waren auch mal jung. Und Onkel Hans, das war ein interessanter Mann. Und so unterhaltsam. Zu allem wusste er etwas zu sagen. Wir waren damals im Allgäu in Urlaub. Und er setzte sich in der Pension eines Mittags an unseren Tisch und fragte ganz unvermittelt: Wussten Sie, dass die griechische Nationalhymne 158 Strophen hat? Papa dachte zuerst, das sei ein Politischer, du weißt, einer vom Sicherheitsdienst. Oder eben einer, der gar nicht beim Sicherheitsdienst ist, aber trotzdem gern die Leute aushorcht. Und deshalb reagierte er einfach nicht. Und ich sagte auch nichts. Eine Milliarde zum Beispiel, ich weiß gar nicht wie Onkel Hans immer auf diese Dinge kam, das ist so eine enorme Zahl, dass man sich das gar nicht vorstellen kann. Wenn man bei seiner Geburt anfangen würde zu zählen, und man würde immer weiter zählen, wäre man mit 65 immer noch nicht bei einer Milliarde angelangt. So was sagte der einfach. Aber dein Vater reagierte immer noch nicht. Ich hingegen musste lächeln. Wenn man sich das vorstellt. Eine Milliarde. Dass man Zahlen hat, die man eigentlich in seinem Leben gar nicht zählen kann. Dennoch gibt es sie. Aber wer hat sie gezählt? Solche Gedanken hatte ich. Wenn einer eine Milliarde an Geld besitzt, kann er das überhaupt ausgeben? Dein Vater merkte, dass ich über diese Bemerkungen nachdachte, und weil ihm das nicht passte, runzelte er etwas die Stirn. Beim Runzeln der Stirn werden 43 Muskeln betätigt, sagte Onkel Hans. Da musste ich nun wirklich lachen. Und beim Lachen nur 17, gnädige Frau. Er war immer so zuvorkommend, wirklich. Am nächsten Mittag saß er wieder bei uns. Und langsam taute auch dein Vater auf. Dein Vater war eben ein ängstlicher Mensch. Er wollte in nichts hineingezogen werden. Und das war zu dieser Zeit besonders schwierig. Deshalb gingen wir kaum aus. Onkel Hans war da ganz anders. Lebenslustig. In diesem Urlaub waren wir fast unzertrennlich. Und am letzten Abend, da hatten wir alle recht viel getrunken. Und dein Vater ist eingeschlafen auf dem Sofa in unserem Zimmer, und Onkel Hans hat mir immer solche Sachen ins Ohr geflüstert. Er hätte mich nie angefasst. Davon ist überhaupt nicht die Rede. Nicht mal im Traum dachten wir an so etwas. Er auch nicht. Aber lebensfroh wie er nun einmal war, machte er eben seine Scherze. Dass er mir ein einziges Mal, er sagte bis zuletzt gnädige Frau, zwischen die Beine sehen wolle. Aber wie er es sagte. Ich musste einfach lachen. Und er hörte nie auf, dazwischen immer neue Kleinigkeiten zu erwähnen, dass das Gehirn zu 80 Prozent aus Wasser besteht zum Beispiel und dass bei Frauen der Umfang der Oberschenkel durchschnittlich 4 cm größer ist als bei Männern. Er verstand es, einfach alles in einen Zusammenhang zu betten. Und da wollte er eben meine Oberschenkel sehen. Er konnte das alles so nett formulieren. Und wir hatten ja auch getrunken. Und da habe ich eben meinen Rock hochgezogen. Für einen winzigen Moment. Eine knappe Bewegung. Gelacht habe ich dabei. Und dein Vater – da war ich mir auf einmal nicht mehr so sicher, ob er wirklich schläft, denn ich meinte gesehen zu haben, dass er blinzelte. Am nächsten Tag sind wir dann wie geplant abgereist. Wir haben uns beide von ihm verabschiedet. Keine Bemerkung. Nichts. Und dein Vater hat ihn eingeladen zu uns. Wir haben uns dann geschrieben und die Einladung noch öfters wiederholt. Ja, ja, antwortete er jedes Mal, aber dann kam ihm doch in letzter Minute immer wieder etwas dazwischen. Schon ein komischer Mann. Aber höflich und zuvorkommend. Dein Vater wollte nicht nach Bochum, ihn besuchen. Außerdem hat er uns nie direkt zu sich eingeladen. Und sich selbst einladen, so etwas gehört sich nicht.«

Man braucht nur wenige Einzelheiten, um eine ganze Typologie anlegen zu können. Und je weniger Indizien man hat, desto genauer wird diese Typologie. Der Hans neben mir in der Schule konnte dem Vergleich zu Onkel Hans kaum entkommen. Er war eben ein kleiner Hans, der mir auf Schritt und Tritt bestätigte, wie ein Hans eben so ist. Sein breiter Kopf dreht sich zu mir um und sagt: »Das menschliche Herz schlägt in 24 Stunden 100 000 Mal.« Mich konnte er allerdings mit so etwas nicht beeindrucken. Auch nicht, wenn er mich mit »Gnädiger Herr« angesprochen oder mir die Hausaufgaben gemacht hätte. Auch dann nicht. Aber dann steht er auf einmal unten vor unserem Haus und ruft hoch zu unserer Wohnung.
»Da steht ein Freund von dir«, sagt meine Mutter.
»Das ist kein Freund.«
»So? Warum denn nicht? Der sieht doch nett aus.« Und schon hat sie ihn hochgewunken. Ich laufe ins Wohnzimmer zurück, wo ich gerade meine Hausaufgaben mache, und knalle die Tür hinter mir zu.
»Ich heiße Hans«, höre ich seine Stimme draußen.
»Das ist ein fröhlicher Name«, sagt meine Mutter. Dann gehen sie in die Küche. Hans bekommt ein Glas Milch. Ich mache die Tür einen Spaltbreit auf und schaue über den Flur zur Küche. Ich kann die beiden nicht

sehen. »Die Blutgefäße des menschlichen Körpers haben eine Gesamt-
länge von über 110 000 Kilometer«, höre ich Hans sagen.

»Was du nicht sagst«, sagt meine Mutter. Ich mache die Tür leise zu und
setze mich zurück an den Tisch. Ich will mir die Ohren zuhalten. Aber
dann höre ich nicht, wann Hans endlich geht. Draußen rührt sich nichts
mehr. Ich zähle. Vielleicht schaffe ich die Milliarde. Dann würde ich in
die Küche rennen und das lauthals verkünden und sagen, dass das alles
nur Lügen sind. Alles. Schließlich höre ich die Tür gehen. Meine Mutter kommt ins Zimmer.

»Ich weiß gar nicht, was du hast. Ein lieber Junge. Außerdem hat er dir
ein spannendes Buch mitgebracht. Das Wissen der Welt. Er hat es schon
ganze drei Mal gelesen.«

»Ich will das Buch nicht«, schreie ich. »Er soll zurück nach Bochum.
Weg, weg, weg!«

»Aber was redest du denn da? Seine Eltern wohnen schon länger hier als
wir. Bochum, was für ein Unsinn. Ich leg das Buch mal hier oben auf den
Schrank. Vielleicht beruhigst du dich ja wieder.«

»Na, hast du das Buch bekommen?«, fragt mich Hans am nächsten Tag.
»Ja«, sage ich. »Die Speicheldrüsen produzieren täglich einen Liter Speichel, und hier hast du eine Kostprobe davon.« Und damit spucke ich ihm
ins Gesicht. Aber natürlich habe ich das nicht getan. Und natürlich habe
ich auch nichts gesagt. Ich bin einfach nicht schlagfertig.

»Und?«, fragt er nach.

»Ja, ja. Aber ich mag nicht lesen. Und jetzt lass mich in Ruhe.«

Also kommt er das Buch wieder abholen.

»Tut mir leid, Hans«, höre ich meine Mutter sagen, »vielleicht später
einmal.«

»Der stärkste Knochen ist der Oberschenkelknochen. Er ist hohl. Er hat
eine höhere Tragfähigkeit als ein massiver Stab aus Gussstahl.«

»Was du nicht alles weißt«, sagt meine Mutter. Und dann verschwinden
sie wieder in der Küche. Jetzt hat er sie so weit. Der kleine Hans. Noch geschickter als Onkel Hans. Kommt einfach auf den Oberschenkelknochen
zu sprechen. Und schon ist er beim Thema. Meinetwegen kommt der garantiert nicht hier vorbei. Er kommt allein wegen meiner Mutter. Auch er
will ihre Schenkel sehen. Und warum nicht? Jetzt verschüttet er einfach
sein Glas Milch auf ihrem Kittel, und schon sieht er sie. Und mein vor-
sichtiger Vater sitzt im Gefängnis, weil sie ihn verleumdet haben. Wer?

Das weiß man nicht. Weshalb? Das weiß man nicht. Wieso? Das weiß ich
wohl. Ein Brief aus Bochum. Ein kleiner Spitzel neben mir auf der Schul-
bank, um zu sehen, wie alles so steht. Er wird vorgeschickt, um die Oberschenkel zu prüfen. Lohnt sich die Zugfahrt aus Bochum überhaupt?

»Die griechische Nationalhymne hat 158 Strophen.« Mehr hat mein Vater gar nicht gesagt. Trotzdem wird er abgeholt.
»Sie haben ihn abgeholt«, sagt meine Mutter, als ich aus der Schule
komme. Ich denke mir nichts dabei und löffle meine Suppe. Was soll ich
mir denn dabei denken? Auch ich hole manchmal Bernd, den Sohn des
Schusters, auf dem Schulweg ab. Wir gehen zusammen zur Schule. Das
hat sich so ergeben. Besonders mag ich ihn nicht. Aber er redet wenigstens nicht einen solchen Unsinn wie Hans. Vielleicht, denke ich, kann
ich ihn brauchen, wenn es gegen Hans geht. Da ist mir jede Hilfe recht.
»Ach, du verstehst das noch nicht«, sagt meine Mutter und streicht mir
über den Kopf, während ich weiter löffle. Die Suppe ist nicht mehr besonders warm.
»Wann kommt er wieder?«, frage ich.
»Er ist im Gefängnis«, sagt meine Mutter. »Aber sag das niemandem.«
»Warum?«
»Man hat ihn denunziert.« Ich stelle mir vor, dass Denunzieren ein Vorgang ist, bei dem man an einen Stuhl gefesselt wird und Stromschläge bekommt. In unregelmäßigen Abständen. Stärker als bei der Gleichstrombehandlung, obwohl es danach auch immer leicht angebrannt
riecht. Gleich tupft die Schwester mir mit Alkohol die Stirn. Und weil
ich weiß, dass Hans daran schuld ist, schreie ich ihm, als mein Vater nach
einer Woche immer noch nicht zu Hause ist, zu: »Ich werde dich denun-
zieren!« Das hört ein Lehrer. Er fragt mich, was ich damit meine. Warum ich Hans denunzieren will, und vor allem womit?
»Ich will, dass er stirbt.«
»Und deshalb willst du ihn denunzieren?«
»Ja.«
»Und wie soll er sterben?«
»Hab ich doch gesagt: mit Denunzieren. Auf einem Stuhl mit Strom.«
Der Lehrer ist verständig. Er begleitet mich nach der Schule nach Hau-
se und spricht mit meiner Mutter.
»Er hat etwas falsch verstanden«, sagt sie.
»Aber warum gerade unser Hans?«, fragt der Lehrer.

»Ja, das verstehe ich auch nicht. Ein netter Junge.«

Bernd und ich haben Hans am Freitagabend abgefangen. Wir haben ihn in der Seilerstraße in einen Hinterhof geführt. Dort kommt niemand hin. Die Häuser hintenraus stehen leer. Wir haben ihn an eine Teppichklopfstange gebunden mit einem Seil, das ich von meiner Mutter aus dem Küchenschrank genommen habe. Ich muss das Seil am Abend wieder mitbringen. Wir können ihn da nicht so stehen lassen. Hans hat kein Wort mehr gesagt.

»Jetzt sagt er nichts mehr«, habe ich gesagt und ihm noch mal in den Bauch geboxt. Bernd hat erst gelacht. Er hat so kurz gelacht wie immer. Aus Angst. Insgesamt habe ich Hans viermal in den Bauch geboxt. Niemand sollte sehen, dass er geschlagen worden war. Aber innen reißt vielleicht etwas, wenn man Glück hat. Das tut die ganze Nacht weh und auch noch am nächsten Tag. Am nächsten Tag konnte Hans nicht mitturnen. Die Memme. Er saß am Rand. In der Nacht träume ich, dass man mich zum Rektor holt.

Am nächsten Tag werde ich tatsächlich zum Rektor geholt. Mein Klassenlehrer steht im Zimmer. Ein Mann und eine Frau sitzen auf zwei Stühlen neben dem Schreibtisch. Der Rektor sitzt dahinter. Es sind die Eltern von Hans. Warum ich ihren Sohn geschlagen habe, wollen sie wissen. Ich sage nichts. Der Rektor steht auf und haut mir links und rechts eine runter. Ich sage nichts.

»Er hat etwas von Denunziation gesagt«, sagt mein Klassenlehrer. Und dann etwas leiser: »Sein Vater sitzt.«

»Aber«, empört sich der Vater von Hans, »damit haben wir doch nicht das Geringste zu tun. Erlauben Sie bitte.« Der Rektor beruhigt ihn. Der Klassenlehrer beruhigt ihn. Ich werde nach Hause geschickt. Als ich am nächsten Morgen in die Schule komme, sagt mir der Klassenlehrer, dass ich in eine andere Klasse komme. Auch dort gibt es einen Hans. Überall gibt es einen Hans. Ich beachte ihn nicht. Egal, was er auch versucht, denke ich, ich falle nicht auf ihn herein. Man könnte mir 100 000 Mark geben oder eine Milliarde, die ich nicht einmal zählen kann, ich würde niemals verraten, wie viele Strophen die griechische Nationalhymne hat. Niemals.

»Ich habe gerade neulich gedacht, dass Hans jetzt schon fünfmal länger weg ist, als ich ihn überhaupt kenne«, sagt Lorchen.

»Also ein Jahr. Ihr kanntet euch also ein Jahr.«

»Ja, etwas länger als ein Jahr, knapp 13 Monate.«

»Er hat nie eine Brille getragen, oder?«

»Nein, soviel ich weiß nicht.«

Der Hans aus der Schule hatte auch keine. Und Onkel Hans aus Bochum auch nicht. Mutter hat zumindest nie etwas darüber gesagt. Vielleicht leben sie alle nicht mehr. Keiner von ihnen. Auch der Rektor nicht. Mein Klassenlehrer. Die Eltern von Hans. Bestimmt alles Politische. Alle miteinander. Aber, was hätte ich machen sollen? Hans in Ruhe lassen. Das sagt sich so leicht. Jetzt kann ich es denken. Jetzt denke ich manchmal, dass mich Bernd aufgehetzt hat. Den Hinterhof kannte ich nicht. Ich wusste nicht, dass man da ungestört war. Und wie er aufgelacht hat, jedes Mal, wenn ich Hans wieder eine in den Bauch gegeben habe.

»Ach, Lorchen«, möchte ich sagen. Aber ich weiß gar nicht, was danach kommen soll.

Manchmal bin ich von der Gleichstrombehandlung doch recht erschöpft. Aber heute lag ich einfach nur auf meinem Bett, ohne an etwas Bestimmtes zu denken oder die vom Arzt empfohlenen und sogar vorgeschriebenen Muskelübungen zu machen. Für einen kurzen Augenblick dachte ich, wenn ich jetzt völlig ruhig bleibe, ohne mich auch nur im Geringsten zu bewegen, ohne Atem zu holen oder mit den Augenlidern zu blinzeln, dann taucht mein Körper zusammen mit meinem leicht nach Schwefel riechenden Geist in ein Nichts ein. Zusammen rutschen sie in ein riesiges Fass mit Tinte, in eine Leere, so leer wie der lange Gang, von dem die Krankenzimmer abgehen. Aber dann musste ich schlucken. Und dann roch ich den frisch aufgebrühten Pfefferminztee für das Abendessen. Und von da ab lag ich nur noch da. Sinnlos. Aufgeschwemmt.

Immer öfter habe ich in letzter Zeit das Gefühl, der Strom würde mich nicht nur aufladen, sondern aufblasen wie ein großes Nilpferd, das man aus dünnen und verschlissenen Gummireifen zusammengenäht hat und das über einem Zug von Mädchen in blauen Uniformen schwebt. »Leb wohl, mein kleiner Gardeoffizier«, singen sie unter mir, »Leb wohl. Und vergiss mich nicht. Und vergiss mich nicht.« Sie marschieren die Straße entlang mit erhobenen Beinen. Mit festen Oberschenkelknochen. Mit vor Kälte blauen Lippen. Wenn die Mädchen jung sind, ist man selbst jung. Man kann sie nicht beschützen. Mein zusammengeleimter Nilpferdkörper treibt nach oben. Er kippt auf den Rücken. Jetzt kann ich nicht einmal mehr sehen, was sich unter mir abspielt.

Die Ärzte sind angetan von meinen Zeichnungen. Sie wollen wissen, was ich dort als Plan immer und immer wieder auf die Rückseiten der alten beschriebenen Blätter, die sie mir aus dem Büroabfall geholt haben, male und verbessere. Sie können sich nicht vorstellen, dass ich etwas entwerfe. Etwas, das es gar nicht gibt. Sie denken, ich beginne, mich zu erinnern. Und sie hoffen, dass ich meine Erinnerung in eine Form bringe. Weil ich mich auf den Plan des Lagers konzentrieren muss, fällt mir so schnell keine Antwort ein, wenn sie zur Visite in mein Zimmer kommen. Also bereite ich mich für das nächste Mal vor und zeichne ein Nilpferd. Dazu erzähle ich ihnen Folgendes: »Mein Vater war Soldat.«
Sie nicken.
»Er war Soldat wie ich.«
Sie nicken erneut.
»Mein Vater kämpfte in Afrika. Da war ich noch ein kleiner Junge. Als er nach Hause kam, fragte ich ihn: Vati, wo ist Afrika? Weit, weit weg. Und wie ist es da? Genau wie hier, nur mit Nilpferden. Das hat er gesagt: Genau wie hier, nur mit Nilpferden. Also habe ich mir Dörfer vorgestellt wie hier, mit Straßen und Menschen und Pflanzen. Nein, ich habe mir gar nichts vorgestellt. Ich brauchte mir ja gar nichts vorzustellen, es war doch alles genau wie hier. Das Einzige, was ich mir vorstellen musste, waren Nilpferde. Ich bekam ein Nilpferd von meiner Mutter in einem Buch gezeigt. In den Zoo schafften wir es nie.«
»Und nun überlege ich«, sage ich zu den Ärzten weiter, »warum hat mein Vater das gesagt? Warum hat er das nur gesagt? Afrika sei genau wie hier, nur mit Nilpferden. Was hat er damit gemeint?«

Auch meine Mutter sagte nichts, sondern nickte nur und lächelte. Oder war er etwa gar nicht in Afrika gewesen? Warum erzählte er mir denn nichts von den Eingeborenen, der Wüste, dem Urwald, den Schlangen, den Dörfern? Wollte er sich nicht daran erinnern? Hatte man ihn gefangen gehalten in einem Dorf? Oder hatte er die Hütten angezündet und war mit seinem Jeep herumgefahren und hatte auf alles geschossen und auch alles getroffen, außer dem Nilpferd, das unverwundbar ist mit seiner dicken Haut?

»Und möchten Sie so ein Nilpferd sein?«

Ja, ja, ja, das wäre schön. Nilpferdoffizier. Leb wohl. Leb wohl. Man lebt wohl als Nilpferdoffizier. Und genau deshalb entwerfe ich Gehege.

Kaum sind sie weg, zerre ich wieder meine Pläne für das Lager von Hans hervor und zeichne weiter. Ich weiß: Dieser Schuss ging nach hinten los. So dumm bin ich auch nicht. Sie halten mich jetzt für noch idiotischer, als ich tatsächlich bin. Aber mir fällt nie etwas Rechtes ein, wenn man mich unvermittelt fragt. So war es auch schon in der Schule. So war es dann später in der Kaserne. Die einfachsten Fragen erschienen mir nicht zu bewältigen? Was heißt schon nicht zu bewältigen? Ich konnte sie schlicht und einfach nicht beantworten. Ich wusste nichts darauf zu sagen. »Präsentiert das Gewehr!« Bei anderen passierte in solchen Momenten etwas, ohne dass sie groß nachdenken mussten. Bei mir jedoch passierte nichts.

»Sind Sie jetzt vollkommen übergeschnappt?«

»Jawohl.« Im Grunde denken alle dasselbe. Aber sie sagen es nicht. Auch die Ärzte sagen es nicht. Sie justieren am Gleichstromautomat die Ströme. Das ist alles. Kein Wort, nur eine Drehung. Sie drehen die rote Skala gegen die blaue. Sie legen die mit dickem Vollgummi gesicherten Hebel um. Ich denke, dass es klingt wie in einem der vielen Irrenwitze. »Kommt ein Nilpferd zur Gleichstrombehandlung …« Zumindest kann ich noch klar denken. Ich kann mir alles ganz genau überlegen. Ich muss die Scharte einfach wieder auswetzen bei den Ärzten. Wenn ich zu schnell hinterherlaufe auf den Gang und irgendetwas sage, wird es nur noch schlimmer. Von dem Nilpferd komme ich so leicht nicht mehr weg. Außerdem, wenn mein Vater so einen Unsinn redet … Ein Kind kann das nicht besser begreifen. Und damals, damals nämlich, als Kind, als kleines Kind, da wollte ich so ein Nilpferd haben. Nicht sein. Haben wollte ich es. Und weil ich es nicht bekam, also nicht bekommen konnte, wollte ich es sein. Ich hatte einfach keine andere Lösung. Mir blieb nichts übrig. Ich musste es einfach sein.

Das ist doch eine ganz brauchbare Definition von Wahnsinn: dass einem nichts anderes mehr übrig bleibt. Und wie jeder Wahnsinn tarnt sich auch dieser zuerst mit Normalität. Dann wartet er. Er hält nachts die Luft an. Das sind dann die ersten Zeichen: die Erstickungsanfälle. Das heißt bereits: entweder du oder ich. Aber wer ist er? Und wer bin ich? Dann sucht er eine kleine Lücke. Eine winzig kleine Lücke. Um hineinzuschlüpfen. Das Schöne daran ist, dass wenigstens die Anfälle aufhören, denn er muss jetzt nicht mehr die Luft anhalten.

Fastnacht also. Daher auch die Mädchen in den blauen Uniformen mit den weißen Rüschen am Rocksaum. Ein großes Fass Bier rollte auf einem Wagen hinterher. Ich trug das Kostüm. Der Nilpferdkopf war größer als meiner. Ich schaute durch die beiden Nasenlöcher nach draußen. Später schütteten sie durch diese Löcher Bier. Das brannte in den Augen. Und roch fürchterlich. Ich konnte mich nicht wehren, weil ich mit den Hufen keine richtige Faust zustande brachte. Immer wieder habe ich mich um mich selbst gedreht. Aus Verzweiflung. Ich wollte aus meinem Kostüm heraus, aber ich schaffte es nicht. Ich schaffte es allein einfach nicht. Meine Mutter war verschwunden. Mein Vater war damals schon im Gefängnis. Denunziert. An einen Stuhl gefesselt, der halb im Wasser stand. Kleine Papierschiffchen trieben durch das Büro. Ein Mann in Uniform stand vor ihm.
»Die griechische Nationalhymne hat 158 Strophen, das wissen wir jetzt. Aber weiter. Afrika. Was haben Sie dazu zu sagen?«
»Das ist wie hier, nur mit Nilpferden.« Wieder schlagen sie ihn, obwohl er schon aus der Nase blutet. Warum hat er auch nicht aufgepasst? Irgendjemand hatte doch bestimmt einen Fotoapparat dabei. Wenn man sich nichts merken kann, dann muss man wenigstens ein Foto machen lassen.
»Und das da hinten, das Nilpferd?«
»Ach so, nein, das ist kein Nilpferd. Das ist mein Sohn in einem Fastnachtskostüm. Der bekommt gerade Bier in die Nasenlöcher geschüttet. Mit Afrika hat das ganz und gar nichts zu tun. Und der, der da schüttet, das ist übrigens der Junge vom Schuster, wenn Sie ganz genau hinschauen. Das Bild ist nämlich etwas verwackelt.«
»Ich denke, das sind Freunde. Die haben doch den Hans zusammen überfallen.«
»Ja, das stimmt schon. Aber das ändert sich schnell. Besonders in dem Alter. Aber auch später. Manchmal weiß man einfach nicht, wer Freund, wer Feind ist. Und wenn man dann Angst hat, dann schießt man einfach wild um sich. Man kann doch nicht ahnen, dass ausgerechnet dieses eine Dorf mit der Wehrmacht kollaboriert. Wie sollte man das denn ahnen? Es gab keinerlei Anweisungen. Keinerlei Richtlinien. Wie hieß es immer bei uns: ›Kurz vor der Feindeslinie fällt jede Richtlinie.‹ Das

ist so im Krieg. Aber wie soll man das alles bitteschön so einem Jungen klarmachen, wenn er einen fragt? Niemand konnte ahnen, dass er sich das mit dem Nilpferd so zu Herzen nimmt. Ich habe zwei alte Regenmäntel zerschneiden müssen, und meine Frau hat sie zusammengenäht. Und vorn das Gesicht haben wir aus Fahrradschläuchen geformt. Wir haben doch alles getan für den Jungen. Warum steht er nicht am Straßenrand und winkt wie alle anderen auch? Warum fängt er an zu tanzen und läuft quer durch die Funkenmariechen und lässt sich Bier in die Nasenlöcher schütten? Das Nilpferd kann sein Maul so weit aufreißen, dass ein 1,20 Meter großes Kind darin Platz hat. Dieser kleine Hans, das ist ein aufgeweckter Junge. Meine Frau hat mir nur Gutes über ihn berichtet. Er hat meinem Jungen sogar ein Buch leihen wollen. Trotzdem kann ich nicht glauben, dass mein Sohn den Hans gefesselt und geschlagen hat. Im Hinterhof in der Seilerstraße. Das ist eine Gegend, da kommt mein Junge praktisch nie hin. Dem anderen, dem Schusterjungen, dem kleinen Bernd, dem würde ich das schon eher zutrauen. Das könnte ich mir durchaus vorstellen. Der kommt ganz nach seinem Vater. Da wird schon eher ein Schuh draus, wenn ich mir den Witz in diesem Zusammenhang erlauben darf. Der hat meinen Sohn angestiftet. So könnte es sein. Höchstens.«

Genau das werde ich den Ärzten sagen. So verhält es sich mit dem Nilpferd. Und es war Bernd, der mich angestiftet hat. Weil ich nichts gegen den Hans habe, im Grunde. Afrika ist nicht Bochum. Und ein Krankenhaus ist kein Lager. Einmal muss Schluss sein. Und was ich von ihm alles hab lernen können. Ich glaube, wenn Hans in Afrika gewesen wäre, in einem Bataillon mit meinem Vater, dann wäre alles ganz anders verlaufen. Aber er war zu jung. Viel zu jung. Er musste ja erst später mit mir in den Krieg. Und dann auch nicht nach Afrika, soviel ich weiß. Also nicht direkt mit mir zusammen, weil ich ihn nicht mehr gesehen habe. Ich kam in die andere Klasse. Aber er gehörte zu meiner Altersstufe. Der wäre nicht einfach mit dem Jeep über die kleinen Negerkinder drübergefahren, sondern hätte sie stattdessen in ein Nilpferdmaul gestellt. Bis 1,20 Meter. Dann hätten sie noch eine reelle Chance gehabt. So eine Chance hatten wir nicht. Wir mussten über den Kartoffelacker laufen. Weiter und weiter. Das Nilpferd hat einen drei Meter langen Magen, der über 0,2 Kubikmeter Gras aufnehmen kann. Deshalb ist in Afrika alles so kahl. Leergefressen. Klare Sicht bis zur Frontlinie.

»Ja, das würde uns auch interessieren.« Der Uniformierte beugt sich über meinen Vater. Mein Vater spürt seinen Zigarettenatem auf dem schmalen Blutrinnsal, das sich von seiner Nase zum Kinn zieht.

»So Kinder, die reden viel daher. Darauf kann man nichts geben.«

»Nein? Sie vielleicht. Aber wir geben etwas darauf, was Kinder sagen. Diese Kinder sind unsere Zukunft. Die werden dereinst für uns ins Feld ziehen. Aber das werden sie unter Umständen schon nicht mehr erleben. Unter Umständen, sagte ich. Und jetzt komm rein, Hans, erzähl uns, was du weißt.«

»Die Haut des Nilpferds ist fast vier Zentimeter dick. Die meisten Gewehr- oder Pistolenkugeln können sie nicht durchdringen.«

»Sehr gut, mein Junge. Und, was sagen Sie jetzt? Danke, mein Junge, du kannst gehen. Oder besser, warte draußen, falls wir dich noch einmal brauchen.« Hans geht nach draußen. Ich frage mich immer noch, ob er eigentlich eine Brille trug, aber ich glaube nicht. Bernd hat eine Brille getragen. Am Anfang zumindest. Bis sie ihm kaputtging. Wann war das nur? Auch beim Fastnachtsumzug? Als mir das Bier durch die Nasenlöcher in den Anzug lief? Nein, ich glaube, das war später.

»Wieder zurück zu Ihnen, mein Bester. Ich wollte Ihnen die Blamage vor dem Jungen ersparen. Demselben Jungen, den ihr Früchtchen im Hinterhof in der Seilerstraße ... Aber lassen wir das. Und? Da sind Sie platt, was?« Mein Vater kann nur mühsam etwas sagen. Er ist geschwächt. Sein Mund ist trocken. Er hat Blut verloren. Dazu die Stromschläge. Seine gefesselten Hände zucken unwillkürlich hinter der Stuhllehne. Der Uniformierte hält sein Ohr ganz dicht an den Mund meines Vaters.

»Wie bitte? Ich kann nichts hören. Etwas lauter, wenn ich bitten darf. Die Beweislast ist ja wohl erdrückend. Ihr Junge wollte es ja nicht besser wissen. Der wollte lieber dumm und unwissend bleiben. Hat sich im Wohnzimmer verschanzt. Das Buch nicht gewollt. Und jetzt? Jetzt müssen Sie eben über Dritte davon erfahren. Vier Zentimeter Dicke, das ist kein Pappenstiel. Drei Meter langer Magen. Und?« Der Uniformierte brüllt durch die Eisentür nach draußen zu Hans: »Und, mein Junge?« Hans springt von seinem Schemel und deklamiert: »Das Nilpferd ist nach dem Elefanten das größte aller heute lebenden Landsäugetiere. Größer noch als das Nashorn. Das Nilpferd kann bis zu 3,6 Tonnen wiegen. Es ist mit dem Schwein verwandt. Es kann das Maul so weit aufreißen, dass ein 1,20 Meter großes Kind ...«

Der Uniformierte dreht sich zu meinem Vater zurück, greift mit der rechten Hand, die in einem schwarzen Handschuh steckt, nach seinem Kiefer und drückt ihn zusammen. Mein Vater stöhnt auf. »Haben Sie gehört? Mit dem Schwein verwandt. Also, jetzt mal weiter. Oder wollen Sie, dass wir ihren eigenen Knaben noch herholen? Im Kostüm? Nach Bier stinkend? Besoffen? Torkelnd? Mit einem kleinen Frisierspiegel im linken Huf, mit dem er unter die ohnehin viel zu kurzen Röcke der Funkenmariechen zu schauen versucht. Mit einem Metermaß, mit dem er den Umfang der Oberschenkel zu messen gedenkt, um daraus den Durchmesser des, wie wir alle nur zu genau wissen, hohlen, ich betone hohlen, Oberschenkelknochens, genannt Femur, zu errechnen. Wen, denken Sie eigentlich, haben Sie vor sich?« Mein Vater versucht, etwas zu sagen. Aber es kommt nur ein Krächzen und etwas Blut.

Warum bin ich nur als Nilpferd gegangen? Damit fing alles an. Nur weil ich nicht als Soldat gehen wollte. Und auch nicht als Matrose oder Pirat. Aber als Neger hätte ich gehen können. Als verbrannter Neger. Als vom Jeep plattgewalzter Neger. Mein Bauch drei Meter lang ausgewalzt vom Jeep. Mein Mund so weit aufgerissen, dass ein Kind, ein 1,20 Meter großes Kind darin Platz finden würde.

Die Nilpferde kennen die Mündungen des Nil. Aber sie verraten sie nicht. Man kann ihnen monatelang auflauern. Sie drehen nur ihre schweren Köpfe nach einem um und gleiten langsam ins Wasser. Aber sie schwimmen nicht zu den Mündungen. Sie werden sich hüten. Sie wissen, dass sie spätestens dann sterben müssten. Erschießen kann man sie nicht, aber erschlagen mit einem Felsbrocken. Oder ersticken mit einem Federkissen. Einem großen Federkissen. Einem Paradekissen. Einem Plumeau. Auf dem sonst nur hohle Oberschenkelknochen liegen und einen ungeheuren Druck aushalten. Mehr Druck aushalten als massiver Stahl. Ohne Witz. Ein ausgewachsener Mann kann sich da draufschmeißen. Mit voller Wucht. Wenn der Vater schläft. Oder so tut. Müde gemacht durch das Absingen der griechischen Nationalhymne. Mein lieber Herr Gesangsverein. Schnell noch einen Schnaps hinter die Binde. Und noch einen. Und dann ran wie Blücher. Zack, zack. Aber der Knochen, der hält das. Ohne Bedenken. Den ganzen Onkel Hans. Und den kleinen Hans noch obendrauf. Immer feste mitjuckeln. Mit seinem Eierkopf. Darin das Wissen der Welt. Das wiegt schon ein paar Kilo. Dabei hat er doch keine

Ahnung, der Zwerg. Weiß doch nicht, was gespielt wird. Erst plappert er alles nach. Und dann plappert er alles aus. Ist doch klar, dass er dafür eine Abreibung bekommen musste. Soll doch froh sein, dass wir ihn nicht komplett massakriert haben, das Würstchen. Das waren schließlich Geheiminformationen. Die hat mein Vater nur mir anvertraut. Nur mir ganz allein. Das Nilpferd. Der Nil.

Am Sonntagmorgen kurz nach elf, wenn die Kirchgänger aus der Messe kommen und man auf der Staße nicht so auffällt, gehe ich in Richtung Friedhof. Fragt man mich, wo ich hingehe, sage ich: zum Grab meiner Mutter. Die Richtung stimmt. Tatsächlich gehe ich durch die Falkenhorststraße, um mir die kaputte Schaufensterscheibe der Schusterwerkstatt anzusehen. Ich kenne die Falkenhorststraße nicht. Vielleicht habe ich sie einmal zufällig auf dem Weg zum Friedhof eingeschlagen. Das ist gut möglich. Zwei Mädchen halten ein eingerolltes Springseil zwischen sich und warten, bis ich weg bin. Mit einem solchen Seil haben Hans und ich Bernd festgebunden. Der Geruch der abendlichen Bratkartoffeln sank über den Hof. Der blaue Dampf von Tagelöhnerschnaps kam aus den dunklen Fenstern und drehte sich wie ein Zuckerwattengespinst um die Wäscheleine. Obwohl ich Bernd nur in den Bauch boxte, kam etwas Blut aus seinem Mund. Er ließ den Kopf hängen, damit ich aufhörte. Als das nichts nützte, hielt er den Atem an. Er hielt den Atem an, bis wir ihn losbanden. Dann sank er zu Boden. Wir nahmen das Seil und liefen aus dem Hof. Vor dem Haus trennten wir uns. Wir sahen uns erst mit einem Gewehr in der Hand auf dem Weg zur Front wieder. Bernd blieb der Krieg erspart, auch die Front und die Krankenbaracke. Dennoch kann ich nicht glauben, dass man an vier Hieben in den Bauch sterben kann.

Am nächsten Morgen werde ich zum Rektor gerufen. Bernds Eltern sitzen in schwarzem Anzug und schwarzem Kostüm auf zwei Stühlen neben dem Schreibtisch. Die Mutter hat rot verweinte Augen. Der Vater schaut mich nicht an. Der Rektor möchte wissen, ob ich Bernd gestern gesehen habe.
»Nein«, sage ich, »wieso?«
Der Rektor schüttelt nur den Kopf und schickt mich zurück in die Klasse. Dann wird Hans gerufen. Ich habe keine Zeit mehr, ihm etwas zuzuflüstern. Am Nachmittag stehen wir in einer Reihe vor dem aufgebahrten Bernd. Immer noch hält er den Atem an. Jemand hat ihm das Blut aus

dem Gesicht gewischt und ihm den Konfirmationsanzug seines großen Bruders angezogen. Der Anzug ist Bernd viel zu groß. Selbst die umgeschlagenen Ärmel bedecken seine auf dem Bauch gefalteten Hände noch zur Hälfte. Anschließend bekommt jeder von uns ein Stück selbstgebackenen Streuselkuchen von Bernds Tante. Sie streicht uns über den Kopf und schaut uns mitleidig an. Hans beißt die Zähne aufeinander. Ich höre seine Kiefer knirschen. Draußen vor dem Gartentor drückt er mir sein Stück Streuselkuchen in die Hand und läuft davon.

Ich überlege, ob Bernd seine Hände auf dem Bauch gefaltet hat, weil sich dahinter die Wunde befindet, die ich ihm geschlagen habe. Als ich zuschlug, war sein Bauch ganz weich. Wie kann man in etwas Weiches eine Wunde schlagen? Ein Loch gar? In den Kopf kann man sich ein Loch schlagen, aber auch das ist meist nicht richtig tief. Nie kann man hineinschauen und das Hirn sehen. Aber warum sollte jemand an vier Schlägen in den Bauch sterben? Warum sollte jemand die Schaufensterscheibe einer Schusterei kaputtschlagen? Und warum sollte man ausgerechnet mich der Tat verdächtigen?

Das Lager ist so weit fertig. Es steht, sozusagen. Ich muss nur einen günstigen Moment abpassen, um Lorchen die Pläne zu zeigen und ihr alles zu erklären. Auch den Ärzten muss ich einiges erklären am Montag. Vor allem das mit meiner Mutter. Kann ich sagen, dass ich am Freitag einfach vergessen habe, sie zu besuchen? Ist das glaubhaft? Aber was ist glaubhaft? Am Grab muss ich wenigstens nichts begründen. Das ist ein Vorteil. Ein winziger Vorteil. Ein Grab ist Begründung genug. Alle anderen Gründe verstummen. Vor dem Grab fällt einem nichts mehr ein. Man faltet die Hände vor dem Loch im Bauch und schaut auf den Kopf des Aals, der aus der um ihn gerollten Zeitung schaut. Dann sagt man ein Gebet. In dem Gebet kommt der Vater vor, der auf einem Stuhl gefesselt in einem Keller sitzt und für meine Sünden stirbt. Man hat ihn denunziert, und dafür fließt jetzt Strom durch seine Glieder. Obwohl es nur Strom ist, läuft ihm Blut aus dem Mund. Wie bei Bernd.

Manchmal gehe ich abends runter zum Nachtwächter und rauche zusammen mit ihm eine Zigarette. »Es ist ja so«, sage ich zu ihm, »ich glaube, dass viele Menschen nur sterben, um eine gewisse Ordnung in ihr Leben zu bringen.« Er schaut mich nicht an. »Manchmal gibt es zu viele

Verbindungen zwischen den Menschen. Verwandte. Bekannte. Kinder. Eltern. Es ist am besten, wenn einige davon sterben. Sonst kommen die anderen zu nichts. Finden Sie nicht auch?« Er sagt nichts, zieht nur an seiner Zigarette. »Aber es muss ja auch nicht gleich der Tod sein«, sage ich. »Vor dem Tod kommt die Krankheit. Und Krankheit ist auch eine Ordnung. Eine andere Ordnung, aber dennoch eine Ordnung. Alles hat eine Ordnung.« Ich meinte nicht Ordnung, sondern Beziehung. Aber das Wort fiel mir nicht ein.

Mein Vater ist tot. Meine Mutter ist tot. Was das angeht, herrscht eine gewisse Ordnung. Es riecht nach regennassen Tannenzweigen. Ich gehe auf der anderen Straßenseite. Aber ich kann alles genau erkennen. Sie haben zwei große Holzplatten in das Schaufenster gestellt und mit Brettern zugenagelt. Die Scherben sind zusammengekehrt. Es riecht nicht nach Rauch. Die Kirchgänger sehen mich an. Sie betrachten mich. Ich nicke ihnen im Vorübergehen zu. Da kommt der Nachtwächter mit seiner Familie. Er ist also ein gottesfürchtiger Mann. Er braucht einen Glauben, gleichgültig welchen Beruf er ausübt. Er versucht, mir mit seiner Familie auszuweichen. Es sind zwei kleine nette Mädchen, nicht älter als acht. Sie tragen kein Springseil, sondern schwarz eingeschlagene Gesangbücher. Eine nette Frau. Sie trägt eine Handtasche mit einem goldenen Knippverschluss. Ich habe ein Stück Aal in Zeitung eingewickelt in meiner Tasche. Ich lächle freundlich.

Weil ich den Ärzten nicht mehr vertraue, schleiche ich nachts aus meinem Zimmer und suche den Nachtwächter auf, der vorne am Eingang in seiner Glaskammer in einem Staubmantel sitzt. Einmal war mir so furchtbar schwindlig, dass ich immer weitergehen musste, bis ich im Bademantel draußen vor der Tür im strömenden Regen stand. Wahrscheinlich habe ich den Regen wegen der Gleichstrombehandlung nicht gespürt, aber nass wurde ich natürlich trotzdem. Und da kam der Nachtwächter und holte mich wieder rein und gab mir ein Handtuch, um mich abzutrocknen. Und da erschien er mir wie einer dieser Helden und Halbgötter, die einem immer wieder in anderer Gestalt erscheinen, und wegen seiner großen und massigen Gestalt und seines etwas einfältigen Wesens erinnerte er mich an den Zyklopen, der Odysseus und seine Mannen gefangen hält. Ich fertigte sogar eine Zeichnung von ihm an. Man sieht darauf den Nachtwächter in seiner Kabine sitzen. Ich musste diese Zeichnung allerdings vernichten, weil sie dummerweise offen dalag, als Lorchen zu mir kam. Sie sollte nicht denken, dass diese Zeichnung etwas mit ihrem Hans und dem Lager zu tun hatte. Denn der Lagerplan, das war ein voller Erfolg. Lorchen hatte Tränen in den Augen. Sie konnte sich von dem Plan nicht mehr losreißen. Den ganzen Abend nicht. Und immer wieder musste ich ihr alles erklären.

»Hier unten rechts kommen die Gefangenen auf Lastwagen an. Dann müssen sie herunterspringen und werden in die beiden Baracken hier geführt. Da müssen sie sich ausziehen. Sie müssen ihre Kleider abgeben. Dann bekommen sie die Haare geschnitten. Dann müssen sie durch einen Gang, den man Schlauch nennt, zur Entlausung. Das alles kann man von außen nicht sehen, weil es mit Tannenreisern getarnt ist. Der Lastwagenmotor wird angeschlossen und bläst das Läusemittel in die Kammern. Danach müssen sie ihre Goldplomben abgeben, weil es in dem Lager so heiß werden kann, dass das Gold schmilzt und sie sich damit selbst gefährden könnten. Was man verhindern möchte. Dann können sie sich ausruhen. Sie legen sich dazu auf einen großen Rost. Diesen Rost hat man folgendermaßen hergestellt: alte Eisenbahnschienen, die man nicht mehr benötigte, wurden über eine Grube gelegt. Unten in der Grube ist ein Feuer, und oben auf den Schienen liegen die Gefangenen.«

Ich sah Lorchen an, dass meine Erzählung sie beruhigte. Dann gingen wir die anderen Details durch. Die Hütte auf dem Baum für die Einzelhaft. Die Baracken des Wachpersonals, Küche und so weiter. Der hohe Zaun. Ich fühlte mich fiebrig. Dann fror ich. Als Lorchen das Fenster öffnete, um die zwei kleinen Flaschen Milch und die eine Flasche Kakao auf das Fensterbrett zu stellen, musste ich mir unwillkürlich mit beiden Händen über die Oberarme streichen. Später, als sie gegangen war, lag ich im Dunkeln und fühlte mein heißes Gesicht. Jetzt gab es wieder ein Stück Ordnung mehr. Sie hatte die Pläne mitgenommen. Alle. Ausnahmslos. Was durchaus von Vorteil für mich war, weil mich jetzt niemand mehr auf irgendetwas Unverständliches ansprechen konnte. Ich hatte ihr sogar noch meine Skizzen für den Irrgarten mitgegeben. Ich war damit nicht weitergekommen. Die Einzelteile wollten sich nicht zu einem Ganzen zusammenfügen. Ein Kellereingang, oder besser ein unterirdischer Eingang vom Hof in der Seilerstraße. Dann Treppen. Viele Treppen. Gänge. Schächte eher. Mit Türen. Stahltüren. Oder Türen mit schweren Schlössern und Riegeln. Irgendwo gab es einen kleinen Tümpel, in dem ein Fisch schwamm. Ein Zitteraal. Ein gefährliches Tier. Nicht essbar. Fastnacht war vorbei und die Fastenzeit angebrochen. Obwohl mein Vater nicht gläubig war, holte der Obersturm den Zitteraal aus dem Tümpel und hielt ihn tropfend neben die Schläfe meines Vaters, der wie immer auf einem Stuhl gefesselt dasaß.

Das Jahr 1951 war natürlich noch lange nicht vorbei. Nur kann ich mich an den Rest nicht mehr erinnern. Wahrscheinlich saß ich in meinem Zimmer und wartete darauf, dass jemand kommt, um mich abzuholen. Ich schloss die Augen und hielt die Luft an. Hielte ich bis zum Jahreswechsel durch, wäre alles verjährt. Jeder Jahreswechsel ist wie eine Versetzung. Und es ist nicht ganz unwichtig, das Klassenziel zu erreichen. Es geht um die Ordnung. Das Durcheinander, das entsteht, wenn man sitzen bleibt. Nicht nur ein anderer Jahrgang, ein ganz anderes Leben, was sich da zwischen die anderen mischt. Kein Wunder, wenn der Unterscharführer ungeduldig wird. Das ist ein Mann, der nicht studiert hat, der sich also auf Gesetzmäßigkeiten verlassen muss. Es ist furchtbar, einen solchen Menschen zu verunsichern. Auch die Ärzte konnten ihn nicht beruhigen. Und die haben immerhin studiert. Sie haben die beiden Skalen immer wieder gegeneinander verschoben. Aber es hat nichts geholfen. Sie haben ihre Tabellen ausgefüllt und ihre Berichte geschrieben, aber sie können mich auch nicht einfach jünger machen. Wie sollte das gehen? Natürlich hofft man, es ginge doch. Ein Idee steckt schließlich schon dahinter. Angenommen, man würde ein Jahr aus meiner Erinnerung löschen, irgendein Jahr. Vielleicht reicht es aber auch schon, immer mal wieder einen Monat abzutrennen. So wie von diesem Jahr.

82

Da die Theoretiker die Welt nur verschieden interpretiert haben, sind sie in der Welt geblieben und haben in ihr das letzte Wort behalten.

Die Theoretiker halten den über die Jahre durch ihr Denken herausgearbeiteten Schädel unter wallendem Haupthaar verborgen. Sie tragen Schwarze-Rose-Hemden unter den Westen ihrer Anzüge und bewegen sich vorbildlich in den verschiedensten gesellschaftlichen Zusammenhängen, ohne dabei auch nur das Geringste ihrer analytischen Gedankenkraft einzubüßen.

Die Theoretiker haben die Bedeutung des Namens erkannt und sind ihr beinahe zwangsläufig erlegen. Dies zeigt sich vor allem in ihrer Unfähigkeit, in einem beliebigen Restaurant ein Gericht von der Speisekarte auszuwählen oder wie jeder normale Mensch mit entschiedenem Schritt ein Kaufhaus zu betreten und dort ein Rasierwasser ihrer Wahl zu erwerben. Da die Theoretiker bis zu ihrem 45. Lebensjahr bei ihren Müttern leben und anschließend von einer ehemaligen Sekretärin des Instituts versorgt werden, weshalb Hemden und Hosen für die Theoretiker nur in ihrer gebügelten und gefalteten Form auf dem frisch überzogenen Bett in Erscheinung treten, existieren Vorstellungen eines etwaigen Mangels nicht in ihren Reflexionszusammenhängen, die in ungeschmälerter Kraft dem ontologischen Bedürfnis Rechnung tragen.

Natürlich wissen die Theoretiker, dass der Name als Name eines Ereignisses im Begriff nicht aufgeht und sich gleichzeitig durch einen Überschuss und Mangel an Sinn auszeichnet, trotzdem sprechen sie manchmal davon, dass alle Mahler-Einspielungen nach Bruno Walter, samt der dringlichen Kritik daran, Müll seien. Weist man sie auf den Populismus ihrer Äußerung hin, heißt es sofort, dass Schweigen einzig die eigene subjektive Unfähigkeit mit dem Stand der objektiven Wahrheit rationalisiere und diese dadurch abermals zur Lüge entwürdige. Digitale Aufnahmetechnik und neue Interpretationsansätze verweigern sich derartigen Erkenntnissen gleichermaßen.

Reale Geschichte verschwindet für die Theoretiker hinter Geschichtlichkeit. Auf diese Art befreit, durchblättern sie die von wissenschaftlichen Mitarbeitern angelegten Fotoalben in einem Zustand der Gelöstheit, den sie selbst als transluzent bezeichnen, und bemerken allein die sich ändernden Lichtverhältnisse und Krawattenmoden, nicht jedoch die Ahnung unabwendbarer Tragik in den Augen der Fotografierten. Dieses allwöchentlich freitags zur Vesperzeit vorgenommene Betrachten diene im Übrigen der Detranszentralisierung des weltkonstituierenden Ichs und sei auf diesem Gebiet beispiellos.

Frühe erkenntnistheoretische Einsichten, die gewisse Systeme fast über Nacht unannehmbar machten, stürzten die Theoretiker, kaum den Kinderschuhen entwachsen, in eben jene existenzielle Krise, durch deren Bewältigung der Denker sich gemeinhin auszeichnet. Sonst hätte man auch gleich zur See fahren oder Wagner werden können, obwohl der Beruf des Wagners längst durch den des Schmiedes verdrängt und obsolet geworden sei. Dabei wiesen gerade die beiden Handwerksberufe des Wagners und des Theoretikers nicht zu unterschätzende Gemeinsamkeiten auf. Die Produkte beider Zweige seien enormen Belastungen ausgesetzt, die eine sorgfältige Auswahl des Materials erfordern. Zudem fertige der Wagner nicht nur die Räder, sondern auch das Gestell, was ihn ebenfalls mit dem Theoretiker verbinde. Der Name Stellmacher, der in verschiedenen Landstrichen für den Wagner existiere, könne ebenso gut eine Bezeichnung für den Theoretiker selbst sein. Auch seien beide dem Straßenkehrer zugewandt, wenn man die Betonung auf die Kehre lege und die Straße als Weg dorthin verstehe.

Nach ihrem ersten Nervenzusammenbruch bekommen die Theoretiker Ruhe und den Aufenthalt in einem Bergsanatorium verschrieben, wo man auf ihre Diät achtet, ihnen Bäder verabreicht und sie körperlich ertüchtigt. Kaum etwas erholt, haben sie bei der Rückkehr einen fürchterlichen Disput mit ihrem Vater, der ihnen die Tür weist. Da sich die Theoretiker weigern zu gehen und sich demonstrativ im Badezimmer einschließen, bricht der Vater überstürzt zu einer Reise auf, von der er allerdings nicht lebend wiederkehrt, weil er schon auf der ersten Schiffspassage einer Magenblutung erliegt. Die Theoretiker zeigen sich dadurch wenig beeindruckt, entwickeln jedoch im Winter darauf Schlafstörungen. Sie fühlen sich angespannt, sind leicht reizbar und neigen außerdem zu intermittierenden Fieberschüben. Beim Schmücken des Weihnachtsbaums breitet sich eine Lähmung in Arme und Schultern aus. Sie werden von der schmalen Trittleiter heruntergeführt und verbringen die nächsten Monate in der Schweiz und Italien, wo sie am Vormittag in einem offenen Cabriolet im Schritttempo durch die Straßen fahren und die Auslagen der Geschäfte bewundern. Am Nachmittag liegen sie im Hotel auf einem Sofa und versuchen, an nichts zu denken. Nach einigen Wochen verbessert sich ihr Zustand, und sie wagen es, nach einem ersten Buch zu greifen. Es handelt sich um einen Unterhaltungsroman, da ein Werk aus ihrem Fachbereich einen jähen Rückfall zur Folge haben könnte.

Wie um den Beweis ihrer Aufrichtigkeit anzutreten, sterben die Theoretiker an den Krankheiten ihrer Zeit. Sie lassen sich unter Opiumeinfluss vor ihrer Haustür von einem Kraftwagen erfassen, manchmal auch auf dem Rückweg von der Oper, mit nichts im Magen außer einem Glas Kir. Bis zuletzt bestehen sie darauf, dass nicht der Tod ihnen die Feder aus der Hand genommen habe, sie sich vielmehr bis zum Tod hin in ihn hineindachten, der Schritt selbst also nichts weiter als eine jener Akzidenzien darstelle, an denen sich die Schärfe der Reflexion nun einmal zu messen habe. Dass Theorie zudem nicht umsonst als ars moriendi begann, zeige sich schon in der Tatsache, dass der Körper im Tod zum ersten Mal stillhalte und nicht länger den Denkprozess mit Wünschen, Empfindungen und dem Vorgaukeln von Vorstellungen unterbreche, folglich das vollende, was die Theoretiker in und an sich begonnen hätten.

Natürlich ist dies alles reine Theorie, denn das Bewusstsein selbst ist in den meisten Fällen zu schwach, um den Schock des Todes zu ertragen, weshalb es in Ohnmacht fällt und oft überhaupt nicht mehr zu sich kommt. In gewissem Sinne treffen sich im Tod Theorie und Religion noch einmal, denn die Frage der Theoretiker, wie sie den Tod bewusst überstehen, war einst die Frage der Religion, die sich jedoch in Fantasien eines Jenseits verzettelte, statt auf dem Boden der Tatsachen zu bleiben. Diesen Taschenspielertrick zusätzlich noch als Überwindung des Todes zu verkaufen, war für die Theoretiker seit jeher zu viel des Guten, weshalb sie aus der Religion ausscherten und ihre eigene Denkrichtung aufbauten. Mag man der Frage an sich einen die Antwort unter Umständen übersteigenden Wert zuerkennen, einfach »Tod, wo ist dein Stachel?« hinausblöken, so gehe es dann doch beim besten Willen nicht. Und so kam, was kommen musste, und was die Theoretiker natürlich vorausgesehen hatten: Die Religion musste für ihren Denkfehler schwer bezahlen, denn der Tod wurde ihr konsequenterweise immer mehr zum Tod des anderen. Die Theoretiker nahmen diesen Gedanken zeitweise auf, durchdachten und verwarfen ihn jedoch. Die Religion verkam daraufhin in ihrem letzten Schritt zur Seelsorge, bei der man sich um die Seele des anderen sorgt und während des Sterbens des anderen neben dessen Bett sitzt und ihm die Sakramente reicht und ihm mit diesen letzten Erledigungen die Bewusstlosigkeit etwas weniger spürbar macht. Die Theoretiker sahen diesen Widersinn mit Schrecken: Dort, wo es um Bewusstsein ging, propagierte die Religion genau das Gegenteil. Das Schisma war endgültig. Der Graben unüberwindlich.

Trotzdem stellte sich dieser Bruch auch für die Theoretiker als verhängnisvoll heraus, da er von einem Schritt eingeleitet wurde, der dem Publikum, das jede Bewegung der Theoretiker aufs Genauste verfolgte, nicht mehr zu vermitteln war. Man wollte ohnehin schon seit Jahr und Tag handfeste Ratschläge und am liebsten eine ars vivendi mit Wein und Knabbergebäck. Und wenn schon keine Ratschläge, dann doch wenigstens durchgeistigte Transzendenz und Metaphysik, nicht von jedem auf Anhieb nachvollziehbar, aber doch faszinierend und vor allem frappant, sodass man unwillkürlich ausruft: Da muss man erst einmal drauf kommen. Doch die Theoretiker kamen nicht drauf. Und worauf sie kamen, das interessierte das Publikum keinen Deut. Also blieb alles beim Alten: Mithilfe der Religion wurde weiter gestorben, und um das Geistige zu befriedigen, fanden sich alle möglichen Scharlatane, die im Wesentlichen einen Aufguss der alten Griechen, mit einigen Erkenntnissen der Aufklärung vermischt, darbrachten, meist in aphoristischer Form. Passend fürs Kalenderblatt oder wo sonst noch im Kleinbürgerlichen die Existenz abgehandelt wird.

Aber welche Alternativen hatten die Theoretiker auch? Volksschullehrer in Otterthal zu werden, wo einem angesichts der sturen Bauernschädel immer wieder die Hand ausrutscht? Dass sich die Theorie in ihrer Methodik ihrem Gegenüber anzupassen hat, leuchtete weder dem Schulrat noch den Eltern ein. Und was in einem englischen College vielleicht geschätzt wird, sozusagen aus dem Stand einen theoretischen Gedankengang zu entwickeln, das erscheint in der schmalen Holzbaracke mit der grünen Schiefertafel eher als zielloses Abschweifen und unterscheidet sich durch nichts von dem Unterricht des alten Schulmeisters, der schon kurz nach Unterrichtsbeginn und unabhängig davon, was der Lehrplan vorschrieb, auf den Krieg zu sprechen kam und die alte Zeit. Zudem dauerte es mit dem Bus geschlagene zwei Stunden, bis man zu einer Gemeinde gelangte, die in einem Saal einmal pro Woche einen Film zeigte. Den aber brauchten die Theoretiker als notwendige Ablenkung zu ihrer hochgeistigen Tätigkeit. Je stupider der Film, desto besser. Etablissements mit Kabinen verboten sich allerdings von selbst. Während einer Vortragsreise an der amerikanischen Westküste mochte man vielleicht solchen Neigungen nachgehen, fern der Heimat, in einer anderen Sprache als der der eigenen Reflexion, wodurch die Benennungen kindhaft einfach erscheinen, noch dazu in einem mit schwarzem Samt ausgelegten Labyrinth, in dem einen eine fremde Hand ergreift und mit sich zieht und man nicht weiß, ob man vorn sein wird oder hinten, was für einen kurzen Moment die Frage nach dem Jenseits suspendiert.

Selten erwachen die Theoretiker aus schrecklichen Träumen, in denen sie durch verglaste Flure hochmoderner Kliniken irren und Rolltreppen in Gegenrichtung benutzen. Wie durch Zauberhand in die Kindheit zurückversetzt, zwängen sie den kleinen Kopf aus einem Kellerloch durch ein Gitter in die Freiheit und sehen viel zu spät das verzerrte Gesicht der Mutter, die mit einem Holzhammer in ihre Richtung ausholt. Ein seltsames Durcheinander entsteht in dem Hotel, und irgendjemand muss die Nachricht von einem vermissten Kind überbringen.

Glücklicherweise sammeln sich nur ein paar Schneeflocken auf dem Fensterbrett, liegen die Bücher und Notizen wie gewohnt neben dem Bett, sind die Theoretiker allein und noch einmal dem Schicksal entkommen, ohne selbst eine Erinnerung daran zu haben. Alles wirkt jedoch derart verändert, dass ihnen die Zukunft nicht mehr begehbar erscheint. Dabei muss es sich nicht unbedingt um eine sorgsam zugedeckte und ohne äußerlich erkennbare Wundmale dennoch mit ziemlicher Sicherheit erwürgte Frau handeln, da die Theoretiker doch kaum Kraft in den Fingern haben, andererseits jedoch der Nacken, bezeichnenderweise Übergang und Verbindung von Körper und Kopf, so empfindlich strukturiert ist, dass selbst ein schwacher Griff und eine minimale Verschiebung ausreichen, um den Tod herbeizuführen.

Natürlich verbietet es sich den Theoretikern, angesichts eines von ihnen selbst ausgeführten Mordes einfach mit dem Reflektieren zu beginnen, statt die nötigen Schritte einzuleiten, die Polizei zu verständigen, den Arzt, bei dem sie in Behandlung sind und der mit den näheren Umständen vertraut ist. Dennoch wäre es nicht uninteressant, gerade an dieser Stelle die sich aufdrängenden Rechtfertigungen und Fragen auf einer anderen Ebene als der juristischen, forensischen oder psychopathologischen zu behandeln, denn wie sonst sollte man letztendlich zu einem Erkenntnisfortschritt gelangen, wenn nicht in einem solch existenziellen Moment? Und was heißt überhaupt »unzurechenbar«? Wie steht es mit der Vermutung, das Opfer, mit den Theoretikern über viele Jahre eng vertraut, habe schon lange seinen Lebensüberdruss angedeutet, sodass die Theoretiker unter Umständen nur einem Wunsch nachgekommen seien und eine latente Todessehnsucht in die Tat umgesetzt hätten, gleichgültig, wie unausformuliert jene auch gewesen sein mochte? Dies auf das Objekt der Reflexion zu übertragen, würde zu bedenklichen Konsequenzen führen. Vielleicht, dass sich das Objekt danach sehnt, begrifflich aufgehoben zu werden, dass es vom Konkreten zum Allgemeinen will, weil es schlicht und einfach die Nase voll hat von seiner Singularität, und dass die Theoretiker sich genau dafür zur Verfügung stellen, als Erfüllungsgehilfen einer größeren Kraft, die in den Objekten schlummert, die nach außen hin immer so unschuldig tun, obwohl gerade sie sich im Bedacht-Werden durch die Theoretiker ihrer Subjekthaftigkeit versichern. Wäre es allein Zynismus der Theoretiker, angesichts eines Leichenfundes und mit der fehlenden konkreten Erinnerung die sich verstärkt wieder einfindende Gedankenkraft nicht zur eigenen Rechtfertigung und Verteidigung verschwenden zu wollen, sondern sie stattdessen in die wohlgeebneten Bahnen der ihnen vertrauten Reflexion zu leiten, um ihrer Theorie die nötige existenzielle Note zu verleihen und sie vom Vorwurf der neben der eigentlichen Existenz einherlaufenden Spielerei zu befreien? Denn wenn den Theoretikern etwas zustößt, sollten sie die Gelegenheit beim Schopf packen, indem sie denken und nicht handeln.

Irgendwann hatten die Theoretiker alles begriffen. Durch Umdeutung materialistischer Theorieelemente konnten sie die Theologie in Dienst

nehmen. Mehr noch: Das sich die Objekte vorstellende und an ihnen ab-
arbeitende Subjekt wurde durch den Ansatz der intersubjektiven Ver-
ständigung ersetzt. Dies aber bereitete den letzten Schritt vor, in dem
die Theoretiker feststellten, dass Wahrheiten linguistische Konstrukte
seien, deren tatsächliche Anerkennung allein auf gesellschaftlichen Vereinbarungen, im Allgemeinen den herrschenden Machtstrukturen, beru-
he und sich keineswegs auf etwas real Existierendes gründe. An einem
Nachmittag im September schlossen die Theoretiker daher ihre Klad-
den und standen am Fenster. Die Häuser waren in ein gelbes Licht getaucht. Im Hof kehrte ein Mann die ersten heruntergewehten Birkenblätter zusammen. Die Theoretiker legten eine Schallplatte auf. Es war
Das Lied von der Erde. Sie rauchten eine Zigarette und stellten in der
Küche die benutzten Tassen in die Spüle. Dann riefen sie hintereinander
zwei Nummern an. Die erste war besetzt, bei der zweiten meldete sich
der Anrufbeantworter. Die Theoretiker saßen eine geschlagene Stunde
im Sessel und starrten vor sich hin. In einer eigenartigen Stille wurde
es draußen dunkel. Die Theoretiker standen auf und streckten sich. Sie
gingen zu ihrem Arbeitstisch, nahmen einige Bücher und sortierten sie
in das Regal ein. Da ihr Plattenspieler keine automatische Endabschal-
tung besaß, wurden sie von einem Knacken, das ihnen plötzlich auffiel,
daran erinnert, dass sie vergessen hatten, die Platte abzuschalten. Hoffentlich hatte der Diamant nicht allzu sehr gelitten. Es war nicht leicht,
Ersatznadeln für ihr veraltetes System zu bekommen. Sie nahmen die
Platte vom Teller und steckten sie in die Hülle. Auf der Plattentasche
war, ganz im Stil der frühen siebziger Jahre, die Abbildung eines Bronze-
kopfs von Mahler mit einem Foto überlegt, das schwarze Baumsilhouetten und vom Wind in die Nacht getriebene Wolkenfetzen zeigte. Auf den
ersten Blick fast abstrakt, wurde das Bild bei genauerem Betrachten stö-
rend deutlich. Die Theoretiker ordneten die Platte ein und stellten den
Verstärker aus. Dann setzten sie sich an den Schreibtisch, um einige Details ihrer Theorie etwas deutlicher herauszuarbeiten.

83

Eines Morgens, wir erfuhren es auf dem Schulweg, hatte man die Leiche
einer ermordeten Frau im Henkellpark gefunden, der nur zwei Straßenzüge miteinander verband und außer einer Wiese mit ein paar Pappeln
und einer kleinen, mit Blumenrabatten umpflanzten Steinterrasse mit
im Boden eingelassenen Bänken nichts weiter aufwies. Kaum war die
Schule aus, liefen wir zu der Stelle und meinten, in den dunklen Flecken
auf dem Boden das Blut des Opfers und in den flatternden Stofffetzen
in den Büschen dessen Kleider zu erkennen. Von da an sahen wir Tote
und Leichenteile überall: in Kohlköpfen, die von Traktoren gefallen waren, in Arbeitskitteln auf Gerüsten abgelegt und in zusammengerollten
Teerpappen an Kellereingängen. Auch brachten wir uns zu den abendlichen Treffen Fundstücke mit: ein leeres Portemonnaie, das dem Opfer
gehört haben musste, eine abgebrochene Klinge, die der Mörder verloren hatte, eine verdreckte Mütze oder Zigarettenstummel. Alles wurde
uns Reliquie, dann wieder Indiz, das wir ehrfürchtig in einer Kiste im
Geräteschuppen verwahrten und nur manchmal unter dem zerrissenen
Kartoffelsack, der es bedeckte, hervorzogen, um uns zu vergewissern,
dass unsere Erinnerung an den Mord kein Traum gewesen war.

Wir schnappten Erzählungen auf, in denen es hieß, es handele sich um
die Gattin eines angesehenen Arztes, einer der ersten Köpfe der Red-
nergemeinschaft vom Marktplatz, die nackt gewesen sei und, obgleich
fürchterlich zugerichtet, gelächelt habe. Wir überlegten damals, wenn
wir unsere Funde betrachteten, was dieses »fürchterlich zugerichtet«,
das in den Erzählungen der Erwachsenen immer wieder auftauchte, bedeuten könne, und schon bald verband es sich mit dem Unheimlichen
der düsteren Erzählungen aus dem Bereich der Sexualität: den Pärchen,
die nicht mehr auseinanderkamen, dem Blut, das den Frauen einmal im
Monat aus dem Geschlecht floss und das sie in Binden auffingen, die
sie nachts heimlich irgendwo loszuwerden versuchten, den unehel-
chen Kindern, die man an uns unbekannten Merkmalen erkennen konnte, dem Blindwerden beim Betrachten einer nackten Frau und dem Tritt
in die Hoden bei der zufälligen Begegnung mit einem aufeinanderliegen-

den Paar hinter den Rhabarberfeldern. Aber dieses Zurichten war mehr, es war das Hinrichten für den ungehemmten Trieb, das Aufbrechen eines Tiers, das Gefügigmachen, wie ich es mir später in den unerträglich langsam verstreichenden Stunden im Turm zwischen den beiden riesigen Eichen vorstellte, wenn ich an das Wohnzimmer dachte, mit dem Waschbecken, in das ich Blut rinnen sah und Reste von Eierstichsuppe.

Mir ist so schwindlig.

Schwindlig?

Ja, kennen Sie das nicht? Wenn sich alles dreht, man keinen Orientierungspunkt mehr findet, sich alles gegeneinander verschiebt?

Nein. Aber Sie haben das öfter, scheint mir?

Ja, schon. Und dann diese Nervosität. Dieses Herzrasen.

Vielleicht sollten Sie mal zum Arzt gehen.

Ja, das sollte ich. Klar.

Nicht immer versuchen, alles allein zu lösen. Das kann einen überfordern.

Ja, das stimmt. Ich fühle mich oft überfordert.

Weil Sie etwas in sich behalten, was eigentlich raus müsste. Weil Sie sich endlich von der ganzen Vergangenheit befreien müssten. Hab ich recht?

Sie haben bestimmt recht. Bestimmt. Und wenn ich sicher wäre, mich tatsächlich ganz und gar von allem befreien zu können, dann …

Dann würden Sie auch gestehen, nicht wahr?

Was heißt schon gestehen. Es ist unmöglich, das alles zu vergessen: den Park, die Herbstbäume, Brian Wilson im Radio, den Nebel, den viel zu langen Weg neben der Straße am Samstag, Spätnachmittag, und man merkt, während man durch die Dunkelheit, die langsam aus der Stadt hinaufzieht, zum Parkplatz zurückgeht, während man noch dies und das zueinander sagt, dass es aus und vorbei ist, auch wenn es noch Wochen, noch Monate, manchmal noch länger weitergeht und man abendelang zu Hause sitzt und denkt, ob nicht auch Mitleid ausreicht oder irgendein anderes Gefühl, weil man die Hoffnung nicht aufgeben will, weil es so anders anfing …

Ist das jetzt eine Parabel?

Eine Parabel?

Ja, auf den Terror der Roten Armee Fraktion, auf Ihren Terror, auf alles, was seinerzeit schieflief und Sie auseinanderbrachte. Ich glaube ja gern, dass das alles anders geplant war, ich will Ihnen sogar gute Absichten unterstellen und meinetwegen eine gehörige Portion Naivität, die Ihnen dann alles aus den Fingern gleiten ließ.

Das ist keine Parabel. Wissen Sie, wenn man es noch nicht einmal zu zweit schafft, verstehen Sie, wenn man es noch nicht einmal mit jemandem schafft, den man liebt, selbst nicht, wenn man meint, das eigene Leben hänge davon ab. Wenn man es noch nicht einmal da schafft, noch nicht einmal da ...

Ich weiß, glaube ich, was Sie meinen, aber vielleicht sind da Ihre Ansprüche zu hoch. Wissen Sie, Brian Jones ...

Brian Wilson.

Stimmt, Brian Wilson, auch Brian Wilson wurde mit Elektroschocks behandelt, auch Brian Wilson lag jahrelang im Bett, auch Brian Wilson kam nicht mehr weiter ...

Genau, wenn selbst Brian Wilson es nicht geschafft hat ...

Na ja, in gewissem Sinne hat er es ja geschafft.

Das stimmt.

Aber erst einmal musste er ganz nach unten, musste sich eingestehen, dass es nicht mehr weitergeht, musste seine beiden jüngeren Brüder verlieren, so wie Sie Bernd verloren haben, musste von seiner Frau verlassen werden, so wie Sie von Claudia und Gernika verlassen wurden, musste alle Irr- und Holzwege beschreiten, Drogen, Alkohol, ja, und auch echten Wahnsinn, nicht das, was Sie da für sich reklamieren, wo Sie ja immer noch ein recht ordentliches Leben nebenbei führen können, er hatte richtige schizophrene Schübe, Halluzinationen ...

Worauf wollen Sie hinaus?

Hätte er nicht Eugene Ellsworth Landy getroffen, der für ihn alles riskiert hat, seine ganze Karriere, sein Berufsethos, weil er einfach begriffen hat, dass er hier zu anderen Mitteln greifen muss, weil er hier 24 Stunden, rund um die Uhr, auf seinen Patienten aufpassen und ihn langsam in ein neues Leben überführen muss, weil es sonst schiefgeht, absolut schief, und es war auch so schon schwer genug, mit allen möglichen Rückschlägen ...

Sie wollen sagen, dass Sie für mich eine Art Eugene Landy sein könnten?

Wir kennen uns doch mittlerweile auch schon ganz gut, und Sie haben gesehen, dass ich bereit bin, Sie wirklich zu verstehen, und außerdem, was haben Sie schon zu verlieren? Ein Leben in Angst und Einsamkeit, verrannt, verkannt, verbannt, mit Herzrasen, Schwindel und anderen Zipperlein, was soll das für eine Alternative sein? Warum daran festhalten?

Wahrscheinlich haben Sie recht. Nur weil ich es mir nicht vorstellen kann, nur weil ich denke, dass ich dann noch die letzten Erinnerungen verliere. Die ersten Takte von Build Me Up Buttercup, und ich kann Ihnen jedes Detail beschreiben, Fastnacht 1969. Rosenmontag war frei, am Dienstag hatten wir Wandertag, die Mädchen trugen Männeroberhemden, auf die sie Peace und Love und Rolling Stones und Cream geschrieben hatten.

Auch Claudia?

Auch Claudia. Und wir sind dann auf die Eiserne Hand.

Aber Sie hatten nur Ihren Parka an?

Ja, obwohl ich eigentlich noch das Sergeant-Pepper-Kostüm hatte.

Das rote Seidenkostüm, das Ihnen die Frau von der Caritas genäht hat?

Nein, das war im Jahr davor, da war meine Mutter noch gesund. Da hat sie noch viel gestrickt. Auch für die Mädchen in meiner Klasse. Die wollten alle so einen Pullover haben wie ich, und meine Mutter hat ihnen dann auch allen einen gestrickt, also was heißt allen, Christiane, Marion und Gabi, den dreien. Aber mir fällt gerade auf, dass die den nie angehabt haben, ich aber nie auf die Idee gekommen bin, dass sie mich vielleicht nur auf den Arm nehmen wollten.

Warum hätten sie das tun sollen?

Ja, warum? Was weiß ich. Es kann doch sein. Vielleicht war das eben einer der vielen Schwindel, auf die ich reingefallen bin. Einer mehr eben, was auch nichts mehr macht. Auf alle Fälle haben wir Völkerball gespielt auf dem Wandertag, oder so eine Art Völkerball, mit Schneebällen, Mädchen gegen Jungs, und am Schluss waren nur noch Claudia und ich übrig. Und dann habe ich mich von ihr abwerfen lassen.

Sie waren eben ein netter Junge.

Nein, es war mir einfach alles peinlich. Ich wusste nicht, was ich machen sollte, ich wusste nur, dass ich sie nicht abwerfen konnte, und das ist so ein Schema, wissen Sie, das fällt mir gerade auch auf, das habe ich dann mein Leben lang durchgehalten. Ich habe mich immer abwerfen lassen.

Sehen Sie?

Was?

Sie merken doch selbst, wie Sie in unseren Gesprächen auf immer mehr und mehr kommen, wie sich Ihnen alles verdeutlicht, und das ist die Voraussetzung für jede Heilung.

Heilung? Ich weiß nicht. Das haben mir schon so viele versprochen.

Nicht wirklich, oder?

Nein, nicht wirklich. Im Gegenteil, niemand hat mir das versprochen, soweit ich mich erinnere. Ich habe das immer in jemanden hineingelegt, in irgendeine Frau, die mich dann doch nur wieder abgeworfen hat – im doppelten Sinn.

Sie haben gedacht, dass Sie dafür belohnt werden?

Ja, so ungefähr.

Was natürlich ungemein naiv ist.

Ungemein.

Aber Sie haben trotzdem immer wieder diese naive Hoffnung auf jemand Neuen gesetzt.

Genau.

Und sind immer wieder enttäuscht worden.

Genau.

Und genau das spricht noch mehr dafür, dass wir beide es einmal gemeinsam versuchen sollten.

Ich verstehe nicht.

Auf mich setzen Sie keine Hoffnung, gegen mich sind Sie gewappnet, von mir erwarten Sie nichts. Gegen mich setzen Sie sich zu Wehr, und dennoch fällt Ihnen alles Mögliche in meiner Gegenwart ein, zum Beispiel dieser Fastnachtdienstag …

Ja, der, aber Sie wollen ja auf was anderes hinaus.

Bernd, hat der auch einmal versucht, so ein Eugene Landy für Sie zu sein, Sie einmal ganz unter seine Fittiche zu nehmen, weg von allem, bei sich in Frankreich, 24 Stunden, die völlige Kontrolle, oder, wie andere sagen würden, die völlige Gehirnwäsche?

Es kann einfach nicht klappen.

Was?

Das mit der Therapie, das mit uns beiden. Ihr Vorschlag, so nett er auch gemeint sein mag, ich würde sogar liebend gern Ja sagen, weil Sie ja in vielem recht haben, aber es würde nicht klappen, glauben Sie mir. Nicht für mich, nicht für Sie.

Aber wieso denn nicht?

Weil Sie ein Mann sind.

Und?

Weil Sie mich nicht wirklich abwerfen können. Sie können mich nicht wirklich treffen. Verstehen Sie?

Sind Sie da so sicher?

85

Rede des erwachsenen Teenagers vom Weltgebäude der Spezialambulanz für Persönlichkeitsstörungen des Universitätsklinikums Eppendorf herab, dass keine Chronologie im Leben sei

Sehr verehrte Anwesende, liebe Mitinsassen, sehr verehrter Herr Professor, sehr verehrte Doktorinnen und Doktoren, ich möchte mich ganz herzlich für die Gelegenheit bedanken, an dieser Stelle, ähnlich wie vor vielen Jahren Aby Warburg mit seinem Vortrag über das Schlangenritual in der Klinik Ludwig Binswangers, hier vor Ihnen, ebenfalls in Form eines Vortrags, meine fortschreitende Genesung unter Beweis zu stellen.

Sie können mir glauben, dass ich mir über die Bedeutung dieser einmaligen Chance völlig im Klaren bin, weshalb ich die letzten Wochen eingehend dazu genutzt habe, ein Thema zu finden, das in seiner Tragweite und vor allem Tragfähigkeit geeignet sein würde, hier vor Ihnen so entwickelt zu werden, dass Sie an ihm nicht nur seinen inhaltlichen Aspekt, sondern auch meinen ganz persönlichen Bezug zu erkennen und wertzuschätzen vermögen. Was erschien hier auf den ersten Blick mehr geeignet, als noch einmal anzuknüpfen an eine Interpretation des Albums Rubber Soul, die ich unter ähnlichen Umständen und natürlich in damals unvollkommener Weise schon einmal vor über 40 Jahren verfasst habe, anhand derer also eine Entwicklung ablesbar sein könnte, ohne dass sich meine persönliche Geschichte dabei verleugnen würde.

Dann wieder dachte ich, meine Forschungen zur Bedeutung des Sumpfes sowie meine Gedanken zur kulturellen Entwicklung des Phänomens der Tür quasi im Andenken an Aby Warburg weiterzuentwickeln, und versuchte schließlich, da ich beide Themen als gleichermaßen zwingend erachtete, sie in einem Vortrag zusammenzuführen, den Sie hier in einem Umfang von etwa 40 engbeschriebenen Seiten vor mir liegen sehen.

Heute Morgen gegen fünf Uhr allerdings, nachdem ich meine Aufzeichnungen gestern Nacht ein letztes Mal durchgesehen und ergänzt hatte, erwachte ich mit einem eigenartigen Gefühl, einem Gefühl, das mir bislang unbekannt war und das in seiner Stärke meine Vorstellungen über das, was ich bislang als meine Krankheit erachtet hatte, völlig über den Haufen warf und mich, der ich danach nicht mehr in der Lage war einzuschlafen, dazu brachte, mein Vorhaben in letzter Minute dahingehend abzuändern, dass ich diese unmittelbar erlebte Erkenntnis hier mit Ihnen teilen und in meine Darlegungen einfließen lassen möchte. Sie sehen mich also einerseits auf das Beste präpariert, auf der anderen Seite völlig unvorbereitet. Heilung kann nur bedeuten, sich nicht länger an vorgegebenen Schemata und zwanghaften Ritualen zu orientieren, sondern den jeweiligen Moment in Denken und Fühlen und dementsprechend in diesen Vortrag miteinfließen zu lassen. Denn nur so ist der Kranke, bin ich in der Lage, Verantwortung für sein Verhalten zu entwickeln und zu übernehmen.

Ich erinnere mich an eine Folge des alten Polizeirufs 110 der DDR, die ich vor einigen Wochen hier im Aufenthaltsraum sehen konnte. Dort bemüht sich ein Strafgefangener, der einen Mord begangen hat, nach langjähriger Haft um vorzeitige Entlassung. In mehreren Gesprächen versucht er, die Schuld an seinem Vergehen auf andere Menschen und äußere Umstände abzuschieben. Er hat, wie die Szenen aus seiner Erinnerung beweisen, nicht unbedingt unrecht mit seinen Anschuldigungen, doch, so wird er am Ende begreifen, eine wirkliche Läuterung besteht allein in der Erkenntnis der eigenen Schuld. Schuld aber kann nur Verantwortung heißen, sonst dient sie allein der durch Religion und Staat ausgeübten Unterdrückung. Sich aber dem Gefühl der Schuld zu stellen und es anzunehmen, ohne auch nur einen Teil davon abgeben zu wollen, gehört zu den Voraussetzungen eines Lebens in innerer Freiheit.

In seiner Fröhlichen Wissenschaft erklärt Nietzsche, wenn ich ein Stück aus meinen Aufzeichnungen wiedergeben darf, das mir an dieser Stelle passend erscheint, nicht allein Gott für tot, sondern berichtet vom Schatten des Buddha, den man nach dessen Ableben noch jahrhundertelang in einer Höhle zeigte, wozu er anmerkt, dass es mit Gott nicht anders sei und wir auch noch dessen Schatten besiegen müssten. Fast, so könnte man meinen, steht jeder von uns hier vor einer ähnlichen Aufgabe, wobei ich den Schatten an dieser Stelle nicht in seiner Jungianischen Form als den von mir abgelehnten negativen Teil definieren möchte, sondern als das Nachwirken eines Phänomens, das selbst nicht mehr existiert.

Wenn John Lennon am 4. März 1966 im London Evening Standard sagt: »Christianity will go. It will vanish and shrink. I needn't argue with that; I'm right and I will be proved right. We're more popular than Jesus now; I don't know which will go first – rock 'n' roll or Christianity. Jesus was all right but his disciples were thick and ordinary. It's them twisting it that ruins it for me«, dann wäre an dieser Stelle zu fragen, wie Lennon überhaupt darauf kommt, die Beatles mit Jesus und den Rock 'n' Roll mit dem Christentum zu vergleichen. Solche Vergleiche sind hier in diesen Räumen an der Tagesordnung und werden deshalb vielleicht vorschnell als Zeichen einer geistigen Aberration interpretiert und entsprechend behandelt. Doch so wie man seinerzeit in der Äußerung Lennons nur die Blasphemie sehen wollte, so sieht man in den Äußerungen eines Kranken häufig nur ein weiteres Symptom seines Zustandes, ohne damit die wahre Bedeutung des Gesagten zur Gänze zu entschlüsseln.

Der wahre Unterschied zwischen Christentum und Rock 'n' Roll scheint mir nämlich in einer grundsätzlichen Haltung gegenüber der Vergänglichkeit zu bestehen, denn während das Christentum, wie andere Religionen oder Institutionen auch, automatisch um sein Überleben kämpft und an alten Traditionen und Werten festhält, ist dem Rock 'n' Roll und seiner Fortführung, dem Pop, die Auflösung schon immer eingeschrieben. Kaum ist eine Band gegründet, da scheint sie schon von Trennung und Auseinandergehen bedroht. Und gerade weil dem so ist, scheint die Frage John Lennons berechtigt, wer zuerst von der Bildfläche verschwinden wird, das Christentum oder der Pop. Während das Christentum Form und Inhalt gleichsetzt, ist der Pop jederzeit bereit, sich aufzulösen und so zu erneuern. Und hier erscheint der Vergleich Lennons zwischen Christentum und Pop auch sinnvoll, denn heißt es bei Johannes nicht: »Wenn das Weizenkorn nicht in die Erde fällt und stirbt, bleibt es allein; wenn es aber stirbt, bringt es viele Frucht«?

Das Christentum hat mittlerweile vergessen, dass es um das Sterben und die Auflösung geht, um fruchtbar sein zu können, während der Pop diese Auflösung, dieses Sterben, zum Bestandteil seiner Existenz gemacht hat. Wir können es an den wenigen Bands beobachten, die nicht bereit sind, sich aufzulösen, den Stones oder Status Quo etwa: Sie praktizieren ein stumpfes und hohles Ritual, das dem falschen Schein einer durch körperliche Anwesenheit behaupteten Authentizität huldigt, wo sie in Wirklichkeit längst zur eigenen Coverband verkommen sind, die ihren einzigen Ehrgeiz auf die Herstellung einer makellosen, jedoch gleichermaßen toten Kopie verlegt. Zwei passende Formulierungen Walter Benjamins fallen mir an dieser Stelle ein, nämlich erstens Das Kunstwerk im Zeitalter seiner technischen Reproduzierbarkeit und zweitens der von ihm entwickelte Begriff der Aura, die sich allein im Vergehen zeigt.

»The present day composers refuse to die.« Dieses Statement von Edgar Varese stammt aus dem Juli 1921 und findet sich im Gründungsmanifest der von Varese mit ins Leben gerufenen International Composer's Guild. Frank Zappa lässt dieses Statement, leicht modifiziert, auf allen seinen Platten der Sechziger erscheinen. Bestimmt nicht zufällig heißt es jedoch bei Zappa: »The present day composer refuses to die.« Zappa zieht hier nicht den Vergleich zur Religion wie John Lennon, sondern zur sogenannten ernsten Musik, die sich spätestens seit Mitte des 20. Jahrhunderts in einem ähnlichen Dilemma gefangen sieht, da sie wie die christliche Kirche an überkommenen Ritualen festhält und allein damit ihr Sterben und gleichzeitiges Auferstehen verhindert.

Wenn aber, wie wir bereits jetzt anhand von einigen wenigen Beispielen gesehen haben, das Sterben im Pop durchaus positiv konnotiert ist, wie lässt sich dann die Aussage Nietzsches lesen: »Die größten Ereignisse gelangen am schwersten den Menschen zum Gefühl: zum Beispiel die Tatsache, daß der christliche Gott ›tot ist‹«? Versteht Nietzsche den Tod Gottes vielleicht gar nicht als nihilistischen Abgesang auf eine überkommene Epoche, sondern weist uns vielmehr darauf hin, dass die Menschen und unter ihnen gerade die, die vorgeben, an Gott zu glauben, den wahren Kern des Christentums, das wahre Skandalon der Welt gegenüber überhaupt nicht begreifen, nämlich dass Gott tot ist und dass in diesem Totsein die wirkliche Aussage des Glaubens zu finden ist, nicht in der Auferstehung?

Das Gefühl, mit dem ich heute morgen um fünf aufwachte, war das einer unglaublichen Distanz zu allem und jedem, vor allem auch zu mir selbst und zu dem, was ich bislang für meine Krankheit oder, wenn ich es an dieser Stelle einmal so ungenau bezeichnen darf, meinen Wahn gehalten hatte. Ich benutze das Wort Wahn mit Absicht, da es unspezifisch ist und offen für Interpretationen. Die Gefühlsleere, mit der ich auf meinem Bett lag, während es langsam hell wurde, ließ mich erkennen, dass mein Wahn nicht ohne mich existiert, das heißt nicht ohne meine Meinung, meine Analyse, meine Interpretation. Darin unterscheidet sich der Wahn meines Erachtens grundlegend von der körperlichen Krankheit, die interpretiert werden mag, während der Wahn an sich bereits Interpretation ist. Nur so lässt sich auch erklären, warum als psychisch krank diagnostizierte Menschen dennoch andere als Hochstapler, Betrüger, Heiratsschwindler oder Politiker in ihren Bann ziehen können. Heilung wiederum wäre eine Form der Uminterpretation. Diese Einsicht wurde mir heute Morgen gewährt, als ich mich für einen Moment frei von allen Beziehungen, allen gesellschaftlichen und privaten Vereinbarungen und damit auch frei von meinem bisherigen Wahn empfand, was nicht heißen soll, dass ich mich als geheilt betrachte. Das haben andere zu entscheiden.

Warum aber setzt Nietzsche den Kern seiner Aussage, nämlich »tot ist«, in Anführungszeichen, als zitiere er? Etwas Ähnliches finden wir später gleich zu Beginn von Levinas' Hauptwerk Totalité et Infini, wo der erste Satz »La vraie vie est absente« ebenfalls in Anführungszeichen steht, als sei er dem Philosophen von anderen zur Interpretation vorgelegt. Und kann man diese gleichsam zitierten Sätze, von denen beide Male offen bleibt, wer sie gesagt hat, nicht zusammenlesen und in einem ersten Erklärungsversuch behaupten, dass die Sätze, mit denen sich die Abwesenheit, also auch der Tod, erklärt, deshalb immer Zitate bleiben, weil wir es nicht verstehen, sie uns wirklich anzueignen? So wie ich viele Jahre und Jahrzehnte nicht verstand, was ich selbst an Sätzen produzierte, und meine Krankheit in eine Richtung interpretierte, in der ich sie niemals wirklich erkennen konnte? Oder wie Nietzsche sagt: »Wir werden Gott nicht los, weil wir noch an die Grammatik glauben.« Und geht es uns nicht mit dem Tod Gottes und mit der Abwesenheit des wahren Lebens genauso wie mir heute Morgen gegen fünf, dass wir vor der Teilnahmslosigkeit und Kälte zurückschrecken, die notwendig sind, um wirklich zu erkennen? Dass wir lieber in Unklarheit und Wahn verharren, als zu begreifen, dass Gott tot, das wahre Leben nicht zu leben ist und ich getrennt von allem und jedem bin? Dass dies darüber hinaus Grundlagen unserer Existenz sind, die wir durch keine therapeutischen Maßnahmen lindern und durch keine Ablenkung schmälern können, sondern nur annehmen und akzeptieren? Denn wir sind auf der Welt, wie Levinas fortfährt: »Mais nous sommes au monde.«

Jesus fragt: »Was ist leichter, dem Gelähmten zu sagen: Deine Sünden sind dir vergeben, oder zu sagen: Steh auf, nimm deine Bahre und geh umher?« Nietzsche hingegen listet nach Gedanken über Gott und Existenz die Dinge auf, mit denen sein Magen schlecht oder gar nicht fertigwird, nämlich: Kartoffeln, Schinken, Senf, Zwiebeln, Pfeffer, alles in Fett Gebackene, Blätterteig, Blumenkohl, Kohl, Salat, alle geschmälzten Gemüse, Wein, Würste, Buttersaucen am Fleisch, Schnittlauch, frische Brotkrumen, alles gesäuerte Brot, alles auf dem Rost Gebratene, alles Fleisch saignant, Kalb, Roastbeef, Gigot, Lamm, Eidotter, Milch, auch Schlagsahne, Reis, Gries, gekochte warme Äpfel, grüne Erbsen, Bohnen, Karotten, Wurzeln, Fisch, Kaffee, Butter, braune Weißbrotkruste. Er erstellt die Liste, weil er nicht in der Lage ist, anders als im Bereich der Metaphysik, einen grundsätzlichen Interpretationsansatz für sein Unwohlsein zu formulieren, denn wir flüchten uns nicht grundlos in den Bereich der Spekulation, die uns gedanklich leichter zu fassen scheint, vergleicht man sie etwa mit der Unübersichtlichkeit unserer menschlichen Bedürfnisse und Anfälligkeiten, kurz der Unübersichtlichkeit unseres Körpers.

Und findet sich im Wahn nicht auch ein gewisser Trotz gegenüber der Realität und der eigenen Schwäche? Trotz, aber nie genug Kraft, trotzig zu sein. So wie Nietzsche noch knapp zwei Jahre, bevor sein Wahn ausbricht, seiner Schwester, dem lieben Lama, schreibt: »Ich brauche 1. Jemanden, der meinen Magen überwacht, 2. Jemanden, der mit mir lacht und einen heiteren Sinn hat, 3. Jemanden, der stolz auf meine Gesellschaft ist und die ›Anderen‹ in richtigem Respect mir gegenüber erhält, 4. Jemanden, der mir vorliest, ohne ein Buch zu verdummen. Es gäbe noch ein Fünftes, aber davon will ich gar nicht reden.« Sind diese Wünsche banal, einfältig oder, wie Nietzsche selbst feststellt, überzogen und deshalb nicht erfüllbar? Finden die größten Kränkungen nicht gerade in den Kleinigkeiten statt, die uns verweigert werden? Dass mir jemand nicht eine Million leiht, kann ich verstehen, aber warum leiht er mir nicht einmal zehn Euro? Dass Gernika mich nicht Tag und Nacht umsorgt und pflegt, ist mir einsichtig, aber warum kommt sie mich nicht einmal hier besuchen? Weil sie meine Heilung nicht gefährden will? Was aber ist das für eine Heilung, wenn ich selbst nicht Teil davon bin, selbst nicht weiß, wie ich geheilt werden soll? »Lieber elend, krank, gefürchtet in irgend einem Winkel leben, als ›arrangirt‹ und eingereiht in die moderne Mittelmäßigkeit!«, schreibt Nietzsche deshalb auch in demselben Brief weiter unten. Weil man uns das Kleine versagt, wollen wir wenigstens im Großen scheitern.

Wie aber kann ich meine Zurechnungsfähigkeit besser beweisen als durch eine bewusste Übernahme der Schuld? Mich als Opfer der Zeitumstände und persönlichen Erfahrungen zu entwerfen, liegt nahe. Beweise für die Zwänge zu suchen, die mich zu dem machten, was ich bin, ebenso. Aber liegt nicht gerade darin, dass ich das annehme, was mich heimsuchte, in meinem Fall also der Wahn, die einzige Chance, dem auf mir lastenden Fluch zu entkommen? Ist nicht gerade im Wahn die Historie aufgehoben, oder anders gesagt: Rebellieren Körper und Geist im Wahn nicht gegen die Demütigung des Menschen, nur ein Leben leben zu können und dieses Leben, welche Wendungen man ihm auch geben mag, doch nur immer linear nach vorn abspulen zu müssen, um erst im Nachhinein und über Generationen hinweg, wenn überhaupt, verstehen zu können, was man getan hat? Die Kindheit erscheint uns nur deshalb so unwiederbringlich kostbar, weil wir uns in ihr noch nicht aufgeteilt haben, weil wir uns noch nicht selbst über die Schulter sehen, weil wir nicht nach vorne stolpern, während wir nach hinten blicken und so immer das versäumen, was wir gerade tun, und uns selbst zum Rätsel werden, bestenfalls. Im Wahn jedoch hat das alles ein Ende. Im Wahn findet alles gleichzeitig statt, erlebe ich parallel die ganze Historie meines Lebens und das, was an beiden Seiten über sie hinauslappt. Ich tauche gleichermaßen in das Dunkel meiner Geburt wie das meines Sterbens ein, und jede Handlung zersplittert in ein unendliches Kaleidoskop von Möglichkeiten.

Wahnsinn ist glücklicherweise immer auch der Versuch, jener grundlegenden menschlichen Demütigung zu entkommen, nicht mehrere Leben leben zu können, sondern lediglich ein einziges. Was von außen wie eine Absence, eine Zerstreutheit oder Geistesabwesenheit erscheinen mag, ist immer auch der Versuch, der Eindimensionaltät des Lebens zu entkommen, denn nur dem Beschädigten kann es überhaupt gelingen, etwas zu erfinden, das sich später als Historie entwirft.

Man erkennt die Gesundheit eines Menschen an den Zähnen, jedoch haben Schwindsüchtige oft die schönsten Zähne, die sich dem Kennerauge freilich durch eine milchblaue Färbung und einen gewissen Grad an Durchsichtigkeit verraten. Die Tatsache, dass Wasser trotz seines Gewichts durch eine Pumpe hochgesaugt wird, erklärte man nach Aristoteles durch den Abscheu der Natur vor der Leere, den horror vacui. Als Brunnenmacher in Florenz feststellten, dass im Saugrohr einer Pumpe das Wasser nie höher als zehn Meter steigt, soll Galilei den Lehrsatz des Aristoteles mit den Worten verteidigt haben, die Abscheu vor der Leere habe eben auch ihre Grenzen. Galileis Schüler Torricelli fand dann die heute gültige Erklärung im Luftdruck. Hält man die Torricellische Röhre, die mit Quecksilber gefüllt ist und ein offenes oberes Ende besitzt, in ein Wasserbad, sinkt das Quecksilber auf eine Höhe von 76 Zentimetern ab, darüber befindet sich die Torricellische Leere. Eine Leere benannt zu wissen, beruhigt den Nervenkranken, der den horror vacui täglich am eigenen Leib verspürt. Für einen Moment kann er den Blick von diesem bedrohlichen Urprinzip der Welt abziehen, auf sich selbst lenken und versuchen, die Torricellische Leere in seinem Körper zu lokalisieren.

Die Wasseroberfläche, die sich um das Fischmaul spannt, der von den Gazellen aufgestaubte Sandstrich zwischen den Wäldern, die von Rotwild im Unterholz geschlagenen Schneisen und die in die Weizenfelder getrampelten Pfade und Wege: Die Vermessung der Erde hatte schon begonnen, bevor der Mensch sie begriff. Was er sah, war von Linien und Bögen durchkreuzt und fasste sich in Dreiecken und Würfeln. Er fand Hyperbel und Parabel des Vogelflugs und Rhombus und Trapez im Kobelbau, entdeckte die Pyramiden der Ameisen, die Oktaederstümpfe der Wespennester und die von Bibern zu Polyedern zurechtgenagten Äste. Die Abstrakta der Arithmetik und Geometrie, die er erst entwickeln würde, waren ihm von Anfang an in ihrer konkreten Umsetzung vorgegeben, und selbst die Höhlen, in die er kroch, waren durch Erosion und die Bewegung der Steine entstanden und vor ihm durch Tiere beschlafen. Mit den Waffen maß er die vorgegebenen Linien nach, lernte die Brechung des Speers im Wasser, die Verzögerung des Pfeils in der Luft. Die Welt, die er zeichnete, wenn auch abstrakt, blieb immer die des

Tiers. Die Götter aber, die ihm entstanden, waren Demiurgen und Architekten, und ihnen strebte er nach, um endlich selbst ein Haus zu errichten, einen Turm, eine Trasse, eine Brücke, die zwei Schieferfelsen aneinanderfesseln würde auf Ewigkeit. Doch in seinem Streben blieb der Mensch von der Natur bedroht.

Diese Bedrohung fand sich vor allem im nur schwer besiegbaren Gebiet des Sumpfes, das man als Zugang zur Hölle, manchmal des Himmels umdeutete. Auch und gerade, um der Ohnmacht Herr zu werden, mit der man dort unterschiedslos Tiere, Gegenstände und geliebte Menschen verschwinden sah. Und seltsam abstrakt muten erste Darstellungen an, die oft nur eine leere Tafel zeigen, lediglich von einer schmalen Linie im oberen Drittel waagerecht durchtrennt.

Weder flüssig noch fest, weder durchmessbar noch grundlos, da er das Verschlungene oft nach Jahren scheinbar unversehrt wiedergab, war der Sumpf auch immer Symbol für das Davor, den Vorhof zum Eigentlichen, das Purgatorium, da er verschlingt, ohne zu zerstören, und den Körpern immer noch die Möglichkeit versprach, sich im langsamen Niedertauchen durch Schlick, Schlamm und Moor zu läutern und so der ewigen Verdammnis zu entgehen. Auch deshalb, und nicht allein wegen der auf ihm geisternden Irrlichter, mit denen er instabile Wesen in seinen Bann zog, war er Symbol des Wahns, da der Wahn oft auch als Hinabgleiten in das Undurchsichtige interpretiert, als Folge einer fehlgeschlagenen Umkehr oder missglückten Läuterung angesehen wurde.

Man dachte sich den Sumpf durchsetzt von Neugeborenen, die von Müttern, welche ihrer Fruchtbarkeit nicht Herr zu werden vermochten, dort noch warm versenkt wurden. So sah man etwa im roten Stängel des Sumpfquendel die abgetrennte und erstarrte Nabelschnur. Kam bei einer Frau, die den Sumpflehm eingenommen oder sich mit ihm die Scheide eingerieben hatte, um eine Empfängnis herbeizuführen, dennoch der Monatsfluss, so hatte sie die gesamte Woche über am Rand des Sumpfes niederzukauern, um dem Morast das Blut wiederzugeben, das sie ihm angeblich entnommen hatte.

Oft setzte man die Alten in einer Bruchlandschaft aus und hoffte, sie würden dem leisen Singen des Morastes folgen, versinken oder, vom

Miasma des Brackwassers oder dem Contagium dort verwesender Tierkadaver befallen, Opfer des Wechselfiebers werden und an ihm zugrunde gehen. Niemand, der ihn je sah, wird den verzweifelten Kampf einer trächtigen Kuh oder Stute gegen die Klauen des Morasts vergessen und mit ihm auch nicht jene unglaublichen Posen, in denen sich die Tiere verrenkten, wenn sie sich, ganz vom Instinkt getragen, die eigene Leibesfrucht retten zu wollen, hin- und herwarfen, damit Kalb oder Fohlen noch schnell den Körper verlassen mögen, um im nächsten Moment, vom eigenen Überlebenswillen überwältigt, den Kopf nach oben zu recken und laut zu schreien und zu blöken, während die am Ufer umherlaufenden Burschen anfänglich noch versuchen, dem verendenden Tier mit ihren Stöcken eine Stütze zu verschaffen, schließlich von der verzweifelten Wut ihrer müßigen Versuche getrieben, mit derselben Gerätschaft auf es eindreschen, um ihm und sich selbst das Leid zu verkürzen, schließlich und endlich, wenn nur noch der Schädel aus dem Schlamm ragte, mit zwei gezielten Stößen das Augenlicht nehmen, weil man zum einen sagt, dass die Seele des Rindes und des Pferdes sich hinter deren linkem Auge befinde, weshalb die Viehhändler auch das linke Auge eines Tiers beim Kauf betrachen, um aus ihm seinen Charakter und seine Lebensdauer abzulesen, es zum anderen heißt, das rechte Auge eines sterbenden Tiers ziehe den, welchen es anblickt, mit sich, weshalb man beim Zustechen das Gesicht abzuwenden habe, was leicht zu einem Verfehlen des Ziels und zum Schlagen unnötiger Wunden führen kann. Solche Szenen finden sich in Bauernmalereien und auf den Tafeln der Bänkelsänger wieder, während das Durchstechen eines vorgegebenen Ziels ohne hinzusehen zu den Sportarten zählt, die sich aus den Riten um den Sumpf entwickelten.

In der regionalen christlichen Legendenbildung wird der Doppelstich mit dem Heiligen Longinus in Verbindung gebracht, dem römischen Zenturio, der bei der Kreuzigung Jesu die Lanze in dessen Seite stieß, worauf Blut und Wasser herausflossen. Angeblich soll Longinus blind gewesen und durch einen Tropfen des Blutes Jesu, der auf seine Augen fiel, geheilt worden sein. Die Legende der Sumpfgegenden änderte diesen unstimmigen Teil, da ein Blinder kaum Zenturio hätte werden können, in die Ursprungssage des Doppelstichs um, indem sie berichtet, Longinus habe sich, ob aus Versehen oder mit Absicht, im selben Moment, als er in den Leib Jesu stach, das linke Augenlicht, das der Seele, die er mit seiner Tat aufs Spiel setzte, genommen und sei folglich, was viel wahrscheinlicher ist, erst in diesem Moment erblindet. Die calvinistische Theologie sieht in dieser Begründung daher auch ein Symbol für die Doppelwertigkeit menschlicher Existenz, da Longinus zum einen im Auftrag seines Feldherren, zum anderen aber auch im Auftrag Gottes handelte und sein Lanzenstoß nötig war, die Schrift zu erfüllen, in der es heißt, dass ihm kein Bein zerbrochen, er vielmehr durchstochen werden wird. Diese Doppelwertigkeit zeigt sich auch im gleichzeitigen Herausströmen von Blut und Wasser und der gleichzeitigen Verletzung von Opfer und Täter.

Vielleicht geschieht es im Andenken an das im Sumpf verschollene Vieh, dass man an den Festtagen der Toten im November in den ersten Morgenstunden frischgemolkene Milch auf die nebelumwallte Fläche schüttet, um aus den Schlieren und Linien, die sich dort bilden, das Schicksal der Verstorbenen im Jenseits und das der Zurückgelassenen hier auf der Erde zu deuten. Manche behaupten, aus diesen Kurven habe sich unsere Schrift entwickelt, andere wiederum sagen, man habe irgendwann die verschlungenen Linien als Anweisungen zur Herstellung von Knoten verstanden und als Hinweis des Sumpfes selbst, wie man das Tier vor ihm bewahren könne. In den Blättern von Sumpfwurz, Blumenbinse und Nixenkraut sei darüber hinaus der menschliche Aderverlauf wiederzufinden, und einst ließen sich die Krieger ihre Schilde aus dem Panzer der Sumpfschildkröte anfertigen, womit sie andeuten wollten, dass sie sich schon im Reich der Toten wähnten, also nichts und niemanden mehr fürchteten.

Auch dachte man sich das Gehirn früher als eine Art Schüssel, die eine sumpfige Masse enthält, in der alles Wahrgenommene, Gefühlte und Gedachte gleichsam wie in einem Morast versinkt, um nie wieder in seiner ursprünglichen Form daraus aufzutauchen. Es zeigt sich hier die durchaus begründete Anschauung, dass die Wahrnehmung das Wahrgenommene vernichtet, da es durch sie verändert wird. Selbst Freud bezeichnet in den Vorarbeiten zu seiner zweiten Topologie das Es noch als den Sumpf, »den das Ich trockenzulegen habe«, um auf diesem Grund das Haus des Subjekts zu errichten. Bei den amerikanischen Jungianern hingegen bürgerte sich schon bald der Ausdruck swamp für eine Art negative Projektionsfläche ein, in die man, zu undeutlich, um sie genau erkennen oder benennen zu können, die eigenen unliebsamen und deshalb verdrängten Anteile beliebig hineininterpretiert.

Nicht selten sind aber die Sumpfgötter diejenigen, die dem Menschen die Schrift überbringen und ihn lehren, sich aus den Halmen des Sumpfrieds das erste Schreibwerkzeug zu schnitzen. Das Schreiben ist hier in erster Linie eine Form der Rückgabe des durch die Wahrnehmung zerstörten Wahrgenommenen, weshalb die Sumpfgötter nicht einfach das Schreiben vermitteln, sondern es dem Menschen als Verpflichtung aufbürden. Der Sumpfgott aber ist weder Wasser noch Erde, weder fest noch flüssig, weder hart noch weich. Er lässt Gegensätze nebeneinander existieren und sich durchdringen. Seine Losung ist eine Abkehr vom Entweder-Oder und lautet tertium datur.

Stark von manichäischen und neuplatonischen Bilderwelten geprägt, erscheint die Vorstellung einiger frühchristlicher Mystiker, Gott selbst verkörpere sich im Sumpf, da er uns, selbst gegen unseren Willen, niemals aus seiner Gnade entlasse. Diese Vorstellung vom deus absorbetus, dem verschlingenden Gott, findet sich auch in Zentralafrika, wo man sich den Himmel als eine Art transparenten Sumpf denkt, in dem die Sterne, Planeten und Wolken Dinge, Tiere und Menschen repräsentieren, die in den tatsächlichen Sümpfen verloren gingen. Einmal im Jahr, zur Regenzeit, kommt dieser alles verschlingende Gott und saugt den Sumpfhimmel mit den in ihm liegenden Schätzen leer. Dabei ist er so gierig, dass ihm der Speichel aus dem Mund rinnt und als Regen zur Erde fällt. Eine Verbindung zwischen den Anschauungen der erwähnten Gnostiker und der Mythologie des kenianischen Stammes scheint sich in der im Spätmittelalter auftauchenden Sekte der Mooren zu finden. Diese glaubten ebenfalls, dass man nach dem Tod in einen Sumpf eingehe und dass dieser Sumpf Gott selbst sei. Ihre Altäre und Kultgegenstände versenkten sie in Marschen und Sümpfen, an deren Rändern sie ihre Gebete verrichteten und deren Dämpfe sie als Emanationen des Herrn einatmeten. In einer volksetymologischen Gleichsetzung der Homophone Moor und Mohr identifizierten sie sich vor allem mit dem Schwarzen der Heiligen drei Könige, Melchior, welcher dem Herrn das ewig dunkle Gold, nämlich Morast, überbracht haben soll. Eine verwandte Gruppierung, die Marschen, erkoren hingegen den vierten König, den, der nach der Legende umkehrte und den neugeborenen Heiland nie zu Gesicht bekam, zu ihrem Schutzpatron. Dieser, so behaupteten sie, habe den Heilsweg nicht über den Umweg der Anbetung des Menschensohnes beschritten, sondern sei vielmehr geradewegs in einen Sumpf geritten, um so direkt und ohne Vermittlung eines Stellvertreter Gottes, den auch Meister Eckhardt oder Angelus Silesius ablehnten, mit seinem Herrn vereint zu sein.

Die Zeit des Sumpfes ist die Verlaufsform, die zwei Qualitäten ineinander überführt. Da aber diese Verlaufsform selbst nie Qualität sein darf, was sie durch die Substantivierung des Infinitivs im Deutschen jedoch zu sein scheint, muss die Bewegung im Sinne eines Abnehmens in den Ausdruck selbst miteingeschrieben werden, weshalb man von einem »sich verlaufen« sprechen könnte. Die Zeit, die sich zwischen den für uns als Qualitäten fassbaren Zeiten verläuft, würde sich 1. verlaufen im Sinne von sich verirren, folglich keinen direkten, gezielten Weg zwischen den beiden Qualitäten beschreiten, sich 2. verlaufen im Sinne von sich undeutlich vermischen, versickern, folglich im eigenen Verlauf nicht rekonstruierbar, umkehrbar oder nachvollziehbar sein, und sich 3. verlaufen im Sinne einer sich auflösenden Menschenmenge, folglich nicht in einer eigenen überschaubaren Qualität fassbar sein.

Ein Beispiel für dieses »Sein zwischen den Qualitäten« findet sich in dem Gedicht Être du dernier (mögliche Übersetzungen: 1. Vom Letzten sein, 2. Das Sein des Letzten, 3. Das Wesen des Letzten, 4. Jemandem nah sein [être du dernier bien avec qn]) des französischen Symbolisten Jacques Salmon-Burhême. Er beschreibt darin die letzten Minuten eines jungen Mannes, der in einen Sumpf gerät und weiß, dass er umso schneller untergeht, je mehr er sich gegen das Versinken zur Wehr setzt, rudert oder versucht, ans Ufer zu gelangen. So beschließt er, stillzuhalten und sein Sterben bewusst zu erleben (»son âme inerme, son corps inerte, disparition – c'est ce qu'il sent seulement«). Er reflektiert dabei über die Ambivalenz von Noch-Nicht (le pas-encore) und Nicht-Mehr (le non-plus), wobei sich ihm das Noch-Nicht langsam zu einem Nicht-Mehr wandelt. Gleichzeitig bemerkt er, dass die Erwartung sich aus der Erinnerung des Vergangenen speist, was ihn schließlich den Tod mit anderen Augen sehen lässt (»pour vivre les pas encore une fois / pour égorger le pas-encore«, etwa: die Schritte noch einmal gehen, um das Noch-Nicht zu zertreten«). Es ist nicht weiter verwunderlich, dass Salmons Gedicht zur Privatlektüre Blochs während der gedanklichen Entwicklung seines Begriffs vom Vor-Schein gehörte. Der Begriff des Vor-Scheins, den die Anti-Psychiatrie-Bewegung mit Anspielung auf einen bekannten Versprecher aus Freuds Psychopathologie des Alltagslebens später zum Konzept des Vor-Schweins erweiterte und darin auch die radikale Kapitalismuskritik einschloss, hieß in den ersten Notizen Blochs noch Tiefgründeln oder Ritt über das bodenlose Moor. Zwar scheint uns die Angst zu lähmen, die uns Abschied nehmen lässt von dem immer wieder tröstenden Noch-Nicht und uns einem ewigen Nie-Mehr ausliefert, doch spüren wir gleichzeitig, dass, solange wir dies alles noch denken und die Angst noch verspüren, ein letzter Funke Leben in uns ist, sodass in uns vielleicht ein letztes Dennoch (mais pourtant) laut wird, wie es Salmon-Burhême in seinen Versen schildert, wenn er (in der Übersetzung Stefan Georges) schreibt:

Und da's im stehen starb sank's sanft dahin
Dorthin wo's auge einzig keinen weg mehr weiß
Und ahnte nichts von dem was es umfing
Und spürte nicht zu kennen was verlassen ward
Und sinkend war's allein wo es sich schwebend wähnte
Zwischen nicht-mehr und noch-nicht

Was aber führt aus dem uns immer wieder in die Tiefe ziehenden Sumpf unserer emotionalen und damit überhaupt menschlichen Verfasstheit hinaus, wenn nicht die Tür, diese grundlegende Erfindung des Menschen, die so sehr mit seinem innersten Wesen in Verbindung zu stehen scheint, dass man geneigt ist, einen bekannten Satz Jacques Lacans zu paraphrasieren: Das Unbewusste scheint wie eine Tür strukturiert. Hubert Fichte wollte nicht der 450. Weiße sein, der über die Türen der Dogon forscht, sondern lieber etwas über die psychiatrischen Einrichtungen erfahren. Kann es aber nicht sein, dass gerade die Tür eng mit der Psyche verwandt ist? Denn es ist der psychisch Kranke, der sein Innerstes oft gefährdet sieht durch eine Öffnung, ein Loch, einen Durchgang, eine Membran, kurz: eine Tür. Die Tür markiert das Wesen des anderen, denn ohne sie gäbe es nicht die Möglichkeit, vom Dahinter und dem Raum des anderen überhaupt zu erfahren. Nur dem Narren erscheint sie als lässliche Zugabe des Zimmers oder Gebäudes, nur dem Unaufmerksamen als Schwächung der Struktur, wo man gerade bei Katastrophen

Schutz im Türrahmen sucht, da es die Türen sind, die stehen bleiben. Kein Haus mehr, nur noch eine Tür. Neben dem Schutt. Auf der Straße. Auch das entspricht dem Lebensgefühl des psychisch Kranken, der nur noch Durchgang ist, mit dem geschieht, dem die Begrenzungssteine, die Mauern fehlen. Er meint, mit einem Mal grenzenlos geworden zu sein, da man eine unbefestigte Tür auch umgehen kann. Doch wer dies einmal getan hat, wer einmal außen um eine in der Landschaft oder einem verlassenen Baugrund stehende Tür herumgegangen ist, der wird ihre Kraft nur noch stärker spüren und seine Handlung als Vergehen gegen die Naturgesetze empfinden. Die Tür ist Symbol der Stadt, weshalb es bei Kafka ein Mann vom Lande ist, der durch die Tür gelassen werden will, jedoch gerade, weil er vom Lande ist, keinen Einlass erhält, obwohl die Tür allein für ihn bestimmt ist, als Tür der Konversion sozusagen, die erst durchschritten werden kann, wenn ich meine Herkunft und die Hoffnung auf das Dahinter gleichermaßen ablege, um in die Gnade des Durchgangs zu gelangen. Ein Haus voller Essen, die Tür drin vergessen, heißt es in einem Kinderrätsel, das die Welt nicht mehr ohne Tür denken und Weltaneignung allein mithilfe der auf alles zu projizierenden Pforte betreiben kann. Kein Boulevardtheater kommt ohne Türen aus. Das Öffnen der Tür durch Gott ist ein Akt der Gnade. Wir sprechen hier vom sogenannten Türwunder. Bei Petrus und Paulus öffnet sich die Tür von selbst. Jesus geht durch die geschlossene Tür und sagt: Ich bin die Tür. Angeblich eine verkehrte Lesung des aramäischen Urtextes, der richtig lautet: Ich bin der Hirte. Selbst jedoch an der Stelle, wo es heißt: Ich bin die Tür der Schafe (Johannes 10:7), hält Johannes an dieser Lesart fest, denn ihm war das Symbol der Tür wichtiger als die konkret verständliche Aussage über Jesus als Hirte. Jesus als Tür, als Durchgang, nicht als Ziel. Bei Markus ist etwas in unmittelbarer Nähe oder offensichtlich, wenn es bei der Tür ist. Die Türpfosten werden mit Blut beschmiert, damit der Schrecken vorbeizieht. Die Tür ist im Hebräischen die Himmelstür und das Krokodilsmaul und eine leichtlebige Frau gleichermaßen. Mauer und Tür werden zum Gegensatzpaar. »Ist sie eine Mauer oder eine Tür?«, fragt das Hohelied.

Die meisten Erfindungen menschlicher Zivilisation entspringen der Todesangst, die Todesangst wiederum entsteht dem Menschen aus der unverstandenen Natur. Allein die undeutliche Erinnerung an den blauvioletten Abendhimmel, in dem sich die Regenwolken türmen, die

Baumkronen zittern und die Wiesen sich in die Erde eindrücken, lässt uns, richtig betrachtet, den Ursprung jeglichen zivilisatorischen Werks ausmachen. Weil wir vor der Natur flüchten, erscheint uns bei der Planung unserer Behausungen kein Turm zu hoch, kein Schacht zu tief, um diese von der Natur beständig ausgehende Angst in Bahnen lenken zu können. Deshalb die Tür. Die Angst erschafft die Tür. Die Tür, dessen bin ich mir sicher, entstand lange vor der Hütte, lange vor dem Haus. Die Tür war dem Menschen von Anfang an innere Notwendigkeit und entwickelte sich mit Moral und Tabuvorschriften. In dem Moment, in dem der Mensch die Natur als von sich getrennt wahrnahm, entdeckte er in ihr Türen. Zwei zusammengewachsene Bäume, ein Loch in einem Fels, ein ausgehöhlter Stamm, überall entstanden ihm Öffnungen. Er betrat jeden Wald durch eine Tür und verließ jedes Feld durch eine andere, und wenn er sich nachts in freier Steppe hinlegte, so richtete er aus einem Paar Stäbe vor sich eine symbolische Tür auf, denn allein die Tür, nicht das Zeltdach, nicht die Decke, gab ihm Schutz und Geborgenheit. Er ging des Morgens aus, indem er durch die Tür schritt, und kehrte des Abends ebenso zurück. Die Tür ordnete ihm die ungeordnete Welt, und zu der Tür baute er sich erst sehr viel später dann ein Haus und eine Stadt. Und selbst die nomadischen Verfasser des Psalter im 121. Psalm sprechen den Wunsch aus: Der Herr behüte deinen Ausgang und Eingang von nun an bis in Ewigkeit.

Tausende von Jahren vergingen, die Kulturen hatten sich längst nach ihrer Auffassung von der Tür unterteilt. Dort waren die Asiaten mit ihrer Schiebetür, die sich selbst als Tür verleugnet, indem sie nicht nach einer bestimmten Seite hin aufgeht, worin sich unwillkürlich eine Wertung des Raumes ausdrückt, vielmehr räumt sie dem Davor und dem Dahinter einen gleichberechtigten Platz ein, integriert die davorliegende Natur in den dahinterliegenden Raum. Auf der anderen Seite der Vorhang als Tür im Orient und in Afrika, Perlenschnüre und Tücher, die man beim Hindurchgehen zerteilt, die den Schritt nicht aufhalten, sondern allein den Blick, Abbild eines Regenschauers oder einer Nebelschwade. Die westliche Welt jedoch verschrieb sich schon sehr bald der Flügeltür, die das dichotomische Denken von Religion und Philosophie prägte: Himmel und Hölle, Gut und Böse, Materie und Geist, Körper und Seele, drinnen und draußen, davor und dahinter, diese Konstrukte verdanken sich sämtlich der Tür, die mit ihren Scharnieren unser Denken bewegt, die entweder in den Raum hinein oder nach außen aufgeht, immer aber eine Entscheidung verlangt, nicht weich ist wie die Tür des Orients, nicht unsichtbar wie die Tür Asiens.

Wir feilten an ihrer Konstruktion, ohne von der ursprünglichen Konzeption jemals abzuweichen. Wir machten sie zum schweren Portal der Kirchen, zur Schwingtür der Saloons und konnten uns doch nie von ihrem ursprünglichen Prinzip lösen. Wir verloren die Tröstung der Tür und behielten allein das Trennende. Das, was uns einst Sicherheit gab, war längst zum Symbol des Grauens verkommen, an dem selbst unser Gott scheitern und sterben musste. Wir sangen von der Himmelspforte und den Toren der Hölle und verbrachten unser halbes Leben ängstlich vor Türen wartend: der Tür des Arztes, des Anwalts, der Tür zum Beichtstuhl, zum Keller, zur Zelle. Die Türen wurden dicker, sie wurden gepolstert, sodass kein Laut mehr auf die andere Seite drang, die Trennung damit aber immer größer, weil die andere Seite aus dem Blickfeld geriet. Stahltüren schließlich machten den so entstandenen Abstand unüberwindlich, zwei Welten, zwei Leben, die Tür war Grenze geworden, nicht länger konnte man fragen: Bist du Mauer oder Tür?, denn die Tür war nur noch Spielart der Mauer, sie war verschlossen, verriegelt, allein da, um Werte in Panzerschränken zu schützen und diejenigen, die einen Anspruch auf die Durchlässigkeit der Tür erhoben, wegzuschließen.

Dabei ist die Tür als Symbol der Hoffnung und Ziel jeglicher Teleologie weiterhin aktuell, und nicht umsonst stellt man sich den Zugang zum Himmel ebenfalls als Tür vor. Was allerdings hinter dieser Tür liegt, wollen wir oft gar nicht wissen, denn unsere Begierde, sie zu erreichen, soll uns nützlicher Irrtum und Antrieb gleichermaßen sein, wie jeder weiß, der Nächte auf der Straße zugebracht hat, in Hauseingänge gedrückt mit dem Blick auf die verheißungsvolle Tür zum Haus der Geliebten.

Lassen Sie mich an dieser Stelle, sehr verehrte Anwesende, liebe Mitinsassen, sehr verehrter Herr Professor, sehr verehrte Doktorinnen und Doktoren, innehalten und fragen: Konnte ich bislang unter Beweis stellen, dass ich mich nicht länger zum Opfer stilisieren will, zum Opfer der Ideologischen Staatsapparate von Familie, Schule und Kirche, später dann Kliniken, Sanatorien und Anstalten, mich auch nicht länger zum Opfer derer stilisieren will, die gegen diese Ideologischen Staatsapparate vorgingen und damit neue Ideologien entwarfen, Ideologien der Gewalt, denen ich anhing, so wie ich zu einer anderen Zeit anderen Gewaltideologien anhängen hätte können, die zur Aufgabe hatten, Außenseiter des Klassenverbandes in Hinterhöfen zu fesseln und zu schlagen und dort gefesselt und geschlagen liegen zu lassen und deren Tod billigend in Kauf zu nehmen und selbst später noch diesen Geschlagenen übel zu nehmen, dass sie einen quasi dazu gebracht hatten, sie zu fesseln und zu schlagen, weshalb man sie erneut schlägt oder ihnen die Schaufensterscheiben einwirft. Aber ich will diese Themen von Gewalt und Gefangensein in ideologischen Konstrukten nicht länger von mir weisen, um stattdessen das Idyll einer Teenagerzeit zu zeichnen, mit den üblichen Sentimentalitäten, den üblichen Erinnerungen an Singles und Bands, weshalb ich nicht bei der erneuten Analyse der Rubber Soul stehen bleiben will, sondern die Frage stellen, weshalb der Teenager, also ich, weshalb ich immer weiter an den Beatles festhielt, mich an die Beatles klammerte, wie andere sich an die eine heilige katholische Kirche und den Nachlass der Sünden klammern, und nicht einsehen wollte, dass die Stones in gewissen Bereichen viel interessanter waren, viel näher an der Selbstzerstörung. Wenn es mir wirklich darum gegangen wäre, wie ich doch immer vorgab, mich als Ausgestoßener zu etablieren, dann wären die Stones spätestens ab 19th Nervous Breakdown oder Paint it Black, allerspätestens ab We Love You oder Jumpin' Jack Flash die Band der Wahl gewesen. Ja, ich möchte sogar so weit gehen zu behaupten, dass dieser Zusammenbruch im Sängerheim, diese angebliche Vision eines verkörperten Todes, der sich wie ein Priester eine violette Stola umlegt, Violett als Farbe der Buße, der Umkehr, der Metanoia, weshalb sie in der Fastenzeit getragen wird, im Advent, bei Beerdigungen und in der Osternacht bis zum Gloria, dass dieser Zusammenbruch auf einen unlösbaren Gewissenskonflikt hindeutet, aus dem der Teenager sich noch Jahre später herauszureden versuchte, indem er vorgab, er habe lediglich ein Poster der Stones in seinem Zimmer hängen gehabt, falls Christiane einmal vorbeikommen würde, obwohl er längst selbst bemerkte, dass die Stones gegenüber den Beatles eine Alternative darstellten, nicht nur in der härteren Musik, die er erst später mit Led Zeppelin und Cream annehmen konnte, sondern durch die ihm eigentlich viel näheren Texte, wenn es etwa hieß: I was drowned, I was washed up and left for dead, oder: I was crowend with a spike right trough my head. Natürlich hätten ihm die Postulanten der damaligen Welt auch das uminterpretieren können in eine biblische Symbolik der Märtyrer, doch mit Their Satanic Majestic Request wäre das immer schwieriger geworden, ganz zu schweigen von Sympathy for the Devil oder endlich Let It Bleed, die genau zu dem Zeitpunkt erschienen, als für den Teenager alles bereits umgekippt war, für immer umgekippt, für immer hineingekippt in einen unendlichen Schwebezustand. Aber ist nicht zumindest ein Aspekt unabweislich, falls alle meine anderen Argumente nicht überzeugen sollten, dass die Rolling Stones von den Mädchen seiner Klasse, von Christiane, Marion und Gabi den Beatles vorgezogen wurden, weil die Stones Männer waren und die Beatles eben Jungs, Messdiener, umerzogene Linkshänder, Kunstschulabsolventen, so wie sich der Teenager schon damals und von da an sein restliches Leben missverstand? Androgyn mit einem Überhang zur Weiblichkeit waren die Beatles, und selbst als sie sich Bärte wachsen ließen, schienen sie damit allein das ihnen fehlende Andere maskenhaft zu tragen. Wenn der Teenager aber an den Beatles hing, hing er damit nicht an seinem eigenen Geschlecht, während die Stones seinen Blick gewendet hätten hin zu den Mädchen, die auf wirkliche Männer standen? Und war diese Vision nicht vielleicht allein die entscheidende Krise innerhalb seiner sexuellen Orientierung, in der er begriff, dass er sich nicht mehr hinter Ausreden verstecken konnte, und hatte diese Krise nicht schon mit der Fernsehsendung am 25. Juni 1967 angefangen, als die Fernsehsender von 19 Ländern jeweils einen Beitrag in 30 Länder übertrugen und die BBC die Beatles wählte, mit einem neuen Song, mit All You Need is Love, und der Teenager alle anderen öden Beiträge durchstand, den BRD-Beitrag durchstand, der einen Ausschnitt aus den Proben zum zweiten Akt von Lohengrin mit Wolfgang Wagner in Bayreuth zeigte, den DDR-Beitrag über die Universitätssternwarte in Großschwabenhausen westlich von Jena, bis endlich für 3:48 Minuten die Beatles kamen und in dem chaotischen Studio zwischen Gästen und Orchester ihr Stück spielten und mit einem Mal das Gesicht von Mick Jagger auf dem Bildschirm erschien, so wie eben noch die Gesichter von John oder Paul, und er sich nicht versehen haben konnte und es doch nicht begriff, sich gern vergewissert hätte, aber sein kleiner Bruder hatte natürlich keine Ahnung, und sein Vater, der natürlich noch weniger Ahnung gehabt hätte, war aus dem Zimmer gegangen, weil er diesem kulturellen Niedergang nicht auch noch beiwohnen wollte, nach Bayreuth und der Universitätssternwarte in Großschwabenhausen westlich von Jena, und seine Mutter, die Perry Como mochte und damals noch gesund war, kannte sich natürlich auch nicht aus und würde ohnehin nichts gegen den Vater sagen, und schon in der Nacht konnte er nur schlecht schlafen, weil er immer wieder hin- und herüberlegte und herauszufinden suchte, was das zu bedeuten hatte und vor allem, wie es Christiane auffassen würde. Schließlich war Mick Jagger bei den Beatles zu Gast, war wie ein Zuschauer im Studio, eingeladen von den Beatles, und was war wichtiger, einzuladen oder eingeladen zu sein? Genau darauf konnte er keine Antwort finden, weshalb er am nächsten Tag der Frage auswich in der Schule, überhaupt dem Gerede über die Sendung auswich, oder, wenn ihn jemand darauf ansprach in der kleinen Pause gleich sagte, da hingen doch zwei Marionetten, waren das eigentlich Lolek und Bolek? Und dann sagten die anderen erst einmal gar nichts, weil sie die Marionetten nicht gesehen hatten, er sich diese Marionetten aber nicht einfach ausgedacht hatte, sondern sie genau dort hatte hängen sehen, obwohl er Lolek und Bolek mit Spejbl und Hurvinek verwechselte, denn die waren Marionetten und kamen aus der Tschechoslowakei und waren Vater und Sohn, während Lolek und Bolek aus Polen kamen, wie seine Mutter, was man schon an den Endungen hören konnte, denn sie hatte früher manchmal Hasok zu ihm gesagt oder Tschappekind, was wohl Wasserpolnisch war und Hase und eben kleines Kind bedeutete, obwohl er sie nie danach gefragt hatte, und Lolek und Bolek waren Brüder und eigentlich viel zu kindisch, während Spejbl und Hurvinek Marionetten waren, und Marionetten haben immer etwas Trauriges, besonders tschechische Marionetten, weil sie automatisch den Kopf hängen lassen und die Glieder, aber das interessierte ihn alles nicht, weil er mit diesen Marionetten nur vom eigentlichen Problem ablenken wollte, sich die Marionetten aber dennoch einprägten und er sie später unwillkürlich mit dem Fuchsreif um John Lennons Hals auf dem Aktfoto neben Yoko Ono in Zusammenhang brachte, weil damals der Zweifel gesät worden war, der Zweifel, den er nicht hatte loswerden können, dieser Zweifel, der aus einer ganz anderen und unvorhergesehenen Richtung kam und sich, weil er nicht aufgelöst werden konnte, ausbreitete und gegen alles wandte, gegen die eine heilige katholische Kirche und gegen die definierten Geschlechterrollen und gegen das Gefühl des unglücklichen Verliebtseins und überhaupt gegen alle Kategorien und Ausreden, ihn stattdessen aufforderte, nicht mehr in Kategorien und Ausreden zu verharren, was er jedoch verweigerte, weiterhin verweigerte, bis es zwangsläufig zu dem Zusammenbruch zwei

Jahre später kommen musste, dessen Ursachen er damals nicht begreifen konnte und auch später nicht begriff, dieser Zusammenbruch, der am Anfang einer Geschichte von Therapien und Einweisungen steht, als eine Art symbolischer Verweis, so wie Paul McCartney bereits am Ende des ersten Takes von I'm Down vom 14. Juni 1965, das im Juli als Rückseite der Single Help erschien, »Plastic soul, man, plastic soul« sagte und die Seele damit zum ersten Mal in einen Kontext rückte, der den Schluss zulassen konnte, dass das nächste Album, das im Titel ebenfalls die Seele trug, als ein Rufen aus der Tiefe (»I'm down«), ein sogenanntes de profundis clamavit, diesen Aufschrei der in die Finsternis gestoßenen Seele, verstanden werden sollte. Nicht umsonst wurde das Coverfoto mit den fast formatfüllenden, jedoch schräg platzierten Köpfen der Beatles so interpretiert, als stünden sie über einem Grab und blickten hinab auf einen Toten, einen Ohnmächtigen oder Gestürzten, der, während er in einen vorübergehenden oder permanent transzendenten Zustand eingeht, über sich die leicht verzerrten und verschwommenen Gesichter derer erkennt, die bereit sind, ihm in ihren Songs als Psychopompen den Weg zu leiten. Dass sich das Plastik bis zum Dezember desselben Jahres in Gummi verwandelt, hat mehrere Gründe. Zum einen wurden Plastik und Gummi (plastic/rubber) oft synonym verwendet. Ein Beispiel ist etwa der Held des ab 1941 erscheinenden Comics Plastic Man, der sich vor allem dadurch auszeichnet, dass er seine Gliedmaßen wie Gummi dehnen kann. Er besitzt sämtliche Eigenschaften von Gummi, also von Plastizität im ursprünglichen Sinn, hat aber keine Ähnlichkeit mit dem Plastik, wie wir es heute verstehen. Mitte der Sechziger hatte Plastik zudem noch nicht den Beigeschmack des Billigen und ökologisch Belastenden, sondern symbolisierte Haltbarkeit, Unzerstörbarkeit, jedoch auch Sterilität und unendliche Reproduzierbarkeit. Vor allem aber war Plastik das Sinnbild des Unechten, des Substituts, so wie es im gleichnamigen Song der Who, Substitute, auftaucht, nämlich einmal als Gegensatz zum wertvollen und echten Metall (silver) »I was born with a plastic spoon in my mouth«, dann wieder als Stoff, der nicht in der Lage ist, die Wirklichkeit zu verbergen: »I can see right through your plastic mac.« Frank Zappa singt zwei Jahre später, 1967, von den Plastic People, doch ist Zappas Zielrichtung in ihrer konkreten Gesellschaftskritik eine andere. Plastik ist für ihn zum einen Künstlichkeit, zum anderen Zeichen der gesellschaftlichen Gleichschaltung, die er mit Geheimdienst und auch den Nazis in Verbindung bringt, denen es gelingt, die plastizierten und damit willenlos gewordenen Menschen zu dirigieren und zu manipulieren. Er selbst kann in dieser Plastikwelt keine Liebe finden, doch, oder gerade deshalb, ist er sicher, dass »love will never be a product of plasticity«. Plasticity/Plastizität, die Zappa in seinem Song als reine Verformbarkeit interpretiert, wird in der jüngeren Theorie doppeldeutig als Darstellbarkeit und Bildlichkeit gelesen und damit zur reinen Möglichkeit der Formgebung. Catherine Malabou sagt etwa: »Plasticity is the form of alterity when no transcendence, flight or escape is left.« Eine Definition, die sich auch für die Beschreibung des Wahns nutzbar machen ließe, denn nicht selten empfindet der Verrückte weder Transzendenz noch die Möglichkeit zu fliehen oder zu entkommen, während das Andere ihm in Objekten erscheint, nicht selten aus Plastik, die ihm Handlungen suggerieren. Weshalb gerade wir, die Insassen dieser psychiatrischen Einrichtung, ganz intuitiv vertraut sind mit Gedankenmodellen, wie sie etwa die Objektorientierte Ontologie entwirft, wobei wir natürlich dazu neigen, den Dingen nicht nur einen gleichen, sondern oft einen höheren Stellenwert als dem Menschen einzuräumen. So erinnere ich mich deutlicher an die Dixantrommel mit den Postkarten, die ich als Kleinkind zum Spielen bekam und die ich stundenlang betrachtete, um in diesem sich scheinbar nicht veränderbaren Objekt Veränderungen zu entdecken und damit das, was sich nicht in Relationen und Beschreibungen erschöpft. Der Mittelteil von Zappas Plastic People aber ist musikalisch eine Entlehnung von Louie Louie, mit dem die Kinks am Anfang ihrer Karriere einen Erfolg hatten. Ray Davies fühlte sich von der Zeile »You think we're singing 'bout someone else« persönlich angesprochen und wird zwei Jahre später, im März 1969, mit seinem eigenen Plastic Man kontern, das mit der Zeile »But no one ever gets the truth from Plastic Man« endet. Plastik scheint also ubiquitär in einer Zeit, in der der Teenager sich pubertär verformt und sich damit gleichzeitig der Gefahr der Auflösung wie der Erstarrung aussetzt, die in der Village Green Preservation Society der Kinks oder den amerikanischen Kleinstädten Zappas auftaucht, die sich wie ein in Zellophan eingewickeltes Thunfischsandwich anfühlen. Im Jahr 1980, der Teenager ist längst im grauen Alltag seiner missglückten Individuation angelangt, veröffentlichen The Fall die Single How I Wrote Elastic Man und greifen damit als erste Band nach fast einem Jahrzehnt der musikalischen Stille, die der Teenager mit Impulse- und Blue-Note-Platten füllte, die songhaft changierende, nie ganz zu fassende und deshalb umso wirkmächtigere Kommentierung seines aktuellen Zustands wieder auf, wenn Mark E. Smith singt: »I'm eternally grateful / To my past influences / But they will not free me«. Doch der Teenager kann weder für die Einflüsse der Vergangenheit dankbar sein noch erkennen, dass sie ihn nicht befreien werden, ihn nicht befreien können, gerade wenn er immer weiter an ihnen festhält, sich dem Neuen gegenüber verschließt, sie abwechselnd vergöttert und hasst und sie nicht endlich sterben lässt. Doch er erkennt zumindest, dass der Song nicht nur Song ist, sondern sich selbst zum Thema hat, gleichzeitig aber das Wesensmerkmal der Performanz im Pop betont, in der Unterscheidung vom Aussagendem zum Ausgesagten, vom Geschriebenem zum Gesprochenen beziehungsweise Gesungenen, denn obwohl im Text immer von einem Elastic Man die Rede ist, singt Mark E. Smith bei sämtlichen Studio- und Liveaufnahmen Plastic Man. Als letztes Beispiel für die Verbindung von Gummi und Plastik, von Flexibilität und Haltbarkeit, möchte ich an den Disney-Film von 1961 The Absent-minded Professor und dessen Sequel von 1963 Son of Flubber erinnern, in dem der von Fred MacMurray gespielte Professor eine neue Form des Gummis entwickelt, nämlich Flying Rubber, abgekürzt Flubber. Dieses Gummi, etwa als Schuhsohle für Sportschuhe eingesetzt, verleiht dem Träger die Fähigkeit zu übermenschlich hohen Sprüngen, die der Bewegung im schwerelosen Raum nahekommen. Doch Gummi hat weitere Vorteile. Wie heißt es in dem bekannten Kinderreim: I am rubber and you are glue, everything you say bounces off me and sticks to you. Gummi erhöht meine eigenen Fähigkeiten und schützt mich vor Angriffen, und doch scheint dieses Gummi, so wie die Beatles es in ihrem Wortspiel Rubber Soul benutzen, auch meine Seele zu beeinflussen, die droht zum Gebrauchsgegenstand zu verkommen, wie die praktischen, aber jederzeit austauschbaren Gummisohlen meiner Schuhe. Bereits in Shakespeares The Two Gentlemen Of Verona kommt dem Schuh und dessen Sohle eine eigenartige Bedeutung zu. Der Diener Lance zeigt seine Schuhe und sagt: »This shoe is my father. No, this left shoe is my father. No, no, this left shoe is my mother. Nay, that cannot be so, neither. Yes, it is so, it is so, it hath the worser sole. This shoe with the hole in it is my mother, and this my father.« Auch hier taucht das Wortspiel zwischen sole und soul auf, und Lennon könnte, jenseits der deutlich obszönen Anspielung, an die »schlechtere Seele« seiner Mutter erinnert werden, die ihn als Kind verließ. Denn das Loch im Schuh, von dem auch Traffic in ihrem Hole in My Shoe singen, lässt nicht nur Wasser ein, sondern auch alle übrigen Einflüsse der Welt. Über 20 Jahre nach der Rubber Soul, sechs Jahre nach Elastic Man, wird Paul Simon im Mai 1986 noch einmal eines der Themen von Rubber Soul aufgreifen. Von der ursprünglichen Musikalität, aber auch Religiosität südafrikanischer Musiker begeistert, nimmt er das Album Graceland auf. Auch hier ein religiöser Titel, das Land der Gnade, das gelobte Land, jedoch nur noch als Abziehbild einer Religion, da dieses gelobte Land nichts anderes ist als die Villa Elvis Presleys, der immer wieder, einem nordamerikanischen Mekka gleich, in Filmen und Liedern Reverenz erwiesen wird. Auf Graceland findet sich ein Lied mit dem Titel Diamonds On the Soles of her Shoes. Die Rubber Soul taucht hier mit Diamanten verziert wieder auf. »That's one way to lose these Walking Blues / Diamonds on the soles of my shoes«, heißt es im Refrain, keine Rubber Soul mehr als Schuhsohlenbelag, der in die metaphysische Weite führt, sondern eine Art Bestechungsgeld und Kompensation für den Drang wegzugehen, wenn man davon ausgeht, dass sich Simon auf Robert Johnsons Walking Blues bezieht, wo es unter anderem heißt: »She's got Elgin movements from her head down to her toes / Break in on a dollar most anywhere she goes.« Einer Frau, die sich so genau und fein wie eine Elgin-Uhr bewegt und überall für einen Dollar arbeiten kann, muss man schon etwas bieten. Es gibt allerdings auch eine Fassung des Walkin' Blues, in der es heißt: »If I had the walkin' blues, it would hurt my feet to walk.« Bringen die Diamanten dem Träger in diesem Fall eine Erleichterung, oder handelt es sich bei der diamantenen Sohle um ein Symbol der schönen Seele, die zwar ihre Unschuld bewahrt, aber nicht zum Dasein gelangt und nichts in der Welt bewirkt, sondern lediglich in sehnsüchtiger Schwind-sucht zerfließt, wie Hegel sagt, ganz im Gegensatz zur Rubber Soul, die, wie wir noch sehen werden, versucht, den dialektischen Prozess der Bewusstseinsfindung zu überwinden, um in den Bereich jenseits von Gut und Böse vorzustoßen. Eine andere Stelle des Liedes von Paul Simon aber scheint mir noch entscheidender, nämlich folgende: »She makes the sign of a teaspoon / he makes the sign of a wave. / The poor boy changes clothes / and puts on after shave / to compensate for his ordinary shoes.« Hier scheinen mir mehrere Hinweise versteckt. Dass die Frau das Zeichen eines Teelöffels macht, der Mann das einer Welle, erinnert an die Anekdote, in der sich ein Mann und eine Frau darüber streiten, wie man am besten ein Stück Schnur kürzt. Er meint mit einem Messer, sie hingegen mit einer Schere. Aus dem banalen Vergleich wird bald ein handfester Streit, der dermaßen eskaliert, dass der Mann seine Frau schließlich in ein Boot packt, um ihr mitten auf dem See die Frage noch einmal vorzulegen, gekoppelt mit dem Wunsch, sie möge doch einlenken und bereit sein, dem Messer den Vorzug vor der Schere zu geben. Als sie sich weigert, wirft sie der Mann kurzerhand über Bord. Die Frau geht unter, doch bevor sie ertrinkt, taucht sie noch einmal auf und macht, die Lungen bereits mit Wasser gefüllt, mit Zeige- und Mittelfinger das Zeichen der Schere. Steckt noch mehr als eine Beschreibung der unkontrollierbaren Dynamik des Streits hinter dieser Erzählung, etwa ein Verweis auf die unterschiedlichen Kulturen des vernichtenden Trennens, symbolisiert durch das Messer, und des bewahrenden Schneidens, versinnbildlicht in der Schere? Es ist hier leider nicht Gelegenheit, näher darauf einzugehen, denn ich möchte noch auf eine andere Lesart der Zeilen aus Paul Simons Song zu sprechen kommen, die uns zu Augustinus führt, der, über Glaubensfragen nachdenkend, am Meer entlanggeht und dort auf einen kleinen Jungen trifft, der mit einem Teelöffel am Strand sitzt und Wasser aus dem Meer in ein Loch schöpft. Auf die erstaunte Frage Augustinus', was er dort mache, sagt der Junge, er schöpfe das Meer aus. Es sei unmöglich, das Meer auszuschöpfen, noch dazu mit einem Teelöffel, belehrt ihn Augustinus, worauf der Junge ihm antwortet: Genauso unmöglich ist es, die Größe Gottes durch Reflexion erfassen zu wollen. Es ist interessant, dass Augustinus immer dort, wo er sich zu sehr auf das Denken versteift, Kindern begegnet, die ihm Hinweise geben, wie er wirklich und jenseits der Reflexion seinen Glauben stärken kann. Mann und Frau aber, symbolisiert als Löffel und Welle, können sich bei Paul Simon ebenso wenig erschöpfend begründen. Zudem hat die Frau Diamanten an ihren Schuhen, der Junge hingegen trägt gewöhnliche Schuhe, weshalb er seine Kleider wechselt und ein Aftershave auflegt. Der Wechsel der Kleider ist natürlich als Initiation, als rite de passage zu verstehen. In der Scham über die gewöhnlichen Schuhe verbirgt sich jedoch ein drittes Motiv, das uns wieder zur Gummiseele der Beatles zurückführt. Am Morgen des 13. März 1856 ungefähr gegen 5 Uhr früh wird Charles Baudelaire durch ein Geräusch aus einem Traum geweckt, ganz so wie ich selbst heute morgen, den er für so bedeutend hält, dass er ihn einem Freund in einem Brief schildert. In diesem Traum, den Michel Butor ausführlich interpretiert hat, besucht Baudelaire ein Bordell. Er merkt, während er den Vorraum betritt, dass sein Glied aus der offenen Hose hängt, was er selbst an einem solchen Ort für unangemessen hält. Gleichzeitig fühlen sich seine Füße feucht und kalt an. Als er nach unten sieht, muss er feststellen, dass er barfuß ist und in einer Pfütze steht. Er beschließt, nach oben in den ersten Stock des Etablissements zu gehen, um sich dort die Füße zu waschen. Kaum oben, gerät er in verschiedene Gänge, in denen Bilder von Vögeln und unbekannten amorphen Wesen zu sehen sind. Er wagt keines der Mädchen anzusprechen, weil er sich seiner nackten Füße schämt. Während er weitergeht, ist ein Fuß wieder beschuht, dann beide. Schließlich trifft er auf ein lebendes Wesen, das in diesem Haus geboren wurde und dort auf einem Podest hockt. Es muss hocken, weil aus seinem Kopf ein gummiartiger Wurmfortsatz herauswächst, den es um seine Glieder geschlungen hält, und diese Gummischlange zu lang und zu schwer wäre, um sie etwa zusammengerollt mit sich zu tragen. Baudelaire unterhält sich mit diesem Gummimenschen und erfährt, dass es ihm am meisten vor den Mahlzeiten graut, weil er dann mit seinem Auswuchs zwischen all den schönen Mädchen sitzen muss. Hier erhält das Symbol des fehlenden oder nur unvollständigen Schuhwerks eine stark sexuelle Konnotation und weist auf die Scham über die Unvollkommenheit des eigenen Körpers und des eigenen Geschlechts hin. Ist die Rubber Soul also nichts anderes als ein uns belastender Wurmfortsatz, der in Form verschiedenster Religionen aus uns herauswächst und uns vor allem mit Scham und Angst erfüllt? Ein Konzept, mit dem wir unseren Schmerz messen, wie John Lennon es später in seinem Abgesang auf alle Religionen und Idole formulieren wird? Nimmt man nur einmal ansatzweise den religions- und philosophiekritischen Schlüssel auf, stellt man fest, dass es sich bei Rubber Soul um ein Konzeptalbum avant la lettre handelt, in dem alle Lieder ein einziges Thema umkreisen: die ontologische Frage nach der Bedeutung des Seins in Abgrenzung zur Metaphysik. Nicht umsonst betonten die Beatles, dass sie sich die Reihenfolge der Songs genau überlegt haben (»We put a lot of work into the sequencing«). Als Erstes springt natürlich ein Titel wie Nowhere Man ins Auge, in dem sich der Mensch (Man) zum Heidegger'schen Man wandelt. Denn sucht man einmal die entsprechenden Definitionen Heideggers in Sein und Zeit auf, merkt man, welch starke Verbindung zwischen dem Man und den Negationen wie niemand, niemals und nicht besteht. Hier nur einige wenige Beispiele. »Das Man (…) ist das Niemand, dem alles Dasein im Untereinandersein sich je schon ausgeliefert hat.« Oder: »Allerdings ist das Man so wenig vorhanden wie das Dasein überhaupt. Je offensichtlicher sich das Man gebärdet, um so unfaßlicher und versteckter ist es, um so weniger ist es aber auch nichts.« Und ein Letztes: »Man ist in der Weise der Unselbständigkeit und Uneigentlichkeit. Diese Weise zu sein bedeutet keine Herabminderung der Faktizität des Daseins, so wenig wie das Man als das Niemand ein Nichts ist.« Die Beatles nehmen diesem Niemand in getreuer nihilistischer Manier auch noch den Ort und betreiben so die völlige Auflösung gegebener Werte, um zur Aufforderung Think for Yourself zu gelangen. Dazu werden in fast jedem Song die alten Werte und Übereinkünfte als Schein entlarvt, etwa in I'm Looking Through You, das mit You Won't See Me in einen Zusammenhang gestellt werden muss, einerseits durch die Stellung als jeweils drittes Lied der jeweiligen Plattenseite, andererseits durch die beiden Songs zugrunde liegende Logik, der gemäß derjenige, der sich verbirgt und den ich zu durchschauen vermag, mich nicht erkennen kann, da er davon ausgeht, auch ich würde mich dort, wo ich mich tatsächlich zeige, verbergen. Dies ist die grundlegende Aporie in jeder Liebesbeziehung, noch mehr aber in der therapeutischen Begegnung, da hier der Therapeut, anders als etwa die Geliebte, nicht das Vertrauen durch ein wechselseitiges Ablegen von Häuten und Hemden erreichen kann, da er sich, wie wir bereits festgestellt haben, der wahnhaften Inszenierung des Patienten widersetzen muss, auch wenn dieser das als Ablehnung interpretiert. Aber auch die auf den ersten Blick eines religiös-philosophischen Kontextes unverdächtigen Lieder der Rubber Soul entpuppen sich bei genauerem Hinsehen als deutliche, wenn natürlich auch immer verschlüsselte Aussagen zur Thematik Gottes, des Willens zur Macht und des Nihilismus. Schaut man sich zum Beispiel Drive My Car näher an, scheint es, oberflächlich betrachtet, um eine Art Vorstellungsgespräch zu gehen, in dem sich der Sänger einer Frau als Chauffeur anbietet. Und tatsächlich nehmen sich die einzelnen Strophen wie Vorverhandlungen für einen mündlichen Arbeitsvertrag aus. Gemeinsam überlegt man, ob sich eine Geschäftsbeziehung entwickeln lässt, als es jedoch so weit kommt und man sich einig wird, stellt sich heraus, dass die Frau überhaupt kein Auto besitzt, sie vielmehr, bevor sie sich ein Auto anschafft, erst einmal einen Fahrer braucht, den sie nun gefunden hat. Die Situation ist komplexer, als man meinen möchte. Der Driver ist hier tatsächlich ein Nowhere Man, weil er keinen Ort hat, aber einen Ort benötigt, um sich in seiner Funktion zu definieren. In diese Aporie gebracht, steht er gleichsam vor dem Nichts. Er hat eine Stelle als Chauffeur, jedoch kein Auto, mit dem er seine Funktion erfüllen könnte. Mehr noch, seine Auftraggeberin hofft durch die Bestimmung seiner Funktion überhaupt erst zu einem Auto zu gelangen. Wir müssen in dieser sogenannten Patt-Situation einer menschlichen Beziehung symbolhaft das Verhältnis des Menschen zu Gott erkennen, denn auch in der Religion statten wir Gott und umgekehrt Gott uns mit Funktionen aus, ohne dass ein dafür notwendiger Handlungsrahmen existiert. Im Song der Beatles erhält das ganze Thema jedoch noch eine weitere Spiegelung, da das Lied mit der Frage anhebt: »Asked a girl what she wanted to be.« Es wird also eigentlich gefragt, welchen Beruf sie haben möchte. Sie antwortet darauf jedoch mit der Zuweisung einer Stellung für den Frager, einer Stellung, die ihr zugutekommen soll. So ist eine deutliche Trennung zwischen den Akteuren und ihren jeweiligen Wünschen nicht mehr zu vollziehen, überlagern sich Ort und Funktion ein zweites Mal und erscheinen in ihrer Austauschbarkeit umso willkürlicher gewählt. Ein gelungener Angriff auf den vakanten, jedoch noch existierenden Ort, in der von Nietzsche als falsch angeprangerten Form des Nihilismus. Von besonderer Bedeutung bei diesem Projekt des tatsächlichen und radikalen Nihilismus ist natürlich das beständige Hinterfragen der Sprache, und zwar von metaphysischer Seite, und das nicht allein im zu diesem Thema programmatischen Titel The Word, in dem sich das Eingeständnis findet: »In the beginning I misunderstood / But now I've got it: the word is good.« In the beginning bezieht sich natürlich auf das biblische Schöpfungsgeschehen, in dem Gott durch reine Sprachhandlungen die Welt entstehen lässt. Zwischen dem alttestamentarischen »In the beginning, God created the heaven and the earth« und dem neutestamentarischen »In the beginning was the Word« wird hier ein dritter Weg eingeschlagen, nämlich ganz im Sinne Nietzsches das Bekenntnis zum Irrtum. »In the beginning I misunderstood.« Im Anfang war der Irrtum. Nietzsche hat den Irrtum als Voraussetzung »selbst des Denkens« bezeichnet. Analog heißt es bei den Beatles, erst irrte ich, dann begriff ich. Wo ich auch hingehe, geht es weiter, höre ich es sagen, »In the good and the bad books that I've read«, das Wort ist also sowohl schlecht als auch gut, wir befinden uns folglich bereits jenseits von Gut und Böse, im Bereich des Sowohl-als-Auch. Nach dem eindeutigen Bekenntnis zum Wort und zum Irrtum als begrifflichen Kategorien im Werk Nietzsches folgt ein die erste Plattenseite beendender Hinweis auf die Bedeutung der Theorie. Der Song heißt »Michelle«. »Michelle ma belle / These are words that go together well«, der Name tritt an die Stelle des Wortes. Nun hat es aber gerade mit dem Namen »Michelle« etwas Besonderes auf sich, da er auf eine geschlechtliche Doppeldeutigkeit verweist, die allein in der Schreibung (Michel/Michelle) eindeutig wird. Das heißt, in der Schrift differenziert sich die Bedeutung aus, die im Klang androgyn und schwebend verbleibt. Zerlegt man den Namen in seine Bestandteile, so erhält man miche und elle. Elle, also sie, das weibliche Personalpronomen, rückt durch sein dem Namen eingeschriebenes Vorhandensein den Namen, der ja ein Du bezeichnen soll, immer wieder in die Entfernung der dritten Person. Wenn ich sage »du, Michelle«, so sage ich tatsächlich »sie, Michelle«, diese da. Indem ich den Namen des Anderen nenne, rücke ich ihn von mir weg und enthülle gleichzeitig mich selbst. Wenn ich nun aber von Michelle das Mi abtrenne und als Vorsilbe lese, die das Halbe, das Mittige bezeichnet, dann kann ich in chelle auch scellé, das Siegel, oder sceler, besiegeln, erkennen: Durch den Namen wird etwas immer nur halb besiegelt, dieses Siegel oder Pfand gleichzeitig auch immer wieder gelöst. Es gibt nun im Text von Michelle einen auf den ersten Blick eigenartigen Denkfehler. Der Sänger singt zu einer Michelle unter anderem Folgendes: »I will say the only words I know that you'll understand.« Dieser Satz bezieht sich auf die mit »Michelle, ma belle« adressierte Person. Gehen wir davon aus, dass die Angesprochene, wie durch den Namen gekennzeichnet, Französin ist, der Ansprechende Engländer, dann dürfte es kaum stimmen, dass die Französin allein ihren Namen und die Bezeichnung, ma belle, versteht, vielmehr wird sie eine wesentlich umfassendere und größere Anzahl von französischen Wörtern verstehen. Es ist vielmehr umgekehrt so, dass der Sänger nur einen sehr geringen französischen Wortschatz besitzt, weshalb es richtiger heißen müsste: Es sind die einzigen Worte, die ich sagen kann, die du verstehst. Hier bereitet sich jedoch ein geschicktes Spiel der Bedeutungen vor. An anderer Stelle heißt es nämlich. »I need to, I need to / I need to make you see / Oh what you mean to me / Until I do I'm hoping / You will know what I mean.« Zweimal also taucht der Begriff des Meinens und Bedeutens (mean) auf. »Ich möchte, dass du weißt, was du mir bedeutest«, auf der einen Seite, »Ich hoffe, du weißt, was ich bedeute, was ich meine« auf der anderen. Die Bedeutungen vertauschen sich. Es kann keine Klarheit durch Sprache erreicht werden, die Bedeutung muss folglich außerhalb der Sprache gesucht werden. Bis dies geschieht oder geschehen kann, wird er die einzigen Worte wiederholen, von denen er weiß, dass sie sie versteht, nämlich ihren Namen. Der Liebende spricht folglich mit dem Namen des Geliebten immer auch eine Hoffnung auf dessen Verständnis für sich aus. Michelle ist natürlich auch musikalisch zu interpretieren, nämlich als Mi-Echelle, nämlich die Tonleiter in E. Das Stück Michelle selbst, und das ist auffällig, steht in F-Dur, das heißt, das E kommt zumindest in der Dominante C vor, doch indem die Subdominante B-Dur schon gleich im zweiten Akkord zu B-moll erniedrigt wird und zu Es-Dur weiterleitet, befinden wir uns tatsächlich harmonisch nicht in F, sondern vielmehr in As-Dur, das kein E kennt. Beim Anhören des Stücks erzeugt dieses Changieren zwischen Dur und Moll einen eigenartigen und befremdlichen Effekt, der sich allein am Ende des Refrains klärt, wenn bei »My Michelle« oder »Très bien ensemble« der C-Dur Akkord als Harmonie erklingt, befestigt durch dessen Dominantseptakkord G7. Das heißt, die musikalische Aussage unterstützt, einem Schubertlied vergleichbar, die textliche, das Diffundieren zwischen zwei Sprachen entspricht dem Wechsel von Dur und Moll, und allein in der Nennung des Namens entsteht harmonische Klarheit, die sich in der Dur-Dominante, welche F-Dur und F-Moll gemeinsam haben und deren Kennzeichnung das E, also Mi, ist, zeigt. Langsam entwirft sich so ein deutlicher Aufbau und ein genau geplanter Ablauf des Albums vor unseren Augen. Jedes Lied ist mit dem anderen thematisch und inhaltlich verkettet. Nach Drive My Car, diesem Lehrstück über menschliche Funktion und Identität, wird die Absurdität in Norwegian Wood noch gesteigert. Hatte er das Mädchen, oder hatte sie ihn? Er soll sich setzen, aber es ist kein Stuhl da. Schließlich geht sie ins Bett und er in die Wanne, die in ihrer Hohlform an das Symbol des Löffels erinnern mag, wobei dann dem Bett das Meer oder zumindest das ozeanische Gefühl Freuds zuzuordnen wäre und wir uns auf dem Weg der infantilen Hilflosigkeit erneut der Religion annähern. Die einzige Gemeinsamkeit von Mann und Frau aber ist die Wertschätzung des norwegischen Holzes, die sowohl von ihr als auch von ihm ausgesprochen wird, doch mit jeweils völlig anderer Intention: Während sie das Holz für ihre Möbel schätzt, mag er es, weil es gut brennt. Bevor die Sprache nun auf Dasein und Ort kommt, wird in You won't see me die Zeit behandelt. »Time after time / You refuse to even listen«, heißt es in der Bridge. Hier wird schon angedeutet, dass Zeit als Begriff gesehen werden soll, und es scheint verschiedene Zeiten zu geben, denn Tage fühlen sich an wie Jahre, Stunden wie Sekunden. Dann wieder wird Zeit zu einem Gegenstand, den man finden, aber auch wieder verlieren kann: »We have lost the time that was so hard to find.« Alles eine Vorbereitung auf die in Think for yourself mit dem programmatischen Anfang »I've got a word or two« über die nächsten Lieder eingeleitete Untersuchung der Sprache, die im Verweis auf die Tatsache, dass der Eigenname als ursprünglichstes Wort für die Bedeutung des Ichs steht und sich eben gerade deshalb zu schnell in die dritte Person flüchtet, kulminiert. John Lennon wusste wie Nietzsche, der sich beim Übergang in seinen Wahn selbst als Gekreuzigter bezeichnete, bereits kurz vor Auflösung der Beatles: »The way things are going they gonna crucify me.« Und Paul sang etwa zur gleichen Zeit von dem vertrackten Weg unserer unzulänglichen Reflexion, der am Ende über den garstigen Graben der Geschichte zur Tür der Verheißung führt, hinter der das Denken ein Ende hat. Als Paul The Long and Winding Road singt, ist er allerdings schon dreieinhalb Jahre tot, denn er kam am Mittwoch den 9. November 1966 um 5 Uhr früh bei einem Autounfall ums Leben. Wir wissen es, weil auf dem Cover von Sergeant Pepper sein blutiger Handschuh neben der Shirley-Temple-Puppe liegt und sein Double eine Armbinde mit den Buchstaben OPD (Officially Pronounced Dead) trägt, auch weil er auf der Abbey Road im schwarzen Anzug und als einziger der vier mit dem rechten Bein nach vorn die Straße überquert, und vor allem, weil er die Schuhe mit den Rubber Souls nun endlich ablegen durfte und barfuß geht, während das Schild des in der Nähe geparkten VWs die Nummer LMW 28 IF trägt, was nichts anderes heißt als: Linda McCartney Widowed, während Paul 28 wäre IF he'd lived. Aber vor allem weist die schwarze Rose, die er als Einziger trägt, als die Beatles in weißen Anzügen in ihrem Film Magical Mystery Tour als Crooner auftreten, auf seinen vorzeitigen Tod hin. Und welches Lied singen sie? Your Mother Should Know. Denn Paul wurde in seinem Auto durch eine Frau abgelenkt und raste in einen Lastwagen mit Bananen. Wie Jayne Mansfield wurde er dabei enthauptet. Sein Kopf aber rollte über zehn Meilen weit bis zum Grab seiner Mutter. Der Text von Your Mother Should Know bezieht sich paradoxal auf diese zyklische Rückkehr zum Anfang, für den die Mutter symbolisch steht, die Mutter, die als Einzige in beide Richtungen über ihre eigene Existenz hinauszuschauen vermag und auch das erkennt, was bereits vor ihr da war und sie erst bedingte, denn es heißt dort: »Let's all get up and dance to a song / that was a hit before your mother was born. / Though she was born a long, long time ago /

Your mother should know / Your mother should know.« Oder wie Nietzsche selbst sagt: »Ich bin, um es in Rätselform auszudrücken, als mein Vater bereits gestorben, als meine Mutter lebe ich noch und werde alt.«

Womit ich meine Ausführungen schließen und mich für Ihre über die Maßen strapazierte Aufmerksamkeit bedanken möchte, obgleich ich natürlich, wie es sich aus der Komplexität der Materie ergibt, die meisten Themen nur habe anreißen können.

86

Wir haben alle drei nicht richtig geschlafen, aber jetzt, als wir die Berliner Straße entlangfahren und in den Stresemann-Ring einbiegen, richten wir uns auf und strecken uns, und die Frau von der Caritas dreht sich zu uns um und sagt, dass wir gleich da sind und ob sie Bernd und Claudia am Bahnhof rauslassen kann. Und die sagen beide ja, aber dann fällt ihnen ein, dass sie gar kein Geld haben, und da greift die Frau von der Caritas mit der einen Hand nach ihrer Handtasche und knipst sie auf und holt zwei Fünfmarkstücke raus und gibt sie nach hinten, und ich würde auch lieber mit den beiden am Bahnhof aussteigen und dort noch stehen und eine rauchen und nicht mit der Frau von der Caritas das letzte Stück allein im Auto sitzen. Überhaupt mit ihr jetzt zusammen heimzukommen, so früh am Morgen, wo bestimmt alle noch schlafen, obwohl die erste Schicht vielleicht schon angefangen hat, also der Pförtner da ist, der den Opel Kapitän einfach durchwinkt, auch wenn er mich erst nicht sieht auf dem Rücksitz. Selbst am Bahnhof ist noch nichts los, und ich denke, dass ich nächste Woche einfach mal früh aufstehe, noch vor der Schule, und mit dem Rad rumfahre und mir alles anschaue, weil es so eigenartig ist morgens, ohne Erwachsene, und mir fällt ein, dass ich nur einmal so früh am Bahnhof war, damals, als wir mit der Klasse nach Rothenburg gefahren sind, aber da hält die Frau von der Caritas auch schon gegenüber an der Bushaltestelle vom Kaiser-Friedrich-Ring.

Die Polizistin oder Soldatin in der DDR war noch unheimlich nett und hat uns Salamibrote mitgegeben und solche Fruchtschnitten, die in einer Nougatfabrik in Schmalkalden hergestellt werden und eigentlich nur für Sportler sind, weshalb sie auch DTSB-Schnitten heißen, was Deutscher Turn- und Sportbund bedeutet, und die haben auch so ein Zeichen, wie ich es für die Rote Armee Fraktion 1913 gezeichnet habe, aber nicht von oben nach unten, sondern von links nach rechts, und das TS ist weiter vorn, perspektivisch, aber nicht so wie bei der Supermann-Schrift, die nach einer Seite hin kleiner wird, sondern als würde man eine Schachtel von der Kante her anschauen. Außerdem hat sie uns noch Anstecknadeln gegeben. Bernd hat eine mit der Flagge der DDR bekommen, wo drunter steht 19 Jahre DDR, weil die neuen Nadeln erst im Oktober kommen, und ich habe auch eine ganz gute, da ist in der Mitte so eine Art UFO und außenrum steht Europameisterschaften Wurftaube - Laufende Scheibe Suhl 1967, obwohl ich nicht weiß, was das bedeutet, und auch nicht fragen wollte, weil die Polizistin oder Soldatin ohnehin schon so nett war und so viel erklärt hat. Aber Claudia hat die beste, da ist nämlich Lenin drauf, richtig erhoben in Gold und auf türkisem Grund, aber sobald wir über die Grenze und wieder in Deutschland waren, hat die Frau von der Caritas uns die Nadeln abgenommen und einfach aus dem Fenster geschmissen, was ich unheimlich fies fand, weil sie sich nämlich kein bisschen verändert hat und es mir auch ganz egal ist, ob sie aus der DDR oder aus dem Westen ist, weil ich ohnehin nicht verstehe, warum sie wieder mit uns rübergefahren ist, denn entweder sie ist aus der DDR, dann wird sie hier verhaftet, oder sie ist von hier, dann hätte man sie bestimmt dort nicht einfach gehen lassen. Aber vielleicht ist sie auch einfach übergelaufen oder wurde freigekauft, und jetzt kriege ich sie bis in alle Ewigkeit nicht mehr los, weil ich jetzt froh sein kann, wenn ich nicht ins Internat komme, obwohl mir das auch egal ist. Und vor der DDR habe ich auch nicht mehr so eine Angst, und zur Not haue ich dahin ab, obwohl ich nicht genau weiß, wie man das macht, also ob man einfach so über die Grenze kann oder ob die dann auch auf einen schießen. Oder ob unsere Soldaten dann auf mich schießen, aber das kann ich ja noch rausfinden.

Ich muss kurz an Wolle und die anderen denken und überlege, ob die jetzt ins Erziehungsheim müssen und was überhaupt aus ihnen geworden ist, weil ich schon gern wissen würde, wer jetzt die Frau Maurer überfallen und die ganzen anderen Aktionen unternommen hat, aber vielleicht kann Claudia das ja auch in der Basisgruppe rausfinden, und hoffentlich denken sie und Bernd daran, dass wir uns samstags an der Lohmühle treffen. Vielleicht darf ich erst mal nicht mehr raus und mich mit anderen treffen, weil die Frau von der Caritas sagt, dass das ein schlechter Umgang für mich ist und mein Vater ihr jetzt noch mehr glaubt, meine Mutter sowieso. Und ich denke, wie das ist, ein schlechter Umgang für jemanden zu sein, und ob das vielleicht auch die Eltern von Bernd und Claudia über mich sagen, und das ist ein komisches Gefühl, obwohl es mir eigentlich nichts ausmacht, was Erwachsene sagen, und Bernd und Claudia bestimmt auch nicht.

Und nachdem wir Claudia und Bernd am Bahnhof rausgelassen haben, fahren wir die Allee hoch, und erst jetzt wird es langsam hell, und irgendwie freue ich mich sogar ein bisschen, dass ich heimkomme, und freue mich, an der Schule vorbeizufahren, aber nur für einen Moment, weil mir dann wieder einfällt, dass ich ja sitzenbleibe und nicht weiß, wie es weitergeht, weil ich keine Lehre machen will wie Achim oder Rainer, aber auch nicht ins Internat, und in die DDR, das geht auch nicht gleich, weil ich mindestens vierzehn sein muss oder sechzehn, und auf keinen Fall zurück in das Konvikt, weil ich mir nicht mehr vorstellen kann, Pfarrer zu werden, auch nicht Pater oder Religionslehrer, weil ich ohnehin lieber Schauspieler werden will, auch wenn man da Reit- und Fechtunterricht nehmen muss und ganz viel auswendig lernen. Meine Mutter hat gesagt, wenn man Schauspieler werden will, dann muss man alle Balladen von Schiller auswendig können, und deshalb habe ich auch schon angefangen, den Handschuh auswendig zu lernen, was auch einigermaßen ging, aber dann, der Taucher, da kam ich nicht über die ersten beiden Strophen, dabei kann ich Liedtexte unheimlich leicht behalten, die Rubber Soul kann ich komplett auswendig, die Revolver auch, eigentlich alle Beatles-Platten, nur die ganz frühen nicht, Beatles for Sale und so, weil da nicht alle Stücke so toll sind. Aber es muss ja auch nicht unbedingt sein, das mit dem Schauspieler. Es kann ja auch irgendwas anderes sein, weil ich ja auch gern zeichne, und wenn ich den Famous-Artist-Kurs weitermache, dann kann ich vielleicht das machen, obwohl man da nicht so malen lernt wie Jawlensky malt oder Baumeister, auch nicht wie Dali, das ist unheimlich schwer, diesen einen Jesus am Kreuz, den er gemalt hat, so perspektivisch von oben, oder das Poster, das ich von ihm in meinem Zimmer hängen habe, mit diesen komischen Figuren in der Landschaft, denn das gefällt mir schon, oder so wie Tanguy, den finde ich eigentlich noch besser, weil der immer so kleine Figuren oder Steine oder was das sein soll malt, aber jemand hat mir mal gesagt, dass er immer alles auf dem Kopf malt und das Bild erst umdreht, wenn es fertig ist, was natürlich auch wahnsinnig schwer ist, aber das muss ich ja nicht auch machen.

Die Aufklärung Ihres Falles …

In den DDR-Krimis werden die Leute immer zur Klärung eines Sachverhalts befragt oder vorgeladen. Ich finde, das klingt irgendwie konstruktiver, realistischer, beruhigend auf eine gewisse Art.

Machen Sie sich da mal keine falschen Vorstellungen. Sie glauben doch nicht, dass Sie da drüben mit Ihren Mätzchen durchgekommen wären? Das war ein ganz anderer Verhörstil, das können Sie mir glauben. Aber falls Ihnen der mehr zusagt …

Ich meinte doch nur, dass das Wort Aufklärung, überhaupt das Projekt Aufklärung, einfach gescheitert ist.

Ach, jetzt kommen wieder Ihre Obskurantisten zu Wort.

Adorno?

Das war auch so ein Melancholiker, der nie richtig aus seinen hessischen Dörfern rausgekommen ist, genau wie Sie.

Ja, wenn er das metaphysische Erleben beschreibt, eigentlich sogar die Verheißung, die man bei Dorfnamen wie Otterbach, Watterbach, Reuenthal, Monbrunn empfindet. Übrigens alles keine hessischen Dörfer, noch nicht einmal Monbrunn.

Sie wissen schon, was ich meine.

Mit dem Obskurantismus? Eigentlich nicht genau. Es sei denn, Sie beziehen sich auf Searle, was ich mir nicht so richtig vorstellen kann.

Searle?

Der hat mal behauptet, Foucault habe Derridas Arbeitsweise als obscurantisme terroriste bezeichnet, aber das halte ich für unwahrscheinlich oder aus dem Kontext gerissen.

So? Das können Sie beurteilen?

Meinetwegen nicht. Aber Searle wurde von Derrida kritisiert, und da hat er sich nicht anders zu helfen gewusst. So wie Sie eben auch.

Was soll das heißen?

Man spielt möglichst alle gegeneinander aus, behauptet, einer hätte gesagt, die Arbeitsweise des anderen sei erst obskur und ungenau und dann, wenn man sie kritisiere, terroristisch, weil dann einfach behauptet würde, es sei alles ein großes Missverständnis.

Ich finde, da hat er doch nicht unrecht.

Darum geht es doch nicht. Es geht um das Gegeneinander-Ausspielen, die Manipulation.

Das sagen Sie so. Aber mir gefällt das gerade mit dem terroristischen Obskurantismus. Das passt auf vieles, auch auf Ihre Rote Armee Fraktion, und dann natürlich auf Sie selbst. Da steckt dieses ganze Verantwortungslose mit drin, diese ungenaue Analyse, die zu einer nicht minder ungenauen Kritik führt, und dann, wenn man mal nachfragt, dann wird man weggebombt sozusagen.

Nachfragt? Na Sie sind gut. »Nachfragt!« Auch nicht sehr differenziert. Außerdem lenken Sie vom Thema ab.

Was zugegebenermaßen Ihr Fachgebiet ist. Und was war noch mal das Thema?

Die Aufklärung. Ich frage mich nämlich, im Gegensatz zur Klärung, ob die Aufklärung eben nicht nur in ihrer Dialektik, sondern generell in ihrem Ansatz scheitert, weil sie sich zu viel vornimmt. Wäre es nicht viel angenehmer, wenn wir ein Zeitalter der Klärung gehabt hätten?

Mit dem wir um die ganzen Revolutionen herumgekommen wären? Interessant, dass Sie jetzt auf Ihre alten Tage doch noch abrücken von Ihren unausgegorenen Ideen. Meinen Segen haben Sie. Brechen Sie mit der Vergangenheit, machen Sie reinen Tisch, klären Sie, wenn Sie nicht aufklären wollen.

Ich meinte das anders.

Davon gehe ich aus.

Wenn man das damals gesehen hat, diese Brutalität einerseits ...

Sie sprechen von der Roten Armee Fraktion?

Nein, ich spreche von der Polizei, vom Staatsapparat, von dieser ganzen ignoranten Haltung damals, die Prügelperser, Sie erinnern sich, diese eklatanten Ungerechtigkeiten, und dann auf globaler Ebene, egal, was ich sagen will, das löst doch ganz automatisch den Reflex aus, sich dagegen wehren zu wollen. Dann die ganzen Nazis, die sich hinstellen und so tun, als sei nichts gewesen ...

Ich dachte gerade, wir seien einen Schritt weitergekommen, jetzt haben Sie wieder diesen Verlautbarungston.

Ja, natürlich. Sie haben recht. Wenn man sich das aber noch einmal in Erinnerung ruft, wie es war, und das kann man letztlich nur emotional, dann versteht man, dass alles aus dieser Ungenauigkeit heraus entstand, aus diesem Gefühl ...

Diesem Obskurantismus eben.

Sie haben sich jetzt irgendwie in diesen Begriff verliebt. Aber meinetwegen, obwohl, nein, nicht meinetwegen, denn das ist ja schon ein Kampfbegriff, der so tut, als würde man mit Absicht etwas verunklaren, um sich unangreifbar zu machen.

Da sind Sie aber viel zu defensiv. Denken Sie an Joyce und seinen Umgang mit Interpretationsversuchen: If I can throw any obscurity on the subject let me know.

Ja, Sie haben recht. Reden wir lieber über Literatur. Das ist ein gutes Beispiel.

Nein, so war das nicht gemeint. Bleiben wir ruhig bei der Aufklärung – im Gegensatz zur Klärung. Bei den gescheiterten Versuchen der Revolution, bei der Geburt des Terrors aus dem Diffusen …

Man steckt so viel Arbeit da rein, aus diesem diffusen Gefühl etwas zu schaffen, etwas Symbolisches, an das man sich klammern kann, dass es überhaupt kein Interesse an Aufklärung gibt. Im Gegenteil, man will immer wieder da drin versinken.

In diesem emotionalen Strudel?

In gewisser Weise. Meinen Sie, ein Liebespaar möchte Aufklärung?

Meinen Sie, ein Melancholiker, ein Depressiver möchte Aufklärung? Ein Terrorist?

Meinetwegen auch. Sie alle fürchten die Aufklärung wie der Teufel das Weihwasser.

Sie wissen, dass der Teufel erst durch das Weihwasser entstand?

Ja, das haben Sie doch von mir.

Ich wollte Sie nur noch mal dran erinnern.

Sie wollen mich aus dem Konzept bringen.

Sie haben also ein Konzept. Das hatte ich befürchtet.

Natürlich habe ich ein Konzept. In gewissem Sinne zumindest.

Anders gefragt, um das Ganze hier mal abzukürzen: Möchten Sie die Aufklärung?

Die Klärung. Ich möchte die Klärung. Ich möchte die Klärung eines Sachverhalts. Meinetwegen auch mehrerer Sachverhalte. Ich möchte klären, wie es damals war und wie es heute ist.

Aber eben doch nicht so weit gehen, das Ganze aufzuklären?

Verstehen Sie denn nicht? Die Aufklärung, das ist doch einfach eine neue Unwahrheit, die genauso obskur ist, auch wenn sie sich die Illumination auf die Fahnen geschrieben hat. Es gibt das Symbolische nicht, es gibt das Metaphysische nicht, es gibt nur den Citoyen, und der muss raus aus seiner selbstverschuldeten Unmündigkeit.

Dabei ist sie nicht selbstverschuldet, diese Unmündigkeit, das wollen Sie sagen?

Da schwingt doch schon wieder die Erbsünde mit.

Und diese Vorstellung kränkt Sie irgendwie, nicht wahr?

Ist Ihnen schon einmal aufgefallen, dass die meisten Kinderspiele mit Katastrophen zu tun haben?

Ich verstehe den Zusammenhang, glaube ich, nicht ganz. Katastrophen?

Nachlaufen, Verstecken, Ochs am Berg …

Natürlich in harmloser Form, aber man stellt Extremsituationen nach, in denen man bedroht ist, sich verstecken muss, fliehen, keine Regung zeigen.

Irgendeinen Reiz, eine Herausforderung muss es ja schließlich geben.

Ja, natürlich, und diese Herausforderung hat mit den Gefahren des Lebens zu tun. Und so konstruiert sich das Leben. So konstruieren sich alle Beziehungen. So machen das auch die Liebenden.

Ach so, darauf wollen Sie hinaus: Alles nur ein Spiel, aber plötzlich geht etwas schief. Bei den Sexspielchen, mit denen die Paare ihre Beziehung aufpeppen wollen. Oder bei den Terrorspielchen der RAF, die doch eigentlich nur Gedankenspiele waren. Und das soll dann alles entschuldigen?

Nein, das meine ich nicht. Der symbolische Wert oder besser die Bedeutung des Symbolischen wird unterschätzt, meiner Meinung nach.

Sie haben das unterschätzt, mein Lieber. *Ihnen* war das nicht klar. Und jetzt, wo es Ihnen wie Schuppen von den Augen fällt, ja, jetzt …

Claudia fragt sich, wie man wartet.

Sie nennt die Zelle Bleikammer.

Sie meint damit nicht die Bleikammern von Venedig, aus denen Casanova floh.

Diese Bleikammern kennt sie nicht.

Außerdem kann sie sich eine geglückte Flucht nicht recht vorstellen.

Claudia überlegt, ob man überhaupt warten kann, wenn man warten muss.

Sie sieht Ikarus in eine unbeteiligte Welt stürzen.

Der Ackermann nimmt den Blick nicht vom Pflug.

Der Schäfer schaut in eine andere Richtung.

Der Angler greift nur nach seiner Schnur.

Selbst die Sonne versinkt, als wollte sie den Tod unnütz, absurd und vor allem selbstverschuldet erscheinen lassen.

Claudia denkt für einen Moment, dass jeder Tod selbstverschuldet ist.

Auch der in den Bleikammern.

Aus denen sie am Ende doch geflohen war.

In den Pazifik geflohen war.

In das Meer der Stille.

Der Ruhe.

Weit weg von den Felsen und Städtemauern der ungastlichen Gegend mit den aus dem Wasser stakenden Beinen im Vordergrund.

Claudia überlegt, wo auf dem Bild Dädalus zu finden ist.

Dädalus, der die Möglichkeit zum Flug und zum Sturz schuf.

Die Erzählungen von Minos und Dädalus sind Erzählungen von Männern.

Männern, die ihre Söhne verlieren.

Und ihre Töchter.

Sie verlieren ihre Söhne und Töchter, weil sie zu schnell vergessen.

Claudia kann nicht vergessen.

Deshalb kann sie nicht entkommen.

Dabei ist der Pazifik unvorstellbar groß.

Bedeckt mehr als ein Drittel der Erdoberfläche.

Man kann unbemerkt in ihn hineinstürzen und unbemerkt in ihm untergehen.

Claudia überlegt, ob man auch unbemerkt in ihm leben kann.

Sie beschäftigt sich mit dem Mythos der Ariadne.

Die Rolle scheint ihr zugeteilt.

Obwohl es nicht sein kann, meint sie, schwanger zu sein.

Seit sie auf der Insel ist, ist ihre Regel ausgeblieben.

Ariadne auf Naxos.

Sie hat einen Traum, in dem sie ein Kind zur Welt bringt.

Obwohl sie es zur Welt bringt und obwohl es ihr Traum ist, sieht sie alles aus der Perspektive des Kindes.

Das Kind wird in die Welt gezerrt.

Während es in die Welt gezerrt wird, stirbt die Mutter, also Claudia.

Dennoch träumt Claudia weiter.

Das Kind wird auf die tote Mutter gelegt.

Das Kind spürt den langsam kälter werdenden Bauch der Mutter.

Erst wenn die Mutter ganz verschwunden ist, kann das Kind einen eigenen Gedanken fassen.

Der Bauch der Mutter zerfällt und sinkt in sich zusammen.

Schließlich liegt das Kind allein auf einem blauen Frotteehandtuch und denkt seinen ersten eigenen Gedanken.

Es denkt an den Banküberfall.

Da ein Neugeborenes sich mit seinem ersten eigenen Gedanken nicht an etwas erinnern kann, wacht Claudia auf.

Jetzt denkt Claudia an den Banküberfall.

Denkt sie daran, um sich von dem Kind abzulenken?

Kann man sich durch einen Banküberfall ablenken?

Der Stier, der immer wieder in den Erzählungen von Minos und Dädalus auftaucht, symbolisiert das Schicksal, dem man nicht entkommen kann.

Dädalus symbolisiert das Theoretisch-Göttliche.

Sein Name bedeutet das Künstliche oder das Geschnitzte.

Er verkörpert das Götzenbild.

Er verkörpert den Zirkelschluss.

Er verkörpert die Selbstaufhebung.

Dädalus baut eine künstliche Kuh für Pasiphae.

Pasiphae versteckt sich in der Kuh und wird vom Stier begattet.

Pasiphae bringt Minotaurus zur Welt.

Dädalus baut ein Gefängnis für Minotaurus.

Das Labyrinth.

Dädalus stellt Hüllen her und Formen.

Keine Inhalte.

Die Inhalte sprengen seine Formen.

Dädalus schafft neue Formen, um diese außer Kontrolle geratenen Inhalte einzufangen.

Er ist der Schöpfer des Künstlichen.

Dädalus verrät Ariadne, wie sie Theseus mithilfe eines Fadens aus dem Labyrinth herausführen kann, und hebt damit seine eigene Erfindung auf.

Dädalus erschafft und bereut.

Er kann erst erkennen, wenn er etwas geschaffen hat.

Aber er lernt nichts aus der Reue.

Dädalus flieht vor König Minos.

Er flieht von einer Insel auf eine andere Insel.

Minos bestellt alle Könige der umliegenden Inseln zu sich und gibt jedem eine Spiralmuschel und einen Faden.

Die Könige sollen die Spiralmuschel auffädeln.

Die Könige scheitern.

Nur Kokalos, der König von Sizilien, bohrt ein Loch in die Spitze der Spiralmuschel, bindet den Faden an eine Ameise und lässt die Ameise durch das Loch kriechen.

Nun weiß Minos, wer Dädalus versteckt hat.

Es ist ein Analogieschluss.

Kokalos sieht in der Muschel keine Analogie.

Minos denkt nur noch an den Verrat seiner Tochter und den Faden und denjenigen, der seine Tochter mit dem Faden zusammengebracht hat.

Minos begleitet Kokalos nach Sizilien.

Kokalos kann diese Begleitung nicht ablehnen.

Auf Sizilien angekommen, lässt Kokalos dem Minos zur Begrüßung ein Bad bereiten.

Als Minos im Bad sitzt, überschütten ihn die Töchter des Kokalos mit kochendem Wasser.

Minos stirbt.

Minos wird auf Sizilien begraben.

Man entkommt der Insel nicht.

Wieder müssen die Töchter es richten.

Claudia denkt an den einheimischen Mythos vom Selbstmordengel.
Sie fragt sich, ob sie die Geschichte richtig verstanden hat.
Ihre Sprachkenntnisse sind mangelhaft.
Sie weiß nicht, dass man einen Mythos niemals richtig verstehen kann.
Dennoch kann man ihn falsch verstehen.
Claudia denkt an Bernd.

Bernd sagt: Mit denen redet man nicht. Fertig.
Bernd macht sich über die Seifen in den Chefetagen lustig.
Er sagt: Die werden längst nicht mehr aus Knochen gemacht, sondern aus Blütenstaub.
Obwohl es mit dem geplanten Überfall nichts zu tun hat, muss Claudia hoch in die Verwaltung.
Es ist eine Art Probe.
Die Probe macht Claudia wütend.
Jetzt will auch sie, dass einer von denen aus dem Fenster nach unten segelt und vor dem Kiosk auf einem Stapel Tagesanzeiger landet.
Gleichzeitig denkt sie, immer das Falsche zu denken.
Gleichzeitig erinnert sie das alles an ihre Theatergruppe.
Deshalb bist du kein Profi, sagt Bernd. Wirst du nie ein Profi.
Weil Claudia kein Profi ist, steht sie im entscheidenden Moment da und starrt in den Himmel.
Obwohl die Zeit um ihre Beine peitscht.
Wie beim Gummitwist, wenn eine einfach rausprang, ohne was zu sagen.
Sie steht nur da, während alles andere sich dreht.
Die Gesichter verzerren sich.
Bernd schreit: Weg. Wir müssen weg. Weg. Sofort weg. Los. Weg.
Claudia will sich noch einmal umdrehen.
Nein, schreit Bernd.
Blickt man noch einmal auf seine Tat zurück, erstarrt man zur Salzsäule.
Man muss das Getane vergessen.
Sonst kann man keine neuen Republiken gründen.
Weil Claudia nicht vergessen kann, will sie wenigstens dafür sorgen, dass ihre Familie ausstirbt.
Sie will dafür sorgen, dass der Staat ausstirbt, den die gegründet haben, die vergessen konnten.
Claudia hebt unendlich langsam den Kopf.

Claudia dreht den Kopf unendlich langsam nach oben.
Claudia schaut unendlich langsam in den Himmel.
Als wär's einer der anderen 30 Tage.
Einer der vielen Probeläufe.
Als könnte sie noch immer zurück.
Als wäre alles nur ein Spiel.

Dass aus Spaß Ernst wird, sagt man so dahin.
Damit sagt man so dahin, dass das Ernsthafte nicht aus sich selbst existiert, sondern den Spaß als Voraussetzung hat.
Soll man sich deshalb schon den Spaß versagen?
Vielleicht, denkt Claudia.
Wahrscheinlich ist das der Sinn der Askese.
Dass aus Spaß kein Ernst werden kann.
Dem Asketen ist folglich alles Spaß.
Wenn ich das nur könnte, denkt Claudia.
Besser noch: gekonnt hätte.
Stattdessen kannte sie nur noch den Ernst.
Bläute sich den Ablauf Tag für Tag haargenau ein.
Als ginge es um was.
So lange, bis es um was ging.
Jeden Morgen auf um sechs.
Jeden Tag Route abfahren.
Jeden Tag vor der Bankfiliale stehen.
Tatsächlich jeden Tag.
Wirklich jeden Tag.
Das hielt Claudia für Disziplin.
Das hielt Claudia für Askese.
Dabei war es schon zu spät.
War es schon Ernst.
Wenn es Ernst ist, hat Askese keinen Sinn mehr.
Man muss zurück zum Spaß.
Dann erst kann man Asket werden.
Das ist das Geheimnis der Mystiker.

Claudia geht über die Insel.
Sie sieht alles gleichzeitig: Strohmatte, Halswickel, Fieberthermometer.

Sie liegt in der Hütte und erahnt davor Kinder mit ihren Schulranzen.

Die Kinder bewerfen sich mit Schneebällen.

Claudia muss noch liegen bleiben.

Ihr Hals tut weh beim Schlucken.

Dann wacht sie auf.

Wacht mit einem Schlag wieder auf.

Wacht vom Inhalt des Feuerlöschers wieder auf.

Es ist der Feuerlöscher, den ihnen der Hausmeister nachgeworfen hatte, bevor er stürzte und liegen blieb.

Für einen Moment war es wie Schnee.

Weißer Schnee und darin das Blut des Hausmeisters.

Schneeweißchen und Rosenrot.

Claudia überlegt, ob es anders gewesen wäre mit einer gleichaltrigen Schwester statt eines jüngeren Bruders.

Eine Schwester, die all das hat, was einem fehlt.

Die einem dennoch ähnelt.

Claudia fragt sich, was das Gleiche ist.

Claudia fragt sich, was das Fremde ist.

Sie fragt sich, warum sie beim Aufwachen immer denkt, sie wäre zu Hause.

In ihrem Kinder-Zuhause.

In dem sie seit 30 Jahren nicht mehr war.

Mindestens.

Das es gar nicht mehr gibt.

Das es nur noch in ihren Träumen gibt.

Claudia fragt sich, ob sich Dinge im Traum nicht verändern dürfen, weil man sie sonst nicht erkennt.

Sie fragt sich, ob die Träume nur deshalb so irreal sind, weil man sich verändert im Unveränderten bewegt.

Sie fragt sich, ob das Gefühl der Panik im Traum aus der Diskrepanz zwischen Veränderlichem und Unveränderlichem entsteht.

Claudia denkt, dass selbst das Fremde etwas Bekanntes an sich haben muss, um überhaupt als fremd erkannt werden zu können.

Fremdheit und Bekanntheit entstehen aus der Spannung des Objekts zum Kontext.

Der Kontext ist wie Äther.

Er füllt die Leere.

Er dringt in die Lücken.

Selbst das Unerklärliche hat einen Kontext.

Wie die Lichtreflexion am Himmel.

Claudia denkt: Vielleicht ist es ein Flugzeug, das kommt, um mich zu holen.

Sie denkt nur: um mich zu holen.

Ohne zu überlegen, ob es eine Rettung ist oder eine Gefangennahme.

Sie nennt dieses Denken kontextloses Denken.

Es ist eine Art Trost, wenn man keine Hoffnung mehr hat.

Man lässt die eigenen Sätze unhinterfragt.

Als hätte ein anderer sie gedacht.

Man fragt nicht mehr, was man damit sagen will.

Claudia denkt: Und das Wunder?

Was ist mit dem Wunder?

Braucht das Wunder auch einen Kontext, vor dem es überhaupt erst wunderbar wird?

Ein Objekt, das einen nicht sichtbaren Kontext hat: So könnte man das Wunder vielleicht definieren.

Das Wunder hat als Kontext die Wunde.

Deshalb war es nicht nur grausam, jemanden aus einer Wunde bluten und daran sterben zu sehen.

Es war gleichzeitig auch wunderbar.

Rote Striemen im weißen Schaum.

Das Wunder der Wunde.

Nicht umsonst bluten Heilige aus unzähligen Wundmalen.

Bluten sie selbst aus Holz und Stein.

Wie die Wunde ist auch das Wunder nur schwer erträglich.

Wenn Claudia unbehelligt von allen die kleinen Wege der Insel entlanggeht, vorbei an den Frauen, den Kindern, den Männer, dann fühlt sie sich unsichtbar.

Weil sie keinen Kontext hat für die Einwohner.

Das Kontextlose ist unsichtbar.

Das Kontextlose schwebt unerkannt dahin.

Weil wir noch nicht einmal erkennen, dass es unsichtbar ist.

Weil wir noch nicht einmal vermuten, dass es überhaupt existiert.

Es ist das Numinose.

Geschnappt werden heißt, in einen Kontext gezerrt werden.

In den Kontext von Staat und Macht.

In den Kontext von Polizei und Geheimdienst.

Die Behörden tun nichts anderes, als Kontext herzustellen.

Tag für Tag.

Kontext ist ihr Netz.

Dädalus nimmt seinen zwölfjährigen Neffen als Lehrling an.

Schon bald merkt er, dass der Neffe begabter ist als er selbst.

Vielleicht ist er begabter, weil er nicht nur an die Form denkt, sondern sich einen Inhalt vorstellen kann.

Im Gegensatz zu Dädalus, der blind agiert.

Dädalus fürchtet, dass sein Neffe ihn einmal übertreffen wird, und stößt ihn von einer Zitadelle.

Pallas Athene verwandelt den Neffen jedoch noch in der Luft in einen Kiebitz.

Dädalus bekommt dadurch die Idee mit den Flügeln.

Dädalus kann nicht denken.

Er kann nur begreifen, was er vor sich sieht.

Deshalb muss er etwas erschaffen.

Oder etwas nachahmen.

Dädalus kann Ikarus durch die Flügel nicht wirklich verwandeln.

Ikarus nimmt durch die Flügel keine andere Form an.

Er wird durch die Flügel kein anderer.

Er stürzt ins Meer und ertrinkt.

Sein Leichnam wird am Ufer der Insel Ikaria angespült.

Auch er entkommt der Insel nicht.

Als Dädalus Ikarus dort begräbt, erscheint der zum Kiebitz verwandelte Neffe und verspottet ihn.

Claudia, selbst auf einer Insel, denkt über die Bedeutung von Inseln nach.

Sie denkt über das Numinose nach.

Und warum König Minos in der Mitte des Numinosen schwimmt.

Claudia schaut auf ihre nachts aufgekratzten Beine.

Wie Dädalus durch seine Schöpfungen, versuchte Claudia durch die Wunde zu begreifen.

Deshalb blieb sie stehen, als der Mann zur Seite kippte.

Drehte sich um.

Erstarrte.

Wollte sich bücken.

Genau in diesem Moment zerrte Bernd sie weg.

Claudia denkt: Vielleicht beugen Nonnen und Schwestern sich nicht aus Demut und Güte über die Versehrten, sondern weil sie bereit sind, die Wunde zu betrachten, um in ihr das Wunder zu entdecken.

Wunde, wenn schon übersetzt, müsste das Zugefügte heißen.

Weil sie das Äußere mit dem Inneren verbindet.

Weil sie das Äußere durchschlägt.

Inneres wird.

Ohne eigenes Zutun.

Das ist das Wunderbare.

Man kann es nicht wollen.

Selbst wenn man es noch so sehr will.

Man kann es nicht provozieren.

Selbst wenn man die Wärter anschreit.

Selbst nicht durch Selbstkasteiung.

Selbstverstümmlung.

Selbstaufgabe.

Selbstmord.

Weil es dabei immer noch um das Selbst geht.

Man kann nicht mithilfe des Selbst selbstlos werden.

Das ist das Wunderbare.

Religionen werden in Hochsicherheitstrakten gegründet.

Das ist das Wunderbare.

Claudia denkt: Was ist der Unterschied zwischen dem Schweigen in der Zelle, wo es niemanden gab, mit dem ich hätte sprechen können, dem Schweigen auf dem Gang und im Hof, wo ich nicht sprechen durfte, obwohl oder gerade weil man mich verstanden hätte, und dem Schweigen hier?

Die schmalen Äste der Baumgruppe auf der anderen Seite des Deltas rauschen.

Das Wasser spiegelt sich in den silbrigen Unterseiten der Blätter.

Vögel flattern auf.

Claudia versucht, ihr Flattern nachzufühlen.

Ohne die Arme zu bewegen.

Verkrampft sich in den Schultern.

Wie schwer Flügel wiegen müssen.

Wie leicht sich das Geräusch des Fliegens anhört.

Claudia wird gerufen.

Nicht wirklich, aber in ihren Träumen.

Wenn Veränderliches und Unveränderliches wieder einmal gegeneinander kämpfen.

Sie sieht die enge Straße mit den hohen Häusern.

Von den Dächern ragt Schnee in unbehauenen Fetzen über die Regenrinnen.

Ein rostiges Wäscheseil ist über den Hof gespannt.

Es endet zwischen den Parterrefenstern vom Hinterhaus.

Links neben der Eingangstür.

In dieser Wohnung sind die Läden immer geschlossen.

An den Vormittagen, wenn keine Wäsche an der hohen Leine hängt, stellt Claudia sich vor, auf dem Seil zu balancieren und von dort oben über die Mauer in die kleine Gasse zu sehen, in der nachts mit laufendem Motor der schwarze Dienstwagen steht.

Sie kommt durch den Irrgarten klammer Wäsche zurück ins Haus gelaufen.

Claudia meint, sich geirrt zu haben.

Es kann nicht die Mutter gewesen sein am Ende des Flurs.

Eine nackte Frau mit einem Laken über dem Arm.

Einen hochhackigen Schuh am linken Fuß.

Der Hintern mit den vielen kleinen Dellen.

Waden, die zitterten.

Zigarettenrauch in der Diele.

Jemand pfiff.

Suchte einen Radiosender.

Sie kann es gar nicht gesehen haben, weil sie sich noch nicht einmal umgedreht hatte.

Weil sie sich nie umdreht.

Schon damals nicht.

Trotzdem rennt sie nach draußen und über die Felder und kommt doch immer wieder in derselben Gasse mit dem Kopfsteinpflaster an.

Das Kopfsteinpflaster glänzt vom Regen.

Dann wird sie ohnmächtig.

Mitten auf der Straße.

Jemand bringt sie heim.

Muss sie heimgebracht haben, denn sie wacht in ihrem weißlackierten Holzbett wieder auf.

Sie trägt ein frisches Nachthemd und hat einen Verband um den Kopf.

Mühsam kann sie einen Schluck Wasser trinken.

Irgendetwas schlägt von draußen mit einem Klicken gegen die Fensterscheibe.

Die Vorhänge sind zugezogen.

Sie weiß nicht, welche Tageszeit es ist.

Als ihre Mutter ins Zimmer kommt, denkt sie, es könnte Abend sein.

Die Mutter setzt sich zu ihr ans Bett.

Sie ist zum Weggehen schön gemacht und riecht nach Parfum und Wäschestärke.

Die Mutter steckt Claudia zwei Erdnüsse in den Mund.

Sie gibt Claudia einen Kuss.

Ihre Lippen sind stumpf vom Lippenstift.

Claudia sieht, dass sie weint.

Als Claudia nachfragt, zeigt die Mutter nur stumm die Gichtknoten in den Händen.

Dann lacht die Mutter und tanzt vor Claudias Bett mit hochgestecktem Haar.

Auf einem Teller liegt eine Nussschnecke vom Bäcker.

Rötliches Licht fällt in den Hof.

Gerade als die Mutter gehen will, fängt es an zu regnen.

Claudia sagt: Der Regen macht deine Frisur kaputt.

Die Mutter sagt: Unsinn, ich habe doch vorgesorgt.

Die Mutter zeigt einen grauen Leinensack.

Es ist ein Sack, in dem sonst Tote liegen, bevor sie in die Erde kommen.

Es ist ein einfacher Sack für einfache Leute.

Für Leute ohne Geld, die sich keinen Sarg und keine Sargträger leisten können und gerade mal ein paar Mark für den Mann mit der Hacke übrig haben, der das Erdreich ausheben soll.

Seine Hackenspitze fährt in einen Wurzelarm und bleibt stecken.

Der Mann nutzt die Unterbrechung für eine Pause und zündet sich einen Stumpen an.

Ein nackter Farnarm hängt eingefroren über der Friedhofsmauer.

Ein winziges gläsernes Blatt rutscht in eine grüne Steckvase.

Der Mann mit der Spitzhacke steht neben dem Krematorium und trinkt sein erstes Bier.

Er öffnet die Flasche mit dem Feuerzeug.

Der Mann wartet auf Trinkgeld.

Die Mutter faltet den grauen Leinensack wieder zusammen.

Sie faltet ihn wie ein Halstuch über Eck.

Die Mutter sagt: In diesen Sack steck ich den Kopf, wenn's regnet.
Dann verlässt sie das Zimmer.
Claudia zieht den Bezug vom Kissen und steckt ihren Kopf hinein.
Es regnet und regnet.
Claudia erstickt und ist tot.
Die Mutter steckt dem Mann mit der Spitzhacke fünf Mark zu.
Er soll dafür ein kleines, gemütliches Mädchengrab schaufeln.
Baumwurzeln wachsen wie Gitter über Claudia.
Niemand bekommt den Leinensack mehr von ihrem Kopf.
Jemand sagt: Ich glaube, wir können es zuschütten.
Claudia will schreien, aber der Sack presst sich nur noch enger um ihren
Kopf und erstickt jede Silbe.
Claudia will von eins bis zwölf zählen, kommt aber nur bis neun.
Deshalb kann sie nicht auferstehen.
Manchmal scheitert es an den kleinsten Dingen.
Sie fängt noch einmal von vorn an.
Claudia denkt: War ich mal eins?
Sie denkt: War ich mal zwei?
Sie denkt das bei jeder Zahl.
Sie muss wach bleiben.
Nicht in einen Sekundenschlaf fallen.
Nicht die Spitzhacke aus den Augen verlieren.
Sie darf nicht zu viel denken, sondern muss die Spitzhacke fixieren.
Claudia kommt auf die Idee, ihre Hände zu opfern.
Vielleicht kann sie dann weiterleben.
Sie streckt ihre Hände der Spitzhacke entgegen.
Die Spitzhacke geht ganz leicht hindurch.
Der Mutter steigen Tränen in die Augen.
Die mitgebrachten Erdnüsse fallen in den kleinen Eimer unter dem
Waschbecken.
Dem Mann mit der Spitzhacke wird gesagt, dass jetzt zwei Gräber benö-
tigt werden: ein Handgrab und ein Grab für den Rest.
Der Rest, das ist Claudia.
Oder ist Claudia dort, wo ihre Hände sind?
Die Hand macht schließlich den Menschen aus.
Das Greifen macht den Menschen aus.
Ohne Greifen kein Begriff.
Claudia kann sich nicht entscheiden.

Der Mann mit der Spitzhacke sagt: Früher war das ganz normal, was denken Sie, das war beileibe nichts Ungewöhnliches, an der Tagesordnung, gang und gäbe.

Im Angesicht des Todes besinnt sich der Mensch auf alte Bräuche.

Einer der ältesten Menschheitsbräuche ist das Schinden.

Claudia schindet Zeit.

Das heißt, Claudia zieht der Zeit die Haut ab.

Was ist die Haut der Zeit?, denkt Claudia.

Was um alles in der Welt könnte die Haut der Zeit sein?

Es regnet noch immer.

Das Handgrab füllt sich mit Wasser.

Das Wasser kommt von allen Seiten.

Das Wasser dringt aus dem Erdreich.

Die Hände werden auf ein rotes Samtkissen gelegt und hinuntergelassen ins Handgrab.

Die Hände sind noch warm.

Durch die Erschütterung während des Hinunterlassens berühren sich die Hände gegenseitig ein letztes Mal, wie tröstend.

Die Mutter steht vor dem Handgrab.

Vielleicht mochte sie Claudias Hände mehr als Claudia.

Claudias Grab wird inzwischen zugeschaufelt.

Sie möchte schreien, kann es aber nicht.

Sie möchte denken, kann es aber nicht.

Erde auf Erde.

Schicht auf Schicht.

Als Allerletztes sieht sie noch einmal die Wäscheleine und über der Wäscheleine den blauen Sommerhimmel.

Dann ragen nur noch handlos Stümpfe aus der frischen Erde.

Kopflose Blumenstiele.

Kaum geht der Wind darüber, sind sie nicht mehr da.

Claudia sagt sich, dass es nicht anders gegangen wäre.

Sie geht einen Weg entlang, tritt aus einem Waldstück und sieht das Meer.

Sie kann sich nicht richtig zwischen Ariadne und deren Schwester Phädra entscheiden.

Schneeweißchen und Rosenrot.

Ariadne flieht mit Theseus vor ihrem Vater Minos.

Auf der Insel Naxos schläft Ariadne am Strand ein.

Als sie aufwacht, ist Theseus verschwunden.

Ariadne erhängt sich aus Kummer.

Oder sie bemerkt, dass sie von Theseus schwanger ist, und trägt das Kind aus.

Während sie es zur Welt bringt, stirbt sie durch die Pfeile der Artemis.

Artemis bringt Ariadne aus Mitleid um, weil sie weiß, dass Ariadne nicht über die Trennung von Theseus hinwegkommen wird.

Theseus heiratet Ariadnes jüngere Schwester Phädra.

Durch einen Zauber Aphrodites verliebt sich Phädra in Hippolytos, den Sohn, den Theseus mit einer Nymphe hat.

Als Hippolytos sie zurückweist, nimmt Phädra sich das Leben.

Ariadne konnte Theseus nicht lieben

Phädra konnte Theseus nicht lieben.

Die Gründe waren verschieden.

Am Ende bleiben zu viele Tote.

Damals sagte sich Claudia zwei Wochen lang auch jeden Abend vor, dass am Ende zu viele Tote bleiben.

Obwohl es nur ein begriffsstutziger Herr war, der sich geweigert hatte, sein Auto herzugeben.

Der Hausmeister hatte eine Kopfwunde, lebte aber.

Vielleicht hat der Schnee ihn geheilt, denkt Claudia.

Genaueres interessiert sie nicht.

Sie will keine Schlagzeilen und Artikel sehen.

Am nächsten Tag fährt Claudia mit dem Zug eine Stunde weit raus aus der Stadt und sitzt auf einem kleinen Hügel vor einer Dorfkapelle.

Sie tut so, als sei das alles nicht geschehen.

Fährt aber doch wieder zurück am Abend.

Immer wieder überfallen Claudia dieselben Schmerzen.

Eiseskälte aus dem Bauch.

Nackenschmerzen.

Unfähigkeit, die Beine zu bewegen.

Dann ist sie noch einmal mit der Stirn dicht an der Tür.

Schritte hasten im Flur über die abgetretenen Teppiche an ihr vorbei.

Sie steckt in der kleinen Kammer unter der Treppe.

Danach versteckt sie sich unterm Tisch und zählt bis 20.

Dann unterm Bett und zählt bis zehn.

Dann hinterm Ofen und zählt bis sieben.

Dann unterm Spülbecken und zählt bis drei.

Schließlich in der Pendeluhr.

Aus.

Claudia denkt: Wer auch kommen mag, er soll mich mit sich nehmen, mich wie das Fell eines erlegten Tieres an den Hals seines Pferdes binden und mit mir über Äcker hetzen.

Sie stellt bei diesem Gedanken keine Verbindung zum Schinden her.

Die kleine Lampe vor dem Spiegel ist noch an.

Der Lippenstift liegt neben dem Parfumflakon.

Marias hölzernes Gesicht verbiegt sich im Kerzenflackern.

Dünne Nadeln mit Gebetszettelchen stecken im Holzbrett daneben.

Schatten fallen aufs Papier, zerren an den Buchstaben der Fürbitten, radieren an ihnen herum und streichen Anrufungen durch, bis die Wünsche erfüllt scheinen.

Eine gurrende Erlösertaube mit Augen aus Perlmutt kommt herniedergeschwebt.

Sie versenkt die Zettelchen im Weihwasserbecken.

Stumpfer Weihrauchgeruch.

Feucht gewischter Boden.

Eiskristalle an den Mauern.

Salzkrusten.

Schimmel.

Violette Stola im Beichtstuhl.

Mit geschlossenen Augen geht Claudia vor der Kommunionbank über die langen Gitter der Heizungen.

Tief der Keller darunter.

Tiefer als das Schiff der Kirche hoch.

Die Menge schreit auf.

Das Pferd versinkt im Fluss.

Sein Sattelzeug zieht es nach unten.

Und mit ihm das weiche Fell, das man ihm abzog.

Claudia singt: Es sterben die Kinder in unserer Stadt, klippklapp.

Man schneidet zuerst ihre Händelein ab, klippklapp.

Man drückt sie nach vorn, und man presst ihren Hals.

Und reibt ihren Hintern mit Essig und Schmalz.

Klippklapp, klippklapp, klippklapp.

Die Kinder, die sie besingt, werden auf Lastwagen geworfen.

Eins, zwei, Engelchen flieg.

Sie liegen zwischen weißen Mehlsäcken, immer zwei nebeneinander.

Schneeweißchen und Rosenrot.

Ariadne und Phädra.

Irgendwas wurde ihnen in die Adern gespritzt.

Es sieht blau aus, manchmal grün.

Jetzt müssen sie nicht mehr zur Schule.

Es ist ein bisschen so wie im Ferienlager.

Am Morgen müssen sie Gräben ausheben, am Mittag dürfen sie dafür Sandburgen bauen.

Etwas läuft an ihren Beinen runter.

Es riecht nach Wasser, Wein und Brot.

Nach Oblaten und dem Leib des Herrn.

Rosettenspitzen blättern aus bleigefassten Rändern.

Sie fallen als rote Splitter in den blauen Himmelstopf.

Süßer Brei wird aufgekocht, fließt und hört nicht auf.

Claudia betet: Mutter Gottes, halte deinen Sohn zurück.

Zügle sein Verlangen.

Füttere ihn mit Wirsingkohl.

Mutter der Nüsse und gezählten Knickse, Mutter der leeren Betten, Mutter der neuen Frisuren und schweren Parfums, Mutter der Pferdeschwanzschleifen und abgezogenen Häute, Mutter der dunklen Flure, der 17 Dellen, der klammen Laken, der rostigen Wäscheleinen, Mutter der Brombeerhecken und ummauerten Höfe, bitte für mich in den Armen eines fremden Mannes, bitte für mich in der kleinen Gasse hinter dem Hof, bitte für mich vor den immer geschlossenen Fenstern, bitte für mich und meinen von Schatten verstümmelten Namen auf Zetteln neben der eisigen Tür zum Turm, bitte für mich, bitte.

Grünlich-graues Pulsieren.

Ein Stein füllt das Fenster aus.

Die Schmerzen ziehen Claudia vom Kiefer in die Brust.

Der Bach gurgelt halb erstickt hinter der Scheune.

Die Gräser legen sich im Wind zur Seite.

Die rechte Faust ist immer noch um ein Papiertaschentuch geklammert.

Die Nägel sind immer noch in die Handballen gebohrt.

Ein versinkender Sichelmond.

Ein Zirkelschlag der Baumeister von Kerkern.

Der Abdruck einer kleinen Spielzeugmaschinerie zur Ortsbestimmung.

Die fehlende Drahtschlinge um einen alten Holzkasten mit Leuchtskala auf einer Marmorplatte.

Italienische Schlager.

Eingegilbter Tapetenfalz.

Auf Claudias Zunge erscheint eine Mandorla.

Ein Sperber dreht einen Kreis um den in die Luft geworfenen Stock.

Eine kurze, graue Schwanzfeder sinkt auf Claudias Stirn.

Zwei Männer gehen mit geschulterten Gewehren in Richtung Wald.

Eins, zwei, drei, vier, Eckstein.

Alles muss versteckt sein.

Claudia sagt: Ich aber bin der Stein, den die Bauleute verwarfen und der Eckstein ward.

Weite Felderflächen mit Klecksen von Städten und Dörfern dazwischen.

Das Meer wie ein aufgeschnittener Magen.

Eher wie eine Niere im Querschnitt.

Oder wie eine Honigmelone.

Nein, doch eher wie ein Magen.

Rötlich glänzend.

Darin schlängelt sich ein Wurm.

Menschen steigen aus gekachelten Wohnungen.

Stehen auf engen Straßen.

Unendlich langsam entfernt sich Claudia von dem kleinen Fleckchen Erde.

Unendlich langsam von der Eierstichsuppe.

Doch hat sie bereits vier Monate später eine Waffe und den wahren Gegner ausgemacht.

Dann noch einmal vier Monate, eher dreieinhalb.

Dann der Knast.

Claudia schläft die ersten zwei Wochen.

Oder tut so.

Sie schaut auf das kleine Eck Himmel und notiert einen Satz.

Dann noch einen.

Dann bekommt sie das Papier entzogen.

Ein Kassiber ist aufgetaucht.

Also liegt sie mit geschlossenen Augen auf der Pritsche und sagt sich so lange Sätze vor, bis sie sie auswendig kann.

Um sich in der Bleikammer zu trösten, spricht sich Claudia anfangs mit Du an.

Weil niemand mit ihr spricht.

Weil man nur mit ihr spricht, um sie zum Schweigen zu bringen.

Um sie gefügig zu machen.

Claudia bekommt das Gefühl, sie wollte sich mit diesem Du ebenfalls nur gefügig machen.

Als wollte ein anderer sie mit diesem Du gefügig machen.

Eine Reihe männlicher Substantive steigt in ihr hoch, denn das Ich, mit dem sie zu sich spricht, ist männlich.

Das männliche Ich spricht zum weiblichen Du.

Das ist der Haken an der Philosophie des Du, dass das Du immer weiblich ist und das Ich immer männlich.

Daran müssen letztlich alle Tröstungen scheitern.

Claudia verfasst eine Beschreibung der Waffen und nennt sie Neue Philosophie des Du.

Gewehr: Eine graublaue Wolke kommt. Mehr nicht. Keine Kugel. Kein Blut. Jemand im blauen Janker reißt die Arme hoch. Das Gewehr ist die Waffe der Unschuld. Der Tod ist ihm immer fern. Es liegt auf der Leiche, als würde es schlafen.

Strick: Der Strick kann sich aus allem drehen. Frei baumele ich am Fenster. Zusammengerolltes Laken. Nachthemd bläht sich auf. Bauch geschwollen. Rote Striemen. Die Baracke ist von hier oben zu sehen. Ein Mann schläft darin. Den Kopf auf einem Tisch. Daneben die Sandgrube.

Draht: Der Draht trennt Ton in glatte Scheiben. Nichts soll aus ihm entstehen. Kein Menschenpaar. Nur Klötze. Nichts weiter.

Beil: Das Beil ist ein Winterwerkzeug. Es steht angelehnt an einen Baum.

Messer: Das Messer ist die Waffe der Mutter. Wie das Gewehr die Waffe des Vaters ist. Die Mutter legt das Messer immer mit der Klinge zu sich.

Claudia denkt, dass sie nicht viel geredet haben damals.

Nie über Theorie.

In der Garage steht ein alter Opel.

Ausgerechnet.

Claudia und Bernd fahren los.

Waffe im Handschuhfach.

Sonnenbrillen auf.

Kopfsteinpflasterstraße.

Links, dann rechts, wieder links, die Allee runter.

Der Wagen stottert und bleibt liegen.

Einer kommt auf sie zu.

Bernd wird paranoid.

Agentenschweine, sagt er.

Zivile, sagt er, und: Ich knall den ab.

Der will nur den Motor sehen.

Steht und raucht und macht sich die Hände schwarz.

Bernd klopft auf dem Lenkrad rum.

Überzug aus Lederimitat.

Rennfahrerhandschuhe mit Luftlöchern an den Fingern, weißem Druck-
knopf am Handgelenk.

Huschke von Hanstein.

Gib mal Gas, ruft der Eckensteher.

Bernd gibt Gas.

Der Opel ruckelt nach vorn.

Bernd zieht das Lenkrad zur Seite.

Erwischt fast einen Rentner mit Fahrrad.

Der Eckensteher haut die Motorhaube zu.

Bernd sagt nicht mal danke.

Gibt Gas.

So sieht die Praxis aus: Gleich weiter zur Bank. Anhalten. Raus. Knarre dabei. Aber keine Aktion. Nicht genug Geld am Donnerstag. Theorie
der Wochentage überlagert Theorie des Kapitals. Theorie der Lohntü-
te. Füllen Überweisungen aus am Marmortisch. Bernd weiß nicht, wie
das überhaupt geht. Claudia auch nicht. Kann ich Ihnen helfen? Schon
wieder. Man muss nur mit 'ner Knarre unter der Jacke rumlaufen, schon
wird jeder hilfsbereit. Nein, danke. Wieder raus. Zurück in die Garage.
Zurück in die Wohnung. Würstchen aus der Dose. Radio. Keine Theorie. So sieht die Praxis aus.

Claudia schreibt eine Postkarte: Lieber Papi, ich vermisse Deine Hände
auf meinem Kopf und Deinen Schwanz in meinem Mund.

Die Genossen finden die Postkarte.

Sie sagen: Was ist denn das für ein Scheiß?

Sie sagen: Ich denk, du kennst deinen Alten überhaupt nicht.

Sie sagen: Ich denk, deine Mutter ist geschieden.

Sie sagen: Ich denk, der ist mit dem Flugzeug abgestürzt über Melanesien.

Sie sagen: Ich denk, den haben die Fische gefressen.

Bernd sagt: Schick das bloß nicht ab. Das hätte uns gerade noch gefehlt. Kapierst du? Lass diesen konterrevolutionären Psychoscheiß! Kapierst du denn nicht? Dieses Scheißindividuum, das sich ständig selbst betätschelt und die gesellschaftlichen Widersprüche einfach nicht mehr erkennt. Völlige Verblendung ist das. Gehirnwäsche. So ein Scheiß. Wirklich, so ein verdammter Scheiß. Ich frag mich, was du hier eigentlich willst? Ja. Wirklich. Und frag dich das vielleicht auch selbst mal.

Claudia denkt nichts.

Sie steht am Fenster und schaut auf den mittlerweile umgespritzten Opel.

Vier Räder und zwei Achsen: das alte faschistische Prinzip.

Jeder Motor ist faschistisch, und jeder Faschismus braucht Motoren.

So sieht die Praxis aus: Morgen zur Bank, aber richtig. Ohne zu fackeln. Anschließend sieben Tage jeder für sich. Und keine Karten, Claudia! Hast du gehört? Keine Karten! Nur Würstchen aus der Dose und Radio und Fenster auf Kipp und sofort schießen. Hinlegen, aufstehen, hinlegen, aufstehen. Wehrmachtsdrill. Die Hand muss an der Knarre bleiben, auch im Schlaf. Du musst das so drin haben, dass du sofort wach wirst, wenn die Hand da wegrutscht. Und nichts sagen. Schon gar nicht im Schlaf. Kein Wort. Nichts. Niemandem. Niemals. So sieht die Praxis aus.

Claudia schreibt eine weitere Postkarte: Lieber Papi, ich werd nicht mehr. Ich werde einfach nicht mehr. Ich verspreche Dir, ich werde nie mehr. Aus mir ist nichts geworden. Ich habe den Jungen meine Linien lesen lassen in der Hand, es waren nur drei, drei kurze Linien, eine kleine Leiter. Dann habe ich mit ihm gerungen, wie andere mit den Engeln ringen und habe gewonnen. Mein Preis war eine Wunde am Kopf. Vielleicht von den Holzteilen, die durch die Luft gesegelt kamen. Aber er hat gelächelt, wie andere nur im Schlaf lächeln.

Weil sie selbst Schmerzen hat, entdeckt Claudia eine Gemeinsamkeit zwischen dem Schmerz und dem Wunsch zu fliegen.

Wenn sie sich in ihrer Hütte zusammenkrümmt, hat sie genau in dem Moment, in dem ihr Atem zu stocken beginnt, das Gefühl, jetzt aus dem schmalen Fenster hinausfliegen zu können.

Claudia geht auf der Insel umher.

Sie beginnt, Haltungen von Menschen mit Schmerzen zu zeichnen.

Dazu setzt sie sich in die Ecke eines behelfsmäßigen Lazaretts.

Auf den Matten liegen Kranke.

Sterbende werden hinter die Hütten gelegt.

Sie sollen als Erste das Kommen des Schnees erleben.

Claudia denkt: Vielleicht ist mit dem Schnee der Tod gemeint.

Vielleicht ist das mit dem Schnee nur eine Metapher.

Wie die Wiederkunft Christi.

Wie die kommende Revolution.

Die sich alle erst im Tod erfüllen.

Ein Eingeschneit-Werden.

Die Körperhaltungen wiederholen sich.

Unabhängig vom befallenen Körperteil.

Unabhängig von der Krankheit.

Unabhängig vom Schmerz.

Claudia sieht eine Gruppe jagender Männer um einen Vogel stehen.

Die Männer betrachten den Vogel genau.

Sie analysieren seine Todeshaltung.

Es scheint, als suchten sie nach einem gemeinsamen Begriff.

Claudia versucht am nächsten Tag, auf ähnliche Weise Schmerzenshaltungen zu analysieren.

Welche Haltung führt zum Tod.

Welche Haltung führt zur Heilung.

Verwandte verhindern bestimmte Haltungen.

Vor allem Haltungen, die den Tod ankündigen.

Sie bevorzugen andere.

Oft wissen die Angehörigen Tage zuvor, wann der Tod eintritt.

Sie wissen es, weil sich die Haltung des Kranken nicht mehr korrigieren lässt.

Claudia meint, eine besondere Haltung entdeckt zu haben, die als Weiche funktioniert.

Diese Haltung zeigt zwei Zustände an: erstens, dass die Seele keine

Kraft besitzt, weiter im Körper zu wohnen, und zweitens, dass die Seele nicht bereit ist, sich vom Körper zu entfernen und aufzulösen.

Menschen, die unerwartet in dieser Haltung sterben, werden zu Geistern und suchen die Hinterbliebenen heim.

Deshalb betten die Hinterbliebenen die Toten entsprechend um.

Oder sie bringen den Verstorbenen vor Einsetzen der Totenstarre in eine andere Haltung.

Stirbt ein Tier in dieser Haltung, die Claudia als Weichenhaltung bezeichnet, muss die Jagd nach seiner Art ausgesetzt werden.

Das tote Tier verwischt sonst die Spuren seiner Art und macht einen Fang auf immer unmöglich.

Claudia denkt: Wahrscheinlich ist das ein ökologisch durchaus sinnvolles Gebot.

Den Tieren wird eine gewisse Ruhephase gegönnt, um ihre Art zu regenerieren.

Claudia denkt über den Begriff Seele nach und merkt, dass sie für diesen Begriff kein Bild hat, sich aber dennoch etwas Genaues darunter vorstellt.

Ein Bild, das nichts zeigt, doch auf immer gleiche Weise wiederkehrt.

Vielleicht ist es auch nur ein Gefühl.

Claudia ahnt, dass der Begriff Seele, wie auch die Begriffe Geist und Heimsuchung, im strengeren Sinne auf der Insel nicht existieren.

Sie ahnt nicht, dass der Begriff Seele, wie auch die Begriffe Geist und Heimsuchung, auch im weiteren Sinne und ganz allgemein nicht existieren.

Claudia weiß nicht, dass es für die Jagd zwar die Regel gibt, dass man die Gattung des Tiers, das in einer bestimmten Todeshaltung aufgefunden wird, eine gewisse Zeit nicht jagen darf, dass diese Zeit jedoch erst dann endet, wenn ein getötetes Tier derselben Gattung in einer anderen Todeshaltung aufgefunden wird. Wurde anfänglich in bestimmten Abständen ein Jäger ausgeschickt, um ein Tier zu erlegen und aus dessen Sterbehaltung herauszulesen, ob man wieder jagen dürfe, benutzten die Einheimischen diese Regel bald, um das Gesetz zu umgehen und beständig und unkontrolliert nachzusehen, ob ein Tier in einer neuen Haltung verenden würde oder nicht, womit die Jagd wieder aufgenommen oder gar nicht erst unterbrochen werden konnte.

Claudia weiß ebenfalls nicht, dass zwar der größte Teil der Verwandten darauf aus ist, den Sterbenden nicht in die von Claudia als Weichenhaltung bezeichnete Position geraten zu lassen, weil dadurch die Gefahr einer Heimsuchung durch den Geist des Toten besteht, andere Angehörige jedoch gerade diese Haltung bevorzugen, weil sie in einer Art Analogieschluss davon ausgehen, dass sie als Mitglieder der gleichen Gattung, ebenso wie es den Tieren erging, eine Zeit lang vom Tod verschont bleiben würden. Hier galt es sich zu entscheiden zwischen der Ruhe vor einer Verfolgung durch den Geist des Verstorbenen und der zeitweiligen Befreiung von der eigenen Todesangst.

Claudia hat folgende Schmerzenshaltungen gezeichnet, benannt und beschrieben:

1. Rabe
Der Kopf ist mit dem Gesicht nach unten tief in den Boden, die Matte oder das Graskissen gebohrt. Der Kranke scheint mit einem Schnabel im Erdreich zu stecken und sich daraus nicht befreien zu können. Die Arme sind angewinkelt, die Handrücken leicht an die Hüfte gepresst, die Beine angezogen. Das Gewicht ruht auf den Knien. Der Körper scheint sich schwarz aufzuwerfen. Als sinke die Nacht in ihn und löse sich in ihm auf. Gleichzeitig flackert eine Art Zwielicht um den Kranken.

2. Ikarus
Er gleicht dem Raben, nur dass die Arme auf eine Art weggestreckt sind, die sie unwirklich und wie nicht zum Körper gehörig erscheinen lassen. Auch er liegt auf dem Bauch, auch er hat den Kopf nach unten zum Boden hin gestreckt, doch erscheint sein Nacken wund, fast wie versengt, ebenso seine Fußsohlen, die nach oben zeigen.

3. Durch die Wand gehen
Mit verkrümmten Gliedmaßen hat sich der Kranke gegen die Wand gepresst. Teilweise scheint es ihm zu gelingen, einen Arm oder einen Fuß hindurchzustecken. Tatsächlich jedoch sind die Extremitäten gekappt, eingeknickt und gegen ihn selbst gewandt. Er sehnt das Andere, das Jenseitige herbei und opfert deshalb zu früh die Ruhe der Gegenwart.

4. Die Vergessene

Fast sieht sie aus, als habe sie sich selbst im Schmerz vergessen. Sie liegt ausgestreckt auf dem Rücken, und man kann nicht sagen, ob sie schläft oder wacht. In ihrem Gesicht spiegelt sich die Verzückung, wie sie auf den Gesichtern von Heiligen und Märtyrerinnen zu finden ist. Die Finger aber sind nach innen gedreht, die Füße mit den Zehen zueinander. Beinahe meint man, sie habe sich noch einmal herausgeputzt, denn ihre Brüste stehen auffällig nach oben. Man muss sich den Schmerz bewusst in Erinnerung rufen, um nicht vom erotischen Element abgelenkt zu werden.

5. Das Ding

Manche halten einen Gegenstand fest verschlossen in einer Hand. Sie halten ihn so fest, dass sich ihre Nägel in die Handballen bohren und dort, selbst wenn man ihnen das Stück Holz, den Halm oder glatten Kiesel herauszwingt, entsprechende Abdrücke zurücklassen.

Die Einheimischen erzählen, dass es Wesen gibt, die eine Mittlerrolle zwischen den Menschen und den Göttern einnehmen, etwa unseren Engeln vergleichbar. Ein jeder dieser Engel steht für eine Todesart. Am höchsten geachtet sind die Engel der Selbstmörder. Sie kommen zum Sterbenden, durchtrennen seine Kehle mit seinem Lieblingsmesser und bleiben an seiner Seite, bis er verstorben ist. Sie vernähen die Wunde, wischen das Blut auf und betten den Selbstmörder mit dem Gesicht zur aufgehenden Sonne. Wird der Selbstmörder gefunden, so ist die Wunde bereits vernarbt und kein Blut mehr in seinem Körper. Wenn es aber schneit, werden alle Menschen von den Engeln geholt.

Claudia träumt vom Schnee.
Sie ist wieder zu Hause und sitzt im Hof.
Es fängt an zu schneien.
Claudia legt den Kopf in den Nacken.
Die Flocken bleiben erst an der Wäscheleine hängen und rutschen dann langsam in Richtung Hof.
Eine nach der anderen.
Dazwischen die Scheinwerfer eines winzigen Flugzeugs.

Claudia gibt sich sieben Versuche, den Schnee zu beschreiben.

Erster Versuch: Es ist Nacht. Vater schlägt den Mantelkragen hoch. Ich zeige ihm die Zahlen an den Plakatwänden. Siehst du nicht, sage ich, es sind schon über 20 Jahre. Flocken fallen wie winzige Hühnerknochen. Ich laufe über die Äcker zurück zum Haus. Der Flur ist kalt. Die Stufen liegen im Dunkel.

Zweiter Versuch: Verehren, was vom Vater übrig ist. Ein Stück Hemd. Ein Fetzen Haut. Eine Schale, aus der er einst getrunken hat. Man bringt etwas in einer Tüte. Dann etwas, das aussieht wie ein Hebel. Selbst als sie mir den Körper zeigen, weiß ich, dass er in Wirklichkeit unversehrt ist.

Dritter Versuch: Das ungegerbte Leder, in das man mich gesteckt hat, der weiße Schaum der tollen Hunde und der Wind, der ihnen die fletschenden Lefzen in die zusammengerollten Zeitungen schlug. Ich zähle etwas an den kalten Fingerkuppen ab. Ich horche in das Fallen des Windes, das Fallen der Boote in die zugefrorenen Seen, das Fallen der dichten Wolken, Sterne darin.

Vierter Versuch: Ich sitze im dunklen Flur vor der verschlossenen Tür und schlage den an meiner Schürze blankgeriebenen Zimmermannsnagel in den Kopf meiner Puppe.

Fünfter Versuch: Es ist ein wattiges Gefühl, das sich in meinem Mund ausbreitet, so wie ich mir die gelbrosa Schaumballen in den Vitrinen beim Bäcker vorstelle, auf die ich als ganz kleines Mädchen einmal gedeutet habe, ohne sie zu bekommen.

Sechster Versuch: Die schwarzen Knopfaugen reißen an ihren Fäden. Im Garten gleitet der Schnee vom Hibiskus. Die nassen Kleider hängen angefroren auf der Wäscheleine. Die Blutflecken sind kaum noch zu sehen. Das zerschnittene Haar hängt mir klebrig in die Stirn. Jemand legt mir einen Schal um. Ich sehe ein Boot mit zwei Männern, die vorhaben, etwas zu versenken.

Siebenter und letzter Versuch: Mein Bräutigam, der buntgestreifte Wasserball, liegt mit herausgelassener Luft verschrumpelt in der Spielkiste. Neben ihm die Klötzchen und Muggelsteine.

Claudias Versuche sind gescheitert.

Am Morgen ist Claudia schlecht.
Radio läuft schon.
Bernd steht in der Küche.
Trinkt Schnaps aus der Flasche.
Zielwasser.

Die andern wollen mit.

Zu auffällig, sagt Bernd.

Nur wir beide.

Claudia schaut auf den Boden.

Bernd legt Claudia den Arm um die Schulter.

Und dann?

Was dann?

Danach.

Hab ich doch schon gesagt: Jeder für sich.

Sieben Wochen.

Mindestens.

Und dann?

Sehen wir weiter.

Was weiter?

Sehen wir dann.

Draußen ist es grau.

Claudia bekommt keinen Bissen runter.

Das Brot ist ohnehin angeschimmelt.

Keine Seife mehr da.

Wer denkt jetzt an Seife?

Wenigstens gewaschen zum Banküberfall.

Nimm doch gleich die Zahnbürste mit.

Bernd streckt Claudia eine Waffe hin.

Für dich.

Nein.

Hast doch geübt.

Egal.

Musst eine haben.

Will keine.

Musst mich decken.

Kann dich nicht decken.

Claudia geht raus in die Diele.

Zeitungsstapel links und rechts an den Wänden.

Können wir nicht erst was anderes machen?

Was denn?

Weiß nicht.

Eben.

Wir brauchen Geld.

685

Denk einfach, es ist die Bank von deinem Alten.

Wo der sein Geld hinbringt.

Und?

Das Geld macht die doch nur unglücklich.

Quatsch, die machen doch alles nur wegen Geld.

Denken die.

Bernd steckt Claudia eine Knarre in die Manteltasche.

Sie weiß nichts davon.

Dennoch wird sie später nicht aussagen, dass sie davon nichts wusste.

Claudia fragt: Hast du die Masken?

Bernd nickt.

Sie stehen zu fünft in der Küche.

Die andern grinsen.

Draußen Nebel.

Leise nach unten gehen wegen der Nachbarn.

Claudia verdreht die Augen und sagt: Aber hier dann buckeln.

Bernd sagt: Spar dir deine Wut für die Bank.

Bernd lässt das Auto an und fährt los.

Andere fahren ins Grüne.

Schlafen miteinander.

Schlafen nebeneinander wenigstens.

Nicht nebeneinander in Schlafsäcken.

Ab und zu steigt einer über dich auf dem Weg zum Klo.

Gegen vier wacht Claudia regelmäßig auf.

Wenn es klamm wird.

Sie denkt, die Fenster sind offen wie damals, als sie zersprungen waren von den Bomben.

Der Himmel drängte in die Wohnung.

Und draußen war es flach und schwarz.

Da ist die Bank.

Noch sieben Minuten.

Warum nur zu zweit?

Muss nicht einer im Wagen bleiben?

Warum ist nicht doch noch einer mitgekommen?

Die vermasseln das nur.

Und ich?

Du doch nicht.

Zwei Minuten, dann sind wir wieder draußen.

Gib die Maske.

Hab keine dabei.

Aber du hast doch gesagt.

Was brauchen wir Masken?

Kann doch jeder sehen, was wir tun.

Wir verstecken uns doch nicht.

Bürgerlicher Schiss.

Herz schlägt bis zum Hals.

Atemnot.

Claudia muss raus aus dem Wagen.

Bernd kommt mit.

Gerade schließen sie auf.

Rüber über die Straße.

Kaum Verkehr.

Zwei oder drei Wartende drängen gleich rein.

Einer im weißen Kittel.

Kaufmann, der Wechselgeld holen will.

Beine wie angenagelt.

Bernd stößt Claudia an.

Die Glastür geht auf.

Wärme schlägt Claudia entgegen.

Wieder wird ihr schwindlig.

Dann durch die zweite Tür.

Hände hoch!

Riecht nach Kaffee.

Leute denken: Bloß ein Scherz.

Drehen sich lächelnd um.

Sehen die Waffe in Bernds Hand.

Claudia macht einen Schritt nach vorn.

Noch nicht mal eine Tüte haben wir dabei, denkt sie.

Bernd wiederholt: Hände hoch!

Jetzt heben sie die Hände hoch.

Kerzengerade.

Tresor steht auf.

Einer lehnt sich dagegen, um ihn zuzuschieben.

Halt, so nicht!

Erst das Geld raus!

Bernd hält die Waffe starr.

Er schaut Claudia an.

Wegen der Tüte.

Da, den Sack!

Alles rein!

Und alle stillgestanden!

Auch Claudia steht still.

Steht nur dabei.

Sagt nichts.

Macht nichts.

Der Angestellte bringt den Sack.

Das Geld vom Schalter noch!

Der Angestellte kippt alles hinein.

Er hält Bernd den Sack hin.

Bernd stößt Claudia an.

Sie nimmt den Sack.

Der Sack rutscht ihr aus der Hand und geht auf.

Claudia greift mit der anderen Hand nach.

Sie will sich umdrehen.

Geh rückwärts, zischt Bernd.

Claudia geht rückwärts.

Draußen ist es kalt.

Claudias Finger sind wie gelähmt um den Sack gekrampft.

Plötzlich auch Verkehr auf der Straße.

Sie können nicht rüber zum Auto.

Müssen wir aber, sagt Bernd.

Geht nicht, siehst du doch, sagt Claudia.

Die kommen sonst nach.

Schnell nach rechts.

Um die Ecke.

Ein Mann steigt gerade aus seinem Auto.

Das nehmen wir.

Bernd haut den Mann von hinten an.

Claudia schaut rüber zu ihrem Wagen.

Blödsinnig abgestellt.

Fällt sofort auf.

Vielleicht doch rüber?

Keine Zeit.

Der Mann wehrt sich.

Schlüssel her!

Der Mann denkt nicht dran.

Bernd hält die Knarre ganz gerade und direkt vor seine Brust.

Der Mann kapiert immer noch nicht.

Bernd reißt ihm den Schlüssel weg und drängt sich an ihm vorbei.

Claudia steigt auf der anderen Seite ein.

Klemmt den Sack zwischen die Beine.

Der Mann wirft sich auf Bernd.

Bernd hält die Waffe ganz gerade und schießt.

Es ist ein leiser Knall.

Claudia denkt erst, die Waffe ist gar nicht losgegangen.

Der Mann hustet und rutscht an Bernd runter.

Bernd tritt ihn weg.

Auf die Straße.

Steigt ein.

Startet.

Gibt Gas.

Was ist mit dem?

Arschloch.

Bernd fährt los.

Claudia schaut in den Rückspiegel.

Sie kann den Mann nicht sehen.

Arschloch.

Bernd fährt schnell.

Er wechselt die Spur.

Biegt ab.

Noch mal.

Und noch mal.

Nimmt die Knarre vom Schoß und steckt sie ein.

Arschloch.

Claudia formuliert den Entwurf zu einem Flugblatt, das alles rechtfertigen soll.

Sie schreibt: Die Rechnung ist einfach. Der Staat. Die Familie. Die Kirche. Du vegetierst in einer diffusen Schuld dahin. Du vegetierst in einer unaussprechlichen Leblosigkeit dahin. Du schleppst dich durch eine entfremdete Existenz. Deshalb ist Mord zentrales Thema jeder Revolution. Selbst der Mord aus Versehen. Selbst der Selbstmord am Ende der fehlgeschlagenen Aktion. Weil niemand den ernst nimmt, der nicht bereit ist zu töten.

Claudia liest ihren Entwurf noch einmal durch.

Sie denkt: Das hätte auch Bernd so schreiben können.

Während sie ihren Entwurf zerreißt, überlegt Claudia, ob es eine eigene Sprache innerhalb der politischen Verlautbarung geben kann oder ob es gerade darum in der politischen Verlautbarung nicht geht.

Wieder denkt sie, dass sie immer nur Falsches denkt.

Dieser Gedanke ist tatsächlich falsch.

Aber diesen Gedanken meint Claudia nicht.

Claudia denkt über die Gebote nach.

Ein Gebot soll das Denken entlasten.

Ein Gebot ist das, was man nicht in sein Gegenteil verkehren kann.

Du sollst nicht töten zum Beispiel.

Bernd sagt: Die Revolutionäre, die nicht bereit sind zu töten, stellt man bald selbst an die Wand.

Claudia sagt nichts.

Claudia will das Töten nicht bereden.

Will es nicht wegreden.

Alles, was bleibt: Gemeinplätze.

Bernd sagt: Warum sagst du nichts?

Auch darauf sagt Claudia nichts.

Auch später nicht.

Auch vor Gericht nicht.

Auch im Knast nicht.

Claudia will nicht bereden, was man nicht bereden kann.

Sie will es beschweigen.

Deshalb kommt Claudia in den Knast.

Deshalb kommt Bernd davon.

Claudia notiert: Der Schädel eines zum Tode verurteilten Gefangenen ist innerhalb von 48 Stunden nach Urteilsverkündung mit einem Schlag zu öffnen. Wie man eine reife Melone öffnet. Deshalb genießt die Melone eine besondere Stellung. Sie darf nicht mit anderen Lebensmitteln zusammen aufbewahrt werden. Sie wird in ein separates Ställchen gelegt. Zu unartigen Kindern wird gesagt: Wir sperren dich in den Melonenstall.

Noch nicht verheiratete Paare haben bei ihrem Zusammensein den Blick gegen den Himmel zu richten und ihre Wangen aneinanderzupressen. Sie dürfen nicht reden. Sie müssen die Worte des anderen an den Bewegungen der Kiefer- und Stirnmuskulatur erkennen.

Die Tiere, die das Eheglück symbolisieren, sind zwei nicht einmal drei Zentimeter große Würmer, die ein sehr rudimentäres Nervensystem besitzen und sich in ihrer Entwicklungsstufe zwischen Schwamm und Qualle befinden. Wenn sich ein Paar dazu entschließt, eine Ehe einzugehen, muss jeder der beiden Partner einen solchen Wurm zur Hebamme bringen. Diese legt die beiden Tiere in eine Schale, setzt sich hinter ihre Hütte, beobachtet die Würmer und liest aus deren Verhalten ab, ob einer Ehe zuzuraten ist oder nicht.

Gesammeltes Obst darf nur gekocht gegessen werden. Gepflücktes Obst wird immer roh zu sich genommen.

Ein amerikanischer Tourist behauptet, jemand habe ihm einen zerstückelten Frosch ins Essen gemischt. Der Frosch setze sich nun in seinem Bauch zusammen und bringe ihn zum Zerplatzen.

Hängt man eine Nabelschnur an einen Ast, springen Tiere, die man sonst mühsam jagen muss, von selbst daran hoch, wickeln sich die Schnur um den Hals und erhängen sich.

Die Eingeborenen halten Krankheiten in der Regel für eine Verschlingung der Organe, Arterien, Muskeln, Därme und so weiter. Deshalb heilt die Nabelschnur, in den Hals des Kranken hinabgelassen, da sie selbst Windungen und Knoten hat.

Findet jemand eine Nabelschnur, die genau die Länge des Abstands zwischen seinen Schulterblättern besitzt, so verleiht sie ihm die Möglichkeit zu fliegen. Er muss sie nur mit beiden Händen straffziehen und von einem Hügel springen. Dies geschieht immer wieder, ohne dass der Glaube an die Flügel verleihenden Kräfte der Nabelschnur nachlässt. Die Einwohner behaupten bei einem missglückten Versuch, es habe sich um eine gefälschte Nabelschnur gehandelt, von denen sehr viele in Umlauf sind. Es gibt bessere und plumpere Fälschungen. Die besseren benutzen Fuchsdarm oder Muskel- und Sehnenfleisch von Kaninchen, die schlechteren bestehen einfach aus gewickelter Schnur, die man einige Tage in Morast oder Schlick gelagert hat.

Es existiert die Vorstellung, man könne erst sprechen, wenn sich im Körper ein entsprechendes Gegengewicht zur Zunge herausgebildet hat. Gemeint sind die Hoden oder die Eierstöcke, die mit der Zunge direkt durch einen Kanal oder einen Muskel verbunden sind.

Erreichen ein Junge oder ein Mädchen das dreizehnte Lebensjahr, werden sie von den Eltern zur Hütte des Priesters gebracht und dort allein zurückgelassen. Anstatt Beschwörungen zu sprechen, dem Pubertierenden Tätowierungen beizubringen oder ihn mit dem Blut eines frischgeschlachteten Huhns zu bespritzen, verneigt sich der Priester lediglich vor dem Kind und legt ihm seine Kette, das Zeichen der priesterlichen Würde, um den Hals. Von da an muss das Kind drei Tage lang das machen, was es meint, dass ein Priester sonst tut. Dem Priester ist es in dieser Zeit gestattet, zu sprechen und sich wie ein Kind zu benehmen. Es ist ein eigenartiges Schauspiel: Der Priester sitzt vor der Hütte und vergnügt sich mit einem Spielzeug, läuft herum und spielt den vorbeikommenden Inselbewohnern Streiche, indem er sie mit klebrigen Ästchen bewirft oder ihnen Obst aus den Körben stiehlt. Währenddessen bemüht sich ein Dreizehnjähriger mit ernster Miene und ohne ein Wort zu sagen, Handlungen auszuführen, die er für heilig hält. Das, was in dem Kind in diesen drei Tagen geschieht, ist vielerlei. Zum einen wird es ernst genommen, da es mit seiner Vorstellungskraft und seiner eigenen Meinung gefordert ist. Zum anderen ist es gezwungen, sich selbst eine Vorstellung von Religion und Ritus zu machen. Der Priester beobachtet bei seinem scheinbar entspannten Spiel das Kind sehr genau, und oft geschieht es, dass er einzelne Bewegungen und Handlungen des Kindes aufgreift und in seine spätere rituelle Tätigkeit übernimmt. Dadurch entsteht eine tiefe Verbindung zwischen der Bevölkerung und dem Priester, da jeder einmal in seinem Leben für drei Tage selbst Priester war und durch seine Handlungen den Beruf mitgestalten konnte. Stirbt der Priester, so tritt der Junge, der zuletzt seine Initiation bei ihm erlebt hat, an seine Stelle.

Das Sterben des Priesters wird mit einem Ausdruck bezeichnet, der wörtlich übersetzt bedeutet: Er wird zum Kind. Auf seiner Beerdigung herrscht ein lustiges Treiben, das einem Kindergeburtstag gleicht. Der Leiche, die den Vorteil hat, keinen Schmerz mehr zu empfinden, wird nun das Vergnügen vergönnt, das dem Körper zu Lebzeiten verwehrt war. Er wird fest mit einer Plane umhüllt und verschnürt, anschließend durch das Dorf geschleift, von Hügeln gestürzt, auf Bäume gehievt, in das Meer getunkt und so weiter. Drei Tage lang kann die Mumie überall auf der Insel auftauchen, zum Beispiel plötzlich neben einer Hütte hocken oder hoch auf einem Karren mit Knollen und Wurzeln vorbeiziehen. Dann erst wird der Priester zu Grabe getragen.

Claudia denkt: Ein Ritus ist dazu da, den Beteiligten Angst einzujagen.
Deshalb ist es Unsinn, bewusst Riten einzuführen und zu praktizieren.
Der Ritus ist immer Ausdruck von Gewalt.
Ich kann den Ritus nicht wählen.
Er wird mir aufgezwungen und wirkt allein durch Zwang.
Es ist der Ritus des Vaters.
Zumindest kennt Claudia keinen anderen.

Einer erzählt die Geschichte folgendermaßen: Es war einmal ein Stier, der sich aus dem Meer erhob in der Hoffnung, mit seinem Rücken den Himmel zu berühren. Lange Jahre hatte er gewartet, dass sich seine Stärke entwickelte, und nun erhob er sich und zog das Meer an den Algen mit sich hoch und überflutete mit dem Wasser, das von ihm troff, die Insel. Einsam war der Stier von seinem unerfüllten Verlangen, den Himmel zu berühren, der trotz seiner Größe unendlich weit entfernt blieb. Er starrte vor sich hin. Er versuchte zu singen, doch seine Stimme versagte. Er versuchte zu sprechen, doch er fand kein Wort. Er versuchte zu tanzen, doch die Hufe schmerzten auf dem fremdartigen Boden.

Ein anderer erzählt die Geschichte auf andere Art: Vom Himmel fiel eine Pilzspore. Sie hatte zwei Flügel, und man sagte, dass sie einst gefangen war auf einer Insel und dieser nur entkommen sei, indem sie sich mit ihren künstlichen Flügeln in die Luft geschwungen habe. Sie fiel auf die Erde und vergrub sich dort. Atmend lag die Spore unter dem Waldboden. Allein aus sich heraus wollte sie die Erde schaffen. Doch gab es die Erde schon, denn wo lebte sonst der Stier, bevor er ins Meer ging, um eines Tages wieder aus ihm aufzutauchen?

Claudia stellt darauf folgende Fragen: Warum ist das Haus des Fürsten am Anfang und am Ende jeder Straße zu finden? Warum glauben manche, dass die Wurzeln der Bäume deren Äste sind, die sich im Himmel festhalten und in die Erde hineingreifen? Warum glauben andere, dass der Stier den Menschen die Sprache nahm und selbst nichts damit anzufangen wusste, stumm wie er war, und sich ersäufte, um sich seiner Bürde zu entledigen?

Claudia verfasst eine beschreibende Anatomie und nennt sie Alte Philosophie des Du.

Kopf: Muss zuerst nach draußen. Muss zuerst in den Staub. Wird gehalten, um den Körper über den Hof zu schleifen. Wird in Lederpolster gedrückt.

Haare: Mit Schleife zusammengebunden. Schleife dann gelöst. Selbst abgeschnitten, damit keine Schleife mehr passt.

Ohren: Geschlossen. Ohren der Mutter im Ohrensessel, wo sie mit Zigarettenspitze raucht. Mutter Gottes: Auch taub. Dennoch Verlangen, gehört zu werden. Eher erhört als gehört.

Augen: Zusammengekniffen.

Nase: Gebrochen. War keine Absicht.

Mund: Schwanz.

Hals: Zugeschnürt. Nur offen zum Kotzen.

Arme: Nach hinten.

Hände: Hängen unten an den Armen.

Finger: Um Minuten abzuzählen.

Beine: Gespreizt, ansonsten taub.

Füße: Halten Strumpfhose.

Bauch: Gestriemt.

Möse: Nur zwei Finger.

Anus: Ein Finger.

Das Denken in Folge.

Das logische Denken.

Das Denken auf Ergebnis hin.

Das männliche Denken.

Ariadne nimmt das männliche Denken an: 1. Das Labyrinth, 2. Theseus, 3. Minos, 4. Minotaurus. Sie nimmt an, was der Vater ausgehandelt hat. Sieben junge Männer, sieben junge Frauen, das Erbe der Väter, das sie

ausbaden. Das zerstörte und gerade wieder aufgebaute Land. Die Erb-
folge. Leitfaden wird zum Senkblei. Führt in die Unterwelt. Leugnet
Nachfolge. Führt nach Naxos.

Endlosigkeit ist Illusion. Wir suchen Begrenzung. Müssen wissen, wo
drinnen ist und wo draußen. Claudia sucht beim Gehen Markierungen.
Steine, Äste, Baumstümpfe. Eine Umfriedung. Einen Hortus conclusus.
Auch ohne Einhorn. Wie beim Hofgang. Nur ohne es zu merken.

Claudia versucht, ihre Geschichte noch einmal anders zu fassen, indem
sie das Persönliche ins Allgemeine überträgt und dadurch zum Fluch
der Mutter kommt:
Jede Geschichte beginnt mit »Es war einmal«, und jedes »Es war einmal«
hat einen Vater, der es zeugte, und eine Mutter, die es auf die Erde warf.
Ich frage mich, warum Kinder nicht schreien und auf allen Vieren verharren, sobald sie anfangen, die Welt wahrzunehmen. Nicht viel anders
als die Nachmittage und Nächte auf unserer ungeheizten Hinterhofbüh-
ne, wo wir unsere Kindheit nachspielten und nicht müde wurden dabei,
immer wieder übereinanderkrochen und brüllten, bis uns die Stimme
wegblieb für die Aufführung, die immer weiter hinausgeschoben wurde
und schließlich ganz ausfiel. Was sollten wir denen da unten denn noch
sagen? Uns wollten wir etwas sagen. Ich stieg zu Bernd in den Wagen,
und wir fuhren ohne anzuhalten durch die Stadt und im Kreis immer
wieder um die Bank herum: nicht mehr auf allen Vieren. Sie stellten einen Blecheimer neben mein Bett, weil sie mittlerweile wussten, dass ich
wieder kotzen würde. Hauptsache niemand fasst mich an in dem Moment, weil ich sonst keine Luft kriege und schreie, und dann kommen
sie wieder aus den Werkstätten gelaufen und stehen mit schmierigen
Fingern bei uns rum. Das arme Mädchen, und diese abgekrotzten Haare und immer im Overall. Nein, das hat nichts zu bedeuten. Also noch
einmal: Mutter verflucht Vater. Fluch wirkt. Aber wendet sich gegen sie
selbst. Denn es waren die Frauen, die er beschlief, die krank wurden. Es
machte die Runde. Die Mietshäuser wurden gelb beflaggt. Die Abend-
gruppen mit Gesang in den Kneipenhinterzimmern umrahmten das Geschick. Es waren dieselben abgestandenen, verräucherten Zimmer, in
denen ich mich, kaum sechzehn, auszog. Der schwarze Wagen wartete
vor dem zugemauerten Türchen in der Hofmauer, ein letztes Mal wurde mein Gesicht in die Lederpolster gedrückt. Mutters Fluch. Mutter,

wenn du auf dem Bankgebäude stehst mit ausgebreiteten Armen, was nützt dir dein Fluch? Die schwarze Nacht sabbert über das Lichtermeer hinter dem Bahnhof. Wir hätten ihn damals vor unser Gericht zerren sollen, vor unsere Puppentheaterbühne, durch die sein Schwellkopf gerade so gepasst hätte, und dann verurteilen und sofort vollstrecken, mit der Pritsche, bis das Blut aus der Nase spritzt. Aber er war weg. Er hatte sein Ränzlein geschnürt und war vor die Stadt gezogen, um dort den Feind auf dem Feld zu besiegen. Er trank Schnaps aus einer kleinen Flasche und hatte die Schleuder des Kleinen dabei, der sie daheim umsonst suchte und sich die Augen danach ausheulte. Ach Kleiner, noch nicht einmal dir hab ich den Fluch erspart. Im Gegenteil. Als sie mir das Bein gebrochen haben, hast du mehr geweint als ich. Immer brav die Hausaufgaben gemacht bis zuletzt und mir nachts deine Decke gegeben. Dich würde ich am wenigsten hassen, wenn ich die Wahl hätte. Seine Schwester nackt zu sehen auf dem Kneipentisch, auf demselben, auf dem der Vater die Gesetzesvorlagen unterzeichnet und dann Bier darüber gießt und Schnupftabak einzieht und Hände schüttelt, und dahinter die Beine mit den heruntergezogenen Strumpfhosen … Schnell den Ranzen vors Gesicht wie beim Bombenalarm, schnell nach vorn, eine Brause trinken. Ich hol dich gleich und bring dich heim. Was du hier siehst, verstehst du nicht, verstehst es nicht, weil es nichts zu verstehen gibt. Tut mir leid, ich hätte dir das alles gern erspart. Während sie im Lehnstuhl saß, mit Zigarettenspitze rauchte und in das dunkle Flimmern über dem Cognacschwenker starrte. Und nicht mehr auf die Schritte hörte, wenn ich rüber musste über den Gang, Eierstichsuppe bringen, und dann zum Häkelkreis. Nimm gleich die Tasche mit und die Jacke, dann musst du nicht noch mal zurück. Nachts auf der Bank neben dem Ofen in der Küche schlage ich immer wieder die Hand gegen die Kacheln. Der Kleine hält sich die Ohren zu. Dann bläst er auf einem mit Butterbrotpapier eingewickelten Kamm die Weisen des Vaters, der Eierstichsuppe löffelt mit der Rechten, während die Linke nach meinen Waden greift. Der Himmel geht auf und zu, und Maria erscheint. Sie ist sechzehn und hat nichts drunter, damit die in der Kneipe was zu lachen haben. Hier mein Sohn, hier mein Herz, hier meine Möse unversehrt, direkt aus dem letzten Herrenwitz. Den hat mein Sohn mir erzählt. Es war mir egal, es war mir egal, ich wollte, dass mir schlecht wird, endlich, dann wiegt die Knarre kaum noch was in der Hand, und der Finger schlägt einfach so und wie ganz nebenbei gegen den Abzug.

Aus dem Deutschen Rundfunk brüllen Schlager.

Väterschlager.

Jetzt auch in Stereo.

Gestriegelte Chorsänger.

Haar pomadisiert und gescheitelt.

Heben Eierstichsuppenlöffel zum Gruß.

In der Linken Kamm mit Butterbrotpapier.

Ewiges Summen wird zu Donnerhall.

Claudia legt den Kopf zurück.

Sie schließt die Augen.

Sie wartet.

Sie wartet, dass Bernd irgendwo reinfährt.

Dass er von der Straße abkommt.

Dass sie sich überschlagen.

Dass alles in Flammen aufgeht.

Dass alles zu Ende ist.

Endlich zu Ende.

Die Diskussionskultur zu Ende.

Claudia schreibt doch noch einen Satz im Verlautbarungston über das Schweinevätererbe. Dieser Satz lautet: Merkt ihr nicht, dass euch die Väterschweine diktiert haben, so zu reden, über alles zu reden, euch zu verständigen, das ist das Schweinevätererbe, fraglos, immer fraglos, damit die ihre Ruhe haben und in Ruhe Verordnungen unterschreiben und Eierstichsuppe löffeln und uns entjungfern und entscheiden, wann was verjährt.

Claudia versucht es noch ein letztes Mal:
Der Himmel quer- und längsgestreift über dem Hof drehte sich nachts gegen den Uhrzeigersinn und warf seltsame Muster auf meine Bettwäsche. Es war gut gemeint von euch, ihr wart alle wie der Kleine, der mir unterwegs irgendwie abhandengekommen ist, so lieb, mit dem Kopf die ganze Nacht auf meinem Bauch, als gäbe es da was zu hören, außer den Skorpionen, Tausendfüßlern und Würmern des Vaters, die ihr Unwesen dort trieben. Der Fluch. Ich lege mich auf die Seite, um einzuschlafen, beide Arme verschränkt über die Ohren. Langsam brennt die Kerze runter. Jetzt noch einmal Hagel und Sturm und ein Flugzeug, das auf ein Feld fällt, und ein Mann, der mit angeschlagenem Kopf aus dem Cock-

pit kippt. Aber der Vater hatte auch einen Vater und auch eine Mutter und auch einen Fluch. Das kann nicht das Leben sein und ist es doch, so einfach wie das, wie eins und eins, immer eins und eins. Ein Stier zeugt einen Sohn mit einer Frau, und der Sohn wird den Stier auf ewig verleugnen und doch immer in sich tragen. Er wird ihm weiß aus den Fluten ersteigen und seine leiblichen Söhne töten, bis er selbst einen Stier zum Sohn hat. So einfach wie eins und eins.

Claudia sitzt vor einem leeren Blatt.
Sie fährt mit einem Buntstift hin und her.
Immer hin und her.
Es sind nur Linien.
Und dann Muster.
Für einen Moment erkennt sie etwas.
Dann ist das ganze Blatt schwarz.
Schwarz vom Hin und Her.
Es gibt nicht mehr zu tun als hin und her.
Dazwischen gibt es nichts.
Vater des Vaters.
Vater des Vaters des Vaters.
Claudias Schreien dringt nicht weit genug hinauf.
Sie gelangt an keinen wirklichen Anfang.
Deshalb kommt sie auch zu keinem Ende.

Claudia sitzt vor einem leeren Blatt.
Sie schreibt einen Aufsatz über ihre Ferien.
Sie schreibt: Das waren meine Ferien.
Mein Vater war zwei Wochen auf einer Schulung.
Das waren schöne Ferien.
Ich brauchte keine Eierstichsuppe rüberzubringen.
Ich musste nicht mit dem Kopf gegen Lederpolster gedrückt liegen.
Ich habe drei Pfund zugenommen.
Ich habe mich nur zweimal jeden Abend übergeben.
Mutter ist zufrieden mit mir.
Sie wirft mich aus dem Küchenfenster.
Mit einem Mal kann ich schweben.
Ich schwebe über die Brombeersträucher.
Ich fliege zum Firmament.

Ich reiße das Himmelszelt auf.
Es läuft flüssiger Speck heraus.
Den macht die Jungfrau für ihren eingeborenen Sohn.
Ich fange ihn auf mit meinem klaffenden Mund.
Ich fliege ihn nach Hause.
Ich füttere ihn dem Kleinen.
Und der Puppe ohne Kopf.
Direkt in den Hals.
Die Bomben schlagen leise ein in der Nacht.
Die Verwundeten schreien auch nur leise.
Sie sind ordentlich und gesittet beim Sterben.
Reihen sich selbst nebeneinander auf.
Um den Vater nicht zu stören.
Im Vorübergehen zieht der Vater mit dem frisch polierten Schuh den einen oder anderen Kragen glatt.

Claudia sitzt vor einem leeren Blatt.
Sie schreibt eine eidesstattliche Erklärung.
Sie schreibt: Das war ein schönes Leben.
Das kann ich beschwören.
Alle haben ihr Bestes gegeben.
Direkt in den Hals.
Ohne Umweg.
Direkt ins Hinterzimmer.
Auf den Tisch.
Zwei Finger jeder.
Geht doch.
War ja schon sechzehn.
An Schweines statt erkläre ich mich für vogelfrei.
Jeder kann mir den Kopf wegpusten.
Wenn ich die Kaufhaustreppe runterkomme.
Mit der Geldbombe in der erhobenen Hand.
Vielleicht dringt mein Schrei bis hoch in den fünften Stock.
Spielwarenabteilung.
Wo der Vater gerade eine Küche kauft.
Für seine neue Tochter.
Und ein Bügeleisen.
Bettbezüge immer auf links drehen.

Bei Hemden am Kragen anfangen.
Dann die Manschetten.

Claudia sitzt vor einem leeren Blatt.
Sie zeichnet eine Knarre.
Sie zeichnet sie sehr schön mit Buntstiften und Schraffur.
Sie ist begabt.
Aus ihr hätte mal etwas werden können.
Claudia schneidet die schön gezeichnete Knarre aus.
Sie läuft damit runter auf die Straße.
Sie ballert um sich und erwischt Spaziergänger, die im Straßengraben
verenden.
Der Wind bläst Claudia die Papierknarre nach links weg.
Es gibt Streufeuer.
Noch mehr unschuldige Passanten klappen zusammen.
Jemand faltet Claudia aus der Zeitung von gestern eine Mütze und ein
Papierboot.
Claudia hat Bauchweh.
Immer hat sie Bauchweh.
Immer wenn's drauf ankommt, hat sie Bauchweh.
So schön hat man sie gemacht fürs Weihnachtsmärchen.
So stolz war der Vater.
Mit den geordneten Leichen vor der Hoftür und Claudia im rosa Kleid-
chen.
Und jetzt: Bauchweh.
Haben wir noch Kohletabletten?
Der Kamillentee ist auch alle.
Es wird schon dunkel.
Der schwarze Wagen wartet.
Claudia schaut aus dem Fenster.
Vor dem Fenster hängt ein leeres Blatt Papier.
Darauf eine schwarze Figur ohne Konturen.
Immer wieder mit Buntstift übermalt, bis nichts mehr zu sehen ist.
Das Fenster fliegt auf.
Die Jungfrau lässt Claudia ausgelassenen Speck auf die Lider regnen.
Es ist ein Segen.
Ein ewiger Segen.

Ein anderes Spiel des Fabrikanten bestand darin, mir eine Streichholzschachtel zu zeigen, in der zwei winzige Tiere lebten, die er geschrumpfte Ziegen nannte. Eine dieser Ziegen war weiß, die andere schwarz. Wenn die Tiere aus der Schachtel geschüttelt wurden, stellten sie sich mit den Köpfen zueinander auf und atmeten lang und schwer, als hätten sie zuvor geschlafen und würden sich nun das erste Mal wiedersehen. Der Fabrikant nahm nun den Schachtelboden, stülpte ihn über die beiden kleinen Schafe und schob ihn auf dem Tisch hin und her, wobei er mich aufforderte, eine der beiden Farben zu nennen. Sagte ich Schwarz, so hielt er in seiner Bewegung inne, hob den Schachtelboden lachend hoch und zeigte mir das weiße Schaf. Wenn ich nun fragte, wo das schwarze geblieben sei, antwortete er: »Das ist im weißen. Gefressen.« Dann kippte er die Schachtel erneut über das einzelne Schaf, schob sie wieder auf dem Tisch hin und her und zeigte mir schließlich beide Tiere, die sich erneut schwer atmend und ganz so wie zu Anfang gegenüberstanden.

Als Erfinder von atomaren Sprengungen in einem nach ihm benannten Atoll zwingt der Fabrikant mich und meine Schulkameraden unter die Tische. Wir liegen, die Mappen auf unsere Köpfe gedrückt, am Boden und beten das Fabrikantunser. Man bringt neue Karten herein. Euer Lernen ist abgeschlossen, verkündet die Lehrerin, ab heute heißt es umlernen. Da mir der Fabrikant zuvor einen Zettel mit den von ihm selbst ermittelten und ausgegebenen Strahlungswerten zugesteckt hat, einen Zettel, der jetzt von großer Bedeutung ist, werde ich gesiezt und bekomme ein eigenes kleines Pult neben dem der neuen Lehrkraft. Im Schulhof werden die toten Spatzen zusammengekehrt. Es gibt keine Pausen, überhaupt keinen Schulschluss mehr. Die bilderlosen Flure sind unsere einzige Heimstätte. Wir essen belegte Brote und trinken mit einem Strohhalm Milch aus Tüten. Manchmal fallen Aschenflocken aus dem Himmel.

Der Fabrikant bewahrt in einem kleinen Zimmer im Turm eine mit schweren Beschlägen verschlossene Truhe auf. Der Inhalt dieser Truhe, den noch nie jemand gesehen hat, ersetzt sein Gewissen. Kommen ihm Zweifel, denkt er an die Truhe, und das erfrischt ihn und führt ihm neue Stärke zu, sodass er es erträgt, die Damen der besten Gesellschaft unbekleidet vor sich entlangdefilieren zu sehen, ohne einen Tobsuchtsanfall zu bekommen.

Der Fabrikant war unter anderem Erfinder des Friedesteiner Genussautomaten, der in den fünfziger Jahren im Lahn-Dill-Kreis Furore machte und dort an jeder Straßenecke zu finden war. Der Friedesteiner Genussautomat ermöglichte es den Menschen, die damals noch von strikten Ladenöffnungszeiten geknechtet waren, auch in den wenigen Tankstellen, die es am Ortsausgang gab, nichts anderes als Benzin, Öl und Autozubehör vorfanden, zu jeder Tages- und Nachtzeit gegen Einwurf eines Markstückes ein belegtes Brot und eine Süßigkeit ihrer Wahl zu erwerben.

Der Fabrikant gewinnt aus meiner Trauer Endomorphine, die er auf dem internationalen Markt verkauft. Je mehr ich leide, desto besser floriert das Geschäft. In einigen Kontinenten geht es den Menschen schon wesentlich besser. Sie leben mit meinen Abwehrkräften. In Kürze ist ein Börsengang geplant. Dafür werde ich auf ethische Fragen hin geprüft: Ein Menschenleben wiegt nicht so viel wie zwei Menschenleben, darin sind wir uns alle einig. Ein Mensch, der jedoch ohnehin von seiner Veranlagung her zur Trauer neigt und zum Nichtstun und dazu, sein Leben zu vertrödeln oder zu verschenken oder wie immer man das auch bezeichnen mag, was ich mache, sollte seinen Körper für das leibliche Wohl derjenigen zur Verfügung stellen, die nur kurzfristig und durch akute Umstände zur Trauer gezwungen sind.

In der Schule stößt man mich mittlerweile auf dem Pausenhof herum. Man zwingt mich dazu, Zigarren auf Lunge zu rauchen, und sperrt mich auf der Toilette ein. Gehe ich den Gang entlang, lassen sich die Schüler der unteren Klassen in gespielter Anbetung auf den Boden fallen, während die Älteren ihre Arme entblößen und mir ihre Verätzungen zeigen. Auch den Lehrern bin ich inzwischen suspekt. Sie tuscheln hinter meinem Rücken und greifen nicht ein, wenn man mich die frischgebohnerten Treppen hinunterstößt.

Nur ein konventioneller Krieg, sage ich immer wieder vor mich hin, während wir die gelungenen Explosionen auf Farbdias in der Schulaula gezeigt bekommen. Wir laufen uns in der Turnhalle um die aufgebahrten Verletzten herum warm. Manche lächeln unter ihren verkrusteten Binden hervor, andere schlagen die Decken zurück und zeigen uns ihre nackten Stümpfe. Wieder andere brüllen, es sei alles wie Schnee, wie Schnee, wie Schnee auf den Dächern im Abendlicht eines Sonntags, eines Sonntags, den der Fabrikant eingerichtet hat für die Welt, um zu ruhen.

Ich träufle blaue Tinte aus einer angebissenen Patrone in die Wunde am Knie. Ich verbrenne alle Gruselbilder bis auf eins und setze die Asche bei. Ich stelle den Schlitten über Nacht in den Garten.

Das Tal bei den Schieferfelsen hinter der Stadt wurde nun doch in ein Ferienparadies verwandelt. Zwei mechanische Kaninchen, deren Augen blinken, fahren im Viertelstundentakt über die Brücke, die zum Vergnügen der Zuschauer durch einen Mechanismus dazu gebracht wird, in der Mitte auseinanderzubrechen, sodass die Tiere nach unten stürzen, wo sie sich in einem Feuerwerk auflösen. Es gibt eine Figur des Fabrikanten, an einem Baum hängend. Geht man unter ihr hindurch und durchbricht eine Lichtschranke, bekommt sie eine Erektion und fängt an, mit einer riesigen Distel aus Schaumstoff in der Hand zu drohen. Akrobaten segeln schwerelos durch die nach Zuckerwatte, Brausepulver und Popcorn duftende Luft. In einem Zelt kann man durch ein Vergrößerungsglas zusehen, wie die beiden winzigen Schafe aus der Streichholzschachtel miteinander kämpfen. Eine Schautafel erläutert, dass die Schachtel einen doppelten Boden besitzt, der sich je nach Neigung zuerst links oder rechts öffnen lässt und mit dem der Fabrikant den scheinbaren Sieger des Kampfes bestimmen konnte. Es ist mir peinlich, das alles erst jetzt zu erfahren, und dazu noch so. Unsere Küche ist ebenfalls nachgebaut. Der geölte Holztisch, die immer schlagende Tür mit dem Ausblick nach draußen auf die gefrorenen Lehmspuren und den Hügel in der Ferne. In die Ecke da hinten auf den kleinen Hocker gequetscht, das soll wohl ich sein. Das aufgemalte Grinsen wirkt komisch, weil mein Ebenbild einen Knebel im Mund hat. Wenigstens die Schnüre will ich ihm von den Handgelenken lösen, doch die Sicherheitsbeamten kappen die Stromversorgung, und ich muss mit den anderen Besuchern in Zweierreihen nach draußen.

Der Fabrikant sagt: Erziehung ist Double-Bind plus Elektrizität. Er errechnet die Entwicklungsphasen eines normalen Dreizehneinhalbjährigen und legt sie in Tabellen dar. Im Vergleich fehlen mir Vitamine und frische Luft. Ich werde aufs Land verschickt. Mit meinem verbundenen Bein kann ich nur schlecht laufen, weshalb mich die anderen Kinder am liebsten in einer verschlossenen Tonne, in die sonst die Küchenabfälle für die Schweine kommen, den Hügel hinunterrollen. Am Abend höre ich Kinderfunk und schreibe eine Postkarte, die ich jedoch nicht abschicke.

Einmal hatte ich eine Frau dabei beobachtet, wie sie sich, nachdem der Fabrikant gegangen war, über eine hellblaue Plastikschüssel kniete, und gesehen, wie es aus ihr herausströmte. Als sie nach nebenan ging, schlich ich hinein und nahm eine Probe aus dem Bottich. Ich filterte kleine, mit Stacheln übersäte Fischchen aus der Flüssigkeit und steckte sie in leere Füllerpatronen, wo sie einen halben Tag lang mit der Verschlusskugel spielten, bevor sie eingingen. Den raffinierten Saft aber trank ich in einem Zug, worauf ich das Bewusstsein verlor und Folgendes träumte: Ein Kreißsaal, auf der Liege jedoch keine Frau, sondern eine große Holzkugel. Die Ärzte arbeiten mit Sägen und Hämmern, um die Kugel zu öffnen. Ich will nicht sehen, was darin ist, und muss es doch.

Im Speisesaal des Landschulheims ist eine kleine Bühne aufgebaut. Der Fabrikant flüstert mir ins Ohr, ich soll für die anderen Kinder Szenen aus der Bibel nachstellen, die diese dann erraten sollen. Als ich nicht weiß, was er meint, reißt er mir die Kleider vom Leib und wickelt mir aus meinem Oberhemd eine Schärpe: Das ist die Grablegung, sagt er und schiebt mich auf die Bühne. Die Kinder johlen, werfen mit zusammengeknülltem Papier und rufen: Ecce Homo. Es ist zum Verzweifeln, sagt der Fabrikant, weil er merkt, dass ihm auch dieses Spektakel keine wirkliche Abwechslung mehr verschafft.

Am Freitag lernen wir Wasser in Wein, Schlange in Stock, Steine in Brot und Brot in Rosen, was wir aber nur im Notfall anwenden dürfen. Zum Abendbrot bekommt jeder ein Reiskorn, ein Stückchen Zwiebel, einen Tropfen Öl und eine Krume Parmesan. Daraus müssen wir uns ein Risotto vermehren. Am Samstag lernen wir dann blutende Wände, weinende Statuen (Tränen und Blut), Stigmata (permanente und solche, die nur an hohen Feiertagen sichtbar werden), Materialisationen aller Art, Epiphanien und natürlich Visionen. Am Sonntag schließlich in Zungen reden,

Auferweckung von den Toten, Besessenheit in Schweineherde, Blinde, Lahme, Taube. Nach dem Mittagessen müssen wir uns entscheiden, ob wir Konsubstantiation oder Transsubstantiation belegen. Ich wähle Transsubstantiation: wenn schon, denn schon. Anschließend gibt es Kaffee und Kuchen. Wer etwas anderes will, heißt es, soll es sich verwandeln. Zum Glück hat mir der Junge, der schon zweimal hier war, gesagt, dass es sich dabei um den Abschlusstest handelt, weil sie sehen wollen, ob man bereit ist, seine Fähigkeiten zu profanieren. Zwei sind wirklich so blöd und verwandeln ihren trockenen Streuselkuchen und die Tasse Malzkaffee in ein Banana Split, Cola und Apfeltaschen. Sie bekommen kein Zertifikat und müssen zum zweistündigen Heulen und Zähneknirschen vor die Tür. Ich verwandle erst in meinem Mund und ganz kurz vor dem Runterschlucken den Malzkaffee in Bohnenkaffee und den Streuselkuchen in Schwarzwälder Kirsch.

Der Fabrikant sitzt, wie es seine Angewohnheit ist, seit ich denken kann, im Hof und lässt sich von Kindern mit Steinen bewerfen. Er lässt sich von Erwachsenen mit Gewehr- und Pistolenkugeln beschießen und mit Messern und anderem Werkzeug stechen und schneiden. Denn nichts kann ihm etwas anhaben. Er macht das jeden zweiten Sonntag von 13 bis 14.30 Uhr. Diesmal habe ich meinen kleinen Bogen mitgebracht und mit einer Bärensehne bespannt. Ich nehme das dünne Ästchen vom Brombeerstrauch, das dem Nennopa und Erfinder der Helmfried-Geräte nach dem kindlichen Alptraum des Fabrikanten als Einziges seinerzeit nicht in die Hand versprach, seinen Ziehsohn unversehrt zu lassen. Man hatte die Brombeere damals ausgerissen und, da man sie für tot hielt, achtlos beiseitegelegt. In der Nacht und nur mit letzter Kraft war es ihr jedoch gelungen, eine schmale Wurzel ins Erdreich zu drücken und sich so zu regenerieren. Ich streiche sanft über die Dornen und spanne den krummen Ast langsam als Pfeil zwischen Griff und Sehne.

Entretiens avec le Professeur L

Interview mit dem Psychoanalytiker Professor Dr. Bernhard
Lückricht für das Magazine 'Patapsychophysique
Unredigierte Abschrift der Aufnahme

Magazine 'Patapsychophysique: Mit Ihrem Einverständnis machen wir
es vielleicht am besten wie bei einer Sitzung, also, dass wir recht assozi-
ativ vorgehen und ich das Ganze nachher entsprechend aufbereite und
ordne.

Lückricht: Ja, ja, natürlich, das kommt mir auch entgegen. Meist ergeben
sich viel interessantere Aspekte, als wenn man nach Schema A verfährt.

M'P: Ich würde natürlich kurz anfangen mit Ihrer Herkunft, also: 1953 in
Wiesbaden, Hessen, geboren, dort aufgewachsen, zur Schule gegangen,
dann in Berlin Soziologie und Philosophie studiert und eben Ende der
siebziger Jahre nach Paris gekommen, Ausbildung zum Analytiker. Also
ganz knapp und vielleicht dann auch erst mal dort, an diesem Punkt einsetzen, falls Sie keinen anderen Vorschlag haben.

L: Doch, das ist mir durchaus recht. Es geht ja vor allem um meine Arbeit, und die beginnt praktisch hier. Wir könnten ja vielleicht mit meiner
ersten Publikation anfangen, oder?

M'P: Diesem Aufsatz zu Goldschmidt?

L: Ja, genau. Daraus ergibt sich, glaube ich, einiges.

M'P: Sehr gut. Nur ganz kurz, damit Sie ungefähr wissen, worauf ich
noch zu sprechen kommen möchte: Da ist vor allem natürlich ihre Arbeitsweise, die von Ihnen entwickelten Therapien und so weiter, dann,
um es nicht ganz so trocken und theoretisch werden zu lassen, würde ich
gern auf Ihre gerade erschienene Autobiografie eingehen …

L: Autobiografie, das ist natürlich zu viel gesagt, das sind ein paar Skizzen aus meinem Leben …

M'P: Ja, gut, aber gerade über dieses eine Kapitel, »Madame Janine
Chasseguet-Smirgels Brust« ist ja eine ziemlich heftige Diskussion ent-
brannt, darauf müssen wir schon eingehen, also, vor allem auf diesen Begriff der »homosexuellen Phase«, den Sie dort verwenden …

L: Na ja, gut, ich finde, das hat ein bisschen zu viel Staub aufgewirbelt, der sich aber auch schon wieder gelegt hat langsam, und vielleicht ist das gar nicht mehr so interessant und auch gar nicht mehr aktuell.

M'P: Das sehe ich etwas anders, schließlich geht es da um eine generelle Diskussion, die recht heftig geführt wird, also ob Homosexualität genetisch bedingt ist oder eben ...

L: Ja, natürlich, aber mit dieser von mir so genannten homosexuellen Phase ...

M'P: Sie sprechen an einer Stelle sogar von einer »homosexuellen Lösung«, was ich auch nicht ganz unproblematisch finde, ehrlich gesagt.

L: Lösung im doppelten Sinne, dass sich etwas löst, aber man sich auch von etwas löst, nicht in dem Sinn von Endlösung, den da manche ...

M'P: Ja, darauf sollten wir natürlich auch eingehen, dass da wieder ganz krude Ressentiments aufgetaucht sind in der Diskussion gegen Sie als Deutschen, der ja über zehn Jahre nach dem Krieg ...

L: Acht Jahre.

M'P: Was? Ach so, ja, genau, acht Jahre nach dem Krieg, was ja auch lang genug ist.

L: Das ist natürlich ein heikles Kapitel, das war mir auch schon klar, als ich das geschrieben habe, aber in diesen Aufzeichnungen geht es mir vor allem darum, ganz persönliche Dinge zu schildern, Erfahrungen, Gedanken, die nicht immer ganz zu Ende gedacht sind, sozusagen, weshalb ich mir da vorbehalte, nicht alles theoretisch zu untermauern, das geht auch gar nicht. Und wenn ich davon erzähle, dass ich bei diesem bewussten Symposium mit einem jungen Araber einige Tage verbracht habe ...

M'P: Sie haben ihn in einem Hotelzimmer gefangen gehalten, während Sie das Symposium besuchten.

L: Gefangen gehalten, das ist natürlich völliger Unsinn. Ich habe das Zimmer nie abgeschlossen. Er hätte jederzeit gehen können. Nein, also das wurde völlig verzerrt in der Presse.

M'P: Natürlich, so was weckt natürlich die Sensationslust: ein älterer Mann ...

L: Wenn ich da auch mal gleich einhaken darf, ich war damals natürlich nicht mehr jung, aber noch nicht einmal fünfzig. Ich thematisiere das Alter allerdings in diesem Kapitel, meine Vergesslichkeit, vor allem aber das Gefühl zu altern, und das kann einen auch in jungen Jahren überkommen.

M'P: Sie waren aber bestimmt 20 Jahre älter als Ihr junger Freund.

L: Natürlich, das stimmt schon. Ich will das auch gar nicht abstreiten, aber wenn Sie das Kapitel gelesen haben …

M'P: Das habe ich.

L: Dann wissen Sie auch, dass es um die Erinnerung an meine Großeltern geht, vor allem an den Tod meiner Großmutter.

M'P: Sie werden an Ihren Großvater erinnert, weil Ihr arabischer Freund Zigarren raucht wie er, weshalb Sie ihn auch Davidoff nennen.

L: Er raucht eine Meerschaumpfeife, aber ja, das erinnerte mich an meinen Großvater, mit dem ich in den großen Ferien oft abends zusammen auf der Veranda saß, während er seine Zigarre rauchte. Das waren Momente der Ruhe, der Geborgenheit …

M'P: Die dann jäh unterbrochen wurden durch den Tod Ihrer Großmutter, ein Selbstmord, wenn ich es richtig verstanden habe.

L: Was ich damals natürlich nicht wusste. Wie ich im Grunde gar nichts vom Tod meiner Großmutter wusste, weil meine Mutter und ihre Schwestern, also meine Tanten, mich vor etwas bewahren wollten, weshalb sie mir erzählten, meine Großmutter sei am Meer und würde sich dort erholen.

M'P: Was natürlich nicht stimmte.

L: Nein, natürlich nicht. Und genau das habe ich auch, unbewusst natürlich, gespürt, dass da etwas nicht stimmt, und auch das sonst immer angenehme Schweigen zusammen mit meinem Großvater war ganz anders, es hatte eine andere Qualität. Aber das war eben nur ein Gefühl, ganz unspezifisch. Im Grunde eine Situation wie in einem Traum, wo man sich in einer Situation befindet, die überhaupt nicht außergewöhnlich erscheint, die man vielleicht sogar oft erlebt hat, die ganz alltäglich ist, aber emotional ganz anders aufgeladen wird. Ja, so ungefähr. Und dann wurde ich krank damals und hatte diesen etwas inzestuösen Traum, wo ich zu meiner Mutter in das Schlafzimmer komme und sie mir ihre Brüste zeigt, auf denen, wie Abziehbilder, Figuren aus meinen Comics und Bilderbüchern zu sehen sind.

M'P: Und das fiel Ihnen bei dem Symposium ein, als Sie Madame Janine Chasseguet-Smirgels Brust sahen?

L: Ich sah sie ja gerade nicht. Sie war praktisch eine Leerstelle. Es geht eben auch um den Konflikt, den ich damals als Kind empfand, unbewusst empfand, nämlich belogen zu werden, bewusst belogen zu werden von den Frauen in meiner Familie, während mein Großvater dazu schweigt. Also, das Schweigen meines Großvaters, das bislang beruhigend war, erhält eine beunruhigende Qualität, die ich allein spüre, ohne zu wissen, woher sie kommt, weshalb ich krank werde, da ich den Konflikt nicht auflösen kann, außerdem die Schuld bei mir suche.

M'P: Die Schuld?

L: Ja, die Schuld, dass alles nicht mehr so ist, wie es sonst immer war. Ich denke, das liegt an mir. Auch natürlich, dass meine Großmutter nicht mehr da ist.

M'P: Es geht um das Verborgene, auch um die Entdeckung der Nacktheit.

L: Ja, denn die Brüste meiner Mutter sind ja im Grunde bedeckt, mit Bildern bedeckt, und auch meine Großmutter, die vor ihrem Selbstmord mehrere Jahre dement war, lief oft nackt durch das Haus, auch raus in den Garten, und behauptete immer, sie habe ihr einmaschiges Nachthemd an.

M'P: Ihr einmaschiges Nachthemd?

L: Ja, das war ihre Ausdrucksweise. Sie beschrieb ihre Nacktheit mit einem Terminus der Kleidung, sozusagen. Und das wurde von meiner Mutter und meinen Tanten übernommen, dieser Ausdruck, das wurde eine stehende Redewendung in unserer Familie.

M'P: Aber wie passt da Ihre sogenannte homosexuelle Phase hinein? Das ist mir nicht ganz klar geworden. Denn es kommt, wenn ich das richtig gelesen habe, zu keinerlei sexuellem Kontakt mit diesem jungen Mann, gleichzeitig analysieren Sie ausführlich die Bedeutung des Namens von Madame Chasseguet-Smirgel …

L: Weil das zusammengehört. Weil beides nicht voneinander zu trennen ist. Darin liegt auch dieses Missverständnis begründet, dieser Vorwurf, ich würde so tun, als sei Homosexualität eine Sache der freien Entscheidung und nicht …

M'P: Aber Sie sagen doch …

L: Mal im Ernst, da kommt doch ein ganz grundsätzliches Problem zum Vorschein, das jetzt an meinem Beispiel ausgetragen werden soll. Auf der einen Seite sprechen wir seit Jahren und Jahrzehnten davon, dass das Geschlecht eine gesellschaftliche Vereinbarung oder Zuweisung ist, dass es im eigentlichen Sinne nicht existiert, wir setzen uns dafür ein, dass immer mehr Zwischenstufen eine Akzeptanz finden, sich Definitionen generell auflösen, auf der anderen Seite hängen wir dann einem sehr schlichten genetischen Modell an, was unsere sexuelle Ausrichtung angeht.

M'P: Aber ist das nicht verständlich? Gerade die Homosexuellen wurden und werden noch immer mit dem Argument konfrontiert, dass es eine Art erworbene Perversion sei, dass man sie umerziehen könne …

L: Das weiß ich natürlich auch, und das macht das Ganze so schwierig. Nur, finde ich, kann man nicht einmal so und ein anderes mal so argumentieren, nur weil der gesellschaftliche Konsens jeweils ein anderer ist. Entweder wir befreien unser Geschlecht und unsere Sexualität …

M'P: Aber genau das gelingt Ihnen doch nicht.

L: Da haben Sie völlig recht. Es gelingt mir nicht. Und das wollte ich darstellen. Aber ich wollte damit weder sagen, dass es generell nicht gelingen kann, noch, was sich auch widersprechen würde, dass es nicht gelingen kann, weil wir genetisch entsprechend festgelegt sind.

M'P: Das versuchen Sie dann in der Analyse des Namens von Madame Janine Chasseguet-Smirgel. Janine interpretieren Sie aus dem deutschen und, glaube ich, auch englischen Schriftbild heraus als Ja-Nine, Ja-Nein, also als Zeichen der Ambivalenz, die sich so gut wie in allen für Sie damals virulenten Bereichen widerspiegelt: Sexualität, Erinnerung, Kindheit, Nähe, Tod, Alter und so weiter.

L: Ja, genau, dann Chasseguet, das ist natürlich die Jagd, chasse, ich bin gejagt, und zwar von meinen Gefühlen und Ängsten, aber ich jage auch, ich habe etwas erlegt, das ich auf dem Bett meines Hotelzimmers zum emotionalen Ausbeinen abgeworfen habe. Guet erinnert an Guet-apens, den Hinterhalt, ich fürchte folglich das Unterschwellige, den Hinterhalt bei der Jagd, habe Angst, vielleicht in meine eigene Falle zu tappen, zu weit zu gehen, sodass sich meine schön eingefädelte Inszenierung, bei der alle nach meiner Pfeife tanzen, als Drama entpuppt, dem ich selbst nicht gewachsen bin. Eine Inszenierung muss sich ja auch immer an der Realität orientieren. Smirgel schließlich erinnert mich an das Schmirgeln, das Reiben, also Koitieren, aber auch Onanieren. Es ist zudem das Schmier-Gel, das man für den gleichgeschlechtlichen Koitus benötigt.

M'P: Und das Ganze fassen Sie ungefähr wie folgt zusammen: »Ich befürchte, auf der Jagd nach meiner Vergangenheit in eine Falle zu geraten, nämlich in die Falle des homosexuellen Koitus.« Aber gerade da, es tut mir leid, gerade da kann ich Ihnen nicht folgen. Ich verstehe einfach nicht, wie Sie auf diese Schlussfolgerung kommen.

L: Ich habe das zugegebenermaßen nicht sehr deutlich ausgeführt, und wenn ich geahnt hätte, welche Missverständnisse daraus entstehen … Dabei ging es mir im Wesentlichen darum, auf den Konflikt hinzuweisen, in dem ich mich damals befand, dass ich, ein heterosexueller Mann, mir vielleicht eingestehen muss, nur in einer homosexuellen Beziehung die Geborgenheit finden zu können, die ich ein Leben lang vergeblich in den Beziehungen zu Frauen gesucht habe.

M'P: Und so interpretieren Sie auch den Namen, den Sie dem jungen Mann, mit dem Sie sich im Übrigen auch sprachlich nicht verständigen konnten, gegeben haben: Davidoff.

L: Ja, mir wird klar, dass ich ihm diesen Namen gegeben habe, obwohl er ja eine Meerschaumpfeife rauchte und keine Zigarren, weil sich darin meine Abwehr gegen genau diese Erkenntnis findet. Der kleine homosexuelle David kämpft gegen den Goliath meiner Prägungen und muss scheitern. Und deshalb nehme ich ihn zwar mit auf mein Hotelzimmer, aber ich benenne ihn gleich mit einem abwehrenden Namen: Davidoff, also David off! David, hau ab! Sozusagen.

M'P: Was sagen Sie zu der These, dass es sich bei Ihrer Erzählung gar nicht um ein authentisches Erlebnis, sondern um eine Aneignung von Camus' L'étranger handelt? Gewisse Parallelen lassen sich nicht von der Hand weisen: dort der Tod der Mutter, hier der Tod der Großmutter, dort die Ermordung des Arabers, hier die Gefangennahme des Arabers, während die polizeilichen Ermittlungen durch psychoanalytische Reflexionen ersetzt werden.

L: Darüber war ich, ehrlich gesagt, völlig erstaunt, weil ich überhaupt nicht an Camus gedacht habe, wie es ja oft ist, wenn man sich in der eigenen Biografie bewegt, dass einem ganz augenfällige Gemeinsamkeiten einfach entgehen. Allerdings würde das dann auch das Argument entkräften, ich hätte mich eines kolonialistischen Blicks bedient auf den schönen ungezähmten, sexuell freien Wilden, was natürlich Unsinn ist. Schließich besiegt mich der junge Araber am Ende.

M'P: Was nicht unbedingt gegen einen kolonialistischen Blick sprechen muss.

L: Natürlich, da haben Sie recht, aber ...

M'P: Das Kapitel schließt mit einer relativ lakonischen Beschreibung des letzten Tages dort in Saint-Étienne in Ihrem Hotelzimmer, in dem Ihr arabischer Freund die letzten Tage mehr oder minder freiwillig und in einer Art Dämmerzustand verbracht hat, ohne dass es bislang zu einem sexuellen Kontakt gekommen war. Während Sie ihm noch ein Abschiedsgeschenk sowie ein gemeinsames Essen in Aussicht stellen, steht er auf und entkleidet sich. Ich zitiere: »Zu meinem großen Erstaunen sprach er ein fließendes und akzentfreies Französisch und gab mir zu verstehen, dass er nun, bevor wir uns trennten, mit mir verkehren, und dass er dies nicht umsonst, sondern für eine bestimmte Summe Geldes tun wolle. Ich versuchte mit seinem Ansinnen scherzhaft umzugehen, setzte mich jedoch, als er nicht nachließ, mit eindrücklichen Worten und Gesten zu Wehr. Er ließ sich dadurch in keinster Weise beeindrucken. Vielmehr zog er sich aus, stellte sich vor mich, und während er mir mit lauter Stimme klarmachte, dass er sich nicht abweisen lasse, richtete sich zu meinem Erstaunen sein Glied zu einer bewundernswert strammen Erektion auf. Ich wurde durch diesen Anblick nicht nur abgelenkt, sondern in eine tiefe Verwirrung gestürzt. Mir wurde schwindlig, und ich war kurz davor, sein Glied wenigstens mit der Hand zu umfassen, wenn nicht gar in den Mund zu nehmen. Ich suchte in meinem Jackett nach Geld und streckte ihm alle Scheine hin, die ich bei mir trug, vielleicht vier oder fünf Hunderter. Er sagte mir, ich solle das Geld hinlegen, er würde es sich nehmen, sobald wir fertig seien. Ich erwiderte darauf, dass er das Geld einfach so nehmen solle und mich bitte in Ruhe lassen, da ich, obwohl er mir durchaus etwas bedeute, kein Interesse an Verkehr mit ihm habe. Dennoch erregte mich sein größer werdendes Glied, und ich merkte etwas peinlich berührt, dass auch ich eine, wenn auch vergleichsweise schwache Erektion bekam, sich mein Glied zumindest regte. Er warf mich aufs Bett und sprach nun etwas auf Arabisch, das ich nicht verstand. Er zog mir die Kleider vom Leib. Ich hatte Angst, weil ich nicht wusste, was er mit mir vorhatte, dennoch verspürte ich gleichzeitig eine gewisse Erregung. Er sagte mir ein weiteres Mal mit ernster und beherrschter Stimme, dass er das Geld benötige, aber nur bereit wäre, es zu nehmen, wenn wir zuvor eine wie auch immer geartete sexuelle Handlung vornehmen würden. Ich weiß nicht, warum ich mich in diesem Augenblick, obwohl ich erregt war und mir auch die Logik der Situation hätte sagen müssen, dass es besser wäre, ihm nachzugeben, als mich zu wehren, weiterhin beharrlich weigerte, auf sein Ansinnen einzugehen. Ich begann sogar zu schluchzen und zu wimmern. Weniger aus Angst als aus dem Gefühl, von meinen widerstrebenden Empfindungen erdrückt zu werden. Er drehte mich auf den Rücken, zog den Gürtel aus meiner am Boden liegenden Hose und band damit meine Füße fest zusammen. Dann ging er ins Bad und riss die beiden Schnüre, die als Handtuchhalter dienten, von der Wand, um damit meine Hände an das Bett zu fesseln. Anschließend zog er sich an. Er setzte sich neben den wackligen Tisch auf den

Stuhl, stopfte sich die Meerschaumpfeife und zündete sie an. Über eine halbe Stunde saß er dort, schaute aus dem Fenster und rauchte. Ich wagte kein Wort zu sagen. Schließlich legte er die Pfeife auf den Tisch, stand auf und verließ das Zimmer. Die 500 Franc auf dem Bett neben mir hatte er nicht angerührt. Ich habe sie dem Zimmermädchen gegeben, das mich gegen Mittag vorfand und aus meiner misslichen Lage befreite.«

L: Ja, diese Umkehrung …

M'P: In der manche auch Baudelaire wiedererkennen.

L: Baudelaire?

M'P: Das Gedicht aus dem Spleen de Paris, in dem er beschreibt, wie er einen Bettler angreift, bis dieser sich endlich wehrt und ihn zusammenschlägt. Anschließend teilt er seine Barschaft mit ihm, weil sie nun einander gleich sind.

L: Das mag sein, aber da verortet man mich auch viel zu sehr in der Literatur.

M'P: Hatten Sie nicht einmal literarische Ambitionen?

L: Früher, ja. Als ich nach Paris kam, natürlich. Aber, um es mit dem von mir seinerzeit sehr verehrten Blaise Cendrars zu sagen: J'étais déjà si mauvais poète que je ne savais pas aller jusqu'au bout.

M'P: Es gibt Stimmen, die Ihnen auf literarischem Gebiet mehr Können zusprechen als auf therapeutischem.

L: Vielleicht sollten wir deshalb auch lieber auf meine Arbeit zu sprechen kommen.

M'P: Ja, am besten, wir fangen da noch mal mit Ihrer ersten Veröffentlichung an, das war eine Art Weiterführung eines Gedankens von Georges-Arthur Goldschmidt, der wie Sie in Deutschland geboren wurde und dann, wenn auch natürlich aus gänzlich anderen und wesentlich dramatischeren Umständen, ebenfalls nach Frankreich kam und hier seit vielen Jahrzehnten lebt und auch auf Französisch schreibt.

L: In seinem Buch »Quand Freud voit la mer« beschäftigt sich Goldschmidt unter anderem mit der Übersetzung der Freud'schen Terminologie ins Französische und schlägt vor, das Es anstatt wie bislang mit Ça, mit dem Pronomen En wiederzugeben, weil es gleichzeitig vage und präzise ist, sich auf etwas bezieht, ohne davon (en) zu sprechen. Ich fand diesen Vorschlag ungemein plausibel, mehr noch, er hat mein Denken in eine ähnliche Richtung geöffnet, und so habe ich in meinem Aufsatz quasi in einer Erweiterung vorgeschlagen, das Es aus Freuds zweiter Topik im Französischen mit dem Accent circonflexe (^) zu bezeichnen. Dieser Akzent steht für etwas in der Schrift und auch der Sprache, das früher einmal sichtbar war und mittlerweile fehlt, nämlich das S (Es), wie in Wörtern wie île, même, être und so weiter. Es verweist, ähnlich wie das En Goldschmidts, auf etwas, ohne es direkt zu benennen, doch ist es gänzlich verschwunden, reduziert zu einem diakritischen Zeichen, das sich mit einem anderen Buchstaben, einer anderen Instanz, verbindet.

M'P: Und daraus hat sich dann Ihre sogenannte Fremdsprachentherapie entwickelt.

L: In gewissem Sinne ja. Später habe ich dann, das würde ich gerne noch an dieser Stelle erwähnen, den Accent circonflexe nicht mehr dem Freud'schen Es, sondern dem impliziten Gedächtnis zugeordnet, das von unserem narrativen Gedächtnis unterschieden ist und auch keinen Zugang zu unserer Sprache besitzt. Aber das nur nebenbei. Ja, ich habe dann angefangen, mit meinen Patienten dahingehend zu experimentieren, dass ich gesagt habe: So, wir lernen jetzt eine neue Sprache, und diese Sprache lernen wir ausschließlich, um unsere Problematik ausdrücken zu können.

M'P: Wie hat man sich das vorzustellen?

L: Wenn jemand zu mir kam, dann habe ich ihm gesagt, wir machen unsere Therapie auf Deutsch.

M'P: Auch wenn er kein Wort Deutsch sprach?

L: Das war sogar die Voraussetzung. Es war wie ein Sprachunterricht, der sich der Immersion bediente, also des völligen Eintauchens in das Fremde, von der ersten Sitzung an.

M'P: Und das funktionierte?

L: Ich habe da ganz erstaunliche Erfolge erzielt. Allerdings, das muss ich dazusagen, war das zu einer Zeit, wo ich selbst sehr offen war für jede Form des Experiments, und wahrscheinlich bin ich dabei auch oft über das Ziel hinausgeschossen, denn für jeden ist solch eine Form der Therapie bestimmt nichts. Andererseits ist es ein wirklich rührendes Gefühl, was nur mit der Empfindung zu vergleichen ist, wenn eine Mutter ihr Kind das erste Mal eigene Wörter sprechen hört, wenn der Patient in dieser ihm neuen und fremden Sprache über seine Problematik spricht. Ein ungeheurer Vorteil besteht darin, das wissen Sie wahrscheinlich auch aus eigener Erfahrung, dass man in einer fremden Sprache nur schlecht oder gar nicht lügen kann, auch dass man nicht um die Dinge herumredet, weil man es ebenfalls gar nicht kann. Da kam ich oft viel schneller zu einem ersten Erfolg. Später habe ich das Konzept entsprechend verfeinert und variiert, oder nur als Teil der Therapie eingesetzt.

M'P: Wie kam es dann zur Therapie-Entwicklungs-Therapie?

L: Ich bekam Besuch von einem ehemaligen Schulfreund aus Deutschland.

M'P: Dabei handelte es sich um den bewussten Timo, der später Ihrem Buch »Generationskomplex Timotheus« seinen Namen gab.

L: Ja, genau.

M'P: Und der auch sonst in Ihrem Leben eine nicht ganz unbedeutende Rolle spielte. Aber darauf kommen wir bestimmt noch.

L: Nun, ich weiß nicht. Auf alle Fälle hatten wir uns bestimmt 25 Jahre nicht mehr gesehen, als er zu mir kam, denn ich war seit meiner Übersiedlung nach Frankreich Ende der siebziger Jahre nicht mehr in Deutschland gewesen.

M'P: Kein einziges Mal?

L: Nein, kein einziges Mal.

M'P: Wollen wir vielleicht an dieser Stelle darauf eingehen, warum das so war – oder auch immer noch so ist, wenn ich recht informiert bin?

L: Ich weiß nicht, ob das überhaupt nötig ist, aber ich würde jetzt gern mal einen Moment bei meiner Therapie bleiben und das nicht gleich wieder aus den Augen verlieren.

M'P: Natürlich, gerne.

L: Dieser Schulfreund hatte wohl von mir gehört, und da er seit Längerem unter bipolaren Störungen litt, die nur schwer zu therapieren waren, suchte er mich auf. Und da geschah etwas sehr Merkwürdiges, denn eigentlich hätte ich ihn genauso mit meiner Sprachimmersions-Therapie behandeln können, eben nur umgekehrt, dann auf Französisch, aber darauf bin ich, ganz ehrlich gesagt, einfach nicht gekommen. Ich habe später oft darüber nachgedacht, weshalb nicht, und ich denke mittlerweile, dass es eine eigenartige Identifizierung mit meinem alten Schulfreund gab, ich ihn im Grunde, auch wenn wir uns lange nicht gesehen hatten, nicht behandeln konnte und auch nicht hätte behandeln sollen. Aber damals, ja, da war mir der Blick darauf irgendwie verstellt.

M'P: Dennoch hat sich ja aus dieser Begegnung eine ganz wesentliche und neue Therapieform entwickelt.

L: Das ist richtig. Es waren zwei Wege, die ich parallel verfolgt habe. Zum einen gab es die sogenannte Therapie-Entwicklungs-Therapie, bei der ich mit dem Patienten gemeinsam eine Therapieform erarbeite, vielmehr, der Patient entwickelt eine Therapieform, die es ihm ermöglicht, seine Konflikte zu lösen. Gleichzeitig habe ich die Kontext-Therapie entwickelt, bei der sich der Patient einen historischen oder geografischen, einen familiären oder gesellschaftlichen Kontext vorstellt, innerhalb dessen er quasi konfabulatorisch Erinnerungen produziert. Wenn Sie einem Patienten zum Beispiel erlauben, sich an die Nazizeit zu erinnern, obwohl er damals noch nicht gelebt hat, dann treten erstaunliche Dinge zutage, und man gelangt oft auf den Ursprung realer Traumata. Die Historie liefert einen bestimmten Rahmen, um überhaupt erzählen zu können, was man sonst nicht einordnen kann, weil die eigene Erinnerung nicht in eine bestimmte Zeitform passt. Es ist einerseits eine Übernahme fremder Historien …

M'P: Damit entfernen Sie sich aber recht weit von der klassischen Psychoanalyse, der Sie sich doch anscheinend immer noch zugehörig fühlen.

L: In meiner Studienzeit …

M'P: Könnten wir vielleicht an dieser Stelle auf Ihre Jugend und Ihre politischen Verstrickungen zu sprechen kommen?

L: Wenn Sie mich den einen Gedanken bitte noch zu Ende führen lassen.

M'P: Natürlich.

L: Wie gesagt, in meiner Studienzeit musste man sich entscheiden, entweder für den Marxismus oder für die Psychoanalyse, der Versuch, beide zusammenzudenken, galt schon bald als gescheitert. Und ich als Marxist musste die Psychoanalyse hassen und hasste sie auch, obwohl ich damals genauso wie andere Literatur zumindest die populären Freudwerke gelesen habe. Die Psychopathologie des Alltagslebens, die Traumdeutung, die Vorlesung über Hysterie, das alles war noch vor den blauen Bänden eine wichtige Entdeckung gewesen, dennoch musste ich mich später gegen die Psychoanalyse wenden. Und jetzt bin ich selbst Analytiker, aber ich glaube, dass die besten Analytiker die sind, die sich eben nicht der Psychoanalyse verpflichtet fühlen, so wie die besten Marxisten die sind, die sich nicht der Lehre von Marx, geschweige denn ihren ideologischen und realen Umsetzungen verpflichtet fühlen, die besten Christen diejenigen sind, die nicht an Gott glauben, eben alle, die nicht der Ideologie und des Glaubens bedürfen, aber dennoch die Kraft der einzelnen Lehre erkennen. Weil die Ungläubigen nicht die Lehre verteidigen müssen, weil jeder Lehre das Gebot »Du sollst nicht wissen« eingeschrieben ist, denn jede Lehre beruht auf Fehlern, und nur diejenigen, die diese Fehler sehen können, weil sie nicht an die Lehre glauben, können die Lehre wirklich

umsetzen und weiterentwickeln. Indem ich nämlich an die Lehren der
Kirche glaube und mühsam versuche, die über Jahrtausende in ihr angesammelten Widersprüche aufzulösen, indem ich an die Lehre Freuds
als Welterklärungsmodell glaube und versuche, seine Widersprüche und
blinden Flecke, seine gesellschaftlichen Fehleinschätzungen zusammen
mit seinen oft fragwürdigen Nachfolgern in eine einheitliche und stim-
mige Lehre zu inkorporieren, werde ich Opfer eines Wahnsystems.

M'P: So deutlich würden Sie das formulieren? Ich frage nur nach, weil
Sie das vielleicht etwas relativieren wollen in der Druckfassung …

L: Nein, nein, das kann so bleiben. Es geht doch darum zu sehen, dass
Freud natürlich nicht recht hatte, aber die Psychoanalyse dennoch ein
brauchbares Denkmodell liefert, Marx natürlich schon eher recht hatte, dennoch nicht als Ideologie taugt, und dass das Christentum natürlich nicht recht hatte, niemand recht hatte, und der einzige Vorteil, bei
allen sonstigen Schwierigkeiten, den ich für meine Generation sehe, ist
das Wissen oder meinetwegen die Ahnung, dass wir eben nicht ein System haben, auf das wir uns verlassen können, weil wir die Lügen der
Großväter mit dem Verschweigen der Eltern mit dem blinden Aktionismus der großen Brüder, dass wir das alles bestenfalls integriert haben in
ein Nicht-Wissen. Als mir das klar wurde, kam ich auf die einzig wirklich neue Idee, die ich entwickelt habe, die darin besteht, jeden Patienten, wie schon gesagt, seine eigene Therapie entwickeln zu lassen, ihm
durch Empathie und Anerkennung dessen, was er imaginiert und konfa-
buliert, zu einer Heilung zu verhelfen. Denn im Grunde ist es zweitran-
gig, ob jemand leidet, weil er gequält wurde, oder weil er sich diese Qualen nur einbildet oder sogar gänzlich erfindet, denn er leidet. Und wenn
ich ihm die Möglichkeit gebe, nicht eingeschränkt durch die eigene Biografie zu denken und vor allem zu empfinden und zu fühlen, wenn ich
dem Analysanden sagen kann: »Ja, erzähle deine Kindheit, als wäre sie
in der Nazizeit passiert, erzähle sie, als wäre sie in einem märchenhaften
Land passiert, in einem fremden Land«, dann komme ich der Wahrheit
oft am nächsten. Denn das Klischee des Wahnsinnigen, dass er sich für
Napoleon oder Jesus hält, diese Zustände, die im Allgemeinen dazu führen, dass jemand eingeliefert und behandelt wird, die müssen erst einmal anerkannt werden, um herauszufinden, was dieser Mensch als Napoleon oder Jesus sagen oder empfinden würde oder als Nazipimpf oder
als kambodschanischer Flüchtling, um ihm zu ermöglichen, damit seine eigene Welt zu errichten, in der eine Therapie überhaupt erst mög-

lich ist. Dann muss ich auch nicht weiter meine Vergangenheit ableugnen wie viele …

M'P: Das ist sehr interessant, dass Sie das ausdrücklich erwähnen, weil Ihnen ja gerade vorgeworfen wird …

L: Natürlich war ich ein Arschloch damals, und allen, die damals kein Arschloch waren, fällt es oft schwerer, die Vergangenheit zu akzeptieren, weil sie gelitten haben und dieses Leiden, ihr Opfersein, verteidigen müssen, denn man kann das Leiden oft nicht so leicht ablegen wie die Täterschaft …

M'P: Täterschaft ist ein sehr gutes Stichwort …

L: Auch das muss überwunden werden.

M'P: Was?

L: Diese strikte Trennung zwischen Opfer und Täter …

M'P: Aber erlauben Sie mal, das ist doch einfach …

L: Mir geht es doch nicht darum, die beiden anzugleichen oder überhaupt in Relation zu setzen, was eine vermeintliche Schuld angeht, sondern darum, dass beide Zustände Traumata verursachen können und es Kennzeichen des Traumas ist, dass Erinnerungen vom expliziten Gedächtnis ausgeschlossen sind. Wenn ich allerdings einen entsprechenden Kontext schaffe, kann es mir gelingen, Zugang zum impliziten Gedächtnis zu bekommen, traumatisch abgespaltene Erinnerungen in einer Art Konfabulation für das explizite Gedächtnis narrativ wieder zugänglich zu machen.

M'P: Und gilt das eigentlich auch für Sie? Ich meine, gilt das für jedermann oder nur für schwer traumatisierte Menschen mit entsprechenden Krankheitssymptomen?

L: Ich habe später den Vornamen meines Schulfreundes in meinem Buch »Generationskomplex Timotheus« verwendet, weil ich in der Geschichte des Timotheus eine Art Parabel für eine ganze Generation gefunden habe, nämlich der Generation, der ich selbst angehöre. Die Generation, deren Eltern in der Nazizeit selbst noch Kinder waren, einerseits, und die andererseits nicht zur Studentenbewegung, die ja meist Naziväter hatten, gehörten. Ich würde diese Generation in ungefähr die zehn Jahre 1953 bis 1963 verorten, individuell natürlich um Jahre nach vorn oder hinten erweiterbar. Diese Generation leidet verkürzt gesprochen an dem sogenannten Timotheus-Komplex.

M'P: Und hat das auch etwas mit dem Baader-Meinhof-Komplex zu tun und mit Ihrer persönlichen Vergangenheit?

L: Wie bitte? Ich verstehe nicht ganz, glaube ich.

M'P: Sie kennen das Buch nicht, »Der Baader-Meinhof-Komplex«?

L: Ich habe davon gehört, es aber nicht gelesen, falls Sie das meinen.

M'P: Das ist verwunderlich, oder vielleicht auch nicht, weil Sie ja aus eigener Erfahrung darüber Bescheid wissen, sich also nicht aus zweiter Hand darüber informieren müssen.

L: Ich weiß zwar nicht, worauf genau Sie anspielen, ich nehme an auf meine deutsche Vergangenheit …

M'P: Genau, wodurch sich die Frage stellt, ob sich das überhaupt auf ein anderes Land übertragen lässt, was Sie da …

L: Interessant, dass Sie das sagen. Sie haben natürlich das Glück, viel später geboren zu sein, wenn ich Ihr Alter richtig einschätze, aber vielleicht betrifft es Ihre Eltern, denn Sie wissen, dass Frankreich mit Vichy und der gar nicht so glanzvollen Resistance eine durchaus verwandte Geschichte hat. Und ähnliche Phänomene werden Sie, in Abwandlung natürlich, in allen Ländern wiederfinden, nicht nur in denen, die eine Diktatur durchlaufen haben, was es manchmal nicht leichter, sondern noch schwieriger macht. Stellen Sie sich vor, Sie haben nicht nur eine Generation ohne sichtbare Schuld, sondern eine scheinbar schuldlose Vergangenheit über die letzten 200 Jahre, da muss man dann anders rangehen, vielleicht mit einer geografischen Verlagerung. Oder man geht ins Mythische, ins Märchenhafte, ins Erfundene, das sich dann oft als gar nicht so fantastisch herausstellt.

M'P: Und was genau hat es mit diesem Timotheus auf sich?

L: An der Figur des Timotheus hat mich mehreres interessiert, zum einen der Name, Fürchtegott sozusagen, der sich aus timao – fürchten und theos zusammensetzt, abgekürzt als Timo aber nur noch die Furcht behält. Dieser Timotheus taucht fast ausschließlich in der Apostelgeschichte des Lukas auf, ansonsten in den Briefen des Paulus, von denen zwei an Timotheus selbst gerichtet sind. Bei Briefen denkt jeder Psychoanalytiker natürlich an Lacans berühmtes Seminar über Poes Erzählung »The Purloined Letter«, und ich habe in meinem Buch zwei Kapitel dieser Verbindung zwischen den Briefen des Paulus an Timotheus und dem Purloined Letter Poes gewidmet. Lassen Sie mich davon vielleicht einen Aspekt herausgreifen, weil er uns zu einem ganz zentralen Thema führt, ich habe mir nämlich erlaubt, die Bedeutung von purloined nicht von seiner tatsächlichen Etymologie her aufzulösen, purluigner, prolong, postpone, sondern vulgäretymologisch zu lesen, nämlich als pure loin, also reine Lenden. Loin ist, wie Lenden, oder reins, immer auch Synonym für die Geschlechtsteile, und Paulus hat in diese pure loins tatsächlich einen purloined letter eingeschrieben und versandt. Er hat diesen Brief in den Körper des jungen Timotheus mit eigener Hand eingeschrieben, und allein darin besteht der Zweck des Timotheus in der Apostelgeschichte, nämlich diesen Brief in sich zu tragen. In der Apostelgeschichte geschieht nämlich etwas Einzigartiges, etwas, das von keinem Exegeten wirklich zu erklären ist, etwas, das ich als die Übertragung eines historisch nicht auflösbaren Widerspruchs hinein in den Körper des Timotheus begreife, den Paulus übrigens im ersten Korintherbrief als »mein geliebtes und treues Kind im Herrn« bezeichnet.

M'P: Was verstehen Sie unter Übertragung in den Körper hinein?

L: Das, was jemand bei sich, und das, was eine ganze Gesellschaft verdrängt und in das Körpergedächtnis ihrer Kinder überträgt, in das implizite Gedächtnis, von dem ich bereits sprach. In Kapitel 16 der Apostelgeschichte heißt es dazu: »Darnach begab er«, gemeint ist Paulus, »sich auch nach Derbe und Lystra. Und siehe, dort lebte ein Jünger, Timotheus mit Namen, der Sohn einer gläubig gewordenen Jüdin und eines griechischen Vaters. Diesen wünschte sich Paulus als Begleiter auf der Missionsreise; darum nahm er ihn und beschnitt ihn um der Juden willen, die in jener Gegend lebten; denn alle wussten, dass sein Vater ein Grieche war.« Was hier geschieht, ist unglaublich. Es handelt sich wohlgemerkt um einen Jünger, also um einen bereits gläubigen jungen Mann, den Paulus gern als Begleiter möchte. Dieser junge Mann ist unbeschnitten, obwohl er eine jüdische Mutter hat und das Judentum sich matrilinear vererbt. Aber die Mutter war, wie es heißt, »gläubig geworden«, sehr früh gläubig geworden, wenn sie sich bereits gegen eine Beschneidung ihres Sohnes gewandt hatte, denn jüdische Knaben werden am achten Tag nach der Geburt beschnitten. Paulus selbst wurde rund 32 Christ, befand sich um 50 in Lystra, wo er auf Timotheus traf, dessen Geburtsdatum nicht bekannt ist, von dem wir aber annehmen können, dass er damals um die sechzehn bis achtzehn Jahre alt war, da Paulus ihn schon bald mit wichtigen Aufgaben betraute, unter anderem, einen weiteren Brief aus einem römischen Gefängnis zu schmuggeln. Das heißt, die Mutter des Timotheus war kurz nach dem Tod Jesus' bereits »gläubig« geworden, Timotheus etwa genauso lange Christ wie Paulus selbst. Nun aber beschneidet Paulus den Timotheus. Ein Christ führt einen alttestamentarischen Ritus aus, mit dem ein männliches Geschöpf in die jüdische Gemeinde aufgenommen wird. Ein Christ beschneidet einen anderen Christen. Und diese Beschneidung wird mit demselben Wort, nämlich perietemen, beschrieben, mit dem Lukas einige Kapitel zuvor die Beschneidung des Isaak benennt. Um das Unglaubliche dieses Vorgangs wirklich zu verstehen und damit überhaupt interpretieren zu können, müssen wir kurz in die Geschichte des Saulus zurückgehen. Er war ein pharisäischer Jude mit römischem Bürgerrecht, der, ganz anders als Timotheus, eine Ausbildung zum Toralehrer durchlief und, wie allgemein bekannt, zu einem der ärgsten Verfolger der Christen wurde. Auch innerhalb der jüdischen Gemeinde bestand er auf einer Beschneidung von bekehrten Heiden, die damals oft erlassen wurde, um eine Bekehrung zu erleichtern. Geht man also vom alten Saulus aus, so ist sein Verhalten gegenüber Timotheus völlig verständlich, doch wir befinden uns fast zwei Jahrzehnte nach seiner Bekehrung, und mittlerweile ist die Taufe an die Stelle der Beschneidung getreten, mehr noch, es geht um ein ideelles Verständnis des Glaubens, das wichtiger ist als ein Befolgen der Riten. Paulus schreibt dazu im zweiten Römerbrief: »Und so wird, der von Natur unbeschnitten ist und das Gesetz vollbringt, dir ein Richter sein, der du unter dem Buchstaben und der Beschneidung stehst und das Gesetz übertrittst«, und etwas später: »Die Beschneidung des Herzens ist eine Beschneidung, die im Geist und nicht im Buchstaben geschieht.« Seine Haltung war also klar, und Paulus war niemand, weder als Saulus noch nach seiner Bekehrung, der um den heißen Brei herumredete. Weshalb also beschneidet er Timotheus? Wegen der Juden, die an dem Unbeschnittenen Anstoß nehmen könnten? Wohl kaum. Nein, es geht um etwas anderes, er will das eigene Erbe, das eigene Körpergedächtnis des Beschnittenen an sein »geliebtes und treues Kind«, an seinen Lieblingsjünger weitergeben. Und Paulus nimmt dabei ganz bewusst in Kauf, dass er sich mit dieser Handlung selbst widerspricht. Ich kann das Ganze hier nur anreißen, was ich aber unter dem Timotheus-Komplex verstehe, das ist, in einer Art Analogieschluss, Folgendes: Die von mir benannte Generation hat Eltern, die keine Nazis waren, aber unter dem Nationalsozialismus aufgewachsen sind, so wie Paulus, der Christ, als Jude erzogen wurde, und beide geben, mehr oder weniger bewusst, ihr eigenes Erbe an ihre Kinder weiter, was für diese Kinder verwirrend ist, wie es für Timotheus verwirrend war, von einem Mann beschnitten zu werden, der die Beschneidung selbst für überflüssig erklärt. Im Falle des Timotheus liegt alles relativ offen, im Fall der Generation Timotheus natürlich nicht. Die Eltern schweigen in den meisten Fällen über das, was sie erlebt haben, sie bemühen sich, rechte Demokraten zu sein, mit ihren Eltern wiederum setzen sie sich in der Regel nicht auseinander, oft sind die tot, haben selbst viel durchgemacht im Krieg und so weiter. Und damit beschneiden sie ihre Kinder, geben ihre verdrängten Erfahrungen und Traumata an deren implizites Gedächtnis, an deren Körpergedächtnis, wenn Sie so wollen, weiter. Und jetzt frage ich Sie, wie soll man an diese übertragene, diese unbewusst vermittelte Erinnerung, diese »Beschneidung des Herzens«, wie es Paulus so treffend beschreibt, herankommen, wie sie erreichen? Und in diesem Zusammenhang habe ich meine Behandlungsform der Therapie-Entwicklungs-Therapie um den bewusst konfabulierten Erinnerungskontext erweitert. Und ich konnte das Konzept an mir selbst ausprobieren. Indem ich mir verschiedene historische oder geografische Kontexte vorlegte, um in ihnen eigene Erinnerungen zu produzieren, merkte ich, wie ich »Erinnerungen« produzieren konnte, die aus dem Nationalsozialismus stammten.

M'P: Aber wie glaubwürdig sind solche Erinnerungen, wenn man schon bei gewöhnlichen Erinnerungen immer den Zweifel mitdenken muss, dass es sich um sogenannte false memories handelt?

L: Sie werden bei allen Therapeuten, gerade im Bereich der dissoziativen Identitätsstörungen, die Auffassung verbreitet finden, dass es bei der Heilung gar nicht so sehr darum geht, ob die Erinnerungen tatsächlich stimmen oder nicht, sondern darum, die Patienten ernst zu nehmen, ihnen zu glauben, sie zu trösten. Und bei meinem Ansatz, ja, man kann verkürzt sagen, da kann man gleich davon ausgehen, dass es sich um falsche Erinnerungen handelt. Aber es geht ja nicht um die Erinnerungen, sondern um den Affekt, den sie produzieren. Die Psychoanalyse geht davon aus, dass dem Analysanden durch die Therapie eine Erinnerung zugänglich wird, die unbewusst war, dass er den entsprechenden Affekt produziert und dadurch geheilt wird. Aber das klappt eben nur mit einer gewissen Art von Erinnerungen, sie müssen dem expliziten, dem narrativen Gedächtnis zur Verfügung stehen. Alle körperlichen, impliziten Erinnerungen können so nicht reproduziert werden.

M'P: Und das gelingt Ihnen mit dem erweiterten Erinnerungskontext?

L: Ich habe zumindest eine Chance. Zahlen kann ich da natürlich bei meinen subjektiven Versuchen nicht nennen. Aber es ist eine weitere Möglichkeit, diese komplex verdrängten Körperstrukturen zu erreichen. Und wenn Sie daran denken, wie Erinnerung, also auch die narrative, explizite Erinnerung funktioniert, wie komplex sich Erinnerungen in verschiedenen historischen Schichten überlagern, dann glaube ich, dass dieser Therapieansatz auch in anderen Bereichen nutzbringend anzuwenden ist.

M'P: Was verstehen Sie unter historischen Schichten?

L: Ein Beispiel: In meiner Geburtsstadt gibt es eine Adolfshöhe, eine Adolfsallee, Adolfstraße und so weiter. Gemeint ist damit der Adolf Herzog von Nassau, der im 19. Jahrhundert im Biebricher Schloss geboren wurde. Aber Adolf war natürlich ein so stark aufgeladener Name im Nachkriegsdeutschland, gerade weil man Hitler allgemein mit dem Vornamen benannte, dass man die Erinnerung nicht aufteilen kann und sagen, wenn ich durch die Adolfsallee gehe, dann denke ich nicht an *den* Adolf, sondern an den Adolf Herzog von Nassau.

M'P: Aber wenn wir jetzt schon einmal bei Ihrer alten Heimat sind und auch bei dem, was Sie gerade ausgeführt haben, sollten Sie dann nicht auch Stellung nehmen zu Ihrer Vergangenheit, denn, wenn ich Sie recht verstehe, ist Vergangenheit keine Privatangelegenheit, weil man sie an andere Generationen weitergibt und damit belastet.

L: Was meinen Sie genau?

M'P: Nun, wie Sie wissen, wurden ja in letzter Zeit gegen Sie gewisse Anschuldigungen laut, dass Sie in Deutschland in den siebziger Jahren an terroristischen Aktivitäten beteiligt waren, dass Sie untergetaucht sind in Frankreich und eine neue Identität angenommen haben.

L: Ich habe davon gehört.

M'P: Und wie äußern Sie sich dazu?

L: Bis jetzt wurde meines Wissens nichts Konkretes gegen mich vorgebracht.

M'P: Und das reicht Ihnen? Einem Mann in Ihrer Position? Gerade, wenn Sie solche Erklärungs- und Therapiemodelle entwickeln …

L: Sie meinen, ich sei nicht glaubwürdig?

M'P: Unter anderem.

L: Das ist eine Diskussion, die man seit sehr vielen Jahren in meiner Heimat am Beispiel Heidegger exerziert. Die Frage, ob die Philosophie eines Mannes einen Wert haben kann, der Antisemit und Nationalsozialist war.

M'P: Und wie stehen Sie dazu?

L: Das muss jeder selbst entscheiden. Man muss sich mit der Philosophie entsprechend beschäftigen, und wenn sie den eigenen Kriterien standhält …

723

M'P: Aber könnte man da nicht auch von einer Art Kompensation oder besser Kanalisation sprechen, dass man das Eigentliche verschweigt und darüber dann eine Philosophie zimmert, die sich scheinbar mit etwas anderem, aber offenbar doch mit demselben beschäftigt? Denn wenn Heidegger an der Philosophie seit Descartes kritisiert, dass sie die Realität einfach in zwei Teile trennt, also einerseits den Geist und dann die Welt, die diesem Geist gegenübersteht, während er versucht, diese Trennung, diesen willkürlichen Schnitt, durch seinen Begriff vom Dasein wieder aufzulösen, dann hat er doch in Wirklichkeit erneut eine Trennung vorgenommen, nämlich die zwischen dem Politischen und dem Philosophischen, letztlich zwischen dem Privaten und dem Philosophischen, denn er verschweigt, zumindest ab 1935, dass er von den Nazis nur enttäuscht ist, weil sie ihm nicht nazihaft genug waren, er verschweigt, dass er weiter und bis zuletzt ein Blut-und-Boden-Denker und Antisemit ist, und versucht dennoch den Spagat, eine Philosophie zu verfassen, die nicht abstrakt ist, obwohl sie doch letztlich abstrakt sein muss, weil sie ja den verfemten Teil ausschließt.

L: Aha, der verfemte Teil. Bataille. Ein interessantes Thema ...

M'P: Ich möchte aber gern bei Ihnen bleiben, bei Ihrem verfemten Teil, wenn ich es einmal so formulieren darf. Interessanterweise wurde genau dieser Patient, Ihr ehemaliger Schulfreund, aus dessen Namen sie den Komplex einer ganzen Generation entwickelt haben, festgenommen, und er scheint es auch zu sein, der Sie massiv belastet.

L: Ich sagte bereits, dass dieser Timo, ein alter Klassenkamerad, massive psychische Probleme hatte ...

M'P: Die Sie doch mit Ihrer Therapie geheilt haben, wenn ich Sie recht verstanden habe.

L: Geheilt, das ist so ein Begriff. Sehen Sie, wenn Foucault etwa Ärzte beschreibt, die auf die Leiden ihrer Patienten ...

M'P: Bitte bleiben Sie beim Thema, egal, ob geheilt oder nicht. Dieser Timotheus wirft Ihnen vor, in Berlin an Anschlägen auf eine Begegnungsstätte beteiligt gewesen zu sein.

L: Sehen Sie, das ist eine recht komplizierte und darüber hinaus sehr persönliche Angelegenheit. Dieser Timo und ich, wir waren mal in dieselbe Frau verliebt.

M'P: Nach der ebenfalls bereits gefahndet wird. Sie soll sich irgendwo in Melanesien befinden.

L: Darüber weiß ich nichts. Ich bin allerdings der Meinung, dass damals bestimmt einiges schiefgelaufen ist zwischen uns dreien. Claudia, die bewusste Frau, hatte eine sehr komplizierte Kindheit, wahrscheinlich ein Fall von Missbrauch, Timo war bereits damals depressiv, stark depressiv, mit kurzen manischen Phasen dazwischen. Beide übrigens auch schon in der Jugend mehrfach in psychiatrischer Behandlung.

M'P: Verstehe ich Sie richtig? Sie wollen andeuten, dass es sich bei den beiden um nicht richtig zurechnungsfähige Personen handelt, deren Aussagen keinerlei Wert haben?

L: So würde ich das nicht sagen.

M'P: Aber so klingt es. Es klingt sogar so, als seien Sie der einzig Normale in dieser Dreierbeziehung, und das wiederum legt den Verdacht nahe, dass Sie nicht nur aus Deutschland nach Frankreich geflohen und hier untergetaucht sind, sondern dass Sie in die Psychoanalyse geflohen sind, um sich quasi in ihr zu verstecken.

L: Ich glaube, Sie gehen da jetzt etwas zu weit.

M'P: Finden Sie?

L: Allerdings. Ich fände es wesentlich interessanter, wenn wir uns wieder meinen fachlichen Kompetenzen zuwenden würden …

M'P: Gehört das nicht zusammen? Ich meine, es spricht ja nichts dagegen, dass auch Sie in Ihrer Jugend etwas getan haben, das Sie mittlerweile …

L: Ich sehe mich außerstande, Ihnen darauf zu antworten.

M'P: Aber ich bitte Sie, werter Professor, gerade Sie wollen doch die Trennung …

L: Bitte unterlassen Sie diesen ironischen Unterton: »Werter Professor« …

M'P: Er drängt sich mir leider auf, weil ich, ehrlich gesagt, finde, dass Sie Ihre eigenen therapeutischen Ansätze mit einer solchen Haltung in Frage stellen.

L: Meine Haltung müssen Sie schon mir überlassen.

M'P: Eben gerade nicht, weil doch sonst Ihre ganzen Ausführungen, alles …

L: Was: Alles? Was erwarten Sie denn von mir? Weshalb soll ich mich denn … Ich finde das ungeheuerlich. Nein, wirklich, meine Geduld ist damit …

M'P: Ihre Geduld?

L: Ja, meine Geduld.

M'P: Aber vielleicht berühren wir doch gerade etwas in Ihnen …

L: Wollen Sie sich jetzt auch noch als mein Therapeut aufspielen?

M'P: Das liegt mir fern, ich meinte nur …

L: Dann behalten Sie Ihre unqualifizierten Äußerungen gefälligst für sich.

M'P: Ah, ich verstehe jetzt, was Sie meinten mit der unbewussten Übernahme, dieser Kasernenhofton, den Sie hier plötzlich anschlagen …

L: Ich verbitte mir …

M'P: Nur zu.

L: Nein, das ist völlig sinnlos mit Ihnen. Völlig aussichtslos. Sie wollen mich provozieren.

M'P: Nichts liegt mir ferner.

L: Da, schon wieder. Nein. Aus. Das Gespräch …

M'P: Gespräch?

L: Aus. Schluss. Sie haben es nicht anders gewollt.

91

A Es ist der entscheidende und grundlegende Fehler, mit diesem Vokal das Alphabet zu beginnen. Allein darin liegt der Grund, dass wir uns nie in der Sprache versöhnen können. Was wir für den Anfang halten, mag vielleicht die Mitte sein. Das ursprüngliche Ende jedoch, das komplette, vollständige, zyklische, große O, das Omega, ist der tatsächliche Anfang der Sprache, aus dem als Kinder zuerst das U, dann das A, schließlich E und I hervorgehen. Am Anfang war nicht Chaos, sondern Höhle oder Schlund, waren Meer und Gähnen der gelangweilten Göttin, dea otia, die uns von hinten aufzäumte, weshalb wir beständig und verzweifelt nach unserem Anfang suchen, der uns entkam und immer entkommen wird. A ist der Buchstabe des Betrugs und Verrats, es ist der Buchstabe einer Theorie der Welt fern von ihr.

B Wer das A gesagt hat, begibt sich in den Zwang der Sprache und muss dem A das B nachsagen. Jemandem etwas nachsagen heißt behaupten, das Gesagte gehöre zu ihm. Gleichzeitig sagt man es ihm nach, also hinterher, ist er selbst schon nicht mehr anwesend, spricht man nicht mehr zu ihm selbst, sondern zu einem Dritten. Das Sprechen zu einem Dritten über einen anderen ist das Grundprinzip der Sprache. Allein aus diesem Grund hat sich Sprache entwickelt: aus der Abwesenheit (der doppelten Abwesenheit von dem, der sie schuf, und dem, von dem sie handelt). Das A zwingt mich zum B, das B stößt mich in die Sprache und verbindet sich mit dem A. Die erste Präposition entsteht: ab. Schon am Anfang steht die Ab-kehr, das Ab-gleiten, Ab-rutschen, Ab-winken und so weiter. Unsere Sprache dreht sich gegen die Welt. B ist der Buchstabe des Transits, des Übergangs, jedoch zu einem fremdbestimmten Ende hin.

C Das C bildet die Dreieinheit. Unsere alphabetäre Sprache ist eine christliche. Das C steht nie allein, heftet sich an das H und das K, schiebt sich zwischen S und H. Finden wir es vereinsamt vor, ist es Zeichen für das Fremde. Es klingt wie K oder S und ist nie es selbst. Wenn A der Vater ist, B der Sohn, dann ist C der Heilige Geist, und so erscheint es auch hier nur scheinbar unbehaftet im heiligen Namen des ABC, wobei es doch selbst, nicht vorhanden, sofort wieder in den Text entschwindet, zum reinen Zeichen wird. C ist der Buchstabe des Geistes, der Luft und Bakterie.

D Das D ist der Buchstabe der Dopplung, der Wiederholung, des Stotterns und Zögerns. Weshalb es selbst – unsere Schrift bewahrt den Prozess der Verleugnung – nicht verdoppelt werden kann. Es ist Sinnbild einer deiktischen Weltauffassung. Es sagt »Das dort« und »Der da« und scheint die Fragen des W zu beantworten. Es streckt den Zeigefinger aus und sagt Du, allerdings zu vertraulich, zu schnell, obgleich es sofort wieder in das eigene Zögern zurückfällt. Das Gegenüber des Menschen wird durch das D bezeichnet. Besonders das Tier. Das T entwickelte sich aus dem D wie das P aus dem B. Im Dialekt kehren beide wieder dorthin zurück. Das T ist der Versuch, die nur mangelhaft durch das D vorgenommene Abgrenzung zur Außenwelt bewusst zu vollziehen. Beide sind sie künstliche Buchstaben. D ist der Buchstabe des Anderen, der Umwelt.

E Das E ist die Abkehr von der Welt. Es ist die Übersättigung, der Ekel. Das E zögert nicht stotternd und sich wiederholend wie das D, sondern indem es den Sprachfluss bedeutungslos in sich weiterklingen lässt. Es besitzt nur scheinbar Tiefe, tatsächlich fehlt dort, wo es gedoppelt auftaucht, der Akt der Sinngebung. Das doppelte E ist Kennzeichen eines Bedeutungsmangels, der durch die Suggestion von Breite oder Tiefe kaschiert werden soll. Das Meer, die See, die Leere, die Seele, alles Begriffe, die Dinge bezeichnen, die wir als Hüllen begreifen, in denen sich nichts außer unseren Vorstellungen befindet. So ist das E der Buchstabe der Zahlen, in deren Namen es sich fast immer, und sei's als Umlautanhängsel, versteckt. Das Fehlen des E im Namen der Acht lässt darauf schließen, dass die Acht nichts anderes war als eine Zäsur im Zahlensystem, als der Achtung-Ruf, der uns warnen soll, dass nach der als Letztes überschaubaren Sieben mit ihrer überbordenden Symbolik nun an Zahlenindividualität nichts Neues mehr kommt, sondern es ins beliebig Viele, in die ununterscheidbare Masse, ins Unendliche – dann, wenn die Acht kippt – übergeht. E ist der Buchstabe der Hülle, der Kiste.

F Das F ist der Buchstabe des Unbehagens, der Blöße. Es ist dem Geräusch näher als der Sprache. Es ist ungezähmte Begierde, in der sich

Wut und Tod finden lassen, da mit dem F auch der Atem ausströmt. Das F ist Schwachpunkt der Sprache, weil mit ihm das grobe Bellen, das Fluchen und gedankenlose Aussprechen der durch die Schrift geheiligten Namen zur Verleugnung wird. Es ließ sich nicht durch eine Camouflage des V oder Scharade des P – selbst als zivilisiert geknechteter Buchstabe aus dem B entstanden – zusammen mit dem nachgeordneten H, dem Buchstaben der Stummheit, verdrängen, sondern spukt schwerpunktlos durch Schrift und Sprache, obwohl man ihm langsam die Wörter, die es anführt, zu rauben sucht, indem man sie ersetzt oder streicht (Firmament, Fee, Freiheit usw.). Das F ist der Buchstabe des Ungezähmten.

G Im G findet sich die Gutmütigkeit und Gnade. Es ist das Weiche, das Mütterliche, das selbstverständlich Gebende, das nie wie B und D durch Beiordnung zivilisatorischer Buchstaben geschwächt werden konnte. Im Gegenteil, die Erfindung des K stärkte das G in seiner unangreifbaren Stellung und wies dem K selbst eine Außenseiterposition zu.

H Das H ist, wie bereits gesagt, der Buchstabe der Stummheit. Es ist der Buchstabe des fehlenden Bruders, des Schattens, des Wunsches, all dessen, das von Anfang an verwunschen und verschwunden erscheint. Es ist der Hauch Gottes, der durch den Garten geht. Es ist ein Wort ohne Anfang, das nicht Stammeln ist.

I und J Die beiden Zwillinge.

K Das K ist der Wächter. Es steht zwischen den Felsen und sagt nichts.

L Das L steht am Anfang der Dreiheit von weichen Buchstaben, von denen das L der weichste, das N der härteste ist. Das L markiert ein stummes Singen, es hebt nur an zum Zungenschlag, sagt selbst aber nichts. Gleichzeitig steht es vor der Dreiheit, in der das selbstbezügliche M in seiner Nichtung durch das N auf Gott im O verweist. Es ist damit auch Zeichen des Außenstehens, die Umkehrung des P, das die Dreiheit auf der anderen Seite abschließt. In seiner negativen und unentschiedenen Ausprägung hingegen der Buchstabe der Laschheit, der weder warm noch kalt ist, der nicht wagt, die Mitte zu bilden, um noch an einem Dutzend Anteil zu haben.

M Das M ist der besitzanzeigende Buchstabe an sich. Es ist, als würde das M auf die Brust verweisen, der es zu entsteigen scheint. Es bringt in seinem Summen den Körper zum Vibrieren, umgeht dabei die Artikulation der Lippen und der Kehle.

N Das N verneint. Es ist drei Viertel des Ms, dessen dialektischen Aufstieg es von sich gewiesen hat. So muss es in der Negation verharren, es sei denn, es verweist in der Dreierfügung von M, N und O vom Eigenen, das es verneint, auf das Göttliche.

O Das O ist der Buchstabe Gottes, nicht nur weil er als Omega einst das Alphabet beschloss, sondern weil Gott nie der sichtbare Gott ist, sondern das, was sich hinter seinem Bild verbirgt. Deshalb schrieb man Gott als GOtt. Die Gnade des G lässt das göttliche O über das zweifache Kreuz des Menschentodes hinwegstrahlen und verkörpert so den Verlauf der Schöpfung. Heute, jenseits jedes möglichen Glaubens, wo Glauben selbst nur Denkfigur sein kann, müsste man gOtt schreiben. Die Gnade ist verloren, stattdessen ist es der ewige Kreislauf, als dessen Tangenten Tod und Bild verharren.

P Das zivilisierte B. Gleichzeitig der andere Teil des Rahmens für die Dreiheit M, N und O. Das P ist der Anfang hinein in die unbewegte Selbstbezüglichkeit der Schrift.

Q Das Q ist die Ausnahme, die jede Regel benötigt, um bestehen zu können. Das Q ist in Wirklichkeit kein Buchstabe, es ist der Ausbruch aus dem Alphabet, das, was nichts bedeutet (so wie das Y *nichts mehr* bedeutet). Es wird mitgeschleppt und mitaufgezählt, und doch ist seine Existenz ein Abstraktum. Es ist ein Elementarteilchen, das es geben muss, doch niemals durch den Menschen zu isolieren. Mehr noch: Im Q öffnet sich mehr als in jedem anderen Buchstaben die Tür zur weißen Seite, der Schriftlosigkeit. So mag das Q als Überbleibsel einer fremden und anderen Kultur auf ewig unsere Schrift bedrohen, sodass wir es, gleich dem einen Buchstaben auf der Stirn des Golem, nie auslöschen können, ohne uns selbst der Schrift zu berauben, die sich wie der Golem verselbstständigt und über unsere Sprache erhoben hat, um uns zu beherrschen.

R Buchstabe des Verrats und der Enttäuschung, so wie aus Revolution Russland wurde und aus Recht Rache. Die unabgeschlossene Bewegung des R, das wie ein Blitzableiter in die Erde verläuft, führt zur Reaktion, bereitet Boden und Blut vor, in das es seine Energie leitet. Reflexe zeichnen sich im R ab. Reize auf der Retina.

S Die Versuchung. Der Haken an jeder Sache. Die Fessel um Handgelenke und Knöchel. Die Schlange, die uns besiegt. Das Nichtabgeschlossene. Zwei Hände greifen in die Leere und können sich nicht zur Acht schließen, sich nicht in den Schlaf der Unendlichkeit legen. Aufrecht steht das S und hat doch keinen Halt. Es schwankt.

T Buchstabe der Dämmerung, der trügerischen Ruhe. Tag beginnt und Nacht endet mit ihm. Zeit und Ewigkeit laufen gleichermaßen auf ihn hinaus. Er ist aus dem Wort Polizei ausradiert und beherrscht es dennoch gleichermaßen.

U Verbindet nicht nur als Halbkreis zwei Strecken. Verbindet Wörter. Ist allein als Abkürzung kräftig genug, heftet sich dennoch gern an andere Vokale.

V Wie sich aus dem B das zivilisierte P, aus dem D das überlegene T entwickelte, wurde der unbegrenzten Begierde, der rasenden Wut, der todeswütigen Ekstase des F das vornehme und angepasste V beigegeben. Anders als P und T unterscheidet es sich noch nicht einmal im Klang vom F, aus dem es entstand; und versucht es dies, indem es sich fremdsprachig gebärdet, so neigt es zum Verstummen. Es ist da, um den ungehinderten Klang des F zu verleugnen und zu diskriminieren, ihm eine schriftliche Unsicherheit beizumischen, die alles, was das F an Ungezähmtem ausströmt, abfängt und umdeutet. V ist der Buchstabe der grauen Theorie, der Intrige, Verleugnung und Spionage.

W Das W ist der Buchstabe der Frage. Es steht drei Buchstaben vor dem Ende, so wie das D, das ihm antwortet, drei Buchstaben nach dem Anfang zu finden ist. Es ist der Konsonant der Überlegung, des Innehaltens, bevor die Sprache sich entfaltet, ein Windhauch, der die Silben bewegt.

X Das X sagt nichts selbst, obgleich es für alles zu stehen scheint. Es ist ein in sich geschlossener Chiasmus, dessen Logik allein darauf beruht, dass er sich immer wieder in einem Zirkelschluss selbst bestätigt. Er ist Sinnbild der Exotik, und obgleich er ausstreicht, bestätigt er das so Markierte und hebt es hervor.

Y Das Y ist der Buchstabe des Verlierens und des Vergessens, aber auch des Überkommenen und der Antike. Das Y hatte einmal einen Sinn. Heute ist es sinnloses Zeichen, Astgabel oder Kreuzweg, an dem Söhne ihre Väter erschlagen, um sich selbst aus der Sprache zu befreien. Es ist Zeichen des unvollendeten Kreuzes, des Rufenden in der Wüste. Es war einmal alles, nun ist es nichts.

Z Das Z weiß nicht, wie es sich selbst spricht. Es steht am Ende des Alphabets und hat dennoch das Gefühl, nicht dort hinzugehören. Kann es sich nur über alle anderen Buchstaben hinweg mit dem A verständigen, oder gibt es eine schnellere Verbindung, bedeutet von A bis Z vielleicht nichts weiter als eben A und Z, da es nichts dazwischen gibt und die anderen Buchstaben in der Kopplung der beiden verschwinden? Das Z ist der Buchstabe der Unsicherheit, des Nichtwissens um die eigene Stimme.

92

Autobiografische Vorrede zum vierten und letzten Teil der Erfindung der Freundlichkeit

(tatsächlich autobiografisch diesmal)

Immer weiter suche ich fast süchtig nach Biografien von Schriftstellern, die unter jahrelangen Schreibhemmungen litten, am besten noch gekoppelt mit Depressionen, so wie bei Uwe Johnson, wobei mir dann mein fortgeschrittenes Alter als Makel erscheint, weil andere, neben mehr oder weniger vollendeten Werken, zumindest den Tod vorzuweisen haben, während ich selbst wie ein Verräter noch lebe und die Lange Reihe entlanggehe mit einem Kunstband unter dem linken Arm, in einer Plastiktüte verpackt, in der rechten Hand ein Stück Leipziger Nusstorte, von der sich später beim Tee herausstellt, dass sie so gut wie keinen Boden hat, sondern nur aus einer Art Walnusscreme mit Marzipanüberzug besteht, also etwas unausgewogen ist für meinen Geschmack. Ich lese beim Löffeln der Torte, dass Johnson sich 1979, fünf Jahre vor seinem Tod, das Schreiben mühsam wieder beibringen musste, und überlege, wie ich mir das Schreiben wieder, meinetwegen auch mühsam, beibringen könnte. Warum?, frage ich mich, und finde sogleich drei Antworten, die mich jedoch nicht wirklich zufriedenstellen und die sich darüber hinaus gegenseitig zu widersprechen scheinen. Zum einen, denke ich als Erstes, müsste ich nicht immer wieder auf die Frage, was und ob ich schreibe, lügen. Zum anderen würden sich vielleicht durch das Schreiben das Asthma und diese entstellende Hautkrankheit mildern, unter der jetzt auch noch mein jugendlicher Protagonist leiden soll – bei mir eine angeblich unheilbare Altersakne mit dem schönen Namen Rosacea, bei ihm eben eine Akne vulgaris, heilbar, aber vielleicht Ursache erster Narben und Verunstaltungen. Ich denke vulgärpsychologisch – und empfinde dabei nicht die Psychologie, sondern mich als vulgär, im Sinne von einfältig und naiv –, dass das, was mir rotflammend mit aus- und abquellenden Pusteln ins Gesicht geschrieben steht, vielleicht verblasst, am Ende sogar verschwindet, wenn ich mir wieder das Schreiben beigebracht habe. Drittens meine ich, etwas zu erzählen zu haben, obwohl ich das immer nur recht kurzzeitig meine und die meiste Zeit eher nicht meine, weshalb man drittens auch streichen kann.

Der Kunstband stammt wie die Nusstorte, oder besser deren Name, zufälligerweise auch aus Leipzig, aus dem dortigen Museum, und behandelt eine Gegenüberstellung von Willi Baumeister und Karl Hofer. Diese Gegenüberstellung finde ich aus ganz persönlichen Gründen interessant. Und wieder sind es magische drei Gründe: Erstens sind beide Maler in meinem Geburtsjahr gestorben. Zweitens gab es bei Kunst Schäfer, wo ich im Alter meines Protagonisten Karten für meine Kunstpostkartensammlung kaufte, vor allem Willi-Baumeister-Karten, die ich auch erwarb, obwohl mir seine Bilder nicht sonderlich gefielen. Ich muss dazu sagen, dass es Willi-Baumeister-Karten in dem Bereich gab, der die moderne, und das war damals noch vor allem die abstrakte Kunst, vertrat, und da mich alles Moderne interessierte, nahm ich ihn mit, weil er wenigstens nicht gegenständlich und realistisch war, was ich ablehnte. Natürlich nicht den Surrealismus oder die Wiener Schule, aber alles, was ich unter eine spießige Tristesse subsumierte, wie etwa auch Karl Hofer, den ich scheußlich fand. Drittens: Irgendwann veränderte sich mein Geschmack, ohne dass ich es bemerkte. Ich erinnerte mich nach langen Jahren, in denen ich nicht mehr an Willi Baumeister gedacht hatte und auch nichts über ihn gehört hatte, da er in den Siebzigern und Achtzigern in Vergessenheit geraten war, wieder an ihn, kramte die alten Kunstpostkarten heraus und fand Gefallen an seinen Bildern, die mir, obwohl ich sie damals lediglich einsortiert und nicht weiter betrachtet hatte, doch sehr nah waren und mich an ein Gefühl der Bildbetrachtung, überhaupt ein Verhältnis der Kunst gegenüber erinnerten, wie ich es einmal gehabt haben musste. Karl Hofer war mir mit den Jahren, ohne dass ich mich darum bemüht hätte, ebenfalls vertrauter geworden, mehr noch diese Tristesse, mit der er eine Vorkriegswelt abbildete, die mir damals vielleicht zu nah war, in dieser oft ähnlichen Nachkriegswelt, während mittlerweile durch den zeitlichen Abstand die Stimmung seiner Bilder mit dem leicht melancholischen Gefühl verschmolz, das ich auch in Schwarz-Weiß-Fernsehserien der Sechziger oder der DDR der Siebziger suchte. Gleichzeitig erschienen mir diese beiden Figuren, Willi und Karl, symptomatisch für die dualistische Welt des Nachkriegsdeutschland, das ja selbst dualistisch aufgeteilt war in Ost und West und kommunistisch und kapitalistisch und so weiter. In einem umfangreichen

Monolog, der gegen Ende des Romans kommen sollte, wollte ich den Vater meines Protagonisten, einen Fabrikbesitzer, ausführlich über diesen Dualismus referieren lassen, bevor er ihn mit seiner Geisteshaltung, einer Haltung, die den Neoliberalismus vorbereitet, zu entthronen sucht. Der Witz am Dualismus der Nachkriegswelt lag ja genau in der mir jetzt erst deutlich werdenden Ähnlichkeit derer, die sich gegeneinander positionierten. Die Gegensätze zwischen Hofer und Baumeister waren alles andere als unüberwindlich, verwischten im zeitlichen Abstand immer mehr und entpuppten sich letztlich als Konstrukte, wie die Unterschiede und Feindschaften zwischen Mahler und Bruckner oder den Beatles und den Stones.

Außer in diesem Katalog und in der Johnson-Biografie lese ich noch in Philippe Sollers' »Les Voyageurs du Temps«. Ich hab es zufällig an einer Stelle aufgeschlagen, wo es um die Mütter der Künstler geht, Prousts Mutter, die ihren Sohn im Asthma erstickt, Artaud, der von der ständigen Schwangerschaft seiner Mutter verfolgt wird, Mozart, unberührt vom Tod seiner Mutter (»une magnifique sonate quand même«), Céline, und natürlich auch im Leben Johnsons, den Sollers nicht erwähnt, spielt die Mutter eine problematische Rolle. Zum einen versucht sie, das Schielen auf dem linken Auge pragmatisch durch eine Augenklappe zu heilen »und durch Entschiedenheit, zum anderen sagt sie wiederholt: Du schielst as een Schafbock«. Doch es war angeblich Fürsorge, die Johnsons Mutter dies sagen ließ, da sie sich für ihren Sohn die Profession des Chirurgen ausgedacht hatte, und wenn man Menschen aufschneidet, benötigt man einen genauen Blick. Welche Eingebung aber rationalisiert hier die andere? Der Berufswunsch die mütterliche Unbarmherzigkeit dem Leiden gegenüber oder die mütterliche Unbarmherzigkeit den Berufswunsch? Weil sie ihre Kinder einfach nicht abnabeln, scheinen die Mütter so grausam, da sie längst nicht mehr das Kind, sondern sich selbst an ihm nähren. Und so kommt der zweite und wirkliche Verrat: Johnson wird von der Hitler verehrenden Mutter aus der ländlichen Geborgenheit von Oma Röhls Stadt und Mine Hüsung in die ferne Deutsche Heimschule nach Kosten bei Posen geschickt. Die Mutter meines Protagonisten besitzt diese Macht augenscheinlich nicht, denn sie ist gelähmt. Doch es gab natürlich auch eine Zeit vor ihrer Lähmung, die sie und die Familie eines Mittags überfällt, während sie gerade den neuen Mixer ausprobiert. Ihre Beine versagen den Dienst, sie muss die

Hände vom Mixerkopf nehmen, durch den Druck öffnet sich der Deckel, und während sie zu Boden sinkt, verteilt sich der Pfannkuchenteig in der frisch tapezierten Küche.

Im Grunde konnte ich die letzten Jahre nicht schreiben, weil mir das Gefühl der Peinlichkeit meinem eigenen Leben gegenüber die Sprache geraubt hatte. Das, was ich erlebte, erschien mir in einem solchen Maße unzulänglich und banal, dass sich das Konstrukt der Unzulänglichkeit auch auf meine Gedanken und Gefühle und von dort auf meine Ideen und Fantasien ausdehnte, weshalb ich am Schluss gar nichts mehr hatte, nur noch eine Leere, in der mich manchmal irgendein Auftrag erreichte, eine Anfrage, für die ich dann einen Text verfassen konnte, weil jemand anderer mich quasi an die Maschine gesetzt hatte. Wenn Bernd Neumann in seiner Johnson-Biografie schreibt: »Wer schreibt, der verbirgt sich. Schreiben gerät darin zur verweigerten Biografie, zum eigentlichen Thema des Schreibens«, benennt das genau den Konflikt, dem ich ausgesetzt war, denn ich konnte mich noch nicht einmal verbergen im Schreiben, da dieses Verbergen zum Hauptthema meines Lebens wurde. Das Leben also verhinderte das Schreiben oder besser: Mein Gefühl dem eigenen Leben gegenüber, die schon erwähnte Peinlichkeit und Unzulänglichkeit verhinderten, dass ich mich ernst genug nehmen konnte, um etwas zu notieren. Der Hautausschlag, pubertär und unrein, tat sein Übriges, er besiegelte mein Schicksal und legte sich wie ein Sarkophag über einen außer Kontrolle geratenen Brüter.

Philippe Sollers schreibt: »Mon corps, lui, est malin: il sait qu'il n'est pas un image, et il a du mérite dans cette epoque terminale de projection. Cela dit, il veut rester maitre à bord, être lavé, nourri, soigné, habillé, reconnu, flatté, desiré, caressé, aimé. Il aime parler, et tente, sans arrêt, de parler à ma place. Il a ses souvenirs, dont je préférais parfois me passer. Et puis les rêves, presque toujours les mêmes«, und dann zählt er die Banalitäten auf, die auch mir regelmäßig im Traum widerfahren, das Auto abhandengekommen, das Handy verloren, was in meinen Träumen noch nie auftauchte, die Ausweispapiere, während man sich weit entfernt an unbekannten Orten befindet. Schon vor über zehn Jahren habe ich jahrelang ein Traumtagebuch geführt und damit wieder aufgehört, nachdem ich Tausende von Träumen notiert hatte, jedoch nicht weniger, sondern immer mehr träumte.

Heute Nacht zum Beispiel betrete ich einen düsteren Uhrenladen. Das Geschäft scheint leer, doch dann entdecke ich hinter einer Säule einen Mann. Er schaut mich stumm, aber auffordernd an, weshalb ich mich ihm nähere. Jetzt sehe ich, dass aus seinem Hinterkopf ein Uhrwerk hängt, von dem er sich selbst nicht befreien kann. Ich nehme seinen Kopf in beide Hände, ziehe ihn jedoch nicht nach vorn, sondern schraube ihn, ohne dass er sich dabei vom Körper löst, fest auf das Uhrwerk. Jetzt kann er sich wieder normal bewegen und nimmt seine Rolle als Verkäufer ein, um einen Herrn zu bedienen, der in diesem Moment gehetzt das Geschäft betritt. Während der Verkäufer ein normales Verkaufsgespräch mit dem Mann führt, weiß ich, dass es sich bei dem Kunden um einen Verrückten handelt, der uns als Geiseln nehmen will. Immer wenn der Verkäufer sich umdreht, um eine neue Uhr aus einer der Schubladen zu holen und dem Mann vorzulegen, läuft der zum Fenster, zielt mit ausgestreckten Armen nach draußen und ahmt Geräusche von Schüssen nach. Nachdem dies einige Male so gegangen ist, hat er tatsächlich ein Gewehr in der Hand, hält es jedoch verkehrt herum, sodass es auf ihn selbst zeigt. Dennoch flüchten wir vor ihm hinter die Säule, an der zuvor der Verkäufer stand. Während der Mann, mit dem auf sich selbst zielenden Gewehr vor sich, weiter im Laden hin- und herläuft, gibt mir der Verkäufer mit Blicken zu verstehen, ich solle das Uhrwerk wieder aus seinem Kopf herausschrauben. Doch es gelingt mir nicht, die Arme zu heben. Der Attentäter fängt nun an, Befehle zu brüllen, die wir nicht verstehen, obwohl sie auf Deutsch sind. Plötzlich fliegt die Ladentür auf, und es kommen, umweht von Herbstblättern, zwei kleine Mädchen in weißen Kleidern herein. Sie tragen ein viel zu großes Transparent, auf dem ich einige unverbundene Wörter ausmachen kann: Zinkkanne, Eichbaumbrücke, Karpfenauge, Rostfraß und Sichelschwung.

93

Die Erfindung der Freundlichkeit

Teil 4
Von der flachen zur Null-Linien-Ontologie
(vulgo: Hirnelektrische Stille)

Langsam sank die Welt an mir vorbei. Oder ich an ihr. Oder Luftblasen an mir. Oder ich an ihnen. Und endlich war das Gefühl der Panik
verschwunden. Ich sank und sank und dachte nach, aber nur, weil sich
das Nachdenken nicht sofort abstellt. Denn was ich dachte, war noch
leerer als eine der Luftblasen, war ohne Inhalt und von so zerbrechli-
cher Form, dass ich es gar nicht richtig zu bedenken wagte, sondern
nur eine Weile in meinem Kopf hinter den Augen behielt, bis es sich
von selbst auflöste, nach unten in die Lunge drückte und mir die Luft
herauspresste. Die Pflanzen, an denen ich vorbeisank, waren aus grau-
em Filz. Jemand hatte sie aus Jugendherbergsdecken ausgeschnitten,
denn ich konnte hier und da das Wort Fußende auf ihren Blättern erkennen. Dahinter war unscharf eine Uhr zu sehen. Es war ein roter We-
cker mit phosphoreszierenden Zeigern, wie ich ihn mir auf dem Nachttisch an meinem Sterbebett gewünscht hätte, weil es in unserer Familie
seit Generationen üblich ist, dass man den Sterbenden diesen roten We-
cker neben das Bett stellt. Mütter erkennen ihre Kinder nicht mehr, die
winkend auf sie zulaufen, und Kinder erkennen ihre Mütter nicht mehr,
wenn sie nach der Schule an ihre Autos gelehnt auf sie warten. Zugegeben, das dachte ich noch, während ich den Boden erreichte. Das Fallen hatte ein Ende, und ich konnte mich hinhocken, während die letzte
Luft aus meinen Lungen strömte und meine rechte Hand wie die einer
Marionette noch einmal neben mir nach oben schwebte, als wollte sie
winken. Es war seltsam, dass ich für eine ganze Weile so bleiben konnte, ohne mich zu rühren. Selbst meine rechte Hand kehrte wieder nach
unten zurück und legte sich zur Linken in meinen Schoß. Und gerade
wunderte ich mich, wie lange man ohne Luft auskommen kann, als ich
gepackt, nach oben gezogen, geschüttelt, in die Brust geboxt und geohr-
feigt wurde. Links und rechts und wieder links. Meine Lippen, die sich

eigentlich nicht mehr hatten trennen wollen, wurden auseinandergezogen, und ein warmer Luftstrom drang in meinen Mundraum und pumpte meine Lungen auf.

Als ich die Augen wieder ein Stück aufmachte, saß Herr Gökhan im Halbdunkel des Zimmers neben mir auf einem Hocker. Mich hatte er zurück auf das Feldbett gelegt. Durch den Schlitz zwischen den beiden Filzdecken vor dem Fenster fiel etwas späte Sonne mit ein paar Staubflocken in das Zimmer. Wie um mich zu orientieren, dachte ich an Gernika. Dann versuchte ich, Herrn Gökhan anzubrüllen. Doch es kam nur ein lächerliches Krächzen aus meinem Hals. Trotzdem wusste er, was ich meinte.

»Ein Wanderer«, sagte er, »der sich während einer Reise am Wegesrand ausgeruht hatte und eingeschlafen war, wurde unsanft geweckt. Erst glaubte er zu träumen, doch als er die Augen öffnete, sah er einen Reiter, der von seinem Pferd gestiegen war und mit einem Stock auf ihn einschlug. Er versuchte sich zu wehren, versuchte den Schlägen auszuweichen, raffte sich schließlich mühsam auf und lief zu einem Apfelbaum, um sich dort vor dem Angreifer zu verstecken. Doch der kam ihm hinterher, sammelte die reifen Früchte vom Boden und stopfte sie dem Durchgeprügelten in den Mund, immer und immer mehr und zwang ihn, sie herunterzuschlucken, bis sein Bauch keinen Biss mehr fassen konnte. Der Reisende fiel erschöpft zu Boden, doch immer noch ließ der Reiter nicht von ihm ab, sondern schlug ihn erneut mit seinem Stock und jagte ihn von links nach rechts und von rechts nach links, bis die Sonne unterging.«

»Und mit diesem Märchen wollen Sie Ihr Verhalten mir gegenüber rechtfertigen?«, fragte ich mit leicht rasselnder Stimme.

»»Du bist der Engel Gabriel der göttlichen Gnade. Gesegnet sei die Stunde, als du mich erblicktest. Denn ich war tot und du gabst mir Leben. Du suchtest mich wie die Mutter ihr einziges Kind. Und ich lief vor dir davon, wie der Esel seinem Herrn zu entfliehen sucht, wie der Narr, der dem Wind zu entkommen glaubt. Bitte bestrafe meinen Fehler nicht. Gepriesen hätte ich dich von Anbeginn, hätte ich um deinen Plan gewusst‹, das antwortet der Geschlagene dem, der ihn packte, so wie ich Sie packte.«

»Ich verstehe Ihre Parabel immer noch nicht, aber vielleicht liegt das auch daran, dass ich immer noch etwas benommen bin von Ihren Schlägen.«

»Diese Parabel löst sich ganz einfach auf. Der Reiter näherte sich dem Schlafenden und sah, wie gerade eine Schlange durch dessen offenen Mund in sein Inneres glitt. Hätte er ihn geweckt und ihm gesagt, was er gesehen hatte, dann hätte den Reisenden sofort die Angst gepackt und der Mut verlassen, und noch im nämlichen Moment wäre er tot vor den Füßen des Reiters niedergesunken. Stattdessen prügelte und fütterte und prügelte er ihn so lange, bis er erschöpft alles aus seinem Inneren zusammen mit der Schlange erbrach.«

Ich schwieg. Was sollte ich darauf sagen? Dass er mich ruhig hätte hinabsinken lassen und wenn nicht, früher hätte erscheinen und mir meine Medikamente bringen können?

»Mohammed lehrt, dass der Schüler geängstigt wird, wenn man ihm von der Dunkelheit in seinem Inneren erzählt, dass er zusammenbricht und stirbt, wenn er sich diese Dunkelheit vorstellt, und er dann keine Kraft mehr hat, zu fasten und zu beten.«

»Ich bekomme sowieso kaum noch etwas runter, und die Dunkelheit in mir, die ist mir mittlerweile ganz gut bekannt. Aber das Beten, ich weiß nicht, ob Sie mir das noch beibringen werden in den letzten Wochen.«

»Rumi war auch nicht mehr der Jüngste, als er Schams traf. Und der brachte ihn erst auf den richtigen Weg.«

Nachdem Herr Gökhan gegangen war und ich weiter so dalag, fiel mir doch noch ein Gebet ein. Es lautete: »Lieber Gott, mach mich fromm, dass ich in den Himmel komm.« Erst war es mir peinlich, nur ein so einfaches Kindergebet hervorstammeln zu können, dann aber dachte ich, wie wunderbar dieses Gebet doch ist, denn es spricht aus dem Unglauben heraus, trägt aber doch den größten Glauben in sich, nämlich den an die Gnade Gottes. Als ich zu Herrn Gökhan sagte, dass er mir das Beten nicht mehr beibringen werde, da tat ich koketterweise so, als hätte ich nie gebetet, als hätte ich mir das Beten nicht mühsam und über viele Jahre hinweg abtrainieren müssen, weil es mir doch so leichtgefallen war, viel zu leicht. Aber dann fiel mir Folgendes ein: »Die Hoffnung ist nur ein Scharlatan, der uns ohne Unterlass betrügt, weshalb für mich das Glück erst dann beginnt, wenn ich sie verloren habe. Gerne würde ich über dem Paradies den Satz anbringen, mit dem Dante die Hölle überschrieben hat: Lasciate ogni speranza, voi ch' entrate.« Dennoch hat Chamfort sich umgebracht. Obwohl er alles nicht nur durchschaut, sondern auch in prägnante Formulierungen hatte fassen können. Oder hat das eine mit dem anderen nichts zu tun, das Durchschauen nichts mit dem Leben, das man leben muss?

Ich lag und schaute an die Decke und dachte: »Warum heißt es eigentlich immer, dass alles ein Kreis sei? Es könnte alles doch genauso gut ein Quadrat sein. Oder war das Quadrat eine allzu menschliche Konstruktion? Schreckte der Mensch am Ende, und wenn es um Metaphysik ging, dann doch vor den Ecken und Kanten zurück? Lauerte die eigene Hybris in den Winkeln? So wie das Ungenügen am Kreuzweg, der immer eine Entscheidung verlangt, während sich der Kreis entscheidungslos um sich selbst dreht?«

Seltsam, das Leben Revue passieren zu lassen. Vor sich selbst kann man es nicht so bequem in Daten fassen wie vor anderen. Dann wieder kommt man auf eigenartige Gedanken. Warum habe ich nicht wenigstens einmal gestohlen? Irgendeinen Betrug eingefädelt, egal wie er ausgegangen wäre? Meinetwegen auch mit Gefängnis. Es muss ja nicht gleich Mord sein.

Was wir zusammentragen, ist doch nur von einem anderen Ort genommen, wodurch jede Zusammenführung gleichzeitig auch Trennung ist.

Ich komme in den Behandlungsraum. Der Regen fließt in langen Schlieren an den Fenstern entlang. Ich setze mich. In einem Reagenzglas senkt sich langsam eine meiner Blutproben. Ich überlege, ob man diesen Vorgang Ausflocken nennt. Zwei Röhren mit Proben meines Rückenmarks verfärben sich grau und sehen aus wie Blei. Im Sommer müssen mir meine Hände drei Wochen lang mit den Handrücken in Höhe der Schlüsselbeine an die Brust genäht werden. Ich werde in den Nebenraum geführt, wo man mir den Behandlungsstuhl und zwei Maschinen zeigt. Es ist noch ein Monat Zeit. »Aber ich muss liegen«, denke ich, »dabei wollte ich ans Meer diesen Sommer. Zwischen den ausgestreuten Nägeln am Sandstrand entlanglaufen. Das Kistenholz schwimmt hoch. Von fern ein Schiff.«

Nach dem Anfall, ich schlief oder war ohnmächtig geworden, gab es nur noch das Bild eines weiten leeren Zimmers in mir. Ich war, anders ausgedrückt, völlig leer. Nicht allein mein Schädel, doch der besonders, weil von ihm das Körpergefühl ausging. Und da mein Schädel leer war, konnte sich dort auch kein Gefühl für meinen Körper einstellen. Ein weißgestrichener Raum, ein überstrahltes Weiß, wie in Zukunftsfilmen der Sechziger, an den Ecken etwas abgerundet, sodass es fast nahtlos in das Schwarz meines langsam verebbenden Pulses überging. In der Mitte dieses raumlosen Raums befand sich eine ockerfarbene Schachtel, die mit einem grauen Bindfaden verschnürt war. Ich selbst war völlig verschoben und ähnlich verzerrt wie diese Empfindungskörperkarte, die wir angeblich im Gehirn haben, mit den Riesenhänden und den aufgepumpten Lippen, nur eben umgekehrt mit winzigem Schädel, kleinen Knopfaugen, eingefalteten Ohren, nach innen gestülpter Nase, nach innen gestülpten Armen und Beinen, nach innen gestülptem Schwanz. Das Zimmer bewegte sich gleichermaßen um mich wie ich mich in ihm. Eigenartig war jedoch die Schachtel, die eine starke Faszination auf mich ausübte. Ich hatte nicht das Bedürfnis, diese Schachtel anzufassen oder gar zu öffnen, wollte sie nur anschauen.

Herr Gökhan hat mir die wenigen Bücher, die ich mitgebracht hatte, abgenommen. Er hält an seiner Rumi-Schams-Prämisse fest. Schams hatte sich mit Rumi 40 Tage in einem Raum zurückgezogen, während draußen alles in tiefem Schnee versank und die Schüler langsam, einer nach dem anderen Rumis Haus verließen, erst die Inder, dann die Araber, schließlich auch die Griechen. Dann, als die 40 Tage vorbei waren, ging die Tür wieder auf. Schams und Rumi kamen heraus und fingen an, Rumis umfangreiche Bibliothek zu verschenken, zu verkaufen und gegen Instrumente einzutauschen. Und Rumi lernte Laute spielen. Also auch hier weg vom analytischen Denken hin zum Song, dem wahren Ausdrucksmittel der Mystiker, das ich allerdings auch nicht mehr lernen werde.

Der Schnee, der sich um Rumis Haus sammelte und von dem Herr Gökhan erzählte, ließ mich unwillkürlich an Help denken. Nicht wegen des Films, den ich damals gar nicht gesehen hatte, sondern wahrscheinlich weil Rainer die Help zu Weihnachten geschenkt bekommen hatte und damit am ersten Weihnachtsfeiertag zu mir kam, durch den Schnee, der damals immer so lang lag, während die Platten so kurz waren, nur ein einziger Song von den 14 ein paar Sekunden über drei Minuten.

Ohne zu zaudern, darin liegt wahrscheinlich das ganze Geheimnis: ohne zu zaudern.

Nachdem mich das Bild verlassen hatte, ich immer noch mit geschlossenen Augen dort lag, wo mich Herr Gökhan hingelegt hatte, es mir so vorkam, als würde ich innerhalb meines Schlafes erwachen, nicht wach werden, sondern nur erkennen, dass ich schlafe, dachte ich sofort daran, wofür diese Schachtel stehen könnte. Waren es meine Gedanken, die in ihr zur Ruhe gekommen waren? Oder war ein Gedanke darin aufbewahrt, der alle anderen Gedanken bislang in Unruhe versetzt hatte? Wie der unschuldige Blick auf eine Landschaft, ein mit Schnee überzogenes Feld, das am oberen Rand durch einen Weg begrenzt wird, zum Auslöser einer schmerzlichen Erinnerung werden kann, weil ich dort einmal mit einer Frau gegangen war, vorbei an Bauern, die auf dem Feld arbeiteten, und es schon spät am Samstagnachmittag war und der Himmel langsam das winterliche Grau verlor und nachtdunkel wurde und wir uns auf eine Bank setzten, trotz der Kälte, und nach unten sahen, an den kahlen Bäumen vorbei. Vielleicht war die Schachtel so etwas wie die Kaaba, ohne dass ich selbst genau wüsste, was die Kaaba symbolisiert. Ich werde, wenn ich daran denke, Herrn Gökhan danach fragen.

Ich bin heute eine halbe Stunde durch die angrenzenden Zimmer gegangen und habe in einem Schrank einen uralten tragbaren Fernseher gefunden, von dem Herr Gökhan wahrscheinlich nichts weiß. Ich habe genauso ein Gerät schon einmal vor vielen Jahren in einer Urlaubswohnung gesehen, allerdings erinnere ich mich nicht mehr, wo genau und ob ich allein oder mit jemandem dort war. Es gibt ein Rädchen, das man drehen muss, um die Sender einzustellen. Allerdings empfängt der Fernseher nur ein Programm, einen Lokalsender, wahrscheinlich aus der unmittelbaren Nähe. Manchmal, nach Mitternacht, bekomme ich auch das ZDF rein. Nach einiger Zeit wird das Schwarz-Weiß-Bild grün, dann fällt die Übertragung für eine Viertelstunde aus, fängt aber von allein wieder an.

Eine Diskussion zum Weltjugendtag. Mitanwesend ein Atheist. Jemand, der als Atheist organisiert ist. Jemand, der die Idee hat, an etwas zu glauben, das er verneint. In Trier steht ein Fernsehpfarrer vor dem Dom und erzählt, wie der Teufel dazu gebracht wurde, am Bau der Kirche mitzuwirken. Man gaukelte ihm vor, es ginge um eine Kneipe. Schnitt nach innen. Leute im Mittelschiff. Immer noch bin ich erschöpft von der letzten Woche. Von einem Neurologen zum nächsten. Einer verdrahtet meinen Kopf. Der andere schaut mich nur an. Dielen knirschen. Treppen knirschen. Katze. Wäsche auf dem Balkon. Augustkälte. Augustregen. Abends. Bewusstlos. Es beginnt, wie Foucault sagt, das Spiel von Wissen und Schweigen, das der Kranke akzeptiert, um Herr über die geheime Beziehung zu seinem eigenen Tod zu bleiben.

Ich müsste, denke ich manchmal, jetzt wenigstens, alles noch einmal infrage stellen und über den Haufen werfen: Triebstruktur, Unbewusstes, Genie und Wahnsinn, Psychosomatik, Verdrängtes, 12-Schritte-Programme, Selbsthilfegruppen, die erlösende Kraft der Liebe, den erlösenden Sprung aus dem Fenster, die Selbstvergewisserung, dann die Selbstbehauptung, Selbstentblößung natürlich, und die Angst davor, dann das ebenso bescheuerte Gefühl, außerhalb zu stehen, als verweisloses Simulakrum. Einfach um ballastlos, so wie andere ihre Papiere ordnen, wegzugehen, von Lüchow-Dannenberg, wie wir bei den Pfadfindern immer gesagt haben.

Im Vergleich zum Sterben sind andere Zusammenhänge viel komplexer. Drittländer zeigen wie in schlechten Kopien alter B-Movies dem Westen, dass die Kernspaltung weitergeht. Kernspaltung. An irgendwas erinnert mich das. An den wahren Kern vielleicht, den ich irgendwo in mir herumtrage? Des Pudels Kern. Und warum fällt mir dazu Thomas Mann ein? Thomas Mann ist tot. So lange ich lebe, ist er tot. Verstand sich als Stellvertreter der Deutschen. Muss man auch erst mal drauf kommen. Andere glauben das dann unbesehen. Stellvertreter. Eine Art Doppelgänger. Der Deutschen. Ich werde mich dahingehend äußern. Für kurze Zeit meine ich die hohe Stimme von Canetti im Fernsehrauschen zu hören, aber auch das kann nicht sein. Ebenfalls tot. Und was sind eigentlich Drittanbieter? Hat sich die Dreieinigkeit symbolisch schon so weit aufgelöst, dass das Dritte für die Bedrohung an sich steht?

»Du hast nicht genug Selbstvertrauen«, sagt jemand aus dem weißen Fernsehrauschen heraus. »Du glaubst nicht an deine eigene erzählerische Kraft«, ein anderer. Das stimmt. Ich glaube auch nicht an die heilige katholische Kirche, die eine heilige katholische Kirche. Und selbst die vertraut nicht auf ihre eigene erzählerische Kraft. Braucht dazu den

anderen. Das Du. Den Teufel. Den Satan. Die Protestanten. Die Ungläu-
bigen. Konstruierte Gegensätze. Himmel und Erde. Himmel und Hölle.
Himmel und Fegefeuer. Und ich sah die besten Köpfe meiner Generation.
Und ich weiß nicht so recht, was meine Generation ist. Was sie sein soll.
Ich sah einfach nur Köpfe. Dahinrollen. Und schließlich auch meinen.

Im Fernsehen ein humpelnder Schäfer, dann die eine Schauspielerin,
die immer alle Asiatinnen spielen muss, zusammen mit der, die für Tür-
kinnen zuständig ist, in einem Edelpuff. Es wird ruhig, es ist ruhig, es
bleibt ruhig. Der Abend fällt, ich bin mit niemandem und nichts verbunden. Sondersendung Verstehen Sie Spaß? Putzaushilfen werden reinge-
legt. Einmal steht ein Elefant zwischen dem teuren Porzellan, einmal ein
Braunbär. Wenn die Frauen Hilfe holen und in Begleitung zurückkommen, sind die Tiere durch eine versteckte Tür verschwunden. Ich kann
beobachten, wie schnell Menschen an ihrem Verstand zweifeln oder an
ihrer Wahrnehmung. Morgen zweifle ich auch wieder. Heute habe ich
keine Kraft zum Zweifel.

Eine Frau kommt von der Maniküre. Wie nennt man eine Frau, die so
etwas macht? Auch einfach Maniküre? Oder Manikeurin? Manikeuse?
Solange ich das nicht weiß, kann ich nicht weiterdenken.

Drei Einsatzwagen rollen nach Mitternacht in die Straße, weil schräg gegenüber eine Frau unbeherrscht schreit und weint. Passanten haben die
Polizei verständigt. Der Mann am Fenster sagt, sie habe zu viel getrunken. Wir wollen die Frau sehen, rufen die Passanten nach oben. Können
Sie, wird von oben zurückgerufen. Nichts rührt sich. Auch die anderen
Bewohner im Haus geben keinen Laut. Polizisten kommen und lassen
sich von den Passanten informieren. Dann gehen sie in das Haus. Später erscheint einer mit einem blauen Kleidersack. Dann kommt ein zweiter mit der Frau. Die hat eine Kippe zwischen den Fingern. Geht unsicher. Schwankt.

Für den Kranken, der die Herzschläge zählt, die Pulsschläge, die Schläge der Blindenstöcke, die sich von außen an der Häuserwand entlangtas-
ten, dem die Zahl nur noch Bedeutung ist, weil ihm kein Gedanke mehr
bleibt, ist der narkotisierte Himmel des Mittags unerträglich. Alles Unbewegliche erscheint vorbereitet zur Operation. Bandagiert, sediert, mit

leergeräumtem Darm und taubem Hirn. Schaut der Kranke zum Himmel, sieht er das Firmament auseinandergezogen und von den Pappeln wie mit Aderklemmen gehalten. Er blickt hinauf und erwartet den Schnitt des Chirurgen, ängstigt sich vor dem Blick durch die klaffende Wunde hindurch in die Innereien, fürchtet sich vor dem Blutregen, der auf ihn zu stürzen droht. Ach, wäre das Grau doch nur Heuschrecken und Frösche.

An einem Montagmorgen vor mittlerweile zwei Jahren machte ich nach einem Arzttermin an der Uniklinik Mainz einen kleinen Abstecher in meine Geburtsstadt und spazierte dort am Rheinufer entlang, wo ich unzählige Sonntage mit meinen Eltern entlanggegangen war, als mir unvermittelt ein Mann entgegentrat und fragte, ob ich wisse, wo der Adolf gewohnt habe, da er beabsichtige, dessen Haus zu kaufen. Der Mann schien nicht getrunken zu haben und machte auch sonst einen normalen, eher durchschnittlichen Eindruck auf mich. Mitte, Ende sechzig, hatte er sich herausgemacht, schien aber nicht gewohnt zu sein, einen Anzug zu tragen. Ich versuchte, ihm wortlos auszuweichen, doch er ließ nicht locker, ging neben mir her und steckte mir schließlich einen 20-Euro-Schein in die Manteltasche, um mich, wie er sagte, für die Mühe meines Nachdenkens zu entlohnen. Diese hilflose und übertriebene Geste rührte mich, weshalb ich ihm den Schein zurückgab und sagte, dass es hier in der Nähe sowohl eine Adolfshöhe als auch eine Adolfsallee gebe, es sich jedoch bei dem Namensgeber um einen anderen Adolf handele, nämlich um den Kaiser Adolf. Kaum hatte ich das gesagt, wurde mir schlagartig bewusst, dass es natürlich keinen Kaiser Adolf gegeben hatte, sondern ich den Herzog Adolf von Nassau meinte. Ich wollte meine falsche Aussage korrigieren, als der Mann auf ein gegenüberliegendes Café wies, in das er mich gerne einladen wolle. Ohne meine Antwort abzuwarten, überquerte er die Straße, und ich folgte ihm, mehr oder minder automatisch, um das Gespräch nicht einfach abzubrechen. Der Mann schien meine Bemerkung über den Kaiser Adolf jedoch nicht weiter wahrgenommen zu haben, denn kaum hatten wir uns an einen runden Tisch in Nähe der Garderobe gesetzt, erzählte er, dass er das Haus des Adolf umzubauen gedenke, denn er sei kein Nazi und sei selbst an dem Tag geboren, an dem der Adolf sich im Führerbunker das Licht ausgeblasen habe, weshalb er sich auf eine gewisse Art und zwangsweise mit dem Adolf verschwägert fühle, besonders weil auch er in ein Mädchen verliebt gewesen sei, das den Namen Eva getragen habe, eine Liebe, aus der jedoch nichts geworden sei, da er stattdessen die Brigitte Schönblatt, Tochter des Malermeisters Schönblatt aus der Gaugasse, geheiratet habe, was ihm natürlich den Vorteil einer festen und krisensicheren Stellung eingebracht habe, denn die Leute wollten immer was an den Wänden haben, egal wie schlecht es ihnen auch sonst gehe, und je schlimmer es draußen aussehe, desto schöner wollten es die Leute drinnen haben, was verständlich sei, und genau dafür eben habe er die letzten 40 Jahre gesorgt. Jetzt aber an seinem 65. Geburtstag, der gestern, am 20. April, mit allem Pipapo im Ratskeller begangen hätte werden sollen, habe er seine Sachen gepackt und sei ins Excelsior gezogen. »Ich hab allein sieben Enkelchen, wenn auch keins meiner Kinder das Geschäft hat weiterführen wollen«, fügte er hinzu. Aber wie er seine Frau kenne, habe die die Feier kaum sausen lassen, denn es sei für gut 50 Personen bestellt gewesen, und er habe ihr auch genügend Geld auf dem gemeinsamen Konto zurückgelassen, um die Rechnung begleichen zu können, zudem habe sie das große Haus, das sie teilweise untervermieten könne, und noch ein zweites Mietshaus, das sie noch von ihrem Vater geerbt habe, es treffe also keine Arme. Er habe noch keinen genauen Überblick über alle Finanzen, aber anderthalb Millionen bekomme er schon zusammen, und damit lasse sich etwas anfangen, auch wenn so eine Villa wie die vom Adolf natürlich ihren Preis habe, das sei ihm schon klar. Nur jetzt, wo er seine Arbeit nicht mehr habe, brauche er eben ein neues Betätigungsfeld, und gerade in so einer maroden Villa fielen immer wieder Reparaturarbeiten an, und im Grund könne er praktisch alles bis auf das Dach, denn er sei nicht schwindelfrei, zumindest nicht ab einer gewissen Höhe, auf Leitern sei er sein ganzes Leben gestanden. Während er weitersprach, tranken wir beide je ein Kännchen Kaffee, und ich wunderte mich, dass der Mann mir keineswegs unangenehm war. Ich ertappte mich sogar dabei, seine Aussagen zu rechtfertigen, denn ich hatte ja auch Unsinn geredet mit dem Kaiser Adolf, und dass der Mann Führers Geburtstag mit Führers Tod verwechselt hatte, war ihm nicht vorzuhalten.

»Sie sagen also«, hob der Mann nach einer kurzen Pause unvermutet und ohne dass ich noch einmal auf meinen Lapsus zu sprechen hätte kommen können an, »dass es sich um einen anderen Adolf handelt? Und weiß man etwas über diesen Adolf? Hat sich der andere Adolf auf den ersten bezogen und deshalb denselben Namen gewählt? Denn wenn es sich um einen Mann von Welt handelt, dann ist es mir im Grunde egal, welche Villa ich zur Gedenkstätte mache. Das ist mir egal. Zu tun gibt es überall etwas.« Ich sah auf die Uhr über der Tür, die zu den Toiletten führte, und holte mein Portemonnaie heraus, um meinen Kaffee zu bezahlen. »Das geht doch alles auf Spesen«, sagte der Mann und klemmte den 20-Euro-Schein unter den Glasaschenbecher. Als ich aufstand, erhob sich der Mann mit mir, allerdings so, wie man sich erhebt, um jemanden zu verabschieden und nicht, um auch selbst zu gehen. »Ich bin jetzt jeden Morgen hier und bereite die Pläne vor«, sagte er und gab mir die Hand. »Und wenn Sie etwas Neues erfahren, egal von welchem Adolf, wie gesagt anderthalb Millionen sind es bestimmt, und außer dem Dach mache ich alles selbst, auch Strom und Gas, und mit der Abnahme gibt es auch kein Problem, ich kenne von früher genügend Kollegen.« Mit diesen Worten ließ er sich wieder auf den Stuhl fallen, zog einen Zettel aus seiner Jackentasche und fing an, einige Zahlenkolonnen zu studieren.

Immer wieder höre ich in der Dunkelheit Satzfetzen. »Wenn morgen das Wetter mitspielt ...« »Es kommt natürlich darauf an, ob ...« »Ich dachte eingangs, dass ...« Ich stelle mir vor, Tageslicht fiele in mein Zimmer, und ich würde etwas anderes riechen als den Geruch dieses Zimmers und den Geruch meines Schlafs. Vielleicht einen blühenden Strauch oder Baum. Und in diesem Moment entsteht ganz ohne mein Zutun eine Philosophie von Tod und Auferstehung in mir. Es ist eine der vielen Philosophien des Jenseits, die sich auf der vergeblichen Sehnsucht nach dem Diesseits gründet. Könnte man sagen, dass sich die Metaphysik aus der Krankheit entwickelt, während sich der gesunde Körper eher mit physikalischen Gesetzen beschäftigt und eine Philosophie der Bewegung entwirft? Dinge müssen bewegt werden, und die Funktion der Dinge ist es, bewegt zu werden. Und die Funktion des Menschen ist es, die Dinge zu bewegen, damit sich das Leben auf eine Formel bringen lässt, die sich aus der Größe des Widerstands der Dinge und der Größe der Strecke, die diese Dinge unter der Hand des Menschen zurücklegen, bestimmt.

Selbst die Versuche, mich an die Körper von Frauen zu erinnern, rufen nur noch Bilder von Jahreszeiten hervor. Selbst Melodiefetzen erinnern mich nur noch an Jahreszeiten, als wäre der Wechsel der Jahreszeiten das eigentliche Thema der menschlichen Existenz. Für japanische Dichter längst ein alter Hut.

Zu sehr ist die eigene Entfremdung in mir selbst verankert. So kann ich mir auch nur einen entfremdeten Tod vorstellen: den Märtyrertod. Sich selbst im Tod noch zu verleugnen und nicht für sich, sondern für eine Sache, eine Idee, irgendeine vorgeschobene Erklärung zu sterben, und vor allem, den anderen die Interpretation des eigenen Todes zu überlassen, das war der Gipfel der eigenen Entfremdung. Andere mögen das anders empfinden, für sie mag sich die eigene mickrige Existenz im Märtyrertod transzendieren, aber ich wusste von Anfang an, dass die wahre Grausamkeit im Märtyrertod genau darin bestand, sich selbst bis zuletzt verleugnet zu haben.

Andererseits ist das Martyrium eine Gnade, die vielen versagt bleibt. Sie müssen stattdessen schmachvoll im Bett sterben, da das Martyrium nicht provoziert werden kann und darf.

Ich konnte mich schon vor der Diagnose nicht mehr gehen lassen, das hatte auch mit der Diagnose nichts zu tun oder damit, dass ich schon etwas gespürt oder geahnt hätte, es hatte ganz banal mit dem Gehenlassen selbst zu tun. So nennt man das einfach. Ich könnte es gar nicht mehr anders beschreiben. Gehenlassen. Fallenlassen. Das hat sich so eingebürgert. Das ist mittlerweile der übliche Umgangston. Auch beim Arzt. Bis zum Orgasmus dauerte es verhältnismäßig lang, und dann auch nur mit Schmerzen. NSU. Rezidiv. De Sade hat aus ähnlichen Gründen seinen Sadismus entwickelt. Die Frau, auf der ich lag, wurde von mir geliebt. Deshalb machte mir die Intimität unter den besagten Voraussetzungen noch mehr zu schaffen. Ich formuliere es mal so, als hätte der Arzt es wie ein Geständnis aufgenommen und mir dann zur Unterschrift vorgelegt: Gibt an, Intimität mache ihm unter besagten Umständen zu schaffen. Wirkt verstört und unsicher. Reibt beständig seine Unterarme. Gibt auf Nachfrage an, dort seit einiger Zeit einen starken Juckreiz zu verspüren, ohne dass äußerlich etwas zu sehen ist. Gibt an, er wisse nicht, ob er lachen oder weinen solle. Gibt auf Nachfrage an, dass die Rollen verteilt seien und dass es auch besser so sei. Gibt an, er habe zwar mit dem Gedanken gespielt, aber tatsächlich sei für ihn nie infrage gekommen, es mit einer anderen Frau zu probieren, obwohl er sich vorstellen habe können, dass das Problem bei einer anderen Frau nicht in dieser Form auftreten müsse, aber, so fügt er sofort hinzu, dann würde eben ein anderes Problem auftreten. Lacht unsicher, reibt sich erneut die Arme, fügt hinzu, dass jetzt ohnehin alles keine Rolle mehr spiele, jetzt ohnehin alles egal sei, er jetzt einen Schlussstrich ziehen wolle, ziehen müsse, da seine Partnerin einen anderen Mann habe.

Rollläden rappeln im Augustwind. Monat plus Wetter oder Himmelskörper ist gleich Song von Rio Reiser. Rio Reiser ist tot. Für den Ruhm ist es jetzt zu spät. Für das Glück auch. Diese Zeiten sind vorbei. Zwischen den Wolken Flugzeuge. Jemand fährt mit einem Fahrrad herum, auf dem er Schilder montiert hat, die von den Lügen der Politiker sprechen. Lüge. Alles Lüge. Ganz meiner Meinung. Alles Lüge. Beim Neurologen. Beim Psychiater. Beim Analytiker. Bei ihr. Bei mir.

Stilles Wasser. Salat. Mittel aus der Apotheke. Lücken in meiner Sozialversicherung. Ungeöffnete Briefumschläge. Mehr auf die eigene Kraft des Erzählerischen vertrauen. Auf die Straße gehen. Leute anschauen. Situationen. Das hinschreiben. Zurückgehen. In der Küche sitzen. Reden. Gerade die Kleinigkeiten. Gerade die Belanglosigkeiten. Es führt zu nichts. Man bleibt zusammen. Will nicht in dieselben Fallen tappen wie andere. Zu anstrengend das alles. Bewundernswert im Grunde, wie wenig Leute doch verzweifeln. Oder es nicht nach außen zeigen. Erstaunlich. Auch das mit der Hoffnung ist vorbei. Zwölf Schritte rückwärts. Sich vertiefen. Was bedeutet das? Sich selbst tief machen? Tiefer legen? Das Ich verlieren? Schön. Bin ich dabei.

Rezept. Tabletten. Nebenwirkungen. Anderes Rezept. Andere Tabletten. Andere Nebenwirkungen. Erträglich. In Ordnung so. Was will man mehr? Eingestellt. Ruhe für ein paar Monate. Dann, seltsam, wird der Körper resistent. Also ich. Ich und mein Körper. Die Wirkung geht flöten. Dosis erhöhen? Nicht sehr sinnvoll in Ihrem Fall. Gewisse Erscheinungen bleiben. Kriegen Sie nicht weg. Müssen Sie mit leben. Zwölf Schritte nach unten. Kellertreppe. Feucht. Klamm. Verputz fällt von der Wand.

Ich sitze mit einer jungen, mir unbekannten Frau in einem Café. Der Postbote eines privaten Paketservice kommt mit einem schmalen Paket an unseren Tisch. Er fragt, ob wir diejenigen seien, die schon mal in diesem Café gesessen und dann gesprungen seien. Er meint damit, dass wir beide als Depressive aus dem Fenster in den Tod gesprungen seien. Wir bestätigen seine Vermutung, und er händigt uns das Päckchen aus, das

wir auf seinem Board quittieren. In dem Karton liegen zwei Nitroglyze-
rinkapseln. Als ich eine davon in die Hand nehme, verformt sie sich zu
einer Art Fötus. Aus irgendeinem Grund denke ich, dass ich noch einmal davonkomme.

Ich bekomme einen Anruf auf dem Handy. Eine Stimme sagt, dass man
gemäß der Analyse des Inhalts meiner letzten zwölf Gespräche ermittelt
habe, dass ich Araber sei und einer der drei Söhne des Arztes Husseini
und dass ich deshalb diesen Anruf erhalte. Der Anrufer nennt seinen
Namen nicht und sagt nur, als ich ihn danach frage: Mir haben sie jetzt
schon wieder das Rad geklemmt. Ich nehme an, dass das geklaut heißt.
Ich selbst schiebe mein Rad gerade einen Hügel hinunter zu einer verlassenen Fabrik. Als ich es unten anschließen will, merke ich, dass man
mir das Schloss gestohlen hat. Erst bin ich erstaunt, dann denke ich, vielleicht stehlen sie erst das Schloss, um dann das Rad stehlen zu können.

Ich gehe eine Straße entlang, an verschiedenen Gaststätten vorbei, durch
eine Wandelhalle wie in einem Kurort und von dort zu einem düsteren
Haus, in dem ich die Treppen hochsteige. Ich möchte nach oben zu einer
Wohnung, in der Juden wohnen. Es ist eine Atmosphäre wie in einer alten Buchhandlung: verstaubte Bücher, das dunkle Holz der Regale, verschlossene Glastüren. Ich bleibe im Flur und warte. Ein Mann kommt.
Ich frage ihn, ob ich hier etwas über das Judentum lernen könne. Er will
meinen Namen wissen. Ich nenne ihn, worauf er sagt, Witzel sei ein jüdischer Name, und er habe ein Päckchen für mich. Es ist ein kleiner Beutel mit Nägeln, auf dem mein Name tatsächlich in hebräischen Buchstaben steht, die ich aber seltsamerweise lesen kann. Ich gehe nach unten
und steige in mein Auto, das jedoch nicht anspringt. Ich rufe den ADAC,
der auch sofort kommt. Der Monteur schaut kurz unter die Motorhaube
und sagt, das sei unmöglich an einem Tag zu schaffen, weil bei dem alten
Opel die Motoren für Juden gar nicht zugelassen seien.

Ich gehe aus einem Hotelrestaurant nach oben. Zuerst öffne ich eine falsche Zimmertür und erschrecke, als dort ein Mann im Bett liegt, von
dem ich nicht weiß, ob er schläft oder tot ist. Ich schließe die Tür und
gehe weiter den Flur entlang. Meine Zimmertür ist offen, weil gerade
die Putzhilfen unterwegs sind. Ich sage, dass man bei mir nichts machen
müsse. Daraufhin fragt mich ein Zimmermädchen, ob ich nicht wenigs-

751

tens einmal kurz durchgesaugt haben möchte, weil sie meinen Spray gesehen hat, und Staub sei für Asthmatiker nicht so gut. Ich willige ein, worauf eine andere Putzhilfe mit einem Staubsauger kommt. Sie geht direkt zum Kleiderschrank, wühlt in meinem Jackett rum und liest die Namen der Medikamente vor, die sie dort findet. Sie macht sich darüber lustig und sagt, das seien Medikamente, die man verschrieben bekomme, um sich bei seiner Mutter wichtig zu machen, wenn man nicht richtig krank sei. Ich werde furchtbar wütend, als sie das sagt, und brülle, sie solle das zurücknehmen, und dass ich sie fertigmachen werde und dafür sorgen, dass sie entlassen wird. Aber sie ist störrisch, auch als ich sie fest gegen den Türrahmen presse.

Obwohl ich nicht will, ergreife ich die Initiative. Obwohl sie will, bleibt sie passiv. Darauf haben wir uns geeinigt. Manchmal heult der eine, dann wieder der andere. Immer abwechselnd. Selten beide. Zu verwirrend. Das wäre sonst fast wie früher, als wir noch manchmal zusammen kamen. Jetzt ist die Reihenfolge festgelegt. Andere leben im Zölibat. Auch was. Ich meine sogar, dass der Pfarrer einen Ohrring trug. Warum auch nicht? Wer sich ein Zugticket kauft, kauft auch gleich den Ablass mit. Günstig. Ich vertraue meinem erzählerischen Dings nicht mehr, selbst meinem Humor nicht mehr. Kurz: Ich vertraue auf nichts mehr.

Ich hatte mir die amerikanische Landschaft, in der die Karl-May-Romane spielten, immer anders vorgestellt und wunderte mich bei meinem ersten Karl-May-Film im Kino über die untypischen Wiesen, Wälder und Felsen, wo nur ab und zu mal ein blasser Kaktus herumstand, denn ich wusste nicht, dass die Karl-May-Filme in Kroatien gedreht wurden und die Kakteen aus Holz geschnitzte Attrappen waren. Als ich es später erfuhr, kam ich mir genauso belogen vor wie von den Lehrern, die noch Nazis gewesen waren und so taten, als hätten sie die demokratische Ordnung persönlich erfunden. Man hatte uns systematisch beigebracht, jeglichem Gespür, jeglicher Intuition und besonders der Fantasie zu misstrauen, gerade in Unterrichtsfächern wie Kunst, Musik und Religion, die, scheinbar außerhalb der Ideologischen Staatsapparate stehend, die Ideologie noch eindringlicher einimpfen konnten.

Wem Gott will rechte Gunst erweisen. Ich schaue in die Gesichter dieser Frohschärler. Natürlich, das sind junge Leute. Aber hatte man da nicht mal Ideale? Jetzt irren sie mit einem Kreuz durch Deutschland. Kommen in eine Stadt, die man mit den größten Sicherheitsvorkehrungen der Nachkriegsgeschichte sicher gemacht hat. Wenn der Papst ein Bad in der Menge nimmt, kann er davon ausgehen, dass alle gefilzt sind, die da stehen. Gleichzeitig ist Wahlkampf. Gleichzeitig nähert sich die Urlaubssaison ihrem Ende, gehen wir wieder in den Alltag zurück, mit weniger Zeit und etwas mehr Gesprächsstoff. Was eben so passiert tagsüber. Nicht bei mir. Nicht hier. Woanders. In Betrieben eben. Grausam an der Arbeitslosigkeit ist, dass man sich nicht mehr an einen anderen Ort begeben kann. Man daheimbleiben muss. Grausam, dass es keine Kleinigkeiten zu erledigen gibt. Man kann jetzt dasitzen und direkt auf den Tod warten. Ganz direkt. Fernsehen führt vor, wie man sich ablenkt. An erster Stelle fremdgehen. An zweiter Stelle Fremdgehen. An dritter Stelle wieder zurück zum ersten Partner. Mit Kind am besten. Schön, wenn es noch was zu heulen gibt. Wer heult, ist nicht tot.

Der Kranke glaubt, es sei die Mischung von Dingen, die ihn krank gemacht habe, und versucht, aus dem Schmerz die eine Ursache für seinen Zustand herauszuspüren. Je eingehender und deutlicher er jedoch die verschiedenen Zeiten seines Lebens untersucht, je aufmerksamer und genauer er sich zwischen dem bewusstlosen Schlaf und den Krämpfen in die Einzelheiten seiner Existenz vertieft, desto unstillbarer und schmerzlicher wird seine Sehnsucht nach Unachtsamkeit. Der Kranke sehnt sich nach dem, was er gleichzeitig als Ursache seines Zustandes zu erkennen glaubt. Er sehnt sich nicht nach etwas anderem, sondern nach dem Gleichen. Er sehnt sich nach seinem Leben zurück. Doch es sind nur Ausschnitte seines Lebens und Bruchteile. Selbst jetzt sagt er sich noch, dass er bereit sei, »etwas in Kauf zu nehmen«, ohne genau zu wissen, was dieser Satz bedeutet. Es ist eine alte Rechtsformel, die man uns in die Wiege gelegt hat, mehr nicht. Noch einmal achtlos Natur betreten und in ihr herumgehen, als habe sie das Leben nie bestimmt. Das eigene Leben lachend herunterleben, komme, was da wolle. Und am Ende sollte es ihm einfach den Atem verschlagen: der Tod als ein letzter Budenzauber, wo alles schwankt und sich dreht und die Farben wie Raketen aus den Dingen und Körpern zischen und sich über die Schale grauer Erdbeerbowle in seiner immer noch erhobenen Hand ergießen. Wenn er jetzt etwas gegen ein Glas klopfen hört, dann ist es nicht der von den eigenen Fingern gehaltene Dessertlöffel, mit dem er einen Toast ankündigt, sondern der Cocktailrührstab in Form einer Giraffe, der in der Hausbar von einem vorbeifahrenden Lastwagen zum Zittern gebracht wird. Mit feucht zusammengedrückten Blumensträußchen in den Händen marschieren Kinder auf und haspeln ihre Glückwünsche herunter. Er fährt ihnen über den Kopf und drückt ihnen einen Groschen in die von den Blumenstielen linierten Fäuste. Dann gibt er der Musik ein Zeichen und eröffnet das Parkett mit einem ersten Tanz. Er hält die Rechte fest um die Taille der jungen Frau, die Linke, zusammen mit ihrer Hand, höher als sonst, als wolle er winken. Das Licht fällt durch die braunen Vorhänge des Gemeindesaals in die Zigarrenschwaden.

Am Ende, wenn man die Geräte nah an das Bett des Kranken rückt, damit der grünliche Schein ihn wärmt, oder wenn es in der ganzen Wohnung gleichermaßen still geworden ist, als habe niemand mehr eine Arbeit zu verrichten, möchte der Kranke etwas Seltsames. Er verlangt nach einem Zettel, und mit einer unbeschreiblichen Mühe schreibt er mit dem Bleistift, um den man seine Hand geschlossen hat, etwas darauf, ein unleserliches Gekrakel, einer Zeichnung näher als einem Wort oder einem Satz, vielleicht soll es eine Wegstrecke sein oder ein Lageplan. Er flüstert mit letzter Kraft etwas, das er sich aufgespart zu haben scheint, in ein Ohr, doch was er sagt, ist nicht mehr zu verstehen. Es ist am Ende so wie im Leben selbst, man möchte etwas Eigenartiges und wollte es schon die ganze Zeit, schon in der ersten Nacht, als man den trockenen Mund spürte und noch nicht wusste, dass das Trinken keine Abhilfe mehr schafft, schon in den Nächten, als man sich nackt auf dem Flur wiederfand. Es scheint ein Widerspruch zu sein, doch dieser Widerspruch ist keiner, es ist einfach so, dass das Seltsame und Eigenartige nur gespürt, nur gedacht, nie aber gelebt werden kann. Spreche ich es aus, verliert es jede Eigenart, denn indem ich versuche, das Unverständliche verständlich zu machen, verschwindet es für immer. Vielleicht warten wir deshalb mit Absicht so lange damit, bis man es nicht mehr lesen oder verstehen kann, eben weil wir ahnen, dass man es an sich nicht lesen oder verstehen kann, selbst wenn es deutlich geschrieben oder ausgesprochen wäre. Es ist etwas Seltsames, und weil es das ist, geht es schnell vorüber und bedient sich der diffusen Erinnerung von einem Bahnhofsvorplatz oder einer gepflasterten Straße. Es ist schnell gesagt, aber ich würde mich täuschen, wenn ich es sagte, ich würde mich hinwegtäuschen über das, was es ist, und nur glauben, ich sei der Sache auf den Grund gegangen, und es sei gar nicht seltsam, sondern eher natürlich und verständlich. Die Dramen der Kindheit, die wir ausgesprochen haben, verflüchtigen sich und lösen sich auf in eine Realität der Vernunft, in die hinein wir uns immer wieder wachrütteln. Sind die Dramen der Kindheit deshalb verschwunden, nur weil wir den Fehler begangen haben, sie zu benennen? Der Kranke weiß, was er als Kind nicht wusste, er weiß, dass das Seltsame keinen Namen hat und sich nicht beschreiben lässt. Der Kranke schickt aus diesem Grund nach einem Priester, denn er versteht nun Gott als Symbol dieses Seltsamen. Der Priester sagt ihm, Gott sei die Liebe, die Auferstehung und das Leben, und wenn der Kranke in diesen Momenten lächelt, dann nicht aus beseligtem Glück, sondern aus einem Verständnis ganz anderer Art: Er weiß, dass Gott das alles gerade nicht ist, sondern allein für das Seltsame steht, das er, der Kranke, wenn auch mit anderen Worten, ebenso leicht dahinsagen könnte. Doch er wird es erst tun, wenn man ihn nicht mehr versteht, dann, wenn er es selbst nicht mehr versteht.

Kurz vor der Diagnose im August hatte ich mich noch einmal in eine Frau verliebt, die für 14 Tage in der Bäckerei am Ende der Straße als Aushilfe tätig war. Deshalb kaufte ich dort jeden Mittag um halb vier einen Streuselplunder, der wirklich unter aller Sau schmeckte. Ich nahm den Streuselplunder mit nach Hause und aß ihn zu einer Tasse Kaffee um zehn nach vier und hörte dazu den Deutschlandfunk, um zu erfahren, was sich in der literarischen Welt so tat. Ich selbst malte mit Kugelschreiber Augen auf Schreibmaschinenpapier von Woolworth. Ich hatte dieses Schreibmaschinenpapier bei Woolworth gekauft, obwohl es mir ein Gräuel ist, überhaupt bei Woolworth hineinzugehen. Das einzig Lustige bei Woolworth war die im Abstand von zehn Minuten erklingende Durchsage: »Ein Kaufhausdetektiv bitte zur Kasse 7.« Mit so einfachen Mitteln versucht man die Leute hier also in Schach zu halten, dachte ich, während ich hinten an der Kasse beim Mister Minit zahlte, weil da nie jemand ist.

Verlieben ist vielleicht zu viel gesagt. Das ist ein großes Wort. Wie Alkoholismus. Oder Depression. Oder Krebs. Oder Terrorismus. Diese großen Wörter, die dann in den grauen Krankenhausfluren auf ein erträgliches Maß heruntergestutzt werden. Die Gesundheitsreformen haben keinen anderen Zweck, als dem Tod die Normalität und Banalität zurückzugeben, die er verdient. Hier in der westlichen Welt. Banal wird die Todeserwartung als Mensch ohne Arbeit in der Zweizimmerwohnung, und ebenso banal wird das Ganze dann in den entsprechend medizinisch verwalteten Sterbeanstalten. Patientenverfügung. Schreibkram, nichts weiter. Am Ende ohnehin aussagelos.

Der Papst und die Kardinäle meinen übrigens, dass das ganz Besondere an der katholischen Religion der Umstand sei, dass man sich den Sinn nicht selbst zuweise und konstruiere, sondern dass dieser von oben komme. Die Kurie scheint mir in solchen Momenten doch ein bisschen zu einfältig. Jeder Paranoiker, jeder mittelmäßige Schriftsteller, jeder Verliebte meint, sein Sinn komme von oben. Kaum einer kommt auf die Idee zu sagen: Klar, alles selbstkonstruiert und ausgedacht. Selbst ich nicht. Ich meine, ich, der Erzähler dieses inneren Monologs, dieser überholten und noch mal aufgequirlten Bekenntnisprosa, die sich in nichts von Kugelschreiberaugen auf Schreibmaschinenpapier unterscheidet. Nur nicht ganz so zwingend. So entstehen nämlich Kriege. Folter und Verfolgung. Jeder hält seinen Sinn für von Gott oder von oben oder von unten oder von wo auch immer gegeben, während die anderen mit ihren jämmerlichen Sinnkonstrukten umeinanderlaufen. Ich bin kein Bayer, noch nicht mal mein Erzähler ist ein Bayer, aber man kann das einfach nicht anders sagen. Anders schon, aber nicht besser.

Weil mich in der Einsamkeit des Sterbens die Einsamkeit der Kindheit wieder einholt, denke ich nach dem Aufwachen aus meinen zahlreichen Schlafzuständen Folgendes: der heilige Schrein des Äskulap am Lohmühlenpark, wo der Gott der Heilkunst in den ersten Novembertagen einer Schwangeren erschien, die nicht niederkommen konnte und deren Schwangerschaft er als Schein-Schwangerschaft diagnostizierte, um anschließend aus ihrem Leib den Scheinleib eines Knaben herauszuschneiden, dem er den Namen Timo gab und den er mit brauner Cordhose, blauem Rollkragenpullover, grünem Nickipulli und braunen Lederschuhen kleidete und in die Welt schickte, damit er immer und immer wieder, kaum dass er das sechste Lebensjahr vollendet haben würde, von einem unmittelbaren Nachbarn entführt und getötet werden sollte, damit sich nicht erfülle, was sich sonst an seinem Scheinleib erfüllen würde, nämlich Attentäter zu sein in einer Pappschachtel, gerichtet gegen die Herrschenden des Landes. Und Timotheus wurde zum Heiligen für

Bauchweh, weil er seine ganze Kindheit über Bauchweh hatte, und er wurde zum Sinnbild des sinnlosen Opfers, weil er noch als junger Mann von Paulus beschnitten wurde, weil die Apostel damals immer auch einen jungen Mann zum Mitreisen suchten (und das mit Schildern an der Geisterbahn der Gibber Kerb verkündeten, wo sie Arbeit und Märtyrertod versprachen, auf Griechisch und Aramäisch).

Mittlerweile ist die Kaaba tatsächlich leer, sagt Herr Gökhan. Früher allerdings war sie mit 360 Götzenbildern gefüllt, darunter das Bildnis von Hubal, das aus rotem Achat bestand und eine goldene rechte Hand hatte und vor dem mit sieben Pfeilen geweissagt wurde, denn die Kaaba wurde schon von Adam als Abbild des göttlichen Hauses gebaut, dann aber durch die Sintflut zerstört und von Abraham wieder errichtet. Abraham war es auch, der den schwarzen Stein vom Erzengel Gabriel bekam, der sich in der Ecke links neben der Tür befindet. Der schwarze Stein kam eigentlich weiß vom Himmel, wurde aber durch die Sünden der Menschen schwarz. Er geht im Wasser nicht unter und ist eine Art eingefrorener Engel, der beim Jüngsten Gericht all diejenigen beschützt, die ihn berührt oder geküsst haben. Mohammed zerstörte alle Götzenbilder in der Kaaba, und so, meint Herr Gökhan, solle auch ich alle Götzenbilder in meinem Kopf zerstören. Als ich ihn frage, ob ich anschließend meinen Kopf auch Allah weihen soll, lächelt er nur. »Bayazid Bistami sagt: 30 Jahre habe ich nach Gott gesucht. Plötzlich sah ich, dass er es war, der mich suchte. Als ich Bayazid verließ wie eine Schlange ihre Haut, sah ich: Der Geliebte, der Liebende und die Liebende sind eins. 30 Jahre lang machte ich Gott zu meinem Spiegel, nun bin ich mein eigener Spiegel.«

Schon wieder die Schlange. Vielleicht hätte ich tatsächlich mehr Mystiker lesen sollen: Teresa von Ávila, Johannes vom Kreuz oder Angelus Silesius. Bayazid Bistami oder Rumi klingen auch gut, aber blasphemisch kann man eben nur in der eigenen Religion sein. Und die Möglichkeit zur Blasphemie ist Grundvoraussetzung jeder Glaubenserfahrung. Es ist ja gerade der Witz an der Sache, dass man seine Religion nicht wechseln, sondern eben nur überwinden kann. Und wenn Religion einen Sinn hat, dann den, überwunden zu werden. Viele Religionen errichten Hürden für Konvertiten und wissen selbst nicht mehr genau, weshalb. Der wahre Grund liegt im Charakter des Konvertiten, der in der Regel ehrfürchtig ist und konservativ und nichts zur Aufhebung der Religion beitragen kann. Natürlich denken die Glaubenshüter, es ginge um Formen von Abgrenzung, Auserwähltheit, Ausschließlichkeit und am Ende vielleicht noch so etwas wie Unverfälschtheit, um nicht Reinheit zu sagen. Das ist natürlich Unsinn, weil Konvertiten ohnehin alles unbesehen annehmen, glauben und unkritisch nachbeten, denn es bleibt ihnen gar nichts anderes übrig, als nachzubeten. Der oft dahingesagte Satz »Jesus war der einzige Christ« stimmt so gesehen tatsächlich, denn er war Jude und hat das Judentum überwunden. Der Fehler besteht darin, dem Vorgang der Religionsüberwindung einen neuen Namen zu verpassen und sie wieder zur Religion zu erheben. Den Urchristen war das noch bewusst. Wahrscheinlich beschnitt Paulus den Timotheus nur, um ihm damit zu sagen: »Erinnere dich an deine wirkliche Religion und überwinde sie«. Darum geht es. Bestenfalls sagt die Religionszugehörigkeit aus, woran man nicht glaubt. Ich bin katholisch heißt demnach: Ich glaube nicht an die katholische Kirche. Man kann nämlich nur an das nicht glauben, was man kennt. Dass ich an die hinduistischen oder shintoistischen Götter nicht glaube, versteht sich ohnehin von selbst. Aber das ist kein Unglaube. Ungläubig kann ich allein dort sein, wo ich geglaubt habe.

Die Gelehrten sagten zu Rumi: »Wir hören dasselbe, was du hörst, aber wir werden davon nicht berührt, werden davon nicht exaltiert, geraten davon nicht in Ekstase. Warum?« Darauf Rumi: »Weil ich den Klang der Tür zum Paradies höre, die sich öffnet, und ihr den Klang der Tür, die sich schließt.« Müsste der Mystiker nicht hier Chamfort paraphrasieren, den Satz umkehren und sagen: »Ich gerate in Ekstase, weil ich den Klang der Tür zum Paradies höre, die sich schließt.«?

Karl Rahner: »Wenn die Engel des Todes all den nichtigen Müll, den wir unsere Geschichte nennen, aus den Räumen unseres Geistes hinausgeschafft haben, wenn der Tod eine ungeheuerlich schweigende Leere errichtet hat und wir diese glaubend und hoffend als unser wahres Wesen schweigend angenommen haben …« Der Rest fehlt mir wieder mal. Ähnlich wie bei Pascal, wo ich mich auch nur an die Schrecken der leeren Räume und all das erinnere, die Glaubensbekenntnisse wohl überlesen habe.

Das entzündete Nagelbett des Vorgartens eitert an den Rändern in gelbe Osterglocken aus. Davor die geschuppte Haut der Straße mit ihren aufgeplatzten Teerbläschen. Dahinter die geröteten, nässenden und krustösen Läsionen der Plattenbauten, über die allabendlich die rezidivierende Entzündung des Himmelknorpels zieht. Die Fenster der Reihenhäuser starren mit geschwollenen Lidern in den Abend. Das gelbe Küchenlicht tritt als granulöses Sekret zwischen dem Holzkreuz und den Vorhängen nach außen. Die Gefäßschlingen des Farns überwuchern die Hinterhofhornhaut.

Bei den Schizophrenen ist es folgendermaßen: Natur wird als Kleid oder Körper des Ichs erlebt, atmosphärische Veränderungen als Ausdruck der eigenen Gemütsschwankungen und der eigene Tod als Weltuntergang. Schreibt ein Psychiater in den zwanziger Jahren des letzten Jahrhunderts. Der eigene Tod als Weltuntergang, so erleben das die Gestörten also? Und wir selbst? Kein Weltuntergang? Welt existiert weiter, nur ich gehe. Denkt so der Psychiater? Schade, dass ich nicht an seinem Sterbebett zugegen war. Ich hätte ihm gern die Beichte abgenommen. Wir hätten viel zu lachen gehabt. Aber das war eine andere Zeit. Das waren die dunklen Jahre des Wissenschaftsglaubens. Die wichtigsten Dogmen der katholischen Kirche waren noch nicht verkündet. Karl I. noch nicht selig gesprochen für seinen Einsatz von Giftgas. Wie gesagt, ganz andere Zeit damals. Psychiater verkleideten sich in den Anstaltsgärten als Schreckgespenster und überschütteten die Schizophrenen mit Tinte, um herauszufinden, ob sie in der Lage sind, zwischen ihren Wahnvorstellungen und diesen Späßen zu unterscheiden. Eine Wahnsinnsidee im Grunde.

»Im Begriff sein, etwas zu tun.« Was für ein wunderbarer Ausdruck. Ich entschließe mich zum Handeln und gelange allein durch diesen Entschluss zum Begriff. Die Handlung selbst ist nachgeordnet. Transsubstantiation im Alltag.

Keine 80 Jahre später ziehen, ich wiederhole mich, junge Menschen mit einem Kreuz durch die Lande. 800 000 werden sich in der sicherheitsgeschützten Zone einfinden und gemeinsam lachen und beten. Am Schluss Segen. Übrigens hat man herausgefunden, dass Menschen mit gewissen Gehirndeformationen an der Börse größere Chancen haben als die, die man für normal erklärt. Wie ich jetzt drauf komme? Keine Ahnung.

Das Sterben, so könnte es zum Beispiel auch in meiner Todesanzeige stehen, bringt die konkrete Vorstellung und Erinnerung an Personen, Dinge oder Situationen immer mehr zum Erliegen. Jetzt verstand ich auch die Abbildungen aus Knaurs Lexikon der abstrakten Malerei, das im Bücherregal meiner Eltern neben dem Fernsehapparat stand. Die Bilder von Baumeister, Winter, Kandinsky oder Trökes waren eine Vorwegnahme des Sterbens. Und auch die Versuche von Philosophie und Religion, hinter die Dinge zu sehen und die Essenz von allen Akzidenzien zu befreien, erfüllt sich nicht erst im Jenseits, sondern schon hier im Ableben. Ich begriff, was mir während der Exerzitien trotz eifriger Bemühungen der Patres verschlossen geblieben war: dass Religion nichts anderes ist als der Versuch, den Dingen jenseits der Dinglichkeit ihren Platz anzuweisen. Aber dieses Jenseits bezog sich nicht auf eine andere Welt, sondern auf das Jenseitige dieser Welt. Und das Jenseitige dieser Welt kann man nur im Sterben erleben, wenn die Farben und Gerüche nach vorn dringen und sich erst dann Bilder einstellen, vielleicht weil wir ohne Bilder bis zuletzt nicht denken können. Jetzt bedaure ich, an Stelle der vielen impressionistischen und surrealistischen Kunstpostkarten, die ich bei Kunst Schäfer gekauft und zu Hause in meine Alben gesteckt hatte, nicht mehr abstrakte Bilder ausgewählt zu haben. Zudem hatte ich selbst die wenigen abstrakten Malereien verkehrt betrachtet und immer wieder versucht, das Abstrakte auf das Konkrete zurückzuführen, statt die Abstraktheit möglichst lange ungeschützt auszuhalten.

Es hängt auch von der Tagesform ab. Heute etwa klammere ich mich mit aller Kraft an meinen jämmerlichen Rest Leben. Deshalb ist es vielleicht doch besser, in den Todesanzeigen nichts vom Sterben selbst zu berichten. Denn das Sterben ist dann doch ein längerer und wechselhafter Prozess, und je nachdem, wann man den Sterbenden befragt, wird er von seiner Angst sprechen oder von einem Gefühl der Gelöstheit, von der Abstraktion und dem Verständnis für das Jenseits. Es gibt eben beide Seiten, wobei es vor allem die Erinnerungen sind, die mir die Gegenwart des Sterbens unerträglich machen. Im Leben kann ich mich immer damit trösten, dass ich das Erlebte einfach noch einmal wiederhole. Auch wenn es meistens doch nicht dazu kommt. Ich höre mir die Rubber Soul noch einmal an. Ich gehe noch einmal in den Schlosspark und schaue, wie der Nachtigallenweg jetzt aussieht. Und wenn sie die Bäume gefällt und die Sträucher beschnitten haben, dann kann man eben nichts machen. Vielleicht ist es sogar tröstlich: Der Nachtigallenweg ist fort, ich kann ohnehin nicht zu ihm zurückkehren, er existiert nur noch in meiner Erinnerung, also muss mich die Erinnerung auch nicht schmerzen. Unerträglich ist allein der Gedanke, dass alles weiterexistiert und nur ich nicht mehr dorthin zurückkehren kann. Mir kommt der Gedanke, dass ich zu verschwenderisch mit meiner Zeit umgegangen bin. Doch was hätte ich stattdessen tun sollen? Die Nachmittage, die ich auf meinem Bett saß und in die Leere starrte, selbst wenn ich stattdessen rausgegangen oder mich noch öfter mit Rainer oder Achim getroffen hätte, wären jetzt gleichermaßen vorbei.

Die Ärzte malen Kreidekringel auf den weißen Leib. Sie fahren ihn mit Magneten und Sensoren ab, um aufzuspüren, was in seinem Wasser lebt. Der Tod kommt nicht mit kleinen Federbüscheln auf dem Kopf, maskiert nach dem Glauben des Sterbenden, er erscheint weder als Frau in einen gesichtslosen Umhang gehüllt noch als Bauer, der nicht von seiner Sichel lassen kann, er ist einfach ein Nichts, das, was zwischen den Knochen des Skeletts hindurchscheint, ein grünbeleuchtetes Nulldiagramm und ein langgestreckter Ton. Die Betten werden hin- und hergeschoben, die Fieberkurven anfänglich mit blauem, später mit rotem Buntstift nachgezogen.

Nicht durch Verleugnung wird der Geschichte der Garaus gemacht, sondern indem sie zu einer Moderichtung wird. Das ewige Leben hat nun einmal seinen Preis. Diejenigen, die zum Kampf auszogen, kehren als entleerte Hülsen in Magazinen und Prospekten zurück, so hohl, dass nun endlich alles in sie hineinpasst, jeder Wunsch und jedes Produkt. Was einmal als Spaß begann, nämlich dass Werbung sich ein psychologisches Wissen aneignete, scheint sich nun wie eine historische Verkündigung zu erfüllen, denn die lange Geschichte der Entdeckung des Unbewussten führte nicht zu einem Mehr an Bewusstsein, schon gar nicht zu einer Entwicklung vom Es zum Ich, sondern ganz folgerichtig zu einem gesellschaftlichen Unbewussten, das sich in der Werbung entwirft.

Kommt die offizielle Geschichtsschreibung abhanden, so besteht die einzige Möglichkeit darin, dem Vergangenen die eigene Geschichte zu geben.

Wenn das Bewusstsein schmerzt und das Unbewusste einem nicht länger zur Verfügung steht, ist man schnell beim Tod angelangt. Wohin sollte man umschalten, wenn nicht dorthin? Und so wird das Umschalten zum Abschalten. Wer dem entgehen wollte, wählte die Selbstverleugnung in einer Plattenbausiedlung unter falschem Namen, und ihm blieb als Scham, sich in dem versteckt zu haben, dem er sein Leben lang hatte entwachsen wollen.

Zu einem bestimmten Zeitpunkt war der Siedlungsbau unverhohlen ehrlich und damit gleichzeitig gesellschaftliches Symbol. Er war so ehrlich wie die politischen Systeme, die ihn subventionierten. Man hatte keine Angst, in diesen abgezirkelten Wohnbereichen Bombenleger zu züchten. Man verplante die Menschen wie Geld und sonstige Ressourcen. In Modellen hin- und hergeschoben mussten diese noch Eintritt für die Zellen zahlen, in die man sie sperrte. Siedlungsbau und Politik waren deshalb unverfroren ehrlich, weil sie den Menschen jenseits von sich nur noch den Tod in Aussicht stellten. Ihnen diesen absoluten Anspruch nicht abzunehmen war die Erkenntnis der Oberstufler, vielleicht ihre einzige. Wer hätte gedacht, dass das System tatsächlich seine Karten von Anfang an offen auf den Tisch legen würde? Doch konnte sich diese Offenheit nur deshalb so schamlos zeigen, weil man sicher war, dass niemand sie auf ihren Gehalt hin abklopfen würde. Als die Oberstufler sich nicht an die Vereinbarung hielten und gerade dies taten, geriet das System in Panik und versuchte, das bislang Offensichtliche hinter einem ausgeklügelten Apparat zu verbergen. Damit war der Kern tatsächlich freigelegt, die Offenheit als Tarnung enttarnt.

Möchte ich zurückgehen in die Zeit der ungebrochenen Dualitäten? Ganz am Anfang, gleich nachdem das Wort Fleisch wurde: katholisch oder evangelisch. Dann: Beatles oder Stones. Und anschließend immer so weiter. Beim Füller: Pelikan oder Geha. Bei der Uhr zur Kommunion: Junghans oder Dugena. Beim Plattenspieler: Braun oder Dual. Beim Tonbandgerät: Grundig oder Philips. Bei der elektrischen Eisenbahn: Märklin oder Fleischmann. Bei den Heftchen: Micky Maus oder Fix und Foxi. Beim Eis: Langnese oder Jopa. Bei der Fernsehzeitung: Hör Zu oder TV Hören und Sehen. Bei der Dosenmilch: Glücksklee oder Bärenmarke. Bei der E-Gitarre: Gibson oder Fender. Beim Gymnasium: humanistisch oder neusprachlich. Später die Tanzschule: Bier oder Weber. Und natürlich Russland oder Amerika. RAF oder Nazi. Problem oder Lösung. Nebenbei gab es dritte Optionen für Randgruppen. Andrés Vater, weil er Frisör war, wählte die FDP. Hans-Peter Götze war neuapostolisch und musste während des Religionsunterrichts im Schüleraufenthaltsraum sitzen. Es gab auch Moha-Eis, das aber nicht besonders schmeckte und nur zur Not gegessen wurde, zum Beispiel weil der Kiosk am Rheinufer nichts anderes hatte. Ab und zu las ich auch Felix. Und meine Eltern kauften den Gong als Fernsehzeitung, weil darin immer stand, ab welchem Alter eine Sendung gesehen werden durfte. Und weil er von der katholischen Kirche empfohlen wurde.

Allein im Wackelbild und im Wackelpudding kam das Schwankende und Ahnungshafte der Zeit zum Vorschein. Im unkontrollierten Bereich des Kindlichen, das von Erwachsenen benannt wurde, drückten sich deren Zweifel bunt verpackt aus. Ein Bild, das in die Zukunft weist und dann doch sofort wieder zurückspringt, als sei nichts geschehen. Ein zitterndes Dessert, das sich schmerzlos durchtrennen lässt und immer komplett zu sein scheint, egal wie viel man von ihm wegnimmt. Wie für die dreißiger und vierziger Jahre eine Philosophie des Unterhemds vonnöten wäre, so müsste man für die fünfziger und sechziger eine Philosophie des Wackelbilds entwickeln. Das Wackeln entsteht aus Dualitäten, die ein Drittes auszuschließen scheinen. Überhaupt das Wort wackeln: Es bleibt auf der einen Seite immer umgangssprachlich, erhebt auf der anderen Seite das Schwanken zum Wanken und weist auf die moralische Niederlage im Wankelmut hin.

Kann ich noch einmal zurückgehen ins Eltviller Schwimmbad, als ein Kofferradio zum ersten Mal A Whiter Shade of Pale spielte? Oder in das kleine Zimmer bei Rainer Schmitt, als Penny Lane aus der Musiktruhe der Eltern kam? Ruby Tuesday aus dem Autoradio, als meine Eltern Gregers in ihrem neuen Bungalow besuchten und wir im Wagen warten mussten, Saturday's Child ausgeliehen und am Samstagnachmittag, als meine Eltern kurz weg waren, im Wohnzimmer aufgelegt, Build Me Up, Buttercup am Fastnachtsdienstag bei der Party im Gemeindehaus oder Waitin' For the Wind bei der Feier von Berthold: Es ist wie der erste Kuss, den man immer wieder sucht, aber nur in der Fantasie rekonstruieren kann. Nur davon handeln alle Filme und alle Bücher, aber eben nicht das Leben selbst, weshalb man leicht auf den Gedanken kommt, mit Gewalt gegen dieses Leben vorgehen zu wollen, gegen das Verlassenwerden und die Wiederholung des Immer-Gleichen, anstatt sich an die Momente zu erinnern, die man hatte, auch wenn sie sich später gegen einen kehren in der Melancholie: Ja, ein Kuss von Gernika, auch wenn sie mich kurz danach beschimpfte und am Ende grundlos verließ. Ja, Paperback Writer, auch wenn ihr euch auflöst und sterbt und euch erschießen lasst und unbedeutend werdet. Ja, dieser Moment. Ja. Credo quia absurdum.

Die riesigen Bauten und die mühsam mit Leukoplast zusammengehaltenen Autos. Das Prinzip der Herrschaft und Unterdrückung, das sich auf alles legt und hinter allem zu finden ist. Die leeren Plätze, die großen Bahnhofshallen nachts, in denen Hunde streunen und ich auf einem viel zu kleinen Koffer sitze, kariert, mit Aufklebern aus Davos.

Es ist das Fortschreiten der Erinnerung, nicht des Lebens. Das klare Mittagslicht, an das ich mich erinnere, wie Zellophan von einer Rolle gezogen und gegen die Sonne gehalten. Kleine Pulsare im Glaskörper. Nur ein Nervenstrang mit Mund. Der Blick muss kleiner werden, um Ewigkeit zu erkennen. Dort an dem einen Zaunpfahl, an dem Blechring, dem untersten, war ein Spalt im Holz, nichts weiter. Um ihn zu sehen, musste man sich hinknien, die Hände flach auf den Boden stützen, die Arme einknicken, dann den Oberkörper vorbeugen. Etwas, das nur Kinder tun, weil sie nichts anderes vorhaben. Das Surren der Halme, das Vibrieren der Drähte, das fast unmerkliche Nachgeben der Erde. Es gibt sonst nichts zu berichten. Erst in der Erinnerung merken wir manchmal, wie dünn das alles ist: der Weg, die Hecke, der Schein der Lampe, und dass wirklich alles nachgibt unter uns, weshalb es bleibt, während wir, stur wie wir sind, vergehen.

Nachdem ich eine Weile, noch mit der Kontrastflüssigkeit in meinen Adern, dort gelegen hatte, schob man mich in ein weiteres Zimmer und zeigte mir Bilder aus meinem Kopf und meinem Bauch. Stellen, die schon tot sind, aber heil, andere lebendig, jedoch wund. Man zeigte mir Bilder, die beweisen, dass ich schon als Kind alle Zeichen an mir trug, allein der Griff, mit dem ich die Hand der Tante nahm, und da, die Geste mit dem schiefgelegten Kopf, all das wies schon lange darauf hin, war nur nicht richtig zu deuten bisher. Die Krankheit ist der Schlüssel, der das Leben rückwärts bis zur Zeugung erklärbar macht. Ich kann jetzt zusammenfallen zu Haut und Knochen und nur noch röcheln und nichts mehr sagen: Alles ist verständlich und fügt sich sinnvoll zusammen.

Der hingestellte Tee, das eine Stück Kuchen, die Gabel daneben, reflexlos stumpf, der schmale Rand der Untertasse, auf dem sich eine winzige Blase dreht, an all das sich klammern und es gleichzeitig hassen in seiner Kleinlichkeit.

Die Stufen vor der Kapelle, das Mäuerchen, ein künstlich angelegter Teich, dahinter Wolken in Tinte und Aquarell, ein Mond mit Feder herausgekratzt, das Geräusch der Züge.

»Ein Kaufmann, der nach Indien aufbrach, fragte alle Mitglieder seines Haushalts, ob er ihnen von dort etwas mitbringen könne, und weil er großzügig war, fragte er auch die Angestellten und selbst die Tiere in seinem Haus. Sein Lieblingspapagei, der in einem wunderschönen Käfig lebte, sagte zu ihm: Geh bitte in den Dschungel und frage die Papageien, die dort leben, ob es gerecht ist, dass sie frei fliegen, während ich hier in einem Käfig leben und fern von ihnen sterben muss. Nachdem der Kaufmann in Indien seine Geschäfte erledigt hatte, ging er in den Dschungel und traf dort auf einen Papagei, dem er die Frage seines Vogels vorlegte. Als der sie hörte, fing er an zu zittern, fiel dem Kaufmann vor die Füße, hörte auf zu atmen und starb. Als der Kaufmann nach Hause kam und alle Geschenke verteilt hatte, ging er auch zu seinem Papagei und erzählte ihm, was geschehen war. Als der Papagei das hörte, fing er ebenfalls an zu zittern, fiel von seiner Stange, hörte auf zu atmen und starb. Der Kaufmann erschrak und fing über den Verlust seines wunderbaren Vogels an zu weinen. Schließlich nahm er ihn aus dem Käfig, um ihn im Garten zu bestatten. Doch kaum war er mit ihm vor das Haus getreten, als sich der Vogel aus seiner Hand aufschwang und auf einen Baum flog. Als der Kaufmann ihn nach dem Grund für sein seltsames Verhalten fragte, antwortete der Papagei: Ich folge nur dem Vorbild meines weisen Lehrers im Dschungel. Indem ich den Tod simulierte, erlangte ich die Freiheit.«

Ich überlege, was Herr Gökhan mir mit dieser Geschichte sagen will. Dass ich alles nur simuliere? Dass ich mich darauf einlassen soll, zu zittern, zu Boden zu fallen und nicht mehr zu atmen, weil ich dadurch frei werde? Aber was ist das eigentlich: Freiheit? Vielleicht ist das der Vorteil, dieser ungeheure Vorteil der Mystiker, alle die Begriffe benutzen zu können, die ich schon so lange nicht mehr wage in den Mund zu nehmen: Freiheit, Liebe, Wahrheit, Erlösung, Ekstase und so weiter. Und bei dem Vogel, da fällt mir wieder die Kohlmeise ein, die in dem Ausflugscafé gegen das Fenster prallte und auf den Boden fiel, und das Gefühl, wie ich sie in der Hand hielt und sie nach einiger Zeit wieder nach oben auf die Tanne flog. Und zusammen mit dieser Erinnerung kommt wieder alles andere: der Klinkerbau, das Hotelzimmer, der Schnee, die grauen Pulswärmer, das Licht aus dem Bad und das Flimmern und all das, was ich geglaubt hatte, ein für alle Mal hinter mir gelassen und überwunden zu haben, weil ich das hier am Schluss allein durchziehen wollte und auch immer noch will und letztlich ja auch muss. Und dann kommt mir ein Satzfetzen in den Sinn: »Weil du ohne Liebe bist«, und ich überlege, woher das ist, aber es fällt mir nicht ein, obwohl es aus einem Song stammen muss, weil das »ohne« nach oben geht und das »Liebe« gedehnt wird, dabei mochte ich doch Bands mit deutschen Texten gar nicht und habe das Tonband immer sofort angehalten, wenn was auf Deutsch kam, selbst noch bei Ton Steine Scherben am Anfang. Weshalb ich mich umso mehr frage, warum mir ausgerechnet jetzt so was einfällt und nicht irgendeine Zeile aus der Blood on the Tracks oder der Late for the Sky, die ich beide mit zwanzig rauf- und runtergespielt habe? »Wenn du lachst, lachst du nicht. Wenn du weinst, weinst du nicht«, so heißt es davor, »weil du ohne Liebe bist«. Und jetzt weiß ich auch, von wem das ist: von Tokio Hotel. Und jetzt verstehe ich auch, jetzt, dass wirkliche Erkenntnis, wirkliche emotionale Erkenntnis nur von Zwanzigjährigen kommen kann und dass diese Erkenntnis nur von Vierzehnjährigen begriffen wird, weil sie alle noch die Sprache der Mystiker sprechen, weil sie beseelt sind, weil sie noch glauben, dass der lange Weg, der vor uns liegt, Schritt für Schritt ins Paradies führt, weil sie nicht wissen, was sie erwartet, so wie ich nicht wusste, was mich erwartete, damals auf der Kerb, weil Glaube Liebe Hoffnung noch ungefiltert und unverschnitten das Fühlen bestimmten, noch nicht begradigt waren zum Wahren Schönen Guten, diesem zivilisierten Mist, diesem kleinsten gemeinsamen Nenner, diesem bescheuert biederen Blödsinn, hinter dem nur die Angst steht. Die Angst regiert. Die Angst regiert im Gewand der Vernunft, die Ungeheuer gebiert. Nein: do not go gentle into that good night. Rage, rage against the dying of the light. Rage Against the Machine. Rage against L'Homme Machine. Rage against Descartes und gegen jede Aufspaltung in res extensa und res cogitans, weil die denkende Sache in Wirklichkeit die ausgebreitete Sache ist, die sich immer weiter ausbreitet und immer mehr Dichotomien erzeugt, in deren Lücken wir stürzen und untergehen. Und obwohl es Abend ist und der Himmel längst zugezogen, reißen die Wolken noch einmal für einen Moment auf und Schneeflocken wirbeln herab, Schneeflocken, so weiß, dass sie fast schon wieder blau sind. Und hinter ihnen ist ein Licht, für einen Moment, und dann …

… dann kommen die Handpuppen. Der Igel, der Zauberer mit dem zu großen Kopf und vor allem die, deren Plastikgesichter zu unförmigen Fratzen zerschmolzen sind, weil ich sie einmal aus Versehen auf der Heizung habe liegen lassen. Ihre Augen sind zu zyklopischen Narben zusammengeflossen. Ich kann nicht erkennen, wo ihre Münder sind, aber sie reden unaufhörlich. Ihre Stimmen sind schneidend. Sie wollen sich bei mir über mich beklagen. Und sie haben recht. Ich habe sehr viel falsch gemacht in meinem Leben. Ich habe das Leben vor allem zu schnell vorbeigehen lassen. Das ist meine größte Schuld. Ich habe es sogar angespornt, an mir vorbeizuziehen und mich zurückzulassen. Ich liege im Graben und schaue ihnen nach. Mein Mund ist voll Sand.

Meine Eltern fliegen in einem Flugzeug über das Haus. Ich sitze allein in der Küche im Flackern der Robinienäste. Die Tür des hellblauen Küchenschranks schlägt. Die graue Fabrikasche rieselt über den Schornsteinklinker. Der Hausmeister zieht das Wolkennetz über das Stahlgerüst. Der Küster hält die Kirche in der ausgestreckten linken Hand und weint über seine Entlassung. Und obwohl meine Eltern so weit entfernt sind, kann ich ihre Stimmen genau hören. Sie sagen, ich soll mich endlich umbringen. Ich soll mir die Pulsadern aufschneiden oder besser noch aus dem Fenster springen. Und nicht vorn raus, sondern in den Hinterhof.

Immer noch liege ich auf dem Feldbett im Kindergartenhof gleich hinter dem Eingang an der Unterführung. Der Topf steht bereit, aber es kommt niemand, um mich aufzukochen. Über mir fahren die Sterne auf ihren eingefahrenen Bahnen dahin. Bald kommen die Kinder, um im Hof zu spielen. Sie bauen eine Sandburg und wundern sich nicht über den Mann, der da liegt und glaubt, er sei ein Teenager, obwohl er längst tot ist. In die Sandburg werden Löcher gebohrt und ganz vorsichtig Gänge. Es dauert bis zum Nachmittag. Die Sonne huscht hinter dem Flachbau weg, in dem ihre Anoraks auf kleinen Kleiderbügeln hängen. Alles ist klein, die Toiletten, die Tische, die Stühle. Und sie müssen fast alle Tische zusammenrücken, um mich darauf zu legen. Sie füllen meine Augenhöhlen mit Knete, malen mir das Gesicht mit Fingerfarben an und kämmen mir die Haare. Irgendwann verlieren sie die Lust und gehen wieder nach draußen auf den Hof. Sie setzen sich um die Sandburg und lassen ihre Klicker einzeln oben durch die Gänge nach unten rollen. Es ist seltsam und aufregend, wenn ein Klicker in einem der Löcher verschwindet, darauf zu warten, ob er wieder unten erscheint, und das, obwohl es nur ein paar Sekunden dauert.

Es war ein grauer Leinensack, einer, in den sie die Toten legen, bevor sie in die Erde kommen, wenn kein Geld da ist für einen Sarg. Alles, was sie zusammenkratzen konnten, ging für die Träger drauf und für den Mann, der schon früh um fünf den eingefrorenen Boden mit der Hacke schlägt, bis ihm die Spitze in eine Wurzel fährt und steckenbleibt. Er steht und raucht eine halbe Zigarette. Über der Friedhofsmauer hängen eingefroren abgestorbene Brombeerzweige. Eine schwarz eingetrocknete Beere rutscht in das Innere einer grünen Steckvase. Der Mann mit der Spitzhacke isst schon um halb elf zu Mittag. Er steht neben dem Krematorium und beißt in eine warme Wurst, die ihm ein anderer Mann auf einem Fahrrad mit einer Holzzange aus einem Silberkübel gereicht hat. Der Weihrauchduft kriecht um die Ecke. Das eine hängende Pedal lässt die Orgel wie einen Hund jaulen. Der Mann wartet auf sein Trinkgeld. Sein blauer Arbeitsanzug kommt nur einmal im Jahr in die Wäsche. Jemand faltet den grauen Leinensack wieder zusammen. Er faltet ihn wie ein Halstuch über Eck.

Es regnet, es regnet. Ich ersticke. Ich bin tot. Der Mann mit der Hacke bekommt das Fünf-Mark-Stück aus meinem Sparschwein und die Groschen dazu für Zigaretten. Er muss ein Knabengrab schaufeln, ein kleines, gemütliches. Dann wachsen die Wurzeln der Bäume wie ein Gitter über mich. Selbst der Doktor bekommt den Leinensack nicht mehr von meinem Kopf. Du musst die Backen aufblasen, ruft er, aber ich habe keine Kraft mehr in den Lungen. Er hört uns nicht, sagt der Doktor zu meinem Vater, dabei höre ich ihn ganz genau. Also operieren, es hilft nichts. Äther tropft durch den Leinensack, läuft über meine Stirn und rinnt mir schließlich in den Nacken. Ich schneide jetzt, sagt der Doktor. Vorsichtig, bitte!, ruft meine Mutter. Ich bin immer noch wach. Das Messer, obwohl klein, ist schärfer als die Hacke von dem Mann auf dem Friedhof. Obwohl es dunkel im Leinensack ist, kneife ich die Augen zu. Es hilft nichts: Der Kopf geht mit ab. Meiner Mutter steigen Tränen in die Augen. Heimlich lässt sie die mitgebrachte Bananenschnitte mit Schokoguss in einen kleinen Eimer unter dem Waschbecken fallen, in dem alte Pflaster und Binden liegen. Der Mann mit der Spitzhacke bekommt mitgeteilt, dass wir jetzt zwei Gräber benötigen, ein Kopfgrab und eins für den Leib. Das war früher nichts Außergewöhnliches, sagt er und putzt seine Nase am Jackenärmel ab. An der Tagesordnung. Gang und gäbe. Es regnet immer noch, und das Kopfgrab füllt sich weiter mit Wasser. Das Wasser kommt nicht nur von oben, es dringt auch von allen Seiten aus dem Erdreich. Die Hände haben sie mir ordentlich gefaltet. Der Leinensack aber saugt sich mit Regenwasser voll, bis sich mein Gesicht durchdrückt. Weil meine Mutter mein Lächeln nicht ertragen kann, schiebt der Mann mit der Spitzhacke den Sack mit dem Hackenstiel nach unten ins Wasser. Ich sehe bis nach oben zum Zehnmeterbrett und weiter in den blauen Sommerhimmel.

Mein Kopf liegt im Kopfgrab und mein Körper im Körpergrab. Ich kann nicht sagen, woher die Schmerzen kommen. Die Nadeln der Bäume fallen ins Mondlicht. Über den abendlichen Straßenbiegungen flimmert es, als sei Sommer. Ich rieche das Heizkissen, wenn es auf zwei gestellt ist. Und ich rieche noch einmal das Kopfsteinpflaster vor dem Ostausgang des Bahnhofs nach dem Regen. Es ist Samstagabend. Ich warte dort, wie nur ein Kind wartet. Ein Nebel aus Rosttönen legt sich über den Busparkplatz. Der Mann mit der Spitzhacke ist abgelenkt, weil er einer Frau nachschaut, die sich ihr Haar mit einer Spange nach oben steckt. Der Regen wird für einen Moment stärker und schlägt ihm gegen die ungeschützte Stirn. Er verflucht den Boden und hackt auf ihn ein, als läge ich nicht längst für die Ewigkeit gebettet. Es ist sein verzerrtes Gesicht, das ich als Letztes sehe, unscharf und durch das Sackleinen verwischt. Über seinem Kopf ein Ast, zitternd, als sei gerade ein Tier von ihm gesprungen.

Ambrosius sagt, der Tod ist immer etwas Gutes, weil er die Seele aus ihrem Gefängnis befreit, der Tod ist mein sicherer Hafen vor jeglicher Unbill der Welt, niemand muss den Tod fürchten, der gottesfürchtig gelebt hat, deshalb darf ich nicht jetzt noch in letzter Minute, wenn meine Vergebung naht, zweifeln, muss mir die Frage verkneifen, warum Gott die Seele in meinen Körper, meine Seele ausgerechnet in meinen Körper gesteckt hat, wenn sie dort nur gefangen ist. Augustinus sagt, nein, Seele und Körper sind nicht voneinander verschieden, sondern ein vereintes Ganzes, die Seele ist die Form des Körpers, und jetzt begreife ich, warum sie mich nicht im Konvikt wollten und nicht in der Klinik und nicht in der Schule und nicht zu Hause, warum mich niemand wollte, nicht die Oberstufler, nicht Christiane, nicht meine Eltern, nicht Gernika, weil ich einfach nichts verstehe. Ich verstehe weder Seele noch Körper, weder Ambrosius noch Augustinus und habe deshalb keine eigene Meinung und bin deshalb nichts, ein soziales Nichts, ein religiöses Nichts. Ich liege wie Claudia auf meiner kleinen Bühne, dem Kunstrasen, der den ersten Meter meines Grabes auskleidet, und begreife nicht, dass der Tod selbst nichts weiter ist als ein Test, dass ich im Tod selbst beweisen muss, wie es um mich steht, und wenn ich jetzt versage, jetzt, bevor ich den Geist aufgebe, bevor die Atmung versagt, das Herz, dann verliere ich alles, und wenn ich jetzt in ganzer Klarheit meinen eigenen Tod betrachte, gewinne ich alles, komme ich, wie nur wenige, ganz wenige, in den Genuss des ewigen Lichts.

Herr Gökhan saß die ganze Nacht bei mir und wischte mir die Stirn mit einem Frotteewaschlappen, der etwas muffig roch, was mich an meine Kindheit erinnerte, an meinen Frotteewaschlappen, hellblau, und ich dachte, dass ich mein ganzes Erwachsenenleben keinen Waschlappen mehr benutzt hatte, überhaupt das Wort Waschlappen vielleicht allgemein nur noch im übertragenen Sinn existiert oder wenn jemand Fieber hat und stirbt. Dann fällt einem der Waschlappen wieder ein, oder gerade dann nimmt man ein Leinentuch und tupft die Stirn ab mit dem kühlen Wasser, in das man das Leinentuch zuvor getaucht hat. Aber das war nur in Filmen so, dass eine mitleidende Frau neben einem sitzt und dass man in einem Bett liegt, einem richtigen Bett und nicht auf einem Feldbett, aber das war im Grunde egal, weil diese Bilder nur die interessieren, die bleiben oder die sich ausmalen, wie es bei ihnen sein wird, wobei es natürlich nicht jeder so gut treffen kann wie ich, nicht jeder jemanden hat, wie ich Herrn Gökhan, der auf mich aufpasst und jetzt anfängt etwas zu singen, weil er merkt, dass es so weit ist, weil alles keine Rolle mehr spielt, ich jedes einzelne Frotteekörnchen des Frotteewaschlappens auf meiner Stirn spüre, selbst nicht mehr denke, dass es jetzt doch so schnell geht, ganz anders, als ich es mir vorgestellt hatte, sondern nur die Stimme von Herrn Gökhan höre, die leise, ganz leise summt.

Mein Mund ist trocken und mein Hals ist belegt, aber ich will auch etwas singen, summen, meinetwegen. Vielleicht etwas aus der Rubber Soul. Oder von den Kinks. Aber mir fällt nur die Nummer 487 aus dem Gesangbuch ein: Wir sind nur Gast auf Erden. Und: Heile, heile Gänschen. Aber so ist das eben am Ende. Man kann es sich nicht aussuchen:
Das Leben ist kein Tanzlokal,
Das Leben ist sehr ernst.
Es bringt so manche Herzensqual,
Wenn du es kennenlernst.

Herr Gökhan lächelt und summt mit, während er den Waschlappen ausdrückt. Ob Rumi oder Ernst Neger, ob Tokio Hotel oder Ton Steine Scherben, am Ende kommt es nur darauf an, dass man wirklich ernst meint, was man sagt, und am Ende meint man alles ernst, zumindest in dem Moment, in dem ich versucht habe, das Lied zu summen, aber dann werde ich noch einmal abgelenkt, weil mir auffällt, wie lange diese halbseidenen Stars auf dem stummgeschalteten Fernseher an meinem Fußende in dieser Show sitzen und einen Gegenstand herumreichen und diesen Gegenstand in ihren Händen drehen und dabei lachen und die Gesichter verziehen, weil sie wahrscheinlich erraten müssen, wozu man diesen Gegenstand benötigt, und weil sie das über die halbe Sendung ziehen müssen. Und ich denke, man benötigt diesen Gegenstand, um euch damit eins über den Schädel zu geben, und das macht den Moment natürlich kaputt, dieses Friedliche, dieses Versöhnliche, aber vielleicht hat das Sterben auch nichts von Versöhnlichkeit, sondern folgt einfach einer gewissen Mechanik. Einer ganz einfachen Mechanik. Und nichts weiter. Der Mechanik des Todes.

Also versuche ich, noch einmal auf mein Leben zurückzuschauen, um mich dann ganz dieser Mechanik überlassen zu können, doch ausgerechnet jetzt, wo ich mir noch einmal das Gute meines Lebens in Erinnerung rufen sollte und auch das nicht so Gute meinetwegen, aber zumindest etwas aus meinem Leben, ausgerechnet jetzt fällt mir diese Frau ein, diese offensichtlich erfundene Frau, die in einer Predigt unseres Pfarrers immer wieder vorkam. Diese Frau kam nämlich immer zu spät in die Kirche. Und dann hatte sie einen tödlichen Verkehrsunfall und war schon verstorben, als der Pfarrer mit den Sakramenten zum Unfallort kam, weshalb es dann in der Predigt hieß: Und da kam Gott zu spät zu dieser Frau. Was ich schon damals erschreckend schofel fand und mir nicht richtig vorstellen konnte, obwohl man es anderseits nicht wusste, weil ich in einer anderen Geschichte gelesen hatte, dass ein Junge, der immer wieder gegen das Sonntagsgebot verstoßen hatte, sogar während eines Gewitters von einem Kreuz erschlagen wurde, das von der Kirchturmspitze herunterfiel, und so sehr ich versuche, mich an mein eigenes Leben zu erinnern, an irgendwas, sosehr hänge ich an diesen Predigten, die mir seit damals kein einziges Mal in den Sinn gekommen sind, und jetzt muss ich denken, dass der Pfarrer auch einmal über den modernen Menschen gepredigt hatte und dass er Warten auf Godott erwähnte, dabei aber immer das T am Ende mitaussprach, was mich damals irritierte, weil ich das auch schon im Theater-Abo hatte, aber er tat es, weil er sonst die Pointe nicht hätte bringen können, dass der Sinn des Lebens ein Warten auf Godot, auf Gott ist. Und jetzt alle: Heile, Heile, Mausespeck, in hundert Jahr'n ist alles weg.

94

Ich habe mit dem ganzen Gerede über die Rote Armee Fraktion 1913 nur abgelenkt, weil ich nicht wollte, dass rauskommt, was ich wirklich getan habe, es einfacher ist, für etwas beschuldigt zu werden, das man nicht getan hat, und am liebsten hätte ich das auch bis zum Schluss, also für immer, für mich behalten, weil es ganz furchtbar ist und wirklich etwas, das man einem Kind oder selbst einem Jugendlichen, der ich ja noch nicht ganz bin, überhaupt nicht zutraut, besonders, weil ich es auch nicht mehr rückgängig oder irgendwie gutmachen kann, und das ist eigentlich das Schlimmste. Als ich nämlich das Tonband vom Achim kaputtgemacht habe, was noch nicht mal Absicht war, konnte man das reparieren, und das wurde mir dann jeden Monat vom Taschengeld abgezogen, und nur das Heft mit den Sammelbildern vom Schatz im Silbersee, das er mir geliehen hatte und das ich im Umkleideraum hab liegen lassen, konnte man nicht mehr ersetzen, weil es die Bilder nicht mehr gab, und selbst wenn, dann hätte man die nicht mehr alle zusammenbekommen, weil die ja in Tütchen sind und man nie weiß, was in dem Tütchen ist, das man am Kiosk kauft, und weil die anderen auch längst keine Bildchen mehr zum Tauschen hatten, weshalb es auch nicht ganz so schlimm war, weil wir uns eigentlich nicht mehr so richtig für Winnetou interessiert haben, aber trotzdem hat mir das leidgetan. Aber das war gar nichts gegen das, was ich an dem Mittwoch vor der Gibber Kerb getan habe und was wirklich ganz furchtbar ist und was ich natürlich auch deshalb nicht zugeben wollte, weil ich Angst hatte, was dann passiert, weil es nicht einfach so was ist, was man zugibt und sich dafür entschuldigt und dann ist es gut, weshalb ich auch lieber alles andere zugeben wollte, was ich nicht gemacht habe, das mit der Roten Armee Fraktion und mit der Frau von der Caritas und auch das, was andere gesagt haben über mich und was gar nicht stimmt, weil alles nicht so schlimm ist wie das, was ich wirklich gemacht habe, aber jetzt will ich auch das zugeben, weil es keinen Sinn hat, weil ich das nicht immer nur für mich behalten kann, weil ich das einfach nicht schaffe, weshalb ich auch erzählen kann, was ich an dem Mittwoch vor der Gibber Kerb, also dieser einen Gibber Kerb, über die ich schon gesprochen habe, im Sommer 1969, was ich da gemacht habe, dass ich

nämlich an diesem Mittwoch in einer Pappschachtel nach London geflogen bin und dort vom Flughafen zur Victoria Station mit der Bahn, wo
ich ein Wall's Choc Bar Eis gegessen hab und mich gewundert, dass die
Fahne am Kiosk genauso aussieht wie die von Langnese bei uns und wie
viele Leute überall rumstehen und dass es schade ist, dass der Zug, den
ich nehmen musste, nicht von der Waterloo Station abfährt, weil Waterloo Sunset mein Lieblingslied von den Kinks ist, also zusammen mit
Days und See My Friends, aber dann habe ich mir am Kiosk das aktuel-
le Beatles Book Monthly gekauft, die Nummer 72, wo die Beatles vorne
drauf in einem Ruderboot über die Themse fahren, und das hat mich
schon getröstet, außerdem habe ich da etwas wirklich Merkwürdiges gesehen, weil nämlich an der Seite in das Boot die Namen Fritz Otto Maria Anna eingeritzt waren, und ich hab erst gedacht, dass sich das die
Beatles ausgedacht haben, weil es auch vier Namen sind und weil sie die
vielleicht noch aus dem Starclub kannten, und dann wäre John Fritz und
Paul Otto. Aber George Maria und Ringo Anna, das passt irgendwie
nicht, auch wenn es ein Lied von den Beatles gibt, das Anna heißt, was
ich aber nicht besonders mag und das, glaube ich, auch gar nicht von ihnen geschrieben ist, außerdem sind das so alte Namen, die keiner mehr
hat heute, nur die Schwester meiner Oma heißt noch Anna, und Otto
und Fritz, die kommen nur in Witzen vor, und dann hab ich gedacht, dass
es einfach ein Zeichen ist, diese vier deutschen Namen, dass sie Hilfe aus
Deutschland wollen, und das hat meine Zweifel etwas beruhigt, denn ich
hatte natürlich schon Zweifel. Also hab ich den Zug nach Crawley genommen und hab mir während der Fahrt die Fotos im Heft noch genauer angesehen, und dann bin ich eingeschlafen, weil es fast eine Stunde
dauert bis nach Crawley und ich an dem Tag auch schon ganz früh morgens aufgestanden bin, und von Crawley bin ich getrampt und hab's auch
bis nach Upper Hartfield geschafft. Den Rest bis nach Cotchford bin ich
dann gelaufen. Es war ziemlich spät am Nachmittag, und es wurde schon
dunkel, als ich das Bauernhaus gesehen habe. Ich bin dann erst mal um
das Bauernhaus rumgeschlichen und hab gewartet, bis es richtig dunkel
war, aber als es dann richtig dunkel war und auch irgendwie unheimlich,
da hätte ich fast doch noch im letzten Moment gekniffen, weil ich einfach Angst hatte, aber dann hab ich hinter der Hecke ein Geräusch vom
Haus her gehört und hab ihn in der Dunkelheit aus dem Haus rauskom-
men und in den Garten gehen sehen, im Bademantel, mit einer Flasche
in der Hand, und er sah gar nicht so hübsch aus wie auf den Fotos, son-

dern viel breiter im Gesicht, und dann hat er sich an den Swimmingpool gesetzt, aber ist nur mit den Beinen ins Wasser rein und hat weiter aus der Flasche getrunken und ist dabei so hin- und hergeschwankt, und da bin ich einfach, ohne weiter nachzudenken, über den Gartenzaun und durch die Hecke, wo ich mir die Arme aufgekratzt hab, und dann im Dunklen von hinten an ihn ran. Ja, und dann hab ich ihn reingestoßen in den Pool, einfach so, und ich war auch selbst ganz überrascht, wie leicht das ging, denn ich habe ihm nur so einen leichten Schubs gegeben, und er ist einfach nach vorn gekippt, ohne ein Geräusch, auch ohne irgendwas zu sagen oder zu schreien, wirklich gar nichts, und genauso ist er auch untergegangen. Ich hab weiter gar nichts mehr gemacht, denn ich konnte mich gar nicht mehr rühren und auch nichts denken. Ich wollte auch nichts denken, denn was sollte ich in dem Moment schon groß denken? Hätte ich irgendwas gedacht, dann wären bestimmt wieder nur irgendwelche Zweifel gekommen, und das ist das Schlimmste, wenn man was gemacht hat und dann kommen Zweifel und man weiß nicht, was man jetzt anders machen soll, weshalb ich einfach nur dastand und auf den Pool geschaut hab, auf den etwas Licht aus dem Haus fiel, und da habe ich noch mal einen richtigen Schreck bekommen, weil ich gar nicht daran gedacht hatte, dass noch jemand in dem Haus sein könnte, irgendwelche Groupies oder sein Manager oder irgendwer, weil ich einfach nur ihn gesehen habe und über den Zaun und durch die Hecke bin und dann dastand und an sonst nichts gedacht habe, nur zugesehen, wie seine Hand die Flasche loslässt und er auf dem Bauch quer durch den Pool treibt und wie sich der Bademantel vollsaugt und über ihm schwimmt wie eine Wolke, und dann bin ich so schnell wie möglich weg von dem Pool und zum Zaun, aber ich musste noch mal zurück, weil mir das Beatles Book Monthly aus der Hosentasche gerutscht war, und erst hatte ich Angst, dass ich es nicht mehr finde in der Dunkelheit, aber dann lag es mitten auf der Wiese, und endlich bin ich wirklich weg und hab nicht noch mal zum Pool geschaut, weil ich doch Angst hatte, dass er noch lebt, obwohl ich genauso Angst hatte, dass er tot ist, und am liebsten hätte ich es wahrscheinlich gehabt, dass er doch noch aufwacht oder dass ihn jemand aus dem Haus findet, falls da vielleicht doch noch jemand ist. Und dann bin ich die Landstraße zurückgelaufen und immer weiter bis zu einem kleinen Wäldchen, da hab ich mich unter einen Baum gelegt und bin eingeschlafen, obwohl es ziemlich kalt war mittlerweile, weil ich nur ein kurzärmliges Hemd anhatte und keine Windjacke dabei. Am nächsten

Morgen bin ich dann denselben Weg wieder zurück, also zumindest bis London, nur dann anders, denn ich konnte nicht mehr zurückfliegen, weil die Pappschachtel bei der Landung kaputtgegangen war, weshalb ich die Fähre nehmen musste von Dover nach Calais, wo mir richtig schlecht geworden ist und wo es Essen nur in Automaten gab, für die ich kein Kleingeld mehr hatte, weshalb ich erst im Zug nach Deutschland was essen konnte, weil die auch D-Mark genommen haben und ich mir ein Würstchen kaufen konnte von meinem letzten Geld, was über zwei Mark gekostet hat, und da war nur so eine Scheibe Brot dabei, kein Brötchen, aber trotzdem hat das gut geschmeckt, und auch da hab ich wieder geschlafen, denn in der Nacht im Wald bin ich immer wieder aufgewacht, weshalb ich jetzt wahnsinnig müde war. Es hat auch noch mal ewig gedauert, bis ich wirklich zu Hause angekommen bin, und vom Bahnhof dann noch mit der 4 die Allee hoch, da war es schon Donnerstag Spätnachmittag und auch schon alles aufgebaut auf der Kerbewiese, die Geisterbahn und die Raupe und der Autoscooter, das hab ich vom Bus aus oben auf der Autobahnbrücke beim Rainer gesehen, und dann bin ich Herzogsplatz ausgestiegen, weil ich noch bei der Frau Maurer vorbeiwollte und die neue Pop holen, die auch schon da war, und dann hab ich auf dem Nachhauseweg angefangen, drin zu lesen. Und natürlich stand da noch nichts, weil noch nicht mal was in den Zeitungen stand, die ich an den Bahnhöfen gesehen habe, zumindest nicht vorne drauf, aber stattdessen stand was anderes in der Pop, die ja nur einmal im Monat kommt, etwas, das mich wahnsinnig erschreckt hat. Da war nämlich so ein Foto von den Stones, auf dem Brian Jones ganz vorne steht und die anderen hinten, und alle lachen, und er deutet so zu denen, und darunter stand, dass Brian Jones Anfang Juni aus den Stones ausgetreten ist. Das war wirklich ein Wahnsinnsschock, als ich das gelesen habe, das war wirklich ganz furchtbar, und ich hätte fast losgeheult. Ich habe mich dann aber beruhigt und den ganzen Artikel noch mal ganz genau gelesen, doch da stand nur drin, dass das wirklich stimmt und dass er schon bei den Aufnahmen zur neuen Platte nicht mehr richtig dabei war. Da fing ich richtig an zu zittern, obwohl es noch ganz warm war, viel wärmer als in England, und ich musste mich bei der Pestalozzischule kurz auf die Stufen setzen, weil mir klar wurde, dass alles umsonst gewesen war, völlig umsonst, weil ich ja nur gewollt hatte, dass der Einzige von den Stones, der den Beatles Konkurrenz machen konnte, der Einzige, der eigentlich zu den Beatles gehörte, weil er auch Sitar spielt wie George Harrison

und die Idee gehabt hat mit den Blockflöten bei Ruby Tuesday und mit
dem Xylophon bei Under My Thumb und mit dem Wackelbild auf der
Satanic Majesties Request, was er von demselben Fotografen hat knip-
sen lassen, der das Bild von der Sergeant Pepper gemacht hat, dass der
eben nicht mehr bei den Stones ist. Wenn er aber jetzt bei den Stones
weggegangen war, dann hätte er doch bei den Beatles mitmachen können, dann wären die Beatles fünf gewesen und die Stones vier, obwohl
das auch komisch wäre, aber dann wären alle zusammen, die zusammen-
passen und die gut sind, und dann würde mich auch Christiane nicht immer weiter mit den Beatles aufziehen können, weil dann die Beatles un-
schlagbar wären. Aber genau das hatte ich jetzt versaut, genau das hatte
ich verhindert, weil ich mir einfach nicht hatte vorstellen können, dass
sich irgendwas ändert zwischen den Beatles und den Stones, dass einer
weggeht oder sogar stirbt, einer, der genau doppelt so alt war wie ich,
das stand nämlich auch in dem Artikel, dass er siebenundzwanzig war,
und ich bin dreizehneinhalb, also fast dreizehndreiviertel, aber Brian
Jones war ja auch schon älter, weil er im Februar Geburtstag hat, nur
jetzt würde er nicht mehr älter werden, und ich überlegte, wie es wäre,
wenn ich auch nicht mehr älter werden würde, dann wäre jetzt alles vorbei, und die Welt würde sich nicht mehr verändern, und wenn ich nicht
gerade noch die Pop bei der Frau Maurer gekauft hätte, wüsste ich noch
nicht einmal, dass Brian Jones bei den Stones ausgestiegen ist, dann würde ich aber auch nicht mehr die Rockoper von den Who kennen, die bald
erscheint, von der auch Pinball Wizard ist und die vielleicht so ähnlich
ist wie Excerpt from a Teenage Opera, das schon vor zwei Jahren rauskam, aber wo dann nie eine LP kam, nie eine ganze Oper, und vielleicht
ist das mit Pinball Wizard genauso, aber das würde ich dann auch nie erfahren, und ich dachte an das Großer Jack, Großer Jack, was der Kin-
derchor singt, und überlegte wieder, warum die das eigentlich auf
Deutsch singen: Großer Jack, Großer Jack, is it true what Mummy said,
you won't come back, oh no, oh no. Und vielleicht würden sie das auch
bei der Beerdigung von Brian Jones singen, obwohl er ja nicht Jack heißt
und auch nicht besonders groß ist, aber es gab ja die Single Jumpin' Jack
Flash, wo Brian Jones vorne drauf ein Glas Whiskey in der einen Hand
hält und in der anderen einen Dreizack, wie ihn der Meeresgott Neptun
eigentlich hat, als hätte er gewusst, wie er ein Jahr später sterben wird,
mit Whiskey und im Wasser, dass er ertrinken wird, aber nicht, dass ihn
jemand stoßen wird, dass jemand extra aus Deutschland kommen wird,

ein Junge, der nicht einmal vierzehn ist, halb so alt wie er, und ihn rein-
stoßen wird, weil er die Beatles retten will, und weil er nicht weiß, dass
das alles unnötig ist und er damit alles nur kaputtmacht. Brian Jones ist
jetzt sogar so was wie ein Märtyrer, denn noch nie ist einer gestorben
von den Bands, und jetzt ist er als Einziger tot. Da können sich die
Stones wahnsinnig was drauf einbilden und ihn so verehren lassen wie
den Heiligen Nepomuk, der auch ertränkt wurde, den man von einer
Brücke in die Moldau gestoßen hat, so wie ich Brian Jones in den Swimmingpool gestoßen habe, nur dass keine fünf Flammen um ihn herum erschienen sind wie beim Heiligen Nepomuk, aber das können die Stones
ja einfach behaupten, und ich kann nichts dagegen sagen, weil ich mich
sonst verraten würde, und dann können sie ihm auch noch eine cupidi-
tas martyrii unterstellen, als hätte er alles geplant, seinen Austritt bei
den Stones und dann eben den Märtyrertod im Swimmingpool. Und die
fünf Flammen würden nicht mehr die fünf Wunden Christi am Kreuz
symbolisieren, sondern die fünf Rolling Stones, gleichzeitig wären sie
aber nur noch vier wie alle guten Bands, nicht nur die Beatles, sondern
auch die Who und die Kinks und die Small Faces und die Monkees. Und
tatsächlich, während ich am Kerbesamstagnachmittag hinten an der
Raupe stand und heimlich eine Reval rauchte, ließ Mick Jagger im Hyde
Park 1000 weiße Schmetterlinge fliegen und las ein Gedicht vor, in dem
genau das drin vorkam, was ich befürchtet hatte, weil er Brian Jones versuchte heiligzusprechen und sogar so tat, als sei er schon wieder auferstanden, wie Jesus, weil es ja auch mittlerweile genau drei Tage her war,
dass ich ihn in den Swimmingpool gestoßen hatte, und jetzt stand Mick
Jagger da in einem weißen Kostüm, das ein bisschen aussah wie das, was
der eine von den Herd im Beat-Club mal getragen hat, und das Gedicht,
das er las, fing auch genau an wie in der Bibel, weil es auch hieß: Er ist
nicht tot, er schläft nicht, er ist aus dem Traum des Lebens aufgewacht,
während wir uns in stürmischen Visionen verlieren und vergeblich gegen Phantome kämpfen und in entrückter Trance mit unseres Geistes
Messer gegen unverwundbare Gespinste streiten, und Pete Townshend
hat auch gesagt, obwohl er nicht dabei war im Hyde Park, sondern daheim bei sich, dass er früher mal so sein wollte wie Brian Jones, aber jetzt
nicht mehr, weil er nicht sterben will, aber für Brian wäre es einfach ein
ganz normaler Tag gewesen, und dass Rock 'n' Roll eben so ist und dass
es für Brian deshalb ein ganz normaler Tag war, weil er jemand war, der
jeden Tag stirbt, was ja auch nur heißt, dass das Sterben für ihn völlig

normal ist, dass er sterben und wieder auferstehen kann, also eigentlich wie Simon Magus oder einer der anderen Thaumaturgen und falschen Propheten ist, die ihre Fähigkeiten missbrauchen, was sich aber keiner trauen wird zu sagen. Und die Beatles, das fiel mir in dem Moment ein, die hatten ja eigentlich auch einen Brian, nämlich Brian Epstein, einen Brian, der auch gestorben war, aber irgendwie zählte der nicht richtig, und das wäre nur peinlich, wenn sie den wieder ausgraben würden, nur um mit den Stones mitzuhalten, das würde ich eher nicht tun, denn das war ja nur ihr Manager. Und ich rieche wieder die Rhabarberblätter hinter dem Bach, und mir wird ganz schlecht, obwohl ich höchstens zwei geraucht habe, aber auch weil ich so wenig geschlafen habe seit Mittwoch. Und weil ich noch nicht heim will, gehe ich ein Stück in Richtung Bach und muss plötzlich an den Jungen denken, der hier ertrunken ist, damals, als der Mann über den Zaun zu mir in den Garten schaute und mich so komisch ansah, und damals der Junge, der war genau halb so alt, wie ich jetzt bin, noch keine sieben, sondern sechsdreiviertel, und der ist angeblich in dem niedrigen Bach ertrunken, was bestimmt nicht stimmt, denn in Wirklichkeit war das der Mann, der bei uns über den Zaun geschaut hat, so wie ich das war bei Brian Jones, und ich denke, wenn der Junge damals gestorben ist, der halb so alt war wie ich, und jetzt Brian Jones, der doppelt so alt war wie ich, dann wäre es am besten, wenn ich jetzt auch sterben würde, natürlich auch ertrinken wie die anderen beiden, dann wäre das eine Dreieinheit, wir drei, sechsdreiviertel, dreizehneinhalb und siebenundzwanzig, und vielleicht könnte ich das damit wieder gutmachen, und wenn ich noch ein Stück am Bach hochgehe, Richtung Lohmühle, dort, wo es ganz dunkel wird, und mich dort einfach in den Bach lege, der da auch tiefer ist und sich staut, dann könnte ich dort ertrinken, und dann wäre alles andere egal, also auch das mit dem Sitzenbleiben und mit Christiane und mit der Rockoper, und dann kann ich auch noch eine rauchen, obwohl mir jetzt schon schwindlig ist, das macht dann auch nichts mehr, weshalb ich mir noch eine anzünde, ohnehin die letzte. Und dann schmeiß ich das Päckchen weg und springe hinter der Raupe auf die andere Seite vom Bach und gehe durch das ungemähte Gras und durch den Rhabarber, der gerade blüht, in Richtung Lohmühle, während es dunkel wird und die Musik von den Karussells leiser wird, und ich denke, dass es eigentlich schade ist, weil ich noch mal alles zu Hause genau hätte anschauen können vorher, meine Schatztruhe und das Beatles-Heft aus dem Zirkus Krone und auch noch mal das Beatles Book Monthly, weil das besonders wertvoll ist, aber dann wird mir richtig schlecht, und ich falle wie von selbst die Böschung runter und in das Wasser, das nicht besonders kalt ist, aber doch auch nicht so warm. Und ich sehe die Beatles mit dem Boot Fritz Otto Maria Anna kommen und winke ihnen, aber sie fahren vorbei, als hätten sie mich nicht gesehen. Dann sehe ich auf der einen Seite, wo die Kerb ist, Simon Magus stehen und auf der anderen Seite, wo es zur Lohmühle geht, Petrus, und Simon Magus sagt zu Petrus: Siehst du, ich konnte den Knaben töten, jetzt weck du ihn wieder auf. Und ich schaue rüber zu Petrus, und Petrus hat einen Schlüssel in der Hand, und ich sage: Ist das der Schlüssel, mit dem Sie das Paradies aufschließen für die Gläubigen und mit dem Sie die Ungläubigen in die Hölle hinabstoßen? Aber er schüttelt den Kopf und sagt: Nein, das ist der Schlüssel, den sie am 6. Mai 1971 Astrid Proll in Hamburg abnehmen, und den Polizeibeamte drei Tage lang in 2166 Türschlösser stecken werden, ohne dass er passt, und erst das 2167. Schloss zu einer Wohnung im dritten Stock in der Lübecker Straße 139 wird passen, und dort wird man dann deine Leiche finden. Und ich erschrecke wahnsinnig, als er das sagt, weil das fast noch zwei Jahre sind und ich nicht weiß, ob ich da tot oder lebendig liegen soll bis dahin, was mir eigentlich auch egal ist, weil beides furchtbar ist, aber das habe ich ja schließlich auch verdient, denn ich bin auch nicht besser als der Josef Bachmann, der letztes Jahr im April extra aus München nach Berlin gefahren ist, so wie ich extra nach London gefahren bin, und der dort sein Kofferradio verkauft hat, um sich dafür eine Pistole zu kaufen, mit der er dann auf Rudi Dutschke geschossen hat. Dieser Josef Bachmann, der anschließend gesagt hat, dass er traurig ist, dass Rudi Dutschke nicht tot ist, und wenn er das Geld gehabt hätte, dann hätte er Rudi Dutschke sogar zersägt. Was ich nie über Brian Jones sagen würde, weil ich in Wirklichkeit froh wäre, wenn er noch leben würde, und zersägen, darauf wäre ich nie gekommen, weil das so eklig ist und grausam, weil sie das auch mit dem einen Simon gemacht haben, als der in Persien den Glauben verkündete, weshalb mir schon bei dem Gedanken ganz komisch wird und mir, ich weiß auch nicht warum, die Frau von der Caritas einfällt, die auch plötzlich dort steht, wo eben noch Petrus stand, weshalb ich schnell auf die andere Seite schaue zu Simon Magus, wo jetzt aber nur der Mann vom ADAC steht, und erst verstehe ich gar nicht, was der hier plötzlich macht, aber dann begreife ich, dass das damals kein Zufall war, als das Auto von meinem Vater liegen blieb und die Frau von der Caritas ihre Strumpfhose ausgezogen und dem Mann vom ADAC gegeben hat, damit er die als Keilriemen benutzt, dass das in Wirklichkeit alles verabredet war zwischen den beiden, weil die Frau von der Caritas weiter unschuldig tun konnte bis zuletzt, während der Mann vom ADAC alles andere gemacht hat, die Überfälle und die falschen Bekennerschreiben und die ganzen Lügen, die über uns verbreitet wurden, und dann hat er auch Wolle und die anderen auf dem Gewissen, hat sie mit Strumpfhosen aneinandergefesselt und dann einfach irgendwo auf einer verlassenen Autobahn, wo niemand hinkommt, nur er, liegen gelassen, und dann ist er gleich wieder zurück und hat gar nicht auf die ganzen Autos mit den Pannen geachtet, weil er noch mehr anrichten musste. Er kann ja auch überall hin mit seinem gelben Käfer, und alle freuen sich, wenn sie ihn sehen und winken ihm noch zu, weil sie denken, dass er den Leuten hilft, wo er in Wirklichkeit nur wieder einen Zeitschriftenladen überfällt und behauptet, wir seien das gewesen. Und ich gucke wieder zurück zur Frau von der Caritas, aber da steht nur wieder Petrus, ganz allein, und schaut mich so an wie einen Pfarrer immer anschauen, wo man genau weiß, was sie denken, man aber gar nicht weiß, warum sie es denken, warum sie immer denken, dass man ein verlorenes Schaf ist, obwohl ich natürlich jetzt wirklich ein verlorenes Schaf bin, und ich schaue wieder auf die andere Seite, weil mir der Mann vom ADAC vielleicht doch helfen kann, aber auch der ist nicht mehr da, weshalb ich mir das Ganze wahrscheinlich nur eingebildet habe, denn da steht immer noch Simon Magus und sagt noch mal zu Petrus, dass er mich getötet hat und wie das jetzt mit meiner Auferweckung ist. Und ich will sagen, dass ich doch noch gar nicht richtig tot bin, aber vielleicht ist das gar nicht so klug, weshalb ich mich ganz still verhalte und abwarte, was Petrus macht, aber Petrus schüttelt schon wieder nur den Kopf, und ich denke, das kann er doch nicht machen, er kann mich doch nicht dem Simon Magus, diesem falschen Propheten ausliefern, und mit einem Mal wird das Wasser richtig kalt um mich herum, das war bestimmt ein Zauber von Simon Magus, und vielleicht denkt Petrus, das ist hier alles nur ein Spiel, oder vielleicht wartet er auch darauf, dass ich richtig tot bin, aber ich habe Angst, richtig tot zu sein, weil im Streit zwischen richtigem und falschem Glauben oft auch was schiefgeht, weil man beide nicht so genau unterscheiden kann, wie man gerne möchte. Schnell liegt da mal ein Kind jahrelang in einem Keller, ein Kind, das genau halb so alt wie ich war und von dem man auch nicht wusste, warum es dort jahrelang liegen musste, und auch der Josef Bachmann lag in einen Keller, weil er nach dem Attentat auf Rudi Dutschke 20 Schlaftabletten genommen hatte, aber sie haben ihn gleich gefunden und ins Krankenhaus gebracht, und deshalb hat er überlebt, und wenn Rudi Dutschke überlebt hat und sein Attentäter, aber Brian Jones eben nicht, dann überlebt wahrscheinlich auch sein Attentäter, also ich, nicht, dann muss ich mir keine Hoffnung mehr machen mit dem Auferwecken, was ja auch bei dem kleinen Jungen im Keller nicht geklappt hat, auch wenn er dann zum Heiligen Timotheus wurde, den man wegen Bauchweh anruft, weil er immer Bauchweh hatte, wie ich auch immer Bauchweh habe, aber trotzdem nicht mehr heilig werden kann, weil es jetzt schon einen Heiligen für Bauchweh gibt. Aber ich könnte ja Heiliger für Angina werden, die ich auch immer habe, oder noch besser: Ich lasse mir die Mandeln rausnehmen, dann könnte ich die so vor mich halten wie der Heilige Simon die Säge oder besser noch wie die Heilige Lucia von Syrakus ihre Augen, die auf einer Schale liegen, die sie hält, oder die Heilige Agatha von Katanien, die ihre Brüste auf einem Tablett vor sich trägt, was aber wahnsinnig eklig ist, noch ekliger als die Augen, weil man doch irgendwie hinschauen will und ich erst auch gedacht habe, das ist irgendwie Pudding oder so was, aber das machen sie ja doch nicht mit den Mandeln, weil es bestimmt auch dafür schon einen Heiligen gibt, und wenn nicht, dann übernimmt das der Heilige Blasius auch noch. Aber eigentlich ist mir das egal, die können das meinetwegen alles unter sich ausmachen, denn ich spüre gerade, wie ich ganz müde werde und wie mir die Glieder schwer werden und wie mir auch immer mehr Wasser in den Mund läuft, und vielleicht, das denke ich noch, kann mich Petrus auch gar nicht wieder auferwecken, nicht nur weil ich eine Todsünde begangen habe, indem ich einen Menschen getötet habe, sondern weil ich heute am Samstag nicht zur Beichte gegangen bin, sondern auf die Kerb. Ich hätte das ohnehin nicht gebeichtet, denn das steht auch gar nicht im Kinderbeichtspiegel, da steht nicht: Ich habe einen Menschen in einen Swimmingpool gestoßen, das steht noch nicht mal im Erwachsenenbeichtspiegel, da steht nur: Habe ich andere geschlagen? Und: Habe ich werdendes Leben getötet oder andere im Straßenverkehr gefährdet? Aber nichts von einem wirklichen Mord oder einem Totschlag oder was das ist, wenn man jemanden von hinten in den Swimmingpool stößt, obwohl es natürlich eine Todsünde ist, auch wenn es da nicht steht. Es ist eben eine so fürchterliche Sünde, dass es selbst im Beichtspiegel nicht steht. Im Kinderbeichtspiegel steht nur gezankt oder andere geschlagen, aber ich hab mich ja nicht gezankt und auch nicht geschlagen, aber im Erwachsenenbeichtspiegel da steht auch: Hatte ich Selbstmordabsichten? Das ist anscheinend auch eine Sünde, dabei klingt das so komisch: Selbstmordabsichten, wo ich doch nur an den Jungen dachte und an Brian Jones, aber das ist doch keine Absicht. Wenn man sterben will, macht man das doch nicht mit Absicht, obwohl ich natürlich weiß, dass das eine Todsünde ist, die Selbstmörder auch nicht in geweihter Erde begraben werden, und vielleicht kann mich Petrus deshalb auch nicht auferwecken, weil ich mich selbst getötet habe und weil Simon Magus das nur ausgenutzt hat und so getan, als wäre *er* das gewesen, und deshalb hat Petrus auch nichts gesagt, Petrus, den ich irgendwie ohnehin nicht mag, ich weiß auch nicht warum, aber ich mag die Apostel irgendwie alle nicht. Die sind immer so streng, so wie Lehrer, und gar nicht wie Christus, bei denen muss man alles ganz genau einhalten, während Jesus einem auch mal vergibt, aber die Apostel vergeben einem nicht, und wenn man sich in den Bach legt, dann heißt es, man hat Selbstmordabsichten, und dann kann man eben nicht auferweckt werden, auch wenn man noch ein Kind ist, und obwohl das noch nicht mal im Kinderbeichtspiegel steht mit dem Selbstmord und der Absicht, aber das ist denen egal, entweder man hat die Hausaufgaben oder nicht, fertig, keine Ausrede. Wahrscheinlich schreibt Petrus einen Brief an meine Eltern, dass ich mich selbst umgebracht habe und deshalb auch nicht auferweckt werden konnte und selbst schuld dran bin, so wie beim Sitzenbleiben, wie an allem, denn ich bin immer an allem schuld, aber das ist mir jetzt auch egal, und mir ist auch egal, dass sie mich dann an der Friedhofsmauer begraben, wo die Erde nicht geweiht ist, und dass sie auch nicht A Day in the Life spielen, wie ich mir das gewünscht habe bei meiner Beerdigung, denn das weiß auch keiner, obwohl ich es Rainer mal gesagt habe, vielleicht auch Alex, aber die werden bestimmt nicht gefragt, die sind noch nicht mal als Messdiener dabei, weil ja auch kein Pfarrer kommt, die Kirche nichts zu tun haben will mit Selbstmördern, denn Selbstmörder können nicht mehr beichten und bereuen und sind deshalb schlimmer als Mörder. Und ich, ich bin sogar beides, weshalb es für mich überhaupt keine Rettung mehr gibt, absolut keine, aber das ist mir jetzt auch egal.

1. Viele Jahre später sitzt ein Journalist im Wohnzimmer seiner Eltern, während Fotos für eine Firmengeschichte herausgesucht werden. Als seine Mutter in den Flur kommt, flüstert sie ihm zu: »Dein Vater ist löchrig geworden im Gesicht.« Er findet keine Gelegenheit nachzufragen, was genau sie damit meint. Als er später hinter seinen Eltern und dem Journalisten steht und über deren Schultern die auf dem Wohnzimmertisch ausgebreiteten Fotos betrachtet, meint er die Aussage seiner Mutter auf das schwarzgelackte Haar und die glatten Konturen der Schwarz-Weiß-Fotografien zurückführen zu können, die seinem Vater so wenig ähnlich sehen, dass er sich nicht einmal mehr erinnern kann, den dort abgebildeten Mann aus seiner Kindheit zu kennen.

2. Er geht in den Keller. Es ist ein Nachmittag im Sommer, und eigentlich wäre es praktisch, in der leeren Einliegerwohnung, in der viele Jahre die Frau von der Caritas gewohnt hatte, zu duschen, um für die spätere Verabredung in der Stadt, die er absichtlich so gelegt hatte, um den Besuch bei seinen Eltern einzugrenzen, frisch zu sein. Aber er bringt es nicht über sich, sich hier auszuziehen. Er bringt es nicht über sich, nach einem Handtuch zu fragen.

3. Der Gedanke an das Handtuch, gleichzeitig die betäubenden Geräusche um ihn, das leise Kratzen, Schlurfen, Klopfen aus den anderen Stockwerken, das ihn unwillkürlich an die beständige Tätigkeit der Eltern und deren Angestellten erinnert. Das emsige Treiben hinter den Böden, Decken und Wänden, das er damals nie bewusst wahrgenommen hatte, während es ihn langsam einlullte und in den Schlaf wiegte.

4. Er geht in das ehemalige Wohnzimmer der Frau von der Caritas, in das seine Eltern verschiedene Möbel geschoben haben, die sie oben nicht mehr haben wollten. Er entdeckt in den Wänden kleine Löcher, die wahrscheinlich von den Befestigungen der Regale stammen. Er interpretiert sie als magische Zeichen, die die Frau von der Caritas hier hinterlassen hat, um ihren Einfluss über diesen Ort zu erhalten. So wie er

damals beim Auszug aus der Villa seine Lieblings-Indianerfigur, obwohl nur einfarbig braun und aus gegossenem Plastik, hinter einem Dachbalken auf dem Speicher versteckt hatte, ohne wirklich zu wissen weshalb.

5. Der dreitägige Betriebsausflug nach Berlin, an dem er und seine Mutter als einzige Familienangehörige teilgenommen haben, war gleichzeitig eine unverhoffte Möglichkeit – sein Bruder war zu Hause bei einer Pflegekraft geblieben –, seine Eltern noch einmal für sich allein zu haben, auch wenn sie beständig von Firmenangestellten umgeben waren. Diese Anwesenheit störte ihn nicht, sondern war eher angenehm, weil sie ihn vor der zu starken Beachtung schützte, so wie die Böden, Decken, Wände und Türen ihn schützten, weil sie alle Geräusche filterten, wenn er in seinem Zimmer lag.

6. Unwillkürlich brachte er diesen Betriebsausflug mit einem Foto in Zusammenhang, das unter den Bildern war, die seine Mutter auf dem Wohnzimmertisch ausgebreitet hatte und die er ein zweites Mal durchsah, nachdem der Journalist gegangen war. Man sah darauf seine jungen Eltern in einer Geschäftspassage, und er meinte, dass er selbst dieses Foto aufgenommen hatte und dass seine Eltern ihm damals bei einem Juwelier in dieser Passage die Junghans-Uhr für seine Kommunion ausgesucht hatten. Als er seine Mutter darauf ansprach, erzählte sie ihm stattdessen, wie sehr sich einige Firmenmitglieder bei der abendlichen Feier danebenbenommen und darüber hinaus eine Riesenrechnung durch immer wieder nachbestellte und dann nur angenippt stehengelassene teure Weine und Sekte verursacht hätten.

7. Es stellt sich heraus, dass der Journalist noch gar nicht gegangen war, sondern nur in seinem Auto nach einem Stativ und einem Blitzlicht gesucht hatte, weshalb er beschließt, noch eine halbe Stunde mit dem Rad durch die Gegend zu fahren, um nicht auch noch Teil der Reportage zu werden. Die Straßen haben sich kaum verändert, auch wenn man die Häuser modernisiert, umgebaut und renoviert hat. Als er merkt, dass er sich der Gegend nähert, wo sich früher die Fabrik und sein Elternhaus befanden und heute ein auch schon wieder veraltetes Einkaufszentrum mit langen Rollbändern und im Erdgeschoss leerstehenden Flächen steht, die einmal als Parkebenen gedacht waren, dreht er ab und fährt hinter dem Friedhof zurück. Zwei Nächte später träumt er, diese Stre-

cke doch gefahren und unterwegs, dort, wo die Allee abschüssig wird, von Achim überholt worden zu sein. Achim fuhr sein altes rotes Rennrad und hielt am Herzogsplatz, um auf ihn zu warten; am alten Herzogsplatz, unter den Platanen, beim Telefonhäuschen, mit Blick auf das Porzellangeschäft von Eberhard Kaumanns Eltern, wo jetzt ein überlebensgroßer Spiderman über einem auch schon wieder veralteten Videoverleih die Außenwand emporklimmt. Er hatte sich gefreut, Achim zu sehen, auch wenn Achim ihn nicht weiter beachtete, sondern einfach an ihm vorbei in Richtung Hauptkirche fuhr. Es gab dort, erinnerte er sich nach dem Aufwachen, einen Tabakladen an der Ecke, der auch Busfahrscheine verkaufte, und er hatte Achim einmal dorthin begleitet. Achim war dünn und androgyn in seinem Traum, jung, unter zwanzig, in schwarzes Leder gekleidet, und er hatte Brüste, und wie es im Traum ist, konnte er Achims Brüste durch die Kleidung sehen, konnte sehen, dass es pralle halbrunde Kugeln waren, wie sie vielleicht seinen unbedarften Vorstellungen entsprochen haben mögen, damals.

8. Als versuchte der Traum Lücken zu füllen, führte er ihn vom Herzogsplatz zurück in die neue Wohnung seiner Eltern, wo alles so war, wie er es zwei Tage zuvor gesehen hatte, nur dass er im Souterrain auf die Frau von der Caritas traf. Sie war völlig nackt, hatte aber keine Brustwarzen und keine Scham, sondern sah aus wie eine der Frauen auf den frühen Fotografien, bei denen die Geschlechtsmerkmale wegretuschiert worden waren. Er fragte sie nach der Uhrzeit, und sie holte aus den kleinen Löchern in der Wand Uhren, die jedoch alle nicht gingen. Dann tanzte sie ihm einen angeblich römisch-katholischen Eucharistietanz vor. Die Musik dazu passte jedoch nicht, denn es war eine Art Deutschrock. Als er sie darauf hinwies, gab sie vor, nicht zu wissen, wovon er sprach, zog sich aber an.

9. Der strukturierte Wochenablauf mit den immer wiederkehrenden Mahlzeiten an bestimmten Tagen (Dienstag: Nudeln, Tomatensauce und Ei, Samstag: Eintopf etc.) und die fernen Geräusche, die von den eigenen Geräuschen entbinden, den eigenen Strukturen. Man könnte jederzeit nach einem Handtuch fragen, und es wäre immer ein gebügeltes Handtuch da, und eine Rebellion war immer schon in der Struktur selbst angelegt und in ihr aufgehoben. Und so waren die Oberstufler in der Struktur der Kleinstadt, in der sie sich bewegten, aufgehoben und

in der Struktur des Gymnasiums, und die RAF war aufgehoben in der Struktur der BRD. Es ist dabei wichtig, dass die Struktur denen nicht bewusst ist, die sie in die Welt setzen. So wie den Eltern nicht bewusst war, welche Geräusche sie in der Ferne machten, da sie selbst nur die Geräusche in der Nähe und in Verbindung mit den konkreten Tätigkeiten, die diese Geräusche hervorriefen, wahrnahmen. Das Ende der RAF fand im November 1969 in Paris statt: Baader und Ensslin, fotografiert von Astrid Proll im Café de Flore. Weil sie nicht verstanden, dass ihre Rebellion durch die fernen Geräusche der BRD bestimmt wurde, die in ihrer Struktur auch den Ausbruch, auch die Bohème von Paris in sich trug.

10. Aus praktischen Erwägungen war die Frau von der Caritas auch nach dem Verkauf der Fabrik und der relativen Genesung seiner Mutter mit in das neue Haus und dort in die Einliegerwohnung im Souterrain gezogen und hatte ähnlich wie die RAF in den behütenden und einlullenden Geräuschen der Ferne über die Jahre gewisse Wahnvorstellungen entwickelt. Ausgelöst durch den vermeintlichen Zusammenbruch des westlichen Wirtschaftssystems, mit Bankenpleiten und allem, was mittlerweile zum Alltag gehörte, wurde sie zum ersten Mal seit vielen Jahren aus dem Schlaf geweckt, den ihr die fernen Geräusche der Eltern vermittelt hatten und den sie nun, ohne genau zu wissen, welchen Verlust sie tatsächlich befürchtete, zu bewahren suchte. Nachdem sie eine Zeit lang den Kontakt vermieden, seine Eltern sogar eher verachtet hatte, wie die RAF die sie selbst bestimmende Struktur und die Oberstufler die Struktur des Gymnasiums, suchte sie nun das Gespräch. Da sich die Mutter nie um finanzielle Angelegenheiten gekümmert hatte, galt es vor allem, den Vater davon zu überzeugen, wie vorteilhaft es sei, die Lebensversicherung zu kündigen, sämtliche Bankkonten aufzulösen, um das Geld in Gold anzulegen, in möglichst kleine Goldbarren, die sich in der nachmonetären Welt zum Tausch eignen würden. Der Vater, Geschäftsmann, wies dieses Ansinnen weit von sich und argumentierte gegen vorgebrachte Plausibilitäten vor allem mit der Feststellung, dass es bei einem etwaigen Zusammenbruch allen gleich erginge und dann eben niemand mehr Geld besäße. Während er also auf die Struktur vertraute, misstraute die Frau von der Caritas dieser Struktur, weil sie im Gegensatz zu den Eltern die Struktur schon länger nicht mehr selbst lebte, sondern nur als fernes Geräusch wahrnahm. Tatsächlich war sie zum ersten Mal, auch dies, ohne es zu wissen, mit dem Gedanken der Sterb-

lichkeit konfrontiert, also mit der Gefährdung der Struktur, die ihr Leben und ihre Abgrenzung vom normalen Leben – sie ging seit dem Verkauf der Fabrik und dem Umzug keiner geregelten Arbeit nach – erst ermöglichte. Da die Eltern sich weigerten, ihre Ängste zu ihren eigenen zu machen, war sie gezwungen, selbst zu handeln. Sie begann, Lebensmittel zu horten, und verstieg sich auf den Gedanken, dass nach dem Zusammenbruch des monetären Wirtschaftssystems auf dem Schwarzmarkt vor allem Genuss- und Suchtmittel eine gute Tauschware bilden würden. Deshalb lagerte sie zusätzlich Süßigkeiten und Alkoholika ein. Sie verstand jedoch nicht, dass sie durch eine Perfektion ihres Systems nie das würden befriedigen können, was ihre Angst ursprünglich ausgelöst hatte, nämlich die Angst vor dem Verlust der Struktur durch die fernen Geräusche. Stattdessen verlegte sie ihre Energie auf eine Perfektionierung ihres Vorsorgesystems und wurde schließlich bei einer Routinekontrolle in den Reisingeranlagen von der Polizei festgenommen, als sie gerade dabei war, eine größere Menge Heroin zu erwerben. Die anschließende Durchsuchung ihrer Wohnung – ein Anwalt des Vaters konnte eine Ausweitung auf das übrige Haus und die Zimmer der Eltern verhindern – führte nun zu genau dem, was sie befürchtet hatte: Sie verlor ihre Bleibe und damit die Struktur der anwesenden, aber fernen Eltern, da diese glaubten, einen jahrelangen Drogenkonsum gebilligt und mitfinanziert zu haben.

11. Die Strukturen der fernen Geräusche behüten derart, dass man sich den Schrecken bewusst oder unbewusst zuführen muss. Che Guevara hatte in Bolivien nur noch die Struktur der Natur. Deshalb hielt er jeden Tag die Höhenangaben in seinem Tagebuch fest. Er wartete in einer unvorstellbaren Langeweile auf die Revolution und wartete doch wie alle anderen nur auf den eigenen Tod.

12. Früher, auch weil sie vielleicht noch keine Kühlschränke hatten oder es von ihren Eltern her gewohnt waren, stellten die Menschen Dinge außen auf die Fensterbretter, die auf den Hof zeigten. Lebensmittel, aber auch Dinge, die man nicht in der Wohnung haben wollte, etwa einen Farbtopf, mit Lumpen darum gewickelt, oder auch Sachen, die zum Wegwerfen gedacht waren, aber noch nicht weggeworfen werden sollten. Manchmal wurden diese Sachen vergessen und lagen dort einen ganzen Sommer, und wenn er im Hof stand und nach oben sah, gab jede

Wohnung, die er nie betreten würde können, doch etwas von sich und ihrem Mieter preis.

13. All das ging ihm durch den Kopf, und als er gegen Abend in Richtung Bahnhof ging, wehte der Wind über die Birken am Feldrain, und die Wolken rochen nach Rizinusöl, und er sah einen Mann mit Pferd wie stehengeblieben aus seiner Kindheit. Der Mann ging neben dem Pferd, einem schweren Gaul, der ihn überragte. Dann senkten sich die Rhabarberblätter. Ein langer Schatten fiel über die Straße hinweg von den leerstehenden Siedlungsbauten bis hinter die Bretterverschläge der Schrebergärten. Und er verstand die Sehnsucht nach Struktur, die die Frau von der Caritas in den Wahnsinn, die Oberstufler in die Revolte und ihn selbst in die Melancholie getrieben hatte.

14. Er versuchte sich noch einmal an den Traum zu erinnern, in dem ihn Achim mit seinem roten Rennrad überholt hatte, und musste unwillkürlich an den Sommer denken, in dem sie sich aus den Augen verloren hatten, weil Achim zum zweiten Mal hintereinander sitzengeblieben war und die Schule verlassen musste. Gleichzeitig zogen seine Eltern, wohl um nach der Rückkehr von Achims Vater einen neuen Lebensabschnitt zu beginnen, aus der engen Altbauwohnung mit Toilette über dem Gang in ein Hochhaus am anderen Ende der Stadt. Achim, der inzwischen eine Lehre bei Mercedes angefangen hatte, lud ihn noch einmal zu seinem Geburtstag ein, und obwohl er nur einige Monate älter war und sie sich nur ein knappes Jahr nicht gesehen hatten, kam er sich mit seinem von der Frau von der Caritas eingepackten Geschenk unendlich viel jünger vor. Er kannte niemanden von den anderen Jungen, und es war komisch, dass alle rauchten und auch in der Wohnung von Achims Eltern rauchen durften. Er saß mit den anderen an einem niedrigen Tisch, aß ein Stück Torte und schaute aus dem Fenster nach draußen über die Stadt. Das von ihm gekaufte, aber von der Frau von der Caritas eingepackte Geschenk, die Single Badge, ließ er in seiner karierten Umhängetasche. Achim schien sich nicht mehr für Musik zu interessieren, und die anderen hatten ihm auch nichts geschenkt, weshalb es ihm peinlich gewesen wäre, die Single rauszuholen und ihm zu geben. Es überkam ihn, während die anderen lachten und über Dinge redeten, die er nicht kannte, eine Sehnsucht nach dem dunklen engen Treppenhaus, das zu Achims alter Wohnung führte. Eine Sehnsucht nach der engen Diele,

in der das Tischchen mit dem Telefon stand und durch die man gehen
musste, um zum Wohnzimmer zu kommen, neben dem Achims Zimmer
lag. Achim hatte beim Umzug bestimmt alle Heftchen weggeschmissen,
vielleicht sogar seine Platten. Er wunderte sich allerdings nicht, dass sie
im Wohnzimmer saßen und nicht in Achims Zimmer, das er auch nicht
mehr zu Gesicht bekam, da Achims Vater ins Zimmer kam und Achim
und die anderen daran erinnerte, dass sie noch weggehen wollten und
er sie jetzt in die Stadt mitnehmen könnte, weil er ohnehin in die Richtung fuhr. Achim und die anderen sprangen auf und erzählten sich, was
sie alles trinken würden, während er Angst bekam, mit in eine Kneipe gehen zu müssen, die er nicht kannte, und dort Schnäpse trinken zu
müssen, die er nicht trinken wollte, weil er sie nicht vertrug, und weil
er sich ohnehin unsicher fühlte unter Achims neuen Freunden, die ihn
nicht beachteten. Deshalb sagte er, er müsse um sechs zu Hause sein und
könne nicht mit. Achims Vater sagte, er könne ihn bis zum Bahnhof mitnehmen und dort absetzen. Als er im Flur seinen Parka anzog, gab ihm
Achim ein Album für LPs in rotkariertem Schottenmuster. Er machte
es auf und sah in den 20 Klarsichthüllen die beiden Ummagumma-Plat-
ten, die Abbey Road, die letzte Nice und noch andere Platten, die er mit
Achim zusammen im Phonohaus in der Langgasse gekauft hatte. Achim
sagte, die könne er haben, und er bedankte sich, wurde aber durch dieses Geschenk nur in seiner Ahnung bestätigt, dass Achim sich verändert hatte und er ihn wahrscheinlich nie mehr wiedersehen würde. Er
fragte auch nicht nach den LP-Hüllen, weil er schon wusste, dass Achim
sie vor dem Umzug bestimmt weggeworfen hatte. Während der Rückfahrt wurde es dunkel. Er saß mit dem Schallplattenalbum auf den Kni-
en zwischen den drei Jungen auf der Rückbank eingequetscht und wurde nicht beachtet. Achims Vater redete mit den anderen, als wären sie
Arbeitskollegen, verteilte, während er an einer Ampel hielt, Zigaretten
und fragte, wo genau sie hinwollten. Als sie ihn grußlos am Bahndamm
absetzten, war er einerseits erleichtert, andererseits traurig und hilflos.
Er machte einen Umweg und ging an Achims alter Wohnung vorbei, die
nur einige Straßen vom Haus seiner Eltern entfernt lag. Der Schreibwarenladen unten im Haus, in dem sie sich immer Heftchen gekauft hatten, war schon zu. Oben in Achims altem Zimmer brannte Licht. Es waren keine Vorhänge vor dem Fenster, und man konnte sehen, dass das
Zimmer noch leer war. Eine farbverschmierte Leiter stand an die rechte
Wand gelehnt. Weil man ihn zu Hause noch nicht erwartete, konnte er

unbemerkt an der Frau von der Caritas vorbei nach oben auf sein Zimmer gehen. Er setzte sich auf sein Bett und holte die Badge aus seiner Tasche und packte sie aus. Er hatte sie sich schon vorher auf Tonband aufgenommen, aber sie als Single zu haben war natürlich noch besser. Er versuchte sich damit zu trösten und mit den Platten, die ihm Achim geschenkt hatte, auch wenn er wusste, dass es ein Abschiedsgeschenk war, aber vielleicht war ein Abschiedsgeschenk ja auch dazu da, einen über den Abschied hinwegzutrösten.

15. Im Sommer 1969 entwickelt sich das Unbewusste in Bewusstsein. Im Herbst ist die Pubertät vollzogen. Das Unbewusste (Beatles) verabschiedet sich mit Abbey Road, und das Bewusstsein entsteht mit Led Zeppelin II. Beat und Pop werden zu Rock, Hippietum zur RAF. Er selbst liegt gefesselt auf dem Operationstisch und sieht im Augenblick der Narkose die Zeitgeschichte durch sich hindurchrauschen.

16. Er liest das Bolivianische Tagebuch von Che Guevara, das ihm Hans-Jürgen Raupach gekauft und ins Krankenhaus mitgebracht hat (Trikont Doppelband, Fünfachtzig), parallel mit Peter Handkes Hornissen (rororo 1098, Zweiachtzig). Er versteht beides nicht, weder Handkes Hornissen noch Guevaras Tagebuch, und ist allein auf eine Ahnung des Verstehens angewiesen, die lange Zeit sein Bewusstsein bestimmt.

17. Die Zeit davor, die nur Aufnahme war, ein Nachsingen zwar, aber auf gleicher Ebene mit Beatles, Who, Kinks, Small Faces usw., war die Zeit der Sicherheit, die Zeit des Katholizismus, des einen Gottes, dessen Lob er genauso nachsang. In dem Moment, als er das Nichtbegreifen begriff, war er kein Kind mehr, entfernte sich das Vertraute in den Solo-Alben der Beatles und in den Neuauflagen der anderen Bands, die sich in sogenannten Supergroups zusammenfanden. Die Small Faces wurden Faces oder Humble Pie, die Beatles Wings oder Plastic Ono Band, Cream Blind Faith, der eine unhinterfragte Gott zur Möglichkeit (und damit Unmöglichkeit) eines Gottes, während er selbst im Moment der Orientierungslosigkeit zum ersten Mal mit der eigenen Geschichte und mit der Entdeckung, dass es diese Geschichte überhaupt gab, konfrontiert war. Angeblich hatte *er* diese Jahre geschaffen. Das Erbe des entstehenden Bewusstseins war das Unbewusste dieser Jahre. Kein Wunder, dass er sich ein weiteres Leben nicht vorstellen konnte und bereit war zu sterben.

18. Die ungewöhnlichen Formulierungen in den Romanen Handkes, die er unverdrossen weiterlas, als läge in ihnen eine Verheißung, die es zu entschlüsseln galt, die Benutzung des Hilfsverbs sein mit den Verben stehen, sitzen usw. etwa, die er nicht als österreichische Eigenart erkannte, sondern als Ausdruck einer größeren Trägheit und eines körperlichen Beharrungsvermögens interpretierte, während ihn andererseits beeindruckte, dass Che Guevara die Bedürfnisse des Körpers wie Hunger, Schlaf, Heimweh oder Einsamkeit einfach übergehen konnte, ohne dabei zu merken, dass es eine ähnliche Bewunderung war, wie er sie noch vor wenigen Monaten Winnetou entgegengebracht hatte. Che Guevara war bereits tot, Peter Handke aber, auch weil Jan Buchhold und Remi Hinsch die Taschenbuchausgaben der Hornissen und des Hausierers, obwohl die eine bei Rowohlt, die andere bei Fischer erschien, ähnlich gestaltet hatten und diese Illustrationen aussahen wie Illustrationen in seinem Beatles Songbook von Alan Aldrige, wurde zum Nachfolger der gerade auseinandergehenden Beatles. Die Musik wurde Literatur. Die Gruppe zum Einzelnen. Das Diffuse des Songs, im Übergang durch die gleichermaßen faszinierenden wie unverständlichen Sätze Handkes, zur konkreten Aussage der Prosa.

19. Und gehörte es nicht auch zu diesem Übergang von Unbewusstem zu Bewusstem, diesem jahrelangen Changieren zwischen beiden, dass er auf seinem Tonband Stairway to Heaven erst ab laughter (and the forest will echo with laughter) aufgenommen hatte, ihm damit praktisch die Entwicklung, der Anfang, der Aufbau und der Ursprung fehlten? Lag der eigentliche Unterschied zwischen Tonband und Platte nicht in der immer fehlenden Information, in der Zerstückelung, den fehlenden Anfängen und Enden?

20. Und war nicht der Schlagzeugeinsatz eine der wichtigsten Entdeckung der Rockmusik, der gleichzeitig den Widerspruch von Revolte und Aufgehoben-Sein in der überkommenen Struktur versinnbildlichte? Lebte Canned Heats Refried Boogie nicht allein von der Spannung, bis das Schlagzeug endlich einsetzt? Und merkte man nicht durch den Schlagzeugeinsatz, dass die Erwartung das Eigentliche ist und nicht das Erwartete? Begriff man nicht unwillkürlich, dass sich im Moment des Einsatzes, dann, wenn der Schlagzeuger in den vorgegebenen Rhythmus zurückfand und ihn unterstrich, die Spannung der Erwartung zwar auf-

löste, gleichzeitig jedoch ein Gefühl der Enttäuschung einstellte, weil diese Spannung nun weg war? Und wollte man nicht immer wieder diesen Schlagzeugeinsatz hören, der das Besondere war, während das, zu dem er führte, nur die altbekannte Struktur verkörperte, die er durch die rhythmische Phrasierung zeitweilig unterlaufen hatte, um gleichzeitig auf sie zu verweisen, da er nur in Bezug auf sie seine Besonderheit entwickeln konnte? Und teilte der Schlagzeugeinsatz dieses Phänomen nicht mit vielen Revolten und Aufständen? Und hatten sich aus diesem Missverständnis, aus der Verwechslung von Eigentlichem und Nicht-Eigentlichem, von Veränderung und Abhängigkeit nicht politische und musikalische Strukturen entwickelt, die das Falsche symbolisierten, wie etwa das Schlagzeugsolo, das man nur durchhielt, weil man auch hier lediglich, wie etwa bei In-A-Gadda-Da-Vida, auf die Rückkehr zur Struktur wartete, die man am Ende des Solos mit Applaus begrüßte, während der Schlagzeuger meinen konnte, er werde für seine vollbrachte Leistung beklatscht? Und konnte man seinerzeit erkennen, dass der Schlagzeugeinsatz der nützliche Irrtum der Begierde war, zu meinen, das Erwartete führe zum Begehrten, wo in Wirklichkeit das Erwartete das Begehrte selbst ist? Die Begierde blieb im Schlagzeugeinsatz leer und erfüllte sich im Nicht-Erfüllen. Leider gab es nur wenig Schlagzeuger, die das erkannten. Einer davon war B. J. Wilson von Procol Harum, der am Ende des Songs Broken Barricades mit dieser Erwartung spielt und einen Schlagzeugeinsatz eine Minute und 17 Sekunden lang ausdehnt, einen Schlagzeugeinsatz, der sich nicht erfüllt, sondern durch die Fabrikblende ein Ende findet, sodass man sich das Stück immer weiter imaginieren kann, als nie aufhörende Bewegung, die ihre Dynamik und ihren Reiz behält, weil sie sich nie auflöst. Die Erfüllung aber, die wir suchen, wäre Rückkehr und damit Enttäuschung, ein Ende der Bewegung.

21. Was interessierte da Baaders Plattensammlung, von der eine mehr als mittelmäßige Eric Clapton als Letztes auf dem Plattenspieler lag? Dagegen Wittgensteins Philosophische Grammatik, aufgeschlagen in der Zelle von Ulrike Meinhof. Der Versuch, Metaphysik, Begierde und Hoffnung nicht länger aus ihrem vermeintlichen Ziel, sondern aus sich selbst heraus zu erklären.

Gernika?

Ja?

Du bist nicht wirklich da, oder?

Nein, nicht wirklich. Warum?

Ich bin so müde.

Dann schlaf.

Ich hab Angst zu träumen.

Dann wach.

Dann träume ich vielleicht auch.

Dann weiß ich auch nicht.

Da liegt's.

Hamlet.

Ja.

Immer noch der melancholische Prinz?

Hör auf.

Kann ich eigentlich was tun?

Nichts. Es ist nur …

Was?

Ich bin so erschöpft.

Dann ruh dich aus.

Ja. Alles vergessen.

Vergiss alles.

Nicht noch einmal alles von vorn.

Nein. Nicht noch mal von vorn.

Die Geschichte, weißt du, das ist manchmal zu viel für einen allein.

Ja, deshalb gibt es ja auch Fachleute dafür.

Ja, Fachleute. Historiker.

Genau.

Und für die Psyche?

Psychiater.

Stimmt. Es gibt für alles Fachleute. Ich muss mich gar nicht aufregen.

Nein, musst du nicht. Du kannst ganz ruhig einschlafen.

Ja. Ohne Geschichte.

Ohne Geschichte.

Und ohne Psyche.

Genau.

Kein Unbewusstes, keine Träume, nichts mehr.

Nur noch Leere.

Und Schnee.

Ja, Schnee. Eine Schneelandschaft bis zum Horizont.

Und du.

Na ja …

Was heißt das?

Du weißt doch, ich bin nicht wirklich da.

Stimmt. Aber der Schnee ist ja auch nicht wirklich da.

Da hast du natürlich recht.

Dann könnte man doch sagen …

Ja, könnte man.

Sag es, bitte.

Ja, ich bin auch da.

Das ist schön.

Ja. Und jetzt schlaf.

Ja.

Hat mein Bruder noch einen Wunsch?

Bruder?

Ich dachte, wenn es mit uns als Liebespaar nicht klappt …

Brüderchen und Schwesterchen.

Auch nicht wirklich unproblematisch.

Bruder, ein seltsames Wort.

Blutsbruder.

Ja, das dachte ich auch gerade. Komisch. Machen das die Kinder heute noch? Blutsbrüderschaft?

Ich weiß nicht.

Haben wir es je gemacht?

Nicht wirklich.

Schade. Könntest du aber das Lied, du weißt …

Ja, kann ich.

Danke.

Es will das Licht des Lebens scheiden / Nun bricht des Todes Nacht herein. Die Seele will die Schwingen breiten / Es muss, es muss gestorben sein.

Wunderschön, weiter bitte.

Und am Ende, ganz am Schluss, gleicht die Liebe, die du kriegst, der Liebe, die du gabst.

Das ist schön.

Ja.

Und deine Stimme ist auch schön.

Ja. Und jetzt schlaf.

Gernika?

Ja?

Ich glaube an den Heiland.

Heiland?

Winnetou ist ein Christ.

Wieso Winnetou?

Das heißt doch so.

Was?

Winnetou redet doch von sich immer in der dritten Person.

Das heißt, du bist ein Christ?

Das war nur ein Zitat.

Ach, ich verstehe.

Nicht ernst gemeint.

Ich verstehe. Aber, warum sagst du es dann?

Weil ich es wenigstens sagen will, am Schluss, wenn ich schon nicht daran glaube.

Ja, das kann ich verstehen. Aber, dann ist, glaube ich, auch wirklich alles gesagt. Außerdem hat die wahre Trauer keine Worte.

Ja, käme doch bald die Zeit, da man solche blutigen Geschichten nur noch als alte Sagen kennt.

Ja.

Gernika?

Ja?

Und wenn alles doch ganz anders ist?

97

MON CORPS, CE PAPIER, CE FEU

1

Das hab ich gehört, dass einmal tausend Männer standen
und sich an einen Obstgarten zu erinnern versuchten.

2

Und es schneite, der Schnee fiel in abgezählten Flocken
und wehte am Morgen durch die offene Tür in das Zimmer.

3

Alles, Männer, steht in Flammen, was aber, Männer,
bedeutet dieses alles, das in Flammen steht?

4

Der Obstgarten steht in Flammen, die Blüten der Kirschen
stehen in Flammen, die Wiese steht in Flammen.

5

Kommt, Männer, kommt in den Schatten dieses
grauen Steins, euch selbst vor den Flammen zu schützen
und zu begraben.

6

Was noch, Männer, steht in Flammen? Eure Augen,
die den Obstgarten und die Blüten sehen, stehen in Flammen.

7

Und alles, was in euren Augen erscheint und euch erfreut
oder erblassen lässt, all das steht in Flammen.

8

Und jeder Gedanke steht in Flammen, Männer, und der
Obstgarten und wen ihr unter den flammenden Blüten seht.

9

Alles brennt und lodert, eure Hände, sie brennen und
lodern, und alles brennt und lodert, was ihr berührt.

10

Und die Berührung selbst ist ein Brennen und
Lodern, und das, was berührt wird, brennt und lodert
und das, was berührt.

11

Und der Schatten des grauen Steins, unter den ihr kriecht,
zu spät kriecht, er brennt und lodert gleichermaßen.

12

Und der Schnee, jede abgezählte Flocke brennt und lodert,
und die Zunge, die die Flocke fängt, sie brennt und lodert.

13

Und die Zunge, die die abgezählte Flocke
nicht fängt, sie brennt und
lodert gleichermaßen, weil alles brennt und lodert.

14

Weil das, was ihr erinnert, brennt und lodert und das,
was ihr vergesst, gleichermaßen in Flammen steht.

15

Weil das, was ihr sagt, brennt und lodert und das,
was ihr verschweigt, gleichermaßen in Flammen steht.

16

Weil das, was ihr wollt, brennt und lodert und das,
was ihr ablehnt, gleichermaßen in Flammen steht.

17

Weil alles brennt und lodert und in Flammen steht.
Selbst die Zuckerwatte, selbst der See, selbst
die Blüten und der Obstgarten.

18

Selbst der Blick, das unschuldig Gehörte, selbst
die Straße hin zum See, selbst der Regen auf der Straße,
selbst die Blüten und der Schnee.

19

Selbst der Tau, selbst die Spiegelung im Tau, selbst
der im Tau gespiegelte Tau, selbst die im gespiegelten Tau
gespiegelte Flügelspitze des Mückenkinds.

20

Weil alles brennt und lodert und in Flammen steht,
und selbst die Flammen von Flammen schon längst
verschlungen sind.

Ich glaube, wir müssen langsam mal zu einem Ende kommen.

Für den Moment oder generell?

Das liegt ganz bei Ihnen.

Wirklich?

Natürlich.

Ich weiß nicht so recht.

Ihnen fehlt eben das Vertrauen.

Vertrauen, wie das klingt, wie aus einem Selbsterfahrungskurs.

Während Sie versuchen, Vertrauen durch Kontrolle zu ersetzen.

Ich? Kontrolle? Das sagen ausgerechnet Sie?

Ich glaube wahrscheinlich weniger daran als Sie, dass man etwas kontrollieren kann.

Weil Sie es einfach nur tun, und fertig.

Man hat eben seine Aufgaben.

So sehen Sie das also?

Ja, so sehe ich das. Sie etwa nicht?

Und hat man sich diese Aufgaben ausgesucht? Oder besser, kann man sich diese Aufgaben aussuchen?

Man kann sie annehmen.

Ist das jetzt Nietzsche oder Jesus oder einfach nur reaktionär?

Vielleicht sogar revolutionär am Ende?

Machen Sie sich nur lustig.

Manchmal ist das alles nicht so genau auseinanderzuhalten.

Ach, jetzt kommt diese Tour wieder, rechts, links, analytisch, dekonstruktivistisch, alles egal, nur die Mitte, das Laue, das repressiv Tolerante zählt.

Nein, Sie verstehen mich völlig falsch. Ich meinte genau das Gegenteil: Man muss auf die Feinheiten achten, auf die Details, so wie Sie das ja auch machen in Ihrer Zelle.

Zelle?

Oder wie Sie das nennen, wo Sie den ganzen Tag sitzen und Blätter vollschreiben.

Ja, Zelle, das stimmt.

Ein Kollege von mir, Kommissar Keller, hat einmal gesagt: »Für uns ist alles wichtig, was wir uns nicht erklären können.« Und so sehe ich das auch.

Was?

Wir wollen etwas erklären, und deshalb konzentrieren wir uns auf das, was wir uns nicht erklären können, eben um es zu erklären. Tatsächlich stellt sich aber heraus, wenn man ganz genau hinschaut, dass die Bedeutung gerade darin liegt, es nicht erklären, nicht auflösen, vor allem nicht kontrollieren zu können.

Wie den Schwindel. Die Liebe. Den Wahn. Die Sehnsucht.

Genau. Der Stachel im Fleisch eben. Man will ihn herausziehen, aber man kann nicht. Und man sollte auch nicht.

Ich habe gerade das Gefühl, wir sollten noch einmal ganz von vorn anfangen.

Jetzt kommen wieder Ihre Zweifel. Und mit ihnen der Kontrollzwang. Alles noch mal überarbeiten, absichern, festklopfen, jeden Keim des Ungenauen abtöten …

Nein, ganz im Gegenteil, ich fühle mich wie damals, als ich diesen Traum hatte und Gernika sah in dem kurzen Rock mit der Sonnenbrille, als ich mir erst nicht sicher war, ob sie es überhaupt ist, und dann bin ich aufgewacht und hatte wieder Hunger nach Sahnetorte und war mir, wenigstens für diesen einen Tag, meiner Begierde sicher.

Das ist doch schon mal was.

Dieses Gefühl, ich glaube, es hat noch nicht einmal einen ganzen Tag gehalten, schon am Mittag hatte es sich wieder aufgelöst, aber es war so angenehm, so fraglos.

»Fraglos«, ich weiß zwar nicht genau, was Sie damit meinen, aber es war bestimmt angenehm.

So wie ich denke, dass es anderen Menschen immer geht.

Wie meinen Sie?

Dass andere so leicht dahinleben, zum Beispiel Sie.

Ich bin da ein ganz schlechtes Beispiel.

Nein, wirklich, ich habe den Eindruck, dass Ihnen Ihre Arbeit Freude macht, Sie haben bestimmt eine Frau, eine Familie, Sie haben ein Hobby, einen Freundeskreis, eine Altersversicherung …

Sie machen sich da, glaube ich, ganz falsche Vorstellungen.

Aber wenn ich es doch auch empfunden habe, wenn auch nur nach dem Traum und wenn auch nur für ein paar Stunden …

Dann ist das vielleicht schon viel, sehen Sie es doch mal von der Seite.

Ich habe das Gefühl, ich könnte jetzt alles ganz genau schildern, also, wie es wirklich war. Wir würden noch mal anfangen, in Biebrich, in der Hubertusstraße, in Schwarz-Weiß sozusagen, und dann …

Und dann?

Und dann … Ich weiß nicht.

Weil es ein Irrtum ist, eine Illusion, eine Schimäre, eine Seifenblase, ein Lichtreflex …

Ja, vielleicht. Ich denke sowieso oft, dass es ohnehin nicht zu fassen ist, nicht so zumindest. Vielleicht als Song, in dem Changieren zwischen Text und Musik …

Das ist dann wieder die schöne Seele, die in sehnsüchtiger Schwindsucht zerfließt, aber nicht zum Dasein gelangt und nichts in der Welt bewirkt.

Muss das denn auch sein mit dem Dasein? Und »bewirken«, was war das noch mal?

Sie brauchen Ruhe, glaube ich. Am besten, Sie legen sich etwas hin. Denken Sie an den schönen Traum. Vielleicht träumen Sie wieder so was Schönes.

Stimmt, Gernika, wie sie da stand. Und der Schnee.

Der Schnee?

Ja, der Schnee. Und der gelbe NSU Prinz. Und Claudia, Bernd, Wolle und die anderen. Und die Wasserpistole im Handschuhfach. Damals, an diesem verschneiten Tag im Januar.

I sat me down to write a simple story
Which maybe in the end became a song.
The words have all been writ by one before me
We're taking turns in trying to pass them on.
Oh, we're taking turns in trying to pass them on.
Procol Harum

Let me think about it with a simple story.
Where nature in the end became a wife...
If we knew we to all seem, in whom I love the
Were thinking that moving to pass than in...
the weary task often each transforming so than and...
page 804

REGISTER

14 Nothelfer 415, 421, 480
19th Nervous Breakdown 638
Aal 87, 528, 580, 604 f.
Abenteuer unter Wasser 157
À bout de souffle 536
Absent-minded Professor 643
Achim 9, 11, 14, 20 f., 25, 43, 115–118, 120 f.,
    124 f., 129–137, 150, 159, 163, 169, 172, 175,
    179, 190, 197, 199, 221 f., 268, 276, 321,
    390, 407, 422, 424, 428, 438, 495 f., 556,
    655, 761, 773, 786, 789 ff.
Achims Mutter 49, 115–118, 120, 132 f., 137,
    272 f.
Achims Vater 132 f., 789 f.
Adenauer, Konrad 235, 239
Adler, Kino 17, 127, 159
Adler, Schreibmaschine 533
Adolf, siehe Hitler, Adolf
Adorno, Theodor W. 311, 656
Affe 255, 405, 447 ff., 564, 568
Affenbrotbaum 586–589
AFN 260 f., 555
Agacinski, Sylviane 534
AKI, siehe Aktualitätenkino
Akim 183, 258, 424
Aktenzeichen XY 94
Aktualitätenkino 254
Aldrige, Alan 792
Alex 22, 25, 72, 116, 129, 150, 197, 272, 783
Algier 587
Allgäu 591
Alpinette 206
Altar 106, 165, 186, 404, 632
Am Fuß der blauen Berge 157
Amon Düül 401
Anankasten 111 ff.
Anarchisten 20, 259, 261, 315, 568
Angelus Silesius 633, 757
Angina 120, 159, 186, 268, 424, 782
Anita 13, 135, 136, 137, 225, 491
Anna Karina 536
Ansichten eines Clowns 496
Antisemitismus 241

Apachen 571
Apfelsaft 71, 133 f., 212, 298
Apollonius von Tyana 412
Apostel 23, 94, 169, 412, 757, 783
Apotheose 384
Apusie 574
Are You Growing Tired of My Love 403
Aristoteles 628
Arnemann, Sepp 150
Arrabal, Fernando 355
Artaud, Antonin 470 f., 474 f., 480–483, 735
Askese 664
Asklepios Klinik 110, 112
Ata 262
Atom Heart Mother 293
Attentat 18, 22, 59, 245, 276, 428, 501, 569,
    782
Augustinus 645, 770
Aust, Stefan 100
A Whiter Shade of Pale 763
AZUM 101

Baader, Andreas 14, 196, 262, 474, 567 ff.,
    571, 574, 718 f., 787, 793
Baby Doll 117, 118
Bachmann, Josef 782
Bäckerei Daum 10, 41, 121, 174, 299
Bäckerei Fuhr 10, 174
Bäckerei Weiß 165
Bad Cammstatt 573
Badge 789, 791
Bad Mergentheim 572
Barthes, Roland 534 f.
Bartsch, Jürgen 16, 125, 299, 430, 457, 496
Basisgruppe 11, 228, 230 f., 244, 558, 654
Bataille, Georges 724
Bauchweh 117, 360, 700, 757, 782
Baudelaire, Charles 645 f., 713
Baumeister, Willi 175 ff., 655, 734 f., 760
Bayazid Bistami 757
Bayreuth 639
Bazooka Joe 121
BDM 570

805

Beat-Club 11, 198, 778
Beatles 15, 17, 163, 169, 171, 199, 222 f., 231,
   250, 277, 398, 401 f., 499 f., 623, 638–641,
   643, 645–648, 651, 655, 735, 762, 774–
   780, 791 f.
  – All You Need is Love 639
  – I'm Down 641
  – It Won't Be Long 573
  – Lady Madonna 124
  – Love me do 278
  – Paperback Writer 764
  – Penny Lane 763
  – She Loves You 278
  Beatles for Sale 199, 655
  Help 15, 320, 641, 742
  – I've Just Seen a Face 402
  Rubber Soul 401, 403, 414 f., 621, 638,
    643 f., 646 f., 651, 655, 760, 771
  – Drive My Car 404 f., 647, 650
  – Norwegian Wood 404, 406 f., 650
  – You Won't See Me 404, 407, 647, 650
  – Nowhere Man 401, 404, 646 f.
  – Think for Yourself 401, 404, 651, 647
  – The Word 401, 404, 648
  – Michelle 401, 404 f., 415, 648 ff.
  – What Goes On 401, 411 f.
  – Girl 401, 411, 413 ff.
  – I'm Looking Through You 415, 418,
    647
  – In My Life 415 f.
  – Wait 401, 416
  – If I Needed Someone 401, 416
  – Run For Your Life 401, 414
  Revolver 71, 128, 655
  Sgt. Pepper's Lonely Hearts Club Band
    619, 651, 777
  – A Day in the Life 783
  Magical Mystery Tour 651
  – Fool on the Hill 258
  – Hello Goodbye 419
  – I am the Walrus 258
  – Your Mother Should Know 651
  Abbey Road 651, 790 f.
  Let It Be
  – Get Back 499
  – Let It Be 384
  – The Long and Winding Road 651
Beatles Book Monthly 774 f., 780
Bee Gees 438
Beethoven, Ludwig van 312

Beichte 11, 25, 51, 81 f., 165, 169, 198, 255,
   260, 268, 278, 420, 507, 759, 782
Beichtspiegel 115, 169 f., 187, 359 f., 469, 782
  Erwachsenenbeichtspiegel 782 f.
  Kinderbeichtspiegel 782 f.
Beichtstuhl 24, 82, 637, 674
Belmondo, Jean-Paul 536
Beretta 295, 530
Berg, Alban 294
Berlin 237, 243, 258, 289, 424, 427, 430, 458,
   526 f., 529 f., 555 f., 706, 724, 780, 785
Bernd 9, 10 ff., 16, 18, 22, 142 ff., 146 f., 201,
   203 f., 258–262, 339, 390 f., 426 f., 430,
   456 ff., 495, 526 f., 554 f., 557 ff., 594 ff.,
   600 f., 603 f., 618, 620, 653 ff., 663, 667,
   677, 679, 684–690, 695, 697, 802
Berthold 158, 199, 763
Beschneidung 408, 720 ff.
Bessy 120, 132
Bethel 36
Bibel 48, 411, 418 f., 451, 704, 778
Biebrich 15 f., 20, 39, 203, 261, 338, 379,
   527, 802
  Adolfsgässchen 17, 127
  Äppelallee 120
  Bachgasse 115, 120, 124 f., 152, 198, 222,
    233
  Bahnhofstraße 120, 124, 129, 152, 198
  Biebricher Allee 290
  Bleichwiesenstraße 10, 21, 125, 198,
    222, 233
  Brunnengasse 152
  Diltheystraße 137
  Elisabethenstraße 127
  Erich-Ollenhauer-Straße 151, 424
  Feldstraße 10, 125, 144, 152, 198, 233
  Gabelsborner, siehe Gabelsbornstraße
  Gabelsbornstraße 173, 224
  Gaugasse 125, 152, 197 f., 233, 277, 422, 747
  Gibb 150
  Gräselberg 10, 41, 135, 179, 399
  Henkellpark 11, 82, 143, 226, 288, 615
  Henkellstraße 399
  Herzogsplatz 776, 786
  Hubertusstraße 152, 802
  Kreitzstraße 151
  Lohmühle 11 f., 129, 201, 654, 779 f.
  Nachtigallenweg 122, 127, 154, 760, 761
  Ollenhauer, siehe Erich-Ollenhauer-
    Straße

Rheingaustraße 288
Rosenfeld 399
Schlosspark 34, 120, 122, 127, 154, 202,
    268, 300, 360, 760
Tannhäuserstraße 179, 399
Volkerstraße 173, 177
Waldstraße 226, 293
Weihergasse 10, 41, 125, 152, 198, 422
Wilhelm-Kalle-Straße 301
Bienen 181, 507, 515 f., 520 f.
Bienenstock 507, 511 f., 516 f., 519, 521
Biermann, Wolf 558
Bilharz, Theodor 119
Bischofsheim 379
Blasphemie 180, 435, 623, 757
Bloch, Ernst 634
Blood on the Tracks 766
Bluespower 158, 160
Blues Project 438
Bluna 20, 204
Blut 12, 38, 52, 57, 82, 119 f., 127, 132, 134,
    142, 146, 149 f., 160 f., 174, 180 f., 186, 188,
    214, 216, 229, 239, 241, 246, 268, 272, 278,
    330, 367, 394, 400, 403, 408, 414, 436,
    469, 488, 513, 524, 541, 552, 573, 578, 582,
    601–604, 615 f., 629 ff., 635, 665, 677, 683,
    692, 696, 704, 724, 731
Blutrinne 19, 259
Blutsbrüderschaft 38, 795
Bocelli, Andrea 576 f.
Bochum 94, 298, 592 ff., 596, 600
Bohlmann, Hans-Joachim 93 ff., 108 ff., 533
Bohnerwachs 62
Böll, Heinrich 496
Bonanza 157
Bonifatiuskirche 307
Braun 207, 246, 249, 762
Braun, Eva 207, 246, 249, 762
Bravo 120, 398, 479, 555, 572
Brenninkmejer 34, 165, 223, 285
Brombeersträucher 131, 698
Bruckner, Anton 735
Bruyn, Bartholomäus 94
Buber, Martin 350 f.
Buchhold, Jan 792
Buck, Pearl S. 172
Build Me Up, Buttercup 71, 619, 763
Buße 44, 414, 432, 638
Butor, Michel 645
Buzzer 21, 25, 142 f., 276

Café Blum 297, 306
Café Flore 787
Café Funk-Eck 100
Café Hemdhoch 165, 197
Café van Riggelen 153, 164
Campbell, Naomi 104
Camus, Albert 355, 535, 711
Canetti, Elias 744
Castro, Fidel 173, 410
Céline, Louis-Ferdinand 735
Cendrars, Blaise 713
Chamfort, Nicolas 740, 758
Chanel, Coco 246
Charlottenburg 530
Chasseguet-Smirgel, Janine 706, 708 ff.
Che, siehe Guevara, Che
Chester 389
Chesterton, G. K. 172
Chiasmus 340, 732
Chirico, Georgio de 175
Christiane 137, 160, 163, 171 ff., 189, 199, 222,
    224–231, 235, 257, 272, 286, 359, 399, 417,
    419, 423, 528, 619, 638 ff., 770, 777, 779
Christoph »Chris« Gansthaler 76, 314
Christus, siehe Jesus
Chrysostomos 434, 435
Clapton, Eric 793
Claudia 9, 10 f., 15 f., 18, 22, 41, 76, 142 f.,
    146 f., 200–204, 221, 224, 231, 259, 261 f.,
    272 f., 287, 311, 322, 339, 391, 399, 401,
    403 f., 410, 417, 426 f., 457 f., 499, 526 ff.,
    554–559, 618 f., 653 ff., 660 f., 663–690,
    693–700, 725, 770, 802
Coltrane, John 192
Como, Perry 166, 168, 639
Constructa 206
Contergan 25
Cordes, Wilhelm 93
Cornelius, Peter 37
Cotchford 774
Cranach, Lucas 94
Cream 13, 228, 438, 457, 619, 638, 791
Credo quia absurdum 764
Crimson and Clover 158

Dahl, Armin 153, 160 f., 164, f., 199, 571
Dali, Salvador 655
Dämon 415 f.
Daniel 327, 403
Dante Alighieri 740

Das Böse 23 f., 47 f., 184 f., 334, 415, 420, 473, 636, 448

Das Es 631, 713

Das Heilige 23 f.

Das Lied von der Erde 614

Das Man 646

Das Numinose 438, 666 f.

Das Posthörnchen 399

Das Unbewusste 62, 107, 384, 634, 762, 791

Davidoff 708, 711

Davies, Dave 402

Davies, Ray 642

Days 774

DDR 18 f., 145, 147, 200 f., 204, 237, 259 ff., 299, 309, 310, 313, 338, 391 f., 427, 456 f., 554 ff. 559, 622, 639, 653-656, 734

Death of a Clown 402

Degenhardt, Franz Josef 558

Depression 316, 482 f., 755

Der Fabrikant 279 f., 393-397, 464-467, 505 f., 508 ff., 512-521, 523, 525, 540, 542 f., 547, 549 f., 552, 576 f., 701-705

Der Gekreuzigte, siehe Jesus

Der Hausierer 792

Der Kommissar 572

Derrick, Stephan 212

Derrida, Jacques 530 f., 533-536, 656

Der Spiegel 97 f.

Descartes, René 724, 766

Diamonds On the Soles of her Shoes 644

Diaspora 165

Dickwurz 24, 38, 121 f., 124 f., 130 f., 153, 584

Die Hornissen 791 f.

Diercke Weltatlas 117, 296

Dinett 390, 398

Dixantrommel 642

Doketismus 436

Donatiner 435

Don't Go Out Into the Rain 555

Dostojewski, Fjodor 149

Dralon 261 f., 391

Dreieinigkeit 32, 432 f., 744

Dreifaltigkeit 49, 115, 435

Drittes Reich 243, 266

Dr. Märklin 24, 158, 161 f., 165, 172, 175 f., 180-186, 188, 190, 220, 277 f.

Drogerie Spalding 10

Dual 762

Dualismus 735

Dubble Bubble 121, 145

Dugena 762

Dummboldt 145

Durchreiche 36, 155, 263 ff.

Dutschke, Rudi 101, 488, 780, 782

Easybeats 203, 413

Ebrach 320, 399, 401, 403, 419, 420

Ecce Homo 40, 704

Eckner, Heinz 478 f.

Eichberg 128, 129

Eierstichsuppe 57, 83, 443, 616, 676, 696 ff.

Eintopf 217, 218, 584, 786

Eintopfsonntag 217, 218

Eiskonfekt 140

Eiswasser 21, 200, 201, 204, 259, 284, 412, 504

Elastic Man 642 ff.

Elektroschocktherapie 578

Elpis 414

Eltville 457, 571

Engel 26, 171, 336, 412, 574, 683, 739, 757, 758

Ensslin, Gudrun 14, 196, 262, 569, 573, 787

Entführer 16, 125-129, 202, 428, 430

Epigonen 575

Eppstein 149 f.

Epstein, Brian 779

Erbsenpistole 9

Erbsünde 44, 158-161, 420, 659

Erich 135, 151, 242, 248, 424

Erlöser, siehe Jesus

Erlösung 106 f., 158, 258, 441, 766

Ernst, Max 175

Erzengel Gabriel 757

Erzengel Michael 574 f.

Erzengel Rafael 481

Ethan Rundtkorn 22, 76, 323, 331-334, 336 f.

Excerpt from a Teenage Opera 777

Exorzismus 413, 537

Fabrik 34 f., 89, 146, 152 f., 177, 198, 259 f., 263 f., 300, 394, 399, 442, 449, 486, 517, 547 f., 550 f., 572, 751, 785, 787 f.

Fahrrad Kuhn 165, 197

Fahrschule Schrumpf 288

Fahrtenmesser 19, 145

Falk 27, 183, 258, 424

Faller 12, 13, 161, 184

Famous Artist School 257

Faschismus 241, 242, 243, 679
Fastenzeit 607, 638
Fastnacht 71, 599, 607, 619
Fatima 413, 419
Feldschütz 122, 154
Felix 120, 132, 399, 424, 763
Fender 762
Fever Tree 572
Fez 587
Fichte, Hubert 634
First of May 438
Fisch Frickel 199, 495
Fix und Foxi 115, 120, 132, 174, 269, 270,
   399, 424, 762
Flaschendrehen 170, 173, 225
Fleckentferner 44
Ford Taunus 260
Foucault, Michel 531, 656, 724, 744
Frau Berlinger 24, 38, 49, 117, 132, 133, 134,
   136, 159, 272, 402
Frau Maurer 117, 183, 391, 424, 654, 776, 777
Frau von der Caritas 18, 19, 20, 21, 22, 24,
   25, 37, 123, 127, 138, 143, 145, 146, 147, 148,
   151, 155, 156, 160, 163, 164, 166, 167, 174,
   197, 200, 201, 202, 204, 225, 227, 231, 258,
   259, 260, 261, 262, 264, 265, 272, 274,
   276, 390, 391, 394, 398, 410, 423, 429,
   462, 463, 464, 484, 527, 559, 619, 653,
   654, 773, 780, 781, 784, 786, 787, 789, 791
Freud, Sigmund 631, 713, 714, 717
Friedhof 90, 91, 92, 93, 95, 100, 101, 440,
   603, 769, 785
Frisör Hoffmann 277
Fritsch, Thomas 571, 572
Fritz Otto Maria Anna 774, 780
From The Underworld 124
Frotteesocken 16, 23, 264
Fuchsreif 22, 23, 24, 640
Fulda 554
Funkenmariechen 600, 602
Fury 120, 157, 199

Gabi 137, 171, 172, 173, 224, 225, 228, 230,
   423, 619, 639
Gammler 20, 261, 567
Gance, Abel 471
Garrick, David 555
Gauguin, Paul 119
Gaus, Friedrich 242
Gebote 25, 81 f., 333, 336, 384, 690

Geha 198, 231, 762
Gemeindehaus 71, 253, 763
Genet, Jean 533
George, siehe Harrison, George
George, Stefan 634
Gerald 131, 150, 221, 390
Gernika 31, 68, 71 f., 74, 89-93, 95 f., 98, 103,
   106, 113, 191, 207, 311, 321, 339, 358, 365,
   437, 488 f., 491 ff., 534, 536, 618, 626, 739,
   764, 770, 794, 796, 801 f.
Geschi 124, 266
Gethsemane 39
Geyer 15, 399, 403, 417
Gibber Kerb 15, 258, 264, 437, 439, 757, 766,
   773, 780, 782
Gibson 762
Ginsheim 296, 379
Giraffe 466, 561 ff., 565, 754
Gleichstrombehandlung 219, 578, 580, 582,
   583, 594, 596, 598, 605
Glied 37, 149, 187 f., 268, 308, 353, 377, 393,
   395 f., 515, 540, 580, 645, 712
Gnostiker 632
Goebbels, Joseph 245, 247, 267
Goethe, Johann Wolfgang von 241
Goldschmidt, Georges-Arthur 706, 713
Gong 150, 159, 763
Göring, Hermann 237, 245, 246
Gott 23, 32 f., 47, 50, 55, 81, 118, 130, 156, 161,
   171 f., 174, 183 ff., 188 f., 267, 321, 327 ff.,
   332, 334, 336 f., 359, 363, 366, 379, 382,
   386, 388, 403, 411 ff., 418, 423, 432 f., 435,
   445, 448, 469, 540, 560, 566, 571, 622,
   624 ff., 632, 635, 637, 648, 716, 729, 730,
   740, 752, 755 ff., 770, 772, 791
Gottbegnadetenliste 246
Gottesbeweis 382, 386
Gottfried 93, 131 f., 197, 221, 390
Gott Heiliger Geist 130, 433
Gott Sohn 130
Gott Vater 130, 435
Götzenbilder 422 f., 757
Grab 55, 389, 408, 412, 440, 500, 567, 572,
   580, 603 f., 641, 651, 671 f.
Graceland 644
Grashof und Grundmann 101
Grassroots 555
Greene, Graham 172
Gregor von Nazianz 432
Gregor von Nyssa 434

Griechische Mythologie
Apollo 112
Ariadne 661 f., 672 f., 675, 694
Artemis 112, 673
Äskulap 110, 756
Dädalus 660 ff., 667
Dionysos 537
Dioskuren 572
Hermes 112, 133
Ikarus 660, 667, 682
Kronos 236
Minos 660 ff., 667, 672, 694
Minotaurus 661, 694
Phädra 672 f., 675
Theseus 662, 672 f., 694
Uranos 236
Zeus 236
Großschwabenhausen 639
Grundig 142, 198, 207, 762
Gruselbildchen 50
Grzimek, Dr. 139, 318
Guevara, Che 172 f., 179 f., 292, 298, 410,
788, 791 f.
Guido 22, 228, 230, 285, 410, 558
Gummidolch 19
Gummiteufel 128, 300
Gummitwist 663
Gustavsburg 296, 379
Gutenberg 224, 230, 403

Haas, Monique 191, 193
Haber, Heinz 139 f.
Hadschi Halef Omar 407 f.
Hakenkreuz 94, 233, 237
Haller, Martin 94
Hamburg 91, 94, 98, 102 f., 196, 219, 490,
567, 780
Alstertal Einkaufszentrum 102
Alsterterrasse 69, 90, 92, 105
Altonaer Volkspark 100
Bahrenfeld 100
Bahrenfelder Kirchweg 100
Bleichfleet 105
Eimsbüttel 101
Eppendorf 107-110, 112, 430, 470, 621
Friedenstraße 100
Harvestehude 101
Heegbarg 102
Heimhuder Straße 101
Jungfernstieg 101

Kaiser-Wilhelm-Straße 101
Lohmühlenpark 756
Lübecker Straße 780
Mittelweg 69, 90, 92, 105, 536
Moorweidenstraße 439
Neue Rabenstraße 69, 195
Rothenbaumchaussee 100, 104
Siegfried-Wedells-Platz 93
Spiekeroog 237
Stresemannstraße 100
Winterhuder Markt 101
Hamlet 794
Handgrab 671, 672
Handke, Peter 791 f.
Hans 20, 27, 93, 95, 140, 172, 237, 402 f.,
405 ff., 410, 413, 416, 418, 574, 583-596,
598-604, 606, 763, 791
Hans-Jürgen 27, 172, 791
Hanstein, Huschke von 678
Harrison, George 413, 776
Hauptkirche 93, 137, 168, 786
Hausmeister Schwenk 20
Havenstein, Klaus 431
Hawaiitoast 269, 290
HB 134, 290, 424
Heckler und Koch 574
Hegel, Georg Friedrich Wilhelm 533, 537,
644
Heidegger, Martin 311, 352 f., 427, 535, 646,
723 f.
Heiland, siehe Jesus
Heile, heile Gänschen 771
Heilige
Heilige Agatha von Katanien 782
Heilige Cäcilia 577
Heilige Johanna 189
Heilige Katharina 423
Heilige Lucia von Syrakus 782
Heilige Maria, siehe Heilige Jungfrau
Heilige Teresa von Àvila 757
Heilige Veronika 48
Heiliger Ambrosius 769 f.
Heiliger Blasius 188, 421 ff., 782
Heiliger Christophorus 398, 405
Heiliger Dionysius 421
Heiliger Don Bosco 33
Heiliger Erasmus 423
Heiliger Hermann Joseph 175, 203
Heiliger Johannes 47, 306, 409, 623, 635
Heiliger Johannes Chrysostomos 434

Heiliger Johannes der Täufer 169
Heiliger Johannes vom Kreuz 757
Heiliger Nepomuk 778
Heiliger Simon 781
Heiliger Sebastian 112
Heiliger Stanislaus Kostka 421
Heiliger Timotheus 718-721, 756, 758,
782
Heiliger Werner 174
Heilige Dreifaltigkeit, siehe Dreifaltigkeit
Heilige Jungfrau 23, 106, 150, 175, 408,
417 ff., 473, 675, 694, 699
Heiliger Geist 130, 433
Helmfried 541, 546 ff., 551, 705
Hendrix, Jimi 499, 555
Herd 83, 148, 224, 778
Herr Gökhan 739 f., 742 f., 757, 765, 770 f.
Hertie 21, 136, 429
Herz-Jesu-Kirche 34, 39
Herz, Max 96, 98
Herzneurose 383
Heß, Rudolf 570
Heuss, Theodor 235
Hilpert, Franz 195
Himmler, Heinrich 246 f.
Hinsch, Remi 792
Hiob 411
Hirschberger, siehe Achim
Hitler, Adolf 178, 235-239, 243, 245, 246,
247, 249, 266, 267, 537, 723, 735
Hofbarth 177 f., 190
Hofer, Karl 734 f.
Hogefeld, Birgit 39 ff., 527
Holbein der Jüngere, Hans 40
Hold Tight 258
Hole in My Shoe 643
Hollies 169
Hoppe, Werner 100
Horenstein, Jascha 193
Horn, Erna 28, 218
Hör Zu 762
Höß, Rudolf 567
Hostie 16 f., 156, 164, 174, 186, 283, 359, 408
Humboldt 145, 243
Hyde Park 778
Hypomone 414
Hypospadie 548

Iamblichos von Chalkis 435
I'm a Boy 438

Imi 262
I'm Not Like Everybody Else 226, 291
Individualliebe 32
Internat 145, 147, 177, 201, 390, 654, 655
Ionesco, Eugène 355
Ittenbach, Franz 94
Ivanhoe 199

Jagger, Mick 116, 171, 173, 223, 257, 500,
639 f., 778
Jasmin 169
Jawlensky, Alexej 113, 292, 655
Jenseits 462, 579, 610, 612, 631, 748, 760
Jesulein, siehe Jesus
Jesus 24, 27, 39, 47 f., 106 f., 113, 160, 168,
175, 188 f., 405-414, 417, 419 f., 425, 477 f.,
501, 590, 623, 626, 633, 635, 655, 717, 720,
758, 778, 783, 796, 800
Jesuskind, siehe Jesus
John, siehe Lennon, John
Johnson, Robert 644
Johnson, Uwe 733, 735 f.
Jones, Brian 116, 137, 171, 223, 257, 499, 618,
776- 780, 782 f.
Jopa 174, 762
Jopafidabel 174
Joyce, James 658
Judas 45-48, 164, 404, 420
Juden 44, 194 ff., 240, 243 f., 247 ff., 323, 493,
720 f., 751
Jung, C.G. 487
Jung, Dr. 17 f., 167, 233, 259, 555, 558
Jünger, Ernst 242 f.
Jungfräulichkeit 420, 505, 566
Junghans 134, 257, 762, 785
Jüngstes Gericht 757

K2R 44
Kaaba 743, 757
Kachlicki, Kurt 427
Kafka, Franz 635
Kairo 587
Kamerad Müller 18, 22, 52, 55 f., 57, 76, 80,
83 f., 276, 584, 588
Kandinsky, Wassily 176, 760
Kara Ben Nemsi 407
Karfreitag 164, 404
Karin 135
Karl-May-Festspiele 37
Kasatschok 556

811

Kassel 94
Kastel 12, 379, 498, 500
Katholisch 168 f., 231, 243, 306, 338, 756,
    758, 762
Kaufhalle 20 f., 153, 223
Kelch 17, 142, 286, 378
Kennedy, John 428, 501
Kennedy, Robert 501
Kennedy Jr., John F. 501
Kerb, siehe Gibber Kerb
Kieler Schule 243
Kierkegaard, Sören 64
Kiesinger, Kurt Georg 196, 558
Kim 136, 424
Kinks 169, 196, 222, 226, 291, 402, 642, 771,
    774, 778, 791
Kleist, Heinrich von 531, 533
Klekih-Petra 571
Klicker 49, 50, 216, 768
Knarre 678 f., 686, 689, 696, 700
Knastcamp 320, 399, 419, 420
Knaurs Lexikon der abstrakten Malerei
    760
Kodak Instamatic 19, 293
Kofferradio 133, 162, 390, 763, 780
Kolter 149
Kommissar Keller 801
Kommunion 17, 47, 51, 80, 156, 171, 174, 186,
    217, 257, 278, 398, 762, 785
Konsubstantiation 705
Konvertiten 172, 194, 757, 758
Konvikt 23, 38, 220, 320, 398, 420, 432,
    655, 770
Kopfgrab 769
Korell, Frau Dr. 186, 188, 220, 268
Krafft-Ebing, Richard von 338
Krausenbach 401
Kreidler 172
Kreuz 23, 43, 50, 52, 82, 113, 119, 130, 168,
    188, 237, 239, 241, 255, 275 f., 291, 304,
    371, 407, 411, 428, 436, 469, 477, 655, 730,
    753, 757, 759, 772, 778
Kreuzestod 106, 420, 436, 469
Kreuzweg 436, 477, 732, 741
Kuby, Christine 101, 428
Kümmelschuster 134
Kunst Schäfer 175, 734, 760

Labyrinth 52–56, 527, 563, 612, 662, 694
Lacan, Jacques 634, 719

La Carte Postale 534
Landser-Heftchen 267, 500
Landy, Eugene 618, 620
Langenberg-Oberbonsfeld 496
Langnese 174, 762, 774
La Salette 417, 419
Lassie 120, 199
Last Night in Soho 133
Late for the Sky 766
Lautreamont 531
Lebensmittel Lehr 10
Led Zeppelin 225, 638, 791
Leere 85, 280, 409, 450, 461 f., 512, 534, 582,
    596, 628, 665, 728, 731, 736, 758, 761, 795
Le Fort, Gertrud von 172
Legrand, Michel 528
Lehnert, Klaus 427, 428
Leib Christi, siehe Leib des Herrn
Leib des Herrn 16 f., 23, 51, 82, 164, 170,
    408, 675
Leich, Horst 151
Lennon, John 16, 22, 171, 183, 258, 623 f.,
    643, 646, 651
Letkiss 556
Levinas, Emmanuel 332, 351 f., 625 f.
Libalt, Gottfried 93
Limonade 52, 79, 120, 221, 293, 306
Liszt, Franz 249
Lohengrin 639
Lolek und Bolek 640
London 69, 90 ff., 104, 153, 257, 345, 570,
    623, 774, 776, 780
Longinus 188, 408, 436, 630, 631
Lorchen 581, 583 f., 586–590, 595 f., 604,
    606
Lord Extra 132
Louie Louie 642
Lourdes 417
Love Affair 555
Luftgewehr 9, 179, 424
Lukas 385, 406, 409, 719, 721
Lupo Modern 132, 399
Luther, Martin 94, 171
Luzifer 171

MacMurray, Fred 643
Mädchengrab 671
Magisches Auge 142, 198, 207, 459
Mahler, Gustav 608, 614, 735
Malabou, Catherine 642

Mandeln 80, 126, 186, 188, 292, 463, 556, 587, 782
Mann, Thomas 744
Mann vom ADAC 18 f., 780 f.
Mantegna, Andrea 40
Marat, Jean Paul 470 f.
Marcel, Gabriel 350 f.
Marcion 436
Marcuse, Herbert und Ludwig 311
Margit 225
Maria, siehe Heilige Jungfrau
Maria Laach 150
Marion 137, 160, 171, 199, 224 f., 228, 230, 257, 423, 619, 639
Marionette 252, 382, 552, 576, 738
Marlboro 136
Mars 134
Martinsthal 417
Märtyrer 18, 23, 25, 27, 82, 180, 321, 414, 472 f., 480, 499, 539, 639, 778
Märtyrertod 749, 757, 778
Marzipan 556, 557
Matchboxauto 185
Matthäus 35, 402, 410, 413, 417, 419
Max Reger jr. 16, 18, 22, 74 f., 306
May, Karl 37, 407 f., 752
McCartney, Linda 641, 651
McCartney, Paul 651
Meine Welt 169
Meinhof, Ulrike 100 f., 474, 567 ff., 718 f., 793
Meins, Holger 39 f., 569 f.
Meister Eckhardt 633
Melancholie 96, 294, 370, 764, 789
Melencolia 573
Menschensohn, siehe Jesus
Messdiener 31, 39, 106, 165, 168 ff., 186 f., 189, 272, 463, 639, 783
Messerschmitt 570
Metanoia 414, 638
Metaphysik 351, 362, 443, 611, 626, 646, 741, 748, 793
Michel Vaillant 120
Micky Maus 115, 120, 181, 424, 762
Mickyvision 120, 132, 399
Miegel, Agnes 246
Miguel »Felipe« García Valdéz 22, 76, 341
Milky Way 299
Minigolf 133, 136
Minox 19, 145

Mister Tom 135
Mitscherlich, Alexander 242
Moeller van den Bruck, Arthur 243
Moha 763
Mohammed 740, 757
Mohnstange 134, 562
Möller, Irmgard 570
Monbrunn 656
Mongolei 235
Monkees 169, 260, 555, 778
Monstranz 17
Moore, Tim 340
Moosburg 203
Mozart, Wolfgang Amadeus 224, 421, 545, 735
Mrs. Applebee 555
Muggelsteine 50, 684
Mussolini 241, 315
Müttergenesungswerk 236
Mutter Gottes, siehe Heilige Jungfrau
Mystiker 266, 632, 664, 742, 757 f., 766
Mythos 236, 355, 536, 661, 663

Nabelschnur 629, 691
Nachbarschaftsheim 127
Nakapan 557
Nannen, Henri 243
Narbe 37, 187, 188, 190, 212, 548
Nationalsozialismus 7, 217, 234 f., 240 f., 243 f., 266, 533, 570, 578, 721 f.
Naxos 661, 673, 695
Nazis 44, 95, 107, 170, 195, 206, 218, 233-236, 238-250, 259, 261, 267, 276, 500, 558, 574, 641, 657, 721, 724, 752
Nazi Word Factor 239-246
Neger, Ernst 771
Nesquick 155, 264, 292
Neue Revue 49, 115
Neue Stafette 16
Neuplatoniker 435
Neurose 161, 485
Nick 27, 424
Nickipullover 23
Niekisch, Ernst 243
Nietzsche, Friedrich 622, 624-627, 648, 651 f., 800
Nihilismus 647 f.
Nilpferd 596-603
Nimm2 128
No Milk Today 555

813

NSDAP 196, 237
NSU Prinz 9, 13, 144, 802
Nuditas criminalis 23
Nuditas virtualis 23
Numenios von Apameia 435
Nürnberger Prozesse 237
NWF, siehe Nazi Word Factor

Oberschneidhausen 479
Oberstufler 137, 224, 226, 259, 273, 283-302, 359, 405, 410, 762, 770, 786 f., 789
Oblaten 164, 675
Obskurantismus 656 ff.
Odenwald 145, 200, 239, 290
Odessa 438, 587, 589
Offenbarung 168, 336 f., 409, 418 f., 535 f.
Ohrenbeichte 507
Ohrwurm 215
Okapi 139
Old Shatterhand 270, 408
Old Surehand 425
Ono, Yoko 22, 183, 258, 398, 401, 405, 501, 556, 640, 791
Opel Admiral 264
Opel Kadett 298
Opel Kapitän 19, 146 f., 200, 204, 653
Opel Rekord 289
Opium 221, 223
Orlon 261 f., 390 f.
Ostzone, siehe DDR
Otterbach 656
Otterthal 611

Papst 172, 407, 417 f., 489 f., 753, 756
Paris 153, 345, 706, 713, 787
Parmenides 379
Partikulargericht 574
Parusie 574
Pascal, Blaise 531, 534, 758
Pater Sebastianus 421 f.
Paul, siehe McCartney, Paul
Paulus 169, 172, 635, 719 ff., 722, 757 f.
Pelikan 165, 198, 231, 762
Perlemuter, Vlado 193
Perlon 261 f.
Perón, Juan 237
Persipan 556 f.
Pestalozzischule 133, 776
Peter Ibbetson 426
Petrus 402, 411 f., 635, 780-783

Pez 21
Pfarrer Fleischmann 23 ff., 158, 161, 165, 168, 172, 174, 180 ff., 184, 185-190, 220, 277 f.
Pfitzmann, Günter 573
Pharisäer 417, 425
Philips 762
Pictures of Lily 198, 263, 438
Pilzköpfe 15, 500
Pinball Wizard 777
Pink Floyd 135, 290
Plastic Man 641 ff.
Plastic People 641 f.
Plastikstilett 19, 200 f., 259
Plotin 435
Poe, Edgar Allan 719
Polizei 34, 42, 101, 116, 127, 129, 131, 202 f., 215, 257, 353, 391, 585, 613, 657, 666, 731, 745, 788
Pontius Pilatus 46 ff.
Postulant Hans-Günther 402, 403, 405, 406, 407, 410, 413, 416, 418
Praline 49
Press, Hans Jürgen 140
Preston, Billy 499, 500
Priester 16, 81, 142, 255, 410, 415 f., 490, 638, 692 f., 755
Privatdetektiv Tiegelmann 431
Procol Harum 169, 793
Proll, Astrid 196, 262, 780, 787
Proll, Thorwald 572
Psalm 330 f., 531, 636
Psalter 636
Psychiater 161, 750, 759, 794
Psychoanalyse 205, 462, 716 f., 722, 725
Psychose 485
Puer aeternus 498 f., 501
Puffreis 14, 141, 150, 299

Quod lumen lumen 552

Radio Enesser 165, 203, 290
Radio Luxemburg 162, 262, 419
Radziwill, Franz 94
RAF, siehe Rote Armee Fraktion
Raffael 421
Rahner, Karl 758
Rainer 5, 38, 145, 159 f., 179, 182, 199, 277, 390, 399, 402, 417, 419, 424, 655, 742, 761, 763, 776, 783

Ranzen 12, 53, 62, 78 f., 83, 233, 296, 328,
    478, 495, 696
Raskolnikoff 149 f.
Raspe, Jan-Carl 567, 570, 572, 574
Rasselbande 16, 75
Raupe 198, 263, 438, 776, 778 f.
Ravel, Maurice 191 ff.
Rebroff, Ivan 556
Reese, Michael 11–14, 267, 390, 500
Reich-Ranicki, Marcel 100
Reinickendorf 526 f., 529
Reliquie 615
Rembrandt van Rijn 84, 533
Resipan 557
Reuenthal 656
Reval 25, 131 f., 134 f., 147, 198, 227 f., 253,
    261, 293, 778
Revolte 355, 789, 792
Revolution 173, 267, 340, 413, 419, 499, 571,
    574, 658, 680, 689, 731, 788
Reyno Menthol 200
Rhabarber 129, 779
Rheingau 146, 198, 399
Rheinhütte 198
Rheinufer 127, 288, 300 f., 500, 746, 763
Rhönrad 56, 80
Ribanna 37
Ribbentrop, Joachim von 242
Richards, Keith 116, 223
Riehl-Schule 153
Ringo, siehe Starr, Ringo
Rinnelt, Timo 16, 116, 125, 427 ff., 457, 496
Ritus 217, 692, 693, 720
Robinien 163
Robinienblätter 290
Robinienzweige 152, 159 f., 169, 199, 227,
    264
Rolling Stones 116, 169, 171, 222 f., 257, 500,
    619, 639, 778
    – Jumpin' Jack Flash 222, 638, 777
    – Paint it Black 638
    – Ruby Tuesday 763, 777
    – Sympathy for the Devil 639
    – Under My Thumb 777
    – We Love You 638
    Their Satanic Majestic Request 639
    Let It Bleed 639
    Sticky Fingers 500
    – Can't You Hear Me Knocking 500
    – Dead Flowers 500

– Sister Morphine 500
– Sway 500
Ronell, Avital 534
Rosacea 733
Rosenkranz 94, 418
Rosenzweig, Franz 351
Rösselsprung-Komplex 236
Rote Armee Fraktion 11, 16, 22, 39, 69,
    73 ff., 77, 95, 98, 100, 102 f., 105, 206, 250,
    261, 312, 360, 392, 427 ff., 456, f., 462,
    473 f., 480 f., 484, 500, 572, 653, 657, 659,
    763, 773, 787, 791
Rothenburg 18, 424, 653
Rousseau, Henri 191 ff.
Roy Black 485
Rubens, Peter Paul 94
Rudel, Hans-Ulrich 237, 503, 508
Rühmann, Heinz 244 ff.
Rumi 740, 742, 757 f., 771
Rußseife 412
Rust, Bernhard 245

SA 558
Sade, Marquis de 749
Salmon-Burhême, Jacques 633 f.
Salzstengel 71, 133, 212
Sängerheim 10, 156, 203 f., 220 f., 223, 259,
    638
Sankt Marienkirche 134
Sankt-Peter-und-Paul 94
Sankt-Petri-Kirche 94
Sanostol 128
Sansculotten 234
Sapientia 35
Sargholz 61 f.
Sartre, Jean-Paul 258, 355
Satan 47 f., 181, 183 ff., 413 ff., 484, 745
Saturday's Child 763
Saulus 172, 721
Schallarchi 390
Schams 740, 742
Schaper, Edzard 172
Scharper 21, 25, 272
Schatz im Silbersee 425, 773
Schatztruhe 21, 166, 200, 259, 262, 276, 779
Schelm, Petra 100
Schierstein 157, 285
Schiller, Friedrich 149, 655
Schiller, Margrit 102 f., 105
Schinderhannes 421

815

Schlaftabletten 782
Schlagerbörse 158
Schlangenbad 35 f.
Schloss Rodriganda 407
Schmerzensmann 27
Schmid, Norbert 102
Schmidt, Paul Karl 242, 266 f.
Schneeweißchen und Rosenrot 665, 672, 675
Schneider, Willy 115, 166 ff., 445, 552
Schnüffis, Laurentius von 50
Schokoprinz 20, 50
Scholl, Andreas 113
Schöneberg 575
Schöpfergott 50, 435, 469
Schroth, Carl-Heinz 277
Schuld und Sühne 149 f.
Schulranzen, siehe Ranzen
Seberg, Jean 536
Second Avenue 340
Seele 47, 63, 75, 189, 364, 366, 384 f., 388, 415, 421, 435, 444, 449, 491, 548, 574, 611, 630, 636, 641, 643 f., 680 f., 728, 769 f., 795, 802
See My Friends 226, 258, 774
Seidel, Ina 246
Seilerstraße 595, 600 f., 606
Selbstmord 258, 312 f., 429, 487, 668, 689, 708 f., 783
Shakehosen 23
Shit 221, 223
Sigurd 27, 183, 258, 424
Sil 262
Silly Putty 20 f., 25, 142v, 276
Simon Magus 411, 412, 779 ff., 783
Simon, Paul 45, 47, 411, f., 436, 477, 644 f., 779, 780-783
Simon von Cyrene 436, 477
Sixty Nine 401
Small Faces 169, 222, 778, 791
Smith, Mark E. 643
Söhnlein, Horst 196, 262, 571
Sollers, Philippe 735 f.
Son of Flubber 643
Spartaner 17
Speer, Albert 247, 281
Spejbl und Hurvinek 640
Spencer 264, 399, 403, 417, 558
Spezialambulanz für Persönlichkeits-
störungen des Universitätsklinikums
Eppendorf 107, 109 f., 112, 470, 621

Springer-Hochhaus 101
Sprung aus den Wolken 124 f.
SS 243, 266 f., 558
Stabat Mater 113, 118
Staffelgebet 148, 440
Stalingrad 18
Stammheim 39, 312, 574
Star-Club 413
Starr, Ringo 115 f., 169, 223, 341, 585
Starship Trooper 104
Status Quo 403, 624
Stefan 100, 199, 495, 634
Steinbeck, Walter 244
Stier 54, 55, 409, f., 433, 661, 693 f., 698
Stigmata 476, 704
Stones, siehe Rolling Stones
Stoni 399, 403, 417
Stroessner, Alfredo 237
Stromer 28
Stuttgart-Stammheim, siehe Stammheim
Substitute 641
Sumpf 444 f., 629-634
Sünde 17, 23, 45, 81 f., 160, 182, 186 f., 333, 336, 417, 469, 782, 783
Susannah's Still Alive 402 f.
Suscipiat 32, 116
Swlabr 258, 262

Talmud 328, 410
Tangerine Dream 401
Tanguy, Yves 175, 655
Tchibo 96 ff., 106
Tchilinghiryan, Carl 96, ff., 106
Teenagerkreuzzug 495-498
Teleologie 637
Terrorismus 40, 483, 538, 755
Teufel 48, 183, 411, 413-416, 432, 658, 743, 745
Theoretiker 608-614
The Price of Love 403
Therapie-Entwicklungs-Therapie 715, 722
Thixotrop 401, 404, 408
Thomas Crown ist nicht zu fassen 528
Thomas, Dylan 766
Tiberius 47, 48
Tibor 27, 183, 258, 424
Till, der Junge von nebenan 157, 199
Timo 16, 116, 125, 427 ff., 457, 496, 715, 719, 724 f., 756
Timotheus 715, 718, -721, 724, 756, 758, 782

TK 23 142
TK 25 198, 207
Todsünde 782 f.
Tokio Hotel 766, 771
Tonbandgerät 207, 301, 459, 762
Ton Steine Scherben 766, 771
Totenstaub 61
Townshend, Pete 778
Traffic 643
Transsubstantiation 62, 705, 759
Traum 28, 34, 176, 186, 196, 207 f., 280,
     302, 365, 393, 486 f., 561, 587, 591, 615,
     645, 661, 665, 708, 736, 778, 786, 789,
     801 f.
Trenker, Luis 153
Tricktaste 198, 207
Trinität 433 ff.
Trockenshampoo 148
Tupamaros 16, 404
TV Hören und Sehen 149, 762
Twinset 23, 284

Udo Jürgens 485 f.
Unbefleckte Empfängnis 35
Underground 22, 169, 258
Undset, Sigrid 172
Une femme est une femme 536
Unterhemd 58, 62 f., 132 f., 163, 221, 252
Uriasbrief 536

Vademecum 255
Valentinus 436
Varese, Edgar 624
Ventriloquisation 430, 459, 461 f.
Vergasung 239, 244, 264
Verpoorten 131
Village Green Preservation Society 642
Vim 262
Virtus incorporalis 463
Vogel, Henriette 531, 533
Volkmar 170, 224
Voodoo Chile 292
Vorderberger 17, 143 f., 201 f.
Vorhaut 149, 187, 190, 401, 408

Wackelbild 137, 763, 777
Wackelpudding 763
Wader, Hannes 102
Wagner, Richard 240, 249
Wagner, Wolfgang 639

Wahn 463, 538, 625 ff., 629, 651, 801
Wahnsinn 64, 67, 205, 322, 364, 369, 380,
     504, 528, 537, 554, 598, 618, 627, 744, 789
Waitin' For the Wind 763
Walter, Bruno 608
Walther P38 259, 310
Warburg, Aby 621
Warten auf Godot 772
Wäscheleine 603, 672, 683 f.
Wasserpistole 9, 13 f., 21, 25, 142, f., 276, 802
Waterloo Sunset 774
Watterbach 656
Watts, Charlie 116, 223
Waugh, Evelyn 172
Weberkuchen 20, 124
Weber, Paul Anton 243
Wedells, Siegfried 90, 92, 95, 97, 111, 194 ff.
Weihwasserbecken 27, 359, 674
Weiss, Peter 470
Weppler 233, 259
Werkbuch für Jungen 149, 390
Who 17, 39, 169, 196, 641, 777 f., 791
Wiederkunft 25, 680
Wiegand, siehe Christiane
Wiesbaden 16, 113, 223, 430, 496 f., 706
     Adolfsallee 723, 746
     Adolfshöhe 723, 746
     Adolfstraße 723
     Bahnhofstraße 177, 284, 293, 411
     Bierstadt 458
     Brunnenkolonnaden 229
     Fritz-Kalle-Sträße 134
     Kaiser-Friedrich-Ring 653
     Kirchgasse 496
     Kleine Schwalbacher 496
     Kleiststraße 257, 289
     Kurpark 268, 298, 306, 424, 457
     Mainzer Landstraße 399
     Mauritiusplatz 230, 254, 391, 399, 456,
     496
     Rheinstraße 285
     Stresemann-Ring 653
     Wagemannstraße 429
     Warmer Damm 283
     Wilhelmstraße 298 f., 429, 496
Wilson, B. J. 793
Wilson, Brian 617 f.
Windmills of Your Mind 528
Winnetou 407 f., 425, 571, 773, 792, 796
Winterhilfswerk 218

817

Witt, Carl Julius 195
Wittgenstein, Ludwig 353, 793
Wochenend 49, 115, 132 f.
Wolfsschanze 238, 245
Wolle 259-262, 339, 390 ff., 456 ff., 554, 654,
    781, 802
Wunde 107, 134, 151, 159 f., 209, 270, 303,
    468, 493, 548, 565, 575, 579, 604, 630,
    666 ff., 673, 679, 683, 703, 746
Wundenmann 27
Wunder 26, 32, 92, 107, 188, 321, 348, 372,
    377, 408, 411, 418, 436, 501, 536 f., 607,
    666, 668, 791
Wundertüte 14, 141
Wundmale 168, 198, 408, 560, 612, 666
Wurm 103 ff., 119, 124, 200, 465, 676, 691

Würm 104 f.
Wyman, Bill 116, 223

Xenakis, Iannis 294

Yes 104, 643
Yessongs 104
Yoko, siehe Ono

Zappa, Frank 624, 641 f.
Zauberkönig 177, 284, 411
Zauberseife 21, 200 f., 204, 259
ZDF 108, 249, 318, 743
Zeroferar 186
Zierbock 186
Zündplättchen 71 f., 286

Inhalt

1
Claudia und Bernd lassen sich nicht schnappen 9

2
Bürstenkammer und Heiligenbildchen 26

3
Mithilfe von drei angebissenen Pfirsichen gelingt
der Transfer hin zum Symbolischen 30

4
Chronologie 1: Was von den Jahren bleibt 34

5
Befragung zur Pieta und Herz-Jesu-Kirche 39

6
Die Verbindung von den Fleckentfernern der
Nachkriegszeit zur historischen Figur des Judas 44

7
Um dem Prinzip der Sünde auf die Spur zu kommen,
verfasst der Teenager seinen eigenen Beichtspiegel 49

8
Die Welt ist ein Labyrinth und wir sind gefangen
in einem Rhönrad 52

9
Ein Fragebogen (Binary Choice) 59

10
Die Philosophie des Unterhemds 61

11

Patient muss erkennen, dass ihm die Gnade
des Sturzes verwehrt scheint *64*

12

Gernika kann sich an jenen bewussten
Herbstabend nicht erinnern *68*

13

Der Geruch von Zündplättchen
am Fastnachtssamstag *71*

14

Befragung zu getriebenen Menschen
und unglücklichen Seelen *73*

15

Der betäubende Geruch von Apfel,
Butterbrotpapier und Leder *78*

16

Klinkerbau und ein Gefühl
von Heimatlosigkeit *86*

17

Während der Hamburger-RAF-Tage überholt
das Persönliche erneut das Politische *89*

18

Die Spur führt in die Bachgasse:
Ein Schneider Jugendbuch in 18 Kapiteln *115*

19

Stille über Entenhausen *138*

20

Claudia und Bernd liefern die Frau von
der Caritas der Nationalen Volksarmee aus *142*

21

Dr. Märklin und Pfarrer Fleischmann kämpfen
um die Seele des Teenagers *148*

22

Gernika erfährt, was es mit der blassgrünen
Leinenschachtel auf sich hat *191*

23

Heuchelei und Verhöhnung in Hamburg *194*

24

Erneut der Geruch von angebranntem Kakao *197*

25

Claudia und Bernd verlangen Lösegeld *200*

26

Patient diagnostiziert an sich selbst eine Art
Assoziierten Größenwahnkomplex *205*

27

Als gälte es, eine neue Hürde der Evolution zu nehmen *209*

28

Bemerkungen zur Morphologie und Verhaltensbiologie
einiger ausgesuchter Tiere *214*

29

Der Eintopfsonntag beruhigt den Nervenkranken *217*

30

Mit Opium versetzter Shit und Mick Jagger
mit einem Dolch im Mund *220*

31

Was nach der Party Ecke Gabelsborner/
Volkerstraße geschah *224*

32
Natürlich sind die Nazis an allem schuld 233

33
Chronologie 2: Der Schatten eines langgestreckten
Krans huscht über die Monate 251

34
Im Aktualitätenkino erfährt der Teenager, weshalb
die Namen von Eisenbahnen durch Nummern ersetzt wurden 254

35
Was man in den Taschen trägt 257

36
Claudia und Bernd überlegen sich Decknamen 259

37
Durchreiche und rite de passage 263

38
Die Geschi-Arbeit des Teenager vom 9. Mai 1969 266

39
Dabei ist das doch das einzig Interessante,
wie jemand gestorben ist 268

40
Befragung zu den Rot-Kreuz-Briefen 275

41
Irrenwitze und Deckerinnerungen 277

42
Assoziationen stoßen ins Leere 279

43
Aus dem Oberstufler-Beobachtungsheft 283

44

Damit man weiß, wo vorn ist und wo hinten *303*

45

Andere Pubertät 1: Max Reger jr. *306*

46

Befragung zum Thema Selbstmord *311*

47

Andere Pubertät 2: Christoph Gansthaler *314*

48

Befragung zum Thema Leerstellen *320*

49

Andere Pubertät 3: Ethan Rundtkorn *323*

50

Befragung zum Begriff Chiasmus und dessen Anwendung *338*

51

Andere Pubertät 4: Miguel García Valdéz genannt Felipe *341*

52

Befragung zu den verschenkten Möglichkeiten
des Existenzialismus *355*

53

Auf Klettergerüsten sitzen und rauchen *359*

54

Die Erfindung der Freundlichkeit 1:
Aus dem Kleinen Wörterbuch der Metaphysik *362*

55

Claudia und Bernd und ein Gruß
von Herrn Schallarchi *390*

56
Das Steckenpferd des Fabrikanten   393

57
Ein Brief von Claudia   398

58
Postulant Hans-Günther erweitert seine
exegetischen Fähigkeiten   400

59
Befragung zum Thema Analogieschluss   426

60
Apologie des Gregor von Nazianz   432

61
Gernika hält eine Orientierung in Richtung
Vergangenheit für einen Irrtum   437

62
Welterklärungsversuch eines
noch nicht Sechsjährigen   440

63
Die Erfindung der Freundlichkeit 2:
Vom Naturschönen   450

64
Claudia und Bernd wird alles
in die Schuhe geschoben   456

65
Exkurs über Ventriloquisität und
Ventriloquisation   459

66
Die Kommission des Fabrikanten   464

67
Über die wirkliche Sünde 469

68
Die Verfolgung und Ermordung des
Erwachsenen Teenagers 470

69
Psychose und Udo Jürgens 485

70
Träume also 487

71
Befragung zum Teenagerkreuzzug 495

72
Die Kindheit des Fabrikanten 502

73
Befragung zu Claudia und Bernd 526

74
Erfindung der Freundlichkeit 3:
The Empire of Sighs 530

75
Der Befehlsnotstand des Fabrikanten 540

76
Claudia und Bernd diesseits und jenseits
der Zonengrenze 554

77
Die Herausforderung Gottes durch den Teufel 560

78
Gegen das Volksvermögen 567

79
Kurzhagiografien der Mitglieder der
Roten Armee Fraktion *571*

80
Die Brücke des Fabrikanten *576*

81
Die Erfindung des Nationalsozialismus
durch einen schizophren-paranoiden
Halbstarken im Herbst 1951 *578*

82
Aus dem Theoretiker-Beobachtungsheft *608*

83
Die Erinnerung an den Mord war kein Traum *615*

84
Befragung zur Parabel *617*

85
Rede des Erwachsenen Teenagers vom Weltgebäude
der Spezialambulanz für Persönlichkeitsstörungen des
Universitätsklinikums Eppendorf herab *621*

86
Claudia und Bernd kommen heim *653*

87
Befragung zum Unterschied von
Aufklärung und Klärung *656*

88
Claudia oder Die Empfindlichkeit der Geschichte *660*

89
Die Spiele des Fabrikanten *701*

90

Entretiens avec le Professeur L *706*

91

Warum sich das Alphabet in die Worte
einschreibt und deren Sinn verfälscht *727*

92

Autobiografische Vorrede zum vierten und letzten
Teil der Erfindung der Freundlichkeit *733*

93

Die Erfindung der Freundlichkeit 4: Von der
flachen zur Null-Linien-Ontologie *738*

94

Was wirklich in der Nacht auf den 3. Juli 1969 geschah *773*

95

Über ferne Geräusche *784*

96

Gernika rezitiert Karl May *794*

97

Mon corps, ce papier, ce feu *797*

98

Der Befrager rät von einem Neuanfang ab *800*

Dank

Ich möchte mich bei allen bedanken, die ganz maßgeblich am Zustande-
kommen dieses Buches beteiligt waren. Beim Hessischen Ministerium
für Wissenschaft und Kunst, Elisabeth Abendroth, Eva Demski und der
Jury, die mir den Robert-Gernhardt-Preis 2012 für das Urmanuskript
dieses Romans zuerkannte und damit seine Fertigstellung ermöglichte. Bei Thomas Meinecke, der mich während meiner Arbeit immer wieder ermutigte und sich für eine Veröffentlichung des Textes engagierte.
Bei Ingo Schulze, der zu den ersten Lesern des fertigen Manuskripts gehörte und der sich seitdem selbstlos und ausdauernd für diesen Roman
eingesetzt hat. Bei meiner Agentin Elisabeth Ruge, die alles Erdenkli-
che dafür getan hat, dass dieses Manuskript den richtigen Verleger findet. Bei Andreas Rötzer, der ohne Zweifel dieser Verleger ist, für seine
uneingeschränkte Offenheit und sein ebenso uneingeschränktes Enga-
gement. Bei meinem Lektor Jan-Frederik Bandel, der mir einfühlsam viele wichtige Hinweise gegeben und mich immer wieder darauf aufmerksam gemacht hat, was ich wirklich sagen wollte. Bei Meike Rötzer für
ihre minutiöse Lektüre und ihr intuitives Gespür für stilistische Feinheiten und letzte Zweifelsfälle. Bei Horst Senger für seine stete Unterstützung und natürlich bei Maja, die über Jahre hinweg alle Verwerfun-
gen des Manuskripts und seines Verfassers zeit- und hautnah miterlebt
hat. Danke.

EIN GLÜCKSFORSCHER AUF ABWEGEN

Anna Weidenholzer
Weshalb die Herren Seesterne tragen
Roman
220 Seiten, gebunden mit
Schutzumschlag
ISBN 978-3-95757-323-0

Karl, ein pensionierter Lehrer, macht sich eines Tages auf, herauszufinden, was das Glück sei. Einen nur leicht veränderten Fragebogen im Gepäck, mithilfe dessen seit 1979 das Bruttonationalglück in Bhutan ermittelt wird, lässt sich der Glücksforscher in einem schneelosen Skiort nieder, dessen Bewohner er nun in unbekanntem Auftrag nach ihrer Lebenszufriedenheit befragen will. Das Hotel Post, in dem Karl als einziger Gast unterkommt, wird bewirtschaftet von einer namenlosen Frau und ihrer Hündin Annemarie. Von hier aus beginnt er seine Forschungen, unterbrochen von konfliktgeladenen Telefongesprächen mit seiner Frau Margit. Bald erhält seine Reise Züge einer Flucht und der Fragende wird unmerklich zum Objekt der Befragung anderer.

Anna Weidenholzer gelingt ein intensives und eigenwilliges literarisches Kammerspiel. Die misslingende und letztlich invertierte Forschungsreise Karls wird zu einer Tiefenbohrung in die Seele unserer Gesellschaft, ihrer Ängste, Zweifel und ihres Unglücks.

Anna Weidenholzer wurde 1984 in Linz geboren und lebt seit 2002 in Wien. Sie studierte Vergleichende Literaturwissenschaft in Wien und Wrocław, arbeitete währenddessen im Regionalressort einer Tageszeitung. Seit 2009 veröffentlicht sie in Literaturzeitschriften und Anthologien. 2010 erschien der Erzählband »Der Platz des Hundes«, 2012 der Roman »Der Winter tut den Fischen gut«, mit dem sie für den Preis der Leipziger Buchmesse nominiert war.

 MATTHES & SEITZ BERLIN | LITERATUR